诗卷

中国文学名篇鉴赏

萧涤非 刘乃昌 主编

山东大学出版社

图书在版编目(CIP)数据

中国文学名篇鉴赏·诗卷/萧涤非,刘乃昌主编.
—济南:山东大学出版社,2007.10
ISBN 978-7-5607-3474-3

Ⅰ.中…
Ⅱ.①萧…②刘…
Ⅲ.①古典文学—文学欣赏—中国②古典诗歌—文学欣赏—中国
Ⅳ.I206.2　I207.2

中国版本图书馆 CIP 数据核字(2007)第 160371 号

山东大学出版社出版发行
(山东省济南市山大南路 27 号　邮政编码:250100)
山东省新华书店经销
山东新华印刷厂印刷
720×1000 毫米　1/16　39.25 印张　830 千字
2007 年 10 月第 1 版　2007 年 10 月第 1 次印刷
定价:78.00 元

《中国文学名篇鉴赏》

领衔撰稿人(以姓氏笔画为序):

万云骏　王达津　王运熙　叶嘉莹(加拿大)
匡　扶　刘　征　羊春秋　村上哲见(日本)
吴调公　何沛雄(香港)　何满子　余冠英
沈玉成　陈贻焮　罗忼烈(香港)　罗宗强
金性尧　周汝昌　周振甫　胡国瑞　施蛰存
姜亮夫　袁行霈　钱仲联　唐圭璋　曹道衡
敏　泽　康达维(美国)　蒋祖怡　程千帆
褚斌杰　廖仲安　缪　钺　臧克家　霍松林
魏同贤

特约审稿人:袁世硕　董治安　龚克昌　张可礼

序言

约有约有三千年文字史的中华民族，是一个具有悠久文化传统和广泛审美情趣的伟大民族。历代民间作者和文人学士发挥才情睿智，运用独具特色的汉语言文字，创造了浩如烟海的文学名篇、传世佳作。其中尤以诗词文赋丰富多彩，流播广泛，家传户习，影响深巨，可说是华夏民族最喜闻乐见的传统文艺形式，是我们丰富和建设现代精神文明取之不尽、用之不竭的文化艺术资源。

现代文艺家通常将文学作品析为诗歌、散文、戏剧、小说四大部类。我国戏剧、小说滥觞虽早，而成熟较迟，在浩渺无垠的古代文学的历史长河中，诗文占有特殊重要的席位。中国可以自豪地称为“诗国文海”。中国诗文体制之繁，为举世所少有。前人代有论列，如晋陆机《文赋》析为十类，梁萧统《文选》列为三十九目，驯至明吴讷《文章辨体》则厘为五十五体，而徐师曾又增广其目为一百二十有七。然约而言之，其大别不过诗、词、文、赋四体而已。传统诗词的契合音乐、严于格律，固有异于外域诗歌，而辞赋与骈文更是我国特有的文章品类。

文学是语言的艺术，诗、词、文、赋都是以汉语言文字为基本表达手段的艺术珍品。汉字多为单文独义、一字一音，而音调又讲究四声阴阳。基于这些特点，传统诗文逐渐形成了追求齐均和参差的建筑美，讲究音律和节奏的音乐美。与之同时，丰富多彩的与音乐结合的诗型、骈散交织的文体，也便应运而生。所谓“讽诵则绩在宫商，临文则能归字形矣”(《文心雕龙·练字》)，就是说好文章读起来能给人以听觉美，看起来能给人以视觉美。齐均对称和参差错落的建筑美，不仅在诗歌辞赋和骈文的句型与体式上得到完美的体现，就是在散文中也往往奇偶错综熔进不少俪体和骈句。刘勰所云“造化赋形，支体必双”，“高下相须，自然成对”(《文心雕龙·丽辞》)正是从汉字的特点上来确认其对偶形成的必然性的。我国的声诗，如诗三百、乐府、词、曲本来就是协乐文学，其讲求音乐美自不待言。而不合乐的徒诗，也充分利用了汉语固有的音调特点，构成平仄交错、抑扬有致的律度和节奏。赋和铭是介乎诗文之间的韵文，一般要求押韵，骈文虽不必押韵，但其俪句也讲求平仄交互，声调谐和。即便是纯乎散文，古人也惯于利用配置虚词、组合句式的逆顺长短来构成语调的顿挫抑扬，从而体现特定的声情气韵。由此可见，诉诸视觉的建筑美和诉诸听觉的音乐美，是由汉语言文字特点形成的诗词文赋所共有的一种形式美。

古代作家艺术思维的习惯和采撷语词的好尚，还形成了诗文重视写景和造景、喜用语典和事典的写作传统。所谓“情景相触而成诗”(谢榛《四溟诗话》卷四)，“词之诀，曰情景交炼”(张德瀛《词徵》卷一)，“登山则情满于山，观海则意溢于海”(《文心雕龙·神思》)等等，都是强调诗情文思的表达离不开物景和环境。即使非专属写景之作，也少不了模山范水的笔墨，因为作者情思的触发离不开外宇宙的撩拨，而爱悦山川自然又是古代审美意识的重要趋向。兼以“诗画本一律”的文艺观念和传统画艺与诗文创作的交互渗透，这就使诗词文赋作品往往具有特别浓郁的画意美。由于古代书面语言与口语分离，而文人学士大多对浩博的典籍、富厚的文化积累濡染甚深，是以他们博闻强记，娴熟掌故，掌握大量雅奥的文学语汇，每操笔为文，辄能捃摭经史，采摘诗骚文集，“据事以类义，援古以证今”，“众美辐辏，表里发挥”(《文心雕龙·事类》)。在前代辞库和典实的基础上，或点铁成金，或自铸伟辞，流风承传，日新月异，辞采缤纷，典故联翩，于是艺文之作又呈现出一种迥异于后世语体诗文的古雅博奥美。

传统诗文在形式方面的美感效应是多方面的，撮其精要，上文所举的建筑美、音乐美、画意美和别于现代作品的古典美尤为普遍鲜明，触目可见。它是我国珍贵文学遗产所特有的形式美。如此种种赏心悦目的形式美，再结合上文体诗型的缤纷繁富，风格神韵的多姿多彩，这就使我国古典诗文累积汇合而成为浩渺无垠、瑰奇璀璨的艺术渊薮。不言而喻，它对于广大读者是具有不可替代的特殊的艺术魅力的。

古代作家以超常特具的优美民族形式和风格，广泛深刻地多层次多角度地描述、吟唱，表现多样的社会生活和人生感受，一切外宇宙的森罗万象和内宇宙的多重奥秘，无不纳入他们的创作视野，承受其敏感睿智的审美观照。因此，古代诗文所展现的精神世界、思想内蕴、感情意向的丰富性、多样性是胪列不尽的。这里有劳动人民对美好生活的追求，对邪恶和压迫的抗争；有仁人志士报国济时的丹诚，视死如归、持节不渝的浩然正气；有清流贤达反恶势利、反庸俗的磊落气度，冰清玉洁、涅而不缁的高尚品格；有哲人学者己饥己溺、民胞物与的博大襟怀，蒿目时艰、遑遑求索的深沉忧思；有人们对宇宙奥秘的探究，对人生价值的哲学反思，对道德风范的钦仰，对自然胜迹的陶醉，对爱情的颂美，对友谊的眷念，对光明幸福的憧憬，对黑暗灾厄的诅咒，对所希求者神驰梦思，对所失去者徘徊低回……大凡社会生活的每一角落，人生征途的任何感情波澜，无不在我国博大精深的诗渊文海中留下了生动而感人的艺术影像。正由于此，古代诗文对各时代的读者都有独特的吸引力和感召力。

绚丽多彩的人生是有多方面需求的，文明人群除了必需的惬意的物质需求外，还必须有高层次的精神需求。健康的人无不爱美，无不要求心灵的充实和感情的满足。然而，由于时空、机缘、物质等等条件的制约，生活本身提供给人们的美感和满足是有限的、易逝的、不无缺憾的，即使一个各方面都如愿以偿的幸福者，除日常的工作和学习而外，还会有相当的精神空间需要填充。由此人们不能不寻求某种精神营养品和补偿物，而文学艺术正是一种美妙的营养品和补偿物，是充实人们精神生活的高档食粮。人们创造成功，沉浸于胜利的喜悦；寻偶如愿，陶醉于爱情的温馨；他乡邂逅知己，为友谊的温暖所薰沐；置身于名山胜水，为奇绝的风光所吸引；乃至遇可怒者而含愤扼腕，见可悲者而潸然泪下……人们经过诸如此类的心理体验和感情波澜，脑海中积淀了众多情愫信号。当他们在鉴赏名画、品味名作时，也便会同样撩起类似的心灵体验和感受，而获得某种感情愉悦。人们并不仅满足于前者（现实的感情体验），而还是寻求后者（艺术文学）。这并不只是因为前者在生活中并非永驻的、长在的，而且还因为后者所提供给人们的美感享受更带有某种普遍性、典型性、鲜明性。艾迪生说得很有道理："文字如果选择得好，力量非常大。一篇描写往往能引起我们许多生动的观念，甚至比所描写的东西本身引起的还多。凭文字的渲染描绘，读者在想象里看到一幅景象，比这个景象实际上在他眼前呈现时更加鲜明生动。"（《旁观者》，据《古典文艺理论译丛》第十一册）今天我们阅读古典诗文，从古人灵心妙手所描绘的形形色色，可以体验到多样复杂的人生阅历，观察到各式各样的生活图景，受到奇闻伟观、玄思妙趣的吸引，感到喜怒哀乐多重情绪波澜的激荡。从而拓展视野，开阔心胸，启迪睿智，陶冶情性，在怡悦精神的艺术享受中增益自身的心灵美、情操美。

古代诗文对于大中学校的青年学生来说，尤其是不可轻忽的知识渊薮、艺术宝库。不管攻读何种专业，要想造就成有教养有专长的人才，就必须谙熟祖国的文明史，具有一定的传统文化素养，了解本民族的审美趣尚，培养较高的语文表达能力。而加强这些方面的修养都离不开研习古代诗文。我国历代诗人与文章家如群星丽天，竞相辉耀。他们把文章视为“经国之大业，不朽之盛事”，追求“感天地，泣鬼神”的艺术效果。他们重视表达艺术，在构思立意、谋篇布局、锤锻字句、革新技法、创变风韵诸多方面，累积了大量经验，流传有很多文苑佳话，足资后人研磨和借鉴。要提高我们运用祖国语言文字的水平，少不了深厚的传统文化根底。而培植这种根底的简便途径，莫过于在精读名篇佳构中发微探幽，不仅深切感受其艺术美，而且审察其美的所以然。

创作是为了欣赏，作品只有在广大读者群的审美感应和接受消化中，才能实现其自身的价值。古典作品的欣赏接受有必要借助于专家的介绍、阐释和品评，只有经过审美鉴赏这一中介作用，才更能使作品深蕴的潜在美获得充分的显现。做好古典作品的鉴赏工作，既需要有较高的理论修养和审美能力，又需要有足够的古代文学系统知识和专业技能。近年随着对脱离文学本体特性的庸俗研究方法的反思，人们日益重视古典文学美学特质和发展规律的探讨，与此同时文化界出现了古典文学鉴赏热。鉴赏文集、丛书、辞典联翩问世，竞芳斗艳，琳琅满目，这是十分可喜的现象。它正以空前的规模在更深的层次上推动珍贵遗产的普及和优良文化传统的弘扬。而这对民族文化高层次的整理与研究也将是一种有力的促进。

鉴赏文章层出不穷，文艺鉴赏学方兴未艾。读者有理由要求我们力脱故常，展现新貌。而这也是应当而可能做到的。因为就鉴赏对象说，传世名作具有永恒的艺术生命力，其艺术内蕴的不可穷尽性，决定了鉴赏的无限性；从鉴赏主体说，鉴赏者总要以自己的体验联想对鉴赏意象和意境进行补充，由于鉴赏者阅历、教养、个性的互有差异，赏鉴中的这种“再创造”，必然各不相同，这就造成了鉴赏文章的多样性；从鉴赏在文学批评中的地位来说，它是由微观审视升华到宏观研究这一历程中必不可少的中介环节，对不朽之作的批评研究没有终点，因而对它的审美鉴赏也便永无止境。因此我们可以肯定：古典名作作为常青的艺术，总是内蕴无涯，开掘不尽的；披览欣赏，往往百读不厌，每品每新；鉴赏者从不同的审视角度，横看侧览，成岭成峰，见智见仁，自当各有会心；而精心结撰的鉴赏文字，也必将如奇花异卉，别具风韵，各有千秋。

基于以上的理解和认识，为弘扬优秀民族文化，普及古代诗文精华，在山东大学出版社的大力倡导和支持下，我们编纂了这部兼收诗文各体的《中国文学名篇鉴赏辞典》。本编从历代浩如烟海的诗、词、文、赋中精选有代表性的名篇佳构七百余篇，约请海内外专家撰写赏析文稿，撷英集萃，汇成一帙，以便展读。集中所选篇章无不脍炙人口，各篇鉴赏文字大率是专家们结撰的精品妙文。在阅读来稿中我们深深感到，以优美的鉴赏散文阐发千古名篇的妙理真谛和美感内质，是美的妙悟，美的开发，美的充实，也是美的再创造。摆在我们面前的原作及鉴赏，云蒸霞蔚，目不暇接，千姿百态，美不胜收。或如醇酒之浓郁，或如幽泉之清甘，或如山岳之雄峻，或如碧海之浑浩，或如明月之纯净，或如浮云之缥缈，或如阳春之温馨，或如清秋之萧爽，或哲思深邃，或激情坌涌，或奇想落天外，或平语话家常……总之，呈献给读者的是用激情的心灵所感受的五彩缤纷的人间世界，是经过鉴赏行家郢斧开发的无限风光，多样神采的艺术天地。我们希望读者手此一编，即能通览古代诗文的精品杰构，从中挹芳揽萃，含英咀华，怡悦性情，增益睿智，受到高洁的情思洗礼，获得健康的艺术享受，并进而增强我们的民族自信心和自豪感，提高我们的文化素养和写作水平。这对于我们建设社会主义精神文明，当会是不无助益的。

此编承蒙海内外学者、专家热情关怀和大力支持，百忙中及时赐稿，出版社领导和编者精心安排审校和出版事宜，因而使是编能以较快速度成书和面世，在此谨向他们表示深切的谢忱！由于时间、水平、经验的限制，本书缺点和疏漏定所难免，尚祈方家读者批评指正。

萧涤非　刘乃昌

1990 年 11 月 10 日

目录

诗

目录

《诗 经》

周南·关雎

关关雎鸠，在河之洲。窈窕淑女，君子好逑。

参差荇菜，左右流之。窈窕淑女，寤寐求之。求之不得，寤寐思服，悠哉悠哉，辗转反侧。

参差荇菜，左右采之。窈窕淑女，琴瑟友之。参差荇菜，左右芼之。窈窕淑女，钟鼓乐之。

《关雎》，《诗经·周南》首篇的名称，从首句"关关雎鸠"来。《周南》，《诗经》中十五国风之一，指周代南国的民歌。南国，泛指洛阳以南到江汉一带的区域。《诗经》，我国最早的诗歌总集，收西周初年到春秋中叶诗歌三百零五篇。分为风、小雅、大雅、颂四体，赋、比、兴三种作法。《诗经》为汉人毛亨所注，称《毛诗》；又经唐人孔颖达作疏，称《毛诗正义》。

这首诗，毛亨把它分为三章：第一章，章四句；第二、第三章，章八句。

第一章："关关"，状鸟的和鸣声。雎（jū 拘）鸠：水鸟名，俗称"鱼鹰"。"在河之洲"，在黄河里小的陆地上。这两句下，毛亨注："兴也。"兴是先言他物以引起所咏之词，即先讲雎鸠来引起所讲的"淑女"、"君子"。毛亨又注："鸟挚而有别。"朱熹《诗集传》解释道："生有定偶而不相乱，耦常并游而不相狎，故《毛传》以为'挚而有别'。"方玉润《诗经原始》引姚际恒说："孟子述契之教人伦曰：'夫妇有别。'此'有别'字所从出，岂必以夫妇字加于雎鸠上哉？诗人体物纵精，安能择一物之有别者以比夫妇，而后人又安知诗人之意果如是耶？"从诗看，只有和鸣，以鸟的和鸣，引起君子的追求淑女，这也是兴，不必用"挚而有别"来释兴了。"窈窕"，美好貌。"淑女"，好姑娘。"君子"，当时贵族男子的通称。"逑"，同"仇"，配偶。"好逑"，爱慕的配偶。

二章："参差"，不齐。"荇（xing 杏）菜"，水生植物，叶心脏形，可吃。"流"，《毛诗》："求也。"写淑女在水边求取荇菜，引起君子的想念。"寤"，睡醒；"寐"，睡着。即日夜在求她。求她不得，日夜在想念她。"思服"即思念，"悠"指长，"悠哉悠哉"，指想念的绵绵不断。"辗转反侧"，状身子的转侧不定，不能安睡。这章有不同解释，《毛传》没有"兴也"，即作为直叙其事。朱熹《集传》作"兴也"。注："彼参差之荇菜，则当左右无方以流之矣；此窈窕之淑女，则当寤寐不忘以求之矣。"即引荇菜来引起淑女。

三章：继二章之"左右流之"，作"左右采之"，"左右芼（mào 帽）之"。《毛传》释"流"为求，以"采"作採，释"芼"为择。朱熹《集传》释"流"为"顺水之流而取之也"；释"采"为"取而择之也"；释"芼"为"熟而荐之也"：这是说这三个字是有进层的。先是一般的求取，次是加以选择，三是熟而荐之。再看与“流”、“采”、“芼”相当的“求”、“友”、“乐”。《毛传》“求”作“求”，“友”作“宜以琴瑟友乐之”；“乐”，《郑笺》云：“琴瑟在堂，钟鼓在庭，言共（供）荇菜之时，上下之乐皆作，盛其礼也。”那么“求”、“友”、“乐”三个字是有进层的。朱熹《集传》作“求”，即“求之”；“友者，亲爱之意也”，又称琴瑟“乐之小者也”；钟鼓，“乐之大者也”，这也有进层。因此又注“兴也”，称：“彼参差之荇菜，既得之，则当采择而烹芼之矣；此窈窕之淑女，既得之，则当亲爱而娱乐之矣。”认为三章也是兴。这样从反复咏叹的话中，只从几个不同的字里，指出含意的有进层而不雷同，似较为可取。

这首诗在艺术上的特点：一是起兴。用“关关雎鸠”来兴起淑女为君子的好逑。再像朱熹讲的，用荇菜的“流之”、“采之”、“芼之”，来兴起对淑女的“求之”、“友之”、“乐之”。二是反复咏叹。如“参差荇菜，左右流之”，有三次反复，每次只易一字；如“窈窕淑女，寤寐求之”，有三次反复，每次换了三个字：这是民歌的咏叹手法。三是钱钟书先生在《管锥编》里讲的“丫叉句法”。说：“‘求之不得，寤寐思服，悠哉悠哉，辗转反侧。’……‘悠’作长、远解，亦无不可。何夜之长，其人则远！正复顺理成章。”（66 页）这是说，“求之”指人，“寤寐”指夜，先人后夜。“悠哉悠哉”，指“何夜之长，其人则远”，先夜后人，与前之先人后夜不一致，构成丫叉句法。又称“窈窕淑女”，以“窈窕”为美状，“淑”为美心，先美状而后美心。《序》云：“是以《关雎》乐得淑女以配君子，忧在进贤，不淫其色，哀（爱）窈窕，思贤才。”（65 页）这里先称“淑”，后称“窈窕”，即先美心而后美状，与前之先美状而后美心，又构成丫叉句法。

（周振甫）

周南·桃夭

桃之夭夭，灼灼其华。之子于归，宜其室家。
桃之夭夭，有蕡其实。之子于归，宜其家室。
桃之夭夭，其叶蓁蓁。之子于归，宜其家人。

这是一首在女子出嫁时贺者所唱的贺歌。

古礼春秋两季，是结婚的好季节；而每年的仲春二月，桃花盛开的时节，春风融融，则更是大会男女，人们普遍愿意选择的成婚的好时机。因此，每到这时，不但那些有力置备婚礼的人可以自然而然地往嫁迎娶，即便是无力备礼的青年，也可以在一种祥和欢悦的氛围中自择配偶。

于是，便有了这首《周南·桃夭》。

“桃之夭夭，灼灼其华。”诗的一开篇，便运用了《诗经》中最常见、最成功的手法，触物起兴，以摇曳茂盛的桃树和鲜丽明艳的桃花领起全篇，并在兴中带比，把初嫁少女的荣光与美丽，写得既含蓄自然，又充分妥帖。只有承认了这一点，那么，我们才能在她出嫁的时候，并不突兀地对她今后家庭生活的幸福，充满祈愿与信心。

正因如此，所以我们进而觉得，这首诗的反复的对桃花的咏唱，实际上又不单是暗示了出嫁女子的美，而且也是成功地创造了一种和谐欢乐的气氛，具有广泛的艺术内涵。这种欢乐的气氛，不只是充满于办喜事的家庭中、村庄里，甚至巷陌田野间也都随着春风弥漫开来了。当然这是由于人们对仲春二月的联想，而这联想也是很自然的。

值得注意的是，诗在赞美新嫁娘容貌美的同时，并未忽略对她的内在美的揭示。“有蕡其实”，蕡(fén 坟)，果实肥大之意。“其叶蓁蓁”，蓁蓁，叶子茂密之意。桃树果实的累累与成熟，桃叶的茂密与成阴，都是对嫁女婚后生活的充实与美满的推测性喻示，同时，对少女的勤劳、温顺和善于持家，也作出了曲婉而又合情合理的评断。另外，本篇的炼字值得欣赏处也很多。“宜其室家”’一个“宜”字，不但写出了新妇的内质美，而且也写出了她的品格为她自己增加了荣光，并进而为一家人带来了幸福，很难找出可以代替它的字。

《桃夭》诗共三章，十二句，每章之间采用了句式上的复沓形式，看起来简单明了，但实际上，在情绪与内容等方面，却作到了循序渐进，所以，诗的每章之间的关系是传承、递嬗的，显得流畅细密，容量很大。这种循序渐进不但表现在对桃树从花到果再到叶的依次吟咏上，而且也表现在歌者对嫁女今后生活的祝愿上。“室家”与“家室”，在表面上看虽然并无太大差别，但在诗中却并不仅仅是为了凑韵而随意进行的单纯调换，联系后面的“家人”，我觉得“室家”与“家室”均可作偏义复词看待，意思的核心都在后一个字上。因此，这三章诗的祝福便依次是从嫁女自己而及其夫，再及他人的了。

总之，《周南·桃夭》正是运用了这样一些手法，体现了这样一种匠心，而把属于古代婚嫁礼俗的欢乐气氛充分地烘托出来的。（余冠英）

邶风·谷风

习习谷风，以阴以雨[①]。黾勉同心，不宜有怒[②]。采葑采菲，无以下体[③]？德音莫违，及尔同死。

行道迟迟，中心有违。不远伊迩，薄送我畿[④]。谁谓荼苦，其甘如荠[⑤]。宴尔新昏，如兄如弟。

泾以渭浊，湜湜其沚[⑥]。宴尔新昏，不我屑以[⑦]。毋逝我梁，毋发我笱[⑧]。我躬不阅，遑恤我后[⑨]？

就其深矣，方之舟之[⑩]；就其浅矣，泳之游之。何有何亡，黾勉求之。凡民有丧，匍匐救之[⑪]。

不我能慉，反以我为仇[⑫]。既阻我德，贾用不售[⑬]。昔育恐育鞠，及尔颠覆[⑭]。既生既育，比予于毒[⑮]。

我有旨蓄，亦以御冬。宴尔新昏，以我御穷[⑯]。有洸有溃，既诒我肄[⑰]。不念昔者，伊余来塈[⑱]！

《邶风·谷风》是一首弃妇诗，以弃妇的口吻叙述了主人公对丈夫的痴情和她丈夫的薄幸。

弃妇，几乎是每个朝代都有的。在夫权极重的中国，男人娶妻，或者是要娶劳动力，或者是要娶玩物，很少有人把妇女、妻子当做平等的情人来看待。因此，在男人，便多有喜新而厌旧；在女人，则又往往以色衰而失宠。这是一种相当普遍的社会问题。当然，诸如"糟糠之妻不下堂"之类的维护弃妇的说法的确也有，但是，薄情郎们却无一能够考虑到弃妇的痛苦，他们甚至对此已经习以为常。

弃妇的悲惨命运与烦忧，决定了弃妇诗的存在以及它的凄婉。尤其是对那些缺乏勇气与力量把握自己命运的弃妇来说，弃妇诗更成了她们无从排遣与寄托的深沉哀怨的载体。

《谷风》正是这种弃妇的怨歌。

一位患难之妻，吃苦耐劳，知情达理，和顺温柔，仅仅因为青春已过，色相不及"新人"，便被无情而凶恶的丈夫一脚踢开，逐出家门，这是多么令人同情的一幕人生悲剧呵！

诗分六章。第一章委婉地向丈夫陈说道理，希望丈夫能回心转意。但是，那样的丈夫根本蛮不讲理，终于还是强硬地将她赶走。第二章她于被逐之后，通过与"新人"的对比，更加沉痛地诉说了自己的痛苦和不幸。但是，她毕竟缺乏《氓》中弃妇的那种果决刚烈，长时间的甘于依附，逆来顺受，已经使她对自己的价值和地位丧失了足够的自信；同时，也已使她完全习惯了夫妻之间毫无平等可言的沉重生活。所以，她是那样留恋自己的过去，迟迟不愿离开；她是那样不甘于新妇取代了自己那并不幸福的家庭地位。故而，第三章进一步倾诉自己的留恋和痛苦；第四章追忆自己持家睦邻的品德；第五章叙述丈夫以怨报德，自己终被离弃；第六章谴责丈夫忘恩负义，不念旧情。她对丈夫的谴责充满了留恋，交织着无可奈何的凄凉。

从诗的这些内容中，我们可以看到，弃妇的不幸不是从她被逐之日开始的，而是从她的精神被奴役，起码也是从她由家庭主妇而沦为实质上的家庭奴隶之时便开始了。她作为弃妇的真正可悲之处，实际上也不仅在于她被遗弃的悲惨遭遇，而且更在于她的精神世界所遭受的摧残和践踏。

用弃妇本人的口气，写她自己的委屈不幸，丈夫的无情无义，全诗如泣如诉，真切动人，善于比喻，笔锋细致，足以调动读者的情绪，具有感染人的力量。

这首《谷风》，叙述了一个丈夫喜新厌旧、遗弃前妻的故事，塑造了一个弃妇形象，初步具备了作为叙事诗的某些条件，因此，可以把它看做一首叙事诗。

（余冠英）

【注】 ①习习：风声。阴、雨：比喻丈夫变色发怒。 ②黾勉：努力。有：同"又"。 ③葑：蔓菁。菲：莱菔，即萝卜，也作"蔓菁"讲。下体：指根茎。无以下体，不用根茎，比喻丈夫只重颜色，不重德行。 ④畿：指门限。两句谓不用你远送，就送到门边吧。 ⑤荼：苦菜。 ⑥湜湜(shí时)：水清貌。沚：水湾。此两句是弃妇以泾水自比，以渭水比新妇。 ⑦这句犹"不屑我与"。以：同"与"。 ⑧梁：石堰。笱(gǒu苟)：捉鱼的竹器。 ⑨阅：容。这两句言，我身不被收容，何暇顾及后人呢！ ⑩方：木筏之类。 ⑪这两句谓邻里有灾厄，自己努力援救。匍匐：伏在地上手足并进，形容急迫。 ⑫慉：同"畜"，爱抚。 ⑬两句谓拒绝我的爱护，好心不为人

理解接受。 ⑭两句谓往日的生计唯恐陷入困穷，当年过着困难的生活。育：指生计。鞫：穷困。颠覆：困穷。 ⑮这两句是说，当家计宽裕，生儿育女后，你反把我视为毒物了。 ⑯以上四句是说，我有好的积蓄用来过冬，如今新婚燕尔你却将我抛弃，当年娶我不过是叫我替你受穷罢了。 ⑰有洸(guāng 光)有溃：形容对方暴戾。既诒我肄：这句说尽把劳苦推给我。既：尽。肄：劳苦。 ⑱伊余来塈：即惟我是爱。"来"是语辞。塈(xì 系)：是"愾"的借字，意为爱。末二句追忆往昔，动之以情。

卫风·氓

氓之蚩蚩[1]，抱布贸丝[2]，匪来贸丝，来即我谋。送子涉淇[2]，至于顿丘[4]。匪我愆期[5]，子无良媒。将子无怒，秋以为期。

乘彼垝垣[6]，以望复关。不见复关，泣涕涟涟。既见复关，载笑载言。尔卜尔筮，体无咎言。以尔车来，以我贿迁。

桑之未落，其叶沃若[7]。于嗟鸠兮！无食桑葚！于嗟女兮！无与士耽[8]！士之耽兮，犹可说也[9]；女之耽兮，不可说也。

桑之落矣，其黄而陨。自我徂尔[10]，三岁食贫。淇水汤汤[11]，渐车帷裳。女也不爽[12]，士贰其行[13]。士也罔极，二三其德。

三岁为妇，靡室劳矣。夙兴夜寐，靡有朝矣。言既遂矣，至于暴矣。兄弟不知，咥其笑矣[14]。静言思之，躬自悼矣。

及尔偕老，老使我怨。淇则有岸，隰则有泮[15]。总角之宴[16]，言笑晏晏[17]。信誓旦旦，不思其反。反是不思，亦已焉哉！

《诗经》中虽不乏肃穆、愉悦的作品，但具有浓郁悲伤感情的诗篇却占很大比重。这是因为在那沉重的、不合理的社会阴影下，更经常的是会在生活中产生出各种各样的悲剧。《卫风·氓》就是一篇表现当时女子爱情婚姻问题的悲剧作品。关于这首诗的性质，从汉以下多认为是"刺淫佚"，实际是诬枉之词。清方玉润则标为"为弃妇而作也"，并把它与《古诗为焦仲卿妻作》(即《孔雀东南飞》)诗相比，则较为正确地理解和评价了这首诗(见《诗经原始》卷四)。

《氓》是一首带有叙事性质的长诗。它叙述了一个痴情的女子，受到一个虚情假意的男子的蒙骗，与他私订终身，结了婚。婚后，女子任劳任怨地操持家务，但男子却变了心，最后女子竟遭遗弃，从而在精神上遭罹到极大的折磨和痛苦。全诗共六章，章各十句。开首一、二章是写最初那个男子向女子求婚和她许婚、结婚的经过。诗的开端："氓之蚩蚩，抱布贸丝，匪(非)来贸丝，来即我谋。"诗中首先写那个男子如何带着笑脸，假借"贸丝"来与她会面，与她商订婚期，接着写女子在相送的路上，热情而慎重地答应了男子的婚约："送子涉淇，至于顿丘。匪我愆期，子无良媒。将子无怒，秋以为期。"诗歌的表现手法，总是简练、概括，带有跳跃性和跨度性的。从这六句看来，包含着这样的经过：在男子行将离去时，女子一程程地远送，但对男子急切要求同居的事，她却比较矜持，以为还是有"良媒"来说合，作为正常的婚姻才好。在男子怨怒的情况下，她委婉地安慰他说："秋以为期。"

第二章则承上章，写女子的一片痴情和婚嫁经过。"乘彼垝垣"以下六句，写秋天婚约已到时，女子期待着氓的到来。不见则泣泪涟涟，既见则笑语殷殷，表现出她当时对那男子的一往情深。方玉润曾对此分析说："夫事既有约，则心自难待。迟久不至，则必乘垣以相望。不见则忧，既见则喜，亦情之所不容已者。女殆痴于情焉者耳。"下面接着写男子终于到来，经过卜筮以后，"体无咎言"。对这违反世俗的自订终身的结合，当时在这女子方面，终是忧心忡忡，放心不下。诉诸上天的占卜，偶得"无咎"的吉卦，正是对无媒自嫁的自我安慰，也是促使她最后下决心的精神支柱。于是"以尔车来，以我贿迁"，家物、财产迁去，人也投入了心爱的人的怀抱。

一、二两章写得很细致，意思主要在说明当初男方对自己是如何主动，因而也引起自己对他的一片痴情，以便与后来那个男子的负义变心作对照。

第三、四两章，主要改用抒情笔触，通过无限感慨的抒情显示出事情的经过。

"桑之未落，其叶沃若。"以桑树的繁茂，比喻自己的青春年华。接着又以鸠食桑葚，比喻自己当初过分迷恋于爱情的失算。由此，她沉痛地得到了这样的认识，一个女子千万不要轻易和男子纠缠。因为男的缠上了女的，想抛弃就可以抛弃掉；女的如果看不准人，就一辈子摆脱不了悲惨的命运。这在当时男女地位不平等的社会里，正是很现实的情况。有人曾引明人戏曲中所谓"男子痴，一时迷；女子痴，无药医"来证此诗（见钱钟书《管锥编》）。这对于深情而执著的女子来说，一旦落入情网，往往如此。诗中的这段近乎议论的文字，是这位女子的自省，似乎也是对那一时代女子们的告诫，痛定思痛，语重心长，令人酸楚。

"桑之落矣，其黄而陨。"紧接上章又用桑树的凋落作比，写她在夫家受到摧残，像春去秋来的桑树一样凋谢下去了。她委屈地说："自我徂尔，三岁食贫。"自己嫁过来后，并没有过上什么好日子。三年后，竟又乘着车，渡过淇水，回到娘家。"女也不爽，士贰其行。士也罔极，二三其德。"这是对自己心迹、行为的表白和对丈夫的斥责。表明这场婚变错不在己，而在男方的品质恶劣，反复无常，其中含蕴着强烈的悲愤！

第五章，写自己来到男家以后，日夜操劳，并没有过上一天好日子。刚把日子过得好一点，换来的却是丈夫忘恩负义的虐待："言既遂矣，至于暴矣。"当她满含冤屈回到娘家时，连兄弟也不能理解她，同情她："兄弟不知，咥其笑矣。"她是如此的孤立无援，在残酷、冰冷的现实中，"静言思之，躬自悼矣"。满腹苦水，只有自己吞咽。

末章写那女子被遗弃后的复杂悲愤心情。"及尔偕老，老使我怨"，她怨恨那个男子完全辜负了自己的一片痴情和信赖，而变了心。"淇则有岸，隰则有泮"，淇水、隰水再阔，总还有边有岸，而展视自己未来的生活，将会苦海无边。回忆当初年少时在一起"言笑晏晏"，曾经相处得那么欢乐美好，不想男子却把自己的海誓山盟忘得干干净净，一点不顾信义："信誓旦旦，不思其反。"于是委屈、怨恨情绪一时涌上心头。最后，她表示过去的日子不堪回首，也就不再去想，决定从此与那个男子一刀两断："反是不思，亦已焉哉！"但真的能完全了结吗？"'亦已焉哉'，尚何言哉？

虽然口纵言已，心岂能忘?”（方玉润《诗经原始》卷四）这正是所谓“痴心女子，负心汉”的悲剧。

“悲剧将人生的有价值的东西毁灭给人看”（鲁迅语）。通过这首长诗，我们看到了一个女子在爱情婚姻问题上的悲剧命运。但造成这场悲剧的原因是什么呢？我们从这首诗的内容看，乃是由这女子私订终身而又所托非人造成的。最初，她向往和追求自由幸福的爱情生活，以至“弃礼而急情”（《齐诗》），竟无视礼教的束缚，在“无良媒”的情况下，私许给自己所爱。这种“情”与“礼”的矛盾，在当时已经伏下了巨大悲剧的种子。进而，一旦所托非人，男子变心，其命运就更加悲惨。朱熹称此诗为“此淫妇为人所弃，而自叙其事以道其悔恨之意也”。“淫妇”云云，当然是诬蔑之词，而其背反礼教自择终身，又在不合理的夫权制度下，被弃而赴告无门，正是构成这一无辜女子悲剧命运的原因。

“此女始终总为情误。”（方玉润《诗经原始》卷四）《氓》这首带有叙事性的长诗，最为感人之处正是贯穿于全篇的“情”。初识时的缠绵之情（“总角之宴，言笑晏晏”），允婚后的渴望相聚之情，婚后的同甘共苦的奉献之情，而被弃后的痛悔自悼之情以及诀别后的悲愤之情，等等。正是起伏于全诗中的这种真实而浓郁的情感，深深地打动着读者，令人同情，令人愤慨，形成了巨大的悲剧美的效果。

《氓》还不是一首纯粹的故事诗（不是第三人称），而是一首带有叙事性质的抒情诗。它叙事而贯注有浓郁深沉的感情，在抒情中又显示事态的发展轨迹，其中还间杂有某些警醒人心的议论，三者融会无间，把事情过程、女子的思想感情以至曲折复杂的心理，都极为简练而生动地表现了出来。诗篇在构思和表现手法上也极巧妙。如诗中写约婚时：“送子涉淇。”后面写三年后被弃，再次写渡过淇水：“淇水汤汤。”同是渡淇，当初依依相送，双双多少情意；而后次渡淇被弃归回娘家，形单影只，满腹酸楚：前后呼应，正表现出一种不堪回首的怆然之感。最后一章，写沉痛的决绝之词，却又从回忆美好的往事起笔，这种映带对比的手法，极大地增加了作品的感染力。（褚斌杰）

【注】 ①氓（méng 蒙）：民，这里指女子所从嫁的那个男子。蚩蚩：同“嗤嗤”，笑嘻嘻的样子。 ②布：钱，古代货币。 ③淇：淇水，在卫地。 ④顿丘：地名，未详。 ⑤愆（qiān 千）期：延误日期。 ⑥垝（guǐ 鬼）垣：颓坏的墙壁。 ⑦沃若：肥泽光润。 ⑧耽（dān 丹）：沉溺，入迷。 ⑨说：通“脱”。 ⑩徂（cú 殂）：往，到。 ⑪汤汤（shāng 伤）：水势浩荡。 ⑫爽：差错。 ⑬贰：即忒（tè 特），改变。 ⑭咥（xì 戏）：讥笑。 ⑮隰：应作“湿”，即漯河，在卫地。 ⑯总角：古代未成年的发式。指年少时。宴：欢乐。 ⑰晏晏：和美相谐的样子。

卫风·木瓜

投我以木瓜，报之以琼琚。匪报也，永以为好也。
投我以木桃，报之以琼瑶。匪报也，永以为好也。
投我以木李，报之以琼玖。匪报也，永以为好也。

《毛诗传》说此诗是赞美齐桓公的。因卫国曾受狄人侵犯，桓公出兵救卫，卫人出于感激之情，将厚加报答。《毛传》好以史证诗，实际无据，往往牵强附会，不可信。朱熹《诗集传》解此诗说："疑亦男女相赠答之词，如《静女》之类。"朱子对《诗经》中男女情诗每加非议，但揣摩诗意往往符合实际。从这首小诗的内容看，确是一首描写民间男女互为赠答的爱情诗。

赠物表情，本是青年男女互结永好的常有方式。从这首诗的词意看，先是女子投物相赠，后是男子回报，全诗则以男子口吻写出。

"投我以木瓜"，"木瓜"，一种橙黄色，有浓烈香味，可食的果实。"木桃"、"木李"，连类相及。诗的开端用"投"字，即抛掷的意思。这与其他诗中的相贻、馈赠还有所不同，带有调皮、试探意思。"投"字有种空间感、距离感，意味着心有所爱，但还处在摸不清对方心思的爱恋起始阶段。但女方的活泼、主动、大方、深情，却全从这一"投"字托出。而所投赠之物，看似寻常，但从其美丽芳香的特点看，未始没有象征意味。起码会使人联想到，这位美丽年轻女子，寓于内心、藏于心底的爱情早已成熟，正欲通过这一表达，投其怀抱，以身相许。

下面接着是写男子的回报："报之以琼琚。""琼瑶"、"琼玖"，也是连类而及。旧注每以美玉、美石、佩玉等等分别注之，实际上均属古代男子的珍贵佩饰。古代男子以玉为佩，而玉也是信物。从诗意中看，女以芳香果实为赠，男以美玉相报，都带有以身相许的意思。当然，从所赠之物和回礼之物看，在价值上显然有轻重之分。但从爱情上看，物品上的厚薄却并不具有重要意义，其重在情、在心，所以引出后面两句直白的表述："匪（非）报也，永以为好也。"美丽芳香的瓜果，深含着优美的情意；坚实贴身的玉石，代表着坚贞不渝的相爱信念：物有轻重，而相爱、相许的真情则绝不能以价值论。"匪报也，永以为好也。"表白这不是什么物品的报答，蕴含的是相结永好的愿望、永不相渝的爱情。这是直白的陈述，也是坚定的誓言。

全诗三章，章各四句，除"投"、"报"之物里有更换外，各章句式、语句相同，属回环复沓的反复咏唱形式。这种结构，使全诗重复中有变化，变化中又有重复，正像乐章不断出现主旋律一样，使主题突出，起到充分抒情达意的作用，并有一种回旋跌宕的艺术效果。

（褚斌杰）

郑风·溱洧

溱与洧，方涣涣兮。士与女，方秉蕑兮。女曰："观乎？"士曰："既且。""且往观乎？洧之外，洵訏且乐！"维士与女，伊其相谑，赠之以勺药。

溱与洧，浏其清矣。士与女，殷其盈矣。女曰："观乎？"士曰："既且。""且往观乎？洧之外，洵訏且乐！"维士与女，伊其将谑，赠之以勺药。

这首乐歌，宛似一幅清新明净的风景画，又像一幅趣韵横生的风情画。它形象生动地描绘了青年男女的爱情生活，反映了周代的婚俗。

全诗两章，每章均为三个层次。从远景到近景，从对自然环境的勾勒点染到摹刻传神的人物特写——士女的欢会言笑，集中表现了周代郑地于春日临水祓禊、会合男女之俗[①]。

其实，“会男女”之风并不限于郑地和汉族，其他地区和少数民族也有类似的习俗，如卫有桑林祭，陈有巫风舞，齐有合独，楚有游女等。直到现代，汉族的踏青、游江，少数民族的跳月、歌墟、泼水节、歌节、游方、行歌坐月、踢沙等活动，也是古俗之遗风。

古代郊祀高禖，多在水滨举行，并有行浴求子之事，继而发展为三月上巳大“会男女”之礼俗。随着时代的推移与社会的嬗变，不同地区，不同民族，不同阶层，婚俗也有差异。就季节言，“会男女”并不限于春季，此外还有上元、端午、重阳、秋禊等节日活动。至于活动场所，也不止水滨，或在山野，或在桑林，或在市井，或在城隅，不一而足。周代民间婚恋比较自由，连孔子也未说过“防隔内外”的话。当时，青年男女以乐歌相语、自由恋爱择偶之风，在《诗经》中多有反映。这些歌谣充满着浓重的乡土气息和原始风味，偶尔还带点野性。由于它是男女相悦、肆口而成的民间歌谣，所以具有明显的社会性与群众性，它所反映的民俗事象因而也较一般史籍更加生动真实。

《溱洧》两章的开头，均以白描手法着力刻画溱、洧二水的自然环境，造成一种春意盎然、欢乐无边的氛围。以“方涣涣兮”、“浏其清矣”等语句形容河冰方释、春水始盛、清流荡漾的景象，将景物写活了。这种随物赋形、淡中藏美的手法，充分映现了河水流动的勃勃生机，将无情的自然物化为有情物，富有象征性地构成美妙的画面，为临水祓禊、男女欢会铺排场景，形成一种优美的、幸福欢乐的主旋律。同时，化景入情，融情入景，浑化无痕地透出了人的活力，客体赋予主体以流动感。青年男女身历此境，受到“涣涣”春潮的感染，情绪自然地与河水一同跃动起来了。这“心灵化”、“感情化”的河流，蕴含着人的动态与灵性；人们的心灵也随着溱、洧二水的清波激荡不已，化入物我同一之境。接着，又将画面视点转到春游士女的活动场景，少男少女们手捧兰草，呼朋引伴，比肩联袂，无拘无束地嬉游河曲。第二章“殷其盈矣”之句，更有力地描状士女欢会之盛景。河水涌流，岸上游人如潮。在这鸟语花香、明丽妩媚的春光中，大自然的青春活力在萌发、奔放；“妖童媛女”久蕴心底的春情在忡忡悸动，不约而同地涌向溱、洧水滨。这是本诗的“大景”，也是第一个层次。虽无重彩渲染，却能化静为动，化景物入情思，在视野广阔、春景宜人的画面上出现了如花美眷的翩翩俪影。这就构成了总体布局，烘托了气氛，创造了意境。

全诗两章的第二个层次，由“大景”转入“小景”，由总体转向局部，使取景范围集中到士女的对话方面。这种特写镜头，颇有戏剧色彩。热恋中的少女说：“前去歌舞场玩玩好吗?”男士说：“已经去过了。”寥寥一语顿生波澜，颇拂少女之意。可是她并无愠怒，反而深情而执著地再次相邀：“我们再去游玩一番吧，洧河那边太令人快乐了!”这少女所以执意重游胜境，一是她对那位男士情深意切，愿与他纵情偕游。另外，那“洵訏且乐”的欢洽场景在诱惑着她。那熙熙攘攘的人潮，就是许多情侣汇成的群象；这一对倾心而谈的恋人也是那群象中的个体。此处以少总多，在个性中含有共性。其实，在第一个层次中，“士与女，方秉蕑兮”、“士与女，殷其盈矣”等语，已设下了伏笔，那“士与女”可以泛称游春的众人，而这两个“言笑晏晏”的士女也正在其中。这位男士表示“已去过那好地方”，与上文前后呼应。从一般到典型，从典型到一般，平中有奇，虚实相生。

两章的第三个层次，描写士女尽兴地冶游，互相说笑逗乐，在情意款洽、两心相许时，持赠勺药以订盟结誓。这已发展到戏剧性的高潮，士女们前来游春的最美好的心愿实现了，他们已缔结良缘，将与爱侣过共同生活，歌谣至此戛然而止，留下了一些空白与潜台词，令人回味无穷。诗中投赠勺药以定情，正反映了豆蔻年华的士女们热烈真挚的爱情和淳厚质朴的民风。在《诗经》中，除“赠之以勺药”外，尚有抛梅、遗红管、投瓜果之事[②]。流衍到现代，少数民族地区还流行着赠红豆、抛锦、丢松枝、抛彩球、丢包等习俗。由此可见我们民族文化的内涵是非常丰富多彩的，古今民俗是源远流长，一脉相承的。

这首歌谣，前后两章格调基本相同，其中只更易个别字句，绝大部分是重叠复沓的。这是土风之乐的特色之一。另外，每章都在第二个层次穿插唱和问答的语句，回环起伏，传神写照，错落有致，摇曳多姿。通篇行文给人以鲜明的层次感和优美的飞动感。在明快热烈的基调中，各层次之间的衔接过渡天衣无缝，结构自然，涉笔成趣。（袁　梅）

【注】 ①《周礼·地官·媒氏》：“媒氏掌万民之判。……中春之月，令会男女。于是时也，奔者不禁。若无故不用令者，罚之，司男女之无夫家者而会之。”按：奔，是指不能或无力完全按古代婚姻的“六礼”（礼数不全）而婚娶结合的情形，并非后世所谓“淫奔”、“私奔”。②见《诗·召南·摽有梅》、《诗·邶风·静女》、《诗·卫风·木瓜》。

魏风·伐檀

坎坎伐檀兮，寘之河之干兮，河水清且涟猗。不稼不穑，胡取禾三百廛兮？不狩不猎，胡瞻尔庭有县貆兮？彼君子兮，不素餐兮！

坎坎伐辐兮，寘之河之侧兮，河水清且直猗。不稼不穑，胡取禾三百亿兮？不狩不猎，胡瞻尔庭有县特兮？彼君子兮，不素食兮！

坎坎伐轮兮，寘之河之漘兮，河水清且沦猗。不稼不穑，胡取禾三百囷兮？不狩不猎，胡瞻尔庭有县鹑兮？彼君子兮，不素飧兮！

《伐檀》是《诗经·魏风》中的一首民歌，是一首嘲讽剥削者的诗。共分三章，每章前三句，都是描写奴隶辛勤劳动的情景。声传事，事含景，景抒情，情立意，浑然天成。“坎坎伐檀兮，寘之河之干兮，河水清且涟猗。”“坎坎”，伐木声。“寘”，同“置”，放置。“干”，河岸。“涟”，水的波纹。“猗（yī 衣）”，语气语，与“兮”字同。这三句是说：砍伐檀木铿铿作响，把砍下的木材置放河岸，河水清清荡漾着波纹。这里既写劳动过程，又描绘了劳动场景，语言平易舒畅，开端就把读者带进了一个树木成阴、河水清澈、伐木声铮铮的集群劳动环境。在这里，伐木奴隶们彼唱我和、你言我语、冷讽热嘲地议论开来，不时地对不劳而获的奴隶主发出愤慨的控诉：“不稼不穑，胡取禾三百廛兮？不狩不猎，胡瞻尔庭有县貆兮？彼君子兮，不素餐兮！”耕种为“稼”，收获曰“穑（sè 瑟）”，冬猎称“狩（shòu 寿）”，夜猎叫“猎”。其实稼穑、狩猎都可分别泛指农事和捕猎劳动。耕稼和捕猎是古代维持人类社会生存的两大基本劳动部类。“胡”，为何之意。“廛（chán 蝉）”，“缠”的假借字，意同“束”或“捆”。“瞻”，即观看。“县”，古“悬”字。“貆（huān 欢）”，音义同“獾”。这六句是借劳动者的口吻对剥削者进行质问讽刺。意谓那些不从事农业劳动的人，为何占有那么多庄稼？那些不干捕猎的人，为何庭院里挂满了猪貆？你们这些“君子”啊，不应该白吃饭啊！这朴实直白的质问，道出了一个平常而普遍的事实：不劳动的“君子”，占有大量的劳动果实，他们吞没了整日拼死劳动的奴隶们用血汗创造的生活资料。不劳而食，劳而不获，形成鲜明的对比，强烈的反差，掀起了人们心底的不平，暗示出尖锐的社会矛盾。远古劳动者的歌声早就昭示了这种阶级对立，此等不平的沟壑，是古今中外人们关注的热点，也正是这首诗打动人心、传诵不衰的重要原因。

以下两章，在思想上，篇章结构、句式、字数等方面都是相近的，全篇采用复沓咏唱的形式，只更易几个重点词语，适应了内容的深入和变化。从“伐檀”、“伐辐”、“伐轮”，可知人们伐木是为了替奴隶主造车，这群伐木者有可能是工匠奴隶。河水由“清且涟”——“清且直”——“清且沦”，这自然景象的变化也暗示出劳动之久，时间在不断推移。至于“三百廛”——“三百亿”——“三百囷（qūn 逡）”之表明数量递增，“县貆”——“县特”（长到三岁的小兽）——“县鹑”之表说品种变化，都不是单纯的重复，而是通过回环往复的咏唱加浓了情感，深化了主题。重叠有益于记忆，反复便于咏唱，回环往复，有利于增强诗歌的节奏感和音乐性，这些都体现了中国古代民歌的特色。

（刘连庚）

魏风·硕鼠

硕鼠硕鼠，无食我黍！三岁贯女，莫我肯顾。逝将去女，适彼乐土。乐土乐土，爰得我所？

硕鼠硕鼠，无食我麦！三岁贯女，莫我肯德。逝将去女，适彼乐国。乐国乐国，爰得我直。

硕鼠硕鼠，无食我苗！三岁贯女，莫我肯劳。逝将去女，适彼乐郊。乐郊乐郊，谁之永号？

《硕鼠》与《伐檀》一样也是《诗经·魏风》中劳动人民控诉残酷剥削的名篇，诗中不仅有奴隶对剥削者的仇恨与反抗，还表达了对美好社会的憧憬与追求。

全诗共三章，每章八行。开端“硕鼠硕鼠，无食我黍！”农奴们把奴隶主比成肥大的田鼠，这体现了他们对剥削者的强烈憎恨，用呼告法，开门见山，简洁明快，斩钉截铁。“硕（shí 石）”，肥大之意。以下“三岁贯女，莫我肯顾”，“三岁”，泛指长期，不是确数。“贯”，侍奉，养活之意。“女”，同“汝”。这两句的意思是，“长期供养着你们，却不肯照顾我”，直接数落了对方的罪责，表现了对剥削者忘恩负义的仇视心理。在忍无可忍的处境中，农奴们决心要冲决奴隶主的剥削网，逃亡外地，“逝将去女，适彼乐土。乐土乐土，爰得我所？”这就是他们发出的决心抗争的誓言。“逝”，通“誓”。“适”，意同“往”。“爰”，犹“于是”。这就是说：我决心要脱离你们而远去，去寻找我那安身之地，到了那样的地方，也许会使我得到立足的处所。自然，那时“普天之下，莫非王土”，四海之内无不是奴隶主的天下，哪里会有劳动群众的“乐土”呢？然而这毕竟表现出劳动者对无压迫无剥削社会的强烈向往，这种幻想和追求在当时虽然渺茫却是人类不断走向文明和进步的动力，是早期奴隶的一种朦胧的觉醒。

第二章和第三章在句式、章法、内容等方面和第一章基本相同，中间只更换了几个字，“黍”、“麦”、“苗”意义相似，都是代表耕稼奴隶用汗水浇灌的谷类。“肯顾”、“肯德”、“肯劳”，其意义有一定的递进作用，由顾惜到德惠到慰抚，逐步推进。“乐土”、“乐国”、“乐郊”，含义并不重合，而是互有补充。至于得“所”、得“直”，是由幻想找到一片安身之地进而想到在那样的地方能得到应得的报偿，祈望进一步具体。而收尾从反面着墨，“谁之永号”，犹言一旦有了安居乐业之处，便不会再像今天那样奔走号呼了。这里由幻想而现实，愈见出歌者祈望之殷、向往之切。

全诗复沓的形式是民歌的特点所决定的，它不但是咏唱的需要，而且有利于抒发感情，强调内容，深化主题，增强表达的效果。　　　　　　（刘连庚）

秦风·无衣

岂曰无衣？与子同袍。王于兴师，修我戈矛，与子同仇！
岂曰无衣？与子同泽。王于兴师，修我矛戟，与子偕作！
岂曰无衣？与子同裳。王于兴师，修我甲兵，与子偕行！

这是一首同仇敌忾、斗志昂扬的军歌。它反映了古代人民为了抗击外来敌人而团结一致、同甘共苦的战斗友谊和奋勇参加正义战争的民族精神。

在周代，秦地临近戎狄，屡遭侵凌掳掠之苦。秦人素有尚武精神，娴习骑射，骁勇善战。本诗就是西周后期秦人抵御外侮、收复失地的誓师之词。当时，秦人尚未立国，兴师伐戎乃是勤王（效忠宗周）之事。即使本诗成于东周，正值秦人受封立国之初，也不会自称为“王”。故“王于兴师”之句，是指周天子号令诸侯调动各地军队（包括秦师）出征作战。

这首豪迈激昂的战歌，共分三章，每章各五句。第一章与二、三章层层递进，步步加强，上下一贯，着力表现一个主题。

首章以诘语开篇，高唱而入，借端寄慨，激励人心。那些金戈铁马、壮怀激烈的将士们反问道：“岂曰无衣？与子同袍。”实际是自问自答，意谓“难道我们没有衣服？不是。只因我们是战友，所以愿意合穿一件战袍”。接着，笔势一转，以倒插手法点明主旨：“王于兴师，修我戈矛，与子同仇！”周天子发兵征伐入侵之敌，全面动员，修整武器，准备战斗。士众要同仇敌忾，共赴国难。正因如此，战友之间才有“同袍”之谊。“王于兴师”以下三句，文约而事丰，是本诗的灵魂。但开头并不直说，而以诘语出之，在读者疑而索解之际，才正面道出原委。这就将平直单纯的事象写得曲折圆活，文义也更加缜密完美。这首诗的第一章虽寥寥五句，却已谱就了全篇的基调，反映了秦人万众一心奋勇抗敌的斗志坚定的爱国精神和对待正义战争的正确态度。

二、三两章，在格调和语言表达形式上与首章基本相同，但在内容方面有层递关系。首章既已强调了“王于兴师”、“与子同仇”这一主旨，二、三两章便通过反复咏唱加以深化。不仅“与子同袍”，而且进一步“同泽”、“同裳”，可以同穿一件贴身的汗衣或下装。这说明彼此关系更加密切，更加团结一致。他们在统一的爱国思想指引下，秣马厉兵，紧张备战，决心一齐行动起来，奔赴沙场，征伐强敌。这种民族精神，早被千载之前的班固所肯定。他在《汉书·赵充国辛庆忌传》中说，秦地“民俗修习战备，高上勇力，鞍马骑射。故秦诗曰：王于兴师，修我甲兵，与子偕行。其风声气俗自古而然，今之歌谣慷慨风流犹存耳”。

这首乐歌，章复句叠，一唱三叹，体现了周代民歌的特色。全诗三章格调基本一致，语言简易省净而不单调，复沓层叠而不絮烦。叠章、叠句的形式各章略同，但又有小异。虽然表达的内容是统一的，却又在叠句中更换个别字词，这就使文气跌宕活跃而不板滞。如“同袍”、“同泽”、“同裳”、“戈矛”、“矛戟”、“甲兵”、“同仇”、“偕作”、“偕行”等词语的变化，使重叠的章句之间互相补充，完足文义，深化内容，强化情感，而且更富韵律美，更加摇曳生姿。本篇虽然简短，但言浅意深，涵盖广博。豪情纵横，如骏马注坡，奔腾而下，大有凌厉无前、震撼山河之雄风。　（袁　梅）

豳风·东山

我徂东山，慆慆不归。我来自东，零雨其濛。我东曰归，我心西悲。制彼裳衣，勿士行枚。蜎蜎者蠋，烝在桑野。敦彼独宿，亦在车下。

我徂东山，慆慆不归。我来自东，零雨其濛。果臝之实，亦施于宇。伊威在室，蟏蛸在户。町畽鹿场，熠熠宵行。不可畏也，伊可怀也。

我徂东山，慆慆不归。我来自东，零雨其濛。鹳鸣于垤，妇叹于室。洒埽穹窒，我征聿至。有敦瓜苦，烝在栗薪。自我不见，于今三年。

我徂东山，慆慆不归。我来自东，零雨其濛。仓庚于飞，熠熠其羽。之子于归，皇驳其马。亲结其缡，九、十其仪。其新孔嘉，其旧如之何？

这是《诗经·豳风》中的一首非战诗，是以从征兵士的口吻咏唱的。他自述被迫从军东征，久久不归，最后幸得生还。在返里途中，又受尽风尘之苦。在劳碌奔波之中，想象家乡田园荒芜、十室九空的凄凉景象；又预感到解甲归田与妻子团聚的愉悦。既回甘往昔燕尔新婚之幸福，又不知妻子于今怎样。悲喜交集，忐忑不安。这首诗反映了征人痛定思痛的矛盾心理，表达了古代人民对奴隶主阶级发动非正义战争的抗议。不过，古代人民并不反对正义战争，在《诗经》中有些诗歌（如《卫风·伯兮》、《秦风·无衣》）就反映了人民对卫国战争是热烈拥护并踊跃参加的，表现了明确的是非观念与强烈的爱国思想。

《东山》全诗凡四章，每章十二句。第一章首标其目，开门见山。“我徂东山，慆慆不归。我来自东，零雨其濛”四句，紧扣主题，化景入事，笼罩全篇。说明这位征人前往东山一带作战，为时已久，欲归不能。他征战愈久，思归之心愈切。在他要从东方战地返里时，正落着迷迷濛濛的细雨。这细雨交织成凄清的氛围，笼罩着征人悲凉的心境。这种景物描写有力地烘托了人物的思想感情；同时，也是起兴手法的灵活运用，虽不在篇首，却有触物起情的效果。这濛濛细雨，在征人心目中是"愁雨"，它唤起了人的愁绪，人的愁绪又沾染了它。全诗各章均以此四句复沓叠出，一唱三叹，寄意无限。前浪甫落，后浪又起，反复地冲激人的心灵。诗篇在立意造境的基础上，接着陈述征人从东方回归途中，遥望西方的家乡，心中悲伤不已。言念及此，又顿然收住。下面便是诉说西归旅途的辛劳及如潮的思绪："及时制作一套便装，换下戎装。从今以后，再也不需衔枚疾走、从军征战了。目睹桑蚕蜷曲着身子附着在野地的桑树上，而我这征人也独自露宿于役车之下，冷得缩做一团，瑟瑟地苦熬着漫漫长夜。"这是托景言事，实中见虚，在描述真景实事中寄托独喻之微。"蠋(zhú 烛)"，指桑蚕。"烝"，犹言处在。"敦"，古读"堆"，蜷缩貌。反战的兵士能解甲归田，应该喜悦；他却说"我心西悲"。一个"西"字，点出了这伤悲来自西方的故乡。可是并未说明缘何而悲，这就造成了一个悬念。

第二章，重出"我徂东山"四句，上下联络，前后呼应，复叠而不纷繁，为下文作了映衬。二、三、四章从不同角度道出"西悲"的缘由，步步解决前面的悬念。以第二章而言，"果赢之实"以下八句，是征人对家乡情形的想象，也许是他由沿途所见萧条景象而联想到家乡。"果赢(luǒ 裸)"，即瓜蒌。"伊威"，土鳖。"蟏蛸(shāo 梢)"，蜘蛛。"宵行"，指磷火。他想象中的故乡满目苍凉，田园荒秽，寂无人烟。在无人居住的空庭，瓜蒌的茎蔓攀缘于屋檐上，还长着一些圆圆的果实。屋里的湿地上，潮虫来回地爬着；门上也结满了蜘蛛网。庭院旁边的空地，成了野鹿出没的荒场；夜间有点点磷火闪着幽森的青光。他心神恍惚，感慨万端地自问自答："这残败萧疏的景象难道不可怕吗？但是，它却更加重了我的思乡之情。"因为他是在故土长大的，他对故土有深沉的爱，这种血肉相连的感情使他痛苦，也给他慰藉。更重要的是：家乡有他新婚不久就远别的妻子。所以，他觉得故乡既可畏又可怀。此时的物境与心境互相感荡催化，景与情，实与虚，契合无间。写真、联想、想象融会为一体，造成恍惚冥漠的境界，在有我无我之际，在可言不可言之间。

第三章，复沓手法如前。又层层发生，诗意愈转愈深，由物及人。征夫看到鹳鸟在土丘上鸣叫求偶，便想起了久别的妻子，大概正在空室中自叹伶仃孤苦的生活遭遇，大概正焦灼地盼望与丈夫早日团聚。征夫又想象妻子正在洒扫院落房舍，堵好墙洞，准备迎接马上来到的丈夫。他又悬想当初结婚时行合卺之礼用的瓠瓜，还放在屋角的柴堆上。可是，新婚后他就被迫出征，分别至今，已历三年漫长岁月。征人怀乡，思妇念远，本是古代诗歌中常见的题材，何况这一对夫妇是新婚后的生离死别，双方就更加互相牵念。这征人并未道出思念妻子之情，也未倾诉多年征战之苦，而万种难言之痛，尽在不言之中。他想得很多，说得很少。若隐若现，欲露不露，许多未尽之意，让人们"思而得之"。

诗篇之终章，仍以"我徂东山"四叠句贯穿始终，一线到底。在前章末尾，征人想到"自我不见，于今三年"，在这里却蓦然一大逆转，另出一层境界：征人回溯三年前新婚燕尔之乐——在那吉日良辰，黄莺双双飞翔，美丽的羽翼闪着金光。新妇嫁到我家时，陪嫁的好马配着华贵的鞍鞯。她的母亲给她系上佩巾，举行了很多项结婚礼仪，十分隆重。新妇非常美好可爱，新婚之情也很笃厚。可是，阔别三年，她已不是新妇了，大概已形容憔悴，正在苦盼着重聚吧，她对我大概更加挚爱吧。她究竟怎么样呢？她是否还在人世？这一切都是难以捉摸的谜。久别重逢的时间越近，他想得越多，心情越不平静。既希望妻子平安无恙，又疑虑已成死别；故土、故人是可怀的，又是不敢想象的；既盼早日踏进家门，又怕踏进家门：亦喜亦悲，可怀可畏，心理的矛盾是复杂而多变的。这也反映了严酷而复杂的社会矛盾。从这位征人一家之苦，可展现万家之苦。当时被迫从征的兵士何止千万？萧索凋敝的农村何限一隅？这一切人间惨相都是大奴隶主贵族集团穷兵黩武所造成的。本诗以小见大，借具体的典型情节和典型情绪的描述，婉转委曲地表现重大的社会内容。诗中不言怨而怨自深，不抒愤而愤自烈。

《东山》一诗，文约而事丰，言近而旨远，将广阔纷繁的社会图景再现于尺幅之中。一个兵卒的自述，牵连着千家万户、千村万落。个性中含有共性，偶然中含有必然。正如王士禛所云："一滴水可知大海味。"诗中又以哀景写乐、以乐景写哀，虚实相生，情景交融，从矛盾中见统一。久经征战，幸得生还，理应欣慰；诗中却大事描绘凄惨景象，起了反衬作用。实际上，这征人的愉悦是短暂的、虚空的；他的苦难却是无尽的、切实的。"其旧如之何"，本是酸楚之情的流露；可是在这之前却铺叙燕尔新婚之乐，以昔日之乐反衬今日之哀。正因为大环境（整个奴隶社会）是黑暗残酷的，所以征人重返家园并不能得到和平劳动的幸福，而是陷入苦难的深渊，不死于战争，也要死于饥寒贫困。总之，一切苦难都来自奴隶制度，都来自奴隶主阶级发动的不义战争：这便是本诗的画外音。 （袁　梅）

小雅·采薇

采薇采薇，薇亦作止。曰归曰归，岁亦莫止。靡室靡家，猃狁之故。不遑启居，猃狁之故。

采薇采薇，薇亦柔止。曰归曰归，心亦忧止。忧心烈烈，载饥载渴。我戍未定，靡使归聘。

采薇采薇，薇亦刚止。曰归曰归，岁亦阳止。王事靡盬，不遑启处。忧心孔疚，我行不来。

彼尔维何？维常之华。彼路斯何？君子之车。戎车既驾，四牡业业。岂敢定居？一月三捷。

驾彼四牡，四牡骙骙。君子所依，小人所腓。四牡翼翼，象弭鱼服。岂不日戒？猃狁孔棘。

昔我往矣，杨柳依依。今我来思，雨雪霏霏。行道迟迟，载渴载饥。我心伤悲，莫知我哀。

这是西周宣王时期出征士兵所唱的怨歌。它反映了玁狁犯边的危急局势、戍卒们的征战生活以及他们复杂的思想感情。

据古代文献及出土文物证明，宣王屡次兴师征伐玁狁。在当时民族矛盾与阶级矛盾均呈尖锐而且互相交叉的情势下，宣王为了解除玁狁的侵略威胁，并缓冲国内的阶级矛盾，曾一再发动攻伐玁狁的战争，并取得一定胜利。但由于连年用兵，国力耗损很大。宣王为补充军力与财力，一意孤行，实施劳民政策，大大加重了人民的征役与经济负担，人民所受的剥削更为苛重。周宣王史称"中兴"之主，但这"中兴"的局面并未维持很久，只不过是短暂的回光返照而已。

本诗共六章，可分三部分。前三章为第一部分，主要描写戍卒出征、转战边陲、饥渴困苦、久役不归的情景，表现了他们在民族矛盾与阶级矛盾都很激烈的情况下所持的态度。他们既有敌忾同仇、抵御外侮的爱国精神，又有恋念故园、自伤离乱、怨恨周王朝的情绪。四、五两章为第二部分，集中描述戎马倥偬、浴血苦战的实况。终章为第三部分，反映了士兵们凯旋时复杂的心理。

首章"采薇采薇，薇亦作止"之句，以兴而赋的手法述景陈事，托兴戍卒们伤离思归之情。他们的征戍生活十分困苦，采薇而食，所以由此等景事敏感地引发出"曰归曰归，岁亦莫(暮)止"的慨叹。他们抛家舍业，苦战经年，不得休息。日夜盼望返回家园，可是一年将尽，仍无归期。这一切都是由于"玁狁之故"。

二章"采薇采薇，薇亦柔止"，复沓叠出，只易一"柔"字，便点出物态的变化，而且借以触发"曰归曰归，心亦忧止"的难言之隐。士兵们终日饥渴劳顿，转战边关，行止无定，与家人音问断绝，四顾苍茫，怎能不忧心如焚呢？他们久历难以忍受的风尘艰辛，才会发此恳恻深沉之苦语。

三章"采薇采薇，薇亦刚止"，又易一"刚"字，说明薇菜已由柔嫩变为刚硬了。这"作"、"柔"、"刚"三字，可以从物态的变化反映时序的推移，但我们读诗也不必过于泥实，歌谣中此例甚多，也许只为了使叠章叠句历落有致，圆转灵活，深化内容，美化语言。如首章已说过"岁亦莫止"(岁末)，这里却说"岁亦阳止"(夏历十月)，在时序上是颠倒的。可见这"莫"与"阳"无非说明征戍日久，已迁延到冬季了。"王事靡盬(gǔ古)"以下四句，征人诉说王朝的役事无尽无休，不知何时才能解甲归田，因而都很忧苦。以上三章含蓄而执著地透露了难以言喻的凄伤怨悱之情。

四章另发新意，借端寄慨，"彼尔(通"薾"，花盛貌)维何？维常之华。彼路斯何？君子之车"等句，设问设答，指出那华丽高贵的大车乃将帅所乘。寥寥数语，已隐约道出等级之森严。以下便描述兵车驰驱，战马强壮，战事激烈。一月之内多次与强敌交战，不能安居休整。此处"岂敢定居"与上文"不遑启居"、"不遑启处"文义相似而别出新词，宛曲回环，灵活而有韵律美；又能加强语势，反复强调由于军情紧急、日夜鏖战而难安息。文气于统一中见参差，单纯中寓变化。这几个含义相近的词语有机地贯穿其中，使各章句之间岭断云连，前后照应。

五章再从战车叙起，形容驾车的公马强壮有力，这些由将帅倚乘的战车，士兵们只能追随于左右以遮蔽身体。本章极力夸大车马之壮盛，又炫耀装饰豪华的强弓劲弩，以典型事物概括表现秦军武器装备之精良，从而显示了全面的军力军威。

下文“岂不日戒？猃狁孔棘(通“亟”,急)”,又关照了上文“不遑启居”、“不遑启处”、“岂敢定居”,浑然一体,深化了主题。

第三部分“昔我往矣,杨柳依依。今我来思,雨雪霏霏”四句,被后世称为千古绝唱。它跨越时空而写景。先写往昔之景:出征时正值春季,杨柳繁盛,碧丝依依。又写目前之景:旋归时漫天大雪纷纷扬扬。就在这严寒的大雪天,饥寒交迫、极度疲惫的士兵们迈着沉重的脚步,缓慢而艰难地行进在漫远的征途上。他们万感茫茫,欲言难吐,最后,激壮苍凉地迸发出“我心伤悲,莫知我哀”的呐喊。在古代,忠君与爱国常有其统一性,何况猃狁的入侵直接给广大人民带来了苦难。因此从军抗敌,不仅是“勤王事”,而且也是保卫人民利益。尽管士兵们心中矛盾重重,但仍有积极参战的爱国行动。不过,他们毕竟是处于社会底层的奴隶或农奴,因而在雨雪霏霏的归途中,按常理应有的快乐情绪被凄凉的景象所着色和转移,唤起了心灵深处久积的哀情。他们奋勇杀敌,征服了猃狁,却又要回到那苦难的深渊,继续受残酷的剥削压迫。他们不但未被胜利的喜悦所激动,反而深味着人间的悲凉与空虚。他们失掉的太多了,而得到的是什么呢?“我心伤悲,莫知我哀”,是他们发自心底的倾诉。诚然,在周代社会中,有谁能理解并同情他们的悲哀呢?

托景兴情,情寓于物的手法,在诗歌中是常见的,但这首诗却是“以乐景写哀,以哀景写乐”(王夫之语)。这些写景述事的诗句有移情映衬作用。它既概括了不同的时间与空间,又分别映衬了在不同环境中人物的心态变化。“杨柳依依”能反衬征人不忍离家远戍的愁苦心情;同时,他们心中也有共赴国难的豪情壮志:亦即哀中有乐,苦乐交融。“雨雪霏霏”,能反衬征人九死一生返归故里时的欣慰之情;另外,他们自知又将重陷困厄之境,自然产生了殷忧深愁:亦即乐中有哀,无时不哀。征人(即诗人)苦乐交织,乐是暂时的,苦是却长久地纠缠着自己。

这首乐歌,是思理的,又是可感的。它表现了重大的社会内容,又有优美的艺术形式,具有很高的认识价值与审美意义。尤其是它的终章,更具有声中难写、响外别传之妙。清人叶燮说:“诗之至处,……其寄托在可言不可言之间,其指归在可解不可解之会。”《采薇》一诗有其至情,所以成为千古不朽之作。　(袁　梅)

屈　原

离　骚

帝高阳之苗裔兮,朕皇考曰伯庸。摄提贞于孟陬兮,惟庚寅吾以降。皇览揆余初度兮,肇锡余以嘉名:名余曰正则兮,字余曰灵均。纷吾既有此内美兮,又重之以修能;扈江离与辟芷兮,纫秋兰以为佩。汩余若将不及兮,恐年岁之不吾与。朝搴阰之木兰兮,夕揽洲之宿莽。日月忽其不淹兮,春与秋其代序;惟草木之零落兮,恐美人之迟暮。不抚壮而弃秽兮,何不改乎此度?乘骐骥以驰骋兮,来吾道夫先路!

昔三后之纯粹兮，固众芳之所在，杂申椒与菌桂兮，岂维纫夫蕙茝？彼尧、舜之耿介兮，既遵道而得路；何桀、纣之猖披兮，夫唯捷径以窘步！惟夫党人之偷乐兮，路幽昧以险隘；岂余身之惮殃兮，恐皇舆之败绩。忽奔走以先后兮，及前王之踵武；荃不察余之中情兮，反信谗而斋怒。余固知謇謇之为患兮，忍而不能舍也。指九天以为正兮，夫唯灵修之故也！曰黄昏以为期兮，羌中道而改路。初既与余成言兮，后悔遁而有他；余既不难夫离别兮，伤灵修之数化。

余既滋兰之九畹兮，又树蕙之百亩。畦留夷与揭车兮，杂杜衡与芳芷。冀枝叶之峻茂兮，愿俟时乎吾将刈；虽萎绝其亦何伤兮，哀众芳之芜秽！众皆竞进以贪婪兮，凭不厌乎求索，羌内恕己以量人兮，各兴心而嫉妒。忽驰骛以追逐兮，非余心之所急，老冉冉其将至兮，恐修名之不立。朝饮木兰之坠露兮，夕餐秋菊之落英；苟余情其信姱以练要兮，长顑颔亦何伤！揽木根以结茝兮，贯薜荔之落蕊，矫菌桂以纫蕙兮，索胡绳之纚纚。謇吾法夫前修兮，非世俗之所服；虽不周于今之人兮，愿依彭咸之遗则！

长太息以掩涕兮，哀民生之多艰；余虽好修姱以鞿羁兮，謇朝谇而夕替。既替余以蕙纕兮，又申之以揽茝；亦余心之所善兮，虽九死其犹未悔！怨灵修之浩荡兮，终不察夫民心，众女嫉余之蛾眉兮，谣诼谓余以善淫。固时俗之工巧兮，偭规矩而改错；背绳墨以追曲兮，竞周容以为度，忳郁邑余侘傺兮，吾独穷困乎此时也，宁溘死以流亡兮，余不忍为此态也！鸷鸟之不群兮，自前世而固然；何方圜之能周兮，夫孰异道而相安！屈心而抑志兮，忍尤而攘诟；伏清白以死直兮，固前圣之所厚！

悔相道之不察兮，延伫乎吾将反；回朕车以复路兮，及行迷之未远。步余马于兰皋兮，驰椒丘且焉止息；进不入以离尤兮，退将复修吾初服。制芰荷以为衣兮，集芙蓉以为裳；不吾知其亦已兮，苟余情其信芳！高余冠之岌岌兮，长余佩之陆离。芳与泽其杂糅兮，唯昭质其犹未亏。忽反顾以游目兮，将往观乎四荒；佩缤纷其繁饰兮，芳菲菲其弥章！民生各有所乐兮，余独好修以为常！虽体解吾犹未变兮，岂余心之可惩！

女媭之婵媛兮，申申其詈予；曰："鲧婞直以亡身兮，终然殀乎羽之野。汝何博謇而好修兮，纷独有此姱节？薋菉葹以盈室兮，判独离而不服。众不可户说兮，孰云察余之中情？世并举而好朋兮，夫何茕独而不予听！"

依前圣以节中兮，喟凭心而历兹；济沅、湘以南征兮，就重华而陈词：启《九辩》与《九歌》兮，夏康娱以自纵；不顾难以图后兮，五子用失乎家巷。羿淫游以佚畋兮，又好射夫封狐；固乱流其鲜终兮，浞又贪夫厥家。浇身被服强圉兮，纵欲而不忍；日康乐而自忘兮，厥首用夫颠陨。夏桀之常违兮，乃遂焉而逢殃：后辛之菹醢兮，殷宗用而不长。汤、禹俨而祗敬兮，周论道而莫差，举贤而授能兮，循绳墨而不颇。皇天无私阿兮，览民德焉错辅；夫维圣哲以茂行兮，苟得用此下土。瞻前而顾后兮，相观民之计极；夫孰非义而可用兮，孰非善而可服？阽余身而危死兮，览余初其犹未悔；不量凿而正枘兮，固前修以菹醢。曾歔欷余郁邑兮，哀朕时之不当；揽茹蕙以掩涕兮，霑余襟之浪浪。跪敷衽以陈辞兮，耿吾既得此中正；驷玉虬以乘鹥兮，溘埃风余上征。朝发轫于苍梧兮，夕余至乎县圃；欲少留此灵琐兮，日忽忽其将暮。吾令羲和弭节兮，望崦嵫而勿迫；路曼曼其修远兮，吾将上下而求索。饮余马于咸池兮，总余辔乎扶桑；折若木以拂日兮，聊逍遥以相羊。前望舒使先驱兮，后飞廉使奔属，鸾皇为余先戒兮，雷师告余以未具。吾令凤鸟飞腾兮，继之以日夜；飘风屯其相离兮，帅云霓而来御。纷总总其离合兮，斑陆离其上下；吾令帝阍开关兮，倚阊阖而望予。时暧暧其将罢兮，结幽兰而延伫；世溷浊而不分兮，好蔽美而嫉妒。

朝吾将济于白水兮，登阆风而緤马；忽反顾以流涕兮，哀高丘之无女。溘吾游此春宫兮，折琼枝以继佩；及荣华之未落兮，相下女之可诒。吾令丰隆乘云兮，求宓妃之所在，解佩纕以结言兮，吾令蹇修以为理。纷总总其离合兮，忽纬繣其难迁；夕归次于穷石兮，朝濯发乎洧盘。保厥美以骄傲兮，日康娱以淫游；虽信美而无礼兮，来违弃而改求。览相观于四极兮，周流乎天余乃下，望瑶台之偃蹇兮，见有娀之佚女。吾令鸩为媒兮，鸩告余以不好，雄鸠之鸣逝兮，余犹恶其佻巧。心犹豫而狐疑兮，欲自适而不可，凤皇既受诒兮，恐高辛之先我。欲远集而无所止兮，聊浮游以逍遥；及少康之未家兮，留有虞之二姚。理弱而媒拙兮，恐导言之不固。世溷浊而嫉贤兮，好蔽美而称恶。闺中既已邃远兮，哲王又不寤，怀朕情而不发兮，余焉能忍与此终古！索藑茅以筳篿兮，命灵氛为余占之。曰："两美其必合兮，孰信修而慕之？思九州之博大兮，岂唯是其有女？"曰："勉远逝而无狐疑兮，孰求美而释女？何所独无芳草兮，尔何怀乎故宇？世幽昧以昡曜兮，孰云察余之善恶？民好恶其不同兮，惟此党人其独异；户服艾以盈要兮，谓幽兰其不可佩。览察草木其犹未得兮，岂珵美之能当？苏粪壤以充帏兮，谓申椒其不芳！"

欲从灵氛之吉占兮，心犹豫而狐疑；巫咸将夕降兮，怀椒糈而要之。百神翳其备降兮，九疑缤其并迎；皇剡剡其扬灵兮，告余以吉故。曰："勉升降以上下兮，求榘矱之所同；汤、禹严而求合兮，挚、咎繇而能调。苟中情其好修兮，又何必用夫行媒；说操筑于傅岩兮，武丁用而不疑。吕望之鼓刀兮，遭周文而得举；宁戚之讴歌兮，齐桓闻以该辅。及年岁之未晏兮，时亦犹其未央；恐鹈鴂之先鸣兮，使夫百草为之不芳！"

何琼佩之偃蹇兮，众薆然而蔽之；惟此党人之不谅兮，恐嫉妒而折之。时缤纷其变易兮，又何可以淹留；兰芷变而不芳兮，荃蕙化而为茅。何昔日之芳草兮，今直为此萧艾也？岂其有他故兮，莫好修之害也！余以兰为可恃兮，羌无实而容长；委厥美以从俗兮，苟得列乎众芳。椒专佞以慢慆兮，樧又欲充夫佩帏；既干进而务入兮，又何芳之能祗！固时俗之流从兮，又孰能无变化？览椒兰其若兹兮，又况揭车与江离！惟兹佩之可贵兮，委厥美而历兹；芳菲菲而难亏兮，芬至今犹未沫。和调度以自娱兮，聊浮游而求女；及余饰之方壮兮，周流观乎上下。灵氛既告余以吉占兮，历吉日乎吾将行。折琼枝以为羞兮，精琼靡以为粻。为余驾飞龙兮，杂瑶象以为车；何离心之可同兮，吾将远逝以自疏！邅吾道夫昆仑兮，路修远以周流；扬云霓之晻蔼兮，鸣玉鸾之啾啾。朝发轫于天津兮，夕余至乎西极；凤皇翼其承旂兮，高翱翔之翼翼，忽吾行此流沙兮，遵赤水而容与，麾蛟龙使梁津兮，诏西皇使涉予。路修远以多艰兮，腾众车使径待。路不周以左转兮，指西海以为期。屯余车其千乘兮，齐玉轪而并驰。驾八龙之婉婉兮，载云旗之委蛇。抑志而弭节兮，神高驰之邈邈。奏《九歌》而舞《韶》兮，聊假日以媮乐。陟升皇之赫戏兮，忽临睨夫旧乡。仆夫悲余马怀兮，蜷局顾而不行。

乱曰：已矣哉！国无人莫我知兮，又何怀乎故都？既莫足与为美政兮，吾将从彭咸之所居。

屈原是诗国的一颗巨星，远在众星之前，他出现在我国诗歌史上，成为无数后继者所仰慕的风范。他的不朽之作——《离骚》，震古烁今，千百年来深深地震撼着人们的心灵，成为我国诗歌史以至世界诗史上最为激动人心而具有“永久的魅力”的篇章。

伟大、优秀的艺术，自有其永恒的生命力，自是美的无尽藏。歌德说：“优秀的作品无论你怎样探测它，都是探不到底的。”是的，多少年来人们读《骚》，人们认识它，分析它，开掘它，只要是一个态度严肃者，真正的渴求者，似乎都不曾空手而返过。它给人以“真”的启迪，“善”的激励，“美”的享受。它是那样完美而丰富，古老而常新，“逸响伟辞，卓绝一世”，“衣被词人，非一代也”。

“离骚者，犹离忧也”，这是史迁对《离骚》题意的解释。“屈平之作《离骚》，盖自怨生也。”这是他对诗篇创作动力的说明，也是对长诗《离骚》感情基调的论释。屈原为了振兴邦国，实行“美政”，“竭忠尽智，以事其君”，但却“信而见疑，忠而被谤”，遭谗远逝。他满怀“存君兴国”之志，却唤不醒昏庸之主，眼看楚国兵挫地削，危亡无日，自己却竟被疏失位，救国无门。这对于一位忧国忧民的爱国志士来说，能无怨乎？能无怨乎！诗中有云：“余既不难夫离别兮，伤灵修之数化。”又云：“曾歔欷余郁邑兮，哀朕时之不当；揽茹蕙以掩涕兮，霑余襟之浪浪。”最后说：“既莫足与为美政兮，吾将从彭咸之所居！”《离骚》正是诗人蕴藏着满腔爱国激情，饱含着血泪写成的一首悲伤怨愤之歌，读之令人摧肝裂胆，撼人心魄。

《离骚》一诗夙称难读，这除了南楚的方言、历史、神话、风物带来的某些理解上的障碍之外，主要由于全诗感情回环激荡，反反复复，脉络不易掌握。诚然，《离骚》是一首规模宏伟的长诗，凡两千四百七十七言，三百七十三句（从洪氏说删去“曰黄昏以为期兮，羌中道而改路”二句）。它既是一首自叙传性的长篇政治抒情诗，而又带有某些神话色彩和事件叙写以及情节因素。因此，对于《离骚》一诗，我们只有首先从整体上进行把握，才有可能深入到它的思想、艺术深处，发掘出它深邃的思想和伟大的艺术创造。

长诗《离骚》，叙写了诗人自己的某些生平经历，从而说它带有自叙传的性质，但它又具有大量的超现实的描写，在自我形象中渗入了浓重的神奇因素。诗中的构思，具有某些情节性，但也并非是客观的、真实生活经历的叙写，而完全是主观想象的飞腾。这一切都说明长诗《离骚》是一篇浪漫主义的抒情之作，而不像有人所理解的那样是一篇自传体的叙事诗。也就是说，我们读长诗《离骚》，特别应该把握的是它的“情”，是诗人内心世界活动的起伏，以至由此而展开的全部丰富性和贯穿于全诗的艺术特质。

贯穿于《离骚》长诗中的“情”，即司马迁所说的“怨”情，更确切地说就是一股忠怨之情。诗人身处战国时期新旧交替的激烈变化时代，他的父母之邦，他所热爱的祖国，原本是一个强大富庶的国家，在群雄并峙之中，曾居于盟主地位，有着统一天下的诸多条件。但自楚悼王变法失败以后，国政受旧贵族的把持，日非一日。至屈原所生活的怀王时期，由于内政不修，外有强秦压境，已沦为岌岌可危的地步。屈原是一位“博闻强志，明于治乱”的政治家，是一位有理想、有远见和持正不阿的爱国志士。他出于对祖国命运的担忧，满怀忠贞之志，企图刷新政治，振兴楚国。但他的一片赤忠之心，却得不到理解。最初他曾一度受到楚王的信任，担任左徒要职，推行新政；谁料正当他忠心耿耿，报效祖国之际，却因为触犯了旧贵族的利益，而谣诼蜂起。“众女嫉余之蛾眉兮，谣诼谓余以善淫。”群小逞技，而楚王不察，竟遭谗见疏。他怨忿楚王之“数化”、“不寤”，怨忿“党人”之“贪婪”、“工巧”，怨忿“众芳”之“芜秽”、变节、堕落。最使他感到哀伤怨忿的，是他目睹祖国的日趋危亡，而自己却被剥夺了报效祖国的机会，“岂余身之惮殃兮，恐皇舆之败绩”，“闺中既已邃远兮，哲王又不寤”。作为一个“忠而被谤”，爱国获罪，眼看祖国濒临险境而又“救国无门”的人，该是有怎样的一种激怨之情啊！于是诗人的感情犹如火山爆发，迸射而出，铸就这篇积忿幽深、摧人肝胆的长篇诗作——《离骚》。

忠怨之情是长诗《离骚》的一条主线，而从全诗结构上看，则可以分为两大层次，即从开篇到“岂余心之可惩”，可以视作诗篇的前半部分。这一部分主要写诗人矢志报国，高洁自守所遇到的矛盾和不公正的待遇，充分表现了抒情主人公与楚国黑暗现实的冲突；从“女媭”的责难至篇末，则主要写诗人遭到迫害以后，继续求索的精神和引动起来的内心冲突，以至于最后的抉择。从艺术手法来说，前半部分虽然也有艺术夸张，并运用了许多象征手法，但基本上是诗人现实生活的经历，是实写；而后半部分，则主要把炽烈的感情化为超现实的想象，表现了诗人内心世界的经历，表现了一个苦闷的灵魂，上天下地的求索精神，是虚写。

掌握了长诗《离骚》这一结构层次，我们再来具体分析一下它的内在逻辑，亦即诗篇中抒情主人公的思想感情轨迹以及起伏于全诗中的细微的心理描写。

长诗《离骚》的开端就是很奇特的。诗人首先以十分庄重而自矜的口吻，自叙了高贵的出身，奇异的生日以及由于父亲对自己莫大期望而赐予的"美名"。前人分析说："首溯其本及始生之月日而命名命字，郑重之体也。"（清顾天成《离骚解》）诚然，开篇起始的八句，感情是很肃穆的，含蕴是深邃的。他强调自己与楚王同宗共祖（"帝高阳之苗裔"），意在表明自己对楚国的兴亡负有义不容辞的责任；同时，也为他的至死不能去国垫下了伏线。他自道奇异的生辰、美好的名字，也正是在表现他的尊贵不凡和具有崇高的理想。"名余曰正则兮，字余曰灵均。""正则"，正道直行，严于律己；"灵均"，禀赋良善，公平均一。这是亲人对他的期望，也是他一生所恪守的信条。总之，这起始的八句，就为他一生的自尊自重自爱（"忽驰骛以追逐兮，非余心之所急"，"宁溘死以流亡兮，余不忍为此态也"，"民生各有所乐兮，余独好修以为常"）定下了基调。接着诗人表白了自己的品德、才能和理想，并以万分急迫的心情表达了自己献身君国的愿望：

汩余若将不及兮，恐年岁之不吾与。

这是对自己的。他担心时光飞驰，自己为国家做不成事业。因此他不满足于先天的"内美"，还"重之以修能"，朝夕充实、提高自己，以便奉献于祖国。

日月忽其不淹兮，春与秋其代序。惟草木之零落兮，恐美人之迟暮。

这是对楚王（"美人"）的。他担心楚王不能及时奋进，耽误了楚国的前途。两个"恐"字，充分表达了诗人对国事的危机感，特别是诗人为祖国的前途而焦虑，为祖国的命运而担忧的急迫心情。他寄希望于楚王，他劝导楚王"抚壮而弃秽"，愿为楚王"导夫先路"，希望日益衰败的楚国重新振兴，恢复到开国盛世的那种局面：

岂余身之惮殃兮，恐皇舆之败绩。忽奔走以先后兮，及前王之踵武。

但诗人的这一片赤忠之心，却并没有得到应有的理解和支持。相反的却因触犯了守旧贵族的利益，而招来了重重的打击和迫害。诗篇展现了楚国社会的一片令人窒息、令人愤慨的图景。楚王昏庸不察，信谗多变（"荃不察余之中情兮，反信谗而齌怒"，"初既与余成言兮，后悔遁而有他"）；"群芳"（培植的人才）随风转舵，堕落变质（"虽萎绝其亦何伤兮，哀众芳之芜秽"）；朝廷群小"贪婪"、"嫉妒"，蔽美称恶，无所不为。黑暗的现实构成了"历史的必然要求"与诗人的爱国理想"不可能实现"的悲剧性的冲突。诗人于是感到苦闷、孤独、愤懑，以至强烈的失望。但诗人是坚决不屈服的，在诗篇中他反复申说了对自己的理想、信念和人格操守至死而不悔的决心："亦余心之所善兮，虽九死其犹未悔"，"宁溘死以流亡兮，余不忍为此态也"，"民生各有所乐兮，余独好修以为常；虽体解吾犹未变兮，岂余心之可惩"。诗人是要誓死坚持自己的理想和信仰，誓死保持自己人格的清白的。

但长诗并未就此结束，黑暗的现实，巨大的苦闷，迫使诗人由现实进入幻境。"路曼曼其修远兮，吾将上下而求索"，从而全诗转入了第二部分。

坚贞的灵魂需要战胜诱惑。与常人一样，在失败的极端痛苦中，诗人的内心矛盾也是激烈的。在自己的理想不被理解，而且惨遭迫害的情况下，还应不应该坚持自己的原则和永无反悔的态度？在不被自己的祖国所容的情况下，应不应出走远逝，到他国寻求知音，展示自己的才能抱负？诗人通过女媭、巫咸、灵氛这些虚构的人物以及他们的劝说，把自己的内心冲突和抉择形象化了，从而向我们展示出了一颗经过炼狱的考验，而更加洁白无疵的伟大的灵魂。

女媭用“鲧婞直以亡身”的历史悲剧来规劝他，劝他放弃执守，与世浮沉。这与诗人“依前圣以节中”的坚持真理的态度是矛盾的，实际也是对诗人既往斗争生活的否定。这一内心冲突是激烈的。这个矛盾怎样解决呢？他需要历史的反思，需要公平的仲裁。于是他借“就重华而陈词”，重温了夏、商、周历代的兴亡史，并以壮烈的心情回顾了前朝那些为正义而斗争者的命运。这种再认识不仅增强了他原有的信仰和信念，同时更激发起他继续奋斗的勇气和宁死不悔的壮烈胸怀：

瞻前而顾后兮，相观民之计极。夫孰非义而可用兮，孰非善而可服？阽余身而危死兮，览余初其犹未悔。不量凿而正枘兮，固前修以菹醢。

战胜了世俗的诱惑，他的内心世界得到了暂时的平衡。于是他在新的认识的基础上，满怀激情地进行了新的“求索”。这样，诗篇又展现了一个再生的灵魂为实现理想而顽强追求的动人情境。诗中写他不顾天高路远，驾飞龙，历昆仑，渡白水，登阆风，游春宫，上叩天门，下求佚女，他在“求索”什么呢？他要唤醒楚王，他要挽救国运，他要寻求再次能有献身于祖国事业的机会。但楚国的现实太黑暗了，他遭到了冷遇，受到了戏弄，结果以困顿、失望而告终：

世溷浊而嫉贤兮，好蔽美而称恶。闺中既已邃远兮，哲王又不寤。

诗人完全陷入到绝望的悲哀之中：“怀朕情而不发兮，余焉能忍与此终古！”诗人本是把自己的命运完全与祖国贴在一起的，他赤忠为国，但却“方正而不容”，那么，他还有什么出路呢？出路是有的，那就是去国远逝，去求得自身安全和前途。这无论从当时“楚材晋用”的风习上看，还是从诗人主观的才能和现实处境上看，似乎都是可以理解的了。于是出现了第二、第三个诱惑：

索藑茅以筳篿兮，命灵氛为余占之。

占卜的结果是告诉他在楚国已无出路可言，劝他早日离开是非颠倒的楚国，去寻求自己的前途。“思九州之博大兮，岂唯是其有女？曰：‘勉远逝而无狐疑兮，孰求美而释女？何所独无芳草兮，尔何怀乎故宇？’”但作出这样的抉择对诗人来说毕竟是太重大了，使他“欲从灵氛之吉占兮，心犹豫而狐疑”。于是又出现了巫咸的劝说，巫咸不但同样劝他出走，而且还以历史上贤才得遇明主的事例，启发他趁年华未晚而急于成行：“及年岁之未晏兮，时亦犹其未央；恐鹈鴂之先鸣兮，使夫百草为之不芳！”女媭的忠告，灵氛的劝说，巫咸的敦促，既代表了当时的世俗人情之见，无疑也是诗人在极度彷徨苦闷中内心冲突的外现，也就是坚定或动摇两种思想斗争的形象化。屈原要把自己思想感情考验得更坚定，就得通过这种种诱惑。于是在诗中诗人假设自己姑且听从灵氛的劝告，“吾将远逝以自疏”，决心去国远游。可是正当他驾飞龙，乘瑶车，奏《九歌》，舞《韶》舞，在天空翱翔行进的时候，忽然看到了自己的故乡楚国。也就是看来一切矛盾、冲突行将结束的时候，一切又都从新开始：是就此远离开这黑暗的已无希望的祖国呢，抑是仍无希望地留下来？诗人深沉的爱国情志再次占了上风，"仆夫悲余马怀兮，蜷局顾而不行"，诗人终于还是留了下来。他明知道楚国的现实是那么黑暗，政治风浪是那么险恶，实际上他也吃尽了苦头，但他不能离开他灾难深重的祖国，哪怕是出于幻想也不能离开。这样，诗人又从幻想被逼入现实，悲剧性的冲突不可逆转地引导出悲剧性的结局。他热爱楚国，但楚王误解他，不能用他，楚国的群小又凶狠地迫害他；他想离开楚国，这又与他深厚的爱国感情不能相容。最后，只能用死来殉他的理想了：

既莫足与为美政兮，吾将从彭咸之所居。

体现着"历史的必然要求"的光辉理想被扼杀了，这是诗人屈原个人的悲剧，也是时代的悲剧。屈原是在我国文学史上出现的第一个伟大爱国者的艺术典型，他用自己生命所谱写的诗篇，如日月丽天，光照后世，成为我们民族的伟大精神财富而万世永存。

我们前面已经说过，伟大的艺术是一个美的无尽藏，长诗《离骚》更确乎如此。我们读长诗《离骚》是感到那样的惊心动魄，那样的仰之弥高，它有着怎样的美的内涵呢？

首先，就是它具有由庄严而伟大的思想而带来的无比光辉的崇高美。进步的政治理想，深厚的爱国主义激情，庄严的历史使命感以及悲壮的献身精神，这就构成了诗人无比崇高的美的人格，光辉耀目的美的形象。正如车尔尼雪夫斯基所说："要是一个人的全部人格，全部生活都奉献给一种道德追求，要是他拥有这样的力量，一切其它的人在这方面和这个人相比起来都显得渺小的时候，那我们在这个人身上就看到崇高的善。"是的，我们在长诗《离骚》中正是可以看到这种完美而崇高的形象。他的高尚的追求，洁白的人格，坚贞的操守，使围绕在他周围的那些贪婪、偏私、庸俗，以至邪恶的人群，显得是那么渺小而又卑琐，而诗人的人格和形象却是峻洁而高大的：

矫菌桂以纫蕙兮，索胡绳之纚纚。謇吾法夫前修兮，非世俗之所服。虽不周于今之人兮，愿依彭咸之遗则！

鸷鸟之不群兮，自前世而固然；何方圜之能周兮，夫孰异道而相安！

不吾知其亦已兮，苟余情其信芳！高余冠之岌岌兮，长余佩之陆离。芳与泽其杂糅兮，唯昭质其犹未亏。

诗人是孤独的，甚至是寂寞的。但他是圣洁的、高贵的，也是傲岸的。长诗《离骚》正为我们创造了这样一个人格美的崇高典型形象。"余读《离骚》……悲其志"，"推此志也，虽与日月争光可也"（司马迁）。"不有屈原，岂见《离骚》？惊才风逸，壮志烟高。"（刘勰）"逸响伟辞，卓绝一世。"（鲁迅）对于屈原《离骚》一诗所具有的崇高美这一特色，古今人正有着不二之词，同一感受。

其次，慷慨激昂的悲壮之美，是长诗《离骚》的另一鲜明美学特色。屈原的一生是悲剧的一生。他既有"存君兴国"之志，又有治国理乱之能。他"博闻强志，明于治乱，娴于辞令"，胸怀"美政"理想，企图改善楚国的处境，振国兴邦，但却为黑暗势力所围困，从而引发出悲剧性的冲突。而最为感人的是，屈原始终是自己悲剧命运的自觉承担者。所谓自觉地承担，是指他对坚持斗争下去的个人后果本有足够的估计，但他义无反顾，仍去自觉承担：

余固知謇謇之为患兮，忍而不能舍也。

宁溘死以流亡兮，余不忍为此态也！

虽体解吾犹未变兮，岂余心之可惩！

明知坚持下去会惨遭不幸，但他为了深刻的原则性，仍然选择了斗争以及把斗争坚持到底的道路，从而忍受了极大痛苦，罹得了人生的极大悲剧。“悲剧是人底伟大的痛苦或伟大人物的灭亡”（车尔尼雪夫斯基）。诗人屈原高标着“美政”的理想，怀着“九死不悔”的壮烈献身精神，经受着严酷的政治斗争和自我斗争的磨炼。屈原的一生是极其不幸的，他蒙冤受屈，赴告无门，而最终以自沉结束了生命。但洋溢在长诗《离骚》中的整个感情却不是悲观，甚至也不单纯是悲哀。它表现的是正义压倒邪恶，庄严压倒恐怖，美压倒丑；它所表现的是“伏清白以死直”，“九死而不悔”的刚毅不屈精神；是探索，是苦苦地追求。我们读着《离骚》中那些发自肺腑的昂扬诗句，就会感受到一股不能自已的激越、崇高的感情和悲壮的英雄气概，这也正是长诗《离骚》的又一鲜明的美学特征。

与长诗《离骚》上述美学特征相联系的，是它的高超的、独创性的艺术表现手段。诗人艾青在其《诗论》中说：“一首诗必须具有一种造型美，一首诗是一个心灵的活的雕塑。”长诗《离骚》是通过怎样的艺术手段来完成其抒情主体的造型美和雕塑出一颗美的心灵的呢？诗人把炽烈的感情与奇丽的超现实想象相结合，把对现实的批判与历史的反思相结合，熔宇宙大自然、社会现实、人生经历、神话传说和历史故事为一炉，结构出一个无比恢宏壮丽的抒情体系，这是诗人屈原在中国诗史上的奇异贡献，是对中国古代诗歌园地的伟大开拓。鲁迅在《汉文学史纲要》中曾把它与古老的“诗三百篇”相比较，并对于它的特点与贡献作了这样的评论：“较之于《诗》，则其言甚长，甚思甚幻，其文甚丽，其旨甚明，凭心而言，不遵矩度……其影响于后来之文章，乃甚或在三百篇以上。”屈原的创作，特别是长诗《离骚》为我国文学开辟了一个新的传统，成为我国古代积极浪漫主义文学创作的典范。

这是就长诗《离骚》总的创作方法和宏观结构而言的。而就其诸多的具体表现手法来看，长诗《离骚》也有着多方面的新颖创造。如，他发展了《诗经》以来的“比兴之义”，以香花美草作为抒情主人公的情志节操的象征，令读者如睹其崇高圣洁之姿，如闻其道德之芳香。长诗《离骚》是一首政治抒情诗，但诗人却不时地借用男女情爱的心理来表达自己的希望与失望，坚贞与被嫉，苦恋与追求。屈原的悲剧是政治悲剧，但他对君国的忠诚哀怨眷恋之情，用爱情来比喻，用爱情心理来刻画，就更为曲折尽致，深微动人。诗人抓住香花异草、佳木美林、男女情爱本身所具有的丰富美学内涵，来美化抒情主体的形象和性格，从而也使全诗的风格更为绚美奇丽，光彩照人了。

（褚斌杰）

哀 郢

皇天之不纯命兮，何百姓之震愆[①]？民离散而相失兮，方仲春而东迁。

去故乡而就远兮，遵江夏以流亡。出国门而轸怀兮[2]，甲之鼂吾以行[3]。发郢都而去闾兮，怊荒忽其焉极。楫齐扬以容与兮，哀见君而不再得。望长楸而太息兮，涕淫淫其若霰。过夏首而西浮兮，顾龙门而不见。心婵媛而伤怀兮，眇不知其所蹠[4]。顺风波以从流兮，焉洋洋而为客。凌阳侯之泛滥兮[5]，忽翱翔之焉薄。心絓结而不解兮，思蹇产而不释。

将运舟而下浮兮，上洞庭而下江。去终古之所居兮，今逍遥而来东。

羌灵魂之欲归兮，何须臾而忘反。背夏浦而西思兮，哀故都之日远。登大坟以远望兮，聊以舒吾忧心。哀州土之平乐兮，悲江介之遗风。当陵阳之焉至兮，淼南渡之焉如。曾不知夏之为丘兮，孰两东门之可芜。心不怡之长久兮，忧与愁其相接。惟郢路之辽远兮，江与夏之不可涉。忽若不信兮，至今九年而不复。惨郁郁而不通兮，蹇侘傺而含慼[6]。

外承欢之汋约兮，谌荏弱而难持。忠湛湛而愿进兮，妒被离而鄣之[7]。（尧舜之抗行兮，瞭杳杳而薄天。众谗人之嫉妒兮，被以不慈之伪名[8]。憎愠惀之修美兮[9]，好夫人之忼慨[10]。众踥蹀而日进兮[11]，美超远而逾迈[12]。）

乱曰：曼余目以流观兮，冀一反之何时？鸟飞反故乡兮，狐死必首丘。信非吾罪而弃逐兮，何日夜而忘之！

关于本篇的作意与作期，说法不一；我们认为，当是屈原于顷襄王期被逐江南，九年后追思初放时情事而作。据《史记·楚世家》记载，顷襄王元年，“秦要怀王不可得地，楚立王以应秦，秦昭王怒，发兵出武关攻楚，大败楚军，斩首五万，取析十五城而去”。戴震《屈原赋音义》据此推断，“屈原东迁，疑即当顷襄元年”，当时“怀王辱于秦，兵败地丧，民散相失，故有‘皇天不纯命’之说”。诗篇前半部分用回忆的口吻，后半部分用直叙笔调，总写自己“哀郢都之日远”的情思。虽然，此时屈原对于襄王并无什么君臣之义，但对于楚国则仍有深厚的宗邦之情。所以《哀郢》寄情，虽无《离骚》“皇舆败绩”之惧，而有国家民族之忧。本篇以“哀”字贯穿全文，反映了诗人对宗邦民族的深挚之爱。

诗篇从开头至“今逍遥而来东”，追叙自己东迁的行程实况。

首言天命无常，百姓震愆，人民离散。“皇天”明指上苍，暗斥楚王。“百姓”指受姓贵戚，与下句“民”字相对。顷襄王初年，楚在武关被秦所败，朝野上下，一片惊恐。屈原恰在这时离开郢都。郢都，既是屈原的故居，又是楚国的政治经济中心，是楚国的象征。所以，屈原在文中再三言及郢都，就不仅仅是一般的思念故乡之意，而且还寄托着担忧楚国命运的沉痛之情。司马迁读此诗而“悲其志”，可谓知音。

接写启程的时间与流亡的路线。诗人于“甲之鼂”“出国门”，“遵江夏以流亡”。“国门”指郢都东门，与下文“龙门”“两东门”同。“江夏”指长江与夏水。“遵江夏以流亡”是总写流浪行程。一路上，诗人苦闷彷徨，“怊荒忽”、“涕淫淫”、“心婵媛”、“思蹇产”、“太息”、“伤怀”、“絓结不解”诸词，都是诗人内心的直接流露。诗人为何如此忧伤？原因即在于他念念不忘故都，不忘受骗入秦的怀王，“哀见君不再得”。所以“呜咽徘徊，欲行又止”（蒋骥《山带阁注楚辞》），绵绵忧思，一步三回：一则曰“望长楸而太息”；再则曰“顾龙门而不见”。“长楸”，高大的梓树，此借代郢都。《孟子》：“所谓故国者，非谓有乔木之谓也，有世臣之谓也。”“乔木”与“世臣”并举，是说一个有悠久历史的都城，必然有高大的树木作为它的标志。朱熹《集注》：“长楸，所谓故国之乔木，使人顾望徘徊，不忍去也。”龙门，郢都城东门，屈原由此出门。王逸曰：“龙门，楚东门也。言已从西浮而东行，过夏水之口，望楚东门蔽而不见，自伤日以远也。”由此可见，诗人的眷恋故国之情，是何其诚笃！“将运舟而下浮兮”四句是对上文的小结，其中“今逍遥而来东”一句又开启下文。一个“今”字，把思路从回忆中拉到现实中来，追述部分至此结束。

“羌灵魂之欲归兮”至“蹇侘傺而含感”为又一层次，由回忆转到现实，叙写自己急切思归之情以及难归的苦闷心理。“何须臾而忘反”之“须臾”，今一般作顷刻解，其实这是汉以后说法，在先秦，“须臾”当作“逍遥”解。《仪礼》“寡君有不腆之酒，请君子与寡君须臾焉”，意指与寡君共逍遥。《北征赋》“聊须臾以婆娑”与《离骚》“聊逍遥以相羊”句法同，须臾即逍遥之意。“何须臾而忘反”是说，哪里曾因远游而忘记返回呀。“背夏浦而西思”指过了夏口再东行，而心却向西思念故都。只因故乡日以遥远，所以诗人只能“登大坟而远望”，借此“聊以舒吾忧心”了。然而，远望不能“舒忧”，反而进一步触发诗人对郢都的命运作出种种痛心的设想：

> 哀州土之平乐兮，悲江介之遗风。
> 曾不知夏之为丘兮，孰两东门之可芜。

古代凡称“州”，皆指环水之地而言，郢都在江汉夏浦之间，故曰“州土”。“江介”即江边，此指郢都左右一带。“平乐”指“地宽博而人富饶”（朱熹语）。“遗风”即桓谭所谓“楚之郢都，车挂毂，民摩肩，市路相交，号为朝衣新而暮衣弊”（《新论》）之繁华之风。说“哀平乐”、“悲遗风”，是诗人对现今郢都败乱的哀痛。“曾不知夏之为丘兮，孰两东门之可芜”，“夏”通“厦”，“可”读为“何”。诗人担忧：也不知道郢都的宫殿是否会变成废墟，那两东门也不知是否会荒芜？远隔千里，多年未归，郢都的现状无从得知，屈原只能根据离郢时所目睹的“百姓震愆”、“民散相失”的惨状而进行推测。

当诗人设想着郢都的如此命运，便感到“心不怡之长久兮，忧与愁其相接”，深深的忧患之情时刻萦绕心间。然而，他已被朝廷弃逐，再也不能返回而有所作为了，“惟郢路之辽远兮，江与夏之不可涉”，这就是诗人所面临的现实。“忽若不信兮，至今九年而不复”，“忽”指恍惚，“信”则当读如《左传》“凡师一宿为舍，再宿为信”之“信”，“信宿”指时间短暂。诗人思念郢都，然而路遥人阻，欲返不得，日夜思念而精神恍惚，似觉离郢未久，有如不到信宿之间，而事实上至今日已有九年之久矣。有念及此，忧愤之情并涌心头，“惨郁郁而不通兮，蹇侘傺而含感”。前人谓此段文字“真乃血泪写成”。

“外承欢之汋约兮”至“美超远而逾迈”共十二句，一般认为这是斥责奸臣，揭示自己致祸之因，为第三层次。是说，这批群小们表面一副讨好媚态，实际是软骨无能耐；他们对耿耿忠臣横加妒忌，设下障碍。接着诗人又用德行高如天的尧舜也曾被小人们强加“不慈”之罪名作比喻，说明自己受害并非偶然。并进而揭示了现今朝廷小人当道，忠臣远离的现实情状。

我们认为，这样的理解有失偏颇。就全诗主旨看，作者抒发的是“哀郢都之日远”、“羌灵魂之欲归”之情思，并无《离骚》那样对群小的直接指斥。所以“外承欢之汋约兮，谌荏弱而难持。忠湛湛而愿进兮，妒被离而鄣之”四句，若解为小人邪佞，羌无所据，而有背文心。其实，此四句仍从诗人角度立言，与第二层次相承。再就语言角度看，“外”字在南楚，专用作身心之外意思。“外承欢”之“外”，即指心理活动之外表现象，以其可象，故曰“外”。“外”字与下句“谌”(诚)相对而言。以上两句意谓：我外虽承欢，有似淖约，而内心实委顿，不能自持。“忠湛湛”两句亦屈子自道之词：言自己忠心耿耿而终不得返故乡，其原因即在妒者之披离而有所鄣(同“障”)之。此一长叹，无可奈何，更有何言可说？遂以收结全篇，其声虽为戛然而止，而其情则呜咽不能语矣。

“尧舜之抗行兮”至“美超远而逾迈”八句，一则因王逸注云“此皆解于《九辩》之中”；再则察其内容与“哀郢”情调实不一致，合之则两伤，去之则双美。所以，我们认为此八句可能为《九辩》原文而窜入本文者，似应删去为宜。

“乱词”为全文总结，其去郢之悲，返乡之愿，爱国之情融为一体。诗人明知召归无望，“冀一反之何时?”而返乡思归之情弥烈：“鸟飞返故乡兮，狐死必首丘。”洪兴祖《补注》：“记曰，乐，乐其所自生；礼，不忘其本。古人有言曰：狐死，正丘首，仁也。”传说狐狸将死时，它的头朝向着它生长的小山，示其不忘根本。诗人借以比喻对故乡的眷眷之情。最后两句当作一气读，意谓诚非“我”的罪过而遭此弃逐，“我”又怎能日夜忘怀此事呢？其铮铮凌然之气，至死不渝。“乱词”数语，表达了作者曲折而复杂的心理活动过程以及深厚而沉痛的思想情感。

《哀郢》全文，从离开郢都时的惨状，写到一路上对郢都的思念，最后，在前途无望的情况下，又表示“鸟飞返故乡，狐死必首丘”的志愿，思路清晰，结构严谨。由于文章是纪行抒情，所以诗人十分注意移步换景，借景抒情，既情景交融，又注意用词贴切。如诗人离郢不久时，尚能“望长楸而太息”；但过了夏首之后，就“顾龙门而不见”了；而再往东行，离郢日益遥远之后，就只能是“登大坟以远望”了。由望见到不见再到登望，这是三幅具体形象而又方式不同的顾望图，而诗人的内心世界正从中得到了淋漓尽致的抒发。此外，本诗言词激烈，感情深挚，具有“情往会悲，文来引泣”(《文心雕龙·哀吊》)的感染力。其始则言“哀见君而不再得”，继则曰“哀郢都之日远”，复之悲“惟郢都之辽远”，最后更是声泪并呼：“信非吾罪而弃逐兮，何日夜而忘之！”这些文字“真所谓‘一声何满子，双泪落君前’，任凭是铁石人，读了怕都不能不感动哩！”(梁启超《屈原研究》)凡此种种，均为《哀郢》在艺术上的特色。

(姜亮夫　崔富章　江林昌)

【注】 ①震愆：指百姓动荡蒙难。愆：罪咎。 ②轸怀：痛心。 ③甲之鼂：甲日早晨。鼂(zhāo 招)：即“朝”。 ④蹠(zhí 直)：犹“至”。 ⑤阳侯：传说阳国侯溺死于水，化为波神，此代指大波。 ⑥侘傺(chà chì 诧斥)：怅然失意貌。 ⑦被离：披离，纷乱貌。 ⑧谓非议尧舜传位于贤乃不慈其子。 ⑨愠惀：忠诚内向。 ⑩忼慨：形容小人善于慷慨陈词，能言善辩。 ⑪踥蹀(qiè dié 妾迭)：形容奔走钻营。 ⑫“尧舜”八句：疑《九辩》原文窜入本诗者，故用括号表示。

国　殇

操吴戈兮被犀甲，车错毂兮短兵接。旌蔽日兮敌若云，矢交坠兮士争先。

凌余阵兮躐余行，左骖殪兮右刃伤。霾两轮兮絷四马，援玉枹兮击鸣鼓。天时怼兮威灵怒，严杀尽兮弃原野。

出不入兮往不反，平原忽兮路超远。带长剑兮挟秦弓，首身离兮心不惩。诚既勇兮又以武，终刚强兮不可凌。身既死兮神以灵，魂魄毅兮为鬼雄！

《国殇》是《九歌》中的第十篇。《九歌》从《东皇太一》到《山鬼》所祭的都是自然界的神祇，而本篇所颂的则是人鬼。“殇”，本指夭折，据《礼记·丧服》记载，指八至十九岁的夭亡青年。而《国殇》则别有深义，它是歌颂为国捐躯的战士。王逸《章句》：“谓死于国事的人。”戴震《屈原赋注》：“殇之言伤也。国殇死国事，歌此以为吊祭。”全诗极力描写卫国壮士们在战斗中勇武不屈的英雄气概和视死如归的献身精神。这是一曲洋溢着爱国精神的祭歌。

全诗十八句，可分三个层次。

前四句为第一层。开头一句即展现了卫国兵士的英雄形象：身披犀甲，手持吴戈。接写战士前往战场与敌军相遇，轮毂交错，短兵相接。战士趋敌，旌旗蔽天，敌人众多，纷然如云。两军的流矢交互穿射，而士卒们毫无畏惧，奋然向前。这一层总写战斗场面，渲染了紧张激烈的气氛，形象生动，情景逼真，读之令人恍如身临战场，而心灵为之震撼。

中间六句是第二层，用白描手法进一步交代战斗经过。“凌余阵兮躐余行”：“凌”，犯也；“躐”，践；“行”，指队伍。此句承上“士争先”而来，仍从战士勇往直前的角度而言。“凌余阵”、“躐余行”，犹言“余凌阵”、“余躐行”。楚辞句例多有主词倒置动词之后的现象，如《离骚》“回朕车”即“朕回车”，“步余马”即“余步马”，《湘君》“捐余玦”、“遗余佩”即“余捐玦”、“余遗佩”。众人不察，以为“凌余阵”句是敌人凌躐我军，这既与上文“士争先”之义相违，又使下文“鬼雄”之义无着落。这是特别需要注意的。士卒们冲入敌阵交战，左边的骖(拉车辕的边马)马被杀，右边的受了刀伤，车轮被战斗扬起的尘灰所埋，拉车的众马为绳索绊住，天昏地暗，鬼怨神怒(“怼”，义同“怨”)，战斗十分激烈残酷。这时，将领犹自“援玉枹兮击鸣鼓”，激励士卒拼杀到底。其英烈勇武之状，激动人心。结果，“严杀尽兮弃原野”，将卒们全部壮烈牺牲，无一生还。“国殇”篇题，至此已明。

最后八句是第三层，是对死者的精神礼赞。出兵打仗，谁不期望获胜而还？如今却是“出不入兮往不反（返）”，在那“平原忽兮路超远”的疆场永作“鬼雄”了（“忽”与“超远”义近，与《怀沙》“道远忽兮”同）。然而，兵士们的精神毕竟与众不同。“首身”“虽相离”，但“心不惩”（心无畏惧），依旧是“带长剑兮挟秦弓”，以示报国之志不绝。真可谓“豪气冲霄汉，长虹贯斗牛”。于是，诗篇对此加以热烈的赞扬：英雄们真是意志刚强，武力超人，浩然之气不可侵夺；他们死而有知，英灵不泯，在鬼中也是出类拔萃的英雄。

需要说明的是，这首诗前两层用第一人称叙述描写，而第三层则用第三者口气议论。根据《九歌》的情实考察，前两层当为男巫独唱之词，而后一层则是群巫所演。

在先秦的作品中，描写战争最多的是《左传》，不过那是史传散文，有足够的篇幅可供尽情描写。《诗经》中也有反映战争的诗篇，如《秦风·无衣》、《小雅·采薇》等，但那些都是概略抒情式的，缺乏具体全面的刻画。在先秦，用诗歌形式对战争进行具体生动展现的，《国殇》可算是绝无仅有的一篇。诗人用“车错毂”、“旌蔽日”、“敌若云”、“矢交坠”等形象性的短语描写战场，惊心动魄，以至于“天怼神怒”——惊天地，泣鬼神。又以“操”、“被”、“凌”、“躐”、“援”、“击”、“带”等动态性的单词刻画将士，栩栩如生，形象鲜明。特别是“霾两轮兮絷四马，援玉枹兮击鸣鼓”这一电影特写镜头式的立体细节描写，使我们马上联想到《左传·鞌之战》中晋国将帅郤克与解张的故事。郤克在战斗中“伤于矢，流血及屦，未绝鼓音”。后来伤势实在太重了，解张便继之而上，“左并辔，右援枹而鼓”。最后终于获得全胜。两相比较，《国殇》的描写还更进一步。郤克、解张他们身虽受伤，而车马却还完好，而《国殇》里已是“霾两轮兮絷四马”——烟火滚滚，尘土飞扬，战车几乎被埋，四匹马也被绊住了，形势十分险恶。因此，其顽强不屈之精神，更是感人至深。

《国殇》通篇贯穿着鲜明的爱国精神，气氛悲壮沉雄，激昂动人；死伤虽然惨重，但诗中并无半点颓丧情绪。作者为什么要这样写呢？这是需要结合当时的民俗习惯、历史现实以及作者的思想倾向来理解的。从民俗学的角度来看，在苗族、维吾尔族等地，凡是部落之间的战争，都有欢送出征、欢迎归来的风俗。不论是打胜仗或是打败仗，都要有个迎送的歌舞。歌舞时，还把地方神请出来，让地方神保护将士们。《国殇》写将士们如何勇敢作战，死后威灵变为鬼雄，正是这种祭祀歌舞的再创造。再联系楚国的历史情况看，我们认为，屈原是想借《国殇》来鼓舞楚国将士的。楚国自怀王后期开始，曾经与秦国屡次交战，结果都是秦胜而楚败。而强烈的复仇情绪则在楚国人们心中燃烧，民间流传着“楚虽三户，亡秦必楚”的口号。《国殇》以其悲壮激昂的笔调，历史地展现了战争场面，正是为了激发将士奋击抗敌，保卫家国。诗篇以“魂魄毅兮为鬼雄”作结，既有对阵亡士卒的哀思，又对国耻的洗雪寄予了无穷希望。这既体现了广大民众的共同心情，也体现了屈原的爱国思想。诗人与人民的爱憎态度是一致的。

由于《国殇》特殊的内容，这就使它在《九歌》里显得有些特别。就艺术风格看，

《九歌》中其余名篇都是香草美人、怨诽不怒的阴柔之声，缠绵深婉，迷离幽美；而《国殇》则一变而为急风暴雨、黄钟大吕的阳刚之调，血泪交迹，金声玉振。再就表现手法看，其余几篇大多采用比兴，含而不露，寄情寓意；而《国殇》则是“通篇直赋其事”（戴震《屈原赋注》），全用白描手法，洒墨如泼，明白直露。这些恰恰构成了《国殇》特有的欣赏价值。在《九歌》园圃里，如果说其他各章是春花秋月，那么，《国殇》则是严冬腊梅——它傲然独放，令人敬肃。（姜亮夫　崔富章　江林昌）

荆　轲

易水歌

风萧萧兮易水寒，
壮士一去兮不复还！

《易水歌》的题目是后加的，在《战国策》和《史记·刺客列传》中，原只有荆轲唱的两句歌词。《战国策》写道：“太子及宾客知其事者，皆白衣冠以送之。至易水上，既祖，取道。高渐离击筑，荆轲和而歌，为变徵之声，士皆垂泪涕泣。又前而为歌曰：‘风萧萧兮易水寒，壮士一去兮不复还！’复为忼慨羽声，士皆瞋目，发尽上指冠。于是荆轲遂就车而去，终已不顾。”这就是历史上有名的易水饯别荆轲的悲壮场面。

“荆轲刺秦王”故事的始末是：燕太子丹原在秦国作人质，秦王嬴政不以礼待之，太子丹抱怨逃归。此时，秦全力攻赵，赵一旦灭亡，燕全境即暴露在强秦面前。太子丹通过田光先生结识了当时有名的刺客荆轲，决定派荆轲西入秦国行刺秦王，以保住燕国的宗庙社稷。荆轲系卫国人，流浪在燕，善击剑，为人深沉好书，喜结交豪杰之士。其友高渐离善击筑，常常酒酣之际，高渐离击筑，荆轲相和歌于市中。荆轲为报答田光先生和太子丹的知遇之恩，答应担此重任。有秦将樊於期，得罪秦王逃至燕国，荆轲为取得秦王信任，劝樊将军自杀，函封其首级准备献给秦王。又购得赵人徐夫人锋利无比的匕首，由燕国勇士秦舞阳作为副手准备同行入秦。虽然作好了上述准备，然而荆轲仍然迟迟未发，原因是他约定的另外一个助手因路远未至。太子丹怀疑荆轲反悔，一再催促，荆轲愤怒斥责太子丹后，踏上了西入强秦行刺秦王的征程。于是，紧接着就演出了开头所引那悲壮的一幕。荆轲入秦，虽表现出大智大勇，足令后人赞叹，但行刺终于失败，为秦王左右所杀。

在对故事情节了解后，再来读荆轲在众人送行时所唱的这首悲歌，感受就具体得多了。我们感受到了荆轲因准备未臻完美而仓促西行所引发的不满和遗憾，感受到了对好友高渐离心心相印的感激和诀别的惆怅，更感受到了荆轲义无反顾、一往无前的决心和慷慨捐躯的气概。大河荒原中的慷慨悲歌，震撼着易水送行的每一个人的心，“士皆瞋目，发尽上指冠”；大河荒原中的慷慨悲歌，把易水送行的场面烘托得非常壮烈；也同样是这慷慨悲歌，千百年来震撼着无数读者的心。

《战国策》、《史记》作为史传文学，场面描写的成就是显而易见的，我们不去详说。单就这两句歌词，在艺术上就很有讲究，明显带有中国古代早期诗歌的特点。"风萧萧兮易水寒"在诗中起触物起情的作用，同时又是最富特征的景物描写；"壮士一去兮不复还"是特定环境中要抒发的感情，它又与景融会合一，相互作用。这里所提供的意象虽较单纯，但却抓住了最富代表性的特征，并和要表达的感情融为一体，完成了"这一个"美的意象的创造。（王洲明）

刘　邦

大风歌

大风起兮云飞扬，
威加海内兮归故乡，
安得猛士兮守四方！

秦汉之际，有两个不怎么识字的大英雄，唱出了两首短歌。一首是刘邦的《大风歌》，一首是项羽的《垓下歌》，两首都堪称千古绝唱。这里单说说刘邦的《大风歌》——作者本是信口唱来，并无题目，题目是后人加上去的。

这首短歌的文字记录，最早见于《史记·高祖本纪》。有关记载如下：

十二年（前195）十月，高祖已击布（黥布）军会甄，布走，令别将追之。高祖还归，过沛，留。置酒沛宫，悉召故人父老子弟纵酒。发沛中儿得百二十人，教之歌。酒酣，高祖击筑，自为歌诗曰："大风起兮云飞扬，威加海内兮归故乡，安得猛士兮守四方！"令儿皆和习之。高祖乃起舞，慷慨伤怀，泣数行下。谓沛父兄曰："游子悲故乡，吾虽都关中，万岁后吾魂魄犹乐思沛。且朕自沛公以诛暴逆，遂有天下，其以沛为朕汤沐邑。复其民，世世无有所与。"

真得钦佩史迁的妙笔，这段描绘，两千年下读之，仍觉栩栩如生。了解当时的情景，对于理解这首短歌有密切关系。想想看，在沛宫大宴乡里的父老兄弟，酒酣耳热，高祖引吭高歌。再让一百多名歌手同唱这首歌，高祖起身舞蹈，慷慨伤怀，热泪纵横。这个热烈悲壮的场面，已为这首歌作了很好的注脚。

"大风起兮云飞扬"，也许当筵之时真的刮起一阵大风，也许只是幻觉，不去管它。这一句不单是起兴，而且显示了一种雄健的风骨和恢弘的气象。这样的诗句只能出自数十年间身经百战，廓清四海，统一中国，创立大汉王朝的这位英雄人物之口。在他是精神、气度的自然流露；在别人就是绞尽脑汁也"恢弘"不起来的。拿《垓下歌》来比较，那首歌豪壮悲凉，摧人肺腑，也充满英雄气魄，可骨子里只有失败前无可奈何的呜咽，决然不雄健，也不恢弘。

"威加海内兮归故乡"这一句是写实，概括了他十多年的创业生涯，骨气健劲，与首句相侔。由刘邦率领的一支农民起义军，自丰西泽中起事，在战斗中不断壮大。他第一个攻破秦首都咸阳，俘获秦二世子婴，尔后与劲敌项羽进行了艰苦的鏖战，终于取得完全的胜利，统一全国，剪除隐患，创建了汉朝的基业。到他还乡的时候，他的声威已震慑四海，是一位功烈赫赫的开国皇帝了。但他毕竟出身于农民，乡土观念是很浓厚的。“游子悲故乡”，他身居“皇帝”的至尊却感到自己是游子，并且希望死后魂魄仍归故里。何况沛不只是他的故里，而且是他的发祥地，留着他战斗的足迹。他四十八岁那年，攻下沛，沛父老拥戴他为沛公，于是“祠黄帝、祭蚩尤于沛庭，而衅鼓旗，皆赤”，并且“收沛子弟二三千人”。他的队伍从数十百人一下子增到二三千人，壮大了声势。这么一个生他养他并且促使他成功立业的地方，他怎能不深情地怀恋呢？

这句诗，不仅表现了成功后的踌躇满志，而且表现了怀恋故土、追忆往事的悲凉。“泣数行下”，这泪，是兴奋的泪，是欢喜的泪，却也带着几分低回留恋的哀愁。自然还不止此。这泪，还包含着对国事纷扰的伤情以及对未来的忧虑。

最后一句“安得猛士兮守四方”，他毕竟是皇帝，随时意识到自己肩负的重担，身在故乡，想到的却是“四方”。刘邦坐在皇帝的宝座上之后，对曾同他一起打天下的元勋、许多异姓王不放心，大加诛伐（其中有的真欲谋反），败陈豨，诛韩信，除彭越，灭黥布，等等。他虽然取得了节节胜利，巩固了汉家王朝，却失去了足以固土守疆的靠得住的猛士。眼看着一个又一个为他立下汗马功劳的功臣被诛灭了，他也许感到胜利后的孤独和寂寞吧。想到自己百年之后，保国无人，更加不寒而栗。他自己就是在追击黥布时中了流矢，以致一病不起，终于在次年四月，即当筵作歌后半年辞世。作歌时，想箭伤正在痛的。

沈德潜注道：“时帝春秋高，韩彭已诛，而孝惠仁弱，人心未定，思猛士其有悔心乎？”也许有些悔，但更多的是为前途忧虑。这句诗透露了高祖的心事，情调是悲壮苍凉的。“泣数行下”，包含了这一层更深的意蕴。

刘邦和项羽，少年不曾用心读书，一辈子过着戎马生涯，不曾留心诗咏是可以肯定的，但他们在各自一定的境遇下，却唱出独步千古的歌诗。诵《大风歌》就不难感到，绝少文人气息，也绝少推敲字句的痕迹，其诗即其人，即其人肺腑的坦露，即其整个人格、个性的诗化，其中奔流着其人的热血，不是一般的所谓“诗”可以相提并论的。其他帝王的诗作，远的如南唐二主且不说，就是近的如汉武帝的《秋风辞》，也觉文人气太浓，辞藻粉饰太多了。这一文学现象，很值得仔细研究。

（刘　征）

班婕妤

怨歌行

新裂齐纨素，鲜洁如霜雪。
裁为合欢扇，团团如明月。
出入君怀袖，动摇微风发。
常恐秋节至，凉飙夺炎热。
弃置箧笥中，恩情中道绝。

这首诗见于《昭明文选》及《玉台新咏》，宋人郭茂倩《乐府诗集》载入《相和歌·楚调曲》中，题为汉班婕妤作，亦作《团扇诗》。班婕妤是汉成帝时的女官，被选入宫后封为婕妤。据《玉台新咏·序》曰，班为赵飞燕所谮，失宠，幽居于长信宫，“乃作赋自伤，并为怨诗一首”。一说此诗乃古辞，或曰古辞已失传，此乃后人托名之作。

从字面上看，这是一首题咏扇子的咏物诗。大意是：这把扇子质地既优良，图案亦精美，天热的时候甚得主人喜爱，随身携带；一旦秋凉，就被闲置在箱中，不再理会。诗歌既描绘了扇子的质地外形，又咏唱了它的用途际遇及与主人关系的变化，可谓深得“体物之妙”，是一首很不错的咏物诗。

然而，它并不是一首单纯的咏物诗，而是借咏扇来喻人，字字不离扇，句句暗喻人，通过咏叹团扇的遭遇，委婉地写出一位薄命女子的怨情。

先看开头四句：“新裂齐纨素，鲜洁如霜雪。裁为合欢扇，团团如明月。”“新裂”，指刚从织机上扯下来。“素”，指生绢，精细的素叫做“纨”，齐地产的纨素最著名。“合欢”，指合欢图案。这是一块新裁剪下来的齐地出产的丝绢，鲜亮洁白，如霜似雪，异常精美，它被制成了有合欢图案的双面团扇，宛如一轮皎洁的明月。这四句表面上是赞美团扇的精美，其实是借喻人物的高洁秀丽。班姬本是民间女儿，有如那齐纨素一样洁白无瑕，她被选入后宫，当了嫔妃，仍然不减其照人的光彩。团扇是如此精美，人物是如此俊秀，她们的命运如何呢？

“出入君怀袖，动摇微风发。”精美的扇子深得主人的喜爱，进进出出都把它装在袖袋之中，天气炎热时，执扇轻摇，尽情享受着那阵阵清凉。团扇合时而得用，班姬也以其天生丽质而取得了君王的爱宠，常伴君王身侧。然而，夏日的炎热能常在吗？君王的爱宠能持久吗？

“常恐秋节至，凉飙夺炎热。”团扇最惧怕的是秋天到来，一阵秋风一阵寒，那时团扇在主人眼中就成了无用之物。深宫受宠的班姬心中也怀着与日俱增的忧虑。她深知，尽管她眼下受宠，但在君王眼中她也像团扇一样是随时可弃的物件。她依凭自己的青春美貌赢得了君王片刻的恩宠，然而，就像炎热的夏日不可能常驻一样，她的青春美貌也会随着时光流逝，就像秋风肯定会驱散夏日的炙热一样，她预感到自己终将被新宠代替。“弃置箧笥中，恩情中道绝。”那时候，她就像被搁置在箱匣中的团扇一样，逃脱不了被疏远被遗弃的命运，幽居冷宫。这四句借咏团扇的被弃，把薄命女子对命运的无奈，对君王的怨恨，婉转深致地倾吐出来。

这首诗的格调哀婉，突出了一个“怨”字。既怨命运多舛，不幸选入深宫，又怨恩宠不常，转瞬即逝；既怨自己薄命，又怨君王寡情。娓娓诉来，真是怨得深怨得切，一片深浓的怨情弥漫在诗句间，令人想见班姬倚栏低叹、愁眉不展、哀怨满怀的形象。

这首诗语言清丽，不尚新巧，读起来平平淡淡，却具有言近意远的艺术效果。比如开头四句，表面上是赞美纨素的洁白、团扇的精美，细细品味，却是一位深宫怨女自哀自伤之辞，蕴涵着一缕深沉的怨情。像“常恐秋节至”的“常”字，写出了她时刻都在担心失宠的心情；而“凉飙夺炎热”的“夺”字，则让人意会到将要吞噬她的厄运是多么的凶猛无情！正是这些平淡无奇、浅近自然的词句，把这位幽怨女子的形象极其细致地刻画出来了。

（韦凤娟）

汉乐府

有所思

有所思，乃在大海南。何用问遗君？双珠玳瑁簪，用玉绍缭之。闻君有他心，拉杂摧烧之。摧烧之，当风扬其灰！从今以往，勿复相思！相思与君绝！鸡鸣狗吠，兄嫂当知之。妃呼豨！秋风肃肃晨风飔，东方须臾高知之。

深沉执著的情爱，撕人心肺的婚变，本是中国古代爱情诗歌中的一个千古不变的咏题。运以简朴直率的笔法，表露真挚本色之情绪，则又是抒情民歌的一大特色。这类情歌在感情表述上几乎是不假雕饰，爱恨分明，喜怒判然的，爱时恨不能合你身为我身，恨时顿欲咒你下地狱，字字句句，都跳动着一颗活生生的心，闪现着一个个想象奇特的意念。这首《有所思》便是汉乐府中最具这一特色的抒情民歌。

诗一开头，便把我们引入了一个富有诗意的境地："我"心上的恋人，他正远在大海的南面——那美丽、浪漫、神奇的地方。用什么送给心爱的郎君，以传递"我"那深似南海的情思呢？"我"拿出了那支心爱的玳瑁簪，它饰有双珠，嵌有宝玉。这支漂亮珍贵的信物，更浸透着"我"无价的爱和恋！这短短的五句诗中便包含了两层意义。"有所思，乃在大海南。"这大海之南岂是寻常可去之处？那是个遥远而又充满迷幻色彩的地方，恋人从"我"身边走向那天涯尽头，这本身就是一个曲折动人的爱情故事。这里有卿卿我我的情关，有如胶似漆的倾诉；也有断肠落魂的离别，刻骨铭心的相思。在这个爱情悲剧中，这是一个动人的序曲。下一层便推进到了发展部："何用问遗君？双珠玳瑁簪，用玉绍缭之。""玳瑁（dài mào 代冒）"，龟甲类装饰品材料。这三句通过一件典型性的道具来刻画相思之深切。双珠镶在玳瑁簪上，已是重笔写来，复又用玉饰上四周，"绍缭"，缠绕之意。行文上笔墨甚是滞重。但细细揣摩，便觉拙中见巧，滞中见深。诗人以明珠喻坚贞不渝之心，以白玉喻海枯石烂之志，双珠众玉尽饰在一簪之上，这簪竟成了沟通爱河的桥梁。显然，这支玳瑁簪并不仅仅是一件贵重的礼物或是一般的信物，这位聪明细心的女子在里面注入了唯有恋人才能领悟的爱情机锋。

此诗在结构上用欲擒故纵、相反相成之法，故在前面重笔大写这段爱情的炽烈和深挚。浪峰越高，浪谷自然也就越深了。正当女子要把这件情物寄向远方时，"闻君有他心"，一个惊雷把她炸闷了，一腔美愿被毁灭了。乐极生悲，全诗在这里出现了一个大转折，而高潮也就在这里出现了。在这重大变故面前，女主人公充分展示了她独特的个性，同时也流溢出各种复杂的而又微妙的心态。当她从惊梦中醒来时，首先触目的便是这支玳瑁簪。她不愧是个果敢坚决的女子，她将这凝聚着满腔挚爱的信物，"拉杂摧烧之。摧烧之，当风扬其灰！"这是一个重复加强的动作，撕坏焚烧不足以解气，还要"当风扬其灰"，彻底清除他们之间的情结。这与前文双珠镶上不够，还要用白玉"绍缭之"相比，真有异曲同工之妙。这两个加强动作，绝不是偶然的巧合，而是从两个不同角度表现了女主人公的同一性格。

这首诗的耐读，在于它不但将这女子热烈刚强的性格特征写得淋漓尽致，更在于它善于捕捉一些微妙复杂的心态。一阵狂怒激愤过后，感情逐渐趋向缓和，她转向了对前因后果的追忆和思索之中。"从今以往，勿复相思！相思与君绝!"这一刀两断、决然分手的念头来得何等不易！因为铭心刻骨的相思并不是那么轻松抹去的，尽管是对方负心，但要这多情女子马上承认这种现状，接受这一事实，她需要战胜自我，摆脱感情的纠缠，走出悲伤的死胡同。这三句虽然比前四句来得缓和一些，但感情的深度和力度却很不弱。接受这事实是很痛苦的，但她咬紧牙关，默默地承受下来了，并与美好的往事真正决绝了。又是一个回复和加强。诗到此处，活生生地写出了女主人公的心理过程，感情起伏波动，真情伴着绝情，很微妙，也很真实。

"鸡鸣狗吠，兄嫂当知之"，这又是一个细腻的心理过程。女主人公激愤决绝之后，一阵空虚；空虚之后，一阵伤心；伤心之后，便想到怎样来处理善后了。当初与负心人密约定情之时，夜来犬吠，朝去鸡鸣，兄嫂难免不知晓。可如今，"我"却怎生向他们解释？又怎生向亲友邻里解释？让他们知道了真相，"我"还有何颜面？这两句以前各种解说颇多，用意也较复杂，我认为弯子转得太多似与此时情景有所不符，还是诠释得简单些更切诗意。

她苦苦寻求，但并无良策，想着想着，又一阵伤心袭来。"妃呼豨"，悲叹的象声词，犹如"悲歔欷"，它真切地描写了女主人公悲痛欲绝、以泪洗面的情态。"秋风肃肃晨风飔，东方须臾高知之"二句，是并不平凡的结尾，它又言尽意不尽地道出三层诗意：其一，写出女子辗转反侧、彻夜未眠的情景。晨风鸟的朝鸣和东方须臾的日出，给前面的愁苦之状加了时间上的延伸和限定，说明了女主人公已经遭受了一个不眠之夜的折磨。其二，"晨风"，即雉鸟。雉常常朝鸣求偶。"飔（sī 思）"，疾风。以雉鸟求偶反衬女主人公的失偶。晨风鸟常于清晨啼鸣以求偶，此处特选晨风入诗，无疑在这肃杀的秋风中更添了一层强烈的刺激。这里有物是人非的怅然，也有人不如鸟的慨叹，又有一种隐隐作痛的伤感，显然都给这出爱情悲剧罩上了一层惨淡的愁云。其三，诗到此处，结尾最是难事，而"东方须臾高知之"一句，以女主人公万般无奈、托命于天的口吻，含蓄而又巧妙地作了收煞。这句从字面上似撇开这团剪不断理还乱的愁思，以景语结情事，显得高朗洒脱，而其内涵比纯用情语要丰厚得多。从前文推绎，女主人公并未求得良策以自解，显然诗人知其结局悲惨而不忍道破，设此结语让读者自去推断。是否还有其他结局？或许有，或许无，这里没说死，读者也尽可见仁见智。这个结尾显然有很大的兼容性，这样处理在艺术上是很高明的，它避免了捉襟见肘的局促感，而代之以游刃有余的恢弘感，既无损于诗旨，又增加了诗趣。

（耿百鸣）

上　邪

上邪！我欲与君相知，长命无绝衰。山无陵，江水为竭，冬雷震震，夏雨雪，天地合，乃敢与君绝。

这是汉乐府《铙歌》中的一首情歌，是一位痴情女子对爱人的热烈表白。这位女子被爱情之火煎熬着，她爱得那么深挚，爱得那么忘我，爱得那么痛苦，在感情最激动的时刻，一句句滚烫的誓言从她的心底冲口而出！

她充满激情地呼天为誓："天啊！我要永远和你相爱，永远不变心！"——诗歌开头三句"上邪！我欲与君相知，长命无绝衰"，以质朴无华的语言向对方倾诉心底的愿望，所表现的感情既是那么一往情深，又带着一股不顾一切的泼辣劲儿，分外感人。

前三句是爱情的直白，说的是永远相爱。接下去，她的思路陡然一转，不再沿着"与君相知，长命无绝衰"走下去，不再继续表白"与君相知"，却另辟蹊径，设想在何种情况下"乃敢与君绝"。本意是发誓永相厮守，却偏偏从"与君绝"的角度落墨，列举"与君绝"的条件，进而排除"与君绝"的可能性，使"与君相知"的感情得到空前的强化。这样的艺术构思很见匠心，比起平铺直叙来，更有趣味。

作者在诗中创造了三组奇特的自然变异，作为"与君绝"的条件："山无陵，江水为竭"——高耸的山峰夷为平地，滔滔的江河涓滴不存，长在的山河消失了；"冬雷震震，夏雨雪"——严寒的冬季响起惊雷，炎热的夏天飘起漫天大雪，有序的四季颠倒了；"天地合"——苍天不再在上，大地不再在下，人类世界毁灭了，再度回到混沌一片。这些自然变异一件比一件荒谬，一件比一件离奇，纯属幻想，事实上根本不可能发生。但是，正是这些不可思议的自然变异，被这位痴情女子当作"与君绝"的条件！显然，她是用这种巧妙的方式来把生死不渝的爱情强调得无以复加，以至于把"与君绝"的可能性从根本上排除了。这种独特的抒情方式准确地表达了热恋中人特有的绝对化心理："与君相知"是永恒的，天经地义的，"与君绝"则是荒谬的，无从想象的。

爱情是人类最丰富复杂的感情活动，各人的体验不同，感受各异，表达爱情的方式也各不相同。而这位抒情主人公正沉溺在爱的渴求中，她的痛苦是因爱的渴求而生，她的欢乐也是因爱的渴求而起。对于她来说，哪怕整个世界都毁灭了，她的爱却是不死的，她无法想象"与君绝"。在这个狂热痴迷的时刻，她拒绝考虑现实生活中可能存在的种种障碍，她的感情正处于不可理喻的阶段，她的思维也不甘受缚于现实而活跃在离奇的想象中……为了表达这种独特的执著痴迷的感情体验，诗歌没有采用现实生活中的意象，而创造了"山无陵，江水为竭"等超现实的意象组合，从而使这首情歌独具魅力。

这首诗读起来音律铿锵，节奏短促。全诗从"上邪"一声呼号开篇，打开了感情的闸门，如同飞流直下，奔泻而去，直叩读者的心房；到"乃敢与君绝"戛然而止，其间各句字数长短错落，这样的语音节奏与抒情主人公激切而奔放的感情律动完全协调。

总而言之，《上邪》尽管是一首短诗，但是它在抒情方式、意象组合、语音节奏等方面都能与抒情主人公独特的感情体验相适应，确实是短章中的精品。

（韦凤娟）

陌上桑

日出东南隅，照我秦氏楼。
秦氏有好女，自名为罗敷。
罗敷喜蚕桑，采桑城南隅。
青丝为笼系，桂枝为笼钩。
头上倭堕髻，耳中明月珠。
缃绮为下裙，紫绮为上襦。
行者见罗敷，下担捋髭须。
少年见罗敷，脱帽著帩头。
耕者忘其犁，锄者忘其锄。
来归相怨怒，但坐观罗敷。
使君从南来，五马立踟蹰。
使君遣吏往，"问是谁家姝？"
"秦氏有好女，自名为罗敷。"
"罗敷年几何？""二十尚不足，
十五颇有余。""使君谢罗敷，
宁可共载不？"罗敷前置辞：
"使君一何愚！使君自有妇，
罗敷自有夫。"
"东方千余骑，夫婿居上头。
何用识夫婿？白马从骊驹；
青丝系马尾，黄金络马头；
腰中鹿卢剑，可值千万余。
十五府小吏，二十朝大夫，
三十侍中郎，四十专城居。
为人洁白皙，鬑鬑颇有须。
盈盈公府步，冉冉府中趋。
坐中数千人，皆言夫婿殊。"

《陌上桑》是汉代乐府民歌中著名的叙事诗。它描写了一位名叫秦罗敷的采桑女巧妙地拒绝太守调戏的故事，塑造了一个坚贞美丽的农家女子形象。

这首诗最早著录于《宋书・乐志》，题为《艳歌罗敷行》；后见于《玉台新咏》，题为《日出东南隅》；收入《乐府诗集》时，题为《陌上桑》。今天一般通用《陌上桑》为题。

《宋书》将此诗分为"三解"。"解"是乐歌配乐演奏的音乐段落。此诗的"一解"

（从“日出东南隅”到“但坐观罗敷”）主要刻画罗敷的容貌之美，“二解”（从“使君从南来”到“罗敷自有夫”）和“三解”（从“东方千余骑”至末尾）主要描写罗敷的聪明智慧。

《陌上桑》的作者没有采用正面描绘的手法来展示罗敷的容貌之美，没有对这位美女的眉眼、鼻、嘴……一一作具体细致的描摹，而是独具手眼地采用以虚写实的手法，从她活动的环境、所用的器物、发式及衣服上着墨，烘托出一种奇丽神妙的氛围，让读者自己去想象这片氛围所围绕的中心人物的绝世容貌。

诗歌的一开头就把罗敷的活动环境点染得金碧辉煌：“日出东南隅，照我秦氏楼。”这是一个旭日初升的清晨，那沐浴在万丈霞光之中的小楼，正是罗敷居住的“秦氏楼”；位于“城南隅”的那片阳光闪烁的桑林，正是罗敷采桑的地点。——于是，在满天朝霞、遍地阳光的背景上，勤劳美丽的罗敷上场了。她的眼睛里映照着朝霞的光辉，她的脸上浮现着灿烂的笑容，她的青春容颜与朝日相辉映。这是何等惊人的美貌啊，读者自可想象。

欲美其人故美其物，《陌上桑》的作者深谙此理。于是，诗歌进一步描绘罗敷手中采桑的器物：“青丝为笼系，桂枝为笼钩。”桑篮上的系带不是一般的绳子，而是青色的丝绳；桑篮上的提钩也不是普通的树枝，而是香洁的桂树枝。“青丝”、“桂枝”做成的桑篮既精美又雅致，物尚如此，人物之美之雅则是不言而喻的了。

接下去，作者该直接写罗敷其人了。但是作者仍然避免正面描绘她的容貌，而是去描绘她的发式服饰：“头上倭堕髻，耳中明月珠。缃绮为下裙，紫绮为上襦。”“倭堕髻”，即堕马髻，是当时流行的一种发式；“明月珠”，一种名贵的宝珠；“缃绮”，杏黄色的绫子。她头上梳着时兴的堕马髻，俏丽地侧在一边；小巧的耳朵上戴着晶莹的宝珠；她下身穿着杏黄色绫子裁成的长裙，上身穿着紫绫子做成的短袄。这身装束艳而不俗，作此打扮的人儿该是多么的艳丽高雅啊！

从罗敷活动的环境，再到她手中的桑篮，再到她的发式服饰，作者由远及近，一层层地渲染出罗敷容貌的美。尽管作者没有具体地告诉读者，她的眉毛是多么的修长，她的眼睛如同盈盈秋水……但是作者巧妙的叙说却紧紧抓住了读者的心，读者不由自主地追随着他的笔墨层层兜圈子，深信在如此瑰丽的环境中活动，使用如此精美器物，又作如此华丽的打扮的罗敷，一定是一位绝代佳人，热切地盼望一睹真容。于是，作者笔锋一转，进一步采用“烘云托月”的手法来表现罗敷的美。他写道：“行者见罗敷，下担捋髭须。少年见罗敷，脱帽著帩头。耕者忘其犁，锄者忘其锄。来归相怨怒，但坐观罗敷。”过路的人看到罗敷，不由自主地放下担子捋着胡子注目而视；青年人看到罗敷，脱下帽子戴上帩头，想引起罗敷的注意；耕地的人竟然忘了身边的犁，锄地的也忘了手中的锄，都被罗敷的美貌弄得丢魂失魄，更有意思的是他们回到家里又相互埋怨，原因是贪看罗敷而耽误了活计。各种各样的人都因罗敷而神魂颠倒，你想罗敷有多美！不去直接写美的形象，而去写美所引起的反应、美所引起的感受、美所引起的效果，引导读者凭借自己的想象去“再创造”一个罗敷。尽管每一个读者心目中的“罗敷”可能不尽相同，但肯定都是令读者倾倒的完美形象，这正是作者的匠心所在。

前半部分写罗敷的容貌美是从虚处着笔，后半部分则是实写罗敷的言谈行为，从而表现罗敷内在的慧美。

正当各色路人都为罗敷的美丽所倾倒的时候，"使君"坐着五马高车从南边过来了，一到罗敷跟前，疾驰的马儿就踟蹰不前。"五马立踟蹰"是何缘故呢？原来那位八面威风的"使君"也被采桑女的风姿所吸引，居然惊呆了。在这里，作者通过写马的"踟蹰"来写"使君"的"踟蹰"，写出他见色起意的丑态。

接下去是几问几答，以极其简练的笔法进一步展开情节。"使君"端坐在五马车上，心里转着肮脏的念头，一遍遍地支使小吏去向罗敷问话，最后厚着脸皮向罗敷提出"共载"的要求。在"使君"看来，自己贵为一方之长，有权有势，谁不想巴结？一位低贱的采桑女能与"使君"共乘五马车是一件从天而降的喜事，罗敷还能不欣然从命吗？从这里我们可以看到"使君"既粗俗卑鄙又妄自尊大的嘴脸。

然而，"使君"的如意算盘打错了。听到"使君"的无耻要求，美丽而坚贞的罗敷走上前亲自作答，义正词严地说："使君一何愚！使君自有妇，罗敷自有夫。"她直斥"使君"太愚蠢，口气中充满了蔑视。"使君"的"愚"在于他把自己的权势看成是无所不能的，以为权势可以买动采桑女贞洁的心，这在不慕荣华、不畏权贵的罗敷看来实在是愚不可及！她决断地说"使君自有妇"，又骄傲地说"罗敷自有夫"，言下之意：你与我毫不相干，凭什么要我上你的车！这里的两个"自"字下得很有分量。前一个"自"字显出罗敷的决断，拒"使君"于千里之外；后一个"自"字则写出了罗敷的自尊自傲。

罗敷的回答给了"使君"当头一棒。然而，一个柔弱的女子怎么能摆脱"使君"的纠缠呢？聪明的罗敷应付得很巧妙。她没有硬顶，也没有继续斥骂"使君"的卑鄙下流，在断然拒绝"使君"之后，趁"使君"还没有回过神来，她的口锋一转，开始向"使君"盛夸自己的夫婿，说他官居要职，人才出众。她先说"东方千余骑，夫婿居上头"，先点出夫婿官职显贵，然后再大加渲染，说他骑着白马，马尾系着青丝带，马笼头是黄金打成的，腰中挂着名贵的宝剑，接着还列举他的官场经历。夸说夫婿官位显赫是为了震慑仗势欺人的"使君"，意思是说：你那个太守算什么，我的夫君比你强百倍，比你更有权势！接下去，她又夸夫婿相貌出众，说他皮肤白皙，留着长长的胡须，走起路来很有派头，人人都说我的夫婿仪表出众，你这个自命风流的"使君"怎能让我看上眼呢！——这种"以其人之道，还治其人之身"的反击，使不怀好意的"使君"目瞪口呆，自惭形秽，一肚子火发不出来。罗敷越说越高兴，那"使君"自然越听越扫兴。最后两句"座中数千人，皆言夫婿殊"，更让"使君"无地自容，神气全无。这幕喜剧就在这充满胜利快感的哄笑声中结束了，而把"使君"如何狼狈而去的丑态留给读者自己去想象。罗敷夸说夫婿看似离题，其实正是展示罗敷内心世界的巧妙方式，正是刻画罗敷形象的着力之笔，充分表现了罗敷的聪明机智和维护自我尊严的勇气。所以沈德潜曾说："末段盛称夫婿，若有章法，若无章法，是古人入神处。"

从艺术上看，《陌上桑》除了采用以虚写实、烘云托月的手法来塑造人物形象外，还充分调动了民歌中常用的铺叙手法。像众人对罗敷之美的反应，罗敷对夫婿的夸说，都写得文辞飞动，酣畅淋漓。也许有人会疑惑，一位农家女何来名贵的服饰？采桑女怎会有官居要职的夫婿？其实，这正是一种夸张铺陈的表现手法，前者是为了烘托罗敷容貌的美，后者是为了打击“使君”的威风，切不可拘泥于字面。

《陌上桑》的语言活泼清新，字里行间含蕴着一种乐观、幽默、俏皮的意韵，具有浓郁的民间风情。整个故事富于喜剧色彩。像行者、少年、耕者、锄者被罗敷的美貌弄得手足失措、魂不附体的那段描写就渲染出活活泼泼、热热闹闹的喜剧气氛，而“五马立踟蹰”的“使君”正是在这样的气氛中登场，扮演了一个可笑的小丑角色。他一开始派头十足，目中无人，但是罗敷那一段洋洋自得的夸夫之辞，却使他神情沮丧，气焰顿消，只好灰溜溜地下场，给后人留下了一连串的笑声，而采桑女罗敷的美丽坚贞、聪明才智也在笑声中永远流传。（韦凤娟）

长歌行

青青园中葵，朝露待日晞。
阳春布德泽，万物生光辉。
常恐秋节至，焜黄华叶衰。
百川东到海，何时复西归？
少壮不努力，老大徒伤悲！

这首《长歌行》，算得上是中国最早的哲理诗。关于《长歌行》的格调，郭茂倩《乐府诗集》载：“崔豹《古今注》曰：‘长歌、短歌，言人寿命长短，各有定分，不可妄求。’按古诗云‘长歌正激烈’，魏武（按，当作文）帝《燕歌行》云‘短歌微吟不能长’，晋傅玄《艳歌行》云‘咄来长歌续短歌’，然则歌声有长短，非言寿命也。”此语同时也说明了长歌是慷慨激昂意重调长的歌诗体，从形式到内容都适合表达严肃的主题。今存三首《长歌行》古辞中，这首“青青园中葵”最突出地表现了这一特征。

诗的主旨在于劝诫人们珍惜时光，不虚度年华。但诗并不施以说教，而是以自然之景开篇，运之以比兴手法，寓理于物象之中，从事到理，顺势推来。“青青园中葵，朝露待日晞。阳春布德泽，万物生光辉。”四句以园葵起兴，极写春天的美好。“晞（xi 西）”，晒干。《诗·小雅·湛露》有“湛湛斯露，非阳不晞”语。园中的葵菜青翠欲滴，晶莹的朝露静静地挂在葵菜叶上，期待着太阳东君的升起；大地回春，草木滋润，复苏的万物纷纷吐出生命的契机，一派欣欣向荣的景象。一年之中，春天是最迷人的，在诗人眼中，近至园葵，远及万物，无不在春天的德泽中享受着生命中最甜美的时分。诗人写春，用笔不多，不但写出了令人陶醉的春光，更写进了诗人的一往情深。越是美好的事物，它的失去和毁灭也就越令人心伤神痛。“常恐秋节至，焜黄华叶衰”二句，“焜（hùn 混）黄”，形容叶落枯黄之色。着一“恐”字，已见秋之可怕，冠一“常”字，尤觉可怕之甚。更令人感伤的是，这肃杀的秋风扫荡万物，摧残生机，是自然界的必然，是不可抗拒的天意。世上没有不凋谢的春光，没有开不败的花朵，盛衰荣枯的变迁，是一切生命之物的必由之路。以上六句，由景及情，由事及理，诗人的旨趣已不仅仅是惜春之情了，显然寓有对人生的思考。

也许诗人感到兴中作比的手法尚不够直捷明快，接着两句再作直接类比："百川东到海，何时复西归?"这两句在诗中起着承上启下的作用。上文六句，重在刻画形象，这两句则融理入事，如点睛之笔，在表达自身形象及内涵时，也豁然点明了前几句的诗意。而且这两句语调坚决，义无反顾，加强了作品主题的力度，对青春时光如百川之流逝，透出了前所未有的焦虑感和紧迫感。有这两句接应，最后的警句便水到渠成了："少壮不努力，老大徒伤悲!"这两句诗千载以来，一直脍炙人口，成了勉励上进的格言。春去秋来，花凋叶落，流水西逝，百川入海，这些自然现象都是不可改变的。显然，诗人并非空自伤春惜花，也非徒然慨叹逝水，而是自然地融入了对人生的哲学思考。时光似水，不可倒流；青春如花，过季难留：这是一个不可逆转的自然规律，也是一个人人面对的严酷现实。每个人都有由盛及衰的生命过程，但生活道路的选择则是各不相同的，怎样才更有价值？怎样才能老而无憾呢？诗人提出了少壮要努力的警世之句。无论贫富贵贱，不计行业分工，要取得成就，获得成功，要无愧于世上一游，不努力是不行的，少壮时尤须努力。诗人把努力奋进的思想放在人生如逝的背景中来写，把青春荒废与老大伤悲作为必然因果来写，尤能令人警悟，发人猛醒。

关于这首诗的主题，古有劝人珍惜青春，及时行乐之说。吴竞《乐府古题要解》云："言荣华不久，当努力为乐，无至老大，乃伤悲也。"郭茂倩似乎也同意此说。这种思想在汉代士大夫中很是流行，汉魏诗中消极地以朝露譬喻人生短暂的修辞定式也时有出现，因此，此解有一定的道理。然而，从全诗的情调上看，似从积极上进的角度来理解更合理些。《文选》五臣注云："当早崇树事业，无贻后时之叹。"清人吴淇发挥得更精彩："全于时光短处写长。人有一日之时，有一年之时，有一生之时。一日之时在朝，一年之时在春，一生之时在少壮。之三时者，以为甚长而玩愒则短，以为甚短而勤修则长也。……苟自甘暴弃，谓今日不修而有来日，今年不修而有来年，乃日复一日，年复一年，冉冉老至，恰如逝水赴海，岂有复西之日哉？轻弃重宝，那不悲伤!"(《选诗定论》)这段鉴赏很得三昧，写出了"长"与"短"的辩证关系。从作品本身来说，"努力"二字是全诗的诗眼，而将此二字与及时行乐联系起来，总有些于理欠通之处，而理解为勤奋上进，则是顺理成章的。

(耿百鸣)

东门行

出东门，不顾归；来入门，怅欲悲。盎中无斗米储，还视架上无悬衣。拔剑东门去，舍中儿母牵衣啼："他家但愿富贵，贱妾与君共餔糜。上用仓浪天故，下当用此黄口儿。今非!""咄！行！吾去为迟，白发时下难久居。"

两汉乐府民歌继承了《诗经》"饥者歌其食，劳者歌其事"的现实主义精神，从社会生活的更多的侧面反映了当时劳动人民的悲惨境遇和他们的强烈爱憎之情。班固在《汉书·艺文志》中说："自孝武立乐府，而采歌谣，于是有赵代之讴、秦楚之风，皆感于哀乐，缘事而发，亦可以观风俗，知厚薄云。"如果我们透过班固美化封建统治阶级的思想来看，他的话却道出了一个事实，即两汉乐府民歌的作者是把他们的喜怒哀乐通过对自己生活遭遇的具体描写表现出来的。这较之《诗经·国风》多数诗篇有了更为丰富、更为广阔的内容，可以使读者对当时的社会现实产生更为实在的认识，这也是两汉乐府民歌对《诗经》现实主义的发展。我们读两汉乐府民歌，仿佛置身于当时社会现实生活中，听到了病妇的呻吟，孤儿的哭诉，老兵的悲泣，官府爪牙对农民的斥骂。而在《东门行》中，我们则看到了在封建统治者的沉重压迫下，人民走投无路而欲铤而走险的情景。

这首诗的主人公是一个被贫困所迫而欲铤而走险的男子。开头四句写这一男子本来已不考虑后果，愤而出走，欲做为当时社会所不容的事，以寻求一家人的活路。但又放心不下，再回转家中，心情更加悲伤。接下去的两句是通过男主人公环顾斗室，描写了他家的具体处境：盎（储米的瓦罐）中无米，架上无衣。这就使他再下决心拔剑出走。善良的妻子不忍心自己的丈夫去冒险，牵衣啼哭，动之以情，晓之以利害。"糜，煮米使糜烂也。"（《释名》）"共铺糜"，同吃稀粥，言她愿与丈夫过最清苦的生活。"用"字作"为"讲，"仓浪天"即苍天，"黄口儿"即幼儿。这两句是妻子用天道人情来打动自己的丈夫，以劝阻他不要去冒险。"今非"二字，黄节在《汉魏乐府风笺》中与"咄！行"连读，以为是"夫答妇之词，谓今非咄嗟之间行，则吾去为已迟矣"。有的则据《乐府古题要解》所记："妻子牵衣留之，愿共铺糜，不求富贵，且曰'今日清，不可为非。'"认为"今非"中间脱五字，是妻子劝丈夫的话（见中华书局版《两汉文学史参考资料》）。前者，增字作释，颇费解，不可从。后者，从上下文来看，较为符合诗意，但疑其有脱误，其实质也是增字作释。段熙仲先生认为"今非"为句，"并不突兀，而是心情急切的表现"，并解释说："女主人公体会到了一家的命运，丈夫是为着她，为着此黄口儿，她想，她不愿看着他走上这条她估计的险路，选择了宁共铺糜的并无把握的生路。她牵衣，她啼哭，她尽力劝说，她的内心深处同样在激烈地斗争，终于迸发出片断的却是判断性的两个字，今非——这不行呀。"（见 1980 年 10 月 15 日《光明日报》第四版）这是女主人公当时说话神情的很精当的分析。"咄！行"都是单字为句，表现了男主人公愤然决绝之情，"咄"作"叱"解，即呵斥责骂的声音，"行"，我要走了，是断然的语气。"吾去为迟"，紧承上句，表明即使现在走也已迟了。"下"，落也，全句大意是：我头上的白发已渐脱落，再不能苦捱下去了。

《东门行》是一首不足八十字的短诗，但它描写男女主人公的生活处境，他们的心情神态，他们的令人揪心的对话，却像一出短剧。作者不着一字说明，人物形象毕现，使人同情，发人深省，这正是两汉乐府"感于哀乐，缘事而发"的现实主义艺术特色的突出表现。作为诗歌的语言，《东门行》好像不如魏晋以后的古诗、律诗那样和谐流畅，但它同《国风》一样，参差错落，挥洒自如，行所当行，止所当止，在顿挫之间，以韵字调节，朗朗上口，疾徐相继，另有一番韵致。它的好处还在于《东门行》的情调和诗中主人公激烈的内心冲突完全一致，特别是"今非"，"咄！行"如口头语，却活灵活现地表现了当时人物的急切悲愤的神态。全诗在男女主人公对话中结束，也如一出戏的结束，静场，大幕急落，一片黑暗，它没有告诉读者诗中的主人公的命运如何，但却给读者留下深刻的印象和充分回味的余地。

诗歌作为语言的艺术，本有着不同的风格，有的朴素，有的秾艳，有的古拙，有的精巧，它们之间也是相比较而存在的，互相辉映，并不存在着高低之分。两汉乐府作为中国古代诗歌百花园中的一种，在艺术风格上也继承了《国风》的传统，以朴素古拙为特色，不假雕琢，不尚铺张，自然蕴藉，气韵天成，自有它的艺术生命在。譬如食物，它不是豪门做工精细的佳肴美酒，而是农家土法炮制的青茶，虽然不脱苦涩之味，可我们更可以在苦涩之中体味到其中的沁人心脾的清香。艺术的创造，艺术的鉴赏，我以为都存在着这样的相反相成的辩证法。（费振刚）

孤儿行

孤儿生，孤儿遇生，命独当苦。父母在时，乘坚车，驾驷马。父母已去，兄嫂令我行贾。南到九江，东到齐与鲁。腊月来归，不敢自言苦。头多虮虱，面目多尘，大兄言"办饭"！大嫂言"视马"！上高堂，行取殿下堂，孤儿泪下如雨。

使我朝行汲，暮得水来归。手为错，足下无菲。怆怆履霜，中多蒺藜。拔断蒺藜肠肉中，怆欲悲。泪下渫渫，清涕累累。冬无复襦，夏无单衣。居生不乐，不如早去，下从地下黄泉！

春气动，草萌芽。三月蚕桑，六月收瓜。将是瓜车，来到还家。瓜车反覆，助我者少，啖瓜者多。"愿还我蒂，兄与嫂严，独且急归，当兴校计。"

乱曰：里中一何譊譊！愿欲寄尺书，将与地下父母：兄嫂难与久居！

这篇《孤儿行》见《乐府诗集·相和歌辞·瑟调曲》，是汉代的一首民歌，或者说一首乐府民歌。因为它经过乐工的配乐，受过音乐洗礼，已和音乐结合成为一种乐曲歌辞。"行"便是它作为乐曲的标志。班固《汉书·艺文志》在叙述汉武帝立乐府而采歌谣之后，指出这些歌谣的特点是"皆感于哀乐，缘事而发"，在这方面，《孤儿行》要算是最为杰出的代表作。它通过孤儿悲惨遭遇的描绘，对兄嫂虐待孤儿的暴行，作了血泪的控诉，感人至深。在客观上，也透露了阶级社会私有制的罪恶，能发人深省。

关于《孤儿行》的欣赏，我不拟作纵的复述式的剖析，只就个人的体会，提出《孤儿行》在表现手法方面的某些特点来加以说明。

作为一首杰出的叙事诗，《孤儿行》约有以下几个值得我们注意和借鉴的特点：

第一是在结构上突出主题。如诗的开头三句："孤儿生，孤儿遇生，命独当苦。"二话不说，一上来就把主题亮了出来，非常鲜明，非常有力，一下子就吸引住读者的注意，唤起读者急于要了解后事如何的迫切感。这个"苦"字像一条线索贯穿着全篇，成为全诗的主帅，下文写孤儿的"行贾"、"行汲"、"收瓜"等一系列情况，都是围绕这个"苦"字来的，为这个"苦"字服务的。严羽《沧浪诗话》评李白诗说："太白发句，谓之开门见山。"这比喻很好，也符合李白诗的实际。如他的著名的《蜀道难》的开篇："噫吁嚱，危乎高哉，蜀道之难，难于上青天！"真是开门见山。下文便专在

“难”字上做文章。和《孤儿行》比较，虽有写人和写物之不同，但在写法上却没有什么不同。他很可能从《孤儿行》得到某些启发。

第二是采用第一人称的直接叙述。《孤儿行》全篇基本上都是主人翁——孤儿的自述。如“兄嫂令我行贾”、“使我朝行汲”、“愿还我蒂”诸句中的“我”，固然是孤儿的自称，就是那些直呼“孤儿”的地方，也未尝不可理解为孤儿的自谓。比如诗的头三句，连呼“孤儿”，一般理解为是诗人的话，这虽无不可，但看作孤儿的自悲自叹，自报家门，自我介绍，似更合乎文情事理。由于诗人采取让孤儿直接向读者倾诉的方式，这就使读者特别感到亲切，感到真实，从而加强了诗的感染力。看来，在人称问题上，大诗人杜甫是非常注意的。这只要回忆一下他的《三吏》、《三别》，尤其是《三别》这些作品，就不难得到证明。《三吏》还有对话，《三别》便全是人物自叙。杜甫是主张“转益多师”的诗人，我们无妨说，他这一写法是从汉乐府民歌《孤儿行》一类作品学来的。应当指出，用不用第一人称，不只是一个表现手法问题，同时也是一个生活实践和思想感情问题。

第三是描写具体细致，入情入理。《庄子》说得好：“不真不诚，不能动人。”但真诚也不能流于空洞。宋徐积有首《哀哀词》，首四句是：“哀哀复哀哀，哀哀至此极。孤儿与慈母，中路忽相失。”下文还有“哀哀复哀哀，此去无尽时”的话，像这样的空喊，即使作者是真心实意，也不能引起读者的共鸣。《孤儿行》的妙处就在于把孤儿的“苦”具体化、形象化，寓“哀哀复哀哀”的同情于事实之中。《孤儿行》的这一特点是显而易见的，如写孤儿的行贩、汲水、推瓜车等，原原本本，一幕幕一桩桩，有人物，有故事情节，有孤儿悲惨的肖像，也有阿兄阿嫂阴森的面影，有帮着孤儿扶起瓜车的好心肠人，也有趁火打劫的啖瓜者，简直可以改编成一部电视连续剧。值得我们玩味的，是诗中对孤儿畏惧兄嫂的那种“不敢自言苦”的心理刻画。这表现在两处：一处是把“孤儿泪下如雨”这句话安顿在“上高堂，行取殿下堂”之后。这样的处理是合情合理，符合孤儿的处境的。要知道，孤儿这泡眼泪早就有了，但他不敢当着兄嫂的面流泪，只有当他上堂下堂、背着兄嫂的时候，才敢让眼泪流个痛快。不言而喻，这是无声的垂泣。假如没有“上高堂”二句，紧接着就写“孤儿泪下如雨”，那就破坏了人物形象的完整性。不敢自言苦，那敢当面哭？另一处是孤儿对啖瓜者说的那番话，他不说兄与嫂“恶”，而说兄与嫂“严”，不说当遭受兄嫂的打骂，而只含糊地说兄嫂“当兴校计”，为什么不让孤儿说真心话呢？因为他畏惧兄嫂，本来就不敢在人们面前说兄嫂的坏话。如果让他照实说了，那就反而显得不真实了，因为不合孤儿当时的心理状态。清人沈德潜评《孤儿行》说是“泪痕血点，凝缀而成”，宋长白也说，当他“每读一过，觉有悲风刺人毛骨”。《孤儿行》之所以能达到这样高的艺术水平，收到这样感人至深的艺术效果，是和它在表现手法上的这一特点分不开的，它把孤儿写活了，写得有血有肉，有声有色。

第四是文句的长短错综，活泼自然。一篇之中，三言、四言、五言、六言诸句式全都有。当长则长，当短则短，当散则散，当骈则骈。苏轼曾自评其文：“如行云流水，初无定质，但常行于所当行，止于所不可不止。”他这番自我欣赏的话，也正可以拿来欣赏《孤儿行》的语言风格。在注释中，我们已接触到“面目多尘”一句的句尾是否要添一“土”字的问题，这里我想再就逯钦立的说法再补说几句。他说：“逯按，诗中大兄之大，为土之讹，当属上句，作面目多尘土。土与前后韵贾、鲁、马、雨皆叶，今土讹大，则断尘为句，失其韵。又土讹大，连下读为大兄，后人遂不得不于嫂字上亦添大字，使篇中兄嫂辞例亦乱。应添土字，去两大字。”（《先秦汉魏晋南北朝诗·汉诗》卷九）我已说了，此处正以不押韵为是，因为下文只言“兄嫂”，遂怀疑此处称大兄大嫂是自乱其例，未免拘泥。谓“大”为“土”之讹，后人于是又在嫂字上添一大字以配大兄，尤为主观臆断。《孤儿行》不是什么历史文献，孤儿也不是什么历史人物。他也许有二哥，也许没有，这都无关紧要，无须追究。仅从形容、渲染当时兄嫂那股“颐指气使”的凶焰来看，这两个大字就必不可少。从行文方面来说，这里也正需要两个五言句，读起来才觉得更带劲。我国诗歌的句式以整齐为主，长短其句的杂言体并不发达。从现存文献来看，《孤儿行》要算是第一篇最长的杂言体了。这对后来的诗人有很大影响。由于它接近散文，有更大的表现力。目前，国内成立了不少专门写作古典诗歌的诗社，百花齐放，自是好事，但写律诗的多，写古体的少，写杂言体的似乎更少，这是一个缺陷。

除上述四个特点外，《孤儿行》在押韵方面也很值得我们探讨和借鉴，尽管用韵很自由，疏密相间，转换随便，连上下句重韵也不避，但也并非杂乱无章，如写行贾、行汲和收瓜，便是各押一韵。“黄泉”的“泉”，古时和“归”、“衣”等字通押，也不是不押韵，关于这方面，就不多说了。

孤儿的问题，是个社会问题，一个社会制度问题。在旧社会，孤儿所受的虐待、迫害，不只是来自兄嫂，也有来自叔叔、婶婶，来自岳父、岳母的，他（她）们千方百计，谋财害命。这种反常的令人发指的情况，一直到清人郑板桥写的《孤儿行》和《后孤儿行》都仍有反映，大抵家财愈丰，孤儿的命运就愈危险。孤儿问题的彻底解决，只有在像我们今天正从事建设的物质文明和精神文明一起抓的社会主义社会，才有可能。革命成果，得来不易，这也是我们在“奇文共欣赏”之余，应“永矢弗谖”的吧。

（萧涤非　萧光乾）

饮马长城窟行

青青河畔草，绵绵思远道。
远道不可思，宿昔梦见之。
梦见在我傍，忽觉在他乡。
他乡各异县，展转不可见。
枯桑知天风，海水知天寒。
入门各自媚，谁肯相为言！
客从远方来，遗我双鲤鱼。
呼儿烹鲤鱼，中有尺素书。
长跪读素书，书中竟何如？
上言加餐食，下言长相忆。

本篇最早见于《文选》，题为“乐府古辞”。李善注云：“言征戍之客至于长城而饮其马，妇思之，故为《长城窟行》。”《玉台新咏》载此诗，题为蔡邕作。《乐府诗集》收入《相和歌辞》。今传蔡邕作品，大都质直无文，喜堆砌，与此诗风格不类，当从《文选》。“饮马”，就是给马喝水。“长城窟”指长城下积水的低洼之处。长城原是春秋战国时代各诸侯国为了互相防御而修筑的，秦始皇统一中国后，又加以复修，把各段连接起来，成为防止北方匈奴族侵扰的屏障。《饮马长城窟》这个题目最早的诗，可能是写戍守边疆的人来到长城饮马的内容。这里的这一首虽然没有写到饮马长城的事，但因为它是写妻子思念征夫，所以也采用了这个题目。

此诗通篇都是女子的口吻。开头用的是比兴手法，诗中的女子因为看到河边又已长出青青的春草，想到一年已经过去，新的一年又已开始，然而她那在远方服役的丈夫还没有回来；青青的草绵延不绝，伸向远处，女子的心也随着这青青的草色，飞向远方，思念着远方的亲人。“绵绵”，语意双关，既形容春草的绵延不绝，也形容人的思念缠绵不断。春草之所以牵着女子的心，不仅因为它唤起人的时光流逝之感，还因为春草中延伸着丈夫从前离家、今后归来所经之路；春草连天，长路漫漫，丈夫什么时候才能归来啊！丈夫一日不归，女子即翘首凝望不已。用春草引出思念，是兴；用春草比喻思念，是比。融比兴于眼前所见景物中，不着一丝痕迹。即景生情，情深意远。“青青”、“绵绵”叠字的对仗叠用，又从声调上增强了绵延不尽的感觉，把女子对征夫的思念之情，写得深长无比。

下面六句又从眼前想起昨夜的梦境。“昔”通“夕”，“宿昔”就是昨夜。“傍”通“旁”。“觉”是醒来。“异县”即异地之意，与“他乡”意思相同。“展转”形容在床上翻来覆去睡不着。“不可思”是说对丈夫的思念徒劳无益，并非不思；相反，正是因为思之太甚而不堪思念之苦，才会产生“不可思”的怨恨，这种怨恨本身就是一种思念。正因为思念强烈，所以夜里才梦见他，梦毕竟不过是现实的写照。梦里他明明就在“我”的身旁，可是忽然醒来，他又并不在“我”的身边，仍然在异乡；“我”翻来覆去，再也不能入睡，想要再在梦里见到他，也不能够了。这几句写梦境和梦醒后的情景，非常生动逼真，许多人都有这种体会。昨夜进入梦境，醒后眷恋梦境，此刻回忆梦境，都是由于对丈夫的思念。以上八句，由现实到梦境，又由梦境到现实，每两句一个转折，惝怳迷离，极其曲折，把女子思念丈夫的复杂矛盾心理，写得非常深刻。

刻骨的相思，使女子受到不尽的精神折磨。下面两句，即用两个比喻，写她的痛苦心情。“枯桑知天风，海水知天寒”，是说枯桑无叶遮蔽，因而最知高空的风吹；海水露天无盖，因而最知天气的寒冷。意思是说，夫妻分别之苦只有他们本人才了解，别人是很难体会的。所以下面两句说，别人家从远方归来的人，进门以后，只顾同自己的亲人欢聚，谁肯来问一声呢？“媚”是爱、悦的意思，“言”是问讯之意，别家的欢乐团聚，更加反衬出自己的孤独凄凉，这种对比手法，把女子的凄苦心情，表现得更加强烈。

以上一段全是从女子自身而言，下面文意一变，写收到丈夫的信。别家的亲人都已平安归来，自己的丈夫究竟怎样，这自然是女子急切希望知道的。诗中不说女子希望写信询问丈夫情形，而写丈夫请人捎信回家，从对面着笔，可以写出彼此之间的相互思念。“客从远方来”四句是说，正当“我”盼望着消息的时候，一个远方来的客人把信捎来了。“我”叫来儿子打开鲤鱼形的木函，里面藏着一尺来宽的用绢写的信。古代用两块木板合在一起，刻成鲤鱼形，一底一盖，把书信夹在中间，分开就变成两个鱼形，所以说“双鲤鱼”。假鱼是不能“烹”的，诗中为使语言生动形象，所以把开函取信，说成“烹鲤鱼”。古代书信通常在一尺一寸长的木板或绢帛上书写，因此称为“尺一书”，又叫“尺牍”、“尺素”。最后四句写读信。古人席地而坐，姿势是两膝着地，臀部放在两个脚跟上，跪时臀部抬起，上身挺直，因此身体比坐时伸得长一些，所以叫“长跪”。跪着读信，表示恭敬郑重，也表明她希望知道信的内容的急切心情。“竟何如”是说迫切希望知道信中究竟写些什么，他会不会出什么事。这里有焦急，有惊疑，还有担心。信的前面嘱咐她注意身体，增加饮食，信的后面是说他（丈夫）时时刻刻都在想念家里的人，表达了丈夫对她的无限深情。但信中却没有讲到归期，可以想见，她读完信以后，一定非常失望，她对丈夫的思念，一定会变得更加强烈；不用说，请人捎信的征夫，也一定因不得回家而非常难受。从这里，可以看到长期征戍给人民带来的痛苦。诗中只写到信的内容，便骤然而止，此外不缀一词，读者已可想见，意到而笔不到，耐人咀嚼回味。

此诗语言极朴素，而意境却极新奇，感情极深厚，把女子思念征夫的复杂曲折的内心世界，写得非常深刻。诗中或用比兴，或用白描，或写现实，或写梦境，或从女子说，或从征夫说，笔法极丰富多样，读来又像句句冲口而出，一任感情自然流露，没有半点刻意为之的痕迹。在用韵上，首八句文意两句一转，用韵亦随之两句一换，末两句写信的内容，便另外单用一韵，用韵同文意转换紧密结合，同样显得非常自然。

（王思宇）

孔雀东南飞并序

汉末建安中，庐江府小吏焦仲卿妻刘氏，为仲卿母所遣，自誓不嫁。其家逼之，乃投水而死。仲卿闻之，亦自缢于庭树。时人伤之，为诗云尔。

孔雀东南飞，五里一徘徊。

“十三能织素，十四学裁衣，十五弹箜篌，十六诵诗书。十七为君妇，心中常苦悲。君既为府吏，守节情不移，贱妾留空房，相见常日稀。鸡鸣入机织，夜夜不得息。三日断五匹，大人故嫌迟。非为织作迟，君家妇难为。妾不堪驱使，徒留无所施，便可白公姥，及时相遣归。”

府吏得闻之，堂上启阿母：“儿已薄禄相，幸复得此妇，结发同枕席，黄泉共为友。共事二三年，始尔未为久，女行无偏斜，何意致不厚？”阿母谓府吏：“何乃太区区！此妇无礼节，举动自专由，吾意久怀忿，汝岂得自由。东家有贤女，自名秦罗敷，可怜体无比，阿母为汝求。便可速遣之，遣去慎莫留。”府吏长跪告，伏惟启阿母：“今若遣此妇，终老不复取。”阿母得闻之，捶床便大怒：“小子无所畏，何敢助妇语。吾已失恩义，会不相从许！”

府吏默无声，再拜还入户，举言谓新妇，哽咽不能语：“我自不驱卿，逼迫有阿母。卿但暂还家，吾今且报府。不久当归还，还必相迎取。以此下心意，慎勿违吾语。”新妇谓府吏：“勿复重纷纭！往昔初阳岁，谢家来贵门。奉事循公姥，进止敢自专？昼夜勤作息，伶俜萦苦辛。谓言无罪过，供养卒大恩。仍更被驱遣，何言复来还。妾有绣腰襦，葳蕤自生光。红罗复斗帐，四角垂香囊。箱帘六七十，绿碧青丝绳。物物各自异，种种在其中。人贱物亦鄙，不足迎后人，留待作遗施，于今无会因。时时为安慰，久久莫相忘。”

鸡鸣外欲曙，新妇起严妆。著我绣夹裙，事事四五通。足下蹑丝履，头上玳瑁光。腰若流纨素，耳著明月珰。指如削葱根，口如含朱丹。纤纤作细步，精妙世无双。

上堂拜阿母，阿母怒不止。“昔作女儿时，生小出野里，本自无教训，兼愧贵家子。受母钱帛多，不堪母驱使。今日还家去，念母劳家里。”却与小姑别，泪落连珠子。“新妇初来时，小姑始扶床，今日被驱遣，小姑如我长。勤心养公姥，好自相扶将。初七及下九，嬉戏莫相忘。”出门登车去，涕落百余行。

府吏马在前，新妇车在后，隐隐何甸甸，俱会大道口。下马入车中，低头共耳语：“誓不相隔卿，且暂还家去，吾今且赴府。不久当还归，誓天不相负。”新妇谓府吏：“感君区区怀。君既若见录，不久望君来。君当作磐石，妾当作蒲苇。蒲苇纫如丝，磐石无转移。我有亲父兄，性行暴如雷，恐不任我意，逆以煎我怀。”举手长劳劳，二情同依依。

入门上家堂，进退无颜仪。阿母大拊掌：“不图子自归！十三教汝织，十四能裁衣，十五弹箜篌，十六知礼仪，十七遣汝嫁，谓言无誓违。汝今何罪过，不迎而自归？”兰芝惭阿母：“儿实无罪过。”阿母大悲摧。

还家十余日，县令遣媒来。云有第三郎，窈窕世无双，年始十八九，便言多令才。阿母谓阿女：“汝可去应之。”阿女含泪答：“兰芝初还时，府吏见丁宁，结誓不别离。今日违情义，恐此事非奇。自可断来信，徐徐更谓之。”阿母白媒人：“贫贱有此女，始适还家门。不堪吏人妇，岂合令郎君？幸可广问讯，不得便相许。”

媒人去数日，寻遣丞请还，说有兰家女，承籍有宦官。云有第五郎，娇逸未有婚。遣丞为媒人，主簿通语言。直说太守家，有此令郎君，既欲结大义，故遣来贵门。阿母谢媒人：“女子先有誓，老姥岂敢言？”阿兄得闻之，怅然心中烦，举言谓阿妹：“作计何不量！先嫁得府吏，后嫁得郎君，否泰如天地，足以荣汝身。不嫁义郎体，其往欲何云？”兰芝仰头答：“理实如兄言。谢家事夫婿，中道还兄门。处分适兄意，那得自任专。虽与府吏要，渠会永无缘。登即相许和，便可作婚姻。"

谋人下床去,诺诺复尔尔。还部白府君:"下官奉使命,言谈大有缘。"府君得闻之,心中大欢喜。视历复开书,便利此月内,六合正相应。良吉三十日,今已二十七,卿可去成婚。交语速装束,络绎如浮云。青雀白鹄舫,四角龙子幡,婀娜随风转。金车玉作轮,踯躅青骢马,流苏金镂鞍。赍钱三百万,皆用青丝穿。杂彩三百匹,交广市鲑珍。从人四五百,郁郁登郡门。阿母谓阿女:"适得府君书,明日来迎汝。何不作衣裳,莫令事不举。"阿女默无声,手巾掩口啼,泪落便如泻。移我琉璃榻,出置前窗下。左手持刀尺,右手执绫罗。朝成绣夹裙,晚成单罗衫。晻晻日欲暝,愁思出门啼。

府吏闻此变,因求假暂归。未至二三里,摧藏马悲哀。新妇识马声,蹑履相逢迎。怅然遥相望,知是故人来。举手拍马鞍,嗟叹使心伤:"自君别我后,人事不可量。果不如先愿,又非君所详。我有亲父母,逼迫兼弟兄,以我应他人,君还何所望。"府吏谓新妇:"贺卿得高迁。磐石方且厚,可以卒千年。蒲苇一时纫,便作旦夕间。卿当日胜贵,吾独向黄泉。"新妇谓府吏:"何意出此言!同是被逼迫,君尔妾亦然。黄泉下相见,勿违今日言。"执手分道去,各各还家门。生人作死别,恨恨那可论。念与世间辞,千万不复全。

府吏还家去,上堂拜阿母:"今日大风寒,寒风摧树木,严霜结庭兰。儿今日冥冥,令母在后单。故作不良计,勿复怨鬼神。命如南山石,四体康且直。"阿母得闻之,零泪应声落:"汝是大家子,仕宦于台阁,慎勿为妇死,贵贱情何薄。东家有贤女,窈窕艳城郭,阿母为汝求,便复在旦夕。"府吏再拜还,长叹空房中,作计乃尔立。转头向户里,渐见愁煎迫。

其日牛马嘶,新妇入青庐。奄奄黄昏后,寂寂人定初。"我命绝今日,魂去尸长留。"揽裙脱丝履,举身赴清池。府吏闻此事,心知长别离,徘徊庭树下,自挂东南枝。

两家求合葬,合葬华山傍。东西植松柏,左右种梧桐。枝枝相覆盖,叶叶相交通。中有双飞鸟,自名为鸳鸯,仰头相向鸣,夜夜达五更。行人驻足听,寡妇起彷徨。多谢后世人,戒之慎勿忘。

《孔雀东南飞》最早见载于《玉台新咏》,题为《古诗为焦仲卿妻作》。郭茂倩的《乐府诗集》收入《杂曲歌辞》中,题作《焦仲卿妻》,因首句为"孔雀东南飞",现代人的选本有一些又将首句作为题目。其产生的时代,大体与蔡邕《悲愤诗》相近,这两首叙事诗,一者出自文人之手,一者为无名氏之作,联璧生辉,堪称汉末叙事诗的双璧。

诗中所叙之事是刘兰芝与焦仲卿的婚姻悲剧,由于婆母不悦儿妇,一对恩爱夫妻被活活拆散，最后导致双双殉情而死的悲惨结局。它所反映的矛盾是青年男女在婚姻方面与封建家长制的矛盾，是对封建家长制的强烈控诉，形象地揭露了作为封建家长化身的焦母和刘兄，如何一步步地吞噬了这一对年轻人的生命。它所闪射的反封建礼教的思想光辉，在中国诗歌史上是史无前例的。

全诗一千七百多字，“古来长诗，此为第一”(张玉穀《古诗赏析》)。从情节的发展来看，此诗可分成五大段。从开头到“会不相从许”为第一段，这是“遣归缘起”，也是矛盾冲突的开始。从“府吏默无声”到“二情同依依”为第二段，正面描写兰芝被遣归的种种情景，这是矛盾冲突的第一个发展。从“入门上家堂”至“愁思出门啼”为第三段，描写兰芝被遣回娘家之后，兄长逼嫁的情景，这是矛盾冲突的进一步发展。从“府吏闻此变”至“自挂东南枝”为第四段，写兰芝与仲卿双方殉情而死，这是矛盾冲突的高潮，也是悲剧的结局。末尾为尾声，写悲剧主人公死后情景，这是浪漫主义的尾巴。

此诗在艺术上有几个突出的成就：

第一，结构严密而又善于剪裁。诗的开头，从新妇自述写起，两人的家世不着一字，省略了许多闲文，开头便紧紧抓住主题。情节的发展一环扣一环，矛盾发展十分迅速。如通过兰芝自述，鸣被遣之冤后，引出仲卿直言诘母，为妇鸣被遣之冤。言妇好，正激母怒，使刘母遣妇之心更加坚决。仲卿发誓不再娶，用急话对母亲一逼，刘母怒不可遏，急语一逼，紧接怒语一紧，而妇归之势，已无可挽回，于叙次井然之中，正见结构严谨之处。兰芝遣回娘家之后，求婚者接踵而至，求婚者的地位一个比一个高，刘母代女儿拒绝之后，引出狠心势利的刘兄出场。矛盾的发展急转直下，一辞婚、一逼婚、一应婚，三次曲折，逼出兰芝在走投无路的情况下，只有一死了之。兰芝与仲卿死后，不写两家如何悲恸，只以合葬华山了之，又见其善于剪裁。在叙事过程中，又多次预设伏笔，前后照应，天衣无缝，更见结构的严密。

第二，在人物塑造上，此诗取得了巨大的成功。叙事诗的中心人物是刘兰芝，她聪慧、勤劳、美丽、善良，做事有自己的主见，而且富有反抗性。她对仲卿怀着坚贞的爱情，为了这一点她宁肯“举身赴清池”，投水自尽，也不违背初衷再嫁府君的儿子。婆母加在她头上的唯一“罪名”是“举动自专由”，但这不过是婆母的一面之词，事实并非如此。她自己有过辩解：“奉事循公姥，进止敢自专？”这不是一语戳穿了婆母的谎言吗？她的一言一行何曾自己做过主张。对于婆母的百般挑剔，她实在忍受不下去了，深感“君家妇难为”，不得已才请求遣归。这是她反抗性的第一表现，她没有低三下四地向婆母求情，一方面是她的性格特征，她有反抗的一面，但另一方面是她充分认识到求情也是无用的。与丈夫诀别时，她一方面感到“复来还”很渺茫，有“于今无会因”的预感，说了一些违心的话，但她心中仍然存有一线希望。她把自己的嫁妆全部留下，临行前又把自己打扮得无比漂亮，分手时又以“磐石”、“蒲苇”为喻，信誓旦旦，不正说明她幻想重新回到丈夫的身边吗？张玉穀说得好：“叙新妇答辞，反将复归说得必无是理，盖性傲人不肯遽作软语，非本意也。……被遣归家，有何情绪？作此严妆，呈其美态，亦谓男子之情，或移于色，特借是再为临行固结府吏之地。新妇苦衷，作者曲为写出，第云华赡，浅矣论文。”(《古诗赏析》)

兰芝回家之后，母亲不问青红皂白，对兰芝的“不迎而自归”横加指责。当兰芝向母亲诉说“儿实无罪过”以后，母亲也哭了起来，她谅解了女儿。但是一波未平，一波又起，求婚者接踵而至，终于出现了逼婚事件。阿兄尽力一逼，兰芝不与其兄辩论一句，便答应下来。这并不是与兰芝的反抗精神不协调，作者所以这样写，是有良苦用心的。张玉穀说：“此时兰芝竟不与兄一辩，具有深心。盖未仰头答时，其俯首沉思已久。太守上官，属吏势难与抗；阿兄戾性，大义更难与争。胸中判定一死，索性坦然顺之，不露圭角，为后得以偷出，再会府吏地也。兰芝机警，正赖此神到之笔达之，于此不解索解，负兰芝，并负作者矣。”

兰芝悲剧性格的最后完成，是以她的死来表示她的反抗，作者也以此完成了这一光辉形象的塑造。

焦仲卿这个人物，不少读者认为他比兰芝软弱，实际上并不尽然。他听到妻子的诉说之后，没有劝她逆来顺受，却直言责问母亲，为妻子鸣冤叫枉，敢于在母亲面前无所畏惧地帮助妻子说话，并扬言“今若遣此妇，终老不复取”，这说明他对封建的家规、对封建家长的淫威，还是敢于冒犯的。他所以拗不过其母，是因为其母是家庭的主宰，封建礼法不容他忤逆不孝，按当时的礼法，决定兰芝去留的不是仲卿，而是其母。封建礼法规定：“妇有七去”，后来也称“七出”，“七去”之一就是“不顺父母去”。还有一个与此相应的补充规定：“子甚宜其妻，父母不悦，出。”（《礼记·内则》）焦仲卿的反抗是无法越过礼法的，这与其说是软弱，不如说是时代的局限。他对爱情也与兰芝一样，同样是坚贞的，他没有违背自己的爱情誓言，当他听说兰芝负约再嫁时，由于误解了兰芝，他说了几句刺激兰芝的话语。当他得知“同是被逼迫”之后，“黄泉下相见”成了他们的共同誓言，最后他也以自己的实际行动，实践了自己的誓言。他的“自挂东南枝”同样是对封建礼法的有力抗争。临死前他诀别了母亲，大胆地指责其母是自食恶果，是“故作不良计，勿复怨鬼神”。他已与封建的孝道彻底决裂了。

诗中的其他几个人物，如焦母的专横不仁，刘兄的势利，刘母的躁急之性，媒人的花言巧语，大都能口吻毕肖，栩栩如生。诗中人物的语言颇有个性化的特点，诚如沈德潜所说：“淋淋漓漓，反反覆覆，杂述十数人口中语，而各肖其声音面目，岂非化工之笔？”（《古诗源》卷四）

第三，乐府民歌的写作特点及语言特点。《孔雀东南飞》虽不排斥有文人加工的可能，但确有鲜明的乐府本色。它采用了许多民歌所惯用的手法。如开头两句“孔雀东南飞，五里一徘徊”即是民歌的比兴手法。以孔雀的分飞徘徊，比喻兰芝与仲卿被迫分离而又不忍分离，徘徊反顾的情景。开头一段兰芝的自叙，自十三岁写到十七岁，就是民歌惯用的排比手法。被遣归家后，又以母亲之口，复述开头一段十三岁至十七岁之情景，不忌犯复，这种复沓形式，也是乐府本色。诗中还有不少铺叙与夸张的艺术描写，如“鸡鸣外欲曙，新妇起严妆。著我绣夹裙，事事四五通。足下蹑丝履，头上玳瑁光。腰若流纨素，耳著明月珰。指如削葱根，口如含朱丹。纤纤作细步，精妙世无双”的描写，酷似汉乐府《陌上桑》写罗敷的衣着貌美的一段。“青雀白鹄舫”以下十二句描写太守的迎亲场面，“妾有绣腰襦”以下八句，或夸张，或点缀，或渲染，凭空设色，顿觉华赡，都起到了很好的艺术效果，克服了平铺直叙的板滞。沈德潜说："长篇诗若平平叙去，恐无色泽，中间需点染华缛，五色陆离，使读者心目俱炫。如篇中'新妇出门时'、'妾有绣罗襦'一段，太守择日后，'青雀白鹄舫'一段是也。"(《古诗源》卷四)

第四，现实主义与浪漫主义手法的结合，也是此诗的一大特色。全诗的创作方法基本上都是采用的现实主义的方法，但在诗的结尾，却出现了浪漫主义的尾巴，它驰骋着浪漫主义的丰富想象，给此诗罩上一层神秘而奇异的色彩。刘兰芝与焦仲卿在合葬之后，墓旁的松柏与梧桐，"枝枝相覆盖，叶叶相交通"，并有那"仰头相向鸣，夜夜达五更"的双飞鸳鸯，那枝叶交柯的树木和鸳鸯，不正是一对情侣的化身吗？这个结尾，不仅讴歌了生死不渝的爱情，同时也体现了善良人们的美好愿望。

(刘文忠)

辛延年

羽林郎

昔有霍家奴，姓冯名子都。
依倚将军势，调笑酒家胡。
胡姬年十五，春日独当垆。
长裾连理带，广袖合欢襦。
头上蓝田玉，耳后大秦珠。
两鬟何窈窕，一世良所无。
一鬟五百万，两鬟千万余。
不意金吾子，娉婷过我庐。
银鞍何煜爚，翠盖空踟蹰。
就我求清酒，丝绳提玉壶。
就我求珍肴，金盘脍鲤鱼。
贻我青铜镜，结我红罗裾。
不惜红罗裂，何论轻贱躯！
男儿爱后妇，女子重前夫；
人生有新故，贵贱不相逾。
多谢金吾子，私爱徒区区。

本篇最早见于《玉台新咏》，《乐府诗集》收入《杂曲歌辞》。作者辛延年，东汉人，生平不详。"羽林"是汉代皇家的近卫军，"羽林郎"是羽林军的军官。诗题作《羽林郎》，但描写的却是西汉霍光的家奴，实际是采用乐府诗的旧题歌咏新事的作品。东汉和帝(刘肇)时,外戚窦宪为大将军,他的弟弟执金吾(主管京师地区治安的官名)窦景,掌管羽林军,常常纵容部下强夺民间妇女和财物,同本篇描写的情况很相像,此诗可能是假托历史题材讽刺窦景之作。

这是一首非常优美的短小叙事诗。

全诗可分为四段。开头四句先作一个交代:本篇是写霍光家奴冯子都依仗主子的权势,调戏卖酒的胡女。霍光在汉昭帝(刘弗陵)时任大将军,权势很大。冯子都名殷,是霍光宠爱的家奴。“胡”是当时对我国西北少数民族的称呼。短短二十个字,不仅交代了事件的内容和人物的身份姓名,还揭示了事件发生的社会阶级根源,文字非常简洁。

“胡姬年十五”以下十句为一段,是用侧面衬托的手法,通过极力夸张铺叙胡姬的衣着打扮,写她的年轻美丽。诗中说,胡姬年刚十五岁,春天的时候独自当垆卖酒。她那长长的前襟(裾)系着两条漂亮的衣带,外面穿着袖子宽大的短袄(襦),袄上绣着合欢图案。她头上戴着用蓝田所产的美玉制成的首饰,两耳后边垂着大秦国(指当时的罗马帝国)所产的宝珠。“垆”是酒店放置酒坛子的台子,用土垒成,四边隆起,一边稍高。“蓝田”是山名,在今陕西蓝田县东,出产美玉。“耳后大秦珠”不是指耳环,而是指耳后发簪(古代的簪子长一尺,横插髻上)两端悬挂的饰物。服装这样漂亮,首饰这样珍贵,已经使胡姬非常光彩动人,她的两个发髻却更加美丽绝伦,盖世无双。“何窈窕”即何其窈窕(美好),是极端赞美的语气。“一鬟”两句不是说发髻上的首饰价值五百万、一千万钱,而是承接上面两句,用极力夸张的手法形容发髻的“窈窕”,这是用价值的昂贵来形容发髻的异乎寻常的美好。而发髻之美又同上文服装、首饰之美一样,是在暗示其人之美。因为胡姬太美太好,作者为了表示对她的珍爱和尊敬,所以不轻易直接议论她的容貌,而是通过对发髻的赞美来表现。清沈德潜说:“‘一鬟五百万’两句,须知不是论鬟。”(《古诗源》)闻人倓说:“论价近俗,故就鬟言,不欲轻言胡姬也。”所论极是。诗中虽然没有直接写胡姬的容貌,但我们读过以后,自然会感到她的无比美丽;诗中把时间安排在“春日”的美好季节,也是为了衬托胡姬的美好。而且,一个十五岁的小姑娘就能独自当垆,足见其聪明能干和富有胆量;“连理带”是两条连接在一起的对称的衣带,“合欢”是一种对称的表示和合欢乐的图案花纹。它们都有象征爱情之意,表达了胡姬对美好爱情的追求;晶莹无瑕的美玉和宝珠,也隐喻着胡姬的坚贞。所有这些,都为下文胡姬反抗强暴、拒绝调笑、忠于爱情作好了铺垫,埋下了伏线。

“不意金吾子”以下十句为第三段,写金吾子(也就是冯子都)对胡姬的调戏。这以下直到结束,全是采用胡姬自述的口吻。春日当垆,本来抱着美好的希望,不想却遇上贵家豪奴进店来为非作歹。“不意”(不料)不仅表示文意的转折,引出下面的波澜,还包含着胡姬对豪奴的憎恶。“金吾子”即执金吾。“金吾”是两端涂金的铜棒,执金吾手执此棒率领禁军(首都卫戍部队)巡防京师,维持治安。冯子都并非执金吾,胡姬称他金吾子,只是当做他的官称,犹如现代语中的“长官”、“老总”之类。同胡姬相反,诗中没有去写冯子都的仪容服饰,除了两句写车马之外,全是写他对胡姬的调戏。“娉婷”本义是姿容美好,这里形容冯子都走进酒店时忸怩做作,装出一副风流潇洒的样子，活画出豪奴的丑态。“煜爚(yù yuè 郁月)”是光彩夺目的样子。“翠盖”是用翠鸟羽毛作装饰的车盖，这里代指华丽的车。“踟蹰”是徘徊不进的样子，诗中是就车而言，指车子停了下来。“空”谓人已下车，车子空着停在那里。“银鞍”、“翠盖”都是极豪侈的东西，绝非平常家奴所能使用，写出冯子都豪门家奴的身份。

冯子都进得店来，又是要酒，又是要菜，这既是在向胡姬摆阔气，献殷勤，也是想借此同胡姬搭讪，亲近胡姬。诗中连用两个“就我”和“贻我”、“结我”，组成排比句式，有意造成重叠反复的语调，是在极意写出豪奴对胡姬的不断纠缠。胡姬先是不动声色地同不怀好心的豪奴应酬，给他送酒送菜。“清酒”(醇美的酒)、“脍鲤鱼”是形容酒肴的美好，“丝绳”、“玉壶”、“金盘”是说器具的精致，它们都起着衬托酒店主人胡姬聪慧美好的作用；而丝绳提壶、金盘送鱼的动作的重叠描写，又可使人体味到胡姬的轻捷灵巧。但喝酒并不是冯子都的真正目的，“贻我青铜镜，结我红罗裾”两句，就暴露了他的卑劣用心：冯子都以赠镜为名，借口要给胡姬系在红罗袄的前襟上，调戏胡姬。在此之前，冯子都要酒要菜，是好言相“求”，装得彬彬有礼，但系镜这个举动，却撕破了他的假面，把他的丑恶灵魂和无赖嘴脸，暴露无遗了。

最后一段是胡姬对冯子都的严厉拒绝和谴责。这是全诗的高潮。“不惜红罗裂，何论轻贱躯”，是说胡姬为了不让冯子都接触她的衣服，说她不惜把红罗袄撕裂，更不要说她的身体了，意思是说，如果冯子都要进一步侵犯她的话，她就要作出更坚决的反对。“何论”即哪论。“轻贱躯”同下面“贵贱不相逾”的“贱”相照应，是胡姬自称。胡姬先用严正警告使豪奴住手。但豪奴有权有势，仅仅这样表示拒绝，他并不会就此罢休，所以下面接着又申说拒绝他的理由，从道义上压倒对方。以下六句就是对冯子都讲的话。“男儿”实际指冯子都，“女子”则是指胡姬自己。胡姬谴责了冯子都喜新厌旧的丑恶思想，表明她要忠于自己的丈夫，并明白宣称她和冯子都之间的贵贱界限是不可能逾越的。讲得斩钉截铁，态度非常坚决。这里的贵和贱都是指社会地位而言，表现了胡姬对豪奴的阶级敌意。“人生有新故”是承接上文“重前夫”，意思是说，一个人对爱情应有新旧(故)之分，不能喜新厌旧，我(胡姬)要忠于自己旧时的爱情。冯子都炫耀于胡姬的，不过是自己的权势富贵，胡姬看透了豪奴的心思，不但不为他的权势富贵所动，反而把这作为拒绝他的理由，表示了她对以势压人的义愤，这不仅表现了胡姬忠于爱情、不贪图富贵的高尚品质，还显示了她的机智。最后两句是明白告诉冯子都打消他的无耻妄想。“多谢金吾子”的“谢”同古诗《焦仲卿妻》“多谢后世人，戒之慎勿忘”的“谢”相同，是告诉的意思。“私爱”指冯子都的主观想法。“区区”原意方寸之间，本指人的心意，诗中引申为献殷勤。意思是说，告诉你这位长官大人，你私自的爱慕，全都成了白殷勤！这既是对冯子都的严厉拒绝，同时也是对所有冯子都这一类人讲的话，表现了胡姬对封建官僚贵族的憎恶和鄙视。全诗到此戛然而止，结果如何诗中没说也不必说——在高尚而机智的胡姬面前，冯子都无言可对，无计可施，胡姬取得了胜利。

这首诗在艺术上的突出成就，是成功地塑造了胡姬这个聪明美丽、忠于爱情、敢于反抗强暴的美好女性形象。诗中通过服饰、动作、言语等方面的生动描绘，使人物的性格特征随着故事情节的进展，自然显示出来，因而具有艺术感染力。同《陌上桑》中的罗敷一样，胡姬是我国古代妇女反抗封建黑暗势力的典型。在人物刻画上，侧面衬托和夸张手法，运用得非常成功。例如对胡姬和冯子都，都用了侧面衬托，但是，对胡姬，是通过对服饰发髻的夸张描绘，表现她的无比美丽，对冯子都，则是通过对车马的重笔渲染，表现他的豪侈。同样的表现方法用在不同的人物身上，目的不同，写法不同，但都非常切合对象的身份，充分揭示出人物的本质特征。

（王思宇）

古诗十九首

行行重行行（其一）

行行重行行，与君生别离。
相去万余里，各在天一涯。
道路阻且长，会面安可知？
胡马依北风，越鸟巢南枝。
相去日以远，衣带日已缓。
浮云蔽白日，游子不顾返。
思君令人老，岁月忽已晚。
弃捐勿复道，努力加餐饭。

这是《古诗十九首》的第一首，就诗的主题而论，它是一首表现思妇念远的作品。

开头两句，“追叙初别，即为通章总提”（张玉穀《古诗赏析》）。所谓“总提”，指它能起到总领全篇的作用，诗中所写的，都是因“别”而生发。首句叠用两个“行行”，强调了“行之不止”，发示离别之后空间距离和时间距离都越来越遥远。“悲莫悲兮生别离，乐莫乐兮新相知”（《楚辞·九歌·少司命》），生离之苦有时简直可以和死别相提并论。

“相去万余里”以下四句为一个层次，申言路远难会之苦。远人愈行愈远，彼此天各一方，相去万里，别路漫漫，道阻且长，何时会面，依然未可预卜。

“胡马依北风，越鸟巢南枝”两句，陡然一转，“忽用马鸟两喻，醒出莫往莫来之形，最为奇宕”（张玉穀《古诗赏析》）。“胡马”是产自北地的马，所以依恋着来自故乡的风；“越鸟”是来自南方的鸟，所以在南向的树枝上构巢。“物犹如此，人何以堪。”此为托物喻意，意谓那离家万里、天涯漂泊的游子，又怎能不依恋他的故乡、怀念他的亲人呢？这两句诗的言外之意是微怨远人，为什么不知早早回来，因为是运用比兴，以马鸟为喻来表现的，故显得含蓄而不直露。

“相去日以远，衣带日已缓”两句，又转到念远相思上来，衣带渐缓，表示人已日渐疲损，上句就远人说，下句就思妇说，两句形象地描绘出因久别思深给思妇带来的精神上与肉体上的折磨，写相思的苦况，已递进一层。

“浮云蔽白日”两句，又用比喻，说明游子所以不返，是有所迷惑，可能是另有新欢。思妇的情怀由微露怨嗟发展到猜疑、担心，感情的波动很符合思妇的心态，显得十分真实。

“思君令人老”两句，把久别思深的苦况，又推进一层，这里有岁月蹉跎的悲慨，也有年华易逝的哀叹。“老”字既含有感觉上的衰老，也有随着时间的流逝而形成的自然衰老，这一点比前文的“衣带日已缓”更能惊心动魄，这里隐寓着对未来命运的担心与恐惧。《冉冉孤生竹》首有“伤彼蕙兰花，含英扬光辉，过时而不采，将随秋草萎”的诗句，可与此互相发明。此诗至“思君令人老”两句，相思的苦况已推向高潮。

结尾两句，以转作收，诗人将思妇的千种别情万种离绪一句宕开，不再去说它，也不再怨天尤人，只希望离家万里的远人多进饮食，注意保重身体，等待异日相会，表现出思妇温柔敦厚的内心美和善良的愿望。

《古诗十九首》标志着五言诗的成熟，钟嵘说它“文温以丽，意悲而远，惊心动魄，可谓几乎一字千金”（《诗品》上），对它评价很高。谢榛说：“《古诗十九首》，平平道出，且无用工字面，若秀才对朋友说家常话。”（《四溟诗话》）这话说得也不错。以本首而论，它的巨大成就大约有以下几点。

此诗在抒情上的一大特点是感情真挚感人，在表现这种感情时，它用了多种手法。首先它用回环往复的手法，反复写相思之情，句句转折，使感情层层递进，在感情的开掘上，既挖得深，又有波澜，有起伏，并尽可能地扩张感情的容量。从“会面安可知”的一般思念，到“衣带日已缓”的忧思损形，再到“思君令人老”的惊心动魄，感情层层推进，似乎在与日俱增。中间又插入“胡马”、“越鸟”、“浮云”、“白日”四个比喻，一用来表现怨嗟之情，一用来表现对远人的猜疑。这样在结构上，由于插入了这几句诗就显得错落有致，在抒情上就有了波澜。在抒写久别相思之情时，用直抒胸臆的实写，在表现怨嗟与猜疑时，用比兴手法来虚写，相思的感情得到扩张，怨嗟与猜疑的感情通过比兴，表现得含蓄而深婉，从而使这种感情受到一定程度的控制，这样处理的结果，思妇的形象既是多愁善感的，又是温柔敦厚的，在这一点上它取得了巨大的成功。如果拿这首诗和柳永同题材的词作相比，更可看出本诗抒情上的特点。柳永《定风波》词有“恨薄情一去，音书无个”之句，直接骂薄情郎的负心，感情泼辣。此诗也暗暗点出远人的负心，却用比兴来表现，显得含蓄得多。柳永的《蝶恋花》词有“衣带渐宽终不悔，为伊消得人憔悴”的名句，抒情方面是大胆的表白，不怕直露。此诗用“相去日以远，衣带日已缓”来表现同样的相思之苦，就显得含蓄婉转。明白这一点，对《古诗十九首》的“文温以丽，意悲而远”、“温厚”与“和平”也就有所认识了。前人说《古诗十九首》能得风人之旨，是国风之遗。胡应麟说它“蓄神奇于温厚，寓感怆于和平”（《诗薮》卷二），都与此有关。

此诗在语言上如行云流水一样自然，如民歌一样的质朴，没有雕琢斧凿的痕迹，除了“胡马依北风，越鸟巢南枝”两句外，没有对偶句，浑朴到难以句摘。说它

"如秀才对朋友说家常话"倒也十分恰当。"相去日以远，衣带日已缓"二句，对后代诗词影响很大，后人依此意境脱化出不少名句。除上引柳永的两句词以外，鲍照《拟古》有"宿昔改衣带，旦暮异容色"，谢朓《和王主簿季哲怨诗》有"徒使春带赊，坐惜红妆变"等。鲍、谢的诗，虽然刻画得更加精工细致，但却失去了简括、浑朴、自然的本色，这正是汉魏古诗与六朝诗的不同。（刘文忠）

迢迢牵牛星（其十）

迢迢牵牛星，皎皎河汉女。
纤纤擢素手，札札弄机杼。
终日不成章，泣涕零如雨。
河汉清且浅，相去复几许？
盈盈一水间，脉脉不得语。

此诗是《古诗十九首》的第十首，在《古诗十九首》中别具一格，诗中所咏为优美的神话传说，即牛郎与织女双星恋爱的故事。这是一个家喻户晓的故事，大约在东汉时代已经成型，以后人们又用自己的理想不断丰富它的情节。这个建筑在农村男耕女织劳动生活基础上的传说，诗人又往往用它来影写人间的悲欢离合和爱情悲剧。此诗即为借咏牛女之事，来抒写思妇的悲哀。

秋夜茫茫，银河耿耿，仰望星空，那隔河相望的双星，不知引起多少人的遐想，尤其是对于独居的思妇来说，更易触发念远、相思的情怀。

开头两句是环境描写，为秋夜即景，"迢迢"言其遥远，"皎皎"状其明亮，抒情主人公的观察点是在人间，不是站在织女星的本位上看牛郎，有人说它是一首"织女忆牵牛之诗"，似不大贴切。

"纤纤擢素手"以下四句为一层，描写织女的形象与情思。写织女先写其手的美，十分得体。织女的手最为灵巧，传说天上的云霞就是她手织而成。"纤纤"两句，写出了织女劳动时的形象。"擢"即举的意思。著一"擢"字，突出了动感，与《青青河畔草》中的"纤纤出素手"不同。吴淇说："此诗与《青青》章俱有'纤纤素手'四字，但用'出'字与'擢'字有别：'出'字写的是'窗'，'擢'字是写'织'，一些移动不得。又，前诗用在下句，是先见'窗'，后见'手'，此诗用在上句，是先见'手'，后见'织'。"（《选诗定论》）

"终日不成章，泣涕零如雨"两句，为诗中的一个转折。上句本于《诗·小雅·大东》："跂彼织女，终日七襄；虽则七襄，不成报章。"大意是说织女分开两足，一日移动七次，虽然移动七次，还是织不出布匹。此处用义与《诗经》不同，仅用其字面。这位能织出天章云锦的巧手姑娘，如今却终日织不出经纬成章的锦缎，这是什么原因呢？原来她心有所思，成天流眼泪，已无心织锦。织女内心的悲哀，一虚写，一实写，已依稀可见。

结尾四句，可视为"泣涕零如雨"的注脚，也是思妇触景生情所勾起的内心悲苦的写照。独居的思妇，仰望清浅的银河横在牵牛星与织女星中间，由于银河的阻隔，他们只能“金风玉露一相逢”，平时却只好含情脉脉地隔河相望。天上人间，不是同一悲慨吗？这四句为我们创造了一个可望而不可即的意境。结尾两句，隐隐兜收全篇，收结有力。

此诗在汉魏古诗中是不可多得的佳作，它可以说是秋夜即景之作，但又不是单纯地描绘秋夜之景；它写了牛郎织女的故事，但又不是故事的复述。全诗驰骋着丰富的想象，通过想象创造出美的形象和美的意境，把读者引入碧海青天的梦幻世界，同时使天上人间的爱情悲剧融为一体。反复吟咏，感到含蕴浑厚，余味无穷，又觉有无限寄托之意。

善用叠字是此诗在语言上的一大特色。十句之中，有六句在句首用了叠字，用得恰到好处，极尽变化之能事。如：用“迢迢”描写星空的距离；“皎皎”表现织女星的明亮，同时也比喻她的纯洁；“纤纤”写出手的美丽；“札札”拟出机的声音；“盈盈”状出水的形态；“脉脉”传出人的神情。字字认真，语语神化，既自然生动，又曲尽其妙，构成语言运用上的奇局。正如张庚所说：“《青青》章双叠字六句，连用在前；此章双叠字亦六句，却有二句在结处，遂彼此各成一奇局。”（《古诗十九首解》）

（刘文忠）

古诗

上山采蘼芜

上山采蘼芜，下山逢故夫。
长跪问故夫：“新人复何如？”
“新人虽言好，未若故人姝。”
“颜色类相似，手爪不相如。”
“新人从门入，故人从阁出。
新人工织缣，故人工织素。
织缣日一匹，织素五丈余。
将缣来比素，新人不如故。”

这首诗最早见于今本《玉台新咏》卷一，属《古诗五首》之一，不著撰人。据考，古本《玉台新咏》无此诗，大抵后人以其“词关闺闼”而增入。《太平御览》、《古今合璧事类备要》引此诗迳称“古乐府”，很可能此诗即属于汉世街陌谣讴之作，也就是说它是一首民歌。虽然我们不能完全排除采诗者删润的可能性，但这首民歌朴茂直梗的本色并未消褪，我们从中可以观风俗，知世情之厚薄，也可以与诗人的哀乐相共鸣。

全诗采用问答体，对话的双方是一个遭遗弃的妇女（弃妇）和她原来的丈夫（故夫）。开头说弃妇上山采蘼芜，归来的路上偶然碰上了故夫，于是引出了一番对话。既称“故夫”,可见离弃已成事实,那么这对夫妻离弃的原因就是读者首先感兴趣的问题了。对此重大问题,作者却不明说,只是在上句“采蘼芜”三字中给人以扑朔迷离的猜想。蘼芜是一种香草,风干后可作香料,据说古时妇女相信服用这种香料可以多子。由此推测,夫妇离异的根本原因恐怕是因为女方未能生育,这在当时被认为是“不孝”的大忌。若果然如此,则事情或者类似《孔雀东南飞》所写,驱逐妇人的首恶在公婆而不在故夫,可以设想这对夫妻原本是感情笃厚的。唯有这样的理解,才能圆通地解释为何弃妇见故夫要“长跪”(伸直了腰跪着,表示恭敬)相问,为何故夫会有“新人不如故”的悔恨之词。旧说以为诗的本意在于一味谴责故夫喜新厌旧,显然失之浮浅。再从章法上说,劈头两句是叙事直起,但“蘼芜”二字寓意丰富,除多子之喻外,还有芬芳自珍意,所以说是“赋中带比”亦甚贴切,取譬引类,无非要发人深思。

三、四两句是弃妇问故夫新娶的人怎么样,五、六两句是故夫答词:“新人虽说长得好,但不像你那样美。”这四句话文从理顺,明白畅达,在理解上不会产生疑义。下面七、八两句和九、十两句就不然了,流行的说法认为七、八两句也是故夫的话,九、十两句乃是弃妇的话。这样的说法于上下文勉强可以自圆,然而既有悖于全诗的情感基调,在语句上也有矛盾之处。先说情感方面,弃妇“长跪问故夫”应该说是一种关心的口吻,绝非冷峻的责难,她恐怕也希望故夫另有一个如意的新人。她的这种善良的心理和上文说到的离异原因有直接关系,反过来就故夫说,他对弃妇仍然有所眷恋;否则,这里所写的新旧对比便失去了感情基础,甚至连这一场平静的对话也不会有了。因此,七、八两句应视为弃妇的自谦,意思是说我和新人的容貌(“颜色”)可能差不多,但我的手工技艺(如纺织、缝纫等)一定比不上新人巧。恰是弃妇的自谦触动了故夫的念旧之心,引出了下文。在语句方面,倘以为五至八句均出自故夫之口,则六句已明言“未若故人姝”,七句不当再说“颜色类相似”,须知“未若”与“相似”语意正好相反,“姝”与“颜色”语意亦相重复,民歌作者谅不致如此疏陋。再进一步说,故夫既然已经扼要说明了“手爪不相如”,后文又何必“将缣来比素”,再行絮叨一遍呢?

九、十两句上承“手爪”,下启新旧之比,似有割断文意之嫌,历来说家聚讼纷纭。一说“两句必须作为弃妇的话才有味,因为故夫说新不如故,是含有念旧的感情的,使她听了立刻觉得要诉诉当初的委屈,同时她不能即刻相信故夫的话是真话,她还要试探试探”(《乐府诗选》)。这个说法过于迂曲,似未能尽善。从字面上讲,“新人从门入,故人从阁出”,一入一出之间,有悔恨莫及之情,并无反唇相讥之意。何况弃妇自称“故人”也不合全诗通例,凡“未若故人姝”、“故人工织素”,皆故夫之词,这里说“故人从阁出”亦不容例外。如果九、十两句属之故夫,语言虽平淡无奇,而故夫痛悔当初轻率出妻的情态却油然而出,令人如闻如睹。这一层由新人入、故人出引出的悔恨,一直贯穿到全篇之末,经过了新人日织缣(黄绢)一匹(四丈)、故人日织素(白绢)五丈余的对比,最后归结为“新人不如故”的慨叹。“织缣”、“织素”句遥接“手爪”为言,草蛇灰线,思绪清晰可辨。也许有人会问,九、十两句夹在中间,在通篇构思上不是有些阻碍吗?其实不然。诗家叙事有所谓倒插法、逆挽法，逆挽法就是倒叙。这里先说悔不该迎新出故，然后接写新不如故的细节，自然是将事情发展的顺序颠倒了的。但是如此做法却避免了叙事板滞的弊病，使全诗跌宕跳脱，富有灵气。对于作者在艺术上的这番苦心经营，清张玉穀领悟颇深，他在《古诗赏析》中说："后八，皆夫答词，意承'手爪'来，畅言新不如故，以表悔心，却突接新人入门、故人去阁二语，将当时轻举妄动、虽悔无及之意，横空托出。此所谓逆笔先透也。故下六句，只就手爪，举织缣织素，反复比拟，收到新不如故，阕然竟止，惋惜意略不更拖，既避复沓，亦愈见彼此至此皆不忍言，神理妙绝。"张氏赏音，可谓独擅胜场。

（许逸民）

携手上河梁

携手上河梁，游子暮何之？
徘徊蹊路侧，恨恨不得辞。
行人难久留，各言长相思。
安知非日月，弦望自有时。
努力崇明德，皓首以为期。

这首诗见于萧统《文选》卷二九，题《与苏武诗三首》，此为第三首，署名李陵作。陵字少卿，陇西成纪（今甘肃静宁西南）人。西汉名将李广之孙。武帝天汉中，为骑都尉，率步卒五千击匈奴，弹尽粮绝，兵败投降。居留匈奴二十余年，元平元年（前74）病死。苏武字子卿，京兆杜陵（今陕西西安）人。天汉二年（前99），以中郎将使匈奴，被羁十九年，始终保持汉节，汉昭帝时始得归汉。这首诗就是托言李陵在匈奴送苏武归汉之作，一说是送苏武出使匈奴之诗。

尽管《文选》言之凿凿，但这首诗的真伪早在《文选》成书之前就已成为问题。南朝宋颜延之在《庭诰》中曾说："李陵众作，总杂不类，元是假托，非尽陵制。"（《太平御览》卷五八六引）北宋迄于近代，鄙薄萧统不辨真伪的话尤其多，其中近代学者梁启超的论断可为此事作盖棺定论。他列举三项理由：第一，汉武帝时决无此种诗体；第二，赠答诗起于"建安七子"，苏、李时绝对不容有此；第三，《汉书·苏武传》载李陵"径万里兮度沙漠"歌一首，纯是武人质直粗笨口吻，与此迥然不同。由此他认定此诗乃他人拟作，并非出于李陵之手，不过流行的时间很早，所以刘勰《文心雕龙》、钟嵘《诗品》对李陵都很重视（见《中国之美文及其历史》）。前人还有指摘"携手上河梁"、"安知非日月，弦望自有时"等句与苏、李当日情事不合者，这也是此诗伪托李陵的真凭实据。当代文学史家一般认为，此诗既非李陵自作，亦非后人所拟咏，它只是汉末灵帝、献帝时文士抒发个人遭际情怀的作品。据此，我们这里摒弃旧题，不著撰人，仅把它看作汉代的古诗之什。

即使我们排除了李陵送别苏武这一特定背景，而这首诗的送别主题仍然是不可否定的。如果只就这一首诗来说，无疑是临河分手时所作，不过居者行人的身份、行人的去向都看不清楚。但是如果我们遵循当代学者逯钦立的思路（见《汉诗别录》），把这首诗与号称李陵、苏武所作的其他二十首送别诗放在一起来分析，也可以稍稍窥见其中的一些隐秘。如《文选》载苏武诗第四首有云："良友远别离，各在天一方。山海隔中州，相去悠且长。嘉会难再遇，欢乐殊未央。愿君崇令德，随时爱景光。"诗中含义乃至用语均都和我们要赏析的这首诗相类似。又如《古文苑》载李陵《录别诗》第一首有云："有鸟西南飞，熠熠似苍鹰。朝发天北隅，暮闻日南陵。欲寄一言去，托之笺彩缯。"诗中点明了行人的去向和目的地。所谓"山海隔中州"、"暮闻日南陵"，就是说行人要远赴日南（交州），与中州有山海之隔。至于送别时的心境，如《文选》载李陵诗第一首有云："良时不再至，离别在须臾。屏营衢路侧，执手野踟蹰……风波一失所，各在天一隅。长当从此别，且复立斯须。"诗中流露的情感和要赏析的这首诗又何其相似乃尔。所谓"嘉会难再遇"、"长当从此别"，言外有无限伤时感乱的悲哀。考《后汉书》桓晔、袁闳二传，并记载汉献帝初平中天下大乱，士大夫先是避地会稽，后遂浮海客交阯。这个事实当可证明上面所引"朝发天北"、"暮闻日南"等诗句非泛泛虚语，而是汉末实录。其中"良时不再"、"长从此别"的话也不是一般出仕边裔的士大夫所发，而是那些避难远行、还乡无期者的心声。我们唯有把这首诗放在这个社会乱离的大背景中，才能深刻体味它的抒情底蕴和写作技巧。

诗的开头四句为一节："河梁"指桥，点醒送别地点；"游子"指行将离乡远行的人，点出行人身份。如上文所说，我们可以设想这是送人外出避难，日后天各一方，山海阻隔，恐难再有还乡聚首之日。因此，送别如同诀别，无论居者还是行人都有着生离死别的感受。这种感受是内在的思想活动，外间如何察觉？作者先写他们携手共登河桥，接着写他们在路侧徘徊，然后写他们相对悢悢，难舍难分。一连几幅画面便将他们难以名状的内心苦痛转化为具体的形象，调动起读者的情感积累，与之发生共鸣。这一节的紧要处是"不得辞"三字，其余各句无非为此而渲染氛围，读者的共鸣则说明这种以渲染氛围发端的手法是成功的，它可以产生情景相生的艺术效果。

"行人难久留，各言长相思"二句为一节，上承"辞"字，转出"难久留"之意；既辞之后，势必两地相思，如同水到渠成一般，"各言长相思"一句喷口而出，自然而然，无半点斧凿痕迹。在全诗章法中，这一节的作用显然是过渡，就是把现在的恋恋不舍之情过渡到日后的深切怀念上去，把眼前的分手实景描写过渡到未来的企盼想象中去。虚实相间，情景交融，这才是好诗。"行人"二句正处在实与虚、景与情的交汇点上，是上下沟通的津梁，是前后承转的关捩，绝不可轻忽。

"安知非日月"四句为第三节，顶"相思"而作劝慰语。"安知非日月"是说如同日月，"安"、"非"是否定之否定。"弦望"指月有圆亏，阴历每月初七八、二十三四月形如弓，称"上弦"、"下弦"；每月十五月满如盘，此时月在西方，日在东方，遥遥相望，故称"望"。"弦望自有时"是说有弦时必有望时，用来比喻人间的离合，则是说有分别之时也必然会有会合之日。以"弦望"喻离合，在送别诗文中颇为习见。如唐杨炯《送并州旻上人诗序》："三元日月，不能改弦望之期；四序炎凉，不能移变通之运。""两乡绵邈，何当惠远之游；千里相思，空有关山之望。"杨炯可谓善解"弦望"之义。末二句，"努力崇明德"意在互勉，"明德"即美德，唯有德者可以长寿善终，故以持身端正、保持优良品德为劝诫。不过居者与行人都深知此行多艰，所以说“皓首以为期”，看来对于日后能否再见是没有多大信心的。这一点也可以成为诗的作者非苏非李、非宦非戍，大抵是汉末避乱文士的一个内在证据。

这首诗的语言质而不野，结构完整，表现方法细致多样，称得上是一首成熟的五言诗。现存文献资料表明，最早的文人五言诗当属班固的《咏史》，虽然叙事畅达，但缺少文采，钟嵘《诗品》不客气地批评它“质木无文”。这一首古诗自然也是文人手笔，去班固不足百年，而技法大有改观。如清刘熙载所说，此诗“但叙别愁，无一语及于事实，而言外无穷，使人黯然不可为怀”(《艺概》)。又如明谭元春所说，此诗“字字真，所以字字苦。字字厚，所以字字婉。只此一首，唐人妙犹费经营，况齐梁小儿乎”(《古诗归》卷三)。谭、刘说正指明了这首诗在谋篇遣词上的考究之处。唯因诗的作者苦心孤诣，经营锤炼，遂使它成为后世送行诗的典范，由此而生出许多模拟之作。不但如此，“河梁”一词还成了送别之地的代称，李、苏赠别俨然实有其事，成为一大文学掌故。

(许逸民)

曹　操

观沧海

东临碣石，以观沧海。水何澹澹，山岛竦峙。
树木丛生，百草丰茂。秋风萧瑟，洪波涌起。
日月之行，若出其中；星汉灿烂，若出其里。
幸甚至哉，歌以咏志。

这是曹操的乐府诗《步出夏门行》四章的第一章。宋郭茂倩《乐府诗集》卷五四录此四章，据《南齐书·乐志》所载第一章题称，总题为《碣石篇》。曹操于建安十二年(207)夏，为了追击逃入三郡乌丸的袁尚、袁熙，出兵北征柳城(今辽宁凌源)，于九月凯旋。此诗即写于归途的秋冬之际。

这首诗写的是作者登上碣石山观望大海的总的感受，它描写的不是大海某一时刻的某一局象，而是作者所感受到的山海昼夜动静各种景象的综合，以其所具不可一世的气概吐发出之，故使人读来胸襟开阔，悠然意远。

诗的发端二句径言己之行动意向，提示全诗的内蕴，以下全为观沧海的感受，而首句则点明所观沧海的处所。“碣石”，山名，在今河北昌黎县北十五里。这二句是说：我东向登览于碣石山，借以观望大海哟！二句即把作者自己纳入高远广阔之境，溢发出雄伟的气概。“水何澹澹”以下四句所写，为初观望时所见近处海岛及其周围海面一片葱郁宁静的景象，境界至为清明近人，正与作者胜利归来时的畅适心境贴合，故写来这样自然。“澹澹”在这里为水向远处轻微动摇之状。“秋风”二句，以气候的变化陡然转出另一撼人耳目的迥异景象。“日月”以下四句即由“洪波”句带出，由于洪波的振海，把作者的视线导向无垠的远方，因而启开作者的心扉，乃产生一派不羁的想象，这四句所展示的境界气象，多么光辉壮阔，足引人无限遐思。“日月”四句虽是从眼前所见而滋生的玄想，也是从其所读古人书中触发及的。张衡《西京赋》描写昆明灵沼曾说：“日月于是乎出入，象扶桑与濛汜。”《三国志·魏书·武帝纪》裴松之注说他“博览群书”，《西京赋》是不会不读到的。最后二句，四章歌辞普遍采用，为乐工合乐时所加，以表颂祝之意，与诗本义无关。

这首诗可说是六朝最早出现的完整的山水之作。那些一直摆在人们眼前的山山水水，在《诗经》、《楚辞》中虽出现过一些，但不是诗人彩笔专注的对象，集中笔力摹绘出完整的山水画图，这首诗应是首创，而且就在谢灵运、鲍照以前，也是难以见到的。

四言诗自西汉以后，在士大夫手下唯事雅化，难得动人之作。而曹操却以其充沛的感情，朴素的语言及雄健的气势，运用四言的体式，写出一系列风格苍劲的作品，使这一看来似已僵化的诗体，重新闪耀出强烈的光辉，显示出未衰的艺术生命力。这一组《碣石篇》也是在这方面值得注意的。（胡国瑞）

龟虽寿

神龟虽寿，犹有竟时；腾蛇乘雾，终为土灰。
老骥伏枥，志在千里；烈士暮年，壮心不已。
盈缩之期，不但在天；养怡之福，可得永年。
幸甚至哉，歌以咏志。

这首诗是曹操《步出夏门行》（郭茂倩《乐府诗集》卷五四据《南齐书·乐志》题作《碣石篇》）的第四章，作于建安十二年（207）秋冬之际。这时他为了追击逃入三郡乌丸的袁尚、袁熙而北征柳城（今辽宁凌源），胜利归来，眼见河北大敌袁绍已被摧灭，因而激发平定天下的雄心壮志。然自顾年已老大（这时已五十三岁），深感人生易尽，壮志难酬，思得延年益寿，以终竟大业，这首诗即是这种重大的人生感慨的抒发。

开始四句，以古代传说中的神物为比，以见人生终有尽时。《庄子·秋水》说：“吾闻楚有神龟，死已三千年矣。”《韩非子·难势》说：“飞龙乘云，腾蛇游雾，云罢雾霁，而龙蛇与螾螘（蚓蚁）同矣。”作者引用庄、韩的话，意在说神龟虽有三千岁之寿，还是有终竟之时；腾蛇乘雾而游，能力可算特异了，终于成为灰土。那么，人生尽管如何伟大，终将是不免于死亡的。这层诗所以有此情思，当是因己年已近老，而志业尚未及就，如其《秋胡行》所云：“不戚年往，忧世不治。”因而曾慨叹“天地何长久，人道居之短”。更进而观其“游仙”之作，亦是基于这种情志而发。这些由于宇宙与人生的矛盾心情所发出的感叹中，即深蕴有对人生的积极进取意义，所以下层紧接着吐发出情志有所不甘的强烈心声。

“老骥”四句，以良马之衰老而伏于枥栏下犹志在千里，比喻烈士之在晚年不甘闲散而尚思有所作为，极恰切地表达出老年英雄志士的豪壮精神。骥是良马，良马老了，再不能致远，无可奈何地俯伏于枥栏之下，其日行千里之志仍然是存在的。而立志于功业的人，虽临衰老，其豪壮心情也是不会熄灭的。“烈士”的概念与我们今天所理解和运用的不同。“烈”在《尔雅》训为“业”，“烈士”即志在功业之士。以“伏枥”的老良马比喻衰暮的烈士，虽力不从心，而壮心犹在，不甘废置的心情是一致的。东晋王敦每酒后即咏此四句诗，以如意打唾壶，壶口尽缺（《世说新语·豪爽》）。王敦与曹操并是气概相同的人，故于此四句诗感会特深，吟诵时以如意掊着唾壶为节拍，由于赏会之深，诵击既久，故不觉壶口尽缺。这四句确是表达了所有志士的心声，故能引起人们感情上的强烈共鸣。

“盈缩”四句则是从“壮心不已”中产生的想法，意思说，人生寿命长短的期限，不仅在于天命，人从养生怡情的幸福生活中，可以得到较长的年岁。这是在人生有限这一事实面前产生的唯一可以选择的切实方法。稍后的嵇康在其《养生论》中认为“导养得理，以尽性命”，“可有之”的。由于“壮心不已”，而不甘把生命的长短委之于天，乃企图以“养怡”来延长年寿，这也是他的“壮心”的一种体现，而且是切实可行的。而他企求延年的目的，乃是为了达成其壮心所向的业绩。

全诗三层，由人生之不免死，而至不甘衰暮以思有所作为，终之以人力对年寿可以有所增益，其欲充分实现其人生价值之情志，跃然纸上。其“老骥”四句，英雄吐属，千古传为绝唱，而“盈缩”二句，沈德潜谓“言已可造命也”（《古诗源》），作者不可一世之雄略，亦可于此见之。

（胡国瑞）

短歌行

对酒当歌，人生几何？譬如朝露，去日苦多。
慨当以慷，忧思难忘。何以解忧？唯有杜康。
青青子衿，悠悠我心。但为君故，沉吟至今。
呦呦鹿鸣，食野之苹。我有嘉宾，鼓瑟吹笙。
明明如月，何时可掇？忧从中来，不可断绝。
越陌度阡，枉用相存。契阔谈宴，心念旧恩。
月明星稀，乌鹊南飞。绕树三匝，何枝可依？
山不厌高，海不厌深。周公吐哺，天下归心。

曹操的《短歌行》属乐府诗《相和歌·平调曲》。原诗有两首，上面选的是第一首。这一首被历代人们所传诵，是脍炙人口的名篇。诗中所抒发的思想感情，常见的有两种说法：第一，沈德潜认为，是“言当及时为乐也”（《古诗源》卷五）。第二，张玉榖说，是“叹流光易逝，欲得贤才以早建王业之诗”（《古诗赏析》卷八）。仔细体味全诗，张玉榖的见解，是比较符合全诗意旨的。

这首诗可能是诗人在宴会上的即兴之作，所以诗一开头，就先从眼前的饮酒听歌写起，表现了诗人由于人生短暂、失去的时光太多而产生的忧思。忧思难以排遣，所以借酒解忧。“杜康”，传为古代开始造酒的人，此处用以代酒。表面上看，开头八句似乎表现了“人生当及时行乐”的消极思想，实际上是曲折地反映了诗人对时光的分外珍惜和对事业的执著追求。这一点在以下的诗句中表现得更加清楚。这一段诗人没有着眼于空间，没有描写饮宴歌舞的场面，而是把思绪集中在时间上，多用反问的句子和议论的方式，慨叹人生的短暂和时光的易逝，既抒写了具有普遍意义的人生体验，又表现了诗人自己面对短暂的人生不消沉颓丧的独特感受。

在封建社会中，想建功立业的帝王将相，一般都想得到贤才，并且与之交游，曹操也是这样。所以这首诗接下去，从“青青子衿”一句开始直到结束，着重抒写的是对贤才的渴望。

“青青子衿”八句，前二句用的是《诗·郑风·子衿》中的成句，后四句用的是《诗·小雅·鹿鸣》中的成句。《子衿》原是写女子对情人的思念，《鹿鸣》原是写饮宴宾客的。曹操谙熟《诗经》，由眼前的宴会，联想到《诗经》中有关的篇章，信手引来，贴切自然。中间用“但为君故，沉吟至今”加以连贯，借古诗展示了自己的胸怀：前半写求贤不得的深沉忧思，后半写得到贤才的尽情欢乐。由深沉忧思到尽情欢乐，感情波澜起伏，互相连贯，其根基都是对贤才的渴望。

“明明如月”八句，先用明月不可揽取比喻贤才难以得到，因而产生了无法断绝的忧思。接着笔锋一转，写故旧当中有贤才来归附自己的喜悦。刹那间，感情由忧到喜，忽忧忽喜，表现了诗人复杂的心理。这种复杂的心理，仍是由思贤若渴这一主旨生发出来的。

“月明星稀”四句，既是当时景物的写照，同时也是一种暗喻。诗人在渴望得到贤才时，情不自禁地把目光由宴会投向广阔的夜空，由情见景，见景生情，看到月明星稀、乌鹊无栖，暗喻当时的贤才犹疑不定、无所依托，但又没有来归附自己。前面有“明明如月”一句，这里又写到“月明星稀”。前一处的明月属虚写，后一处是实写，但实中又有虚。两处的明月，不仅互相照应，而且都表现了诗人不易招揽贤才的忧伤。诗人因惋惜贤才无所归宿，非常渴望他们来归附自己，因而最后以山不辞土才能成其高，海不辞水才能成其深作比方，用周公为了接待贤才，曾经“一沐三握发，一饭三吐哺”(《史记·鲁世家》)作榜样来勉励自己，表现了诗人生命不息、求贤不止的博大胸怀和使“天下归心”的宏伟理想。

这首诗是即兴之作，诗中抒发的思想感情具有明显的顿断性。吴淇在《六朝选诗定论》卷五中说：这首诗“盖一厢口中饮酒，一厢耳中听歌，一厢心中凭空作想，想出这曲曲折折，絮絮叨叨，若连贯，若不连贯，纯是一片怜才意思”。吴淇的分析是相当精辟的。

曹操爱好音乐，同时也相当重视音韵。刘勰《文心雕龙·章句》说：曹操“论赋，嫌于积韵，而善于贸代”。意思是写赋，不要同韵重复，要善于变换。曹操讲的是作赋，其实他写诗也特别注意用韵。这首诗就是典型的例证。全诗三十二句，大体上是四句一换韵。换韵换得自然，与思想感情的变化非常合拍。读起来给我们的感受是慷慨激昂，铿锵有力。王沈《魏书》说曹操“及造新诗，被之管弦，皆成乐章”。这首诗具有明显的音乐性，在当时是能入乐歌唱的。 (张可礼)

蔡　琰

悲愤诗

汉末失权柄，董卓乱天常[1]。志欲图篡弑[2]，先害诸贤良。逼迫迁旧邦，拥主以自强。海内兴义师，欲共讨不祥。卓众来东下，金甲耀日光。平土人脆弱[3]，来兵皆胡羌。猎野围城邑，所向悉破亡。斩截无孑遗，尸骸相撑拒。马边悬男头，马后载妇女。长驱西入关，迥路险且阻。还顾邈冥冥，肝脾为烂腐。所略有万计[4]，不得令屯聚。或有骨肉俱，欲言不敢语。失意几微间，辄言"毙降虏！要当以亭刃[5]，我曹不活汝！"岂敢惜性命，不堪其詈骂。或便加棰杖，毒痛参并下。旦则号泣行，夜则悲吟坐。欲死不能得，欲生无一可。彼苍者何辜，乃遭此厄祸！

边荒与华异，人俗少义理。处所多霜雪，胡风春夏起，翩翩吹我衣，肃肃入我耳。感时念父母，哀叹无终已。有客从外来，闻之常欢喜。迎问其消息，辄复非乡里。邂逅徼时愿[6]，骨肉来迎已。已得自解免，当复弃儿子。天属缀人心[7]，念别无会期。存亡永乖隔，不忍与之辞。儿前抱我颈，问"母欲何之？人言母当去，岂复有还时？阿母常仁恻，今何更不慈？我尚未成人，奈何不顾思！"见此崩五内，恍惚生狂痴。号泣手抚摩，当发复回疑。兼有同时辈，相送告离别。慕我独得归，哀叫声摧裂。马为立踟蹰，车为不转辙。观者皆歔欷[8]，行路亦呜咽。

去去割情恋，遄征日遐迈[9]。悠悠三千里，何时复交会？念我出腹子，胸臆为摧败。既至家人尽，又复无中外[10]。城郭为山林，庭宇生荆艾。白骨不知谁，纵横莫覆盖。出门无人声，豺狼号且吠。茕茕对孤景，怛咤糜肝肺[11]。登高远眺望，魂神忽飞逝。奄若寿命尽[12]，旁人相宽大。为复彊视息[13]，虽生何聊赖？托命于新人，竭心自勖厉[14]。流离成鄙贱，常恐复捐废。人生几何时，怀忧终年岁！

"昭君出塞"和"文姬归汉"是长期以来流传人口的两则民族和好的佳话。前一则的主角是西汉王嫱，字昭君，讳字明君。本文要讲的不是昭君，而是被后世编为戏曲的《文姬归汉》的主人公东汉蔡琰的故事。这首《悲愤诗》写的就是有关她的一段哀感顽艳的经历。

题名蔡琰的作品共有三篇，即见于《后汉书・董祀妻传》的五言和骚体《悲愤诗》各一章，以及见于宋朝朱熹、郭茂倩分别编次的《楚辞后语》和《乐府诗集》的琴曲歌辞《胡笳十八拍》。尽管这三首诗都被系于蔡琰名下，写的也大致都是她的身世，但对于它们是不是蔡琰所作，从北宋的苏轼以来就有截然不同的两种说法。苏轼以与史实不符合“东京无此格”为理由否认五言《悲愤诗》的作者是蔡琰，而吴闿生却谓其为文姬肺腑中言，绝非伪托。目前，文学史界基本肯定五言《悲愤诗》为蔡琰所作；认为骚体《悲愤诗》与蔡琰的身世多有不合，当出于晋人伪托。至于对“胡笳”诗真伪的看法，从宋朝至今一直众说纷纭，迄无定论。

不管这三首诗是不是蔡琰所写，但写的都是蔡琰的身世，五言《悲愤诗》尤其如此。所以在解读此诗之前有必要先将蔡琰的家世作一简略介绍：蔡琰，字文姬，她的生年大约在汉灵帝熹平六至七年(177～178)间，原籍为陈留圉(今河南杞县)。她的父亲蔡邕，字伯喈，曾拜左中郎将，史称“蔡中郎”。蔡琰是蔡中郎的独生女儿。汉灵帝光和元年(178)七月，蔡邕任议郎，应密诏，因讥刺宦官及其亲属获罪，被关进洛阳狱，以“仇怨奉公，议害大臣，大不敬”的罪名被判处“弃市”。幸亏“为人清忠奉公”的中常侍吕强为之求情，皇帝才下诏“减死一等，与家属髡钳徙朔方”。这时蔡琰只有一岁左右。蔡邕徙朔方共九个月，于光和二年(179)四月被赦。继而又得罪了宦官集团，在江浙一带过了十二年“亡命江海”的生活，“亡命”结束时蔡琰已有十四五岁了。在她不满十六岁(192)时嫁给了河东人卫仲道。在此期间，发生了董卓之乱。蔡邕曾被董卓重用并提拔为左中郎将，所以在董卓于初平三年(192)被诛时，他也被司徒王允问罪关进监狱，并于这一年的夏天死在长安狱中。蔡琰当是在父亡前夕初嫁的，而在其十六至十八岁期间，因夫亡无子又回到原籍娘家居住。到了兴平年间(194～195)，也就是蔡琰十八九岁时为乱军所掠，后作了南匈奴左贤王的妻子，在胡中十二年，生二子。所谓文姬归汉，据《后汉书·董祀妻传》记载：“曹操素与邕善，痛其无嗣，乃遣使者以金璧赎之，而重嫁于祀。”曹丕《蔡伯喈女赋》序也说：“家公与蔡伯喈有管鲍之好，乃命使者周近持玄玉璧，于匈奴赎其女还，以妻屯田都尉董祀。”关于文姬归汉的时间则当在曹操以武功取胜要进行文治之时，也就是他进位为丞相稍后的事。曹操是建安十三年(208)作丞相的，所以蔡琰在这一年被赎归的可能性较大。三十一二岁的文姬归汉后，可能由曹操作合嫁给董祀，此后不久追写了五言《悲愤诗》。至此，蔡琰的事迹再无法系年。《董祀妻传》还记载，董祀犯了死罪，文姬“蓬首徒行”到曹操那里为之求情。她在曹府众贵宾面前以其“音辞清辩”的口才，“酸哀”的话语感动了曹操，使董祀得到了赦免。当时天气寒冷，曹操还赐给文姬头巾履袜并问她：“闻夫人家先多坟籍，犹能忆识之不？”文姬回答说：“昔亡父赐书四千许卷，流离涂炭，罔有存者。今所忆诵，裁四百余篇耳。”曹操要派人替她抄写，文姬以男女有别不能亲授谢绝。她向曹操要了纸笔，自己以“真草”“缮书送之，文无遗误”。可见文姬归汉后对整理其父的文籍作出了很大贡献，后人因以“中郎有女堪传业”誉之。

联系蔡琰的身世阅读此诗就会发现，从开头至“乃遭此厄祸”的第一大段所描绘的董卓之乱，确如苏轼在《仇池笔记·拟作》条中所说与史实不合。蔡琰是在董卓率西凉军入洛阳作乱期间或稍后初嫁的，初嫁不久先夫亡故，她便回归原籍娘家，并非像诗中所云在“董卓乱天常”之时，被“来东下”的“卓众”掠入南匈奴的，而是在董卓和蔡邕死后二三年之久的兴平年间才被胡骑所掳。那么，是否诗与史有所不合就能据以断定诗不是出自蔡琰之手呢？不能。因为诗即使被称为“实录”，那也应该是对史的艺术再现而不是原样翻版，史书中的时间必须是精确的，而诗中的时间不仅允许“模糊”，甚至可以有意错乱。董卓作乱有一个过程，即使他本人被诛，其部下还在作乱，仍可称为“卓众”，这是擒贼擒王在艺术上的应用。诗还可以是指桑骂槐的。所以用与史实不合来非议此诗或因此剥夺蔡琰的著作权，均难以成立，何况在这里还可能有蔡琰的良苦用心，即其父确实为董卓所擢用，而董卓又是不惜代价赎归她的恩人曹操的对头，她的诗即使把别人的罪恶集中到董卓身上加以鞭笞，不是一方面可以为其父洗雪，另一方面还可能取得曹操的好感吗？在这里不也同时表现了五言《悲愤诗》的诗思和诗艺的机巧吗？更重要的是董卓是一个死有余辜的大罪人，对他的口诛笔伐正代表了当时深受战乱之苦的广大人民的愿望。首段中写得最成功的诗句如：“斩截无孑遗，尸骸相撑拒。马边悬男头，马后载妇女……所略有万计，不得令屯聚。或有骨肉俱，欲言不敢语。失意几微间，辄言‘毙降虏！要当以亭刃，我曹不活汝！’”这些离乱情节，不仅与蔡琰的经历基本吻合，更符合她当时的心态。诗是心灵与外物合卺的产儿，在解诗过程中破译诗人的内心隐秘往往比一一对照其年表更有用，或者说诗人的心史比他人的信史更可贵。总之笔者认为把此诗称为蔡琰“感伤乱离，追怀悲愤”的自传体叙事诗，不为无识。

第二大段从“边荒与华异”至“行路亦呜咽”共四十句，与第一大段的字数相等，此段写的是作为一个女人的特有“悲愤”。“边荒”以下二句不言而喻是说主人公被掳入胡后的种种不幸遭遇，其中“少义理”三字里不知包含着诸如逼婚、抗婚以及无法言传的多少屈辱生活！“处所”以下四句字面是景语，实际是用这种荒寒之中的“有我之景”来衬托难以排解的乡情——感时念父母，哀叹无终已。有客从外来，闻之常欢喜。迎问其消息，辄复非乡里——此处由一喜一悲刹那间的情感转换所折射出的乡关之思很耐人寻味：单就乡情来说没有男女之分，但是作为一个流落胡中的女子，蔡琰的乡情却带有浓重的悲剧色彩。她置身边荒时无限感念旧家和亲人，当骨肉迎其回归时，她又不能不为新添的母子之别而肝胆欲裂，原有的乡情则又成了这种新的骨肉分离的衬托。特别是对于母别子这种人类最难割舍的亲情，此诗描写得极为出色。作为长篇叙事诗，它不仅有较完整的故事情节和生动的人物形象，并通过叙事、对话、心理描写的相互穿插来铺叙一个仁慈的母亲诀别“尚未成人”的“出腹子”时的场面，可谓感天动地！试想，当一个母亲与其幼子生离死别时，儿子张开双臂跑上前扑到母亲怀里，用小手抱住她的脖颈哭喊着问：母亲啊您要到哪里去，走了以后还能回来吗？平时您那么疼爱我，今天为什么这样不仁慈，您怎能忍心离开我这个尚未成人的可怜的孩子！诗写到这里情节和情感不可能直线地或再往高处发展而必须转往深邃处开掘，所以接下去的“见此崩五内”等四句正是对一个慈母别子时的从心理到行动的深刻写照：就人之常情来讲，母亲比幼子更疼爱对方，儿子对母亲的诀别竟苦苦劝留，而母亲此时的生离死别之悲当有甚于儿子百倍千倍，故诗中说母亲为之五脏崩裂，人仿佛成了疯子和痴子，她失态地哭号着用手去抚摩儿子，应该动身了，车马早已备好，却迟迟疑疑不忍心离开。读到这里就是铁石心肠也不能不为之潸然泪下！再接下去的“兼有同时辈”以下八句除了作为母别子的感情陪衬，也是进一步揭示作为妇女的共同的悲剧命运，她们个个去亦悲，留亦悲。所谓“同时辈”就是当年一同被载于马后掳入胡中的难友，她们羡慕诗人独得归汉，为自己仍留“边荒”继续那“少义理”的生活而泣不成声。马为之止步，车为之停辙，过路的行人也为之幽咽低泣，事事堪悲，处处堪悲，真是名副其实的悲愤诗！

“去去割情恋”以下二十八句为第三大段。这一段同样是一波三折，衷曲尽现。前六句进一步渲染母子“情恋”，亲生骨肉相去日远，后会无期，一想到亲生儿子，肝肠就像被扯断了一般！这大段的第二个层次是从“既至家人尽”到“神魂忽飞逝”的十二句，写归家后的所见所闻：不仅家人丧亡殆尽，竟然连个表亲也没有了。第三个层次所描写的田园荒芜，白骨露野，人声断绝，豺狼号叫的中原大地以及诗人孤苦伶仃、虽生无依的困境，询属汉末实录。比起“三曹”和“七子”的同类作品来多有胜处。第四个层次是“托命于新人”以下六句，写嫁给第三个丈夫董祀后自卑、怀咎，又怕再生家变的复杂而痛楚的心态。其中最末二句，张玉穀认为是“总束通章”的“悲愤大结穴处”（《古诗赏析》卷六）！此乃精到之见，它不仅道出了蔡琰个人悲剧的实质，也道出了中国古代妇女的一种共同的不幸命运。从五言《悲愤诗》的字面上看半数以上的篇幅是抨击战乱，但对妇女来说其“悲愤”的起因和归宿往往都与家庭婚姻问题有关。她们遵父母之命嫁人，不管是什么原因，凡是再嫁的女子往往被看做低人一等。“博学有才辩，又妙于音律”，同时受到当世丞相曹操青睐的蔡琰，由于先后嫁过三个丈夫便自称“鄙贱”，竟时时有被弃之忧和朝不保夕之虑，一般妇女的命运更可想而知了。所以上述张玉穀的话对这首五言《悲愤诗》来说正中腠理。

然而以往人们解此诗没有着重从妇女命运上考虑问题，各有各的着眼点，以致关于此诗的著作权问题至今尚未取得共识。退一步说，即使这首诗不是出自蔡琰之手，也不应因此而低估它的思想艺术价值。因为作品的真伪与其本身具有的价值虽然不无联系，但毕竟是两回事。蔡琰的身世遭遇可以为作品提供感人的素材，而作品的光彩却不完全取决于是否署上“蔡琰”这个名字。评价一个人的创作应该立足于“本文”，而五言《悲愤诗》的最成功之处在于它道出了“一生抱恨常咨嗟”（王安石语）的大多数妇女的悲剧命运。当然在没有发现有说服力的新作者之前，还是将这三首涉及蔡琰身世的诗系于她的名下为好，尤其是这首五言《悲愤诗》。

（陈祖美）

【注】 ①天常：天的常道，这里指君臣之间的伦常关系。 ②篡弑：谓董卓要杀君夺位。 ③平土：平原之地，这里指关东一带平原地区。 ④略：同“掠”。 ⑤亭刃：挨刀子。 ⑥徼时愿：侥幸实现愿望。 ⑦天属：有血缘关系的直系亲属，这里指蔡琰和她在南匈奴所生二子。 ⑧歔欷（xū xī 虚希）：叹气抽噎。 ⑨遄（chuán 船）征：飞快地赶路。 ⑩中外：这里指表亲。 ⑪怛咤（dá zhà 达乍）：惊恐的样子。 ⑫奄若：突然间。 ⑬视息：意谓偷生苟活。这里指苏醒过来。 ⑭勖（xù 序）厉：勉励。

王粲

七哀诗(其一)

西京乱无象,豺虎方遘患。
复弃中国去,委身适荆蛮。
亲戚对我悲,朋友相追攀。
出门无所见,白骨蔽平原。
路有饥妇人,抱子弃草间。
顾闻号泣声,挥涕独不还。
“未知身死处,何能两相完?”
驱马弃之去,不忍听此言。
南登霸陵岸,回首望长安。
悟彼《下泉》人,喟然伤心肝。

“建安七子”之一的王粲,以早慧闻名当世。史载他在十六岁时,即受到著名学者蔡邕看重,倒屣相迎。而在次年,即写出这篇《七哀诗》来,奠定了他在诗坛上的地位。

然而王粲能够写出这样一篇佳作,不能完全归结于他过人的聪颖和才情,而是同他本人亲历的一段特殊生活体验有着直接关联,那就是他在初平三年(192)为避战乱曾从长安向荆州逃亡。这次逃亡给他提供了创作这篇可歌可泣作品的生活基础。

“西京乱无象,豺虎方遘患”,说的就是那场造成空前破坏的汉末战乱。“西京”即长安,长安之乱的祸首是汉末军阀董卓。不过在初平三年四月,董卓已被王允等一批朝臣所诛。然而,董卓所部西凉军队犹在,他们在李傕、郭汜等头目的率领下,变本加厉地肆虐关中,烧杀抢掠、屠戮百姓,长安城内外被祸惨烈。他们又互相反目,彼此攻伐,并且劫持皇帝(献帝)和公卿大臣,作为人质。关中生民涂炭,朝纲亦荡然无存,只有那批西凉军阀在横行。“豺虎”一语,准确地道出了他们的本质。“复弃中国去,委身适荆蛮”,说的是诗人自己要离开长安,到荆州去避难。王粲少年盛名,但在朝中并未担任什么官职,虽有公府辟,因关中扰乱,皆不就。眼看着祸乱愈演愈烈,决定出走。当时全国战乱,唯有荆州尚未蒙兵燹之灾,为仅存的一片净土,所以士庶多趋之。另外,荆州牧刘表也是山阳高平(今属山西)人,与王粲同乡,而且刘表与王粲祖父王畅同为桓帝时名士。王畅被誉为“天下美秀王叔茂”,为“八俊”之一;刘表被誉为“海内所称刘景升”,为“八及”之一。可以说他们是世交,所以王粲选择荆州为“远适”之目的地。“中国”,指长安、洛阳一带,古人认为这一地区居天下之中,故称。“荆蛮”,荆州为古代楚地,楚国在先秦时期被视为蛮族之国，故称。汉代荆州的州治在襄阳（今属湖北），距长安不过千里，然在交通条件不发达的当时来说，不算近了，且长安到襄阳，有秦岭山阻，道路艰险，行走不易，故在诗人的感觉上是“远”的。以上四句，概言时局，并说诗人逃亡荆州之缘由。

“亲戚对我悲，朋友相追攀”，与王粲同在长安的亲戚朋友，他们的处境与诗人相同，因此或互发悲音，或相攀逃亡。此二句写出王粲所生活的士人圈子内的状况，由此可知逃亡者非王粲一人，而是普遍现象。“出门无所见，白骨蔽平原”，始出门即见白骨，可谓触目惊心。此二句运用跌宕开阖手法，先写“无所见”，而后推出满目“白骨”，创造了极为鲜明突出的视觉形象，给读者以强烈的情感上的冲击。此二句与曹操“白骨露于野，千里无鸡鸣。生民百遗一，念之断人肠”（《蒿里行》），曹植“中野何萧条，千里无人烟”（《送应氏》），同为描写汉末战乱造成社会大惨剧之名句。关于“出门”，一般解作“出家门”，然自上下文观，既已“朋友相追攀”，已经上路，不得又出家门，故此“门”应是城门。出了城门，才是“平原”，城内无论怎样残破荒凉，不得称“平原”。以上四句，写诗人离家时情状及初出城时所见。全诗的基调已经奠定，即旨在描写战乱之祸患。

以下八句，诗篇由写己转而写人。“路有饥妇人，抱子弃草间。顾闻号泣声，挥涕独不还。”天下母亲，谁个不钟爱自己的子女？妇人弃子，显然出于绝对无奈，其原因诗中已经点明，此即“饥”。按，关中本丰饶之区，自董卓乱后，“时三辅民尚数十万户，（李）傕等放兵劫略，攻剽城邑，人民饥困，二年间相啖食略尽”（《三国志·魏书·董卓传》），“人民饥困”到了人吃人“相啖食略尽”的地步，由此我们可以理解，妇人弃子的惨剧，在当时当地并不是一件希罕事，它只是万千百姓在死亡线上挣扎的一例。而发生惨剧的根本原因，就是西凉军阀“放兵劫略，攻剽城邑”造成的，这完全是人祸，是兵祸。至于这位妇人的内心，诗中也予以委婉写出，“抱子弃草间”，一个“抱”字，写出其不忍。她听到幼儿的“号泣声”，虽然“独不还”，但她不停地“顾闻”、“挥涕”，表明心中何等痛楚。“未知身死处，何能两相完”，这是饥妇所言。她或许是对着号泣之子在自言自语，或许是对其他路人（包括诗人）在作解释，总之这是她认识到不但母子不能“两相完”，而且己身也死无处所的自白。“驱马弃之去，不忍听此言”，这是诗人自述了。诗人虽也在逃亡者行列，但毕竟还有马可骑。他在目睹弃子情状，又耳闻饥妇自白以后，也不禁悲凄难忍，于是策马离去。他虽然“弃之去”，但这一惨剧场景已深深地刻在他心中。

最后四句又写诗人自己：“南登霸陵岸，回首望长安。”霸陵为汉文帝陵墓，在长安城东南二十余里，由此可知，诗人出长安不远。无论是“白骨蔽平原”的景象还是饥妇弃子的事件，都只在长安城外。他登上霸陵的高岗，回头可以看到长安城。想汉初文、景之治，“扫除烦苛，与民休息”（《汉书·景帝纪》），政治何等清明，社会何等安定，长安帝都，繁荣富足，而今末世陵替，国家破败，生灵涂炭，回首长安，顿生无限感慨。这里的一“登”一“望”，字面上无多含义，但兴衰治乱的寄托极深。“悟彼《下泉》人，喟然伤心肝。”《下泉》为《诗经·曹风》篇名，对此诗的传统解释是：“思治也。曹人疾共公侵削，下民不得其所，忧而思明王贤伯也。”（《毛诗序》）王粲面对乱世而思治，由思治而想起《下泉》诗来。《下泉》诗中有句云：“忾我寤叹，念彼周京。”这种对京城的忧念与慨叹，也正与此时此地的王粲相合，所以诗人与“《下泉》人”，可谓异代知音，彼此深获我心。这里用一“悟”字，揭示了这种情感上的沟通。最后在“喟然”长叹中结束全篇。

总观《七哀诗》，它从诗人自己的避乱逃亡写起，继而写百姓的苦难，写国家的混乱，由己及人及国，诗人一片忧国忧民的赤诚，溢于言表。这种感情具有崇高的品格，这正是诗篇的基本魅力所在。后世许多纪丧乱名作，如杜甫的“三吏”、“三别”，李商隐《行次西郊一百韵》等等，未尝不是从这里汲取了养分。对于王粲本人的创作来说，这篇《七哀诗》无疑占据着最重要位置。后人评论王粲诗歌，往往以此作为分析他创作风格的依据。如钟嵘说“其源出于李陵，发愀怆之词……”（《诗品》卷上），谢灵运说他“遭乱流寓，自伤情多”（《拟魏太子邺中集诗》），等等，虽未明指篇名，但都是从这首《七哀诗》出发的。（徐公持）

陈　琳

饮马长城窟行

饮马长城窟，水寒伤马骨。往谓长城吏：“慎莫稽留太原卒！”“官作自有程，举筑谐汝声。”“男儿宁当格斗死，何能怫郁筑长城！”长城何连连！连连三千里。边城多健少，内舍多寡妇。作书与内舍：“便嫁莫留住。善事新姑嫜，时时念我故夫子。”报书往边地：“君今出语一何鄙！”“身在祸难中，何为稽留他家子？生男慎莫举，生女哺用脯。君独不见长城下，死人骸骨相撑拄！”“结发行事君，慊慊心意关。明知边地苦，贱妾何能久自全？”

《饮马长城窟行》是乐府古题，属《相和歌·瑟调曲》。其古辞或云即“青青河畔草，绵绵思远道”一篇。但这篇的内容和题目不相符，只写妇人思夫，“枯桑知天风，海水知天寒”的细腻怨楚的愁缕，怎么也不能应合长城冰泉饮马这样的题意。尽管李善等人很勉强地把被思之人说成“征戍之客至于长城而饮其马”，但从古辞中却找不到一点儿哪怕是值得钩沉、梳爬的暗示。因此，学界有人认为：《饮马长城窟行》所谓古辞者，当已非初作，故所咏离题；而陈琳所作反而切题，可能是后人辑录古辞与陈琳诗时调错了位置。由于缺乏史料佐证，我们还是约定俗成，把“饮马长城窟，水寒伤马骨”一首看做是陈琳的作品。

在秦汉魏晋南北朝文学史上，有三篇较为著名的反映修筑长城的封建徭役给劳动人民带来深重苦难的文学作品。居前的是秦代歌谣：“生男慎勿举，生女哺用脯；不见长城下，尸骨相支拄。”这首歌谣并不见于《史记》、《汉书》，而见于《水经注》，且转引自晋杨泉的《物理论》，但一般都相信它是秦代民歌。居后的是那个载于《同贤记》，“初未尝有是事而为稗官之流所演成”（顾颉刚语）的脍炙人口的《杞良妻》(即孟姜女哭长城故事)。居中的便是这篇《饮马长城窟行》。封建徭役是地主阶级对农民的一种剥削形式,又是封建统治阶级压迫劳动人民的一种暴政,诗歌通过艺术的方式对此提出强烈的抗议和控诉。但从史籍记载看,东汉末年并无大规模的长城劳役,此诗似有咏史性质;但诗中"边城多健少,内舍多寡妇"的描写,是具有现实意义的。汉末边患弥甚,据《后汉书》匈奴、鲜卑诸传载,灵帝熹平、光和中,匈奴等数侵扰,"缘边莫不被毒","无岁不被寇抄,杀略不可胜数",朝廷出兵征伐,大败而还,死者十之七八。此诗"君独不见长城下,死人骸骨相撑拄",正可以看做是这种惨状的写照。

"饮马长城窟,水寒伤马骨。"诗一开始的叙述,既直切乐府古题的题意,又是先言他物以发起所咏之词的起兴。"窟"指泉窟,即今所谓泉眼。本来饮寒泉无须乎说伤马骨,这是用艺术的眼光摄取生活镜头的变形观照。梁代萧统说"踵其事而增华,变其本而加厉,物既有之,文亦宜然,随时变改,难可详悉",便道出了其中奥妙。试想,在天寒地冻的北国边塞,征戍之客系马于长城脚下的泉窟,四蹄披霜的乏马渴而饮泉,伴随着一声长啸,将给人怎样的感受?"伤马骨"正是人体味着旅途的艰辛与环境的困苦,从而把现实实在的对象,加以人为的改变,变成完全符合人的感觉需要的具有艺术审美价值的对象。从这两句在全篇结构上的地位来看,又是虚提一笔为下文所要展开的事件所作的铺垫,它的象征意趣在于"马犹如此,人何以堪!"由苦寒顺势拈出役夫致辞求归,十分自然。

这首诗除了篇首两句起兴和篇中"长城何连连"四句过渡之外,其余均是对话。运用对话形式抒情言志,是汉乐府民歌的传统,但这样集中地使用对话而不著作者一句议论可与汉乐府竞爽的文人作品是极为罕见的。

"往谓长城吏:'慎莫稽留太原卒!''官作自有程,举筑谐汝声。''男儿宁当格斗死,何能怫郁筑长城!'""稽留",滞留。"太原卒",从太原地方征调来服役的民夫。"官作"指官府修筑长城的工程。"举筑"犹今所谓"打夯"。服役戍卒恳请监督修筑长城的官吏,不要延误他们的归期。官吏不耐烦地回答,官家的工程自有期限,你们还是要齐唱着夯歌努力干活。民夫们愤慨地说,男子汉宁可与敌人搏斗而死,怎么能憋着满肚子气在这里筑长城呢!诗人并没有去细致地刻画人物的形态动作以及场景气氛,但戍卒先是企盼,满怀希冀地提醒,后转为焦灼、愤怒,斗胆质问,官吏的轻蔑、蛮横……这些情景简直是声态毕露地呈现在读者的眼前。诗人通过略其形而摄其神的对话艺术,来勾起读者的想象,从而一同完成诗中的形象。这种对话艺术在夫妻的两次书信寄答中有更为充分的体现。"作书与内舍:'便嫁莫留住。善事新姑嫜,时时念我故夫子。'报书往边地:'君今出言一何鄙!'"这是第一次书信寄答。"姑嫜",古时称丈夫的父母为"姑嫜",亦称"尊章",今通称"公婆"。"故夫子",作书的戍卒自指。边城健少劝自己的妻子改嫁,好好伺候新公婆,只要不忘记自己就行了。表面看如此简单,实际上是凝聚着巨大的感情力量的血泪之言!他深挚地爱妻子,又果断地说"莫留住",甚至连将来如何处理婆媳关系之类的他本来已无权过问的生活琐事也为妻子想到了,这便更说明他难以割舍妻子的体贴入微的痴情。当我们读到"时时念我"时,仿佛看见了一双哭红了的男子汉的泪眼,仿佛听见了辗转不能成寐的叹息声……但他为了妻子的美好青春不至于被一颗充满了爱的渴求却终将难以生还的心灵耽误，还是作出了令人撕心裂肺的抉择！妻子的回信仅一句话，这是诗人精心剪裁的结果。留下一些艺术空白，借读者驰骋想象加以补充。"'身在祸难中，何为稽留他家子？生男慎莫举，生女哺用脯。君独不见长城下，死人骸骨相撑拄！''结发行事君，慊慊心意关。明知边地苦，贱妾何能久自全？'"这是第二次书信寄答。"他家子"，一般指别人家的子女，此称谓其妻。"脯"，干肉。"结发"指女子十五岁取笄结发，以示成年。"慊慊"，怨恨不满貌。直接嵌入秦代民谣，仅稍微改动或增加几个字，这是劳动人民的"引经据典"。它通过封建徭役给人们带来的反传统、反常态心理，继续申说割妻的理由，把夫妻无法团圆的悲剧情感推向高潮。距秦朝筑长城事一百七十余年的汉人贾捐之曾说"长城之歌，至今不绝"，可见这首民谣的思想洞穿力经久不衰。诗人巧妙地把民谣化成边城健少的书信语言，无须再费笔墨，便把受封建统治阶级剥削压迫的劳动人民内心的惨痛呼号与强抑的反抗之火淋漓尽致地抒写出来。妻子的回信较前一封详细，这也是一种详略得当的安排。她说，成年与君结婚，不久即相离别，心牵两地，怨恨尤深，如今夫君在边地受苦，我又怎么能活得长久呢？对夫之死终不忍言，只以"苦"字婉转代之，而表白自己誓不改嫁，却明言宁可一死，且用了一个韵味悠长的问句。这些经过提炼的简洁的对话，颇能传达一位内心细腻、情怀火热的阴柔女子肝肠欲断的悲伤情态。

现在我们回到诗篇中间"长城何连连！连连三千里"的过渡上。一个乐府民歌常用的顶真修辞格，叙述中却包含着强烈的抒情成分。在具体的语言环境中，它不是对长城壮观的由衷赞美，而是对长城杀人的绝望诅咒！惟其有它的承前启后，工程浩大、遥遥无期的徭役之苦才得到进一步的渲染；在政治上醒人，在情感上动人！

《饮马长城窟行》除了以精彩的对话艺术，浓郁的悲剧抒情气氛，自然衔接、详略得当的结构安排，给读者留下了深刻的印象外，语言朴质通俗也是一大特色。还应当注意的是此诗采用五、七言句结合的长短句形式，行文错落流丽，一气呵成，深得汉乐府民歌真传。从对后世文学的影响来看，譬如杜甫、白居易等人的一些用乐府体式反映民生疾苦的诗歌，也从这首诗中吸取了养分。（孟向荣）

曹丕

燕歌行

秋风萧瑟天气凉，草木摇落露为霜。
群燕辞归鹄南翔，念君客游多思肠。
慊慊思归恋故乡，君何淹留寄他方？
贱妾茕茕守空房，忧来思君不敢忘。

不觉泪下沾衣裳，援琴鸣弦发清商。
短歌微吟不能长，明月皎皎照我床。
星汉西流夜未央，牵牛织女遥相望，
尔独何辜限河梁！

这是一首乐府诗，属《相和歌·平调曲》。最早见于梁沈约《宋书》卷二一《乐志》，所录《燕歌行》共二首，此一首七解，另一首“别日何易会日难”六解。梁萧统《文选》卷二七止录前一首，不分解。陈徐陵《玉台新咏》卷九、宋郭茂倩《乐府诗集》卷三二并录二首。早在《文选》成书之前，梁萧子显就在《南齐书·文学传论》中说过：“桂林湘水，平子之华篇，飞馆玉池，魏文之丽篆，七言之作，非此谁先。”按“桂林湘水”指张衡的《四愁诗》，诗虽七言为句，但句中仍用“兮”字，尚未脱尽楚歌格调。“飞馆玉池”当指曹丕七言之作，今所见唯《燕歌行》二首。可见一千多年前人们已经认为曹丕是完整的七言诗的鼻祖，现在的文学史研究者则把《燕歌行》定为七言诗的最早佳作。在《燕歌行》二首之中，“秋风萧瑟天气凉”七解远比“别日何易会日难”六解出色，这里仅赏析前者，后者从略。

曹魏时代已不再像汉代那样采诗，所谓乐府诗皆出于文人拟作，不过所拟主要在于声调，即“依前曲作新歌”，其歌辞体式则可以自由变化。譬如《燕歌行》是汉乐府旧题，但本辞已不存，不知原本作杂言抑或五言，亦不知本辞内容如何。唯据《乐府广题》：“燕，地名也，言良人从役于燕，而为此曲。”可推知旧题盖为妇人怀念行人而作，其中应当包含有较多关于北方苦寒情状的描写。曹丕采用旧曲兼用旧题，大抵只求合于旧曲的韵逗曲折，并非按本辞倚声填词，因而所作《燕歌行》二首虽然都是七言句式，但字句多寡不同。魏明帝曹叡的《燕歌行》甚至只有七言四句。我们指出这一点，是要强调这首《燕歌行》当初是入乐的，它的歌辞在章节上的划分应以乐奏形式为准，而不能如一般诗篇那样随意划分段落。基于这种考虑，我们在抄录这首诗时，保留了《宋书·乐志》分为七解的做法。

曹丕用《燕歌行》旧题，显然有所依傍，非但依据旧曲，而且命意也扣紧旧题原义。《乐府解题》说：“晋乐奏魏文帝‘秋风’、‘别日’二曲，言时序迁变，行役不归，妇人怨旷无所诉也。”（《乐府诗集》引）这和“言良人从役于燕而为此曲”的题义是完全吻合的。汉乐府是因意命题，曹丕则是因题写意，尽管歌辞体式已加以变化，随其才性，展其所长，然而他的所咏所叹仍然在古题的牢笼之中，这也是无须讳言的。我们这里要阐发的，不是这种主题在思想上具有多么深刻的意义，而是作者如何运用文学表现手法来步步逼近主题，给人以回肠荡气的艺术感受。

乐府诗所说的“解”，略同于古诗中的“章”，可以看作一个自然段落。一解“秋风萧瑟天气凉，草木摇落露为霜”，写秋令时景，明白如口头语。二解“群燕辞归鹄南翔，念君客游多思肠”，上句接写秋景，下句由燕鹄应时南归反逗入行人客游不返。清吴淇《六朝选诗定论》认为，前三句所写事事切合时令，其文字则是化用《礼记·月令》“凉风至，白露降”、“草木黄落”、“鸿雁来，玄鸟归”等语，一连排用五事，“绝不见堆砌之痕，直是笔力清爽”。清张玉穀《古诗赏析》也说，首三突叙秋景，意在说明“燕北雁南皆知时序，反兴而起，笔势飘忽”。吴、张二说确实点醒了作者开篇入手的妙著。

三解“慊慊思归恋故乡，君何淹留寄他方”，上句从游子一方写，揣度他正为怀乡思归而痛苦，“慊慊”恰是一种心愿不能实现时懊恨不满意的样子；下句从妇人一方写，暗问游子为何迟迟不归，话中不无责怪的意思，但更多的还是殷切的思念。四解“贱妾茕茕守空房，忧来思君不敢忘”，“贱妾”呼应上文的“君”字，是妇人自称，也是作者代思妇立言的直接交代。此二句由问远人跌转，写妇人自悲自叹。“茕茕守空房”意味着无依无靠，何等孤苦。但有远人在念中，精神上尚有所寄托，还可以在盼望中苦捱时日，否则又如何得了。“不敢忘”者，唯恐失之也。因为“不敢忘”，故担忧游子不归；因为担忧游子不归，故愈发“不敢忘”。“忧思”与“不敢忘”在一句之中互为因果，循环往复不穷，大大加重了文字蕴涵的感情色彩，那种缠绵悱恻的情调不假雕饰，油然而生。

五解“不觉泪下沾衣裳，援琴鸣弦发清商”，此写妇人思念过切，不觉泪下，于是取过七弦琴，想借弹琴来排遣心中的苦闷。“清商”指乐调，不同于宫、角、羽调，其声纤微，节拍短促。“援琴鸣弦发清商”是说琴声促迫纤细，恰与妇人哀怨悲叹的心绪息息相通。心声即琴声，琴声亦即心声。作者托物写情，笔到意到，简直达到了出神入化的地步。六解“短歌微吟不能长，明月皎皎照我床”，写琴音悲苦，不堪久弹，舍琴就枕，夜不成寐，妇人面对床前月光，又陷入了忧思的深渊。自五解至此处，均铺写望归不得，百无聊赖的情事，此处上句顶“清商”，对无聊情事作一收束。“不能长”三字明言伤心至极，既达其极，心情反而逆转，她注意到床前月光如水，适见其感情已渐趋于冷静和深沉。

七解共三句：“星汉西流夜未央，牵牛织女遥相望，尔独何辜限河梁!”这一节作为全诗的结尾，其作用至关重要。我们看它从夜空泛写到星汉，再从星汉特写出牛、女二星，自然而然地由上句的“明月皎皎”迤逦引出，在篇章结构上若断实续。再看它在抒情的脉络上，由描写“短歌微吟”的激烈情事，兜转来写对月感怀远人，所谓“曲终奏雅”，又回复到秋夜思的主题上去了。这样一来，全诗的情感主线虽说有起有伏，有头有尾，但头尾贯通如串珠，起伏跌宕成节奏，势必给人以一气呵成、卷舒自如的感觉。末句“限河梁”，意谓牵牛、织女隔银河相望，平日无桥可通，故不能经常会面。“何辜”犹何罪，妇人用牛、女自比，说牛、女无罪受罚，等于说自己与丈夫(游子)的分离也不知因何而起。她真的认为自己有过错吗？当然不是，她的问题就留给读者去回答了。这首诗的大半篇幅直写妇人秋思之苦，惟于结尾处融情入景，即景议论，提出反诘，看起来从本题放开了一步，而这一放恰恰深化了主题，留给读者无限思考的余地，这大概就是诗论家所说的结句要宕出远神的一个成功的例证吧。

这首《燕歌行》还有一个显著的特点，就是句句用韵，这和后来的七古、七律是不同的。有人说这种写法来源于汉武帝时的柏梁台联句诗，不过《柏梁诗》不出一人之手，其真伪也颇成问题。其实通体作七言的诗篇在曹魏属新兴，即令曹丕以帝王之尊写下《燕歌行》二首，此体也未见风行，现在我们从《乐府诗集》中所看到的，也只有魏明帝一首而已，而且只有短短四句。由此可见，曹丕的《燕歌行》完全是一种创体，其意义重大，确如萧涤非《汉魏六朝乐府文学史》所说："其七言《燕歌行》二篇，不仅为乐府产生一新体制，实亦为吾国诗学界开一新纪元。" （许逸民）

曹植

杂　诗（其五）

仆夫早严驾①，吾行将远游。
远游欲何之？吴国为我仇。
将骋万里涂②，东路安足由③！
江介多悲风④，淮泗驰急流⑤。
愿欲一轻济，惜哉无方舟⑥。
闲居非吾志，甘心赴国忧。

作为诗人和文学家，曹植向有"建安之杰"的称誉。钟嵘谓之"骨气奇高，词采华茂，情兼雅怨，体被文质，粲溢今古，卓尔不群"，并感叹说："陈思之于文章也，譬人伦之有周孔，鳞羽之有龙凤，音乐之有琴笙，女工之有黼黻；俾尔怀铅吮墨者，抱篇章而景慕，映余晖以自烛。"（《诗品》）应当说，这些评价并不过分。然而，曹植之于"文章"，却并不执著。他在《与杨德祖书》中，认为辞赋创作乃是"小道"，他的理想并不在此，而在于"戮力上国，流惠下民，建永世之业，留金石之功"。当然，事实证明，曹植终于未能实现自己的政治抱负，而是在自己似乎不甚看重的"翰墨"、"辞赋"方面做出了巨大"勋绩"而成为文学史上的"君子"。但是，曹植远大的政治理想和抱负却时时表现在他的文学创作中，从而使其"文章"洋溢着慷慨的建安时代精神。无论是他生活的意气风发的前期，还是郁郁不得志的后期，曹植的作品始终充满建功立业的政治理想，始终流贯着一种不甘沉沦的奋发之气。《杂诗》第五首"仆夫早严驾"，正鲜明地体现出这一点。

这首诗写于曹植生活的后期，即建安二十五年(220)曹丕称帝以后。此时的曹植备受曹丕的压制打击，郁郁不得志，但他建功立业的理想和抱负并未因此泯灭。在《求自试表》中，他希望自己能"统偏舟之任"，"乘危蹈险，骋舟奋骊，突刃触锋，为士卒先"，而决不甘心为"圈牢之养物"。《杂诗》(其五)也正表现了与此相同的意向。不过，此时的曹植毕竟不再"如三河少年，风流自赏"(敖器之语)了，他已经饱尝了世态炎凉，体验了人生之艰难。这首诗不仅流贯着作者建功立业的雄心壮志，而且蕴含着深深的悲愤和不平，具有一种悲剧的情调和氛围。

《杂诗》(其五)共十二句，可以分为两个部分。前六句叙事，看似写实，实乃写虚。所谓远征吴国，只不过是作者的一种幻想，是要在幻想中体现"统偏舟之任"的抱负。后六句直抒胸臆，看似虚写，却有实指。所谓"悲风"，所谓"急流"，都表明了作者处境之险恶；而“惜哉无方舟”则确确实实地表明，作者空有“东路安足由”的大志，“将骋万里涂”实际上是不可能的。虚实交织，情景相生，《杂诗》(其五)虽篇幅不长，却是曹植生活后期之思想感情的真实写照。

明代王世贞曾说：“子建之《杂诗》六首，可入《十九首》，不能辨也。”胡应麟也说：“子建《杂诗》，全法《十九首》。”其实，《杂诗》(其五)与《古诗十九首》的区别还是相当明显的。曹植真实而独特的思想感情与《十九首》对人生、生命的咏叹是并不相同的：后者反映出汉末大乱中下层知识分子的不安心境，而前者体现着慷慨悲凉的建安时代精神。 (戚良德)

【注】 ①严驾：整治车马。 ②涂：同“途”。 ③东路：指从洛阳东归自己的封地鄄城的路。④江介：江间。 ⑤淮泗：淮水和泗水，是南征吴国必经的两条大河。 ⑥方舟：两只并在一起的船。

白马篇

白马饰金羁，连翩西北驰。
借问谁家子？幽、并游侠儿。
少小去乡邑，扬声沙漠垂。
宿昔秉良弓，楛矢何参差[1]！
控弦破左的，右发摧月支[2]。
仰手接飞猱[3]，俯身散马蹄[4]。
狡捷过猴猿，勇剽若豹螭[5]。
边城多警急，虏骑数迁移。
羽檄从北来，厉马登高堤。
长驱蹈匈奴，左顾凌鲜卑。
弃身锋刃端，性命安可怀？
父母且不顾，何言子与妻！
名编壮士籍，不得中顾私。
捐躯赴国难，视死忽如归！

读罢此诗，人人都会感到，它给人的印象十分鲜明强烈。细析起来，这种强烈的印象来自诗中人物的威武洒脱的强者姿态以及高昂热烈的报国精神。

诗篇起句即以“白马饰金羁”勾出一幅辉煌的图画，再加上“连翩西北驰”，使画面有了动感和力度。这两句诗充分体现了曹植写诗“极工起调”(沈德潜《说诗晬语》)的拿手好戏。次二句“借问谁家子？幽、并游侠儿”，以乐府诗惯用的问答手法，点明诗篇主人公身份。这种先看形象再听介绍的写法，与我国戏曲中大将出台先跑场亮相然后自报家门的程式相仿佛，极富气派。还需要指出的一点是，诗篇给我们介绍的主人公是一位“游侠”。“幽、并”是两个州名，是“禹贡九州”中最居北的二州，其地望在今河北省北部、山西省中北部，春秋战国时期属于燕、赵两国。而“燕赵古称多慷慨悲歌之士”，游侠夙多，如荆轲等即是。游侠向来以“其言必信，其行必果，已诺必诚，不爱其躯，赴士之厄困”（司马迁《史记·游侠列传》）为信条，具有一种道德上的独特优势，所以一句“幽、并游侠儿”，不仅仅是“自报家门”，而且还为主人公树立起了一种道德风范，令读者不禁肃然起敬。“少小去乡邑，扬声沙漠垂”，则是对“游侠儿”经历的概括。他自少即离家远出，在边陲大漠建立起了侠士的响亮名气，可知这是一位纯侠、名侠、大侠。至此，诗篇用短短六句，即把主人公的身份、经历以及形象风度，扼要又生动地作出了交代。

从“宿昔秉良弓”到“勇剽若豹螭”，这八句是全诗的第二段。八句都是具体描写“游侠”的勇武。他经常随身携带着弓箭，左右开弓，百发百中。无论是静止的箭靶还是活动的猿猴，他都箭无虚发。他快捷超过猿猴，勇猛就如豹子和蛟龙。这里重点写的是骑射术，因为在北方塞外地区，这是最重要的一种武艺。在写法上，八句都有比较明显的对偶倾向，不过具体情形又有不同。前四句是“倒对”，“宿昔”对“参差”，“良弓”对“楛矢”，“控弦”对“月支”，“左的”对“右发”；后四句则是顺对了，“仰手接飞猱”对“俯身散马蹄”，“狡捷过猴猿”对“勇剽若豹螭”。这种对偶写法，显示了曹植诗歌创作中吸收了不少赋和骈文的手法，它使诗歌向更加精致的方向发展。

从“边城多警急”起到“左顾凌鲜卑”，这六句是全诗的第三段。此段写当时的战争形势。敌方是北方的游牧民族武装，都是骑兵，经常迁移，所以他们行踪飘忽，来去无定，这就造成边城不时出现敌情的“多警急”特点。突然，从北方传来了“鸡毛信”，紧急敌情一到，我们的壮士“游侠儿”即策马出发，登上高高的防御工事，向敌人冲去。他以压倒一切的气势，长驱击败了“匈奴”军队，回头又捎带着制服了“鲜卑”部族。通过这段描写，主人公的高强武艺和勇敢精神，在实战中得到发挥，他一往无前，所向披靡，其形象更加丰满了。这段文字在写法上与上一段不同，上段是细部描绘，这一段则是从大处落笔，粗线条刻画。“长驱蹈匈奴，左顾凌鲜卑”，短短十个字，就解决了两方面大敌，省略多少战斗的具体过程和情节！这种写法，不但精练，而且利于表现豪壮旷放的气势。

从“弃身锋刃端”到“视死忽如归”，是全诗的末段。八句诗全都是写壮士的胸怀志气的。他在枪林箭雨中生活，早已将死生置之度外，哪里还有一点爱惜性命的念头？家中虽有父母，已不能去侍奉了，更不必谈什么妻子儿女（“何言子与妻”一句，可以理解为他有妻儿而不顾，亦可以理解为他尚未婚娶，不想有室家之累）。他之所以不顾自身安危，也不顾父母妻子，原因是什么？是由于“名编壮士籍，不得中顾私”。这就是说，他作为一名“壮士”，对自己的名声看得重于一切个人和家庭利益。最后二句“捐躯赴国难，视死忽如归”，又更加提高了他的品格，原来他的“壮士”之“名”，是通过“赴国难”来完成的，所以这个“壮士”，还是一位献身于国家民族的英雄。这一段在写法上又有特点，它与前三段描写实事不同，以概言事理为主。它与前三段的关系是总结性的，是全篇之重心，而末二句“捐躯赴国难，视死忽如归”，更是全龙之点睛！

总的来看，《白马篇》以精致的结构和生动的语言，写出了一位具有侠士作风的报国英雄。曹植创作这样一篇作品，当然有他一定的寄托。曹植自幼“生乎乱，长乎军”，对军旅生活十分熟悉。他的武艺也不错，史载他在初见邯郸淳时曾表演过“胡舞五椎锻，跳丸击剑”（见《魏志》注引《魏略》）。他的青少年时代，正值建安前期，那也正是他父亲曹操的王霸之业不断取得胜利的时期，曹植目睹并亲历了如下的一连串事件：建安七年，他十一岁，曹操进军官渡，击败袁绍；建安九年，他十三岁，曹军攻克袁氏大本营邺城；建安十一年，他十五岁，曹操东征海贼管承；建安十二年，他十六岁，曹操北征三郡乌丸；建安十三年，他十七岁，曹操南征荆州刘表；建安十六年，他二十岁，曹操西征关中；等等。这些胜利（当然也包括一些失败，如赤壁之战）激励着年轻的曹植，使他满怀建立功业的冀望以及为实现这种冀望而去战斗的勇气。《白马篇》就是在这样的背景下写出来的，其中的“游侠儿”不一定实有其人，但诗中洋溢着的报国激情，却是诗人心怀的真实流露。曹植前期有《与杨德祖书》一文，他在文中对好友杨修说，自己“犹庶几戮力上国，流惠下民，建永世之业，流金石之功，岂徒以翰墨为勋绩、辞赋为君子哉！”这里的建功报国之心，正可与《白马篇》相参看，相印证。

（徐公持）

【注】 ①楛（hù 户）矢：用楛木荆条做杆的箭。 ②月支：一种箭靶名称。 ③接飞猱（náo 挠）：迎射动作飞快迅捷的小猿。 ④散：射碎、射破。马蹄：亦箭靶名称。 ⑤螭（chī 吃）：古代传说中的一种龙。

七步诗

煮豆燃豆萁，漉豉以为汁，
萁在釜下燃，豆在釜中泣。
本是同根生，相煎何太急！

本诗始见于《世说新语·文学》：“文帝（曹丕）尝令东阿王（曹植）七步中作诗，不成者行大法，（植）应声便为诗曰……”曹植与曹丕为同母弟兄。植少年时即以才华特异为父曹操所赏爱，几被立为太子。及丕继操位建立魏朝，植虽居侯王之位，而备遭忌迫。本诗即是其一次遭受威迫时情思的反映。《世说新语》首句作“煮豆持作羹”，“本是”作“本自”，此据丁晏《曹集铨评》本选录。

诗的首二句以叙事提起，意谓煮豆而燃起豆茎，漉滤起熟豆来作豆汁。三、四两句形容豆在锅中被煮时的景况，把无生命的东西赋予生命的感情，以豆和萁此时的形势，比喻兄弟间的尖锐矛盾产生的迫害与被迫害情况。“豆在釜中泣”句，以豆在锅中被煮得鼓起水泡作响，而着以“泣”字描述，极切合诗人此时被煎迫的心情，双关极妙，出语沉痛。末二句乃由上二句所写情景产生的反思，以萁对豆之相煎熬，比喻地控诉兄弟相迫之乖违情理。兄弟之同出正如萁豆之同根。燃萁煮豆，事属自然，世所常见，诗人此时满怀被胁迫的激愤心情，矢口而出，说来如此自然恰切，乃使阴狠冷酷如曹丕，闻此亦不免“深有惭色”。而“萁豆相煎”亦遂成为兄弟间互相鱼肉之名喻。

据《诗纪》，此诗亦有仅作四句者："煮豆燃豆萁，豆在釜中泣，本是同根生，相煎何太急！"辞意颇简切。旧评对二者各有短长。陈祚明评此诗云："窘急中至性语，自然流出，繁简二本并佳。多二语，便觉淋漓似乐府；少二语，简切似古诗。"（《采菽堂古诗选》卷六）可谓持平中肯之论。此诗因曹植本集未载，有疑出于附会者，然任昉《齐竟陵文宣王行状》有云"陈思见称于七步"，当不应因本集不载，即认为出于附会，而否认出自曹植之手。（胡国瑞）

阮　籍

咏　怀（其一）

夜中不能寐，起坐弹鸣琴。
薄帷鉴明月，清风吹我襟；
孤鸿号外野，翔鸟鸣北林。
徘徊何所见，忧思独伤心。

《咏怀》是阮籍的代表作，现存八十二首。这里选的是第一首。

这首诗，一开头便隐述诗人忧思之深："夜中不能寐，起坐弹鸣琴。"这是由于忧思之深，终夜不眠，只得起来坐着弹琴以作排遣，其不能言说的深忧，溢于言外。夜，长夜漫漫何时旦，象征着周围是无边无际的黑暗。下面四句，刻画了诗人弹琴时四周的景物，先是目之所及，次是触觉所及，再次是听觉所及；由视觉到听觉，由近到远，层次分明，"薄帷鉴明月，清风吹我襟"，由于帷薄，所以月色可鉴；这时，清风吹拂着诗人的衣襟，月白风清，这似乎是一个宁静的、美好的夜晚。可是诗人听见的却是"孤鸿号外野，翔鸟鸣北林"，"鸿"上用一"孤"字，显示这在外野哀号的是一只失群孤单的鸿雁，而且这"孤"字和下文的"独"字遥相呼应。"鸟"上用一"翔"字，更值得玩味，在一般情况下，夜间禽鸟都在树上栖息，只有受到惊吓，方才飞翔，所以这是一个不安之夜。这一方面暗示了当时社会的不安定，另一方面也反映了作者心情的不宁静，这样，在自然景物的描写上，就涂抹了诗人主观的情愫，这便是王夫之所说的"情景交融"或者"景中情"（王夫之《薑斋诗话》）。这种把作者主观的感情与客观事物的如实描写融合在一起的方法，是诗词中传情达意所常用的一种艺术手段。

全诗的最后两句，更集中地表达了诗人心灵深处的忧思，"徘徊何所见"（一本作"将何见"），意即"沉吟无所见"，"孤鸿"和"翔鸟"的鸣叫，更加深了诗人心中的骚乱，使他无法继续弹琴，而站起来向外面观望。但是除了茫茫的夜空和寂静的旷野，他什么也看不到，于是，"忧思独伤心"，他只好把万斛忧思深深地埋在自己的心里。是的，人世间最深刻的痛苦与忧伤莫过于难以用言辞表达的痛苦与忧伤；人世间最大的不幸莫过于倾诉无门。这两句，十个字，用少量的语言，表达了人世间最深沉和最不幸的感情。此诗的艺术魅力，即在于此。

这首诗共八句，中间四句是两联，每联都是不加雕琢的对仗，"薄帷"和"清风"、"鉴"和"吹"、"明月"和"我襟"以及"孤鸿"和"翔鸟"、"号"和"鸣"、"外野"和"北林"，自然成对，给读者以质朴的、自然的美的享受；同时，这种体式可以说是在尔后几百年唐代出现的五言律诗中间两联对仗的雏形。

梁刘勰《文心雕龙·明诗》中说："阮旨遥深。"说出了阮籍诗歌隽永、含蓄的特色。明张溥《阮步兵集题辞》中说"《咏怀》诸篇，文隐志远"，也指明了阮籍《咏怀》诗艺术风格的"隐"与"远"的特点。这里所选的一首，充分地体现了这一特色。什么是"隐"或"深"？就是诗人不直截了当地把自己的思想感情说出来，而是让读者通过诗中的形象，自己去细细体会，在本诗中，写了夜间的景色，写了诗人在夜间的所闻所见，而直接抒发胸臆的，只有首尾各两句："夜中不能寐"和"忧思独伤心"。而究竟为什么"不能寐"，究竟是什么忧思？为什么伤心？诗人仍然没有明白地说出。阮籍为什么采用这种艺术手法呢？《文选》李善注在阮籍这首《咏怀》诗下注云："嗣宗(阮籍的字)身仕乱朝，常恐罹谤遇祸，故每有忧生之嗟，虽志在刺讥，而文多隐避，百代之下，难以情测。"其言甚是。阮籍生活于魏晋之交，正值司马氏篡夺曹氏政权之际。当时政治十分黑暗，士林常遭杀害，和阮籍同为"竹林七贤"的嵇康，就被司马氏借故杀死。面对这种黑暗的现实，阮籍心中是有极大的愤慨的，但为了避祸累，他不得不嗜酒佯狂。司马昭欲与他结亲，他大醉两日许，不得与言而罢。其母死，他方与人下棋，闻耗仍不止，忽一念母，大恸饮酒两斗，大哭失声，吐血数升。邻妇当垆，美色，籍醉卧其侧，其夫察之，亦无他异。邻家有女子，未嫁而死，籍与其父兄均不相识，往吊之，尽礼而退。……这些固然是蔑视礼教的表示，同时也是为了掩护自己。其诗写得如此深隐，也是为了避祸，这和向秀的《思旧赋》寥寥数语不尽所言出于同一原因。

但是，尽管此诗写得"隐"、"深"，作者那种忧伤和愤慨之情都渗透在字里行间，"百代之下"的读者仍然可以清楚地感觉到，而且这种忧愤是那样深广，不仅关于个人的得失，而是出于对时世的忧虑。也许，这种思想内容的深度，正是刘勰、张溥所说的"旨遥"和"旨远"。钟嵘《诗品》说阮籍的诗"其源出于《小雅》"，此论未必可信，但《小雅》多"怨诽"之篇，古人以为是"贤人君子闵时病俗之所为"(朱熹《诗集传·序》)。从这一点来看，说阮籍诗源于《小雅》，倒是道出了阮诗的特点。钟嵘《诗品》又说阮籍诗"言在耳目之内，情寄八荒之表"，这也是阮诗"旨遥"、"旨远"的一种表现。即以本篇而论，诗中所写的景物，明月、清风、孤鸿、翔鸟等，都是属于人们"耳目之内"的东西，但在诗人笔下，却成为极其深远的忧思的寄托。方东树《昭昧詹言》评此诗说："情景融会，含蓄不尽，而意味无穷。"的确，这首仅四十个字的短诗，包含的意味却是十分深长的。

(蒋祖怡)

咏　怀（其三十九）

壮士何慷慨，志欲威八荒。
驱车远行役，受命念自忘。
良弓挟乌号，明甲有精光。
临难不顾生，身死魂飞扬。
岂为全躯士，效命争战场。
忠为百世荣，义使令名彰。
垂声谢后世，气节故有常。

这是阮籍《咏怀》诗第三十九首。这首诗描写一个决死沙场的壮士。开头两句，“壮士何慷慨，志欲威八荒”（一本“八荒”作“八方”）。这是说壮士的志欲气吞寰宇，下文进一步把“慷慨”具体化、形象化，从壮士的内心与外表加以描述。“驱车远行役，受命念自忘”，不辞远道跋涉，受王命而不顾个人得失与安危，这是诗人对壮士的内心写照。下面两句，是对壮士外形的描写。“乌号”，古代良弓的名称，见《淮南子·原道训》。这里用良弓来代替整个精良的武器装备。下一句是描述壮士武装后的仪容声威。再下面四句：“临难不顾生，身死魂飞扬。岂为全躯士，效命争战场。”描述这位壮士作战的勇敢行为。只愿慷慨就义，决不苟活贪生。最后四句，是全诗的总结，也是这位壮士心中的追求与向往。“忠为百世荣，义使令名彰。垂声谢后世，气节故有常。”在这里，作者赞美了“忠”与“义”的作用：“忠”可以百世流芳，“义”可以使美名永留人间；“忠义”之人定可垂名后世，壮士的气节长存于天地之间。

这首诗成功地塑造了一个慷慨赴死的壮士的形象。读着这首诗，我们自然会联想到屈原《国殇》中描写的那个勇士，在“旌蔽日兮敌若云”的危急关头，仍然“霾两轮兮絷四马”，浴血奋战，直至战死；也会联想到曹植《白马篇》中那个“捐躯赴国难，视死忽如归”的“幽、并游侠儿”；还会想到李贺笔下那个在“黑云压城城欲摧”的情况下，“提携玉龙为君死”的英雄。在古典诗歌中，有着歌颂为国捐躯的英雄的传统，屈原——曹植——阮籍——李贺，是一脉相承的。

但是，阮籍这首《咏怀》诗，却不单是歌颂英雄，实际上，这首诗也是在抒发自己慷慨的情怀，“驱车远行役，受命念自忘”，这也是诗人自己内心的写照，全诗最后四句，更是说出了作者心中的追求和向往。这种渴望为国立功的思想，在作者另一首《咏怀》诗中也强烈地反映出来。《晋书·阮籍传》载，阮籍“尝登广武，观楚、汉战处，叹曰：‘时无英雄，遂使竖子成名！’”这可以作为对本诗豪情壮怀的很好的说明。

这一首诗中所表达的思想，和“夜中不能寐，起坐弹鸣琴”那一首所表达的，似乎判若两人；同他平日佯狂的种种行为，也似乎格格不入。《晋书·阮籍传》中曾记载阮籍说过这样一句话：“礼岂为吾辈设耶？”其实，阮籍所反对、否定的“礼教”，是当时司马氏执政所用以巩固、扩大其政权所鼓吹的虚伪的“礼教”，而不是其他传统的东西。阮籍善音乐，他写下一些论乐的文章，里边对“先王之乐”非常重视；他的儿子阮浑，曾想效法他的狂放，而阮籍却不许他这样做。可见他的狂放，也出于不得已，并非乐意如此。《晋书·阮籍传》载："阮籍本有济世志，属魏、晋之际，天下多故，名士少有全者，籍由是不与世事，遂以酣酒为常。"足见佯狂乃所以避祸。而这首诗中所表达的雄心大志，乃是阮籍真实的襟怀。

清代方东树在这诗下的评论说："'壮士何慷慨'一首，即《炎光篇》而申之，原本《九歌·国殇》。辞旨雄杰壮阔，自是汉、魏人气格。"（《昭昧詹言》）在《咏怀》诗第三十八首"炎光延万里"一首下，评云："此以高明远大自许，狭小河岳，言己本欲建功业，非无意于世者，今之所以望首阳，登太华，愿从仙人、渔父以避世患者，不得已耳。"（同上）诗人阮籍的性格是复杂的，只有合这两首诗一起看，方能对他作出较全面的评价。（蒋祖怡）

潘 岳

悼亡诗（其一）

荏苒冬春谢，寒暑忽流易。
之子归穷泉，重壤永幽隔。
私怀谁克从？淹留亦何益。
僶俛恭朝命，回心反初役。
望庐思其人，入室想所历。
帏屏无仿佛，翰墨有余迹。
流芳未及歇，遗挂犹在壁；
怅怳如或存，周遑忡惊惕。
如彼翰林鸟，双栖一朝只；
如彼游川鱼，比目中路析。
春风缘隙来，晨霤承檐滴。
寝息何时忘，沉忧日盈积！
庶几有时衰，庄缶犹可击。

晋惠帝元康八年（298）秋，潘岳的妻子（东武伯，大将军杨肇之女）卒于洛阳德宫里，潘岳悲痛欲绝，当时写下了一篇《哀永逝文》以抒其哀思（此文《昭明文选》有录）。一年服满后，按例去复职，潘岳临行，依依难舍，又写了三首《悼亡诗》，以抒发对亡妻的哀思。这里所选是第一首。

这诗的前八句，相当于全诗的序，系记述他在一年服满后，要去复职的情况以及对旧梦的依依怀念之情。其中首两句，言时光荏苒，转眼已四季更易。"谢"，离去的意思。下面几句中的"之子"，犹言"此子"，系指其亡妻杨氏。"穷泉"，地下。以下四句，说的是，妻子已故，本人留亦无益，不如戮力于王事，离家复职——此八句以叙述为主，笔锋亦孕悲痛之情。

下半篇是诗的正文。首两句"望庐思其人，入室想所历"，是离家前的总述，也是下文悲痛心情的总抒写，下边"帏屏无仿佛，翰墨有余迹。流芳未及歇，遗挂犹在壁"四句，即上文"入室想所历"的具体内容。帏屏、手泽、余香、遗画——都是生活中常见的事物，但作者连用"无仿佛"、"有余迹"、"未及歇"、"犹在壁"等语，显示了他的"物在人亡"与"见物兴悲"的哀思，紧接着用人"怅怳如或存，周遑忡惊惕"，更深一步，写出作者由于"入室想所历"的入神而致神情恍惚的境地，仿佛汉武帝思念其已故宠姬李夫人而产生一种恍惚如在的幻觉一样。"周遑"即张皇失措。紧接着，连用两个比喻，一是"双栖鸟只剩一只"，一是"比目鱼"中途被拆，这些都是口头上常用的谚语，具有极强的习惯性和形象性。下面两句写自然景物，"春风缘隙来，晨霤承檐滴"。这两句诗有两种作用：第一，点明作此诗的季节，是在初春；第二，更重要的是象征作者对亡妻的思念，犹如空谷的春风、清晨的檐滴一样地连绵不绝。下文"寝息何时忘，沉忧日盈积"两句，说明作者对亡妻的旧情不但在一年后没有因岁月的更易而淡薄，反而是与时俱增。全诗最后用勉强的自我安慰作结束："庶几有时衰，庄缶犹可击。"作者写此诗是在元康九年(299)，时年五十三岁，将入暮年，所以上句这样说，下句用《庄子·至乐》中的典故："庄子妻死，惠子吊之，庄子则方箕踞鼓盆而歌。""缶(fǒu 否)"，瓦盆。古人用以敲击作乐。庄周亡妻击缶，是达观的表现。作者用这典故，特别用个"犹"字，是勉强以"达观"自慰。但这种勉强的自我安慰适足以引起读者的哀伤，因为勉强自慰的本身也正是十分悲苦的表现。

全诗由浅入深，从对寻常事物所引起的哀伤，到恍惚疑梦，从述写思念之情，到悲痛与日俱增，逐步深化。缠绵悱恻，一往情深，刻画细腻，抒情深刻。此诗融抒情、叙事、写景三者于一炉，尤为佳妙。明张溥云："《悼亡诗》及《哀永逝文》，伤其闺房辛苦，有古落叶哀蝉之叹。史云'善为哀诔'，诚然哉！"(《潘黄门集题辞》)沈德潜评潘岳《悼亡诗》云："格虽不高，其情自深。"(《古诗源》)此两说均是中肯的评语。

潘岳与陆机同时而齐名，人称"潘、陆"。他们在创作上悉心于艺术形式的绮靡，诗风为之一变。梁刘勰在其《文心雕龙·明诗》中云："晋世群才，稍入轻绮，潘、张、左、陆，比肩诗衢，或析文以为妙，或流靡以自妍。""潘"，就是潘岳，"陆"，就是陆机。他们共同的特色是"流靡以自妍"，就是有意地着眼于文字方面的雕琢——这就是沈德潜说它"格""不高"的根据。

在潘岳之前，"悼亡"，仅有悼念亡者的意义。如东汉应劭的《风俗通义》中所说"慎终悼亡"泛指男女死者。自从晋潘岳的《悼亡诗》以后，"悼亡"便成为专指悼念亡妻的名称了。后代许多诗人也写了不少诗篇来悼念亡妻，如唐代元稹的《遣悲怀》三首、苏轼的《江城子》(十年生死两茫茫)，都是悼亡诗中的名篇，其中所表达的真挚的感情和深切的思念，都和潘岳的《悼亡诗》相一致。唐代诗人李商隐的《王十二兄与畏之员外相访见招小饮时予以悼亡日近不去因寄》一诗中，有"更无人处帘垂地，欲拂尘时簟竟床"之句，也是化用潘岳《悼亡诗》(之二)中"展转眄枕席，长簟竟床空。床空委清尘，室虚来悲风"。可见潘岳的《悼亡诗》对后代影响之大了。

(蒋祖怡)

左 思

咏史八首(其二)

郁郁涧底松，离离山上苗。
以彼径寸茎，荫此百尺条。
世胄蹑高位，英俊沉下僚。
地势使之然，由来非一朝。
金张籍旧业，七叶珥汉貂。
冯公岂不伟，白首不见招。

左思这首诗在思想内容方面有一个鲜明特点，就是指斥："世胄蹑高位，英俊沉下僚"的不合理现象，从而对根深蒂固的门阀制度进行了猛烈的抨击。

诗的首四句以"比"开篇，实际是托物言志。生长在山涧之底的松树，郁郁葱葱，根深叶茂，仅枝条就有百尺之高，不言而喻，那挺拔的树干，是堪作栋梁之材的；而长在山上稀稀落落的小草苗，其高不过寸许，但由于所居地位高，反而能遮盖住涧底的百尺高松。这是大自然中常能见到的现象，完全是自然界的居势使然，本不足怪。但是人世间也有这种现象，那就不合理了。有些世家子弟，他们本身并无才能，只是凭借着门阀和权势，竟可以窃据高位；那些寒门出身的才智之士，由于没有门阀可以凭借，只能屈居下僚。两者对比，是明显不合理的。"世胄蹑高位，英俊沉下僚"两句，是全诗的主旨。"地势使之然"一句兜前，"由来非一朝"一句呼后，指出这种不合理的现象由来已久。诗的前八句，还没有咏史的成分，而是以自然界存在的现象为因由，引出对人世间不合理现实的慨叹。末四句才是"咏金张冯公之事，为世胄二句印证"(张玉穀《古诗赏析》)。这几句诗，是用汉代的史实来影射晋代。"金"指金日磾，"张"指张汤、张安世父子，他们凭借祖先的事业，七代做汉朝的贵官。"七叶"即七世、七代，"珥汉貂"就是做汉朝的高官。汉代凡侍中、常侍一类的官冠，旁插貂鼠尾为饰。《汉书·金日磾传赞》说："七世内侍，何其盛也。"戴逵《释疑论》说："张汤酷吏，七世珥貂。"都是对金、张世代富贵的概括。冯唐是汉文帝时人，曾对文帝指出当时法律严苛、不能用将之弊，但却得不到进用，直到白首，仍屈于郎署。诗人写到这里，戛然而止，语尽而意不尽。诗外的话，让人自己去联想和补充。

左思这首《咏史》诗，不是专咏一人一事，他打破了传统的写法，不"呆衍史事"，将"咏史"与"咏怀"结合起来，开创了"名为咏史，实为咏怀"(张玉穀《古诗赏析》)的先河。

《咏史》之二，很善于运用比兴，他将郁郁葱葱的涧底大树比作寒门出身的才智之士，将山上寸茎小苗比作豪门出身的无能之辈，由于地势的不同，反而使高者为卑，卑者为高，这种比喻是贴切的。他把概念上的东西(指门阀制度造成的不合理社会现象)用艺术形象来表现，将社会现象用自然现象来比附，将自己心中的愤懑托之于古人，以代古人鸣不平来发泄自己对现实的不满，这就克服了质直与概念化的毛病，增加了诗歌的兴味和寄托。

这首《咏史》诗，用了很多对比的手法，诗人处处以对比来揭示不合理的现实。他将“涧底松”与“山上苗”对比；将“蹑高位”的“世胄”与“沉下僚”的“英俊”对比；将金、张与冯唐对比：作者的倾向与爱憎也在对比中自然流露出来。

左思的《咏史》诗，表现手法很丰富：“或先述己意而以史事证之；或先述史事而以己意断之；或止述己意而史事暗合；或止述史事而己意默寓。”(张玉穀《古诗赏析》)这几种表现手法我们在左思的八首《咏史》中均可找到证明。就《咏史》之二这一首来说，它是先用比兴的手法，通过贴切的比喻，引出“世胄蹑高位，英俊沉下僚”的题旨。这个题旨即是作者的“己意”。接着，又用汉代金、张、冯唐的史事来作证明，这就是“先述己意而以史事证之”。作者所以选用这种手法，是为了突出咏怀的成分，至于史事，不过是“引古证今”的手段罢了。

这首诗的语言质朴、显露、朗练、流畅，颇有“质由中出，不加雕琢”的特点。首二句叠字连用，可以看出在构词上受乐府民歌和古诗十九首的影响。此诗字里行间自有一种慷慨激昂、“卓荦磅礴”之气，在艺术风格上显得壮美、豪放，具有建安文学“慷慨以任气，磊落以使才”(《文心雕龙·明诗》)的特点，这就是钟嵘所称道的“左思风力”。实际上“左思风力”与“建安风骨”是一脉相承的。

“咏史诗”的写法，胡应麟概括为“正体”和“变体”两种。他说：“咏史者，不过美其事而咏叹之，概括本传，不加藻饰，此正体也。太冲多摅胸臆，此又其变。”(《诗薮》卷二)按照胡应麟的说法，左思的《咏史》诗“多摅胸臆”，属于“变体”。实际上，这种“变体”，是“正体”的发展和提高。“概括本传，不加藻饰”的“咏史诗”固然可以写得很美，但我们觉得那种将咏史和咏怀结合起来的“咏史诗”，由于寄慨遥深，往往更能引起读者的共鸣和喜爱。胡应麟虽然认为左思的《咏史》诗不是“正体”，但他还是称赞其“造语奇伟，创格新特，错综震荡，逸气干云，遂为古今绝唱”(《诗薮》卷二)。沈德潜评左思的《咏史》诗说：“太冲胸次高旷，而笔力又复睢迈。陶冶汉魏，自制伟词，故是一代高手，岂潘陆辈所能比埒。”(《古诗源》卷四)这些评价都是很中肯的，对我们欣赏左思的这首《咏史》诗，也很有启发。　(刘文忠)

刘　琨

重赠卢谌

握中有悬璧，本自荆山璆。
惟彼太公望，昔在渭滨叟。
邓生何感激，千里来相求。

白登幸曲逆，鸿门赖留侯。
重耳任五贤，小白相射钩。
苟能隆二伯，安问党与仇。
中夜抚枕叹，想与数子游。
吾衰久矣夫，何其不梦周。
谁云圣达节，知命故不忧。
宣尼悲获麟，西狩涕孔丘。
功业未及建，夕阳忽西流。
时哉不我与，去乎若云浮。
朱实陨劲风，繁英落素秋。
狭路倾华盖，骇驷摧双辀。
何意百炼钢，化为绕指柔。

这是刘琨临终前的一支悲歌，也是他被加罪杀害的一种口实，有人目之为“诗案”[①]，亦未尝不可。但这确是很能反映刘琨思想性格的一首好诗，千载之下，令人读罢犹不禁为之扼腕太息。

刘琨生活在西晋末期“八王之乱”的年代。俗话说，“乱世出英雄”，然而成功的英雄是寥寥可数的，更多的则是失路英雄，刘琨正是这样一位悲剧人物。他虽有壮志，却乏大略。当破刘乔于考城，迎惠帝于洛阳，封侯食邑之时，尚能卓然于世，而在任并州刺史之后，为晋室扼守北方重镇，终因失于谋略，失败于刘聪，再败于石勒，于愍帝（司马邺）建兴四年（316）十二月投奔幽州刺史段匹磾。次年，愍帝为刘曜所杀，西晋覆亡，琅琊王司马睿即位于江南，是为元帝，史称东晋。晋室南迁，北方大乱，军阀相兼，各谋自立。刘琨自然卷入角逐的旋涡之中，终于引来杀身之祸。

晋元帝大兴元年（318），刘琨派其子刘群送段匹磾奔兄丧，途中为段末波截击，匹磾败走，刘群被擒。末波通过刘群联络刘琨，密谋破幽州。使者所持刘群致刘琨的密信为匹磾所获，匹磾疑刘琨背盟，随即拘刘，投入牢狱。刘琨在狱中写了这首《重赠卢谌》诗，以期得到解救。

卢谌系刘琨夫人卢氏的侄子，曾在刘琨幕下任从事中郎，至幽州后，即转入段匹磾幕为别驾。因为卢谌与刘、段有一种特殊的关系，如果善于斡旋，是有可能使刘琨化险为夷的，所以刘琨在这首诗中语重心长地表露了自己的想法。但卢谌却辜负了刘琨的重托，以致无法扭转危局，酿成悲剧。据《晋书・刘琨传》载：“琨诗托意非常，摅畅幽愤，远想张、陈，感鸿门、白登之事以激谌。谌素无奇略，以常词酬和，殊乖琨心[②]。重以诗赠之，乃谓琨曰：‘前篇帝王大志，非人臣所言矣。’”卢谌对这首诗有他自己的看法，不敢依诗意采取行动，故以“常词”相和，回避实质性问题。刘琨身在缧绁，见卢谌闪烁其词，着急了，又补赠一首诗。此诗失传，当有催促卢谌之意，但卢谌却说前篇（即本篇）所写“帝王大志”，非人臣所该言。至此，刘琨便难以摆脱险境了。《文选・卢谌〈赠刘琨诗〉》注引臧荣绪《晋书》云：“众人谓琨诗怀帝王大志。”所谓“怀帝王大志”的诗，当是指赠卢的这首诗。刘琨被杀的罪名是“欲窥神器，图谋不轨”，也是从这首诗的所谓“帝王大志”推断出来的。这首诗也就真的构成了一桩“诗案”了。

这首诗引来杀身之祸，是忠臣蒙冤呢，还是英雄失路呢？重要的问题是如何理解这首诗。

《晋书·刘琨传》说这首诗“托意非常”，明白怎么样“托意”以及“非常”指什么，是理解这首诗的关键。

刘琨处于战乱时代，诗风重气骨兴寄，远承建安余绪，所以元好问《论诗三十首》其二说：“可惜并州刘越石，不教横槊建安中。”这首诗抒情述志都很富于建安风骨。其“托意”手段，主要是比喻和用典。比喻易知，用典难晓，这诗之所以构成“诗案”，问题也就出在用典方面。用典又称“用事”，是古来诗文的重要表现技法。《文心雕龙·事类》云：“事类者，盖文章之外，据事以类义，援古以证今者也。……故事得其要，虽小成绩，譬寸辖制轮，尺枢运关也。”运用古事，是借古喻今，以小见大，就像车辖可以煞车，门闩可以关门。诗之兴寄，可以借景物、美女、神仙，也可以借历史，借历史以兴寄就是用事。正如清陈奂《诗毛氏传疏》所云：“兴者，陈古以言今，亦兴体也。”托兴于古事，究其实质，乃以史事为喻体。类比往往是多角度的，以物为喻尚且非止一端，以事为喻更是多向引申，所以理解起来，也就更加困难。刘琨在这首诗中，连用六个典故，以寄托情志，说他有“帝王大志”，就是从这六个典故推导出来的。

“惟彼太公望，昔在渭滨叟”，这第一典用的是太公遇文王故事。姜尚（亦称吕尚）隐于渭水之滨，及至年迈，才遇周文王姬昌，言谈十分投契。姬昌高兴地说：“吾太公望子久矣。”所以称姜尚为“太公望”，后亦省称为“太公”。后来辅佐周武王灭殷，建立周朝。“邓生何感激，千里来相求”，这第二典用的是邓禹佐刘秀的故事。邓禹，南阳人，曾自南阳出发，不远千里，北渡黄河，至邺城投奔刘秀，辅佐光武帝刘秀建立东汉王朝。他对刘秀说，不是为了当官而来，而是想使“千载闻之，犹有感激”。“白登幸曲逆”，这第三典用的是陈平救刘邦故事。汉高祖刘邦在白登（山名，在今山西大同之东），为匈奴冒顿所围，七日不食，用陈平奇计，始得解围，南过曲逆（地名，在今河北完县东南），因封陈平为曲逆侯。“鸿门赖留侯”，这第四典用的是张良护刘邦故事。刘（邦）项（羽）之争十分激烈，项羽设鸿门（地名，在今陕西临潼）宴以诱杀刘邦。留侯张良知其计，事先结交项伯，所以当项庄舞剑要杀刘邦时，项伯也舞剑护卫，使刘邦得以脱险。“重耳任五贤”，这第五典用的是五贤辅重耳的故事。晋公子重耳逃难奔狄，周游于列国，随从有狐偃、赵衰、颠颉、魏武子和司空季子，这五人在辅佐晋文公重耳复国称霸的过程中，功劳最大，世称“五贤”，文公皆委以重任。“小白相射钩”，这第六典用的是管仲辅小白的故事。管仲初事齐公子纠，公子纠与小白争君位，管仲为纠射小白，中带钩，未伤身。后来小白击败公子纠，立为君，即齐桓公。他不记私仇，仍用管仲为相。这六个典故全是能臣辅佐贤君，使贤君化险为夷，终于克成霸业的故事。其托意何在，至关重要的是他以能臣喻己还是以贤君喻己。这个问题在诗中并不是很清晰。在六个典故之后，有四句表达意愿的文字："苟能隆二伯，安问党与仇。中夜抚枕叹，想与数子游。"前两句言五贤和管仲能"隆二伯"，辅佐晋文公和齐桓公成就霸业，"党"也好，"仇"也好，都可以委以重任。后两句总揽六个典故，言希望与数子（即上述姜尚至管仲诸人）同游。所谓与数子同游，可以理解为自己厕身于数子之列，即以能臣喻己；也可以理解为自己得获数子为辅，即以贤君喻己。参照前两句所说"党"与"仇"，当以后解自比贤君为是。因为若接前解自比能臣，则刘琨与晋元帝无"仇"可言，在元帝司马睿未称帝之前，他还联名一百八十六人向建邺（今江苏南京）的司马睿上过劝进表呢。元帝即位后升刘琨为侍中、太尉，并赠名刀，恩宠有加，所以不可能以管仲射钩自拟，这是很明显的。《晋书·刘琨传》所说"托意非常"，拆穿了说，就是希望卢谌（甚至连段匹磾）帮助他摆脱险境，辅佐他建立功业。然则，卢谌及众人目其诗有"帝王大志"，便未必是厚诬刘琨了。

联系全诗前后文来看，这种"非常"的"托意"便更加明显了。首二句"握中有悬璧，本自荆山璆"，是比喻，以璆璧比卢谌之才质。"悬璧"，悬黎（美玉名）所制的璧，"荆山璆（玉）"，卞和所得的璞玉。《战国策·秦策》云："梁有悬黎，楚有和璞。"刘琨在这里即以梁、楚所产的美玉来赞颂卢谌。卢谌将自刘琨幕下转为段匹磾别驾时，曾有诗并序赠刘琨，刘琨在答诗之序中说："夫才生于世，世实须才。和氏之璧，焉得独曜于郢握；夜光之珠，何得专玩于随掌。天下之宝，当与天下共之。但分析之日，不能不怅恨耳。"这序也是以和氏之璧和随侯之珠喻卢谌的才质，而且对这珠璧转入段匹磾幕下表示怅恨。及至刘琨身陷囹圄，仍然想着这"和氏璧"卢谌，并寄希望于他，希望他向姜尚、邓禹、陈平、张良等数子看齐，帮助自己摆脱困境，一道建功立业；甚至希望他劝说段匹磾站到自己这边来，待成就功业，将不计私仇，如小白之于管仲，仍可委以重任。张玉穀《古诗赏析》云："'惟彼'十二句，历引昔贤，为卢之影，言才质美者，因当有为如此。勒到想与之游，即是冀与卢同建功业也。"这个功业，从诗中透露出来的，应当说，确是帝王大业。不错，以事托意，如同辐射形，可以引发出不同的联想，因而难以确定统一的解释。这首诗，以姜尚等数子喻卢谌，一般读者的理解是一致的。卢谌如"数子"辅佐谁呢？或说辅佐晋室（元帝）中兴，或说帮助刘琨解危，或说六个典故各有妙用[3]。如果只用一事或两事，其托意自然含更多的不确定性，这里六个典故连贯而下，则可从中找出比较确定的意向，这意向就是能臣辅佐贤君建立功业。前四个典故都是写贤君未成帝业之前得能臣的辅佐和解难，后两个典故则是写克成帝业之后，贤君对于能臣的态度。诗中托意的贤君当非指晋元帝，因为这时元帝已经即位，又未遭困厄；因而以贤君喻指刘琨较为贴切，也较合乎刘琨的志向。刘琨端的有齐桓、晋文之志，据《世说新语·言语》载，刘琨曾"谓温峤曰：'班彪识刘氏之复兴，马援知汉光之可辅。今晋阼虽衰，天命未改，吾欲立功于河北，使卿延誉于江南，子其行乎？'温曰：'峤虽不敏，才非昔人，明公以桓、文之姿，建匡立之功，岂敢辞命？'"温峤是刘琨派往江南的劝进使，这番话或许是行将南下时的对答，然则，刘琨在河北"建匡立之功"，实现桓、文之志的想法，在为段匹磾所拘之前即已有之。这与诗中以桓、文自拟，岂不正相吻合？自"吾衰"句至结尾，便明显是刘琨对于志向功业能否实现的担忧。末二句"何意百炼钢，化为绕指柔”，饱含着英雄失路的无穷感慨，用以激励卢谌奋起相助，以扭转危局。全诗的意绪脉络，正是以“建匡立之功”为其轴心的。

刘琨在这首诗中表露了“帝王大志”，是否意味着背叛晋室，“欲窥神器”？以正统观念视之，这很难说是厚诬刘琨；以历史观点视之，则不必作如是观。在当时的情况下，晋阼已衰，草草南迁，北方成了军阀角逐的场所；在角逐中，成者为王，败者为寇，刘琨想在黄河以北地区“建匡立之功”，统一北中国，使北中国文明不至于为少数民族的铁蹄所蹂躏，这又是无可厚非的。可惜的是，刘琨所信任的卢谌，“素无奇略”，“殊乖琨心”，未能救刘琨于倒悬。而代郡太守辟闾嵩、雁门太守王据、后将军韩据，合谋欲袭段匹磾，以救刘琨，又因事泄而被诛。这反而促使段匹磾匆忙称诏缢杀刘琨。子侄四人，同时被害。悲剧的基因，乃在于刘琨志大才疏，不善用人，即如其母所言“不能弘经略，驾豪杰”（《晋书·刘琨传》），终归于失败。这首《重赠卢谌》是失路英雄的哀歌，慷慨悲凉，声情激越，风骨浑朴遒劲，极富于清刚之气，是一首可与建安诗作媲美的佳诗。（林东海）

【注】①见王钟陵《中国中古诗歌史》第七编第七章。②卢谌《答刘琨诗》今存佚句有：“随室产汉滨，摘此夜光真。不待卞和显，自为命世珍。”“谁言日向暮，桑榆犹启晨。谁言繁菜（疑为“英”字之讹）实，振藻耀芳春。百炼或致屈，绕指所以伸。”按，答诗确系常词，有乖琨心。③陈沆《诗比兴笺》云：“诗中徵事杂沓，比兴错出，各有指归。太公、邓禹，述已匡扶王室之志。白登、鸿门，冀脱已患难之中。重耳、小白，欲与段匹磾同奖王室，比迹桓、文，不以见幽小嫌为辱。望谌以此意达之匹磾，披沥死争，必能见悟也。”这种“各有指归”的解释，使得君臣所喻的相似点十分混乱，缺乏必然的逻辑联系。这是抱定刘琨“忠于晋室”的观点所作的解释，未必切合诗意。

陶渊明

归园田居（其一）

少无适俗韵，性本爱丘山。
误落尘网中，一去十三年。
羁鸟恋旧林，池鱼思故渊。
开荒南亩际，守拙归园田。
方宅十余亩，草屋八九间。
榆柳荫后檐，桃李罗堂前。
暧暧远人村，依依墟里烟。
狗吠深巷中，鸡鸣桑树巅。
户庭无尘杂，虚室有余闲。
久在樊笼里，复得返自然。

陶潜于晋安帝义熙元年(405)任彭泽令,在官八十多天,便解绶归田,自此隐居躬耕,直至终老。归隐的第二年,写下《归园田居》五首,描写归隐心情和田园乐趣。这五首向来被推为田园诗的代表作,对后世产生了深刻的影响,陶潜也因此被誉为"古今隐逸诗人之宗"(钟嵘《诗品》)。其实,陶潜的田园诗,并非纯然是隐逸的恬静,在恬静的背后,仍然包含着仕途的骚怨。正如陶潜的酒杯里,既浮泛着乐趣,也沉潜着愁绪一样,陶潜的园田里,既表现出平淡,也透露出沉郁,陶潜的情趣里,既饱含着甜蜜,也隐含着苦涩。其园田的沉郁之气,情趣的苦涩之味,往往被读者轻易地忽略过去。近代思想家龚自珍就不曾放过,他在论陶绝句中说:"陶潜酷似卧龙豪,万古浔阳松菊高。莫信诗人竟平淡,二分《梁甫》一分《骚》。"正道出了诗人在平淡之外的另一面,这是十分中肯的。

本篇是《归园田居》的第一首,是组诗的总纲,定下了隐居园田的基调。诗中以质朴的平常语言,描写了乡村的平静景色和农耕的闲适生活,并叙说了摆脱尘网回归自然的怡乐情致。但这里的景也好,情也好,都是从它的对面生发出来的,因此读这首诗,要从它的深层意思去加以体味。

诗的前半篇,实话实说,诗人自叙为什么要回归园田,理由就是不违本性。自言其性本来是爱丘山,乐自然,不能适应纷争的世俗,自应守拙而舍弃机巧。但此前自己错了,违反本性,误落尘网,介入了充满机诈的仕途,竟达十三年之久[1]。凡物皆不忘本性,所以"羁鸟恋旧林,池鱼思故渊"[2]。诗人从鱼鸟得到启发,悟归本性,因而真正辞官归隐,躬耕陇亩,"开荒南亩际,守拙归园田"。这里说的是实话,因为诗人的确"不为五斗米而折腰",回归园田了。但是,这还不能说诗人对本性已经大彻大悟了,因为这些有关悟性的话,全是从它的对面生发出来的,"爱丘山"之"性"是从"无适俗"之"韵"激发出来的,"守拙归园田"是从"误落尘网中"激发出来的,因此,在超脱之语的背后,仍然缠夹着尘网的游丝,在旷达文辞的深处,仍然隐含着俗念的情味。这些语词从深层的意思看,可以说是对于世俗争名夺利的否定,也是对于仕途尔虞我诈的批判。这种否定和批判,正说明对于他世俗仕途仍然不可漠然置之。倘若诗人真的大彻大悟,便连这样的超脱旷达语词也不必说了。

为了表现自己已经乐于守拙,诗中描绘出一幅恬然怡然的村居图。这种安适恬淡的村居生活,也是从它的对面生发出来的。在诗人归隐的年代,在诗人归隐的浔阳,军阀叛乱,战争频仍,鸡犬不宁,农村凋敝。影响最大的是桓玄的叛乱。元兴元年(402)桓玄引兵沿江东下,攻陷京都建康(今江苏南京);次年废晋安帝为平固王,改国号为楚,迁安帝于浔阳,再迁江陵;又次年,官军刘裕联合各州兵力讨伐桓玄,重兴晋室,安帝复位。义熙元年(405)安帝回归建康。就在这战乱期间,陶潜先后在桓玄和刘裕幕下当过官,不期然而然地处身于权力斗争的旋涡之中,也亲眼看到兵燹之后农村的破败景象,尤其是浔阳,更是桓玄与刘裕来回争斗之所,凋敝尤甚。诗人笔下的方宅、草屋、榆柳、桃李,井井有条,一派承平景象:"暧暧远人村,依依墟里烟。狗吠深巷中,鸡鸣桑树巅。"这四句更是生动地表现出村居恬静和乐的气氛。这是诗人有意粉饰现实吗?不能这样看,这时他已经无心去粉饰现实,倒是有感于现实而在现实之外寻求精神寄托。但是这里又不是有意去创造出一个"桃源世界”，而是承诗的前部，表现出自己摆脱尘网回归自然的恬静和乐趣。“狗吠”二句袭用乐府《古鸡鸣行》“鸡鸣高树颠，狗吠深宫中”，语同而兴象有别，这里的鸡犬之声，既表现了乡村的恬静，也体现了无为的思想。而这种恬静无为，其深层的含义却是骚愁和猛志，因为猛志无法实现，骚愁无从解释，所以借恬静无为的乡村生活以为寄托。

结语“久在樊笼里，复得返自然”，与诗的发端“少无适俗韵，性本爱丘山”遥相呼应，是全篇的总结。可以这样说，“返自然”是由它的对面“在樊笼”生发出来的，在“返自然”的表层下面，深藏着“在樊笼”时的种种感受，所以全诗在平淡中含着沉郁，在甜蜜中含着苦涩，正如乔亿《剑溪说诗》所说：“读陶诗当察其乐中有忧，忧中有乐。”

（林东海）

【注】 ①十三年，原作“三十年”。据前人考证，应作“十三年”。陶渊明于晋孝武帝太元十八年(393)为江州祭酒，至晋安帝义熙元年(405)辞去彭泽令，正好十三年。 ②古诗：“胡马嘶北风，越鸟巢南枝。”张景阳《杂诗》：“流波恋旧浦，行云思故山。”陆士衡诗：“孤兽思故薮，羁鸟悲旧林。”皆言不忘本也。文子曰：“鸟飞之乡，依其所生也。”王正长诗：“人情依旧乡，客鸟思故林。”皆此意(见明何孟春注《陶靖节诗》卷二)。

归园田居(其三)

种豆南山下，草盛豆苗稀。
晨兴理荒秽，带月荷锄归。
道狭草木长，夕露沾我衣。
衣沾不足惜，但使愿无违。

《归园田居》五首是陶渊明弃官归田的第二年(406)所写的一组诗，是陶潜的重要代表作，本篇是其中第三首。这首诗以明白如话的“田家语”叙述了作者亲自参加农业劳动的感受和体验，写得亲切、真挚而动人。

陶诗向以平淡自然著称。陶诗之“平淡”，从其表现内容看，大多为平淡无奇的农村生活和田园风光。其中所写，大多只是白云、清风、村落、田野、豆苗、杂草、犬吠、鸡鸣等等一些淡而无奇的平凡事物。《归园田居》(其三)正是如此。作者的描写对象是平淡无奇的，作者的思想感情和心境则是恬淡、宁静的。其中既没有屈原式的长歌当哭，也不像曹植那样踌躇满志或悲愤难平；既不同于李白的飘逸豪放，也不同于杜甫的沉郁顿挫。陶渊明所抒发的，大多是隐居田园、躬耕陇亩的淡泊之情。“道狭草木长，夕露沾我衣。衣沾不足惜，但使愿无违。”这是历经劫难以后的平静，是彻悟人生以后的淡泊，更是热爱生活的愉悦。从作品的表现形式看，陶诗大多用白描的手法，直写自然，直抒胸臆，而绝不故作铺排、夸张、渲染。所谓“文体省净，殆无长语”。陶诗的语言近于口语，既不用典，亦无藻饰。“种豆南山下，草盛豆苗稀”，明白如话，用不着任何注解和阐释。所谓“一语天然万古新，豪华落尽见真淳”(元好问《论诗三十首》其四)。渊明诗平淡出于自然，毫无矫揉造作之感，完全是真实思想感情的流露。胸中妙悟真情，不吐不快，发而为诗。元好问说："此翁岂作诗，直写胸中天！"正道出陶诗的美学真趣。"种豆南山下，草盛豆苗稀"，渊明不加掩饰地展示出自己对农业劳动的生疏，可不是"直写胸中天"么？"衣沾不足惜，但使愿无违"，此中真情，若非亲自参加劳动者，何从体会得到？

陶渊明是以审美的眼光和胸怀面对农村田园的，他笔下的田园景色虽极为普通而平常，却无不蕴涵着作者的一腔深情和愉悦，从而变得温馨备至，美妙无比。陶渊明正是以自己敏锐的艺术感觉，捕捉、抓取平凡生活中的诗意和美感，并形诸笔端的。比如，早出晚归、披星戴月，这本是农家的日常劳作，然而，"晨兴理荒秽，带月荷锄归"，却已经成为一幅充满诗意和美的绝妙图画。清代袁枚说："诗宜朴不宜巧，然必须大巧之朴；诗宜淡不宜浓，然必须浓后之淡。"大巧之朴，浓后之淡，可以说是诗的"化境"，陶渊明的"种豆南山下"，已臻此境。（戚良德）

癸卯岁始春怀古田舍（其二）

先师有遗训，忧道不忧贫。
瞻望邈难逮，转欲志长勤。
秉耒欢时务，解颜劝农人。
平畴交远风，良苗亦怀新。
虽未量岁功，即事多所欣。
耕种有时息，行者无问津。
日入相与归，壶浆劳近邻。
长吟掩柴门，聊为陇亩民。

癸卯岁，即晋安帝元兴二年（403）。这年的春天，朝外有卢循继续作乱，攻打东阳；朝内有桓玄专擅朝权，封大将军。晋室已经动摇，军阀争窥"神器"。在这动乱的时世，要么入世参与角逐，要么出世明哲保身。曾赴江陵任参军的陶潜，在这年始春所作的这二首怀古田舍诗，表现的是后一种思想。

所谓"古田舍"，是古代居于田舍的隐者，即诗中所咏的荷蓧丈人和长沮、桀溺。这些都是乱世中的隐士，与孔子同时，但不像孔子那样栖栖惶惶奔走于列国以推行其经世之道，他们躬耕陇亩，以保其真。在晋阼已衰，世道艰险的年代，陶潜自知学不了孔子，只好向这几位"古田舍"看齐。

本篇开头便明白表示这种处世态度："先师有遗训，忧道不忧贫。瞻望邈难逮，转欲志长勤。"先师孔子所说的"君子忧道不忧贫"，是可望而难及的古训，只有他的门人，颜回之箪瓢陋巷，原宪之褐衣蓬户，不忧贫而乐其道，才是遵循师训的典型。在陶潜看来，安贫乐道是很难做到的，因而转念怀想古代的田舍隐士，萌生退隐躬耕的念头。

这时诗人虽然尚未归耕园田，但却非常熟悉农村生活，所以后文用十分朴实而生动的语言，描写出悬想中的耕稼生活和闲适心情。这里所写的劳动情景，非常逼真，如亲临其境，甚至如厕身于老农之中。但毕竟不是写老农，而是写"古田舍"，同时暗写诗人自己。“秉耒欢时务”，似写老农，下文“解颜劝农人”，即点明非农民，而是劝农的隐者。诗人另有《劝农》诗，四言六章，劝农人学古先民“傲然自足，抱怀含真”，表现的就是古隐者的“保真”思想。“平畴交远风，良苗亦怀新”，这两句是最为人们所称道的佳句，传说宋代大诗人苏轼曾以大书小楷行草，连写七八纸，连声赞叹：“好，好！”（元陈秀明《东坡诗话录》下）苏轼又说这两句“非古之耦耕植杖者，不能道此语；非世之老农，不能识此语之妙”（《东坡题跋》）。平畴远风，良苗怀新，的确很有田野风味，是神采之笔，没有农村生活体验是很难体会出其中奥妙的。然而这种“风味”并不是乡下人所品味到的，而是“下乡人”所感受到的，诗中表露出来的不是农人的心境，仍然是隐逸之士的情味。“虽未量岁功，即事多所欣”，非农家语，农人“欣”在“岁功”非在“事”，惟隐者以耦耕自乐。“耕种有时息，行者无问津”，典出《论语》：“长沮、桀溺耦而耕，孔子过之，使子路问津焉。”暗用这个典故，以点明所写为隐士，为“古田舍”，也暗寓新意，谓当今之世，连为推行经世之道而问津者也没有了，足见世道之沦丧。“日入相与归，壶浆劳近邻”，日出而作，日入而息，与老农同归，与近邻同酌，很合乡村的习俗和风情，但写的仍然是隐者。而非老农。结语“长吟掩柴扉，聊为陇亩民”，写的是隐者。这隐者不同于“凤歌笑孔丘”（李白诗）的楚狂接舆，而是掩门长吟的隐逸诗人，当然是作者自指。有人说这两句表现了“乐而忘天下的襟期”（清方宗诚《陶诗真诠》），其实不然，一个“聊”字，正表现了未忘天下而强忘天下的矛盾心理。正如明黄文焕《陶诗析义》所说：“长吟者，非真自弃于陇亩者也，不得不聊为之耳。胸中道德经济之怀，岂易向人道哉！”即所谓“忘情语，实似未忘情意”（清杨雍建评选《诗镜》）。

尽管全诗以耕稼生活和闲适心情为主体，但其意乃在于探索人生道路，即沃仪仲所云：“寄托原不在农，借此以保吾真。”（明黄文焕《陶诗析义》卷三引）诗人处于乱世，欲学孔子，不能；欲学老农，亦不能；因而欲学“古田舍”，以保其真。然而直至诗的篇终仍然露出未能忘怀世情的心态，这说明此时他有归隐的念头，但尚犹豫不决。所以直至义熙元年(405)，他还去当了八十多天的彭泽令，方才实现遂初之志，归隐园田。

（林东海）

饮　酒（其五）

结庐在人境，而无车马喧。
问君何能尔？心远地自偏。
采菊东篱下，悠然见南山。
山气日夕佳，飞鸟相与还。
此中有真意，欲辨已忘言。

陶渊明弃官归田后十二年，写了他的名作《饮酒二十首》，这组诗之前，有小序说：

余闲居寡欢，兼比夜已长，偶有名酒，无夕不饮。顾影独尽，忽焉复醉。既醉之后，辄题数句自娱。纸墨遂多，辞无诠次。聊命故人书之，以为欢笑尔。

这个小序，短短几句话，给我们描述、烘托了他写这一组诗时的寂寞心情。他把这一组杂感式的咏怀诗称为《饮酒》诗，不仅反映了他写诗的心情，也反映了魏晋时代许多文人好饮酒，借酒逃避灾祸的时代病态。大家也许都知道魏末以阮籍为首的"竹林七贤"饮酒放达的故事。学过鲁迅著作的人，大概也记得鲁迅的一篇很有名的文章《魏晋风度及文章与药及酒的关系》，可知"饮酒"两字并非随意写上的两个字。梁萧统《陶渊明集序》说："有疑陶渊明之诗，篇篇有酒，吾观其意不在酒，亦寄酒为迹也。"

这首"结庐在人境"，是《饮酒》诗二十首中传播最广的一首，很多人一说陶渊明，就会随口背出"采菊东篱下，悠然见南山"的诗句。但这两句诗究竟好在哪里，还得从头说起。

这首诗只是写他在家闲居生活的片断感想。"结庐在人境，而无车马喧。问君何能尔？心远地自偏。"这开头四句，看来似乎也很平常。他似乎只是在说：我虽然是住在人来人往的农村，门前倒也还清清静静，没有什么车响马叫的喧扰。要问我为什么能够这样清静？说起来倒也简单，只因为我思想上远离了那些高车驷马的上层人物，我家门前自然就偏僻清静了。这段话似乎是在自言自语，自问自答，又好像是话中有话，好像影影绰绰地在针对着什么人，不然，为什么要凭空提起"车马喧"的事呢？这就让我们想起，他写此诗时，他家已因遭火灾而移居到浔阳（今江西九江）城外不远的南村。村里虽然大多数是种田人，但浔阳究竟是江州刺史所在的首府，在长江边上，在江陵与扬州之间东来西往的官船、商船都要在这里停泊。所以，这个村里就难免住上几个和朝廷、官府有关系，身在农村而心怀官场的人物。这就难免会招惹来一些高车驷马的达官贵人，给本来平静的乡村制造一些或大或小的风波。陶渊明轻轻提出一个"车马喧"的有无问题，就把真假隐士的门庭区别得一清二楚。所以，王安石说："渊明诗有奇绝不可及之语，如'结庐在人境'四句，由诗人以来无此句。"（李公焕《笺注陶渊明集》卷三引）可以说正是抓住了理解此诗的关键。

正因为诗人的思想真正地远离了官场，所以尽管他晚年生活很穷，但他的心情却非常平静。有这样平静的心情，他才能写出"采菊东篱下，悠然见南山"这样优美的诗句。种菊、采菊，对诗人说来，也许是为了菊花的观赏价值（"秋菊有佳色"）和医药保健的实用价值（"菊解制颓龄"——可以泡菊花酒）。但是，当他低头采菊与仰头见山这一顷刻之间，诗人恐怕只是感到一种恬然自适的情趣，好像自己和篱菊、南山之间存在着一种"相视而笑，莫逆于心"的默契关系。这时，菊的观赏价值只存在于不言之中，而菊的实用价值恐怕更在考虑之外了。"山气日夕佳，飞鸟相与还"两句，写他凝视着傍晚的山色和归林的鸟影而引起的沉思，暗示他自己找到人生的归宿以后的欣慰、静穆的思想境界。这种境界中所默契和暗示的情趣与哲理，是很难用我们的语言说清楚的，所以诗的结尾只好说："此中有真意，欲辨已忘言。"

"真意"，是来自老庄哲学的概念，《庄子·渔父》说："真者，所以受于天也，自然不可易也。故圣人法天贵真。"简而言之，"真意"，就是他天真淳朴的个性情趣。他当年所以弃官归田，正是因为上层的社会是危害他的个性和自由的“樊笼”，他才想在躬耕劳苦，接近自然的生活里，求得身心的自由、个性的发展。现在，他归田已经十二年，经过贫困劳苦生活的磨炼，经过利禄诱惑的考验，他对自己所选择的生活道路，有了更坚定的信念。正因如此他才能在采菊看山之际，景与意会，兴致悠然。虽然近之东篱，远之南山，都不在人境之外，但他内心里却自然有超脱尘俗的境界。

陶诗的艺术成就极高，但他的诗的美，完全是融合在完整的艺术整体之中，很难用摘句的方法来分析。就像“采菊东篱下，悠然见南山”这两个名句，就很难和开端四句分割开来，作孤立的分析。就说“南山”吧，“南山”，就是庐山，陶渊明家在庐山脚下，大概也不止一次登过庐山，然而他诗集里就没有一首专写庐山景物的诗，只是在诗文里随意地点到“南山”、“南岭”、“南阜”而已。而家在浙江，很少到庐山的谢灵运，却写过一首《登庐山绝顶望诸峤诗》（可惜没有完整保存下来），从这一点，也就多少可以看出陶诗与谢诗的不同风格。不管这“南山”两字多么简短，多么模糊，没有写出任何的形象特征，但它在全诗的完整意境中仍然是很美的，比谢灵运那首诗给人的印象更深。

（廖仲安）

咏荆轲

燕丹善养士，志在报强嬴。
招集百夫良，岁暮得荆卿。
君子死知己，提剑出燕京。
素骥鸣广陌，慷慨送我行。
雄发指危冠，猛气冲长缨。
饮饯易水上，四座列群英。
渐离击悲筑，宋意唱高声。
萧萧哀风逝，淡淡寒波生。
商音更流涕，羽奏壮士惊。
心知去不归，且有后世名。
登车何时顾，飞盖入秦庭。
凌厉越万里，逶迤过千城。
图穷事自至，豪主正怔营。
惜哉剑术疏，奇功遂不成！
其人虽已没，千载有余情。

“燕赵古称多感慨悲歌之士！”荆轲就是一个活跃在燕赵平原上很著名的英雄人物。

风萧萧兮易水寒，
壮士一去兮不复还！

至今，我们读着《史记·刺客列传》里的荆轲故事，还感到虎虎有生气。在诗歌领域里，“建安七子”的阮瑀，西晋诗人左思，也早已把荆轲的英雄气概写进了他们的《咏史》诗里。

陶渊明虽然出生于江南的柴桑(今江西九江)，但从少年时代读《史记》，就向往着荆轲和他活动的燕赵原野，他的《拟古》诗说：

少时壮且厉，抚剑独行游。
谁言行游近，张掖至幽州。
饥食首阳薇，渴饮易水流。

本来在陶渊明生活的东晋中后期，幽州、易水以及广大西北、华北、中原地区，已成五胡十六国所占据的地方，诗人对这些地方已经可望而不可即。但是，对一个充满浪漫豪情的青年诗人来说，越是不能去的地方，他就越想去，那里，是荆轲、高渐离等英雄人物感慨悲歌的地方啊！

少年时代对荆轲如此倾慕、向往的陶渊明，在经历大半生的忧患贫困，看过无数的历史风云之后，到老年，又把荆轲写进咏史诗里，应该说是不难理解了。

陶渊明在写《咏荆轲》之外，还写了《咏二疏》、《咏三良》两首咏史之作。过去研究陶诗的学者如明代的黄文焕、清代的陶澍等都认为三诗是同时之作，而且与晋宋易代、刘裕篡弑有密切关系。当代的陶诗学者王瑶先生也说：“三诗中，二疏取其见机归隐，三良取其与君主同死，荆轲取其为主复仇的侠义精神，而尤钟情于荆轲。三诗诗体既皆相同，内容又互相阐发，当为一时之作。其中《咏三良》一首当为悼张祎不忍向零陵王进毒酒而自饮身死一事。因知这三诗都作于永初二年(411)以后。”这些推论，是持之有故，言之成理的。但咏史与写现实究竟是有距离的，何况咏二疏、咏三良、咏荆轲都已有建安诗人王粲、曹植、阮瑀的作品为先例。我们也可以说，咏荆轲中所仇恨的秦始皇，虽然有隐指刘裕的倾向，但也未必专指刘裕一人。

陶渊明这首《咏荆轲》的内容，完全取材于史传，但对史传丰富的人物、事件又作了集中概括，提炼加工。

此诗开头四句，单刀直入。鲜明有力地指出燕太子丹“志在报强嬴”的决心以及他赤诚养士而“岁暮得荆卿”的结果。

“君子死知己，提剑出燕京”以下二十句集中渲染荆轲在易水饯别时慷慨悲歌的动人情景。素骥长鸣，怒发冲冠，写他接受刺秦使命提剑出京的气概，非同寻常。渐离击筑，宋意高歌，烘托了饯别宴会上的悲壮气氛。萧萧哀风，澹澹寒波，就是写“风萧萧兮易水寒”两句壮别歌辞，情调由沉郁而高昂。“商音”、“羽奏”两句是对壮歌的和声伴奏。一层接一层，把饯别的情景气氛写到最悲壮最浓烈的程度以后，才用“心知去不归”四句，写荆轲义无反顾的英风豪气。

“图穷事自至，豪主正怔营。”以极简练浓缩的两句诗，写刺客和暴君在秦廷相见的伟大历史镜头，横扫六合的秦始皇在荆轲面前惊慌失措了，战栗了。所谓“十步之内，王之命悬于遂手”。眼看就血染匕首了——叙事就在这最惊心动魄的高潮时刻，戛然而止了。这两句诗，像一个永恒不朽的雕塑，把千钧一发的历史场面，雕刻在读者心上了。大家都记得史传写荆轲刺秦时那进攻、惊惶、紧张、忙乱、瞬息万变、头绪纷繁、令人眼花缭乱的场面，用了一大段文字。到陶渊明笔下，却只用充满激情的雕塑性的两句诗就把荆轲的英雄形象树立起来了。

“惜哉剑术疏，奇功遂不成！”这是诗人对荆轲失败结局的惊叹和惋惜。这两句诗既代替了对荆轲结局的正面叙述，又表达了所有同情荆轲、憎恨秦皇的人对荆轲功败垂成的无限遗憾心情。史传记载，当时确实有人发过这样类似的惊叹和惋惜的言论。“鲁勾践闻荆轲之刺秦王曰：‘惜哉，其不讲于刺剑之术也！’”这惊叹、惋惜、遗憾的话里是包含着丰富的潜台词的。这里，我们不妨引一段张岱《西湖梦寻》“施公庙”里的小故事：

> 施公庙在石乌龟巷，其神为施全，宋殿前小校也。绍兴二十年二月朔，秦桧入朝，乘肩舆过望仙桥，全挟长刀遮道刺之，透革不中，桧斩之于市，观者如堵墙，中有一人大言曰：“此不了汉，不斩何为！”

这个在刑场上骂刺秦桧失败的施全为“不了汉”的人，虽然粗鲁、简单，骂得难听，但他的话和鲁勾践的话，与陶渊明“惜哉剑术疏，奇功遂不成”，完全都是恨铁不成钢的口吻。朱熹有一段很著名的话：“陶渊明诗，人皆说是平淡，据某看，他自豪放，但豪放得来不觉耳。其露出本相者，是《咏荆轲》一篇，平淡底人如何说这样言语出来？”朱熹所谓“露出本相”，就是指陶渊明说出和荆轲同一立场的语言。“奇功遂不成”，用粗俗直率的话说就是：千载难逢的一台好戏，被他唱砸了！清代朱彝尊有一首《水龙吟·谒张子房祠》说：

> 当年博浪金椎，惜乎不中秦皇帝！

正是用和陶诗“惜哉”两句相似的口吻，非常痛快淋漓。

“其人虽已没，千载有余情。”这是接着惊叹、惋惜、遗憾的话又下一转语，作全诗的尾声，“其人虽已没”，也就是“奇功虽不成，其人虽已没”，但他千载之下依然是壮士，是英雄，令人同情，令人尊敬，我们不能以成败论英雄啊！正如司马迁所说：“自曹沫至荆轲五人，此其义或成或不成，然其立意较然，不欺其世，名垂后世，岂妄也哉！”“立意较然”，就是他的志向光明磊落，行动也令人佩服，并非盗名欺世的骗子。如果依照前引的某些粗鲁简单的说法，只有成功才算英雄，那么以后谁还为正义事业自我牺牲，英勇献身呢？如果有了百分之百的成功把握才去当刺客，没有任何甘冒风险，不怕牺牲的精神，那么荆轲不过是一个投机商，不值半分钱了。

（廖仲安）

谢灵运

登池上楼

潜虬媚幽姿，飞鸿响远音。
薄霄愧云浮，栖川怍渊沉。
进德智所拙，退耕力不任。
徇禄反穷海，卧痾对空林。

衾枕昧节候，褰开暂窥临。
倾耳聆波澜，举目眺岖嵚。
初景革绪风，新阳改故阴。
池塘生春草，园柳变鸣禽。
祁祁伤豳歌，萋萋感楚吟。
索居易永久，离群难处心。
持操岂独古，无闷征在今。

谢灵运是中国文学史上第一位大量创作山水诗的作家，具有开风气的特殊功勋。他出身于东晋大族，是谢玄的孙子，袭封康乐公，宋高祖刘裕代晋，降公爵为侯。少帝时曾出任永嘉（今浙江温州）太守，不久辞官归隐会稽（今浙江绍兴）。《登池上楼》这篇名作，就是写于他任永嘉太守之时。

全诗分三段。从“潜虬媚幽姿”到“卧痾对空林”，为第一段，内容写诗人出任永嘉太守时的心境。诗的开头“潜虬媚幽姿，飞鸿响远音”二句，运用比兴的手法。深藏的虬与高飞的鸿，意味着退隐与进取。虬潜藏时自赏的幽姿，鸿高飞时的响彻四方，无论进与退，都是那样悠然自得，而这些恰与诗人进退两难的处境构成了鲜明的对比。接着是“薄霄愧云浮，栖川怍渊沉”两句，则与“进德智所拙，退耕力不任”联系起来。五、六两句承前四句，刘履说：“言虬以深藏而自媚，鸿能奋飞而扬音。二者出处虽殊，亦各得其所矣。今我希近薄霄，则拙于施德，无能为用，故有愧于飞鸿。退效栖川，则不任力耕，无以自养，故有愧于潜虬也。”（《诗选补注》）此种分析较为深刻。“徇禄反穷海”句，“徇禄”指做官。“反”一作“及”。“穷海”，边远的海滨，指永嘉。《宋书》本传载：“少帝即位，权在大臣。灵运构扇异同，非毁执政。司徒徐羡等患之，出为永嘉太守。”“卧痾对空林”，则是叙述诗人在整个冬天，都是在病榻上渡过的，从而使全诗转入第二部分临窗远眺的描写。

从“衾枕昧节候”到“园柳变鸣禽”为第二段，写病中临窗远眺。“衾枕昧节候，褰开暂窥临”，是说长期卧病在床上，对季节的变迁很不清楚，久疾初愈不禁开帘窥望。前一句承“卧痾”而来；后一句与后面写景相呼应，从而开启下文。“倾耳聆波澜，举目眺岖嵚”二句，一写所闻，一写所见。“倾耳”，侧耳而听。“岖嵚”，山高险貌。这两句都是写远景。“初景革绪风，新阳改故阴”二句，言春去冬回。下面的“池塘生春草”上承所见，“园柳变鸣禽”上承所闻，言池塘之上春草蓊郁，园柳丛中多种鸟雀唱起了动听的新歌，都是写近景。此二句诗乃千古绝唱，妙在写得自然。钟嵘《诗品》“颜延之条”引汤惠休语说“谢诗如芙蓉出水”；《南史》又引鲍照语谓“谢公诗如初发芙蓉”。所言均为自然清新的意思。

从“祁祁伤豳歌”至全诗结尾，为第三段。“祁祁”句，语出《诗·豳风·七月》：“春日迟迟，采蘩祁祁，女心伤悲，殆及公子同归。”“祁祁”，众多貌。这句是说“采蘩祁祁”这首豳歌，使我悲伤。“萋萋”句，语出《楚辞·招隐士》：“王孙游兮不归，春草生兮萋萋。”“萋萋”，草茂盛貌。此句是说“春草生兮萋萋”这首楚歌使我感伤。就本诗结构言，“祁祁伤豳歌，萋萋感楚吟”，是上承“池塘生春草，园柳变鸣禽”二句，而又下启“索居易永久”等四句。《招隐士》是招引隐士的诗，所以由此才引起下文“索居”、“离群”等语。“索居易永久”，语出《礼记·檀弓》，子夏曰：“吾离群索居，亦已久矣！”“索居”，散居。“离群”，离开朋友。“索居”二句是说，离群索居容易觉得岁月长久，很难安心做到。此乃泛泛而论，下面的“持操岂独古，无闷征在今”二句，才说到作者自己。“持操”，坚持节操。“无闷”，语出《易·乾》：“龙德而隐者也，不易乎世，不成乎名，遁世无闷。”言有龙德而隐者，不为世俗易其志，不成其名，避世而无所忧。“征”，验。此二句言，坚持节操岂止古人能够做到，“遁世无闷”在我已征验实现了。作者在《永初三年七月十六日之郡初发都》一诗中说：“将穷山海迹，永绝赏心悟。”可见谢灵运本来就把出任永嘉太守，看作遁世归隐，所以此处才说“无闷征在今”。

陆机《文赋》说“诗缘情而绮靡”，即是说诗由情而生，其文采美丽繁盛。“缘情”，主要指诗的内容；“绮靡”主要指诗的形式。从魏晋时期作家的创作风尚考察，他们既重视“缘情”，又重视“绮靡”，其中谢灵运是追求诗的语言美的代表人物。张九成说：“灵运平日好雕镌。”（《溥南诗话》卷一）沈德潜也说：“谢诗追琢而返于自然。”（《古诗源》卷一〇）至于本诗中的“池塘生春草，园柳变鸣禽”二句，便是经过雕琢而返于自然，使人们看不到斧凿痕迹的极好例证。

（吴　云）

鲍　照

拟行路难（其六）

对案不能食，拔剑击柱长叹息。
丈夫生世会几时，安能蹀躞垂羽翼？
弃置罢官去，还家自休息。
朝出与亲辞，暮还在亲侧。
弄儿床前戏，看妇机中织。
自古圣贤尽贫贱，何况我辈孤且直！

鲍照字明远，东海（今江苏涟水北）人。他出身贫寒，虽然也步入仕途，但在“上品无寒门，下品无势族”的南北朝时期里，终生不得志，反做过诸如王国的侍郎、县令、中书舍人、参军等一类的小官。他和谢灵运、颜延之同时，都以诗著称，合称为“元嘉三大家”，其创作成就高于颜、谢，是我国文学史上杰出的诗人之一；然而，他在史书上竟无传，仅在《宋书》及《南史》的《临川王刘义庆传》中附带提及几句。他生前死后所受的待遇，是极不公平的。难怪钟嵘为之鸣不平说：“才秀人微，故取湮当代。”（《诗品》）仕途的艰难，待遇之不公正，长期刺激着鲍照，使他握笔疾书，笔锋指向黑暗如磐的社会现实。

此诗内容可分三段，开头四句为第一段。“对案不能食，拔剑击柱长叹息”起势不同凡响:对着几案吃不下饭,抽出剑来击柱,发出喟然叹息之声。这两句诗把诗人内心活动,痛苦极深的形象刻画出来了。特别是第二句的“拔剑”、“击柱”、“长叹息”的三个连贯的动作,更使诗人愤怒、失意的形象跃然纸上。“丈夫生世会几时,安能蹀躞垂羽翼”二句,乃是诗人长期被压抑,愤怒达到极点之后的呐喊:大丈夫活在世上,难道就这样窝囊地了此一生吗!“蹀躞”,小步行走貌。鲍照是个少怀壮志之人。《南史》本传载:“照始尝谒(临川王)义庆,未见知。欲贡诗言志,人止之曰:‘卿位尚卑,不可轻忤大王!’照勃然曰:‘千载上有英才异士,沉没而不闻者,安可数哉!大丈夫岂可遂蕴智能,使兰艾不辨,终日碌碌,与燕雀相随乎?’于是奏诗,(刘)义庆奇之。”虽然被刘义庆承认了,然而门阀社会的制度却长期压抑他,使他有才能无处施展。黑暗的官场生活,不能再忍受了,他要与之诀别。于是,诗转入第二段:“弃置罢官去”至“看妇机中织”。“弃置罢官去,还家自休息。”语调短促,愤然有力。由此我们想起了陶渊明的《归去来兮辞》。陶渊明也是看透了当时社会官场的黑暗,使他“口腹自役”,于是决定归隐了。归隐之际内心是痛苦的,态度是坚决的,然而行文的语气却较为和缓。而鲍照决定归隐时,其笔锋却饱含着怒气,不似渊明那样平和。归隐后以何为乐趣呢?鲍照写道:“朝出与亲辞,暮还在亲侧。弄儿床前戏,看妇机中织。”诗人要归返乡里,享受天伦之乐,以终其天年。社会太冷酷无情了,他急需在亲人的温暖中,寻求慰藉。写到此使我们又不禁想起了陶渊明归田后的生活:“悦亲戚之情话,乐琴书以消忧。”(《归去来兮辞》)相比之下,陶渊明的心境趋于旷达恬淡,而鲍照言外不免会有不平和感慨。诗的结尾二句为第三段:“自古圣贤尽贫贱,何况我辈孤且直!”这二句总结了中国古代正直知识分子的处境,以旷语自解,旷中含有激愤。尽管陶潜把归田写得如“羁鸟恋旧林,池鱼思故渊”一样自得,但是他想干一番事业的壮志,至死未泯,鲍照在这一点上与陶渊明是相同的。

鲍照诗的语言,明畅平易,质朴自然。本诗的六句五言,其句式章法颇像民歌,读起来给人以清新之感。钟惺评曰:“鲍照能以古诗声格作乐府,以五言诗入七言,别有奇响异趣。”(《古诗归》卷一二)他善于错综运用五七言句式,使诗的音节发生变化,内在情感产生起伏跌宕。如诗中七言句读来节奏宽缓,有一唱三叹之妙。又如“弃置罢官去,还家自休息”等六句五言,节奏加快,读起来朗朗上口,确有“奇想异趣”的效果。

李白和杜甫都喜欢鲍照的诗。李白曾在《行路难》中化用鲍照诗意。杜甫曾以“俊逸鲍参军”(《春日忆李白》)来称赞李白,于此也可看到鲍诗俊美洒脱、不同凡响的特点。

(吴　云)

沈约

别范安成

生平少年日，分手易前期。
及尔同衰暮，非复别离时。
勿言一尊酒，明日难重持。
梦中不识路，何以慰相思？

沈约字休文，南朝文学家，在宋、齐、梁三朝都做过官。范安成名岫，在齐朝曾任安成内史，所以别称“范安成”。沈约与范安成年轻时都以文才出众而受到齐文惠太子的礼遇，并曾同在文惠太子东宫任职。这首《别范安成》是沈约暮年赠别故人、抒发伤别情怀的诗。

诗的开头两句从追忆年轻时代总是将与朋友分别后的重逢看得很容易的乐观心态写起，自然引发并强烈反衬出随后六句层层深入表述的暮年惜别的感伤心绪：你我如今都已衰老，来日无多，已是不宜再分离的时候了。然而今日偏偏又将要分手，那就不要嫌弃我这一樽饯别的薄酒吧，因为今后也许就很难再有这样称觞共饮的机会了。别久思深，常常寄望于梦中相晤。据《文选》本诗李善注：战国时张敏与高惠二人为友，分别后，张敏梦中寻访高惠，半途迷路而回，如此者三。末联概括了这则故事，说分别之后，纵使我像古代的张敏那样在梦中去寻访远别的朋友，也会因不识道路而难以梦中相逢。那么，还有什么可以用来安慰我对你的无限相思呢？

齐梁时代，诗人们开始着意组织诗的声律，追求诗句声调的形式美，古诗开始律化，导致唐代出现完全律化的律诗和绝句。但在完全律化以前的过渡形态的诗被称为“新变体”。沈约是积极探索诗的律化的诗人，他在诗的声律方面提出“四声八病”说。他自己的诗作即非常注重声律、对仗，但是内容往往狭隘平庸。这首《别范安成》在沈约的新变体诗中是难得的佳作，诗写暮年朋友的别情，感情真挚，自然流出。诗的末联化用典故，但“用事不使人觉，若胸臆语也”（《颜氏家训》记邢邵评沈约诗语），因而此诗颇存古诗淳朴深厚的韵致。诗中“勿言一尊酒，明日难重持”二句，更或是唐代诗人王维赠别名句“劝君更进一杯酒，西出阳关无故人”（《送元二使安西》）的蓝本。

（倪志云）

谢朓

玉阶怨

夕殿下珠帘，流萤飞复息。
长夜缝罗衣，思君此何极。

此诗是模仿南朝乐府民歌而作的一首五言新体诗。《玉阶怨》原题见宋郭茂倩编《乐府诗集》，属《相和歌·楚调曲》。在古代歌辞中，它是与《婕妤怨》、《长信怨》等曲一样，专门描写“宫怨”的乐曲。

谢朓的《玉阶怨》是表现一位已有心上人，又被强行锁进深宫的少女强烈思念情人的怨歌。作者用的是先景语后情语，以景象渲染、烘托情感，又继以委婉抒情的写作手法。小诗写得清新流丽，语言精练，情味隽永。

首句“夕殿下珠帘”用不经意的一笔，点明了主人公的宫女身份和幽闭深宫的处境。夕阳下山，天色渐晚，纤纤素手轻轻放下卷着的饰有珍珠的帘子。虽然后宫殿堂高大，饰物华美，但是宫禁森严、重门深闭。生活在此间的少女就像被剥夺了自由和幸福的小鸟。放下的珠帘，像一道隔绝人世的屏障，暗示少女的青春和生命将在此虚度。

第二句“流萤飞复息”，飘忽不定的流萤又停歇下来。表明在时间上天色更晚了。本来，夜晚是萤火虫活动的时间，连萤火虫也已歇息，可见夜已深了。诗人在此用了一个“复”字，此所谓以虚字传神的妙笔。可理解为流萤从飞动到停歇，夜已深沉；更可理解为这样的情景是日复一日，年复一年，每晚都是如此。简单的一个“复”字，字少情多，直入幽微，把流年似水、光阴易逝、青春虚度、红颜暗老的意蕴全部表现出来。

有了前两句的渲染烘托，一个形只影单、百无聊赖、度日如年的少女形象已伸手可触。接下来的一句“长夜缝罗衣”，是不加任何藻饰的白描手法。怨深，夜深，不禁幽独之苦的少女，思君之情无从排遣，只好靠针针线线缝制罗衣来打发寂寞难耐的长夜。远离亲人的人，大概白天还好过些，到了夜深人静时，思念亲人的情绪就会一阵强似一阵在心头泛起，更何况这种相思是年年如此，夜夜如此呢！诗人表现这种情绪时匠心独运，不落窠臼，不直接道出少女愁肠万转的怨情，只用一个缝罗衣的动作委婉含蓄地表现出她凄凉寂寞的生活，折射出她的遭遇、处境和心情。虽然诗人不着一个“怨”字，但读者深知她有无限幽怨。从中也可见出诗人“不著一字，尽得风流”的艺术功力。

最后一句“思君此何极”是主人公直抒胸臆的慨叹：像这样无休无尽地思念情人，什么时候才是头啊！这是主人公感情压抑、积聚的结果。诗的前三句，诗人用珠帘、流萤、罗衣等景物构造出一幅有静有动的画面。随着时间的推移，少女思君的感情气氛被渲染烘托得越来越浓烈，末句突发慨叹，使得感情抒发既有水到渠成之妙，又收到满而发之之效，诗情也显得跌宕多姿而不呆板。末句口语的运用，明显表现出乐府民歌的影响。

谢朓新体诗直接影响到唐代律诗、绝句的形成。严沧浪说："谢朓之诗，已有全篇似唐人者。"(《沧浪诗话》)唐代一些著名诗人很重视谢朓诗，李白更在诗中屡次称引他的佳句。李白还曾用同样题目写出意境十分相似的诗作。由此足以说明谢朓诗歌对唐人深有影响。

(郇玉华)

晚登三山还望京邑

灞涘望长安，河阳视京县。
白日丽飞甍，参差皆可见。
余霞散成绮，澄江静如练。
喧鸟覆春洲，杂英满芳甸。
去矣方滞淫，怀哉罢欢宴。
佳期怅何许，泪下如流霰。
有情知望乡，谁能鬒不变？

谢朓字玄晖，陈郡阳夏(今河南太康附近)人。他和谢灵运是同族，所以有"小谢"之称。南齐王朝只有二十三年，却经历了七个皇帝。王朝的不断更迭，宗室的相互残杀，造成了极大的混乱。出身于世族的谢朓刚从荆州被召回京，不久又奉调出为宣城太守。此时他内心活动是极为复杂的。他非常担心王室内部斗争，把自己卷进去而丧命，能有机会到外地做官，可以避身远祸，因此他感到喜悦。但此去一行，不知何年才能返回，因此他对离京又有惆怅怀恋之情。谢朓怀着上述的矛盾心情，前往宣城赴任，在途中他写了这首诗。"三山"，在今南京市西南长江南岸，上有三峰，南北相接。"还望"，回头眺望。"京邑"，指南齐京城建业(今江苏南京)。

此诗分三部分。

第一部分只有两句："灞涘望长安，河阳视京县。""灞"，灞水，源出陕西省蓝田县，流经长安，过灞桥。"涘"，河岸。王粲《七哀诗》："南登霸陵岸，回首望长安。""河阳"，县名，故址在今河南孟县西。"京县"，谢诗此处指洛阳。潘岳《河阳县作》："引领望京室。"此处谢朓不直接写自己登三山，回望建业，而把人们所熟悉的王粲《七哀诗》和潘岳《河阳县作》中的诗句进行艺术加工，表达自己的心声。从全诗的结构来说，这是一个很好的开端。难怪钟嵘说他"善自发端"(《诗品》)。

第二部分写回首眺望京城，诗人所见到的景物，共为六句。"白日丽飞甍，参差皆可见。"是说回望京邑，只见日光照射在飞耸的屋檐上，屋檐高高低低，皆历历在目。诗人首先看到的是宫殿楼宇。这两句诗中的"丽"、"皆"二字用得好："丽"显示出光泽感，"皆"则表现了能见度。"余霞散成绮，澄江静如练。"是说仰视天空，只见余霞铺展开来像一片锦缎，澄清的江水如同白练。此乃千古绝句，其意境优美，颇为后人赞赏。李白的"解道澄江静如练，令人长忆谢玄晖"，即出于此。以上四句是写远景。下两句写近景："喧鸟覆春洲，杂英满芳甸。"意为啼声嘈杂的鸟群，覆盖了水中的小洲；各色各样的花丛，布满了芬芳的郊野。“覆”、“满”二字用得巧妙，“覆”字显示出鸟的众多，“满”字显示出花的盛开，使郊野呈现出一派生机。以上六句仅三十六字，作者却为我们绘出多层次的画面。画面充满了春天的气息，浓郁的诗情。诗句体现出作者对大自然有锐敏和细致的观察力，有高超的艺术表现技巧。

第三部分也是六句，作者从写景转入了抒情。“去矣方滞淫，怀哉罢欢宴。”“方”，将。“滞淫”，淹留，久留。王粲《七哀诗》：“荆蛮非吾乡，何为久滞淫？”“怀哉”，想念啊。“罢”，停止。“欢宴”，指故乡旧馆的宴游。这二句说京邑虽好，可是自己要离开它而在外久留，而我是多么想念那故乡旧馆的宴游生活。“佳期怅何许，泪下如流霰。”“佳期”，还京邑之期。“霰”，雪糁。此二句说何年何月才能回到故乡呢？诗人满怀惆怅，眼泪像雪珠一样滚滚而下。“有情知望乡，谁能鬒不变？”“鬒”，黑发。此二句是说有深情的人最懂得怀念故土，有谁不因此而愁得黑发变白呢？将要远离故乡，就预想到思乡的痛苦，情怀沉郁，这里交织着身世之感，蕴含着政治失意的悲凉之情。

从结构上来说，全诗的三个部分是紧相联结的。前两句在叙事中抒情，中间六句写景，最后六句抒情。开头和结尾部分是有机的组合，构成了全诗的中心，中间部分作为它们的反衬，把故乡的秀丽景色和望乡的凄切感情，紧紧地联系起来，从而使情与景水乳交融，意境层出不穷，而成为谢朓诗中千古不朽的篇章。

此诗讲究用韵。全诗押仄声韵，“县”、“见”、“练”、“甸”、“宴”、“霰”、“变”，韵调短促，声情契合，一、三、四、五联形成对仗，三联“余霞散成绮，澄江静如练”和四联“喧鸟覆春洲，杂英满芳甸”的对偶工稳已接近唐诗，诚如南宋严羽评谢朓诗时所说“已有全篇似唐人者”（《沧浪诗话》）。

由于谢朓诗讲究声律和对仗，他对永明体的形成做出了巨大的贡献。所谓永明体，是指南齐永明年间沈约、谢朓等人擅名诗坛，写诗研究声律，沈约创“八病”之说，以平上去入四声制韵，不可增减，时称“永明体”。此种五言古诗乃是向唐代律诗过渡的一种形式，它对唐代律诗的建立起了先导作用。为此后人说“玄晖诗变有唐风”（《岘佣说诗》）。唐代大诗人李白与杜甫，对谢朓诗都给予高度评价，李白说：“蓬莱文章建安骨，中间小谢又清发。”（《宣城谢朓楼饯别校书叔云》）杜甫说：“谢朓每篇堪讽诵，冯唐已老听吹嘘。”（《寄岑嘉州》）这说明谢朓在诗歌史上具有重要影响。

（吴　云）

何逊

相送

客心已百念，孤游重千里。
江暗雨欲来，浪白风初起。

何逊，字仲言，南朝梁代文学家，他的诗辞藻斐然，格调清新。《相送》是一首留赠送行的朋友的诗。诗的前两句写客处异乡已令人百感交集，何况此次自己又将独自远游千里呢？后两句写景，江雨欲来，云阴天暗，风翻白浪，逝水苍茫。这是分手之时的江上景色，仿佛信手写来，实是精心布置，景语之中，寓前途艰辛的忧怀，吐孤寂惆怅的悲情。何逊诗中写景佳句有婉巧入微、清机自引之妙。例如“游鱼乱水叶，轻燕逐风花”（《赠王左丞》）、“绕岸平沙合，连山远雾浮”（《慈姥矶》）、“岸花临水发，江燕绕樯飞”（《赠诸游旧》）、“薄云岩际出，初月波中上”（《入西塞示南府同僚》）等诗句，风华清迥，后来曾被杜甫采引或化用于自己诗中。《相送》后两句虽作景语，但字字浸透沉重的离情别绪。杜甫推服何逊，称“能诗何水部”，应是尤为欣赏何逊诗的状景精妙、能融情于景的特色。　　（倪志云）

阴铿

开善寺

鹫岭春光遍，王城野望通。
登临情不极，萧散趣无穷。
莺随入户树，花逐下山风。
栋里归白云，窗外落晖红。
古石何年卧，枯树几春空。
淹留惜未及，幽桂在芳丛。

阴铿，祖籍武威姑臧（今甘肃武威）人，祖上随刘裕南迁，家于南平（今湖南燕山）。以善五言诗著名，入陈，为始兴王中录事参军，迁员外散骑常侍。他作的《开善寺》诗，排列在《游始兴道观》后，所以这首诗是他在始兴王手下办事时作。这首诗称“王城野望通”，乃知开善寺在始兴王的王城外。始兴王见《陈书》卷二八《世祖九王传》：“始兴王（陈）伯茂，除（拜）彭城太守。”按陈时彭城已归北周，陈所置彭城，当在京口（今江苏镇江一带）。开善寺当在镇江。陈伯茂做彭城太守是在永定三年（559）十月，到天嘉二年（561）调任扬州刺史。这首《开善寺》诗当作于公元 560 至 561 年间。

这首诗开头说：“鹫岭春光遍，王城野望通。”“鹫岭”是用典，指中印度的灵鹫山，这里借指山。在山上充满春光，指开善寺在山上，登王城向野地里望去望得见。开头两句已写出开善寺的形势很好。次联“登临情不极，萧散趣无穷”，到寺里去登山临水情思无限，刘勰《文心雕龙·神思》：“登山则情满于山，观海则意溢于海。”这里可以登山临水，自然情思无限了。“萧散”，清闲舒散，有无穷的趣味。“情不极”、“趣无穷”是互文，即有无穷的情趣。三联写进入寺内，“莺随入户树，花随下山风”，这联写出山寺的特点。山寺有的窗是经常开的，所以有的树枝伸入窗内，树上的黄莺也跟着树枝进入窗内。这又写出僧人爱护鸟类，不加惊扰，所以这样。寺里的树在山上，风吹花落，花也随风飘下山去。这又写出游客上山，可以迎着风中的花上去。四联“栋里归云白，窗外落晖红”，寺在山上，山高，所以白云飘入栋里。凭窗远望，可以看到落日的红光照耀。五联“古石何年卧，枯树几春空”，再写寺中景物：有古石，不知何年运来躺在那里；有枯树，不知多少个春天不开花了。末联“淹留惜未及，幽桂在芳丛”，可惜未能滞留下来，等到秋天，欣赏幽雅的桂花在芳香的树丛中开花，散播芳香。

这首诗一开头就用佛家典故，称“鹫岭春光”，暗指佛寺。与“王城野望”相通，突出开善寺的气象来。次联抒情，结合登临来写。三、四、五、六联写景，写景有跟登临句相应的，如“花逐下山风”，“下山”与登山相应。“下山风”指在寺外所感。“入户树”指在寺内所见，“归云白”指从寺外向寺内看所见，“落晖红”指从寺内向寺外看所见。写古石枯树，又从时间着眼，有“何年卧”、“几春空”的想法。这样，虽用三联写景而各有变化，因此并不感到呆板。末联感叹不能久留来赏桂花，余味不尽。

全诗六联，除末联外，前五联都是对偶。同是对偶句也有变化，如：“鹫岭”与“王城”对，是名词与名词相对；“登临”与“萧散”对，是动词与形容词对；“莺随”与“花逐”对，是名动与名动相对；“栋里”与“窗外”对，则是名词与表方向的词两两相对。光看开头两字已有这些变化，结合全句来看，变化就更多了。

这首诗又是五律的先导，再进一步，就形成唐代的五律了。五律五言八句。这首诗五言十二句，只多四句。五律中四句对偶，首尾两句可对可不对。这首诗除尾联外都对。五律一联中要讲平仄调配，联和联间也要讲平仄调配。这首诗，就一联中平仄调配说，首联、二联的平仄和五律完全相同。就联和联间的平仄调说，首联和二联与五律完全相同，所以，这首诗又是唐代五律的先导了。（周振甫）

庾信

拟咏怀（其十一）

摇落秋为气，凄凉多怨情。
啼枯湘水竹，哭坏杞梁城。
天亡遭愤战，日蹙值愁兵。
直虹朝映垒，长星夜落营。
楚歌饶恨曲，南风多死声。
眼前一杯酒，谁论身后名。

《拟咏怀》的题目，即表明模拟阮籍《咏怀》之意。这组诗与子山代表作《哀江南赋》内容、感情多相近，因此，我认为二者应作于同一时期。

清代吴兆宜据本传谓《哀江南赋》作于子山暮年，近人又进而指实为周武帝宣政元年(578)，时庾信六十六岁。这种说法几乎成为定论，并且影响到对作于同一时期的《拟咏怀》的理解。然而，随着庾信研究的进展，人们对这种传统说法提出了质疑。首先，如果此赋作于六十六岁，那么，在赋中写到他感恩戴德的北周武帝时，却以其即位前的官职“大将军”相称，岂不有所亵渎？其次，《哀江南赋》歌咏了梁代的盛衰史，却偏偏不曾言及梁最后之主敬帝的死(公元558年4月)，原因何在？再者，《哀江南赋》不以抒发思乡之情为主，而是在对昔日祖国败亡经过的描述中，渗透了作者的情思，又应如何理解？旧说对上述疑点都无法回答。

学术界有《哀江南赋》为庾信入北不久即四十五岁(557)所作说。依这种说法，上述疑点都可得到恰当解释。从而，《拟咏怀》的创作时间也必然被提前到北迁之初。但是，《拟咏怀诗》是由二十七篇作品构成的组诗，似乎不应视为短时期内集中创作而成。《拟咏怀诗》中最晚的作品，当为公元563至564年庾信任弘农郡(今河南三门峡附近)守时所作。总之，我推测，《拟咏怀》为子山北迁后与《哀江南赋》同时创作，赋结篇之后，组诗创作仍在继续，至公元564年左右搁笔。

本篇为组诗中第十一首，当作于北迁之初，江陵惨变不久。

作品的第一联，作者首先写出秋景肃杀悲凉之中人心乃至世界的怨情。毫无疑问，这两句是化用《楚辞·九辩》中“悲哉秋之为气也，萧瑟兮草木摇落而变衰”句意，造成一种强烈的凄楚、忧郁气氛，笼罩全篇，也支配作者的诗情。同时，“摇落”句所表现的，恰恰是自然界与人事的双重凋零。可以说，它使人感悟到“天人合一”的深刻认识与丰富表现力，昭示出中国古典的优秀传统的层面。在这里，凋落的是什么，作者并不急于说出，引人注意的，是诗篇意境构成上的某种氛围。第二联伴随着凋落的“多怨情”，诗人写出自然界同人类社会的巨大变异。这就是，由于湘妃和杞梁妻悲痛欲绝的哭泣，湘水之竹枯萎，杞城之墙崩坏。作者并不直接点出巨变，而是间接地通过上句中帝之死、下句中夫之亡的著名悲剧典故，暗示出政治的瓦解。作者通过这两个典故，表现出政治巨变中受害最深的妃与妻以及她们伤心的程度，并借此突出了国家灭亡的悲剧。这一联表现出作者独特的视点。人们从湘妃绵绵不断的眼泪，往往联想到“斑竹”，这种具有传统特征的类型化的想象，易于产生广泛共鸣，但其感受的内涵未免肤浅。因此，庾信创作出新的意象，即在未亡人们悲痛之声的感应下，“湘水竹”竟至于枯死。竹的斑痕何在已是次要的，导致竹自身的死亡，足见她们的悲痛感人感物之深。再者，传说杞梁妻的痛哭产生强烈震动，连坚固的杞城墙都崩塌了。这种想象的本身已经陈旧。在诗中，作者的新意在于，他发现了春秋时杞梁故事同梁朝灭亡的联结点，字里行间，表现出从个人之死到国家之死的质的扩展，未亡人们的痛哭也和极度的丧失感结合在一起了。至第三联，诗人才正面写出梁的悲惨结局：江陵陷落，元帝和众大臣惨遭杀害。这是公元554年11月的事。前面“摇落”句所表现的，既是季节的凋落，更是十一月事变的政治凋落。在诗的构成上，至第三联才终于揭示事实本身，由这一点可以看出，这次政变给庾信心灵的创痛之深，是任何言词都无法描绘的。第四联写出岳阳王萧詧勾结西魏攻陷江陵之前的预兆。作者的诗情处于痛定思痛的状态中。“直虹”句用古人对天象的迷信，以为“虹头尾至地，流血之象”(《隋书·天文志》)；“长星”句用三国典故，诸葛亮伐魏，长星投亮营，亮卒于军。作者借这两种征兆写出江陵陷落前，梁王室的气数已尽。第五联则以“楚歌”、“南风”为特色的悲哀基调，使人感受到因国家灭亡而产生的忧伤。长期的南北朝对峙时代，将以南朝灭亡而宣告结束。作品所表现的强烈的南方意识，通过两则典故表现得更加深沉。“楚歌”用《史记》典，项羽被围于垓下，汉军四面皆楚歌。“南风”句出自《左传》，师旷说：“南风不竞，多死声。楚必无功。”两则典故都叹惋楚的不幸。梁都江陵，为楚故地。叹惋楚，也正是叹惋梁。楚国典故透出梁朝的影子。最后一联抒发了作者作为梁朝重臣的全部努力归于泡影，一切都无可挽回地幻灭的叹息，表现出他的精神的崩溃。如果庾信作为梁的特使同西魏和谈成功，他的功名自会垂于后世。可是，同他的愿望相反，他的出聘遭到挫折，西魏并未停止侵犯江陵。对于负有挽救梁朝命运之责的人来说，他的胸中激荡着不体面的、耻辱的感情。摆脱这种心境和精神狂乱的，只有饮酒。可是，在这个阶段，不仅过去的悲剧，连同他的未来也都黯然失色。酒并没有也不可能使他心潮平静，反而使他跌落到更深的悲伤之中。

（[日本]加藤国安）

拟咏怀(其二十一)

倏忽市朝变，苍茫人事非。
避谗犹采葛，忘情遂食薇。
怀愁正摇落，中心怆有违。
独怜生意尽，空惊槐树衰。

这首诗的创作时间，据“遂食薇”句推断，当在无可奈何地归顺西魏之后。“中心怆有违”句表明诗人尚处于苦恼之时：对梁，他已绝望；对西魏，他还没完全停止抵制。尖锐的矛盾交织于内心。因此，这首诗大约作于公元556年即诗人四十四岁之时。第一联用古乐府《出夏北门》典故，以集市和朝廷的变故，隐指梁朝的灭亡，社会陷入破败、混乱之中。“倏忽”二字既表现出江陵被攻破的迅速，也表现出诗人对这骤变缺少必要的精神准备。“苍茫”含有荒凉、渺茫、颠沛等意味，在这里用以表现作者的极度悲伤。后来，杜甫常使用“苍茫”这个富于感情色彩的词语，正可看出庾信锤炼诗句的影响。这里一个“变”、一个“非”，隐括了多少惊魂散魄的噩耗。第二联的“采葛”、“食薇”，历来解释较充分。只是还未能参透“避谗”二字的真意。一般认为，诗人在江陵时，为避谗言而出使西魏。可是，这种说法，就把在国家危急存亡之际肩负重大使命的活动，误解为过于自私自利的消极的行为了。庾信奉梁元帝的钦命，成为参与重大机密的使者。这一点在子山其他作品中讲得很清楚，如能参照发明，就不至于误解。诗人的《拟连珠》(其二十八)很值得重视。其中写道：“是以韩非客秦，避谗无路；信陵在赵，思归有年。”韩非身居敌国，不能躲避谗言，终于客死于秦；魏国的信陵君居赵十年，始终思念自己的祖国。韩非和信陵君都成了诗人的依托，这是不言自明的。由此就应对“避谗”从新的角度进行解释，即处身敌国西魏的自己，必须以韩非为鉴，免遭谗言，设法活下去。昔日梁朝重臣王褒、庾季才、宗懔、裴政等很快也归降了西魏。当庾信密谋复兴梁朝之时，西魏方面对他的诽谤中伤恐难避免。诗人处于孤立状况中敢于抵抗西魏，打算做一个身陷敌国却能守节不移的隐士。这种心情在《奉和永丰殿下言志》、《竹杖赋》等作品中都曾见诸歌咏。然而，庾信内心冲突的结果是，终于去国背恩，食异朝之粟。诗人变节前后心中的烦闷，在《小园赋》、《哀江南赋》等作品中都有所表现。庾信坠入这种境地的原因是多方面的：梁朝重臣几乎都投降了西魏；在江陵破败的旧址建立了西魏的傀儡政权后梁；更严重的事则发生在建康，王僧辩、陈霸先推动敬帝即位，之后，二人反目，公元555年，复兴梁朝的支柱王僧辩被陈杀害，此后，江南的命运便掌握在这个无能集团的首领陈霸先手中。关键的问题是，复兴梁朝已经毫无可能。在这种情况下，庾信羁留北朝已到了决定性的时刻。他被迫在生和死这个极限内作出抉择。公元556年，庾信已失去全节的可能，遂踏上了耻辱的道路。“三年囚于别馆”（《哀江南赋序》）所说的囚徒庾信，此时也停止了抵抗。可是，变节之举伤害了他的自尊心，他的苦痛也进一步内向化了。第三联表达了诗人心境由忧愁向“摇落”的沉沦。投降西魏而产生的烦恼无法解脱。“怆有违”正表明不得已而为之导致了内心的痛苦。最后一联以槐树枯死自拟，透露出诗人生气殆尽的心态。类似的表现手法在《枯树赋》中也可以看到，两者当属同期之作。探究梁朝灭亡的严肃责任，自然可以着眼于自身之外，可是，归降西魏的动因，却只能求诸自身。因此，这时的庾信处于极度内省与深刻的自相矛盾之中。《拟咏怀》与《哀江南赋》共同构成庾信文学的缩影。这组诗中多层面地歌咏了诗人的情愫：对祖国政治腐败的慨叹，对西魏入侵的遗恨，生离死别、国破家亡的悲哀，对祖国失节的内疚，苟活于异邦的耻辱与自责，对祖国的怀念等等。如果直截了当地指出庾信文学的特征的话，可以说就是对昏乱政治的诅咒，对理想政治的渴望。这种特征表明，长期南北对峙政局下，中国知识分子久已失落的对国家、政治的良心和责任感的回归及与之伴生的苦痛。同宣告南北朝对峙结束相对应的，是他那具有宏大音阶的抒情诗一扫旧日诗坛纤弱、消极的诗风，再现了作为中国文学优良传统的“风雅”精神，为不久后的杜甫的现实主义、理想主义诗风奠定了基础。（[日本]加藤国安）

重别周尚书二首（其一）

阳关万里道，不见一人归。
唯有河边雁，秋来南向飞。

周尚书，名弘正，字思行。梁元帝时为左户尚书，与庾信交谊甚厚。后又成为陈武帝（陈霸先）的太子詹事，继迁侍中、国子祭酒等职。他曾于陈文帝天嘉元年（560）三月奉使至北周，天嘉三年自周还陈，庾信作诗赠别。因先已有《送周尚书弘正二首》，所以这两首题为“重别”。本诗原列第一，写出因周之南归而触发的故国乡关之思。

“阳关”，古关名，在今甘肃省敦煌市西南，玉门关之南。二关皆为古代出塞行经之地。这里借指诗人当时所在的长安。之所以要用“阳关”代“长安”，是为了说明自己羁留长安，和江南故国相去甚远；所谓“万里”，是夸张说法。这与诗人在《寄王琳》“玉关道路远，金陵信使疏”诗句中以“玉关”代“长安”，用意相同。久羁北地的诗人，尘世沧桑之感填满他的胸臆，到了晚年，人生的悲欢离合、酸甜苦涩的诸般感受，在他心灵深处，积淀成一种单纯而执著的情愫——难忘乡关故国情！因之，眼见故人南归成行，联想一己孤老异地，南归无望，怎么不怆然伤怀？于是心随笔到，慨然兴叹。后两句以秋雁南飞比喻弘正南返。故人此去，如秋雁渡河向南，而自己却寄人篱下，身不由己。人不如鸟的沉痛、怨愁，溢于言外。清人沈德潜评此诗说：“从子山时势地位想之，愈见可悲。”（《古诗源》）细味之，诚然。

本诗用语，清新而苍劲，与诗人早年华艳的诗风迥异，见出诗人入北后诗风转变的轨迹，南北诗风合流的趋势，也显示出诗人研磨音声字辞，驾驭语言的功力。五言小诗，形式短小，容量有限，刚一开篇便面临结束，只有诗家高手方能游刃有余地完成诗意的转折，使全诗意境完整，神韵天然。以这首小诗为例，二、三两句，以“不见”与“唯有”对举，转折自然巧妙，情景妙合无垠。又以“人”与“雁”比衬，意象鲜明而精警，添人凄然之思。隋代薛道衡诗云：“人归落雁后，思发在花前。”（《人日思归》）构思立意与庾信诗意近似。在斟音酌句方面，本诗音声流美谐和，俨然唐人五言绝句的体势。平仄粘对、押韵，已合五绝的格律（至于个别字音调失谐，在格律诗成熟的盛唐诗歌中，也非罕见）。齐梁以来兴起的“新体诗”，经过沈约、谢朓、阴铿、何逊诸人的努力实践，到庾信手中，已趋向格律化，开唐代近体诗之先声。清人刘熙载评庾信诗说：“庾子山《燕歌行》开唐初七古，《乌夜啼》开七律，共他体为唐五绝、五律、五排所本者，尤不可胜举。”（《艺概·诗概》）从这个角度看，庾信确是六朝诗歌向唐诗转变过程中一个代表性作家。

（林家英）

南朝民歌

三洲歌（其一、其二）

送欢板桥湾，相待三山头。
遥见千幅帆，知是逐风流。
风流不暂停，三山隐行舟。
愿作比目鱼，随欢千里游。

南朝时，在我国长江中下游流传着许多抒发男女恋情或相思愁苦的民歌，《三洲歌》就是其中的一种。《三洲歌》的曲调相传为商人所创，《旧唐书·音乐志》：“三洲，商人歌也。”陈朝释智匠在《古今乐录》中也说：“《三洲歌》者，商客数游巴陵、三江口往还，因共作此歌。”郭茂倩《乐府诗集》收《三洲歌》三首，均为女子所唱，抒发她们的离情别绪和相思愁苦。其体制为五言四句的短章，各自独立，又有着内在的联系;风格清新,情味隽永,富有浓厚的生活气息。

先看第一首。"欢"是古时男女相爱时,女子对自己爱人的昵称,也就是情郎。前两句之间的跳跃性很大,前句说刚刚在板桥湾送别自己的情郎,对句接着就说在三山头等着情郎归来。抒写离别和相思,不是泛泛地言离愁有多深,相思有多浓,却用这样具有极大跳跃性的时空转换来强调和突出,恰好地体现出抒情主人公不忍与自己的情郎分别的深挚情意。

这位女子在三山头等待着情郎的归来,她纵目所见的,只是江上千帆竞逐,却不见情郎归来。于是,她的心田升起一丝淡淡的担忧和对情郎的抱怨之情:我知道,你久久不归,是因为你在外有了风流韵事。末句中的"风流"是双关语,表面是指风和流水,实即指风流韵事。这里,抒情主人公以眼前所见的"风流"作双关语,表达自己的担心和对情郎的抱怨,使诗思婉转含蓄,同时也显示出民间作者丰富生动的想象力。

第一首抒写离情相思和对情郎的抱怨之情,下一首则侧重写抒情主人公的美好愿望。前两句还是承前一首的意脉而来,其表层意义是,风不停地吹,水不停地流,船也不停地远去,最后隐没在三山之中;而其深层意蕴却是,如果情郎你对风流韵事的追逐一刻不止,那么你永无回到我身边之时。

情郎不归,而心头又不能忘却他,怎么解决这个两难问题呢?下面两句道出了抒情主人公的美好理想:"愿作比目鱼,随欢千里游。""比目鱼"即"鲽",旧说这种鱼只一目,须两两相并才能游行。《尔雅·释地》:"东方有比目鱼焉,不比不行,其名谓之鲽。"《吕氏春秋·遇合》:"凡遇合也时,不合,必待合而后行。故比翼之鸟死乎木,比目之鱼死乎海。"抒情主人公以比目鱼作比喻,希望自己能随郎行千里,永远不分离。这种设想固然天真,但完全合乎情感逻辑,因而真实感人,同时,也表现出民歌直率明快的风格特征。

(平慧善　傅　易)

华山畿(其一)

华山畿!
君既为侬死,独生为谁施?
欢若见怜时,棺木为侬开!

《华山畿》属乐府"吴声歌曲",是南朝时流行在长江下游的民歌。《乐府诗集》中收入二十五首,这是第一首,也是该题的本辞,与发生在华山畿(jī 机,垠,山边)地方的一个动人的爱情故事有关。据《古今乐录》记载:"(刘宋)少帝时,南徐(今江苏丹徒)一士子,从华山畿往云阳(今江苏丹阳),见客舍有女子,年十八九,悦之无因,遂感心疾。母问其故,具以启母。母为至华山寻访,见女具说。闻感之,因脱蔽膝(围裙),令母密置其席下,卧之当已。少日,果差(果然病好)。忽举席见蔽膝而抱持,遂吞食而已。气欲绝,谓母曰:'葬时车载从华山度。'母从其意。比至女门,牛不肯前,打拍不动。女曰:'且待须臾。'妆点沐浴,既而出,歌曰:'华山畿!君既为侬死,独活为谁施?欢若见怜时,棺木为侬开!'棺应声开,女透入棺。家人扣打,无如之何，乃合葬。呼曰‘神女冢’。”

这是一首痴情女儿沉痛、哀婉的恋歌，更是一个刚烈女儿殉情所爱的誓词。正当妙龄的青春儿女，本应享受到他们应得的幸福，然而，爱情的花苞还来不及绽放，就匆匆地凋谢！根据上述故事的提示，男儿欲爱而不能，竟吞蔽膝而丧命；女儿为之所感动，高山流水，犀心相通，竟殉情入棺。生不能共枕席，死方得求合葬！这是怎样的一个让人心魂震撼的人生悲剧啊！看来不合理的情节，虽离奇，带有浓郁的浪漫主义色彩，然而它折映出封建社会中青年男女在封建礼教的压迫、束缚下的痛苦和不幸和他们对所爱(哪怕是一见钟情的爱人)执著无二的忠诚。正如《华山畿》另一首歌辞所咏：“奈何许！天下人何限，慊慊只为汝！”俄国作家列夫·托尔斯泰说：“一个男人爱上一个女人的时候，这个女人便是世界上最好的；每个男人永远爱着那个最好的女人，这已经是信仰了。”(引自高尔基《列夫·托尔斯泰》)由执著专一而痴，而死，而殉情！拿生命作孤注一掷，这不是轻率地玩弄人生，不是懦弱者的逃避现实，而是一种信念的昭示：爱情重于生命，爱情超越生命；不自由，毋宁死！悲剧的蕴意包含着当时人民对恋爱、婚姻自由的愿望，同时也是对扼杀人性，以礼教的教条勒粹青年男女心中美好情愫的封建伦理观念的大胆反抗和挑战！有人说：爱情是两个相似的天性在无限感觉中和谐的交融。可这对痴情男女，生前连一句话儿都不及沟通，却如此一致地默契，以生命殉情，这哪里是“发乎情，止乎礼义”的封建礼教所能约束得住的？读了这首古老的民间情歌，令人想起刘兰芝和焦仲卿、杜丽娘、林黛玉和贾宝玉等不朽的艺术典型，它们像一座座爱情的丰碑，矗立千古，显示出严肃而崇高的人性美，陶冶着读者心灵中的真善美情操，使假恶丑自然“曝光”。

这首诗以一位痴情而刚烈的少女的口吻述情叙事，一连串急促、痛楚的话语，将少女心中情、爱、怨、恨的感情波涛，淋漓尽致地倾泻出来。她的言和行，虽离开常理，却“无理而妙”，不如此，反而不足以骋其情，抒其怀。读了这首诗，我们不禁想起汉乐府《上邪》：“上邪！我欲与君相知，长命无绝衰。山无陵，江水为竭，冬雷震震，夏雨雪，天地合，乃敢与君绝！”也是用女子的第一人称的口吻写出。主人公指天发誓，一气呵成，用一连串违背常理的比喻，表示对爱情的坚贞不渝。两首民歌在抒写爱情极致这一点上，前后辉映，异曲同工，只不过一于痴情中蕴撕心裂肺之沉痛，一于痴情中见热烈浪漫之风韵，共同表达出中国女性忠于爱情的优美品德，令百代读者回肠荡气。

(林家英)

读曲歌(其七十六)

暂出白门前，杨柳可藏乌。
欢作沉水香，侬作博山炉。

这是一位热恋中的女性向所爱者倾吐柔情蜜意的歌唱。本诗亦见于《清商曲辞·杨叛儿》八曲。

“白门”，即六朝时建康城(今江苏南京)正南门——宣阳门。南朝民间情歌多提到白门，诗中当是指男女幽会的地方。首句发端“暂出”二字，状少女步出闺门时既喜且惊（畏人言）、悠长细腻的心态，真实生动。第二句是少女即目所见：“杨柳可藏乌。”为情人相会点染了一个幽秘、宁静的环境，然又不仅仅在写景。掩卷思之，其味无穷。苍茫暮色中，杨柳千丝，既可藏乌，又何不能藏人？在热恋中的人看来，这简直是爱情的“圣地”。“昔我往矣，杨柳依依”（《诗·小雅·采薇》），杨柳，那因风轻飏柔丝，似有无限依人的柔情。自《诗经》以来，杨柳（实际上是柳）便成为古典诗词中极富民族情韵的意象。加之“柳”音谐“留”，又往往作为挽留、惜别情绪的寄托。如李白诗：“春风知别苦，不遣柳条青。”（《劳劳亭》）刘禹锡诗：“清江一曲柳千条，二十年前旧板桥。曾与美人桥上别，恨无消息到今朝。”（《柳枝词》）柳永词：“杨柳岸、晓风残月。”（《雨霖铃》）均含惜别、伤怀的愁绪。本诗中的“杨柳”，其蕴意当也含有召唤、挽留、抚慰等依依不舍之柔情，显示出平凡单纯而又丰富不凡的情味。诗的后半运用比喻象征谐美理想的爱情境界。吴地方言，“欢”，是女子对情人的爱称。“侬”，是女子自指。女以“沉水香”自比。“沉水香”，又名沉香，是一种香木，为著名熏香料。“博山炉”，是盛行于汉及魏晋以来的一种焚香用的器具，炉盖雕镂成山形，上有羽人、走兽等形象，故名。这两句比喻巧妙高雅，意境深邃美丽。均属名贵的“博山炉”和“沉香木”，分别指代男女二人。而香和炉互为依存的关系，正好象征男女之间难分难舍、两情如一、馨香四溢、温柔缠绵的情爱，含蓄隐约而不过于骜曲晦涩，热烈而不粗俗。

通读全诗，无论景中含情还是巧设比喻，都做到了出语自然，婉转圆润，洋溢着生活气息和真挚情意，显示出民间情歌独特的风神韵致。唐代大诗人李白深受六朝民歌的感染，深得六朝民歌之韵致，所作《杨叛儿》一诗，发展了古辞的旨意。诗云：“君歌杨叛儿，妾劝新丰酒。何许最关人？乌啼白门柳。乌啼隐杨花，君醉留妾家。博山炉中沉香火，双烟一气凌紫霞。”前四句以具体情节渲染了古辞的诗意，热烈华艳，大胆而无所顾忌，反映出盛唐自由解放的时代精神，与古辞浑然隽永的韵致相比，各异其趣。

已故文学史家郑振铎先生曾用诗一般的语言高扬六朝民歌的魅力。他说：“人类的情思寄托不一端，而少年儿女们口里所发出的恋歌，却永远是最深挚的情绪的表现。……他们陶醉，陶醉得象一个少女在天阴雪飞的下午，围着炭炉，喝了几口甜蜜蜜的红葡萄酒，脸色绯红得欲燃，心腔跳跃得如打鼓似的半沉迷、半清醒的状态之中。总之，他们的歌声乃是永久的人类的珠玉。”（《插图本中国文学史》第一册）可谓深得民歌审美三昧之卓见。（林家英）

西洲曲

忆梅下西洲，折梅寄江北。
单衫杏子红，双鬓鸦雏色。
西洲在何处？两桨桥头渡。
日暮伯劳飞，风吹乌桕树。
树下即门前，门中露翠钿。

开门郎不至，出门采红莲。
采莲南塘秋，莲花过人头。
低头弄莲子，莲子清如水。
置莲怀袖中，莲心彻底红。
忆郎郎不至，仰首望飞鸿。
鸿飞满西洲，望郎上青楼。
楼高望不见，尽日栏杆头。
栏杆十二曲，垂手明如玉。
卷帘天自高，海水摇空绿。
海水梦悠悠，君愁我亦愁。
南风知我意，吹梦到西洲。

这首《西洲曲》最早著录于南朝徐陵编辑的《玉台新咏》，署名为江淹作。宋郭茂倩编《乐府诗集》将这首诗归入《杂曲歌辞》，题为《古辞》。清沈德潜编《古诗源》录此诗于梁武帝名下，又附注："一作晋辞。"从这首诗浓郁的民歌气息来看，恐怕不是江淹或梁武帝所能创作。但从此诗语言润饰的优雅、风格的精丽等特点来看，显然也不是民歌本色。因此，现在一般认为这首《西洲曲》是南朝时期产生于长江流域、经过文人修饰的一首民歌。

这首诗歌描写的是一位江南女子对情郎的思念和盼望的脉脉情怀。

"忆梅下西洲，折梅寄江北。单衫杏子红，双鬓鸦雏色。"诗的开头四句为一节。前两句用仿佛是自述的口吻，首先交代了全篇爱的相思的主题及相思的起因。西洲应是这位江南女子曾与情郎幽会而留下美好记忆的地方。西洲的梅花，也就成为她与情郎相爱的见证和象征。又是梅花开放的时候，而如今情郎却人在江北。她回忆往日的温情，特地到西洲折来一枝梅花，寄给江北的情人，以表达脉脉的相思。后两句是以描述者的语气，用写意的笔法，简略而鲜明地勾画出美丽的女主人公。这就进一步明确了这首诗歌所咏唱的是一位美丽少女的纯洁的爱情。此后笔锋一转，"西洲在何处？两桨桥头渡。日暮伯劳飞，风吹乌桕树。树下即门前，门中露翠钿"。这一节中的前四句一韵，描绘了牵动女主人公情怀的西洲与其住处相邻近的空间背景以及这位女子住处的环境景物。而在环境中突出描写"风吹乌桕树"，应是用乌桕这种"微霜未落已先红"的树木暗示春去秋来的时光的流转。后两句随描写"镜头"推近到"门前"、"门中"，重又出现女主人公的特写。而以"门"这一焦点为联系，又自然转入下一节的描写："开门郎不至，出门采红莲。采莲南塘秋，莲花过人头。低头弄莲子，莲子清如水。置莲怀袖中，莲心彻底红。"这一段呼应开头两句已经描述的女主人公的相思之情及折梅寄远的活动，进一步展开来写这位江南女子爱情的深挚。开头两句写的是春天忆梅、折梅、寄梅的情事，随后以对空间环境景物的描绘以及其中暗含着的时间的流转为过渡，自然转换到这一组初秋采莲相思的镜头。一枝梅花在春天里寄往江北，但直到秋天，仍然不见思念的人到来。采莲应理解为是这位江南女子生活中必须从事的劳动（如果认为采莲只是她为排遣相思的寂寞而偶然为之的活动，也就难免会误认为她是一个生活空虚、情调感伤的士女。但“西洲在何处？两桨桥头渡”，已表明女主人公是一位能够自己动手划船的劳动女性）。但即使是在采莲劳动中，她也时时不能忘怀情郎。眼前物“无情有思，萦损柔肠”。这一节中充分运用民间文学谐音隐喻的手法，“莲子”喻“怜子”，“莲心”喻“怜心”。“清如水”犹言“情如水”，即爱恋之情纯洁如水。“彻底红”则表示爱情的至深和热烈。“忆郎郎不至，仰首望飞鸿。鸿飞满西洲，望郎上青楼。楼高望不见，尽日栏杆头。栏杆十二曲，垂手明如玉。卷帘天自高，海水摇空绿。”这一节写女主人公深情而焦灼的思念和盼望。鸿雁已从江北向江南飞来，这位少女登楼竟日不已地向北眺望，却仍不见情郎归来的身影。江水茫茫犹如无边的海洋，天高水远，人各一方。“海水梦悠悠，君愁我亦愁。南风知我意，吹梦到西洲。”诗的最后四句为一节。女主人公执著地相信情郎一定也如自己一样满怀着爱的回忆和渴望。那么既然情郎滞留远方不能归来，也希望南风有情，为人吹梦，使自己和情郎能在梦中重到西洲相会。这是女主人公对爱的坚贞不渝的追求。

这首《西洲曲》是从古诗向近体诗转变时期的作品，因而能自然地在古诗基调中结合运用了近体诗的声律，使声韵摇曳，富于变化，而又极为和谐流畅。诗中多用顶联珠的接字句法，连跗接萼，宛转回环，既使不同情景画面续续相生，又细致地表现了女主人公缠绵不断的脉脉情思。诗中四句或两句一换韵，犹如绝句数首，攒簇成篇。虽然它本身还是五言乐府，但它对初唐七言歌行的影响却是巨大的。

（倪志云）

北朝民歌

木兰诗

唧唧复唧唧，木兰当户织。不闻机杼声，唯闻女叹息。问女何所思？问女何所忆？女亦无所思，女亦无所忆。昨夜见军帖，可汗大点兵。军书十二卷，卷卷有爷名。阿爷无大儿，木兰无长兄，愿为市鞍马，从此替爷征。

东市买骏马，西市买鞍鞯，南市买辔头，北市买长鞭。旦辞爷娘去，暮宿黄河边，不闻爷娘唤女声，但闻黄河流水鸣溅溅。旦辞黄河去，暮至黑山头，不闻爷娘唤女声，但闻燕山胡骑鸣啾啾。

万里赴戎机，关山度若飞。朔气传金柝，寒光照铁衣。将军百战死，壮士十年归。

归来见天子，天子坐明堂。策勋十二转，赏赐百千强。可汗问所欲，木兰不用尚书郎，愿借明驼千里足，送儿还故乡。

爷娘闻女来，出郭相扶将；阿姊闻妹来，当户理红妆；小弟闻姊来，磨刀霍霍向猪羊。开我东阁门，坐我西阁床。脱我战时袍，著我旧时裳。当窗理云鬓，对镜贴花黄。出门看伙伴，伙伴皆惊惶。同行十二年，不知木兰是女郎。

雄兔脚扑朔，雌兔眼迷离；双兔傍地走，安能辨我是雄雌！

《木兰诗》也作《木兰辞》，是一首优美动人的叙事诗，叙述女英雄木兰替父从军的故事。在乐府诗中，它属于《横吹曲辞》。关于《木兰诗》产生的时代，虽有多种说法，但不会产生在陈朝以后，因为陈朝释智匠的《古今乐录》中已见诗题。从诗中的地名看，诗的时代背景，当与北魏和柔然族的战争有关；而游牧民族强悍尚武的社会风气则是它产生的社会基础。

为了塑造木兰的形象，作者选取了广阔的生活画面进行描写。从时间上说，前后长达十多年；从地域来说，涉及家庭、乡里、战场和朝廷。对这样丰富的生活内容，作者以“木兰是女郎”为准则进行了精心剪裁，使全诗繁简得当。因此，作者对木兰从军前后则重着笔墨，而对其从征、建勋、辞谢官禄则简笔勾勒，使木兰这个形象具有浓厚的人情味。

诗歌的结构是按时间发展的先后顺序安排的。

从“唧唧复唧唧”到“从此替爷征”为第一段，写阿爷因故不能去作战，木兰决心替父从军。从军缘起写得相当繁复。作者不是一开始就直接交代木兰从军的原因，而是首先描绘木兰的忧愁情态：“唧唧复唧唧，木兰当户织。不闻机杼声，唯闻女叹息。”当户而织，说明木兰是一个辛勤劳动的女子，而不是侯门小姐。本应听到她织布的声音，而听到的却只是她的叹息声。一个“唧唧”就已经说明在叹息了，又重之以“复唧唧”，作者还觉得意犹未足，最后又强调“唯闻女叹息”。作者这样不厌其烦反复强调，是为了表现木兰的忧愁之深。通过这连接不断的声声叹息，我们仿佛看到一个充满忧愁、充满苦闷的木兰站在面前。她的忧愁感染了读者，也攫住了读者的心。读到这里，读者不禁要问：“她为何叹息？她有何忧愁？”“问女何所思”以下十二句，先用重复的设问和否定句的连用渲染气氛，气氛渲染足了，最后才告诉我们：木兰忧愁叹息，是为了征兵一事。这样一下子就把替父从军的内容突出来了，木兰的愿望是“愿为市鞍马，从此替爷征”。

从“东市买骏马”到“但闻燕山胡骑鸣啾啾”为第二段，写木兰紧张地做好准备工作，迅速从家出发和赴战途中的见闻感想。先就“愿为市鞍马”做文章，东西南北市都写到了，作者用这种排比句式，一方面写家人对木兰从军的重视，要采买上好的用品，另一方面，则写战事紧迫，时间紧张，渲染出战事紧张的气氛，因而虽句多而不厌其冗累。诚如谢榛所说：“若一言了问答，一市买鞍马，则简而无味，殆非乐府家数。”（《四溟诗话》）就“从此替爷征”做文章，真正描写战争的笔墨极简，而赴边途中却写得极其细致，且叙事与抒情交替进行。叙事用相同的句式，只是通过几个地名的变换，便概括了整个行程。两层在“黄河”和“黑山”宿营的描写极婉转地形容出一个初离父母出征的少女的新奇感受，这一自然而合情合理的情节突出了木兰的女性特点；同时，那种对父母的拳拳深情，也十分感人。“不闻爷娘唤女声，但闻黄河流水鸣溅溅”和“不闻爷娘唤女声，但闻燕山胡骑鸣啾啾”，单句抒情，对句融情入景，以景写情，情景兼到，尤觉意味深长。

从“万里赴戎机”到“壮士十年归”为第三段，概括地叙述木兰十年的征战历程。作者写木兰从军征战，只以“万里赴戎机”四句，以极其精练的笔墨勾勒出她万里驱驰、战事艰苦的戎马生活的一斑，接着两句则把十年中无限复杂的战争经历轻轻一笔带过。总之，木兰在军中英勇作战的描写都省略了，而只从后面的论功行赏中暗示出来。

从“归来见天子”到“送儿还故乡”为第四段，写木兰入朝受赏，辞赏还乡。木兰出色地完成了出征任务，并建立了极大的功勋，天子要赐她高官厚禄。“策勋十二转”，是说论功给她评定了很高的等级，她却辞谢归家。对此，作者虽只用了八句，却既写了天子的态度，也写了木兰的要求，写得非常简练。对于她不愿作官而只愿还乡，我们不必硬给加上什么鄙视高官厚禄的意义，因为她是一个隐蔽着的女性，在当时的历史条件下，这是她必有的心情，也是她必然的选择。

从“爷娘闻女来”到“不知木兰是女郎”为第五段，写木兰到家，受到热烈欢迎，显出女郎面目后，令战友们惊惶。这段首先用三组复叠句式极力铺写木兰抵家时家人欢腾的情景，并写出了不同人物的特点，形象非常生动，栩栩如在目前。作者选择写人物的行动，是为了创造出一种热烈欢乐的气氛，使人们感到木兰的家充满着浓厚的人情味，这是木兰热爱、思念的原因。在这种特定的艺术氛围中，诗中的主人公木兰走进了久别的家门。接下去作者省略了木兰同家人见面、畅叙别情的描写，而是连用几个排比句，从描写她急于回到日常生活的行动中显出其初到家时的狂喜心情，共同形成一种大团圆的热闹欢乐的气氛。木兰离开养育她成人的家已经十多年了。十几年来，她无时不在思念着这个家，想念家中的亲人。现在，她又回到了她所热爱、所思念的家，一进家门，还来不及卸下戎装，她便“开我东阁门，坐我西阁床”。因为她对这个家庭的一切都感到惬意，都充满感情。这里写尽了女孩儿久别归家后的喜悦心情。然后，木兰“脱我战时袍，著我旧时裳。当窗理云鬓，对镜贴花黄”，恢复了女儿本色，在妆台前梳妆打扮，还涂上了流行的“黄额妆”，心里感到非常舒畅，表现了她对和平生活的热爱和对正常人生的向往。

木兰归家这一段，对木兰及其家人，均侧重于行动描写，而对木兰军中的伙伴却直接揭示他们的心理。当脱去战袍、著女儿装的木兰出现在他们面前时，“伙伴皆惊惶”。用伙伴们的“惊惶”心理，说明木兰女扮男装从军的不易，否则他们也就不会产生“惊惶”之感了。这几句与诗的开头相照应。

最后一段是木兰对战友的“惊惶”所作的回答。这里用互文见义的手法，说无论是“雄兔”还是“雌兔”，都是“脚扑朔”、“眼迷离”的，它们在一起跑动的时候，你怎么能分辨“雄雌”呢？这幽野风趣的比味，表现了木兰的稳重、机智，又使这首诗的结尾余音袅袅，悠扬不尽！

这首诗在艺术上的成功，在于恰当地运用了多种艺术手法，诸如设问、比喻、排比、复叠、对偶等修辞手法，来为塑造人物形象、表现思想感情服务。此外，还有语句连接紧凑、生动畅达的联珠句法，如“军书十二卷，卷卷有爷名”、“归来见天子，天子坐明堂”、“出门看伙伴，伙伴皆惊惶”等等。这些手法使作品繁而有味，人不厌其繁；简能传神，人不觉其简。事奇诗亦奇，不愧为脍炙人口的优秀诗篇。千百年来，《木兰诗》一直被人们传诵着，具有恒久的艺术生命力。（平慧善　傅　易）

敕勒歌

敕勒川，阴山下。
天似穹庐，笼盖四野。
天苍苍，野茫茫，风吹草低见牛羊。

这首北魏时代的敕勒族斛律部的牧歌是歌唱我国北方草原风光的绝唱，雄浑深沉的歌声里洋溢着敕勒族牧民对大草原的挚爱之情。因此全诗虽仅二十几字，但在我国文学史上却永葆其灿烂的光辉。

《敕勒歌》原歌是用鲜卑话唱的，记录时译为汉语，歌唱人是敕勒族名将斛律金(488～567)。这支歌的艺术魅力，在于它歌咏了敕勒川无比壮阔美丽、牛羊繁盛的自然风光；同时，在貌似纯系自然景物的描绘中，蕴涵着抒情主人公对家乡草原由衷的赞美之情，具有“直陈所见，而情寓景中，神游象外”（许印芳《诗法萃编》）的艺术效果。

茫茫无际的敕勒川在阴山之麓，高高耸立，东西横亘的阴山是敕勒川的天然屏障。“敕勒川，阴山下”两句，说明敕勒川的地理位置。我们知道，“川”有二义：河流和平野。因此，“敕勒川”三字既明赞敕勒川的壮阔平野，也暗赞造就这大好平野的河流；因为在干旱少雨的塞北，哪里有水，哪里才会出现一片绿洲。第二句“阴山下”则为敕勒川设置了一个烘托水草丰美的特定环境：阴山山脉西起河套西北，东西绵亘于内蒙古高原的南端，东接大兴安岭，这里是典型的大陆性气候，干旱少雨。且这里自古为南北交通孔道，也是有名的古战场。因此，历史上的大部分时间，这里总是贫瘠而荒凉的。明乎此，我们才能理解敕勒川为什么会得到牧民由衷的喜爱和赞美。

前两句也许是抒情主人公站在山上俯瞰敕勒川，下面则是置身在敕勒川的所见所感。“天似穹庐，笼盖四野”两句，作者从“天”、“野”着笔，以突出北国草原风光的雄浑气象；而且，作者又以“穹庐”比天，这种形象的比拟，来自牧民的生活实践，因而显得自然真切，并具有浓厚的生活气息，反映出牧民的典型环境和生活特点。“天苍苍，野茫茫”两句承前句而来，前两句侧重所见，空间分明，有较强的立体感；这两句侧重所感，互文见义，用天野苍茫的模糊不清写出敕勒川的辽阔境界和雄伟气魄。最后一句“风吹草低见牛羊”写眼前所见的水草丰美、牛羊肥壮的景象，这是抒情主人公歌唱敕勒川的根本所在。风吹伏了茂草，揭开了天野苍茫中的隐秘，显出了肥壮繁盛的牛羊，也激发了歌唱者心中由衷的赞美之情。读到这里，使人感到在这样的地方生活是愉快的、美丽的。

这支歌气魄雄伟，真璞如画，只淡淡几笔就把读者带到了寥廓无际的北国草原上了。它所显示的艺术概括力是何等强健！它的乐曲我们已经无法得知了，但透过其自由的句式、雄壮的音节、粗犷的格调，我们仍可以感受到全诗一气贯注的节奏和歌唱者的豪迈之气。所以，元好问评此歌说："慷慨歌谣绝不传，穹庐一曲本天然。中州万古英雄气，也到阴山敕勒川。"(《论诗三十首》其七)这评价是并不为过的。

(平慧善　傅　易)

薛道衡

人日思归

入春才七日，离家已二年。
人归落雁后，思发在花前。

这首五言小诗，是隋文帝开皇四年(584)岁末作者出使陈朝，于次年正月八日写的。题中"人日"，指农历正月初七。据《北史·魏收传》引晋议郎董勋《答问礼俗说》说，古时习俗以为岁首七日依次为鸡日、狗日、猪日、羊日、牛日、马日、人日。作者客居异乡，适逢人日，触动思人之情，并因思人而盼归。此情郁结于心中，又奔迸而出，凝成一首佳作。

诗人所抒写的不过是思归之情，意蕴十分平常。然而细细品味，你会觉得这首小诗构思非常精致。全诗四句皆对，对仗工整，每句诗都有一个时间意象。诗人巧妙地利用对仗的表现技巧，将四个时间意象两两映衬、对照，从对举中含蓄委婉地表现出真挚、沉郁的思归之意。首联"入春才七日，离家已二年"，字面上无非是说入春才到了第七日，离家已有两年了。上句"七日"这一时间意象是真实的，诗人在其前面添上了一个"才"字，浓郁的诗味便产生了。我们不仅看到诗人正在屈指计算时日，而且看到了诗人脸上失望、抱怨、疑惑的神情。就是这个"才"字，透露出诗人的满腹心事：在这万物复苏的早春时节，他竟毫无心绪寻访春色，甚至还嫌春天过得太慢。明明今天是人日，他却不相信入春才过了七天，因为他早就盼望着并一直以为新年过去很久了。下句"二年"这个时间意象是虚假的。因为诗人自岁末到人日，这期间虽然经历了旧岁和新年，实际上离家的时日很短。诗人在"二年"之前添了一个"已"字，不仅仅表示出计算年头已是两年，更透露出他真的认为已在异乡整整熬过了两年。请看，极平常极无味的"七日"和"二年"这两个表示时间的意象，由于诗人巧妙地用"才"、"已"两个虚字去说明，并且精心组织成对仗句，从而形成了一系列对比：早春的美好时令同离家的苦涩难堪心情的对比，短短的七日与长长的二年的对比，将真的七日当作假与将虚假的二年当作真这两种感觉的对比。这些对比，把诗人怅惘、抱怨、度日如年而又无可奈何的复杂微妙心态全都传达出来了。据唐人刘悚《隋唐嘉话》记载，这两句在当时曾被江南人嘲笑没有诗味，妙只在三、四句。而从以上分析来看，这二句其实语淡情浓，似拙实巧。谭元春评："首二句亦有味，乃被呵叱何也？"(《诗归》卷一五)他是品出首二句的美味的。

诗的三、四句"人归落雁后，思发在花前"，同样是巧妙地利用对仗作对比。去年秋天由北方南来的大雁，如今又开始北归了，而诗人却滞留于南方；雁归而人未归，所以说“落雁后”。初春人日，即使在这地气温暖的江南，春花还没有开放，而诗人思归之情早已萌发，所以说“在花前”。诗人敏锐地捕捉住早春最能显示物候变化的“雁归”和“花发”这两种景象，又巧妙地分别在它们的后面缀以一“后”一“前”二字，从而又构成了三对时间意象的对比：即雁归与人未归的对比，思发而花未发的对比，“人归落雁后”与“思发在花前”的对比。于是，诗人思家盼归的急切心情更深一层地揭示出来。此外，我们也不要忽略，诗题中的“人日思归”四个字，其实已分别被诗人嵌镶在一、三、四句中。由此亦可见诗人构思运笔的精细、工巧。

的确，《人日思归》是一首以巧思写思归的沉郁之情，具有似拙实巧、巧中见厚风格的好诗。正如王钟陵先生所说，它体现了隋唐之际“融精致与浑厚为一炉的诗歌发展方向”（《中国中古诗歌史》）。

（陶文鹏）

无名氏

送　别

杨柳青青著地垂，杨花漫漫搅天飞。
柳条折尽花飞尽，借问行人归不归。

这是一首缺失作者姓名的送别诗，据崔琼《东虚记》说此诗作于隋炀帝大业（605～617）末年。旧解此诗意指炀帝巡游无度，民穷财尽，望其返国。但作者名氏既缺，此诗本事无考，从诗的字句来看，也很难说其中确有讽谏炀帝巡游无度的隐意。又自汉代起有折柳送别的风俗，据记述汉代长安古迹风俗的《三辅黄图》载，汉人送客至灞桥，往往折柳赠别。六朝隋唐时代，折柳赠别这一习俗相沿且盛行。春柳杨花，因而常常成为诗人借以抒发离情别绪的特定象征景物。隋无名氏所作的这首《送别》诗，正不妨作为一首通过描绘柳色杨花这种最典型的离别的兴象，表达最具普遍性的伤别情思的作品来读。

“杨柳青青著地垂，杨花漫漫搅天飞。”诗的前两句着力描绘春天的杨柳，长条垂地，花絮漫飞。由于杨柳杨花通常是离别的象征，青青柳枝是表达惜别之情的赠物，因此，这两句的着力描绘，已很鲜明地渲染出一种伤别的氛围。诗的后两句是送别者的设问语，第三句明言折柳以点送别之意，而“柳条折尽”是用夸张的假设以表现强烈的惜别情绪，“花飞尽”则既作为时光流逝的一种物候标志，同时，也指特定的时间，即春天过后、杨花飞尽的时候，这是与第四句“借问行人归不归”紧密相关的假定的归期。送别之际，只急切地询问归期，满怀惜别伤离之情自然溢于言表。

这首诗在艺术形式上很有特色。

唐代诗人的送别诗，也往往借青青杨柳、漫漫杨花烘托依依不舍的情境与气氛。最著名的诗篇如王维《送元二使安西》:"渭城朝雨浥轻尘,客舍青青柳色新。劝君更进一杯酒,西出阳关无故人。"李商隐《离亭赋得折杨柳》其二:"含烟惹雾每依依,万绪千条拂落晖。为报行人休尽折,半留相送半迎归。"王维诗中的青青柳色与渭城、客舍、朝雨、轻尘等景物相映衬,构成一种送别的情境。李商隐诗中的依依杨柳则借烟雾、落晖相渲染,造成一种惜别的气氛。与唐诗这种即使是七言绝句也包含丰富意象的特征相比,隋末无名氏的这首《送别》诗的兴象虽然显得单一,但诗人对于杨柳这一兴象的巧妙处理,仍然成功地获得了不仅并不单调,而且十分深婉的情韵。诗的前两句采用对仗的形式描写柳条杨花,回环照映,俯仰生姿。"青青"、"漫漫"两处叠字的使用,也加强了往复重叠的韵律。第三句重复并举前两句所描绘的柳条和飞絮,同时以"折尽"与"飞尽"二语重叠,第四句两用"归"字,与前三句保持了形式的一致。整首诗在字句的回环、声韵的复沓中,一唱三叹,曲尽其情,极有韵致。当然,这种往复回环的章法,是继承汉魏六朝古诗民歌中的一种传统形式。但是,南朝齐梁时代,诗歌声律的探索渐兴,古诗开始律化。隋末无名氏这首《送别》诗已是完全律化的七言绝句,平仄粘对,声调抑扬流畅。因此,清沈德潜在《古诗源》中赞评这首诗:"竟似盛唐人手笔。"显然,在中国诗史上,这首小诗也自有其独特的艺术价值以及承前启后的艺术贡献。（倪志云）

王　绩

野　望

东皋薄暮望,徙倚欲何依。
树树皆秋色,山山唯落晖。
牧人驱犊返,猎马带禽归。
相顾无相识,长歌怀采薇。

这首五言律诗是王绩的代表作。它描写山野秋日黄昏景色,抒发作者隐居生活中的孤寂和苦闷,也流露出寄情山水、欣羡田家牧歌式生活氛围的意趣。从诗中所表现出的复杂矛盾的心态来看,当是作者弃官归隐东皋初期写的。

诗的章法结构,是首尾两联抒情言事,中间两联写景且融情于景。首联扣题,点明野望的时间、地点,抒写触景所生之情。秋天的傍晚,暮色已经降落,诗人仍伫立于东皋,时而放眼远望,时而徘徊不定,不知道要到哪里去。东皋在他的家乡绛州龙门,是他的隐居之处,当然会有草庐茅舍足以寄身。为什么他有家不归,茫茫然如蓬草飘零无依呢？显然,这是表达他内心中的一种人生无归宿的失落感和悲凉感。作者一下笔便把这种寻找不到人生归宿的苦闷之情透露出来,使之弥漫于字里行间。中间两联,写他观赏山野秋色和田家晚归的情景,我们感觉他要在美丽的大自然与恬静和平的乡村生活中寻找精神寄托,排遣内心苦闷。然而,他并没有找到慰藉。所以尾联最终感叹自己在山乡也找不到知己，孤独无依，只好长歌舒啸，追怀古代的隐士了。这首诗真实地反映了作者遗世独立、自我封闭的思想倾向，使我们看到了他的内心深处仍然保持了一个封建士大夫孤芳自赏的独立王国。

应该指出，诗人所抒发的这种思想感情是消极的。但其抒情的表现艺术却颇有独到之处。诗人并不直接说出自己的孤独和寂寞，而只是描绘自己在秋天黄昏山野这个特定时空中的一连串特殊的行为动作，让读者从他远望、徘徊、四顾、长歌中，由表到里、由浅入深地去感受和体验他的孤寂和苦闷。这样抒情，就具有牵动人心的艺术魅力。诗人还巧妙地暗用典故，含蓄地抒发自己内心的隐秘情怀。首联看上去是白描，其实化用了两个典故。“东皋”既实写野望之地，又暗用了陶渊明的“登东皋以舒啸，临清流而赋诗”（《归去来兮辞》）的诗意，表现他对陶渊明隐逸生活方式的仰慕。“徙倚”句也化用了曹操《短歌行》中“月明星稀，乌鹊南飞，绕树三匝，何枝可依”的字面和含义，抒发自己百无聊赖的彷徨心情。更妙的是尾联，“相顾”句用了陶渊明“相见无杂言，但道桑麻长”（《归园田居》其二）诗，却是反用，以陶渊明同乡亲们亲切来往共谈农事，反衬自己苦无知己，孤独寂寞。“怀采薇”句，以“采薇”二字浓缩了伯夷、叔齐的历史典故。商代孤竹君的这两个儿子在商亡后耻食周粟，隐居首阳山，采薇充饥，以致饿死。诗人用这个典故，不仅仅表现他在现实中难觅知音，只好追怀古代隐士的苦闷，而且隐晦曲折地反映出他在隋唐易代之际茫然失措，不愿与新的李唐政权合作的心理。这四个典故，都用得贴切、灵活，犹如盐溶化于水中，加浓了诗的情意、韵味。

但《野望》这首诗历代传诵，最主要的是由于其中两联写景美妙。颔联“树树皆秋色，山山唯落晖”，把远近高低的不同景象收摄在一个画面之中，意境阔大而幽远。诗的文字朴素，毫无藻饰，却点染出一片绚丽的秋色。那山山树树，红枫如火，黄叶翻金，在夕照下显得多么斑斓夺目！在热烈中却又带一点萧瑟气氛。这一联侧重布光设色，展现静景。颈联“牧人驱犊返，猎马带禽归”却致力描绘动态，从人和物的活动中显出情趣。“驱犊返”和“带禽归”活画出放牧人和狩猎者晚归时欢快动人的情景。我们看见在晚霞和暮色之中，一群小牛犊在牧人身前身后挤挤拥拥、活蹦乱跳，看到猎人胯下的骏马洋洋自得，昂首欢鸣。这幅山家晚归图，洋溢着田园牧歌式的清丽悠扬情调，其中也流注着诗人的欣羡与赞美。两联诗，将光和色，远与近，动与静，背景、人物和动物，布置得那么和谐协调，恰到好处。两联对仗都很工整，但句式和表现技法又有变化：前联借叠字词“山山”、“树树”和虚词“皆”、“唯”的映衬拓展意境，后联以“驱”、“返”、“带”、“归”四个动词表现动态和情趣；前联句式古朴而自然，后联显得工致却不呆板。

从格律看，这首诗的对偶、音律完全符合五言律诗的标准。其章法结构，也打破了初唐律诗多数前三联写景后一联抒情议论的呆板格局。正如清人沈德潜所说：“五言律，前此失严者多，应以此章为首。”（《唐诗别裁集》）。它比沈、宋律诗定型早了几十年，是诗人王绩勇于尝试新形式的优秀成果。更重要的是，它以自然朴素的笔调、清新澹远的意境，出现在雕绘满眼、尚带六朝绮丽风习的初唐诗坛上，令人耳目一新，为唐诗的健康发展开了好的风气。（陶文鹏）

卢照邻

咏 史(其四)

昔有平陵男,姓朱名阿游。
直发上冲冠,壮气横三秋。
愿得斩马剑,先断佞臣头。
天子玉槛折,将军丹血流。
捐生不肯拜,视死其若休。
归来教乡里,童蒙远相求。
弟子数百人,散在十二州。
三公不能吏,五鹿何能酬。
名与日月悬,义与天壤俦。
何必疲执戟,区区在封侯。
伟哉旷达士,知命固不忧。

卢照邻这首咏史诗是歌颂朱云的。

朱云是西汉末年元帝、成帝时人,《汉书》卷六七有传,他名云字游,原籍山东,徙居平陵(西汉昭帝刘弗陵的陵墓,在长安西北七十里处),七十多岁死了以后,葬于平陵东郊外,故而诗中以“平陵男”称之——“男”,并非封爵,只是“男儿汉”的意思。朱云身高八尺余,容貌甚壮伟,慷慨任侠,以勇力闻。年轻时,多行“借客报仇”之类事。四十岁,立志读书,从博士白子友学《易》,从前将军萧望之学《论语》,皆能传其业。元帝时,有学者复姓五鹿名充宗,善治梁丘氏之《易》学,且恃权贵,逞辩才,盛气凌人。元帝命诸儒与五鹿论辩诸家《易》说,诸儒皆称疾不敢与对。有人推荐朱云,云蹑斋登堂,抗首而请,音动左右;既论难,连折五鹿。诸儒叹服,且为之语曰:“五鹿岳岳,朱云折其角。”一时传为快谈。故而诗中有“五鹿何能酬”之句。

更为激烈的是“朱云折槛”的事件。成帝时,他任槐里令,是个很小的官职,居然上书弹劾宰相张禹,惹出了一场风波。张禹原是经学博士,成帝刘骜在东宫时,即从之受《论语》,帝即位后,尊以师傅之礼;河平年间,拜相,封安昌侯,国家每有大政,必与定议。张禹是汉成帝信赖倚重的大臣,但他阿附外戚王莽(元帝皇后之侄),所以被朱云斥为佞臣。“佞”,是奸诈巧媚的意思。朱云上书,斥张禹尸位素餐,且曰:“臣愿赐上方斩马剑,断佞臣一人,以厉其余。”触怒成帝,以“居下讪上”、“廷辱师傅”为罪名,欲治朱云以死。对答未已,御史推朱云下殿,云手攀栏杆不放,竟折之,呼曰:“臣将下从龙逢、比干游于地下足矣!”当时的场面很紧张,而朱云作为一个正直人物,他的无畏精神正是在这个场面中展现出来的,所以卢照邻用“直发上冲冠,壮气横三秋”,“捐生不肯拜,视死其若休”等诗句来赞美他。在生死关头，左将军辛庆忌免冠解绶向皇帝请求，才保住了朱云的性命。辛庆忌的话很有道理，他说：“使其言是，固不当诛；其言非，固当容之。”成帝采纳了他的意见，并且在修理折毁的栏杆时仍命保持原来的样子，以之表彰直臣，在这一点上，成帝还是做得对的。

从此以后，朱云不再做官，居于平陵，设帐授徒，时常乘牛车往返，过着简朴恬淡的生活，赢得了世人的敬重。故而卢照邻赞叹说：“何必疲执戟，区区在封侯。伟哉旷达士，知命固不忧。”“执戟”，指任侍郎之类的官员以侍卫皇帝。相比之下，朱云晚年的乐天知命不求闻达，是要高于那些疲于执戟以求封侯的人们的。

这首咏史诗以夹叙夹议的笔法描绘了朱云的生平经历和主要事件，对他的任使、正直、无畏以及善学、敬事、宁静、淡泊等等好的品质都给予充分的肯定和热情的赞扬，从中也表现了诗人卢照邻的人格追求和生活志趣，而提供给我们读者思考和体味的东西也是不少的。（王双启）

骆宾王

在狱咏蝉

西陆蝉声唱，南冠客思侵。
哪堪玄鬓影，来对白头吟。
露重飞难进，风多响易沉。
无人信高洁，谁为表予心？

“悲愤出诗人”，这句话对于“唐初四杰”之一的骆宾王是应验的。清人陈熙晋曾概括过骆宾王的悲剧性人生：“少年落魄，薄宦沉沦，始以贡疏被愆，继因草檄之命。”（《骆临海集笺注》）《在狱咏蝉》这首五律，就是“贡疏被愆”、“久遭幽系”时的作品，时间在高宗仪凤三年（678）秋。

诗人何以入狱呢？“数上书言天下大计，后曌（zhào 照）怒，诬以法，逮系狱中”（胡应麟《补唐书骆侍御传》）。他既是遭谗被诬，心中自然愤愤不平，却又抑郁难申。这种郁结的情感一旦为外物所触发便发而为诗。

身处昏昏冥冥的囚牢之所，恰逢萧瑟飘摇的秋日之际，狱外高树上的寒蝉凄切的鸣叫，声声入耳，阵阵揪心。此物此境，所见所闻，唤起了作者不绝如缕的抑郁和哀叹。

首联由高唱的“蝉声”写到深深的“客思”，由客观存在写到人之内心，起兴自然。“西陆”，指秋天。“南冠”，即楚冠，用春秋钟仪囚晋仍带楚冠典，此指囚徒。对于急促而单调的蝉声，人们有怎样的感受呢？有人赞赏它的“居高声自远”（虞世南《咏蝉》）；有人感谢它善解人意，“今听玄蝉我却回”（刘禹锡《始闻秋风》）；有人怜悯它“本自高难饱，徒劳恨费声”（李商隐《蝉》）；有人哀怨它添了离愁别绪（柳永《雨霖铃》);等等。不同的境遇,不同的气质,自然也就形成了对蝉声感触的迥异。骆宾王身为囚徒,对于家乡变迁,亲友浮沉,如何得知?高唱的蝉声能够为他传递这样的音讯吗?很显然,适足以勾起他更深刻、更强烈的恋乡思亲之情而已。这也正是起二句由"蝉声"起兴,旨在抒"客思"的内在联系。

紧接着的颔联两句,就把蝉与自我联系起来,对照着写。事实上,自然界中的蝉愈接近死亡,身体愈发青黑,经受了"露重"、"风多"之后的秋蝉即是如此。蝉"玄鬓",人"白头",在语言形式上是对比,在内容上却是样样形容衰老。白发而对秋蝉,睹物伤怀,感怆何似!一个"哪堪"以反诘的口吻,大大强化了这种凄恻的情感。作者会由蝉的"玄鬓"联想到自己的身世遭遇,他因上书讽谏,激怒了专制的武则天,被诬以贪赃而致下狱。虽说此时尚值中年,久遭幽系,情怀不展,丝丝白发因愁而生。同时,"白头吟"又借用了卓文君作《白头吟》而自叹自怜的典故,她因发现她所挚爱着的司马相如用情不专而作是诗。用在此处的寓意也是很深刻的:自己的一腔忠贞热忱被顽劣的执政者践踏了,昏庸当道,贤者受谤,往事可堪回首?哀吟较"客思"在感情上更深一层、更进一步。

第五、六两句属工对,紧扣题目来"咏蝉"。由于"露重",欲飞不能;由于"风多",传声不远。蝉的命运如此堪悲,作者自身何尝不如此呢?总是企盼能有所建树,可是处处遭受压制排挤,虽薄宦而不得保;历陈国家大计,竟遭贬蒙诬。这两句中所写的"蝉"分明就是意象化了的作者自身,这就是咏物诗中"物中有我"的体现。在感情表达上,这两句也分明由"哀叹"身世,转向"怨刺"造成这种境况的时局人事,为后面抒愤愤不平之气作了很好的过渡。

物与人达到最完美的统一,当在最后的两句:"无人信高洁,谁为表予心?"一个"予"字,就把物与人融为一体,"予"既是蝉,又是人:蝉居高树,饮清露,习性"高洁";"我"言天下计,忠贞一片,人品"高洁"。然而,同样是"高洁",又同样地不为世人所了解,不被人崇尚。"高洁"不仅难为世用,反而蒙不白之冤,"谁为表予心"!正是悲愤情怀的迸发。这种令作者刻骨铭心的怨愤和悲痛,正是此诗抒情的高潮。这首咏物诗,抓住了"在狱"这个典型环境,因蝉鸣而触发人情,始则"客思",继而哀叹,直至怨愤。全诗托物寄怀,由物我映衬到融我于物,物我浑融为一,宛曲而深沉地表达了自己的身世之感、悲愤之情。(周广全)

于易水送人

此地别燕丹,壮士发冲冠。
昔时人已没,今日水犹寒。

"风萧萧兮易水寒,壮士一去兮不复还。"

荆轲刺秦王是人们熟知的一个战国时代的历史故事。荆轲出发时,燕太子丹给他送行的场面是相当悲壮的,《史记·刺客列传》描述道:"太子及宾客知其事者,皆白衣冠以送之。至易水之上,既祖,取道,高渐离击筑,荆轲和而歌,为变徵之声,士皆垂泪涕泣……复为羽声忼慨,士皆瞋目,发尽上指冠。于是荆轲就车而去,终已不顾。”八百多年之后，唐朝诗人骆宾王又在易水（今河北易县）送别友人，很自然地，他要联想到荆轲，“借他人酒杯，浇自己块垒”，抒写离别之情。

骆宾王的生平事迹，我们知道得并不多，这首短诗的有关背景也未能考察清楚，故而鉴赏此诗，只能就字句本身所提供的内容进行分析。前两句怀古，点出地点、人物、事件，特别用“发冲冠”三字点出当时人们那同仇敌忾的心情。有关的历史事件，乃至它的来龙去脉、前因后果，读者都是熟悉的，所以，骆宾王的诗句只需点到为止，毋须作更多的叙述与描写。点到，产生唤起的作用，把人们早已具有的关于荆轲刺秦王的一系列记忆、了解统统召唤起来，并且对“易水送人”时诗人的怀古之情产生认同。骆宾王的怀古之情是对荆轲侠义精神的赞美，同时也是对其事未成的惋惜与感叹。这和陶渊明所说的“惜哉剑术疏，奇功遂不成。其人虽已没，千载有余情”（《咏荆轲》）是很相似的。

朋友送别之际抒发感慨，怀古必然与伤今紧密相连。这首诗的后两句就由“昔时”写到“今日”了。“水犹寒”，既扣“易水送人”之题目，也扣“风萧萧兮”的古典，一个“犹”字连贯古今而且生发出无限感慨，而其感慨的内涵又都包容在一个“寒”字之中。四句短诗，前三句都可以看作铺垫，而其重点却在末句，尤其是在末字。“寒”字的内涵是什么？难以说得十分确切，反正它已然不只是温度的感觉了，而是喻指人生道路的坎坷，壮志难酬，知己难遇，良辰苦短，离别苦多，等等。诗句简短而内涵丰厚，这才能让读者寻绎不绝，从而感到余味无穷。再有，骆宾王也写出了“易水送人”的应有特点，联系荆轲刺秦王的历史故事，给离别的伤感染上了一层悲壮的色彩，从而使低沉的情调激昂起来，在临歧珍重之中更突出了彼此激励、互相劝勉的积极用意。

（王双启）

王　勃

送杜少府之任蜀川

城阙辅三秦，风烟望五津。
与君离别意，同是宦游人。
海内存知己，天涯若比邻。
无为在歧路，儿女共沾巾。

这首五律是初唐诗人王勃的名作，以“海内存知己，天涯若比邻”一联而蜚声后代。诗人送一位姓杜的朋友从长安出发到四川去为官上任，离别之际，写了这首诗。杜是谁人？未详，但从他离京出任县尉（少府）的“宦游”情况来看，很可能是一位新科进士。

离别是人们生活中常有的事，“多情自古伤离别”，它也就成了文人墨客经常描写的题材。南朝梁江淹有一篇著名的《别赋》，罗列古代人物事件，描写了各种各样的离别，他总结出来的名言是："黯然销魂者，唯别而已矣。"王勃这首诗虽然也没有跳出"黯然销魂"的范围，但他力图用理智克制感情，以豁达的心态进行自我宽解，从而写出了一番新意，并且增加了抒情的深度，才使这首诗进入了名作之林。

首联只是叙事，"三秦"、"五津"不过说明朋友离开与到达的地点，但诗人却用工整的对仗写出了相当典重的句子。"城阙"指帝都，即长安。都城周围的地方，古时称作"畿辅"，意谓四周附近的土地都是辅佐京城的，就像人臣辅佐君主一般。长安在陕西，古为秦地；秦又有雍、塞、翟之分。故曰"辅三秦"，以三秦之地为畿辅。这样描写，就把长安作为帝王之都的宏大气象表现出来了。"五津"指长江在四川境内的五个渡口，与"三秦"属对，点出友人要去的地方。"风烟"，意谓路途遥远，看去一片迷茫。其实，由长安入蜀，路途极其艰险，高山阻隔只能栈道相通，绝非"风烟"二字所能概括。以诗歌写蜀道之难，并不是自李白始，初唐的张文琮已有"飞梁驾绝岭，栈道接危峦"的句子。但王勃并不在这一点上生发开掘，故而只着一个"望"字，既写所见风烟实景，亦约略地表示了关切之情。颔联点题，就"离别"二字着笔，特别点明出行者和送行者都是离别家乡"宦游"在外的人，此时的"别中之别"，自会更添一层凄怆。离别的愁苦需要排遣，很自然地引出了颈联的自我宽解之词，这就使得中间两联既联系紧密又跌宕起伏，把离别之际的深切感受和细密思绪非常真切地抒写了出来。

"海内存知己，天涯若比邻"作为千古名句自是全诗的重点。朋友离别之际，如何排遣悲愁？诗人对此进行了人生哲理的思考，于是思路变得开阔了，认识变得深刻了。知己不易得，友谊最宝贵，可是离别又不可避免，这就是矛盾之所在。诗人告诉我们：只要彼此两心相知，即便分隔在天涯海角，也能够感受到精神上、心理上的慰藉，就像比邻而居一般。也就是说，朋友的离别在事实上造成的空间阻隔是可以由于友谊的真挚深厚而在心理上予以缩短乃至消弭的。王勃以前，曹植曾用诗歌表述这个道理，在其名作《赠白马王彪》中写道："丈夫志四海，万里犹比邻。恩爱苟不亏，在远分日亲。"王勃师其意不师其辞，写出了更为精确凝练的诗句，故而后人传诵更为普遍。阐释人生哲理的诗句，必然是有深度，有分量，耐人寻味的。人的意识、情感在其表达和交流上往往不受时间、空间的限制。为了和王勃的诗句相参照，不妨举出陶渊明"情通万里外，形迹滞江山"(《答庞参军》)，"遥遥望白云，怀古一何深"(《和郭主簿》)等句子，可见人们的思绪所系是不受万里百代的限制的。

尾联两句也很精彩，承接前三联所写送行之事、离别之情、宽解之辞，而以感情与理智的极度矛盾结束全诗。临歧分手之际，本已流泪沾巾，却又说不要作此儿女之态，这就是感情与理智的矛盾。细想起来，在人们的实际生活中，这种矛盾是很难避免的，王勃如此写来，完全符合真实情况。然则，颈联的宽解之辞岂不落空了吗？对于这个问题，是不能作简单的非此即彼的判断的。自我宽解，道理讲得明晰，体现了诗人的豁达胸襟；临歧洒泪，欲求宽解而不可得，则体现了诗人的深厚情感。惟其写出了这两个方面，才显示出了这首诗的深刻与真实。

一首叙事抒情的短诗，必须具有一定的普遍性，才能赢得历代读者而永葆其艺术的生命。王勃这首《送杜少府之任蜀川》虽是叙个人之事，抒个人之情，却也能够代千万人立言，能够让广大读者在感受离情别绪的同时，加深对生活的体认，对友谊的珍惜。 （王双启）

杨 炯

从军行

烽火照西京，心中自不平。
牙璋辞凤阙，铁骑绕龙城。
雪暗凋旗画，风多杂鼓声。
宁为百夫长，胜作一书生。

《从军行》是乐府旧题，初、盛唐人多取此题目，就"从军"二字之本意，发为诗歌，除杨炯本篇以外，李颀、王昌龄等皆有同题作品。这是因为，投身军伍，担任参军、记室之类的文职，与考取科举一样，也是当时士人的一条出路，走这条路，既可报效国家，也可以军功而跻身上层，故而成为风尚，反映到诗歌创作上，也就出现了这类作品。

杨炯这首《从军行》并非乐府体，乃是一首五律；诗中所写征战亦非纪实，只起阐释与渲染作用，本篇乃是一首述志之作——"宁为百夫长，胜作一书生"便是所述之志。这是暗用东汉大将班超"投笔从戎"的典故。《后汉书·班超传》记载：

（超）家贫，常为官佣书以供养，久劳苦，尝辍业投笔叹曰："大丈夫无他志略，尤当效傅介子、张骞立功异域，以取封侯，安能久事笔砚间乎！"

班超这个立功封侯的志愿已经把报效国家和博取功名结合在一起了，而且能够代表中下层年轻士人的心态，颇有典型性。在初、盛唐时期，这样慷慨豪壮的志愿已然成为了当时的时代精神，其昂扬奋发、积极进取以激励士人的社会作用是不容忽视的。

这首诗在结构上也有独特之处，述志的主旨放在了最后，前边六句泛述报国从军的想法、做法以起到解释说明的作用。"烽火照西京，心中自不平"是写从军的原因和动机。敌寇入侵，边防报警的烽火把战争的信息传到了京城，激起了爱国士人同仇敌忾的不平之气。从军，是为了保卫国家，这一正确的出发点为全诗奠定了健康的基调。"牙璋辞凤阙，铁骑绕龙城"一联泛写领命出征的情况，而其对仗的工稳、辞藻的华美则充分显示了唐人近体律诗的艺术特点，用以描绘整肃威严的军容，也能收到相应的艺术效果。"牙璋"，指兵符，是统领军队的凭证；"凤阙"，指西京长安；"铁骑"，战马；"龙城"，地名，汉朝时，匈奴各部落于每年五月大会于该地，其城在今蒙古塔米尔河岸，这里与"凤阙"属对，用以泛指敌国都城；"绕"，引申为转战、包围的意思。颔联多用装饰性的辞藻，字面的含义则比较宽泛，读者无须过分坐实，比如抓住"龙城"二字不放，千方百计考证它究竟指哪一座城，这样的做法，似乎是没有必要的。"雪暗凋旗画，风多杂鼓声"二句描写的是从军征战的艰苦：雨雪侵淋，军旗上的图画已然凋敝；狂风呼啸与战鼓的声音相混杂。征行万里，戎马经年，且不言牺牲流血，只是风霜雨露，其苦处亦颇不堪。旗帜破旧，图画暗淡，正说明这支军队有着英勇而艰难的战斗历程，因而是值得敬垂的。杜甫《秦州杂诗》描写当地戍卒有"士苦形骸黑，旌疏鸟兽稀"之句，与此命意相近，可以参看。杜诗所谓"鸟兽"，即指旌旗上的图画。

述志诗不能说空话，空洞的志愿是不能取信于人的。杨炯这首五律的前六句为他的从军志愿作了充分的说明，以保卫国家为出发点，既有责任感、光荣感，也有经受艰苦、付出代价的认识和准备。最后两句对志愿的集中表述，正是依赖前六句而显示出它的切实性的，于是这首诗也就能够对读者产生号召和鼓舞的作用了——当然，这里所说的号召和鼓舞的范围是相当宽泛的，不是说读了这首诗人们都会去从军。

（王双启）

刘希夷

代悲白头翁

洛阳城东桃李花，飞来飞去落谁家？
洛阳女儿好颜色，坐见落花长叹息。
今年花落颜色改，明年花开复谁在？
已见松柏摧为薪，更闻桑田变成海。
古人无复洛阳东，今人还对落花风，
年年岁岁花相似，岁岁年年人不同。
寄言全盛红颜子，应怜半死白头翁。
此翁白头真可怜，伊昔红颜美少年。
公子王孙芳树下，清歌妙舞落花前。
光禄池台开锦绣，将军楼阁画神仙[①]。
一朝卧病无相识，三春行乐在谁边？
宛转蛾眉能几时？须臾鹤发乱如丝。
但看古来歌舞地，惟有黄昏鸟雀悲。

《代悲白头翁》是刘希夷的传世名作。汉乐府相和歌有"白头吟"旧题，此诗体裁，或称"拟古乐府"，或谓"七言古诗"。就其诗旨而论，乃意在抒发人生易老、世事无常的深长感喟。

根据作品的感情起伏，全诗可分为四层。

起首四句是一层。颜色娇好的洛阳女儿，暮春时节，眼见桃李花飞，飘零无主，由物而及人，发出了伤春的悲叹。这一层既是抒情的起点，又是下文三层的总述，虽为平平四句，却为后文感情的萦回发展留下了极大的余地。

从"今年花落颜色改"到"岁岁年年人不同"八句是第二层。诗人借洛阳女儿之口，先对今年落花减色、明年花开人易的现象发出了无奈的嗟叹，接着又以长青的松柏摧为柴薪，无垠的桑田变为沧海把慨叹推向更大的范围，而后又从古人无存、落花又见的眼前情景中，推演出自然界生息无穷、人生岁月有限的哲理，从而唱出了令人魂悸魄动的"年年岁岁花相似，岁岁年年人不同"的警句。这两层八句，层层推衍，步步深入，借落花、沧桑等常见习闻的事物，写出了人生苦短、岁月无情的事实。诗人在这八句中，从落花写到沧桑，由实而虚；再从沧桑写到感慨人生，由虚返实。这不仅清晰地展现了洛阳女子的感情轨迹，还为下文的悲怜白头老翁一层作了极为自然的铺垫。

"寄言全盛红颜子"到"三春行乐在谁边"十句可视为第三层。诗人在"岁岁年年人不同"的浩叹之后，骤然转笔，以"寄言全盛红颜子，应怜半死白头翁"二句作巧妙无迹的过渡转换，就好比从剧中人变为画外音那样，开始了对白头老翁的叙述：要知道这个老态龙钟的白头翁，"伊昔"也曾是翩翩少年，"红颜"丰润，也曾交结"公子王孙"，冶游于芳树之下、落花之前，耳听清歌，婆娑起舞，也有过出入豪门贵府、徜徉于华贵楼台的大出风头值得夸耀的经历，可是"一朝卧病"红颜改色，辗转床第，谁人理睬，谁人相识！而那"三春行乐"的往昔，只能成为可望而不可即的美好回忆了。这十句，是写白头老翁，实在也是写洛阳女儿自己，写所有的得意青年。老翁的"伊昔"即自己的目下；而老翁的今日，未尝不是青年的明天。当然，这个白头翁和洛阳女儿一样，都是诗人从生活中提炼而得的典型形象，其用意就在于通过"红颜"、"白头"和"今年"、"伊昔"的对举，来发泄诗人对岁月不居、人事易改的一腔愁绪。

末四句是最后一层。诗人把宕开的文势又收回到洛阳女儿身上，看看老翁，再想想自己，"宛转蛾眉"不能持久，娇妍的"红颜"岂能永驻？随着暮去朝来的似水年华，不需多时，就将变成一个"鹤发如丝"的伛偻老妪了。不仅个人盛衰无常，那些歌台舞榭华美宫观曾几何时，就变成了一片荆榛瓦砾，只有黄昏的鸟雀徘徊悲鸣，仿佛在哀婉地凭吊那往昔的陈迹了。这最后二句，把感慨世事变迁、富贵无常的情绪推到了极点，揭示了全诗的意旨。

综观全诗，不难发现诗眼乃是一个"悲"字。而"悲"的主人公仅是"洛阳女儿"一人，因而不能视为前半写红颜女儿之叹，后半写白头老翁之衰。沈德潜云："少年每轻视老翁。因言老翁少年时，亦尝与公子王孙游冶；一朝奄忽，尽付空虚。"(《唐诗别裁》)诗中自然也含有警省得意少年的意蕴，但如把全诗的意旨理解得那么狭窄，就难免有隔靴搔痒之弊了。

虽说《代悲白头翁》在内容上对伤春悲秋、感时悯人的传统题材有所承袭，然而由于诗人受到当时诗风的熏沐，能熔汉魏歌行、南朝乐府及梁陈宫体的艺术养料于一炉，从而自成一派清新流畅的风格。这种风格除了表现为纵横开阔的结构和情景交融的意境之外，更表现在语言的清丽隽永上。其中最为脍炙人口的是"年年岁岁花相似，岁岁年年人不同”二句。以“花”比“人”，以“相似”对“不同”，用盛衰循环的花草来比照青春难再的人生，语浅而意深，言近而譬远，令人警觉，耐人寻味。“年年岁岁”与“岁岁年年”，对语序稍作变换以后，不仅无杂沓累赘之感，而且更增添了文势的延绵条畅。

警策的诗旨，奇崛的诗句，使这首诗得以广泛流传，并产生了较大的影响。刘禹锡《元和十年自朗州至京，戏赠看花诸君子》（“紫陌红尘拂面来”）和《再游玄都观》（“百亩庭中半是苔”）两首绝句，虽是讽喻之作，但于“桃花千树”和“桃花净尽”、“刘郎去后”和“刘郎又来”之中，我们仍能看到诗人以“人”、“花”对举来揭露政坛的变幻。又如崔护《题都城南庄》“人面不知何处去，桃花依旧笑春风”二句，尽管有所谓的“本事”，但依今天的读者看来，诗中所抒发的不正是好景不长、无限惆怅的感受吗？从上述两例中，我们是不难发现后人诗中那些隐约可见的“年年岁岁”的影子的。

刘肃《大唐新语》云：“孙翌撰《正声集》，以希夷诗为集中之最，由是大为人所称。”通过这首《代悲白头翁》，我们应该承认，刘希夷的声誉绝非偶然。

（朱勤楚）

【注】 ①光禄池台：光禄大夫为唐代的散官称号，这里是诗人借用，“光禄池台”即言高官府第，以与“将军楼阁”对举，并无实义。

宋之问

度大庾岭

度岭方辞国，停轺一望家。
魂随南翥鸟，泪尽北枝花。
山雨初含霁，江云欲变霞。
但令归有日，不敢怨长沙。

《旧唐书·宋之问传》云：“之问再被窜谪，经途江岭，所有篇咏，传布远近。”这首《度大庾岭》就是“传布远近”的篇什之一，又是另一名作《题大庾岭北驿》的续篇。

诗人的仕途生涯，历经武后、中宋、睿宗三朝。武后时，因谄事张易之弟兄而得幸；中宗时因得罪而左迁泷（shuāng 双）州（治所在今广东省罗宁县）参军，后武三思用事，起复为修文馆学士；睿宗继位，流徙钦州（治所在今广东省钦县以北）。这次被贬，是诗人的政治旅途的最后一站，因此，这首作于度过南北之界大庾岭的诗，情绪低沉，精神颓丧。

首联“度岭方辞国，停轺（yáo 遥）一望家”，直接交代了诗人的迁客身份及度岭时的心情。“方辞国”乃谓刚辞别京师长安，“辞国”以后，马上又度岭，而唐代的岭南是未经开化的蛮荒之地，过岭之后，就将到达流放地钦州了。这一句诗按时间顺序应解为刚辞别京师又要翻越大庾岭到那“林昏瘴不开”(《题大庾岭北驿》)的地方去充军。点明了此行的性质。但回想往日的风流得意，又怎忍遽然迈步呢？无怪要“停轺一望家”了。“轺”，古代的轻便马车。诗人是汾州(治所在今山西省汾阳县)人，岭上回首北望，说是望家未尝不可，但更主要的应是北望长安。这里诗人化用了屈原“乘鄂渚而反顾”、“邸余车兮方林”(《九章·涉江》)的辞意，含蓄地写出了对往日的眷恋之意和流窜岭外的惆怅失落之情。

颔联“魂随南翥(zhù 住)鸟，泪尽北枝花”，写的是岭上之景和当时心情的融合。所谓“南翥鸟”，就是南飞之雁，旧说每年十月，北雁南飞，到大庾岭就不再过岭了(诗人在《题大庾岭北驿》诗中的“阳月南飞鸟，传闻至此回”，说的就是此事)。和雁相比，自己不但要度岭，还要继续南窜，真是人不如雁。悲嗟之际，忽发异想：能否把魂魄留在岭北，和南飞之雁相伴，以待来春能希幸北归？然而魂毕竟无法与形体分离，于是一股莫名的伤感坌涌而来，顿时涕泪如雨，使迟开的岭梅都沾湿殆尽。“北枝花”，指梅，《白氏六帖》：“大庾岭上梅，南枝落，北枝开。”这两句，诗人由雁而人，由人而花，以情为经，以景为纬，吴汝纶评此二句云：“情景交融，杜公常用此法。”(《唐宋诗举要》)参照杜甫“感时花溅泪，恨别鸟惊心”等佳句，确知吴说是有识之评。

颈联“山雨初含霁，江云欲变霞”二句，由近而远，由平视而仰视，写了“山雨”、“江云”和霁色、霞光。应该指出，这二句写的并非是实景，度岭时，未必逢雨，江上是否有云也不得而知。诗人在这里巧用雨霁虹现、云散霞明的虚景，不惟给人以蹙极而舒的感觉，而且还暗示了诗人对未来尚未彻底失望。

颔、颈二联一近一远，一实一虚，构成了次第开合的章法，诚可谓是从容变化的妙笔。

尾联“但令归有日，不敢怨长沙”二句紧承颈联而来。“长沙”乃指贾谊，《史记·屈原贾生列传》云：“贾生为长沙王太傅。贾生以適(同“谪”)去，意不自得，及渡湘水，为赋以吊屈原。”诗人在此用此典故，意在告诉当道，虽与贾谊同为迁谪之徒，贾谊满腔愤懑，埋怨不已，但我宋之问，只要能够归乡归国，无论如何不会像贾谊那样牢骚满腹。这两句把他急不可待的求归之心，活现于纸上。

要之，这首诗写的全是迁谪之“愁”，尽管通篇未见一个“愁”字，但愁绪却充溢于诗的字里行间。其妙处就在于诗人对布景言情的匠心独运了。陆时雍云：“善道景者，绝去形容，略加点缀”；“善言情者，吞吐深浅，欲露不藏”(《诗镜总论》)。试看“魂随”、“泪尽”，以情布景，“山雨”、“江云”，以景抒情，实情虚景和实景虚情的融合无间，这就是本诗的艺术魅力之所在。　　(朱勤楚)

沈佺期

杂诗三首(其三)

闻道黄龙戍,频年不解兵。
可怜闺里月,长在汉家营。
少妇今春意,良人昨夜情。
谁能将旗鼓,一为取龙城?

沈佺期虽然以擅写宫体应制诗及依附张易之弟兄而备受后人嗤点,但是,他对唐代近体诗的成熟和定型所起的积极作用还是不能抹杀的。尤其是他以稔熟细腻的笔触,结合苍茫悲凉的背景,通过深闺怨愁而反对战争、向往和平的篇什,更是值得一读。《杂诗》三首中的这一首,就是此类作品的代表。

"闻道黄龙戍,频年不解兵。"首联突兀而起,直接托出了抒情叙事的大背景。黄龙戍的具体地理位置,说法不一,大抵在今辽宁省境内,为当时边防要塞。和下文的"汉营"、"龙城"一样,亦可视为诗中常见的通用地名。"频年"二字,极有力度,不仅道出了初唐时期北方战争长年不息的历史事实,还为下文少妇和征夫的相互苦思留下了不尽的余地,更可看作是尾联弭兵愿望的张本。范梈云:"起处要平直。"(《诗法正论》)本诗首联二句,语平意直,绵长的时间和广阔的空间,对下文涵盖无余。

"可怜闺里月,长在汉家营。"颔联以闺中少妇的口吻,写出了对月相思的愁怀。月夜孤栖,不由得想起当初和良人耳鬓厮磨,琴瑟和谐,在一起度过了多少个明月良宵,如今月明依旧,但良人长年远戍,遥想边塞,今夜也应是明月高照,良人也定然在那里望月思乡吧。十字一句,一气呵成,字字写月,却又处处见人。把闺里和汉营这两个间离的场景统一为明月之下两地相思的一幅动人画面,境界颇为"凄婉"。

"少妇今春意,良人昨夜情。"颈联承上更为具体深入地写出了少妇凄苦之情。昨夜依依无语、执手相别的情景宛在眼前,今春花好如故,莺莺燕燕依旧双飞双栖,面对融融的春光,又想起了昨春携手踏青、掇英戏蝶的旖旎风景,对照今日的幽闺独处,倍觉孤零凄清,只能在月光之下苦捱这相思的无眠之夜。这里的"少妇"、"良人","今春意"、"昨夜情",都是互文见义,一联二句,写出了多少个春天、多少个两地伤怀的夜晚,互相苦思。当然这里"少妇"是实思,"良人"是通过少妇联想而起的虚思,虚实相映,婉转而又淋漓地表现了少妇(包括良人)长期分离的凄苦情致。

诗到此处,应该煞尾了,诗人不是写少妇尤人怨天向隅饮泣,而是别拓新境,以深情的祈望而结之。"谁能将旗鼓,一为取龙城?"可谓别运生意了。"龙城",匈奴名城,这里代指敌军要塞。少妇在苦思之余,向天发问:哪年哪月,有一良将出马，率领将士，一鼓而下，直捣龙城呢？这言外之意，就是到哪时频年之兵可解，久戍之人可归，明月不再分照，丽春可得共度？在写离愁别恨、相思之苦之后，突然出之以对和平的希望，这不仅揭示并深化了诗的主旨，而且还给人以积极的生活力量。以问句作结，更使作品臻于“诗已尽而意方永”（杨万里《诚斋诗话》）的境界。

这首诗安详合度，一气连贯，“频年”、“长在”、“今春”、“昨夜”分缀于各联之中，含蓄地揭露了李唐王朝开边未已的穷兵黩武政策长时期给人们带来的亲人分离年年相思的灾难。从这个意义上说，此诗已开盛唐怨争战、悯边戍的诗歌的先声。

（朱勤楚）

贺知章

回乡偶书二首

少小离家老大回，乡音无改鬓毛衰。
儿童相见不相识，笑问客从何处来。

离别家乡岁月多，近来人事半消磨。
惟有门前镜湖水，春风不改旧时波。

贺知章，唐会稽永兴（今浙江萧山）人，武则天征圣年间举进士为官，天宝三载（744）辞官归里，时年八十有六。《回乡偶书》二首，是他回乡时的随感之作。

第一首写久别乍归的喜悦，又暗含伤老恨别之幽情。“少小”二句，交代了五十多年间的往返盛衰之变。当年离家做官，正是青春年少，英姿勃勃；而今归来，已是白发苍苍，老态龙钟。第一句，一离一回，由少变老，用时间的两个端点和体貌的特征，映现出时间之久、变化之大，融会着离别家乡以后，数十年间的奔波起伏、酸甜苦辣。诗句中既有归来的喜悦温馨，又暗寓久离的幽恨怅惘。第二句紧承上句，“乡音无改”与“鬓毛衰（cuī 催，疏落之意）”对举，变中又有不变，既具体描绘了“老大”之貌，又饱含了诗人久别而愈深、年老而愈淳的乡情。在几十年的生活磨炼中，虽青丝变为白发，但眷念故乡的深情不减，乡音如旧就是最好的标记。

自己虽至今“乡音无改”，可鬓毛衰败，乡人尚能认识我否？于是水到渠成地引出了下面两句儿童之问。“儿童”二句，用戏剧性场面，再现了诗人回到故乡时亲切而又陌生的复杂心绪。“相”字既指诗人，又指儿童。儿童不识，则因自己的“老大”；自己不识儿童，则因多年离乡之故。诗人千里归来，一进村，先与天真烂漫的儿童相遇，喜悦之情自不待言，可相见而互不识，高兴之余又生出几多感伤和几代人的隔膜感。

在儿童看来，诗人面生可又操乡音，不免好奇，不等自己开口，就都围上来，“笑问客从何处来”。这一问极为传神，那惊喜活泼的场面、人物的声容笑貌，都呼之欲出。“笑问”二字，包含有儿童的顽皮可爱，有对长辈的尊重，也有诗人听到乡音的亲切感受。“客”是儿童对诗人的尊称，这一称呼打击了诗人回乡认同的热忱，勾起被故乡排除后的落寞感。多年梦想的故乡，一旦归来，却因衰老而反主为客，伤老中更增加了孤独之情和久别之悔。对儿童之问，诗人无法作答，这有难言之隐，更有难为之情。全诗在问中戛然而止，留下了无限的余味。

“一首诗仅仅具有美是不够的，还必须有魅力，必须能左右读者的心灵。”（贺拉斯《诗艺》）这首诗乍读平淡无奇，仔细捉摸，平易中有含蓄深沉，自然中有浓郁的生活情趣，于不经意间“说透人情之的”（刘辰翁语）。这大概正是它一千多年来能广为流传，能拨动读者心灵的原因所在。

“情在词外曰隐，状溢目前曰秀。”（张戒《岁寒堂诗话》）诗人“少小”别家，白发归来，这本是情感最富于激发的顷刻，可诗人并未直诉其情，前联只在平叙中妙用对比，含而不露；后联通过一个典型场面的描绘，几乎无痕迹地把归来之喜、老大之伤、久别之恨一下子展现出来，凝练生动，含蓄深婉。

第二首是第一首的续篇，抒写诗人回乡后的人世沧桑之感。诗人三十七岁中进士，历官礼部侍郎、秘书监、太子宾客等，几乎平步青云，一直受到李唐王朝的信任。这次年迈归乡修道，环境的更易、故乡的变化，触发起他无限的人生感慨，不期然而然地流注于笔端。

“离别家乡岁月多，近来人事半消磨。”承第一首，诗人从自身衰老之变，感受到客观之事之变。几十年的背井离乡，家乡的人情世故发生了诸多变化。当年的至亲好友多半作古，儿时嬉游的山寺庙塔，有的已成残垣颓壁。抚今思昔，人世沧桑，岁月如驶。“岁月多”是“少小”到“老大”之间的填充，再次强调了离别的长久，是全诗抒情的契机。“半消磨”包含了几十年间多少世事变迁。这轻轻几笔点染，意韵深邃，“人生如梦”的感慨，“访旧半为鬼”的惊叹，亲朋沉沦的悲伤，无不隐藏其中。

“惟有门前镜湖水，春风不改旧时波。”诗人从人事之变翻转到眼前自然景物的亘古难变。人生易老，自然界的变化十分缓慢。百里镜湖，水波浩渺，风景秀丽，几十年来的风风雨雨，吹不改当年的涟漪。徘徊湖边，眼望苍茫湖水，一种人生短暂、江山如故的感叹油然而生。用湖波的不改，对照人事的“消磨”，更见感慨之深。

“春风”这里代表时序的更替和时光的流逝，年年春风，四季循环，湖波显不出变化，而青春年华却是一去不返的。“波”是动的，着上“旧时”二字，在诗人流动的时间意识里，便成为一个不朽的、永恒的标记。从中诗人得到了青山不老、绿水长流的依托。所以，在“春风不改旧时波”中，人事易变之悲和自然长存之喜互为表里，而后者正是诗人晚年的理想归宿。诗人归来修道，就是要托身自然，与永恒伟大的自然同在。全诗在悠远开阔的时间和空间的遐想中落笔，形成一种美丽深邃的艺术境界。言外之意，人只要回到自然，与自然同化，达到“无己”、“无功”、“无名”，同样可“乘天地之正而御六气之辨”（《庄子·逍遥游》），得以同永恒的自然共存。这正是诗人道家世界观在诗歌中的体现。

全诗融诗情、画意、哲理为一体，人事多变之感同皈依自然之喜、湖波春光之美、宇宙人生之思，浑然交织，汇成一种情、景、理水乳交融的幽美意境。

（曲世川　卢有泉）

张若虚

春江花月夜

春江潮水连海平，海上明月共潮生。
滟滟随波千万里，何处春江无月明。
江流宛转绕芳甸，月照花林皆似霰。
空里流霜不觉飞，汀上白沙看不见。
江天一色无纤尘，皎皎空中孤月轮。
江畔何人初见月？江月何年初照人？
人生代代无穷已，江月年年只相似。
不知江月待何人，但见长江送流水。
白云一片去悠悠，青枫浦上不胜愁。
谁家今夜扁舟子？何处相思明月楼？
可怜楼上月徘徊，应照离人妆镜台。
玉户帘中卷不去，捣衣砧上拂还来。
此时相望不相闻，愿逐月华流照君。
鸿雁长飞光不度，鱼龙潜跃水成文。
昨夜闲潭梦落花，可怜春半不还家。
江水流春去欲尽，江潭落月复西斜。
斜月沉沉藏海雾，碣石潇湘无限路。
不知乘月几人归，落月摇情满江树。

闻一多在论及张若虚的《春江花月夜》时曾无限感佩地说："在这种诗面前，一切的赞叹是饶舌，几乎是渎亵。"(《唐诗杂论》)话虽如是说，而自明代迄今，赞叹此诗的却大有人在，诗人闻一多即其尤者。程千帆先生在《张若虚〈春江花月夜〉的被理解和被误解》与《张若虚〈春江花月夜〉集评》两文中，已详细地阐述和介绍了这方面的情况。对此感兴趣的读者，不妨自行参阅。

此诗为古风，每四句一换韵。每韵一段，共九段(也称九解)。从头到尾，诗人深情淋漓地抒写了春江花月夜从月升到月落的种种情事，表现了对宇宙奥秘和人生哲理的探求，发出了对美好风光和坚贞爱情的礼赞。清王尧衢《唐诗合解》卷三说：

> 此篇是逐解转韵法。凡九解：前二解是起，后二解是收。起则渐渐吐题，收则渐渐结束。中五解是腹。虽其词有连有不连，而意则相生。至于题目五字，环转交错，各自生趣。春字四见，江字十二见，花字只二见，月字十五见，夜

字亦只二见。

由此可知：诗题虽为五字，而实以月（夜则不言自明）、江为主，春、花为次。月为静景，江为动景；春是虚写，花是实写。动静交互，虚实相生。诗人用精致流利的语言，创造出澄莹生动的意境，蕴涵着敻绝诱人的旨趣。读者每多读它一遍，即能从中多获得一点启悟。

“春江潮水连海平，海上明月共潮生。”起首两句，便似春潮腾涌，托起一轮明月，把“春”、“江”、“月”三字轻轻带出。凡在海边生活过的人都知道：月是共潮水升落的。春水方生，江流齐岸。在入海处，江流与海潮汇成了汪洋一片。这是何等开阔、澄莹的境界，显示出诗人何等宽广、纯洁的襟怀！

接下来叙诗人骋目所见：“滟滟随波千万里，何处春江无月明？江流宛转绕芳甸，月照花林皆似霰。空里流霜不觉飞，汀上白沙看不见。”只见波光漾着月光，波动而光随；故毋论其千里、万里，何处见春江，即何处见月明了。江流宛转，环绕芳甸；甸之上必盛开着鲜花。于是顺手续出“花”字，以缴足题面。花树成林，映月呈辉；花光与月光、波光相接，便好似霰雪一般晶莹透亮了。全篇虽仅此处实说及花（另“昨夜闲潭梦落花”句也有“花”字，然“花”前着一“梦”字，便非实说），但由于诗人融花光于月光、波光、春光之中，便觉通篇中“字字是花”（钟惺语）。夜空里一片皆白，月光宛似流霜。“不觉飞”三字，徐增解曰：“夫霜飞则寒，春夜不寒，故不觉也。”（转引自程千帆《古诗考索》，第105页）这当然可备一说。但我以为，“不觉飞”三字应作“于不觉中飞”解，则意更胜。因为霜本不飞，只因月光四射，如霜凛人，所以诗人疑是空里流霜，竟于不知不觉中见其恍惚若飞。汀洲上沙白，花林亦白，二者隐映于月光、波光之间，诗人自更难分辨其为花抑为沙了。

以上八句，将“春”、“江”、“花”、“月”四字逐一点明，而涵“夜”字于“月”字中。这样就为全诗的进一步铺写定下了基调。

中间五段，分作三层。三、四两段为第一层，写江上、月下，遐思无穷。“江天一色无纤尘，皎皎空中孤月轮。”上句总承前八句，就寥廓江天着笔，空间感极强；下句突出一轮明月，从辽阔的空间感衍化为悠远的时间感，遂生出“江畔何人初见月？江月何年初照人？人生代代无穷已，江月年年只相似。不知江月待何人，但见长江送流水”六句。素来以“奇才、奇气、奇情”（方东树语）著称的岑参，仿此作《韦员外家花树歌》云：“今年花似去年好，去年人到今年老。始知人老不如花，可惜落花君莫扫。”若论气格和旨趣，似均不如张若虚此六句之超迈、敻绝。对此六句，闻一多曾赞不绝口，谓诗人得到的“仿佛是一个更神秘的更渊默的微笑，他更迷惘了，然而也满足了”（《唐诗杂论》）。李泽厚则说：“这里似乎有某种神秘的哲理，某种人生的感伤，然而它却仍是那样快慰轻淡、光昌流利……”（《美的历程》，第130页）而我以为，这是一种任何开放时代都惯见的求索精神。在中国史上，屈原的《天问》就属这种性质。李白的《把酒问月》和苏轼的《水调歌头》“明月几时有？把酒问青天”，也都是这一精神的继承和发扬。即使是现代人，虽然对月球的科学知识增多了，在面对冰轮时，也仍然不减其迷惘和神秘感。因此，张若虚这几句既奇且幻的天然妙问，将永远启迪我们对宇宙和人生作永恒的探索。“江月待何人？”只待我们去开发、进取罢了。我们切莫像“长江送流水”似的枉错过了这大好时光！

五、六两段为第二层，别写一种人间的情思。“白云一片去悠悠，青枫浦上不胜愁。”乍看似觉这两句与前不连；细思则察知意由前生。因为“江天一色无纤尘”，始得见“白云一片去悠悠”；又因为“春江潮水连海平”，暗想远人当归，哪知远人不似潮有信，竟“朝朝误妾期”（李益《江南曲》），故“青枫浦上不胜愁”了。枫青，说明是春天；浦口，表明在江畔。徐增说得好：“云若霎时便过，不见踪影，人也罢了，独因他悠悠而去，渐去得远，人在月下，看得仔细良久，则在外者思想归去，在家者又怀念远人，所以不胜愁也。”（转引自程千帆《古诗考索》，第108页）两地含愁，遂生出“谁家今夜扁舟子？何处相思明月楼”两句。到此，“夜”字才明补出。“谁家”、“何处”，皆非具指，表明相思者远非一家、一处。当然，作为抒情主人公的诗人自己应包括在内。

诗的前半，纯写春、江、花、月、夜。至此诗人始忆家，亦情同李白之“举头望明月，低头思故乡”也。诗人从对方设想，一似杜甫的“今夜鄜州月，闺中只独看”（很可能，杜甫即受张若虚启发），由此再衍出“可怜楼上月徘徊，应照离人妆镜台。玉户帘中卷不去，捣衣砧上拂还来”四句悬想之词。曹植的《七哀》诗云：“明月照高楼，流光正徘徊。上有愁思妇，悲叹有余哀。”张若虚把它概括为一句“可怜楼上月徘徊”，且由此生发开去，增加了一大段渲染性描写。他设想月照妆台，愁思益深。此愁一如凄凉的月色，卷亦不去，拂又还来。这样，就把思妇的悲哀全都形象化了。

七段为第三层，写思妇对爱情的坚贞。吴昌祺指出：“此下为其妇之词。”（《删订唐诗解》卷六）但我以为，此是抒情诗，抒情主人公只应一个（往往即诗人自身）；故“此时相望不相闻，愿逐月华流照君。鸿雁长飞光不度，鱼龙潜跃水成文”四句，也跟前段一样，都只是“从扁舟子意中想出”（王尧衢语）。诗人在悬想：思妇此时同见此月，可相望而不能相通音问，为此她愿意身逐月光（徐增曰：“不言光而言华者，亦欲关着花字也。”）以照我之前。这是何等的痴情！鸿雁、鱼素，据说能传书信。如今却仅见：鸿雁远飞，连月光也载不去；鱼龙潜跃，只不过水面成文（纹）而已。它们都不曾替她捎得片书、只字。这又是何等的奇想！所以诗中虽未直接赞她一语，但她对爱情的坚贞和执著，便从这痴情和奇想中宛现出来。张若虚如此笔力，真可谓直透纸背。

末两段渐渐收束。“昨夜闲潭梦落花，可怜春半不还家。”又出“夜”、“花”、“春”三字。夜间望月，不觉成“昨”，说明时近拂晓，算来已是第二天凌晨了。诗人身在扁舟之上，舟泊潭边，闲静中不觉入梦，竟梦见落花。花落，意味着春已过半而行将归去，己身却欲归不得。辜负了这良辰美景，岂不可惜？

接下来便撇开“夜”、“花”二字，专就“春”字上生发。由此引出下文：“江水流春去欲尽，江潭月落复西斜。斜月沉沉藏海雾，碣石潇湘无限路。不知乘月几人归，落月摇情满江树。”诗人仍交错地使用“江”、“月”二字，以曳起情趣，并了结题面。江水流，春也流；但江流不尽而春将尽。诗人眼见落月西斜，能不兴起无穷的感慨么？海雾茫茫，月终于不见。遥望归途，益觉路程迢递，碣石与潇湘之间越发离得远了。“碣石”、“潇湘”，虽然不一定实指河北、湖南；但是一北、一南，似隐指征夫、思妇之远隔。乘月而归者固有人，然已身尚不在内。落月摇江（当然是江摇落月），情何能已？故纵目以观，又只见离离江树，无处不充满凄苦的离情了。

《春江花月夜》原是乐府《清商曲辞·吴声歌曲》的曲名之一。根据《旧唐书·音乐志二》记载：最先制此曲者为陈后主。《乐府诗集》卷四七收此曲歌诗七首，开头两首是隋炀帝杨广所作。张若虚正是在杨广对宫体诗改造的基础上，才进一步写出这被誉作"孤篇横绝，竟为大家"（王闿运语）的《春江花月夜》来。

此诗虽是古体，而律句颇多。如"此时相望不相闻"一段，若单从声律方面看，已是标准的近体了。盛唐时期入律的古风（如高适的《燕歌行》之类）一时流行，其胎息或即从此起。（蔡厚示）

陈子昂

感遇三十八首（其四）

乐羊为魏将，食子殉军功。
骨肉且相薄，他人安得忠？
吾闻中山相，乃属放麑翁。
孤兽犹不忍，况以奉君终。

这是《感遇三十八首》的第四首。诗人拈出两则对比鲜明的历史故事，夹叙夹议，借古讽今，抒写自己对时事的深沉感慨。全诗质朴雄健，寄寓遥深。诗中写了两个历史人物：乐羊和秦西巴。乐羊是战国时魏国的将军，魏文侯命他率兵攻打中山国。乐羊的儿子在中山国，中山国君就把他杀死，煮成肉羹，派人送给乐羊。乐羊为了表示自己忠于魏国，就吃了一杯儿子的肉羹。魏文侯重赏了他的军功，但是怀疑他心地残忍，因而并不重用他。秦西巴是中山国君的侍卫。中山君孟孙到野外去打猎，得到一只小鹿，就交给秦西巴带回去。老母鹿一路跟着，悲鸣不止。秦西巴心中不忍，就把小鹿放走了。中山君以为秦西巴是个忠厚慈善的人，以后就任用他做太傅（相），教育王子。

一个为了贪立军功，居然忍心吃儿子的肉羹。骨肉之情薄到如此，这样的人，对别人岂能有忠心呢？一个怜悯孤兽，擅自将国君的猎物放生，却意外地提拔做王子的太傅。这样的人，对一只孤兽尚且有恻隐之心，何况对他的国君呢？他肯定是能忠君到底的。

现在要研究的是：陈子昂为什么要写这两个历史故事？他当时"遇"到了什么事，因而有"感"要发呢？原来武则天为了夺取政权，杀了许多唐朝的宗室，甚至杀了太子李宏、李贤及皇孙李重润。上行下效，满朝文武大臣为了效忠于武则天，干了许多自以为"大义灭亲"的残忍事。例如，大臣崔宣礼犯了罪，武后想赦免他，而崔宣礼的外甥霍献可却坚决要求判处崔宣礼以死刑，头触殿阶流血，以表示他不私其亲。陈子昂对这种残忍奸伪的政治风气十分愤怒。但是他不便正面谴责，因而写了这首诗。这首诗从表面上看，似乎是一首咏史诗，实质上是一首针砭当时政治风气的讽喻诗。清代陈沆《诗比兴笺》说它“刺武后宠用酷吏淫刑以逞也”，是道出了作者旨意的。（施蛰存）

燕昭王

南登碣石馆，遥望黄金台。
丘陵尽乔木，昭王安在哉？
霸图今已矣，驱马复归来。

武则天万岁通天二年（697），陈子昂随建安郡王武攸宜北征契丹，参谋军事。武攸宜出身亲贵，“轻易无将略”，全然不晓军事。陈子昂请求分兵万人以为前驱，并一再进言，屡献奇计，剀切陈词，却不被理睬，反遭贬斥，“徙署军曹”。陈子昂在武攸宜部下颇不得志，“因登蓟北楼，感昔乐生燕昭之事，赋诗数首”。这是其中的第二首，是作者有感于燕昭王招贤振兴燕国的故事而写下的。燕昭王姓姬名平，是战国时代燕国的中兴之主。公元前312年他被国人推立为王后，广招贤士，励精图治，使国势穷蹙的燕国逐渐强盛起来，终于打败了强大的齐国（《史记·燕召公世家》）。

这首诗吊古伤今，通过凭吊古迹、缅怀前贤，抒发了诗人生不逢时、壮志难酬的感慨。首两句写登览古迹。“碣石馆”即碣石宫。据《史记·孟子荀卿列传》载，梁人邹衍到燕国时，昭王曾为他筑碣石宫，奉他为师，亲往受业。“黄金台”也是燕昭王所筑，昭王置金于台上，在此延请天下奇士，不久果然召来了乐毅等人，并亲为推毂，于是国势日盛。这里诗人所写的两处古迹，集中地体现了燕昭王思贤若渴、礼贤下士的明君风范，是燕昭王奋发向上、励精图治的鲜明标志。而诗人一“登”一“览”，则又深深地表现了自己对古代明君的倾慕向往之情，对燕昭王君臣际遇、共建勋业的追思与怀念。诗人如此强烈地推崇古人，追怀明君，决非偶发思古之幽情，而是对现实的怨恨不满，对世路坎坷、长才难展的愤激不平，是诗人遭受压抑的深沉感情的自我表露。接着两句便感慨历史。诗人登上碣石馆，遥望黄金台，眼前所见唯有起伏不平的丘陵和郁郁葱葱的乔木，当年延揽人才的黄金台已不复存在，礼贤下士的明君燕昭王也不知到哪里去了。人事沧桑，时光如流，一切都早已一去不返了。此情此景，怎能不使诗人引起对历史的深思感慨和对现实的对比探寻呢！这里诗人由登览所引起的对人事流变的喟叹，明谓不见思贤若渴的明君贤主燕昭王，实则暗寓自己生不逢时、怀才不遇、有志难伸、英雄无用武之地的不幸遭遇，字里行间充满着对武氏集团的愤慨不平之气，含意深远。同时又承上启下，转向对现实的议论。最后两句悲伤现实。陈子昂常以国士自命，“感时思报国，拔剑起蒿莱”（《感遇》其三十五），有着为国立功的满腔热情和雄心壮志。他眼见前一年因统帅武攸宜的昏庸无能，前军大败，契丹攻陷营州并威胁檀州诸郡，内心充满了对国事的忧虑。他自己虽“感激忠义，常欲奋身以答国士”，对契丹作战有着自己的用兵主张，但却遭受打击压抑，抗敌良策不被纳用，因而面对危局，只好感叹“霸图”难再，国事日非了。“已矣”二字，满含惆怅失意的愤激不平，深沉苍凉。“驱马复归来”，诗人顿觉眼底茫茫，前路杳杳，故只好驱马归营了。这里表面上是写归营，实际上是表明自己对国事无能为力，暗示出归隐之意。事实上，陈子昂于此次战争之后不久便解官归里，回乡隐居了。

这首诗歌览古伤今，发抒“世有燕昭，则吾未必不遇”（唐汝询《唐诗解》）的深沉慨叹，颇富英雄失路之悲，读之令人扼腕生喟。全诗朴实无华，毫无雕琢藻饰，但含意深广，韵味无穷，诚如清人翁方纲所说：“郁勃淋漓，不减刘越石。”（《石洲诗话》卷一）

（吴明贤）

登幽州台歌

前不见古人，后不见来者。
念天地之悠悠，独怆然而涕下！

《登幽州台歌》这首短诗，由于深刻地表现了诗人怀才不遇、寂寞无聊的情绪，语言苍劲奔放，富有感染力，成为历来传诵的名篇。

陈子昂是一个具有政治见识和政治才能的文人。他直言敢谏，对武后朝的不少弊政，常常提出批评意见，不为武则天采纳，并曾一度因“逆党”株连而下狱。他的政治抱负不能实现，反而受到打击，这使他心情非常苦闷。

武则天万岁通天元年（696），契丹李尽忠、孙万荣等攻陷营州。武则天委派武攸宜率军征讨，陈子昂在武攸宜幕府担任参谋，随同出征。武为人轻率，少谋略。次年兵败，情况紧急，陈子昂请求遣万人作前驱以击敌，武不允。稍后，陈子昂又向武进言，不听，反把他降为军曹。诗人接连受到挫折，眼看报国宏愿成为泡影，因此登上蓟北楼（即幽州台，遗址在今北京市），慷慨悲吟，写下了《登幽州台歌》以及《蓟丘览古赠卢居士藏用》七首等诗篇。

“前不见古人，后不见来者。”这里的“古人”是指古代那些能够礼贤下士的贤明君主。《蓟丘览古赠卢居士藏用》与《登幽州台歌》是同时之作，其内容可资参证。《蓟丘览古赠卢居士藏用》七首，对战国时代燕昭王礼遇乐毅、郭隗，燕太子丹礼遇田光等历史事迹，表示无限钦慕。但是，像燕昭王那样前代的贤君既不复可见，后来的贤明之主也来不及见到，自己真是生不逢时；当登台远眺时，只见茫茫宇宙，天长地久，不禁感到孤单寂寞，悲从中来，怆然流泪了。本篇以慷慨悲凉的调子，表现了诗人失意的境遇和寂寞苦闷的情怀。这种悲哀常常为旧社会许多怀才不遇的人士所共有，因而获得广泛的共鸣。

本篇在艺术表现上也很出色。上两句俯仰古今，写出时间绵长；第三句登楼眺望，写出空间辽阔。在广阔无垠的背景中，第四句描绘了诗人孤单寂寞悲哀苦闷的情绪，两相映照，分外动人。念这首诗，我们会深刻地感受到一种苍凉悲壮的气氛，面前仿佛出现了一幅北方原野的苍茫广阔的图景，而在这个图景面前，兀立着一位胸怀大志却因报国无门而感到孤独悲伤的诗人形象，因而深深为之激动。

在用辞造语方面，此诗深受《楚辞》特别是其中《远游》篇的影响。《远游》有云："惟天地之无穷兮，哀人生之长勤。往者余弗及兮，来者吾不闻。"本篇语句即从此化出，然而意境却更苍茫遒劲。

同时，在句式方面，采取了长短参错的楚辞体句法。上两句每句五字，三个停顿，其式为：

前——不见——古人，后——不见——来者。

后两句每句六字，四个停顿，其式为：

念——天地——之——悠悠，独——怆然——而——涕下。

前两句音节比较急促，传达了诗人生不逢时、抑郁不平之气；后两句各增加了一个虚字（"之"和"而"），多了一个停顿，音节就比较舒徐流畅，表现了他无可奈何、曼声长叹的情景。全篇前后句法长短不齐，音节抑扬变化，互相配合，增强了艺术感染力。

（王运熙）

送魏大从军

匈奴犹未灭，魏绛复从戎。
怅别三河道，言追六郡雄。
雁山横代北，狐塞接云中。
勿使燕然上，独有汉臣功。

别愁离恨，这是我国古代诗赋常用的传统题材之一。南朝江淹就在他的《别赋》中生动地描写了各种各样的别离悲伤，缠绵凄婉，令人"黯然销魂"。但到"初唐四杰"时期，此风渐变，王勃《送杜少府之任蜀川》一洗悲酸之态，境界开阔，立意高远，令人耳目一新。骆宾王《于易水送别》慷慨悲歌，雄伟激昂，亦独标高调，开风气之先。继"四杰"之后，陈子昂的这首送别诗冲破绮罗香泽、缠绵悲切的窠臼，于离别时激励朋友立功沙场，著勋边塞，英风豪气直透云霄而上，壮志别情充溢字里行间，更是起衰振靡，开启李、杜的佳作。

陈子昂官麟台正字（684～689）时，北方突厥多次寇边，不断袭扰唐王朝的边境。为了抗敌御边，保国安民，诗人的朋友魏大挺身而出，毅然从戎，要远征到横亘代北的雁山，连接云中的狐塞一带前线地方与敌人作战。在繁华的东都洛阳，诗人与好友魏大依依惜别，虽不免惆怅流连，难舍难分，但却互相以六郡豪杰赵充国相许，表现出豪情满怀，威武雄壮。故临别写下这首诗，激励朋友魏大平寇立功，建立不朽勋业。

以汉寓唐，借古论今，是唐代诗人惯用的艺术手法，陈子昂这首送别诗句句用典，已肇其端。首二句写送别魏大的原因。据《史记》载，汉武帝时骠骑将军霍去病屡立边功，威震敌胆，因而武帝为他修建了豪华的府第，但霍去病看后却说："匈奴未灭，无以家为也！"又《左传》载，春秋时晋国大夫魏绛力主与戎和议，消除了晋国的边患，并辅佐晋悼公恢复了霸主的地位。这两句以匈奴代突厥，以魏绛喻魏大，变"和戎"为"从戎"，暗用霍去病壮语，借指突厥犯边，既颂扬魏大从戍卫国的壮举，又抒发了自己激励朋友的爱国热忱。次二句写送别魏大的地点。《史记·货殖列传》载:"昔唐人都河东,殷人都河内,周人都河南。夫三河在天下之中,若鼎足,王者所更居也。"古称河东、河内、河南为"三河",即今河南西部及山西南部一带地方,此处当指唐东都洛阳。《汉书·赵充国传》:"始为骑士,以六郡良家子,善骑射,补羽林。"服虔注云:"六郡:金城、陇西、天水、安定、北地、上郡是也。"《汉书·地理志》颜师古注易"金城"为"西河",大约是指今甘肃东部、宁夏南部、陕西北部及内蒙古西南一带地方,是当时突厥经常入侵的边塞地方。"六郡雄",指六郡之地的英雄豪杰,如赵充国一类"善骑射"的"良家子"。诗人借用汉代赵充国故事,将送别之地与送别之情融在一起,以豪迈之情写离别之意,含蓄自然,气概高昂。再两句写魏大"从戎"之地。"雁山",即雁门山,《山海经·海内西经》:"雁门山,雁出其间。"后世因以得名,自古为戍守的军事要地,在今山西代县西北。"狐塞",《史记·郦生陆贾列传》:"距蜚狐之口。"裴骃《集解》:"蜚狐在代郡西南。""横"字形象地刻画出雁门山关隘山势的险峻,"接"字逼真地描绘了飞狐塞地理位置的重要,暗示魏大此行责任重大,困难重重。这里的两句写景,富于想象,以虚衬实,境界阔大。末两句激励友人魏大立功边塞。《后汉书·和帝纪》载,和帝时车骑将军窦宪,大破匈奴北单于,乘胜追击,"遂登燕然山(今蒙古人民共和国境内杭爱山),刻石勒功而还"。此处用窦宪之事激励魏大,希望他立功边陲,扬名塞外,像汉时的窦宪一样在燕然山上留下自己的赫赫功绩。"勿使"、"独有",用肯定的语气结束全诗,与开头呼应,用典贴切自然,不露痕迹,而殷殷期望之情深寓其中。

这首诗一气呵成,气势磅礴,充满奋发向上的高昂激情,不愧为陈子昂诗中的杰作,方回评此诗说:"唐之方盛,律诗皆务雄浑。"是颇为中肯的,此诗正是"雄浑"之作的代表。

(吴明贤)

张九龄

望月怀远

海上生明月,天涯共此时。
情人怨遥夜,竟夕起相思。
灭烛怜光满,披衣觉露滋。
不堪盈手赠,还寝梦佳期。

望月怀人,于生活中是常有之事。发而为诗,在中国诗史上也不乏佳构。张九龄此诗即其名篇之一。

起句看似寻常,实是天生好语。钟嵘《诗品序》云:"观古今胜语,多非补假,皆由直寻。"所谓"直寻",也就是说由诗人描写其直接的审美感受。张九龄是韶州曲江(今广东韶关)人,开元中(约727～730)曾任桂州都督兼岭南按察选补史(据《新唐书》卷一二六),在广州宦游过一段时间。广州濒海,能得见"海上生明月"景象,所以我认为这首诗很可能写于广州。

首句写辽阔的海面上升起一轮明月,意即在一个广大的平面上升起一个圆球,从构图方面说,这就够美了。加上皓月当空,波动的大海在粼粼发光。"滟滟随波千万里"(张若虚《春江花月夜》),自然更逗起人们的无穷遐想。张九龄首先想到的是所怀念的对方。他们虽相隔很远,"各在天一涯"(《古诗》);但诚如谢庄《月赋》云:"美人迈兮音尘绝,隔千里兮共明月。"哪怕彼此远隔天涯,这时所望的月亮却是一个。

颔联就此生发:"情人怨遥夜,竟夕起相思。"所谓"情人",在古汉语中泛指一切有情之人,也包括现代所说"情人"在内。张九龄这里设计的是妇人口吻。她正思念着与之远隔的丈夫。诗人用"遥夜"而不用"长夜",便分明含有迢迢远隔之意。她"竟夕"(即通宵)不眠,则其相思之炽热与痛苦可知。

颈联转写思妇心态:"灭烛怜光满,披衣觉露滋。"为什么把烛光灭掉呢?因为月光太亮了,她禁不住要从室内走出去。她浴着皎洁的月光,感到柔情万种。但深夜的露水渐渐多起来。"玉阶生白露,夜久侵罗袜。"(李白《玉阶怨》)她为了御寒,只得再把衣服披上。显然,"光满"也好,"露滋"也好,在这里都有所指。这从"怜"(怜爱)、"觉"(惊觉)二字所带的感情色彩也可以看出来。

末联以求梦作结:"不堪盈手赠,还寝梦佳期。"皎洁的月光固然可爱,但"揽之不盈手"(陆机《拟明月何皎皎》),她无法捧着它送给远人;那么,该如何解除这相思之苦呢?她只好求之于梦。也许梦中她和丈夫能美好地会面哩!至于梦里究竟如何,诗人已把帷幕拉上。就让聪明的读者们去各自想象吧!

这首诗的主题,言人人殊。有人说它表现了对远方友人的怀念,有人说是像杜甫的《月夜》一样抒写了对远方妻子的相思。宋红说:"张九龄把自己的怀远之情与天下人共通的怀远之情融在一起,形成诗歌内容的不确指性,我们很难说出张九龄所怀念的远人是父母、妻子还是情人或朋友。正是这种不确指性使诗歌产生了含蓄、蕴藉的美感。"(《历代名篇赏析集成》,第608页)这自然不失为一种聪明的解答。但我以为,张九龄在这诗里是如陈廷焯《白雨斋词话》所说:"写怨夫思妇之怀,寓孽子孤臣之感。"或如何景明《明月篇序》所云:"义关君臣朋友,辞必托诸夫妇。"准此而论,则张九龄此篇所怀显然就是唐玄宗李隆基了。这是从屈原的《离骚》起中国古典诗词里就惯用的比兴手法。李隆基听信了宇文融等人的谗言,疏远了张九龄。张九龄因此离开了长安,到岭南任地方官。但张九龄一直忠于李隆基,对他感恩戴德,"灭烛怜光满",意即谓此。"披衣觉露滋",则暗寓谗言之须防,与骆宾王"露重飞难进"(《在狱咏蝉》)之"露"同意。至于"佳期",那是从屈原的"与佳期兮夕张"(《湘夫人》)到南宋辛弃疾的"准拟佳期又误"(《摸鱼儿》),指的都是一个意思,即与君王的遇合。循着这条路子探求下去,则此诗比兴之深,更足使读者们为之感慨不已了!

(蔡厚示)

王之涣

登鹳雀楼

白日依山尽，黄河入海流。
欲穷千里目，更上一层楼。

王之涣这首登临诗，已成为千古传诵人口的佳作。主题不过写了登楼所见、所感，为何会逗起千多年来在人们心中长盛不衰的审美情思？这个问题可能比此诗本身更具有其神秘的魅力。

鹳雀楼位于蒲州（今山西永济）城西南黄河高阜处，楼共三层，前瞻中条山，下临滔滔黄河，唐代诗人多往登临，留诗甚多。诗人登上高楼，扑入眼帘的是五光十色的物象，是纷然杂陈的景观。但这大千世界的万象经过作者睿智的创作思维筛选，仅提炼出"白日"与"黄河"这最具有代表性，最能突出鹳雀楼景观特色的意象来熔铸诗歌意境。落山的太阳，本色是黄而略显橙色，但当它在滚滚黄河的衬映下，却显得是"白日"了。这色调的对比，一开始便以超凡出众的油画大师的笔力，令人肃然起敬。"白日"与"黄河"两个动态形象是怎样展现的呢？太阳傍倚着莽莽青山慢慢西坠了，直至收尽最后一丝余晖；黄河却汹涌澎湃，一往无前，直奔东海。前者动势是由东向西，后者的动势是由西向东，经天纬地，包罗寰宇，境界何等宏阔而沉雄！人们可以想象，整个华夏民族的生活，都是在这一浑然的流转中安排，都是在这一环形运动中周而复始，亘古连绵……所以，"白日依山尽，黄河入海流"不仅是概括了诗人登楼所见的宏阔自然画图，而且熔铸了诗人登楼瞬间由眼前景而触发的一种宇宙运动的哲理意识和生命意识。白日在天宇巡行中有时依山而隐没，黄河在汇入大海中奔注而不息。在白日"依山"的运动中，用"尽"表现某一行进过程之终点；在黄河"入海"的运动中，用"流"刻画其总体运动之永恒。这种动态的对比与色调对比一样，都是强化宇宙自然物象的雄伟壮丽及永动不衰的生命，体现了诗人的视野广远，襟怀宏阔。

一、二句写登楼所见景，已是够阔大浩渺了，但诗人并未以此为满足，"欲穷千里目，更上一层楼"，平实地道出诗人这种向上进取的审美追求心理。鹳雀楼共三层：曰"更上一层"，或许一、二句景观是诗人登第二层楼所见，也可能已登临最高层而还设想再有一层高楼，理解上不必过于胶着。倘使更上一层，穷极千里目光，则气象之恢宏，视野之广阔，将更难以想象了。

在四句诗里，前二句实景，后二句虚拟，虚实相生，浑然天成。读完全诗，让读者有一种聚大千世界于我胸中，收弘灏宇宙尽入眼底的气概，孟子"登泰山而小天下"的这种向上的审美认识，在王之涣的笔下得到了形象而具体的准确表述。这是唐王朝走向全盛时期时代精神的传神写照，是欲有作为的士大夫对前途充满理想和自信的情感激发。由于此诗呼唤出了一种向上的时代精神，故三、四两句不仅写出了作者本人的心理认识，还成为一种号召，一种概括人生奋斗与追求的哲理意念，千百年来鼓舞人们登高望远，勤奋登攀。

在诗艺的锤炼方面，此诗律度谨严，对仗工巧。四句两对，色彩词、动词、名词、虚词、数词两两相对，熨帖精工，无一字不琢炼而无一字不自然流出，遂为警策，遂成绝唱。（沈家庄）

凉州词

黄河远上白云间，一片孤城万仞山。
羌笛何须怨杨柳？春风不度玉门关。

此诗是一千多年来脍炙人口的名篇，王世懋《艺圃撷馀》且推它为唐代七绝压卷之作。但是关于它的争论颇多，从字句、题目到所涉地名都众说纷纭，至今仍未能取得一致看法。

黄河怎么能远上到白云之间呢？有人依据别版主张将“黄河远上”改为“黄沙直上”，以为这样比较合乎科学。我不敢苟同。我认为这首诗好就好在“黄河远上”四字。因为黄河是我们中华民族的发祥地，我们称黄河为“母亲的河”。“黄河远上”的雄伟形象能激起我们炎黄子孙的民族自豪感，使我们联想起中华民族的悠久历史和灿烂文明。如果说这不科学，那是由于他们把自然科学的尺度施于艺术、文学和诗歌，正表明他们不懂得作为语言艺术的诗歌之特殊性。若是照他们的主张，李白的名句“黄河之水天上来”就更非改不可了，因为黄河之水怎么能从天上流来呢？

吾师林庚先生曾指出“黄沙”和“白云”在形象上是不统一的。他说：“‘黄沙’如果到了‘直上白云间’的程度，白云势必就早变成了黄云……若真是‘大漠风尘日色昏’了，怎么还能有白云的联想呢？”（《唐诗综论》，第336页）

试想：诗人初临边塞，行经高处，远眺黄河。他溯流而望，但见黄河迢递于白云之间。其画面之气势是何等雄伟！从中所显示出审美者的襟怀是何等壮阔！

诗中所涉地理方位，各说不一，且有人认为它违反常识。如某文竟问：“孤城”是哪一座城？“万仞山”是哪一座山？“黄河”指哪一段？“玉门关”和“黄河”远不相及，怎能拉在一起？诸如此类问题，正由于无视于中国古典诗词的审美特征才会提出来。他们要求一切诗都应该有个固定的“焦距”或着眼点。换句话说，即先须弄清楚诗人站在哪里。我以为中国古典诗词不同于西方油画，它往往就没有固定的着眼点，而是边走，边看，边写，就像白居易写《钱塘湖春行》那样。因此，我设想此诗应是诗人跨越黄河、横穿河西走廊直抵玉门关之后才提笔写成的，而不是固定地站在一地骋目四望而纵声吟就的。沈祖棻先生《唐人七绝诗浅释》说：“古人写诗，但求情景融合，构成诗情画意的境界，至于地理方面的方位或距离等问题，有时并不顾及实际情形，因此，不必‘刻舟求剑’。”我赞同这种说法。

次句“一片孤城万仞山”虽已显出荒凉景象，但仍极浑融，劲健。试想：在高耸的群山间，屹立着一座城堡，这该多么险要！当诗人环顾四周尽是崇山峻岭之后，陡见此孤城,又该是多么惊喜啊!

末两句写羌笛吹奏出哀怨的《折杨柳》曲调,诗人才终于意识到这绝域的凄凉了。北朝民歌《折杨柳歌辞》云:“上马不捉鞭,反折杨柳枝。下马吹长笛,愁杀行客儿。”如今长笛又吹响了,作为远征绝域的诗人,怎能不为边塞将士的凄苦而感到忧伤呢?末句“春风”一作“春光”,我以为作“春风”好。“春风不度”,其动态宛然。杨慎《升庵诗话》卷二说:“此诗言恩泽不及于边塞,所谓君门远于万里也。”可谓善解其意。

此诗题目一作《出塞》,似乎更符合诗的主题。作《凉州词》,大概是用传唱时的曲调名称。但《凉州词》不一定非写凉州(今甘肃武威)不可。因此说“孤城”即凉州城,是没有充足根据的。　　　　(蔡厚示)

孟浩然

临洞庭湖赠张丞相

八月湖水平,涵虚混太清。
气蒸云梦泽,波撼岳阳城。
欲济无舟楫,端居耻圣明。
坐观垂钓者,徒有羡鱼情。

开元二十五年(737)秋间,孟浩然游洞庭湖,写了这首诗书赠当时任宰相的友人张九龄。范仲淹在《岳阳楼记》中曾描绘过不同气候特征下洞庭湖的不同风貌:或“阴风怒号,浊浪排空”,或“上下天光,一碧万顷”,因而引出“去国怀乡,忧谗畏讥”及“宠辱皆忘,其喜洋洋”两种迥然不同的心态。孟浩然笔下的洞庭湖,应属范氏所谓后一种情境,但诗人并未有“其喜洋洋”之感。作为心归淡泊的山水田园诗人,孟浩然落第东游吴越后,返故里路经洞庭湖,心事浩茫,与湖天相接,既为平湖的浩渺所感发,又为此身的归宿所牵系,于是吐出这一气象开阔,感情却压抑的名篇。

“八月湖水平”,点明游览时令。“湖水”而着一“平”字,既状高秋洞庭风寂浪静的澄明景象,又写诗人初临洞庭的平静心情,平实写出眼前景,并展现湖面的漫无边际,透露出诗人对大湖浩渺莫测的视觉印象。第二句,就“平”字生发联想和想象:一望无垠的洞庭湖,水天一色,像要把整个缥缈的宇宙空间涵容在自己的怀抱中,让大地与太空浑然一体,相互融合。“涵虚混太清”,想象奇诡,造语警人,再现了宇宙原始、太空混沌的星云状态,传说中的盘古,腾骧在混然浑整的天地之间,开天辟地,欲有所为……这是诗人由洞庭湖的第一印象,进入一种朦胧的灵感思维状态而产生的幻觉,“涵虚混太清”正是这种模糊思维与联想结出的一个朦胧境界之果。第三句诗人循着这一灵感之果继续联想,将幻觉的模糊转化为清晰可视的图像:“气蒸云梦泽,波撼岳阳城。”湖面水汽,氤氲可视,蒸腾弥漫,笼盖云梦。古云梦泽，包括湖北和湖南广大地域，诗人由洞庭湖的水汽而扩展至广袤云梦泽，极写大湖恢宏的气势。湖上波涛，周流千里，磅礴汹涌，拍打孤城。岳阳城濒临洞庭湖，与"八百里洞庭"相较，小小的岳阳城在波涛的摇撼中，真像一片孤叶在风中晃荡。这两句虽是实笔描摹，却属虚境夸饰，实中有虚，虚里寓实，虚实相生，创造出万口交赞的咏洞庭名句。后人常将此联与杜甫《登岳阳楼》的名句"吴楚东南坼，乾坤日夜浮"相提并论，比较参照。孟句与杜句允为历来咏洞庭的最佳杰作。共同点是二者皆写出了洞庭湖的气势，都用虚拟夸张的笔法，形容宏伟的景观，气概非凡。不同点是，孟句偏重于自然宇宙意识，较客观的夸饰，境界尚实；杜句偏重于社会地理意识，夸饰中主观想象的成分较多，境界偏虚。这与孟浩然生于大一统唐帝国全盛时期，而杜甫写此诗时正逢社会动乱、家亡国破、乾坤不宁之际的社会时代背景有关。

前四句，客观写景，突出洞庭湖的雄阔浩瀚及磅礴气势。诗人在大自然的雄魂毅魄面前受到潜意识的感染，就像陈子昂登幽州台"前不见古人，后不见来者，念天地之悠悠"升起一种旷古绵延、空间无际的宇宙意识，便感悟渺小的自我、短暂的人生而"独怆然而涕下"一样，孟浩然在渺渺洞庭、蒸蒸云气和滔滔波澜面前，触动了多年澄静的心潮，涌起未能为世所用的悲哀。"欲济无舟楫"紧承描状洞庭湖的壮阔转而为欲游湖的主观抒情。"欲济"，这是一种要求投身浩瀚世界的参入意识；"无舟楫"是客观实在对主观意愿的否定。从下一句"端居耻圣明"的表白，可知"欲济"句一语双关，明写渡湖无由，暗写欲参入政途而无人援引推荐。这是无可奈何的喟叹，情悰极其伤感。"坐观垂钓者"，回头又承上写临湖所见景象，是湖景的人物特写；"徒有羡鱼情"却是"观"感，亦属双关修辞。两句话用《淮南子·说林训》"临渊羡鱼，不如退而结网"的掌故，翻出新意。洞庭湖的渔人常捕捞或钓起大鱼，是叫观者艳羡的。但根据"欲济"、"端居"两句的语意启示，可诱导读者联想"垂钓者"即当官者，"羡鱼情"即羡宦情。尾联的双关象征，诗人自嘲的语气可能更多于要求张九龄援引的成分。诚然，诗人在气吞云梦、势坼吴楚的洞庭湖面前，必然涌动起自我实现、发扬踔厉、主世沉浮的理想冲动。但他并非一个理想主义者，故而在冲动涌起的瞬间，立即以冷峻的现实，浇灭了虚幻的热望。可以说这首诗写景是浪漫主义的，抒情是现实主义的；对自然充满一种超脱的自信，对社会人生却永抱一种冷峻严肃的思考者和旁观者态度。这，既是此诗的精神主旨，也是孟浩然作为一个以布衣终老的山水田园诗人的人格特性所在，亦是孟浩然得到李白等几乎所有唐代诗人景仰，受到今人敬慕的终极原因。（沈家庄）

过故人庄

故人具鸡黍，邀我至田家。
绿树村边合，青山郭外斜。
开轩面场圃，把酒话桑麻。
待到重阳日，还来就菊花。

胡震亨《唐音癸签》引《吟谱》称："孟浩然诗祖建安，宗渊明，冲淡中有壮逸之气。”孟诗宗渊明，作为继陶之后，大力写作田园、隐逸题材，开盛唐山水田园诗风气之先的诗人来说，文学史上几乎是无异议的；陶诗的“冲淡”与孟诗的“冲淡”，也有许多共通之处。这首《过故人庄》，便是“孟诗宗陶”一类作品中流传较广的代表作。

全诗像一篇到农家做客的日记。“故人具鸡黍，邀我至田家。”交代事件原委，介绍主客关系。一切来得那么随便，那么从容，那么自然。无须预先约定，也无须三请四催；没有山珍海味，也没有烹羊宰牛。“故人”的真情，“我”的欣然前往，尽在平实的交代中表现出来。诗人来到故人庄上，感受最深的第一印象，就是“绿树村边合，青山郭外斜”。这是一个清新幽静、和平安宁的环境，是一处素朴纯真、闲雅淡远的所在。字面之外，洋溢着诗人“久在樊笼里，复得返自然”（陶潜《归园田居》其一）的怡悦情愫。近看，绿树如荫，环抱着村落，没有杂尘，没有噪声；远顾，青山横亘在城郭之外，仿佛一道天然的屏障，将城郭与农庄隔离开来。这是一幅颇富层次感和色彩感的清新画图，也是诗人生活态度与生活情趣的外化及对象化。孤独隐遁的诗人置身于这个远离尘嚣的环境，悟出了心灵与自然的契合，“绿树”与“青山”，使“性本爱丘山”（陶潜《归园田居》其一）的诗人由衷地升起一种鸟回旧林、鱼归故渊的情感。这正是一切田园山水隐逸诗人归璞返真，融化入自然后创作力量的源泉。亦即是说，诗人在“绿树村边合，青山郭外斜”的自然景观中，妙悟到人生的自然乐趣，遂将景观化为诗句，这诗句就产生一种启发读者“妙悟”作者人生之趣的感发作用。严羽在《沧浪诗话》中评孟诗道：“孟襄阳（浩然）学力下韩退之（愈）远甚，而其诗独出退之之上者，一味妙悟而已。”他认为孟浩然诗比喜欢“钩奇抉异”以奇崛见长的韩诗要好得多，那原因便是善于“妙悟”，即从自然中悟出情致，于自然中表现心灵。

“开轩面场圃”，写进到“故人”家中，推开窗户，看到的便是碧绿的菜园和坦平的晒谷坪。与陶诗“结庐在人境，而无车马喧”（《饮酒》其五）有异曲同工之妙。这种简朴的生活，这种自给自足的经济状态，比“为五斗米折腰”的小吏生活，不知要冲淡安逸多少！字面之外，可洞悉诗人如同回到家中那样自如与快意。“把酒话桑麻”，写诗人与“故人”的交谈，主题十分简单——只说农作物生长收获等内容。单纯而质朴，没有世俗的纷争，没有官场的尔虞我诈。这“话桑麻”的永恒主题，正是“我”与“故人”永恒友谊的牢固基础。遁隐的孤独的诗人，也只有在与农家朋友无机心的交谈中，才感觉到生活的乐趣和人际关系的坦诚。酒逢知己的情谊，亦在客观白描中表述出来。

“待到重阳日，还来就菊花。”写与“故人”的分别，既是“故人”的叮嘱，也是诗人的意愿，这次做客的满足，主人的盛情，款待的周到等等细节，都被此二句包容净尽。未归便欲“重来”，极写感谢主人之殷勤和诗人眷恋农家之真切以及惬意田园的情趣。“就菊花”展示出“我”与“故人”深层的心灵契合依据——共同的审美追求——对清香淡雅、孤高傲寒的菊花的钟爱。

全诗一气贯下，脉络分明，气象浑成，自然淳厚，得陶诗神髓。如陶渊明《饮酒》之十四：“故人赏我趣，挈壶相与至。”孟诗开头与此两句境界极类似。孟诗结尾与陶诗尾句“悠悠迷所留，酒中有深味”虽然艺术表现手法不同，主旨是一样的。又如

“开轩”、“把酒”两句，则从陶诗“相见无杂言，但道桑麻长”（《归园田居》其二）化来。当然，口吻似陶不难，难的是借似陶的口吻，写一己恬淡旷逸的心迹，抒自然淳真的情志，书坦荡无尘的襟抱。此篇仿陶而追攀前贤人格风标，探得真谛，遂成高唱。另外，此作律诗而存古风，对仗精工却自然流走，写景构思细腻而高远浑成，无我之境却常有我在，较典型地反映出孟诗的主体风格。（沈家庄）

春晓

春眠不觉晓，处处闻啼鸟。
夜来风雨声，花落知多少。

历来咏春诗词，多寓伤春怨别意旨，此作写春晓睡醒一瞬间所闻所念，清新别致，韵远意邈，唱出一段地道“唐音”，弥足珍贵。

春天是美好的。万物复苏，千木争荣，花香鸟语，阳光明媚。但萌动的春气，也容易牵动人们的春情，诱发人们的春思，触动人们的春愁。烂漫的春色，往往撩拨得人们眼花缭乱，情绪昂奋，所以春天也是容易失眠的季节。但在孟浩然笔下却不然，他在春天的日子睡得十分安逸，睡得格外香甜。“春眠不觉晓”，是诗人恬淡自适生活的写实，也是其心无竞机，思无杂尘，泰然超脱的心境之陪白，同时也从侧面反映了当时社会的安定：既无时代丧乱之惧，也无衣食饱暖之忧。如果在杜甫时代，就会发出“自经丧乱少睡眠”（《茅屋为秋风所破歌》）的叹惜和“感时花溅泪，恨别鸟惊心”（《春望》）的咏春感慨了。所以诗的破题一句，便创造了一个特定的诗歌氛围，有一种初唐向盛唐过渡的时代感，并表现出诗人特有的飘逸脱俗的超旷情志。但诗人还是从春睡中醒来了，是被四处鸟儿的啼叫声唤醒的。啼鸟的鸣叫，是春的呼唤，是室外调动的春潮以声音为媒介传向诗人听觉的感应——这是洋溢着蓬勃朝气的春声。诗人沉浸在春意温馨的陶醉中……蓦地，鸟的啼唤，引起他声音的联想，想到昨夜的风雨，想到风雨中的花卉……呵，喧闹的啼鸟在呼唤春晴，可昨夜的风雨该洒落多少鲜花哟！从春睡的甜美到春声的喧闹，从春声的喧闹到风雨的潇潇，从而猜想春花的零落……四句诗流走地记下春晓瞬间的思想流程，而这思想流程又通过具体画面形象组接来显示，韵味天然，情致婉折。由于四句诗纯客观白描，隐去一切作者的主观意绪，故后两句诗自有一层悲天悯人式的惜花惜春精神回荡在行间字里。此种惜春情绪，洗尽凡夫俗子的一切个人杂念，而具有一种人们爱美惜春之意蕴，因而显得忠厚缠绵，思情缕缕而无粘滞之蔽。它写出了一种人们在春天里易感而难以言传的普通生活感受。

这首诗风格质朴，造语平淡，内蓄丰富，声情并茂。仅四句写出了从夜到晓、从雨至晴的春日特征及诗人由睡到醒的心理体验。从醒时落笔，回忆夜来风雨；由室内听鸟啼，悬想窗外“花落”。时空错落，造成结构的变化和意脉的荡漾；仄声韵，构成全诗特殊的音乐律动。淡而有味，意境浑厚，语意自然贯注，允推“唐音”正宗。

（沈家庄）

李颀

古从军行

白日登山望烽火，黄昏饮马傍交河。
行人刁斗风沙暗，公主琵琶幽怨多。
野云万里无城郭，雨雪纷纷连大漠。
胡雁哀鸣夜夜飞，胡儿眼泪双双落。
闻道玉门犹被遮，应将性命逐轻车。
年年战骨埋荒外，空见蒲桃入汉家。

李颀的《古从军行》是一首歌行体的七言古诗。乐府诗旧有《从军行》，在《乐府诗集》中归入《相和歌辞·平调曲》，内容大都描写军情边思，《乐府解题》说是"皆军旅苦辛之词"。李颀利用旧题，描写汉武帝的开边之战，借以讽刺唐玄宗好大喜功，穷兵黩武，屡启战端，从而给人民群众带来巨大痛苦的行径。这种现实的讽喻性较强的诗作，作者是深怕触犯忌讳、招来不幸的，所以不仅内容上明写汉武帝旧事，而且诗题上特别冠一"古"字。

用《从军行》进行诗歌创作的高手当推王昌龄，他的《从军行七首》为他赢得了声誉，而李颀的一首《古从军行》，同样为李颀赢得了读者。诗作一开头就选取"白日"和"黄昏"两个时刻，借以概括边塞军旅的一天生活。白天登山，黄昏饮马。登山时遥望的是烽火警报，饮马时脚踏的是边远交河（今新疆吐鲁番西面）。在这里虽然尚未写到人，然而身处其间的人的苦况当可想象。三、四两句旋即转到直接写军士了。刁斗是古代军中的重要用具，铜制，容量一斗，白天作炊具，夜晚当更柝。琵琶本为胡人所制马上乐器，后传入中原。"行人刁斗"是明写军中生活，"公主琵琶"则是用了汉武帝以江都王刘建女细君嫁乌孙（西域国名）国王昆莫，令琵琶马上作乐，以解旅途烦闷的故事，暗喻边塞生活的孤寂。"风沙暗"同"幽怨多"是相呼应的：夜晚在漆黑的风沙中只能听到刁斗的敲击声，马上弹奏的琵琶徒增军人心头的幽怨。以上四句，写出了边塞军士生活的艰苦，景况的悲凉，气氛的肃穆，奠定了诗作的基调。

中间的四句是对塞疆环境的进一步描绘，从自然条件和人物感受两方面，着重渲染塞外的苦况。放眼望去，一片荒凉，仅有连天的白云，没有可依的城郭；有时又是雨雪纷飞，接连大漠。在这个境况下，所听到的是胡雁的夜夜哀鸣，看到的是胡儿的双双眼泪。适应胡地生活的胡雁、胡儿尚且如此，被征发到边塞去作战的将士就更可想而知了。在用字方面，诗人特别强调"胡雁"、"胡儿"的地域特点，更着意于"夜夜"、"双双"的重叠反复，这都增强了诗景的特有氛围。

结末的四句转到写戍边将士的命运上。在当时的境况下，军士所盼望的是结束战事、解甲归田，早日脱离这悲怆凄苦的非人生活。可是事与愿违，他们听到的消息却是归途必经之地的玉门关仍然被遮挡阻隔，他们只有跟随着将军们去拼命搏斗这一条死路了。据《史记·大宛列传》记载，汉武帝求大宛马不得，于太初元年(前104)派李广利伐大宛，攻战两年，伤亡惨重，李上书求罢兵。武帝大怒，使使遮玉门关，并令："军有敢入者辄斩之。"这里所用的"遮"字和典故都出于此。"逐轻车"的"轻车"，借汉武帝时轻车将军李蔡，指当时带兵的将领。诗人以"年年战骨埋荒外，空见蒲桃入汉家"结束全诗，结得深邃、有力，是鞭笞，是控诉，是谴责，诗人的满腔义愤喷薄而出：连年的征战，致使军士埋骨于荒外，所换取的又是什么呢？只有蒲桃(葡萄)被移植在离宫别馆之旁！这是多么深刻的讽刺！多么辛辣的嘲弄！这结语是全诗的点睛之笔，也是整篇诗意的可贵升华。有了这一句，就使前面十一句诗避免了单纯的暴露，得到了应有的归宿，矛头直指最高统治者所发动的不义之战。清人沈德潜看到这一点，并且极口称赞，他在《唐诗别裁》中说："以人命换塞外之物，失策甚矣。为开边者垂戒，故作此诗。"

李颀的《古从军行》在内容与形式上达到了较完美的结合，在唐代诗坛上获得了一定的地位，邢昉《唐风定》中曾说它："音调铿锵，风情澹冶，皆真骨独存，以质胜文，所以高步盛唐，为千秋绝艺。"这是有相当根据的。 (魏同贤)

崔　颢

黄鹤楼

昔人已乘黄鹤去，此地空余黄鹤楼。
黄鹤一去不复返，白云千载空悠悠。
晴川历历汉阳树，芳草萋萋鹦鹉洲。
日暮乡关何处是？烟波江上使人愁。

盛唐诗人崔颢在名家如林的唐代诗坛上算不得大家，《全唐诗》收他的诗仅四十余首，也算不得多产，不过，他的一曲《黄鹤楼》却广泛流传了千余年，至今仍脍炙人口，给我们以美好的文学享受。这首诗曾博得了历代的好评，人们几乎总是用最美好的词句对它称颂。宋人严羽说它"唐人七律诗，当以此为第一"(《沧浪诗话》)；元人方回说它"气势雄大"(《瀛奎律髓》)；清人吴昌祺说它是"千秋绝唱"(《删定唐诗笺》)。另据《该闻录》："崔颢题武昌黄鹤楼诗，为世所诵。李太白负大名，尚曰：'眼前有景道不得，崔颢题诗在上头。'欲拟之较胜负，乃作《金陵登凤凰台》诗。"相似的记闻亦见于《唐才子传》等书。意思是该诗曾使一代"诗仙"也为之折服。因此，诗是不朽的，人以诗传，崔颢也就不朽了。

黄鹤楼是历史上的名胜古迹，相传建于三国吴黄武二年(223)，位于武昌长江岸边的蛇山黄鹄矶头。该楼屡毁屡建，新中国成立后因建武汉长江大桥，已将其移建在附近的高观山上。黄鹤楼的命名同道家神仙传说紧相关联。《齐谐志》说，仙人王子安乘黄鹤曾过此山；《述异记》说荀瓌曾在黄鹤楼上见仙人乘黄鹤从天而降，共饮后腾空而去；《太平寰宇记》引《鄂州图经》说费文伟登仙以后，曾乘黄鹤在此憩驾。传说是虚妄的，但它那层神秘的色彩，却极易引发人们的想象。崔颢的这首诗就是从这种传说出发，来抒写他当时登临黄鹤楼，观景生情，感慨万千的情怀的。诗的开头即以传说契入，昔人乘鹤已去，出语透露了作者是信其有的，唯有信其有，才使诗人所作的感慨来之有据，显得真切；同时，在艺术上也造成一种迷茫缥缈的气氛。接着的三句一气呵成，仙去楼在，白云悠悠，令人陡然兴起世事茫茫、岁月不再的感慨。首句"黄鹤"二字在唐宋人的选本中均为"白云"，词意亦通，且可避免同次句的"黄鹤"重复。诗的前四句紧紧扣住"黄鹤"、"白云"，往复回环，更使诗意蕴藉，气概苍莽。特别不要忽略诗人在四句诗中，一连用了两个"去"和"空"：前者的叠用说明黄鹤已去、去就不复返，是对同一意思的引申、强调；后者的叠用则表明不同的事物"黄鹤"和"白云"的"空余"和"空悠悠"，同样是悠悠千载，空无所有。这种特有的造词方法，使出语自然，描写集中，气势恢宏，感情真切，把诗人的所见、所感、所想，如汹涌的波涛，一下子推到了读者的面前。

如果我们可以把诗的前半首看作虚写的话，那么，诗的后半首则进入实写了。在这里，诗人看到的是历历在目的晴野中的汉阳绿树，是铺满茂密芳草的鹦鹉洲头。这入眼的美景，这蓬勃的生机，这大好的时光，是令人陶醉的。不过，怀有不同情绪的人们的感受却又是千差万别的，这大概就叫做"景随情移"吧。此时此景中的崔颢，忽然想到了家乡，勾起了乡愁，这自然属于作者独特的感触，但是，这又是旧时代背井离乡的失意文人常有的心境，因而就显得是真实感情的流泻，绝不同于矫揉造作的无病呻吟。从上半首关于仙人、黄鹤、白云的悠远遐想，到下半首关于绿树、水洲、乡愁的深沉近思，在结构、行文上都是一种转换，妙在转得舒阔流畅，不着痕迹，诗人的那一缕愁绪便自然地生发出来，不可遏止。前人评此诗，多能注意到这一特点，沈德潜说："意得象先，神行语外，纵笔写去，遂擅千古之奇。"（《唐诗别裁》）方东树说："此千古擅名之作，只是以文笔行之，一气转折。五、六虽断写景，而气亦直下喷溢。收亦然，所以可贵。"（《昭昧詹言》）

对于这"千古擅名"、"比肩李杜"之作，并不是无可指摘的。从律诗的角度讲，应注重平仄，讲究对仗，都有严格的程式。可这首《黄鹤楼》却未能遵守这种法度，首联即重复"黄鹤"，第三句连用仄声，第四句三平煞尾，与平仄有犯。前四句侧于叙述，不顾对仗，有失工整。所以，方回有"此诗前四句不拘对偶"，李东阳有"此篇律间涉古，要自不厌"之说。我以为这些形式方面的问题，固然不当忽视，但是形式上的规定本应以充分表现内容为原则，而一旦束缚了文意的表达，则形式的规定就变成消极因素，从而也就不可守株胶瑟了。崔诗未能拘守七律的成法，固是美中不足，然而大概也因此使之成为千古绝唱。

（魏同贤）

长干曲(其一、其二)

君家在何处?妾住在横塘。
移船暂借问,或恐是同乡。

家临九江水,来去九江侧。
同是长干人,生小不相识。

崔颢的《长干曲》共四首,这里选的是其中的前两首。两首诗是一个整体,第一首是舟女的相问,第二首是对方的相答。这一问一答的对话,被别具慧心的作者所捕捉、截取、剪裁、表现,便形成了一首千古流传的名作。

诗的语言明白如话,清朗简洁,给人以天籁自成的感觉。舟女的问话和对方的回答,都似乎采自口头,未加雕琢,透露出一种淳朴自然的气息。结构又极其简单,只有一问一答,显得明快流畅。剪裁得极为得当,所取的仅仅是生活中的一个镜头、一朵浪花,富有情趣,生动活泼。这简直是一幅别具水乡情调的生活素描,它勾勒的是江上小舟、船上男女的场景,呈现的是含而不露的青年男女心态,留给人们的是品尝不尽的回味。

舟女相问之后,继之即声明自己的家居,是想消除因冒昧相问而引起的疑窦,还是愿讨好对方而先表明自己的意向,抑或是借此表示相悦的心绪,人们尽可以作各式各样的体味、联想。不过,通过这一句声明,一个欣喜、娇痴、羞涩的船家少女的形象和内心世界,不也映现到读者面前吗!而男方的回答,似乎早已心领神会,"家临九江水,来去九江侧",决不是故意兜圈子,而是在直言长干人之前的特意渲染,突出表明他们原来是同饮一江水、同行一条江、同住长干里的"同是长干人",由此就更显得同乡人的亲切。末句的"生小不相识"当然不仅仅是说明,而是蕴含着惋惜、追悔之情,彼此在同一乡土上生长,竟然没有早日相识,这比直言"相见恨晚"的滥调,不知要高明多少倍了。

长干行为乐府民歌,属南朝乐府中《杂曲古辞》旧题,宋人郭茂倩编《乐府诗集》将其归入《清商西曲》,显然是流传于长江中下游一带的民歌。旧题所写多为船家妇女的爱情生活,表现的是青年男女的相悦之情。崔颢利用乐府旧题,反映九江岸畔、长干里中的船女生活,甚至其风格亦遵循柔媚婉转的特点,然而其格调更加蕴藉无邪,余韵缭绕。

据《舆地纪胜》所载:"建康南五里有山冈,其间平地,民庶杂居,有大长干、小长干。"另据《六朝事迹》所载:"吴大帝时,自江西沿淮筑堤,是谓横塘。"可见诗作所反映的生活,是发生在南京一带的。当时南京一带,尤其是秦淮河畔、长干里中,商贾辐辏,士夫云集,多的是歌声舞姿,传的是男欢女悦,具有《长干行》产生的社会和思想条件。崔颢精于此道,故能写出如此杰出的作品。

崔颢为汴州(今河南开封)人,开元十三年(725)登进士第,累官司勋员外郎。唐殷璠在《河岳英灵集》中说:"颢少年为诗,属意浮艳,多陷轻薄。晚节忽变常体,风骨凛然,鲍照、江淹,须有惭色。"元辛文房在《唐才子传》中说:"行履稍劣,好蒲博，嗜酒，娶妻择美者，稍不惬即弃之，凡易三四。”联系现存崔颢诗，包括这首《长干曲》来看，似乎较难挂得上号。辛文房讲的是崔颢的人品，嗜酒赌博，喜欢美人，本不为大过，诗中更无反映；殷璠讲的是崔颢的诗品，说是早岁浮艳轻薄，晚年风骨凛然。这早年之风，在这里也绝无踪影。即使写青年男女相悦相戏的《长干曲》，也与浮艳轻薄之风相去千里。

（魏同贤）

王昌龄

从军行七首（其一）

烽火城西百尺楼，黄昏独坐海风秋。
更吹羌笛关山月，无那金闺万里愁。

从军行是乐府《相和歌·平调曲》旧题，王昌龄用此旧题写下了组诗七首，从不同的侧面描写了唐代边塞的军旅生活。这组诗不同于一般边塞诗歌仅仅停留在边地景色的描写上，而是着力揭示征戍者的内心世界，因而在唐代边塞诗中颇负盛名。本篇列在原作的第一首，以边塞悲壮苍凉的景物为背景，生动地抒写了征旅闺怨的情思。

此诗笔法简洁而富意蕴，巧妙地处理了叙事与抒情的关系。前三句，作者采用层层深入、反复渲染的手法刻画边塞风情，努力地创造一种奇警而又伤感的气氛，为最后一句的抒情作铺垫。结语为一曲笔，诗人将感情的触点引向了遥远的家乡。这一既出人意料，又符合人们思维逻辑的收结，使感情的抒发得到了最大限量的发挥。这种表现技巧，很像一组生动的电影镜头，运用不同的焦距，跨越时间和空间上的障碍，将远隔万里的景物调配自如地组合在一起；同时，配以音乐进行烘托，使人不光得到视觉上的感受，还受到听觉上的振荡，因而产生了异乎寻常的感人力量。

首句“烽火城西百尺楼”，犹如一个定格的全景镜头，以凝重恢弘的画面描绘出边塞风光的雄奇警拔：在无际的大漠之中，孤城一座，危楼高耸。孤城和危楼固然最能代表边关的特点，但是，诗人在选景时突出二者而略去其余，更有一番匠心，那就是在此埋下了与末句情感突发时相照应的伏笔。城，本是繁华之地，然此城却是烽火城，是狼烟时燃、金戈铁马的前沿阵地；楼，理应是“金闺”所在，然此楼却是监视敌情的城楼。它醒目地挺立在画面之中，就是在告诉人们，敌人就在远方窥测，战斗随时都会发生。在这个无声的画面里，完全可以体味出画中人戍守生活的艰辛和孤寂。

次句“黄昏独坐海风秋”，则是一个逆光拍摄的特写镜头：一个戍守者的剪影。向晚时分，残阳一抹，青海湖上吹来阵阵秋风，撩起战士的衣襟，战士傍戈独坐，凝视沉思，好像是一尊塑像。战斗间歇里的这一时刻应该是惬意的，但黄昏和凉秋，正是游子思亲、思妇念远的时分和季节，而画中人又是独居于一隅，天地悠悠，牢落无偶，此时此刻，此情此景，他能想什么呢？当然是不可遏止的思乡怀亲之绪。画面仍然是无声的，是让人在感觉“大漠落日”的壮美中去体味边塞生活的悲苦。

第三句“更吹羌笛关山月”，景物如前，只是镜头在慢慢地推动。突然，一阵单调而凄清的笛声渗入了画面。“羌笛”，本是异族的乐器，闻其声，令人倍感家乡的遥远；笛中之曲“关山月”，乃乐府《鼓角横吹曲》十五曲之一，专抒征戍之苦、离别之情。这呜呜咽咽、如泣如诉的笛声，像是远方亲人的呼唤，又像是游子思乡的叹息，它像阵阵波涛，冲击着征人的心扉，使思亲的情怀达到了高潮，积郁在胸中的感情再也无法控制，终于倾泻而出。

结语“无那金闺万里愁”，“无那”，犹无奈，一个闺中少妇凭窗凝思的镜头直接切入。她，当然就是那个“烽火城西百尺楼”上的战士的念中人，她也在苦苦地思念着远方的亲人。需要特别指出的是，这个镜头所要表现的内容，依然与前面的镜头相同，是征人思念亲人，怀恋故土，只是作者有意地变换了表现角度，用深闺中妻子的万里愁怀反映出来的。如此一变，不仅使征人的思乡之情显得更为强烈，而且还把征人与思妇的情感完全交融在一起。就全篇而言，最后的这一镜头，如画龙点睛，立刻使全篇神韵飞腾。

王昌龄的七言绝句在唐代诗坛上与李白齐名，时有“诗家夫子王江宁”之称。当我们吟罢这首写于一千多年前的二十八字的小诗，诗中那难以排遣的边愁，那雄浑开阔的意境，那激越悲凉的情调，那绝非寻常温柔缱绻的儿女之情，固然是令人赞叹不已；如果再去回味一番脑海里所浮现出来的那一组近乎电影镜头的画面以及它们的巧妙组合，更会为王昌龄这位“七绝圣手”高超的诗才而击节三叹！

（冯建国）

从军行七首（其四）

青海长云暗雪山，孤城遥望玉门关。
黄沙百战穿金甲，不破楼兰终不还。

盛唐诗坛上的诗人，在他们的青年时代，大多都有一段漫游的经历。他们在漫游中增广学识和交际，寻求报效国家和获取功名的机遇。当时频繁的边境战争，使他们有机会投笔从戎，将足迹深入到西北边塞地区。二十多岁的青年王昌龄，在进士及第之前，也曾漫游过西北边塞，到过泾州、萧关、临洮、青海湖、玉门关一带，其游踪很可能远涉葱岭以西的碎叶。此诗就是作于这一漫游时期。诗人以苍劲雄浑的笔触，概括了唐代西北边塞战斗的典型环境，写出了戍边战士不畏艰苦的高贵品质和誓死去夺取胜利的可敬情志。也可以这样说，诗中所反映出来的那种报效国家的热忱和建功立业的欲望，实际上就是青年时期王昌龄精神面貌的真实写照。

诗的前两句，是以战略的眼光，对当时整个西北边陲自然环境和军事形势的鸟瞰。诗人用遒劲有力的笔触，挥洒出一幅尽收数千里自然景观，包容历史与现实的大气磅礴的长卷。“青海”，即青海湖，它本是波涛万顷、水光天色的高原胜境，但在诗人笔下，却是长云弥漫，不见天日；“雪山”，即青海湖北面横亘延伸的祁连山，它本来是白雪皑皑，如身披着洁白的盛装，但此时山上却是黑云压顶，晦暗迷濛。这句看似写景的诗，实则包含着更深一层的含意，“青海”和“雪山”是对西部边陲的泛指，而“长云”和“暗”字，则是对边陲危急严峻的军事形势的概括。“玉门关”，汉武帝置，故址在今甘肃敦煌西北小方盘城。“孤城”与“玉门关”遥遥相对，表面上仍是在写大漠戈壁上最有代表性的景物，实际上是在展现戍守将士们生活和战斗的艰苦环境。一个“孤”字，不仅写出了边城荒寂无依，而且也更有力地衬托出边城独立荒漠，岿然不动的雄姿。

唐代西北方的强敌，一是吐蕃，一是突厥，为了阻断吐蕃与突厥之间的交通，唐王朝在凉州(今甘肃武威)设置河西节度使，统兵七万余，以一镇兼顾西、北两方强敌，护守河西走廊。首句中的“青海”，正是唐军与吐蕃多次交战的场所；而次句中的“玉门关”，则是唐军与突厥对垒的前沿阵地。联系当时吐蕃大肆袭扰青海的史实，即可看出，诗人在首句中极力刻画的昏暗旷远的景象，是在有意地融入一种紧张森严的气氛。所以，把这句诗理解为敌军压境，战争持久，恐怕是不无道理的。再去看看突厥陈兵于玉门关前的严峻形势，用次句来暗示戍边将士在艰苦的战斗生活面前所表现出来的自豪感、责任感，也绝不是牵强附会的理解。

如果说一、二两句是境界阔大、景情交融的描写的话，那么，三、四两句，则是感情壮烈、慷慨激昂的直接抒怀。边地生活如此严酷，战争势态如此紧张，对面的敌人又是如此强悍，所有这一切，用“黄沙百战穿金甲”七字而概括无遗。“百战”冠以“黄沙”，西北战场的特征就表现了出来；“百战”以致“穿金甲”，战斗的艰苦激烈，乃至战争的长期性和残酷性，的确是令人难以想象。然而，尽管黄沙磨穿了金甲，将士们誓死守卫疆土的壮志并没有被消磨，他们在大漠风沙的洗礼下变得更加坚强。“楼兰”，汉西域国名，在今新疆维吾尔自治区境内，此处代指唐西北边境敌人。“不破楼兰终不还”，就是他们的决心和誓词。由于上一句把战斗生活的艰苦卓绝表现得淋漓尽致，所以下一句便益发显得铿锵有力，掷地有声。

对于三、四两句的旨意，历来有着不同的理解。唐汝询认为是悲苦之语：“哥舒翰尝筑城青海，其地与雪山相接，戍者思归，故登城而望玉关，求生入也。因言冒风沙而苦战久矣，然不破楼兰终无还期，悲何如耶？”(《唐诗解》卷二六)黄牧邨解作激愤之词：“玉关在望，生入无由，青海雪山，黄沙百战，悲从军之苦多，冀克敌以何年。‘不破楼兰终不还’，愤激之词也。”(《唐诗笺注》卷八)其实，唐、黄二说皆囿于乐府旧题的题材所限，若果作悲苦抑或激愤解，此诗在乐府旧题中算不上特别的出众，而顿然失色不少。正是因为此诗摆脱了乐府旧题的束缚，在抒写边塞戍守之苦的同时，注入了诗人自己的一腔豪迈的报国激情，才使它令人百读不厌，而每次读后，都不禁精神为之一振。

(冯建国)

出塞二首(其一)

秦时明月汉时关，万里长征人未还。
但使龙城飞将在，不教胡马度阴山。

这是用乐府旧题写的一首千古传诵的盛唐边塞诗。“出塞”,汉横吹曲名。诗人没有对边塞风光进行细致的描绘,只是选取征戍生活中的一个典型画面来揭示戍边士卒的内心世界,而景物的描写只是用来刻画人物思想感情的一种手段。诗以秦月汉关之景入题,以胡马阴山之事收结,把悠悠的历史回顾和对现实的希望与讽喻,有机地融会在一起,熔铸在四行诗里。气势雄浑,格调昂扬,深沉含蓄,耐人寻味。明人李攀龙推举此诗为唐人七绝的压卷之作;杨慎亦认为此诗可入“神品”,所编唐绝,以此为第一。

人们读唐诗,常常会被诗中那只能意会、不可言传的妙处所陶醉。此诗的首二句正是这样的佳句。千百年来,有多少人为演绎它深邃的内涵而费尽心机,其结果总是让人感到意犹未尽。清人黄牧邨作如是说:“‘秦时明月汉时关’,七字天造地设,诂训不得,只此一句,意已尽,下句乃申明之。大意谓秦筑长城,汉亦守关,关山明月,同此悲凉;万里征人,迄无还日。庶几边将得人,或者边氛稍靖;然岂易言,是则此关此月,长征何已时耶?”(《唐诗笺注》卷八)这段话虽未必能尽释其意,却可以说深得其味。“秦时明月汉时关”,皓月当空,照耀着万里边疆的关塞,显示了边疆的寥廓和景物的萧条。在“月”和“关”的前面,用“秦时”、“汉时”加以修饰,使意境更加高远。这样从千年以前、万里之外下笔,自然形成了雄浑苍茫的独特的境界,把人们引向遥远的古代,并情不自禁地叹息:秦汉以来的边塞战争持续不断,直至今天,真是拖得太久了!这是从时间上描写边塞的悠久。面对这样的景象,边人触景生情,自然联想起秦汉以来无数献身边疆、至死未归的人们。“万里长征人未还”,又从空间角度点明边塞的遥远。这里的“人”,既指已经战死的士卒,也指还在戍守不能回归的士卒。“人未还”,一是说明边防不巩固,二是对士卒表示同情,这是一个问题的两个方面,前者是因,后者是果。这是从秦到汉乃至唐代,都没有解决的大问题。

“但使龙城飞将在,不教胡马度阴山。”直接抒发了边防士卒巩固边防的愿望和保卫国家的壮志。“龙城飞将”,《汉书·卫青传》载,元光六年(前129),卫青为车骑将军,击匈奴,出上谷,至笼城,斩首虏数百。“笼城”,颜师古注云:“笼”读与“龙”同。《史记·李将军列传》:“(李)广居右北平,匈奴闻之,号曰‘汉之飞将军’,避之数岁,不敢入右北平。”此诗之“龙城飞将”,乃合用卫青、李广事,指威震敌境之名将。“阴山”,即今内蒙古自治区南境之阴山山脉,东北与大兴安岭相连接,汉代匈奴常越过此山骚扰内地。这两句大意是只要有汉代卫青、李广那样的名将,敌人的兵马就无法越过阴山。当然,这两句诗也包含着极深的言外之意,即朝廷用人不当,使用将帅不得其人,因而造成烽火长燃、征人难还的局面。

这首小诗,通过对边疆景物和征人心理的描写,所表现的内容是复杂的。既有对久戍士卒的深厚同情和尽快结束这种边防不固局面的愿望,又流露出对朝廷不能选贤任能的不满。结处以大局为重,发出“不教胡马度阴山”的誓言,洋溢着诗人一腔爱国激情。此诗之臻于七绝的上乘之境,除了写作技法上的高超之外,结句这犹如振臂一呼、千山回响的一笔,也是不容忽视的。　　(冯建国)

闺怨

闺中少妇不知愁，春日凝妆上翠楼。
忽见陌头杨柳色，悔教夫婿觅封侯。

这是一首构思巧妙的闺怨诗。篇名为《闺怨》，自然应该写妙龄少妇如何思念远方戍边的征夫。然而，诗的开头既没写少妇思夫，也没为思夫设置或渲染凄楚的环境气氛，而是使人出乎预料地写"闺中少妇不知愁"——闺阁中那年轻貌美的少妇，从来就不知道什么是忧愁（"不知"，一本作"不曾"）。这不能不使人感到有几分蹊跷，让人急欲知道其中的奥妙。

第二句，仍然没有讲"闺怨"，而是紧接首句，进一步更加生动具体地描写了少妇的"不知愁"——"春日凝妆上翠楼"。少妇平时深居简出，与外界隔绝，春日的晨曦，射进了她朝夕厮守的闺阁。枝头上嬉戏歌唱的鸟儿，似乎在向她召唤。盎然的春意撩动着少妇的心弦，她换上了漂亮的衣裳，浓妆艳抹，欢快地登上了自家青翠的高楼。春的脚步，唤醒了沉睡的大地，使万物复苏，生机盎然。赏春，自然是显贵少妇企望已久的事。可以看出，少妇家富有、显赫，无须忧虑生活琐事，生就一种天真无瑕的性格。更重要的是，少妇对送夫远征充满浪漫主义的幻想，希望夫君凯旋归来能封侯晋爵，出人头地。所以，无忧无虑，打算浓妆赏春。

第三句"忽见陌头杨柳色"，是全诗的转关。忽然，田头那随风轻舞的嫩绿色的杨柳扑入她的眼帘。她触景生情，心有所感，刹那间，一种犹豫感、孤独感油然而生。看到这婀娜多姿的杨柳，她马上联想到与丈夫分别的时刻。唐朝开元、天宝年间，统治者凭借当时强大的国力，企图解决长时间难以解决的棘手的边塞问题。在当时奋发昂扬的时代精神的感召下，许多人不甘心庸碌的生活，希望为国建功立业。诗人王昌龄，也是这个时代的弄潮儿。他曾有过"封侯取一战，岂复念闺阁"（《变行路难》）的豪言壮语。然而，由于连年战争给人民带来的灾难，加上边将和统治集团的昏聩，诗人的笔锋又转向了描写戍卒的乡愁离恨和宫闱的哀怨。

最后一句"悔教夫婿觅封侯"，使全诗的感情急转直下，同时，也是全诗的最好注脚。一个"悔"字，道出了少妇油然而起的强烈的思夫深情。由"不知"到悔悟真实而生动地表现了少妇的心理变化，"悔"字，是全诗的灵魂，这里有新婚少妇对征夫的思念，有对连年征战的不满，有对新婚生活的美好的回忆，又有对当年劝夫觅侯从军的悔恨。这一个"悔"字，将《闺怨》中的"怨"字表达得淋漓尽致。全诗没有哀怨凄切的辞藻，然而，使人感到：不言愁，愁思倍增，不说别，别情自现，让人浮想联翩，回味无穷。

（李玉江）

芙蓉楼送辛渐

寒雨连江夜入吴，平明送客楚山孤。
洛阳亲友如相问，一片冰心在玉壶。

古往今来，写赠别诗的实在难以计数，然而七绝"诗圣"王昌龄的这首赠别诗却别具一格，他是借送友人而直抒胸臆，融感情于景物之中。

这首诗，是诗人任江宁（今江苏南京）丞期间（约 741～749）所作。芙蓉楼遗址在唐代润州（今江苏镇江）西北。据说，登此楼可俯瞰长江，遥望楚地。辛渐是王昌龄的好友，他拟由润州渡江，经扬州，北上洛阳。王昌龄陪送辛渐由江宁到润州，然后在此分手。

诗的一开头，诗人就编织了一个砍不断、理还乱的恼人的愁网。这个愁网，是通过秋雨来表现的。"寒雨连江夜入吴"，"寒雨"，此指秋雨。江南的秋雨淅淅沥沥，纷纷扬扬，而且老是下个没完没了，常常让人感到不知是上午还是下午，不知是清晨还是傍晚。"连江"，是"笼罩着整个江面"的意思。"入吴"，指两人来到润州（润州，即春秋和三国时期的东吴。谁"入吴"？是辛渐？是作者？还是两人同来润州？说法不尽相同。这里持后者意见）。第一句的大意是：在濛濛细雨笼罩江天的秋夜，我们来到了春秋、三国时期的东吴。古往今来的文人骚客，往往把雨声写在铁马、残荷、梧桐或窗下，给人以萧瑟、凄迷、惆怅的感觉，而诗人王昌龄，却将濛濛秋雨写在迷茫无际的江天中，仿佛用淡墨泼出了一幅满纸烟雨愁思的浩大的水墨画，用以衬托诗人的无限离愁。

第二句"平明送客楚山孤"，主要描写了诗人难以自持的孤独。"平明"，是天刚亮的意思。"客"，指友人辛渐。"楚山"，楚地的山。古时吴、楚两国地域相连。这句的大意是：天刚亮，我便送你到江边。遥望那矗立在濛濛细雨中的楚山呵，使人感到分外孤独。诗人分明感到，友人不久就将登舟消逝在迷茫的江面和楚山以外，自己将和这楚山一样，生活在迷茫、寂寞和孤独之中。这里侧重表现自身的寂寞和孤独。这一点，从下面两句可以更清楚地看出。

第三、四两句："洛阳亲友如相问，一片冰心在玉壶。"这是诗人要说的心里话，也是全诗的主旨。"冰心"，比喻自己在外做官清廉，心底清如冰晶。"玉壶"，比喻自己品德洁白如玉，没有被官场的污秽所沾染。后两句的大意是：你到洛阳，我那些亲友如果问起我的话，你可以告诉他们，我这颗心，纯洁得像冰晶盛在洁白的玉壶里一样。南北朝诗人鲍照，早在《代白头吟》诗中就曾用"清如玉壶冰"比喻品德清白高洁。唐朝开元年间宰相姚崇还曾作过一首《冰壶诫》诗，用以自勉并崇尚光明磊落、清澈如玉的品格。盛唐著名诗人王维、李白等人也都写过类似的诗句。诗人王昌龄之所以在这首送别诗里，以"冰心"、"玉壶"自明心迹，大约与诗人的处境和心境有关。约唐开元二十七年（739），王昌龄被贬岭南。这对他来说，不能不是一次较大的打击。尽管他在任江宁丞时，既恪尽职守，又清廉谨慎，但是，由于他始终不与官场世俗同流合污，因而，屡遭谗言。约于天宝七年（748），王昌龄又被贬到偏远的龙标（今湖南黔阳）。唐人殷璠在《河岳英灵集》中说过此事："晚节不矜细行，谤议沸腾，垂历遐荒。"常建在《鄂渚招王昌龄张偾》中也写道："谪居未为叹，谗枉何由分。"可见，王昌龄当时正处在众口交毁的恶劣环境之中，他有口难辩。适逢辛渐要到洛阳，因此，诗人自然要借此机会转告洛阳的亲友，自己是清白的，是高洁的，如同"冰心在玉壶"一般，没有做愧对亲友的事。同时，也表明了诗人蔑视谤议，不与世俗合污并坚持到底的决心。

清人叶燮在《原诗》中说："七言绝句古今推李白王昌龄。"我们不妨把李白的《黄鹤楼送孟浩然之广陵》与王昌龄的这首诗比较一下。李白的诗写道："故人西辞黄鹤楼，烟花三月下扬州。孤帆远影碧空尽，唯见长江天际流。"两相对比，可以看出两位"诗圣"各自的妙处：李白送孟浩然时，临江而别，伫立阁楼，翘首远望，一直望到远帆空尽。他把对友人的爱深望苦之情，完全融化到送别的画卷之中。王昌龄送辛渐，则是借送友人直抒胸臆，以"冰心"和"玉壶"喻自身一尘不染，寓深意于委婉之中。李白的绝句长于写景，寓情于景之中；王昌龄的绝句则是以直抒胸臆为主，景物描写往往是感情的渲染。李诗是信口而成，无意于工而无所不工；王诗则是雕琢洗练，婉丽浑成。正如胡应麟在《诗薮》中所说："大概李白写景入神，王言情造极。"可见，两人是异曲同工，各有妙处。（李玉江）

祖　咏

终南望余雪

终南阴岭秀，积雪浮云端。
林表明霁色，城中增暮寒。

祖咏这首仅二十个字的五言绝句，是一件完美的艺术精品。据《唐诗纪事》记载：祖咏于长安参加进士考试，有司试《终南望余雪》诗，祖咏便写成此诗交卷。唐代进士科的考试，其中一项重要的内容是要写首五言六韵的"试帖诗"。这份答卷仅得二韵，有司问他为何不写满六韵，祖咏回答说："意尽。"这正是一个诗人遵循艺术创作规律的表现。既然二韵已足够写成一首表达完美的诗，怎么可以再去勉强拉长成六韵呢！

起句"终南阴岭秀"五字统率全篇，一字一珠。终南山在长安的南面，从长安望去自然是山的北面，所以作者用了一个"阴"字，十分精当。终南山为秦岭山脉的一个分支，它构成了渭河平原南面的屏障，与西方的六盘山脉、北面的黄土高原、东侧的中条山脉四面合围，形成了长安地区特殊的暖温带气候。即便是早春时节，终南山的阴面也还是一片林木苍翠的景色，再加上它那标奇耸峻的峰峦，诗人锤炼得一个"秀"字，极简练，极平易，极淡雅，又极能传达出此时此地终南山的神韵。

第二句亦承亦转，紧扣题意。因为是远望终南山的余雪，遂使山顶上的雪和天空中的云黏合到了一处。此句中的"浮"字堪称诗眼。从声律方面推敲，这前两句诗的标准的律化的平仄式样当作："平平平仄仄，仄仄仄平平。"但是诗人于第二句第三个字，即"浮"字，变仄为平，使这一句诗成了下三平的拗句，这个拗了的"浮"字便给人以特别有力的听觉印象。积雪而言"浮"，下字奇警。实乃远望中所见的皑皑积雪与天空飘游无定的白云若即若离、亦粘亦分的视觉印象上的错觉。然而，这种错觉却把人引入一种奇妙的审美境界。

第三、四两句为对偶句，而且采用了流水对的形式，灵气流转，直泻而下，把终南雪景写得极富韵致而灵动异常。俞陛云先生曰：“咏高山积雪，若从下面着笔，不过言山之高，雪之色，及空翠与皓素相映发耳。此诗从侧面着想，言遥望雪后南山，如开霁色；而长安万户便觉生寒，则终南之高寒可想。”（《诗境浅说》）诚为有见之说。《诗人玉屑》云：“盖五字诗以第三字为眼。”此结处一联，出句第三字的“明”字，对句第三字之“增”字亦均为诗眼。因为有暮色之余辉，更因为有反光极强的白雪，才使苍茫的暮色在“林表”“明”了起来，如同“霁色”一般。对句的“增”字处于与“明”字相当的位置，不过，也不宜讲得太凿。暮寒之所以增加，可以是实际感觉，因为向晚气温要降低，是生活中的常识。但是，我们也可以理解为诗人在眺望积雪时所产生的一种心理印象。望潮而知解甲，望云而惭高鸟，望雪岂得不增寒意？此联虚实相生，空灵飘逸。所以清代大诗人王渔洋将此诗与陶渊明“倾耳无希声，在目皓已洁”并列而称为咏雪诗之“最佳”作（《渔洋诗话》卷上）。王渔洋之所以推重它们，其原因在于陶诗、祖诗均能寄意于笔墨之外，取象于自然景物之神，而非追摹一枝一叶的细节。摄取现实生活中美的神髓，心会神融，创造出艺术的、美的第二自然，令读者在吟哦之际，同样感受到这种艺术的美，从而产生对于祖国山河的爱。这正是古典诗歌的妙趣。

（孟祥鲁）

王　维

终南山

太乙近天都，连山接海隅。
白云迴望合，青霭入看无。
分野中峰变，阴晴众壑殊。
欲投人处宿，隔水问樵夫。

李唐王朝崇奉道教。有一些标榜隐逸实则存心渔猎富贵的人，每选择山水名胜之地，借修仙学道来沽名钓誉。终南山就在京城长安附近，山上又建有道家始祖、被唐王朝尊为太上玄元皇帝的老子庙，堪称是心存干谒的隐士们的上选佳境。王维于开元末年隐居终南山。不过他不是为了走“终南捷径”。事实上此时的王维过的是亦官亦隐的生活。其《终南别业》诗云“中岁颇好道，晚家南山陲”，说的确乎是衷心实情。王维是集诗人、画家、音乐家于一身的艺术家，是能够摆脱名缰利锁而潜心于艺术创造的。这首《终南山》诗，便是他艺术创作中的一件精品。

苏轼说：“味摩诘之诗，诗中有画；观摩诘之画，画中有诗。”（《书摩诘蓝田烟雨图》）这首诗把诗歌、绘画艺术融会在一起了。“太乙近天都，连山接海隅。”总写终南山气象雄伟。赵文度在《画论》中说：“画山水大幅，务以得势为主。”“太乙”，终南山之别称，其上接天宇，可谓高矣；“连山接海隅”，此山萦回而仿佛东接大海，可谓远矣。如此之高远回环，自能得雄贵之势。十个字即写出这山苍苍莽莽，烟云浩渺，蕴藏万有的博大气概。

“白云迴望合，青霭入看无”是一副工对。其中“迴”字一作“回”。“回”即古“迴”字。为了避免误解，我们采用了“迴”。“迴望”，指登山至高处后纵目环眺。此句写作者临眺而见四山萦绕的白云，舒卷变幻，渐渐地聚拢，把登山人簇拥在一片云烟中，恍入仙境。“青霭入看无”则又把读者引领到气韵生动的水墨画样的境界。唐岱《绘事发微》云：“以晴明时望山，其苍茫润泽之气腾腾欲动。”这种“腾腾欲动”之气看起来是若有若无的，故诗人以“入看无”传其神。整个颔联用淡墨渲染成空灵的意境。接下去“分野中峰变，阴晴众壑殊”则是铁画银勾，全用线条勾勒。“分野”是古代中国人的空间概念。它把天上的星宿与地下的州域相对应。太乙之北，秦之分野也，对应天上的井宿、鬼宿；太乙之南，楚之分野也，对应天上的翼宿、轸宿。在泱莽的巨大空间中，矗然标立的山峰，使分野在它的两边有了改变。这与杜甫《望岳》诗中“阴阳割昏晓”句有异曲同工之妙。“阴晴众壑殊”又作更工细的局部描写，阴晴之所以“殊”者，缘受光射之阴阳向背不同而使然。昔人评王摩诘山水画云：“云峰石色，迴出天机，笔意纵横，参乎造化。”移此语来评此联，亦极恰当。

尾联似乎与前三联不够榫合。历代也多有不同评论。持肯定论的王夫之云：“‘欲投人处宿，隔水问樵夫’，则山之辽阔荒远可知，与上六句初无异致。”（《薑斋诗话》）中国山水画每于泉林或山崖，寥寥数笔，点作人物，如画龙之点睛，极能发挥造境、造意之神妙。此联正是在前三联所描绘的具有极大的空间感和悠远的时间感的画面上，点缀了一个振衣千仞的人物和一个充满淳朴意趣的樵子，与整幅画面有机地结合为一体，使之境界全出。我们知道，此际的诗人王维虽然是亦官亦隐的身份，但他的真正精神寄托是徜徉乎山水之间，忘机于大自然的淳真之美，陶醉在造物者的神奇化机之中。“偶然值林叟，谈笑无还期”是他《终南别业》诗中的句子，此诗的“欲投人处宿”只是换了一种说法罢了。读者虽然未见这振衣千仞之人的模样，诗人也未写樵子伐木丁丁之声，然而，此际无声胜有声。它和水墨画家的笔断意连而见气韵的绘画技艺，或者是一位演奏家的凝绝不通声渐歇的音乐境界，其审美功效是一样的。这一联带动了全篇，使前六句所描写的客观存在的自然，升华到人与自然相融合的境界。大自然的美陶醉了艺术家王维，而王维笔下创造的艺术的美的大自然，又陶醉了千载以下的读者。（孟祥鲁　王念寅）

使至塞上

单车欲问边，属国过居延。
征蓬出汉塞，归雁入胡天。
大漠孤烟直，长河落日圆。
萧关逢候骑，都护在燕然。

开元二十五年（737）三月，河西节度副大使崔希逸在一次战争中，大败吐蕃军于青海。王维以监察御史的身份，奉使出塞，宣慰劳军。这就是《使至塞上》这首诗的本事。赵殿成的《右丞年谱》据王维的《为崔常侍祭牙门姜将军》文考定开元二十五年王维确已在崔希逸的幕中。有人以为王维此诗是拟写他人的作品。理由是题目中只有一个"使"字；如果王维此诗是写他自己的，应当作《奉使至塞上》。殊不知"使"字除作主动动词之用外，它还可以是一个兼有动词性的名词，不能仅仅根据这一个"使"字而断言此诗不是王维写他自己作为使臣出使西凉的作品。据《文苑英华》，此诗首联作："衔命辞天阙，单车欲问边。"那可就完全是王维自己奉命出使的口吻了。所以，此诗属于作者写他自己出塞途中所见所闻所感，是没有问题的。

我们此处不从《文苑英华》之作"衔命辞天阙，单车欲问边"，而依从多数版本作"单车欲问边，属国过居延"。因为这样更符合作者当时的心境。王维进士及第后调大乐丞，坐累被贬为济州司仓参军。开元二十二年(734)，张九龄为中书令，王维有《上张令公》诗，诗中多请求汲引之辞。因有张九龄之提携，被调为右拾遗。然而好景不长，开元二十四年(736)冬张九龄罢相，李林甫擅权。第二年的春天，王维就被派遣出使西凉了。这中间明显有被排斥的蛛丝马迹。不过此时三十多岁的王维，在仕进的道路上并没完全心灰意冷。当他出使至荒寒的西北边陲之际，不禁想到了汉代出使匈奴被困留十九年后终得返汉的苏武。李陵《答苏武书》云："足下昔以单车之使，适万乘之虏，遭时不遇，至于伏剑不顾，流离辛苦，几死于朔北之野。"这就是此诗首句"单车欲问边"中"单车"一典的出处。《汉书·苏武传》记载苏武返汉后，汉昭帝"诏武奉一牢谒武帝园庙，拜为典属国，秩中二千石，赐钱二百万，公田二顷，宅一区"。是时，官封典属国的苏武又是何等荣耀。这当也就是此诗次句"属国过居延"中"属国"一典的来历。居延塞远在张掖西北，是汉与匈奴接壤之地。因为用了苏武为"典属国"的故事，连类而及用了"居延塞"之事。这一联全用典故来表达诗人自己心中的感慨，与实际地理路线并不相关。有人斤斤考订居延在何处，萧关在何处，证明王维的地理概念有错误，未免有胶柱鼓瑟之嫌。运用故实是这首诗中突出的特点。胡震亨《唐音癸签》引胡云瑞语云："用事患不得肯綮。得肯綮则一篇之中，八句皆用，一句之中，二事串用，亦何不可？宛转清空，了无痕迹，纵横变幻，莫测端倪。"所谓"纵横变幻，莫测端倪"便是由于典故的引入，使诗歌的内涵极大地扩大了，令读者可以从各个角度去体会作者的用心。像王维此际的心境，如果直接地表露出来，当可以写一篇洋洋大文。现在浓缩在这十个字中，借用了苏武的故事，既写出了王维在仕途上遭受挫折的感慨，又写出了他仍然希望有机会建功立业的理想。"孰知不向边庭苦，纵死犹闻侠骨香。"(王维《少年行》)"岂学书生辈，窗间老一经。"(王维《送赵都督赴代州得青字》)当陇西粗犷而悲壮的景色，荒漠中开阔而奔放的气象，使诗人胸中心潮澎湃而激荡之际，这些诗句恰可以借来说明诗人此际的心情。不过，边地的荒寒也令诗人笔底免不了有一种凄苦的颜色。这种低抑的调子，表现在本诗的颔联。

颔联云："征蓬出汉塞，归雁入胡天。""征蓬"在所有诗家的笔下，都是一种颠沛流离的象征。"归雁"是自江南飞回朔北故地的候鸟。而王维此际却像无根的"征蓬"一样，远远地离开了自己的故土。风中蓬草实为诗人自况，鸿雁北归，则又成为孤蓬的对照,“鸿雁不堪愁里听,云山况是客中过”(李颀诗句),凄凉苦涩之况味,撼人心旌。然而,诗人并没有沉溺在这种凄苦的感伤之中。笔锋一转:“大漠孤烟直,长河落日圆。”以极雄健的笔触,极粗犷的线条,极开阔的怀抱,写出了极具特色的大漠风光,讴歌了祖国西北边陲的特有的壮美山河。这一联被王国维先生誉为“千古壮观”的名句,堪称绝唱。唐代诗人亲历边塞征战者颇不乏人,描写边地景象的名诗亦甚多。但是与王维这两句诗相比,确实无过其右者。像李颀的“野云万里无城郭,雨雪纷纷连大漠”(《古从军行》),高适的“大漠穷秋塞草腓,孤城落日斗兵稀”(《燕歌行》),与王维此联相比,气势未免稍逊。王维此联有涵盖乾坤之气象,包举宇内之境界。“大漠孤烟直”,一个“直”字传达出孤烟之神,而孤烟则又反衬出大漠之莽莽苍苍,无边无际。“长河落日圆”,一个“圆”字,固属落日自开天辟地以来即有的形状,然而在莽莽荒漠、浩浩长河之上悬着红艳耀眼的圆圆的落日,却给人以无限温暖的感受,无限美好的印象。若与王昌龄诗中“大漠风尘日色昏”(《从军行》)之描写比较起来,境界何等不同。

诗的尾联也是运用典故的模范。“萧关”,在今宁夏固源县东南,为著名的关中四关之一,襟带西凉,咽喉灵武,是历代王朝在西北边境的重要关塞。《史记·匈奴列传》载:“汉孝文帝十四年,匈奴单于十四万骑入朝那、萧关……候骑至雍、甘泉。”著名的“飞将军”李广就是在这次战役中建立军功,被封为中郎将的。“候骑”,指侦察骑兵。所以此联出句“萧关逢候骑”虚虚实实,化用典故,直如己事。至于对句“都护在燕然”,也是用东汉车骑将军窦宪,出鸡鹿塞,大破匈奴,登燕然山勒石纪功的故事。“都护”,边疆重镇都护府的首长。这句照应了首联中透露出来的诗人王维有意建功立业的意脉,同时,也写出了他此行原是为了宣慰庆贺崔希逸作战获胜而来的目的。一石二鸟,就像“昔人所谓使事如不使也”(《寒厅诗话》),达到了“宛转清空,了无痕迹”的境界。

(孟祥鲁)

竹里馆

独坐幽篁里,弹琴复长啸。
深林人不知,明月来相照。

《竹里馆》是王维《辋川集》绝句二十首之一,同《鹿柴》、《辛夷坞》一样,都被人认为有禅意。《鹿柴》写:“空山不见人,但闻人语响。”《辛夷坞》写:“涧户寂无人,纷纷开自落(指辛夷苑)。”这首诗写:“深林人不知,明月来相照。”都是写自己沉入禅寂的一般幽境中的无人无我的境界的。

《竹里馆》是王维在辋川别业营建的四周围有大片竹林的精舍,所以第一句写:“独坐幽篁里。”这是诗人寻求禅寂境界的第一步,独自坐在一片幽寂的竹丛里,无所容心。《楚辞·山鬼》“余处幽篁兮终不见天”,却是有我之境,深深怀着对前路幽险的忧愁。而王维这句诗却把自己放置于没有任何干扰的空静环境中。

第二句“弹琴复长啸”,是写出自己在静寂的环境中,又完全顺任自然地弹琴和长啸。《晋书·阮籍传》记载隐士孙登和阮籍同游苏门山,孙登在苏门山上长啸,这是有意识地表示隐逸人士的情怀高超。王维的弹琴长啸却摒弃一切用心，也不是弹琴长啸给别人听，而是进入忘我境界的更深的一个层次。

第三、四句写："深林人不知，明月来相照。"就逐渐进入无人无我的境界了。两句的意思是竹篁中的精舍是在林木深处的，我在林深处弹琴长啸，永远不会有人知道，只有明月上升时无意识地来照人。这一意境就是不存在任何人际关系的意境，就是一种体现了万缘皆空的意境，所以说王维在这幽美的环境中进入了禅悦的绝妙境界。这两句和《鹿柴》的"反景入深林，复照青苔上"一样，"反景"和"明月"像永不改变的空静本质，让人喜欢。裴迪有同咏一首，后二句说："出入惟山鸟，幽深无世人。"既纯是逻辑语言，又滞碍于事物，就远不及王维此诗意境之美，禅悦程度之深了(参见赵殿成《王右丞集笺注》)。　　（王达津）

鸟鸣涧

人闲桂花落，夜静春山空。
月出惊山鸟，时鸣春涧中。

王维二十一岁以进士擢第，中年由于中书令张九龄的推举，官右拾遗。但是好景不长，时隔一年多，张九龄罢知政事，李林甫等权臣把持朝政，王维便受到排挤和冷落。以此遂兴归隐田园之志，先是隐居终南山，后又经营蓝田辋川别墅。《旧唐书》本传云："晚年长斋，不衣文彩。得宋之问蓝田别墅，在辋口。辋水周于舍下，别涨竹洲花坞。与道友裴迪，浮舟往来，弹琴赋诗，啸咏终日。"这正是一个封建时代的知识分子失意时的一条出路。既然不愿与追逐利禄、鲜廉寡耻之辈同流合污，只有寄情山林，陶醉忘情于自然美之中了。《鸟鸣涧》是王维为他的朋友皇甫岳的云溪别墅所写的组诗《皇甫岳云溪杂题五首》中的第一首。"鸟鸣涧"或者就是这云溪别墅中的一处风景点的名称。王维的诗向来是被称为诗中有画的。这首小诗以淡淡的笔墨，清醇的意趣，淡泊的韵味，渲染成春山夜景，宛如一幅水墨小品。

有人说这首五言绝句的前一联写静，后一联写动，动中见静。笔者的看法略有不同，我认为这首小诗的前后两联是紧密依存、动静相生的。我们细按此诗之首联："人闲桂花落，夜静春山空。""桂花落"是动态，但是以桂花之细小，能觉察到它的坠落，非得有诗人之极敏锐的观察力和闲静、安舒的精神境界不可。此由"闲静"之静，而得动态的"落"，是一动静相生也。第二句明点出"夜静"二字，似乎全然是"静"了。不然！试推敲此联的声律，按一般读法，其平仄为："平平仄平仄，仄仄平平平。"这样一来，次句的末三字全成了平声，违反了声律法则。而且一句五言诗中，有"静"和"空"两个字，其义未免有相重之处。我们知道"春"字除读平声的昌唇切外，尚有仄声的尺尹切一读。如果将此"春"字读为仄声，则此一联的平仄便成为"平平仄平仄，仄仄仄平平"，就完全合律了。"春"读为仄声之后，其字义也随之改变。《礼记·乡饮酒义》："春之为言蠢也。产万物者圣也。"郑注云："蠢，动生之貌也。"孔疏云："圣之言生也。"如此，则"春山"乃是万物昭苏，蠢然而生的一片生机勃勃的动态，只是因为"夜静"才变得空寂了。这又是第二个动静相生了。结尾一联，春涧夜月是“静”，鸟鸣谷应则又是“动”。这样，处处在描绘动态，却又处处描绘出动静相生的视觉印象，将实化虚，犹如电影中的拉镜头，“人”、“花”、“山”、“鸟”……都是具体的实象，然而在诗人的笔底，这些具体的实象又都被描绘得闲静、空寂、幽美、柔和、空濛，渐渐地淡化、虚化。于是，从视觉和听觉甚至是触觉的感受中，渲染、烘托出意境幽远而淡雅的水墨画一样的诗情。它是对大自然、对人生的美的礼赞，它散发着优美的情致、健康的趣味，使一切鄙吝、庸俗、丑陋的东西相形失色，黯然潜踪。

最后我们还需要说明一点：就通常人们的一般常识而言，桂花是在秋天开的。然而王维此诗中写的却是在春天而见“桂花落”了。这当如何解释呢？据《植物名实图考长编》卷一九引《群芳谱》云：“岩桂似菌桂而稍异，叶有有锯齿如枇杷叶而粗涩者，有无锯齿如栀子叶而光洁者。丛生岩岭间，谓之岩桂，俗呼为木樨。……有秋花者，春花者，四季花者，逐月花者。”这样看来，《鸟鸣涧》诗中所写的桂花，当即为此“岩桂”了。

（孟祥鲁）

九月九日忆山东兄弟

独在异乡为异客，每逢佳节倍思亲。
遥知兄弟登高处，遍插茱萸少一人。

古代在夏历九月九日偕家人或友人登高，是一种避邪气、赏风光的风俗。那天登高的人要头插菊花或茱萸避不正之气。周处《风土记》说：“俗尚九月九日，谓之上九。茱萸到此日，气烈熟，色赤，亦可折其房以插头，云：‘辟恶气，御冬。’”每每阖家登山，是因为传说仙人费长房叫汉汝南人桓景于九月九日那天全家登山避邪恶，臂系茱萸囊。晚上回家，家中鸡犬都已中邪死去。因此，诗中写九月九日登高的往往写忆家思亲。这首诗原注：“时年十七。”可知是王维自己去长安应举时作。

诗题是“忆山东兄弟”，“山东”，古代常泛指华山以东的广泛地区，王维家乡是蒲州，即今山西省永济县，恰在华山之东，所以用“山东”字样代蒲州。诗的主题就是在异地登高思兄弟，王维和他兄弟王缙等手足之情非常笃厚，所以这是一首抒发真情至性的诗篇。

第一句“独在异乡为异客”，特别重叠用了两个“异”字，此处是用初唐句法而加以变化的。王勃《蜀中九日》：“九月九日望乡台，他席他乡送客杯。”卢照邻《九月九日旅眺》：“九月九日眺山川，归心归望积风烟。”都重叠用字。诗人所强调的是“异”字，是在异乡，而又是一个长久在外作客不同的客人，再标出一个“独”字，这就把举目无亲、天涯孤旅的客子百倍思乡的情绪写出来了。就句法和用字讲，可谓工于发端。

第二句“每逢佳节倍思亲”，是说王维到长安来已过了几个节日，如清明、端午、中秋之类，每一遇节日就会加倍思乡，那么非节日也思乡，不言而喻。这句泛讲思乡，紧紧地为“独”字、“异”字加注脚，把年轻旅人遇节日的心理状态反映出来了。

第三句“遥知兄弟登高处”是转折句，转入写具体的节日是怎样思念的，即远远地想象像往年一样登高时登高地方的情景，这句紧紧连接第四句。

第四句说：“遍插茱萸少一人。”登高情景是很吸引人的，如饮酒、赋诗等等，但他抓住了最富于九日登高特征的头上插簇生小花的茱萸来写，并且只用“少一人”三字，就把双方在这一节日具体思念的内心活动准确地写出来了。这句是说，在那里大家遍插茱萸的时候很自然地会想到少了一个人，而王维却想象着在那里兄弟想念他的情景。一句真情实境的话语，就巧妙地把双方的通感写出来了。这样写不但能反映出具体节日，而且也反映出兄弟感情之笃，思念之深了。

前人曾举杜甫《九日蓝田崔氏庄》诗：“明年此会知谁健，醉把茱萸仔细看。”朱放《九日与杨凝崔淑期登江上山有故不往》诗：“那得更将头上发，学他年少插茱萸。”同王维诗后二句作比较说：“用事则一，命意不同。”（《苕溪渔隐丛话》后集）杜甫、朱放诗是老年的作品，写得都比较衰飒，而王维却是天真少年，所以出语不同，不但想象力丰富，而且相互关心之意也跃然纸上了（参见赵殿成《王右丞集笺注》）。

（王达津）

送元二使安西

渭城朝雨浥轻尘，客舍青青柳色新。
劝君更尽一杯酒，西出阳关无故人。

诗人王维在开元二十五年（737），曾以监察御史身份出使过塞上，写过自己亲身经历的边塞诗，也写过送人出塞的诗，这是一首送人出塞的诗。宋人刘会孟（须溪）评：“更万首绝句，亦无复近，古今第一矣。”原因是这首诗是意在言外，情致深长，不著边塞或别离一字，而写尽送人出塞之情，真是一唱三叹，能深入行者心理深层。

“元二”，不详何人。杜甫有《送元二适江左》诗，自注云：“元曾应孙、吴（即兵家孙武、吴起）举。”可能就是这位懂得兵法的人。“安西”，安西府，府治在龟兹，即今新疆库车县地，是唐朝守边重镇。天宝六年（747），唐玄宗命高仙芝为安西四镇节度使，元二也可能曾奉使到高仙芝处。“阳关”，在今甘肃敦煌西南。“玉门关”，在敦煌西北。

诗的第一句写“渭城朝雨浥轻尘”，“渭城”，在今陕西省咸阳市东北二十里聂家沟，唐人送别近则在咸阳桥，远则在渭城。“浥”，《说文》：“湿也。”这句意境很美。时节是春天三月光景，渭城早晨下过一阵细雨，润湿了曾轻轻飞起的尘土，有一个适宜于出行的天气。

第二句写“客舍青青柳色新”，盛唐时期，驿路上是遍栽杨柳的，从长安、渭城直达玉门关等地都种杨柳（见杜环《经行记》）。这句诗也不带伤感色彩，杨柳是离别或还乡最易激动旅人情绪的景物。王维还家时写的《寒食汜上作》也有“杨柳青青渡水人”的句子，王翰《春日思归》诗也有“杨柳青青杏发花，年光误客转思家”的句子。这句是说驿路上雨后的杨柳青青显得很新嫩，表面上虽然并不特别流露悲哀，但已为离情别意伏下转折之笔。

以上两句是写景，已把车马徐行，轻尘不起，杨柳青青的送别图勾勒出来了，所以后人曾据此诗意画成一幅《阳关送别图》，而情蕴藏于景中。

后两句是拗句，不同于七绝正格，第三句除尾字仄声外，平仄均与第一句同，第四句与第二句同，这样有点拗的句式，更显得感情淳朴。魏庆之《诗人玉屑》称这句式为"折腰体"，中间失粘而意思还是连贯的。

三、四句写情，情中有景，即言劝酒之意时，反映将终的离宴。第三句"劝君更尽一杯酒"，写离宴将终时，劝元二再喝完一杯酒，劝词和用意在下句中写出。

第四句写"西出阳关无故人"，意思就是说这回不多喝一杯，等西出阳关之外，就不再有老朋友了，也不会有今天同故人一起饮酒的快乐了。《唐诗品汇》引谢枋得评："此诗后二句谓劝君更尽此酒，出阳关之外，必求今日故人饮酒之乐，不可得矣。"讲的是很对的。

这样的写法全不写边塞情景，不同于他《送韦评事》诗所写"遥知汉使萧关外，愁见孤城落日边"那样苍凉悲壮。但侧重于写渭城与阳关的不同，出塞的意思也就写出来，脉脉的离情中也含寓着一种刚毅决绝之气，写法别具一格，不落窠臼。贾至《送李大夫赴常州》诗云："今日送君须尽醉，明朝相忆路漫漫。"意思也是从王维此诗脱化的。

这首诗在唐代被谱入乐府，称为《阳关三叠》，又叫《渭城曲》，白居易《对酒》诗云："相逢且莫推辞醉，听取《阳关》第四声。"刘禹锡《与歌者何戡》诗云："故人惟有何戡在，重与殷勤唱《渭城》。"都是讲听唱这首诗的，可见这首诗在当时如何引起人们的共鸣，如何到处传唱而历久不衰（参见赵殿成《王右丞集笺注》）。

（王达津）

王　湾

次北固山下

客路青山外，行舟绿水前。

潮平两岸阔，风正一帆悬。

海日生残夜，江春入旧年。

乡书何处达？归雁洛阳边。

明代胡应麟《诗薮·内编》卷四把此诗列为"盛唐绝作"之一，且认为它"视初唐格调如一；而神韵超玄，气概闳逸，时或过之"。也就是说：这首诗在格调上与初唐的诗歌并无二致，但是在神韵和气象方面较初唐的诗歌更加超妙、闳逸（宏阔、飘逸）。

傅璇琮指出："王湾唱出了……那样风格壮美而又富于展望的诗句，一扫武、韦时期绮丽不正的诗风，这就不能不使人们一新耳目，预示着盛唐诗歌健康发展的康庄大道。”（《唐代诗人丛考》，第51页）我赞同他的看法。

诗题中的“次”字一般注本都作“停泊”解。但细详诗意，应解作“经过”始合，因为从颔联即可察知：诗人所乘之舟是在江中行驶的。

北固山在今江苏镇江市北，濒临长江，与金山、焦山互为犄角。它扼当运河与长江交汇口的南侧，是南来北往船只必经之处。王湾是洛阳人。据《唐才子传》说：他尝“往来吴、楚间”；据《全唐诗》题下小注，这首诗即写于王湾往游吴中（今苏州市）的路上。

首二联从空间着笔。“客路”，谓通向去处的道路。“青山”，泛指重重的山，北固山自然也在内。“行舟”，谓行者所乘之船只。“绿水”，应指长江，此从颔联所写景色的壮阔便可看出来。诗人行经北固山下，而去处仍在重山之外，离乡是越来越远了，故“客思”之深，可以想见。但行舟于青山绿水间，目悦神怡；展望前途，不致陷于愁苦而无法自拔。此正是盛唐诗人们典型的襟怀和性格。

“潮平两岸阔，风正一帆悬。”前句拓展出一个广袤无垠的世界，诗人正身居于势与岸平的高潮之上；后句隐见出一条畅通无阻的水道，诗人正凭借着风力驶向遥远的前程。“两岸”辽阔，“一帆”高悬，这诗境本身就显示出一种点面结合的立体美。

颈联转从时间着想。“海日生残夜，江春入旧年。”前句谓从黑暗中乍见光明，一轮红彤彤的旭日腾升于天际；后句谓从旧岁里喜迎新春，一股暖洋洋的气息弥漫于周围。光生于暗，新出于旧，这岂不是最朴素的自然辩证法么？据殷璠《河岳英灵集》云：当时已飞黄腾达、高居相位的诗人张说特别喜爱这两句，曾亲手把它写成字幅张挂在政事堂上，常教一些有文学素养的知识分子奉此为学习模式。殷璠誉此为“诗人以来少有此句”。虽揄扬稍过，然见地确是不凡。

末联以乡思作结。“乡书何处达？归雁洛阳边。”诗人把不绝如缕的思念托北飞的归雁捎走。这除了用古人“雁足传书”的典故外，也不失为一种遣兴手法。诗人神思飞越于江南和洛阳之间，把读者进一步带入了一个更高、更远的审美境界。

殷璠说：“湾词翰早著，为天下所称最者不过一二。”现存王湾诗十首，而真正著名的仅此一首。好诗不在多，不好的诗多也无益。这便是我读王湾诗时所获得的一点启迪。

（蔡厚示）

李白

古风（其一）

大雅久不作，吾衰竟谁陈？
王风委蔓草，战国多荆榛。
龙虎相啖食，兵戈逮狂秦。
正声何微茫！哀怨起骚人。

扬马激颓波，开流荡无垠。
废兴虽万变，宪章亦已沦。
自从建安来，绮丽不足珍。
圣代复元古，垂衣贵清真。
群才属休明，乘运共跃鳞。
文质相炳焕，众星罗秋旻。
我志在删述，垂辉映千春。
希圣如有立，绝笔于获麟。

这是中国文学史上最早的一首论诗诗。诗中对《诗经》以来到唐朝的历代诗赋作了概括性的总结和评价，并抒写了自己的文学主张和抱负。孟棨《本事诗·高逸》记载："（李）白才逸气高，与陈拾遗齐名，先后合德。其论诗云：'梁陈以来，艳薄斯极。沈休文又尚以声律。将复古道，非我而谁与！'"可与此诗相印证。

开头二句为全诗大旨，以下分两段申述二句之意。《大雅》本指《诗经》的一个组成部分，是周王畿内的乐曲。《毛诗序》云："雅者，正也。言王政之所由废兴也。政有大小，故有小雅焉，有大雅焉。""雅"是指与"夷俗邪音"不同的正声，诗人慨叹这种正声久衰不兴。次句用孔子的话："甚矣吾衰也！久矣吾不复梦见周公。"（《论语·述而》）李白以孔子自喻，这句包含着两层意思：既然大雅长久不兴，当今由谁来兴？从《本事诗》的记载可知李白抱负："将复古道，非我而谁与！"诗人显然以恢复大雅为己任的。这是一层意思。可是自己年力将衰，又有谁能陈其诗于朝廷之上？这是又一层意思。二句诗意曲折，但意境明朗，读者自可体会。

从"王风委蔓草"至"绮丽不足珍"，申第一句"大雅久不作"之意，概叙《诗经》以后中国诗赋发展情况。《毛诗序》云："关雎麟趾之化，王者之风。"这里的"王风"乃概指以《诗经》为代表的正声。诗人认为春秋之后"王者之风"被委弃于蔓草之中，从战国时代一直到狂秦统治，兵戈相仍，互相吞并，诗坛长满荆榛，荒芜不堪。班固《答宾戏》："于是七雄虓阚（xiāo hǎn 宵罕），分裂诸夏，龙战虎争。"这里的"龙"、"虎"，就是指战国时秦楚齐燕韩赵魏七雄。"相啖食"，即互相吞并。诗人叙述至此，文势作一顿歇，用"正声何微茫"一句作为"战国"到"狂秦"整个诗坛情况的概括总结，以"大雅"为代表的和平中正之声多么衰微！"正声"亦即"雅声"，"微茫"形容极少，然后补出一句"哀怨起骚人"，其间只有以《离骚》为代表的屈原、宋玉等人的作品发出哀怨之声。屈原的《离骚》为《楚辞》的代表，后人称楚辞体诗为骚体诗，称诗人为骚人。儒家历来认为《诗经》的正声是"哀而不伤，怨而不怒"，这里称屈宋作品为"哀怨"，隐然表示战国微茫的诗坛上尚有一些"正声"。"扬马"指西汉大赋代表作家扬雄和司马相如。他们的作品铺张扬厉，堆砌辞藻，诗人认为这是激起的一股衰颓波澜，开拓出无边无际的洪流。也就是《文心雕龙·诠赋》所说的"遂使繁华损枝，膏腴害骨，无贵风轨，莫益劝戒"，流毒很大。评述至此，诗人不再一个朝代一个朝代地罗列，而是概括性地总说："废兴虽万变，宪章亦已沦。"虽然朝代更替，出现种种变化，但"大雅"正声的诗歌法度却总是沦落不振。自从建安以后，诗坛上盛行绮丽之风，诗人认为这是不足珍视的。亦即《本事诗》所说“梁陈以来，艳薄斯极，沈休文又尚以声律”，都包括在“绮丽不足珍”五字之中。刘勰《文心雕龙·明诗》所谓“晋世群才，稍入轻绮，采缛于正始，力柔于建安”，亦即此意。以上十二句，是对《诗经》以后直到唐以前这段历史长河中的诗歌的总结和评价，写足了“大雅久不作”的内容。

从“圣代复元古”到末尾，申第二句“吾衰竟谁陈”之意，歌颂盛唐诗风并抒发自己的抱负。称唐朝为“圣代”，是诗人对所处时代的歌颂。诗人认为唐代恢复了太古时代的淳朴风气，垂衣裳而天下治，崇尚纯真的自然文风。“清真”二字，与上文“绮丽”相对，反映了诗人的诗歌理论主张。接着四句，诗人认为许多人才恰逢政治清明的时代，乘运而起，如鱼得水，在诗坛上跃腾，驰骋才华。“文质半取，风骚两挟”(《河岳英灵集·集论》)，互相闪耀着光辉，就像繁星罗列于秋空。“旻(mín民)”，秋天，秋夜天气爽朗，星光特别明亮。这六句是李白对盛唐时代诗坛的热情赞美。有人认为这六句是李白说反话，因为唐代是近体律绝诗新兴的时代，并未“复元古”；从唐太宗、高宗、中宗、睿宗之间，历经武后、韦后之变，并未垂衣而治；还认为唐诗文胜于质，并非“文质相炳焕”，等等。其实这说法是不对的。李白所说的“复元古”，只是指“贵清真”、反绮丽的诗风而已，并非指诗体；李白在《明堂赋》、《大猎赋》以及不少诗篇中曾热烈颂扬自己所处的时代；对同时代的许多诗人都很倾慕，从未有过贬词。

末四句抒发自己的志向。诗人的志向是要追踪孔子，对盛唐诗歌进行整理和编订，使它的光辉垂映千年万代。他仰慕孔子作《春秋》，期待自己亦能在创作上完成清真自然的一代诗风。如果达到这个目标，他也将像孔子那样“绝笔于获麟”。《史记·孔子世家》记载：鲁哀公十四年(前481)，鲁国人打猎时获麟。孔子认为麒麟被人捕获，象征自己将要死亡，哀叹说：“吾道穷矣。”于是搁笔不再著述。他写的《春秋》即终于是年。孔子是春秋时代的一代伟人，李白期望自己成为盛唐时代的一代伟人，真如胡震亨所说“自负不浅”。诗中“有立”二字与开头“不作”遥相对照，写足了“将复古道，非我而谁”之意。

全诗结构严密，层次井然。历叙前代诗坛并不平铺直叙，而是详略有间，文势多变。李白诗多豪放飘逸，而此诗却平和淡雅而浑厚。全诗一韵到底，音节平缓，表明李白诗歌的风格是多样的。《唐宋诗醇》称此诗：“括风雅之源流，明著作之意旨，一起一结，有山立波回之势。”说得很正确。

(郁贤皓)

蜀道难

噫吁戏！危乎高哉！蜀道之难，难于上青天。
蚕丛及鱼凫，开国何茫然！
尔来四万八千岁，不与秦塞通人烟。
西当太白有鸟道[1]，可以横绝峨眉巅。
地崩山摧壮士死，然后天梯石栈相钩连[2]。
上有六龙回日之高标[3]，下有冲波逆折之回川。

黄鹤之飞尚不得过，猿猱欲渡愁攀援。
青泥何盘盘[④]！百步九折萦岩峦。
扪参历井仰胁息[⑤]，以手抚膺坐长叹。
问君西游何时还？畏途巉岩不可攀。
但见悲鸟号古木，雄飞雌从绕林间。
又闻子规啼夜月，愁空山。
蜀道之难，难于上青天，使人听此凋朱颜！
连峰去天不盈尺，枯松倒挂倚绝壁。
飞湍瀑流争喧豗，砯崖转石万壑雷。
其险也如此，嗟尔远道之人，胡为乎来哉！
剑阁峥嵘而崔嵬，一夫当关，万夫莫开。
所守或非亲，化为狼与豺。
朝避猛虎，夕避长蛇，磨牙吮血，杀人如麻。
锦城虽云乐，不如早还家。
蜀道之难，难于上青天，侧身西望长咨嗟。

本诗约作于开元末年首次入长安时，是李白一生杰出的代表作之一。那惊人的想象，大胆的夸张，峭拔的笔势，酣畅的抒情，正是李白诗歌独特魅力之所在。千载以下，读来仍令人惊心动魄，叹赏不已！

从开头到“然后天梯石栈相钩连”是第一段。一句“危乎高哉”的惊叹，先声夺人；一声“难于上青天”的感喟，耸人听闻。读者还没回过神来，已被李白带进离奇的传说中去：在人类发轫之初，蚕从与鱼凫两位或许还是人面兽身的国王，就在此地开辟了国家，多少万年过去了，这里的人民却始终不曾与内地往来。路，倒是有一条，然只有鸟儿振翅高飞方能通过。于是诗人用“地崩山摧壮士死，然后天梯石栈相钩连”两句极为概括地追溯了五丁开辟蜀道的神话传说。无形中为这首诗之警拔雄奇格调涂上了一抹浓重的悲壮色彩。这是全诗的“起”，起得突兀而奇幻，引人入胜。

从“上有六龙回日之高标”到“嗟尔远道之人，胡为乎来哉”是诗的第二段，开始从天马行空的联想转向身临其境似的描写。放眼望去，群峰高耸，遮天蔽日，深谷急流，回旋曲折，要说山路高危到什么地步，我们只要看看行人游子用手按住狂跳的心脏，坐下来长长地惊叹就知道了！在这里，我们看不见缤纷的色彩、优美的形象，其实未必没有，而是粉身碎骨的危险令人一步一惊，提心吊胆，哪还容人迷花倚石！鸟儿的叫声，此刻听来怎么会这般哀切不祥！而杜鹃一声声“不如归去”的悲鸣则更令人闻而思归……哪知，前面还有更为奇险的风光，但见群峰插天，枯松倒挂，难怪前面慨叹“黄鹤之飞尚不得过，猿猱欲度愁攀援”呵！而飞湍急瀑的撞击之声更如万马千军的奔腾厮杀。至此，诗人一句“其险也如此，嗟尔远道之人，胡为乎来哉”的猛然发问，便与读者达成了强烈的共鸣！这段是全诗的“承”，写得激越震荡，令人驰魂夺魄。

从“剑阁峥嵘而崔嵬”到“杀人如麻”是诗的第三段。诗人化用西晋张载《剑阁铭》中“一夫荷戟，乃夫趑趄。形胜之地，非亲勿居”的句子，由流盼转为沉思，将一种油然而起的殷忧，于此暗示给读者。痛饮狂歌的李白平日未必已洞烛天宝初年太平景象背后所潜伏的种种社会危机，但在写及大剑山和小剑山之间这条三十里长的栈道之群峰如削、断壁成门时，不禁骤生疑虑：此地形势险要，易守难攻，历史上在这里割据称雄者不乏其人，那么，不久的将来，说不定悲剧重演，彼时将会是豺狼当道，鱼肉百姓。这一神来之笔，使《蜀道难》便不再单纯地作为一篇山水乐章而存在，而是具有了深刻重大的社会意义。因为李白的预言，不久便为“安史之乱”爆发后的蜀中大乱所证实。这一段是诗的“转”，虽然简捷，但相当凝重沉实，开拓并深化了诗的主题。

从“锦城虽云乐”到结尾是诗的第四段。从蜀道的凶险以及去蜀地后可能面临的不测之祸得出结论：及早还家。这便是本诗的“合”，即收结，简短精悍，恰到好处。

前人论诗，有“凤头、猪肚、豹尾”之说，意即：“起要美丽，中要浩荡，结要响亮。”(均见陶宗仪《辍耕录》)《蜀道难》自可为其典范。

李白，这位“一生好入名山游”的浪漫诗人，在许多歌咏大自然的诗篇中表现得那样兴高采烈，雄姿英发，而其傲岸、坦荡的性格也正与那些雄健、明丽的意象交相辉映，形成阔大而秀美的意境，潇洒而俊爽的诗风，诸如“登高壮观天地间，大江茫茫去不还”、“两水夹明镜，双桥落彩虹”等等不胜枚举。而在《蜀道难》中，却一反常格，诗中充满了地崩山摧、冲波逆折、畏途巉岩、悲鸟古木、夜月空山等凄厉凶险的意象。作者不仅刻画出行人“仰胁息”、“坐长叹”的惊异之态，而且三次浩叹“蜀道之难，难于上青天”：在篇首，它开宗明义，用以表现那种蓦然惊愕的神情；在篇中，再扣题旨，抒写难以抑止的警惧心理；在篇末，它照应篇首，总结全诗，表达那种神魂未定的嗒嗟喟叹，再次加深读者印象，实在是把蜀道之险、世情之恶淋漓尽致地表现了出来。前人对本诗寓意有种种推测，但坐实针对某人某事都证据不足。我们吟咏此诗时，既看到蜀山的奇险绝伦，心怀惊悸，又感受着一种高蹈凌厉、俯瞰天险的气度，从而顿开慷慨激昂之怀，绝无萎靡感伤之情。这是由于固然诗人对蜀道之险恶极力渲染，但更惊叹于它的神奇。它暴戾、蛮横，站在人的对立面，一副对人类揶揄与挑衅的姿态，但却又是如此气势磅礴、瑰丽多变，自有其独特的威严与魄力。它强烈地激发了人们的神往之情、征服之心，诱使人们决意于心折骨惊中亲身完成一次壮美的历险！对立与和谐、消极与积极、被动与主动原是互为因果的，高明的诗人可谓深谙个中三昧！李白在一首五律诗《送友人入蜀》中曾再次写及蜀道：“山从人面起，云傍马头生。芳树笼秦栈，春流绕蜀城。”美矣奇矣，但共鸣效果远比不上《蜀道难》之强烈。

对长篇乐府歌行体的创新和发展，是此诗的突出艺术成就。《蜀难道》是乐府《相和歌辞·瑟调曲》旧题，属七言歌行，古代诗人仅用以描写蜀道之险阻，其诗大多内容单薄，篇幅简短。而李白此诗以七言为主，兼用大量长短句，从三言直至十一言，句法变化多端；用韵亦突破了一韵到底的程式，多次换韵，挥洒自如，从而形成了奔放酣畅的语言风格。唐殷璠《河岳英灵集》称此诗："奇之又奇，然自骚人以还，鲜有此调也。"而孟棨《本事诗·高逸》载：李白初至长安，贺知章往访，见此诗，"称叹者数四，号为谪仙"。可见其艺术成就之高！（赵海菱）

【注】①太白：秦岭峰名。②《华阳国志·蜀志》载：秦嫁五女给蜀王，蜀王派五位力士迎娶，路遇大蛇，壮士力拉蛇尾，山塌地裂，分为五岭。③六龙：古代神话，太阳神羲和乘六条神龙驾的车子在太空中由东向西行驶。高标：高峰。④青泥：岭名。⑤参、井：两星宿名。分别为秦、蜀分野。

战城南

去年战，桑干源[①]；
今年战，葱河道[②]。
洗兵条支海上波[③]，放马天山雪中草。
万里长征战，三军尽衰老。
匈奴以杀戮为耕作，古来惟见白骨黄沙田。
秦家筑城备胡处，汉家还有烽火燃。
烽火燃不息，征战无已时。
野战格斗死，败马号鸣向天悲。
乌鸢啄人肠，衔飞上挂枯树枝。
士卒涂草莽，将军空尔为。
乃知兵者是凶器，圣人不得已而用之。

这首诗是抨击封建统治者穷兵黩武的。萧士赟说："开元、天宝中，上好边功，征伐无时，此诗盖以讽也。"所评颇中肯綮。

天宝年间，唐玄宗轻动干戈，逞威边远，而又几经失败，给人民带来深重的灾难。一宗宗严酷的事实，汇聚到诗人胸中，同他忧国悯民的情怀产生激烈的矛盾。他沉思、悲愤，内心的呼喊倾泻而出，铸成这一名篇。

整首诗大体可分为三段和一个结语。

第一段共八句，先从征伐的频繁和广远方面落笔。前四句写征伐的频繁。以两组对称的句式出现，不仅音韵铿锵，而且诗句复沓的重叠和鲜明的对举，给人以东征西讨、转旆不息的强烈印象，有力地表达了主题。"洗兵"二句写征行的广远。左思《魏都赋》描写曹操讨灭群雄、威震寰宇的气势时说："洗兵海岛，放马江洲。"此二句用其意。"洗兵"，洗去兵器上的污秽；"放马"，牧放战马。在条支海上洗兵，天山草中牧马，其征行之广远自见。由战伐频繁进至征行广远，境界扩大了，内容更深厚了，是善于铺排点染的笔墨。"万里"二句是本段的结语。"万里长征战"，是征伐频繁和广远的总括；"三军尽衰老"是长年远征的必然结果，广大士兵在无谓的战争中耗尽了青春的年华和壮盛的精力。有了前面的描写，这一声慨叹水到渠成，自然坚实，没有一点矫情的喧呶叫嚣之感。

“匈奴”以下六句是第二段，进一步从历史方面着墨。如果说第一段从横的方面写，那么，这一段便是从纵的方面写。西汉王褒《四子讲德论》说，匈奴“业在攻伐，事在射猎”，“其耒耜则弓矢鞍马，播种则扞弦掌拊，收秋则奔狐驰兔，获刈则颠倒殪仆”。以耕作为喻，生动地刻画出匈奴人的生活与习性。李白将这段妙文熔冶成“匈奴”两句诗。耕作的结果会是禾黍盈畴，杀戮的结果却只能是白骨黄沙。语浅意深，含蓄隽永，并且很自然地引出“秦家”二句。秦筑长城防御胡人的地方，汉时仍然烽火高举。二句背后含有深刻的历史教训和诗人深邃的观察与认识，成为诗中警策之句。没有正确的政策，争斗便不可能停息。“烽火燃不息，征战无已时！”这深沉的叹息是以丰富的历史事实为背景的。

“野战”以下六句为第三段，集中从战争的残酷性上揭露不义战争的罪恶。“野战”二句着重勾画战场的悲凉气氛，“乌鸢”二句着重描写战场的凄惨景象，二者相互映发，交织成一幅色彩强烈的画面。战马独存犹感不足，加以号鸣思主，更增强物在人亡的悲凄；乌啄人肠犹以不足，又加以衔挂枯枝，更见出情景的惨烈：都是带有夸张色彩的浓重的笔墨。“士卒”二句以感叹结束本段。士卒作了无谓的牺牲，将军呢？也只能一无所获。

《六韬》说：“圣人号兵为凶器，不得已而用之。”全诗以此语意作结，点明主题。这一断语属于理语的范围，而非形象的描写。运用不当，易生抽象之弊。这里不同。有了前三段的具体描写，这个断语是从历史和现实的惨痛经验中提炼出来的，有画龙点睛之妙，使全诗意旨豁然。有人怀疑这一句是批注语误入正文，可备一说，实际未必然。

这是一首叙事诗，却带有浓厚的抒情性，事与情交织成一片。三段的末尾各以两句感叹语作结，每一段是叙事的一个自然段落，也是感情旋律的一个自然起伏。事和情配合得如此和谐，使全诗具有鲜明的节奏感，有“一唱三叹”之妙。

《战城南》是汉乐府旧题，属《鼓吹曲辞》，为汉《铙歌》十八曲之一。汉古辞主要是写战争的残酷，相当于李白这首诗的第三段。李白不拘泥于古辞，从思想内容到艺术形式都表现出很大的创造性。内容上发展出一、二两段，使战争性质一目了然，又以全诗结语表明自己的主张。艺术上则糅合唐诗发展的成就，由质朴无华变为逸宕流美。如古辞“水深激激，蒲苇冥冥。枭骑战斗死，驽马徘徊鸣”和“野死不葬乌可食。为我谓乌：‘且为客豪！野死谅不葬，腐肉安能去子逃！’”本诗锤炼为两组整齐的对称句，显得更加凝练精工，更富有歌行奔放的气势，显示出李白的独特风格。

（孙　静）

【注】 ①桑干：河名，流经今山西、河北北部，地属北方。　②葱河：即葱岭河，在今新疆西南部，地属西方。　③条支：西域国名，即唐时的大食，在今伊朗境内。唐朝安西都护府下设有条支都督府。

将进酒

君不见，黄河之水天上来，奔流到海不复回！
君不见，高堂明镜悲白发，朝如青丝暮成雪！
人生得意须尽欢，莫使金樽空对月。
天生我材必有用，千金散尽还复来。
烹羊宰牛且为乐，会须一饮三百杯。
岑夫子，丹丘生，将进酒，杯莫停。
与君歌一曲，请君为我倾耳听。
钟鼓馔玉不足贵，但愿长醉不复醒。
古来圣贤皆寂寞，惟有饮者留其名。
陈王昔时宴平乐，斗酒十千恣欢谑。
主人何为言少钱？径须沽取对君酌。
五花马，千金裘，呼儿将出换美酒，与尔同销万古愁。

《将进酒》，乐府旧题，是《鼓吹曲辞》汉《铙歌》十八曲之一。宋人郭茂倩《乐府诗集》卷一六《将进酒》解题云："古词曰：'将进酒，乘大白'，大略以饮酒放歌为言。""大白"，大酒杯。"将"，即"请"的意思。这首诗作于天宝十一载(752)，时李白与友人岑勋，在另一友人嵩山隐者元丹丘颍阳山居会饮。"一朝去京国，十载客梁园。"天宝三年，李白由翰林待诏"赐金还山"，被迫辞朝离开长安，此后十年间，来往于齐、赵、梁、宋，过着落拓的漫游生活。由于政治上遭受沉重打击，其理想抱负如由青霄坠落平地，几近破灭。他追求理想、企望建功立业的奋进精神与政治热情，受到了极大挫折，心情非常苦闷。这期间，寻仙学道，访朋会友，饮酒放歌，便成了他排遣愁怀、追求适意的精神寄托。尤其是纵饮狂歌，更是他从愁苦烦闷中得以解脱的特殊生活方式。"穷愁千万端，美酒三百杯。愁多酒虽少，酒倾愁不来。"(《月下独酌》其四)"荡涤千古愁，留连百壶饮。"(《友人会宿》)"酒来笑复歌，兴酣乐事多。"(《金陵江上遇蓬池隐者》)这时期他写了大量以饮酒为内容的诗，《将进酒》就是其中的代表作。诗中写他怀才不遇的愤激，对功名富贵的蔑视，同时也表现了及时行乐的颓唐人生态度。然他对自身力量又充满着自信。因此这首诗的基调不是低沉消极，而是昂扬乐观的。它感情强烈，气势磅礴，语言豪壮，音节洪亮，有长江大河起伏奔腾、一泻千里之势，是广为传诵的千古名篇。

全诗大致可分为三段。开头至"将进酒，杯莫停"为第一段；由"与君歌一曲"到"斗酒十千恣欢谑"为第二段；其余是第三段。诗的开头，如疾风骤雨倏然而至，接连两个气势流畅的排比长句，向人呼问："君不见，黄河之水天上来，奔流到海不复回！君不见，高堂明镜悲白发，朝如青丝暮成雪！"黄河发源于昆仑山，东流入海，落差极大，可以想见其奔流之疾。诗人在读者眼前呈现的"黄河落天走东海"的景象，用意不在写景，而是作为比喻，向人们喻示时光流逝迅疾，一去不复返。这样的比喻，不仅生动形象，喻义贴切，表现力强，而且气势奔放，形象伟壮，与那类纤巧、工细的比喻大不相同，因而把诗人胸中澎湃激荡之情，淋漓尽致地倾泻了出来。仅此而言，我们即可窥见李白浪漫主义诗人之一斑。三、四句亦是比喻，其喻义通过对镜悲叹的人物形象表现出来。"青丝"，即黑发；"雪"形容白发。一日之间，满头青丝尽成白发，青春易逝，人生是何等短暂！"高堂"、"明镜"，语言壮丽；朝暮之变，感慨深沉。这两句与一、二句波澜壮阔之形象虽明显不同，然却旗鼓相称，交映生辉。光阴迅逝，人生短暂，生当今世，当如之何？"人生得意须尽欢，莫使金樽空对月。"这就是诗人的回答，这就是李白对友人的呼劝。"樽"，酒杯；"金"，言其贵重。"空对月"，辜负良辰美景。这句把饮酒写成一种美的享受、美的陶醉，令人神往。"得意"，固然泛指人生得意之事，然对李白而言，其含义又是什么呢？如前所述，李白由平步青云而一落千丈，此时是政治上最失意的时候，哪有春风得意之事呢？其实，他所谓的"得意"，是指精神上的解脱；是他看破仕途险恶，看破功名富贵，从苦恼困惑中解脱之后的一种适意、快意、心情痛快的精神状态。这正是他胸怀旷达、性格洒脱的表现。"人生达命岂暇愁，且饮美酒登高楼。"（《梁园吟》）"穷通与修短，造化夙所禀。一樽齐生死，万事固难审。"（《月下独酌》其三）当然，"得意"也包含着他对自我潜力的认识："天生我材必有用，千金散尽还复来。"多么自负自信！多么昂扬乐观！这是他的精神支柱，是他遭受挫折后，没有消极沉沦、一蹶不振的原因所在。如此胸襟，如此气概，故其饮酒方式也非同一般。与友会饮，不是要罗列珍馐，品味佳肴，而是"烹羊宰牛"大口嚼肉；不是"三杯两盏淡酒"浅斟慢饮，而是"一饮三百杯"放量狂饮。语言虽是粗豪，形象却很壮美，字里行间洋溢着豪气。诗写至此，兴酣意畅，杯不停举，已到了痛快淋漓不能自已之时。酒后吐真情，胸中郁积，不吐不快。因此满腹不平之气，一腔愤激之情泻诸笔下。诗轻轻宕开一笔，以"与君歌一曲"别开生面，由劝友酣饮，转入为友高歌感慨世事，使诗篇富有了悲愤色彩与政治内容。构思奇特而又自然和谐，真是天衣无缝！"钟鼓"，古时富贵人家以钟鼓为乐。"馔"，饮食，"玉"言其精美。"钟鼓馔玉"，代指富贵。"不足贵"，即"富贵于我如浮云"之意。为何"但愿长醉不复醒"呢？因为醉后"不知有吾身，此乐最为甚"（《月下独酌》其三）。其实是以酒浇愁，寻求精神超脱。古来圣贤多是生前不为世用，死后默默无闻。为古人鸣不平，实则抒发自己的愤懑。"陈王"，三国时曹植曾被封为陈王。"平乐"，当时洛阳的平乐观。这两句化用曹植《名都篇》"归来宴平乐，美酒斗十千"诗句。留名后世的古之饮者甚多，何以举曹子建呢？这是因为曹植才华盖世，风流俊爽；不惜费金会友纵饮之举，为人所称道；且又才高见嫉，壮志难酬，与自己性情、才调、遭遇颇有相似之处。以上六句是歌曲内容。歌罢又复饮酒，诗开始收结。收，既要与前面相照应，绾结全篇；又要不重复前意，开拓新的诗境。此诗结尾，在这方面就达到了妙合天成的地步。作者由上一段陈王"斗酒十千恣欢谑"一句，顺势引出了"主人何为言少钱"，非常自然，毫无突兀之感。以此句作跌宕之势，反衬自己欲以裘马换酒的豪举，笔法有力，不着痕迹。"五花马"，毛色呈五花纹的良马。"千金裘"，价值千金的皮裘。不惜以珍爱、贵重之物换酒畅饮，其慷慨爽快神态活灵活现。这段描写，句式长短错落，音节顿挫有致，绘声绘色，使诗人的形象跃然纸上。既回应了"千金散尽还复来"，又收回到劝友饮酒，结构完整严紧。最后以"与尔同销万古愁"一句戛然而止，简捷利落，有电收雷息之妙。

（焦裕银）

行路难（其一）

金樽清酒斗十千，玉盘珍羞直万钱。
停杯投箸不能食，拔剑四顾心茫然。
欲渡黄河冰塞川，将登太行雪满山。
闲来垂钓碧溪上，忽复乘舟梦日边。
行路难！行路难！多歧路，今安在？
长风破浪会有时，直挂云帆济沧海！

唐玄宗天宝三载(744)，李白在朝廷里受到同列者的嫉妒、诽谤，自知不为当权者所容，乃愤然辞别朝廷而去。此后不久，作《行路难》三首，此即其一。

《行路难》原为古乐府《杂曲歌辞》，大都写世路艰难或离别悲伤一类的主题。南朝宋时，鲍照有《行路难》十八（一作十九）首。其六云：

对案不能食，拔剑击柱长叹息。
丈夫生世会几时，安能蹀躞垂羽翼？
……
自古圣贤尽贫贱，何况我辈孤且直！

鲍照的《行路难》，显然给李白以启迪。但李白善于学习前人而不为前人所囿。他在充分展示自己的真性情和真感受的前提下，能沿用古乐府的形式而开拓新的意境，并以其豪放的风格和瑰奇的想象赢得了巨大的艺术魅力。在宋郭茂倩《乐府诗集》收载的六十二篇同题作品中，李白的《行路难》三首毫无疑义是卓立榜首的。

一开头："金樽"、"玉盘"，令人何等悦目；"清酒"、"珍羞"，使人何其垂涎！"斗十千"、"直（同"值"）万钱"，益见酒之美与肴之佳。但诗人面对着美酒、佳肴，竟一反平素"斗酒十千恣欢谑"的习惯，居然停杯，投箸，不饮不食。这岂非出奇？其缘故，诗人虽未明言，而读者能就此领悟到诗人内心深处有大不快在。不然，诗人何以"拔剑四顾"呢？这一举一动，都合乎诗人的独特性格，因此写到诗里便也别具风格了。"心茫然"三字，深一层揭示了诗人欲有所为而又无可作为的悲哀。

这悲哀的内涵是什么呢？接下四句说是："欲渡黄河冰塞川，将登太行雪满山。闲来垂钓碧溪上，忽复乘舟梦日边。"前两句是说世路艰难，邪恶的势力像冰雪一般地堵塞了他前进的道路。后两句用吕尚、伊尹的典故（吕尚在未遇周文王前曾在渭滨磻溪垂钓；伊尹在受商汤重用前曾做过乘船绕日的梦），透露出诗人"形在江海之上，心存魏阙之下"的矛盾情态。这种心恋旧主、欲去还留的苦闷，正是当时知识分子在无力破除纲常束缚的情况下，必然陷入悲剧性怪圈的表现。

从艺术手法说，李白的诗确实是飘逸不群的。欧阳修在《太白戏圣俞》诗中说："李白落笔生云烟，千奇万险不可攀。却视蜀道犹平川。"这意思是说：李白的诗比蜀道还要奇险得多。即就此诗兴象而言：它一忽儿清酒、珍馐罗前，一忽儿又冰雪塞川满山；一忽儿在碧溪上悠闲自得地垂钓，一忽儿又在睡梦中乘船绕着太阳转。真似“天马行空，不可羁勒”（赵翼《瓯北诗话》卷一）。读者每欣赏至此，便不禁随之入地升天，跨越时空，享受到一种思接千载之上和视通万里之遥的审美快感。

末了用四个三字句：“行路难！行路难！多歧路，今安在？”一股抑塞不平之气，萦回于短拍促节之间。这四句既点明主题，又直抒胸臆，并最后托出诗人的坚定信念：“长风破浪会有时，直挂云帆济沧海。”诗人要像南朝名将宗悫那样“乘长风破万里浪”。横渡沧海干什么呢？孔子说：“道不行，乘桴浮于海。”（《论语·公冶长》）但那是消极的遁世想法，而李白向以“济苍生”为己任，他无时无刻不在积极地追求着。他渴望越过大海，在彼岸寻得一片光明的地方，虽然这纯出于诗人的空想，但这种空想仍然鼓舞着世世代代的人们去上下求索。我以为，这就是李白浪漫主义诗篇之所以能给人永恒魅力的缘故。（蔡厚示）

长干行

妾发初覆额，折花门前剧[1]。
郎骑竹马来，绕床弄青梅。
同居长干里[2]，两小无嫌猜。
十四为君妇，羞颜未尝开。
低头向暗壁，千唤不一回。
十五始展眉，愿同尘与灰。
常存抱柱信[3]，岂上望夫台[4]。
十六君远行，瞿塘滟滪堆[5]。
五月不可触，猿声天上哀。
门前旧行迹，一一生绿苔。
苔深不能扫，落叶秋风早。
八月蝴蝶黄，双飞西园草。
感此伤妾心，坐愁红颜老。
早晚下三巴[6]，预将书报家。
相迎不道远，直至长风沙[7]。

这是李白学习民歌写的一首诗。诗的内容很简单，抒写思妇之情。写法却很新颖，有浓厚的民歌气息。

诗用思妇的口吻，以第一人称写来。从自己幼年和丈夫初次见面写起，按照时间顺序写十四如何，十五如何，十六如何，一直到如今。当然重点还是放在如今，用了大约一半的篇幅，反复渲染叙写自己的思念之情。有趣的是这一段又套上了月份与时令的变化，五月如何，八月如何。这种写法让我们想起汉代的《焦仲卿妻》开头的部分。

此诗的前半追述往事，带着温暖与甜蜜，很有生活气息，少女的感觉也把握得很准确。特别是“郎骑竹马来，绕床弄青梅”，“低头向暗壁，千唤不一回”，可谓传神之笔。诗的后半抒写今日之哀愁，用了不少自然界的意象，如“猿声”、“绿苔”、“落叶”、“秋风”、“蝴蝶”、“西园草”，点缀了从夏到秋季节的变化与思妇哀愁的加深，情与景的交融可谓妙合无垠。最后四句是期望之语，希望丈夫回家之前先寄封信来，自己去接他，话说得情真意切，很感动人。（袁行霈）

【注】①剧：游戏。②长干：在今南京市南。③抱柱信：《庄子·盗跖》说，尾生与一女子约好在桥下相会，女子未来，大水忽至，尾生不肯离开，抱着桥柱被水淹死。这里是用这故事表示爱情的忠贞。④望夫台：在忠州（今四川忠县），相传古代有人久出不归，其妻天天在此眺望。⑤瞿塘：长江三峡之一，在四川省奉节县东。滟滪堆：在瞿塘峡口江心，行船容易触礁。民谚曰：“滟颓大如襆，瞿塘不可触。”⑥三巴：古巴郡、巴东、巴西三地，在今四川省东北部。⑦长风沙：在今安徽省怀宁县东长江边上。

静夜思

床前明月光，疑是地上霜。
举头望明月，低头思故乡。

诗的旨意很明白：见月而思乡。为什么见月就会思乡呢？这得从中国人的民族心理说起。

中国是一个农业国，人们的生活以农业生产为中心，而几乎固定于家乡的土地上，眷恋乡土遂成为一种强烈的民族心理。乡村的生活，月亮显得很重要，那普照大地的月亮仿佛在俯视着人间的一切，“月子弯弯照九州，几家欢乐几家愁”。家庭的欢愁都在月的照临之下。另外，月圆月缺自然构成时间的周期，而中国农历的制定恰恰与月球的运行有密切的关系，一年分成十二个单位，一个单位叫一“月”。家人计算游子外出的时间，常用月亮几回圆为单位；游子计算离家的时间，也常用月亮几回圆为单位。游子与家人即使相隔万里，也共戴着那轮明月，所谓“隔千里兮共明月”（谢庄《月赋》），“海上生明月，天涯共此时”（张九龄《望月怀远》）便表达了对月亮的亲切之感。所以望月思乡，可以说是我们民族典型的心理。

就李白而言，月亮又有特殊的意义。李白自幼长于蜀中，那峨嵋山的月亮曾伴他读书，又曾送他一路出蜀。他不止一次写到“峨嵋山月”。当他看到月亮，就会想起峨嵋山，进而想起家乡。所以在这首《静夜思》里，他说“举头望明月，低头思故乡”，月亮成了引发他思乡的东西，而感情的转换就在一举首之间。

这首诗可以说简单到不能再简单了，四句二十个字，竟用了两个“明月”，用词似乎又不太经济。但我们还是觉得好，好就好在它用最简单的语言表达了民族的共同心态。李白有诗曰“明月直入，无心可猜”（《独漉篇》），这首诗也有直入人心的力量，让人读一遍就记一辈子。（袁行霈）

赠汪伦

李白乘舟将欲行，忽闻岸上踏歌声。
桃花潭水深千尺，不及汪伦送我情。

本诗作于唐玄宗天宝十四载(755)冬，时李白客居宣城，经秋浦至泾县游桃花潭。据王琦《李太白集注》引杨齐贤注云：“白游泾县桃花潭，村人汪伦常酿美酒以待白。伦之裔孙至今宝其诗。”李白一生大半时间是在游览名山大川、名胜风光中度过的。所到之处都结交得许多友朋。这首七言绝句是歌唱友情的千古名篇。

起句“李白乘舟将欲行”只是一般的叙说；次句“忽闻岸上踏歌声”虽然接得突兀，也还算不得惊人之语；而三、四两句“桃花潭水深千尺，不及汪伦送我情”，却有逆挽奔马之势，从反面勾勒，创造出不同凡响的超绝之笔。

《鹤林玉露》谓诗家：“有以水喻愁者。李颀曰：‘请量东海水，看取浅深愁。’李后主云：‘问君能有几多愁，恰似一江春水向东流。’是也。”《藏一话腴》的作者陈郁指出上引的李后主之名句乃脱胎于李白的“请君试问东流水，别意与之谁短长”(《金陵酒肆留别》)。确实，李白善于以水喻情。离愁别恨，绵绵无尽之情，用滔滔无尽的流水来譬喻是很形象的。李白写他对诗友杜甫的怀念之情曰：“思君若汶水，浩荡寄南征。”(《沙丘城下寄杜甫》)写他与校书叔云的惜别之情曰：“抽刀断水水更流，举杯消愁愁更愁。”(《宣城谢朓楼饯别校书叔云》)然而，上面举出的几个例子虽然精警，却都是直接的比喻；唯独这首《赠汪伦》诗之以水喻情，与上面的例子相比却另有特色。他不是说汪伦送我之情如桃花潭水之深；也不是说桃花潭水之深就如同汪伦送我之情。诗人在这两句诗中把譬喻、比拟、夸张等等修辞手法糅合到了一处，使读者觉得情深意挚，感人肺腑。因此，清代诗人沈德潜在《唐诗别裁》中说：“若说汪伦之情比于潭水千尺，便是凡语。妙境只在一转换间。”沈氏所说的“转换”主要是指艺术表现技巧上的变化和创新。诗人李白把譬喻的技巧转化为比兴、咏叹、夸饰，造成了言有尽而意无穷的韵味，使诗句犹如脱口而出，达到极自然、极平易的炉火纯青的境界。

(孟祥鲁)

梦游天姥吟留别[1]

海客谈瀛洲[2]，烟涛微茫信难求。
越人语天姥[3]，云霞明灭或可睹。
天姥连天向天横，势拔五岳掩赤城[4]。
天台四万八千丈，对此欲倒东南倾[5]。
我欲因之梦吴越，一夜飞渡镜湖月[6]。
湖月照我影，送我至剡溪[7]。
谢公宿处今尚在[8]，渌水荡漾清猿啼。
脚著谢公屐[9]，身登青云梯[10]。

半壁见海日，空中闻天鸡[11]。
千岩万转路不定，迷花倚石忽已暝。
熊咆龙吟殷岩泉，慄深林兮惊层巅。
云青青兮欲雨，水澹澹兮生烟[12]。
列缺霹雳[13]，邱峦崩摧。
洞天石扉，訇然中开[14]。
青冥浩荡不见底，日月照耀金银台[15]。
霓为衣兮风为马，云之君兮纷纷而来下[16]。
虎鼓瑟兮鸾车回[17]，仙之人兮列如麻。
忽魂悸以魄动，恍惊起而长嗟[18]。
惟觉时之枕席，失向来之烟霞[19]。
世间行乐亦如此，古来万事东流水。
别君去兮何时还，且放白鹿青崖间，须行即骑访名山。
安能摧眉折腰事权贵，使我不得开心颜！

此诗写作时间，有两种说法：一说作于天宝四年(745)；一说作于天宝五年(746)。此作属七言古体，为纪梦之作，亦可称游仙诗。天宝三年，李白被唐玄宗“赐金放还”，他怀愤出京，离开翰林院，精神受到严重挫伤，对封建社会产生较深认识。李白离开长安后，与杜甫、高适等曾漫游梁、宋、齐、鲁等地，并在东鲁家中闲居。李白酷爱山水，加上忧郁苦闷，于是便告别东鲁诸友，作第二次吴、越之游。故诗题一作《梦游天姥山别东鲁诸公》，据此可知诗作于离东鲁之前。此诗并非即兴之作，是有其深厚生活基础的，诗中寄托了作者对黑暗社会的愤懑及其蔑视权贵、追求自由的思想，发自切身的体验感受。在艺术上表现了李白诗歌“以气为主，以自然为宗”，俊逸高畅，飘飘欲仙的浪漫主义风格，其狂放不羁、旷达豪放的个性呼之欲出。

从构思和结构上而言，此诗由三个自然段组成。首句至“对此欲倒东南倾”八句，为第一段，描写天姥山高耸入云、雄奇壮观、无与伦比的境界。“我欲因之梦吴越”至“仙之人兮列如麻”二十六句，为第二段，描写梦游天姥山的情景。“忽魂悸以魄动”至末句十一句，为第三段，写诗人洁身自好，不与世苟合的高尚情操。诗虽分成三段，但却不可分割，是一首完整的艺术珍品。就以开头四句和结尾五句而言，在构思和结构上，作者是经过一番匠心的，在诗中起着支撑全篇的栋梁作用。“海客谈瀛洲，烟涛微茫信难求”两句，说明海员们所津津乐道的海中神山，烟雾迷茫，波涛汹涌，是虚无缥缈而难以寻觅的虚幻境界。接着作者把笔锋陡然顿住，写下“越人语天姥，云霞明灭或可睹”两句，用先扬后合手法，切入诗题，借用越人的谈话，说明天姥山高耸入云，云霞明灭，倒是可以看得见的客观实体，而与虚无缥缈的“瀛洲”，则形成两种完全不同的意象，给人留下悬念，为描写天姥山作好了铺垫。在结构上，前四句两两相对，是极为工整的对句，有很高的审美价值。结尾五句：

“别君去兮何时还，且放白鹿青崖间，须行即骑访名山。安能摧眉折腰事权贵，使我不得开心颜!”是诗中名句，是诗篇思想的最高境界，犹如奇峰突起，直插云端，把全诗推向高潮。与赠别的诗题，也颇为吻合。开头与结尾，遥相呼应，可谓韵高思精，天衣无缝。

李白是中国文学史上著名的浪漫主义诗人。此诗与《蜀道难》、《梁甫吟》、《将进酒》、《行路难》等诗篇，皆为浪漫主义杰作。在艺术表现方面，此作有如下三点突出的特色。其一，富有丰富奇特的想象力，描绘许多雄奇瑰丽、五彩缤纷的鲜明物象，令人眼花缭乱，目不暇接。开篇两句，即把子虚乌有的仙山瀛洲，描写得烟雾袅袅，波涛万状。接着又写云霞若隐若现、高耸入云的天姥山，用夸张手法，说它势拔五岳，掩遮赤城，天台山四万八千丈，也大为逊色，摇摇欲倾。回忆往昔，南朝著名诗人谢灵运，当年曾留宿剡溪，直到如今，剡溪还是渌水荡漾，清猿悲鸣，是个极好的游览胜地。谢灵运曾经脚著“谢公”屐，登攀过天姥山，可以想见，是别具风趣的。站在山峰东侧，早晨举目东望，便可看到一轮红日，霞光万道，从海上喷薄而出，冉冉升空。置身山巅，尚能听到神话中所说“天鸡”的啼鸣以及天下鸡跟随“天鸡”啼叫的神奇意境。天姥山真是个奇妙的神仙世界:千岩万转，奇树怪石，层出不穷;熊咆龙吟，岩泉殷鸣。“云青青兮欲雨，水澹澹兮生烟。”忽然一道闪电划破长空，霹雳震天，丘峦摧崩。层巅迷障，林深幽阴，动人心魄，令人毛骨悚然。好似山重水复疑无路，忽然又“洞天石扉，訇然中开”:浩荡幽深不见底，日月照耀金银台，金碧辉煌，令人目眩。仙女成群结队而降临:“霓为衣兮风为马，云之君兮纷纷而来下。”猛虎为之鼓瑟，鸾鸟为之引车。仙女聚会，盛况空前。诗人运用各种手段，把历史人物、天鸡、雷公、熊龙、鸾鸟、神女等等，皆呼唤出来为其服务，构成其诗篇的素材。诗人如此丰富奇特的想象力，在中国文学史上并不多见。李白从浪漫主义诗人屈原那里汲取了营养，而又弘扬了《楚辞》的浪漫主义特色，哺育了中国后代的文学家和诗人。

其二，此诗虽属七言古体，而并未拘泥于七言，却杂有四、五、六、九言等句，长短结合，参差错落，富于变化。李白此类诗歌句式变化，可谓“羚羊挂角，无迹可求”，只是随着作者的“逸兴壮思”和感情抒发，自由舒展。无论是长吟短叹，还是激弦缓节，皆自然合拍，富有和谐的节奏感和悦耳的音乐旋律。如开头四句，为五、七言句式。接着又写下六句七言句。紧接着又写下两句五言句。……最后两句，前句为九言，次句为七言。诗句形式变化多端，层出不穷，全凭诗人兴致驱使，如行云流水，兴到笔随。其中“脚著谢公屐，身登青云梯。半壁见海日，空中闻天鸡”，“云青青兮欲雨，水澹澹兮生烟”等句，对仗工稳，亦令人赞叹不已。诗中“兮”字句式的使用，是学习屈原《楚辞》的句法，给诗篇增添许多色彩和韵味。甚至像“霓为衣兮风为马，云之君兮纷纷而来下”的句子，则是从屈原《九歌》句意脱化而来，而有夺胎换骨之妙。

其三，诗篇自始至终，洋溢着大气磅礴、排山倒海的气势，读之令人回肠荡气，振奋不已。在诗人笔下，远看雄奇巍峨的天姥山，五岳、赤城、天台诸山都因之渺小，具有压倒一切，气吞长虹的气概！进山近视，天姥山千岩万转，熊咆龙吟，列缺霹雳，丘峦崩摧，又是一种咄咄逼人、令人不寒而栗的气象。梦入神仙世界，则青冥浩荡，日月照耀，仙女成群，又是一种气象非凡、令人神往的佳境。太白诗“以气为主”，驰骋万里，犹如“黄河之水天上来，奔流到海不复回”！“言在口头，想出天外”，“升天乘云，无所不之”(《艺概·诗概》)。即使此诗第三段写诗人游仙梦醒，面对严酷现实，诗句的字里行间，亦充斥着一股不可遏止的豪气，令人赞叹和倾倒。总之，诗中所表现出来的丰富奇特的想象，出神入化的句式，气吞山河的气势，无不具有太白其人鲜明的个性风神。

此诗的主旨，是表现诗人不可一世的豪迈气概和蔑视权贵的傲岸襟怀。陶渊明不愿为五斗米而向乡里小儿折腰，表现出不屈服封建统治者的硬骨头精神。太白继承了陶渊明的这种思想，写出“安能摧眉折腰事权贵，使我不得开心颜”的光辉诗句，又为我国古代知识分子反对封建压迫，蔑视权贵，树立了风范。

(陆永品)

【注】 ①天姥(mǔ 母)：山名，在今浙江省新昌县内。吟：谓吟诗。 ②瀛洲：《十洲记》云，瀛洲在东海中，为海中三大仙山之一。 ③越人：今浙江一带，古代属越，故有此称。 ④五岳：我国古代五大名山，即东岳泰山，西岳华山，南岳衡山，北岳恒山，中岳嵩山。赤城：山名，在今浙江省天台县内。 ⑤天台：山名，在今浙江省天台县内。 ⑥吴越：今江苏、浙江一带，古代属于吴、越，故仍沿旧称。镜湖：湖名，又名“鉴湖”，在今浙江省绍兴市。 ⑦剡(shàn 扇)溪：江名，即曹娥江上游，在今浙江省嵊县内。 ⑧谢公：指南朝宋代诗人谢灵运。 ⑨谢公屐：《南史·谢灵运传》云，谢灵运寻山陟岭，常著木屐，上山则去其前齿，下山则去后齿。 ⑩青云梯：仙人乘云而升，故谓青云梯。 ⑪天鸡：《述异志》云，东南有桃都山，山上有大树名叫“桃都”，树枝相去三千里，上有天鸡，日出照此树，天鸡则鸣，天下鸡皆随之啼叫。 ⑫水澹澹：江水摇荡貌。 ⑬列缺：闪电。霹雳：雷。 ⑭洞天：谓天上神仙居所。 ⑮金银台：指神仙居处的建筑。郭璞《游仙诗》云：“神仙排云出，但见金银台。” ⑯霓：雨霁，因折射作用，天空出现两道彩色圆弧，深色为虹，浅色为霓。 ⑰鸾车：鸾鸟牵引的彩车。 ⑱怳：同“恍”。 ⑲向来：从前或以前。

黄鹤楼送孟浩然之广陵

故人西辞黄鹤楼，烟花三月下扬州。
孤帆远影碧空尽，唯见长江天际流。

这首七言绝句，写于开元年间。当时，李白送友人孟浩然去广陵(今江苏扬州)，两位诗人志同道合，在分别之际，充满留恋惜别之情，作者挥笔写下这首流传千古的名篇。

此诗可分为两个层次，前后运用了两种不尽相同的手法。前两句是实笔，用叙述手法，作两位诗人离别时节和地点的交代。后两句，是用虚实结合的手法，写别意，表现作者对友人的留恋惜别深情。前后两个层次，丝丝相扣，天衣无缝。实际上，全诗是一幅完整的送别友人的优美画卷。清人刻本《名家画稿》书中，就有李白《黄鹤楼送孟浩然之广陵》诗配画的作品，诗情画意，栩栩如生，把李白当年送别孟浩然时的深情厚谊，逼真地再现出来，情味隽永，令人玩味。

此诗所以深受人们的喜爱，令人津津乐道，还在于它在具体构思上，颇有独到之处。前两句蕴含丰富，充满诗情画意。“故人”，指孟浩然。孟浩然，湖北襄阳人，长李白十余岁，是位诗名满天下的文士。李白离蜀入楚漫游，与孟浩然结识，一见如故。所以，李白《赠孟浩然》诗有“吾爱孟夫子，风流天下闻”之句。孟浩然按照自己的计划，要离开湖北，取道扬州，作吴越之游，李白在黄鹤楼送别。黄鹤楼，据宋代《太平寰宇记·鄂州》记载，建于武昌县西蛇山上，传说昔日费文伟登仙，每次皆乘黄鹤于此楼憩驾，楼便由此得名。黄鹤楼在西，扬州在东，故曰“西辞”。在“烟花三月”即百花盛开的季节，又在黄鹤楼这具有神奇传说的地方，李白送别“风流天下闻”的诗友到繁花似锦的扬州去，诗句描绘出此等境界，自然会引人注目，令人神往。尤其“烟花三月下扬州”一句，早就被古人誉为“千古丽句”。

后两句写得像行云流水一样，把对友人的留恋惜别真情，自然而然地抒发出来。李白在创作上，主张自然天成，反对刻意雕饰，他所谓“清水出芙蓉，天然去雕饰”，正是此意。李白与孟浩然相见恨晚，亲如手足，友人告别远行，自然依依难舍。李白把友人送到船上，航船飘然驶去，李白久久伫立江边举目遥望，孤帆远影渐渐消失在苍茫如海的碧空之中；“惟见浩荡江流，接天无际”，此时此刻，诗人“尚怅望依依，帆影尽而离心不尽”（俞陛云《诗境浅说》），字里行间，洋溢着对友人的深情厚谊。

李白这首送别的千古绝唱，成为后代诗人学习的楷模。唐五代词人孙光宪送别词《浣溪沙》有“片帆烟际闪孤光。目送征鸿飞杳杳，思随流水去茫茫”等句，可能在意境上受了李白此诗的启迪。

（陆永品）

送友人

青山横北郭，白水绕东城。
此地一为别，孤蓬万里征。
浮云游子意，落日故人情。
挥手自兹去，萧萧班马鸣。

这首五言律诗是自唐以降历代传颂不衰的诗歌精品。李白长于歌行古风，且工于律诗，他的七律和五律更是浑然天成。《送友人》乃李白五律中的上乘之作。诗题为“送友人”，送的是谁，送别之地在何处，诗作于何时，均不可考。当代学者或以为此诗乃李白移居东鲁后所作，可备一说。此诗清新流畅，属意韵律，约为开元后期的作品。

这首诗描写的是在日落黄昏之际，诗人策马郊外送别一位远行朋友的情景，表达了对友人依依惜别的情愫。通览全诗，一种匆匆急迫的气氛萦系于字句之间，诗中所述之景大都是流动的意象，交叠衔接在一起，在行云流水的浮游跌宕中，传述了主人公欲驻友而不得的惆怅意绪。全诗上联尾字两为入声，两为去声，给诗句倍添促迫之调。

诗的开头描写的是送别之地的背景，基本上是静态的。在青山白水依托环绕的城郭外，一对友人并辔笑谈，至此就要分别了。美景在而良朋去，形成了强烈的心理反差。首联即用对仗，十分工整。“青山”、“白水”、“城郭”等景物开阔，加之“东”、“北”等方位词，这些都与送别相关联，并且着色以“青”、“白”等冷调，这样，一个送别的环境和氛围就形成了。首联虽是静景，但静中有动，由“横”、“绕”传神。特别是“横”字，用得出人意表，看似无理，细细揣摩，却又恰如其分，妙在其中。逸出城郭非青山本意，乃人目之所及产生的瞬间错觉，因而似动非动；白水绕城，远观似静，实际上流水有声，因而似静非静。首联虽是写物，但人隐其中，情寓其中，其动其静都是人的主观感受。山郭相依而情笃，水城相恋而难分，物犹如此，而当送别之际，人何以堪？至此，送别之情已经寓于景中，溢出景外。可见诗人手法的高绝，不动声色已创造出一种别离的景观意绪。需要提一笔的是，首联白璧亦有微瑕，其中“郭”与“城”已同义衍复了。“郭”字换他词似更宜。

颔联出句承上启下，尤见工力。上联虽是静中有动，物中隐人，景中寓情，但没有“此地一为别”点出，就提不出神，仍是一死景。所有这些，都因一“别”字而飞动起来，别中有动，别中有人，别中有情。此行何处呢？——“孤蓬万里征”。这不是实景，而是一种想象，一种比喻。友人的一路风雨，一路寂寞，都由“孤蓬”二字道出，就像孤单单的蓬草一样飘向万里之遥。这里寄寓着诗人对友人的深深的关切，同时又自然地过渡到下联的直写别离之情上。颔联虚实结合，从实地着笔，又作了空间的超越，逸出万里之外，拓开了首联的意境，并把整个景观和人物的内心世界都搅动起来了。

“浮云游子意，落日故人情。”颈联终于直接地点出了意与情。这一联对仗极工极妙。妙在它通过自然景观寓意着一种复杂而矛盾的心境。既写了景，又写了情，以景寓情，以情托景，情景交融。游子之意似浮云飘忽天外，欲行不行；而故人之情如落日沉于地表，欲逝不逝。浮云终要飘去，然而却未飘去；落日终要沉沦，然而依旧西悬。将飘未飘，将逝未逝，以一种非常矛盾的景状传达出主人公无可奈何的意绪情调。以“浮云”比喻游子之意，以“落日”比喻诗人之心，十分贴切，倒过来就不合了。浮云飘忽，落日沉重，突出了诗人对友人的眷恋之情。

但是，浮云终将飘逝，落日亦不免沉沦。末了，这一对友人不得不分手了。于是，诗的焦距一下子由空茫的景物收缩凝聚，集中到人物身上。“挥手自兹去”这一句写得很形象，把两人最终道别的特写镜头推了出来。挥手之间，包孕着各种情感，这情感又不直接由人道出，而是以“萧萧班马鸣”来了结。《诗·小雅·车攻》有“萧萧马鸣”之句。《左传·襄公十八年》：“有班马之声，齐师其遁。”杜预注：“班，别也。”那两匹并辔的马一路耳磨颈交，当分别时竟也不忍离别，发出了萧萧的嘶鸣声。马都这样多情，且情发于声，友人的别情离绪也就不写自明，尽在不言之中了。

这首五律通篇如行云流水，一气呵成。每联之间承接之处无斧凿之迹。其别离之情虽然笃深，但是并不悲愁，读起来略带一些惆怅的惬意和洒脱的快感。这也许是主人公“少年不知愁滋味”，也许是主人公胸襟开阔、意气向上所致吧！

（李从军）

望庐山瀑布(其二)

日照香炉生紫烟,遥看瀑布挂前川。

飞流直下三千尺,疑是银河落九天。

庐山,山色秀丽,烟霭空濛,自古以来即是令人神往的游览胜地。有不少文人骚客,都陶醉于它那迷人的佳境,流连忘返,并为之挥毫吟咏,写下不少赞美诗篇。李白的这首赞美庐山瀑布的诗篇,就是脍炙人口的千古名篇。

此诗首句,先从庐山香炉峰写起,作为描绘庐山瀑布的衬笔,构思巧妙。香炉峰,在庐山西北,峰顶尖圆,旦夕“烟云聚散”,变幻莫测。尤其经过日光的折射,紫气缭绕,烟雾空濛,袅袅飞天,是一派绝好的境界。作者捕捉此景入诗,颇能扣住读者心扉。第二句,笔锋陡转,把视角移向瀑布,写一道瀑布飞流而下,好像挂在高耸入云的山川之前。前两句,是实笔,用叙述和白描手法,似乎作者并没怎么费力,只是轻轻地勾勒两笔,就把香炉峰紫烟聚散,山川前瀑布飞流直下的鲜明画面,清晰地描绘出来。后两句,实中有虚,用形容、夸张和比喻手法,描摹瀑布从三千尺的高峰,飞流直下,一泻无余,好像银河从九天奔注倾泻而来。此等雄奇的景象和磅礴气势,真可谓是“壮哉造化功”!“疑是”二字下得很妙,使人感受似真似幻,是幻实真,真中有幻,可说是神来之笔。

李白此诗,在写作手法和整体构思上,独具匠心,先实后虚,虚实结合,恰到好处;比喻和夸张,生动形象,自然贴切;韵律和谐,自然流畅,富有音乐旋律和节奏。中唐徐凝也有一首《庐山瀑布》诗云:

虚空落泉千仞直,雷奔入江不暂息。

千古长如白练飞,一条界破青山色。

写得固然明白质实,但与李白诗相较就失于不够灵动,缺乏气韵,因而就不免显得平庸而缺乏艺术魅力了。吟咏庐山瀑布这一名山胜景的,古往今来会有多少篇章,而真正传唱人口具有永久艺术魅力的,只有经过历史甄汰和群众选择的少数杰构神品。这不是偶然的,这是艺术流通的客观规律所决定的。无怪乎苏轼有“帝遣银河一派垂,古来唯有谪仙词”(《戏徐凝瀑布诗》)之感叹了。 (陆永品)

早发白帝城

朝辞白帝彩云间,千里江陵一日还。

两岸猿声啼不住,轻舟已过万重山。

提到李白的七绝,人们总会首先想起《早发白帝城》这一名篇。

长江自白帝城(今属四川奉节)向东流,经过著名的三峡(瞿塘峡、巫峡、西陵峡),两岸群山高峻,水流湍急,古时舟船经此常致覆没,商旅视为畏途。李白这诗说:早上辞别位居山上、高耸入云的白帝城,乘舟东下江陵(今湖北江陵),因为顺流而下,舟行迅捷,千里之遥,一天便到达了。在聆听山间不断啼啸的猿声中,轻舟很快穿越了千万重山峰组成的三峡地区。此诗的特点是竭力描写行舟的迅捷。一日千里，是一种夸张的说法。清代沈德潜评云："写出瞬息千里，若有神助。"(《唐诗别裁集》)颇为中肯。通过瞬息千里的感受，表现了诗人轻快欣喜的心情和开朗的胸襟，表现了李白在众多诗篇中所经常流露出来的豪放的性格特征。清代桂馥说："晋王廙自寻阳(今江西九江)迅风飞帆，暮至都(今江苏南京)。廙倚舫楼长啸，神气俊逸，李诗即此种风概。"(《札朴》)以比喻很好地揭示了这诗所表现的李白的精神面貌。

此诗在内容上取材于郦道元《水经注·江水》，郦文节录如下，以资比较：

> 自三峡七百里中，两岸连山，略无阙处。重岩叠嶂，隐天蔽日，自非亭午(中午)夜分(午夜)，不见曦(太阳光)月。……或王命急宣(朝廷传达紧急公文)，有时朝发白帝，暮宿江陵，其间千二百里，虽乘奔(奔马)御风，不以疾也。……每至晴初霜旦，林寒涧肃，常有高猿长啸，属引凄异，空谷传响，哀转久绝。故渔者歌曰："巴东三峡巫峡长，猿鸣三声泪沾裳。"

两相比照，可以看出在写从白帝城到江陵舟行迅捷、两岸猿声方面，李白这诗都从《水经注》脱胎而来。可以说，这诗概括了《水经注·江水》一段的主要内容。但在写法、情调上两者又颇不相同。郦文写景叙事，都颇细致，有如工笔画。它着重写三峡环境之险和旅人的不安心情，故以"猿鸣三声泪沾裳"作结。诗则采用短小的绝句形式，寥寥几笔，重在传神，着重表现诗人的轻快心情，风格情调迥异。所以这诗不是郦文单纯的缩写，而是熔铸古文、别开境界的新创造。

关于此诗的写作年代，难以确考。目下有两种说法。一说认为它作于李白初次出蜀，仗剑东游之际，表现了诗人青年时代的豪迈气概。一说认为作于李白晚年。安史乱后，李白因参加永王李璘部队，获罪被流放，行至白帝城一带，遇赦东归，因作此诗，表现了轻快欣喜的心情。按此诗第二句用"还"字，说明他不是初到江陵。从这一点讲，第二说似更为合理一些。

(王运熙)

独坐敬亭山

众鸟高飞尽，孤云独去闲。
相看两不厌，唯有敬亭山。

这是一首五绝小诗，千载以来脍炙人口。所写的景是小景，所述的情也是闲情，却引人入胜。这大概就是所谓大有大的意境，小有小的旨趣，太阳和宝石都能构成自己独到的世界吧！敬亭山，在宣州(今安徽宣城)，古名昭亭山，光风秀雅。李白多次游宣城，这首小诗是在宣城游敬亭山写怀之作，寓含着深深的哲理，洋溢着恬淡的情调和闲云野鹤之趣。在众与孤、物与人的交感中，表达了诗人远离尘嚣、高洁拔俗的形象和喜爱山水、乐此不疲的情怀。

"众鸟高飞尽，孤云独去闲。"这一联不可分割，分则无味。诗人一开始勾画出一幅喧喧之景。一群鸟儿嬉闹着，扑腾着，终于飞去了，消失了；一朵闲云在空中飘浮着，悠然自得，最终它也耐不住寂寞，慢慢地逝去了。众鸟的高飞和孤云的独去构成了飞动的物象，但二者的动却又有差异。众鸟高飞的喧闹反衬出孤云独去的高雅；孤云独去的悠然又烘托出众鸟高飞的迅急。在众与孤、急与缓的反差中，后者显然成为整个画面的中心，在时间缓慢的推移中，久久地占据着人的视野和思绪，飘飘荡荡，卷曲展伸，蕴涵着无限意趣。其实，景物的飞动，不单单是一种物象，它实际上是诗人内心的外在反映，即诗人内心一种骚动意象的表达。诗人的心境本来并不是平静的、恬淡的。他也曾留意那些喧嚣嬉闹、高飞入云的众鸟，为它们那种热闹的、升腾的情状所动；当众鸟飞去后，他也曾注目于那一片飘动的闲云，为它那悠然自得的情状所感。其间反映了诗人的心情在由众鸟高飞的骚动到孤云独去的飘忽中趋于平淡的过渡。然而，众鸟也好，孤云也好，都不是诗人所追慕的。它们都飞去了，飘逝了。它们在诗人心中所激起的一些涟漪，也渐渐地平息了。

那么，诗人所追求的是什么呢？"相看两不厌，唯有敬亭山。"主人公与敬亭山静静地对视着，胸中如一潭秋水，一丝波纹也没有了，甚至没有内心的独语，只有心灵的感应，在静谧的、无声的情感交流中，达到了物我两忘、山人交融的境界。在万籁俱寂的空灵中，一切尘世的荣辱恩怨、悲欢离合都不存在了，唯有这大自然中的敬亭山与诗人脉脉无语，心心相印，对视不厌。在这种情感交融中，时空也失去了存在意义，一切都呆滞了，消失了。没有鸟，没有云，没有声，有的只是人化的敬亭山和物化的诗人。然而，如果没有那鸟、那云、那声，又从哪儿会有这不厌的山、不厌的人和山的不厌、人的不厌呢？　　　　（李从军）

高　适

淇上酬薛三据兼寄郭少府微

自从别京华，我心乃萧索，
十年守章句，万事空寥落。
北上登蓟门，茫茫见沙漠，
倚剑对风尘，慨然思卫霍。
拂衣去燕赵，驱马怅不乐，
天长沧州路，日暮邯郸郭。
酒肆或淹留，渔潭屡栖泊，
独行备艰险，所见穷善恶。
永愿拯刍荛，孰云干鼎镬！
皇情念淳古，时俗何浮薄？
理道资任贤，安人在求瘼，
故交负灵奇，逸气抱謇谔。
隐轸经济具，纵横建安作，
才望忽先鸣，风期无宿诺。

飘飖劳州县，迢递限言谑，
东驰眇贝丘，西顾弥虢略。
淇水徒自流，浮云不堪托，
吾谋适可用，天路岂寥廓。
不然买山田，一身与耕凿，
且欲同鷦鷯，焉能志鸿鹤？

这是高适早年的一篇重要作品，约作于开元二十二年(734)春由蓟北南返宋州途中的淇水之滨。这年高适三十五岁，诗中借与薛据和郭微的酬唱之机，叙述和披露了自己大半生的坎坷遭遇，“永愿拯刍荛，孰云干鼎镬”的高尚理想和节操，并表现了自己推崇“建安”诗风的创作趣尚，尽情发泄了一腔郁勃不平之情。总之，它是高适前半生思想和行事的总结，是后半生进入仕途后努力“救苍生之疲弊”(高适《谢上剑南节度使表》)的思想基础。所以，它格外值得重视。

从开始到“安人在求瘼”二十二句为第一部分，自述早年之经历和自己的政治理想。一开篇作者便截取“别京华”这一遭际，把自己的悲凉心境倾吐出来。他曾在《别韦参军》诗中述及早年这一经历：“二十解书剑，西游长安城。举头望君门，屈指取公卿。”可谓信心百倍，意气昂扬。但结果却大谬不然：“白璧皆言赐近臣，布衣不得干明主！”严酷的现实使他猛然醒悟，出身贫寒的诗人根本没有进身之机。第二句中用“乃”字，不但揭示出诗人由希望到失望的心理转折，而且巧妙地过渡到下文。在天真烂漫的诗人面前，“别京华”的遭遇只是他仕途不幸的开始，紧接着“十年守章句，万事空寥落”十字，又道出了自己以“章句”之学求仕的巨大挫折。文路不通，则改走武路，诗人“单车入燕赵”(《酬裴员外以诗代书》)，欲从军边疆，为国效力。他“登蓟门”而遥望，唯见沙漠之茫茫，“风尘”(喻边患)之四起。诗人痛悼时艰，“倚剑”感愤，但不料请缨无路，报国无门，因而不禁遥想汉代的卫青、霍去病得遇雄主，驰骋疆场，建不朽之功业，垂万古之英名……古今异代，而己之遭遇亦与之迥异。怎不感慨系之！紧接着以“拂衣”、“驱马”两个动作描写，把他对权势压抑的睥睨之态、曲郁难伸的失意之情形象地展现出来。同时，他怀着极为愤懑的心情走向社会下层，“沧州”(水曲之地，此指隐居者所居的地方)路上留下了他的足迹，邯郸城郭闪现着他的身影。时而“淹留”于“酒肆”之中，时而“栖泊”于“渔潭”之上，孤独寂寞，尝尽“艰险”，人间“善恶”，无不穷尽。不过诗人“穷且益坚”，长期的挫折，“艰险”的生活，更激起他济世救民的壮志。所以文势至此，突掀波澜，以洪钟大吕般的声音，唱出了“永愿拯刍荛，孰云干鼎镬”的宏伟抱负。“刍荛”本为割草打柴，此代指广大穷苦人民。“鼎镬”，是古代施行烹煮酷刑的容器。两句意谓：我永远愿意拯救老百姓的苦难，谁还考虑由此触怒当权者而遭受磨难呢？多么高洁的情操，多么鲜明的态度！由此我们可以看出：高适半生的不懈追求，并不是官迷心窍，而是志在解救人民。正由于此，他才不合于当权者，而落到了“万事空寥落”的地步。高适在国家正当“盛世”时，提出这样的口号，并非无的放矢。“皇情”二句，以淳朴敦厚的上古遗风，和当今“浮薄”的“时俗”相对比，证明了自己主张的合理性，并进而提出“任贤”、“安人”、“求瘼”（瘼：疾病，此指人民的疾苦）的具体主张。以上六句，言简意赅，有根据，有措施，如此系统的政治思想，正是他最终成为一位政治家的坚实基础。

第二部分称颂友人的品操并向对方倾吐个人的心曲。“故交”以下六句，先宕开一笔，以己及人，回扣“酬薛三据”的题旨，接连以“灵奇”赞其不同凡俗的才气，以“謇谔”颂其耿直敢言的品格，以“隐轸”夸其经世济民才略的富盛，以“纵横建安”喻其诗作的慷慨激昂（这也托出了高适在创作上的追求与趣尚）。至于才能声望的“先鸣”，风度信谊的超拔，更是有口皆碑。不幸的是，在嫉贤妒能之风普遍存在的时代，薛据虽“自恃才名”，但不过一主簿县令，郭微亦不过一“少府”（即县尉）。这不但不能一申大志，而且为“州县”琐事所羁，为地域的阻隔所“限”，连“言谑”（即谈笑）之机也没有，只能神“驰”“贝丘”，“西顾虢略”（贝丘：今山东博兴县南。虢略：今河南嵩县西北。可能是薛、郭二人所在之地），一寄相思罢了，这难道不是对他们极大的讽刺吗？所以，诗人的感情再度激愤起来：“淇水”东流，“浮云”飘逝，己之理想，俱“不堪托”。一种时不我待的焦虑，一腔为国为民的热忱，使诗人不禁发出“吾谋适可用，天路（摘取高官之路，意即辅佐君王）岂寥廓”的强烈呼喊。最后四句，以“不然”二字再一转折，设想自己若不见用，决心“耕凿”一生，自食其力。如“鹪鹩”营巢，一枝足矣自况（见《庄子·逍遥游》），哪里能效“鸿鹤”高飞，一举千里呢？这个结尾，从字面上看，似乎表现出诗人与世无争、潇洒出尘的恬静心情。其实，高适这里是正言反说，他一生对政治十分热衷，绝没有真正归隐的想法。如仔细玩味，反诘之中寄寓了诗人的强烈愤懑之情。

殷璠说“适诗多胸臆语，兼有气骨”。此诗亦足当之。贯穿全诗的，是主观理想和客观环境强烈撞击所迸发出的浓烈的悲怆之情，是一股不为众人所理解的对现实有清醒认识的超前的忧患意识。“永愿拯刍荛”二句、“吾谋适可用”二句等，都是以直抒胸臆的感情喷射，震撼着读者的心灵，故能于忧愤苦闷中给人以慷慨豪迈之感。前人评高适诗“悲壮”，于此亦可见一斑。

与这种以情动人的特点相适应，是语言的质朴自然。通篇不以华丽的辞藻或艰深的词语取胜，而是以质朴自然的语言道出万壑深情。不过，这并不排除对字句的锻炼，只不过使人不见炉锤之迹。如既有粗线条的大笔勾勒：“十年守章句，万事空寥落”十字，叙述自己的长期困顿，异常精练。又有条分缕析的细致描写：“天长沧州路”以下四句写自己的蹉跎岁月，历历在目。特别是“酒肆”以下四句，每句各用一“或”、“屡”、“备”、“穷”字，就把诗人各种不幸的遭遇充分显示出来，深刻反映出诗人丰富的生活经历和怀才不遇的思想苦闷，言简意深，但又不着痕迹。沈德潜说：诗贵“浑浑浩浩，元气结成，乍读之不见其佳，久而味之，骨干开张，意趣洋溢，斯为上乘”（《唐诗别裁集序》）。高适此诗，正具有这种“浑浩”之美。（余正松）

燕歌行并序

开元二十六年，客有从御史大夫张公出塞而还者，作《燕歌行》以示，适感征戍之事，因而和焉。

汉家烟尘在东北，汉将辞家破残贼。
男儿本自重横行，天子非常赐颜色。
摐金伐鼓下榆关，旌旆逶迤碣石间。
校尉羽书飞瀚海，单于猎火照狼山。
山川萧条极边土，胡骑凭陵杂风雨。
战士军前半死生，美人帐下犹歌舞。
大漠穷秋塞草衰，孤城落日斗兵稀。
身当恩遇恒轻敌，力尽关山未解围。
铁衣远戍辛勤久，玉箸应啼别离后。
少妇城南欲断肠，征人蓟北空回首。
边庭飘飖那可度，绝域苍茫无所有！
杀气三时作阵云，寒声一夜传刁斗。
相看白刃雪纷纷，死节从来岂顾勋！
君不见沙场征战苦，至今犹忆李将军。

《燕歌行》是乐府古题，多写思妇对征人的怀念。高适借古题以写时事。《序》明确说这是一篇唱和之作。他人先写了《燕歌行》，他才"感征戍之事"而和作的。既然是"感征戍之事"，当然就不一定写某一具体战役，很可能是由某一具体战役引发了对于若干战役的联想，从而发出了对于征戍之事的感慨。

开元二十六年(738)，张守珪部将为邀功而在潢水发动了袭击奚族残部的战斗，先胜后败。张守珪因为隐瞒败绩而被贬官。中国学者解此诗，向来多以为高适写的就是潢水战斗的事。但这是不确的，潢水战斗规模不大，与诗中所写，也不尽相符。高适在开元十八年(730)北游燕赵，且于燕地从军。自开元十八年至二十二年(734)秋末，高适南下宋州这段时间，东北边境还发生过几次战斗，对高适此诗的构思当有影响。如开元二十年(732)春，幽州长史赵含章与契丹战于北山。赵含章是个腐败的将领，贪赃狼藉。开元二十一年(733)幽州道总管郭英杰率精兵一万，屯于榆关之外，与契丹大战于都山。这次战斗十分壮烈，英杰战死，兵士被围犹力战不已，直至全部牺牲。从《燕歌行》中，可以清楚看到这两次战争的影子。

诗一开头，便一改《燕歌行》旧题通常的那种悲凉情调，表现出非凡的气势：写东北边境战火已起，写辞家破贼的将领那种英勇无畏的气概，写天子特殊的褒赏。这是写人。接下便写壮伟的场面：用"摐金伐鼓"和"旌旆逶迤"写军阵的声威。钲鼓齐鸣，点染出行军的气势；"旌旆逶迤"，形容队伍的巨大，从"下榆关"(今山海关)到逶迤于碣石(碣石山，在今河北省昌黎县)间，绵延数十里。这是写出兵的情景。接着便以极大的概括力，勾画出战场的宏大画面，从瀚海(指东北边境的沙漠)到狼山(今内蒙古五原县一带)，羽书飞驰，战火弥漫。这一宏大画面的描绘，显然并非实写某一具体战役之规模，而是想象中壮阔的战争场景。至此，前八句诗中表现的，是慷慨赴敌的英勇气概，带着盛唐边塞诗共有的昂扬精神风貌。

但是，中间八句笔锋一转，以鲜明的对比，表现出他对腐败将领的不满与对英勇战斗的兵士的同情。出兵的气势是豪壮的，但塞外毕竟是荒漠之地，用“山川萧条”铺垫战争环境，“胡骑凭陵”形容敌人的嚣张气焰，这就为下面将写到的死战的士兵烘托出一种悲壮的气氛。大漠深秋，塞外草衰，孤城落日，刀兵相接，兵士虽大多已经战死，而战斗犹未结束，用“斗兵稀”，极言士兵战斗之艰苦卓绝。士兵虽奋力死战，围犹未解，将军却在军帐中歌舞宴乐！高适在这对比鲜明的描写中，寄寓着对于前此数次战争的批评。他认为士兵为国英勇作战，将领却腐败无能，他们受到过多的恩宠，因而骄傲轻敌，导致失败。这八句诗，交错着愤慨与同情。

接下又一转，转入了对士兵心灵的描写。写兵士在战斗间隙中怀念远方的亲人。这是一种传统的写法，征人远戍，思妇断肠。一个“应”字，写尽士兵思亲的深切心绪，不直写对亲人的思念，而写亲人如何念自己，想象中的妻子应是愁泪双下。一个“空”字，表现出士兵无可奈何的心绪：妻子虽愁断肝肠，而关山阻绝，欲归不能。边庭遥远，难以度越，眼前所见，唯有杀气连天，刁斗声悲而已。这八句写得极好，把士兵的感情写得很是细腻动人。战火与亲情，报国与思家，纠结交错，其中流露出作者的无限同情。

最后又回到战斗的现实：短兵相接，为国尽忠，不在于顾念功勋！“雪纷纷”，用字极佳，勾画出刀兵纷乱闪烁的情状。结句是作者站在诗境之外的评论。他的意思是：士兵虽英勇作战，忠勇可嘉，而将领却腐败无能，只导致兵士的白白牺牲。这样的战争徒然使人想念起爱护士兵，与士兵共甘苦的汉代名将李广来，像李广这样的名将现在是没有了。

这首诗有着高适诗歌所常有的粗犷气质，写来慷慨激昂，而弥漫全诗的，是盛唐边塞诗所共有的昂扬情调。

（罗宗强）

封丘作

我本渔樵孟诸野，一生自是悠悠者。
乍可狂歌草泽中，宁堪作吏风尘下？
只言小邑无所为，公门百事皆有期。
拜迎长官心欲碎，鞭挞黎庶令人悲。
悲来向家问妻子，举家尽笑今如此。
生事应须南亩田，世情尽付东流水。
梦想旧山安在哉？为衔君命且迟回。
乃知梅福徒为尔，转忆陶潜归去来。

少时家贫落魄的高适，长安求仕不遇后北上蓟门，漫游燕、赵，想在边塞有所作为，但最终没有找到出路。于是浪游梁、宋，“混迹渔樵”，过着贫困的流浪生活。直到唐玄宗天宝八年(749)，才经张九龄之弟、宋州刺史张九皋的荐举，中“有道科”。此时他已年近五十，蹉跎半生才获得这个仕进机会。“一生徒羡鱼(希望作官)”的诗人，其兴奋的心情是可以想象的。他冒着炎热酷暑，十天就赶到了长安，但他所得到的只不过是封丘县尉这样一个“从九品”的卑小官职。这犹如迎头浇了身冷水，原来沸腾的热血冷却了下来。上任后，不仅繁杂的事务使他感到厌烦，更使他难以忍受的是逢迎上司和欺辱百姓。理想与现实产生了矛盾，于失望愧悔之中，诗人写下了这首《封丘作》，以剖白他内心的痛苦与矛盾。

开篇诗人就说，我原本隐居在孟诸郊野，以捕鱼砍柴为生，过着安闲自得、无忧无虑的生活。本人只宜草野中狂歌高吟，怎甘堕落风尘，做个卑微又不得自由的小吏呢？首段四句，是诗人直白的倾诉，也是他压抑已久的感情的迸发。这里的“本”、“自”都是强调本性的不可改变，“乍可”、“宁堪”相对，又毫不掩饰地表达了对往日生活的追怀和对身不由己现状的厌烦，突出地表现了本性落拓不羁的诗人任职后的悔悟和愤激心情。“孟诸”，古代水泽名，故址在今河南省商丘县东北，这里泛指梁、宋一带。

“只言”四句紧承上文，将“作吏风尘下”的现状加以具体化，说明县尉的职务为什么让他难以忍受。其一，原以为邑小官闲，无事可做，谁知一入公门，事务繁杂，且须限期完成。动辄受制，官不由身。本想“举头望君门，屈指取公卿”的诗人，屈身降志来做一小县县尉，已出于不得已，眼下又被事务缠身，整日忙忙碌碌，穷于应付，令人忍无可忍。其二，更有甚者，还要做“拜迎长官”、“鞭挞黎庶”那样一些阿谀逢迎、凌辱百姓的事，这对自己简直是莫大的侮辱，良心上受到了谴责。具有豪士侠客性格的高适，怎能忍受这种摇尾卑躬、仰人鼻息的尴尬处境？关心民生疾苦，同情人民苦难的诗人，又怎能甘愿成为统治阶级凌辱欺压人民的帮凶和工具？眼前的这一切又怎能不叫他“心欲碎”、“令人悲”呢？

诗人内心的这些烦恼和怨愤是不能在官衙诉说的，只有回家倾诉给妻子儿女，希望能获得些慰藉。不料竟引来举家的嘲笑，自己严肃认真的态度倒反成了笑料。这里，诗人是借家人之口，表现自己烦恼痛苦之极唯以自嘲来驱遣的无聊心境。一个“笑”字，有力地反衬出诗人的不通吏道和迂阔纯真。自嘲之后，他突然醒悟，看破世事，决心归耕，“生事应须南亩田，世情尽付东流水”。一个“尽”字，既表现了他对任职的心灰意懒，又表现了他归隐躬耕的决心。南亩，即田亩。

正当诗人打算归隐之时，思想又产生了新的矛盾，“梦想旧山安在哉？为衔君命且迟回”。出仕之前，自己居无定所，到处流浪，现在要归隐，隐居到哪里去呢？既是受命于天子，怎能仕隐由己，来去随意呢？思归而不得归，诗人产生了犹疑。“为衔君命且迟回”，正是我国古代正直封建文人的普遍心理反映，它与杜甫“生逢尧舜君，不忍便永诀”(《自京赴奉先县咏怀五百字》)的思想是一致的。转而又想到当年梅福竭诚效忠，结果还是徒劳无功，一无所成，方知为吏无益。古今如一，左思右念，归隐之心又占上风，并且较前更加坚定，因为他追慕起一心归隐、决不回头的陶潜来了。梅福，字子真，西汉末年寿春(今安徽寿县)人，曾为南昌尉。他为吏忠心耿耿，竭尽全力，屡次上书，结果还是徒劳一场。此处写梅福是为了说明自己继续做县尉无益。陶潜曾屡仕屡隐，最后一次出仕任彭泽令，在官八十余日，即解绶去职，赋《归去来兮辞》。高适追忆陶渊明赋《归去来兮辞》，是表明他归隐的决心已定，不再犹豫。此诗写作不久，他就辞去封丘县尉之职，开始客游河西。

这首诗的结构安排颇具匠心。全诗共四段，每段四句，以隐居郊野始，以决心辞归结，首尾呼应。中间两段写为吏的烦恼与痛苦，并提出归隐的愿望，与第一段呼应，与末段衔接。其间穿插一些曲折突兀的情节，如：小邑本无事可做，谁知却事务繁杂；回家向妻室儿女倾诉衷肠，本想得到安慰，却招来嘲笑；还如思归又归不得，为受君命所牵，以致仕隐之间犹豫不决。这一些，又为诗歌平添波澜。整首诗结构严整，又起伏跌宕，摇曳多姿。

这是一首自述胸臆的古诗，其中"多胸臆语"，情意真挚，感人肺腑。在用韵和句法方面也很有特点，它每段一韵，读来抑扬有致，增加了声调的美感。韵律的变化，又恰当地反映了诗人感情的变化。句法上散句与偶句参半，每段中的前两句为散行，后两句为对偶，如此交互为用，经纬成文。散句使诗篇自然流畅，偶句又显得整饬凝重，有利于表现诗人复杂的内心世界。（宋尚斋）

营州歌

营州少年厌原野，狐裘蒙茸猎城下。
虏酒千钟不醉人，胡儿十岁能骑马。

高适的这首绝句，以极简练生动的笔触，描写了东北边地的民族俗尚，是一幅传神的风情画。

营州是唐代东北边塞重镇，故城在今辽宁朝阳。这里是汉、胡杂居的地方，居民自幼从事游猎，习尚崇武，风俗犷放。高适早年到长安求仕不遇，遂北上漫游至蓟门、营州一带东北边地，对当地的风情有亲身感受，耳濡目染，写下了这首富有边塞生活情趣的诗篇。

前二句写习惯于原野生活的营州少年，穿着毛茸茸的狐皮袍子在城下打猎。"厌"，同"餍"，此处含饱经、习惯之意。这一特殊现象，突出地反映了地方风情。自幼熏陶于牧猎骑射之风的营州少年，在边塞城镇的附近，竟犷放地打起猎来，这在生长于内地的人看来，颇为粗豪，惟其如此才给人以新鲜之感。诗人通过这一富有边塞风情的生活片断，显示了营州少年神往原野的粗犷性情和天真可爱的心灵。后二句写营州少年好酒豪饮的习惯和驭马驰骋的本领，着重突出其豪迈勇武精神。"虏酒"一作"鲁酒"，是东北少数民族的一种薄酒，虽饮千杯也不醉人。"虏酒千钟不醉人"一句除表现营州地方风情外，这里还有另一方面的用意，就是酒在我国古典诗歌中，常常是与人的豪放连在一起的，从曹操的"对酒当歌"，李白的"莫使金樽空对月"、"会须一饮三百杯"，到杜甫的"白日放歌须纵酒"，苏轼的"把酒问青天"，无一不是这样。此处也不例外，主要是用以表现营州少年的豪放性情。这两句描写如实而有所夸张，使营州少年的性格特点突出而典型。

从全诗来看，首句用"厌原野"表现营州少年的粗犷性格，先给读者以总的印象。以下三句分别表现其一个侧面："狐裘蒙茸"表现其天真可爱，"千钟不醉"表现其豪迈之性，"十岁骑马"表现其勇武之状。殷璠在《河岳英灵集》中评高适的诗："多胸臆语，兼有气骨。"也就是说他的诗情意真挚，并且气势充沛，造语挺拔。这首诗就很能体现这个特点。全诗即兴寄情，直抒胸臆，运用白描的手法，描绘少年城下打猎这一生活片断，展示出边塞生活特点，有似风情速写。语言质朴自然，毫无矫饰，表达准确简练，洋溢着生活气息和浓郁的边塞情调。（宋尚斋）

别董大二首（其一）

千里黄云白日曛，北风吹雁雪纷纷。
莫愁前路无知己，天下谁人不识君？

徐增认为："此诗妙在粗豪。"（《而庵说唐诗》卷一一）这气粗情豪确实道出了此诗的美学特征。全诗把直抒胸臆与缘情写景巧妙地结合在一起，以刚健有力、质朴豪爽的语言表达深挚的感情，风格慷慨激昂，豪放悲壮，感人至深。

诗中的董大，历代注家都认为可能是唐玄宗时代的一位著名琴师。高适的《别董大二首》（其二）说："六翮飘飖私自怜，一离京洛十余年。丈夫贫贱应未足，今日相逢无酒钱。"可见高适这首诗，当作于他尚未得志时期。诗中虽不免渗透着自己流落不偶的感慨，但能于别愁中寄以希望，还是能给人以鼓舞和力量。

高适是一个感情特别强烈的诗人，无论是反映客观世界还是抒写主观感受，他都不大用隐晦曲折的表情方式，往往直泻胸怀，表明自己的思想感情。因之殷璠《河岳英灵集》就说"适诗多胸臆语，兼有气骨"。正因为这样，高适诗中的写景，也主要是缘情布景。此诗开头两句写景就是这样的。它只是大笔勾勒，缘情而发，不是对眼前景物作客观具体的描绘，而主要是把自己的惜别慰勉的主观感情，融入客观景物之中，化景为情，这就是王国维所说的"有我之境"。"千里黄云"与行将西沉的"白日"构成一幅阴沉欲雪的天色。这阴沉暗淡的景物，衬托出满怀的别愁，染上了诗人浓郁的感情色彩。次句则在首句基础上，进一步描写凄冷阴沉的环境。在古典诗词中，北风、归雁常用来写离愁别恨。这里用"北风吹雁"点明飞雁之凄凉无依，巧妙地暗示出诗题中的"别"字；纷纷扬扬、充塞天地间的暮雪，给人以寂寥、茫然之感，又是对纷纷愁绪的渲染。在这里，诗人的别愁，也像这暮雪一样无处不在，充塞天地之间，见出愁绪之深广。诗人捕捉住这些最能反映此时此刻那种慷慨悲壮的惜别慰勉情感的景物，注情于景，尽力渲染，不仅使自己的特定感情强烈地显示出来，而且诗人深挚的惜别慰勉感情也由抽象的感情，化为具有色彩和形体的东西了。

诗的前两句缘情写景，化景为情，使人有身临其境之感，为友人沦落至此而颇感不平。诗人在此用尽气力，为下文直抒胸臆蓄势，诗的后两句笔锋一转，写出了言辞美妙、情真意挚的临别宽慰之语。在上两句勾画的悲凉环境中送别，难免有日暮天寒、游子何之的凄怆之感，不能无愁。愁之产生，是因与"知己"分别，是因为"前路无知己"。作为友人的"知己"，诗人深深理解这一点，因而便从这一角度慰别。然而以友人的名望与为人，则前路必有知己，因而又不必忧愁。这种从"无"到"有"的转折，既避免了语言的板滞，使诗情摇曳，又更深一层地表达了慰勉之意。也正因为是知己，说话才率真而爽快；又因为其失意，才以充满希望和光明的话语企勉。这样写既见出友情之深挚，别意之凄酸，又见出用心之良苦，言辞之巧妙。作者越过一般送别诗多诉依依不舍之情的藩篱，以光明的前景进行慰勉，这就化惆怅为豪放，在送别的诗题下开拓了新的意境。直抒胸臆易流于浅露和抽象，但高适在这里不是赤裸裸地表达，不是言之无物的空喊大叫，而是以朴实而炽烈的语言，直率地表现诗人的深切感受，细腻地刻画复杂的心理，仿佛向友人打开心扉，以激动人心的感情力量去打动友人的心灵，显得深邃而洞彻。而且，这一联的直抒胸臆，又是前一联写景的自然而然的生发，因而能做到情景相生，具有很强的艺术感染力。这铿锵有力、掷地有声的企勉之词，这气贯长虹的英雄豪气，确能使友人抖擞精神，以矫健的步履踏上征程。它反映了诗人坚强的生活信心和对理想与抱负的不懈追求。这辽阔的视野，奔放的豪情，反映着整个时代高视阔步的足音，这也就是历代称誉的盛唐之音。

全诗洋溢着一股雄健昂扬、热情奔放的乐观情绪，它给人的是一种带有激越雄劲色彩的壮美感。与唐人赠别诗篇中那些凄清缠绵、低回留连的作品相比，这种慷慨激昂、发自内心的诗作，的确以它笃诚的友情、坚强的信念，于阳关三叠、灞桥离曲之外，奏出了节奏雄健、音调爽朗、独标高格的送别曲。

（薛祥生　王少华）

同李司仓早春宴睢阳东亭

春皋宜晚景，芳树杂流霞。
莺燕知二月，池台称百花。
竹根初带笋，槐色正开芽。
且莫催行骑，归时有月华。

这首通体写景的五律，在高适诗中亦别具一格。说到写景，高适诗中的景物大都是云山苍茫，豁达胡天，白蒿惊风，楼船横海，显得雄浑壮阔。而这首诗紧扣睢阳（今河南商丘）东亭所见的"早春"景色，描绘出一幅秀丽优美的春景图，表现出作者和李司仓（主管仓库的官员）悠闲轻快的心情。犹如在一群赳赳武夫之中走出来，突然遇见一位秀美如花的少女，她那绰约艳丽的风姿就会产生特别的魅力，故此诗在高诗中亦是别具一格的佳作。

"春皋宜晚景，芳树杂流霞。"第一句点出了宴饮的地点、时间：水边高地，早春的傍晚。中间用"宜"字，透露出诗人面对如此景色的愉悦之情。语极精练，意极蕴厚。第二句"芳树"紧承上句"春"字而来，"流霞"承"晚"字而来。一个"芳"字，先从嗅觉托出沁人心脾的花香。未见花而先闻其味，花已呼之欲出。而紧接着写花却出人意外，一笔宕开，以灿烂的"流霞"状花之形，顿觉艳丽无比，中间用一"杂"字，化静为动，使"花树"和"流霞"二者互相辉映，倍增光彩。

"莺燕知二月，池台称百花。"这两句紧承"晚景"展开描绘：仲春二月，时和气清，莺歌燕舞，"百花"袭人，这分明是人的感觉。但诗人这里却展开想象和联想的彩翼，不说人"知"而说鸟"知"，似乎鸟儿归巢的鸣叫，在告诉人们春天已经到来，在

"称颂""池台"上的"百花"盛开。这出人意表的想象,把春天的生机勃发、春意盎然表现得非常精确,非常动人,与苏轼的"春江水暖鸭先知"的意境有异曲同工之妙。

"竹根初带笋,槐色正开芽。"如果说前两联描绘了莺歌燕舞、百花齐放的艳丽之景,那么这一联则转而摹画早春萌发的翠绿之色:"竹根旁,笋尖刚刚冒出地面;槐枝上,新芽刚刚吐出。"句中各用一表示时间的副词"初"和"正"字,点明了季节。而动词"带"和"开"则把笋尖刚破土而出时依偎在竹根旁的娇嫩姿态,槐树上叶芽竞吐的细微过程,十分传神地展现出来。它不仅表现了诗人观察事物的细致入微,而且通过这两种典型景物的刻画,渲染出一片生机勃发的绿色世界,把"百花"映衬得更加摇曳多姿。

最后一联"且莫催行骑,归时有月华",归结到描述早春晚景的心理感受。毫无疑问,诗人完全陶醉于这样的景物中了。但这种欣喜之情却是以"且莫催行骑"这一细节的刻画,含蓄地反映出来的,不言情而情毕现。第二句"归时有月华"不仅暗点时间的推移——不知不觉之中,"流霞"收尽,明月东升;而且创造出一种澄静空明的境界——那月笼"芳树",光照"百花"的夜景中,人们恋恋不舍,信马而归。全诗处处紧扣"早春"的特征,写景状物,工细明丽,遣词造句,精练准确。通篇不见言情,而情全在景中。这种抒情的画意美和画面的抒情美的高度融和,在好用"直抒胸臆"的手法表现悲壮之情的高适诗中,确系别开生面、另辟蹊径的佳作。

(佘正松)

送李侍御赴安西

行子对飞蓬,金鞭指铁骢。
功名万里外,心事一杯中。
虏障燕支北,秦城太白东。
离魂莫惆怅,看取宝刀雄。

这是一首被后人誉为"盛唐五言律第一"的律诗。高适集中,古诗居多,律诗较少,因律诗束缚较多,不易表达其自由奔放的豪情。不过,当时酬唱送别,大都采用律诗的形式,高适这首诗就是以五律形式所写的送别佳作。

"李侍御",为专司纠察非法的官吏,名未详。"安西",即安西都护府,治所在今新疆库车县。此诗为送别友人从军塞外而作,其中强烈反映了立功异域的战斗激情、乐观豪迈的昂扬意绪,纵横驰骋,气冲霄汉,读之如闻山巅有壮士长啸,撼人心魄。

首联"行子对飞蓬,金鞭指铁骢",紧切题意,写李侍御即将跨马远征。以"飞蓬"喻"行子",虽为传统笔法,但"飞蓬遇飘风而行千里"(《商君书·禁使》)的形象,自然使人联想到"行子"身影的轻疾,可谓形神毕现。"铁骢",为青黑毛相杂的良马,本已矫健迅疾,再加上主人挥鞭,自然是凌厉如飞了。而且各用"金"、"铁",来修饰"鞭"和"骢",给人以坚硬的质感和强劲的力度。故开篇两句,韵味飘逸又颇孕顿挫之力,使"行子"轻捷如飞、意气昂扬的袭人英风扑面而来。

“功名万里外，心事一杯中。”紧承上联送别之意，李侍御远征“万里”，乃为求取“功名”，为友人着想，自当鼓励，故不得挽留。临别之际，万千“心事”，一言难尽，全寄托在“一杯”别酒之中。此联极尽纵横捭阖之能事，先以“万里外”一笔推开，展示出巨大广博的空间，表现出李侍御豪壮超迈的激情和飞动的气势，但紧接着一笔收勒，回到“别筵”。这“一杯”中包含了哪些“心事”呢？诗人没有明写，但不难推测，它包含着深挚的惜别，“万里”征途的担心，前程珍重的祝愿，“功名”早立的期望等等，感情极为深沉厚重。一开一阖之际，使诗歌极富抑扬顿挫之力。

“虏障燕支北，秦城太白东。”“虏障”，又称“遮虏障”，即今碉堡之类的防御工事。“燕支”，地名，今甘肃省山丹县东南，此泛指李侍御所去的塞外之地。“秦城”指长安。“太白”，秦岭峰名，此句指留在长安的高适。这一联，再一笔宕开，境界进一步扩大，安西与长安相距万里，关山阻隔，归路茫茫，这广阔地域的画面、浓墨重彩的勾勒，既是写景，更是抒情。因为没有如此巨大的空间，就不足以容纳诗人那风发泉涌的深广友情，那“海内存知己，天涯若比邻”的豪爽情怀。故尾联继“离魂莫惆怅”的殷切劝慰之后，奇峰突起，以“看取宝刀雄”的放声高唱，把激昂壮别、立功异域的雄心壮志如鹰击长空般地喷射出来，具有惊心动魄的艺术力量。

这首送别诗最感人的地方，是流贯于诗中的雄壮豪放之情，处处为志士壮行，为友人增气！全诗于大开大阖，纵横驰骋之中，极尽波澜起伏、一气舒卷之致。同时，诗人以意驱象，既有“飞蓬”、“铁骢”的形象描绘，又有广袤万里的空间展示。这些超迈遒劲雄浑阔大的形象，不仅体现了高适感情的豪壮，同时也焕发出昂扬开展的盛唐时代精神。

响亮警拔的声调，高亢有力的节奏，进一步增强了诗歌的力度和气势。中国语言文字历来有平、上、去、入的不同声调，所谓“平声哀而安，上声厉而举，去声清而远，入声直而促”（唐《元和韵谱》）等分析，说明了它们的不同特点。高适在诗中善于用四声组成抑扬亢堕的声调韵律，使诗歌显得声情并茂。如五言的炼字炼意，一般在第三字，为了突出这个中心，此诗在可平可仄的第三字统统用了或“厉而举”，或“清而远”，或“猛烈强”，或“直而促”的仄声字。第一联中“对”、“指”两字，在意义上不但属对精工，声调上也去、上相对，显得抑扬有致。第三句中“万里外”三字，连用去、上、去三个仄声，由于音节响亮震彻，从而有力地突出了主人公奋身万里疆场的雄心。特别是最后一联，“莫惆怅”三字，以“清而远”的去声煞尾，使节奏显得平缓委婉，情深动人。但对句“看取宝刀雄”却以金戈铁马、挥刀奋击的豪壮军旅生活，鼓励友人昂扬奋发地踏上征途，尽扫愁绪。在声调上，第三字用一上声“宝”字，最响亮有力，与后面既是写刀、又是写人的“雄”字相连，使诗句力重千钧，具有斩钉截铁之势。再加上全诗一律押易于表达开朗乐观情绪的“东”韵，它和前面的中心音节相配合，使全诗神采飞动，音调铿锵，读之如“长空击鼓”。

明许学夷在其《诗源辨体》一书中曾说：“尝欲以高达夫‘行子对飞蓬’为盛唐五言律第一，而‘对飞蓬’三字，殊气馁不称，欲改作‘去从戎’，庶为全作。”许氏推重此诗，固为有见。但若以“去从戎”易“对飞蓬”三字，虽然在声调上都差不多，属去声和上平声，但在表达诗人豪荡纵逸的激情上，在声调的“飞沉”上，就显然大为逊色了。正因为全诗格调豪迈，且有一种雄浑壮阔的音乐美，故深受人们赞赏，胡震亨把此诗与李白的《江夏别宋之悌》相比，指出：“太白‘人分千里外，兴在一杯中’，达夫‘功名万里外，心事一杯中’，似皆从庾抱之‘愁生万里外，恨起一杯中’来，而达夫较厚，太白较逸，并未易轩轾。”（《唐音癸签》卷一一）这些说法不失为精审之论。（佘正松）

杜甫

望岳

岱宗夫如何？齐鲁青未了。
造化钟神秀，阴阳割昏晓。
荡胸生层云，决眦入归鸟。
会当凌绝顶，一览众山小。

杜甫《望岳》诗，共有三首，分咏东岳（泰山）、南岳（衡山）、西岳（华山）。这一首是望东岳泰山。开元二十四年（736），二十四岁的诗人开始过一种“裘马清狂”的漫游生活。此诗即写于北游齐、赵（今河南、河北、山东等地）时，是现存杜诗中年代最早的一首，字里行间洋溢着青年杜甫那种蓬蓬勃勃的朝气。

全诗没有一个“望”字，但句句写向岳而望。距离是自远而近，时间是从朝至暮，并由望岳悬想将来的登岳。

首句“岱宗夫如何”，写乍一望见泰山时，高兴得不知怎样形容才好的那种揣摩劲和惊叹仰慕之情，非常传神。岱是泰山的别名，因居五岳之首，故尊为岱宗。“夫如何”，就是到底怎么样呢？“夫”字在古文中通常是用于句首的虚字，这里把它融入诗句中，是个新创，很别致。这个“夫”字，虽无实在意义，却少它不得，所谓“传神写照，正在阿堵中”（前人有训“夫”为指代词“彼”的，便成死句）。

“齐鲁青未了”，是经过一番揣摩后得出的答案，真是惊人之句。它既不是抽象地说泰山高，也不是像谢灵运《泰山吟》那样用“崔崒刺云天”这类一般化的语言来形容，而是别出心裁地写出自己的体验——在古代齐鲁两大国的国境外还能望见远远横亘在那里的泰山，以距离之远来烘托出泰山之高。泰山之南为鲁，泰山之北为齐，所以这一句描写出地理特点，写其他山岳时不能挪用。明代莫如忠《登东郡望岳楼》诗说：“齐鲁到今青未了，题诗谁继杜陵人？”他特别提出这句诗，并认为无人能继，是有道理的。

“造化钟神秀，阴阳割昏晓”两句，写近望中所见泰山的神奇秀丽和巍峨高大的形象，是上句“青未了”的注脚。“钟”字，将大自然写得有情。山前向日的一面为“阳”，山后背日的一面为“阴”，由于山高，天色的一昏一晓判割于山的阴、阳两面，所以说“割昏晓”。“割”本是个普通字，但用在这里，确是“奇险”。由此可见，诗人杜甫那种“语不惊人死不休”的创作作风，在他的青年时期就已养成。

“荡胸生层云，决眦入归鸟”两句，是写细望。见山中云气层出不穷，故心胸亦为之荡漾；因长时间目不转睛地望着，故感到眼眶有似决裂。“归鸟”是投林还巢的鸟，可知时已薄暮，诗人还在望。不言而喻，其中蕴藏着诗人对祖国河山的热爱。

“会当凌绝顶，一览众山小”这最后两句，写由望岳而产生的登岳的意愿。“会当”是唐人口语，意即“一定要”。如王勃《春思赋》：“会当一举绝风尘，翠盖朱轩临上春。”有时单用一个“会”字，如孙光宪《北梦琐言》：“他日会杀此竖子！”即杜诗中亦往往有单用者，如“此生那老蜀，不死会归秦！”（《奉送严公入朝》）如果把“会当”解作“应当”便欠准确，神气索然。

从这两句富有启发性和象征意义的诗中，可以看到诗人杜甫不怕困难，敢于攀登绝顶，俯视一切的雄心和气概。这正是杜甫能够成为一个伟大诗人的关键所在，也是一切有所作为的人们所不可缺少的。这就是为什么这两句诗千百年来一直为人们所传诵，而至今仍能引起我们强烈共鸣的原因。清代浦起龙认为杜诗“当以是为首”，并说“杜子心胸气魄，于斯可观。取为压卷，屹然作镇”（《读杜心解》），也正是从这两句诗的象征意义着眼的。杜甫在这两句诗中所表现的力争上游的精神，和他在政治上“窃比稷与契”，在创作上“气劘屈贾垒，目短曹刘墙”，正是一致的。此诗被后人誉为“绝唱”，并刻石为碑，立在山麓。无疑，它将与泰山同垂不朽。

（萧涤非）

兵车行

车辚辚，马萧萧，行人弓箭各在腰。耶娘妻子走相送，尘埃不见咸阳桥。牵衣顿足拦道哭，哭声直上干云霄。道傍过者问行人，行人但云点行频。或从十五北防河，便至四十西营田。去时里正与裹头，归来头白还戍边。边庭流血成海水，我皇开边意未已。君不闻汉家山东二百州，千村万落生荆杞。纵有健妇把锄犁，禾生陇亩无东西。况复秦兵耐苦战，被驱不异犬与鸡。长者虽有问，役夫敢伸恨？且如今年冬，未休关西卒。县官急索租，租税从何出？信知生男恶，反是生女好。生女犹得嫁比邻，生男埋没随百草。君不见青海头，古来白骨无人收。新鬼烦冤旧鬼哭，天阴雨湿声啾啾！

“失之东隅，收之桑榆。”京华困顿十年，老杜在功业上一事无成，自觉濩落，但由于他长时期活动于上层社会，与王侯显宦相周旋，熟知种种骄奢淫逸的现状和黑暗政治的内幕，又沦落下层，既贫且病，饱经忧患，对社会弊端和民生疾苦体察尤深。因此，在这一时期内开始成功地创作出一些揭露最高统治集团的腐朽，反对穷兵黩武的开边政策，为被压迫被剥削的人民而呼吁的卓越诗篇，为其后现实主义光辉乐章源源不绝的涌现奏响了序曲，这无疑是老杜始料之所不及的。这方面写得最早的名作当推《兵车行》。

开元末期以来，边境战争中有的是为了保卫境内安全、维护国家统一，不可一概抹杀，但由于玄宗开始昏庸，相继委政于李林甫、杨国忠这样一些野心家之手，穷兵黩武，奖励边功，确乎发动过多次不义战争，给国家各族人民造成了极大灾难，其中最突出的是伐石堡和征南诏（详《资治通鉴》）。这两桩边事，尤其是后者，朝野震动很大，人民受害很深。诗人李白对此都作了尖锐的讽刺与抨击，如说："君不能学哥舒，横行青海夜带刀，西屠石堡取紫袍。"（《答王十二寒夜独酌有怀》）《旧唐书·哥舒翰传》载：哥舒翰拔石堡城后，"上录其功，拜特进鸿胪员外卿，与一子五品官，赐物千匹、庄宅各一所，加摄御史大夫"。将"西屠石堡取紫袍"跟史实和反对发动这一战役的将领王忠嗣"以数万人之命易一官"的话联系起来看，讽意不是很明显么？对于因后一桩边事所引起的几次不义战争，李白还特意创作了专章加以揭露："羽檄如流星，虎符合专城。喧呼救边急，群鸟皆夜鸣。白日曜紫微，三公运权衡。天地皆得一，澹然四海清。借问此何为，答言楚征兵。渡泸及五月，将赴云南征。怯卒非战士，炎方难远行。长号别严亲，日月惨光晶。泣尽继以血，心摧两无声。困兽当猛虎，穷鱼饵奔鲸。千去不一回，投躯岂全生！如何舞干戚，一使有苗平？"了解了这一边事的始末和内情，再来看这首诗就觉得好懂多了，真切多了。诗中有两点见解很有意思，很可注意：第一，指出靠抓壮丁押解到前方去参加不义战争必然是白送死："怯卒非战士"，"困兽当猛虎，穷鱼饵奔鲸"。己方为"怯卒"、"困兽"、"穷鱼"，彼方为"战士"、"猛虎"、"奔鲸"，这主要不取决于士卒素质的优劣而取决于战争性质的正义与否和士气的高低。《新唐书·杨国忠传》："凡募法，愿奋者则籍之。（为征南诏）国忠岁遣宋昱、郑昂、韦儇以御史迫促，郡县吏穷无以应，乃诡设饷召贫弱者，密缚置室中，衣絮衣，械而送屯，亡者以吏代之，人人思乱。"当然，用欺骗手段抓些贫弱者来充数，这就更无战斗力，更不堪一击了。第二，《太平御览》卷八一引《帝王世纪》载：有苗氏部族不受舜的政命，禹请求去征服它。舜说："我德不厚而行武，非道也。吾前教由未也。"他于是修政教三年，执干（盾）戚（斧）而舞，有苗氏终于归服了。这诗末二句即用此典故，却决不是发思古之幽情，徒作书生空泛迂腐之论。其实南诏始终不愿叛唐，这场不义战争的连续发生，完全是昏君、奸臣缺德而行武所导致的严重恶果。不过，即使到诗人写作这诗的当时，事态已发展到不可收拾的地步，只要唐王朝执政者真正认识错误，采取有力的补救措施，还是有希望和平解决的。诗人心里对问题的看法既然如此深刻，如此尖锐，那么前面说什么"白日曜紫微，三公运权衡。天地皆得一，澹然四海清"，岂不是明明地在借颂扬之辞，对祸国殃民的君臣，作又痛又痒、啼笑皆非的揶揄和讽刺吗？

对时代背景作了粗略的回顾，现在且来探讨杜甫的《兵车行》。以往各家多认为此诗是因玄宗用兵吐蕃而作。最早宋代黄鹤见诗中所叙述的送别悲楚之状，与史书记载天宝十载鲜于仲通丧师于泸南，杨国忠遣御史分道捕人连枷送军所，行者愁怨，父母妻子相送，哭声震野的情况相符，认为是因出兵南征而作。钱谦益更进一步发挥说："'君不闻'以下，言征戍之苦，海内驿骚，不独南征一役为然，故曰'役夫敢申恨'也。'且如'以下,言土著之民,亦不堪赋役,不独征人也。'君不见'以下,举青海之故,以明征南之必不返也。不言南诏,而言山东,言关西,言陇西,其词哀怨而不迫如此。曰'君不闻'、'君不见',有诗人呼祈父之意焉。是时国忠方贵盛,未敢斥言之,杂举河陇之事,错互其词,若不为南诏而发者,此作者之深意也。"钱笺剖析入微,言之成理,当代说诗者多主是说。写南征而不点明南征,却杂举河陇之事,除了钱笺所作解释外,光就创作的角度而论,这不仅是容许的,更是艺术概括过程中增强人物、事件典型意义所必需的。诗人根据生活实感,构思一个"或从十五北防河,便至四十西营田",如今又被驱南征,备受"吾皇开边"之苦的老战士,设为答问之辞,让他现身说法,在自述平生经历的谈论之中,自然而然地将多年来海内各地人民,从前方到后方,从役夫到农夫,从兵役、徭役到赋税,所受穷兵黩武之害,集中而又真实地反映了出来,游刃有余地解决了有限篇幅和较多内容之间的矛盾,获得了思想和艺术表现上的极大成就,能说这不是一次别出心裁的、成功的尝试么?设置极少人物,截取短暂生活片段,通过对话写事以表达思想感情,这是汉乐府民歌中常见的表现手法。陈琳《饮马长城窟行》即学此表现手法,而其中"生男慎莫举,生女哺用脯"二句又直接借用于秦代民歌:"生男慎勿举,生女哺用脯。不见长城下,尸骸相支拄。"(杨泉《物理论》)诸注家均以为《兵车行》"信知生男恶,反是生女好"二句与陈琳"生男"二句有关联,这是对的。其实不仅止于此,若论表现手法,也是从陈琳《饮马长城窟行》,从汉乐府民歌继承发展而来的。元稹在《乐府古题序》中说:"近代惟诗人杜甫《悲陈陶》、《哀江头》、《兵车》、《丽人》等,凡所歌行,率皆即事名篇,无复依傍。予少时与友人白乐天、李公垂辈谓是为当,遂不复拟赋古题。"可见《悲陈陶》等篇最先开"即事名篇"之风及其对中唐新乐府运动的影响。但须补充说明的是:第一,元稹将杜甫"即事名篇"之作从《悲陈陶》等篇算起,是因为他概念中的"事",指的是那些带有重大社会和政治意义的"时事"。这一类即"时事"名篇的歌行中创作得最早的不是《悲陈陶》而是《兵车行》。《兵车行》的出现,标志着诗人由于多年来的阅历和体验,社会思想、文艺思想已日臻成熟,开始着手在为自己、为后人,开拓那条起自国风的现实主义诗歌创作道路,这是很值得珍惜,很值得纪念的。第二,如果将"事"理解为一般的生活琐事,那么,现存杜诗中那些即"琐事"名篇的歌行出现得还要早。若按通常的编年先后排列,在《兵车行》以前即有《今夕行》、《饮中八仙歌》、《高都护骢马行》、《乐游园歌》等篇。这些都是歌行,也不能说不是"即事名篇",但显然不属于元稹所指的那一类。白居易《与元九书》说:"杜诗多,可传者千余篇。……然撮其《新安》、《石壕》、《潼关吏》、《塞芦子》、《留花门》之章,'朱门酒肉臭,路有冻死骨'之句,亦不过三、四十。"如果根据这一狭隘的、大可商榷的评诗标准衡量,《今夕行》诸篇,必会被斥为有乖六义而落选。不过从形式上考虑,诗人在天宝十载写作《兵车行》的前五年(天宝五载)写作《今夕行》时就尝试"即事名篇"了。可见艺术形式上任何一个小的突破和改变,都是有一个发展过程的。第三,文学史家每当论及文人继承、发展乐府民歌传统的过程时都说,由汉乐府的"缘事而发",一变而为曹操诸人的借古题而写时事,再变为杜甫的"因事立题"。这"因事立题",经元结、顾况等一脉相承,到白居易更成为一种有意识的写作准则，即所谓“歌诗合为事而作”，并从而出现了新乐府运动。这概括无疑是正确的。写乐府歌诗“因事立题”在文人中固然最早始于杜甫，不过，这倒并不是他的“发明创造”，他无非是恢复了民歌本来的作法而已。那些“饥者歌其食，劳者歌其事”的国风如《伐檀》、《硕鼠》、《东山》，那些“感于哀乐，缘事而发”的汉乐府民歌如《战城南》、《有所思》、《东门行》、《妇病行》、《孤儿行》等等，又有什么古题可借，还不都是“因事立题”，也就是元稹所说的“即事名篇”么？古时反动政客干反动勾当时，也懂得制造舆论，颠倒黑白，混淆视听，进行反动宣传。天宝十一载(752)年底，李宓首次出征云南前夕[①]，朝廷命群臣赋诗送行。如储光羲的《同诸公送李云南伐蛮》说：“昆明滨滇池，蠢尔敢逆常。天星耀铁锁，吊彼西南方。冢宰统元戎，太守齿军行。囊括千万里，矢谟在庙堂。耀耀金虎符，一息到炎荒。搜兵自交趾，芟舍出泸阳。……斩伐若草木，系缧同犬羊。余丑隐弭河，啁啾乱行藏。……剑关掉鞅归，武弁朝建章。龙楼加命服，獬豸拥秋霜。邦人颂灵旗，侧听何洋洋。京观在《七德》，休哉我神皇！”无非是将唐方非正义的出兵说成是正义的，鼓吹大肆杀戮，预祝其凯旋加官晋爵，颂扬“统元戎”的“冢宰”杨国忠庙略的高妙，归不世之功于“休哉我神皇”。第二年(十二载)四月李宓奏凯还京[②]，朝廷同样命群臣赋诗欢迎、庆功。如高适的《李云南征蛮诗》说：“圣人赫斯怒，诏伐西南戎。肃穆庙堂上，深沉节制雄。遂令感激士，得建非常功。……泸水夜可渡，交州今始通。归来长安道，召见甘泉宫。”颂扬的内容与前诗接近，所不同的只是一预祝、一告成而已[③]。不管是“真心”还是“违心”，储光羲、高适二位，作为属官，处在必得“应诏”或“应教”赋诗的场合中，写了这样一两首政治倾向性很糟的“颂圣”、“歌德”之作，情有可原，不需深责；但也无妨借来作为对照，以便更清楚地显示出李、杜对社会现实认识的深刻和他们热爱人民，敢于揭露抨击昏君奸臣祸国殃民反动决策的勇气。

（陈贻焮）

【注】 ①②③《资治通鉴》载：天宝十载(751)十月，杨国忠使鲜于仲通表请己遥领剑南，十一月以杨国忠领剑南节度使。十一载十一月，以杨国忠为右相。十三载六月，侍御史、剑南留后李宓将兵七万击南诏，被诱深入，李宓被擒(《旧唐书·杨国忠传》载死于阵)，全军覆没。但据高适《李云南征蛮诗序》：“天宝十一载，有诏伐西南夷。右相杨公兼节制之寄，仍奏前云南守李宓涉海自交趾击之。道路险艰，往复数万里，盖百王所未通也。十二载四月，至于长安。”知李宓于十三载六月征南诏失利，全军覆没身亡以前，还曾于十一载杨国忠为右相后出征一次；这次涉海自交趾击南诏获胜，于十二载四月凯旋。此可补史册记载的疏漏。储光羲《同诸公送李云南伐蛮》说：“冢宰统元戎，太守齿军行。囊括千万里，矢谟在庙堂。耀耀金虎符，一息到炎荒。搜兵自交趾，芟舍出泸阳。”可见李宓这次南征，即十一载年底从长安出发，涉海自交趾击南诏获胜的那一次，而这次战役的决策者主要是杨国忠。按，《后汉书·舆服志》：“法冠，执法者服之，或谓之獬豸冠。獬豸，神羊，能别曲直，楚王尝获之，故以为冠。”王先谦集解引惠栋曰：“《淮南子》云：‘楚文王好服獬冠，楚国效之。’高诱云：‘獬廌之冠，如今御史冠也。’”据此可知，储作“龙楼加命服，獬豸拥秋霜”系指李宓因战功加侍御史衔。《资治通鉴》载，十三载六月，李宓确获此衔。泛泛而言，预祝其加官晋爵则可；若断定其必得某官则不可。这诗很可能亦如高诗系同诸官庆李宓班师而作。只是题中标明“送李云南征蛮”，别无确证，不敢臆改。

自京赴奉先县咏怀五百字

杜陵有布衣，老大意转拙。
许身一何愚，窃比稷与契。
居然成濩落，白首甘契阔。
盖棺事则已，此志常觊豁。
穷年忧黎元，叹息肠内热。
取笑同学翁，浩歌弥激烈。
非无江海志，萧洒送日月。
生逢尧舜君，不忍便永诀。
当今廊庙具，构厦岂云缺？
葵藿倾太阳，物性固难夺。
顾惟蝼蚁辈，但自求其穴。
胡为慕大鲸，辄拟偃溟渤？
以兹悟生理，独耻事干谒。
兀兀遂至令，忍为尘埃没。
终愧巢与由，未能易其节。
沉饮聊自遣，放歌破愁绝。
岁暮百草零，疾风高冈裂。
天衢阴峥嵘，客子中夜发。
霜严衣带断，指直不能结。
凌晨过骊山，御榻在嵽嵲。
蚩尤塞寒空，蹴踏崖谷滑。
瑶池气郁律，羽林相摩戛。
君臣留欢娱，乐动殷胶葛。
赐浴皆长缨，与宴非短褐。
彤庭所分帛，本自寒女出。
鞭挞其夫家，聚敛贡城阙。
圣人筐篚恩，实欲邦国活。
臣如忽至理，君岂弃此物？
多士盈朝廷，仁者宜战栗。
况闻内金盘，尽在卫霍室。
中堂舞神仙，烟雾蒙玉质。
暖客貂鼠裘，悲管逐清瑟。
劝客驼蹄羹，霜橙压香橘。
朱门酒肉臭，路有冻死骨。

荣枯咫尺异，惆怅难再述。
北辕就泾渭，官渡又改辙。
群冰从西下，极目高崒兀。
疑是崆峒来，恐触天柱折。
河梁幸未坼，枝撑声窸窣。
行李相攀援，川广不可越。
老妻寄异县，十口隔风雪。
谁能久不顾？庶往共饥渴。
入门闻号咷，幼子饿已卒。
吾宁舍一哀，里巷亦呜咽。
所愧为人父，无食致夭折。
岂知秋禾登，贫窭有仓卒？
生常免租税，名不隶征伐。
抚迹犹酸辛，平人固骚屑。
默思失业徒，因念远戍卒。
忧端齐终南，澒洞不可掇。

唐玄宗天宝五载(746)，杜甫来到京城长安，原想“立登要路”，以期实现他“致君尧舜上，再使风俗淳”(《奉赠韦左丞丈二十二韵》)的宏伟抱负。但无情的现实却使他美好的理想化为齑粉。“纨袴不饿死，儒冠多误身”(同上)，现实给这位正直的知识分子所安排的，乃是与纨袴子弟决然不同的另一种生活：“朝扣富儿门，暮随肥马尘。残杯与冷炙，到处潜悲辛。”(同上)然而，政治的昏暗，抱负的无成，世态的炎凉，人情的冷暖，这一切终未能使诗人心灰意冷，消沉颓唐，反而使他视野更宽阔，头脑更清醒，目光更锐利，意志更坚韧了。“但觉高歌有鬼神，焉知饿死填沟壑”(《醉时歌》)，这首诗可以说就是体现了上述精神而足泣鬼神的长歌。

《咏怀》写于天宝十四载(755)十一月初、“安史之乱”爆发的前夕。此前不久，经过长安十年的困顿失意，他终于得到了一个管理兵甲器仗的官职——右卫率府胄曹参军，于是他便前往奉先县(今陕西蒲城)去探望寄居在那里的妻小。而此刻玄宗君臣却正在华清宫中纵情淫乐。诗人遂把生平抱负之无成与此行之见闻忧愤融为一体，成此千古传诵的名篇。

诗分三段。首段自伤生平抱负，终于无成，只落得“沉饮”、“放歌”，聊以遣怀、破愁。但此意在诗人的笔下，却写得层层转折，愈转愈深，遂使其满心的悲慨，横溢于笔墨间。这，最足以见出杜诗沉郁顿挫的艺术特色。

起笔“拙”字、“愚”字，反语致慨，涵盖全局，最堪玩味。“拙”在何处？在许身稷、契(xiè 谢)。稷、契皆上古贤臣，其精神的可贵处，大抵在于忧国忧民，在于“思天下有饥者，由己饥之也”(《孟子·离娄下》)。一个杜陵布衣，竟自许如此，这在当世比比皆是的机诈乖巧之徒看来，自然是拙，是愚，是不识时务了。碰壁、挫折是必然的。“居然”句谓果然如此，但“白首甘契阔”，他却甘心勤苦到老。下二句说除非盖棺身死，事即作罢，否则，他的忧民用世之志总是希望实现的。这与屈子“九死未悔”的精神正是一脉相承，毫无二致。以下因忧念百姓而衷怀慷慨难平，正承“此志”句之意，而接着忽旁衬以“同学翁”的讥笑，宕开一笔，再折转本意，写情又翻进一层：讥笑且随他去，自己则矢志不渝，仍我行我素。又着一“弥”字，其对理想的执著情态，不是愈益突出了么？

诗人是坦诚的，他愿意向读者吐露他的心曲、矛盾。当屡遭挫折之后，他曾有过这样的念头：索性放浪江湖，去悠闲自在地生活。然而，“生逢尧舜君，不忍便永诀”，他终于没有这样去做。这里称玄宗为“尧舜君”，似非为说说好听，因为在他的前期毕竟出现过为史家艳称的“开元之治”，尽管他现时不再那么励精图治了，但惟其如此，便更需要他去匡主济民。他也曾想过：当今朝廷上并不乏栋梁之才，难道缺了自己就不成？下边二句，出语含蓄，意谓自己之关切国事，如葵藿之向阳，乃天性使然，极难改变。其言外似又不无这样的意思：那些“廊庙”之臣，不是在“构厦”(治国)，而是在“毁厦”(乱国)。以下再设问以为开阖，以期淋漓尽意。“蝼蚁辈”即下文所谓“事干谒”者，指那些出入于权贵之门，奔走于形势之途，以营求私利的小人。“大鲸”则与之相反，指志在大展宏图，以匡国济民，做出一番大事业的人。他为什么舍彼而取此？正因为于二者相形中，他更领悟到人生的真谛，对前者的行径深以为耻。曰“独耻”，可见不以为耻者正多，但他却不为所动。于是便辛辛苦苦，以至于今，仆仆风尘，困于生计，然而，他宁肯如此，于心安焉。下边波澜再起，更翻进一层。巢父、许由视天下如敝屣，其高风亮节，历来为人们所称颂，诗人对他们自然不便说什么，他既自比稷、契，以济世为己任，与其志趣迥异，故自愧不能追踪。追步巢、由而不肯，效法稷、契而未能，只有“沉饮”以遣怀，“放歌”以破愁了。“饮”而必“沉”，“歌”而必“放”，可见其愁怀之难以禁受。此意与二、三两段结尾先后映照，又统摄于题上之“怀”字，真所谓千回百折又复一气流转也，不独首段为然。

第二段写途经骊山的见闻感慨。“岁暮”四句，以简约的笔墨，交代了出发的节令、气候、地点、时间。之后数十里的行程，诗人也只写了“霜严衣带断，指直不能结”这样一个细节，其余概予删削。然而，这十个字不仅写出了天气之严寒，己身之穷困，而且既上承“契阔”、“兀兀”之意而予以具体化，又下与“路有冻死骨”、“幼子饿已卒”等情景相衬托、伏应，是不当轻易读过的。以下即全写到骊山后的见闻。自然，这绝不是记录即目所见所能办到的，而是凭借联想、想象，经过艺术加工而成的。“羽林相摩戛”，可见其警戒之森严。其时正当严冬季节，水汽弥漫，雾大，路滑，羽林士卒之辛苦，自在言外。“君臣”四句，玄宗君臣就是在这样的警戒中纵情逸乐。以下笔势突变，就其赏赐之滥，忽发议论。“彤庭”四句，意谓其所赏赐，皆靠“鞭挞”、“聚敛”手段从劳动人民手中掠夺而来。这在当时，不唯是有见识，而且也是有胆量的语言。“圣人”六句，重在责臣，谓其虚受君赐，不图治国，仁者对此，应感到触目惊心。这里对玄宗未予明斥，有所回护，不过，臣既如此，君竟唯与欢娱，对国奢民困，危机四伏，懵懂无知，与其前期相比，已相去甚远。这一点，诗人自己清楚，读者也是不难感受到的。“况闻”八句更进一层，专写外戚之家因备受恩宠，尤为骄奢。接着以“朱门”句束上，“路有”句一笔勒转，又回到“凌晨过骊山”的路上来，转接无痕，又笔力千钧。“荣枯咫尺异”，这咫尺之间竟判若霄壤的两个世界，使诗人预感到险象环生，山雨欲来。他满怀殷忧，不愿再说下去，实也不必再说下去了。留不尽之意给读者，虽长篇亦当如此。

第三段首写由骊山北转渡河时的情景。由于诗人是带着满怀的忧危之情北上的，所以河上的所历所见也就涂上了这种特定的感情色彩。渭河中冰水夹杂，汹涌西来，极目望去，远与天接，这竟使诗人怀疑它是自崆峒山上奔泻而下，并唯恐它“折天柱，绝地维”，致使天塌地陷。《杜臆》曰：“天柱折乃隐语，忧国家将覆也。”甚是。河中的水势如此，桥上行人的情态亦然。河桥虽幸而未被冲毁，但因众人竞渡，桥木窸窣(xī sù 悉速)作响，不免令人心惊，恨不能飞越而过。总之，也是一片仓皇不安的景象。河终于渡过了，以下情感也由匆遽不安变得平静了些。“老妻寄异县，十口隔风雪。谁能久不顾？庶往共饥渴。”多么纯真的情感啊！他带着这样的情感来探望妻小，希望饥渴与共，不料一进家门，迎接他的却是妻子的号咷大哭声，原来他的小儿子已因饥饿而夭折，意外的事又发生了。面对这猝然的事件，作者又以千回百折之笔，把自己的心曲刻画得淋漓尽致：他自己倒宁肯强忍哀痛，但“里巷亦呜咽”，自己遂不再能割恩忍痛了，于是内心便由忍而愧，对未能及时照料幼子深感内疚。但“岂知”二句，又一波折，自己哪能料到秋收未久，清贫之家竟饥饿至此？事出意外，语似自我宽恕，而心情实极沉痛。自己穷困、沉痛以至于此，下边笔势却忽又宕开，由己及人，想到丧失土地的农民，远戍边塞的士卒，想到他们的凄苦，当远过于颇受朝廷优待的自己。于是，诗人的“忧端”就如山如河，不可遏止了。这“忧端”是对黎元的忧怜，也是对时局的忧心，对自己稷契之志无成的忧愤。所以全诗虽截然三段，这种忧绪却是贯穿终始的，首尾圆合，无懈可击，又神完而气足。

一位穷困失意的诗人，胸怀如此坦荡，眼界如此开阔，其对社会、国家的责任感又如此之强烈，真是太可宝贵了。也正是因此，他在诗歌艺术上又表现出巨大的创造性。即以这首《咏怀》而言，它的海涵地负、波澜壮阔，在五古一体中也可以说是前无古人的。

（高海夫）

后出塞五首

男儿生世间，及壮当封侯。
战伐有功业，焉能守旧丘？
召募赴蓟门，军动不可留。
千金装马鞭，百金装刀头。
闾里送我行，亲戚拥道周。
斑白居上列，酒酣进庶羞。
少年别有赠，含笑看吴钩。

朝进东门营，暮上河阳桥。

落日照大旗，马鸣风萧萧。
平沙列万幕，部伍各见招。
中天悬明月，令严夜寂寥。
悲笳数声动，壮士惨不骄。
借问大将谁？恐是霍嫖姚。

古人重守边，今人重高勋。
岂知英雄主，出师亘长云。
六合已一家，四夷且孤军。
遂使貔虎士，奋身勇所闻。
拔剑击大荒，日收胡马群。
誓开玄冥北，持以奉吾君。

献凯日继踵，两蕃静无虞。
渔阳豪侠地，击鼓吹笙竽。
云帆转辽海，粳稻来东吴。
越罗与楚练，照耀舆台躯。
主将位益崇，气骄凌上都。
边人不敢议，议者死路衢。

我本良家子，出师亦多门。
将骄益愁思，身贵不足论。
跃马二十年，恐辜明主恩。
坐见幽州骑，长驱河洛昏。
中夜间道归，故里但空村。
恶名幸脱免，穷老无儿孙。

杜诗中最早写到安禄山反叛的作品当是《后出塞五首》。仇兆鳌《杜少陵集详注》以为末章是说举兵犯顺后事，当是天宝十四载(755)冬作，良是。这组诗通过一个从范阳叛军中脱身逃归的士卒的自述，揭露安禄山图谋起兵的迹象以及酿成战祸的原因。

其一写应召参军时的豪情壮志。是谁在招募士卒赴蓟门？是安禄山。安禄山以边功市宠，征兵东都，以重赏邀士，即使其时已心怀异志，世人岂知？这一乐府人物应召之初，意在立功封侯，不暇他虑，所以只觉从军乐，不畏行路难。"千金"二句用乐府民歌惯用的重沓、咏叹手法，极力描状备装的隆重和装备的奢华，以显示这一从军者的"良家子"(其五)的身份和乐意从军的热烈情绪。末后写饯别场面，不但没有寻常习见的黯然销魂的意味，反倒显得热烈而喜气洋洋。这无疑跟人物当时兴奋、昂扬的情绪很协调，也是这种情绪恰如其分的烘托。远别难免伤神，不过，对于志在立功、信心十足的行人来说，这离情别绪只不过是小小不言的雨丝风片，哪能浇灭得了他满怀火样的进取热忱？在这样的人的眼中，离别的场面虽也感人，却是热烈而喜悦的，何况送者对他也抱着很大的希望，情绪本来就不低沉。“少年别有赠，含笑看吴钩。”一赠一受，彼此心照不宣，用形象生动的细节醒出“及壮当封侯”之意，画龙点睛，艺术处理颇别致。杨伦说：“《前出塞》迫于官遣，其情蹙，故专就苦一边形容。此志在立功，其气豪，故转借乐一边翻出，境界迥然不同。”（《杜诗镜铨》）需要补充的是：这首诗之所以着重写乐，还有为后面几章中忧君昏、忧世乱、忧己身之难免被迫从逆作反衬的用意。希望愈大，失望也愈大，这是常情，艺术效果亦佳。

其二写入伍后初次宿营时的所见所感。洛阳城东有上东门，新兵营设此，故称“东门营”。河阳桥指河阳县（今河南孟县）渡黄河的浮桥，为通往河北的要津。安禄山反于范阳，封常清建议断绝河阳桥，可见募兵赴范阳必由河阳桥去。王嗣奭说：“言军令之严，亦军中常事，而写得森肃。前篇唾手封侯，何等气魄！而至此惨不骄，节奏固应如是，而情景亦自如是也。”（《杜臆》）这样写确乎是符合生活逻辑的。人们每当初来乍到一个陌生的环境，过一种与以前截然不同的生活，自会感到新鲜、生疏，有点不大自然，甚至拘束。加上军队中纪律很严，对于那些刚换上戎装的新兵来说，这就不仅是拘束而是畏惧了。来前自以为立功封侯唾手可得，当然越想越兴奋；一旦来到军营，见号令如此森严，不觉战战兢兢，心怀畏惧，就难免“惨不骄”了。这首诗艺术上的成就很高，诀窍是善于通过抒情主人公极富主观色彩的眼睛去摄取景物，反过来又借粗放而传神的景物描写来显示人物的精神状态和心理变化。“大旗”指大将所用的红旗。《通典》卷一四八：“陈（阵）将门旗，各任所色，不得以红，恐乱大将。”“落日”二句是杜诗中名句，写景浑雄苍劲，形象鲜明而带悲壮意味，这与诗中所写处于此时此境的人物的情绪和整首诗的情调是一致的。评诗多重情景交融，已成老生常谈。注意情和景相互作用的艺术效果，固然重要，但切忌不顾生活实感而形式主义地追求二者的配合。如，一当拍案而起必辅之以电闪雷鸣，一当内心激动必有惊涛拍岸，如此这般，照样搬演，拙劣已极，慎勿效尤。一般说来，要想做到情景交融，二者的基调应该一致。《文心雕龙·物色》说：“春秋代序，阴阳惨舒，物色之动，心亦摇焉。……是以献岁发春，悦豫之情畅；滔滔孟夏，郁陶之心凝；天高气清，阴沉之志远；霰雪无垠，矜肃之虑深。”这“献岁发春”和“悦豫之情”、“滔滔孟夏”与“郁陶之心”、“天高气清”与“阴沉之志”、“霰雪无垠”与“矜肃之虑”，每组景与情的基调莫不一致，总之是“物色之动，心亦摇焉”。刘勰这意见虽对，却只讲到心随物色动，即主观之情随客观之景而变化的一方面。须知此外还有像“感时花溅泪，恨别鸟惊心”（杜甫句）这样的物随心异色，即客观之景随主观之情而变化的另一方面。《后出塞》其二这首诗中情与景相生相因的关系，同大多数诗歌一样，则依违于这两者之间，既是见情生景，又是景随情变。如果这样来理解这诗情景交融的新特色，不知道是否算得上从“情景交融”这一老生常谈的评语中翻出的一点新意？王夫之《薑斋诗话·诗绎》说："'昔我往矣，杨柳依依；今我来思，雨雪霏霏。'以乐景写哀，以哀景写乐，一倍增其哀乐。"这是相反相成之法，指出这一点，作为一种补充，很有意思。懂得了这些，若无真情实感，光只如法炮制，肯定写不出情景交融的好诗来；相反，既有真情实感，又很得法，那无疑会相得益彰，有可能获得较佳艺术效果的。许颉《彦周诗话》说："诗有力量，犹如弓之斗力：其未挽时，不知其难也；及其挽之，力不及处，分寸不可强。若《出塞曲》云：'落日照大旗，马鸣风萧萧。''鸣笳三四发，壮士惨不骄。'又《八哀诗》云：'汝阳让帝子，眉宇真天人。虬髯似太宗，色映塞外春。'此等力量，不容他人到。"明代谢榛的名句"云出三边外，风生万马间"，所写境地与"落日"二句近似，气魄也大，只是稍嫌吃力，不够自然。汉武帝时名将霍去病曾为剽(同"嫖")姚校尉，从大将军卫青出塞。这里借指安禄山。《杜臆》说："将如卫、霍，此世主所祷祠而求者，而此恐其是，何故？盖贪功之将，动以开边启人主好大喜功之心，至枯万骨以成封侯之业，此军士所苦而不敢言，公为道破，人主深味此言，必不肯轻言用兵矣。"近人却有以为是"归美主将"的。这两种对立的看法其实完全可以统一起来加以理解。揆情度理，一个渴望建立功业的人，刚应召入伍，不可能一来就有王嗣奭所悟出的那种忧虑。若说他因见号令森严、队伍整肃，不觉以"霍嫖姚"称美主将，这倒很符合人物当时内心活动的实际。就诗论诗，当推后说为优。不过，却不能从而否定前说的合理性。要知道，乐府人物当时虽不作此想，杜甫作诗时确乎曾作此想，而且这还是有意地初步暗示这组诗重边功而致乱的主题思想，以便引出后一首诗中的大段议论来。既表示了主题思想，又不把人物当做单纯的"传声筒"，作起来虽然困难些，如果深入生活，构思时能设身处地去反复琢磨、细细体味，这矛盾也并不是无法解决的啊！

其三就接着发议论。这诗写到蓟门后认识有所提高的反感，"满口夸大，寓讽实深"(黄生语)，主旨在于讽上重开边，下乃生事邀功。多作颂扬之辞，但又夹杂一二冷语，致使前后文理不很通畅。为什么会这样呢？还是浦起龙解答得好："以少陵之才，岂难作条畅文字，而断续如此？其吞吐妙用，但可与会心人道。后作敌凯(忾)语，君实导之也。妙以'奉吾君'三字逗出，妙又不露。"(《读杜心解》)语言诚然是含蓄婉转的，只是类似的意思在《兵车行》和《前出塞》中已经多次得到发挥，就不觉得很新鲜了。至于讲到艺术表现，这首诗不算成功。这段议论，固然可看作为人物思想认识上的一大转变，可是读者总觉得这不过是作者在作化妆讲演。我刚在前面赞扬了老杜善于妥善处理表现主题和塑造人物之间的矛盾，哪知话音未落，他就辜负了我的好意，令我感到难堪。想到议论和说教在组诗和长篇中往往在所难免，有时甚至有利于人物思想和精神世界的表现，我不禁释然，也就不能过于苛求了。

其四着重写朝廷对安禄山的骄纵以致养虎遗患。据史载，安禄山见天子重开边，就把契丹诸酋长骗了来，设宴毒死，先后杀数千人，将首级献到京师报捷。皇上不知情，赐安禄山铁券，封为柳城郡公；后入朝，献俘八千，又得到了厚赏和恩遇。玄宗受到蒙蔽，甚至到安禄山反叛前夕还对杨国忠等说："禄山，朕推心待之，必无异志。东北二虏，藉其镇遏。朕自保之，卿等勿忧也！""献凯"二句就是讲安禄山不断征服奚、契丹两蕃(即玄宗所说的“二虏”)以邀功买宠。每逢盛大庙会,安禄山独踞高榻,前面点了香,陈列着奇珍异宝,胡人数百侍立左右,接见他派往各地去采购物资、赚取钱财的商人们;还供着祭品,让女巫们在前敲鼓跳舞,以便把自己加以神化。“渔阳”二句是指“当边庭无警,恣意欢娱,滥赏以结军心”(仇兆鳌语)。如果知道上述安禄山欢会时的具体情况及其居心,然后再回过头来读这两句诗,就会觉得更有意思了。据《唐会要》载,开元二十七年李适之为幽州节度、河北海运使,知当时南北已通海运,且设专员主其事。“云帆”四句与《昔游》“幽燕盛用武,供给亦劳哉!吴门转粟帛,泛海陵蓬莱”意近,是说朝廷竭力支援安禄山开边,从海上运来南方的大米和绸缎,作为军粮和犒赏将士之用。周代把人分成王、公、大夫、士、皂、舆、隶、僚、仆、台十等。安禄山要反,为了收买人心,曾于天宝十三载(754)二月奏请朝廷破格提拔了他的将士五百余人为将军,二千余人为中郎将。“舆台”泛指奴仆。奴仆是不能“衣帛”的,如今连奴仆们都穿着闪闪发光的绸缎官服,可见超资赏官之滥。皇帝拿着从民间搜刮来的粮帛资助边将反叛自己,可笑亦复可叹!此外,安禄山还暗地里派遣商贾到各地去做生意,赚取钱财,采购锦彩朱紫衣服作为叛变的物资。可见那些“照耀舆台躯”的“越罗与楚练”,也有他自己派人去采购来的。天宝七载(748)赐安禄山铁券,封柳城郡公;九载晋爵东平郡王。安禄山最后一次自京归范阳后逆迹渐露,对朝廷不再遵守臣属的礼节。此“主将”二句所指。玄宗为对安禄山表示无任信赖,凡谈安禄山要反的,都把他们捆送给安禄山处置,所以人们都知道他将反却不敢说。此“边人”二句所指。安禄山将反时,在军队中张贴布告说:“有异议扇动军人者,斩及三族!”若着眼于“边人”,末二句当就安禄山这一命令而言。这首诗写的都是实情,可与有关史实对照着看。

其五写此人逃归的经过和他之所以要脱离叛军的考虑。强调“良家子”,表明自己深明大义,当然不肯从逆。“出师多门”,是说自己曾经通过不同门路,多次参加过出兵作战。所以见多识广,深忧安禄山益骄,叛迹渐露,己身虽贵,也不足道。“跃马二十年”,极言从军时间很长。这两句是说长时期以来,都在担心自己被迫从逆,辜负朝廷。在诗人想象中,此人也当在被安禄山破格提拔的将校之列了,所以前面有“身贵”的话。后段写他一直担心的事终于不幸发生,安禄山率领叛军长驱直入,把黄河、洛水流域中原地区都扰乱了。这时他当机立断,半夜里逃离叛军,从小路潜归故里。哪知故里也惨遭战争的浩劫,家破人亡,只剩下一个空村。他庆幸自己脱免了从逆的罪恶,但想到儿孙们都死光了,孑然一身,无依无靠,又不胜悲伤。这里写的明明是安禄山反后打到河洛一带的情事,可是浦起龙却认为:“至此何嫌直陈祸乱,而必托一逃军口语以为隐讽耶?”力主作于乱前。须知这是在作乐府诗,如果诗人认为仿效古乐府设人叙事的惯用手法,“托一逃军口语以为隐讽”,比“直陈祸乱”的艺术效果更好(实际上也是如此),那他为什么不可以这样做呢?浦氏解杜,多所发明,但有时过于执著,难免胶柱鼓瑟之讥。

古诗:“十五从军征,八十始得归。道逢乡里人:‘家中有阿谁?’‘遥看是君家,松柏冢累累。’兔从狗窦入,雉从梁上飞。中庭生旅谷,井上生旅葵。舂谷持作饭,采葵持作羹。羹饭一时熟,不知贻阿谁!出门东向望,泪落沾我衣。”着重描写老兵归来的悲怆。鲍照《代东武吟》亦写老兵归后的困苦境遇，而主旨却在表现有功不赏的愤懑和犹望垂恩的心情。杜甫这组诗采用近似题材，截取不同时期的不同片段，通过写一"良家子"始愿立功而参军。终惧失节而逃归的经过，反映了重大时事，揭示了致乱之因，与《十五从军征》和《代东武吟》相较，无论在思想上还是在艺术上都有很大的变化和发展。借鉴前代创作经验，最恰当的做法，当如杜甫这样不着痕迹，出于有意无意、不即不离之间。安禄山反于范阳，驱师南下，所过州县，望风瓦解，太守、县令大多出降，无敢拒抗。诗人塑造这样一个在关键时刻宁舍富贵而保节操的人物形象，客观上具有一定的现实教育意义。（陈贻焮）

月夜

今夜鄜州月，闺中只独看。
遥怜小儿女，未解忆长安。
香雾云鬟湿，清辉玉臂寒。
何时倚虚幌，双照泪痕干？

天宝十五载(756)六月，安史叛军攻进潼关，杜甫带着妻小逃到鄜州（今陕西富县），寄居羌村。七月，肃宗即位于灵武（今属宁夏）。杜甫便于八月间离家北上延州（今陕西延安），企图赶到灵武，为平叛效力。但当时叛军势力已膨胀到鄜州以北，他启程不久，就被叛军捉住，送到沦陷后的长安，望月思家，写下了这首千古传诵的名作。

题为《月夜》，作者看到的是长安月。如果从自己方面落墨，一入手应该写"今夜长安月，客中只独看"。但他更焦心的不是自己失掉自由、生死未卜的处境，而是妻子对自己的处境如何焦心。所以悄焉动容，神驰千里，直写"今夜鄜州月，闺中只独看"。这已经透过一层。自己只身在外，当然是独自看月。妻子尚有儿女在旁，为什么也"独看"呢？"遥怜小儿女，未解忆长安"一联作了回答。妻子看月，并不是欣赏自然风光，而是"忆长安"，而小儿女未谙世事，还不懂得"忆长安"啊！用小儿女的"不解忆"反衬妻子的"忆"，突出了那个"独"字，又进一层。

在一二两联中，"怜"字，"忆"字，都不宜轻易滑过。而这，又应该和"今夜"、"独看"联系起来加以吟味。明月当空，月月都能看到。特指"今夜"的"独看"，则心目中自然有往日的"同看"和未来的"同看"。未来的"同看"，留待结句点明。往日的"同看"，则暗含于一二两联之中。"今夜鄜州月，闺中只独看。遥怜小儿女，未解忆长安。"——这不是分明透露出他和妻子有过"同看"鄜州月而共"忆长安"的往事吗？我们知道，"安史之乱"以前，作者困处长安达十年之久，其中有一段时间，是与妻子在一起度过的。和妻子一同忍饥受寒，也一同观赏长安的明月，这自然就留下了深刻的记忆。当长安沦陷，一家人逃难到了羌村的时候，与妻子"同看"鄜州之月而共"忆长安"，已不胜其辛酸！如今自己身陷乱军之中，妻子"独看"鄜州之月而"忆长安"，那"忆"就不仅充满了辛酸，而且交织着忧虑与惊恐。这个"忆"字，是含意深广，耐人寻思的。往日与妻子同看鄜州之月而"忆长安"，虽然百感交集，但尚有自己为妻子分忧；如今呢，妻子“独看”鄜州之月而“忆长安”，“遥怜”小儿女们天真幼稚，只能增加她的负担，哪能为她分忧啊！这个“怜”字，也是饱含深情，感人肺腑的。

第三联通过妻子独自看月的形象描写，进一步表现“忆长安”。雾湿云鬟，月寒玉臂。望月愈久而忆念愈深，甚至会担心她的丈夫是否还活着，怎能不热泪盈眶？而这，又完全是作者想象中的情景。当想到妻子忧心忡忡，夜深不寐的时候，自己也不免伤心落泪。两地看月而各有泪痕，这就不能不激起结束这种痛苦生活的希望，于是以表现希望的诗句作结：“何时倚虚幌，双照泪痕干？”“双照”而泪痕始干，则“独看”而泪痕不干，也就意在言外了。

这首诗借看月而抒离情，但所抒发的不是一般情况下的夫妇离别之情。作者在半年以后所写的《述怀》诗中说“去年潼关破，妻子隔绝久”；“寄书同三川（鄜州的属县，羌村所在），不知家在否”；“几人全性命？尽室岂相偶！”两诗参照，就不难看出“独看”的泪痕里浸透着天下乱离的悲哀，“双照”的清辉中闪耀着四海升平的理想。字里行间，时代的脉搏是清晰可辨的。

题为《月夜》，字字都从月色中照出，而以“独看”、“双照”为一诗之眼。“独看”是现实，却从对面着想，只写妻子“独看”鄜州之月而“忆长安”，而自己的“独看”长安之月而忆鄜州，已包含其中。“双照”兼包回忆与希望：感伤“今夜”的“独看”，回忆往日的同看，而把并倚“虚幌”（薄帷）、对月舒愁的希望寄托于不知“何时”的未来。词旨婉切，章法紧密。如黄生所说：“五律至此，无忝诗圣矣！” （霍松林）

春　望

国破山河在，城春草木深。
感时花溅泪，恨别鸟惊心。
烽火连三月，家书抵万金。
白头搔更短，浑欲不胜簪。

天宝十四载（755）十一月安禄山起兵叛唐。次年六月，叛军陷潼关，玄宗奔蜀。七月，太子李亨即位于灵武（今宁夏灵武），这就是肃宗，改天宝十五载为至德元载（756）。杜甫闻讯即将妻子儿女仍留在同来避乱的鄜州（今陕西富县），只身奔赴行在，不幸途中为叛军所掳，被送到长安。二载（757）春天他写得最好的一首抒情诗就是这首《春望》。

司马光说：“诗云：‘牂羊坟首，三星在罶。’言不可久。古人为诗，贵于意在言外，使人思而得之，故言之者无罪，闻之者足以戒也。近世诗人，惟杜子美最得诗人之体，如‘国破山河在，城春草木深。感时花溅泪，恨别鸟惊心’，‘山河在’，明无余物矣；‘草木深’，明无人矣；花鸟平时可娱之物，见之而泣，闻之而悲，则时可知矣。他皆类此，不可遍举。”（《司马温公诗话》）这话显然过于强调诗“兴观群怨”的意义了，不过关于“国破”四句的具体解释却不无可取。沦陷的长安哪能真的“无余物”，真的“无人”呢？如果说诗人感情上若有所失，有一种空荡荡的感觉，那总不至于大谬吧。黄药眠先生说："抒情诗不仅反映生活，而且还给客观世界以美学的评价，给予爱抚，赋予它以社会生活的内容和意义，使他所看到的、接触到的，都成为了人化。比方'感时花溅泪'，'花'并不'溅泪'，但诗人有这样的感觉，因此，由带着露水的花，联想到它也流泪，这样赋予它以社会生活的内容和意义。也就是所谓形象化。这样的例子在诗里是很多的。"（见 1956 年 7 月《光明日报》）因人"感时"、"恨别"，而移情于"花"、"鸟"，仿佛"花"也在"溅泪"，"鸟"也在"惊心"，这也不失为一种别致的讲法。

但"此处'泪'字仍以属人为是，所谓'正是花时堪下泪'也"（萧涤非语）。"烽火"一联是流水对，家书之所以不易得，实因一春三月战乱不息所致。一说"三月"指春季的第三个月，这句是说从安禄山乱起至今一年多来战火连续不断，亦通。浦起龙说："但如此则不成句法矣。考史：上年之春，潼关虽未破，而寇警不绝。此云'连三月'者，谓连逢两个三月。诗作于季春，故云然耳。"若是这样，则"连三月"的用意与老杜《秋兴八首》"丛菊两开他日泪"中的"丛菊两开"近似。这诗虽也流露出深沉的"恨别"之情，而感时的忧虑却更强烈。这就难怪他要搔首揪心，不胜愁苦了。

（陈贻焮）

北　征

皇帝二载秋，闰八月初吉。
杜子将北征，苍茫问家室。
维时遭艰虞，朝野少暇日。
顾惭恩私被，诏许还蓬荜。
拜辞诣阙下，怵惕久未出。
虽乏谏诤姿，恐君有遗失。
君诚中兴主，经纬固密勿[1]。
东胡反未已，臣甫愤所切[2]。
挥涕恋行在，道途犹恍惚。
乾坤含疮痍，忧虞何时毕！
靡靡逾阡陌，人烟眇萧瑟。
所遇多被伤，呻吟更流血。
回首凤翔县，旌旗晚明灭。
前登寒山重，屡得饮马窟。
邠郊入地底，泾水中荡潏。
猛虎立我前，苍崖吼时裂。
菊垂今秋花，石戴古车辙。
青云动高兴，幽事亦可悦。
山果多琐细，罗生杂橡栗。
或红如丹砂，或黑如点漆。

雨露之所濡，甘苦齐结实。
缅思桃源内，益叹身世拙。
坡陀望鄜畤，岩谷互出没。
我行已水滨，我仆犹木末。
鸱鸟鸣黄桑，野鼠拱乱穴。
夜深经战场，寒月照白骨。
潼关百万师，往者散何卒[③]？
遂令半秦民，残害为异物。
况我堕胡尘，及归尽华发[④]。
经年至茅屋，妻子衣百结。
恸哭松声回，悲泉共幽咽。
平生所娇儿，颜色白胜雪。
见爷背面啼，垢腻脚不袜。
床前两小女，补绽才过膝。
海图坼波涛，旧绣移曲折。
天吴及紫凤[⑤]，颠倒在短褐。
老夫情怀恶，呕泄卧数日。
那无囊中帛，救汝寒凛栗。
粉黛亦解包，衾裯稍罗列。
瘦妻面复光，痴女头自栉。
学母无不为，晓妆随手抹。
移时施朱铅，狼藉画眉阔。
生还对童稚，似欲忘饥渴。
问事竞挽须，谁能即嗔喝？
翻思在贼愁，甘受杂乱聒。
新归且慰意，生理焉得说！
至尊尚蒙尘，几日休练卒？
仰观天色改，坐觉妖氛豁。
阴风西北来，惨澹随回纥。
其王愿助顺，其俗善驰突。
送兵五千人，驱马一万匹[⑥]。
此辈少为贵，四方服勇决。
所用皆鹰腾，破敌过箭疾。
圣心颇虚伫，时议气欲夺[⑦]。
伊洛指掌收，西京不足拔。
官军请深入，蓄锐可俱发。

此举开青徐，旋瞻略恒碣[⑧]。
昊天积霜露，正气有肃杀。
祸转亡胡岁，势成擒胡月。
胡命其能久？皇纲未宜绝。
忆昨狼狈初，事与古先别。
奸臣竟菹醢，同恶随荡析。
不闻夏殷衰，中自诛褒妲[⑨]。
周汉获再兴，宣光果明哲。
桓桓陈将军，仗钺奋忠烈。
微尔人尽非，于今国犹活。
凄凉大同殿，寂寞白兽闼。
都人望翠华，佳气向金阙。
园陵固有神，扫洒数不缺。
煌煌太宗业，树立甚宏达。

在一千四百余首杜诗中，《北征》当是最长的一首五言古诗，共七十韵，一百四十句，七百字，写于肃宗至德二载(757)秋。其时杜甫任左拾遗，因上疏谏止房琯罢相，触怒肃宗，幸得张镐、韦陟说解，得免于罪。这年闰八月，肃宗诏许杜甫还鄜州探望妻小，实为有意疏远他。这首诗是回鄜州后写成的。征，即远行，鄜州(今陕西富县)在当时肃宗行在所凤翔东北，故仿班固《北征赋》，题为《北征》。诗人怀着激烈痛切的复杂心情，以洗练凝重的语言，陈述国破家亡的沉重灾难，抒发对唐室中兴的强烈渴望。故黄周星评之："似骚似史，似记似碑……足与《国风》、《雅》、《颂》相表里。"(《唐诗快》卷二)

全诗分为四大段，"辞阙一段，在路一段，到家一段，时事一段"(《杜诗说》卷一)。各段之间"有大笔，有细笔，有闲笔，有警笔，有放笔，有收笔，变换如意，出没有神"(《杜诗说》卷一)。

首段，十韵，叙述辞君恋阙、伤时忧国的心怀。"初吉"，朔日。"皇帝二载秋，闰八月初吉。"首二句先从岁时月历说起，"史笔森严"(《碧岩溪诗话》卷一)。"杜子将北征，苍茫问家室"，交代征途所向和归家缘由。"苍茫"，迷茫，"中间只插'苍茫'二字，便将一时胸中为在为亡，无数狐疑一并写出"(金圣叹《杜诗解》卷二)。诗人以叙事记时领起，却平中见奇，仅四句就为全诗立起门户，打下根基。时值山河破碎，生灵涂炭，朝野一片风雨飘摇。"艰虞"，艰难忧患。"维时"四句，是指形势苍黄，国险民艰。在这危如累卵的情势下，"穷年忧黎元"的杜甫本该殚精竭虑，积极拾遗补漏，以尽言官之责，为君国分忧。岂料，事与愿违，竟遭疏远，这怎不令人悲怆愤切！"顾惭"二句，正话反说，语曲意隐，实是讥讽皇帝良莠不分，以示心中不平。此四句写奉诏时的矛盾心理，乃是辞君前奏。行文迂回婉转，曲尽其妙。接下来，写辞阙恋主。"怵惕"，恐惧不安。辞别君主，诗人既惶恐，更忧心如焚。他弃令人尴尬处境于不顾，仍然心系国运苍生，仍然关注君主言行得失，希望肃宗旰食宵衣，经营国事，勤勉谨慎。“少陵倾阴之性，老而弥挚。”（《杜诗言志》卷四）余下四句，抒发作别朝廷时心神不安的恍惚惆怅之情和忧国忧民的博大心胸。举国皆兵，疮痍满目，诗人怎不五内俱焚，百忧交集！“乾坤含疮痍，忧虞何时毕！”抚事慷慨，词气纵横，正是全诗反复咏叹的主旨。至此，诗人悲己、悯民、忧国的复杂情感，通过夹叙夹议的手法，低回跌宕的心理表白，抒发得淋漓尽致，从而为全诗奠定了铺陈事理、议论时局、抒发心曲的统一基调。

第二段，十八韵，叙说旅途所经，沿途所见，随时所感。前十二句，记叙描写并用。“靡靡”，行步迟缓；“眇”，稀少；“荡潏”，水流动貌。诗人怀着忧虑不安的心情，于暮色苍茫中恋恋不舍地踏上征途。他穿过田野，越过山冈，触目所及，或村落衰败，人烟萧条，或千瘢万痕，哀鸿遍野。回首凤翔，残阳如血，旌旗斑驳，时明时暗。引颈前望，寒山重重，泾水汹汹，怪石嶙峋，其状如虎，悬崖万仞，似欲震裂倒塌下来。这一节想象奇异，用墨遒健。“呻吟更流血”、“屡得饮马窟”、“猛虎立我前”等细节，刻摹战争惨相和旅途凶险，极为真切逼近。

中间十二句，诗人忽以轻快心情、闲暇笔调，描绘了一幅世外桃源风光：秋菊婆娑缤纷，山果红黑斑斓，青空高远明澈，白云冲逸荡漾，诗人神思高蹈，情意激扬，用笔奇幻，异趣横出。秋花山果固然赏心悦目，然而以战乱中人观之，却又引起无穷遐思。天赐雨露，泽被下界，山果橡栗“甘苦齐结实”，大自然的欣荣和人世的萧瑟是何其不同啊！在这里，诗人通过这一“闲心清眼”式的精雕细刻，借助比兴寄托，把静谧的自然风光和纷乱的社会现实作比，反向烘托了尘世的苦难，加深了诗的忧患意识，表达了诗人悲天悯人的无限情思，体现了一种瑰丽奇艳的悲剧色彩。“缅思桃源内，益叹身世拙”更是蕴涵丰富：一是以议生情，希望人民过上桃花源式的不受战争杀伐的和平生活，表现了诗人对生之渴望，对销戈铸戟、“布谷处处催春种”的美好未来的向往；再是以议立意，慨叹自己拙于谋身，老大无为，竟不及山间草木，欣荣一世，各有所得。

余下的十二句，叙议结合，文意顿转。“坡陀”，山冈起伏不平。“畤”，古诸侯祀神的祭坛，春秋时秦文公在鄜地设坛祭神，故“鄜畤”即指鄜州。首四句，写家乡在望，归心似箭。诗人行走迅捷，已到山下水边，仆从却落后在山上，远远望去，如在树梢。描写极为新颖形象。又八句，陈述战场所见和由此而产生的无穷浩叹。“鸱”，猫头鹰。“秦民”，秦地的人民。“异物”，此指死亡。夜幕降临，猫头鹰长鸣于黄桑之间，野鼠拱手状人于乱穴之中。夜经战场，白骨累累，鬼哭凄凄！这自然使人想起将帅无能、潼关兵败、人民罹难等种种悲剧，其忧思之深广，堪与终南齐高。

这一段记叙行旅，描绘秋色，陈述国家忧患，描写战乱惨相。旅途所经所历，饮马窟、古车辙、寒月、白骨，令人触目惊心。但诗人并不悲观绝望，诗人是通达乐观的。他渴望未来、憧憬光明，惨痛的现实并没有使他消沉颓丧。山中秋色一段实是寄托着诗人坚实的生活理想，深刻体现了诗人杜甫的顽强执著精神。

第三段，十八韵，叙述抵家之后，所见家室窘困之状及家人团圆的悲喜之情。“况我”四句，采用移步换景的手法，从对国事的感慨过渡到对家事的叙说，水到渠成，全无痕迹。“恸哭松声回，悲泉共幽咽”抒发亲人相见，痛定思痛、喜极而悲之情，尤为真切老到；仅十字，就极精练传神地再现了“万国兵前草木风”之际，自己和家人如潮似海、动荡不止的感情体验。接着，从衣着入手，娓娓诉说了琐屑细腻的家境窘状：娇儿两足苍白似雪，却因无袜裸露而垢腻层生；小女所着之裤仅过双膝，且破绽百出；波涛、海图、天吴、紫凤等衣饰上的绣纹图案被剪断拆散，补缀得横七竖八。这节细摹，真切自然，把“烽火连三月”年代贫寒之家度日如年的艰辛情状，刻画得形肖神似、纤细毕现。

另一方面，诗人对生活永远充满希冀，他不只写生之穷苦，还以诙谐笔触铺叙生之欢欣：打开包裹，摆出粉黛衾裯，妻子消瘦的面颊复现光彩，痴怜小女亦把双眉画得宽阔如月，狼藉不堪，娇憨小儿竟然动辄挽起父亲的胡须！譬如疲劳之极的小憩，诗人因奔走战乱而绷紧的感情琴弦，在久违的天伦之乐中暂时松弛下来，他那颗饱经战争创伤的心灵重又得到慰藉。“翻思在贼愁，甘受杂乱聒。”平实恳切之语，饱含了多少人生体验和感慨！“新归且慰意，生理焉得说！”此时诗人捉襟见肘，境况困窘，而他却不以为念，反先以战乱未平为忧，自然引起下文。家人的团聚并没有解脱自己的忧患，国家的命运仍时刻煎熬着诗人的心。“看其说家中事，必带国事，说国中事，并无一语及家事。”（《杜诗提要》卷二）这正是诗人杜甫的伟大之处。

此段文字，以记叙为经，以描写为纬，抓住生活小镜头，细摹一哭一乐、一笑一颦，极力铺陈家庭生活的贫窭拮据和儿女的娇憨情态，亦悲亦喜，酸楚不已。窥一家之窘，而见天下之萧条衰败。抒发的是个人喜怒哀乐，蕴含的却是大动荡年代举国之民共同的遭遇和感受。

最后一段，二十四韵，以议立论，关注时局动向，分析国家形势和前途命运，渴望唐室中兴。首十六句主要对局势发展和借兵回纥发表自己的见解。诗人认为：回纥兵骁勇善战，长于骑射突击，可使为前驱，因其剽悍迅捷，直灭胡贼，收复两京；但诗人也洞若观火地意识到，回纥兵好战嗜杀，桀骜不驯，不可不慎。这种对待回纥兵既用之又要防之的态度，与后来史实发展若合符契，其预见毫厘不爽。“仰观天色改，坐觉妖氛豁。”以简洁笔法，描绘自然景观，暗喻叛军隳败，局势变幻。“惨澹”，白色，回纥服色、教色尚白，借指回纥。“阴风西北来，惨澹随回纥。”采用比兴手法，表明对回纥的隐忧，含蓄简练，意味深长。次八句，指明战争趋向，要求官军深入，主张东开青徐，北取范阳，直捣贼巢。分析破贼形势，谋划取胜策略，实已切中肯綮，和当时诸将计谋略同。又六句，瞻望国运，信心百倍。“昊天积霜露，正气有肃杀。”诗人以秋天的肃杀之气比喻唐朝兵威。“祸转亡胡岁，势成擒胡月。”天欲灭胡，胡命当绝。“胡命其能久？皇纲未宜绝。”表现了诗人对国家具有强烈责任感，对前途高瞻远瞩，充满必胜信念。

诗末十八句，寓情于议，回顾“安史之乱”以来的历史发展，以古鉴今，对唐室中兴寄予厚望。起首六句，诗人追本穷源，以玄宗与夏殷周三代衰世亡国之君相比，谓玄宗英明果断，竟能自行醢奸荡恶，除去祸根。“菹醢”，剁成肉酱，指杨国忠被杀。《旧唐书·杨国忠传》：“诸军乃围驿擒国忠，斩首以徇。是日，贵妃既缢，韩国、虢国二夫人亦为乱兵所杀。”“不闻”二句，还隐含对玄宗的讥讽：所谓五十年太平天子反比亡国之君略胜一筹而已，对玄宗的荒淫误国持批判态度，此乃春秋笔法，一字而见褒贬。对这两句的理解，后人众说纷纭，当以顾炎武之论最为妥切："不言周，不言妹喜，此古人互文之妙。"（《日知录》卷二七）两句十字，写三代历史故实，言简意赅，味之无穷。"周汉获再兴，宣光果明哲。"激励肃宗以前代明君为镜，发扬祖业，励精图治，使皇纲复振，国家中兴。"桓桓陈将军"等四句，对首建策诛杨氏兄妹的陈玄礼极尽礼赞之情，与上文一脉相承。篇末八句，极力颂扬太宗创建的国家基业宏伟盛大，前途赫赫。"大同殿"、"白兽闼"，唐朝宫殿名，此二句感叹京师长安沦陷、衰败。"都人"四句，人民渴望恢复，唐室先帝陵墓必将重新奉祀洒扫、礼数不缺。"园陵"，象征大唐宗室。"煌煌太宗业，树立甚宏达。"再度重申国运必然中兴。这是贯穿全诗的一条主线，诗人一生的理想、信念、企求一一凝聚于此。诗人杜甫并不躲避苦难的现实，对战争造成的灾难并不只是悲叹。他以盛世的眼光、情绪和经验来体察感受"万国尽征戍，烽火被冈峦"之际的动乱生活，他能于民生凋敝、国事日蹙中看到希望的曙光。杜甫正是怀着这一光辉憧憬去迎接戡定战乱的胜利的。这也正是杜诗苍凉、悲壮却又促人奋发的主要原因。

综上所述，《北征》一诗，思想深邃，情感挚厚，见解真彻，蕴涵丰富。诗人总把个人际遇和国家前途结合起来，总把对现实苦难的诉说和对未来理想生活的憧憬紧密联系在一起。两种感情基调纵横交织，回环穿插；家国之事、悲喜之情，熔于一炉，这正是杜诗的深广意蕴之所在。艺术上，博采众长，熟练运用各种艺术手段和表达技巧。"人知非人之所能为而为之者，惟其甫也。"（王安石《老杜诗后集序》）综观全诗，以《北征》为线索，以记叙为主，立起全篇结构框架；议论时出，总有画龙点睛之妙；描摹精当，奇意横生；情感激荡淋漓，深沉而亢奋。记叙、描写、议论、抒情，水乳交融。"意之所注，法之所应，或远或近，或开或合，或紧或宽，或断或续，变变化化，莫可端倪。"（李长祥《杜诗编年》卷三）可谓用笔千流万转，屈伸自如，神出鬼没。细节描写也精要独到，比喻更是贴切奇妙。另外，杜甫极力推崇"意惬关飞动，篇终接混茫"般的壮伟雄浑的美学境界，本诗也极富阳刚悲壮之美。

（牟瑞平）

【注】 ①密勿：黾勉从事，尽心尽力。 ②东胡：指安史叛军。反未已：此年正月，安庆绪杀其父安禄山，据洛阳称帝，继续反叛唐王朝。 ③"潼关"二句：至德元载，哥舒翰率二十万大军守潼关，杨国忠迫其匆促出战，结果全军覆没。卒：同"猝"，仓促。 ④堕胡尘：指至德元载八月杜甫从鄜州往奔灵武，中途被叛军所俘一事。及归：指至德二载四月，杜甫从长安逃归凤翔。 ⑤天吴：神话中虎身人面的水神。 ⑥"送兵"二句：当时回纥实派骑兵四千余，"五千人"举其成数。回纥一兵两马，故有马"一万匹"。 ⑦"圣心"二句：回纥军至凤翔，肃宗大加犒赏，并命广平王李俶（即后来的唐代宗）和回纥怀仁可汗的太子叶护结为弟兄。当时朝臣有不赞成的也不敢公开反对。虚伫：虚心期待。 ⑧青徐：青州、徐州，在今山东、苏北一带。恒碣：恒山、碣石山，在今山西、河北一带，指安庆绪的老巢。 ⑨"不闻"二句：夏桀宠爱妹喜，殷纣王宠爱妲己，周幽王宠爱褒姒，都招致亡国之祸。

羌村三首

峥嵘赤云西，日脚下平地。
柴门鸟雀噪，归客千里至。
妻孥怪我在，惊定还拭泪。
世乱遭飘荡，生还偶然遂。
邻人满墙头，感叹亦歔欷。
夜阑更秉烛，相对如梦寐。
晚岁迫偷生，还家少欢趣。
娇儿不离膝，畏我复却去。
忆昔好追凉，故绕池边树。
萧萧北风劲，抚事煎百虑。
赖知禾黍收，已觉糟床注。
如今足斟酌，且用慰迟暮。
群鸡正乱叫，客至鸡斗争。
驱鸡上树木，始闻叩柴荆。
父老四五人，问我久远行。
手中各有携，倾榼浊复清。
“莫辞酒味薄，黍地无人耕。
兵革既未息，儿童尽东征。”
请为父老歌，艰难愧深情。
歌罢仰天叹，四座泪纵横。

至德二载(757)四月，杜甫从长安逃往行在凤翔(今陕西凤翔)。五月，拜左拾遗，即以上疏营救用兵失利的宰相房琯，触怒肃宗，诏三司推问。幸得宰相张镐等人说情，皇帝虽然宽恕了他，但从此不予重用，就特准他回鄜州去探家。经过多日的长途跋涉，老杜终于平安抵达鄜州羌村，与分离一载、朝夕思念的家人们团圆了。《羌村三首》就是他刚到家那几天与妻子儿女欢聚的最感人的艺术写照。

其一写刚到家时的情景。开端二句写乡村傍晚景象如绘，令人真切地感到秋晴的爽朗和远客乍归的特殊印象。这里的“日脚”和《茅屋为秋风所破歌》中“雨脚如麻未断绝”的“雨脚”一样，脚就是脚，有人觉得别扭，说“雨脚”就是雨滴，“日脚”就是日光，那当然是不错的，只是头脑过于科学，不足以言诗。陆贾《新语》：“乾鹊噪而行人至。”吾乡现今尚有“喜鹊叫，有客来”的俗话。仇兆鳌以为“柴门”句中的“雀”字当作“鹊”。柴门鸟雀噪晴，在千里归客心目中这仿佛是对他的热烈欢迎。写景也写情，一片喜气洋洋。王嗣奭说：“前有《述怀》、《得家书》二诗，则公与其家人已知两无恙矣。此诗有‘妻孥怪我在’、‘生还偶然遂’等语，若初未相闻者，何也？

盖此时盗贼方横，乘舆未复，人人不能自保，直至两相对面，而后知其尚存，此实情也。"一个处于困境屡为失望所苦的人，一旦梦寐以求之事竟成事实，莫不意惑神飞，疑其非真。这是人之常情。《六一诗话》引梅尧臣的话说："诗家虽率意，而造语亦难。若意新语工，得前人所未道者，斯为善也。必能状难写之景，如在目前；含不尽之意，见于言外，然后为至矣。"其实前人所未道之情和难写之景往往就在日常生活中为人所常见、常感。正因为是人所常见、常感，写入诗中，很难显得意新语工。老杜这首诗的好处，就在于他能把乱世常人都可能经历到或亲眼得见的常事、常情，用平平常常的语言表现出来，却能"状难写之景，如在目前；含不尽之意，见于言外"：(一)穷乡僻野，外人罕至，偶有客来，邻里都会来看热闹。(二)杨氏夫人携家小寄居羌村一年有余，与邻里无疑是很熟识的了。老杜陷贼与窜归凤翔得官等情事，村中也当早已风闻。今见老杜归家，哪能不来观看？老杜去岁在此稍作勾留随即离去，与村中人多不相识，如今又是官身，初来乍到，邻人们一时不便径入相见，又甚感稀罕，便不觉围满墙头探望了。(三)邻人围满墙头，开头自然是看热闹的心理成分多，及见老杜与家人相会惊定拭泪、喜极生悲情状，也不由得为之感叹歔欷了。这几层意思，如果一一道来，倒也容易，只是过于琐细，写入诗中，难免令人生厌。老杜则不然，他只需"邻人满墙头，感叹亦歔欷"两句，就把这一动人的情景既生动具体又干净利索地表现了出来，细细玩味，而且包含了上述几层言外之意。言有尽而意无穷，这是神韵派诗人所追求的理想境界。其实，只要不将之作玄妙的理解，写实派的诗，又何尝不需要这种一以当十、"含不尽之意，见于言外"的功夫呢？王嗣奭说："'夜阑更秉烛'，'更'读平声。久客归来，未能即睡，不无琐事，更换秉烛，自是真景，非相疑而互照。至'相对如梦寐'，则惊怪意犹未尽忘也。"这解说是正确的。若解释为老杜和杨氏夫人夜深对坐，犹是惊怪，更秉烛互照，则未免显得滑稽。"夜阑更秉烛"，与李商隐《夜雨寄北》"何当共剪西窗烛"的用意接近，都写与妻久坐不即就寝的情景。坐久烛暗，须剪掉烛芯使之复明。言剪烛，则坐久之意自见。烛不但须剪，且须更换，二人相对而坐的时间就更加长久了。"如梦寐"三字佳，写恍惚的心理状态真切入微。去岁老杜陷贼之初在中秋月明之夜预想来日与妻子欢聚的情景说："何时倚虚幌，双照泪痕干？"(《月夜》)今日归来虽也是闰八月的第二个中秋，无奈时在月初，他们不得同倚虚幌让多情的明月"双照泪痕干"，就只能秉烛夜阑，互诉衷情了。想当然的事同生活中成为现实的事总是不一样的。老杜可以把他所渴望的与妻子团聚的情形想象得很美，写得很感人。但这一愿望一旦成为事实时，他就应该直接从那未必与想象相符的现实生活中去选择素材，提炼诗意。歌德曾经给一位当时很著名的德国即席演唱家、汉堡的沃尔夫博士出了个题目，要他描绘一下他从魏玛回汉堡的行程，他马上信口说了一段音调和谐的诗，这使歌德感到惊讶，但并不赞赏。因为在歌德看来，他描绘的不是回到汉堡的行程，而只是回到父母亲友身边的情绪，也就是说，他不乏才能，却患着那个时代重主观的通病。所以，歌德在另一处就明确地指出："世界是那样广阔丰富，生活是那样丰富多彩，你不会缺乏做诗的动因。但是写出来的必须全是应景即兴的诗，也就是说，现实生活必须既提供诗的机缘，又提供诗的材料。一个特殊具体的情境通过人的处理，就变成带有普通性和诗意的东西。我的全部诗都是应景即兴的诗，来自现实生活，从现实生活中获得坚实的基础。我一向瞧不起空中楼阁的诗。不要说现实生活没有诗意。诗人的本领，正在于他有足够的智慧，能从惯见的平凡事物中见出引人入胜的一个侧面。”(《歌德谈话录》)我从老杜“夜阑更秉烛，相对如梦寐”两句中悟出了一点诗歌创作上的道理，总嫌讲不透彻，只好搬出歌德老人来帮忙；多亏他见多识广，终于毫不费力地将我朦胧地感到却把握不住的道理阐述得淋漓尽致。我看，老杜全部的诗也都是来自现实生活，从现实生活中获得坚实的基础的，岂止“夜阑”二句？重客观轻主观，这只是从创作的基本态度而论，并不意味着否认想象的作用。因为只要有一点创作经验和文艺理论常识的人都知道，如果缺了理想的翅膀，不管中国的诗神，还是德国的诗神，都是无法翱翔于太空的。王遵岩评《羌村》其一说：“一字一句，镂出肺肠，而婉转周至，跃然目前，又若寻常人所欲道，真国风之义。”所谓“若寻常人所欲道”，跟歌德所谓“能从惯见的平凡事物中见出引人入胜的一个侧面”的意思相近。王氏说得不很明确，也多少意识到杜诗与寻常现实生活有着极其密切的关系。

前首写久客初归之乐。欢乐过后，种种烦恼重新涌上心头，了无生趣，诗人又不得不借酒消愁了。这就是其二这首诗中所要表现的意思。“晚岁迫偷生，还家少欢趣。”前句是因，后句是果。这一年来，出生入死，好不容易与亲人团聚，理应“还家多欢趣”才是，然而不然，这主要是因为他已经进入晚年(其实只有四十六岁，只是心理上认为自己已经衰老了)，却为情势所迫，仍须苟且偷生的缘故。到底是什么事使得他这么不愉快呢？他没说，不过我们却知道，那不外是：干戈满地，哀鸿遍野，时世艰难，家室牵累。其中最令他担心的，恐怕无过于小人用事，朝政多变，而前因疏救房琯，廷诤忤旨，今墨制放还，事犹未了。点出因忧思萦怀而少欢趣，便不详加诉说，就此打住，然后掉转笔头，着重写己之不悦和设法自遣情状：(一)“娇儿不离膝，畏我复却去”，写小儿女喜父归来而绕膝依依，及见父面露不悦神情，不觉生畏而退了回去——就是这样，通过娇儿的一个细微的心理变化和小动作，便反映出老杜“还家少欢趣”的愁苦情状。(二)去岁初来羌村寄寓，正当炎夏，回忆当时爱在屋旁池边树阴纳凉，甚感快意，就想再去走走，借以排遣；谁知那里北风萧萧，前尘如梦，抚事伤怀，徒添无穷苦恼。——借设法排遣而不得以显“少欢趣”之甚。(三)想到此地今秋丰收，有余粮酿酒，想象中已觉压酒的糟床(即酒醡)中酒流如注，这不是在极力形容酒人的猴急狂态，而是在倾诉他借酒浇愁、聊自宽解的苦衷：“如今足斟酌，且用慰迟暮。”“何以解忧？唯有杜康。”最后还是落到一个“忧”字上，这就是这首诗的主旨所在。忧什么？笼而统之地说是忧国忧民，这当然是不错的；若细细琢磨，恐与他从任左拾遗以来在凤翔行在朝廷的所见所感和亲身遭遇不无直接的关系。通过一二身边琐事和心理活动便活现出一个忧心忡忡的老杜来，艺术上也很有特色。

浦起龙说“三诗俱脱胎于陶”(《读杜心解》)，这是不错的。无论形还是神，三诗之中，又以其三最酷似陶诗，这只需将陶渊明《饮酒》其九对照一下就知道了：“清晨闻叩门，倒裳往自开。问子为谁与，田父有好怀。壶浆远见候，疑我与时乖。‘褴褛茅檐下，未足为高栖。一世皆尚同，愿君汩其泥。’‘深感老父言，禀气寡所谐。纡辔诚可学，违己讵非迷！且共欢此饮，吾驾不可回。’”对于这种探求诗歌或诗句从何脱胎的作法，歌德是极其反感的。他说：“世界总是永远一样的，一些情境经常重现……那末，某个诗人做诗为什么不能和另一个诗人一样呢？生活的情境可以相同，为什么诗的情境就不可以相同呢？”他的助手爱克曼接着说：“所以我总觉得一些学问渊博的人太奇怪了，他们好像在设想，做诗不是从生活到诗，而是从书本到诗。他们老是说：诗人的这首诗的来历在这里，那首诗的来历在那里。”当听到爱克曼说拜伦把他的《浮士德》拆成碎片并指出它们各自的出处时，歌德还讲了这样一段颇有见地和胆略的惊人妙语：“拜伦所引的那些妙文大部分都是我没有读过的，更不用说我在写《浮士德》时不曾想到它们。拜伦作为一个诗人是伟大的，但是他在运用思考时却是一个孩子。所以他碰到他本国人对他进行类似的无理攻击时就不知如何应付。他本来应该向他的论敌们表示得更强硬些，应该说：‘我的作品中的东西都是我自己的，至于我的根据是书本还是生活，那都是一样，关键在于我是否运用得恰当！’……我的靡非斯托夫也唱了莎士比亚的一首歌。他为什么不应该唱？如果莎士比亚的歌很切题，说了应该说的话，我为什么要费力来另作一首呢？”认为“世界总是永远一样的”固然不对，但生活中无疑有不少相同或类似的情境（如果不是这样，我们就很难懂得古代的和外国的诗歌了，因为它们表现的是跟我们毫不相干的情境），也的确有情境相同而并非模仿或抄袭的诗。如果离开诗歌本身的欣赏和评价，而一味从故纸堆里死抠一字一句的出处，那是不足取的。这种倾向，外国有，中国更甚。所以朱光潜先生在翻译到上述意见时加注议论说：“这也是我国过去的注诗家们的恶习，认为好诗“无一字无来历”，于是就穿凿附会起来，说某个词句来源于古代某些大家的诗。李善注《昭明文选》就已如此。”就创作而论，强调首先着眼于生活情境，着眼于诗人本身的真切感受和表现的完美，不遑计较有无出处或是否经前人道过，这都是些很好的意见。不但歌德，我国古今著名诗人也不乏有意无意用成句入诗的成功范例。譬如苏轼以唐人刘驾《早行》首句“马上续残梦”为其《太白山下早行至横渠镇书崇寿院壁》首句，又采唐人殷尧藩《喜雨》第四句“浰（同“浙”）东飞雨过江来”仍为其《有美堂暴雨》第四句，由于用得恰当，成句与续成部分融为一体，各自表现了更为优美的情境，于是后来居上，为人们所传诵，而原作反倒湮没无闻，甚至连学问渊博、好查出处的注家也不甚了了（高步瀛选注《唐宋诗举要》，曾标明前一出处，对后一出处则未标明）。近代名家也有用成句用得好的诗篇。读鲁迅七绝“明眸越女罢晨装，荇水荷风是旧乡。唱尽新词欢不见，旱云如火扑晴江”，莫不感其忧思，赏其文采，以为从内容到语言纯是独创。恐怕还没有人想到，这诗的第三句原来就是刘禹锡《踏歌词》其一“春江月出大堤平，堤上女郎连袂行。唱尽新词欢不见，红霞映树鹧鸪鸣”中的成句呢。这些例子都足以说明歌德关于诗歌不避相同情境，甚至可以径用成句、成篇的大胆主张，是有一定道理的。但是，却不能从而认为：（一）创作可以雷同，可以剽窃；（二）凡是注明诗歌辞句出处和探求诗歌或诗句从何脱胎的作法都是错误的。歌德强调“我的作品中的东西都是我自己的，至于我的根据是书本还是生活，那都是一样，关键在于我是否运用得恰当”，这哪里是在提倡雷同和剽窃呢？诗人不从生活只从书本中去寻诗，注家迷信好诗。“无一字无来历”而穿凿附会地去注诗，这当然都是不对的，不值得提倡。但是，要求作家加强文学修养，努力从前代优秀创作中吸取养分，获得借鉴，要求研究者通过作品的分析和比较，探讨前后代表现艺术的继承与发展，为今天的创作提供点滴宝贵经验，这仍然是未可厚非，甚至是十分必要的。《羌村》其三恰可借来说明一些问题。老杜回到羌村，村子里的父老们约好了，各自携带些酒食去看望他，说眼下战争还没结束，各家各户的年轻小伙们都东征打仗去了，撂下黍地没人耕种，收的粮食不多，凑合着酿了点酒，味道很淡，送来只是表示点心意，请多加包涵。处在这种场合，对着这样一些饱经战乱的淳朴的乡邻，听了如此诚恳而深情的话语，怎教老杜不感动得热泪纵横呢？这是现实生活中的情境，这情境显然是与陶渊明《饮酒》其九中所描绘的情境基本上相同。可见正如歌德所说，生活中确乎有相同的情境。既然如此，那我们就不能说（实际上也不是）杜甫的这首诗是从陶渊明的那首诗套来的。这一点必须首先加以肯定。但是，老杜“熟精《文选》理”，对陶渊明很景仰，对陶诗浸淫日久，十分熟习，如果一旦遇到与陶诗中相同的情境，感而有作，能说他根本不会想起那首陶诗，不会去向它借鉴，不会受到它的影响么？细细比较这两首诗，自会发现无论结构布局，还是造辞遣句，甚至是语气口吻都很相仿佛，杜学陶的痕迹是很明显的。但是，这不是江淹那种演员进入角色式的刻意模仿，而是以我为主，以生活为根据向前代名篇所作的创造性的借鉴。江淹的《陶征君潜田居》是这样的：“种苗在东皋，苗生满阡陌。虽有荷锄倦，浊酒聊自适。日暮巾柴车，路暗光已夕。归人望烟火，稚子候檐隙。问君亦何为，百年会有没。但愿桑麻成，蚕月得纺绩。素心正如此，开径望三益。”这思想，这境界，这韵致，哪一点不是陶渊明的呢？所以沈德潜称许说：“得彭泽之清逸矣。”学陶学到这种足以乱真的地步并非易事，他必须十分熟习陶渊明其人其诗，在创作的过程中必须进入陶渊明这一角色，进入陶渊明的特定的生活情境，像陶渊明那样感受、那样思想，方能写出这样形神酷似的篇章来（江淹还仿作了曹植、刘桢、王粲、嵇康、阮籍、谢灵运等二十余家诗各一首，也同样经过深入的揣摩，但都不及这首拟陶之作传神）。同仿古代名人字画，仿出土文物等仿古美术工艺品比较起来，这种杂拟诗歌（古代此类作品甚多，《昭明文选》中即辟有一类“杂拟诗”）当然是创作而不是模仿。通过杂拟，可以体察入微地领会前人创作的甘苦，得其用心，有助于自身艺术表现能力的提高和独特风格的形成（据《酉阳杂俎》载，李白曾前后三拟《文选》，今《恨赋》尚存，可见他是下过这种苦功夫的），甚至还可能产生几首像江淹杂拟诗那样较为完美、可供赏玩的作品。此外，从研究古典诗歌的角度来看，如果有人真对他所研究的作家作品下过这样的一番工夫，即使仿作的成绩不够理想，也无疑会对分析这一作家作品的思想艺术特色大有裨益（对于今天的古典诗歌研究工作者来说，如果他稍稍懂得点作诗填词艺术，我想对他的研究工作也会有好处的）。如上所述，杂拟不是简单的模仿，而是创作，对学习写作和进行研究不无好处，但是，这到底不是借鉴前人艺术最经常和最理想的途径。《羌村》其三的学陶就不是这样，若论情境与语言，它太像陶渊明的《饮酒》其九了。不过它有如下最重要的一点与江淹那首拟陶诗迥然不同：前者中有战乱还乡的作者杜甫，而后者则只有想当然的退隐田园的陶潜。后者写得确乎精美，只是缺乏拟作者的个性和时代气息，除了引人发思古之幽情，供人鉴赏其技艺外，意义毕竟不大。前者就完全不是这样。它写出了老杜，写出了父老，还通过宾主双方简短的酬答写出了时世的艰难和民生的困苦，尤其是写出了老杜跟乡邻的纯真友谊和他忧国忧民的深沉的思想感情，感人至深。“脱胎于陶”而不是陶，能像杜甫这样借鉴前人之作，应该说是值得学习的。要想做到这样，决非临时抱佛脚、现找现摹所能奏效，而应该在深入生活的同时，坚持不懈地向古今中外的名家名著学习，日积月累地丰富自己的文化知识，提高自己的文学艺术修养和精神境界，然后才有可能逐步达到含英咀华、推陈出新的境地，写出思想艺术越来越成熟的作品来。在农村有“鸡公打架有客来”的俗话。《羌村》其三“群鸡正乱叫，客至鸡斗争。驱鸡上树木，始闻叩柴荆”四句，写的就是这种带有民俗情趣的身边琐事，却神奇地展现了乡村的古朴情境，烘托出闲居客至的欢快气息，获得了极佳的艺术效果。这四句诗当然来自生活，作者写这四句诗时很可能没想到陶渊明的诗句“狗吠深巷中，鸡鸣桑树巅”(《归园田居》其一)，正犹如陶渊明当日作诗时也可能没想到汉乐府中的诗句“鸡鸣高树巅，狗吠深宫中”(《鸡鸣》)一样。但是，当文学素养很高的陶渊明和杜甫在酝酿新的诗情时，那些前人旧作，难道就起不了丁点儿酵母菌的作用么？——恕我浅陋，容我借这个兴许不很恰当的例子，来说明作家的文学素养对创作潜移默化的作用吧！ （陈贻焮）

石壕吏

暮投石壕村，有吏夜捉人。
老翁逾墙走，老妇出门看。
吏呼一何怒！妇啼一何苦！
听妇前致词：“三男邺城戍。
一男附书至，二男新战死。
存者且偷生，死者长已矣！
室中更无人，惟有乳下孙。
有孙母未去，出入无完裙。
老妪力虽衰，请从吏夜归。
急应河阳役，犹得备晨炊。”
夜久语声绝，如闻泣幽咽。
天明登前途，独与老翁别。

一

杜甫诗向来有“诗史”的称号，这是因为他的许多诗不只是艺术创作，同时还是一种历史的实录。这里要谈的《石壕吏》便是个好例子。《石壕吏》写的是真人真事，作者投宿的石壕村，也实有其地。

为了透彻地理解这首诗的思想内容和艺术手法以及诗中人物的思想情感，有必要先谈一谈它的时代背景。

唐肃宗乾元元年(758)六月，杜甫由左拾遗贬为华州司功参军。这年冬末，他由华州到洛阳，大概是为了探望乱后的家园。这时，安禄山早已被他的儿子安庆绪杀死了(757年正月)，而安庆绪也早已由洛阳北走渡河(757年十月)退保邺城(今河南安阳)，正被郭子仪、李光弼、王思礼等九节度的数十万大兵包围。乱子虽没完全平定，但大局已有好转，前途颇可乐观，确有些中兴气象。所以，杜甫在这时写的《洗兵马》那首诗的开头便引吭高歌："中兴诸将收山东，捷书夜报清昼同。河广传闻一苇过，胡危命在破竹中。只残邺城不日得，独任朔方无限功。"在诗的末尾也有点迫不及待地提出了他的一贯的愿望："安得壮士挽天河，净洗甲兵长不用！"

但是，由于肃宗的昏庸，处置失当，就在杜甫到洛阳的次年——759年三月，局势突然恶化。原来肃宗以为郭子仪、李光弼都是所谓"吾之家国由卿再造"的元勋，"难相统属，故不置元帅，但以宦官开府仪同三司鱼朝恩为观军容宣慰处置使"(《通鉴》卷二二〇)。这样，围攻邺城的九节度的兵便陷于"诸军既无统帅，进退无所禀"的无政府状态，以致"城久不下，上下解体"(《通鉴》卷二二一)。而这时，一度投降又复叛变的史思明又自魏州率兵来救邺城，结果，九节度的兵大败。《通鉴》(卷二二一)写道："三月，壬申(三日)，官军步骑六十万陈于安阳河北，思明自将精兵五万敌之。……未及布阵，大风忽起，吹沙拔木，天地昼晦，咫尺不相辨；两军大惊，官军溃而南，贼溃而北，弃甲仗辎重委积于路。子仪以朔方军断河阳桥保东京(洛阳)。战马万匹，惟存三千；甲仗十万，遗弃殆尽。东京市民惊骇，散奔山谷；留守崔圆、河南尹苏震等官吏南奔襄阳；诸节度各溃归本镇。"六十万大军的溃散，非同小可，不仅洛阳岌岌可危，就是长安也为之震动。统治者为了扭转这种危机，维持他的统治，就需要一方面立即增强洛阳前线的抵抗力量来阻止史思明的西进，另一方面立即充实后方，也就是潼关的防御兵力和设备，以防万一。这样，补充兵力便成了当时统治者刻不容缓的事。

然而，远水不救近火，于是这残酷的兵役便不可避免地首先落到洛阳以西潼关以东即新安、石壕一带地方的老百姓头上了。这一地带毕竟是狭小的，又经过三四年的战乱，壮丁本很少；但封建统治阶级是不管这些的，他们只知道要人，于是便不择手段，实行惨无人道的拉伕政策。其实拉的还不只是堂堂七尺的丈夫，而是"绝短小"的"中男"(见《新安吏》)和"骨髓干"的老汉(见《垂老别》)。像我们在这里要谈到的《石壕吏》则是连年迈力衰的老妇也不免被拉走了。这自然是很惨的，却也有它一定的特殊的原因。

大概就在三月三日邺城大败的消息传到洛阳，洛阳"市民惊骇，散奔山谷"的当儿，杜甫匆匆地由洛阳取道潼关赶回华州。这就使他有机会在一路之上亲眼看到兵役的黑暗情形和人民的痛苦生活，从而使他有可能写出包括《石壕吏》在内的一般称为《三吏》、《三别》这样富有人民性的六首诗。

由此可见，当时存在着两种矛盾：一是由统治阶级的乱征兵役等等引起的阶级矛盾，一是由外族侵略再度猖獗而形成的民族矛盾。人民，是爱国的，是无论如何也不甘心作亡国奴的。这样，民族矛盾便必然成为当时的主要矛盾，使当时进行的战争成为一种正义的民族自卫战争。因此，当时人民，一方面固然怨恨统治阶级，另一方面还是忍受了阶级压迫的痛苦，没有揭竿而起革统治阶级的命，也没有散而之四方，而是怀着悲愤的心情走上前线。《石壕吏》中的老妇一下子献出了她的三个儿子，当差吏还是逼着她家出人的时候，尽管她始而哀求，继而搪塞，但终于挺身而出，这一行动的转变，关键也就在这里。

二

杜甫写《三吏》、《三别》时的思想情感是相当复杂而矛盾的。如果把这几首诗和《兵车行》对照，就更容易看出。但这六首诗也有一个总的基本思想，这就是爱国主义，说得具体点，就是号召人民忍受一切痛苦来进行自卫战争。这一基本思想，在《石壕吏》中，由于事件的过分悲惨，表现得比较曲折，比较深沉，不像其余的几篇那样突出、鲜明。但还是可以看出来的。大家知道，杜甫是热爱人民、同情人民痛苦的诗人，但民族矛盾的紧张局势，又使他必须站在整个国家民族的立场上来考虑问题，不能不把人民的痛苦从属于整个国家民族的生存危亡。矛盾也就是这样产生的。

正由于热爱祖国，从整个民族命运出发，杜甫一方面痛恨那不合理的兵役，赤裸裸地毫不客气地加以揭露，一方面对这种不合理的兵役却也有所保留，并没公开的直接的抨击(《新安吏》虽曾正面地提出“中男绝短小，何以守王城”的责难，但到头还是动员他们前去)。他认为丧失民心的不合理的兵役固然要揭露，要纠正，但正当国家民族处于“一发千钧”的危急时分，断然反对现行兵役，在人民头上浇冷水，那也于抗战不利。杜甫这时的心情确是很矛盾、很痛苦的，所以《石壕吏》所表现的思想并不是一般的反对兵役而是反对不合理的兵役，不是要取消兵役而是要改善兵役。

同样，正由于热爱祖国，杜甫一方面对人民所受兵役的痛苦表示无限同情，一方面又不得不含着眼泪劝勉人民忍受这些痛苦来承担兵役，效命疆场。《石壕吏》中，杜甫虽然没出面劝勉老妇，但从他在老妇的许多话中摘出“急应河阳役，犹得备晨炊”这样两句来看，显然他是同意老妇的这个自我劝勉的。不难理解：当杜甫听到老妇这两句使他不能不特别震惊的话时，他对老妇的尊敬之情是超过了同情之心的。

也许有人要说，老妇这两句话不是出自本心，而是为差吏逼得无可奈何才说出来的，她说这话的用意也不过是为了保全她的老汉、媳妇和孙儿。我以为这种看法是片面的，表面的。因为，在这两句话中还表现了老妇为国家着想、为前线着想的一面。不错，她是在被逼的情况下最后才说出的(不这样，反而是不近情理，不真实的)，但问题在于她说出的却恰恰是这样的两句话。以一个妇人，而且是一个老妇人，一个已经献出了她的三个儿子的老妇人，竟然说出这样的话，这诚然是可哀可痛的。但是，难道就不使我们对这位老妇感到可敬吗？难道我们就不能从这里看出她那种坚忍的深刻的爱国精神吗？应该指出：正是当时广大人民的这种爱国精神，才终于平定了“安史之乱”。至于有人考查出石壕村至河阳的距离相当远，因而说这两句诗不合情理，那也不得要领。其实并不一定要到河阳前线才算是“急应河阳役”，更不一定要在第二天一早就赶到河阳煮饭才算是“备晨炊”（这问题大概由课本注解把“犹得”解作“还来得及”引起的。已有人指出：“犹得”就是“还能够”）。

作品里所包含的，一方面是作家的思想，另一方面是客观的思想。《石壕吏》所包含的思想也应该从作品的客观思想方面来说明。比如，尽管在主观上杜甫所要讽刺的、要暴露的只是差吏这一个人和兵役这一件事，而不是整个封建统治阶级和它的一切措施，但在客观上，通过这一典型人物和事件，也就深刻地揭露了整个封建统治阶级和封建制度的吃人的本质。不是吗？把一个妇人拉去服兵役，这已经是不人道了，何况又是老妇，而且是一个被夺去了三个儿子的老妇呢？从这里我们就可以很自然地得出这样一个结论：封建统治阶级为了本阶级的利益，是不管人民的死活的！因此，《石壕吏》不仅有巨大的现实意义，而且有深长的教育意义。它唤起了广大读者对反动统治阶级的仇恨和对人民的同情。千百年来，《石壕吏》一直是震撼人心、脍炙人口的，主要原因就在这里。

三

《石壕吏》是具有高度的现实主义表现手法的作品，达到了如高尔基所说的“现实之客观的描写”的地步。具体地说，有以下几个特点：

第一是将主观的评价寓于客观的叙述之中。在这首诗中，作者是在场的，却始终没开腔，只是如实据事直书，让事实本身去说话，通过事实体现自己的思想情感。例如“有吏夜捉人”，这是客观叙述，但同时也就包含了作者的主观批判。用不着说差吏怎样凶暴，兵役怎样黑暗，而这些都自在其中。假如说“点兵”或“征兵”，那就要削弱批判的力量。捉人就是捉人，老实不客气的说法，正显示了杜甫的态度。又如“吏呼一何怒，妇啼一何苦”也是一样。用不着说差吏怎样可恨，老妇怎样可怜，而可恨和可怜也都自在其中。

第二是用自传体。《石壕吏》是一首叙事诗。但就它记载的是作者自己的一段经历、一个生活片断这点来看，也可以说是作者自传中的一页，一篇日记。杜甫在这里所以要用自传体，是为了便于把自己放在这一事件的见证人的地位来证明所讲的是他亲见亲闻的事实，从而加强作品的说服力和感染力。如果只是单纯地从结构的角度来理解“暮投石壕村”、“天明登前途”等句，说是以投宿起，以告别终，有首有尾，交代清楚，那还是皮相的看法。

第三是利用人物对话。这在《石壕吏》中占着主要的地位，是全诗最精彩最动人的部分。我们都有这样一种经验：听转述的话总觉得隔了一层，不够味，不够亲切。人物自白之所以胜过作者代叙，道理也许正在此。当然，这也得看对话本身是否写得成功，是否能表现人物的思想情感和性格。《石壕吏》中老妇的那段对话可以说是非常之精当、成功的。老妇在当夜说过不少的话，杜甫概括成为十三句。这十三句，可分三层来看。“三男邺城戍”五句是第一层。老妇最初以为差吏总不能没有一点良心，所以一开口便诉说已送出三个儿子，不应再捉人，语带哀求，情感也是沉痛的。“室中更无人”四句是第二层。差吏既不讲情理，哀求已告无效，怎样办呢？骗他一下，让他知道要捉也无人可捉吧。为了骗取差吏的相信，把话反说得特别肯定，同时把家中人口仿佛一个不漏似的摆出来，好瞒了那个有被捉资格的老汉。从这里我们可以体会到老妇这时的心情已由悲痛转为愤恨（“有孙母未去”一句，意思只在说明家中还有个媳妇，因为丢不下孩子，还没走。有人把“去”解作改嫁，有人认为指去服兵役。后说固无据，前解也似乎不近情理。一则“二男新战死”，再则这一地带连“中男”都拉光了。这个“去”字没有必要去咬定）。“老妪力虽衰”四句是第三层，也是老妇最后的话。差吏还是不走，也许他在想：没有男人有女人。怎么办？这时老妇转而恨起胡人来了，都是他们不好，以致弄到这步田地，自己的三个儿子已有两个丧在他们手里，消灭他们，倒也应该。但再一想，老汉去不得，一家不能没个男人；媳妇也去不得，去了孙子得饿死。要去还是自己去罢。于是心一横，挺身而出。由于悲痛之极，心情转趋平静，所以这几句话说得很坦然，很理智。虽说出于无可奈何，但其中含有爱国精神，也是不容抹杀的。浦起龙说：“偏云力衰备炊，偏不告哀祈免，其胆智俱不可及。”（《读杜心解》卷一之二）这话也是有见地的。为了显示老妇思想情感的发展和与这相适应的语调的变化，杜甫有意识地押了不同的韵脚。由于语言的个性化，这段对话就显得特别生动，读起来如见其人，如闻其声。

第四是力求概括含蓄，不说废话。我曾在一篇论杜诗的艺术性的文章中举出唐彦谦的《宿田家》诗和《石壕吏》作对照，别的且不说，只从诗的一开头便可看出这一特点。唐诗开头是：“落日下遥峰，荒村倦行履。停车息茅店，安寝正鼾睡。”用了四句写投宿，下面才说到“忽闻扣门急，云是下乡隶”。而杜甫只用“暮投石壕村”一句，紧接着就点出主题：“有吏夜捉人。”非常概括，非常紧凑。唐诗用四句写投宿，没有必要，因为和主题无关，越长越显得松懈，不易集中读者注意力。

所谓含蓄，也就是所谓“含不尽之意，见于言外”。这种含蓄，在《石壕吏》中有时表现在一个字上。例如“暮投石壕村”，“投”字便非常含蓄。不仅说明投宿这件事，而且描绘了投宿者在一种急遽的情况下来投宿的形象。这样，也就暗示出这是一个兵荒马乱的年头，行路人有更多的“落日恐行人”的感觉。又如“如闻泣幽咽”，“如”字也非常含蓄。一方面说明老妇已被捉去，因而年轻的媳妇只有独自啜泣——也许因为家中住有客人（杜甫）而不便号啕大哭吧；另一方面也显露出诗人自己以无限关切的心情侧耳细听的形象。这句诗也同样是在如实的客观的叙述中包含了作者主观的同情的。

最富有含蓄意味的是诗的最后两句：“天明登前途，独与老翁别。”在人家里住了一夜，眼看着人家的老伴被捉去，临别的当儿，就这样心安理得地径自走了，连一句安慰话也没有吗？可是，你叫诗人怎样说呢？这诚然是伤心惨目的事，但又正当国家危急存亡之秋，你又能说些什么呢？这一家人的命运是看得见的，你安慰安慰又有什么用？所以，从这两句看来似乎很冷漠的诗句中，我们可以体会出诗人的一种难言之痛和吞声之泪。读完这最后两句诗的时候，我们的情绪更高涨，我们的想象更驰骋开了，并没随着诗的完结而完结。

有人认为从诗中看不出老妇人最后是被吏人捉去的，这自然是误解。“独与老翁别”，一个“独”字便点明了老妇已被捉去。投宿时老汉夫妇双双迎接，临去时却剩下老头一个（这时老翁已悄悄回家），那老妇被捉还用说吗？如果老妇未被捉去，那婆媳二人自应高兴，幽咽的哭声又从何而来呢？又有人认为“天明登前途”是指老妇前往应役，也不对。这句正和开首“暮投石壕村”作照应，投宿的是杜甫，登途的也是杜甫。但这一误解，清初徐而庵的《说唐诗》已经有了。

《石壕吏》的表现手法，主要的便是这样。杜甫在这首诗中为什么要用这些手法？这和诗的内容题材以及当时的政治环境都有关。一方面客观的事物本身就具有巨大的说服力，使他有可能这样来写；另一方面，如果对兵役公开表示反对，那在当时是不行的。

以上就是我对这首诗的一些看法，不一定对，请大家指正！（萧涤非）

垂老别

四郊未宁静，垂老不得安。
子孙阵亡尽，焉用身独完？
投杖出门去，同行为辛酸。
幸有牙齿存，所悲骨髓干。
男儿既介胄，长揖别上官。
老妻卧路啼，岁暮衣裳单。
孰知是死别，且复伤其寒。
此去必不归，还闻劝加餐。
土门壁甚坚，杏园度亦难。
势异邺城下，纵死时犹宽。
人生有离合，岂择盛衰端？
忆昔少壮日，迟回竟长叹。
万国尽征戍，烽火被岗峦。
积尸草木腥，流血川原丹。
何乡为乐土，安敢尚盘桓？
弃绝蓬室居，塌然摧肺肝。

《垂老别》是杜甫著名的组诗《三吏》和《三别》六首中的一首。它的写作背景和过程，和其他五首一样，都是在唐肃宗乾元二年（759）三月唐王朝九节度的六十万大兵溃于邺城这一特定的危急时期和自洛阳以西至潼关这一特定的后方地带，杜甫根据他的所闻所见所历写成的。这六首诗，都是人民的悲剧、人民的血泪史，这是显而易见的。重要的是，我们要透过这斑斑的血泪，进一步看到人民那种忍痛负重、不怕牺牲的爱国精神。因为当时进行的平定“安史之乱”的战争具有制止异族侵略、维护国家的统一的正义性质。

我曾应邀为中央人民广播电台写过谈杜甫的《石壕吏》和《新婚别》两篇广播稿。我把那“请从吏夜归，急应河阳役”的老妪和那鼓励丈夫“勿为新婚念，努力事戎行”的新娘，称为“深明大义、热爱祖国的儿女英雄”。现在，当临谈《垂老别》这首诗时，我深深地感到对诗中的这位老汉，可以说同样的话。请看，“子孙阵亡尽”这种断子绝孙的悲哀没有把他压垮，同行伙伴的辛酸泪，乃至老妻的“卧路啼”都没有使他软化，“此去必不归”的死亡威胁也没有使他动摇。他毅然决然，投杖应征，长揖上道，他想到的是国家的灾难，他恨的是“骨髓干”，不能为国多杀贼。像这样一位老汉，我们能说他不是铁铮铮的爱国老英雄，而是什么驯服的“绵羊”吗？这是一个有关作品的人物形象和主题思想的根本问题，我们必须首先明确。

《三别》在写法上和《三吏》不同的一个最明显的标志，就是全篇都是托为主人翁的独白。比如《垂老别》便都是那个老人的自我倾诉。这种写法，比之《三吏》的凭借耳闻目击和亲身经历要更难些，需要有更高的艺术修养，更为丰富的生活体验和想象力。

全诗约可分为四段，每段各八句。

第一段：“四郊未宁静，垂老不得安。子孙阵亡尽，焉用身独完？投杖出门去，同行为辛酸。幸有牙齿存，所悲骨髓干。”这一段是《垂老别》的缘起和序幕。是下文老夫老妻生离死别这一出悲剧的前奏。从“投杖出门去”这一慷慨激昂的决绝态度来看，老人的应征从军，并非完全由于被迫，也并非纯然出于“子孙阵亡尽”的个人悲愤，其中包含着老人的一片爱国心；否则，在痛不欲生的情况下，不可能发生这样一个突如其来的积极向上的转变。老人的一片爱国心，在“幸有牙齿存，所悲骨髓干”这两句话里，表现得更为清楚。要杀贼，就要能活着，所以说“幸有”，但自己毕竟是老了，很难杀贼，所以引以为“悲”。正是这种忘我的为国献身的精神使一同应征的伙伴们都感动得掉下了辛酸的眼泪。但老人并没有改变他的决心，他走上征途了。

第二段：“男儿既介胄，长揖别上官。老妻卧路啼，岁暮衣裳单。孰知是死别，且复伤其寒。此去必不归，还闻劝加餐。”这一段是《垂老别》的正文，写老人告别上官后又和老妻话别的情景。首二句是个过渡的句子，不少注本划归上一段，我觉得作为这一段的引子更合适些。因为老人已束装上路，就要远行，所以才出现了“老妻卧路啼”等场面。介胄是甲盔，也就是军装。这里，老人不如实地说“老人既介胄”，而偏作豪语，把自己说成“男儿”，和上文的“投杖”，同样表现了老人那种不服老的倔强性格。“孰知”即“熟知”，明明白白的知道。这“孰知”四句，写老两口的互相怜悯，互相关注，非常深刻细腻，令人不忍卒读。关于这四句，吴齐贤《杜诗论文》解释说：“此行已成死别，复何顾哉？然一息尚存，不能恝然，故不暇悲己之死，而又伤彼之寒也；乃老妻亦知我不返，而犹以加餐相慰，又不暇念己之寒，而悲我之死也。”这解释很周到，能阐明诗句中包含的老夫妻俩当时心理活动的真相。关于这四句诗的表现手法，沈德潜《杜诗偶评》曾指出：“‘孰知’四语，互相慰藉，而又灭去问答之迹。”这评论也很有见地。我看，这关键就在于那个“闻”字，因为既是“闻”，自然就是对方说的话了。不必再用问答的形式。这“还闻劝加餐”一句，我以为是写的面别以后的情形。老人已经走得相当远了，还不断地听到老妻在后面一面啼哭，一面喊叫，要他多“加餐”，多多保重身体。这是多么悲惨而又悲壮的一个镜头啊！

第三段：“土门壁甚坚，杏园度亦难。势异邺城下，纵死时犹宽。人生有离合，岂择盛衰端？忆昔少壮日，迟回竟长叹。”这一段也是《垂老别》的正文，写老人临别时对老妻的多方宽慰。不言而喻，老妻对老人最关心的就是他的死活。因此，老人针对这一点作了颇为有力的宽解，表明此去纵然是死，也还很有一段时间。根据是我方的有利形势：“土门壁甚坚，杏园度亦难。”杏园和土门，都是当时唐王朝控制河北的军事重地。杏园，在今河南省汲县，唐时亦称杏园镇，因为是黄河的津渡处，所以又称杏园渡。就是在杜甫写这首诗的前一年，郭子仪还曾引兵自杏园济河，东至获嘉，破安太清（见《通鉴·唐纪》卷三六），可见其重要。这时仍在唐军手中。关于土门，历来就有两种说法，一直持续到今天仍未能取得一致。因此，我想趁这次谈论的机会多说几句。这两说：一是以为土门即井陉（在今河北省获鹿县），根据是《元和郡县志》卷一七载：“河北道恒州获鹿县井陉口，今名土门口，在县西南十里，即太行八陉之第五陉也。四面高，中央下，似井，故名之。”主这一说的有钱谦益、朱鹤龄、仇兆鳌诸家，朱氏还说“时（郭）子仪、（李）光弼，相继守河阳，土门杏园，皆在河北，故须严备”。另一说，则以为土门不是指井陉，“未详所在。大约去河阳不远，当是河以南地”。主此说的有浦起龙和杨伦诸家，浦起龙还驳朱氏说：“是时官军既溃而南，退保东京……则邺城以北，官军安得越境而守之？朱注以土门为井陉关，井陉在邺北六七百里，渐近范阳贼巢矣。诗乃反云‘势异邺城下，纵死时犹宽’耶？何不考之甚也！”郭老也认为是在河阳附近，所以把这句诗译为“河阳的土门，壁垒严整”。据我看，当以前一说为是：第一，《元和郡县志》是中唐时人李吉甫写的，他说“今名土门口”，足见老人不说“井陉”而说“土门”，正是用的当时流行的为人们所熟知的说法；《新唐书·安禄山传》载至德元年“李光弼出土门，救常山”，而《通鉴》则云李光弼“出井陉，至常山”，亦足证“土门”之与“井陉”本为一地。第二，土门一名，多次出现在史书上，全都指的井陉，至《元和郡县志》卷二所载土门山，则远在潼关以西，可见所谓其地“大约去河阳不远”，纯属想当然的臆说，是毫无根据的。第三，《三吏》、《三别》中提及的地方，都是赫赫有名的要地或重镇，如《潼关吏》的“潼关”、“东都”，《新安吏》的“旧京”，《石壕吏》和《新婚别》的“河阳”以及本篇的“杏园”。像这样一个连方位都弄不清的“土门”，哪里值得一提。这也就是说只有把这个“土门”解释为“井陉”这一著名的要塞，才相称，才够得上说一声“壁甚坚”，也才能够多少起到宽慰老妻的作用。第四，浦氏反驳朱氏，说当时官军溃败南逃，邺城以北的土门，“官军安得越境而守之”。这也是一种模糊影响的说法。当时九节度的兵虽溃于邺城，但各军情况并不一样，李光弼和王思礼就是“整勒部伍，全军以归”的。李光弼原是河东（今属山西）节度使，史书说他“全军以归”，也就是说他再回到河东，驻扎太原（唐时也称“北京”）。土门这一要塞，始终就由他牢牢掌握，根本不存在什么“官军安得越境而守”的问题。正是由于土门仍在官军手中，史思明才不敢乘邺城大胜之后，渡河而南，占领洛阳，而是回师北归范阳，就是怕李光弼由土门出兵，截其归路，或直捣其巢穴的。看来浦氏对“土门”这句诗似有误解。他以为老人是去戍土门的，所以有“越境而守”的话。不知这是老人对当时总的军事形势一种颇为乐观或故作乐观的泛说，意在宽慰老妻。他还怕老妻不相信，所以下句还加上了一个“杏园”。这和《石壕吏》的“急应河阳役”，《新婚别》的“守边赴河阳”，明点所戍地点的写法是不相同的。

“势异邺城下，纵死时犹宽。”是说现在的形势和围攻邺城时已大不相同。那时我们是进攻，现在是退守，反客为主，以逸待劳，何况还有土门和杏园这样的牢固的据点，短时间内，敌人根本进不来，我即使战死，也还早得很哩。你只管放心好了！老人的分析、估计是相当准确的。洛阳再次为史思明占领，事在这年(759)十月，距邺城之败，已逾半年。如果不是由于唐肃宗的昏庸，将镇守洛阳和河阳的郭子仪召回长安，而调遣镇守太原、土门的李光弼去替代郭子仪的职务，那史思明还是不敢南下夺取洛阳的。这时洛阳虽再度沦陷，但河阳却仍在李光弼掌握中，直到上元二年(761)二月才失守，距邺城之败，已将近两年了。老人说“纵死时犹宽”，是大致不错的。

“人生有离合，岂择盛衰端?”这两句是老人从另一角度来宽慰老妻的话。意思是说，人生在世总不免有个聚散离合，哪管咱们的年壮(盛)年老(衰)呢？这不能由咱们自己做主。碰到这种世道，老两口也得分离，你不要哭了，哭也没有用。这里的“离合”和“盛衰”，都是“复词偏义”，实际上只是说“离别”和“衰老”。“盛衰”二字，有的本子作“衰老”，这和“择”字不切合，因为必须具有“盛”和“衰”这两端(或者说两头、两方面)，才能说“择”，如果只是“衰老”，那就用不着抉择了。这“盛衰”二字，也有一作“衰盛”的，意思虽一样，但一般习惯都是说“盛衰”而不说“衰盛”，所以我这里采用了蔡梦弼《草堂诗笺》的本子。

“忆昔少壮日，迟回竟长叹。”这两句是把话又说回来。尽管我这样宽慰你，但想起当年少壮时咱们一家团圆的光景，如今竟弄到这步田地，还得撇下你，我也是牵肠挂肚，放心不下。但迟回徘徊，终须一别，我也只有长叹就道了。这个“少壮日”，不单是指年龄，还兼指时代。老人的“少壮日”，摘用杜甫的诗句来说，那是正当“开元全盛日”的。

第四段：“万国尽征戍，烽火被岗峦。积尸草木腥，流血川原丹。何乡为乐土，安敢尚盘桓？弃绝蓬室居，塌然摧肺肝。”这是《垂老别》的最后一段，写老人告别老妻后的思想活动，但作为老人进一步向大处再行宽解、开导老妻的话来看，也说得通。这时，老人的思想已提到关心国家命运的高度，从一己一家的悲惨遭遇，想到整个国家民族的深重灾难。“积尸草木腥，流血川原丹”，虽不无夸张，却也是实情。当时胡兵所到之处，是“杀戮到鸡狗”的。“丹”就是“红”，不用红而用丹，只是为了押韵。老人对唐王朝推行的残酷兵役自然也怨恨，但他尤其痛恨的是挑起这场罪恶战争的恩将仇报的胡人安禄山、史思明。他们的掠夺奸淫和野蛮屠杀，把祖国一片大好河山蹂躏得没一片干净土。由于血的事实的教育和思想认识的提高，老人为国献身的精神，也就更自觉，更积极，“何乡为乐土，安敢尚盘桓”便是这一精神的集中表现。他再也不迟回长叹，盘桓流连了。

末尾两句：“弃绝蓬室居，塌然摧肺肝。”这与上文的投杖出门、长揖而别、不敢盘桓等表现，看似有矛盾，其实不然。当一个老人最后离开他那“生于斯，长于斯，聚家族于斯”的老茅屋时，他自然会感到五内有如崩溃一样的痛楚。这是人情之常。爱亲人、爱乡土和爱祖国，原是一致的。

以上，便是个人对《垂老别》所作的一些分析和解释。

应该感谢诗人杜甫，他不仅反映了“安史之乱”时期人民遭受的灾难，而且也忠实地深刻地表达了广大人民在平定“安史之乱”的斗争中所作出的巨大贡献和爱国精神。

《垂老别》的艺术特点，和杜甫其他叙事诗特别是同一类型的如《新婚别》、《无家别》，差不多。一是人物语言的个性化。男女老少，各有各的口吻。二是人物心理的刻画，非常细致逼真。三是运用细节描写，凡是足以显示人物思想感情和性格的小动作都不放过，如“投杖”、“长揖”、公然自称“男儿”等。《新婚别》的“对君洗红妆”，也是一个例子。四是结构严谨，层次分明，这几乎可以说是全部杜诗的共同特点，所以梁启超曾说过杜甫最反对作诗“乱杂无章”的话，是不错的。

最后，对《垂老别》这一名篇，我想提出一个小问题。谁都知道，《三吏》、《三别》写于邺城溃败之后不久，《垂老别》也明明提到邺城，而邺城之败是在这年三月三日，所以《新安吏》说：“青山犹哭声。”《无家别》更明说：“方春独荷锄。”但本诗中却有“岁暮衣裳单”之句，三月怎能说是“岁暮”呢？“苦用心”的诗人杜甫，不会不注意到这一问题。我想，这可能是为了顾全诗的完整性和增强诗的感染力，因而没有按照历史的真实，把“春暮”说成了“岁暮”。从艺术效果来看，这样的变通，是可以的，也是必要的。“诗史”毕竟是“诗史”，而不是历史。再则三月初旬，在北方也还是颇有寒意的，所谓“料峭春寒”，而老妻又是单衣卧路，其寒确亦可伤，所以含混地用了个“岁暮”。有人把这“岁暮”译成“数九寒天”，那就未免太落实了，恐不合作者本意。个人的看法未必对，也许可供讨论。据我所见，这还是一个从未有人触及的新问题。

（萧涤非）

梦李白二首

死别已吞声，生别常恻恻！
江南瘴疠地，逐客无消息。
故人入我梦，明我长相忆。
恐非平生魂，路远不可测。
魂来枫林青，魂返关塞黑。
君今在网罗，何以有羽翼？
落月满屋梁，犹疑照颜色。
水深波浪阔，无使蛟龙得。

浮云终日行，游子久不至。
三夜频梦君，情亲见君意。
告归常局促，苦道来不易。
江湖多风波，舟楫恐失坠。
出门搔白首，若负平生志。
冠盖满京华，斯人独憔悴。
孰云网恢恢，将老身反累。
千秋万岁名，寂寞身后事。

杜甫与李白的订交约在天宝三载(744)的春夏之交。两位中国文学史上耀眼的巨星，晤会于洛阳。关于这次会晤，闻一多先生有一段不可重写的文字，特引录如下：

> ……我们该当品三通画角，发三通擂鼓，然后提起笔来蘸饱了金墨，大书而特书。因为我们四千年的历史里，除了孔子见老子(假如他们是见过面的)，没有比这两人的会面更重大，更神圣，更可纪念的。我们再逼紧我们的想象，譬如说，青天里太阳和月亮走碰了头，那么，尘世上不知有多少人要望天遥拜，说是皇天的祥瑞。如今李白和杜甫——诗中的两曜，劈面走来了，我们看去，不比那天空的异瑞一样的神奇，一样的有重大意义吗?

当时的杜甫已经在诗坛上初露头角。李白则已经是饮誉中外的著名诗家了。两人相见恨晚，联袂畅游梁宋，又一起到兖州、齐州去登山临水，“醉眠秋共被，携手日同行”(杜甫《与李十二白同寻范十隐居》)，结下了深厚的友谊。分手后，杜甫陆续写了许多怀念李白的歌诗，像天宝四载写的《赠李白》、《冬日有怀李白》，天宝五载的《春日忆李白》，乾元初年的《寄李白二十韵》等等诗作，无不一往情深，表现出两位诗人之间高尚的、淳厚的、真挚的情谊。《梦李白二首》作于乾元二年(759)，杜甫流寓秦州之际。乾元元年，李白因参与永王李璘的军幕，被流放夜郎。本来乾元二年时，李白已遇赦北还。但是，僻处秦州的杜甫却还没有及时地获得这一消息，所以诗中有“江南瘴疠地，逐客无消息”的句子。

杜甫赠李白诗，以古体之作占多数，盖古体气势恢弘，意脉跌宕，宜于表达诗人激荡、排奡之情怀。《梦李白二首》均采用了五古的体裁。第一首，起首四句先从别离着笔，友人生死未明，离怀恻恻，写得凄楚、悲怆，却又迷离恍惚。因夜郎瘴疠之地，居人尚多疾病，何况被罪之逐客！远逐而无消息，忽于梦中相见，则存耶？殁耶？自然使老友杜甫在梦中亦产生了“恐非平生魂”的疑问。“平”、“生”，是两个单音节词，意谓平常的生人之魂魄。生魂也罢，死魄也罢，两个挚友毕竟在梦中把晤了，自然有倾吐不尽的情愫。从老杜这方面说，积想成梦，说明杜甫对故人相思之深。故曰：“故人入我梦，明我长相忆。”从李白那方面说：自遥远的南国，来到这荒寒的北边，该又经历了多少艰难辛苦啊！“魂来枫林青，魂返关塞黑”两句互文见意。江南多枫，秦州多关塞。魂来魂去，都要穿越青冥的枫林，跋涉幽黑的关塞。这样写来表现李白对老友挚情之深，是一种“照花前后镜”的技巧。从“故人入我梦”到“魂返关塞黑”均为老杜写他自己在梦中与李白聚首的情状。于此我们需要附带说明一下，浦起龙在《读杜心解》中谓这首诗自“故人入我梦”至“何以有羽翼”为第二段。云：“中八，正面也。却纯用疑阵。句句喜其见，句句疑其非。”而仇兆鳌《杜诗详注》则谓：“此章次序，当依黄氏更定，分明一头两脚体。与下篇同格。”所谓“一头两脚体”，就此诗而言，即以四句、六句、六句分段。参看第二首的章法，明显是到“若负平生志”为第二段。所以我们认为仇氏的说法是可取的。“君今在网罗，何以有羽翼”则是诗人自梦境乍出，仍处于似梦似醒的朦胧状态，如果魂魄入梦，自然是网罗无法羁留的，如果是李白本人真的来了，不就令人自然产生如上的疑问吗？惟其似梦似醒，如电影屏幕上的淡入淡出那样的朦胧，所以才生发出“落月满屋梁，犹疑照颜色”这样光辉百代、情通神人的警句。胡应麟曰：“‘明月照高楼，想见余光辉’，李陵逸诗也。子建‘明月照高楼，流光正徘徊’，全用此语而不用其意，遂为建安绝唱。少陵‘落月满屋梁，犹疑照颜色’，正用其意而少变其句，亦为唐句峥嵘。”这种是耶、非耶、惚兮、恍兮的境界，只有经历过生离死别，经历过巨大的感情创痛的人，设身处地地去想象，才能体味出此中之警策。至结处“水深波浪阔，无使蛟龙得”，则是诗人杜甫对挚友李白的拳拳关切之情。从字面上看好像是用《续齐谐记》中屈原“为蛟龙所苦”的典故。骨子里则为杜甫担心李白的命运。与他的《不见》诗中“不见李生久，佯狂真可哀。世人皆欲杀，吾意独怜才”是一样的用心。而由这种同契联心的关切之情，遂引发出第二首中许多昂藏不平的诗句。

第一首全叶入声，职韵，沉痛、真挚而重拙。第二首则用去声四寘的韵，声情转为峭拔、拗怒。情志更见激荡。

第二首开首四句为第一段，“情亲见君意”与第一首的“明我常相忆”遥相呼应。李白诗中有“浮云游子意，落日故人情”（《送友人》）句，老杜化用其意，谓天涯游子若浮云之飘忽，而今一连三个夜晚，李白均来梦中与老友会晤，可见李白对杜甫的“情亲”。第二段自“告归常局促”至“若负平生志”。其中“江湖多风波，舟楫恐失坠”亦犹第一首之“水深波浪阔，无使蛟龙得”，具有很深的感慨。设想才华横溢、名震京师、饮誉中外的大诗人李白，仅仅因为在李璘的威迫之下，走错了一步，就落得身陷囹圄，远窜瘴疠之地，更有许多人落井下石，无端构陷，遂使得这位飘逸如天上谪仙人的李白，被折磨得衰颓、困顿，如泛海之巨鲸被困于浅滩，遂为蝼蚁之类所肆虐。“告归常局促”之“局促”二字，具见李白困顿、窘迫之情状。《后汉书·仲长统传》云：“六合之内，恣心所欲，人事可遗，何为局促？”而李白此际却无从排除那些“人事”的困窘。“出门搔白首，若负平生志”二句，使我们眼前活生生地显现出一个衰惫、清癯的白发老诗人，一壁搔着白发，一壁依恋不舍地踽踽离去……千载之下的读者读至此处时，俱当与老杜一起潸然泪下。所以接下去诗人杜甫以极愤慨的文字，极沉痛的音律，写下了本诗的最后一段。“冠盖满京华，斯人独憔悴”两句，是老杜诗中熠熠闪光、掷地有声的佳句。而此诗句中“冠盖”二字为喉音双声，“憔悴”二字为齿音双声，前者极具耿介不平之气，后者尤能表现凄怆、苦涩之情。眼见那些庸碌之徒却能高冠华盖，充斥京华，而像李白这样的天才却坎坷不幸，憔悴流徙，哪里还有什么“天网恢恢，疏而不失”的天理可言呢！如果说还有什么“千秋万岁名"的话，那也是身后寂寞冷清之事了。这些血泪文字，和老杜晚年的诗句"寂寂系舟双下泪，悠悠伏枕左书空"(《清明二首》)完全同一声气。一如浦起龙注此诗时所说："次章纯是迁谪之慨。为彼耶？为我耶？同声一哭。"(《读杜心解》)

（孟祥鲁）

天末怀李白

凉风起天末，君子意如何？
鸿雁几时到？江湖秋水多！
文章憎命达，魑魅喜人过。
应共冤魂语，投诗赠汨罗。

"安史之乱"后，大诗人李白因参加永王璘的军事行动，被卷入皇家权力之争，终于被流放夜郎。在封建卫道士看来，这便是"从逆"、"失节"。事隔千百年后，清人洪亮吉还不肯放松，说"诗人不可无品，至大节所在更不可亏。杜工部、韩吏部、白少傅、司空工部、韩兵部尚矣，李太白于永王璘已难为讳"(《北江诗话》)云云。更不用说当时的众口嚣嚣了。而古道热肠的杜甫却挺身而出，力排众议："世人皆欲杀，吾意独怜才!"(《不见》)这是何等大义大勇！就在李白被放期间，杜甫正带着家眷辗转逃难至秦州，生活极其困难，而他却能推己及人为流放中的李白担忧，接连写下《梦李白二首》、《寄李十二白二十韵》、《天末怀李白》等真挚感人的诗篇。考其时，当在唐肃宗乾元二年(759)。

"天末"，天的尽头，一说指边塞秦州，一说指李白流放地夜郎(今贵州遵义附近)。陈式《杜意》说："天末者，不能名其处而概之，远也。"从《梦李白》中所说"路远不可测"看来，是时杜甫对李白情况不明(事实上这时李白已遇赦放还)，故陈氏的解释不无可取。陆机诗云："借问叹何为？佳人渺天末。"又："游子眇天末，还期不可寻。"都是这个意思。所以杜甫首联"凉风起天末，君子意如何"是因秋起兴，感念远方的游子。紧接着"鸿雁"一联，以时空的阻阔写出秋水伊人，天各一方，并由此带出无限感慨："文章憎命达，魑魅喜人过。"对朋友命运的关注与理解，在感情上一下子把双方拉贴近了。此联内涵丰富，是全诗结穴所在。就文艺的规律看，在不合理的封建社会中而能飞黄腾达，对社会缺乏深刻的认识，是写不出有价值的文章的，这就是所谓"诗穷而后益工"。文章的成功与命运的通达似乎成反比，故云"憎"；而魑魅食人，今有人送上门来，故曰"喜"。再专就李白生平而言，他的高才与命运更是相乖戾。不但杜甫叹其"敏捷诗千首，飘零酒一杯"，李白自己也感慨良深："空名适自误。"文章，本是封建时代士子发达的梯航，如今反成"憎命达"；魑魅，原是害人精，这时倒来"喜人过"。这不是世道颠而倒之吗？这里写的魑魅不无影射。李白曾公开斥骂"苍蝇贝锦喧谤声"，杜甫不能不提醒他：害人的小人无处不在，朋友，你可得小心提防呵！这一"憎"一"喜"，将贤愚倒挂、人情险恶的现象直接揭示出来，从深层次为李白洗冤。是的，李白政治上的失败，究其原因在名高才大却不肯"摧眉折腰事权贵"，并且对贤愚倒挂现象大声抗议："骅骝拳跼不能食，蹇驴得意鸣春风!”是所谓“恃才傲物”者,统治者不放心哪!其被逐出长安的原因在此,其被流放夜郎的根本原因也在此。李白对此似有所悟,有诗云:“一生傲岸苦不谐。”冤情既白,结句便把他和屈原相提并论:“应共冤魂语,投诗赠汨罗。”屈原无罪被放,投汨罗江而死。后来汉才子贾谊被贬长沙,渡湘水时作赋以吊屈原:“侧闻屈原兮,自沉汨罗。造托湘流兮,敬吊先生。”杜甫悲叹李白的遭遇与贾谊相似,并揣想李白流放路线是经湖南北部西行,渡湘江也必有贾谊一样的举动:“投诗赠汨罗。”这里用“赠”字,值得品味。范廷谋《直解》称:“赠字奇。贾生之吊,犹生人之词;至云赠,直与鬼为邻矣。情词凄恻。”善则善矣,只是“与鬼为邻”不如说是将屈原当成活人看待,忘其死,故曰“赠”。黄生说得好:“不曰吊而曰赠,说得冤魂活现。”这才见得李白与屈原的同病相怜,也直见杜甫一片心。李白在最不容易得到理解的时刻得到杜甫最彻底的理解,就人生得知己而言,这场灾难对他是不幸欤?幸欤?

(林继中)

蜀相

丞相祠堂何处寻?锦官城外柏森森。
映阶碧草自春色,隔叶黄鹂空好音。
三顾频烦天下计,两朝开济老臣心。
出师未捷身先死,长使英雄泪满襟。

这首诗,不仅是一首凭吊古迹、颂扬诸葛亮的咏史诗,而且是一首富有教育意义、感人至深的抒情诗。千百年来,有不少颂扬诸葛亮的诗篇,但最脍炙人口、激动人心的要算这一篇。

诗的题目叫“蜀相”,“蜀相”就是诸葛亮。公元221年,魏、蜀、吴三国鼎立之时,刘备在四川成都立国称帝,历史上称为“蜀汉”,任命诸葛亮为丞相,所以杜甫称诸葛亮为“蜀相”。但诗以“蜀相”为题,却不是单纯的历史纪录,而是寄托了作者对诸葛亮的崇高敬意。

《蜀相》这首诗是唐肃宗上元元年的春天,就是公元760年杜甫初到成都时访诸葛亮庙时所作。这时的情况,从杜甫个人的处境来看,政治上很不得志,“致君尧舜上,再使风俗淳”的理想已经完全落空,生活上的艰难困苦,更不必说。从当时社会现实来看,“安史之乱”持续了五年还没有平定下来,史思明再次攻陷了东都洛阳,自立为大燕皇帝,唐王朝仍在风雨飘摇之中;人民大量死亡,生产遭到巨大破坏,正如杜甫描写的那样:“六合人烟稀”、“园庐但蒿藜”。尤其严重的是唐肃宗的昏庸,信任宦官,猜忌功臣。在这种情况下,杜甫的心情自然是很苦闷的。所以当他来到诸葛亮庙时,缅怀诸葛亮的为人,特别是他那“鞠躬尽瘁,死而后已”的精神以及他和刘备君臣二人之间那种鱼水相得的关系,不禁百感交集,心潮翻滚,以至于泪流满襟,因而写下了这首诗。这也许就是诗人自己说的“情在强诗篇”吧。

很明显,这首诗的主题就是歌颂诸葛亮。杜甫入蜀以后,思想上有一个很突出的变化,那就是他不再“自比稷与契”,而向往于诸葛亮。他写了一系列赞扬诸葛亮的诗，并公然说："凄其望吕葛，不复梦周孔。"意思就是说，他殷切期望的是吕尚、诸葛亮这类英雄人物，再也不梦想周公和孔子了。这首《蜀相》诗，便正是他"凄其望吕葛"的具体表现。全诗共八句，可分为两段：上四句写丞相祠堂，下四句写丞相本人。但这两段，并不是可以分开的两截。因为在对丞相祠堂的描写中，已暗含丞相其人在内。

开头两句："丞相祠堂何处寻？锦官城外柏森森。"用自问自答的方式，点明丞相祠堂的所在地。"丞相祠堂"，就是现在的武侯祠，在成都城南约二里，现在已经辟为南郊公园。"武侯"，是武乡侯的简称。公元 223 年，蜀后主刘禅封诸葛亮为武乡侯。值得注意的是"何处寻"的"寻"字，它饱含着诗人杜甫对诸葛亮无限追慕的心情。因为心思其人，所以才要寻访其庙。"锦官城"是成都的别称。因织锦业发达，汉朝曾设有锦官来管理，所以后来又把成都称为"锦官城"。有时为了适应诗句的需要，也简称为"锦城"，如杜诗"锦城丝管日纷纷"。"柏森森"三字也值得我们仔细玩味。因为这森森的高大茂密的柏树，不只是识别丞相祠堂的标志，而且是历代人民爱戴诸葛亮的见证。杜甫在夔州时写有一首《古柏行》的诗，专门描写孔明庙前的一棵老柏树。其中有这么两句："君臣已与时际会，树木犹为人爱惜。"不言而喻，成都的丞相祠堂之所以能出现"柏森森"的景象，同样也是由于"人爱惜"的缘故。联系到古老的《诗经》里那首《甘棠》诗："蔽芾甘棠，勿剪勿伐，召伯所茇。"诗意是说，老百姓出于对召伯的爱戴，竟然连他曾经休息过的那棵甘棠树，都不忍砍伐，因而长得茂盛。由此，我们也就不难知道：凡是为人民做了好事的人，人民是不会忘记他的。

三四两句："映阶碧草自春色，隔叶黄鹂空好音。"是进而描写祠堂内的景物。但描写景物的目的，却是为了更深刻地表达对诸葛亮的怀念心情。表面上是写景，骨子里却是抒情。关键在于"自春色"的"自"字和"空好音"的"空"字。由于自己心目中所景仰的人已经见不到了，所以，尽管映带在台阶两边的碧草并非不悦目，那藏身在森森的柏叶之中的黄莺儿的歌唱，也并非不悦耳，但诗人都无心赏玩。这里的"自"字和"空"字，是互文对举，可以互训。所谓"互训"，也就是说，"自"可解释为"空"，"空"也可以解释为"自"。如果把这两个字对调一下，说成是"空春色"、"自好音"，也完全可以。对诗的原意，毫无影响。唐人李华《春行寄兴》诗说"芳树无人花自落，春山一路鸟空啼"，其中"自"、"空"二字的用法，和杜诗是相同的。

对于这两句的写景，过去有不同的理解，如清朝人仇兆鳌在其所著《杜诗详注》里就说是"写祠庙荒凉"的。近人大多数也采取这一说法。我以为这是一种误解。第一，从"碧草春色"、"黄鹂好音"的描写中，我们确实看不出有什么"荒凉"的意境，相反，倒是一幅春意盎然的景象。第二，古人常用草色来渲染春色之美，如江淹《别赋》中有"春草碧色，春水绿波"的句子，就是这一类。杜甫这里说的"碧草"，也正是这个意思。碧草就是碧草，不是蔓草、杂草、野草，更不是衰草，不能一看到"草"字，便和"荒凉"联系起来。而且，这样的理解也违背了诗人的创作意图。因为诗人的意图，正是要把祠堂的春景写得十分美好，然后再用"自"、"空"二字将这美好的春景如草色、莺声等一齐抹倒，来加倍突出诗人对诸葛亮的敬仰之情。所以，春色越美，鸟音越好，就越有助于表现这种心情。如果理解为“荒凉”，便不能起到这种反衬作用。大好春光，人无不爱，就是杜甫也写过“不是爱花即肯死”的诗句，为什么在这儿他却采取了否的态度呢？下文回答了这一问题。原来“伤心人别有怀抱”，他一心想念着的是这祠堂的主人——蜀相诸葛亮。这也就由第一段过渡到第二段，由写景过渡到写人。

五、六两句：“三顾频烦天下计，两朝开济老臣心。”这两句，从大处着眼，言简意赅，高度地概括和评价了诸葛亮一生的功绩和才德。这两句，都是上四下三的句法，应在第四字读断。上句写诸葛亮的才略，得到刘备的器重，刘备曾三次去拜访他。这在历史上是绝无仅有的，所以诸葛亮在《前出师表》中也有“先帝不以臣卑鄙，猥自枉屈，三顾臣于草庐之中，谘臣以当世之事”的话。“三顾频烦”，就是“频烦三顾”。“天下计”，即天下大计，也就是有名的“隆中对”中所说的：东连孙权，北拒曹操，西取刘璋（四川），南抚夷越等恢复国家统一的策略。这一句，虽然写到刘备，但着重点仍在赞扬诸葛亮的雄才大略。因为刘备之所以不厌其烦地三顾草庐，正是由于诸葛亮胸怀天下大计。下句，从品德和事业方面写诸葛亮的忠贞。所谓“两朝开济”，是说诸葛亮先辅佐先主刘备开创帝业、建立蜀汉，后又辅佐后主刘禅巩固帝业，济美守成，真是“功盖三分国”。然而他毫不居功自傲，这就充分表明了他那老臣谋国的一片忠心。

诸葛亮一生中最感动人的地方，是他的死。诗的最后两句“出师未捷身先死，长使英雄泪满襟”，对诸葛亮的死，诗人表示了无限的哀思，对于他未能实现复兴汉室、统一中国的天下大计，深表痛惜。蜀后主建兴十二年，即公元234年春，诸葛亮第六次出兵伐魏，与司马懿的军队在陕西渭南对垒，两军相持百余日。诸葛亮多次挑战，并把巾帼妇人之服送给司马懿来激怒他，但司马懿仍然坚不出战。诸葛亮终因操劳过度，于这年八月，病死在武功五丈原的军营中，死时才五十四岁。这就是“出师未捷身先死”的史实。诸葛亮虽然壮志未酬，但是，他所表现的这种“鞠躬尽瘁，死而后已”的崇高精神所给予后人的积极影响，却是无可估量的。这也是诗人杜甫为之感动得泪流满襟的一个没有说穿的原因。“泪满襟”的英雄，当然就是诗人杜甫自己。但他用了“长使”二字，便大大地扩充了感染的范围，不仅把普天之下的，而且把千百年后所有的有志未遂的英雄人物全都包括在内，使他们产生强烈的震动与共鸣，而不能不为之同声一哭。

历史也正是这样证明着的。这里可以举两个例子：第一个为这两句诗所感动的例子，是唐顺宗时的王叔文。王叔文是当时出现的有著名文学家、思想家柳宗元和刘禹锡等人参加的进步的政治集团的首领，他力图改革弊政，但因遭到宦臣俱文珍等人的反对而终归失败。《旧唐书·王叔文传》是这样记载的：“叔文但吟杜甫诸葛祠堂诗末句云‘出师未捷身先死，长使英雄泪满襟’，因歔欷泣下。”所谓“歔欷泣下”，也就是“泪满襟”。这是公元805年，也就是杜甫写作这首诗之后不过三十五年的事情。第二个例子，是北宋末年的爱国将领宗泽，他也曾深受感动。当时，宋王朝的两个皇帝徽宗和钦宗父子二人双双被金人俘虏，宋高宗逃跑了，为了抵抗金兵的南侵，已经七十岁高龄的宗泽，亲自带兵镇守尚未沦陷的当时的国都开封，但终因忧愤而成疾，临死时，他也无限感慨地吟诵了这两句诗，并三呼“过河”(意思是渡过黄河，抗击金兵)。这是公元1128年，也就是杜甫写作《蜀相》这首诗之后的三百六十八年的事情。仅从以上两个历史事例，我们也就可以看到这两句诗的巨大而深远的感染力量。

作为一个忧国忧民的伟大的现实主义诗人，杜甫这类咏史诗，也有其特点。这就是密切联系现实，密切联系自身。因而，在这类咏史诗中，我们也可以想见当时的社会状况，可以看到诗人自己的形象。即以《蜀相》一诗为例，为什么杜甫能把诸葛亮写得这样有血有肉，有声有色？原因也就在此。他不是为咏史而咏史，为歌颂诸葛亮而歌颂诸葛亮，而是有他的现实的政治目的。那就是他说的“安危须仗出群才”、“乱世想贤才”，他不但要求自己，也要求他的朋友们“早据要路思捐躯”，像诸葛亮那样为国而忘身；同时，他还希望唐肃宗能像刘备那样，能够信任像郭子仪等那样忠心耿耿的老臣。

在诗歌体裁的运用方面，杜甫可以说是写七律的大师。仅流传下来的，他一个人就写了一百五十一首七律，超过现存初唐和盛唐诗人所作七律的总和。作为一首七言律诗，它要求结构紧凑，对仗工整，声调和谐，语言精练等等，所有这些优点，《蜀相》一诗可以说都具备了。这里不一一细说了。（萧涤非）

客至

舍南舍北皆春水，但见群鸥日日来。
花径不曾缘客扫，蓬门今始为君开。
盘飧市远无兼味，樽酒家贫只旧醅。
肯与邻翁相对饮，隔篱呼取尽余杯。

这首诗是杜甫在成都草堂时写的，约在肃宗上元二年(761)，杜甫五十岁。自“安史之乱”以来，在友人的资助下，杜甫第一次过上比较安定的“为农”生活。他种药种菜，养鸡养鸭，和左邻右舍的野老田夫相处甚得：“邻家送鱼鳖，问我数能来？”所谓“野老”，却也不一定很地道。比如他就自称“野老”，还有北邻那位归田县令，南邻那位老儒斛斯融以及锦里先生、朱山人等，恐怕也都在“野老”之列。总之，杜甫此时的心态是：强烈地意识到已远离朝廷，身份是在野，所以曾说出“唐尧真自圣，野老复何知”这样的话来，其中那股犟脾气是不难感受到的。杜甫性格的最大特征是“真”，真爱、真恨、真喜、真悲，以至于“畏人嫌我真”。反映在田园诗的风格上，便是“真境相对，真情相触”。黄生认为诗中宾主忘机，后四句“见村家真率之情”(《杜少陵诗详注》卷九)，是颇为中肯的评语。

“舍南舍北皆春水，但见群鸥日日来。”春江一曲，环绕竹篱舍。诗一开头就用饱满的诗笔渲染出村居美景。“但见”二字，暗含讽意，见得只有群鸥不嫌弃。交游冷淡，自在言外。当时杜甫曾自称：“地偏相识尽。”在被冷淡中，忽有客至，真是空谷足音，其喜可知。所以诗题下特别加一条小注：“喜崔明府相过。”“明府”，是唐人对县令的尊称。杜甫的母亲姓崔，说不定与这位明府公还有点沾亲带戚的关系呢！

“花径”一联对仗工整而又流转自在，是所谓的“流水对”。而浑成流转的关键是“不曾”、“今始”二词相反而又相成的互用。黄生说：“花径不曾缘客扫，今始缘君扫；蓬门不曾为客开，今始为君开。上下两意交互成对。”(《杜少陵诗详注》卷九)此联诚为由锤琢而返于自然的典型。上四句通过主人心态侧写客至，下四句则正面写主客相对情景，从不拘礼节中见真情。“盘飧市远无兼味，樽酒家贫只旧醅。”“飧(sūn孙)”，夕食。因“市远”，故无兼味——菜的花样太单调；因“家贫”，故将就用家酿旧醅。“醅(péi培)”，未漉之酒。这里用“醅”字，是押韵需要，泛指酒。据说，古人好喝新酒，故以旧醅待客为歉。如白居易以“绿蚁新醅酒，红泥小火炉”招客饮，可证。不过从全诗率真的气氛看来，这里所强调的是随意出家中所有，不必泥于古人好饮新醅。既然待客重在至诚，略具酒食只是助兴，那么结尾一句便很自然了：“肯与邻翁相对饮，隔篱呼取尽余杯。”这是想多几人热闹热闹，把兴致提得更高些。杜甫常与邻翁对饮：“田父要皆去，邻家问不违。”只是不知客人又作何想？这也是杜甫心细处、尊重人处，乃至“畏人嫌我真”处。同期杜甫写过一首《宾至》，诗中那位慕名而来的贵宾就颇有点见外。这位崔明府虽说是熟人，还是问问为妥。与可以不拘礼节随意“呼取”的邻翁相比，这位明府公与杜的关系显然不如邻翁的熟稔。这与毕竟是“客”的身份也是相称的，所以金圣叹说是“待他之法，客又不纯是客，亲又不纯是亲”，极见分寸感。

查慎行总评这首诗说：“自始至末，蝉联不断。七律得此，有掉臂游行之乐。”能化限制为自由，将格律森严的七律写得如此一片神行，固然是由于老杜细意熨帖、灭尽针线迹的功力所致，但内在的恐怕还得力于老杜待人一片至诚的人格力量。也就是说，通篇一以贯之的是“真”。

(林继中)

春夜喜雨

好雨知时节，当春乃发生。
随风潜入夜，润物细无声。
野径云俱黑，江船火独明。
晓看红湿处，花重锦官城。

这首脍炙人口的五律，是写雨的名作。“喜雨”的“喜”在这里作定语，相当于“可喜的”，“令人喜爱的”。这首诗的突出特点，就是把“雨”人格化，赞美她如何可喜、可爱。

雨可喜可爱，由于她“好”。所以一开头就用一个“好”字赞美“雨”，说它“知时节”，懂得满足客观需要。不是吗？春天是万物萌芽生长的季节，正需要下雨，雨就下起来了。你看它多“好”！

第二联，进一步表现雨的“好”。

雨之所以“好”，就好在适时，好在“润物”。而要起到“润物”的作用，就既要雨细，又要风和。春天的雨，一般是伴随着和风细细地滋润万物的。然而也有例外。有时候，它会伴随着狂风，下得很凶猛。这样的雨尽管下在春天，但不是典型的春雨，只会损物而不会“润物”。所以，光有首联的“知时节”，还不足以完全表现雨的“好”。等到第二联写出了典型的春雨——伴随着和风的细雨，那个“好”才落实了。

“随风潜入夜，润物细无声。”这仍然用的是拟人化手法。“潜入夜”和“细无声”相配合，不仅表明那雨是伴随和风而来的细雨，而且表明那雨有意“润物”，无意讨“好”。如果有意讨“好”，它就会在白天来，就会造一点声势，让人们看得见，听得清。惟其有意“润物”，无意讨“好”，它才选择了一个不妨碍人们工作和劳动的时间悄悄地来，在人们酣睡的夜晚无声地、细细地下。

雨这样“好”，就希望它下多下够，下个通宵。倘若只下一会儿，就云散天晴，那“润物”就很不彻底。诗人抓住这一点，写了第三联。

在不太阴沉的夜间，小路比田野容易看得见，江面也比岸上容易辨得清。如今呢？放眼四望，“野径云俱黑，江船火独明”，只有船上的灯火是明的。此外，连江面也看不见，小路也辨不清，天空里全是黑沉沉的云，地上也像云一样黑。好呀！看起来，准会下到天亮。

尾联写的是想象中的情景。如此“好雨”下上一夜，万物就都得到润泽，发荣滋长起来了。最能代表春色的花，也就带雨开放，红艳欲滴。等到天明一看，整个锦官城（成都）杂花生树，一片“红湿”；一朵朵红艳艳，沉甸甸，汇成花的海洋。那么，田里的禾苗呢？山上的树林呢？一切的一切呢？

浦起龙说：“写雨切夜易，切春难。”这首《春夜喜雨》诗，不仅切夜、切春，而且写出了典型春雨的也就是“好雨”的高尚品格，表现了诗人的也是一切“好人”的高尚人格。

诗人盼望这样的“好雨”，喜爱这样的“好雨”。所以题目中的那个“喜”字，在诗里虽然没有露面，但“喜意都从罅缝里迸透”。诗人正在盼望春雨“润物”的时候，雨下起来了，于是一上来就满心欢喜地叫“好”。第二联所写，显然是听出来的。诗人倾耳细听，听出那雨在春夜里绵绵密密地下，只为“润物”，不求人知，自然“喜”得睡不着觉。由于那雨“润物细无声”，听不真切，生怕它停止了，所以出门去看；第三联所写，分明是看见的。看见雨意正浓，就情不自禁地想象天明以后春色满城的美景。其无限喜悦的心情，又表现得多么生动。

中唐诗人李约有一首《观祈雨》：“桑条无叶土生烟，箫管迎龙水庙前。朱门几处看歌舞，犹恐春阴咽管弦。”和那些“朱门”里“看歌舞”的人相比，杜甫对春雨“润物”的喜悦之情难道不是一种很崇高的感情吗？

（霍松林）

茅屋为秋风所破歌

八月秋高风怒号，卷我屋上三重茅。

茅飞渡江洒江郊，高者挂罥长林梢，下者飘转沉塘坳。

南村群童欺我老无力，忍能对面为盗贼！

公然抱茅入竹去，唇焦口燥呼不得。归来倚杖自叹息。

俄顷风定云墨色，秋天漠漠向昏黑。

布衾多年冷似铁，娇儿恶卧踏里裂。
床头屋漏无干处，雨脚如麻未断绝。
自经丧乱少睡眠，长夜沾湿何由彻！
安得广厦千万间，大庇天下寒士俱欢颜[①]，风雨不动安如山！
呜呼！何时眼前突兀见此屋，吾庐独破受冻死亦足。

杜甫是我国唐代一位伟大的现实主义诗人。他一生写了许多爱国忧民的好诗。《茅屋为秋风所破歌》这首诗就是他晚年的重要作品。

“安史之乱”发生后，杜甫做了左拾遗。后来因为上疏营救宰相房琯，得罪了皇帝，被诬为房党，于乾元元年(758)贬作华州司功参军。这年冬天，因事回洛阳。第二年春天从洛阳返华州途中，亲眼见到战乱和不合理的兵役带给人民极大的苦难，感触很深，就写出了辉煌的诗篇《三吏》、《三别》。这年华州一带闹饥荒，加上他对朝政有所不满，就决心抛弃了官职，携带着家小到秦州、同谷等地去逃荒。但是，在这些地方仍旧无法生活下去，便长途跋涉入蜀。这年年底到达成都。先住在浣花溪边的寺院中。第二年，得到在当地作官的亲友们的帮助，便在浣花溪的西边勉强盖了几间草堂安顿下来。从有关杜诗看，后来这里也慢慢经营得很不错了。这就是后世人们所景仰的成都浣花草堂，也就是《茅屋为秋风所破歌》中所描述的茅屋。

对于乱世流亡在外的人来说，有个安身之处，已经是够幸运的了。何况这里风景又那么美好，这就难怪诗人在草堂落成之时所写的那首《堂成》诗中禁不住要愉快地歌唱了：“背郭堂成荫白茅，缘江路熟俯青郊。桤林碍日吟风叶，笼竹和烟滴露梢。暂止飞乌将数子，频来语燕定新巢。旁人错比扬雄宅，懒惰无心作《解嘲》。”译成口语就是：白茅盖成的草堂背靠着城郭，俯临着青葱的郊原；沿江的小路已渐渐走熟了。桤树林挡住了阳光，叶子在微风中低声吟咏；笼竹枝梢和烟浥露，青翠欲滴。乌鸦领着几只小鸦飞来定居，燕子呢喃相语，商量在堂前砌个新窝。有人拿汉代扬雄的住宅来和草堂相比拟，这可不对，因为我这人很懒惰，无心学扬雄的样，去写作《解嘲》之类的东西呢！

刚在草堂安居下来的这个时候，诗人的心情的确是比较舒畅、愉快的。他见这里离打仗的地方很远，江边的农村又是那么美丽，就想长期在这里居住下去，终身为农：“锦里烟尘外(成都这儿不在战区之内)，江村八九家。圆荷浮小叶，细麦落轻花。卜宅从兹老，为农去国赊(就在这里安居乐业，终身为农，不回故乡了)。”(《为农》)这时，他锄菜种药，饮酒赋诗，登临游览，访人待客……由于有做官的友人接济，生活比较轻松自在，便多少感到有些满足：“清江一曲抱村流，长夏江村事事幽(清清的江水环绕着村子流过，江边的村子，夏天里样样都很幽美)。自去自来梁上燕，相亲相近水中鸥。老妻画纸为棋局(棋盘)，稚子(小儿子)敲针作钓钩。但有故人供禄米，微躯此外更何求(能有老朋友分给我一些俸禄供我生活就很满足了，此外还有什么可要求的呢)？”(《江村》)

但是，正像他的《出郭》诗所说“故国犹兵马，他乡亦鼓鼙(也有战争)”，当时中原尚未平定，蜀地也并不是世外桃源。不久，这里先后就有段子璋、花惊定、徐知道、崔旰等地方军阀作乱，战争此起彼伏，社会动荡不安，加上他又是那么深切地关怀着国家的命运，同情人民的疾苦，当然是不可能长时期真正无忧无虑、优哉游哉地生活下去的。这一时期他还是写作了不少描写乱离生活、反映民间疾苦、忧国忧民的诗歌，如《百忧集行》、《病橘》、《枯棕》、《野望》、《去秋行》、《草堂》、《登楼》等等都是。而《茅屋为秋风所破歌》，就是其中最杰出的一篇。

浣花草堂风景宜人，经过诗人的彩笔的描绘和渲染，更是令人神往。但是，在实际生活中，这里也并不是任何时候任何事物通通都是那么富于诗情画意的。他的《梅雨》诗说："湛湛（水清而且深）长江水，冥冥（昏暗）细雨来。茅茨疏易湿，云雾密难开（茅屋顶太薄，容易给雨淋湿，云雾密布，天空很难敞开）。"这诗作于草堂刚建成的那年春天。新盖的茅屋顶尚且挡不住春天里的黄梅细雨，那么，又怎能敌得住秋天狂风暴雨的袭击？《茅屋为秋风所破歌》约作于同年八月，就是写草堂给秋风吹破、给秋雨淋湿，他通宵不眠的苦况和感慨。

这首诗一开始就开门见山，单刀直入地描写了茅屋被大风吹破的情形：

> 八月秋高风怒号，卷我屋上三重茅。茅飞渡江洒江郊，高者挂罥长林梢，下者飘转沉塘坳。

秋天的天空愈是辽阔，就愈能显出狂风来势之大。这么猛烈的风，当然就会卷起屋顶上的几重茅草，似乎还能撼动天地。这样，诗人就以刚劲有力的笔锋，简括而生动地写出了秋风的狂暴，并借以反衬出人们处在自然威力之下的巨大惊悸以及由此而产生的要求有安定的生活保障的强烈愿望。然后，他就接二连三地极力铺叙狂风吹着茅草"渡江洒江郊"、"挂罥长林梢"、"飘转沉塘坳"的情景，极度紧张，不容喘息，既显出风力之大和情况的混乱，又显出诗人眼望着自已苦心经营的草堂正在遭到破坏却无力挽救的焦急和痛惜。这一段每句押韵，押的都是平声韵，这就使得接连不断的韵脚产生急剧的节奏，有助于加强诗中紧张的气氛，而"号"、"茅"、"郊"、"梢"、"坳"，这些韵脚读起来又仿佛令人感到秋风怒号，萧瑟满耳，就像身临其境一样。

第二段写一群顽童不听呼唤，抢走茅草的事和诗人的感叹。诗人这样写道：

> 南村群童欺我老无力，忍能对面为盗贼！公然抱茅入竹去，唇焦口燥呼不得。归来倚杖自叹息。

屋顶的茅草全给风吹散了，本来还可以再拣回来一些的，想不到又给顽童们弄去了。弄走了茅草也就算了，可是他们欺我年老无力，追不上他们，竟能忍心当面打抢，还公然抱着茅草大摇大摆地走着，故意气我，害得我叫干了嘴唇皮也不理睬，这就更加可恶，更加可叹。这里作者把自己和顽童对照起来写，使老人和顽童的神情都显得很生动。严词斥责顽童，可见老人当时心情的暴躁，同时又令人感到很幽默。诗人笔下那些顽童固然可恶，但是在他们顽皮、幼稚的神情中也的确有可爱的地方。如果以为诗人是在极其认真地谴责他们，那还不能算是正确地理解了杜甫，理解了这几句诗。

第三段写狂风停息不久，大雨就下了起来。屋漏、床湿，诗人通宵不眠。这一段是这样写的：

俄顷风定云墨色，秋天漠漠向昏黑。布衾多年冷似铁，娇儿恶卧踏里裂。床头屋漏无干处，雨脚如麻未断绝。自经丧乱少睡眠，长夜沾湿何由彻！

写秋天黄昏时候大雨降临前的短暂沉寂，却烘托出诗人内心深处沉重的苦闷。他用铁来形容棉被。由于随着主人在外流浪多年，棉被变得很僵硬，很不暖和了。说它"冷似铁"，同时却令人感到它还真是硬似铁。被子能够硬得像铁，已经足见它的陈旧了。娇儿睡觉不规矩，蹬一脚，破一块，更见它陈旧不堪。被窝冷，儿子不会睡，已经很难安宁了，何况茅屋又给秋风吹破，大雨下个不停，屋漏，床湿，屋子里没有一块干的地方，这更叫人怎样睡呢！诗人好用"日脚"、"雨脚"这类形象的词语。的确，这和"雨点"、"雨滴"等词比较起来，"雨脚"不仅很形象，而且还富有情趣。往下一句是"自经丧乱少睡眠，长夜沾湿何由彻"。诗人久经战乱，忧国忧民，长时期以来就失眠，今夜遭到雨淋，更加不能合眼。多年积压在心头的家国深忧和目前的痛苦交错在一起折磨他，使他急迫地渴望天明。可是，老天爷好像故意在捉弄人似的，渴望得越厉害，却越是迟迟不亮。

末段写诗人在风雨不眠之夜，产生了无穷的理想和愿望：

安得广厦千万间，大庇天下寒士俱欢颜，风雨不动安如山！呜呼！何时眼前突兀见此屋，吾庐独破受冻死亦足。

由目前的痛苦，联想到过去一连串的悲惨遭遇；又由个人的悲惨遭遇，联想到天下穷苦的人们水深火热的苦难生活，并且从而产生了甘愿为天下穷苦人的幸福而牺牲自己的强烈愿望。这就是这诗的主题，也是诗人长夜不眠经过苦苦思索，从切身痛苦中体验出来的极其伟大、极其宝贵的思想感情。这种思想感情的产生，对于像杜甫这样热爱人民且有丰富而又深刻的生活体验的诗人来说，是很自然的。因此，表达出来就很真实，很有力量，感人至深。正是因为有这样的一种思想感情，这首诗才不仅只是个人悲苦命运的哀叹，而且还具有最重大最深广的时代社会意义；才能在进行现实主义的艺术塑造中，闪耀出理想的光辉，洋溢着救世济人的激情，显示出积极浪漫主义的精神。

这几句诗写得真好。巨大的形象："安得广厦千万间，大庇天下寒士俱欢颜，风雨不动安如山！"深沉的叹惜和激昂、坚决的言辞："呜呼！何时眼前突兀见此屋，吾庐独破受冻死亦足。"正好被诗人用来很恰当地表现了他那种舍己为人、至死不悔的伟大精神。这是诗人也是这首诗思想感情崇高、伟大的地方。但是，有了这样崇高、伟大的思想感情，要想将它们表达出来，写成感染力很强的好诗，那还需要有高超的艺术表现能力。

总的看来，这首诗在艺术上有不少突出的成就，主要的有三点：

第一点就是善于根据主题思想的需要，去选择材料、安排材料。茅屋被秋风吹破，从傍晚到第二天早上，所见所感可写的当然很多。但是，诗人却有所选择，只是着重地写秋风如何吹破茅屋，卷走茅草，写小孩蹬被，写屋漏床湿这些事。写这些事好像意义不大，其实，这样写对于表现主题是很有意义的。因为通过这些生动细致的描写，才能使读者真切地感受到诗人当时所经受的生活上和精神上的痛苦，才能使读者深刻地理解他的那种理想和愿望是在怎样的情况之下产生的，在当时又有怎样的现实意义。如果不是这样写，那么，这理想和愿望虽然本身很崇高、伟大，却可能由于缺乏生活实感，而显得多少有点枯燥，减弱了它们的感染力量。

这首诗的材料安排得很恰当，前后贯穿得也很好。全诗平铺直叙，好像没有什么特别的地方。但是，写起来却一层比一层深入，最后才水到渠成，情不自禁地说出了自己的理想和愿望，点破主题。这种写法，可以说是画龙点睛。

第二点是这首诗的语言朴素、生动，而又带有很强烈的情感。我们只要念念这首诗就能体会到，这里就不多说了。

第三点是这首诗的描写、叙述、抒情都很好。前面着重在描写、叙述，但由于能紧紧地扣住了主题，充满了感情，一点也不显得客观、琐碎。后面着重在抒情，但由于用了"广厦千万间"、"风雨不动安如山"这样鲜明、生动的形象来表达，所以一点也不显得抽象、空洞。（陈贻焮）

【注】 ①有人认为，这里的"寒士"并不包括广大劳苦人民在内。要想对这一问题作出正确的理解，我认为最好先研究一下《三川观水涨》"因悲中林士，未脱众鱼腹"这两句诗。"士"而居于"中林"，无疑是山林隐逸了。王康琚《反招隐》说："今虽盛明世，能无中林士？"就是明证。这样，能不能说杜甫当时仅仅只是担心山林隐逸会给鱼吃了呢？恐怕不能。因为诗人在前面就明明交代过，"应沉数州没，如听万室哭"。可见他担心的不只是山林隐逸而是"数州"、"万室"会给水淹了。既然这诗中的"中林士"在老杜心目中主要是用来指"数州"、"万室"的老百姓（其中当然也包括山林隐逸），那么，我们就不能死抠字眼，一口咬定老杜在《茅屋为秋风所破歌》一诗中仅仅想到那些"寒士"，丝毫也没有想到"民"或"人民"。孟子主张"不以辞害志"，对于自己的孩子饿死了，还能"默思失业徒，因念远戍卒"的杜甫，怎么能采取机械的态度来理解他的诗呢！

闻官军收河南河北

剑外忽传收蓟北，初闻涕泪满衣裳。
却看妻子愁何在，漫卷诗书喜欲狂。
白日放歌须纵酒，青春作伴好还乡。
即从巴峡穿巫峡，便下襄阳向洛阳。

杜甫这首《闻官军收河南河北》写于唐代宗广德元年（763）的春天。当时，他因为逃避成都一带的军阀混战，带着全家人流落在梓州（今四川三台），这一年，他已五十二岁。

关于官军收复河南河北的情况，据《新唐书》、《资治通鉴》的记载，大概是这样：宝应元年（762）四月，唐代宗就位，诏令自己的长子李适作天下兵马元帅，朔方节度使仆固怀恩为副帅，统帅各节度使和回纥的援军进讨史朝义。十月在洛阳北部大败史朝义，歼敌八万人，史朝义溃逃，收复了东都洛阳，于是他的几个大将就纷纷献地投降，官军一口气收复了河南河北的十个州。广德元年正月，史朝义自杀，其部将又献出幽州和魏州。到此为止，史朝义所占领的河南河北各州郡全为官军收复。自唐玄宗天宝十四载(755)冬天开始，延续了将近八年的“安史之乱”就基本结束了。

漂泊在剑南东川梓州的诗人杜甫听到这个大快人心的消息，心情非常激动，就写了这首著名的诗篇。

这首七律虽然只有八句，五十六个字，但思想内容是非常丰富的：

“剑外忽传收蓟北，初闻涕泪满衣裳。”“剑外”，是指“剑门关”以外(剑门关是由陕西入川的咽喉要塞)，对出生于中原的诗人杜甫来说，这里是边鄙的地方，是遥远的异乡。“蓟北”，就是指幽州，是安禄山、史思明、史朝义称兵作乱的根据地，这里为官军收复，就标志着“安史之乱”的最后平定。这是官军收复河南河北各州郡中最后、也是最主要的地方。在遥远的异乡剑外，突然传来官军收复河南河北，也收复了诗人自己的家乡的消息，这对漂流在外的老诗人来说会引起什么反应呢？当时最直接、最自然的反应，就是“初闻涕泪满衣裳”。这里“涕泪”两字，不仅是最生动真切的描写，而且包含着非常丰富的内容。要问杜甫当时的涕泪从何而来，这只有懂得杜甫过去的历史，读过杜甫过去一系列的诗篇才能回答，简要地说，这个“涕泪”，不是他一个人、一家人的眼泪，也不是一时的眼泪，而是“安史之乱”八年以来诗人忍受千辛万苦，又目击重重人民灾难而陆续吞下肚里的眼泪。现在，这些眼泪却被官军收复河南河北这个大快人心的音讯所激动，倾涌夺眶而出，再也吞不下，止不住了，把衣裳都浸湿了。喜讯引出了热泪，热泪又表现了狂喜。

“却看妻子愁何在，漫卷诗书喜欲狂。”诗人写自己热泪倾涌以后的狂喜的动作也是无比动人的。我们看，这位“白头短发垂过耳”的老诗人，一会回头看着自己的老伴儿，不知说什么好，只觉得过去长期压在他心上的忧愁，现在一丝影子也没有了。一会儿又瞧见了他自己那一堆书，那一堆连流浪逃难也舍不得丢下的宝贝，我们都知道他自称是“读书破万卷”的诗人，但是，在此时此刻，他却一心只念着回家，只觉得“诗书”也无心读下去了，于是就情不自禁手忙脚乱地把它们收卷起来。——真是高兴得有点儿发“狂”，心情、动作都一反常态了。

“白日放歌须纵酒，青春作伴好还乡。”杜甫是好喝酒的，现在，听到大快人心的喜讯，他更禁不住要昂首高歌，开怀痛饮了。喝着酒，想着漂泊异乡的生活就要结束，想着马上就要走上回乡的旅程，望着窗外春天的景色，更觉得有大好春光作自己同行的旅伴，一路上草木青葱，花明柳媚，心情又是多么的舒畅啊！

“即从巴峡穿巫峡，便下襄阳向洛阳。”想起了回乡，路线图也就不假思索地脱口而出。无非是从梓州沿涪江下渝州(今重庆)，沿长江出巴峡巫峡，至武昌，再溯汉水北上襄阳，经陆路回洛阳。这两句诗里的几个动词，用得非常准确。萧涤非先生说：“即，是即刻。峡险而狭，故曰穿，出峡水顺而易，故曰下，由襄阳往洛阳，又要换陆路，故用向字。”本诗末有一条作者自注说“余田园在东京”，也说明了他所以要回洛阳的原因。借想象归家路程作结尾，既非常自然，又保持着那一团欢快的情绪，令人回味不尽。诗中“巴峡”究竟指什么地方呢？如果解释为今湖北省巴东县境内的巴峡，那是在巫峡的下游，显然颠倒了杜甫自述的旅途方向。也有人引《三巴记》说"阆白二水合流"的嘉陵江上游有一段曲折如巴字的江流,也叫"巴江",所经峻峡,也叫"巴峡"。但杜甫当时急着要从梓州出三峡,似乎不会想到翻山越岭往东北绕道走那个接近川陕边界的巴峡。清仇兆鳌《杜少陵集详注》引"旧注"说,"巴县有巴峡"。在另一杜诗《题忠州龙兴寺所居院壁》"忠州三峡内"一句的注解里,又引赵注:"三峡以明月峡为首,巴峡、巫峡之类为中,东突峡为尽。"就是说在巴县的明月峡与巫峡之间,还有一个巴峡。这两条旧注虽然出处不够清楚,地址不甚确切,但所说的位置方向是比较切合杜诗原意的。

关于这首诗,还有两点可说。第一,这首诗的情调在杜诗里是很少见的。清代杜诗评注家黄生说:"杜诗强半言愁,其言喜者惟寄弟数首及此作而已。"另一评注家浦起龙说:"八句诗,其疾如飞,题事只一句,余俱写情。生平第一首快诗也!"说得不错,这首诗确实是洋溢着一派欢快的热情和幻想。以杜甫当时的现实处境来说,他全家当时逃难在梓州是过着"计拙无衣食,途穷仗友生"的穷日子,说起回乡,谈何容易?旅费的筹措,行李的搬运以及沿途的安全等等,无处不是困难。但诗人写诗的时候却把这些实际困难(他别的诗里不止一次提到的困难)完全一笔撇开,句句是欢跃的感情,欢跃的形象。我们看到这个半生愁苦的老诗人此时此刻这样意外地欢喜如狂,也不禁为他而高兴。我们知道,他这个回乡的愿望是到死也没有实现的。"安史之乱"虽然过去,但军阀混战还是此起彼伏,连绵不断。直到他临死前写的那首绝笔的诗里,还留下"战血流依旧,军声动至今"的诗句,这种动乱的局面也正是他至死未能回乡的主要原因。

第二,这首诗的热情洋溢、语言明快、气势流畅的风格,也是和他别的"沉郁顿挫"风格的诗很不一样的。我们初读起来,几乎忘记它是一首律诗。但是我们冷静地看一看,又马上会发现它完全是一首格律谨严的七律。例如"白日"对"青春"是出于《楚辞·大招》:"青春受谢,白日昭只。"七律的结尾两句,本来一般是不用对偶句的,杜甫却不但使用了对偶句,而且还使用了"当句对"兼"流水对"的特殊对偶形式,读起来声调的铿锵与气势的流畅兼而有之。

这里要附带解释一下:"当句对",又名"句中对"。即一联诗句,每句句中自成对偶,然后再两句相配成对偶。例如:"桃花细逐杨花落,黄鸟时兼白鸟飞。"(《曲江对酒》)"戎马不如归马逸,千家今有百家存。"(《白帝》)"白狗黄牛峡,朝云暮雨祠。"(《奉送崔都水翁下峡》)后来白居易、李商隐等诗人曾屡次精心仿效过这种对偶句。"流水对"是对偶句的上下两句之间,像散文的单行句式一样,语气紧密衔接,一气直下。或为因果关系,或为自问自答关系,或为上半句与下半句关系,但两句字面仍然保持着对偶的形式。例如:"花径不曾缘客扫,蓬门今始为君开。"(《客至》)"不为困穷宁有此?只缘恐惧转须亲。"(《又呈吴郎》)"可惜欢娱地,都非少壮时。"(《可惜》)"烽火连三月,家书抵万金。"(《春望》)这些例子都是杜甫的诗句,把两种句例和"即从巴峡穿巫峡,便下襄阳向洛阳"两句仔细对照一下,就不难看出它既是当句对,又是流水对。无论在唐诗或在杜诗都难得找到第二个类似的例子。虽然杜甫是经常苦吟的诗人,但这两句之可贵,并不在于雕肝呕肺,因难见巧,而在于水到渠成,妙手偶得。

(廖仲安)

旅夜书怀

细草微风岸，危樯独夜舟。
星垂平野阔，月涌大江流。
名岂文章著？官应老病休！
飘飘何所似？天地一沙鸥。

唐代宗永泰元年(765)四月，杜甫的好友严武病逝，诗人失去依靠，鉴于上次严武离蜀成都大乱的教训，他预感到矛盾重重、钩心斗角的成都官场又将会爆发一场战乱，于是就在五月携家匆匆离开成都乘舟南下，途经嘉州(今四川乐山)、戎州(今四川宜宾)、渝州(今重庆)、忠州(今四川忠县)而抵云安(今四川云阳)。《旅夜书怀》就是这次旅途中的作品。蔡梦弼定此诗为大历五年(770)三月杜甫自衡州(今湖南衡阳)暂往潭州(今湖南长沙)时所作(见《杜工部草堂诗笺》卷三九)，那是不确的。

这首五言律诗，格律严整，结构井然，正如吴瞻泰所说："前半旅夜之景，后半书怀。然'独夜舟'三字，直贯后半；'一沙鸥'三字，暗抱前半。"(《杜诗提要》卷九)诗人乘一叶孤舟，挈妇将雏，漂泊远游，那心情是很凄苦寂寞的。夜幕降临，微风吹拂着岸边的小草，诗人独居孤舟之中，夜不成寐，抬眼望去，远处的天幕上垂挂着几颗星星，就要和空旷辽阔的原野的尽头连接在一起了，低头俯视，皎洁的明月倒映在水中，随着那滚滚长江汹涌翻腾，一泻千里。前四句写旅夜之景极有层次：一、二两句是就近而小者着笔，点明时间、地点和个人处境，连用"细"、"微"、"危"、"独"四字，不仅准确地写出了旅夜独宿的情景，而且深细入微地传达出诗人孤寂悲凉的心情。三、四两句是就大而远者渲染，"星垂"、"野阔"、"月涌"、"江流"，处处都和前二句所写之景形成强烈的对比，意象生动，境界壮阔，气势磅礴。"垂"、"阔"、"涌"、"流"四字力透纸背，表现了诗人处于逆境中的博大胸怀和兀傲不平的感情。虽是写景，但又不是纯粹描写自然景物，作者独有的感受已隐寓其中了。

后四句抒怀，也写得跌宕起伏。五、六两句是以反言见意。杜甫"读书破万卷，下笔如有神"，曾向唐玄宗献"三大礼赋"，得到玄宗的赏识，所谓"忆献三赋蓬莱宫，自怪一日声辉赫。集贤学士如堵墙，观我落笔中书堂"(《莫相疑行》)是也。"词感帝王尊"，"文章实致身"，后被肃宗任为左拾遗。而杜甫的被罢左拾遗，是因为上疏救房琯，触怒肃宗；他之所以退出严武幕府，是因为不堪束缚，与同僚意见不合。老病云云，不过是托词罢了。名实因文章而著，官不为老病而休，而以"岂"、"应"二虚字反言之，则愈见其悲愤抑郁之情。有志不获骋，漂泊江湖间，穷愁潦倒，竟何似也？直天地间一沙鸥耳！最后两句一问一答，即景自况，愈见苍凉悲郁。黄生说得好："一沙鸥，何其渺！天地字，何其大！合而言之曰'天地一沙鸥'，作者吞声，读者失笑。"(《杜诗说》卷五)金圣叹更发挥说："夫天地大矣，一沙鸥何所当于其间，乃言一沙鸥而必带言天地者？天地自不以沙鸥为意，沙鸥自无日不以天地为意。然则非咏天地而带有沙鸥，乃咏沙鸥而定不得不带有天地也。"(《杜诗解》卷三)"一沙鸥”又应前“独”字，可见针线之密。作者巧妙地运用了一系列比喻、映衬、对比的艺术手法，极大地丰富了诗歌的意蕴，增强了感人力量。我们吟诵着这首诗，虽感凄苦，但不衰颓，总觉危苦中眼界阔大，穷蹙中胸怀旷远，这正是诗人人格的伟大之处。所以纪昀说：“通首神完气足，气象万千，可当雄浑之品。”（《瀛奎律髓汇评》卷一五）

（张忠纲）

秋兴八首（其一）

玉露凋伤枫树林，巫山巫峡气萧森。
江间波浪兼天涌，塞上风云接地阴。
丛菊两开他日泪，孤舟一系故园心。
寒衣处处催刀尺，白帝城高急暮砧。

《秋兴八首》是杜甫的代表作之一，是杜诗七律名篇。这组诗作于唐代宗大历元年(766)秋，诗人客居夔州（今四川奉节）西阁时。晋潘岳有《秋兴赋》，其序云：“于时秋也，故以秋兴命篇。”《秋兴八首》即诗人因秋感兴而作。清人赵星海曰：“少陵《秋兴八首》，即屈原之《九歌》、宋玉之《九辩》也。须深知其所兴之何在，而后不负作者苦心。”（《杜解传薪七律摘抄》）要知诗人“所兴之何在”，须联系作者的经历和当时的形势才能探知其“苦心”。杜甫从肃宗乾元二年(759)弃官客秦州，到寓居夔州，“漂泊西南天地间”，足足有七个年头。这时，历经八年的“安史之乱”虽已平息，但藩镇割据，吐蕃侵扰，战乱时起，国家仍不安宁。五十五岁的诗人，年老体衰，疟疾、头风、耳聋、风痹、眼疾、糖尿病等，“行色兼多病”（《行次古城店泛江作》），苦苦地折磨着他；诗人原是“计拙无衣食，途穷仗友生”（《客夜》）的，而这时他的好朋友如李白、郑虔、苏源明、高适、房琯、严武等人都先后谢世，知交零落，使他痛苦不堪。但在颠沛流离中，诗人那颗跳动的心，无时无刻不在关注着祖国的命运和人民的苦难，“不眠忧战伐，无力正乾坤”（《宿江边阁》），我们的诗人依然是“穷年忧黎元，叹息肠内热”（《自京赴奉先县咏怀五百字》）的。“悲哉秋之为气也，萧瑟兮草木摇落而变衰，憭栗兮若在远行，登山临水兮送将归。”（宋玉《九辩》）面对肃杀萧瑟的秋景，诗人那颗敏感的心被深深震撼了，于是，对国事的忧虑，对民瘼的关切，对盛世的缅怀，对个人身世的感慨，一下子涌上心头，倾注笔端，遂凝聚为这千古绝唱——《秋兴八首》。

《秋兴八首》是一个有机的整体。第一首乃后七首之发端，而“故园心”三字实为八首之枢纽，后七首都是由此生发出来的。诗人身寓夔州，心系长安，因秋感兴而作是诗。所以颈联“丛菊两开他日泪，孤舟一系故园心”两句是关键。彻底弄通这两句，对理解全诗至关重要。“丛菊两开”，即两见菊开。代宗永泰元年(765)四月，剑南节度使严武去世，杜甫生活失去依靠，遂于五月离开成都南下，取道嘉州（今四川乐山）、戎州（今四川宜宾）、渝州（今四川重庆），六月至忠州（今四川忠县），旋至云安（今四川云阳），自秋徂冬，卧病云安，是在云安一见菊开。大历元年春，自云安至夔州，寓居西阁。至秋，是两见菊开。所以“丛菊两开”，是就去蜀而言。因由蜀至夔，是沿水路乘舟东下，故下云“孤舟一系”。“一系”，语意双关。自蜀至夔，一身系于孤舟。正如杨万里《泊平江百花洲》诗所云：“莫怨孤舟无定处，此身自是一孤舟。”而孤舟、孤身，又无时无刻不系念于故园，所以说“故园心”。“故园”，既指故里，又指长安，是“故园”亦即“故国”。杜甫有着浓厚的家园意识，他虽漂泊异乡，但时时不忘家园。可以说，他从入川那天起，就时时想着出川。他送严武入朝时说：“此生那老蜀，不死会归秦。”（《奉送严公入朝十韵》）在赴梓州途中，他即有出峡之意：“始欲投三峡，何由见两京。”（《悲秋》）在梓州写的《闻官军收河南河北》中更欣喜若狂地说：“即从巴峡穿巫峡，便下襄阳向洛阳”，“青春作伴好还乡”。在夔州，他更是念念不忘回归故园：“一辞故国十经秋，每见秋瓜忆故丘。”（《解闷十二首》其三）“览物想故国，十年别荒村。”（《客居》）“故山迷白阁，秋水忆皇陂。”（《偶题》）“故园松桂发，万里共清辉。”（《月圆》）“今将白发倚庭树，故园池台今是非。”（《秋风二首》其二）“故园杨柳今摇落，何得愁中却尽生。”（《吹笛》）“为客何时了，悲秋向夕终……年年小摇落，不与故园同。”（《大历二年九月三十日》）在杜甫的意识里，故园和故国是紧紧地联系在一起的，是不可分离的。在这首诗里，故园、故国是二者合一的。长安既是唐王朝的首都，是他“致君尧舜上，再使风俗淳”（《奉赠韦左丞丈二十二韵》）的施展抱负之地，又是他的祖籍所在地，所谓“杜曲幸有桑麻田”（《曲江三章章五句》其三）。诗人忆故园，特别提到菊，那也是因为菊乃故园所有之物，“故里樊川菊，登高素浐源。他时一笑后，今日几人存”（《九日五首》其四）。所以诗人一看到菊，就立刻引起他的故国之思。这种心情在同时写的《夜》这首诗中表露得很清楚：“露下天高秋气清，空山独夜旅魂惊。疏灯自照孤帆宿，新月犹悬双杵鸣。南菊再逢人卧病，北书不至雁无情。步檐倚杖看牛斗，银汉遥应接凤城。”这首小诗可以说是《秋兴八首》的缩影。“孤帆”即“孤舟”，“南菊再逢”即“丛菊两开”，“双杵鸣”即“急暮砧”，最后两句即《秋兴》第二首“每依北斗望京华”之意。诗人见菊思故园，自然不能忘怀往日颠沛流离的艰难岁月。“他日”，有两义：一指过去，犹往日，前日；一指将来，犹来日，日后。此作往日讲。如同年所作《别苏》诗：“他日怜才命，居然屈壮图。十年犹塌翼，绝倒为惊呼。”亦言他时，如《社日两篇》其二：“今日江南老，他时渭北童。”皆与此诗“他日”意同。“他日泪”，犹言往日泪，见得不始于今秋，乃是流了多年的思乡之泪。由“泪”而反观“开”字，亦是语意双关。菊开，泪亦随之而开。赵星海评此二句云：“花如他日，泪亦如他日，非开花也，直开泪耳。身在孤舟，心在故园，非系舟也，直系心耳。”“归结到底，只是忠君爱国之一心。”（《杜解传薪七律摘抄》）贾开宗亦曰：“要知故园非为田园之私，乃子牟之悬情魏阙也。”“此一年之中，身羁异乡，乃不曰异乡身，而曰故园心者，盖云异乡身，则感在乎孤舟而属物。云故园心，则感在乎一系而属时。与上句之义，互相错综。”（《秋兴八首偶论》）“系舟身万里，伏枕泪双痕”（《九日五首》其四），可作此二句注脚。

杜审言《和晋陵陆丞早春游望》诗云：“独有宦游人，偏惊物候新。”杜甫和他的乃祖一样，对物候的变化特别敏感。而在漂泊流离的岁月里，诗人对秋的感触尤其如此。“直怕巫山雨，真伤白帝秋”（《更题》），夔州的秋景更使他惊心动魄。我们在了解了“丛菊”两句的深刻含义之后，再回过头来读读这首诗的前四句，就会体会得更深一些。诗人于深秋薄暮之时，独立于“石壁断空青”的西阁之上，眺望夔州一带汹涌奔腾的长江和两岸连绵起伏的山峦，但见白露既下，凋伤枫林，殷红惨目，气象萧森，真所谓“湛湛江水兮上有枫，目极千里兮伤客心”。更有甚者，峡江之间，波浪蹴天，楚塞之上，风云匝地。江涛本在地，而曰“兼天涌”；风云本在天，而曰“接地阴”：皆极言三峡萧森阴晦之景象。正如金圣叹所云：“‘波浪兼天涌’者，自下而上一片秋也；‘风云接地阴’者，自上而下一片秋也。”（《唱经堂杜诗解》卷三）这种壮阔而凄紧的大背景，与“孤舟一系故园心”的小天地，形成强烈鲜明的对比。孤舟虽小，但那一颗拳拳“故园心”却如这波浪、风云一样，激荡不已，奔腾不息。诗人此时的心情，或者可用“巫峡清秋万壑哀”（《诸将五首》其五）来形容。不尽长江滚滚波涛归大海，而孤舟漂泊的诗人，哪里是他的归宿呢？此时此刻，从白帝城高处传来阵阵捣衣之声，声声入耳，使诗人陡然想到秋深了，家家正在赶制寒衣，“处处”皆然，唯独作者——这漂泊异乡的游子，无衣御寒，难归故园。“天边长作客，老去一沾巾。”（《江月》）只有那颗忧念家国的游子之心，随着滚滚波涛，和着声声暮砧，在深秋的夜晚飞回那日夜萦怀的“故园”。真是身在夔州，魂系长安呵！

（张忠纲）

又呈吴郎

堂前扑枣任西邻，无食无儿一妇人。
不为困穷宁有此？只缘恐惧转须亲！
即防远客虽多事，便插疏篱却甚真。
已诉征求贫到骨，正思戎马泪盈巾。

《又呈吴郎》是我国伟大的诗人杜甫写的一首七言律诗。律诗有一条最基本的不可动摇的法则，就是只有八句。因此，这首诗也只有五十六个字。但是，在这五十六个字里却包含着丰富的思想内容和高度的艺术成就。

杜甫写这首诗的经过和目的是这样的：公元767年，也就是杜甫漂泊到四川夔州的第二年，他住在瀼西的一所草堂里。草堂前面有几棵枣树，西邻的一个寡妇常来打枣，杜甫从不干涉。后来，杜甫把这草堂让给一位姓吴的亲戚居住，自己搬到离草堂十几里路远的东屯去。不料这姓吴的一来就在堂前插上篱笆，禁止打枣。寡妇知道杜甫是这草堂和枣树的主人，就来诉苦，杜甫因而写了这首诗去劝告吴郎，希望他能和自己一样体谅那个寡妇。在写这首诗以前，杜甫已经写过一首诗给吴郎，题目是《简吴郎司法》，所以这首诗题作《又呈吴郎》。吴郎的年辈要比杜甫小，但是为了使他能比较容易地接受自己的劝告，所以不说“又简吴郎”，而有意地用了一个表示尊敬的“呈”字。这个“呈”字看来好像和对方的身份不大相称，但却是必要的，这正是杜甫细心的地方。

杜甫是怎样劝告吴郎的呢？

诗的第一句“堂前扑枣任西邻”，开门见山，从自己过去怎样对待邻妇扑枣说起。“扑枣”就是打枣。杜甫另有一句诗“枣熟从人打”，可见“扑”和“打”是一个意思。这里为什么不用“打”而用“扑”呢？这是为了取得声调和情调的一致。杜甫写这首诗的时候，心情是沉重的，所以不用那个猛烈的上声字“打”，而用这个短促的、沉着的入声字“扑”。“任”就是放任，一点不加干涉，爱打多少就打多少。这个“任”字很重要。为什么要这样放任呢？第二句就回答了这个问题：“无食无儿一妇人。”原来这西邻竟是这样一个没有吃的、没有儿女、没有丈夫、没有亲戚，一句话，什么也没有的老寡妇。杜甫写这句诗，仿佛是在对吴郎说：朋友！对于这样一个上天无路入地无门的穷苦妇人，你说我们能不任她打点枣儿吗？

诗的第三、四句：“不为困穷宁有此？只缘恐惧转须亲！”“困穷”，紧接上第二句来；“此”，指扑枣这件事。这两句的意思是：如果不是因为穷得万般无奈，她又哪里会去打别人家的枣子呢？正由于她总是怀着一种恐惧的心情，怕物主辱骂，甚至把她当作盗窃犯，所以我们不但不应该干涉，恰恰相反，而是要表示亲善，表示欢迎，使她安心扑枣。在这里，杜甫对寡妇扑枣的原因作出了正确的解释，说出了穷人心坎里的话。这和他的另一句诗“盗贼本王臣”所表现的“官逼民反”的进步思想正是一致的。陕西有这样两句民歌：“唐朝诗圣有杜甫，能知百姓苦中苦。”真是不假。以上四句，一气贯穿，可以算是一段，是杜甫自叙以前的事情。目的是为了启发吴郎，使他认识到插篱笆这种事万万做不得。

诗的第五、六两句才落到本题上，落到吴郎身上。“即防远客虽多事，便插疏篱却甚真。”这两句要联系起来看，它们并不是彼此孤立，而是上下一气，相互关联，相互依赖，相互补充的。上句的“即”字，当“就”字讲。“防”是提防，心存戒备，所以说防。“防”字的主语是寡妇。“远客”，指吴郎。“多事”，就是多心，或者说过虑。下句“插”字的主语是吴郎。这两句诗串起来讲就是说：那寡妇一见你插篱笆就防着你禁止她打枣，虽未免多心，未免神经过敏，未免“以小人之心，度君子之腹”；但是，你一搬进草堂就忙着插篱笆，却也很像真的要禁止她打枣呢！言外之意是：这不能怪她多心，倒是你自己有点太不体贴人。她本来就是提心吊胆的，你不特别表示亲善，也就够了，为啥还要插上篱笆呢！这两句诗，措辞十分委婉含蓄。这是因为怕话说得太直、太生硬，教训意味太重，会引起对方的反感，反而不容易接受劝告。

在这里，有必要附带谈一下关于“远客”的解释问题。有的注解说“远客”是指“过路的客人”。这样，防远客的人也就不是寡妇，而是吴郎了。我以为这是不对的。远客就是远方作客的人，古典诗歌中从来没有把过路的客人叫做“远客”的。杜甫自己的诗就可以作证，像《虎牙行》：“远客中宵泪沾臆。”又《早发》：“艰危作远客。”这“远客”就都是指他自己，而不是泛指什么过路的客人的。而且照“过路的客人”这种解释，“虽多事”的“虽”字就讲不通，也和下句的“却”字失去了呼应作用。

现在，我们接着讲这首诗的最后两句：“已诉征求贫到骨，正思戎马泪盈巾。”这两句是全诗的结穴，也是全诗的顶点。表面上是个对偶句，但不要看作平列的句子，因为上下句之间是一个发展的过程，由近及远，由小到大。上句，杜甫借寡妇的诉苦，进一步指出了寡妇的、同时也就是广大人民的困穷的社会根源。这就是官吏们的剥削，也就是所谓“征求”。这剥削的残酷，竟达到这样的程度，使她穷到只剩下几根骨头。这也就为寡妇的扑枣作了进一步的洗雪。杜甫仿佛在对吴郎说：朋友！如果要追究扑枣的责任的话，那也要由贪官污吏们来承担，寡妇本人是没有罪的。下句，说得更远、更大、更深刻。杜甫更进一步地指出了使人民陷于水深火热之中的又一社会根源。这就是自从“安史之乱”以来，持续了十多年的战乱，也就是所谓“戎马”。由一个穷苦的寡妇，由一件扑枣的小事，杜甫竟联想到整个国家大局，以至于流泪。这一方面固然是他那热爱祖国、热爱人民的思想感情的自然流露；另一方面，也是为了点醒吴郎、开导吴郎的应有的文章。让他知道：在这兵荒马乱的情况下，苦难的人还有的是，绝不止寡妇一个；什么事都可能发生，也绝不止是扑枣；战乱的局面不改变，就连我们自己的生活也不见得有保障，我们现在不正是因为战乱而同在远方作客，而你还住着我的草堂吗？一个自私自利的人，总是鼠目寸光的，如果能叫他站得高一点，看得远一点，想得开一点，他自然就不会在几颗枣子上斤斤计较。这样看来，最后一句诗，好像扯得太远，好像和劝阻吴郎插篱笆的主题无关，其实是大有关系，大有作用的。

《又呈吴郎》这首诗的人民性是强烈而鲜明的，在通常用来歌功颂德的律诗中，这首诗更值得我们重视，但这一点可以不多说。这里要补充说明的是艺术表现方面的一些特点。首先是作者采取了摆事实、讲道理的手法，用自己的实际行动来启发对方，用颠扑不破的道理来点醒对方，最后还用自己的眼泪来感化对方，现身说法，尽可能地避免抽象的说教。其次是运用散文中常用的虚字来作转接。像“不为”、“只缘”、“已诉”、“正思”以及“即”、“便”、“虽”、“却”这些字就是。我们说过，这是一首律诗，律诗有不少清规戒律，比如中间四句就必须作成对偶，很容易流于呆板。现在因为运用了这些虚字，所以能化呆板为活泼，使这首诗既有律诗的形式美、音乐美，又有散文的灵活性，抑扬顿挫，耐人寻味。此外，措辞的委婉，也值得我们注意。杜甫是草堂的主人，让不让寡妇打枣，原可以做得一分主，但是杜甫却竭力避免以主人自居，只当吴郎是这枣树的主人，而自己不过是替寡妇说情，这就更能感动对方了。

（萧涤非）

登高

风急天高猿啸哀，渚清沙白鸟飞回。
无边落木萧萧下，不尽长江滚滚来。
万里悲秋常作客，百年多病独登台。
艰难苦恨繁霜鬓，潦倒新停浊酒杯。

这是杜甫最有名的一首七言律诗，写于唐代宗大历二年（767）的秋天，即他晚年流落夔州（今四川奉节）之时。古代有九月九登高的习俗，此诗即诗人登高有感而作。

诗的开首四句，是对登高所见秋景的描绘。夔州本多高山，又值秋月登高，自然有“风急天高”之感。“渚”，是水中小洲，因夔州四周多水，所以登高后见到沙渚，也是很自然的。秋水澄清，故能显出“渚清”和“沙白”。夔州地靠巫峡，巫峡多猿，其鸣甚哀，因此，能在阵阵秋风中听到猿的哀鸣。而江上多鸟，鸟因风急而打旋。首联就这样真实地写出了夔州山和水的具体的秋天景象。颔联二句和首联相对，仍然写山和水的秋景，但和首联不同，它从大处落笔，写得更加传神。因为风急，故叶落萧萧，江流滚滚。读到“落木萧萧下”，自然会想起《楚辞》“嫋嫋兮秋风，洞庭波兮木叶下”（《湘夫人》）的诗句，《山鬼》中又有“风飒飒兮木萧萧”，杜甫融合二者，创造出“无边落木萧萧下，不尽长江滚滚来”，使形象更加具体可感。总之，这四句诗，一粗一细，一虚一实，写尽了登高所见秋景，为以下的悲秋作了铺垫。

诗从颈联始转入集中抒情。颈联写得非常凝练。“万里”，是说离家有万里之遥；“作客”，指客居夔州；“百年”犹言一生。又包含非常丰富的内容，构成了悲秋的最重要部分。这短短十四字中便含有八九层可悲的意思：他乡作客，一可悲；经常作客，二可悲；万里作客，三可悲；又当萧瑟的秋天，四可悲；当此重九佳节，没有任何饮酒等乐事，只是去登台，五可悲；亲朋凋谢，孤零零地独自去登，六可悲；身体健旺也还罢了，却又是扶病去登，七可悲；而这病又是经常性的多种多样的，八可悲；光阴可贵，而人生不过百年，如今年过半百（作此诗时杜甫年五十六），只落得这般光景，九可悲。真是包括了无限的感慨！我们非常佩服诗人高度的概括能力。诗的尾联，继续写悲秋，只不过内容更加侧重在眼前。“繁霜鬓”，是说白发日多，因为“艰难苦恨”，自然地白发日多了。“潦倒”是衰颓的意思，因为多病故“潦倒”。特别是时下，诗人因患肺病又戒了酒，连借酒消愁排遣苦闷都不能做到，岂不更可愁可恨！

杜甫的这首悲秋诗，不同于文人骚客的无病呻吟，它凝聚着诗人毕生艰难追求而不遇的感喟。虽然仍是一首悲歌，但给人的感觉，并不是一味哀伤，而蕴含着悲壮的感情，我们依然能感受到诗人那种阔大的胸怀。在艺术上，前四句写景，景中含情，后四句即景抒怀。语言精练，对仗自然，不仅句句对，而且末两句使用了当句对法，“艰难”对“苦恨”，“潦倒”对“新停”。难怪胡应麟评《登高》为古今七言律第一。

（萧涤非　王洲明）

登岳阳楼

昔闻洞庭水，今上岳阳楼。
吴楚东南坼，乾坤日夜浮。
亲朋无一字，老病有孤舟。
戎马关山北，凭轩涕泗流。

大历三年（768）正月，杜甫由夔州出峡，欲作荆楚之游后，辗转回中原故乡。这首诗就是这年十二月到达岳州（今湖南岳阳），登岳阳楼览胜时所作。写此诗之前，他写有《泊岳阳城下》一诗；稍后，又写有一首《陪裴使君登岳阳楼》。那两首诗都不甚见称，而此诗却成为千古传诵的名篇。这首诗不单纯是写景之作，而是即景咏怀，抒发他身世飘零乡关之思，世乱时艰忧国之情。岳阳楼是岳阳城西门楼，在今湖南省岳阳市西侧洞庭湖东岸，是著名的古迹名胜江南三大楼阁之一，历有“洞庭天下水，岳阳天下楼”盛誉。

杜甫登临之作，多半于第一、二句点明题目，然后写所见所感，章法极有次第。此诗首联第二句点题，而第一句却是“昔闻洞庭水”，诗篇为何如此开头？因岳阳楼是以洞庭湖而闻名的，洞庭之胜诗人早有所闻，久欲一赏，今登岳阳楼始得亲览其景。如此起笔，不仅表达了诗人如愿以偿的喜慰心情，同时也为下联写洞庭湖预先渲染一笔，有烘云托月之妙，而且有此一句作提示，下接以“吴楚”、“乾坤”二句，文势自然而无突兀之感。颔联，写登楼后所见之洞庭大观。上句写洞庭湖连亘之广大，并点明大体位置。“吴楚”，周时吴国（约今江苏、浙江、江西一带）、楚国（约今安徽、湖北、湖南一带）之地。“东南”，吴的位置在东，楚的位置相对而言在南，向有东吴、南楚之称。“坼（chè 彻）”，分开。这句意思是东吴、南楚被洞庭湖所分割开，极言其大，有跨越吴楚之势。下句再申言其大，然侧重于写其吐纳日月、动荡不息的雄浑、宏伟气象。“乾坤”，即天地，有人解作日月，欠当。湖水浩渺，无边无际，与天连接，水空一色，日夜浮荡，无休无止，犹如乾坤飘浮于湖中。此句写洞庭之宏阔，是何等气魄！何等笔力！张溍曰：“不知洞庭水势最大，非‘乾坤’句形容不出，当与‘江流天地外’同看。”（《读书堂杜诗注解》卷一九）郦道元《水经注·湘水注》云：“（洞庭）湖水广圆五百余里，日月若出没于其中。”杜甫实本此意。读之可使胸次豁达。

前半写登楼所见，后半写登楼所感。面对浩瀚无际、浮荡乾坤的洞庭湖，诗人联想到战争频仍、动乱不已的社会现实，联想到自己漂泊不定，形同泛梗的孤舟生活，因而颈联发出“亲朋无一字，老病有孤舟”之身世感慨。自“安史之乱”以来，“天地军麾满”、“乾坤震荡中”，诗人流寓他乡，亲朋离散，隔绝殊方，日夜悬念，“亲朋无一字”，世乱之悲、孤独之感，溢于言表。杜甫时年五十七岁，已是迟暮之年，先后患有肺病、糖尿病、风痹等病，《登高》诗就有“百年多病”之叹。“老病”，乃实道其境况。杜甫出峡后，水上漂泊，扁舟为家，此外别无长物。“有孤舟”，实乃无家之叹。此联意境悲凉，感情凄怆，是晚年悲苦生活的概括写照，亦是深沉的自悯自惮。尾联宕开一笔，另辟新境，由感慨身世而转为忧虑时局，意境亦由小而豁然变大。黄生曰：“前半写景如此阔大，转落五、六，身事如此落寞，诗境阔狭顿异。结语凑泊极难，不图转出‘戎马关山北’五字，胸襟气象一等相称。”（《杜诗说》卷五）当然，这不单是个艺术技巧问题，最根本的是因为诗人念念不忘国事，每当他为身家而愁苦时，总是转而想到国家的危难与人民的忧患，故关山之北的战事使他忧虑。“戎马”，代指战争。“关山北”，指京师长安西北。大历三年秋冬，吐蕃先后侵犯灵武、邠州，京师震惊。朝廷命郭子仪、白光远迎击，防守。“戎马关山北”即指这一时事。身世可伤，时局堪忧，关山阻隔，家国难归。诗人凭轩四顾，百感交集，不禁涕泗长流。“凭轩涕泗流”，既为一身悲，更为天下国家悲，其感情多么沉痛！使我们看到了始终把自身休戚与国家命运紧紧连在一起的爱国诗人的形象。“凭轩”句，照应题目，绾结全篇，章法井然，结构紧严。唐子西评此诗曰：“尝过岳阳楼，观子美诗，不过四十字耳，其气象闳放，涵蓄深远，殆与洞庭争雄。”（《集千家注分类杜工部诗》卷一四）历来评论者往往把孟浩然《望洞庭赠张丞相》与杜甫此诗相提并论。元人方回曰："岳阳楼天下壮观，孟、杜二诗尽之矣。"(《瀛奎律髓》卷一)孟、杜二作，堪称"双璧"，然浅见以为，孟诗借赋洞庭以寓干谒求荐之意，其诗立意不如杜诗之高，就其意境气象而言，亦稍有不逮。故张潜曰："通首气概无敌，又在襄阳之上。"(同上)

(焦裕银)

岑参

醉题匡城周少府厅壁

妇姑城南风雨秋，妇姑城中人独愁。
愁云遮却望乡处，数日不上西南楼。
故人簿暮公事闲，玉壶美酒琥珀殷。
颍阳秋草今黄尽，醉卧君家犹未还。

这是一首思乡述怀之作，抒发了诗人早年怀才不遇的愁绪。匡城，即妇姑城，在今河南长垣县境。周少府，不详其人。

自开元二十三年(735)长安献书到天宝三载(744)得中进士，岑参为功名计，十年间数次往返于京洛之间。此诗就是诗人开元二十九年游河朔的归途时所作。

"妇姑城南风雨秋，妇姑城中人独愁。"首联开门见山，借景抒情。"风雨秋"三字不仅点明了诗人游历归途的季节，而且也交代了他驻足匡城思乡不归的原因。秋风萧瑟，暮风凄凉，本来就易于促人伤感，而对于功名未就、思乡不归却又寄寓于他人官府的岑参说来，那就更易于生发愁怀。是诗人的愁绪感伤于愁风，还是暮雨的凄凉加剧了诗人的惆怅？此时此刻，诗人已无暇辨析，占据他意识中最突出的感觉唯有那无尽的烦闷和孤寂。"妇姑城中人独愁"，一个"独"字道尽他愁思的深重。

颔联更进一层，再次强化愁之所在。思乡不归，登高望远或许也可暂缓渴想，但天不作美，低沉的云层笼罩匡城，归乡的路途被云雾遮却，断了诗人远望神游的情思，这就更加逗引出他急于回乡的心愿，以至于连满天的乌云都被涂上浓厚的忧愁色彩。

颈联切题，诗人从直抒胸臆中来了个转折，开始交代"醉题"的缘由。傍晚时分，周少府公事完毕，置酒待客。水酒一杯，本是平常小事，然而，对于困于秋雨耽搁归程而愁肠百结的岑参而言，酒或许能够成为他缓解忧愁的灵丹妙药，是故，殷红的美酒充满了诱人的魅力。愿望固然不错，不曾想，以酒浇愁愁更愁。在那似醉非醉的状态里，强烈的思乡之情伴随着诗人身世的感慨一起涌上心头来。"颍阳秋草今黄尽，醉卧君家犹未还。"醉意朦胧中，故乡的秋草如此清晰，如历眼前，足见醉人不醉心，酒醉未减思乡情。颍阳，在今河南省登封县西南，作为诗人隐居读书之地。此处入诗，透过表层的乡思，更加深蕴着诗人对身世的感触。自二十岁出山献书，转眼已是六载，历经坎坷，仕途未进，空有雄心壮志，未有报国之门，细细思量起来，徒生几多悲凉。求仕不得转思归隐，归隐又不忍埋没满腹经纶，其复杂而又矛盾的心情跃然纸上。

此诗在艺术上朴实自然，不假雕饰，感情充沛、浓郁且又真挚动人，含蓄蕴藉，于平易中见出丰富的意蕴，显示了诗人不凡的才华。相对于那些雄健豪放、气势磅礴的边塞诗，《醉题匡城周少府厅壁》为我们鲜明地展现了诗人生活的另一个侧面，这对于我们了解岑参的身世及其诗风的变化是大有裨益的。　（郭运德）

逢入京使

故园东望路漫漫，双袖龙钟泪不干。
马上相逢无纸笔，凭君传语报平安。

岑参在唐玄宗天宝三载(744)进士及第后，过了六七年的边塞生活。他擅长以七绝与七言歌行，反映边塞风光，其诗既洋溢风云之气，复流露儿女之情，为唐代边塞诗派的代表诗人。

《逢入京使》一诗，是岑参当天宝八载(749)，首次从长安前往西域，充当安西节度使高仙芝幕府书记，于途中邂逅回长安的使者而作。诗人托使者捎个口信，向妻子报平安。

当时的安西都护府治所轮台，在今新疆乌鲁木齐西北，一说在吐鲁番县。路途遥远，从长安到那里，困难重重，要花两三个月的时间。他在途中写过一首七绝《碛中作》。"碛中"，即沙漠之中。这首骑马经过沙漠地带所作的诗，有助于对《逢入京使》的理解。诗云：

走马西来欲到天，辞家见月两回圆。
今夜未知何处宿，平沙万里绝人烟。

这诗写从长安往西域，就像到天上去那么遥远，那么艰难。虽辞别家园已见月亮圆了两次(即过了两个月)，却还没有到达目的地。眼前只有万里平沙，一望无际，不见人烟，今晚还不知向何处投宿。这首《碛中作》正好可作为背景资料理解此诗。《逢入京使》头两句，写旅途遥远，乡愁难遣。他走了两个多月，尚未到达任所。向东方眺望家园所在的京城长安，只见一条漫长的旅程，启示着自己远离了妻子，远离了朝廷，言念及此，不禁泪流不止，连两只衣袖都擦湿了，泪水还是淋漓涌面。"龙钟"，本形容老年人行动艰难，这里用以形容眼泪因以衣袖揩拭而纵横流淌的悲戚之状。

诗的后两句点题，路遇使者，请他捎个口信回家。说他自己正在沙漠中艰难行进，发现从安西回长安的使者。他们二人马头相对，一向西、一向东，行色匆匆。他想捎封家书回去，既无纸，又无笔，只能请使者传话给在长安的家人，说他虽然尚未到达任所，倒是一路平安的。第三句很真实，第四句很亲切，可以想见，当时当地他对使者寄托了无比的信赖。

七绝一般前两句多写景，后两句多抒情。像他的《碛中作》便是如此。但是，这首《逢入京使》却只第一句写景，其他三句都抒情。《碛中作》按时间顺序直抒胸臆，诗句为流水型。《逢入京使》是两个因果句：因为望不见故园，才觉得思乡之苦而泪流不止；因为无纸笔，才请对方捎口信。这种因果型诗句，节奏是沉郁顿挫的；流水型诗句，节奏是流利畅达的。再说，两首诗虽然都是抒情诗，却有所不同。《碛中作》完全抒发作者的内在感情，头两句写久别家园，后两句写无处投宿。这种感情，无可告诉，只能自己忍受，是完全主观的、悲痛的。《逢入京使》只有头两句抒发内心感受，三、四句便写了人际关系，有他乡遇故知之乐。这种感情悲喜交加，主客参半。两首诗虽然都诗中有画，但《碛中作》只见单人匹马；《逢入京使》则是马头并立，交头接耳，流露一点戏剧性和人情味，令人联想起李商隐的诗句"梦为远别啼难唤，书被催成墨未浓"，颇感自然亲切。

岑参在马上相逢的"入京使"，有人推测，可能就是他的前任，惜未留姓名。但从岑参这个"掌书记"后任是诗人看，果真"入京使"是前任，谅非平凡之辈，岑参会记下其姓名，他也会留传几首诗下来。因而，我对某些人所作的推测，未敢苟同。

（吴奔星）

白雪歌送武判官归京

北风卷地白草折，胡天八月即飞雪。
忽如一夜春风来，千树万树梨花开。
散入珠帘湿罗幕，狐裘不暖锦衾薄。
将军角弓不得控，都护铁衣冷犹着。
瀚海阑干百丈冰，愁云惨淡万里凝。
中军置酒饮归客，胡琴琵琶与羌笛。
纷纷暮雪下辕门，风掣红旗冻不翻。
轮台东门送君去，去时雪满天山路。
山回路转不见君，雪上空留马行处。

岑参于唐玄宗天宝十三载（754），因被任命为安西北庭节度使封常清的判官，再度出塞。所送的武判官，很可能就是他的前任。判官，为节度使的助理。当时，安西北庭节度使的治所轮台，在今新疆乌鲁木齐市西北。

《白雪歌》为岑参写的七言歌行，是唐代边塞诗派的著名代表作。首四句，写塞外气候特殊。北风劲吹，把西域特有的一种坚韧的白草，加以折断，席卷而去。气候更是异常，刚刚八月，便白雪纷飞。"胡天"，指西北兄弟民族居住的区域。古人把少数民族视同外人，称之为"胡人"，把他们的领地称之为"胡天"。面对这样异常的"白雪"，岑参浮想联翩。春风一向是不度玉门关的，而他却异想天开，认为这场白雪，是一夜之间春风忽然从内地吹来，好像吹开了千树万树的梨花。把遥远的空间缩短得如在江南，气候变暖了。在举目无亲的西域，两个从内地来的判官，一个要留，一个要去，当然都是情怀抑郁的。诗里出现"春风"与"梨花"，借以调节一下心理上的愁闷与凄凉。遗憾的是，岑参的主观心理，难于转变客观现实。从而，紧接而来的六句，便写这场白雪的不可抗拒的影响：白雪飘进了长官的珠帘，打湿了他的罗幕(用绫罗制作的挡风御寒的窗帘),连穿的狐皮袍子也不温暖,睡的锦缎被褥也嫌单薄。因为冷,将军的角弓(以兽角装饰的弓箭)拉不开了,护身的铁衣还是穿着("将军"、"都护"互文见义,都指节度史官署的高级长官。"犹着"一作"难着")。至于室外,沙漠地带结满了百丈的坚冰,万里长空凝聚着惨淡的愁云。"瀚海",指大沙漠;"阑干",纵横貌,形容到处结冰。至于戍边战士的艰辛就不言而喻了。紧接四句,便写最高统帅"中军"设宴为即将离职的武判官送行,演奏了西域的器乐,如胡琴、琵琶和羌笛之类。宴会直到黄昏,纷纷白雪笼罩了营门,红旗因冰冻,连风也吹不动了。"辕门",指古时用两车的辕木相向、交叉,作半圆形,当做军营之门,称为"辕门"。最后四句写送别:送别的地点,在轮台东门,表明武判官东归长安;别时的气候,联系上文,说天山的道路都被白雪覆盖了。送别的印象,说武判官骑马东去,一个山路回转,便看不见他了,只有雪地上留下的马蹄的痕迹。一个"空"字暗示了送者凄苦的内心情绪,令人想到李白《黄鹤楼送孟浩然之广陵》的结尾"孤帆远影碧空尽,惟见长江天际流",一样的笔墨,诗尽而意不尽,韵味悠然。

这首白雪歌,句句写雪。不是正面写,便是间接写,没有一句是和雪无关的。但,虽句句写雪,字字写雪,却未给读者带来重复之感,相反,使读者大开眼界,既展现了塞外奇特的雪景,如开头四句,又刻画了雪中送别的依依难舍的画面,如结尾四句。在押韵方面,或两句换韵,或四句换韵。并且把平韵与仄韵交错使用,读之,音韵铿锵,富于变化,既豪放,又缠绵。

杜甫在《渼陂行》一诗中曾说"岑参兄弟皆好奇",就是说他用词用语能自铸新词,独树一帜,不落俗套。如此诗的开头,如闻北风劈面而来,不同凡响。一句"胡天八月即飞雪",突出地方色彩,给人以难忘的印象。"瀚海"二句,给人以辽阔天边一览戈壁风光奇寒难忍的全貌。

(吴奔星)

走马川行奉送封大夫出师西征

君不见走马川,行雪海边,平沙莽莽黄入天。
轮台九月风夜吼,一川碎石大如斗,随风满地石乱走。
匈奴草黄马正肥,金山西见烟尘飞,汉家大将西出师。
将军金甲夜不脱,半夜军行戈相拨,风头如刀面如割!
马毛带雪汗气蒸,五花连钱旋作冰,幕中草檄砚水凝。
虏骑闻之应胆慑,料知短兵不敢接,军师西门伫献捷。

《走马川行奉送封大夫出师西行》一诗,是岑参于天宝十三载(754)冬,因封常清出师西征轮台西南的播仙而写的预祝胜利之歌。封常清为蒲州猗氏(今山西临猗)人。于唐玄宗天宝十三载被任命为北庭都护伊西节度使、瀚海军使,奏请调岑参充当安西北庭判官,治所在轮台。因封常清入朝时曾摄御史大夫,故岑参称他为"封大夫"。"走马川",地名,又名"左末河",即今新疆的车尔成河(另一说,走马川虽是地名,但并非河流,而是平地,所谓"一马平川"也)。"行",为古代自由诗之一体,称"歌行",有进行曲之意。

此诗在形式上的最大特点，是三句一韵，平仄相间，一韵一意，环环扣紧，步步深化。因此，在赏析时，必须以韵为单位，考察诗的内容和形式相互推进的作用。

头三句正文里的“行”字，是因题目的“行”字而误入的衍文。除去这个衍文，应该念为：“君不见走马川，雪海边，平沙莽莽黄入天。”这个开端是就封大夫西征的地貌形势总写一笔。“君不见”三个字是古代歌行体自由诗常见的套头语，具有领起下文，使人注意或发人深省的作用。在这首诗里，似建议封大夫认清西征播仙的地形，那里是莽莽（犹“茫茫”）无边的瀚海，黄沙乱飞，充塞天地，不可等闲视之。

紧接着“轮台”三句，协仄韵，写九月的轮台，到了夜间，狂风呼啸，飞沙走石，石块有斗桶那么大，这是设想封常清西征前的异常的气候。

其次“匈奴”三句，协平韵，写封常清西征的原因，是因为匈奴（借指唐朝的播仙）正处于草肥马壮的秋天，出动人马侵犯唐朝的边疆，烟尘飞滚，来势凶猛。汉家（借汉喻唐）大将封大夫被迫采取军事行动。这里的“金山”，指阿尔泰山，在新疆北部和蒙古人民共和国西部，蒙语呼“金”为阿尔泰。

接下来“将军”三句，协仄韵。“将军”即指封大夫。“将军金甲夜不脱”，即《白雪歌送武判官归京》一诗的“都护铁衣冷犹着”的意思。“金甲”即指“铁衣”。将军誓师时间是“半夜”，当然是漆黑一团，军队行军只好以戈矛拨路前进，避免迷失方向，何况处于狂风乱吼之时，风头如刀，像在面上割肉一样。行军艰苦，易于掉队，是可想而知的。

下面“马毛”三句，协平韵，写军马到了指定的地段，暂停前进。只见马毛带雪，和汗气一同蒸腾。颜色斑驳，分成五瓣，像钱币相连的马毛花纹，立即结成坚冰。马也辛苦万分了。将军也得不到休息，正在营幕中写讨伐敌人的檄文，连砚中的水也凝结成冰了。

最后三句，用仄韵。诗人设想檄文发出去，播仙的骑兵闻讯后，自会吓破了胆，估计不致发生短兵相接的战斗，宿营的将帅士兵，只要在西门等候祝捷就行了。“伫”，等待。“献捷”，把捷报奉献给主帅。

这首诗虽是想象之辞，却表明诗人具有深厚的文化（史、地知识）修养和丰富的生活阅历，对西域的地貌、气候有深切的认识和感受，然后才能写得如此意到笔随，挥洒自如，无勉强拼凑的痕迹。诗的前六行，诗人运用夸张手法，表现西域不仅苦寒，而且天昏地暗，飞沙走石，要是缺乏切身的体会，是很难写出的。“匈奴”三行用对比手法。因在汉代，匈奴与汉朝长期对峙，便以汉喻唐，以匈奴比播仙，以汉将喻唐将，汉朝是把匈奴征服了的，暗示唐朝也能征服播仙。至于对战士的夜行军与对战马的形象性的叙述与描写，均显示出诗人敏锐的观察力和高度的艺术概括力。

（吴奔星）

刘长卿

逢雪宿芙蓉山主人

日暮苍山远，天寒白屋贫。

柴门闻犬吠，风雪夜归人。

“芙蓉山”，全国不止一处，今山东省临沂市、湖南省桂阳县、福建省闽侯县、广东省曲江县，皆有芙蓉山，未可定其所指。“主人”，指作者投宿之家的人。刘长卿在唐代诗人中颇负盛名，以“五言长城”自许。他的五言律、绝，艺术成就很高，诗中有画，画中蕴情，诗情画意很浓。这首五言绝句，就是其中的代表作。此诗，作者以白描手法，极为简练地勾勒了一轴生动的画卷。徐徐展现在读者眼前的，先是日暮途遥，旷野孤旅奔路投宿的画面，继而是一幕柴门犬吠，风雪交加，夜半人归的情景。两个画境虽各自独立，但前后连属，相映生趣。既表现了投宿者的羁旅情怀，又反映了留宿人家的贫寒苦况。诗是按时间顺序写的，先从旅途着笔：“日暮苍山远。”“苍”，青灰色，远山的颜色。第一句所展现的，是一个暮色茫茫、山远路长的阔远境界。在此景色中的行人，其心境是可想而知的。“日暮”，是牛羊下山、飞鸟归林的时分，暝暝暮色，更触发了这位天涯孤旅的羁旅愁怀；迢迢征路，苍苍远山，使这位异乡游子更增添了寥落、孤独之感。这句诗没有直接抒情，但融情于景，用烘云托月之法，表达了作者的羁旅之情。尤其是句末的“远”字，极为概括、凝练，是画龙点睛之笔。它可以说是途中行人发出的轻声感叹，既如实地显现了迷蒙阔远的旷野，又表达了行人急于投宿，瞻望征途时凄惶怅惘的心情。第二句，移步换景，笔锋转向了留宿人家：“天寒白屋贫。”“白屋”，茅草房或未加涂饰的屋，概指穷人家的房屋。“白屋贫”三字，质朴无华，简练形象，真实地显现了山中贫穷人家的简陋宅舍和清贫生涯情况。“山寒”二字，渲染气氛，写出了荒山的萧条、冷落。“贫”字像上句“远”字一样，亦是点睛之笔，它既是对这一山中人家的真实描绘，更是作者极富同情心的深沉感叹。这两句诗韵律舒缓，对仗精工，增加了这首诗的形式美。

一、二句写投宿，三、四句写的是投宿后的见闻。作者投宿后，可写的情、事很多，而他独独选取了夜来耳闻目睹的一幕情景，其余略而不取。其选材和写法，与杜甫写《石壕吏》颇有点相似。杜甫选取了他投宿石壕村之后，夜里听到的悍吏捉人之事，刘长卿选取了他投宿芙蓉山人家听到、看到的柴门犬吠、雪夜人归的情景。作者之所以如此选材与运笔，我认为：第一，有意反映留宿人家的苦况，寄托他对留宿贫户的同情。它是“天寒白屋贫”的补充与申述，同时，也衬托出自己旅况的可叹。他与留宿主人两相对视，岂不有“牛衣对泣景象”（《古唐诗合解》卷二三）？这一内容，使羁旅题材的诗歌升华到一个新的境界。第二，风雪与夜半人归交织在一起写，更易表现风雪的寒威与主人的苦况，可收一举两得之功。第三，使画面由静变动。一、二句是静景，

三、四句则是动景，动静结合，摇曳多姿，使这首五绝更富有了艺术魅力。

（焦裕银）

张　继

枫桥夜泊

月落乌啼霜满天，江枫渔火对愁眠。
姑苏城外寒山寺，夜半钟声到客船。

山水园林、楼阁寺庙等名胜古迹，往往因文人墨客题咏而著名，江苏苏州市的枫桥、寒山寺，就是因张继的这首诗而闻名遐迩的。唐玄宗天宝末年，张继流寓江南，途经苏州时，泊船于枫桥过夜，这首七绝就是作者于船上反侧难眠，心有所感写成的。它生动地描绘了枫桥、寒山寺一带特有的秋夜景色，委婉含蓄地表达了作者的羁旅情怀。“枫桥”，在今苏州市西阊门外十里枫桥镇。作者夜泊于枫桥附近的江上，像置身于旷野似的，有一个广阔的视野空间，他以所处的泊船为视角点，可以仰观夜空，可以环视周围远近景物。他把视觉和听觉这两者所感知的鲜明印象融为一体，巧妙地构成了一个有远近层次、明暗色彩、清浊声音、寒凉氛围的深秋霜夜江上泊舟图。

第一句，写的是作者整个视野空间的景象。“月落”，是月亮由未落到已落的过程，它所展现的是两幅图景：首先，是作者远远的视向中，月亮缓缓西移、渐渐沉落的景象，是一个动的形象，是一个旷远的意境；其次，是作者整个视阈内由一片明亮逐渐向黑暗的变化。远望中的月落景象，周围环境的由明变黑，不仅表明作者久久未能成眠，透露了他的愁怀，而且衬托了他旅况的孤寂。“乌啼”，是月落之后黑暗中作者听到的声音。乌鸦的叫声，浊沉沙哑，哀咽凄凉，这位舟中旅客夜里突然听到，会为之心悸魄动，产生悲凉凄惶之感。有人说“乌啼”表明天将晓，以为乌鸦拂晓时才叫。其实不然，前人诗中常常写到乌鸦夜啼。如梁朱超《城上乌诗》：“朝飞集帝城，犹带夜啼声。”隋虞世基《晚飞乌诗》：“当为归林远，恒长侵夜啼。”且乐府诗亦有《乌夜啼》之题，可知乌鸦有夜啼之习性。“霜满天”，是月落之后，回光映照，余明未消，作者所看到的景象，同时亦是作者的感觉。它既包括已经降落覆盖于万物的寒霜，也包括弥漫于空际的霜气。“霜满天”境界阔大，意象浑然，使人感到寥廓江天，一派白濛濛、冷森森的景象。处于如此环境中的泊舟之人，其旅况之清冷感就可想而知了。第一句虽未直接写人，然却由景中透露出了人的心情。第二句，写作者某一视向中的景物，并转向写人，正面点明了“愁”字。“江枫”，是作者于昏暗迷蒙的夜色中，因渔火的映照所隐约看到的江岸的枫树。因《楚辞》中有“湛湛江水兮上有枫，目极千里兮伤春心”之句，故江枫容易触发羁旅愁思。“渔火”，渔船上的灯火与炊火。在沉沉的夜幕下，一片黑暗，只有江上星星点点的渔火清晰鲜明地映入眼帘，这种情景与杜甫《春夜喜雨》诗“江船火独明”颇为相似。“愁眠”，犹愁卧，即因愁不能入睡。“对”字不从愁眠者方面说，而从江枫、渔火方面说，这是因为与上句一致，仍从写景角度着笔，这样由写景转向写人，不仅巧妙、自然、和谐，而且也赋予江枫、渔火以感情色彩。

一、二句着重写的是视觉形象，意象密度大，两句六个意象。三、四句则单写听觉形象，意象疏朗，两句只写了“钟声”传到“客船”一件事，占诗幅的一半。作者之所以如此布局，是为了突出他枫桥夜泊时感受最深的印象。一、二句所写之景物固然给他留下了鲜明的印象，然在静夜愁卧之时，由远处传来的钟声，铿鸣、舒缓、回荡，声声入耳，是那么清晰、悠扬。它打破了夜的寂静，又衬托了旷野的静谧。钟声清扬、悠长，使人产生遐想，还把作者的情思带到了远处的山寺。“寒山寺”是梁朝所建，因初唐诗僧寒山曾居住过而得名，是著名的古刹。诗的后半幅如此写，就使这首诗的景色和作者的羁旅情怀，充满了古意幽思，把人带入了一个阒寂沉静、愁思绵绵的境界。这大概就是此诗耐人寻味的缘故吧！（焦裕银）

韦应物

寄李儋元锡

去年花里逢君别，今日花开又一年。
世事茫茫难自料，春愁黯黯独成眠。
身多疾病思田里，邑有流亡愧俸钱。
闻道欲来相问讯，西楼望月几回圆。

这首七律，是寄友怀人、忧时伤乱之作。诗人韦应物于德宗建中四年(783)出任滁州刺史，这首诗就是他在滁州任上的第二年春天写的。李儋，字元锡，当时任殿中侍御史，是韦应物的挚友。韦应物离长安赴滁州前，曾与之话别。故此，首联就从去年叙别的情景说起，即景生情，勾起对方对往事的回忆：去年花里逢别，今岁又值花开，整整一年了。诗人用花开两度，点明当初分别的季节和离别的时间之长。春天又降临人间，但已是人隔千里，花开两地了；由今朝花开日，想到去年花里逢别时，抚今思昔，蕴含着对挚友无限思念的深情。这里是即景生情，而又情多于景。彼此的怀念是不言自喻的，但彼此的景况却是互相隔膜而又亟须了解的。所以，第三、四句就非常自然地抒写别后的情况和心境。“世事茫茫难自料”，是对别后一年来的世事和思想的高度概括。诗人经历过“安史之乱”，对时代的创痛和现实生活的激烈变化是有深切感受的。八年战乱带来的后果，不仅给社会经济造成极大的破坏，而且破坏了唐朝的一统局面，全国藩镇林立，拥兵自重，朝内宦官专权，朋党相争，社会动荡，江河日下。公元781年，又起“四镇之乱”，其后叛军盘踞长安，朱泚、李希烈先后称帝，德宗逃往奉天，复逃梁州。韦应物在滁州时，政局并未完全恢复稳定,国家命运和个人前途茫茫无据,他忧愁焦虑,表现了一种凄惶、萧索、黯然神伤的感慨。第五、六句,深入一步,具体写出由现实引发的诗人的矛盾心理。在风雨飘摇的多事之秋,身为地方官吏的韦应物体弱多病,虽有志于国事政事,可又力不从心,无可奈何,所以想辞官归隐。但他看到现实中的"邑有流亡",感到自己没有尽到职责,有愧于国家的俸禄,认为不能退缩自全,一走了事。在这里,一个清廉正直的封建官员、士大夫知识分子的矛盾苦闷得到了真实坦诚的披露。这种思想是具有典型性的。苦闷的诗人需要友情相慰,所以尾联就自然地写出作诗的意图:听说你早要来看我,我在西楼盼望,月亮已经几度缺了又圆。诗人到滁州后,李儋曾经托人问候过他,从字面上看,这似乎是客观平静地直述其事,补充了两人长安分别后的一点事实,更深的意蕴则是显示了李儋对诗人的挚情以及诗人对李儋的殷切思念。诗人亟盼友人的来访,却又没有明白爽朗地说出来,诗贵含蓄,这里给读者留下思索和想象的余地。

诗人能贴近现实生活,对人民的疾苦有深刻的同情,表现了较强的现实性和较高的思想境界。全诗意脉贯通,语言朴实,毫不雕饰、造作,对仗也很宽松,如行云流水,灵活自然。诵其诗,就像读一篇对知己倾诉曲衷、感情真挚、亲切有味的书简。诗人又能巧用比衬,写"花开"为衬托"春愁",写"邑有流亡"来衬托"思田里"的愧疚心情,这种相反相成的比衬,曲折入微地写出人物内心的感情活动。

(贾锦福)

寄全椒山中道士

今朝郡斋冷,忽念山中客。
涧底束荆薪,归来煮白石。
欲持一瓢酒,远慰风雨夕。
落叶满空山,何处寻行迹。

此诗为兴元元年(784)韦应物在滁州刺史任上所作。全椒(今属安徽)为滁州属县。

第一句"今朝郡斋冷"的"冷",本指时令,观下文的"落叶满山空",可见当在秋冬之间,天气已有寒意。"郡斋"指刺史官署中的斋舍,平日自必有人往来,这一天却很冷落,"冷"又含有气氛寂静之意,于是刺史又回到诗人本色,想赋诗赠人。赠的是什么人呢？是一个道士,而且真正说得上是"贫道"。但他能成为韦氏赠诗的对象,可见非同寻常的道士,这同时反映了韦氏的淡泊性格。他在寂寞时可以怀念与寄赠的朋友原不在少,却偏偏想到相违两地的全椒山中道士,也表现了古代地方官的情操,终究有些风雅的修养,却不是从附庸中待来。

三、四两句是想象,也是"山中客"日常生活的写照:从山沟里拾得柴草,归来烧煮"白石"。葛洪《神仙传》卷二,记白石先生常煮白石为粮,含修炼之意。韦诗的"煮白石"表明对方的道士身份,也与题目切合,实际是形容他生活的清苦。五、六两句是虚写,诗人不可能从滁州前往全椒,只写他对风雨故人的殷勤相思。结末两句，意为本欲持酒而往，又恐寻不到道士，只得作诗代替，也即说明写诗的动机，并隐喻这位道士潜修的辛勤。就这两句的字面看，本是常语，却成为后人传诵的名句。洪迈《容斋随笔》说："结尾两句，非复语言思索可到。"沈德潜在《唐诗别裁集》中说："化工笔。与渊明'采菊东篱下，悠然见南山'，妙处不关语言意思。"评语近似，皆有眼力，也便是说韦诗出于自然，不是人工。人们都很欣赏艺术上的"自然"，又苦于无法将自己的会心处确切地再现于笔端。倒是韦诗本身可以借来作个比喻：那种"落叶满空山"的境界，又如何用笔墨去寻求踪迹呢？

苏轼谪岭南时，得悉罗浮山有一个道士邓守安，并于庵前"见其足迹长二尺许"。乃依韦应物韵，写了一首《寄邓道士》：

一杯罗浮春，远饷采薇客。
遥知独酌罢，醉卧松下石。
幽人不可见，清啸闻月夕。
聊戏庵中人，空飞本无迹。

清人施补华《岘傭说诗》评云："《寄全椒山中道士》一作，东坡刻意学之，而终不似。盖东坡用力，韦公不用力；东坡尚意，韦公不尚意，微妙之诣也。"正因韦公"不尚意"，所以"不用力"，所以自然。苏诗的末两句，本也不坏，一经和韦诗并观，就显得用力，说得露骨。又如"幽人不可见，清啸闻月夕"，用在道士身上总觉为藻饰之词。许觊《彦周诗话》云："韦苏州诗云：'落叶满空山，何处寻行迹。'东坡用其韵曰：'寄语庵中人，飞空本无迹。"此非才不逮，盖绝唱不当和也。如东坡《罗汉赞》云：'空山无人，水流花开。'八字，还许人再道否？"这是持平之论。和诗总是吃力不讨好，因为带有被动性。韦氏之写此诗，由于郡斋枯寂，忽然想起全椒山中道士，便信手写来，即出于自己事前没有预计到的偶然机会；苏诗存心效仿，尽管他也懂得自然、不用力的好处，但执笔时，却不可能不用力，如韦诗末句用"迹"字，苏诗写成"空飞本无迹"，便嫌浮夸。

唐人崔颢的《登黄鹤楼》是名作，李白仿其意而写了《鹦鹉洲》，纪昀在《瀛奎律髓》卷一评云："崔是偶然得之，自然流出。此是有意为之，语多衬贴，虽效之而实不及。"说得也很中肯。李诗只是效其意，苏诗还受到韵脚上的拘束，更加难乎为继了。

（金性尧）

送杨氏女

永日方戚戚，出行复悠悠。
女子今有行，大江泝轻舟。
尔辈苦无恃，抚念益慈柔。
幼为长所育，两别泣不休。
对此结中肠，义往难复留。
自小阙内训，事姑贻我忧。
赖兹托令门，任恤庶无尤。
贫俭诚所尚，资从岂待周？

孝恭遵妇道，容止顺其猷。
别离在今晨，见尔当何秋？
居闲始自遣，临感勿难收。
归来视幼女，零泪缘缨流。

唐代宗大历十二年(777)冬天，韦应物四十一岁，他的夫人死了。他除有《伤逝》为题目的一首诗外，还有二十余首也是在伤逝悼亡。可见他们夫妇平日的恩爱。他的《富平伤怀》有“今者掩筠扉，但闻童稚悲”语；《出还》有“幼女复何知，时来庭下戏”语；《送终》有“童稚知所失，啼号捉我裳”语。中年丧偶，二女尚幼，但已知道失母的悲痛，所以拉着父亲的衣裳而号哭，他们此后的父女之情，自必分外亲密，可以想见。

德宗建中四年(783)，韦应物出任滁州刺史。就在这段时期，他的长女出嫁了，这首《送杨氏女》即为此而作。“杨氏女”指这个女儿的夫家姓杨，古人有此称谓。

女儿出嫁了，本来应该高高兴兴，即使有些依恋，做父亲的终究不同于母亲，这首诗却以“永日方戚戚”开始。“女子今有行”用《诗·邶风·泉水》的“女子有行，远父母兄弟”掌故，但韦女相告别的只是父而无母。“大江泝轻舟”表明这女儿夫家在外地，出嫁须乘舟远行。但使诗人感伤的主要还在于存殁之痛。由于她们从小伶仃失母，这时还要以慈母的柔情照顾她们。《诗·小雅·蓼莪》有“无父何怙，无母何恃”语。接下来则写姊妹之情。古人有“长姊代母”的说法，韦氏姊妹丧母后，便由大姊抚育小妹，如今两下分离，怎不格外悲伤？但既已许配给人家，自难以再留。至此略一收顿，以下转入以慈父母身份叮嘱其女。“自小阙内训”以下笔法有实有虚，“事姑贻我忧”是为衬托上一句而虚写，实写仍是抒悼亡哭母之悲。“赖兹托令门，任恤庶无尤”是小小转折，借此自慰，意谓虽从小缺少慈母的训导，幸而嫁到善良人家，赖婆婆等的体贴，当不致有什么过错，亦借此婉达对其夫家的期望。下面是进一步补足“庭训”。

韦应物十六岁时曾为玄宗侍卫，行为也颇放浪。但后来任地方官时，却很体恤民隐，清廉淡泊，所以女儿出嫁时也没有什么嫁妆，即以品德上的端正谨慎相诫勉，训导之余，又悲从中来。当初妻子虽已逝世，女儿尚在一起，庭闱之间，也就有所慰藉，今逢远别，重见何时，所以凄伤的情绪又难以自制。

最后两句，说明作者是送他女儿到江边的，与“大江泝轻舟”句相呼应，时间在早晨，送别回来，看到幼女，更觉孤独凄凉，从此身边又少去一个骨肉了，留下来的却是幼女。全诗以“戚戚”始而以“零泪”结束。

诗为送女出嫁而作，“尔辈苦无恃”是一篇之主，从头至尾都有连锁性，即由父及母，由母及女，由姊及妹，由聚及散，由存及殁。韦诗以冲淡著称，家人骨肉之间的哀乐，写成诗篇，原不需要藻饰铺扬，只有用朴质平易的语言，抒写最真实深厚的感情。但这并不容易做到。这首诗却是成功的，使当年父亲送嫁、江边伤别的情景重现于读者眼前，而又为它所感动，同时，诗人丧偶后对逝者的永难泯灭的深情，也自然地流露于笔端，深情中又可想见韦应物为人的风义。毫无疑问，《送杨氏女》确是韦诗中的力作。

(金性尧)

滁州西涧

独怜幽草涧边生，上有黄鹂深树鸣。
春潮带雨晚来急，野渡无人舟自横。

这是韦应物最负盛名的写景诗，脍炙人口，千古流传。写的是诗人任滁州刺史期间春游西涧时所见到的景物。唐滁州治所即今安徽滁县，西涧在滁州西郊。韦应物的山水诗，篇末多有议论，这首诗却不着议论，而是以目不暇接的形象、一幅幅生动的画面来打动和感染读者。

这首七言绝句写景抒情，很值得仔细吟味。中外均有“诗画同源”之说。要准确把握、深切领会这首诗的韵味，似乎就不能离开“诗中有画，画中有诗”的认识。

先从“诗中有画”去赏析。这首诗给人最直观的印象就在于它以形象、色彩、声音构成的画面。第一、二句，是近景，采取近看的角度，写涧边、涧上的幽丽之景：一条蜿蜒的河流，河边的野草，青翠可爱，生机盎然，深处一片浓密的树丛，传出黄鹂的声声鸣叫。第三、四句是远景，采取平望的视角，写涧中春潮鼓荡的态势：岸边拴着一条渡船，由于晚潮又加春雨，水涨流急，所以小舟横置，左晃右摆，上下起伏。全首诗有层次感，是一种立体式的景观。写“涧边”，写“深树”，已暗含“雨意”，及至傍晚，“春潮带雨”，说明“雨至”，而加一个“急”字，更点出“雨大”，有变化感，是一种整体性的景观。第一句为静态，第二句“上有黄鹂深树鸣”更衬托出涧边的幽静；第三句为动态，第四句“野渡无人舟自横”更突现出潮水的汹涌势头。以动显静，以静显动，动静相宜，互为映衬，融化出清冷寂静、潜滋萌动的意境。这四句诗，不以辞藻的工巧取胜，而是近于一种白描，语言质朴凝练，文笔简洁，诗意淡远。

再从“画中有诗”去品味。这首诗反映的不是照相式的景象，不是单纯的纪实；选材、布局，是认真选择、剪裁的。画中自有诗意在。由于诗人的手法巧妙得非常自然，所以一般都不注意诗的寓意，这首诗没有议论，但不是没有诗人的感情和趣味在里面。首句标出“独怜”一词，就非常醒目，诗人独独喜爱的是什么呢？是涧边的幽草？是诗中的景象？都不尽然。后期的韦应物有较浓的道家思想，清静寡欲，以山水自娱，以闲适自高，有些诗作风格闲澹简远。但他早年的豪侠精神仍时隐时现，儒家入世求实思想仍旧是他的立身要道，同情人民的疾苦，抨击官军的残暴，谴责豪门的奢侈，“颇近兴讽”（《与元九书》），更是他豪迈愤激精神的表现。这些就构成了他诗歌的思想和艺术的复杂性。前人以为“渊明诗，惟韦苏州得其清闲，尚不得其枯淡”（《竹庄诗话》引韩子苍语）。实际上，这却正说明了韦应物受陶诗影响而又保持了自己的个性，他的诗“清闲”，而并不“枯淡”。诗人不媚时附势，而洁身自守，自甘寂寞，表现了他恬淡的胸襟，高雅的人格；他有志于改革，想做一番事业，不甘受羁縻，无力实现自己的愿望时，就自我超脱，内视轻松，悠然自得。这首诗就含蓄地流露出诗人的这种复杂的情怀和思绪，既表现了诗人的兴致，也显示了诗人的品格。总之，这首诗表面平淡，内蕴深厚。只有品味出这画面中的诗意和诗美，才能使人真正得到美的享受，情的净化，意的升华。（贾锦福）

卢 纶

塞下曲(其一、其二、其三、其四)

鹫翎金仆姑,燕尾绣蝥弧。
独立扬新令,千营共一呼。

林暗草惊风,将军夜引弓。
平明寻白羽,没在石棱中。

月黑雁飞高,单于夜遁逃。
欲将轻骑逐,大雪满弓刀。

野幕敞琼筵,羌戎贺劳旋。
醉和金甲舞,雷鼓动山川。

《塞下曲》为唐乐府题,出自汉乐府的《出塞》、《入塞》,实际也是唐人绝句。卢纶的组诗《塞下曲》共六首,《唐诗三百首》选了四首,今从之。最精彩的也是这四首。以一将帅为中心,从下令出发,千营共呼;将军夜侦,平明觅矢;雪夜奇袭,悍敌悄遁,终于得胜回来,张宴慰劳。军纪的严明,行动的矫捷,边塞的艰苦以及克敌后全军的欢腾,都写得历历分明,文字也精练活跃,写出了我国古代将士英勇机智的传统素质。下面试分别说明。

先看第一首。"鹫(jiù 就)翎"、"金仆姑"皆泛指箭,"燕尾"、"绣蝥(móu 谋)弧",皆泛指军旗。前两句写弓矢精良,军容整肃,后两句写主帅尊严,士兵协力。俞陛云《诗境浅说续编》说:"寥寥二十字中,有军容荼火之观。"正说在点子上。"扬新令",意味着这之前原已交锋,这时侦知敌情,于是紧急出击。

再看第二首。《史记·李将军列传》:"广出猎,见草中石以为虎而射之,中石没镞,视之石也。"李广以石为虎,卢诗中更未明言虎,却以"草惊风"三字暗示猛虎之出现,将军则闻声而警觉。《诗境浅说续编》云:"李广射虎事,仅言射石没羽,记载未详,夫弓力虽劲,没镞已属难能,而况没羽。作者特以'石棱'二字表出之。盖发矢适射两石棱缝之中,遂能没羽,于情事始合。"其实在诗中,没羽和没镞原是一回事,不必说得太死。但《史记》未言时间,卢诗却点明是在夜间,至平明而始发现箭在石缝中,就为情节增加了曲折,为诗境带来了波澜。其次,射石没羽的故事,先秦时实已有之,《吕氏春秋·精通》:"养由基射兕中石,石乃饮羽,诚乎兕也。""兕",指虎,"饮",指陷没。《韩诗外传》卷六:"昔者,楚熊渠子夜行,见寝石,以为伏虎,弯弓而射之,没金饮羽,下视为石。"可见射石没羽的故事,在李广之前已在流传,卢诗可能是合而用之。

第三首首尾两句前后呼应，正因大雪，所以月黑，又因月黑，雁不能辨别方向，所以越飞越高。

这一首前人特别称赞，评论亦多。李锳《诗法易简录》说："上二句言匈奴畏威远遁。下二句不肯邀开边之功，而托言大雪，便觉委婉，而边地之苦亦自见。"这有点拔高，未必符合诗人原意。单于夜遁，是经过一场激战的。"开边"含有黩武意，这一战役却是为了巩固边防，用不着"托言"。贺裳《载酒园诗话又编》云："《塞下曲》六首，俱有盛唐之音。'平明寻白羽，没在石棱中'一章尤佳。人顾称'欲将轻骑逐，大雪满弓刀'，虽乃矫健，然殊有逗留之态，何如前语雄壮。"也嫌非卢诗之知音。我倒觉得这两句写大雪时的士兵心理极为真实切贴：这时单于已经溃败逃走，将士本来要率轻骑追赶，可是天在下大雪，因而踌躇逗留也是可能的，这与大敌当前的生死关头不同，而且全诗至此戛然而止，下一步的行动，留给读者以思索余地。然而月黑雁高，雪满弓刀，这一战役的艰苦、塞上的严寒已可想见，在这样的条件下士兵苦战的坚强意志更加突现于纸上了。

第四首写得胜后开野幕、设酒筵以慰劳将士，末两句写乘醉起舞，犹金甲在身，这是写实。《旧唐书·代宗纪》：大历三年，以郭子仪元臣，"寇难渐平，蹈舞王化，乃置酒连宴。酒酣，皆起舞"。则当时军中也有此祝捷仪式。"羌戎"指当时边境内附的部族，可见这次战役还得到羌族的拥护。

卢纶曾于德宗贞元年间在名将浑瑊幕中服役五六年，这一组诗中的若干情节，当是他边塞积累的生活素材的提炼。此诗题目一作《和张仆射塞下曲》，似并非为浑瑊而写。"张仆射"当指张延赏。刘永济《唐人绝句精华》说："此题共六首，乃和张仆射之作，故诗语皆有颂美之意，与他作描写边塞苦寒者不同。"这也说得对，却又使人有这样的感想：诗是需要歌颂的，何况是对抗敌上边的战士，但首先必须是诗，符合诗的艺术规律，不能为歌颂而歌颂。前人对卢纶这组诗评价很高，就因为它格调高劲，音律壮美，语言自然而健朗，像个健骨高躯、锐气逼人的武士，而这正是这组诗所以广为传诵的原因。

（金性尧）

李　益

竹窗闻风寄苗发司空曙[①]

微风惊暮坐，临牖思悠哉。
开门复动竹，疑是故人来。
时滴枝上露，稍沾阶下苔。
何当一入幌，为拂绿琴埃。

这是一首怀友诗。

一天傍晚，诗人独坐窗下憩息。偶尔举首，瞥见窗外翠竹丛生，千枝万叶攒集一起，抽梢挺节，森然高耸，充满了勃勃生机，不禁想起昔日与友人在窗外竹丛下席地而坐、举杯畅谈、联句吟诗的热闹情景。而今窗外景致依旧，但旧友早已星散，只有自己孤身一人在此默默地消磨时光了。正在遐想深思之时，忽有微风掠过竹林，吹进窗来。诗人倏然感受到了一阵凉意，心头蓦地一惊：啊，又是"凉风起天末"的时候了。岁月不居，时光如流，何时才能与过去朝夕相处的挚友重新聚首呢？

三、四两句，继续就"风"字展开笔墨。晚风还在不断地吹着，虚掩的院门被吹开了，院里的竹丛也被吹得晃动不休。诗人听到院门"吱嘎"和竹叶"沙沙"的声音，一瞬之间竟然产生了错觉：是不是老朋友登门造访来了？过去他们来时，我首先听到的也是这种声音啊！闪念过后，诗人也恍然明白，此刻是风在"开门"、"动竹"，并无友人的光临。但他的思绪沉浸在昔日友侣欢聚的回忆之中，不愿离窗而去，仍坐在那儿聆听风吹竹林发出的柔和而美妙的音响。时光在悄悄地流逝，黑暗在悄悄地罩压过来，夜已经深了。竹梢上凝结起了露珠，被风一吹，便纷纷滚落下来，渐渐沾湿了窗外阶下的青苔。诗人终于感到倦乏了，他站起身来，深情地朝窗外的丛竹看了几眼，自言自语地说道：可憎的风啊，你勾起了我对友人的多少思念！你既能吹开院门，吹动竹林，吹落露珠，那么又何妨吹进屋子，拂掉我琴（汉代司马相如有琴名"绿绮"，后因有"绿琴"之称）上的尘埃呢？这最后两句，是双关语，其深层含义是：我因友人不在，音无知己，故懒于弹奏，致使琴上积满了尘埃；假如风能为我拭去尘埃，就意味着友人即将到来，那我一定要好好地弹奏一曲了。所以这最后两句诗，表面上是写对风的期望，其实是希望友人能大驾光临，再度欢会。

总的说来，这首诗具体入微地刻画了暮风拂竹的情景和闻风而发的情思，含蓄淡远，清新巧致，是即景抒怀的佳构。具体地说，此诗的构思很是精妙。每联诗都紧扣了题目"竹窗闻风"，尤其是紧扣了"风"字。首联是因风而惊，次联是因风而疑，三联写风滴枝露，结联盼风拂琴埃。可见，此诗是以"风"作为贯穿全篇的抒情线索的。就抒发怀友之情而言，此诗的写法也具有多样化的特点。有较为直露的表白，如"临牖思悠哉"；有借写心理错觉来表现的，如"开门复动竹"一联；也有用双关隐语来暗示的，如结尾一联。特别是"开门复动竹"一联，由风及人，设想自然入妙，又十分切合题旨，是人们称赞的佳句。李益也因这联诗而声闻四驰。唐蒋防所作传奇《霍小玉传》就写到霍小玉平时最爱吟诵的诗句便是这一联。虽然这联诗源自南朝乐府《华山畿》中"风吹窗帘动，言是所欢来"句，但毕竟有出蓝之长，不应因此而贬低它。

（吴企明　张浩逊）

【注】 ①苗发（？～约785）：潞州壶关（今山西壶关西）人，弱冠入仕，曾任朝散大夫、秘书丞、尚书都官员外郎、驾部员外郎等。工诗，为"大历十才子"之一。作品多佚，《全唐诗》录存其诗二首。司空曙：生卒年不详。广平（今河北永年东南）人，著名诗人卢纶之表兄。曾任洛阳主簿、左拾遗、检校水部郎中、虞部郎中等。工诗，为"大历十才子"之一。《全唐诗》收录其诗一百七十多首。

喜见外弟又言别

十年离乱后，长大一相逢。
问姓惊初见，称名忆旧容。
别来沧海事，语罢暮天钟。
明日巴陵道，秋山又几重。

羁旅行役之思，别离相思之情，是中国古典诗歌永远也抒写不尽的情感心理内容。这与古代诗人往往同时也是离乡背井、浪迹天涯的“游子”有直接的关联。李益的这首诗也正是叙写了作为“游子”的他与同样是“游子”的表弟久别重逢的短暂欣喜以及暂会又别的不胜怅惘，以其生活细节的高度真实性、情感变化的复杂性和沉郁苍凉的悲怆性美而扣响了千百年来无数读者的心弦。

首联点明这次“喜见外弟”是久别后的重逢。诗人和表弟还是在童年时代一道生活、嬉戏过的。可惜好景不长，当诗人八岁那年，便爆发了震动全国的“安史之乱”。这一场持续将近十年的大混乱，给无数个安宁的家庭带来了妻离子散、流亡漂泊的严重后果。诗人和他的表弟也由于这场战乱而匆匆分离，此后再也没有见过一面。如今自己和表弟都长大成人了，想不到竟在这儿意外地“相逢”，这怎不使人欣喜万分呢。“一相逢”的“一”在这里有“竟然”的意思。诗人喜出望外的心情借这个“一”字巧妙地表现了出来。

颔联叙写初见面“相认”时的情形。由于这次相聚完全是事出偶然，加上分离日久，双方的容貌都大不同于往昔，所以初见面时虽有点“似曾相识”的感觉，却不敢贸然相认，经过一番“问姓”、“称名”的探察后，才恍然大悟，明白了对方就是自己朝夕思念的亲人，并回忆起他童年时的“旧容”。这联诗写“相认”过程的表情动作和心理活动十分逼真、细腻，非身经离乱、分别日久者不能道出。

颈联概述相认之后畅谈至暮的情事。诗人和表弟饱经离乱，国家、社会、家庭、个人的情况都有了巨大变化，久别重逢，说的话儿一定很多，诗里当然不可能一一记下，诗人便拈用“沧海事”一词作高度概括（葛洪《神仙传》记麻姑自云，有“接待以来已见东海三为桑田”语）。“语罢暮天钟”，是说两人互诉别情，不知不觉已到了暮云四合的时候，远处山寺里的钟声也隐隐传了过来。两人意识到，时光已晚，明天还要早行，谈话只能就此打住了。

尾联写“言别”。大概在结束谈话时，表弟说起明天要上巴陵道（唐郡名，治所在今湖南省岳阳市）继续赶路，这次见面也就是分别，所以诗人十分伤感。他想象着表弟此番前来，跋山涉水、餐风宿露，颇为不易；明天他又要踏上蜿蜒盘折于重重山岭之中的巴陵道。表弟此行是多么艰辛劬劳啊！以饱蕴深情的景语来收束全篇，更增添了苍茫悲凉、悠悠不尽的韵味。

这首诗描写了人生乐章里常有的一个小插曲：与亲友少小离别，长大相逢，暂会又别。在这过程中，当事人的心情，“喜”是暂时的、表层的，“悲”则是持久的、深层的。我们读完全诗，感受到的主要也是一种惨淡的色彩、悲凉的氛围。但诗人并没有直言其悲，而是用客观的笔法，真实地写出“喜见外弟又言别”的全过程，让读者领悟蕴含其中的悲凉情思。这就是胡应麟称此诗“妙境往往有不减盛唐者”(《诗薮·内编》卷四)的主要原因。从结构上看，这首诗布局自然而严整：首联言相逢，次联写相逢后的相认，三联写相认后的晤谈，尾联想象晤别后的远行，按自然时序纵贯而下，脉络分明，难怪沈德潜要以“一气旋折，中唐诗中仅见者”(《唐诗别裁集》卷一一)誉之了。此外，该诗的剪裁也颇具特色。写两人短时间的相认，不惜用“问姓惊初见，称名忆旧容”一联来渲染；写两人长时间的畅谈，也不过用一联诗带过。这些地方都隐藏着诗人的艺术匠心，读时应注意体味。(吴企明　张浩逊)

夜上受降城闻笛[①]

回乐烽前沙似雪[②]，受降城外月如霜。
不知何处吹芦管[③]，一夜征人尽望乡。

李益是继盛唐著名边塞诗人高适、岑参之后的中唐最为杰出的边塞诗人。他生于陇西，身为“关西将家子”，生活在边患频仍的时代。十七岁时因吐蕃入侵遭家乡沦陷之变，成年后“五在兵间”，有近二十年的军幕生涯，所以他十分熟悉塞上风情，深知征人甘苦，创作了许多脍炙人口的边塞诗歌。这一首《夜上受降城闻笛》，作于建中元年(780)诗人入朔方(治所在今宁夏灵武)节度使崔宁幕府，随崔宁“巡行朔野”期间。

从诗题可知，此诗是诗人叙写自己的亲身见闻、感受，非那些凭空构想之作可比。

首两句是对句，平起，写登上受降城所见到的夜间景象：受降城外，回乐烽前，但见月色皎洁，如霜如雪；白天能清晰可见的城外那一片茫茫沙土，在月光映照下，竟然像覆盖了一层晶莹冰雪那样泛出寒光。这番描写，看似是就眼中所见的边塞夜景如实写出，不带任何感情色彩，其实只要细细体味一下诗人所择用的两个比喻——“沙似雪”和“月如霜”，就可以隐约感觉得出诗人的落寞心境。霜、雪乃秋冬常见之物，见霜雪而生寒意，乃是人类之所共感。诗人正是借此比喻曲折传出其内心的孤独感和凄凉感。第三句作转折，写他在纵目眺望之时忽闻有芦管之声悠悠扬扬地随风飘来，也不知是从什么地方发出的。凝神一听，那如怨如慕、如泣如诉的声调简直要使远离家乡、久戍边地之人肝肠寸断。结句乃诗人推己及人的想象之词：兵营里的将士闻听到这静夜里的笛声，一定也会滋生出思亲念乡之心，彻夜难眠，披衣出门去跂望故乡。全诗的主旨，于此才豁然显现。

这首边塞小诗，不是描写绝域的雄奇瑰伟的景观，不是抒发战士慷慨从戎的豪情，而是用淡墨素描，展现了边地凄凉苍茫的夜景和战士怀亲思归的图像，体现出一种感人至深的悲剧性美，在当时就被“天下以为歌词”(《旧唐书·李益传》)，传唱不休。诚然，李益的边塞诗有着开阔的视野、丰富的内容，有抒写立功沙场、以身许国的宏伟抱负的，有精细描绘塞上优美风光的，也有再现游牧民族的社会风情的，但阅读像《夜上受降城闻笛》这类诗歌，更易使我们的心灵受到震颤。这是因为它极真实地反映了封建时代赴边士卒久戍不归的不幸经历和精神痛苦，艺术感染力特别强。前人对这首诗的评价也是很高的。如，胡应麟誉之为中唐绝句之“冠”，沈德潜推崇它为“绝唱”，李慈铭则以“高格、高韵、高调”视之。类似的赞语，还可举出不少。其广泛流传、受人赞赏的情形，于此可见一斑。宋代范仲淹所作的边塞词《渔家傲》(塞下秋来风景异)结尾三句云“羌管悠悠霜满地，人不寐，将军白发征夫泪”，就很明显是受了此诗的影响。　　(吴企明　张浩逊)

【注】 ①受降城：唐神龙三年(707)，朔方军总管张仁愿所筑，以防突厥进犯。共有中、东、西三城。东城在今内蒙古托克托南，中城在今内蒙古包头市西，距东城三百里，西城在今内蒙古杭锦后旗乌加河北岸、狼山口南，东去中城三百八十里。此指西受降城。　②回乐烽：指西受降城附近之烽火台(参见谭优学《李益行年考》)。旧说认为在灵州回乐县(今宁夏灵武西南)，不确。烽：一作“峰”，误。李益《暮过回乐烽》诗有“烽火高飞百尺台”可证。　③芦管：胡人乐器。陈旸《乐书》：“芦管之制，胡人截芦为之，大概与觱篥相类，出于北国者也。”

孟　郊

游子吟

慈母手中线，游子身上衣。

临行密密缝，意恐迟迟归。

谁言寸草心，报得三春晖。

这是一首歌颂母爱博大无私的诗篇，在我国古典诗歌的同类作品中最负盛名。

孟郊是中唐著名的苦吟诗人。他作诗力避平庸，追求古拙奇险，韩愈称其“横空盘硬语，妥帖力排奡”(《荐士》)。在今存的四百多首诗歌中，有一些诗流于艰涩枯槁，苏轼以为读这类诗如食小鱼，得不偿劳(《读孟郊诗》)；另一些诗则长于用白描手法，不尚辞藻，不求声律，感情真挚，十分生动地表达了作者的内心情愫。《游子吟》就是其中最有代表性的诗篇之一。

在《全唐诗》里，这首诗题下有一小注：“自注，迎母溧上作。”说明此诗是孟郊五十岁始任溧阳(今江苏溧阳)尉时迎侍老母到溧阳所作。

孟郊对母亲怀有极为深厚的感情。他的父亲庭玢曾任昆山县(今江苏昆山)尉，生孟郊、孟酆、孟郢三兄弟，后卒于任所。此后，其母裴氏在孤苦贫寒的生活条件下，茹苦含辛，一手养育孟郊兄弟长大。孟郊成年后，屡次出游，应举，求仕，足迹遍及河南、江西、长安、朔方、湖北、湖南、浙江等地，然而命运多舛，始终没有好结果。直到四十六岁始登进士第。贞元十六年(800)他五十岁时，到洛阳应东都选为溧阳尉，才算有了一官半职。在这数十年间，其母每当他出门远行，总是不厌其烦地为他整治行装，谆谆嘱咐，好言励慰，使备受人间冷暖、饱尝世态炎凉的孟郊更加强烈地感受到了母爱的博大无私。所以，当他的“前途”稍有着落后，便立即迎侍老母奉养，稍申反哺之意，并写下了这首乐府诗，倾吐了对母亲的无比热爱、由衷感激之情。

诗的前四句为一个层次，写“慈母”在儿子即将出门远行时的动作和心理。动作是针线细密地为“游子”缝衣，心理是担忧“游子”不能早早地归来。就“慈母”而言，她在感情上是决不愿意让儿子孤身一人出远门的，然而，理智告诉她，儿子如果不出去广泛活动，就不可能谋得“前途”，这样，她就只能把自己的一片怜爱之心倾注在手头的针线上去了。她一边干着活，一边一遍又一遍地叮嘱儿子早些归来。但她内心自然不会不知道，出远门在外的人，是很难说准在什么时候一定会回家的。想到这里，她又禁不住陷入深深的担忧之中了。

以上四句，通过对“慈母”在“游子”临行之时的动作描写和心理刻画，极其细腻而形象地表现了一种淳朴无私的母爱。这种纯洁的母爱，对诗人孟郊来说，是经常领略到并为之无数次感动过的，所以他在下面两句诗中，便再也无法抑制住自己强烈的感情冲动，转为直抒胸臆了。

“谁言寸草心，报得三春晖。”是以寸草不能报答春光照临的恩德，象喻儿子无法回报母亲的养育之恩于万一。“寸草心”，极言其细微渺小；“三春晖”，极言其广大无际。诗中选用的喻体，既浅显又形象，富有可感性和说服力。需要注意的是“谁言”一词，诗人特作反问语气，一方面强化了主观情感色彩，一方面催逗读者自己去仔细思索，反复体会，给全诗平添了几分含蕴不尽的韵味。

由于这首诗选写了最典型的场面（游子离家前夕母亲为之密密缝衣），刻画出了在这最典型的场面里母亲的最典型的心理活动，并用极为形象生动的象喻手法，一往情深地歌颂了最普通、最普遍、最伟大的母爱，道出了人们所普遍具有的人生经历和心理感受，兼之语言真率自然，篇幅短小，仿佛是从诗人肺腑中自然流出，故而能够赢得古往今来不同层次的无数读者的喜爱。众多的唐诗选本对孟郊的其他诗取舍各有不同，但基本上都选入了这首诗，便是一个明证。

（吴企明　张浩逊）

王　建

水夫谣

苦哉生长当驿边，官家使我牵驿船。
辛苦日多乐日少，水宿沙行如海鸟。
逆风上水万斛重，前驿迢迢后淼淼。
半夜缘堤雪和雨，受他驱遣还复去。
夜寒衣湿披短蓑，臆穿足裂忍痛何！
到明辛苦无处说，齐声腾踏牵船歌。
一间茅屋何所值，父母之乡去不得。
我愿此水作平田，长使水夫不怨天。

王建的乐府诗与张籍齐名，世称"张王乐府"。他的这些作品，从各方面反映社会矛盾和民间疾苦。这篇《水夫谣》继李白《丁督护歌》之后描写水边纤夫的痛苦。诗以纤夫伤心独白的方式，叙写他的悲惨生活，从而对唐王朝所推行的强制劳役的虐政进行了血泪控诉。

诗以"苦哉"开首，总摄全篇。这一声沉痛的哀叹，震动读者的心弦，引起强烈的反应，读者便急欲了解下文。所以这种领起手法具有很大的吸引力。紧接着说出水夫痛苦的原因。唐代水陆都设有驿站，官府迫使人民为陆驿赶车、喂马，为水驿撑船、拉纤。水夫"生长当驿边"，所以官府就强迫他"牵驿船"。

中唐时代，战争频仍，运输繁忙，为水驿服役，尤其是苦差，所以水夫诉说拉纤的痛苦情况。先概括地总说水夫的生活情形："辛苦日多乐日少。"就像"海鸟"一样，夜晚在水边住宿，白天在沙滩行走。这个比喻，既贴切，又含义深刻。因为海鸟与水夫均以水为生，是同类取譬，而且将人比鸟，则人直是"禽"而已。然后具体而详尽地描述水夫拉纤的艰苦：拉着"万斛重"的重载，"逆风"上行。向前看，要走的道路是水程"迢迢"，茫茫无际；向后看，已走的道路是水波"淼淼"，渺渺无涯，何时是个尽头！白天如此，而最苦的是夜行船。"半夜缘堤"前进，已是举步维艰，再加上"雨雪"霏霏，途路光滑，更有生命危险。拉呀拉，好不容易到站了，仍得从头再拉。就这样，被"驱遣"着来来往往，没个停止。"还复去"，既道出肉体上的折磨，也道出思想上的重压。夜间寒冷，身披"短蓑"，衣服全被淋湿。纤绳磨破了胸口，严寒冻裂了双脚，伤痕浮血，痛彻心骨，何可忍受！黑夜过去，熬到天明，而这种"辛苦"又向谁说呢？官家根本不把劳动人民放在心上，哪里管你死活。腹有苦水，如果能倾吐出来，也可稍解内心的郁结，暂作精神上的慰藉，然而"无处说"，这就更增加积苦的深度，使人透不过气来。尽管如此，还必须照旧劳动，重新"齐声腾踏牵船歌"。"齐声"，由一纤夫引出众纤夫，大家一齐高踏脚步，喊着号子，向前迈进。不难想象，这"歌"声就是愤恨的呼唤、不平的鸣叫啊！这一大段文字，把水夫由明到夜，再由夜到明，日日夜夜，往复拉纤不得休息的辛酸，写得淋漓尽致。

末了，写水夫欲摆脱痛苦的思想活动。既然居住水边，服此沉重的劳役，过着非人的生活，为什么不逃离此地呢？水夫的想法是，家贫如洗，只有"一间茅屋"，能值几何，并非舍不得它，只因为这是"父母之乡"，祖祖辈辈都住在这里，所以"去不得"呀。封建社会"安土重迁"的乡土观念，多么深入人心。从而越觉得劳动人民质朴、善良，值得同情。水夫既不愿离乡背井，又不堪忍受驱使奴役，无法解决这个矛盾，于是只有寄希望于幻想了。他说"我愿此水作平田，长使水夫不怨天"，希望"天"能把河水变作"平田"，使自己既可免役，又可耕地。这幻想虽不切实际，却表达了他真实的心愿。不过耕地又何尝能避免剥削压榨？"怨天"何如"尤人"，把斗争锋芒直刺统治阶级？当然，我们不能以今天的观点要求水夫，只能把这种愿望看做是水夫在官府逼得走投无路、无可奈何的时候，向"天"发出的一种呼告。"人穷则呼天"，可悲，可叹，可怜，却真切感人。

本诗只写了一个纤夫的自述，但所反映的却是所有水边纤夫共同的不幸遭遇，具有典型意义。层次分明，重点突出。对水夫的生活详情和心理活动作了具体生动、细腻入微的描写和刻画，使我们如见到水夫的形象、拉纤的场景，如听到水夫诉苦的声音。诗中有人，诗中有景，诗中有声，产生感人肺腑、催人泪下的巨大的艺术效果。语言通俗自然，不失乐府民歌的本色，又精警凝练，显得浅而能深、直而不野。并能随着水夫思想感情的变化，多次换韵，平仄相间，缓急交错，正与水夫“如怨如慕，如泣如诉”的声调相应合。（宋景昌）

田家行

男声欣欣女颜悦，人家不怨言语别。
五月虽热麦风清，檐头索索缫车鸣。
野蚕作茧人不取，叶间扑扑秋蛾生。
麦收上场绢在轴，的知输得官家足。
不望入口复上身，且免向城卖黄犊。
田家衣食无厚薄，不见县门身即乐。

古代诗人反映农民痛苦，往往从凶年着笔，写水旱灾害，颗粒无收，而官府催征愈急，致使农民倾家荡产，甚至卖儿鬻女，缴纳赋税。如白居易《杜陵叟》说：“三月无雨旱风起，麦苗不秀多黄死。……典桑卖地纳官租，明年衣食将何如?”如范成大《后催租行》说：“老夫田荒秋雨里，旧时高岸今江水。……室中更有第三女，明年不怕催租苦。”而王建这首《田家行》，则从丰年入手。作者真实地反映出农民在丰收之年仍不能温饱的可怜情景。由这一侧面选材，角度较新。

诗的前六句，写丰产给农民带来的喜悦。开首两句，乍一看来，似嫌突兀，但联系下文，便知原因，如此起笔，可谓惜墨如金。原来由于丰产，农民心情愉快而无怨气，所以言语和顺而有别于常日，男人声音“欣欣”，女人颜色怡“悦”。那么，平时因生活艰窘，忧心忡忡，以致男声粗暴，女颜愁苦，就可想而知了。丰产给农民以希望，以宽慰，改变了农民的苦恼情绪。不仅如此，丰产又给农民以鼓舞，以力量。“五月虽热”，但必须抓紧时间，挥镰收割，眼望着麦浪翻滚，金粒到手，哪还顾“足蒸暑土气，背灼炎天光”（白居易《观刈麦》），只觉得南风送“清”，凉爽入心，使人忘记了酷暑，忘记了疲劳。女人们也在屋檐下不停地抽丝，缫车鸣叫，“索索”有声。这样，从地里到家里，镰刀声和缫车声，形成一幅夏收大忙图，汇成一曲夏收交响乐。因为男女把主要精力都集中在丰产的麦子上和丰产的家蚕上，腾不出手去收取“野蚕”，只有任其化为秋蛾在叶间“扑扑”而生了。不取野蚕，并非闲笔，用以反衬大丰产年景使人顾不上那些次要的产品。这一段文字写出农民在丰产时心情多么好、干劲多么大呀！

后六句，写丰收使农民仍然落个空乏。既然年丰如此，农民理应丰衣足食了吧。然而当“麦收上场绢在轴”时，农民一估算所有收获，确切知道够给官府缴纳赋税了。输官“足”，而农民无余，还是缺吃少穿。怎么办呢？农民想道：不必指望这些粮食能够“入口”，这些绢帛能够“上身”，只要能不“向城”里“卖黄犊”，失掉耕牛，就算心满意足了。况且“田家衣食无厚薄”，粗糙之食也可入口，褴褛之衣也可上身，只要不因欠缴赋税而进县衙门，就是莫大的“乐”事了。这是农民在失望之余的自我安慰和无可奈何时的伤心喟叹。其情可悲，其言可悯。从农民怕进城，怕见衙门，也可以看出当时城乡的隔阂和官农的严重对立。这一段文字写出农民的生活多么惨、要求多么低呀！

诗的构思极巧，全篇突出两个重点，并以跌宕的手法，使前一重点转落到后一重点上，既揭示了生活的真实，又增强了艺术感染力。如前面写年成大好，丰收在望，写农民兴奋、忙碌，把人的感情调动到最高度，可是后面写农民一算一想，使感情又从顶点跌落下来。丰收仍然空乏，喜悦变成了酸辛。从心热转为心凉的关键何在呢？就在于"的知输得官家足"，是官府"剥我身上帛，夺我口中粟"(《杜陵叟》)的结果。这"输"字，使人对统治阶级产生无比的愤恨，对农民表示无限的同情。

诗的前后照应密切。首句提出"男"、"女"，以下"麦风清"，应男，"缫车鸣"，应女；"麦收上场"，应男，"绢在轴"，应女；"入口"，指麦，应男，"上身"，指绢，应女；"衣食"，指绢指麦，应女应男。总是围绕男女双方来写，以见农家男女同劳动，同命运。语言明白流畅，而凝练深刻，富有乐府民歌色彩。单以叠字而论，"欣欣"形容男声，"索索"形容缫车鸣，"扑扑"形容秋蛾生，既摹其状，又绘其声，如在眼前，如绕耳际。又适应思想感情的变化凡四换韵，和谐而自然。(宋景昌)

张籍

野老歌

老农家贫在山住，耕种山田三四亩。
苗疏税多不得食，输入官仓化为土。
岁暮锄犁傍空室，呼儿登山收橡实。
西江贾客珠百斛，船中养犬长食肉。

张籍是新乐府运动著名诗人之一。他的乐府诗大都揭露各种社会矛盾。白居易曾赞美他"尤工乐府诗，举代少其伦"，"风雅比兴外，未尝著空文"(《读张籍古乐府》)。中唐时代，官府和豪商对农民进行双重剥削，官府以"威刑获利"，是"豪夺"，豪商以"商品获利"，是"巧取"(范文澜《中国通史》卷三)，像两条吸血管一样吸尽农民的膏血。张籍这首乐府诗《野老歌》，就是对这两种残酷剥削给以无情的揭露，对农民表示无限的同情。

诗共八句，全篇文义连贯而重点突出。前四句把笔锋直刺官府。作者用赋笔，直陈其事，写老农终年劳动而不得食。"老农家贫在山住，耕种山田三四亩。"既"老"且"贫"，居住深"山"，耕种的是土地硗薄的"山田"，而且数量不多，只不过"三四亩"。看似平铺直叙，却把老农艰难困窘的情况表达得极为具体深入。因为强调他是山农，所以连用两个"山"字，加上下文的"山"字，"山"字凡三出，这是有意识的重复。"苗疏税多不得食，输入官仓化为土。"由于土质不好，"苗疏"是必然现象。

而官府又“税多”，这就形成了农民与官府的尖锐矛盾。中唐时期，唐王朝财政拮据，苛捐杂税，多如牛毛，横征暴敛，无孔不入，“任是深山更深处，也应无计避征徭”（杜荀鹤《山中寡妇》），于是这个老山农仅有的不足糊口的食粮，也被搜刮尽净而“不得食”了。眼看着这些用汗水浸透的颗粒被“输入官仓”，已经令人伤心落泪，而“化为土”，更令人切齿痛恨。唐王朝统治者尽情掠夺，把农民好不容易从“土”中得来的食粮，积压在仓廪里使它又变成了“土”。这里，不仅揭示出农民“劳而不得食”和统治者“不劳而食”的不合理现象，更揭示出农民对食粮视之如生命和统治者对食粮弃之如粪土的严重的阶级对立。从“不得食”到“输入官仓”到“化为土”，逐层深入地表达了老农的痛苦并暴露了统治者的罪恶。

后四句把笔锋转刺豪商。五、六句，承上启下，是绾毂句。作者仍以直叙的赋笔，写老农采集山果聊以充饥。“岁暮锄犁傍空室，呼儿登山收橡实。”可怜呵，辛苦一年，到了“岁暮”，却落得个“空室”，四壁徒立，一无所有，劳动果实全被攫取去了。唯一剩下的只有那冬闲时暂且不用的“锄犁”这些生产工具，只有它们默默地和自己相对而已。此情此景，多么令人酸楚。然而锄犁还可以傍墙休息，而人却休息不得。因为室内空空，饥肠辘辘，冬夜漫漫，“何以卒岁”，老农不得不“收橡实”来填肚子了。但时届冬日，橡子散落山冈，采集并非易事，自己又衰老无力，动作不便，所以“呼儿登山”，老少一齐出动，希望能多拣一些，以便“自冬及于春，橡实诳饥肠”（皮日休《橡媪叹》）。

作者叙写老农生活艰辛至此，忽然宕开一笔，引出“西江贾客珠百斛，船中养犬长食肉”，似乎与上面文义并不连属。其实，这是诗歌中常用的跳跃笔法，省去了“老农生活如此，且看商人生活如何”这类关联语句。“西江”，应指西来的大江，即长江，似不指广西的西江，即上江。因在中唐时，长江航运发达，最便于商贾往来。元稹《相忆泪》：“西江流水到江州，闻道分成九道流。”即以西江为长江。江上的贾客既有“珠百斛”，当是珠宝商。那时候，由于波斯商人贩卖珠宝，频来华夏，刺激唐朝珠宝商业的兴起。做这种买卖，最迎合统治阶级奢华生活的欲求，最容易牟取暴利，因此，这些富商巨贾拥有大量钱财，生活非常阔绰。他们大腹便便，稳坐在高大的画船里，养着专供玩弄取乐的“犬”，让犬也“长食肉”。这就引起我们的联想：一边是老农在山上艰苦地拣橡子为食，贫困不堪；一边是富商在船里安闲地用肉来喂狗，挥霍无度，形成鲜明的对照。贫富悬殊，致使人不如狗，这成了什么世界！所以最后两句在全诗的比重虽不大，而分量却不轻。作者另有一首《估客乐》诗，描写贾客们“年年逐利西复东，姓名不在县籍中”的无忧无虑、快乐逍遥之后却说“农夫税多长苦辛，弃业宁为贩宝翁”，写法与此大体相类，可与本诗对读。

本诗有很高的艺术成就。就选材说，在农民中选取最穷苦的山农，在商人中选取最豪富的珠宝商作为写作对象，都具有典型意义。就表现方法说，用了两个对比手法：以“苗疏”与“税多”、以“不得食”与“化为土”，将农民和官府作对比；以人吃“橡实”与狗“食肉”，将农民和豪商作对比。自始至终，只作客观叙写，不加任何评论，让读者从两个对比中，产生是非曲直、爱憎褒贬的思想感情。含蓄而不尽露，给人以思考、想象的余地。就语言说，明白如话，不事藻饰，不加雕琢，而却精警、深刻，显然是经过推敲、斟酌的，正像姚合在《赠张籍太祝》说的"新语是人知"，王安石在《题张司业诗》说的"成如容易却艰辛"。就用韵说，八句三换韵。"亩"、"土"，上声麌韵；"室"、"实"，入声质韵；"斛"、"肉"，入声屋韵：都与内容适应，情调吻合，自然、和谐而统一。（宋景昌）

秋　思

洛阳城里见秋风，欲作家书意万重。
复恐匆匆说不尽，行人临发又开封。

"唐三百年以绝句擅场。"（《唐人万首绝句选·序》）诗人以绝句这一短小的文学形式，抒情、写景、记事，或寓情于景，或寓情于事。张籍这首绝句便属于后者。秋日思乡，在诗歌中是常见的主题，而这首诗却选材别致，抓住写寄家书时的思想活动和行动细节，真实地表达了他对于家乡和亲人的深切怀念，显示出独特的审美观点和艺术构思。

首句"洛阳城里见秋风"，便点出客居的地点是"洛阳"，时间是"秋"天。紧扣题目"秋"字。这一句，看似平淡，却断不可缺少，因为它道出了作者思乡、写寄家书的起因。值得注意的是"见"字。照常理讲，秋风可感，可闻，却不可见。但秋风起，"草拂之而色变，木遭之而叶脱"（欧阳修《秋声赋》），自然界呈现一派凋零、衰败的景象，却具体在目。用"见"字，就唤起人们因秋风而联想到惨淡的秋色和秋貌。他乡游子见到这萧条、凄凉之状，自然会勾起孤独、飘零之感，泛起怀乡、思家之念。若再深一层想，这个开首句，似是写景，还可能是用典。晋代张翰的故事，不仅载之史册，还常被用作文学掌故。作者和张翰都是苏州人，同乡又同姓，对张翰的事迹必是很了解的。当年张翰在洛阳为吏，"因见秋风起，乃思吴中菰菜、莼羹、鲈鱼脍……遂命驾而归"（《晋书·张翰传》）。如今作者也在洛阳，也见秋风，也思念家乡。这"见秋风"，想必就是从"因见秋风起"而来。所以"洛阳城里见秋风"，也可以说是用事兴起，暗示自己就和当年张翰在洛阳一样，见秋风而思归。这样，就使起笔的内涵更丰富，更带感情。

"欲作家书意万重"，扣题从"思"字着笔。当年张翰能"命驾而归"，而作者显然不能，原因没有明说，但因此更增加他惆怅的心情，则是不言而喻的。于是"欲作家书"，向亲人们告诉自己羁旅异乡的生活情况。"欲"字，表现作者的急切心愿。但当摊开纸、提起笔就要书写的时候，却"意万重"，千头万绪，萦绕心怀，纵有千言万语，一时不知从何说起，怎样下笔。只三个字，把在激情下所常有的复杂、迷惘的心态，描写得十分真实。联系下文，可知作者终于匆忙地把信写好，并且封入信封。这层意思诗中省略而未明言，这是因为绝句体积小，容量有限，要使内容更充实，就必须剪去浮词，采用跳跃的笔法。

"复恐匆匆说不尽，行人临发又开封。""复恐"，转入另一思想活动。书已成，封已毕，一切都停当了，按说可以放心了。但当捎信人就要出发的时候，忽又觉得刚才"匆匆"挥笔，还恐怕有些事没有写上，有些话没有说透，于是又急忙拆开信封。

这思想，这动作，只是生怕漏写了什么，并非真的忘写了什么，是内心无端产生疑惑的一种表现，并非确认还须增入哪些内容。惟其如此，才能把客子的心理状态写得细腻入微。如果认为作者确实又想起了某件事或某些话，打开信封，再添上去，那就变成了死板板的纪实，就大大地降低了诗情、诗味和诗趣。这个细节是生活中为人们所熟知常见的，但只有诗人把它放在特定的环境中加以描写时，才产生巨大的艺术魅力。

全诗通过写信、封信、开封，抒写怀土思亲之情，层次分明而承转自然。因“见秋风”引起“欲作家书”；因“作家书”而感到“意万重”；因“意万重”而又怕“说不尽”；因怕“说不尽”而忽然“又开封”。曲折多变，却环环相扣。读这首绝句不禁使人想到岑参的绝句《逢入京使》：“故园东望路漫漫，双袖龙钟泪不干。马上相逢无纸笔，凭君传语报平安。”前二句写思乡，后二句写捎信。因“马上相逢”，没有“纸笔”，不能够修书，只有托入京使向家里传个平安的口信。“平安”二字虽短，却合情合理。一则因时间仓促，无暇多说；一则因他从征西域，家人最担心的是平安问题，所以言短而意切。本诗所写的是旅舍秋怀，思绪联翩，所以纸短而情长。两位诗人的生活道路不同，生活背景不同，所以表现的方法也就不同。岑诗直截了当，张诗委曲婉转，可谓异曲同工。

（宋景昌）

韩　愈

山　石

山石荦确行径微①，黄昏到寺蝙蝠飞。
升堂坐阶新雨足，芭蕉叶大栀子肥。
僧言古壁佛画好，以火来照所见稀。
铺床拂席置羹饭，疏粝亦足饱我饥。
夜深静卧百虫绝，清月出岭光入扉。
天明独去无道路，出入高下穷烟霏。
山红涧碧纷烂漫，时见松枥皆十围。
当流赤足踏涧石，水声激激风吹衣。
人生如此自可乐，岂必局束为人鞿②？
嗟哉吾党二三子，安得至老不更归！

诗以开头“山石”二字为题，却并不是歌咏山石，而是一篇叙写游踪的诗。这诗汲取了散文中有悠久传统的游记文的写法，按照行程的顺序，叙写从“黄昏到寺”、“夜深静卧”到“天明独去”的所见、所闻和所感，是一篇诗体的山水游记。在韩愈以前，纪游诗一般都是截取某一侧面，选取某一重点，因景抒情。汲取游记散文的特点，详记游踪，而又诗意盎然，《山石》是有独创性的。

按照时间顺序依次记述游踪，很容易弄成流水账。诗人手段高明，像电影摄影师一样选好外景，人物在前面活动，摄影机在后面推、拉、摇、跟，一个画面接着一个画面，在我们眼前出现。每一画面，都有人有景有情，构成独特的意境。全诗主要记游山寺，一开头，只用"山石荦确行径微"一句，概括了到寺之前的行程，而险峻的山石，狭窄的山路，都随着诗中主人公的攀登而移步换形。这一句没有写人，但第二句"黄昏到寺蝙蝠飞"中的"到寺"二字，就补写了人，那就是来游的诗人。而且，说第一句没写人，那只是说没有明写；实际上，那山石的荦确和行径的细微，都是主人公从那里经过时看到的和感到的，正是通过这些主观感受的反映，表现他在经过了一段艰苦的翻山越岭后，黄昏之时，才到了山寺。"黄昏"，怎么能够变成可见可感的清晰画面呢？他巧妙地选取了一个"蝙蝠飞"的镜头，让那只有在黄昏之时才会出现的蝙蝠在寺院里盘旋，就立刻把诗中主人公和山寺统统笼罩于幽暗的暮色之中。"黄昏到寺"，当然先得找寺僧安排食宿，所以就出现了主人公"升堂"的镜头。主人公是来游览的，游兴很浓，"升堂"之后，立刻退出来坐在堂前的台阶上，欣赏那院子里的花木，"芭蕉叶大栀子肥"的画面也就跟着展开。因为下过一场透雨，芭蕉的叶显得更大更绿，栀子花开得更盛更香更丰美。"大"和"肥"，这是很寻常的字眼，但用在芭蕉叶和栀子花上，特别是用在"新雨足"的芭蕉叶和栀子花上，就突出了客观景物的特征，增强了形象的鲜明性，使人情不自禁地要赞美它们。

时间在流逝，栀子花、芭蕉叶终于隐没于夜幕之中。于是热情的僧人便凑过来助兴，夸耀寺里的"古壁佛画好"，并拿来火把，领客人去观看。这当儿，菜饭已经摆上了，床也铺好了，连席子都拂拭干净了。寺僧的殷勤，宾主感情的融洽，也都得到了形象的体现。"疏粝亦足饱我饥"一句，图画性当然不够鲜明，但这是必不可少的。它既与结尾的"人生如此自可乐，岂必局束为人鞿"相照应，又说明主人公游山，已经费了很多时间，走了不少路，因而饿得很。

写夜宿只用了两句。"夜深静卧百虫绝"，表现了山寺之夜的清幽。"夜深"而百虫之声始"绝"，那么在"夜深"之前，百虫自然在各献特技，合奏夜鸣曲，主人公也在欣赏夜鸣曲。正像"鸟鸣山更幽"一样，山寺之夜，百虫合奏夜鸣曲，就比万籁俱寂还显得幽静。而静卧细听百虫合奏的主人公，也自然万虑俱消，心境也空前清静。夜深了，百虫绝响了，接踵而来的则是"清月出岭光入扉"，主人公又兴致勃勃地隔窗赏月了。他刚才静卧细听百虫鸣叫的神态，也在"清月出岭光入扉"的一刹那显现于我们眼前。

作者所游的是洛阳北面的惠林寺，同游者是李景兴、侯喜、尉迟汾，时间是唐德宗贞元十七年(801)农历七月二十二日。农谚有云："二十一、二、三，月出鸡叫唤。"可见诗中所说的"光入扉"的"清月"，乃是下弦月，它爬出山岭，照进窗扉，已经鸡叫头遍了。主人公再欣赏一阵，就该天亮了。写夜宿只两句，却不仅展现出几个有声有色的画面，表现了主人公彻夜未睡，陶醉于山中夜景的情怀，而且水到渠成，为下面写离寺早行作好了过渡。"天明"以下六句，写离寺早行，跟着时间的推移和主人公的迈步向前，画面上的光、色、景物在不断变换，引人入胜。"天明独去无道路"，"无道路"指天刚破晓，雾气很浓，看不清道路，所以接下去，就是"出入高下穷烟霏”的镜头。主人公“天明”出发，眼前是一片“烟霏”的世界，不管是山的高处还是低处，全都浮动着濛濛雾气。在浓雾中摸索前进，出于高处，入于低处，出于低处，又入于高处，时高时低，时低时高。此情此景，岂不是饶有诗味，富于画意吗？烟霏既尽，朝阳熠耀，画面顿时增加亮度，“山红涧碧纷烂漫”的奇景就闯入主人公的眼帘。而“时见松枥皆十围”，既为那“山红涧碧纷烂漫”的画面添景增色，又表明主人公在继续前行。他穿行于松栎树丛之中，清风拂衣，泉声淙淙，清浅的涧水十分可爱。于是他赤着一双脚，涉过山涧，让清凉的涧水从足背上流淌，整个身心都陶醉在大自然的美妙境界中了。诗写到下山为止，游踪所及，逐次以画面展现，像旅游纪录影片，随着游人的前进，一个个有声有色有人有景的镜头不断转换。结尾四句，总结全诗，所以姑且叫做“主题歌”。“人生如此”，概括了此次出游山寺的全部经历，然后用“自可乐”加以肯定。后面的三句诗，以“为人鞿”的幕僚生活作反衬，表现了对山中自然美、人情美的无限向往，从而强化了全诗的艺术魅力。

这首诗为传统的记游诗开拓了新领域，它汲取了山水游记的特点，按照行程的顺序逐层叙写游踪。然而，却不像记流水账那样呆板乏味，其表现手法是巧妙的。此诗虽说是逐层叙写，仍经过严格的选择和经心的提炼。如从“黄昏到寺”到就寝之前，实际上的所经、所见、所闻、所感当然很多，但摄入镜头的，却只有“蝙蝠飞”、“芭蕉叶大栀子肥”，寺僧陪看壁画和“铺床拂席置羹饭”等殷勤款待的情景。因为这体现了山中的自然美和人情美，跟“为人鞿”的幕僚生活相对照，使诗人萌发了归耕或归隐的念头，是结尾“主题歌”所以形成的重要根据。关于夜宿和早行，所摄者也只是最能体现山野的自然美和自由生活的那些镜头，同样是结尾的“主题歌”所以形成的重要根据。

再说，按行程顺序叙写，也就是按时间顺序叙写，时间不同，天气的阴晴和光线的强弱也不同。这篇诗的突出特点，就在于诗人善于捕捉不同景物在特定时间、特定天气里所呈现的不同光感、不同湿度和不同色调。如用“新雨足”表明大地的一切刚经过雨水的滋润和洗涤，这才写主人公于苍茫暮色中赞赏“芭蕉叶大栀子肥”，而那芭蕉叶和栀子花也就带着它们在雨后日暮之时所特有的光感、湿度和色调，呈现于我们眼前。写月而冠以“清”字，表明那是“新雨”之后的月儿。写朝景，新奇而多变。因为他不是写一般的朝景，而是写山中雨后的朝景。他先以“天明独去无道路”一句，总括了山中雨霁，地面潮湿，黎明之时，浓雾弥漫的特点，然后用“出入高下穷烟霏”一句，画出了雾中早行图。“烟霏”既“穷”，阳光普照，就看见涧水经雨而更深更碧，山花经雨而更红更亮，于是用“山红涧碧”加以概括。山红而涧碧，红碧相辉映，色彩已很明丽。但由于诗人敏锐地把握了雨后天晴，秋阳照耀下的山花、涧水所特有的光感、湿度和色调，因而感到光用“红”、“碧”还很不够，又用“纷烂漫”加以渲染，才把那“山红涧碧”的美景表现得鲜艳夺目。

这篇诗，极受后人重视，影响深远。苏轼与友人游南溪，解衣濯足，朗诵《山石》，慨然知其所以乐，因而依照原韵，作诗抒怀。他还写过一首七绝：“荦确何人似退之，意行无路欲从谁？宿云解驳晨光漏，独见山红涧碧诗。”诗意、词语，都从《山石》化出。金代元好问《论诗三十首》其二十三云：“有情芍药含春泪，无力蔷薇卧晚枝。’拈出退之《山石》句，始知渠是女郎诗。”他的《中州集》壬集第九（拟栩先生王中立传)说:“予尝从先生学,问作诗究竟当如何?先生举秦少游《春雨》诗为证,并云:此诗非不工,若以退之‘芭蕉叶大栀子肥’之句校之,则《春雨》为妇人语矣。”可见此诗气势遒劲,风格壮美,一直为后人所称道。(霍松林)

【注】①荦(luò 落)确:山石不平的样子。②靰(jī 机):马缰绳。比喻受人牵制、束缚。

调张籍

李杜文章在,光焰万丈长。
不知群儿愚,那用故谤伤!
蚍蜉撼大树,可笑不自量。
伊我生其后,举颈遥相望。
夜梦多见之,昼思反微茫。
徒观斧凿痕,不瞩治水航。
想当施手时,巨刃磨天扬。
垠崖划崩豁,乾坤摆雷硠。
惟此两夫子,家居率荒凉。
帝欲长吟哦,故遣起且僵。
剪翎送笼中,使看百鸟翔。
平生千万篇,金薤垂琳琅。
仙官敕六丁,雷电下取将。
流落人间者,太山一毫芒。
我愿生两翅,捕逐出八荒。
精神忽交通,百怪入我肠。
刺手拔鲸牙,举瓢酌天浆。
腾身跨汗漫,不著织女襄。
顾语地上友:“经营无太忙!
乞君飞霞珮,与我高颉颃。”

元和年间,李绅、元稹、白居易相继写新题乐府诗,一时蔚为风气,影响甚大。其中,以白居易成就最高,被视为新乐府运动的核心人物。由于文学观念的差异,元、白相继对非“新乐府”的作品采取抑制的态度。元和八年(813),元稹在《杜工部墓志铭》中称赞杜甫,贬抑李白;元和十年,白居易在《与元九书》中,不仅抑李,而且对杜亦不乏微词。特别饶有趣味的是,诗人张籍既和韩愈有密切的关系,又和白居易有创作上的联系,他的乐府诗备受白居易称赏,谓之“举代少其伦”。如何正确评述以往的作家作品?如何使好友张籍不受这种艺术偏见的影响?韩愈颇费心机。从题目开始,精心设计,精心构思。“调(tiáo 条)”,调侃。以谐谑的方式设置题目,对张籍,不失好友、老友姿态;于白、元,亦可在情绪上缓冲,一个“调”字,掩盖着一场艺术审美的严肃分歧。寓庄于谐,匠心良苦。

“李杜文章在，光焰万丈长。”两句开门见山，直接标出自己的见解，干脆利索，毫无转弯抹角的扭捏之态。从艺术的角度说，这样开头，是先声夺人，于旧说，有强烈的冲击力。“不知群儿愚，那用故谤伤！蚍蜉撼大树，可笑不自量。”批驳反面意见，也是单刀直入，不避锋芒。以“群儿”缀“愚”，既照应题目的“调”，又居高临下，气势夺人。韩愈以为，扬杜抑李，或者抑杜抑李，都是不正确的，因而只是“故谤伤”。一个“故”字，带着强烈的情绪性。接着，又用“蚍蜉撼大树，可笑不自量”这个比喻性的批判，将“不知群儿愚，那用故谤伤”推向决绝的高峰。“蚍蜉”，蚂蚁的一种。韩诗力忌平弱，本诗开篇，气势挺拔，硬语横空，确乎不凡。

“伊我生其后”以下十句，写李杜诗歌气势宏放，艺术高超。“伊我生其后，举颈遥相望。夜梦多见之，昼思反微茫”是一个铺垫。“伊”，发语词。举颈相望的倾慕，夜梦昼思的景仰，是因为李、杜是诗歌艺术的巨匠。李、杜诗歌的艺术成就，并不是一望即知，一学即得的，它高深莫测，复杂奥妙。为了将这个深入的认识化成诗的语言，韩愈以夏禹治水为例，说“徒观斧凿痕，不瞩治水航。想当施手时，巨刃磨天扬。垠崖划崩豁，乾坤摆雷硠”。这个形象性的比喻，内涵极深，是说：后人看前人，只见其作品，不见其时代风貌，不见其时代人情，难解其作品的艺术奥秘，犹如夏禹治水，后人虽见其斧凿之痕，难睹其规划之妙，可以想见当初动手时当是巨刃摩天，崖谷崩塌，乾坤震荡。“磨”，摩。“垠崖”，高大山崖。“崩豁”，崩塌。“雷硠（láng 郎）”，山崩之声。言外之意，后人所见李、杜作品，在李、杜时代，也有惊天动地震撼江山的力量。一个时代有一个时代的风貌，一个时代有一个时代的人情，一个时代有一个时代的诗歌，以后约前，以前齐后，并不见得可取。足见李、杜诗歌艺术成就极高，否定不了。

崇尚其艺术，同情其为人，原是文学评论中的常事，“惟此两夫子”十二句在同情李、杜时，又暗刺抑李、杜者一笔。从艺术创作论的角度说，“惟此两夫子，家居率荒凉。帝欲长吟哦，故遣起且僵”包含着文穷而后工的命意。众所周知，李白一生政治上未被任用，终身潦倒，贫病而死。杜甫一生，政治上不得志，晚年长时间漂泊西南，死无正寝之所。“率荒凉”，饱含着辛酸。正因为他们才华出众而生活艰难，才写出了许多杰出的诗章。“帝欲长吟哦，故遣起且僵”，仿佛是命运的注定，天帝的安排。韩愈写诗好奇伟，将李、杜的落魄说成是天帝为了读他们的好诗而故意安排的，又是一例。“剪翎送笼中，使看百鸟翔。平生千万篇，金薤垂琳琅”四句，再一次强化文穷而后工的命意。“翎”，翎毛。剪去翎毛，不能腾飞，又闭置笼中，困顿至极。又使看百鸟飞翔，将行动困顿和心理激荡形成反差，妙思佳构，如泉流涌。“平生千万篇，金薤垂琳琅。”“金”，金错书，字体瘦削。“薤（xiè 泻）”，倒薤书，笔画细长。“琳琅”，美玉。作品千万篇，如金错、倒薤，琳琅满目。这个说法有两层意思：一是李、杜一生，佳作甚多；二是暗射白居易说李、杜乐府之作不多。虽然李、杜名篇宏富，然流传下来仅是其中的一小部分，“仙官敕六丁，雷电下取将。流落人间者，太山一毫芒”四句承上进一步申述此意。“六丁”，道教神名称。“取将”，取。李、杜名篇佳作，多被六丁奉命取走，今日所见，不过“太山一毫芒”而已。就诗势而言，这十二句依然居高不下，在“横空盘硬”，显示出奇伟的艺术才能。

“我愿生两翅”以下十二句，着意追随，精神感通，照应诗题，完成结构。“我愿生两翅，捕逐出八荒。精神忽交通，百怪入我肠。”交代学习李、杜的效应。“八荒”，四海以外的极远之处。“捕逐出八荒”，追随李、杜，飞出人寰，忽有所悟，精神交通。

"百怪入我肠",奇思妙想,纷至沓来。"百怪"二字,妙不可言!"刺手拔鲸牙",当称一怪。"刺手",反手。下海拔鲸牙,易如反掌。"举瓢酌天浆",当称二怪。上天饮琼酒,易如举手。"腾身跨汗漫,不著织女襄",当称三怪。"汗漫",无边无际的高空。"襄",用《诗·小雅·大东》"跂彼织女,终日七襄"意。毛笺释"襄"为"驾"。腾身飞跨高空,无须织女驾车。"怪"而为"三","三"乃虚数,与"百"相应。"百怪入我肠",文思大进。从正面说,学李、杜,获益匪浅;从反面说,意在言外,读者可以想见。前已述及,张籍的特殊地位确实存在着艺术的倾向性问题。"顾语地上友:'经营无太忙!乞君飞霞珮,与我高颉颃。'"既戏谑,又真诚。艺术见解争论,不失友朋风度。"珮",古人的装饰品。"飞霞珮",借指仙人的服饰。"颉颃",上下飞翔。这里规劝张籍等诸友要追踪李、杜在广大的空间驰骋才力,则可超出时辈。最后的呼唤,超凡拔俗,给全诗作了极妙的总结。

《调张籍》立意高妙,构思新奇,千百年来,有口皆颂。"李杜文章在,光焰万丈长",是千古不易的定论;"蚍蜉撼大树,可笑不自量",是千古流传的比喻。好诗,名句,相得益彰。

(汤贵仁)

左迁至蓝关示侄孙湘

一封朝奏九重天,夕贬潮州路八千。
欲为圣明除弊事,肯将衰朽惜残年!
云横秦岭家何在?雪拥蓝关马不前。
知汝远来应有意,好收吾骨瘴江边。

韩愈平生遭际,虽恰如整部中国古代文学史所折射的文人墨客的共同宿命,少的是长风破浪,多的是忧患困顿,不过因直言上书力谏宪宗"迎佛骨入大内"的昏悖之举而触"人主之怒",致以衰暮之身痛遭远谪,却无疑是诗人仕途及人生中最富个性和胆识光彩,也因而情势最危急、挫折最重大的一次。

元和十四年(819),诗人满怀悲愤辞京前往八千里外被视为蛮荒之地的潮州(今广东东部),行至蓝田县境,侄孙韩湘赶来相伴同往。面对亲情挚挚、关切殷殷的晚辈,诗人无以沉默,其事其情尽泻笔端,便产生了这首沉雄浩茫、流韵千古的著名诗章。

开篇先叙其事。一封而获罪,朝奏夕贬,可知九重之上的雷霆之怒。以封建纲常的观念ABC论之,当是多少意味着人臣之失,也包括官体之辱。那么作为当事者,一般说及时,纵能不违心做"诚惶诚恐"套语,也多半出以曲折隐晦,以示其难言或不便言、不堪言,所谓"风人之旨"、"温柔敦厚"云云。这首诗也许由于诗人深谙此去前途的险恶而宁愿不抱任何幻想,难得地超脱了封建士大夫乃至许多天才人物极少能超脱的平庸心态,毫不闪烁其词。起句便采用明畅甚至近乎亢扬的语势律节,和所叙事体本身的低调形成醒目的反差。不仅分明显示出诗人自觉无愧因而无悔的坦然内心,简直可以说大有挑战意味的无所顾忌和淋漓痛快。

次联补叙事由,或云动机。耿介风骨,平生孤愤,至此发乎不得不发,索性一气倾泻。上句磊落里带傲岸,说是剖白心曲,不如说满溢真理在手并足以面对天下的自信;下句慷慨中见痛切,不唯直抒胸臆,还勾画出事先并非估计不到可能付出的代价，但仍知其不可为而为之，悲慨精神灼然可见。

五、六句由追述突然切入现实情境。时空虽划然转换，但由于紧承上句的心理脉络，若明若暗构成因果，使置身其中的大千物象宛如从方寸或云主观视角中推出、化出，思路开合跳荡而不觉突兀断裂，极为舒脱，又极为严谨。“云横秦岭（秦岭山脉，在蓝关之南）”，“雪拥蓝关（蓝田关，在今陕西省蓝田县）”，措辞取事皆大气磅礴，混茫壮丽，意象略带苍凉而不失之愁惨衰飒，单看颇具边塞诗特有的豪宕潇洒。接之以“家何在”、“马不前”，既是情绪的自然延伸、事实的准确摹写，语感和气氛又鲜明而微妙地暗中完成了某种转折，雄阔眼界，纵横情怀，在此恰恰烘托和强化了诗人失路的悲怆，进退的迷茫。这两句诗也在很大程度上因此而获得了极其独特的表情魅力，遂成绝唱。

结尾二句直白如娓娓对谈。内容虽沉痛近乎嘱托后事，出语却平静安详，调式更是从容轻缓，以致很难分辨其中主要是沉淀着源于屈原情结的“九死不悔”的执著，还是更多几分激愤之极的决绝，抑或几分勘破之余的冷峻旷达？也许兼而有之。值得注意的是，善于“以文入诗”，因而成其一家特色，有时又不免稍伤之直和硬的韩愈，在这里不仅语气的把握上富于生活情味的良好弹性，而且隐隐透出一丝对命运、对生死、对自身以及天人之际的黑色幽默，使全诗情绪十分立体化，既单纯又复杂，沉郁而不凄婉，宣泄多于叹息，显示出典型的韩愈式人格气质。

论家常以“追步杜诗”来归纳这篇作品的风格。实际上无论其人还是其诗，较之杜甫，韩愈都明显更直观，更多纵情，更毕露锋芒，甚至可以说带点儿天真率性乃至浮躁。因此以“沉郁顿挫”来形容，未免不得其本色而失之皮相。这首诗尤其如此。（匡　扶　匡文立）

刘禹锡

西塞山怀古

王濬楼船下益州，金陵王气黯然收。
千寻铁锁沉江底，一片降幡出石头。
人世几回伤往事，山形依旧枕寒流。
今逢四海为家日，故垒萧萧芦荻秋。

如诗题所示，这是一首怀古之作。作者曾因参加王叔文集团政治革新而遭贬谪达二十余年。在长期遭受政治压抑的情况下，他写诗多借怀古以表达自己的政治见解，常把对现实的批判寄寓在对历史陈迹的咏叹之中，感讽深婉，耐人寻味。这首《西塞山怀古》，就是此类诗的优秀篇章之一。

这首诗，写于唐穆宗长庆四年（824）秋季。当时，作者在贬谪中正由夔州（今四川奉节）刺史改调和州（今安徽和县）刺史。他沿江东下，途经过去曾为孙吴西部江防要害的西塞山（位于今湖北大冶东约九十里处），登临凭吊，俯视江流，回溯历史，联想现实，写下了这首名诗。

诗的前四句直切题面，追叙了西晋灭吴的一段史事。当时晋武帝司马炎直接主持，由大将军（当时全国最高军事将领）贾充统领六路大军，在东起滁州（今安徽滁县）、西至益州（今四川成都）长达数千里的广阔战线上向孙吴发起进攻。而孙吴则竭尽全力，多方设防，进行抗击，前后历时近五个月，东吴都城建业失守，吴主孙皓肉袒出降。追叙此次重大战役，可以了解作者用笔之妙。作者的高明之处在于避开对战役的全方位描述，而只捉住与西塞山直接有关的情节，突现其总体形势，摩状其关键场景，从而刻画出生动的富于启示性的复杂意象，为后面的抒怀奠定了坚实的基础。

“王濬楼船下益州，金陵王气黯然收。”诗一开篇就鲜明地展现出攻守双方力量对比悬殊，胜败大局已定的总体形势。首句写西晋进攻。“王濬”，西晋初年益州刺史，伐吴时为龙骧将军。“楼船”，战船。《晋书·王濬传》载：“武帝谋伐吴，诏濬修舟舰。濬乃作大船连舫，方百二十步，受二千余人，以木为城，起楼橹，开四出门，其上皆得驰马往来，舟棹之盛，自古未有。”可见，这是一种装备十分完善，规模空前巨大的水上战具。“下益州”，是说王濬水师沿江东进，直指孙吴。句中“下”字，不仅点明了船队顺流而驶的情景，而且渲染了水师挺进孙吴，所向披靡的凌厉攻势。次句写孙吴败象。“金陵”，又名“建业”，即今之南京市。当时为孙吴都城，其后东晋，南朝宋、齐、梁、陈诸朝，也均建都于此，故有“六朝古都”之称。“王气”，古代迷信认为帝王所在地的上空笼罩着一种吉祥云气，它的存在与消失，征兆着国家的兴盛和衰败。按“金陵王气”之说，由来已久。“金陵”，古称“秣陵”，公元前333年，楚灭越，楚威王疑其地有“王气”，于是埋以重金镇之，因改称“金陵”。尔后发此议者代不乏见。如秦始皇统一大业既成，仍不无疑虑地感慨：“东南有天子气。”又如三国时诸葛亮也曾赞叹：“钟山龙蟠，石城虎踞，帝王之宅也。”这里，诗人是以“金陵王气”象征孙吴政权。全句意谓：孙吴国祚已尽，败亡之象已显露无遗。句中“收”字，既显示了其不堪一击的虚弱本质，又渲染了其不攻自败的狼狈形象。通观此联，先由“益州”、“金陵”相距遥遥的两处地名拉出攻守战线之长，再以“下”、“收”紧密呼应的两个动词形容战事进展之速，这就形成了一种愈见其长、愈显其速的对称互补的格局，收到了先声夺人、震聋发聩的艺术效果。确如前人所评：“起手如黄鹤高举，见天地方圆。”（沈德潜《唐诗别裁》）“一、二（句）苍秀，下字有描写得势之神。”（胡以梅《唐诗贯珠》）

“千寻铁索沉江底，一片降幡出石头。”紧承上联“黯然收”三字，形象地描绘了孙吴败降的最后场景。《晋书·王濬传》载：“吴人于江险碛要害之处，并以铁锁横截之。又作铁锥，长丈余，暗置江中，以逆距船。”而“濬乃作大筏数十，亦方百余步，缚草为人，被甲持杖，令善水者以筏先行，筏遇铁锥，锥则著筏去。又作火炬，长十余丈，大数十围，灌以麻油，在船前，遇锁，燃炬烧之，须臾，熔液断绝，于是船无所碍”。“千寻”句就是对这一史实的艺术概括。“寻”，古时长度单位，八尺为寻。“千寻铁索”，统指孙吴据以拦阻西晋水师的江防设施。这里，以“千寻”饰“铁索”，不仅极言铁索之长，而且尤状江防之固。但，如此坚固的江防设施也居然“沉江底”了，这就愈见其失败之惨。一个“沉”字，用得颇为精警，读着它，直让人感到当年孙吴江防全线土崩瓦解、烟消灰灭的场景仿佛重现眼前。又据《晋书·王濬传》载："(孙)皓闻濬军旌旗器甲，属天满江，威势甚盛，莫不破胆。""乃备亡国之礼，素车白马，肉袒面缚，衔璧牵羊，造于垒门。""一片"句则是对这一史实的艺术概括。"一片"，言其渺小。"降幡"，乞降之旗。按"幡"字，本可作"旛"，这里不言"旛"而言"幡"，颇可玩味。据段玉裁《说文解字》注，"幡"为"书儿拭觚(木牍，类似后世之粉板)布也"。如此，则曰"一片"、曰"降幡"者，即不啻是说一块破擦布而已。旗而竟似一块破布，其卑秽自明。于是，更见出对其极端鄙视和讥讽之意。"石头"，石头城之省称，原为金陵城西的一座古城，故址在今江苏省南京市清凉山，这里借指孙吴都城——金陵。"出石头"，指乞降的旗子从吴国都城金陵的城头打出来，表明孙吴已彻底失败，最后认输。一个"出"字，用得十分传神。读着它，让人不难想见吴主孙皓穷途末路，无计可施，只好乖乖儿举起白旗，向晋军乞降的畏葸之态。此联以"千寻"与"一片"、"铁锁"与"降幡"、"沉江底"与"出石头"形成了大与小、守与降、沉与出的强烈的多重反差对比，突出地显示了孙吴凭险割据的情形，尽管其江防坚固，也终究无济于事，具有极强的艺术启迪力。

诗的后四句专就题面"怀"字生发，层层深入地表达了借吊古以伤今的主旨。"人世几回伤往事，山形依旧枕寒流。"此联且承且转，水到渠成地引入对历史陈迹的深沉感怀。"人世"句中的"人世几回往事"，特指六朝相继败亡之事，着此数字，即统揽全局地括尽了六朝兴废的历史，确乎"若有上下千年，纵横万里在其笔底者"(汪师韩《诗学纂闻》)。意谓：因割据而招致败亡的悲剧并不独归孙吴一家，其后偏安江左，建都金陵，包括东晋以及南朝宋、齐、梁、陈等数代王朝，也都走马灯似的相继败亡，无一幸免覆灭的命运。而"伤"字，则义兼双关：既一针见血地点破了上述诸朝总只停留于对前朝悲剧的空叹，却不认真记取教训，结果一一重蹈覆辙；又集中地表达了作者对历朝覆灭命运的深沉感慨。这里包含着《阿房宫赋》所谓"后人哀之而不鉴之，亦使后人而复哀后人"等多层意蕴。"山形"句中的"山形"，本意山川地形，此处特指西塞山。"枕"，此意临靠。"寒流"，指长江。如果说上句写作者感慨，是从"往事"开始转折，那么，此句专就西塞山抒怀，就完全回到眼前了。意谓：人世间的朝代更替层出迭现，大有目不暇接之势，只有作为历史沧桑见证者的西塞山，至今依然故我，仍沉静地临靠于长江岸边。此联以山形依旧、人事翻转的鲜明对照，雄辩地证明了：国家的统一，是大势所趋、人心所向的不可阻挡的历史潮流，逆此潮流而动者，无一例外地要受到历史的惩罚。至此，诗人通过对以往近四百年历史的回顾，赋予了这一历史经验以深刻的普遍的意义，向人们昭示出一条不可抗拒的历史铁则。

"今逢四海为家日，故垒萧萧芦荻秋。"此联作为全诗结穴，顺理成章地细绎出以古鉴今的诗旨。"今逢"句强调了国家统一的大势。"四海为家"，"天子以四海为家"(《史记·高祖本纪》)之省称，指国家统一。句意谓：经过人世的多次翻覆——不仅包括时间较远的以往诸朝轮番更替的纷纭旧史，而且包括作者当朝刚成过去的藩镇割据的诸般近事——如今才算赶上了全国统一的大好时代。句中"逢"字，欣逢也，既流露了机遇难得，十分庆幸之情，更暗含有来之不易，百倍珍惜之意。"故垒"句则提出了记取教训的告诫。"故垒"，旧时的营垒。"萧萧"，萧瑟的样子。

这句意谓:往昔的军事堡垒,如今仍埋存于秋风萧瑟的芦苇荻草丛中。言外之意是:这荒凉残破的遗迹,正是割据历史的象征,也是六朝覆亡的见证。世人宜其警戒啊!前人评此两句云:"'今逢'二字有居安思危之遥深。八句'芦荻'是即时景,仍用'故垒',终不脱题。此挎结一片之法也。"(方世举《兰丛诗话》)可谓知言。

这首诗是有鲜明针对性的。唐王朝自"安史之乱"以后,各地藩镇拥兵自重,对抗朝廷,构成了国家难以消解的祸害。唐宪宗李纯执政期间,曾主持平藩,因而藩镇势力受到削弱,朝廷权威相应加强。但到了长庆四年(824),也就是诗人写此诗前不久,宪宗病死,河朔三镇又相继反叛,一度收敛的割据势力重新抬头,刚刚显露转机的全国统一局面再次出现被破坏的极大危险。诗人正是有虑于此,于是借凭吊西塞山之机,以古讽今,昭示人们应以史为鉴,百倍珍惜和维护国家的统一。

总之,这首诗在内容上以怀古始,以鉴今结,很好地贯彻着古为今用的原则,体现了作者集历史家的严峻、政治家的锐敏、哲学家的深刻、文学家的多情于一身的思想品格与精神风貌。在表现上,将记叙、议论、抒情熔为一炉。记叙则洗练紧凑,议论则精辟独到,抒情则强烈深沉,三者相映成趣,相得益彰;并采取铺垫、衬托、对比等多种艺术手法,通过由远及近、从实到虚、自浅入深的巧妙结构,使全诗成为一个博大丰赡而又玲珑剔透的艺术整体,表现出一种雄迈健朗的风格。因而,这首诗具有很强的思想意义和很高的审美价值。前人赞此诗云:"似议非议,有论无论,笔著纸上,神来天际,气魄法律,无不精到,洵是此老一生杰作。"(薛雪《一瓢诗话》)并非溢美。宋代人计敏夫《唐诗纪事》载,长庆年间,刘禹锡与元稹、韦楚客相聚于白居易家,论南朝兴废,各赋金陵怀古诗。刘禹锡的"王濬楼船"一首先成。白居易看后说:"四人探骊龙,子先获珠,所余鳞爪何用耶?"因而其余三人都不再往下写了。这个故事未必实有,但于评价刘禹锡的这首诗却未必没有意义,它至少证明,此诗以其思想和艺术的突出成就,早就赢得人们的特别垂青了。

(宋恪震)

酬乐天扬州初逢席上见赠

巴山楚水凄凉地,二十三年弃置身。
怀旧空吟闻笛赋,到乡翻似烂柯人。
沉舟侧畔千帆过,病树前头万木春。
今日听君歌一曲,暂凭杯酒长精神。

此诗写于唐敬宗宝历二年(826)岁末。当时,作者经过长期贬谪之后,终以和州(今安徽和县)刺史应召回京擢主客郎中,分司东都。回京途中,他特地绕道去自己的生长地扬州看望,适与他久仰的诗人白居易(字乐天)相遇。白也是刚卸苏州刺史任而北返,路经此间。二人一见如故,即成知己。在淮南节度使王播为他们二位特设的迎送宴席上,白居易先以后进的身份写了一首题为《醉赠刘二十八使君》的诗赠他,对他杰出的才具给予了热情的赞扬,对他坎坷的遭遇表示了深切的同情。其诗曰:"为我行杯添酒饮,与君把箸击盘歌。诗称国手徒为尔,命压人头不奈何。举眼风光长寂寞，满朝官职独蹉跎。亦知合被才名折，二十三年折太多。”不过，细味白诗，其感情基调未免过于哀伤。刘禹锡听后，一方面为友人的殷殷之情所深深感动，另一方面，对个人的不幸遭遇相当达观。于是写下了这首答诗，委婉地但又明确地表达了他的谢意和看法，体现了诗人同时作为进步政治家和唯物思想家的宽广襟怀和恢宏气度。

“巴山楚水凄凉地，二十三年弃置身。”诗的首联从白氏赠诗的末句接过话由，以直陈笔法回顾了被贬二十三年的不幸遭遇。“巴山”句明点贬地凄凉。诗人在长期的贬谪生活中，多次迁徙，先后做过朗州（今湖南常德一带）、连州（今广东连县）、夔州（今四川奉节）、和州等地的地方官。夔州古属巴国，朗州古属楚地。巴多山，楚多水。这里的“巴山楚水”即用以概指自己曾贬谪过的地方。“凄凉”二字，不仅见出上述诸地的荒凉，而且流露了诗人内心的凄苦辛酸。“二十”句则具述贬期漫长。诗人自宪宗永贞元年(805)贬为连州刺史，至宝历二年(826)岁暮应召回京前后约近二十三年。“弃置身”，系诗人自谓。“弃置”，既显示着久被贬谪的“迁客”身份，又渲染了失落心态的感情色彩。

“怀旧空吟闻笛赋，到乡翻似烂柯人。”诗的颔联借用典故抒发了怀念故友之情和恍若隔世之慨。“怀旧”，即怀念故友。“闻笛赋”，指晋人向秀的《思旧赋》。据《晋书·向秀传》载，向秀与嵇康、吕安为好友，后嵇、吕被司马氏杀害，他经过二人旧居时听见邻人吹笛，其声激昂慷慨，于是不胜悲凄，写下了《思旧赋》。刘禹锡应召回朝时，过去曾经并肩战斗过的同道知友王叔文、韦执谊早已被杀，柳宗元、凌准、韩泰等以及“八司马”之外的吕温也先后辞世。友殁我存，两界悬隔；相慰相励，复何能够！“空吟闻笛赋”者，正表达了他对亡友们的深切悼念。而“空吟”二字，则把他那种无法弥补的惋惜和空虚的心情渲露无遗。“到乡”的“乡”，当指扬州。刘禹锡虽隶籍洛阳，但在他出生之前，家已早迁江淮，常住扬州（见今人瞿蜕园《刘禹锡集传》）。他生于斯，长于斯，自对此间感情特深，称作故乡，不难理解。而一本“乡”字作“郡”，“郡”则显指扬州。是则又可旁证“乡”系指扬州无疑。“烂柯人”，典出《述异记》，晋人王质入山打柴，见二童子对弈，他观棋至终局，忽发现自己手中的柯（斧头的木把）已经朽烂，及至回村，才知道已经过去一百年了，而他同时代人也都死尽。全句意谓，如今回到生我长我的故乡扬州来，早年的亲故大多不见，周围的一切都很生疏，面对这岁月流逝、人事全非的景象，倒真有一种恍若隔世之感啊！“翻似”二字，也恰切地传达出诗人原想到乡一定感到亲切，但实际却是人地两生颇感意外的心情。这一联用典贴切，感慨深沉，充分表达了诗人经受长期的贬谪拘羁后，刚刚开始新的生活时所特有的复杂的思想感情。

“沉舟侧畔千帆过，病树前头万木春。”诗的颈联则掉转笔锋，从对过去个人不幸的回顾中实现了自我超越，而采取“向前看”的姿态，通过生动比喻和鲜明对比，表达了他旷达的气度和卓荦的识见。“沉舟”、“病树”，皆诗人自喻。“千帆过”、“万木春”，则比喻社会人事方面的新秀辈出（在诗人看来，白居易自然也包括其内）和国家朝政方面的前景有望（在诗人看来，自己的被召还京即为一显著标志）。两句诗分别以“沉舟”与“千帆过”、“病树”与“万木春”构成两组形象鲜明的对比，从而强调出：自己经历二十三年的凄凉孤寂的贬谪生活，固然已被折磨得像"沉舟"一样很不中用，像"病树"一样缺乏活力，这无疑是不幸的；但如今发觉周围新秀辈出，各展雄才，大有千帆竞发的势头，看到国家朝纲重整，再现生机，宛然万木逢春的景象，则又着实感到可慰可欣。这联诗是照应白诗的颈联"举眼风光长寂寞，满朝官职独蹉跎"而发的。白诗显然有为刘禹锡鸣不平之意。刘禹锡则跳出个人际遇的局限，而从社会大势和国家前途的宏观角度立意运思。又因这联诗的具体内涵是通过生动的比喻形象地表达出来的，于是，这一表达本身就具有了更高的艺术概括力：它揭示出新和旧、充满生机和渐趋衰亡两类事物的对立和发展，客观上道出了新陈代谢的普遍规律，闪耀着朴素的辩证思想的火花，富于启人智慧的理趣，因而成了传诵千古不衰的名句。

"今日听君歌一曲，暂凭杯酒长精神。"诗的尾联回扣诗题，归结到对白氏赠诗的答谢上。句中"君"字，指白居易。"歌一曲"，指白居易宴席间的赠诗。"暂"，忽然，也可引申为马上。"长"，振作。两句意谓：现在听了您给我的赠诗，凭借着酒力的帮助，我的精神也就忽然振作了起来。一个"暂"字，特别强调了对方赠诗所给予自己的强烈鼓舞和巨大激励，表达了对友人的谢意；同时，也巧妙表露出始终不衰的政治热情和坚韧不拔的斗争意志。刘禹锡写此诗时，已年过半百，但从诗句可以看出他"烈士暮年，壮心不已"，仍要振作精神干出一番事业。这与他在另一首诗中所明确表示的"莫道桑榆晚，为霞尚满天"(《酬乐天咏老见示》)的自信和自励是完全一致的。明乎此，也就不难理解诗人回到东都洛阳后何以能写出《再游玄都观》"前度刘郎今又来"的豪句了。总之，刘禹锡在自己的人生征途上，所表现的思想坚定、意志坚强、性格坚毅，是一以贯之，历难弥笃的；他留下来的是政治斗争和思想斗争中始终不屈的"强者"的足迹。而他的这首《酬乐天扬州初逢席上见赠》，则是他的思想、意志、性格的一次十分漂亮的"曝光"。可知，这是一首很有特色的酬答诗，它立意上的卓荦不凡和表达上的精巧圆转达到了相当完美的统一。相形之下，白居易的赠诗就不免有些逊色了。正因如此，白氏的那首赠诗如今已鲜为人知，而刘禹锡的这首酬诗却腾播人口，历久不衰。（宋恪震）

竹枝词二首（其一）

杨柳青青江水平，闻郎江上唱歌声。
东边日出西边雨，道是无晴却有晴。

这是《竹枝词二首》中的第一首。是歌咏爱情的波折的，表现了一个热恋中的渔家少女纯真、细腻而敏感的心理活动。用的是代言体的写法，全诗四句，都是少女的自叙。

首句"杨柳青青江水平"，是她望中所见，是兴起，渲染了环境氛围：那是新春时节一个风和日丽的上好天气，岸上，杨柳依依，青翠欲滴，江中，平明如镜，水波不兴，到处给人一种清新、舒朗、温馨、安谧的感受。这景象，不消说是很容易撩动恋人们的情窦的。白居易《杨柳枝》有"依依袅袅复青青，勾引春风无限情"的妙句，以之比照刘禹锡的这句诗，则就不妨说“杨柳青青江水平，勾引少女无限情”了。果然，诗的次句正是“闻郎江上唱歌声”，写她耳边所闻。“郎”，此指情郎，是少女对她恋爱对象的一种亲昵的称呼。巴渝（今四川东部、重庆一带）民歌发达，青年男女恋爱，往往用唱歌表达情意，“唱歌声”，即是指此。“江上”，紧承上句“江水平”而来，暗示了她的“郎”也是一个渔家后生，眼下他正乘着渔舟，从江流的曲折隐蔽处唱着歌划来了。句前冠一“闻”字，正强调了她是仅闻其声，未见其人。而仅闻其声即立刻准确判断出那是自己的恋人——她的“郎”在唱歌，可见她对他了解、熟悉的程度之深。

“东边日出西边雨，道是无晴却有晴。”这诗的三、四两句写她听到歌声后的心理活动。看来，她和他在热恋中或者闹了一点矛盾，或者生了一点误会，纽结暂时尚未解开。对方究竟怎样？这使她一直纳闷。现在听到他的歌声，开始还阴阴阳阳，有些让人捉摸不定；但到后来，慢慢品出味儿来了，从他的歌声中，终于可以得出明确的答案：他还是真心爱着我的！两句诗，正生动贴切地表现了她的这种心理变化过程。两句中，“东边日出西边雨”一句是偏句，是因情设景，是顺口打出的一个比喻，实际则是为了引出下句的谐音双关隐语。“道是无晴却有晴”是正句，是全诗所要表达的重心所在。“道是无晴”即“道是无情”，“却有晴”即“却有情”。听了他的歌声，得知他对我还是有情有义的，于是少女的疑虑随之打消了。

总之，这首小诗写了一对青年恋人爱情生活中的一个小小插曲，表现得含思婉转，饶有情趣，读后能给人留下极为鲜明深刻的印象。小诗艺术上的显著特色，是清新活泼，尤其巧妙地运用了双关隐语，既委婉曲折、含蓄蕴藉而又新颖别致，恰到好处地表现出少女恋爱时那特有的敏感、羞涩和腼腆，完全符合抒情主人公的特定身份和口吻。明人谢榛《四溟诗话》评此两句云：“措辞流丽，酷似六朝。”充分肯定了刘禹锡学习民歌的突出成就。

（宋恪震）

竹枝词九首（其七）

瞿塘嘈嘈十二滩，此中自古道路难。
长恨人心不如水，等闲平地起波澜。

“永贞革新”失败后，刘禹锡被贬出京，长期流放于巴山楚水之间。这样的生活遭际，固然使他饱尝了身心折磨之苦；但从文学创作上看，却也给他带来了引人注目的成功：他更多地接触了下层人民，不仅熟悉了他们的疾苦和思想感情，而且有幸悉心向地方民歌学习，从而写出一批新鲜活泼，富于生活气息的民歌体小诗，为他的诗歌创作添加了十分显眼、极有光彩的部分，并为唐诗的发展做出了独特的贡献。而其中《竹枝词》两组，则历来尤被推为他这类诗的翘楚。

“竹枝”，原为巴渝一带的一种民间歌谣。刘禹锡即依此曲调先后创作两组歌词。《竹枝词九首》为一组，是初作；《竹枝词二首》为一组，是续作。初作一组前有序，曰：“四方之歌，异音而同乐。岁正月，余来建平，里中儿联歌《竹枝》，吹短笛，击鼓以赴节。歌者扬袂睢舞……昔屈原居沅、湘间，其民迎神，词多鄙俚，乃写为《九歌》，到于今荆楚歌舞之。故余亦作《竹枝》九篇，俾善歌者扬之。”由此序可知：第一，所谓“竹枝”者，是一种联唱的，边歌边舞的，以短笛伴奏、击鼓为节的民间文艺形式；第二，诗人学习这种民间歌谣，并非出于一时好奇，而是要吸取和融会当地民歌的精华，从而创作出新的优美的诗篇，以继承、发扬屈原重视和学习民歌的优良传统。

综观刘禹锡所写两组《竹枝词》，其内容主要为歌咏三峡风光和男女恋情，同时，也曲折地表达了他遭受贬谪后的生活体验和特定心态。形式则均为七言绝句，语言通俗，音调轻快，确有地道的民歌风韵和浓郁的生活气息。

这里选来的一首是《竹枝词九首》中的第七首，是讽喻世情凶险的。诗的前两句“瞿塘嘈嘈十二滩，此中自古道路难”，先以瞿塘江水起兴设喻，突出此间道路之难。“瞿塘”，瞿塘峡之省称，又名“夔峡”，为长江三峡之首。西起奉节县白帝城，东迄巫山县大宁河口。就中白帝城至大溪镇为峡谷区，长八公里。两岸悬崖壁立，江面最狭处不过百余米，江流湍急，山势险峻，号称“天堑”。“十二滩”，即上述峡谷区多处特别险隘的滩石地段。“十二”非确数，意谓极多。“嘈嘈”，原意形容声音嘈杂，这里状水声喧嚣。两句是说：瞿塘峡有多处险滩，其间江狭流急，喧嚣奔泻，自古以来，出峡入峡，这段水路最为艰险。诗中指明瞿塘水路之难，从自然地理的角度看，无疑是道出了实情；从作品构思的角度看，是即景为喻，以水作比，从而逼出下面“长恨人心不如水”的结论。“人心不如水”，是全诗最关紧要处，是诗人所要表达的中心点。这里的“水”字，是承前“十二滩”拈连而来。而“十二滩”的“水”已如上述是那样的凶险，这里却又进一步跌出“人心”犹“不如水”的惊人之语，这就特别强调了“人心”尤其凶险的中心意旨。诗人所一直视为憾事乃至气愤不已，即“长恨”的，正是这样一种世情。

那么，“人心”何以竟然“不如水”，比“十二滩”更其凶险呢？末句“等闲平地起波澜”作了深中肯綮的申说。“等闲”，此处意为平白无故。“平地起波澜”，是借上“水”字所作的比喻性说明。全句意谓：“十二滩”水中有滩石，固然凶险，但毕竟是一种自然存在物，能够提防，而社会上“人心”隔肚皮，往往笑里藏刀，口蜜腹剑，居然会无事生非，陷害无辜，因而就难以预测，防不胜防，尤其凶险了。

诗人在这里提出“人心不如水”的认识不是偶然的，是与他的人生经验密切相关的。诗人自从参加“永贞革新”失败之后，长期遭贬，多次受到保守派的诬陷和打击，简直动辄得咎，频频获罪于“莫须有”。这自然使他对当时上层社会的人际关系有了切身的体验和清醒的认识。“人心不如水”正是他对自己这种切身体验与认识的深刻总结和简明概括。也因此，他的这首民歌体小诗也就具有了较强的社会意义和较高的认识价值。

这首诗本来是谕世明理的，但由于作者运用比兴手法的成功，从而使这首诗具有了生动可感的艺术形象，达到了理与景的高度和谐统一，使人读来毫不感觉抽象枯燥，而于艺术形象的感受之中自然地领悟到诗人所要申述的道理。

（宋恪震）

石头城

山围故国周遭在，潮打空城寂寞回。

淮水东边旧时月，夜深还过女墙来。

石头城在今南京市清凉山，原为楚国金陵城，孙权重建更名石头城。它北临长江，南濒秦淮河，成为金陵古都的代称。刘禹锡的七绝组诗《金陵五题》，以联章的方式歌咏了金陵城五处古迹，深含借古喻今之意，是诗人所擅长的怀古诗中最为人传诵的作品之一。诗人在组诗《引》中说："他日，友人白乐天掉头苦吟，叹赏良久，且曰：'石头题诗云：潮打空城寂寞回，吾知后之诗人不复措词矣。'余四咏虽不及此，亦不孤乐天之言尔。"可以看到诗人对此首是颇为自得的。

也许古哲人、古诗家自来就敏感地对自然物的水和月有特殊的感受，也许它们与人类生存的关系最紧密、最亲切，所以水和月就最早被发现很适用于概括宇宙万象中永恒和瞬息、不变和常变的关系，并经常借以阐发深奥玄秘的事理哲思。刘禹锡立下感慨历史变迁的旨意后，也同样自然地作了这样智睿的选择：着力写水和月，并且尽可能地加强了对它们的诗化。首先来表现时间的流逝如同逝水一样。不过，他"思出常格"(《洗心亭记》)，诗艺技巧精湛，在对起的前一联中，格外多设一层对比，先将六朝繁华的故都，同周围凝然兀立的、不变的群山紧贴在一起，接着又奇想突起，描写那城脚的多情江水随着潮来潮往不断地拍打那座自唐高祖武德八年(625)以来废弃已二百多年的空城。当然，变的深刻内因在人事，这里又何须点出。都城的大变，必然使作为历史见证的城根石壁冷然木立，失神的江潮，在莽苍空荡的氛围中，载着沉重的历史失落感，一次又一次地寂然而退。

而两句一意的后一联，章法上有了变换，笔法十分流畅。秦淮河东边的旧时之月，也还是扮演历史见证人的角色。诗句在"月"的修饰语中，作出空间规定性("淮水东边")，其艺术表现力，似乎更加超过历代诗评家大加赞赏的"旧时"这一时间规定性。这轮饱见了昔年秦淮河畔不夜景色的明月，仿佛同在酒楼舞榭中买欢逐笑、醉生梦死的六朝王公贵族们早已诀别。如今，也只是寒月怀着近二百年的旧情，仍在夜深时从熟悉的路径默默登上城墙，透过残垛，来一窥这片荒凉的世界。

刘禹锡毕竟是"役景"造境的能手，他"凭虚构象"，驱使活泼的山水明月用自己的"感官"去"感知"世变，甚至连它们"感知"后向读者无言的诉说以及与读者感情的交流，也都控制得恰到好处，很讲究效果的把握。这就使《石头城》的象外之致蕴藉丰厚，不见任何从正面抨击时政的痕迹，而赏读者自能品味出其中包孕了对国势日非、渐见衰败的唐王朝的几多告诫。"引古惜兴亡"，诗情动人，诗心良苦。

（罗　青）

乌衣巷

朱雀桥边野草花，乌衣巷口夕阳斜。

旧时王谢堂前燕，飞入寻常百姓家。

《乌衣巷》是著名的怀古组诗《金陵五题》中的第二首。构思精巧，意象生动，诗境清丽，语言凝练，在五题中独有它被选入《唐诗三百首》，所以在后世似乎比《石头城》流传更为广远，诵读时也觉更加朗朗上口。

乌衣巷在秦淮河南岸，初时，孙吴移治金陵，戍守石头城的军士建兵营于此，因驻军都穿黑衣而得名。时代迁移，景况有变。东晋初，大臣王导卜居此地后，很快就聚居了王家和谢(安)家等大家世族，高墙深院，宅第连片，兵营区变而成为煊赫的豪门住宅区。一时冠盖往来，进进出出的全是衣着华美、风度雍容的贵族子弟和官家宾从。就在此附近，正对城南门(朱雀门)，有横跨秦淮河的大浮桥——朱雀桥。它是从金陵城中心通往乌衣巷的必经之地。每当浮桥放行，车马盈塞，人群拥挤，熙熙攘攘，好不热闹。但是到唐代，景况又变，石头城被废弃，王朝经营的重心在东西两京，金陵旧胜地的这一角自然今非昔比。乌衣巷和朱雀桥这两处最具代表性的地方有什么变化呢？诗人在首联中取它们之名组成对句，“巷”对“桥”(建筑)，“乌”对“朱”(颜色)，也可谓偶对天成。咏乌衣巷先从交通要道朱雀桥写起，倒不一定是出于对地点真实性的考虑。据文献记载，当年在朱雀桥上有一座安置着铜雀的桥楼，为谢安所建，将此桥拈来入对，容易引起人们对贵族之家“繁华事歇”的历史联想。为加强这种联想的设景，诗人是颇费匠心的。首联两句六个字(“野草花”、“夕阳斜”)，精选出来组成画面，极富艺术概括力：桥边野花野草零零杂杂地自生自发，表明这一带人迹稀疏，已是冷落寂静得很。那边乌衣深巷巷口附近，也只有一抹残阳斜照着，古旧的街道给人以荒凉萧条之感。这两个写景烘染出桥边、巷口在时代迁变后的破败面貌，含蕴着凭吊人事沧桑、华屋山丘的浓郁诗情。诗人此时的观感和心态可用后来诗人的成句作一番勾勒：“繁华事散逐香尘，流水无情草自春。”(杜牧《金谷园》)我们从中可以领略到诗人绝不干发议论而善于发挥形象思维以创造诗境的高强本领。

下面进一步表现乌衣巷本身的变化。诗人没有叙写贵族大家高门深宅的废颓，没有叙写老百姓家平房矮屋的栉比，却把视线朝向飞燕，据其飞行路线和落点，铸炼出脍炙人口的名句：“旧时王谢堂前燕，飞入寻常百姓家。”人们熟悉燕子有年年飞归旧巢的习性，诗人借取这平常习见之鸟，凭艺术想象赋予它目睹乌衣巷巨变的信使资格，把史事、历史见证者和变化了的历史存在物三者，以“燕飞”串联到一起，巧妙而又自然。超越时代的燕子，看到并证实这里的豪门大族如过眼烟云一般消逝，艺术的真实远远盖过生活的真实，没有谁会去理会“旧时”至作诗的中唐四百多年，有无如此长寿的老燕。至于前代诗评家中多有论究的“旧时王谢堂”殿的或存(如今换了屋主)或毁(如今换了屋子)，尽管理解略有分歧，但对理解本诗影响不大，可以置而勿论。明人谢榛曾仿拟此诗而有“王谢豪华春草里，堂前燕子落谁家”之句，又自觉不甚满意，说：“此非奇语，只是讲得不细。”(《四溟诗话》卷一)其实刘诗之胜何在于奇语和细讲。试举稍晚于刘的中唐诗人朱庆余一首七律《题王侯废宅》来比较：“古巷戟门谁旧宅？早曾闻说属官家。更无新燕来巢屋，惟有闲人去看花。空厩欲摧尘满枥，小池初涸草侵沙。繁华事歇皆如此，立马踟蹰到日斜。”它立意逼似《乌衣巷》，分段铺述描写细致得多，甚至可以当作是《乌衣巷》的扩写加演绎。而问题正出在笔墨过繁上，稍嫌滞实，不见巧思，故显逊色。三诗相比，可见刘禹锡独运诗思，在处理审美体验与意象选择、特殊与一般的关系上得心应手，又较一般的借景抒情多一重暗中映衬的对比表现技法，所以能将深蕴内心的历史感慨表达得准确鲜明，富有魅力，而成此特具创造美和含蓄美的千古绝唱。

(罗　青)

白居易

观刈麦

田家少闲月，五月人倍忙。
夜来南风起，小麦覆陇黄。
妇姑荷箪食，童稚携壶浆；
相随饷田去，丁壮在南冈。
足蒸暑土气，背灼炎天光；
力尽不知热，但惜夏日长。
复有贫妇人，抱子在其傍；
右手秉遗穗，左臂悬敝筐。
听其相顾言，闻者为悲伤：
“家田输税尽，拾此充饥肠！”
今我何功德？曾不事农桑；
吏禄三百石，岁晏有余粮。
念此私自愧，尽日不能忘！

这是白居易最早的同情人民疾苦的诗，作于元和二年(807)夏，时在盩厔(zhōu zhì 周至，今陕西周至)县尉任。唐代的县尉、参军官职卑下，常以“鞭挞黎庶”为务，知识分子每不乐此任。白居易在一篇文章中说过：“臣近为畿尉，曾领和籴之司，亲自鞭挞，所不忍睹。”(《论和籴状》)地位低下，又亲见人民苦难，遂产生同情之心，闪现着诗人的赤子情怀。

全诗分三部分，自开头至“但惜夏日长”，在农村夏忙之“忙”字上展开，劈头以“田家少闲月”作衬，接以“五月人倍忙”一提。一衬一提，将农民麦收季节的“忙”字突现在读者眼前。为了写“忙”，作者用四句一组的两组句子从动作和气氛两个方面展开。第一组“妇姑荷箪食，童稚携壶浆；相随饷田去，丁壮在南冈”，说农村总动员。“荷”，担着。“箪”，古代用以盛饭的圆形竹器。妇女担着饭食，儿童提着汤水，送给在南冈劳动的成年男子，因为丁壮在南冈劳动，无暇回家就餐。五月的农村，男男女女，老老少少，一无例外，分秒必争，足见其忙，足见其紧张。其次，写妇姑的劳动用“荷”，写童稚的劳动用“携”，而丁壮，则只言“在南冈”，将丁壮的劳动留给下一组句子。这种艺术手段，人称“蓄势”，或谓“养气”。“势”在发展，“气”在贯通，这就将两组写劳动和气氛的句子贯通一气，熔成整体。第二组“足蒸暑土气，背灼炎天光；力尽不知热，但惜夏日长”四句，从天气的炎热写劳动的紧张和艰苦。“足蒸暑土气，背灼炎天光”，给在南冈的丁壮勾画环境气氛：赤日炎炎，骄阳似火，阳光热，空气热，土地热。一“蒸”一“灼”，劳动环境艰苦，可想而知。“力尽不知热，但惜夏日长”一转，极言丁壮全神贯注，尽力劳动。“但”，只。“惜”，爱惜。“惜夏日长”是因为初夏麦熟，“麦熟一晌”，必须抢收；麦收之后，又必须种，以争秋收。一收一种，任务繁重，劳动紧张。幸好“夏日长”，故冠一“惜”字，意犹不足，再加一“但”字，足见夏收夏种之“忙”。这四句不仅承“丁壮在南冈”展开，文气酣畅，而且回应“五月人倍忙”，行文极其严谨。

叙事诗一方面要顺畅严谨，另一方面又要变化曲折，强化艺术感染力，白居易深得此道。诗的开篇，一衬一提，拔出一个“忙”字，但放开一笔，在“人倍忙”与“妇姑”、“童稚”、“丁壮”的实在忙碌之间插上“夜来南风起，小麦覆陇黄”两句，既作“人倍忙”的因由，又作“妇姑荷箪食，童稚携壶浆”、“丁壮在南冈”的背景，并且切合“五月”的时令。这在结构上颇具艺术价值。在诗人的意识和农家的事实之间，用这两句过渡，避免了平直，造成了摇曳。在“妇姑”四句中，“妇姑”、“童稚”、“丁壮”三句结构相似，而在“妇姑”、“童稚”两句与“丁壮”之间，插入“相随饷田去”一句，相似之间插入不相似，整齐中求变化，结构多姿。

中间八句引出贫妇，“复有贫妇人，抱子在其傍”。这个“其”，指上文的“丁壮”。令人注目的是“贫妇人”的形态，一“抱子”，二“秉遗穗”，三“悬敝筐”。细心的读者会发现“抱”、“秉”、“悬”三个动词之间的关系。既然怀中“抱子”，右手“秉遗穗”，那么，“敝筐”则只能“悬”，否则两只手不够用，足见白居易用字之精。其次，“秉”，持意。虽为动词，实属静态。“抱”、“悬”与“秉”构成“贫妇人”的艺术造型，为下文的诉说作了准备。“家田输税尽，拾此充饥肠”，意蕴深沉。就“贫妇人”而言，她麦收刚结束，收获即“输税尽”，只有拾他人的遗穗充饥；就在南冈收麦的丁壮而言，他们眼前的收割，意味着“贫妇人”的下场。因此，“听其相顾言”的诗人，闻之为“悲伤”。从结构说，以“贫妇人”为中介，将“五月人倍忙”的农村苦况和诗人的感慨连缀在一起，构成完整的诗章。

最后六句承“闻者为悲伤”写诗人的赤子之心。以“吏禄三百石，岁晏有余粮”与“家田输税尽，拾此充饥肠”对比，自责一无“功德”，二不事“农桑”，深感“自愧”，且“尽日不能忘”。唐代中小地主阶层出身的知识分子，从政之初，每不忘民间疾苦。白居易能设身处地，以不能解民倒悬而自愧自责，在政治上表现了强烈的责任感。“吏禄三百石”，一则说明当时官吏俸禄之高，二则说明彼时官民生活的悬殊。“石(dàn 旦)”，容量单位。汉代“石”、“斛”混用，白诗亦借汉制。离开盩厔，进入长安，白居易参与新乐府运动，积极揭露与批判当时社会上实际存在的黑暗、腐败，和写《观刈麦》的初衷是完全一致的。

全诗既通俗顺畅，又善于在行文中寻求变化；既面对社会现实，又敢于自我解剖，真实动人。

（汤贵仁）

卖炭翁

苦宫市也[1]

卖炭翁，伐薪烧炭南山中；
满面尘灰烟火色，两鬓苍苍十指黑。
卖炭得钱何所营？身上衣裳口中食。
可怜身上衣正单，心忧炭贱愿天寒。
夜来城外一尺雪，晓驾炭车辗冰辙；
牛困人饥日已高，市南门外泥中歇。
两骑翩翩来是谁？黄衣使者白衫儿[2]，
手把文书口称敕，回车叱牛牵向北。
一车炭重千余斤，宫使驱将惜不得；
半匹红纱一丈绫，系向牛头充炭直！

元和初的政治气氛激发着白居易“兼济天下”的宏志，他一方面上书言事，匡救阙失，一方面写作《新乐府》，救济人病。《卖炭翁》通过老翁卖炭被掠之事，说明德宗末年“宫市”扰民之害，以期革除弊政，巩固李唐王朝的政权。

“卖炭翁，伐薪烧炭南山中；满目尘灰烟火色，两鬓苍苍十指黑”，开门见山，让卖炭老翁的形象凸立在读者的眼前。整体形象的展示，为下文的叙事，为全诗主题的开掘，奠定了基础。

“卖炭翁，伐薪烧炭南山中”，似乎平直太过，其实，平直中见意蕴。首先，将“卖炭翁”三字置诸篇首，是因为与全诗的主题密切相关，“首章标其目”，以示突出。首标“卖炭”，又继以“伐薪烧炭”，说明此“翁”的劳动身份，虽“卖炭”，而绝非行商坐贾。“南山”，即终南山，在长安（今陕西西安）南。为将劳动身份强调到足以重视的地步，作者又以“满面尘灰烟火色，两鬓苍苍十指黑”补充。指出这一点，不仅为下文“卖炭得钱何所营”提供事实依据，且为宫使的罪恶行径加深道义的责备。

“卖炭得钱何所营”一问，“身上衣裳口中食”一答，问答之间，继续深化诗思。卖炭老翁所求非利，所求非贵，所求者，不过“身上衣裳口中食”，求生存而已。但是，在地主阶级统治的社会里，劳动者的生存，何其艰难：“可怜身上衣正单，心忧炭贱愿天寒。”此两句写了两个不平衡：一是卖炭老翁自身与环境的不平衡，天寒而身不暖；二是卖炭老翁自身与心理的不平衡，身不暖而愿天寒。这两个不平衡，将劳动人民的苦况表达得既深刻又尖锐。“夜来城外一尺雪”，求生的机会终于到来，然而，这求生的机会又以自我摧残为代价：“辗冰辙”、“牛困人饥”、“泥中歇”字样，足见其艰难竭蹶。

行文至此，似乎将卖炭老翁的求生存的艰难已经充分表达了，但是，细加体会，卖炭翁的求生苦楚到目前为止，是非社会政治性的，伐薪烧炭再艰苦，总有薪可伐，有炭可烧，有炭可卖。只要有炭可卖，身上衣、口中食就有获得的可能。因此，卖炭翁的求生关键就是卖炭。

"两骑翩翩"的"黄衣使者白衫儿"击毁了卖炭老翁苦涩的希望，他们狐假虎威，"手把文书口称敕"。"把"，就是"持"。"敕"，皇帝的命令。他们横行霸道，"回车叱牛牵向北"。本来，"晓驾炭车辗冰辙"的主语是"卖炭翁"，而"回车叱牛牵向北"的主语换成"黄衣使者白衫儿"。主语的变换标志着事件性质的变化：老翁卖炭，实为被劫；黄衣白衫们的买炭，实为抢夺。一车千斤炭，仅换得"半匹红纱一丈绫"，强权政治，不等价交换，超经济剥削，使卖炭老翁堕入绝望的深渊。

全诗或用细节刻画人物，或用心理活动增强气氛，或用行为描写推动高潮，将一个严重的社会政治问题浓缩在一首短短的叙事诗里，未见诗人的主观评论，而情在事中，理在事中，不愧为传世佳作。（汤贵仁）

【注】 ①宫市：指宫廷内派使臣购买外间物品。据韩愈《顺宗实录》，宫市的买卖并不等价交换，"率用百钱物买人直(值)数千钱物"，所以，人民不堪其苦。 ②黄衣使者：宦官中品级较高的人。唐代的服色表示等级，下文的"白衫儿"则是没有等级的阉宦。

买花

帝城春欲暮，喧喧车马度；
共道牡丹时，相随买花去。
贵贱无常价，酬直看花数：
灼灼百朵红，戋戋五束素。
上张幄幕庇，旁织笆篱护；
水洒复泥封，移来色如故。
家家习为俗，人人迷不悟。
有一田舍翁，偶来买花处；
低头独长叹，此叹无人谕：
一丛深色花，十户中人赋！

白居易在写作《新乐府》的前后，同时写作了另一组组诗《秦中吟》。《买花》是"十首《秦吟》"的最后一首，写于元和五年(810)暮春。诗篇以买花事批判统治集团的奢侈腐化，尖锐而深刻。

牡丹花开，正是农历三月中下旬，时值暮春。"帝城春欲暮，喧喧车马度；共道牡丹时，相随买花去。"标出时间——春暮，地点——帝城，事件——买花。这里的"帝城"二字十分重要，它是整个买花事件的背景。全诗的主旨和这个背景密切相关。车马喧喧，往来相过，川流不息，将"相随买花去"渲染得淋漓尽致。作者虽没有明指买花的人，但看"喧喧车马度"，即知买花人实系贵胄之家。这买花的"喧喧车马"和"帝城"背景联系在一起，诗人的用意是十分明显的。

本来，养花、爱花、赏花是人们正常的文化生活、审美活动的组成部分，是一种高雅的行为，但是，唐代的豪贵之家却将赏花变成夸耀豪富权势的低级趣味。“每春暮，车马若狂，以不耽玩为耻”，致使一株牡丹花价值“数万”钱。诗人对这种腐败现象十分不满，说：“贵贱无常价，酬直看花数：灼灼百朵红，戋戋五束素。”众所周知，正常的社会，正常的市场，必定物有常价，“贵贱无常价”，则必定社会畸形，市场变态。“直”，同“值”。“数”，计数。买花与卖花，毕竟是一种交易，尽管“贵贱无常价”，但总要酬值才能买花。“看花数”，则以花定价。从上下文看，“花”的价值决定于两项：一要数量多（一棵之上花朵多），二要颜色艳。所以“灼灼百朵红，戋戋五束素”。“灼灼”，用《诗经》“灼灼其华”意。在《诗经》中，“灼灼”形容桃花之艳，此借以形容牡丹。“戋戋（jiān 尖）”，用《易经》“束帛戋戋”意，乃众多委积之状。“素”，丝织品。一株花多色艳的牡丹，价值五捆丝织品，实属昂贵！“上张幄幕庇，旁织笆篱护；水洒复泥封，移来色如故。”备写爱花惜花之态。陆游在一首诗中说花怕日晒和风折，“只愁风日损红芳”。上张幄幕，以遮日晒；旁织篱笆，以挡风吹；洒水，以保护花色娇润；封泥，以护花根，使其不萎。这一切，都为了“移来色如故”。保持花色如故，就能得到贵胄之家的欣赏，就能获取高价。“家家习为俗，人人迷不悟”，给买花事作小结。“家家”、“人人”是特指，不是泛指。“帝城”之中，豪贵之家，鳞次栉比，故着“家家”、“人人”，又和“喧喧车马度”相应。“习为俗”、“迷不悟”，语带讥刺。

“有一田舍翁”的到来使诗的结构顿开新境。首先，田舍翁与“喧喧车马度”的人身份不同，一是穷苦贫民，一是富豪贵胄；其次，富豪贵胄们“共道牡丹时，相随买花去”，着意买花，而田舍翁则是“偶来买花处”，并无意向，更不买花。同一事物，人处的地位不同，见解迥别。对于买花，贵胄们“人人迷不悟”，而田舍翁则“低头独长叹”。此一“叹”意味深长，却无人理解。作者故作腾挪，在“此叹无人谕”一抑之后，突然迸出“一丛深色花，十户中人赋”，千钧之力，在此一折。“中人”，中等人家。古代按财产多寡纳税。一株深色的牡丹，要耗费十户中等人家的赋税。此意甚深，言外之意，人民纳税供统治集团享乐，其腐败，其堕落，可想而知。清人潘德舆在《养一斋诗话》中说“一丛深色花，十户中人赋”，“劲直沉痛”，颇具艺术感染力。

全诗平直叙来，直至最后才峭劲一折，画龙点睛，艺术力全在此一折，何其精妙！

（汤贵仁）

放言五首（其二）

世途倚伏都无定，尘网牵缠卒未休。
祸福回还车转毂，荣枯反覆手藏钩。
龟灵未免刳肠患，马失应无折足忧。
不信君看弈棋者，输赢须待局终头。

诗前作者有序云：“元九在江陵时有《放言》长句诗五首，韵高而体律，意古而词新。予每咏之，甚觉有味，虽前辈深于诗者未有此作。唯李颀有云：济水至清河自浊，周公大圣接舆狂。斯句近之矣。予出佐浔阳，未届所任，舟中多暇，江上独吟，因缀五篇以续其意耳。”可知此诗作于元和十年（815）去浔阳（今江西九江）贬所舟中所作。前此，元稹贬官江陵曾为《放言五首》，以表达对升沉荣辱死生祸福之蔑视，及时行乐随遇而安之胸怀，如云："眼前仇敌都休问，身外功名一任他。死是等闲生也得，拟将何事奈吾何！"（其一）"安得心源处处安，何劳终日望林峦！"（其四）"两回左降须知命，数度登朝何处荣？"（其五）在谪宦生活中如此措词，实为不平之牢骚，题曰"放言"，犹云大胆直说，放言无忌。白居易左迁江州（治所在今江西九江）司马，实与元稹当日有同感。元、白诗中常有同题较胜，此题白比于元，实后来居上。诗中以哲理与政治相结合，开宋人议论为诗（尤其指近体）之先河。

诗中表达者为老庄齐物之思想。首联言祸福无常、尘网难脱，为此诗总起。颔联对首句具体申述，祸福循环不已如车之转毂，荣枯反复无定如手之藏钩。"车转毂"犹《老子》所谓"福兮祸所倚，祸兮福所伏"，易了解；而"手藏钩"强调荣枯在人掌握，已实无权。暗寓牢骚。颈联翻进一层为放达自慰之词。"龟灵未免刳肠患"，用《庄子·外物》典①，"马失应无折足忧"用《淮南子·人间训》塞翁失马事②。一言多才为患，不足羡慕；一言失马少灾，不必忧伤。一正一反，言处世应持此观点，勿以眼前得失牵怀。最后以弈棋为喻，不待局终，难定输赢。表面上说理，实际上不为眼前挫折而丧失信心，既是自慰自勉，对元亦有所勉励，与元作对读具见用心。

此诗纯粹说哲理而不落理障，原因是作者胸中有一肚不平之气，强加压抑而以达观语出之，似平淡而实愤懑，故与宋代邵雍《击壤集》之淡乎寡味者迥异。除首联总起外，下文有一连串形象比喻及典实，增加实感，且暗含抒情作用，理中有情，较之诗人后来所写之闲适诗，实耐人寻味，盖生活环境之不同而然。

（周本淳）

【注】 ①《庄子·外物》："宋元君夜半而梦人被发窥阿门，曰：予自宰路之渊，予为清河使河伯之所，渔者余且得予。元君觉，使人占之，曰：此神龟也。君曰：渔者有余且乎？左右曰：有。君曰：令余且会朝。明日，余且朝。君曰：渔何得？对曰：且之网得白龟焉，其圆五尺。君曰：献若之龟。龟至，君再欲杀之，再欲活之。心疑，卜之。曰：杀龟以卜吉。乃刳龟，七十二钻而无遗策。仲尼曰：神龟能见梦于元君，而不能避余且之网；知能七十二钻而无遗策，不能避刳肠之患：如是则知有所困，神有所不及也。""龟灵未免刳肠患"正用此事。 ②《淮南子·人间训》："夫祸福之转而相生，其变难见也。近塞上之人有善术者，马无故亡而入胡，人皆吊之。其父曰：此何遽不为福乎？居数月，其马将胡骏马而归，人皆贺之。其父曰：此何遽不为祸乎？家富良马，其子好骑，堕而折其髀，人皆吊之。其父曰：此何遽不为福乎？居一年，胡人大入塞，丁壮者引弦而战，近塞之人死者十九，此独以跛之故，父子相保。故福之为祸，祸之为福，化不可极，深不可测也。""马失应无折足忧"用此事，此诗全篇亦以此思想为主导。

长恨歌

汉皇重色思倾国①，御宇多年求不得②。
杨家有女初长成③，养在深闺人未识。
天生丽质难自弃，一朝选在君王侧。
回眸一笑百媚生，六宫粉黛无颜色。

春寒赐浴华清池，温泉水滑洗凝脂[④]，
侍儿扶起娇无力，始是新承恩泽时。
云鬓花颜金步摇[⑤]，芙蓉帐暖度春宵；
春宵苦短日高起，从此君王不早朝。
承欢侍宴无闲暇，春从春游夜专夜[⑥]。
后宫佳丽三千人，三千宠爱在一身。
金屋妆成娇侍夜，玉楼宴罢醉和春。
姊妹弟兄皆列土[⑦]，可怜光彩生门户。
遂令天下父母心，不重生男重生女[⑧]。
骊宫高处入青云，仙乐风飘处处闻；
缓歌慢舞凝丝竹，尽日君王看不足。
渔阳鼙鼓动地来，惊破霓裳羽衣曲。
九重城阙烟尘生，千乘万骑西南行。
翠华摇摇行复止，西出都门百余里；
六军不发无奈何，宛转蛾眉马前死。
花钿委地无人收，翠翘金雀玉搔头[⑨]；
君王掩面救不得，回看血泪相和流！
黄埃散漫风萧索，云栈萦纡登剑阁；
峨嵋山下少人行，旌旗无光日色薄。
蜀江水碧蜀山青，圣主朝朝暮暮情。
行宫见月伤心色，夜雨闻铃肠断声。
天旋日转回龙驭[⑩]，到此踌躇不能去；
马嵬坡下泥土中，不见玉颜空死处。
君臣相顾尽沾衣，东望都门信马归。
归来池苑皆依旧，太液芙蓉未央柳。
芙蓉如面柳如眉，对此如何不泪垂。
春风桃李花开日，秋雨梧桐叶落时。
西宫南内多秋草，落叶满阶红不扫。
梨园弟子白发新，椒房阿监青娥老[⑪]。
夕殿萤飞思悄然，孤灯挑尽未成眠；
迟迟钟鼓初长夜，耿耿星河欲曙天。
鸳鸯瓦冷霜华重，翡翠衾寒谁与共；
悠悠生死别经年，魂魄不曾来入梦。
临邛道士鸿都客[⑫]，能以精诚致魂魄。
为感君王辗转思，遂教方士殷勤觅。
排空驭气奔如电，升天入地求之遍；

上穷碧落下黄泉，两处茫茫皆不见。
忽闻海上有仙山，山在虚无缥缈间。
楼阁玲珑五云起，其中绰约多仙子；
中有一人字太真，雪肤花貌参差是。
金阙西厢叩玉扃[13]，转教小玉报双成[14]。
闻道汉家天子使，九华帐里梦魂惊。
揽衣推枕起徘徊，珠箔银屏逦迤开；
云髻半偏新睡觉，花冠不整下堂来。
风吹仙袂飘飖举，犹似霓裳羽衣舞；
玉容寂寞泪阑干，梨花一枝春带雨。
含情凝睇谢君王，一别音容两渺茫。
昭阳殿里恩爱绝[15]，蓬莱宫中日月长。
回头下望人寰处，不见长安见尘雾。
惟将旧物表深情，钿合金钗寄将去。
钗留一股合一扇，钗擘黄金合分钿；
但令心似金钿坚，天上人间会相见。
临别殷勤重寄词，词中有誓两心知。
七月七日长生殿，夜半无人私语时：
"在天愿作比翼鸟，在地愿为连理枝。"
天长地久有时尽，此恨绵绵无绝期！

解读《长恨歌》遇到的最麻烦问题就是：它到底是爱情诗还是讽喻诗？持讽喻说者可随手拈出"春宵苦短日高起，从此君王不早朝"、"缓歌慢舞凝丝竹，尽日君王看不足"等等关于明皇迷恋听歌赏舞，而对"渔阳鼙鼓动地来"毫无觉察的痛切描写。依据这些诗句进而诘问：这何止是讽喻，岂不是对迷恋女色失政误国的唐玄宗的无情鞭笞？于是持爱情说者不能不认可：此诗确有鞭辟入里的讽喻义，但又不能同时认可《长恨歌》不是爱情诗。因为白居易曾把自己的诗分为讽喻、感伤、闲适、杂律四类。《秦中吟》和《长恨歌》被分别列在讽喻和感伤类，作者曾颇为自得地说："一篇长恨有风情，十首秦吟近正声。"这就是说在白居易看来，《长恨歌》与讽喻诗《秦中吟》不同，它是"风情"之歌。所以持爱情说者最终还是不赞成那种把此诗的题旨仅仅归结为"讥明皇迷于色而不悟"的讽喻说。因为诸如"蜀江水碧蜀山青，圣主朝朝暮暮情。行宫见月伤心色，夜雨闻铃肠断声"等等怀思旧情的感人诗句，所表达的不是一般的忆旧，而是倾注着最圣洁最深挚的爱。所以笔者认为，《长恨歌》首先是一首爱情之歌，但不是像张邦基《墨庄漫录》所说的那种"不过述明皇追忆贵妃始末，无他激扬"的专写"风情"之章，作者对他笔下的人物有着既赞叹又惋惜的亦爱亦讽的双重立意。只不过对当时的白居易来说，对此双重立意的处理不是不偏不倚，而是基于其对爱情的深切体验，诗中对风情的描写比讽喻部分更加感人，故或谓风情是正题，讽喻是副题。

说到《长恨歌》的创作缘起，往往首先提到这样一件事，即唐宪宗元和元年(806)四月，作者三十五岁时被任命为盩厔尉，在这里结识了长于史学的文学家陈鸿和家于是邑的琅琊王质夫，彼此唱和。同年十二月三人同游仙游寺，谈起唐明皇和杨贵妃事，感慨系之。恐这一“希代之事，非遇出世之才润色之，则与时消没，不闻于世”(陈鸿《长恨歌传》)，遂推“深于诗，多于情”(同上)的白居易为之作歌，于是白、陈相继写了《长恨歌》和《长恨歌传》。《长恨歌》的作者“多于情”，遂使其诗成为妇孺皆知、雅俗共赏、传之千古的名篇佳构；而看重“惩尤物，窒乱阶，垂于将来”的陈鸿所作之传，其魅力则难以与白诗同日而语。这是一个很值得深思的问题。带着这个问题，笔者重温了白居易在写作《长恨歌》之前的全部创作和有关经历，于是发现了这样两件事：

第一件：贞元二十年(804)，作者三十三岁在长安任校书郎时，有徐州之游并曾预节度使张愔之宴。席间，善歌舞、雅多风态的愔之爱妓眄眄(即关盼盼)出以佐宴，为此白居易赠诗二句(诗曰“醉娇胜不得，风袅牡丹花”)。从白居易以后所写《燕子诗三首》来看，关盼盼这个多情多义的女子当给白氏留下了深刻印象。

第二件：贞元二十年，白氏举家迁往秦中卜居渭河北岸的下邽金氏村，在此之前白氏曾家居徐州符离，二十七岁自符离移家洛阳时写了一首《留别》诗，从中可得知两年前白氏已与符离一名年方十五六的女子湘灵相恋。此后在《白香山集》中不时可以发现诸如“寄湘灵”、“怀湘灵”、“寄远”、“感情”、“长相思”、“生离别”、“潜别离”、“旧梦”等等，写的都是与“娉婷”女湘灵相恋、相别、相思之情。白氏三十三岁时全家迁往长安，就意味着不得不与正在热恋着的湘灵“生离别”。两年后在他写《长恨歌》时，这段恋情是不会忘记的。

那么，白居易是不是把上述两件事移入了《长恨歌》呢？也是，也不是。先说不是，即《长恨歌》写的不是一般的爱情，它是封建帝王和获取专宠地位的贵妃之间的“爱”。这种爱在宫廷内即表现为“重色”和邀宠。首句“汉皇重色思倾国”，一语双关。“思倾国”，果倾国。作为五十年太平天子的唐明皇，因为对杨妃的“倾国”之貌和娇媚之态的宠爱，尽日享乐，贻误了国事，这不仅与导致“安史之乱”有很大关系，也铸成了自身的无可挽回的爱情悲剧。长诗从开头到“惊破霓裳羽衣曲”约四分之一的篇幅，写的主要是这方面的内容，这一部分的讽喻意味是很明显的，甚至可以说是很辛辣的，讽喻论者的依据主要来自这一部分。或者说《长恨歌》的前一部分是讽喻多于风情。

中间部分大致从“九重城阙烟尘生”至“魂魄不曾来入梦”的四十多句，可谓讽喻与风情交融。这是因为《长恨歌》是以唐玄宗和杨贵妃两个重要的历史人物为主角的，这就不能不涉及到与其生死攸关的一些重大的历史事件，其中除了“渔阳鼙鼓动地来”的“安史之乱”，还有“千乘万骑西南行”的“玄宗幸蜀”和“六军不发”的“马嵬兵变”，这些事如果一一铺开来写，每一件都可以构成一大篇政治讽喻诗，然而这不是当时白居易的所长，亦与其彼时的胸中块垒不甚相关，于是作者巧妙地进行了剪裁，把那种可能形成“劝君歌”的政治素材尽量压缩为副题，或一笔带过，而以重笔泼墨突出其作为爱和恨的正题。比如“安史之乱”的直接政治后果是严重破坏生产，使唐朝由盛而衰，造成藩镇割据，而此诗写到“渔阳鼙鼓”，只说它“惊破霓裳羽衣曲”，结束了李、杨那种“缓歌慢舞凝丝竹，尽日君王看不足”的纵情享乐生活。再如据史书记载，“马嵬兵变”是指唐宿卫宫禁的将领陈玄礼，在“安史之乱”中随玄宗入蜀，在马嵬坡与士兵杀杨国忠，逼玄宗缢死杨贵妃事。此诗第二部分在写到此事时隐约其辞，用“六军不发无奈何，宛转蛾眉马前死”带过。这样写来，作为这一爱情悲剧的男主人公的艺术形象才是统一完整的，整个第二部分写他对杨妃的那种刻骨思念才有说服力，也为下一步完全过渡到风情之歌留有余地。

说白居易把恋湘灵、遇盼盼二事移入《长恨歌》，可以从此诗的第三部分找到内证。这一部分从“临邛道士鸿都客”至终篇共四十六句。赵翼《瓯北诗话》称《长恨歌》“有声有情，可歌可泣”，主要当是指的这一部分。其写杨贵妃死后成仙对玄宗一往情深完全是虚构的，而在虚构这一部分时，作者以往的生活积累不能不被调动起来，有的甚至可能从潜意识中显现出来。“仙袂飘飖”而益感“君王”旧情的贵妃魂魄，难道没有“风袅牡丹花”而又笃于情爱的关盼盼的影子吗？如果把白居易为感念湘灵而写的《潜别离》与《长恨歌》的第三部分对读，不难发现有着明显的移情痕迹，甚至有些诗句和物件都打有白氏生活的印记。比如《潜别离》的“两心之外无人知”、“利剑斩断连理枝”等，与《长恨歌》的“临别殷勤重寄词，词中有誓两心知……在天愿作比翼鸟，在地愿为连理枝”诸句，则有着明显的渊源关系；又如《长恨歌》中的杨妃仙魂那么郑重地“惟将旧物表深情”，很可能当年湘灵把一双绣履赠送给白居易时就是这样郑重而深情，只不过到了《长恨歌》里绣鞋变成了钗钿而已。所以此诗中写得最动人的地方多半都是作者自身恋爱悲剧的移情，下面的例证则可从反面说明这一点。

对于“孤灯挑尽未成眠”句，前人曾笑话说这是书生之见，讥其写得寒酸，并反问说：“兴庆宫应不烧烛，明皇自挑灯乎？”问题很可能出在作者当时尚未任左拾遗，没有充分的宫廷生活实践，而把自己作为平民时的一段失恋感受径行移到皇帝身上的缘故。这虽然是一种细节上的疏忽，却无伤大雅，但是如果没有作者对湘灵刻骨铭心的思念，凭空则很难写出诸如“行宫见月伤心色，夜雨闻铃肠断声”、“迟迟钟鼓初长夜，耿耿星河欲曙天”、“上穷碧落下黄泉，两处茫茫皆不见”、“但令心似金钿坚，天上人间会相见”、“天长地久有时尽，此恨绵绵无绝期”等感人肺腑的诗句，没有这些就没有《长恨歌》，没有与“长情人”湘灵相恋八年之久的白居易，凭他对“李杨始末”如何家喻户晓，也不见得有《长恨歌》！所以笔者以为《长恨歌》第三部分人物形象的模特儿很可能是白居易和他被人拆散了的恋人湘灵，而《白香山集》中的十多首有关湘灵的诗当是《长恨歌》主要作为爱情之歌的生活素材。

关于《长恨歌》的主题之争，笔者虽然反复思考过，但引入盼盼、湘灵等事则先后获益于朱金城先生和王拾遗先生的白氏年谱，特别是黄世中先生的《论〈长恨歌〉的创作动因及深层意蕴》一文。但需要补充说明的是，黄文对于《长恨歌》的情爱义予以重视并揭示出其深层意蕴是别具慧眼的，而对其讽喻义似乎有所忽略。白居易在写《长恨歌》时，特别是在刻画杨玉环形象时，可能有湘灵，甚至还可能有关盼盼的影子，但这毕竟是三个很不相同的女性，白居易对她们的感情投入和思想评价的侧重点是很不一样的，《长恨歌》不仅是成功地写了爱情，首先是成功地写了帝、妃之间的爱情，如果作者过多地借以宣泄作为平民的自身的爱情悲剧，那写出来的肯定就不是“这一首”《长恨歌》了！（陈祖美）

【注】 ①汉皇：原指汉武帝，这里借指唐玄宗。倾国：指美女。汉武帝宠幸的李夫人，入宫之前其兄延年在汉武帝面前暗示自己妹子的美貌，唱了一首歌辞，中有“北方有佳人，绝世而独立。一顾倾人城，再顾倾人国”。后来“倾国倾城”便成为美女的代称。 ②御宇：指帝王统治的国土。 ③杨家有女：指杨玉环。她自幼养于叔父家，开元二十三年被册封为寿王李瑁（玄宗子）妃。后被玄宗看中，先度为女道士，号太真。天宝四载被册封为玄宗贵妃。 ④凝脂：这里以柔滑洁白的凝冻的油脂，比喻人皮肤的细白润滑。 ⑤金步摇：首饰名。 ⑥夜专夜：夜夜专宠。 ⑦列土：原指分封土地，这里兼指封官晋爵。 ⑧“不重”句：陈鸿《长恨歌传》引当时民谣：“生女勿悲酸，生男勿喜欢。”“男不封侯女作妃，看女却为门上楣。”白居易檃括民谣之意以讽玄宗“重色”倾国之误。 ⑨“翠翘”句：三种钗、簪一类的首饰名。 ⑩“天旋”句：谓大局转危为安，玄宗还京。 ⑪椒房：指后妃所居宫室，用花椒和泥涂壁，取其暖、香多子之义，故名。阿监：指近侍女官。青娥：原指少女，这里指青春美好的容颜。 ⑫“临邛”句：指在长安作客的临邛道士。临邛（qióng 穷）：地名，今四川邛崃县。鸿都：本东汉洛阳宫门名，这里借指长安。 ⑬玉扃（jiǒng 窘）：指玉饰的宫门。 ⑭小玉：传说为吴王夫差小女。双成：即神话传说中西王母的侍女董双成。这里的小玉、双成均借指为杨玉环在仙境中的侍女。 ⑮昭阳殿：原为汉成帝皇后赵飞燕所居的宫殿名，这里借指杨贵妃生前的寝宫。

琵琶引并序

元和十年，予左迁九江郡司马。明年秋，送客湓浦口，闻舟中夜弹琵琶者，听其音，铮铮然有京都声；问其人，本长安倡女，尝学琵琶于穆、曹二善才，年长色衰，委身为贾人妇。遂命酒，使快弹数曲。曲罢，悯然，自叙少小时欢乐事，今漂沦憔悴，转徙于江湖间。予出官二年，恬然自安。感斯人言，是夕始觉有迁谪意。因为长句，歌以赠之，凡六百一十二言，命曰《琵琶行》[①]。

浔阳江头夜送客，枫叶荻花秋瑟瑟。
主人下马客在船，举酒欲饮无管弦。
醉不成欢惨将别，别时茫茫江浸月。
忽闻水上琵琶声，主人忘归客不发。
寻声暗问弹者谁，琵琶声停欲语迟。
移船相近邀相见，添酒回灯重开宴。
千呼万唤始出来，犹抱琵琶半遮面。
转轴拨弦三两声，未成曲调先有情。

弦弦掩抑声声思，似诉平生不得志。
低眉信手续续弹，说尽心中无限事。
轻拢慢撚抹复挑，初为《霓裳》后《六幺》。
大弦嘈嘈如急雨，小弦切切如私语。
嘈嘈切切错杂弹，大珠小珠落玉盘。
间关莺语花底滑，幽咽泉流冰下难[②]。
冰泉冷涩弦疑绝，疑绝不通声暂歇[③]。
别有幽情暗恨生，此时无声胜有声。
银瓶乍破水浆迸，铁骑突出刀枪鸣。
曲终收拨当心画，四弦一声如裂帛。
东船西舫悄无言，唯见江心秋月白。
沉吟放拨插弦中，整顿衣裳起敛容。
自言本是京城女，家在虾蟆陵下住。
十三学得琵琶成，名属教坊第一部。
曲罢曾教善才伏，妆成每被秋娘妒。
五陵年少争缠头，一曲红绡不知数。
钿头云篦击节碎，血色罗裙翻酒污。
今年欢笑复明年，秋月春风等闲度。
弟走从军阿姨死，暮去朝来颜色故。
门前冷落车马稀，老大嫁作商人妇。
商人重利轻别离，前月浮梁买茶去。
去来江口守空船，绕船月明江水寒。
夜深忽梦少年事，梦啼妆泪红阑干。
我闻琵琶已叹息，又闻此语重唧唧。
同是天涯沦落人，相逢何必曾相识！
我从去年辞帝京，谪居卧病浔阳城。
浔阳地僻无音乐，终岁不闻丝竹声。
住近湓江地低湿，黄芦苦竹绕宅生。
其间旦暮闻何物，杜鹃啼血猿哀鸣。
春江花朝秋月夜，往往取酒还独倾。
岂无山歌与村笛，呕哑嘲哳难为听。
今夜闻君琵琶语，如听仙乐耳暂明。
莫辞更坐弹一曲，为君翻作琵琶行。
感我此言良久立，却坐促弦弦转急。
凄凄不似向前声，满座重闻皆掩泣。
座中泣下谁最多？江州司马青衫湿。

《琵琶引》也称《琵琶行》，“行”和“引”按《白石道人诗说》之分：“载始末曰引，体如行书曰行。”然实际只是乐府歌词之一种，后人亦常混用不别。如此诗原题称“引”，诗中因押韵关系又称“行”，故选本多径称《琵琶行》。白居易长篇七古中，《长恨歌》与《琵琶引》为最著名。唐宣宗悼念白居易有云：“童子解吟《长恨》曲，胡儿能唱《琵琶》篇。”可见其影响之广。全诗八十八句，以琵琶女之技艺及遭遇为线索，借以抒天涯沦落之感。八十八句可分为五部分。一至十四句写琵琶女之出场。先用气氛渲染：深秋送客，寒江孤月，枫叶荻花，一片凄凉，而又无管弦之助，故“醉不成欢”。前八句为一层，从反面无管弦之煞风景以引出琵琶女之出现：“忽闻水上琵琶声，主人忘归客不发。”未见其人，先闻其艺，未写技巧，先述效果，令送行者忘归，将行者不发，则其技艺之高明自不待言，因而引出第二层寻声求人之叙述。唐人善弹琵琶者段师、康昆仑等皆男性，暗问之时并不知其是男是女，而“琵琶声停欲语迟”，则明其女性，不轻与人交，何况夜间？然而空江寂寂，借乐抒怀，忽遇赏音，又欲有所倾吐。“千呼万唤始出来，犹抱琵琶半遮面。”琵琶女之复杂心态尽在十四字动作中传出，而读者从其中尚可悟出诗文之理，可谓神来之笔。

自“转轴拨弦三两声”至“唯见江心秋月白”二十四句为第二部分，正面描写琵琶技艺之工。先用六句概述，“低眉信手”可见纯熟，为本段下文具体描摹之根据。而“未成曲调先有情”，“似诉平生不得志”，“说尽心中无限事”，可见伤心人别有怀抱，正借音乐以倾泻，第三部分自诉身世即源于此。“轻拢”起十六句为正面详写演奏之精彩，拢、撚、抹、挑手法纯熟，《霓裳》、《六幺》名曲迭呈。音乐节奏本难用言语描摹，而作者却能通过语言之音韵重叠及各种生动形象之比喻，将演奏之工描摹得淋漓尽致，使读者如临其境，如聆其音。“嘈嘈”、“切切”，“急雨”、“私语”，如玉盘迸珠，耳目不暇接，又忽如花底莺语之轻滑，冰下泉流之冷涩。渐涩渐止，其声暂歇，牵人情思。“别有幽情暗恨生，此时无声胜有声。”刚疑低沉弦绝，忽又高响入云：“银瓶乍破水浆迸，铁骑突出刀枪鸣。”动人心魄，倏又戛然而止，“四弦一声如裂帛”。此段描摹琵琶演奏，极为精彩，在唐人具体描写音乐诗中，可推为压卷。层次分明，繁而有序，先大弦，后小弦，再交错弹奏，最后四弦齐收。“东船西舫悄无言”，尽为乐声所吸引，无以为怀，不知所措，“唯见江心秋月白”，忽然收入景物之中，令人含思不尽。

自“沉吟放拨插弦中”至“梦啼妆泪红阑干”二十四句为第三部分，琵琶女自诉身世，即前文“不得志”、“无限事”之申述。此段按时间顺序构成强烈对比，以见盛衰之感。先叙少时之欢乐，“曲罢曾教善才伏，妆成每被秋娘妒”。“善才”指曲师，“秋娘”则为长安名娼，屡见于元、白诗中。色艺如此，自然引出当时之得意场面，以致“钿头云篦”、“血色罗裙”随意损坏，毫不爱惜。年光流逝，色衰爱弛，“老大嫁作商人妇”，而长守空船，唯对江月，此与“五陵年少争缠头”时，何啻霄壤！“夜深忽梦少年事，梦啼妆泪红阑干。”梦犹如此，醒何以堪！故托之琵琶以写恨，“忽闻水上琵琶声”，值此之故。

自“我闻琵琶已叹息”至“为君翻作琵琶行”二十句为第四部分，自叙迁谪之感。

“同是天涯沦落人，相逢何必曾相识”，一篇主旨，至此点出；所谓“千呼万唤始出来，犹抱琵琶半遮面”，耐人咀嚼。此段就内容说与上段相似，然而写法迥别。写琵琶女，着重铺陈少小时之欢乐奢华，与老大嫁作商人妇后之凄凉寂寞对比。此段用“同是天涯沦落人”点出迁谪之情，然对长安得意不着一词，令人想象得之。写迁谪之感，着重用环境气氛来渲染，特别强调无音乐之痛苦，一方面衬托此次琵琶演奏之难忘，另一方面为下文要求更弹一曲之根据。

最后六句为一部分，写第二次演奏，同下伤心之泪，而己泣下最多。长诗即在泪湿青衫中收束，对照第四部分，余味无穷。

此诗为白居易精心结撰之长篇。《白石道人诗说》云：“作大篇，尤当布置：首尾匀停，腰腹肥满。”如前所述，此诗首段提挈得力，结尾句应全文，收拾全篇而有余味。中间叙琵琶之精工，琵琶女之盛衰，己之迁谪环境，酣畅淋漓，而首尾贯以情字，如珠在线，如网在纲，纷华满眼而有脉络可寻，布置最有法度。

在行文中处处对比，而时时变化。琵琶弹奏两次，第一次正面描摹，面面俱到；第二次只云“凄凄不似向前声，满座重闻皆掩泣”，但从演奏效果着笔，一详一略，而前详是为后略之补充，此时经过身世之倾诉，弥见伤心，故较之“未成曲调先有情”时又一次飞跃。此为详略之对比变化。再如琵琶女自诉身世，前后对比。作者感伤迁谪但写浔阳，不涉帝京，又见对比与变化，此皆大处。就细节言，如琵琶演奏之描摹，无处不有对比，举不胜举。

善用景物烘托气氛亦为此诗特色。沈德潜谓“以江月为文澜”（《唐诗别裁》卷八），作者将整个环境放在秋江夜月之中：“别时茫茫江浸月”，“唯见江心秋月白”，“绕船月明江水寒”，“春江花朝秋月夜”。前后回环呼应，加重抒情效果。

《唐宋诗醇》评此诗云：“满腔迁谪之感，借商妇以发之，有同病相怜之意，比兴相纬，寄托遥深。”从小序看，似乎确有此事。然洪迈《容斋随笔》卷七“琵琶行海棠诗”条云：“白乐天《琵琶行》一篇，读者但羡其风致，敬其词章，至形于乐府，咏歌之不足，遂以谓真为长安故倡所作。予窃疑之。唐世法网虽于此为宽，然乐天尝居近密，且谪官未久，必不肯乘夜入独处妇人船中，相从饮酒，至于极弹丝之乐，中夕方去，岂不虞商人者它日议其后乎？乐天之意，直欲摅写天涯沦落之恨尔。”《唐宋诗醇》之评似受洪迈影响。陈寅恪先生《元白诗笺证稿》第二章力主实有此事，而以洪迈意见为非。实际此事实有与否，对此诗之成就均无影响，盖以艺术真实观之，此种盛衰之感为各阶层所共有，而女子之年貌变化、仕宦之得君失宠尤为突出，作者以“同是天涯沦落人，相逢何必曾相识”两句将此两种盛衰之感联成一气，而音乐描写尤见精彩，故诗之不朽在此，正不必议其有无事实也。

白公此诗掩抑忧伤，令人凄断，琵琶亭遂为后代诗人题咏之地。刘攽《中山诗话》记夏竦、梅挚两诗以白之忧伤为不然。夏云：“年光过眼如车毂，职事羁人似马衔。若遇琵琶应大笑，何须涕泣满青衫！”梅云：“陶令归来为逸赋，乐天谪宦起悲歌。有弦应被无弦笑，何况临弦泣最多！”白诗以情为主，夏、梅却以理相难，道不同不相为谋，题咏诗不当执一为准，举此可概一般。

洪亮吉《北江诗话》卷三云：“今人以九江郡西琵琶洲，谓得名于白傅为江州司马时听商妇琵琶于此，因号琵琶洲，不知非也。《水经注·江水》下：'江水东径琵琶山南，山下有琵琶湾。'考其道里，正在浔阳境内，则琵琶之名久矣。”洪氏此说颇有影响，然九江琵琶洲、琵琶亭实因白居易《琵琶引》而出名，无可争议，可见此诗艺术力量影响之深。　　（周本淳）

【注】 ①卢校本作“六百一十六言，注云‘二’，讹”，当从。 ②“冰”或作“水”，“难”或作“滩”，依段玉裁《经韵楼集》卷八《与阮芸台书》定为“冰下难”。 ③“疑”或作“凝”，不如“疑”字义长，盖写听者心里疑其弦断无声。

自河南经乱，关内阻饥，兄弟离散，各在一处。因望月有感，聊书所怀，寄上浮梁大兄、於潜七兄、乌江十五兄，兼示符离及下邽弟妹

时难年荒世业空，弟兄羁旅各西东。
田园寥落干戈后，骨肉流离道路中。
吊影分为千里雁，辞根散作九秋蓬。
共看明月应垂泪，一夜乡心五处同。

这是一首抒写亲情的名篇。诗题如同小序，阐明了作诗缘由、主旨。寄赠对象“浮梁大兄”，就是作者的长兄白幼文，他于唐德宗贞元十五年(799)任浮梁(今江西景德镇)主簿；“於潜七兄”，是作者叔父季康的长子，时任於潜(今浙江临安)尉；“乌江十五兄”，指作者的从祖兄白逸，为乌江县(今安徽和县)主簿，在贞元十七年已去世。即此可知这首诗当作于贞元十五六年间。白氏祖籍太原，曾祖白温迁至下邽(今陕西渭南)，祖父白锽又移居新郑(今属河南)，白居易即诞生于此。其父白季庚在彭城(今江苏徐州)为官时，家属寓居苻离(今安徽宿县苻离集)。此诗“兼示符(当作“苻”)离及下邽弟妹”，说明当时这两地尚有弟妹亲人寓居。

德宗建中三年(782)十月，淮西节度使李希烈兴兵作乱。次年正月，攻陷汝州，东都(今河南洛阳)震恐；十月，长安泾原兵变，德宗出奔奉天(今陕西乾县)；十二月，李希烈占汴州(今河南开封)。兴元元年(784)秋，关中螟蝗蔽野，饿殍踣枕于路。白居易就是在建中三四年间被迫辞别家乡新郑，避难江南，以此兄弟离散，各自东西。那时他才十一二岁，这种经历无疑给幼小的心灵留下了深刻的创痛。诗题所说“自河南(道名，辖今河南等地)经乱，关内(道名，辖今陕西等地)阻(艰难)饥”，即指此。也有研究者认为，此指贞元十四五年宣武(治今开封)、彰义(治今河南汝南)军阀吴少诚等叛乱以及关中亢旱事。此说虽未的确，实也不悖。中唐多难，从诗人避居江南到写作此诗时，北方天灾人祸此起彼伏，一直动荡不安。贞元十五年秋，白居易赴京参加科试。次年春，一举高中。这时他二十九岁，是十七名同榜进士中最年轻的，为此他曾不无矜持地吟出了“慈恩塔下题名处，十七人中最少年”的诗句。如果说这是他人生道路上的得意情节，那么与此同时萦回在他心际的，则是更多难以排遣的忧愁伤感。民不聊生的艰困时世，令

他忧；骨肉亲人无团聚之日，令他怨。这些也就决定了本诗抒写内容的情感基调。

诗的起首两句，径直诉说：由于“时难（nàn 南去）年荒”，致使祖辈事业难以为继，世代相传的产业荡然一空，兄弟们流落异乡，天各一方。此层意思，虽已在诗题具体述及，这里再次提出，并让它笼罩全诗，显然不是简单重复，而是有意强调家庭的苦难根源于时代、社会的灾难，从而使诗的情感内容更富于典型意义。这与杜甫意蕴深邃的亲情之作《月夜》、《月夜忆舍弟》、《闻官军收河南河北》等，异曲同工，用心一辙。接着两句，仍以平实稳健的笔致，描绘了兵燹后故乡田园长期抛荒，骨肉同胞流离失所的凄凉图景，使诗境进入凝重压抑的氛围之中，使“时难年荒”造成的家庭悲剧具象化。五、六两句，转入心境的刻画：像千里远征的失群孤雁哀悯自己的影子，像枯后断根的飞旋蓬草怨恨漂泊的命运。古人常以雁行有序比喻兄弟相从，以失群之雁极言孤独愁苦，庾信即有诗写闻雁而思兄弟：“雨歇残红断，云归一征雁。”（《奉报赵王出师在道赐诗》）“九秋”，秋季九十日，此指深秋。“蓬”，一种多年生野草，枯干后离根随风飘散，比喻流转无定。这两句既是诗人自叹，也是诗人代兄弟们吐出了离乡背井、失散无涯的怨楚，诗的抒情意味渐趋浓厚，为抒情高潮的到来作了铺垫。静静地躺在夜空天幕上的皎洁月亮，常会引发人们心潮的翻滚，尤其是乡思亲情的涌动。李白以“举头望明月，低头思故乡”（《静夜思》），直叙月光勾起自己淡淡幽远的乡愁；杜甫的“今夜鄜州月，闺中只独看”（《月夜》），以遥想妻子在乡望月伤怀，来反衬自己羁旅情苦，念家心切；李益的“受降城外月如霜”，“一夜征人尽望乡”（《夜上受降城闻笛》），则是从观察者的角度，感受到边地戍卒的强烈乡情。白居易诗的末两句“共看明月应垂泪，一夜乡心五处同”，同样也写明月乡心，而表现上却是机杼独运：通过想象，通过两句首尾“共”、“同”二字的配合呼应，并以禁不住潸潸垂泪渲染情感活动的烈度，以同一夜望月思乡突出情感活动的同步，极自然地把作者自己与分散在“五处”（浮梁、於潜、乌江、苻离、下邽）的亲人们的命运紧密地绾结在一起了。重得载负不动的乡思，浓得化解不开的亲情，在这里倾泻而出。

诗贵情，情贵真。此诗八句如一句，句句贯注对重返家园、骨肉团聚的真挚渴望，对实现国家和社会安定的深切期盼之情；句句紧衔而又层次分明。惟其如此，诗的意境感人至深而耐人咀嚼。至于意到笔随而不事雕饰，语言清浅而情致曲尽的白氏风格，亦可于此诗见之。

（仓阳卿）

钱塘湖春行

孤山寺北贾亭西，水面初平云脚低。
几处早莺争暖树，谁家新燕啄春泥。
乱花渐欲迷人眼，浅草才能没马蹄。
最爱湖东行不足，绿杨阴里白沙堤。

碧水秀峰簇拥着的杭州，是我国东南滨海地区的一顶金冠，美敌仙境的西湖，就是镶嵌在金冠上的一颗璀璨明珠。曾为她的开发建设作有卓越劳绩的大诗人白居易，更以大量题咏，为湖山胜迹增添了丰饶的文化内涵和审美价值。这首韵味隽永，令人口齿生香的《钱塘湖春行》，就是唐穆宗长庆三年(823)或四年(824)的春天，诗人在杭州刺史任上所作。

“钱塘湖”，是西湖的旧名，在今浙江省杭州市的西部。“孤山”，犹小岛孤耸于湖中，峰峦不峻而秀，林木不森而幽。“孤山寺”，位于山南，相传为南朝陈文帝天嘉初年建造，今已不存。孤山烟树掩映处，有不少亭台楼阁，当时最著名的是贾亭，即贾公亭，系唐德宗贞元年间，贾全任杭州刺史时构筑(见《唐语林》)。这些景观，深受白居易的钟爱，在他的湖山篇什中，曾多次咏及。这首春游诗的首句，即以“孤山寺”、“贾亭”概括湖中游览胜地，又缀以“北”、“西”两个方位词，极自然地勾勒出诗人穿山径，游寺院，憩亭台的行踪，并暗示出一路景色将让人目不暇接的消息，从而也就使全诗一开始便显出明快的节律，轻盈流动的美感。次句造境，紧衔上句而来，是诗人伫立在湖岛高处，极目远眺而领略到的西湖气象。“水面初平”，是指春雨方霁，湖水新涨，几与堤平；也指湖面平静，澄澈透明；而春风的和煦温柔，又在不言之中。“云脚低”，形容湖上水烟迷蒙，宛似云气款步空降，萦绕湖面悠悠飘浮徘徊。如此风光，既频频闪烁亮色，又充盈朦胧之美，恰是西湖春景的迷人特征。

首联从大处、远景落笔，描绘了湖山的整体姿容。颔联、颈联则不同，转由细处、近景着墨，以鲜明的形象展现春天的盎然活力，以切实的感受，赞叹西湖的勃郁生机。早莺竞飞，抢先占领向阳枝头，婉转歌喉；新燕乍归，忙着衔叼春雨滋润了的泥块草枝，筑巢营家。这是诗人游赏中仰视所得。“早”与“新”，互文见义，都为强调黄莺、燕子作为春天使者的身份，无疑也泄露了春回大地在诗人心中激起的惊喜之情。参差开放的春花，尚未烂漫，但很快就会令人眼花缭乱；萌生未久的春草，短小柔嫩，蒙茸如茵，仅能勉强遮没马蹄。这种早春特有景象，是诗人游程中俯视所得。写鸣唱的黄莺，只说“几处”，而不言“处处”；写忙碌的春燕，只说“谁家”，而不言“家家”。这显然是诗人对春意的悉心品味体察的记录，倘使漫不经心，是不可能把季节转换的微妙意象表现得如此恰到好处的。“乱花”、“浅草”，不过是寻常的春天景物，然而经诗人以“渐欲(迷人眼)”、“才能(没马蹄)”二词的点化，这些花草顿时有了灵性，呈现出了动态的美。诗人之所以能够如此准确地捕捉住早春的足迹，当然是因为细致入微的观察，而更不可忽视的是，他的这种观察力来自于身心的亲切感受和对生活的高度热情。至于透过“迷人眼”、“没马蹄”，读者当不难想见春日湖畔游人如织的盛况，这又是诗人运笔的老成巧妙处。

尾联先是直抒胸臆的议论，情不自禁地坦露了陶醉于湖东胜景的心声。“行不足”，就是逛不够的意思。终以柳烟绿阴笼罩下的白堤旖旎春光作结，与起句“孤山寺北贾亭西”遥相呼应，袅袅余音不绝。诗人在白沙堤上流连忘返的形象，呼之欲出。白沙堤，筑于六朝时，后人为了纪念白居易，改称“白公堤”，简称“白堤”。白堤中贯西湖，总揽西湖之胜。有误以此堤是白居易建造的，实不然。白氏《杭州春望》诗中，就有“谁开湖寺西南路？草绿裙腰一道斜”之句。白氏曾筑堤，在钱塘门外，自石函桥北至武林门一段，与本诗无涉。

这首《钱塘湖春行》，处处荡漾着早春的宜人气息，始终贯穿着一个"行"字。只要随着诗人的身影游赏行吟，随着诗人的目光留意观察，就能与诗人同步领略到大自然美的真谛，感受到诗人的愉悦心境和美好襟怀。全诗缀玉联珠，结构严谨，章法变化，层次井然，清浅精洁的语言与编织的诗情画意水乳交融，自是白诗本色。以视觉、听觉与感觉形象的交互作用，而创造出清丽潇洒、完足饱满的意境，纯情真趣悄然流动而不着痕迹，融溶自然美和艺术美而为完璧，更是本诗的特色所在。

（仓阳卿）

李绅

悯农二首

春种一粒粟，秋成万颗子。
四海无闲田，农夫犹饿死。

锄禾日当午，汗滴禾下土。
谁知盘中餐，粒粒皆辛苦。

《悯农二首》是妇孺皆知、脍炙人口的名作。李绅曾第一个有意识地提出"新题乐府"以与传统的古题乐府区别，并创作《新题乐府》二十首，颇为元稹、白居易称赞，惜其不传。《悯农二首》或可弥补这一缺憾，可说是新乐府运动中的杰作。

"歌诗合为事而作"（白居易《与元九书》），诗人通过对"事"的真实把握，以鲜明、形象的比照，生动、浅显的辞藻，道出了最普通最普遍的社会问题和生活真理。

诗人首先借春种、秋收这一最为常见的现象，概括世世代代农民稼穑生活之艰难。"春种一粒粟，秋成万颗子。"农民终年耕耘、播种、收获，日复一日，年复一年。一"春"、一"秋"，展现了历史年轮的转动；一"种"、一"成"，揭示五谷成长的历程；"一粒粟"至"万颗子"则是丰收希冀的实现，是艰辛劳动所获得的报偿。这些具有程序性、跳跃性的语言，给读者留下了一个广阔的想象空间。读者仿佛见到了面朝黄土背朝天的农民，饱经风霜，终年劳作，日夜盼望着丰收。"四海无闲田"笔锋宕开，由"一"到"万"是稼穑的"点"的陈述，"四海"句则是对农民艰辛劳动的"面"的概括。田亩之耕稼一粒而生成万颗，四海之土壤，处处变成垦耕之田，则农民之劳苦，农产之丰盈不言而喻。那么农民的血汗理应换来丰衣足食。然而结句陡转，"农夫犹饿死"，饿死的却是积年垦地、日夜为耕种流汗流血的农民！平平叙来，不加评论，用事实控诉，作者愤怒之情溢于言表，既深化主题，又引人思索。

第二首前联截取一日常的农事劳动片段，写稼穑之艰辛，"锄禾日当午，汗滴禾下土"也可说是对"秋成万颗子"这一劳动成果所以取得所作的补述。如果陶渊明"晨兴理荒秽，带月荷锄归"（《归园田居》其三）着力描写劳作时间之长的话，那么

“锄禾”两句则是极力描摹劳动艰苦程度之深。盛夏烈日灼人，农人冒酷暑劳作，用汗水浇灌遍野禾苗，耕作之辛苦可以想见。下联由写事而抒感，水到渠成地引申出一个普遍的生活哲理：“谁知盘中餐，粒粒皆辛苦。”人们天天享用的“盘中餐”，顿顿食用的粒粒粮米，哪一粒不是汗水的结晶？作者悟出的这一生活哲理，用最朴素的十个字加以表述，成为代代相传的至理名言，感人肺腑，发人深省。

这二首诗描写的为人所熟习经见的最普遍的生活现象，作者用简洁的言语，强烈的对比，如话家常般地平平叙来，语近意远，明白如话，给人以思索，使人获得美的品味、情的熏陶、理的启迪，成为历来悯农、惜粮之成语名言，这是此诗的生命力之所在。（郑庆笃　秦艳华）

柳宗元

登柳州城楼寄漳、汀、封、连四州

城上高楼接大荒，海天愁思正茫茫。
惊风乱飐芙蓉水，密雨斜侵薜荔墙。
岭树重遮千里目，江流曲似九回肠。
共来百越文身地，犹自音书滞一乡。

封建时代的爱国志士，痛苦莫过于政治上的孤独，这首诗就是柳宗元在贬谪的孤独中，发出的呐喊与呻吟。

柳宗元满怀爱国豪情，参加王叔文领导的政治改革——永贞革新。革新夭折，他被贬为永州司马，“为僇人，居是州，恒惴慄”（《始得西山宴游记》），蹉跎十年。元和十五年（815）春，他和战友韩泰等五人奉命进京，岂知又远放边州。柳宗元为柳州（今属广西）刺史。其他四人韩泰、韩晔、陈谏、刘禹锡分别任漳州（今福建漳州一带）、汀州（今福建长汀一带）、封州（今广东封开一带）、连州（今广东连县一带）刺史。一身去国，万死投荒，柳宗元怀着一腔义愤来到柳州，登上城楼，百感交集，对天地长歌一呼，遥寄给共同遭逐的战友们。

“城上高楼接大荒，海天愁思正茫茫。”这是诗人登楼所见，是对柳州的第一印象。作诗之妙，全在意境融彻。诗中把无限愁思和苍茫宇宙融会起来，造成一个主客观世界浑然一体的景象。“海天愁思正茫茫”，是现实的自然空间，也是诗人愁思浩渺的心灵空间。柳州去京六千里，荒远闭塞，瘴毒、酷暑、射工、飓母交相为患。诗人被放于此，明为升迁，实为疏离；明为散放，实为禁锢。他的满腔孤愤，郁郁愁苦，只能借诗一吐。所以这一联对柳州景象的勾勒，是诗人感情的投射。

“惊风乱飐芙蓉水，密雨斜侵薜荔墙。”贬谪之痛，痛在罪谤交织。诗人收回目光，见柳州夏景，也是这么风狂雨骤，施暴于池水芙蓉，肆虐于覆墙薜荔。诗人因功受过，先贬永州，后放柳州，迫害并没有停止。诗中风曰“惊风”，雨曰“密雨”，且是

"乱飐"、"斜侵",比兴影射的意思自见。以"芙蓉"、"薜荔"喻贤寓俊,表现出一股凛然正气,反映出诗人对自我道德人格的肯定和政治节操的自持。

"岭树重遮千里目,江流曲似九回肠。"贬谪之痛,痛在隔绝。诗人把目光远投,见绵绵山岭,重重林树,阻断了遥望的视线,也便阻塞着对家国的拳拳之心,对友人的眷眷之意。柳江江水曲曲折折,多么像自己的愁肠萦回?无限之情,以有限之景出之;无形之情,以有形之景状之。诗人"对此风景,情何堪乎!"(《唐诗解》)

"共来百越文身地,犹自音书滞一乡。""百越",同"百粤",泛指五岭以南的少数民族。"文身",在南粤民族有"文身断发"习俗。贬谪之痛,痛在寂寞。柳州地域偏远,已使诗人觉得孤独,况黎民稀少,文化落后,风俗迥异,异服殊音,诗人孤寂之情更难以名状。再加上交通不便,音讯阻隔,知己同僚间连音讯也难以通达。这寂寞与孤苦,何以忍受?

这首诗由愁转愤,由愤转悲,由悲转闷,浑涵交融,抒发了诗人的悲愤之情,表达了对战友的深切怀念。诗中有一种孤高脱俗的情愫和忧愤自吞的胸怀。

诗中借景抒情,写景浩渺,正体现出诗人愁闷的宏大广远;氛围凄怆,正传达出诗人感情的悲慨苍凉。诗境是从高耸的城楼上俯视蛮荒旷野,有英雄失路之慨,苍凉之外,尚有雄阔。作为一首七言律诗,它言约意丰,精约工致,足见诗人的艺术匠心。

(曲世川)

江　雪

千山鸟飞绝,万径人踪灭。
孤舟蓑笠翁,独钓寒江雪。

这首精粹别致的《江雪》仅二十字,诗人却以率中见巧的洒脱笔触,点画结合的白描手法,勾勒了一幅清空寂灭的画面:远山近野,不见一只鸟飞;蜿蜒路径,更无一点人影;大雪飞舞,飘飘洒洒,天地之间,一片苍茫;一位渔翁,披蓑戴笠,驾一叶扁舟,孤独地立于寒江之上,兀自宁心垂钓。这一空寂冷峭的江雪独钓图,表达了诗人一种怎样的情绪呢?是高洁,是孤傲,是寂寞而执著的追求!

素怀高远之志的柳宗元,于永贞改革失败后,谪居永州,精神遭到极大打击。心情抑郁,悲怆满怀。"投迹山水地,放情咏《离骚》。"(《游南亭夜还叙志七十韵》)诗人借山水之景、风雪之寒、渔翁之情抒发其政治失意的苦闷和忧愤,寄托自己的清高和孤傲。空旷、寂灭的冬野背景,凄神寒骨的萧索气氛,形肖神似地体现了诗人那种孤独、倔强的情怀和洁身自好、出淤泥而不染的纯洁品格。

首联上句写山丘,下句写原野。"鸟飞绝"、"人踪灭"为互文,所有平原山丘广袤的地表不见人踪鸟迹,一派空寂,是因为大地为冰雪覆盖,暗写一"雪"字。背景广袤空无,素寒高洁。下联描写人物。千山万径,无所不包;空阔背景与活动于其上的孤舟、独翁形成迥然相异的比照,使人、舟更孤更独。全诗空间由远及近,由大及小,逐渐紧缩,末句带出一个"雪"字,扣合主题。由于雪的铺陈,天地之间纯净高爽,一尘不染,整个画面素淡清雅。而老翁一个顶风冒寒孤舟独钓,其超尘拔俗、兀

傲倔强的品格跃然纸上。（郑庆笃　牟瑞平）

王起

赋　花并序

乐天分司东都，起与朝贤悉会兴化亭送别，酒酣，各赋一字至七字诗，以题为韵。

花
点缀
分葩
露初裛
月未斜
一枝曲水
千树山家
戏蝶未成梦
娇莺语更夸
既见东园成径
何殊西子同车
渐觉风飘轻似雪
能令醉者乱如麻

本篇系杂体诗的一种，称一字至七字诗。此种体式，从一言至七言次第排列，每言两句，构成对句，每首十四句，共五十六字。也多有以一字独句为开头的（如本诗），则每首十三句，五十五字。诗句按上面书写形式排列，状似塔，因称"宝塔诗"。倘若将每句首字排齐，那么其状宛似阶梯，所以又有"阶梯诗"之称。这种诗较多以一字单词为题，首句与题相同，也有如他体一样拟题，或径以"一字至七字诗"为题而以首句为吟咏中心的。本诗题目实际就是"花"。通常以题为韵，一韵到底，句句切题；讲究平仄，或平起或仄起，皆须合律，与近体诗要求相仿。王起的《赋花》，即合乎这类诗的常格规范。

从诗前小序可知，此诗当作于唐文宗大和三年（829）。当时朝官与宦官斗争激烈，白居易的好友、宰相裴度请求去职，白氏也辞去刑部侍郎，以太子宾客分司东都（治今河南洛阳）。临行前，王起等朝中著名人物聚会于兴化亭（裴度建，在京城长安），为白居易饯行，席间王起赋成此诗。据《唐诗纪事》卷三九载，同时还有李绅、令狐楚、元稹、魏扶、韦式、张籍、范尧佐等，分别以月、山、茶、愁、竹、花、书为题赋成一言至七言诗，白居易也赋得《诗》一首。

王起的这首诗，紧扣首句"花"，每两句一层意思，一个境界，从花开花谢的各个时期，形象地描绘了花的种种风韵仪态。"点缀，分葩（pā 趴）"，是指初生的蓓蕾装点在翠枝绿叶间，宛如点点星辰疏密有致地缀于天幕上；花瓣苞片微微张开，欲放未放。“葩”，草木的花，引申为华丽、华美之意。从葩的引申义上来理解，这两句又写出了花能装点世界，给大自然播散美的作用。“露初裛（yì 意，通“浥”，沾湿），月未斜（xiá 霞）”，写出了具有朦胧含蓄美感的月夜光景，并让人从容联想到：花儿沾着清凉晶莹的露珠，在溶溶的月色里，保持着优雅不俗的风姿。接着两句，转以青山碧水作映衬，突出花的明丽精神，无论是弯曲溪流畔一枝独秀，或是云雾山庄中千树竞放，都透示出花开时节的勃勃生气。下面两句的画面更为生动活泼：彩蝶在花丛中飞逐嬉戏，黄莺在花树上纵情娇鸣。毫无疑问，由于鲜花的开放，大自然更显出充满活力和热情的美。庄子曾梦为蝴蝶，于是蝶与梦常被人们联系在一起。这里的“未成梦”，则反其意而用之，与“语更夸”同一机杼，都是将蝶、莺拟人化，借以强调盛开之花绰约妩媚，饶有吸引力。如果说，以上主要是从客观的角度来揭示花的特性，刻画花的形象，那么，以下则着重表现花所激起诗人的审美感受。“既见”两句说：漫步在百花夹道怒放的“东园”，简直就像偕同西施并肩乘坐在一辆车子里。古诗中常以东园泛指美好苑林，如“东园之树，枝条再荣”（陶渊明《停云》），“桃花开东园，含笑夸白日”（李白《古风》），“风光若此人不醉，参差辜负东园花”（张谓《湖中对酒作》）。“西子”，即春秋时越国美女。以美女、鲜花互喻互映，也是作家常用手法。《诗·郑风·有女同车》就是写一位男子，盛赞与他同车而行的姓姜女子“颜如舜华（木槿花）”，“洵（确实）美且都（优雅）”。从这里也可见出诗中用典的自然巧妙。面对万紫千红而出现这样的情感状态，那么经历落英缤纷的场景，又将是怎样的感受呢？“渐觉风飘轻似雪，能令醉者乱如麻”，凋零的花瓣，像雪片随风轻飏飘洒，让人万千感慨奔涌，心绪纷乱如麻。这里的“醉者”，既是诗人自指，也兼指席上酒酣的同僚们。“乱如麻”，明是叹惜花的谢去，暗寓因宦官骄横得势，朝官遭挫受压，裴度罢相，居易别离，而触发的不尽幽怨伤感。诗人的涓涓情感细流，在诗中悄然无迹地漾开渗透，至末两句则是不可阻遏而勃然迸泻。

“宝塔诗”之类的杂体诗，形式新颖别致，然而毕竟拘束颇多，做起来常不免凑字凑句，因此多为游戏之作。至于像王起这首《赋花》，写得形象鲜明、婉转流美而富含意蕴的作品，实在是不多见。（仓阳卿）

元稹

行宫

寥落古行宫，宫花寂寞红。
白头宫女在，闲坐说玄宗。

宋人洪迈在综评“道开元间宫禁事”的几首元、白诗时，特别赞赏这首《行宫》“语少意足，有无穷之味”（《容斋随笔·古行宫诗》），这是为历代所公认的的评。全诗只二十字，且不避“宫”字的三次重现，写得含蓄委婉，富有意境，又情思动人，感慨深长，实属难得。诗歌含蕴的丰富性，往往与诗人留给读者的想象余地成正比，这首五绝提供给读者的想象天地就特别宽大。从怨而不怒的笔调中见出作者无限同情宫女悲凉生涯的心绪，使此诗颇有宫怨诗的风韵；也可从今昔兴衰的比照中搜觅某些耐人寻味的历史启示，那么这首诗又可说是一首吊古讽时诗。当年盛世，挥霍无度的皇室给王朝统治带来惨痛的后果；现在，在渔阳烽火平息后，民生凋疲，仍有动乱时起，国家元气尚未恢复，前代的教训已被新一辈的统治者忘记了，又掀起对废于战事的行宫重加修复的动议。透过浓重的伤感缅怀和盛衰对比，其深寓的历史鉴戒用意，便明确无疑地显示出来。

探究本诗炼字炼意的诗艺技巧，则这二十个字几乎字字有讲究。“寥落”点染一种茫远的感觉，开首就定下笼罩全诗的总气氛，概括得准确而富有表现力。天宝末年“潜配”入宫的一代宫女还存活着，算到德宗贞元末年，年代相隔其实并不太久，诗人却要把半个来世纪的光景强调为“古”，是出于造境的需要。第一句点地点，容含着无限忆旧的情思。末尾的“宫”字随即又出现在第二句的开头，在这里着意运用顶针连缀的民间歌谣手法，是为了将写时与写地的诗句连接得更紧密，平添一分咏叹之意。无情有感的“宫花”一直在默默地自开自落，既表现在的时节，又代表不变的自然物象可作人间沧桑变化的见证。同时，它既是实写（上阳宫里的花），还兼作比拟（宫女），具有数重功能。“寂寞”，一般是形容不佳心情的，冠于一般是炽热、火辣的“红”色（虽然在这里，语法上又可用作动词），就非常不一般，这样既移情于物，并且又将原本不协调的搭配化为相应的和谐，溢生出一种不易名状的醇美滋味。它与上一句写“行宫”繁华事歇的“寥落”正相呼应，连作一势，还继续延伸到后半首诗写“白头宫女”的诗境中去。以上为写景，以下转入叙事。“红”、“白”对举的衔接法，又可看作一、二句民歌连接法的变形。老宫女的“在”，暗示许多人和事物的不在。而仍“在”的几个与世隔绝、受尽摧残的宫人，也似乎钝化了，木然了，如今唯一打发无聊日月的消遣为“闲坐”、闲“说”。而此“闲”之下又有多少宫女不平静的心潮在涌动（诗人亦然）！“闲坐说”，真是将寂寞宫女多少个日日夜夜的凄凉情景反复删汰了的典型选择。清人沈德潜评说过：“说玄宗，不说玄宗长短，佳绝。”（《唐诗别裁集》卷一九）“佳”在只标出似乎轻描淡写的忆旧的话题，不及任何天宝遗事繁景盛况的具体内容，却把大容量的历史想象和人生感慨都交付给了读者。中唐诗人张祜有首《退宫人》，写流落人间二十年的开元皇帝怜爱过的宫女忆旧：“长说承天门上宴，百官楼下拾金钱。”列出具体情节，也就止于规定的情景，自然不如元稹写法高明。《行宫》后两句，白头宫女们悲凉哀怨的心境，在平静无澜的环境衬映中表现得十分含蓄，因而带动起整首诗，使其无限惋伤之情溢出言外。炼字炼意的绝妙功夫，使诗人把诗的丰富内涵以最简洁的手法表达出来，所以说此五言四句，可以匹敌作者同题材的叙事长诗《连昌宫词》。（罗 青）

闻乐天授江州司马

残灯无焰影幢幢，此夕闻君谪九江。

垂死病中惊坐起，暗风吹雨入寒窗。

唐人好诗，而寄赠奉答之作，乃成为亲朋好友间交流思想、传递心曲的天才使者。翻开一部全唐诗，那情趣盎然、辞采焕发、感人肺腑的赠答怀思诗章，俯拾即是，目不暇接。元稹在闻知挚友白居易贬谪江州而写的这首诗，当属此类上乘之作。诗以眼前景、口头语曲折委婉地展示了诗人心底的万顷波涛，给人以抑郁沉重的悲凉之感。

元稹本任监察御史，元和五年(810)，因弹劾贪暴官宦而得罪权贵，初贬江陵士曹参军，元和十年三月，又转通州(今四川达县)司马。元稹到任后不久即染重病。通州地僻人稀，缺医少药，病者往往有百死一生之虞。诗人屡遭打击排斥，心情落寞，加以病魔缠身，孤寂凄苦之情可想而知。"残灯无焰影幢幢"，灯光如豆，微风摇曳，这是诗人客居不寐目前所见，却又是诗人悲凉心境之外化。此句已将环境、色彩、氛围及诗人的情绪渲染得十分浓烈了，惨淡无聊之际，又传来挚友再遭诬陷而贬谪江州之消息，孤寂心境又添抹一层阴影。九江，隋时九江郡，唐时为江州。白居易在元和十年八月，亦因多次触怒权贵，由太子左赞善大夫左迁江州司马。这一消息，对元稹本就抑郁愤懑的心情来说，无疑如雪上加霜，这就难怪他"惊坐起"了。

诗第三句"惊坐起"异常传神，通过这一动作细节的描绘，使我们真切地感受到了诗人心灵所受震动之巨大，所遭打击之沉重。"垂死病中"即"病中垂死"，因平仄而颠倒，这四字概括了诗人身心长期遭受磨难而对现实产生的绝望心理，以它来修饰"惊坐起"，更进一步增强了"惊"的内蕴("惊坐起"又作"仍怅望"，不如《全唐诗》本"惊坐起"于义为长)。诗人在通州，长期病魔缠身，因不能得到很好的医治，曾疑虑自己不久于世，连后事都作了安排，因而"垂死"是比较符合诗人当时的境况的——当听到好友遭贬消息后，竟然身不由己地坐起来——入木三分地揭示了诗人内心深处瞬间产生的强烈悸动。元、白终生情同手足，友谊笃深，诚如元稹所言："人亦有相爱，我尔殊众人。朝朝宁不食，日日愿见君。一日不得见，愁肠坐氛氲。"(《酬乐天赴江州路上见寄三首》)，二人挚交，简直须臾不忍离。唯有如此至诚、至深，"惊"字方显得"真力弥满"而不落虚空。诗以情动人，情自肺肝中流出，其感染力自强。

第三句已将诗的情绪推向高潮，如果收束时仍是这种质实的笔墨，那诗的格局就会显得狭窄、板滞。诗人宕开一笔，"暗风吹雨入寒窗"。暗风、斜雨、寒窗，皆身边所闻见，所感触，以色调凄迷的目前之景来衬托诗人幽愤凄怆心怀，上下句表面上似缺乏直接关联，句子间于意义上似产生间断，造成空白。然而，正是这种空白，给读者提供了广阔的想象余地，读者通过诗中流动起伏的物象世界，可以窥视到诗人所营构的含蓄辽远的诗境。

"惊"字是一篇之诗眼，一、二句，即席拈来，不事雕琢，似平实奇，并为"惊"字张本蓄势；结句乃神来之笔，诗人的心灵与周围的客观物象相默契，相凑泊，不直言"惊"的具体内蕴，通过景色描绘，便使难言之情含蓄自然地流露出来，似脱实粘，余韵悠永，富有象外之象，言外之意，在读者心中拓出更为广阔的想象世界。本句在诗的结构上，又巧妙地与首句遥相呼应，造成意象间的相互勾连。

全诗不事藻绘，语极天然，通俗浅显，只眼前景，身边事，口头语，却情真意切，含蕴浑厚，感人至深。白居易读罢此诗之后，大受触动，复函中云，“此句他人尚不可闻，况仆心哉！至今每吟，犹恻恻耳！”（《与元微之书》）千载之下，细味此诗，其幽愤怅惘之情，天涯沦落之感，犹令人荡气回肠，心折涕下。（郑庆笃　董利伟）

贾岛

题李凝幽居

闲居少邻并，草径入荒园。
鸟宿池边树，僧敲月下门。
过桥分野色，移石动云根。
暂去还来此，幽期不负言。

这是贾岛的一首写景诗，他以自己的心验体察写景状物，他自己也是诗中的一景。

“闲居少邻并，草径入荒园。”诗人的目光沿着长满野草的小径，进入一座院落，这便是李凝居处。邻里少，没有送往迎来的烦嚣；院落荒，绝无能工巧匠的整饰。两句诗像一幅蕴涵着透视学原理的静景画，画出一朴陋的村野独居。“少”、“荒”景象，托现出诗题中的“幽”字。隐处之幽，见隐者品德之高。

“鸟宿池边树，僧敲月下门。”无动不显静，无声不算幽，这是唐诗的辩证法。李凝幽居，在暮霭月色中，一片凝寂。只有飞鸟投宿的盘旋，僧人寻访的身影，才搅动了凝滞，现出生机；只有宿鸟的几声嘈杂，僧人敲门的几声清响，才打破了沉寂，注入活力。这动后之静，响后之寂，传达出李凝居处的静谧氛围。

“过桥分野色，移石动云根。”前两联的“入荒园”、僧敲门是一种探访的动向；这里的“过桥”和后面的“暂去”，更像是访不遇而离去的行迹。所以有人说这是一首访不遇诗，有一定道理。从设景来看，前两联写的是幽居的主体，这一联写的是幽居周围环境。跨过小桥便是山林田野，苍黄，翠绿，一派淡远的自然风光；岭石荦确，云脚飘动，仿佛山岩移位，一副杳渺的山野景象。这种大环境的描绘，更把李凝居处的深幽衬托出来了。

“暂去还来此，幽期不负言。”诗人对李凝幽居倾心了，虽然暂时离开，但意往情牵，不召即来，以实践共隐的许诺。

这首诗以寻幽人不遇为构思线索，用平面、立体、色彩、声响、静景、动态等意象，创造出一个清静幽邃的艺术境界。贾岛之前，写隐居环境的诗甚多，或白云幽篁，或碧水桃花，或深山草庐，或沃野庄园，在清幽中往往透出一点富贵气。贾岛这首诗造境荒寒、苍凉、幽独，是贾岛式的隐居环境。确是“意新语工，得前人所未道者”(《六一诗话》)。

诗中“鸟宿池边树，僧敲月下门”一联，远比这首《题李凝幽居》诗知名度高。据《苕溪渔隐丛话》引《刘公嘉话》：“岛初赴京师，一日于驴上得句云：‘鸟宿池边树，僧敲月下门。’始欲着‘推’字，又欲着‘敲’字，练之未定，遂于驴上吟哦，时时引手作推敲之势。”后来遇到韩愈，“韩立马良久，谓岛曰：‘作“敲”字佳矣。’”，诗才定稿。从此“推”、“敲”的故事成为斟酌字句的典范。这两句诗便为人传诵不息。

（曲世川）

访隐者不遇

松下问童子，言师采药去。
只在此山中，云深不知处。

贾岛这首寻隐不遇诗是他的代表作，是唐代绝句中的精品。

这是一首五言古绝，淡淡而出，平平而道，虽出自一个苦吟诗人之手，却没有苦吟痕迹。诗用二十个字，写与童子问答的小场面，有意无意间把读者带进一个悠悠山林，飘飘白云的深邃诗境。此诗之妙，盖有三点：

其一，游云舒卷，真龙若现。诗中没有一字正面写隐者形象，只写了他的所住、所事、所往。起首的“松下”二字，点出他住近松林，暗寓了他松柏一样孤傲的品格。“采药去”则表现了他以济世活人为务的高尚情操。长在山中以白云为友，又现出他的志趣高洁。四句诗如云似雾，一个超凡拔俗的隐士形象，似隐若现。访而不遇，有诗人的思慕与惋惜，也唤起读者的怅惘。

其二，水底波涌，曲径通幽。这首诗口语俗言，惟造平淡，表面像湖水一样平静，但却蕴藏着诗人起伏的情思和悠长的意绪。诗人乘兴来访，隐者却“采药去”，心情为之一沉。又听说“只在此山中”，去之未远，心情为之一振。后说“云深不知处”，希望变失望，诗人只有面对茫茫群山、渺渺白云而兴叹了。这样写，诗人思绪不绝如缕，也给读者留下许多悬念。

其三，答中有问，剪裁得当。在唐诗诸体中，五绝是篇幅最小的，但这首小诗容量却大，含蕴颇丰。主要原因不在文字凝练，而在剪裁大胆，取舍得当，有举一反三的效果。诗以问答构思全篇，只在第一句提示了问的意思，下面三句全是童子的答话，答是针对问，第一次回答“师采药去”，针对的是：“你师父哪里去了？”第二次回答针对的是：“在哪里采药？”第三次回答针对的是：“在山的什么地方？”诗中舍去问话，只取答话，答中含问，语言极其简要，意蕴又很丰厚。

这首绝句语言之通俗，历来为蒙童启读；意境之深邃，向来为画家运思；取舍之精当，至今被论家引为典范。（曲世川）

朱庆余

闺意献张水部

洞房昨夜停红烛，待晓堂前拜舅姑。

妆罢低声问夫婿，画眉深浅入时无。

此诗作者朱庆余，字可久，宝历（唐敬宗年号）二年（826）进士。与张籍、贾岛、姚合等交游。唐代应进士科举的士子有向名人行卷的风气。所谓“行卷”，即应举者于考前把所作诗文写成卷轴，投送给朝中有影响的人物，借以扩大自己的声名，考试时方有可能获得录取。时张籍官水部郎中，是名重一时的诗人，又以乐于提拔后进而享誉朝野，故朱庆余平日就曾向他行卷。《全唐诗话》有载：“庆余遇水部郎中张籍，知音。因索庆余新、旧二十六章，置之怀袖而推赞之。时人以籍名重，皆缮录讽咏，遂登科。”

《闺意献张水部》一诗，又题为《近试上张水部》。由此可知，这首诗是考前写给张籍的。

全诗是围绕着婚后第二天清晨新娘要到堂前拜见公婆这一线索展开的。首句写洞房新婚的气氛。“昨夜”是说新婚之夜已经过去。此刻天还未亮，照彻洞房的“红烛”还在静静地燃着，而新娘却早已起身，借着烛光梳妆打扮了。她何以要绝早起身呢？接下来第二句便点明，是为了等待天亮以后去拜见舅姑。“舅姑”即是公婆。按照封建礼法，新婚之后第二天清晨，新娘是要拜公婆的。这是一件大事，如果得不到公婆的欢心，新娘以后在家中的处境是很难堪的。故天色未亮，新娘便早已梳妆好等待这一重要时刻的到来。三、四两句顺承而下，写新娘的内心活动。可以想见，此时此刻的新娘，对新的生活既充满了憧憬，又有着如履薄冰的胆怯。尽管她的梳妆打扮是极用心的，她还是放心不下，于是“低声”问身边的“夫婿”，画眉黛色的浓淡是否相宜。这种超越年龄特征的谨小慎微的心态，是封建礼教之下，所有的新娘都会有的。这样写入情入理。诗中暗用“画眉”一典，引用了汉朝张敞为妻描眉的故事，新郎虽未露面，也还是曲折地表现了新婚夫妇情投意合的闺房情趣。尤其是“低声问”三字，更传神地写尽了新娘对“夫婿”那种既亲昵又娇羞的儿女情态。这种细致入微、惟妙惟肖的描写，正是本诗赏心悦目之处。

也正因为如此，乍读之，读者会认为诗中所描写的只是一对新婚夫妇的“闺房之乐”。然而，诗人的本意却在于以新妇自比，巧妙地透露了作者临考前那种忐忑不安、唯恐自己的诗文不合主考官意的心情，并期待着友人张籍的指教。至此，对于本诗的欣赏则又需要另一番眼光了。

诚然，新嫁娘与应试的举子，本应该是两不相干的。然而，诗人构思、炼意之妙，也正在于将这貌似不伦不类的两种事物、两种处境和两种心态出人意外地结合在了一起，而且竟然找出了二者相互关联的某些特征。那就是，诗人当时所面临的正和新娘能否取悦公婆一样，他的诗文能否得到主考官的首肯，将决定其一生的政治前途。如果说本诗"闺意"的描写是动人的，那么，诗人这种想落天外的以新妇自况的艺术构思，则更为隽永，更令人玩味。因为它能够为读者提供驰骋想象的天地，让读者也进入一种创作的境界，获得各自的美感享受。

欣赏本诗，更为快意的是，历史有幸将张籍读了这首诗以后的答诗，也同本诗一起流传了下来。其诗写道：

越女新妆出镜心，自知明艳更沉吟。

齐纨未是时人贵，一曲菱歌抵万金。

张籍针对朱庆余临考前的不安心情，在答诗中热情肯定了他的才华，并勉励他要有十足的信心。

诗的一、二两句，写越女的容貌和心情。朱庆余是越州人，镜湖又是越州名胜，所以这里便把朱庆余比作是来自镜湖的一位越州采菱姑娘。"自知明艳"是说她很了解自己长得十分漂亮，光彩照人。但此刻她为什么却又不能自信而"沉吟"起来了呢？原来就在于她将要与众多的穿着华丽的姑娘们一起比美，所以会一时感到惶然踟蹰。张籍这样写完全是用来比拟朱庆余的，实际上是说，朱庆余就像"越女"，本应该"自知明艳"，而现在临近考试却又望而生畏了。

三、四两句便来打消朱的疑虑，并进一步鼓励他，只凭自己的才华即可取胜。"齐纨"是齐地（今山东）出产的一种细致洁白的薄绸。此句意谓：尽管其他的许多姑娘浓妆艳抹，身着名贵的丝绸衣服，但并不是人们所珍视的。接着第四句便指出，相反，值得珍视的是越女的风韵天然，歌喉宛转。"菱歌"是古代楚、汉、吴、越的一种民歌。张籍早年以乐府与王建齐名，是白居易所倡导的新乐府运动的重要人物之一。他的诗有不少是袭用古乐府旧题的，自然与清新质朴的民歌有着天然的联系。白居易曾称赞他的诗说："风雅比兴外，未尝著空文。""空文"者，当指辞藻华美而内容空泛的诗文。由此可以推断，张籍针对朱氏不知自己的诗文"入时"与否的顾虑，勉励他要坚持自己的本色，那才是足以抵得上"万金"的，是定然能够取胜的。

诗人间相互酬唱，是我国诗坛上常有的盛事。朱、张二人的这一段唱和所以能为后人传诵，是因为朱庆余的赠诗问得俏皮、含蓄，而张籍的和答也隽永高妙。

（刘忆萱　王玉璋）

许浑

秋日赴阙题潼关驿楼

红叶晚萧萧，长亭酒一瓢。

残云归太华，疏雨过中条。

树色随关迥，河声入海遥。

帝乡明日到，犹自梦渔樵。

许浑，字用晦，润州丹阳（今江苏丹阳）人。大和（唐文宗年号）六年（832）进士，擅五、七律，句法圆稳工整，颇为杜牧、韦庄称重。本诗是许浑早年从故乡润州丹阳第一次赴长安，途经潼关时所作。

开头两句写景叙事以为全诗发端。首句“红叶”是视觉所见，“萧萧”是听觉所闻。意谓诗人行至潼关时已是红叶浓深、晚风萧瑟的寒秋时节。起句境界阔大。接下，“长亭酒一瓢”是叙述。不言“驿楼”而代之以“长亭”，自然与送别有关。本诗又题为《行次潼关逢魏扶东归》，可知诗人在此逢遇友人，自己是入秦而来，友人是东归而去，都在羁旅途中，长亭之下一瓢淡酒便是意中之事了。次句叙事简洁遒劲。

中间四句具体描绘潼关四周的壮丽景色。诗人伫立驿站楼头，向南遥望天际，西岳华山群峰崔嵬，飞动的“残云”徘徊而渐入山岫；向南眺望，苍莽的中条山，“疏雨”过后更见葱翠。是二句写山写云，全从大处落墨，气势宏大，有力地突出了潼关地势的险要。而“归”、“过”二字更给人一种动感。这是用飞动的“残云”和浮游的“疏雨”比衬静态的山峦。如此，动、静相托，整个大自然便显得生气勃勃了。清代刘熙载《艺概》云：“山之精神写不出，以烟霞写之；春之精神写不出，以草树写之。故诗无气象，精神亦无所高也。”以如上二句观之，足令读者玩味再三。

再下二句，一写“树色”，一写“河声”。苍碧的树色随关城一路远去，极目之处则与天青之色交融在一起；汹涌澎湃的黄河涛声也渐行渐远，恰如滚动的惊雷一路咆哮着直扑东海。前者实写，后者虚写，虚、实相对。

总观如上四句，“残云”与“疏雨”，“太华”与“中条”，“树色”与“河声”，“关”与“海”，“迥”与“遥”，两两相对，极为工整。而“归”、“过”、“随”、“入”四字传神贴切，充分表现了诗人写景状物、遣词炼句的艺术功力。正如清代田雯所说：“诗律之熟，无如浑者。”

“帝乡明日到，犹自梦渔樵。”“帝乡”指京城长安，与题目“赴阙”二字呼应。“梦渔樵”是说距离长安越近，就越梦想回故乡去过渔樵的隐居生活。结尾二句反映了诗人对于出仕与归隐二者间的矛盾心情。许浑年轻时苦学劳心，体质清羸，入仕以后，时常因病休假，功利之心比较淡薄。这在其他诗作中也多有流露，如官御史时，《秋日候扇》诗云：“虚戴铁冠无一事，沧江归去老渔舟。”又《旅怀作》诗说：“往事只应随梦里，劳生何处是闲时？”这说明他既厌恶终日“无一事”养尊处优的腐朽生活，又憎恨处心积虑地参与官场倾轧。对此，我们不必以“消极”抑或“积极”这两个对立的概念，对许浑的思想加以简单化的评价。（刘忆萱　王玉璋）

咸阳城西楼晚眺

一上高城万里愁，蒹葭杨柳似汀洲。

溪云初起日沉阁，山雨欲来风满楼。

鸟下绿芜秦苑夕，蝉鸣黄叶汉宫秋。
行人莫问当年事，故国东来渭水流。

这首诗的题目有两种不同文字，今采此题，而弃“咸阳城东楼”的题法。何也？一是醒豁，二是合理。看来“西”字更近乎情理，——而且“晚眺”也是全诗一大关目。

同为晚唐诗人的李义山，有一首《安定城楼》，与许丁卯这篇，不但题似，而且体同(七律)，韵同(尤部)，这还不算，再看李诗头两句：“迢递高城百尺楼，绿杨枝外尽汀洲。”这实在是巧极了，都用“高城”，都用“杨柳”，都用“汀洲”。然而，一比之下，他们的笔调，他们的情怀，就不一样了。义山一个“迢递”，一个“百尺”，全在神超；而丁卯一个“一上”，一个“万里”，端推意远。神超多见风流，意远兼怀气势。

“一”上高城，就有“万”里之愁怀，这正是巧用了两个不同意义的“数字”而取得了一种独特的艺术效果。万里之愁，其意何在呢？诗人笔下分明透露——“蒹葭杨柳似汀洲”。一个“似”字，早已道破，此处并无什么真的汀洲，不过是想象之间，似焉而已。然而为何又非要拟之为汀洲不可？须知诗人家在润州丹阳，他此刻登上咸阳城楼，举目一望，见秦中河湄风物，居然略类江南。于是笔锋一点，微微唱叹。万里之愁，正以乡思为始。盖蒹葭秋水，杨柳河桥，本皆与怀人伤别有关。愁怀无际，有由来矣。

以上单说句意。若从诗的韵调风采而言，如彼一个起句之下，着此“蒹葭杨柳似汀洲”七个字，正是“无意气时添意气，不风流处也风流”。再从笔法看，他起句将笔一纵，出口万里，随后立即将笔一收，回到目前。万里之遥，从何写起？一笔挽回，且写眼中所见，潇潇洒洒，全不呆滞，而笔中又自有万里在。仿批点家一句：此开合擒纵之法也。

话说诗人正在凭栏送目，远想慨然，也不知过了多久，忽见一片云生，暮色顿至；那一轮平西的红日，已然渐薄溪山，不一时，已经隐隐挨近西边的寺阁了。据诗人自己在句下注明：“南近磻溪，西对慈福寺阁。”形势了然。却说云生日落，片刻之间，“天地异色”，那境界已然变了；谁知紧接一阵凉风，吹来城上，顿时吹得那城楼越发空空落落，萧然凛然。诗人凭着生活经验，知道这风是雨的先导，风已飒然，雨势迫在眉睫了。

景色迁动，心情变改，捕捉在那一联两句中。使后来的读者，都如身在楼城之上、风雨之间，遂为不朽之名作。何必崇高巨丽，要在写境传神。令人心折的是，他把“云”、“日”、“雨”、“风”四个同性同类的“俗”字，连用在一处，而四者的关系是如此的清晰，如此的自然，如此的流动，却又颇极错综辉映之妙，令人并无一丝一毫的“合掌”之感，——也并无组织经营、举鼎绝膑之态。云起日沉、雨来风满，在“事实经过”上是一层推进一层，井然不紊；然而在“艺术感觉”上，则又分明像是错错落落，“参差”有致。“起”之与“沉”，当句自为对比，而“满”之一字本身亦兼虚实之趣一曰“风满”，而实空无一物也；曰空空落落，而益显其愁之“满楼”也。“日”、“风”两处，音调小拗，取其峭拔，此为诗人喜用之句格。

那么，风雨将至，“形势逼人”，诗人是“此境凛乎不可久留”，赶紧下楼匆匆回府了呢？还是怎么？看来，他未被天时之变“吓跑”，依然登临纵目，独倚危栏。

何以知之？你只看它两点自明：前一联，虽然写得声色如新，气势兼备，却要体味那个箭已在弦，“引而不发，跃如也”的意趣。诗人只说“欲”来，笔下精神，全在虚处。而下一联，鸟下平芜，蝉吟高树，其神情意态，何等自在悠闲，哪里是什么“暴风雨”的问题？

讲到此处，不禁想起，那不知名氏的一首千古绝唱《忆秦娥》：“……乐游原上清秋节，咸阳古道音尘绝。音尘绝，西风残照，汉家陵阙。”诗人许浑，也正是在西风残照里，因见汉阙秦陵之类而引起了感怀。

咸阳本是秦汉两代的故都，旧时禁苑，当日深宫，而今只绿芜遍地，黄叶满林，唯有虫鸟，不识兴亡，翻如凭吊。“万里”之愁乎？“万古”之愁乎？

行人者谁？过客也。可泛指古往今来是处征人游子，当然也可包括自家在内。其曰“莫问”，其意却正是欲问，要问，而且“问”了多时了，正是说他所感者深矣！

“故国东来渭水流”，大意是说，我闻咸阳古地名城者久矣，今日东来，至此一览——而所见无几，唯“西风吹渭水”，系人感慨矣。

结句可谓神完气足。气足，不是气尽，当然也不是语尽意尽。此一句，正使全篇有“状难写之景，如在目前；含不尽之意，见于言外”的好处，确有悠悠不尽之味。渭水之流，自西而东也，空间也，其间则有城、楼、草、木、汀洲……其所流者，自古及今也，时间也，其间则有起、沉、下、鸣、夕、秋……三字实结万里之愁、千载之思，而使后人读之不禁同起无穷之感。如此想来，那么诗人所说的“行人”，也正是空间的过客和时间的过客的统一体了。　　（周汝昌）

李　贺

李凭《箜篌引》

吴丝蜀桐张高秋，空山凝云颓不流；
江娥啼竹素女愁，李凭中国弹箜篌。
昆山玉碎凤凰叫，芙蓉泣露香兰笑。
十二门前融冷光，二十三丝动紫皇。
女娲炼石补天处，石破天惊逗秋雨。
梦入神山教神妪，老鱼跳波瘦蛟舞。
吴质不眠倚桂树，露脚斜飞湿寒兔。

诗题应写为《李凭〈箜篌引〉》，或者写成李凭箜篌引。诗题写法关乎对诗的理解。“箜篌引”三字不能分开，在这里是曲名。因而，此诗与唐代诗人杨巨源《听李凭弹箜篌》不同。杨氏所听到的李凭弹箜篌是单指箜篌乐器，未指所弹内容；李贺此诗是确指李凭弹奏的《箜篌引》，指明箜篌弹奏内容。杨巨源和李贺诗除了证明李凭工于箜篌之外，吟咏内容并不相同。李贺不是听李凭弹箜篌而写出称作"引"体的歌行，而是因李凭弹奏《箜篌引》而写成此诗。这两者是有很大区别的。即使诗中第四句"李凭中国弹箜篌"省略了"引"字，也不能据此将诗题《箜篌引》曲名三字分开。

何谓《箜篌引》？即古曲《公无渡河》。崔豹《古今注》曰："《箜篌引》者，朝鲜津卒霍里子高妻丽玉所作也。子高晨起刺船，有一白首狂夫，被发提壶，乱流而渡，其妻随而止之，不及，遂堕河而死。于是援箜篌而歌曰：'公无渡河，公竟渡河，堕河而死，将奈公何！'声甚凄怆，曲终亦投河而死。子高还，以语丽玉。丽玉伤之，乃引箜篌而写其声，闻者莫不堕泪饮泣。丽玉以其曲传邻女丽容，名曰《箜篌引》。又有《箜篌谣》，不详所起，大略言结交当有终始，与此异也。"《箜篌引》是白首狂夫堕河而死，其妻援箜篌而歌的词曲。古曲词只有四句，由丽玉写其声，经丽容而传世。宋郭茂倩《乐府诗集》将其归类《相和歌辞·相和六引》，取"丝竹更相和"之意。又引《古今乐录》曰："《箜篌引》歌瑟调，东阿王辞"，"宋唯《箜篌引》有辞"，"梁具五引，有歌有辞"。南朝梁刘孝威以《公无渡河》为题，写成五言十二句；南朝陈张正见以同题写成五言八句；唐李白以同题写成杂言二十句。王建则写成七言十一句；李贺本人以《箜篌引》(一作《公无渡河》)为题写成杂言二十句。此后还有温庭筠、王叡作词。可见依《箜篌引》古曲填新词者代不乏人。历代歌词，或谓白首狂夫乃自沉河，死后为神；或谓黄河风险莫测，渡河身亡，葬身鱼腹；或悯狂夫之不智，或赞其妻之精诚：其意虽各有侧重，然其事终属悲剧。因此，《箜篌引》一曲，其基调是"声甚凄怆"，丽玉"写其声，闻者莫不堕泪饮泣"；其内容与大略言结交当有终始的《箜篌谣》自是不同。李贺所听到的李凭弹奏的《箜篌引》，就是基调凄怆，又有所演化的古曲。

欣赏《李凭〈箜篌引〉》一诗，要打破对清代王琦等人注释的迷信。比如："琦玩诗意：当是初弹之时，凝云满空；继之而秋雨骤作；泊乎曲终声歇，则露气已下，朗月在天：皆一时实景也。"按王琦的理解，李凭弹一曲《箜篌引》，从白昼到深夜，天气数变，费了好几个时辰，恐怕是不符合实际的。更主要的是，王琦等人从不把李贺此诗与古曲《箜篌引》相联系，不知李凭所弹箜篌内容何所指，因而解析诗句时，或者说某句咏其景，某句状其声，某句是言其声之精妙；如"空山凝云颓不流"，王琦既认为是"一时实景"，又说："而自诗人言之，则以为凝云满空者，乃箜篌之声遏之而不流。"将各句分属咏景、状声，既过于落实，亦未免支离，不成整体，终不知李凭所弹箜篌为何曲。

李贺作为诗人，他以对古词《公无渡河》的理解，写过《箜篌引》诗歌。李凭作为唐代著名的音乐演奏家，他是用音乐的语言传达"公无渡河"的故事，弹奏出《箜篌引》古曲。李贺的《李凭〈箜篌引〉》则是将李凭演奏时的音乐的语言，转化为文学的语言，也就不是"公无渡河"故事的重复，甚至他的以"公无渡河"为主题的《箜篌引》诗，写作时间可能还在此诗之后。所以，《李凭〈箜篌引〉》一诗不是在字面上简单地讲述白首狂夫及其妻子的故事,但在诗的情绪、节奏、形象、基调诸多方面,可以体味到与白首狂夫这一悲剧中惊心动魄的情景相一致,当然其中也包含李贺对这一古代悲剧的理解。《李凭〈箜篌引〉》全诗十四句,四句赞赏李凭技艺的高超和音乐的效果,十句描写古曲《箜篌引》的内容。李凭所弹《箜篌引》,当不是最初的四言古词曲,究竟根据后来何人词曲弹奏,已难确指,但悲剧气氛和惊异场面与后人曲词应是一脉相通的。

首句"吴丝蜀桐张高秋"是用吴地的丝弦、蜀地的桐木所制箜篌的不平凡,衬托李凭技艺的不平凡,而高秋清爽更是弹奏的好季节。此句之后,紧接着用"空山凝云颓不流;江娥啼竹素女愁"两句,先声夺人地将李凭弹奏《箜篌引》的内容描写出来。诗一进入音乐内容,就造成一种悲怆的氛围。空山的烟云为什么凝滞?舜帝二妃为什么潇湘哭竹?素女鼓瑟为什么悲伤不已?因为被发提壶的白首狂夫,乱流而渡,即将堕河而死。一个无法挽救的悲剧,从音乐的境界中预示着即将发生。第四句"李凭中国弹箜篌"是句式穿插,按顺序应是第一句。此句与诗题照应。李凭姓名在诗中出现,告诉读者的是一位大音乐家,他所弹奏的是古曲《箜篌引》。与诗题不同者,增加了弹奏地点,是国之中心的长安京都。此句对前两句的"凝云"、"江娥"、"素女"的啼愁和后边的奇异景象作出总的回答:这不过是李凭弹奏《箜篌引》的内容。五、六句"昆山玉碎凤凰叫,芙蓉泣露香兰笑",是对于白首狂夫乱流而渡的反应。所反应的是昆山之玉、鸟中之王、芙蓉、香兰之类美好之物,它们用自身的碎裂、鸣叫、哭笑表示对"公竟渡河"的态度。"碎"、"叫"、"泣"是对"公"的处境的担忧;"笑"是讥"公"投河不智,大概与李贺《箜篌引》诗中"屈平沉湘不足慕,徐衍入海诚为愚"之意相似,或许李贺就是带着这样的感情投入音乐欣赏的。如果说二、三句是一种悲剧的预示,那么,五、六句则是因故事的发展、悲剧的到来而引起周遭各种美好事物的不同反响。七、八句"十二门前融冷光,二十三丝动紫皇",暂时离开《箜篌引》的内容,是"公无渡河"故事的中断。诗人的笔触落到李凭弹《箜篌引》的效果上来。由于李凭在长安弹奏《箜篌引》,使座中闻声者感到血脉舒畅,暖意融融。他拨动二十三弦,可以使上天为之感动,"动紫皇"既是对李凭弹奏效果的盛赞,也与下文描写《箜篌引》的内容相关。九、十句"女娲炼石补天处,石破天惊逗秋雨",已成千古名句,令人惊叹不已。这两句又回到《箜篌引》的弹奏上来。李贺用神来之笔,将意想不到的音乐境界描绘出来。这是《箜篌引》的高潮,是箜篌之声将白首狂夫堕河而死所表达出来的惊心动魄的场面。一个长者被河水吞没了,一个人物自沉了,一个不该消失的人竟然消失了,"有长鲸白齿若雪山,公乎公乎挂骨于其间"(李白《公无渡河》)。不可名状的悲哀弥漫大地,直上云霄。在那远古的年代,天之尽头,无尽的悲哀,使得石破天惊,秋雨如注。再也没有什么比白首狂夫的消失有如此震撼人心的悲剧效应。这恰恰是李凭弹奏《箜篌引》的精妙之处,也是李贺将音乐境界转化为语言形象的精妙之处。十一、十二句"梦入神山教神妪,老鱼跳波瘦蛟舞",描写音乐使听众进入一个梦境,在这里有神山、神妪,有老鱼跳波,有瘦蛟起舞。公渡河而死,其妻亦投河而死。公和妻的肉体消失了,然精神长在(相传均为河神)。所谓"教神妪",可以想象为成神之后的公对妻的教诲和解说,在另一个世界的对话。这是悲剧故事的结局，伴随他们的虽然是老鱼瘦蛟，然能跳舞，聊有欢愉。十三、十四句"吴质不眠倚桂树，露脚斜飞湿寒兔"，音乐演奏出一个明月高悬的寒夜。"吴质"，即传说中的吴刚。这是故事的尾声。堕河的悲剧已成为历史的往古，唯有高空的明月，月中的桂树和玉兔，年年月月俯看人间。历史的事实可以消失，千载的明月却永远映照着悲剧的永恒。

李贺此诗为歌行体。它的长处在于传音乐之声，紧扣诗题，将李凭高超技艺的描述，恰当地穿插于《箜篌引》的音乐内容之中，而保存古曲的完整性。试将李贺的《李凭〈箜篌引〉》与擅长音律的温庭筠的诗《公无渡河》加以比较，就可证此言不虚。如果将温诗换上《李凭〈箜篌引〉》题，去掉原诗两句，增加李诗两句（增加者用[]号标出），同时将李诗换上《公无渡河》诗题，去掉原诗四句，增加温诗两句，则变成如下两首诗：

[吴丝蜀桐张高秋，李凭中国弹箜篌。]
黄河怒浪连天来，大响谹谹如殷雷。
龙伯驱风不敢上，百川喷雪高崔嵬。
下有狂蛟锯为尾，裂帆截棹磨霜齿。
神锥凿石塞神潭，白马趁趠赤尘起。
公乎跃马扬玉鞭，灭没高蹄日千里。

空山凝云颓不流，江娥啼竹素女愁；
昆山玉碎凤凰叫，芙蓉泣露香兰笑。
[二十五弦何太哀，请公勿渡立徘徊。]
女娲炼石补天处，石破天惊逗秋雨。
梦入神山教神妪，老鱼跳波瘦蛟舞。
吴质不眠倚桂树，露脚斜飞湿寒兔。

温李两诗可如此对换，令人不辨真伪，可见两者在情绪、基调和故事进程上的一致性。从而可证李贺的《李凭〈箜篌引〉》乃是描述这位音乐家弹奏古曲的内容的。诗人李贺想象力之可贵，就在于他将音乐传达的"公无渡河"故事，再用语言转述出来，而不失古曲的精神风貌。（郭小湄）

雁门太守行

黑云压城城欲摧，甲光向日金鳞开。
角声满天秋色里，塞上燕脂凝夜紫。
半卷红旗临易水，霜重鼓声寒不起。
报君黄金台上意，提携玉龙为君死。

这是一首争议纷纭的诗。不同的意见主要涉及三点：是实写某一次战争还是虚写某一战争；是写日间还是写夜间（"甲光向日"一作"甲光向月"）；是写孤城将破还是写轻兵前进。这些分歧的产生均源于对李贺诗之特点不大了解，过于坐实的缘故。

《雁门太守行》为乐府古题，属《相和歌辞》瑟调三十八曲之一。古词并非写征战之事，到梁简文帝才以此曲写边城征战之思。李贺沿用梁简文帝题意，以他善感的灵心，写他想象中战争的情景。

他写的是一次出击，时间是从傍晚到深夜。一开始他便写一种极紧张、极富压迫感而又辉煌壮丽的战前景象。"黑云压城城欲摧"，王琦注引《晋书·天文志》："凡坚城之上，有黑云如星，名曰军精。"王注盖以黑云喻战争之象。以后注家，重重相因。其实王注甚误。《晋书·天文志》明说，"军精"为坚城之象，属于"大喜庆"一类征兆，与"城欲摧"无法连在一起。李贺此句，全为想象之词。他想象兵士们就要出征，而天上浓云密布，给人一种强烈的紧张感与压迫感。此浓重低垂、望城压来之黑云，仿佛将摧毁一切，让人紧张得喘不过气来。但就在这紧张、充满压迫感的气氛中，出现了壮观的军容，那是辉煌壮丽的一幕：夕照穿过墨黑的云隙，投射在铠甲上，闪耀着金色的光辉。这里用词真是用得好极了，用一"向"字一"开"字，在一片阴沉的氛围中骤然生发出强大的生命的力量。浓云笼罩下光色暗淡，如果出征的队伍淹没在这暗淡之中，那全诗便会是一种悲哀低沉的情调。一个"向"字，仿佛队伍在寻找那投射出来的条条夕照，在夕照的光明里显示自己。铠甲铁片状如鱼鳞，在阳光照射下如鳞片闪烁，用一"开"字，便给人一种剑拔弩张的感觉。他没有写人如何如何，只写这阴沉中闪耀的铠甲，便把壮伟的军容展现出来了，这在唐人关于边塞题材的诗中，写法是非常独特的。黑色和金色组合，色彩独特；阴沉和慷慨组合，气氛独特。这是李贺的瑰丽怪奇诗风的表现，很合于韩愈的审美趣味，传说很为韩愈所赏识。唐人张固《幽闲鼓吹》记了一则故事，说李贺以诗谒韩愈，时愈方送客归，极劳累，见到这两句诗，便不顾劳累马上接见。可见这两句诗在当时便很有名。

接下便写开去，视野转向更广阔的空间。暮色里角声响起，回荡在塞上的千山万岭之间，而千山万岭全都笼罩在秋色里。这一片金黄的秋色，在暮色中显出深紫色来。王勃《滕王阁序》就写过"烟光凝而暮山紫"，他写的也是秋山。李贺用"燕脂"一词状塞上秋色，既可理解为山山红叶，也可理解为塞土色红，不管如何理解，都是他想象中塞上秋色之印象。"凝"字用得好，由日间的燕脂色变为暮色里的紫色，有一种凝重的气氛。说"角声满天秋色里"，使人觉得无甚特色，"更闻横笛关山远，白草胡沙西塞秋"（李益诗句），这些都是习惯的塞上秋色的写法。但是到了"塞上燕脂凝夜紫"便不同了，他又把斑斓浓烈的色彩带到了诗中，就完全是李贺式的了。

再接下便写入夜投入战斗了。夜里行军，悄悄前进，红旗半卷，直抵易水。接战之后，鼓声响起，但秋夜霜露，使鼓声变得沉重。是夜霜湿润了鼓面，致使鼓声低沉，还是夜寒使得鼓声仿佛也凝重起来？或者二者兼有。他要写的是战斗的艰辛，也是战斗的壮烈。"临易水"，很容易使人想起荆轲易水送别的场面，"风萧萧兮易水寒"，那氛围，和"霜重鼓声寒不起"极相似；而"壮士一去兮不复还"的慷慨情怀，李贺则把它写在下面两句里："报君黄金台上意，提携玉龙为君死。"

"玉龙"是剑。盖言慷慨杀敌,以身许国,报君知遇之恩。黄金台在易水边上,为战国时燕昭王所筑。昭王置千金于台上,以招贤士。此事遂成礼贤下士之千古佳话。唐代许多大诗人,都神往于这个故事,在诗中多有反映。"南登碣石馆,遥望黄金台。丘陵尽乔木,昭王安在哉!"(陈子昂《燕昭王》)"燕昭延郭隗,遂筑黄金台。"(李白《古风》其十五)"君不见昔时燕家重郭隗,拥篲折节无嫌猜。剧辛乐毅感恩分,输肝剖胆效英才。昭王白骨萦蔓草,谁人更扫黄金台!"(李白《行路难》其二)李白不止一次地为这个故事所深深感动,向往于君臣际遇。可见黄金台的故事,实是士人被知遇而决心以身相报的榜样。李贺也用这个典故,表达他的一份慷慨情怀。

李贺这首诗是很有名的,许多选本都选了。其实这是一首并无战争实感的写战争的诗。他并没有到过边疆,与他之前许多有过边疆军旅生活体验的诗人如王昌龄、高适、岑参、李益完全不同。他们的边塞诗,以其实感呈现边塞军旅生活之种种动人景象,以其实感令人神往。而李贺这首诗,却全为想象之词。它的好处,全在于它的意象的斑斓奇特。 (罗宗强)

秋 来

桐风惊心壮士苦,衰灯络纬啼寒素。
谁看青简一编书,不遣花虫粉空蠹!
思牵今夜肠应直,雨冷香魂吊书客。
秋坟鬼唱鲍家诗,恨血千年土中碧。

自从宋玉写下了"悲哉秋之为气也,萧瑟兮草木摇落而变衰"之妙句后,悲秋便成了中国文学中的传统主题。秋风起而惊岁暮之将至,于是叹时日之匆匆,伤人生之短促。这诗的首联便从这一传统主题开始,秋风摇动桐叶的声音使人猛然心惊——何以心惊?盖怀抱壮志,而未能一酬,徒叹岁月之流逝。设若为一凡庸之人,原本未曾以于人生有过高之希求,唯留意于温饱,则岁月之流逝,固无须为之凄然心伤。而对于才华绝世、抱负极高而又灵心善感的李贺来说,则任何显示岁月流易的景色都足以引动他对于人生的叹息。这一类的凄伤哀叹,似乎充满于他短短的一生之中,他写过"庞眉书客感秋蓬",写过"少年心事当拿云,谁念幽寒坐呜呃",他的善感的灵心,常为这样一个情结所左右。这里用一个"苦"字,正非常贴切地表达出为这一情结反复左右的心境。桐风惊心,壮士凄其,何况又在夜晚,而且是残夜,伴随着促织啼霜的冷寂的残夜,凄伤情思之难以排遣,可想而知。用一"衰"字状灯之残夜之深,就把灯前久久凄伤的情状全表现出来了。

颔联接着写他伤心之所在。他在这个秋风残夜中系念的不是功业未成,而是著作不朽。"斫取青光写楚辞",李贺对于自己的诗作是很自信自负的。自信与自负,于是渴望被理解,被赏识,传之不朽。而身后果真能不朽吗?有谁能确知身后事呢!岁月流逝,或者自己一生心血凝结成的诗篇,终将为人所遗忘,而为蛀虫蛀成粉末!若果如此,则又将何以堪!用"谁看",表现了希望不被遗忘而又怕被遗忘的复杂心情，希望有人看，但又怕没人看，谁来看呢，或有或无。悠悠身后名，本来无关生前事，而李贺的敏感的心灵，却为此而愁思纠结。与首联相照应，渴望著作不朽，其实正是伤悼人生短促的一种精神补偿。

但是在这愁思纠结里，他其实已经为自己作了失望的答案：或者将被遗忘吧！这是人生的何等的悲哀！在这失望与悲哀里，又是幻觉出现了，他幻想有一位知音，在这秋风秋雨的残夜里来到他的身边，给了他慰藉，给了他同情。而且这前来的知音，竟为“香魂”。在这个幻觉的背后，有着一种潜意识。李贺在不少诗里都流露着这种潜意识，如《天上谣》，这是一种被压抑的对于青春情爱的热烈向往。这种对于青春情爱的热烈向往成了他孤独的不被理解的人生的安慰，在他的感伤里添一点慰藉。这颈联有一个很精彩的艺术创造，就是形容愁苦的这一句。习惯的形容愁苦的喻象，是“愁肠百结”、“愁肠寸断”、“九曲愁肠”等等，而李贺却是肠因愁而直，肠本屈曲，因愁之牵引而变直。“思牵今夜肠应直”这个“牵”字，不作“牵绕”而作“牵引”解，似于义更长。盖极言愁思之深长无法抗拒，故虽有慰藉而仍然执著不去，于是有尾联的终于陷入无可挽回的失望与悲哀里。

尾联的“鲍家诗”，向来无确解，清人王琦《汇解》谓“鬼唱鲍家诗，或古有其事，唐宋以后失传”。然亦无据。有注家解为秋坟之鬼所唱者乃鲍照之诗，盖缘鲍照有《代蒿里行》，蒿里丧歌，写人生不免一死，而志愿未及申，遗恨山阿。苟无论此鲍家诗所指为谁，以诗意测之，乃因颈联情思之发展而来。人生匆匆，而又不被理解，虽有吊者慰者，而终无法排遣愁苦与悲哀。此种心态，很容易又转入另一联想：秋坟上或有鬼魂在吟哦，唱叹其一生之遗恨吧！在这一联里他用了苌弘的典故。苌弘忠于周，反而为周君所杀。《庄子·外物》中说：“苌弘死于蜀，藏其血，三年而化为碧。”庄子是从忠而见疑，以致死有遗恨这一点用苌弘典的。李贺取死有遗恨这一点，来表达自己不被理解的悲哀，谓秋坟遗恨吟哦之鬼魂，当亦如己一样的生前不被理解者。

这诗的情调十分哀伤，而联想无端，用词则色彩斑斓，而且用了一些感情色彩很浓烈的词语，如“衰灯”、“香魂”、“恨血”等，构成了李贺特有的凄伤情调与斑斓意象一体的风格。

（罗宗强）

南园十三首（其一）

花枝草蔓眼中开，小白长红越女腮。
可怜日暮嫣香落，嫁与东风不用媒。

《南园》十三首，多数作于他二十四岁因病辞官归昌谷家中时，少数也可能作于十八岁之前。这十三首诗格调颇不一致：一类慷慨激昂，抱负壮伟；一类清爽闲适，明快可喜。此首即属于后一类，乃李贺家居时写其生活小情趣者。贺家在昌谷，附近有很美的山（“长峦看口倚嵇家，白昼千峰老翠华”），有很美的水（“春水初生乳燕飞”，“鱼拥香钩近石矶”），有树木花草，亦复有燕婉之乐（“弹琴看文君，春风吹鬓影”），虽然他辞病归家之后时有不平，但也有轻清细腻情思的抒发。

此诗写南园所见，由花开想到花落，发为感慨。诗的一开头写得清新流丽，花枝草蔓，写尽园中春色，有的花开在枝上，有的花开在藤蔓上，各色各样的花在眼前竞相开放。这使人想起南朝人著名的写春天的句子"杂花生树"来。只这"花枝草蔓眼中开"一句，便包含着多少姿态、多少色彩。下面接着便流露出对这万千春色的深深春爱。"小白长红"，并不就是说小花白大花红，而是说有大花有小花，有红有白，错落其间，而此种红白相间所呈现之娇嫩动人，有如越女之美丽容颜。越国出过有名的美女西施，后人便以越女作为美女之泛称。李白的《越女词》，是写美女的名篇。李贺用"越女腮"比喻春花之娇艳，流露对如许春色的一种无可如何的爱慕。

但是下面一转，便由这娇艳的花的生命，想到了它的必将凋残的命运。"可怜"，可惜；"日暮"，喻春残。谓如许美丽之春色，亦终将花落香消，随时光之流逝而消歇。春风本为春之信息。春风既带来花开之喜悦，春风亦带走飞舞之残红，带来生命陨落之悲哀。它伴随春色，自始而终。它与春花之生命，亦同其终始，所以说："嫁与春风不用媒。"花之开，故不可不开；花之落，亦不得不落。盖天地万物，生生死死，原是不可避免的事，春风与春花，同其生灭，原亦非人力之所为。

这后两句，蕴涵着对于生命的不可避免的逝去的悲哀。李贺以其绝世之才华，以其青春年华固有之敏锐的热爱生命之情怀，对周围的一切充满了热烈的眷恋；但是他又以他善感的心灵，在仕途失意中深深体味人生的悲哀，过早地产生迟暮之感。因此，在他的诗中，便常常同时出现对于生命的热烈眷恋的描写与对于生命的陨落的叹息。这首诗即是一例。

不过从情调上看，这首诗还是轻清的，并不低沉。（罗宗强）

长平箭头歌

漆灰骨末丹水砂，凄凄古血生铜花。
白翎金簳雨中尽，直余三脊残狼牙。
我寻平原乘两马，驿东石田蒿坞下。
风长日短星萧萧，黑旗云湿悬空夜。
左魂右魄啼肌瘦，酪瓶倒尽将羊炙。
虫栖雁病芦笋红，回风送客吹阴火。
访古汍澜收断镞，折锋赤璺曾刲肉。
南陌东城马上儿，劝我将金换簝竹。

这是一首凭吊古战场的诗，也是一首很典型的表现出李贺奇特想象与斑斓意象的佳作。

"长平"，指长平驿，是秦将白起坑赵卒四十万之地。仅这一点，就足以使千古之下经其地者感慨万千。这是一个记载着战争的残酷的古战场，到处有当年战斗的遗迹，传说村人锄地时，往往尚能得到锈绿的箭镞。李贺写的，就是一个没有月色的夜晚，他凭吊这个古战场时的一种带有强烈主观色彩的感觉。

诗从锈蚀的箭镞写起。箭镞上的血迹经过岁月的消磨，与铜锈一起斑斑点点，有的黑如漆花，有的白如骨末，有的红如丹砂。箭的羽翎与箭秆都腐朽了，只留下这当年锋利无比而今已经锈蚀的箭镞。在这驳杂斑斓的色彩之上，他给蒙上了一重浓厚的感情色彩，用“凄凄”状“古血”，一种苍凉悲哀油然而生，仿佛当年死者虽经历漫长岁月而犹遗恨凄楚。李贺是很喜欢用这类感情色彩极强烈的字的，他用“古香”、“古春”、“古水”，用“冷红”、“老红”等等，给物象加上感情评价，不仅使物象诡幻斑斓，而且使感情怨郁哀艳。

在写了箭镞之后，接下他便写凭吊古战场的情形。他是为寻古战场而来的。元和九年(814)，二十五岁的李贺去潞州依好友张彻，时张彻正任职潞幕。李贺赴潞州时经河阳至长平，就在长平暂时停下来，寻找古战场。到古战场时已是夜晚，在布满砾石、长满蒿莱的山坞停车，夜风萧萧，星光寂寥，黑云悬空，眼前是一片凄惨景象。这一部分完全是写实。但是接着我们便看到灵心善感的李贺了。在这个凄惨的环境氛围中，他的幻觉出现了，完全进入了一个幻觉的世界。他把点点磷火想象为饥饿的鬼魂，这些战死者就在他的周围，他仿佛听到他们的号泣啼啸。他把他带来的祭物一一拿出来祭奠。仿佛他们在不停地向他索取，而他一一地满足他们。本来纯然是一个幻觉的境界，他把它写成了实在的存在。李贺是写鬼诗的能手，他往往把鬼诗写得怨郁哀艳。《南山田中行》、《感讽五首》之三都是这类诗。在这类诗里，鬼魂都是美的、有情的，“石脉水流泉滴沙，鬼灯如漆点松花”，“漆炬迎新人，幽圹萤扰扰”，仿佛都通人意。这古战场祭奠的一幕也一样，本来应是令人毛骨悚然的场面，李贺却把它写得亲切动人。为什么李贺喜欢写鬼诗，而且喜欢把鬼诗写得色彩鲜艳？这可能是一个关系到李贺天分与性格的复杂问题，关系到他复杂心态的一个问题。钱钟书先生在《谈艺录》中说：“细玩昌谷集，舍侘傺牢骚，时一抒泄而外，尚有一作意，屡见不鲜。其于光阴之速，年命之短，世变无涯，人生有尽，每感怆低回，长言永叹。”钱先生说出了李贺心态之一主要特点：他对于年命短促的感慨。他的青春的热烈情怀与过早到来的迟暮之感相纠结，使他的心灵历程往往异于常人。正是从这种心态通向色彩斑斓的鬼诗。

他可以从现实一下进入幻觉，又可以在幻觉中体味真实的存在，把二者完全交错在一起。在祭奠之后，他又回到现实中来，现实也是一个虚荒诞幻的世界：“虫栖雁病芦笋红。”虫栖息了，没有一点声响。他写的是秋夜，秋夜是虫吟的时刻，而虫吟都消失了。栖雁也没有一点声息。他是乘双马的车来的；他又祭奠，本该惊起栖息于芦笋丛中的旅雁，但是并没有惊起它们。他想象它们是病了。仿佛虫与雁，都沉浸在凄伤里；而枯萎的芦笋，他把它看成了红色。芦笋是青、白，或者枯黄，但是在磷火闪烁中，他却把它看成了一片斑斓。在这一片斑斓色彩中，有阴风吹拂，他想象那飘动的磷火竟是经他祭奠的鬼魂来为他送行。

一次怀古的凭吊，被写成了越过历史阻隔的生者与死者的真实的交流，虚幻成为真实，而真实的环境又同时变得虚幻。而他，灵心善感的李贺就在这虚幻与真实纠结中展示自己的内心世界。

这内心世界的展示明白地反映在最后四句里。“访古汍澜收断镞，折锋赤璺曾封肉。"何以涕泪纵横？是伤死者，还是伤生命之被摧残？捡起锈蚀的箭镞竟引发如此之悲哀，这其中就蕴涵有李贺未经说出的内心潜藏的意识。"折锋赤璺(wèn 问)"，是指残破的箭镞。此残破锈蚀之箭镞，当年却曾夺去如许美好之生命！对于生命的被摧残的悼惜，正是他涕泪纵横的原因所在。他从访古终于又走向了对于生命的热烈眷恋。这就是李贺！

最末两句说南陌东城的马上健儿，劝他把旧箭镞装上新箭杆以成完矢。这纯然是一个虚拟，意在说明虽有无数生命曾经消失在这箭镞之下，原该引以为戒，但仍然有人向往于摧残生命。这看似未置可否的两句，其实是他访古凭吊之后的明确态度。（罗宗强）

杜牧

过华清宫绝句三首

长安回望绣成堆，山顶千门次第开。
一骑红尘妃子笑，无人知是荔枝来。

新丰绿树起黄埃，数骑渔阳探使回。
霓裳一曲千峰上，舞破中原始下来。

万国笙歌醉太平，倚天楼殿月分明。
云中乱拍禄山舞，风过重峦下笑声。

杜牧以华清宫为题材的诗，有《过华清宫绝句三首》、《华清宫三十韵》、《华清宫五首》，而以三首七言绝句最为著名。诗人为什么对华清宫这一题材如此偏爱而一再咏写？盖因此处与几代王朝的兴衰有关。秦始皇于骊山造陵，招致民怨，终于灭亡；唐明皇于华清宫逸乐，导致"安史之乱"，几乎使唐王朝倾覆。三首咏史绝句正是借助华清宫这一典型题材，揭示唐王朝由盛转衰的经过和原因，咏史寄慨，以讽刺时政。诗意象生动，婉转深致，为杜牧绝句中的精品。

这三首咏史绝句，分别咏写三事，它们彼此关联，又相互独立。送荔枝、霓裳曲、禄山舞，在明皇时代的宫廷生活中具有典型意义。诗人不直叙其事，而是描绘当时情景，通过鲜明的艺术形象，给读者以独特的艺术感受。

第一首写送荔枝。杨贵妃生于四川，嗜食荔枝。而荔枝难以保鲜，隔日即腐。长安距荔枝产地四川、海南都比较远。为了保持荔枝鲜美，当天致送，在当时是十分困难的。然而，唐明皇为满足宠妃的口福，博其一笑，竟不惜以王命强令驿卒接力传送，日夜兼程送抵长安。为这一荒唐之举，不知多少驿卒驿马奔死道路，不知沿途踏坏多少良田庄稼！忧国大臣为之扼腕，受害人民怨声沸腾。诗开头并未直写其事，而是宕开一笔，先写华清宫的豪华气派：

长安回望绣成堆，山顶千门次第开。

华清宫故址在今陕西省临潼县骊山华清池温泉区，在唐长安故城东二十五公里处。“回望”点明“过”字。华清宫初名温泉宫，唐玄宗开元年间扩建之后，于天宝六年(747)改称华清宫，作为供皇帝、后妃游乐的行宫。杨玉环于天宝四年(745)被玄宗册为贵妃，至“安史之乱”爆发十年间，这里一直是她与玄宗宴游之处。宫在骊山之上，风景秀丽。从长安回头望去，宫殿巍峨，花木掩映，宛如一团锦绣。这“绣成堆”三字，是望中想象之词，也是对骊山秀美景色的恰当概括。据《雍大记》，玄宗时在骊山西侧植花木如锦绣，因名右侧为东绣岭，左侧为西绣岭。华清宫依山而建，“大抵宫殿包括一山”(《雍录》)，亭台楼阁顺山势栉比而上，千门万户连成一片，景象十分壮观。“骊山秀色古今同，尽入诗人感慨中。”(朱光庭《华清》)诗人回望骊山，意不在流连其秀美的景色，而是由此而令他联想到当年玄宗荒于酒色而终致误国的历史。华清宫是帝王行宫，门户自然森严，而今宫门自上而下依次洞开，是迎接什么贵客，抑或举行什么国家盛典？都不是。

一骑红尘妃子笑，无人知是荔枝来。

原来只有坐在宫内、专候荔枝的杨贵妃，远远看到尘土飞扬之中驿使飞奔而至，嫣然一笑，知是美味可口的鲜荔枝送到了。而不知内情的人，看到驿使飞奔的情景，还以为是报送军国十万火急的公文呢，谁能想得到竟是为贵妃进献荔枝！“一骑红尘”与“妃子笑”，形成多么鲜明的一幅对比强烈的画面！“宫中美人一破颜，惊尘溅血流千载。”(苏轼《荔枝叹》)在“妃子笑”中含有多少苍生的血泪，含有多么深刻的历史教训！“无人知”者，统治者极力掩饰不令人知，人们难以想象、无从得知，而最终却是丑行公诸天下无人不知！诗人虽无一字议论，而其鲜明的爱憎和深沉的幽愤却溢荡在字里行间，对最高统治者的荒唐丑行，是多么犀利、辛辣的讽刺！

杜牧诗特意选取“妃子笑”来咏写这段史实，并非信手拈来，而是借用与之暗合的典故，含蓄地说明对这一事件的评价。西周末代君主周幽王，是历史上著名的昏君。他荒于酒色，宠爱褒姒。褒姒不爱笑，他为博其一笑，竟拿国家大事作儿戏。周时在京都近郊筑有烽火台，如有战事，举火教警，各地诸侯即率兵前来救援。而幽王无事举火，诓骗诸侯到来，逗引褒姒一笑(事详《史记·周本纪》)。后犬戎入侵，幽王举火教警，无一诸侯救援，遂被杀于骊山之下，西周灭亡。玄宗宠爱杨玉环，演出送荔枝的一幕；幽王宠爱褒姒，演出烽火戏诸侯的丑剧；幽王成为亡国被杀之君，玄宗也终于在“安史之乱”中逃亡、退位。两相比较，何其相似！小杜用典自然，浑然无迹，引兴托喻，令人深思。

第二首写霓裳曲。西凉节度使杨敬忠献舞曲《霓裳羽衣曲》，经玄宗润色，在宫中演奏，杨贵妃依曲起舞。玄宗沉迷其中，不问国是。“反书闻，帝方在华清宫，中外失色，车驾还京师。”(《新唐书·安禄山传》)然而，安史乱成，为时已晚！

“新丰绿树起黄埃，数骑渔阳探使回。”二句写警报频传，战祸迫在眉睫。“新丰”，唐县名，在华清宫附近，为渔阳去华清宫必经之地。“绿树”，指林阴大道。渔阳，天宝元年(742)所设郡，为安禄山辖地。据《新唐书·安禄山传》记载，胡人安禄山在取得唐玄宗、杨贵妃的宠信之后，兼任平卢、范阳、河东三镇节度使，拥兵十五万，看到唐王朝内政腐败，久蓄逆志，伺机反唐。关心国事的大臣早有警告，玄宗也曾派人刺探安禄山的虚实，却均被安厚赂买通，使者知而不报。玄宗整日沉迷酒色，盲目地以太平天子自居。直到安史叛乱的前一年，即天宝十三载(754)，安禄山去华清宫谒见以观动静，还被拜为左仆射之职，玄宗还诏约安于十月来华清宫相会。安见有机可乘，于第二年，即天宝十四载(755)，以讨奸相杨国忠为名，在范阳起兵反唐。“渔阳探使”应该是传达的这一警报。闻警之后的唐玄宗是如何对待的呢？

霓裳一曲千峰上，舞破中原始下来。

千峰之上的华清宫内，玄宗皇帝仍在醉心地欣赏贵妃的优美舞姿，一直舞到安禄山南下洛阳，攻破中原，直接威胁到京畿地区，才姗姗走下骊山。“舞破”二字警动传神，把玄宗沉迷不悟及造成的惨重后果，活脱画出。白居易曾以歌行正面叙写这段历史：“骊宫高处入青云，仙乐风飘处处闻。缓歌慢舞凝丝竹，尽日君王看不足。渔阳鼙鼓动地来，惊破霓裳羽衣曲。”(《长恨歌》)而杜牧，为极言玄宗沉迷不悟所造成的惨重后果，他不去展现历史的过程，而是浓缩为一个特写镜头，推到读者面前：暗处是安禄山挥军南向，逼近洛阳，万千人民惨遭蹂躏；明处是杨贵妃在乐曲中翩翩起舞，不停地在那里旋转旋转……画外忽然传来安禄山攻取洛阳、占领中原的惊呼，玄宗才猛然警觉，匆匆走下骊山——然而为时已晚。诗人不是去叙写史实，说明道理，而是让读者通过生动的艺术形象去感受、去领悟，构思实在新颖独到，令人叹服。

第三首写禄山舞。说来可叹可笑，打破唐世太平的是安禄山，而点缀唐世太平的竟也是安禄山！其实可怪不怪，诗人正是要揭示酿成“安史之乱”的祸根不在别处，而是由于唐玄宗的昏庸。

万国笙歌醉太平，倚天楼殿月分明。

表面的“万国笙歌”，使昏庸的唐玄宗盲目地沉醉在歌舞升平之中，从白天游乐到晚上，对于潜伏的社会危机和迫在眉睫的战祸却无察觉。唐玄宗在开元前期励精图治，革除一些政治弊端，而至开元后期即沉迷酒色，日渐昏庸，致使权臣当道，朝政日非。内而民怨四起，外而边事连连失利，各种社会矛盾日趋深化。天宝之后，玄宗宠幸杨贵妃，常住华清宫，过着“春宵苦短日高起，君王从此不早朝”(白居易《长恨歌》)的淫逸生活。而点缀这太平“盛世”的是什么呢？不是万民安居乐业，也不是边报全无的四海康宁，而竟是居心叵测的安禄山在华清宫内为谄媚而作出的粗俗舞态：

云中乱拍禄山舞，风过重峦下笑声。

“云中”，指高耸入云的华清宫。玄宗常于此接见安禄山。安禄山为取得唐玄宗、杨贵妃的宠信，故作谄媚之状。“晚益肥，腹缓及膝，奋两肩若挽牵者乃能行，作《胡旋舞》帝前，乃疾如风。”(《新唐书·安禄山传》)舞姿粗俗，愚憨之状可掬，而埋藏祸心，玄宗却习而不察。“禄山计天下可取，逆谋日炽。”(同上)终于发动了叛乱，使唐王朝几乎倾覆。“乱拍”二字活画出安禄山取媚于唐玄宗的拙劣舞姿，“笑声”则描写出当时共为笑乐的情景:二句突出一个"笑"字。这笑声,掩盖了安禄山的奸邪,表现出唐玄宗的昏庸、麻木。"笑声"过后,京城沦陷,玄宗逃蜀,贵妃缢死,使统治者陷入无穷无尽的悲哀之中!诗人正是通过华清宫内瞬间的笑乐,引发人们对这段关乎唐王朝兴衰的历史进行深沉的思考。

这三首诗构思立意,新颖独特,在艺术上富有独创精神。唐玄宗宫廷生活事例举不胜举,而诗人只选取能揭示其荒淫误国这一重大主题的几件小事,如同摄取三个类似特写的画面,通过具体可感的艺术形象,让读者自己去感受和领悟这一深刻的历史教训,从而增强了这类诗作的艺术感染力。杜牧善为绝句,而此类小章更令人一唱三叹。如果说《华清宫三十韵》"叙开元一事,意直而词隐"(周紫芝《竹坡诗话》),而此诗则是词约意丰,含蕴无尽。

杜牧不仅是一位才情卓越、"苦心为诗"的诗人,也是一位忧国忧民的志士。因此,他的咏史诗写得感情特别深沉,见解也不同凡响。他往往匠心独运,以短章小什咏写重大历史事件,吊古伤今,借以抒发幽愤,婉曲深折,耐人寻味。联系杜牧的时代,知诗人盖别有深寄。诗人希望时人哀之鉴之,不要重蹈前人的覆辙。诗托讽不露,含蓄蕴藉,而语言清朗俊爽,潇洒飘逸,这构成杜牧咏史诗共同的艺术特色。

(李伯齐)

江南春绝句

千里莺啼绿映红,水村山郭酒旗风。
南朝四百八十寺,多少楼台烟雨中!

咏赞江南春景的诗文,代有名作。南朝梁代丘迟的"杂花生树,群莺乱飞"(《与陈伯之书》)之句为人传诵,中唐诗人白居易《忆江南》"日出江花红胜火,春来江水绿如蓝"亦脍炙人口。而杜牧《江南春》,在诸多写江南春景的名作中却别具一格。诗写景如画,寄寓亦深,既清新流丽,又婉曲深致,体现了杜牧俊爽秀逸的艺术风格。

这首诗大约写于唐文宗大和七年(833)春天(缪钺《杜牧年谱》、《杜牧传》均未编年,据其行迹,春日经金陵凡二次,都在是年),时杜牧在宣州任沈传师幕僚,曾代沈赴扬州聘问牛僧孺,来回路经金陵(今江苏南京)。题曰《江南春》,就不只限于金陵一地,而是写江南春景。明人杨慎不明诗意,反说"千里莺啼,谁人听得?千里绿映红,谁人见得?若作'十里',则莺啼绿红之景,村郭、楼台、僧寺、酒旗,皆在其中矣"(《升庵诗话》)。正如清人何文焕所云"即作十里,亦未必尽听得着,看得见"(《历代诗话考索》)。其实,诗既不限于一时一地的见闻,也非全摹眼前实景,而是将眼前之景与意中之景、景物描写与寓情寄意联系起来;它既是一幅色彩浓淡深浅皆宜的江南春景图,又是一首感情深沉、婉曲深致的抒情诗,读之令人自有如行山阴道上目不暇接之感。

"千里莺啼绿映红,水村山郭酒旗风。"这里"千里"二字,是涵盖两句的。意思是说:千里江南,春色迷人,黄莺儿在林间欢快地飞舞鸣唱,红花在绿叶间盛开。不论是碧水环绕的村庄，还是依傍青山的城郭，在和煦的春风之中，到处飘拂着逗惹游人的酒旗，迎面扑来的是令人陶醉的酒香。在这里，诗以黄莺、绿树、红花、水村、山郭、酒旗、春风七事写江南春景，有声音，有颜色，有动有静，有远有近，令人可闻、可见、可感。明人周敬谓此诗为“小李将军画山水人物（指唐代画家李昭道，工山水鸟兽，李思训之子），真好一幅江南春景图”（《唐诗选脉会通》）。其实，把杜牧此诗与李昭道的山水画相比，并非切喻。李画严整工细，仅止逼肖而已，而杜诗则令人进入一个生动可感的艺术境界，它给予人的艺术感受远比一幅山水画要丰富得多。

“南朝四百八十寺，多少楼台烟雨中！”这里的“寺”、“楼台”，是掩映在水村山郭之间、绿树红花之中的寺院楼台；而“烟雨”也不只笼罩了“楼台”、寺院，也笼罩了水村山郭和绿树红花。（接上两句）意思是说，刹那间细雨濛濛，如烟似雾，水村山郭时隐时现，碧树红花若有若无，一切都像梦幻般的迷人，梦幻般的令人向往。然则，显赫一时的南朝帝王们为祈求福佑、长有江山，曾在这碧树红花掩映的水村山郭之间建造过如许寺院楼台，如今还有几座完好无缺，能够点缀这大好春光呢？这两句是触景生情，既写眼前之景，又凭吊南朝的覆灭。“烟雨”给明媚的春景增添了一层朦胧的意态美，也泯没了时空的界限。诗人通过“南朝”二字，将时间拉回到三百年前。从公元420年到589年，在这里曾经先后存在宋、齐、梁、陈四个王朝。当年从皇帝到显贵，都崇信佛教，兴建寺庙，祈求神佛福佑，使他长有富贵尊荣，保持自己的统治。而今“亡国生春草，王宫没古丘”，“并随人事灭，东逝与沧波”（李白《金陵二首》），先后覆灭，成为历史陈迹，这怎不令忧国伤时的诗人产生一种江山依旧、世事全非的沧桑之感！至于诗中所说“四百八十寺”，是约其成数而言。据《南史·郭祖深传》载：“都下佛寺，五百余所。”

诗人为什么会从眼前的春景联想到南朝的覆亡呢？这有其现实原因。唐朝皇帝大都佞佛，晚唐尤烈。他们迎佛骨，修浮屠，设道场，浪费了大量的人力物力。在唐武宗之前，全国佛寺就有四万余所，僧众达四十余万人，形成一个新的寄生阶层。他们不仅占田雇工，盘剥寺户、佃户，为害一方，而且由于不纳赋税，也危及封建国家的经济利益。杜牧有慨于统治者佞佛害国害民的现实，深深为唐王朝的前途忧虑。

诗前两句写景，后两句借景抒慨，意境清新，形象鲜明，含蓄精练，情景交融。从眼前美好春景，写到南朝的覆亡，抚今追昔，情韵绵邈，发人深省。读后不仅能给人以丰富的审美感受，也能使人感受到诗人忧国忧民的深情，因而具有强烈的艺术感染力量。

（李伯齐）

泊秦淮

烟笼寒水月笼沙，夜泊秦淮近酒家。
商女不知亡国恨，隔江犹唱《后庭花》！

唐人七绝，盛唐首推李白、王昌龄，晚唐则杜牧、李商隐。杜牧“天才横迈，有太白风”（管世铭《读雪山房唐诗》卷二七），而《泊秦淮》一诗旨趣委婉，感慨深沉，在杜牧七绝中也堪称妙品。清人沈德潜把此诗推为“绝唱”，认为是唐人绝句的“压卷之作”（《说诗晬语》）。据有人统计，唐宋以来的各种唐诗选本中，这首诗是杜牧诗作中入选率最高的一首，可见并非少数人的偏爱。

这首诗写于金陵。金陵为六朝（吴、东晋、宋、齐、梁、陈）故都，天然形胜，风景秀丽，所谓“江南佳丽地，金陵帝王州”（谢朓《入朝曲》）。然而，“兴废由人事，山川空地形”（刘禹锡《金陵怀古》），从吴大帝黄武元年（222），到陈后主祯明三年（589），其间三百六十余年，六个王朝走马灯似的相继覆灭，究其原因都是由于帝王荒淫，政治腐败。因此，关心时政的诗人每至其地，都不免感慨六朝兴亡，或讽世，或警时，寄托自己忧国忧民的情怀。杜牧目睹晚唐藩镇割据、宦官专权和朝政腐败，似乎已经隐隐感到什么，然却无力挽狂澜于既倒。此时荡舟秦淮，听到陈代亡国之曲，诗人触景生情，不禁感慨万端：

烟笼寒水月笼沙，夜泊秦淮近酒家。

泊舟秦淮，夜幕降临，明月冉冉升起。时值深秋，清冷的河面弥漫着如烟的水雾，两岸沙滩也笼罩在迷茫的月光之中。“苍苍金陵月，空悬帝王州。”（李白《月夜金陵怀古》）“空余后湖月，波上对江洲。”（李白《金陵二首》）李白从金陵月色联想到六朝的兴亡，充满物是人非的沧桑之感。而杜牧也写金陵秋月，却未说六朝兴亡，也似非吊古，只是给金陵月色涂上一层朦胧、凄迷的色调，令人如同置身于迷离惝恍、如梦如幻的境界之中。只有“酒家”二字，令人依稀感到歌舞喧闹，联想到往昔歌妓舞女追欢逐笑和公子王孙醉生梦死的情景。而今，舟“近酒家”，不幸而听到的乃是陈代亡国的曲调：

商女不知亡国恨，隔江犹唱《后庭花》。

“酒家”的歌女们只知以歌侑酒娱人，却不知所唱的都是亡国之音。“商女”，指卖唱的歌女。《后庭花》，即《玉树后庭花》，本属乐府吴声歌曲，陈后主（陈叔宝）与幸臣制作歌词，绮艳凄哀，教宫人演唱。因陈后主耽于淫乐，终至亡国，此曲就被看做是亡国之音。《旧唐书·音乐志》引杜淹对唐太宗所说的话：“前代兴亡，实由于乐。陈将亡也，为《玉树后庭花》；齐将亡也，而为《伴侣曲》，行路闻之，莫不悲泣，所谓亡国之音也。”“商女”在此时此地唱起这亡国哀音，令人不禁联想到陈朝荒淫亡国的历史。联系到晚唐政治腐败、统治者醉生梦死的现实，这亡国曲调的演唱，似乎是一种不祥的预兆，令诗人心头蒙上一层阴翳，如同笼罩在寒水、沙滩上的凄迷月色，令诗人感到迷茫、灰暗，心情沉重。

读完这首诗，你似乎触及到诗人一颗感时忧国、热烈而沉重的心。唐王朝江河日下，统治者纵情声色，在六朝故都，诗人感今抚昔，充满忧愤。秦淮夜月的凄迷与诗人心事浩茫的心境相映衬。抚景感事，怕听亡国之音。而舟“近酒家”恰恰又传来商女演唱《玉树后庭花》这亡国曲调！商女无知，不了解此曲的含义和性质，固然可伤，而那些帝王显贵难道也不记得陈亡的历史教训，不懂得荒淫亡国的道理吗？在当今之世，有谁真正关心大唐帝国的命运？又有谁能挽狂澜于既倒？俯仰苍茫，如同这迷茫的夜色，只给人以无限的空虚、怅惘和悲哀。秦淮河上笼罩寒水、沙滩的朦胧凄迷的夜色，岂止笼罩了秦淮河，又岂止笼罩了金陵古城，它也笼罩了当时的唐帝国。这夜色泯灭了时空，把六朝兴亡与眼前的现实紧紧地糅合在一起了；诗人六朝如梦的感慨和忧国忧民的情怀，也得到了充分的表现。

诗仅四句，却令人进入一种境界，获得丰富而深刻的感受，你不能不叹服诗人苦心孤诣的艺术构思和精湛圆熟的写作技巧。小杜诗立意在伤今，至结句意方显豁。因泊舟秦淮而“近酒家”，因“近酒家”而闻商女歌唱，因闻歌而感伤，自然而然，了无痕迹。而读至结句，回味全诗，则无处不在伤今。伤今之由，则在《玉树后庭花》一曲。委曲深折，耐人寻味。“烟笼寒水月笼沙”句中连用两“笼”字，令人有朦胧迷茫感，也有浓厚凝重感；写景，也是写心情。“商女不知亡国恨，隔江犹唱《后庭花》。”“不知”、“犹”，选用精当。“商女不知”者，世人“不知”也；世人“不知”尚有可原，而明知却浑如不知的王公大臣乃至皇帝则罪不可赎！一个“犹”字，含有诗人多少痛苦忧虑，表达出诗人对苟且享乐者多么深沉的愤慨！谴责之意，自在不言中。

（李伯齐）

赤　壁

折戟沉沙铁未销，自将磨洗认前朝。

东风不与周郎便，铜雀春深锁二乔。

杜牧的咏史诗不仅数量多，而且出语警拔，含意深远，具有较强的艺术感染力。七绝《赤壁》就是杜牧任黄州（今湖北黄冈）刺史时（842～844）所作的咏史抒情之作。汉献帝建安十三年（208）孙权与刘备联军曾在赤壁（山名，位于今湖北省蒲圻县西北一百二十里）击败曹操的军队，奠定了后来三国鼎立的局面。黄州城外也有叫“赤壁”（又名“赤鼻矶”）的地方，和真正古战场赤壁相距不算太远。这首诗的前两句的意思是说：偶然发现一支埋没在泥沙里还没有销蚀的断戟，经自己磨洗之后，辨认出那是六百年前赤壁战役的遗物。这两句看似平淡的叙事，却透露了诗人见到这小小的断戟后内心颇不平静，他想到：曹操破荆州（当时州治在襄阳，今湖北襄樊）、下江陵（今湖北江陵），顺流东下，直指孙吴，其声势简直令人丧胆。而年方三十四岁的周瑜却表现得十分沉着。他精辟地分析了东吴足以战胜敌人的有利条件和曹军必将失败的种种原因，主动要求领精兵三万进驻夏口（古地名，今湖北武昌）迎敌。战事的演变果然不出周瑜所料：曹军初战失利，退驻江北。周瑜利用曹军远来疲惫、疾疫流行、不习水战、后方不稳定等弱点，用火攻击败曹军水师，随即与刘备水陆并进，大破曹军。周瑜之所以有机会建立这一不朽的功勋，主要是由于得到孙权的高度信赖。孙权让他在老将程普、黄盖之上担任全军统帅，使他得以施展自己的谋略。他真可谓是历史上的幸运儿矣！诗人转念自己已“鬓生雪”、“须带霜”（《郡斋独酌》），进入不惑之年。徒有政治、军事才略，却离开朝廷出任黄州刺史，不能匡救唐王朝因藩镇跋扈和吐蕃、回纥贵族攻掠而国势日削的危急局面。“可怜赤壁争雄渡，唯有蓑翁坐钓鱼。”（《齐安郡晚秋》）诗人抚摩着这枚断戟，在无限向往、羡慕赤壁之战的风云人物周瑜的同时，深为自己的不幸遭遇而感到辛酸和愤懑不平。

后两句从反面落墨，发出议论，假想东风不给周瑜以方便，那么东吴的大乔、小乔便将被掳，关在曹操的铜雀台上了。“铜雀”，铜雀台，故址在今河北省临漳县西，曹操建，上居姬妾歌姬，晚年行乐处。“二乔”，乔公二女，长为孙策所纳，次归周瑜。对杜牧的这番议论，后来的诗论家有不同见解。王尧衢在《古唐诗合解》中提出：“杜牧精于兵法，此诗似有不足周郎处。”近人附和此说的颇多。有的说：“东风”二句意谓周瑜只不过借东风之力侥幸成功而已。杜牧小视周瑜，溢于言表。有的说：诗中结尾句对周瑜的嘲讽，即阮籍登广武、观楚汉战场遗迹所慨叹的“时无英雄，使竖子成名”（《晋书·阮籍传》）之意。这些都是臆度之词。杜牧熟谙军事，曾长期兼任史馆职务。他对曹军压境时周瑜所表现的胆识与才略和赤壁之战的史实是完全了解的，他不可能瞧不起周瑜。杜牧曾注曹操所定《孙子兵法》十三篇。他在《谋攻》篇“故善用兵者……毁人之国，而非久也”句下注道：“因敌有可乘之势，不失其机，如摧枯朽。”他在《火攻》篇“凡军必知有五火之变，以数守之”句下注道：“须算星躔之数，守风起日，乃可发火，不可偶然为之。”在这一篇的“火发上风，无攻下风”句下又注道：“若是东，则焚敌之东，我亦随以攻其东。”从这些注文可以推测：杜牧认为，周瑜得悉曹军疾疫流行、兵船首尾连系难以灵活行驶等情况，就准备发动火攻而异常注意观测风向，他是在东南风起时才命黄盖出动的，并非不明风向就轻率行事。故“东风”二句毫无小视周瑜，讥其侥幸成功之意。那是以拟人化的“东风”和东吴二乔的命运互为因果，生动形象地反映在东吴政权受到曹操大军严重威胁的危急关头，周瑜发动火攻，险胜曹操。这正是赞扬了周瑜的英明果断，善于捕捉战机。杜牧一直坚持济世之志，致力于研究“治乱兴亡之迹，财富兵甲之事，地形之险易远近，古人之长短得失”（《上李中丞书》）。他与崇尚老庄、饮酒颓放，而又睥睨一切的阮籍没什么共同的语言。因此，这首诗的结尾句决不含有嘲讽周瑜，慨叹“时无英雄，使竖子成名”之意。杜牧不正面写周瑜的胜利，无中生有地写东风不给周瑜以方便，二乔被掳往铜雀台，从而更深刻而形象地说明了赤壁之战乃孙吴存亡之所系，而周瑜的战功则非同寻常。且由于含义深曲，表达新巧，特别引人深思。

宋人许顗《彦周诗话》说杜牧《赤壁》诗“意谓赤壁不能纵火，为曹公夺二乔置之铜雀台上也。孙氏霸业系此一战，社稷存亡，生灵涂炭都不问，只恐捉了二乔，可见措大不识好恶”。这一粗暴的批评，根本没有抓住诗歌的特征，已被后业许多诗评家所否定。何文焕在《历代诗话考索》中指出：“诗人之词微以婉，不同论言直遂也。牧之之意正谓幸而成功，几乎家国不保。彦周未免错会。”刘永济先生也在《唐人绝句精华》中说：“大抵诗人每喜以一琐细事来指点大事。即如此诗二乔不曾被捉去，固是小事，然而孙氏霸业决于此战，正与此小事有关。家国不保，二乔又何能安然无恙？二乔未被捉去，则家国巩固可知。写二乔正是写家国大事。”他们的意见都很中肯。我们知道写诗与写诗论不同，应避免用逻辑推理方式。无论是抒情或是说理，都要以个别反映一般，以形象表现抽象。这首诗中的“锁二乔”是孙吴政权败亡的象征。连孙权的嫂子、周瑜的夫人都被曹操所占有，则孙吴的社稷沦丧、生灵涂炭就不在话下了。这正是运用形象思维而即小见大，体现了杜牧艺术构思的独特的成功之处。

这首短诗通过鲜明的形象，把怀古、论史和抒情很自然地糅合起来。在艺术地显示了赤壁之战的重大历史意义，曲折地表达了对周瑜的赞美与钦慕之情的同时，含蓄而不着痕迹地抒发了诗人怀才不遇的深沉感慨。全诗笔调明快，含义深邃，耐人寻味。

（方永耀）

寄扬州韩绰判官

青山隐隐水迢迢，秋尽江南草木凋。

二十四桥明月夜，玉人何处教吹箫？

“刻意伤春复伤别，人间惟有杜司勋。”（李商隐《杜司勋》）杜牧善为伤别之诗，历为人所赞誉。此诗为伤别诗中的赠友一类。韩绰其人，生平事迹不详，杜牧另有《哭韩绰》一诗，盖为诗人过从较密的朋友。判官为观察使、节度使的僚属。文宗大和七年至九年（833～835），杜牧曾任淮南节度使掌书记，大约此时与韩绰为同僚。思念友人，不写离情别绪，无缠绵悱恻之调，反映了诗人豪迈俊逸的风度，潇洒旷达的为人，读来情真韵美，英爽工丽，令人耳目一新。

“青山隐隐水迢迢，秋尽江南草木凋。”“隐隐”，山因遥远而若隐若现；“迢迢”，水流悠长而远去。山遥水远，是眼前即景，亦兼写江南。江南秋尽，草木零落，彼处为客者当思亲友；望断青山，心随流水，此心正与君同。诗开头似是写清新旷远之江南秋景，未着一个“思”字，而处处正是写思念之情；未叙离情，而离情别绪自在景中。正所谓“金风万里思何尽”（《秋感》）。当秋念远，本人情之常，只是写思念不作儿女之态，潇洒飘逸，不与常人等。

“二十四桥明月夜，玉人何处教吹箫？”不问饮食起居，不念作客悲秋，而忆念同游的欢乐，并以调侃的口吻探问友人的行踪，亦杜牧落笔不俗处。扬州水道纵横，亘贯城区内外，桥卧水上，千姿百态，点缀着繁花似锦的扬州风光。“夜桥灯火连星汉，水郭帆樯近斗牛。”（李绅《宿扬州》）水边桥上，夜景可人。宋人沈括说：“扬州……旧城南北十五里一百一十步，东西七里三十步，可纪者二十四桥。”（《梦溪笔谈·补笔谈》卷三）而沈氏所列，仅得二十一座之数。可见宋时已难具体考定二十四桥的位置和名称。清人李斗说：“廿四桥即吴家砖桥，一名红药桥，在熙春台后……扬州鼓吹词序云：是桥因古二十四美人吹箫于此，故名；或曰即古之二十四桥。二说皆非。”（《扬州画舫录》卷一三）其说或有所据。然终是后人多事，屡加考证。二十四桥究系何名，究指何处，本无须详加考订，诗人不过约略言之，言扬州月夜桥景之美而已。杜牧本常以数字入诗，如“四百年炎汉，三十代宗周，二三里遗堵，八九所高丘。”（《洛中送冀处士东游》）均约略言之，无须过分拘泥。“二十四桥明月夜”应是二人当年同游的地点和时间。扬州月夜，每多佳趣，徐凝所谓“天下三分明月夜，二分无赖在扬州”。杜牧初到扬州，刚至而立之年，“美姿容，好歌舞，风情颇张，不能自遏”（辛文房《唐才子传》卷六）。扬州多名姬绝色，而杜牧“风情不节”，所谓“十年一觉扬州梦，赢得青楼薄幸名”（《遣怀》），月夜携妓冶游，应是杜牧与韩绰当年“风情颇张”的生活。所以韩绰也当是风流倜傥一流人物，不然，杜牧何以问其别后的“风流韵事”？“玉人”，即美人。“教”，使。“玉人何处教吹箫”，是昵友之间的调侃，犹言在此月夜良辰，你在哪里携妓冶游呢？感情轻快柔悦，绝无半点愁苦；语言晶莹秀丽，读之令人气爽。如此叙写别情，唯李白可称同调。清人陈婉俊把两句与李白《黄鹤楼送孟浩然之广陵》中的“烟花三月下扬州”一起誉为“千古丽句”（《新评唐诗三百首》），可谓有识之见。“长江天际流”的境界和“青山隐隐水迢迢”的旷远，都十分开阔，而诗句工丽，辞气英爽，亦甚相类。　（李伯齐）

山　行

远上寒山石径斜，白云生处有人家。

停车坐爱枫林晚，霜叶红于二月花。

杜牧擅长近体诗，尤工于绝句。他的抒情写景的七言绝句，大都语言精练，画面鲜明，风调超然。《山行》一首更是脍炙人口的名作。

首句“远上寒山石径斜”，这是诗人山行的画面。“远”字表明诗人已驱车奔驰了一段很长的路程，透露了他登临览胜、游目骋怀的兴致。“寒山”指冷落寂静的秋山，在这里有点明时令之意，并起到与下文的“霜叶”遥相呼应的作用。“石径斜”写诗人所乘的车子是沿着蜿蜒曲折的石子路行驶的。由于山势陡峭，故上山之路是迂回盘曲的。用一“斜”字，可谓明白精当。可以想见：在曲折崎岖的山路上乘车上行是颇受颠簸之苦的。但凝神于寻幽探胜的诗人对此仿佛没有任何感觉，他正在极目远眺。

第二句“白云生处有人家”，这是诗人远眺所见的画面。“生”一作“深”，“生”字于义为长。“白云生处”，当指山的幽深之处。悬浮在山间空中的水汽冷却凝结就成白云，故古人往往以为白云是从山峦中生出的。但诗人在这句中下一“生”字，不一定是从陶渊明《归去来兮辞》中的“云无心以出岫”之句化出，而是主要根据他亲眼望见那里白云如丝，绵绵升起，成朵成片，飘浮缭绕诸情状。这个“生”字显得很自然，那么活生生的，又给读者留下想象的余地。同样的，下面“有人家”三字，也是辞约而义丰。它使人联想：诗人远望所见只不过白墙、炊烟之属，而那里必然还有男女欢笑、鸡鸣犬吠……这正是刘勰在《文心雕龙·隐秀》所说的有“义主文外”之妙。“白云生处”，往往是古人想象中的超脱尘世的仙人出没之所。那里竟然“有人家”，这出人意料，令人有天上人间之感。杜牧曾自述：“某苦心为诗，本求高绝。”（《献诗启》）仅“白云生处有人家”这一看似极平常的诗句，就显示了他创作中反对平庸、不落俗套的追求精神。从下文可以知道：诗人在山间远眺时，太阳已经西斜。对“白云生处有人家”的远处，他已是可望而不可即了。于是他在搔首踟蹰之后，就情不自禁地把目光转移到路旁的近处，顿时由衷地感到“风景这边独好”而将车子停了下来。

三、四两句是诗人欣赏枫林景色的画面。“停车坐爱枫林晚”，紧接上两句，意谓诗人的心为路旁近处枫林美景所吸引而立即停下车来，尽情观赏。这句中的“坐”字是说明原因之词，义近“为”、“因”，这句中的“晚”字，指的是傍晚，诗人见到在那深秋季节傍晚时分的阳光照映下，这枫林的叶子全都红艳艳、金灿灿，呈现一片明丽的景象，展示出一派飒爽的风姿。此情此景确是江南二月鲜嫩娇媚的红花所不能比拟的。这给他以极大的喜悦，终于凝聚笔力写下了“霜叶红于二月花”这一具有鲜明强烈的艺术效果的诗句。这一句是全诗的中心。其中的“红”字更是画龙点睛之笔。至此，这个诗人欣赏枫林景色的画面已经描绘成功。

上述三个画面，前两个起陪衬作用，后一个是诗人最为着意点染的重点所在。诗人将经霜不凋而更显红艳的枫林与色彩沉滞幽暗的寒山石径、远处白云缭绕的夕照结合起来，形成一幅“温”、“寒”色彩对比、景物互相映衬的绝妙的图画。诗人自己的形象也进入画面之中，成为整幅图画的一个重要部分。这幅画，可以名之曰“杜牧秋山观枫图”。这幅画不是用丹青画成的，而是用诗句构成的。而诗人乐观向上的思想、俊迈不羁的感情，也都很自然地渗透、融合在他所描写的自然景物里面。全诗不以奇峭或辞采取胜，却自有一种风流俊爽之气蕴含其中。最令人赞叹的是最后一句，一扫封建文人的悲秋情调，使深秋的山林呈现一片生气勃勃的景象。它使读者耳目为之一新，并从中得到深刻的启示。湖南长沙岳麓山的“爱晚亭”就是借用《山行》的诗意命名的。茅盾曾以《霜叶红似二月花》名其创作的小说，陈毅也曾写过《题西山红叶》的诗歌。可见这首诗的影响是很深远的。

（方永耀）

清 明

清明时节雨纷纷，路上行人欲断魂。
借问酒家何处有，牧童遥指杏花村。

清明佳节，春雨濛濛，万物复苏，吐绿泛红，透出一片勃勃生机，理应是令人兴奋、快慰的，而诗篇开首一句“清明时节雨纷纷”，这“纷纷”二字，似乎给这场春雨平白染上了一层淡淡的扰人心绪、纷乱凄迷的感情色彩。

也难怪，诗人不是在亭中观景，不是在小楼听雨，也不是在雨中漫步，而是出门在外，行色匆匆，是“路上”孤单的行旅之人。而且，这一天又正是清明。清明，是民间传统节日，这天往往阖家团聚祭扫，缅怀亡人，青年男女踢毬蹴毽，荡动秋千，赏花观景，大家相聚为乐……在这举家团圆的节日里，偏偏诗人孤身在外，心绪本就有些惆怅，更加上中途遇雨，山路泥泞，春衫尽湿，寒意料峭，自然这时我们的诗人不会有“晓看红湿处，花重锦官城”（杜甫《春夜喜雨》）的兴奋，也不会有“小楼一夜听春雨，深巷明朝卖杏花”（陆游《临安春雨初霁》）的雅兴，只是感到有些“欲断魂”了。“断魂”二字，犹言“销魂”，在古诗词中常被用以形容哀伤愁苦的情状，描写一种神思茫然仿佛失魂的精神状态，由此，诗人黯然而不堪的情绪便可想而知了。

然而，如果仅仅是写佳节思亲，遇雨凝愁，这种写法就未免平平了。此诗的妙处正在于峰回路转，柳暗花明，诗意巧妙而自然的转换：“借问酒家何处有，牧童遥指杏花村。”在淅淅沥沥不停的雨中想到酒家，对于路中之旅人，恐怕是再自然不过的了。“借问”二字，点明了诗人作为他乡之客的身份，是对“路上行人”的进一步强调和对“断魂”之感的进一步衬托，“酒家”，则意味着可借以避雨，驱寒，散愁。诗到此，只是有了些许的暖意和新的转机，而牧童的出现，才使全诗的色调顿然明朗，使人几乎有满目生辉之感了。孩子的天真烂漫和春天蓬勃的生机是那样吻合。他头戴斗笠，手持牧鞭，又带着田园恬静的气息，尤其是牧童小手一指，在诗人视野中出现了一幅迷人的画面：细雨迷蒙中，远处依稀见到一个红花绿树掩映中的村落，那杏花树丛在春雨沐浴中泛出鲜艳的粉红……可以想见，这使诗人孤寂的心灵得到了怎样的慰藉。杏花，带来了春的暖意，春的欣喜，春的向往，此时的诗人，即使不见酒帘，即使尚未闻到酒香，怕是先陶醉了，何况就要投入那春的怀抱！那由佳节引发的乡愁，由风片雨丝带来的寒意和惆怅，该是随之释解了吧？

就这样，诗人没有停留在一般的抒写愁怀上面，而是更写了春意对孤寂愁绪的消融，这就使诗的境界得到了升华。可见，这首小诗虽为短制，却蕴含醇厚，曲折有致，又自然天成，不见斧痕，确可使人们在反复咀嚼品味中得到美的享受。

（廖　群）

雍陶

题君山

烟波不动影沉沉，碧色全无翠色深。
疑是水仙梳洗处，一螺青黛镜中心。

君山是洞庭湖中一个美丽的小岛，位于今湖南省岳阳市东。晚唐一位诗人曾经非常精彩地描述过它的特殊地理位置：“东西南北各连空，波上唯留小朵峰，长与岳阳翻鼓角，不离云梦转鱼龙……”（曹松《洞庭湖》）诗中那个在洞庭湖千顷波涛之上浮沉着的“小朵峰”，就是指的君山。在交通工具便捷的今天，登上君山一游，饱览那里的奇丽风光，也许不算什么难事。可是对于一千多年前的古人来说，要渡过那烟波浩渺的湖水，却困难得多了。正因为这样，君山，对于许多古人来说，往往是可望而不可即的；也正因为这样，在他们眼中，君山就带上了更多幽邃神秘的色彩。更何况，君山、洞庭乃至湘江、九嶷，本来就跟许多上古神话传说有关。大舜的南巡，二妃的追寻，她们在君山的游憩和在湘江畔的痛哭，等等，无疑都更增加了这一带山水风物的浓郁神奇氤氲。所以当诗人遥望君山，遐想往昔时，就不能不浮想联翩，诗思泉涌。这些都是我们理解雍陶这首《题君山》诗所必须了解的背景。

雍陶显然是在一个风平浪静的夜晚遥遥观赏君山的。“烟波不动”，形容湖面不似往日，也不似白天那样波涛涵涌，而是一片平静。在夜色下，君山的远影显得那样凝重深沉。“影沉沉”与“烟波不动”，不但是并列的关系，而且有一定的因果联系。倘若不是风恬浪息，也许“影沉”就得打点折扣，甚至变成了影破碎或影零乱。“碧色全无翠色深”，正写君山。这句字面意思是说：君山上树木的青绿色，现在远眺过去已经全看不见，诗人眼前只是一片暗暗的苍翠之色。其言外之意，就是告诉读者：这里写的乃是夜景，是在这样一种特定的时间条件下遥望君山。大凡好的写景诗，不但能刻画景物的形状神态，而且能准确写出观察景物的特定时间。正如一幅山水画，一幅风景摄影，除了需要描绘景物本身，还必须鲜明地反映出时间因素。同一景物，在一天的早晚，一年的四季，会有各种细微的变化，给人的印象和观感是不同的。从这首诗的头两句，我们可以体味出，雍陶写的大致是春夏季的君山景色。因为在诗人心目中，这个季节的君山本该长满青碧鲜绿的新树，只是眼前夜幕沉沉，只剩下一片深翠而已。如果是草木枯黄的秋季或树叶凋零的冬季，本来就没有"碧色"，他也就不必特意说明"碧色全无"了。这一点，还可以从下两句诗人的想象中体察出来。

"疑是水仙梳洗处"，明白说出这是想象之词，把读者的思绪从眼前实景引向遥远而缥缈的往昔。"水仙"是泛指。你可以理解为曾经居住游息于君山的湘君姐妹，也可以理解为生活在这个神仙境界中的众仙女。总之，她们是诗人无限向往的美的象征。诗人想象，仙女们此刻一定正趁着夜色，在君山的水边解开长发尽情地梳洗、嬉戏……在地理上相距遥远的君山，由于诗人的这一想象，而在心理上和我们大大地接近了。而且我们不难联想，仙女在水边梳洗的景象，当然以发生在比较暖和的春夏季节为宜。倘是寒冷时节，诗人便未必如此想象。

"一螺青黛镜中心"，是由上述想象引起的比喻，是对君山，亦即对仙女们居止处所的再一次刻画。这个比喻不是雍陶首创。中唐著名诗人刘禹锡有《望洞庭》诗："湖光秋月两相和，潭面无风镜未磨。遥望洞庭山水翠，白银盘里一青螺。"其最突出的成就，是创造性地将八百里洞庭比为一面白银盘似的明镜，而将湖中的君山比为端坐其上的一枚青螺。湖水浩渺似镜，青山远望如螺，确是极美的景致和意象。后来的诗人由螺而联想到螺髻，以之比喻青山，例子很多。如皮日休的"似将青螺髻，撒在明月中"(《缥缈峰》)，苏轼的"回观佛骨青螺髻，踏遍仙人碧玉壶"(《宝山新开经》)和辛弃疾的"遥岑远目，献愁供恨，玉簪螺髻"，等等。

雍陶的艺术想象与上述诸例有所不同。他把一个(或一群)仙女的形象引进这个美丽而颇带神秘气息的环境之中，所谓"一螺青黛"便有了多种含义。它既可以指女子画眉的螺形黛墨，又可比喻女子黑发梳成的发髻。仙女形象的出现，黛螺含义的多元，特别是"梳洗"的动作，使静止的画面顿时获得了某种情节因素，这就更容易激发起读者无穷的遐想。具有不同文化修养、带着不同"前理解"的读者，完全可以根据自己已有的知识来充实和丰富这幅图画，甚至使之在脑海中演成活动的场面。这是一个(或一群)怎样的仙女，她(们)长得美吗？她(们)是不是一边梳洗一边在歌唱，唱些什么？周围是不是有许多可爱的小精灵在翩跹跳舞……那些掌握神话资料或熟悉地方掌故和风物传说的人，还不难想到：这里的仙女，会不会就是追随南巡的大舜来到湘江边上，用泪水哭成了著名的湘妃竹的娥皇、女英姐妹呢？神话传说不是说洞庭君山就是她们居止游息之地吗？这样一联想，这位"水仙"就不仅有了外在的躯壳，而且更有了内在的心灵和可歌可泣的身世遭际，这首小诗的内涵就更丰富了。

受了刘禹锡将“青螺”比拟君山的启发，又大胆添加了切合景观的人物形象，诗人把君山美景写得更加仙气氤氲、风光旖旎，也给了读者驰骋联想的更为宽广的天地，从而使他们得到更大的美感享受。（董乃斌）

温庭筠

商山早行

晨起动征铎，客行悲故乡。
鸡声茅店月，人迹板桥霜。
槲叶落山路，枳花明驿墙。
因思杜陵梦，凫雁满回塘。

温庭筠的《商山早行》诗，因为颔联“鸡声茅店月，人迹板桥霜”的凝练精致，富有特色而闻名古今，脍炙人口。这首诗所描述的情境大致是这样：作者于初春之日行旅于商山（今陕西东南部）道中，夜来宿于驿站，做梦思家；清晨早早起身赶路，所见景物无非凄清荒凉。一路行去，思乡之情不觉更加难以排遣。

首联，一句写实，一句抒情。“铎”者，大铃铛也。“征铎”，指旅途中所用、悬挂于车马身上的大铃。“晨起动征铎”是说大清早人们已在作出行准备，套马拴车，铃铛乱响。第二句的“故乡”，据本诗第七句可知是指长安，而不是温庭筠的原籍太原。他在长安南郊杜陵安家，以之为第二故乡。这一句中值得注意的是“悲”字，这是作者内心感受的流露，是全诗唯一一个明确表示诗人主观感情倾向的词。本诗第七句的“思”字虽然也以作者为主语，而且“思”、“悲”二字意味实可相通，但“思”字毕竟不如“悲”字色彩鲜明。所以这个“悲”字可以说是导引读者理解全诗意境基调的关键词。

次联是全诗的灵魂、支柱和精华。认真说来，这首诗若无此联，则其他六句均未免显得平庸。这一联的妙处，前人今人阐说已详，概括言之，是：它以精练的字词、简朴的句式和密集的意象，最大限度地将初春早行者的所见所思富于美感地表述出来。全联仅十个字，可谓形制短小；无一虚字，只让十字依次排列，可谓句式简朴。十个字写六种意象：鸡声、茅店、月、人迹、板桥、霜，密集程度之高罕见；然而，留给读者想象补充的余地却又十分宽广，则密集之中实又包含许多“空白”。比如，鸡已鸣矣，而天边有月，则此鸡鸣当是所谓“头遍鸡”，而月则必已西偏且泛白，黎明时分晨光熹微之景象不待明言而已可领略。又如，板桥之上有霜，暗示天气尚颇寒冷，正是山区初春清晨气候的准确写照，而薄霜之上已印人迹，又可知山区有比作者更为早起早行的人。此人是谁？是山中樵夫还是别的行客，则任凭读者设想。对于久在城市或平原地区生活的人来说，作者所描写的情境既有新鲜感，又如闻如见，无疑极具艺术魅力。需要注意的是，这种意象并置乃是作者精心选择、精心组织的结果，不是随便拼凑可以成功的。由“鸡声”而扩及“茅店”，进而不觉抬头望“月”，其中有自然的心理逻辑，又使近处的听觉感受发展为运用视觉的远望，眼界与情感都得到某种提升。“人迹板桥霜”也有相类似的由近及远、由具体质实而至空灵缥缈的思维特点。再从诗的形式美来看，这两句声韵之铿锵和谐，对仗之新鲜稳帖，几臻尽善尽美，以致使人一唱三叹，反复吟玩，有美不胜收之感。

三联所写是旅中所见：槲树之叶虽枯萎而能经冬，至初春始落；枳树的白花伸出驿墙，在熹微的晨光中颇显明亮。这两句写景，同时再次暗示季节、时间和地点（槲树和枳树均为商山中常见树），可以说相当切题，但比起上联不算十分精彩。

尾联写在旅途中忆起昨宵梦境：自己安家的长安杜陵已是春水满塘，凫雁（俗称“野鸭子”）成群嬉戏了。作者做梦想家，这里虽只说梦见了“凫雁满回塘”一景，其实却是一以当十，以少概多，由此推想，则家乡的山水草木，尤其是家中的妻儿老小、亲朋故旧均在不言之中矣。梦中所见历历如真，醒来便倏然全无，令人倍感怅惘。偏偏现在又在赶路，脚下是崎岖曲折似乎没有尽头的山路，每走一步就离家更远，而前途却又是那样难以预料。想到这些，对于首联第二句的那个“悲”字就有了更丰富、更深切的体会。原来这里的“思”字，正是为了照应前面的“悲”字。

综观全诗，第二联刻画如画、精彩绝伦，尾联与前呼应，章法严整，一、三两联虽然较平，放在诗中作起承之用也还相称，所以这首诗总的说来不失为一首艺术精湛完整的佳作。这种因一句或一联成就杰出而使全诗顿然生色的情况，是常见的，比如李贺《雁门太守行》开篇“黑云压城城欲催”、许浑《咸阳城西楼晚眺》次联“溪云初起日沉阁，山雨欲来风满楼”以及赵嘏《长安秋望》次联“残星几点雁横塞，长笛一声人倚楼”均十分精警，使人一读难忘，而全诗却未必出色。比较起来，温庭筠这首《商山早行》还要算是前后匀称的了。

（董乃斌）

陈 陶

陇西行（其二）

誓扫匈奴不顾身，五千貂锦丧胡尘。
可怜无定河边骨，犹是春闺梦里人。

《陇西行》原是乐府古辞，见郭茂倩《乐府诗集》的《相和歌辞·瑟调曲》。从其解题和后列作品可以看出，《陇西行》早先又叫《步出夏门行》，内容与征战守边无关。大约从南朝梁简文帝萧纲开始，才变成“但言辛苦征战，佳人怨思”的边塞诗模式。萧纲之作大致有这样几个特点：一是咏汉朝事；二是以悲壮为基调；三是基本用五言体，偶有律句。后来的继作者，如唐代的王维、耿沣，大体上保持了这些特点。

了解了这些，我们便不难看到陈陶《陇西行》对于前人的继承和发展。陈陶的

《陇西行》是一首组诗，由四首七言绝句组成。可见他虽采用乐府古题，但在诗体的选择上却有意区别于古人。从内容和诗歌字面来看，其所咏也是汉朝事。不过唐人喜欢以汉拟唐，我们不妨认为诗中包含着陈陶对唐朝边塞状况的某些感慨。如果是这样，那么，诗人多少是在借古喻今，而不是单纯咏史怀古了。陈陶诗的基调与前人相同，也是悲壮的，但悲壮之外却多了几分哀伤凄凉和对边塞现状的担忧不满，这是前人所没有的。

这四首七绝，最脍炙人口，为后代所传诵的，是这里选入的第二首。其他三首的情况是：第一首对统治者无穷的扩边欲提出异议和批评；第三首代长期戍边者诉说内心痛苦；第四首描绘和亲后的文化融合，隐含"和比战好"之意。很清楚，四首绝句有一个总的主题，那就是：反对扩边战争，主张与边疆少数民族和平共处，从各个角度呼吁息兵罢战。

现在，让我们来看这组诗中艺术成就最高的第二首。

这一首的起句就豪气夺人，慷慨悲壮。"誓扫匈奴不顾身"，一方面是对骚扰边境的敌人表示仇恨和藐视，一方面是明知未来的战争极为残酷，仍决心勇往直前，奋不顾身。短短七字把两层意思融为一体，简洁明快地加以表达，起调高，力度强。有了这样一个开头，第二句的跌宕就有了更强烈的效果。"五千貂锦丧胡尘"，"貂锦"指军官和战士的服饰，以物代人，比拟汉军。"五千貂锦"是好大一支部队。而且这里的"五千"还不过是个概数，实际死亡人数可能还要多。一场战斗下来，竟有五千勇士命丧胡尘，战争酷烈程度可想而知。而对战场上遍野的尸骸，回想他们出征时的雄姿，怎不令人凛然竦惧而极端痛心！这两句的叙述仿佛挺客观，可是却格外有力地揭示出一种血淋淋的现实，比任何空洞的喊叫都要更具感染力。

诗的后半，一句写边境战场，一句写几千里外家乡的深闺，诗思、视线和内心情感腾越广袤的空间，使闺中人的痴心想念和战士的实际情景形成鲜明对照：战士早已阵亡，甚至已经成为塞外无定河边的枯骨，可是他的妻子哪里知道？所以，还在日复一日、年复一年地等待、思念、牵肠挂肚，梦想着他凯旋归来……这是多么揪心的人间惨剧！死者已矣，死于战斗之中，对于"誓扫匈奴不顾身"的将士来说，是死得其所。真正饱尝人间痛苦的，却是生者，是他们的亲人、遗属。更何况那闺中人至今还被蒙在鼓里，还抱着丈夫生还团聚的梦想，岂不是格外可怜，格外值得悲悯吗？诗人仅用十四个字，就将如此复杂曲折的感情表达出来，浅显流畅的句子里蕴含着惊心动魄的事实，一下子就抓住了读者的心，并使他们读过以后便永不能忘。作者的这种艺术手腕，是值得佩服的。（董乃斌）

李商隐

乐游原

向晚意不适，驱车登古原。

夕阳无限好，只是近黄昏。

乐游原地处长安东南方，本来是秦代的宜春苑，汉宣帝时在此修建乐游庙，因名乐游苑，又名乐游原。这里地势高敞，登高四望，全城风光尽收眼底，为当时游赏胜地。

“向晚意不适，驱车登古原。”作者之所以在傍晚时分驱车登乐游原，并非由于突发游赏的佳兴，而是为了排遣郁闷不适的情怀。两句之间有一种因果关系。“向晚意不适”，五字皆仄，读来迫塞抑郁，声情相称。“驱车登古原”，则一仄四平，节奏变化，有长舒一口气之感。当诗人登上古原，忽见天边的晚霞正辉映着一轮灿烂的夕阳冉冉西沉时，不禁发出“夕阳无限好”的由衷赞叹。这赞叹是如此陶醉和神往，它无需什么客观的描绘，而纯以一腔真诚的情感撼动了读者的心弦。然而几乎在同一瞬间，诗人又突然感到这辉煌的夕阳美景顷刻将逝，一种苍凉的暮意暗地袭上心头，于是又发出了无可奈何的惋叹：“只是近黄昏。”这深深的遗憾，并没有淡化夕阳之美，反而更加深了对这瞬息即逝之美的无限珍惜和依恋之情。这两句一放一收，很富有情感张力；同时“只是近黄昏”又回应“向晚意不适”，首尾回环，曲折往复，把“不适”之感拓展和深化了，使人感到唱叹不尽。

“夕阳”两句是千古绝唱，这种对美好而又行将消逝的事物的流连叹惋之情，表现了人类的某种共同心理，因而带有一定的普遍性。当然就作者而言，亦有其触发之端。他生当唐帝国的衰世，而又身世坎坷，时时呼吸领略着一种苍凉日暮之气，沦肌浃髓，而不自知。偶于黄昏登高之际，触绪而出，故自然凑泊，有不期然而然者。管世铭评此诗“消息甚大，为绝句中所未有”（《读雪山房唐诗序例》），正是从个人感喟中窥见了时代消息，是很有眼光的。有人以为“夕阳”云云是比喻唐朝国运不久，中兴无望。一经坐实，便近拘凿。杨守智云：“迟暮之感，沉沦之痛，触绪纷来。”（冯浩《玉溪生诗集笺注》引）纪昀云：“百感茫茫，一时交集，谓之悲身世可，谓之忧时事亦可。”（《玉溪生诗说》）不指实，不拘执，反得其真，自是通达之论。

（吴战垒）

夜雨寄北

君问归期未有期，巴山夜雨涨秋池。

何当共剪西窗烛，却话巴山夜雨时。

这首诗是唐宣宗大中二年（848），李商隐留滞东川时寄给他的妻子王氏的。王氏当时在长安，位于巴山之北，所以说“寄北”。诗题一作《夜雨寄内》，就更显豁了。

“君问归期”，是指妻子来信问他何时能归家团聚。作者不说家书中的其他内容，而独独拈出“问归期”一事，可见妻子对他的系念之深和望归之切。而这也正是使作者枨触生感，不能自已的。“未有期”是诗人对妻子无可奈何的回答。不是他不想归家，而是欲归而不能。这一回答不免使家中颙望的妻子伤心，但诗人不忍用虚幻的归期来宽慰妻子，以免增添她失望时的痛苦，而且他也相信妻子能够体谅他的处境和心情。“问归期”与“未有期”，一问一答，写出夫妇双方深挚的思念和离别的痛苦。迭用两个“期”字，交织着希望和现实的矛盾，音调深长感慨，吟诵之际如闻诗人低沉的喟叹。

如果说“君问归期未有期”颇似画外的内心独白，那么接下来的一句“巴山夜雨涨秋池”，却有点像缓缓摇出的一个“空镜头”：高峻环抱的巴山之间，夜雨淅淅沥沥地下个不停，池塘的秋水又上涨了。这一客观的景物镜头，通过诗人的眼睛所摄取，而且成为他百感交集的主观世界的外化。那绵绵的夜雨，不正如无尽的离愁吗？处在这境地，客中孤寂，长夜难眠的痛苦以及思乡怀远的情思，也如秋水盈池，成倍地上涨了。此句与上句似断而实连，惟其宕开一笔，而更显得摇曳多姿，一往情深。

“何当共剪西窗烛”，诗人从沉重的离愁中抬起头来，强自排遣，想望着将来相聚西窗剪烛夜话的那一天。“何当”，犹言何时。由孤灯听雨，过渡到剪烛夜话，转折十分自然，而且为下句的驰想作好有力的铺垫。这一句是从现在想望将来，由离望合，以将来会合的欢乐来驱遣眼下的羁愁旅怀。

结句“却话巴山夜雨时”，则是从将来回想现在，由合话离，把现在的离愁化为他日欢聚时的愉快回忆。经验告诉我们：回忆是一种神奇的化合剂，它能净化记忆，酿苦为甘。现在的痛苦，时过境迁之后，重加追寻玩味，却有一种苦尽甘来，值得庆幸和欣慰的感觉。这一句既是客中的自我慰藉，又是对远方妻子的温馨寄语。

这首诗由妻子讯问归期，引逗出回环不尽的思归念远之情，全诗的构思围绕着一个“归”字而展开：首句是问归而不能归；次句借景抒情，言欲归不能的痛苦；第三句用转折之笔，写不能归而望归的心愿；结句则神往于想象中的归家之乐。短短四句诗，充满着时间与空间的交错，愁苦和欢乐的转化。纪昀评结句说：“探过一步作结，不言当下如何，而当下意境可想。”即通过想象中的西窗夜话，更反衬出当下独对巴山夜雨的孤寂况味，这就显得虚拟中的欢乐仍然渗透着几分凄苦。二、四两句迭见“巴山夜雨”四字，却有实写与虚写之分，时间与空间之别，渗透着不同的感情色彩，具有电影蒙太奇语言的魅力。“巴山夜雨”镜头的前后叠印，不假言说地抒写出悲欢离合的变化。“巴山夜雨”既是眼下天涯未归人痛苦的触媒和见证，又是异日夫妻相逢时值得珍重和回忆的谈资。这一重复出现的意象，不仅没有复沓之感，反而显得回环往复，一唱三叹，造成一种空灵幻变的意境和跌宕起伏的节奏；并且大大地开拓了这首小诗的情感容量和意蕴深度，使形式对于内容达到最大的饱和量。这一点在抒情小诗中是较为罕见的。这首诗造语自然，仿佛脱口而出。冯浩说它“语浅情浓”，确乎如此。在唐人七绝中，不愧为上乘之作。（吴战垒）

无题二首（其一）

昨夜星辰昨夜风，画楼西畔桂堂东。
身无彩凤双飞翼，心有灵犀一点通。
隔座送钩春酒暖，分曹射覆蜡灯红。
嗟余听鼓应官去，走马兰台类转蓬。

爱情诗和政治诗是李商隐诗作中的两大奇葩，而爱情诗中的“无题”诗更出现了不少名篇，千年以来，脍炙人口。它们往往是抒情对象不详，无法考查诗人所寄，或者不属于一人一事，或者即使写一人一事，也往往是拓而深之，推而广之的。由于这一类诗境界深沉，措意含蓄，风格蕴藉，脉络细密，不同于一般诗文借重题目标明，以揭示旨趣的规律，而况作者原意本就不愿说明，着意比兴，因此，大多以“无题”为题，而又以七律出之。由于不限一人一事而富有艺术概括性，由于不执著于具体事实的机械摹写而着力渲染气氛，所以艺术魅力相当强烈。化沉博为精纯，寓渟蓄于舒展，创造性地把七律体的爱情诗推向一个高峰，甚至可以说后代律体情诗，很少有人超越过他。

这一首《无题》以意境深细和笔致缥缈见长，集中体现了李商隐“沉博”风格的一个重要侧面。

诗的开头是从追想写起的。往事历历，但毕竟成为过去，这就更反映出当前的落寞气氛；而为了加强这种气氛的渲染，诗人运用了修辞学上重叠互用的手法，既一再点染“昨夜”，又让方位词一“西”一“东”互为交错，形成了回环往复。在那华丽的栋宇之间，他和意中人邂逅了。这印象的温馨、亲切，多么令人难忘。“昨夜”的重叠是为了更有力地表现这种追慕之情，而一“西”一“东”，则更是通过华美的建筑物的背景，烘衬出抒情对象的风姿绰约。尽管回首如尘，但印象却极其深刻，不同于王渔洋的“衣香人影太匆匆”偏于空虚之感，恰恰是迷茫而清晰。诗人用这一对矛盾作为开头，为全诗引出了下面一段回忆情景，展开相逢与相别、处境扞格和心灵沟通二者相反相成的心理描绘。

颈联“身无彩凤”和“心有灵犀”紧接着前联的相逢，通过比兴，锲入心灵深处。这是一个前轻后重的转折复句。前“无”后“有”的对仗，笔酣墨饱，突出了双方心灵的脉脉相通。“有”、“无”二字在律诗中惯常用作对仗，运用得法，是可以大大加强沉着痛快或者矢志靡他的坚定情意的。文天祥的“阊阖有门分上下，江山无地界华夷”属于前一风格，本联则属于后一风格。这里的“有”、“无”恰恰表现了诗人对美好理想坚决以赴的忠贞品质。证诸这一对词语，袁枚说李商隐诗“厚”而温庭筠诗“薄”，有一定理由。

腹联“隔座送钩”和“分曹射覆”同上面的颈联笔法有个分工，颈联是用比兴直接赋情，这里是借景言情。宴会之时，大家作“藏钩”、“射覆”大体近于后来猜谜一类的游戏。“隔座”点出双方座次之近，“分曹”渲染喝酒猜谜、分作两边活动时气氛的热烈、欢畅；特别是联末两字，一“暖”一“红”，尤为生动，极画龙点睛之致，可称“诗眼”。按一般文法说，“暖”是“春酒”的谓语和表述，但实际并不止此。诗歌中文法的运用应该是比较灵活并必须服从于浮想联翩和诗律结构的特定规律的。“暖”首先固然指酒，但可别忘记品酒的人们正隔座送钩，因而整个气氛也都是热烈的。此其一。“暖”本指温度，指触觉所得，但按照“通感”规律以及这一个词的感情色彩来说，它又与愉悦、兴奋、欢乐相通，更何况它表述的是“春酒”之暖。因而这一个包含着幸福内涵的形容词把人们的游戏和品酒不仅融为一体，而且也把“送钩”写活，把同意中人的聚晤写得生机盎然。此其二。“蜡灯红”的“红”字同“暖”字一样，不仅表述“蜡灯”，也更囊括“分曹射覆”。这正因为，“射覆”的人们是在那美丽的蜡灯光下“分曹”地进行的。“红”本热色，象征燃烧，易于引起人们炽热的感情，因而这也就使射覆者感到酒的温暖，以至于心的温暖，春天幸福的温暖。一“暖”一“红”，可以说是相因为用。

如果说腹联把灯红酒绿的欢乐气氛推向极处，那么结尾一联就恰恰出现了一个大角度的逆转。前面欢乐愈浓，而这里的凄凉景况，就愈益难耐。“嗟余听鼓应官去，走马兰台类转蓬。”情调、境界，变化显然。原来诗人惯用比兴手法，善于以含蓄托意，但这里却直截了当地采用了“赋”体。句子一开头，我们就听到他长叹一声。这分明表示他因为听到更鼓而想到就要到秘书省上卯。身居下位，自己的命运无法主持，好似秋风中的断蓬飘转。言外之意是，此次分手以后，他日重逢难卜，大概是只有肺腑永铭，以“一点灵犀”自慰了。

整个一首诗就贯穿着这样的矛盾心情：欢会与离别；幸福与凄凉；当前的身世之感与昨晚的幸福回忆之情。这里没有杜甫的沉郁，李白的纵恣，韩愈的雄奇，最主要的特色就是深情绵邈。他热爱美好的理想，并执著地为之坚持。尽管遭遇到重重阻障，脆弱的感情罩上了灰暗色彩，也还是不断地追求光亮而自甘于最后成为灰烬的蜡烛，永远地在寂寞中燃烧自己。这正因为，他是相信“灵犀”的巨大力量和心灵默契的最大幸福的。虽然未来生世有不少折磨和感伤，但他还是要托身“青鸟”，不断去进行探索，为珍惜“华年”而“费声”歌唱。

（吴调公）

无题四首（其一）

来是空言去绝踪，月斜楼上五更钟。
梦为远别啼难唤，书被催成墨未浓。
蜡照半笼金翡翠，麝熏微度绣芙蓉。
刘郎已恨蓬山远，更隔蓬山一万重。

晚唐诗人李商隐独创一格的“无题”诗，具有一种特殊的美感和迷人的魅力。尽管有时候我们对诗中的含义不甚了解，而它那深情绵邈的气氛和意境，已使你心摇神驰了。

“无题”诗大都以爱情生活中的悲剧性相思作为主题，着重表现处于重重压抑下难以舒展而又剪截不断的撩乱情怀。上面这首诗就是表现这样的内容。虽然，这首诗历来人们争论不休，有人考证它是向人陈情干谒的自白，有人则说是悼念亡妻之作。现在一般都认为是一首爱情诗。当然，这是有理由的，因为它至少是采用了爱情诗的形式，这是确凿无疑的。

诗写一位男士对远隔天涯的意中人的思念，它是围绕着一场“梦”来写的。

第一联：写抒情主人公在五更月斜的楼上梦中醒来时的心绪。经年远别，会合无期，夜来梦中忽然和她相见了。可是，一觉醒来，踪迹杳然，但见斜月空照楼阁，远处传来隐约的更鼓声。“来是空言去绝踪”，仿佛是抒情主人公梦醒后一声长长的叹息：你当初远别时，曾说要回来的，结果却成了一句空话，一去之后，便杳无踪影了。

第二联：出句"梦为远别啼难唤"，抒情主人公情不自禁地回味梦中情景：梦中相会是甜蜜的，然而，这短暂的欢会，换来的却是难堪的"梦为远别"的一幕，这梦中的别离啊，心爱的人绝望的啼唤声仿佛还在耳边回响呢。第二联下句，写梦醒后第一个行动：给她写信。"梦为远别"之情更增加了别离之痛，一股强烈的思念，在他心中涌起，于是，迫不及待地要和她一通情愫，倾诉自己的衷肠。等不及把墨汁磨浓，就奋笔疾书了。

第三联：写寂寞幽居情状，通过对室内环境气氛的描绘渲染，抒写自己梦醒书成之后的心境。黯淡烛光半照着用金线绣的翡翠鸟的帷帐，芙蓉褥上似乎还依稀浮动着麝熏的幽香。这一联景物描写很富象征暗示色彩。"金翡翠"，"绣芙蓉"，本来就是往昔美好爱情生活的象征，现在，在朦胧的烛光照映下，笼罩了一层如梦似幻的色彩。

有些研究者把这两句诗理解为写女子香闺实境。其实，这是诗人心造的幻影，是根据自己的心绪虚构出来的境界。你可以想象，那帷帐上的"金翡翠"一定是成双成对的，而那绣着芙蓉花的被褥上仿佛还闻到伊人留下的余香。这种描写实际上是一颗刻骨相思的爱心的物化。这种"造境"艺术把刚刚消逝的梦境与眼前人去楼空的实境衔接起来，表现出抒情主人公内心的寂寥、惆怅和往事不可复寻的感慨。

第四联：写梦幻的彻底消失和对爱情的彻底失望。这是通过用刘晨重入天台、寻觅仙侣不遇的故事来表现的。仙山缥缈，尘世遥隔，曾引起刘郎终生悔恨。我所思的人哟，却比那刘郎的仙山还远上千重万重！

整首诗围绕着"远别"至于"绝踪"而仍矢志不渝地追求这一主题，反复咏叹，曲折回环，把主人公幽怨哀伤、近乎绝望的痛苦感情，逼真入微地表现了出来。

从这首诗可以看到李商隐无题诗的某些艺术特点。它主要着力于刻画、烘染爱情相思的内在心理。诗人没有一个字提到意中人的容貌、体态、服饰及恋爱情事，只是扣住"远别"写相思，通过"梦境"及"梦"醒后主人公的心底波澜，把整个心理过程写得细腻而有层次。诗的第三联虽写室内陈设，也仅是作为烘染人物心理状态的"道具"而已。这种凝聚笔墨于人物内心世界的写法，自比一般爱情诗更富有动人心弦的艺术魅力了。

"无题"诗另一特点是托意空灵，兴寄深微。如本诗写离别相思，却很难坐实它所喻指的具体对象，甚或难以断定它是否确有所指。正确的解诗方法，应从诗本身出发，通过诗中画面的联想，去感受、品味其中可能包孕的情绪和心态，如果硬要去坐实诗的喻义，就难免穿凿附会了。

（汤高才）

无　题

相见时难别亦难，东风无力百花残。

春蚕到死丝方尽，蜡炬成灰泪始干。

晓镜但愁云鬓改，夜吟应觉月光寒。
蓬山此去无多路，青鸟殷勤为探看。

这是李商隐“无题”诗中的名篇，其具体情事虽然难以考见，但诗人对爱情的执著和坚贞却表现得十分真切动人。

古有“别易会难”之语，叹欢聚之难得，恨离别之匆匆，表达了人生聚散的普遍心理感受。“相见时难别亦难”，则从另一角度翻进一层：相见之欢乐固然难得，别离之痛苦亦令人难堪；且惟欢聚之难得，则别离之际倍觉难以为情。二者的情感负荷成正比发展。“相见时难”正以反衬“别亦难”，一句之中，两见“难”字，侧重点还在于后者。这个开头以感叹出之，大有一言难尽之慨。然而，诗人却并不就别离之情作进一步的正面抒写，而接以“东风无力百花残”一句，化景物为情思，把不尽之意都融进象征性的意象之中。你既可以理解为暮春的落花时节正是别离的难堪之时；更不妨把“无可奈何花落去”的残春意象看做爱情悲剧命运的暗示。这一句看似景语，好像与首句的喟叹抒情不相衔接，但这句诗的跳跃，却拓展了广阔的意蕴空间，其内涵远比直接说出来的丰富得多。难怪历代的笺注家们见仁见智，歧解纷出。撇开牵强比附者不说，仅就言情而论，亦自言人人殊。如何焯云：“（第二句）言光阴难驻，我生行休也。”赵臣瑗云：“接句尤奇，若曰当斯时也，风亦为我兴尽不敢复颠，花亦为我神伤不敢复艳，情之所钟，至于如此！”姚培谦云：“‘东风’句，极摹销魂之意。”冯浩云：“次言己之愁思，毕生以之，终不忍绝。”黄侃则云：“次句言无计相怜，任其蕉萃。”如此等等，各见其所见，各有其合理性，却又并不能穷尽其内在意蕴。冯舒赞叹说：“第二句毕世接不出！”这种巧妙的意象组接，正是李商隐诗歌的重要特色。

“春蚕到死丝方尽，蜡炬成灰泪始干。”承次句悲剧性的预感而作一转折，虽明知爱情备受间阻而难以遂愿，耿耿此心却至死不渝。在低抑悲感中透出坚定执著的心志，诗的节奏变化与情感的起伏同步行进，显得跌宕有致。“春蚕”作“丝”，比喻思恋之情的深长。“丝”又谐音“思”。乐府《西曲歌·作蚕丝》云：“春蚕不应老，昼夜常怀丝。何惜微躯尽，缠绵自有时。”作意颇相似，可参看。蜡炬垂泪，则以喻别恨。如杜牧《赠别》诗云：“蜡烛有心还惜别，替人垂泪到天明。”此言烛尽成灰而泪始干，则见绵绵此恨，惟死而后已。两句托喻形象，写情深挚，成为千古传诵的名句。这一联是从诗人一方而言。接着转笔写对方，揣想对方心理，将思念之情更深入一层。“晓镜但愁云鬓改，夜吟应觉月光寒。”朝朝暮暮，对方也为相思而憔悴，因痛苦而不眠。“晓镜”，指晨起对镜。“云鬓改”，指青春消逝，年华老大。“夜吟”，指怀思不眠而起吟。“月光寒”，形容望月吟思情景。一个“寒”字，既见月光的清冷，亦暗示心绪的悲凉。“但愁”、“应觉”，都是揣想对方情景之词，流露出诗人对所爱者的无限关切和体恤之情。这两句化悬想为实境，变换角度，用笔空灵，把心心相印的刻骨相思，写得神理曲致。

结联“蓬山此去无多路，青鸟殷勤为探看”，是痛苦中的自我宽解之词。说对方所居不远，希望青鸟传书，尝试着探问致意。“蓬山”，传说中的海上仙山。这里指女方所居。“青鸟”，传说中仙人西王母的使者。探看之“看”，读平声，尝试之词。所谓“蓬山此去无多路”，不必是实指距离之近，而是一种心理感觉。因为两心相契而感到相隔很近，但又苦于不能相见，而只得寄望于间接地互通情愫。这种微妙的相思心理，有时也可以因相见之难而产生相距甚远的痛感，如作者《无题四首》其一的结句：“刘郎已恨蓬山远，更隔蓬山一万重。”“蓬山”之远近，盖随具体心态而变，不可呆看。

这首诗写情十分深挚，缠绵曲折，而又真率自然，几乎不用什么典故，纯是胸臆中语，在作者“无题”组诗中，最受人传诵。其用情之专一、忠贞，不但赋予悲剧性的爱情以圣洁的光辉，这种执著和追求的精神，还具有一种更广泛深刻的人生意义，能给读者以多方面的启示。（吴战垒）

马　嵬（其二）

海外徒闻更九州，他生未卜此生休。
空闻虎旅鸣宵柝，无复鸡人报晓筹。
此日六军同驻马，当时七夕笑牵牛。
如何四纪为天子，不及卢家有莫愁。

唐明皇与杨贵妃的爱情故事，从白居易的《长恨歌》以来，便成了我国历代诗人的热门题材。他们从不同的角度，不同的侧面，来吟咏它，评论它。有的把他们的爱情纠葛，看成“安史之乱”的祸胎，从而责备他们，鞭挞他们，如杜牧的“霓裳一曲千峰上，舞破中原始下来”（《过华清宫绝句三首》其二），李约的“君王游乐万机轻，一曲霓裳四海兵”（《过华清宫》）。有的认为杨妃是无辜的，从而为她辩护，为她开脱。如李商隐在《马嵬》其一中说：“君王若道能倾国，玉辇何由到马嵬？”徐寅也在《马嵬》诗中说：“张均兄弟今何在？却是杨妃死报君！”还有的批评唐明皇耽于安乐，忽视政治，只重美人，不重苍生，如高德卿的“归来枉为香囊泣，不道生灵泪更多”（《马嵬坡》），袁枚的“石壕村里夫妻别，泪比长生殿上多”（《马嵬》）。都有自己鲜明的观点，独到的见解，一定的艺术特色，提高了读者对李、杨爱情纠葛的认识。李商隐这首七律，更是不落恒蹊，别开生面，不仅艺术上有很高的造诣，在思想上也是“不同众论”的。它对仗工整，辞藻清丽，于含蓄婉转之中，鲜明对比之间，对唐明皇不惜牺牲对方，换取暂时的苟安，微露嘲讽之意，不断给人以启发、感愤和美的享受，因而成了百读不厌的名篇。

首联用倒叙的手法，从唐明皇打发方士“上穷碧落下黄泉”，终于在海外仙山找到了杨妃的灵魂。杨妃仍然眷恋旧情，付以钿盒金钗，再订来生之约的传说谈起。而用“徒闻”加以否定，用“未卜”加以渲染，说明他生之约不足凭，此生之缘早已尽，以突出杨妃之忠贞，明皇之虚伪，杨妃之死而无怨，明皇的生应有恨。于是全诗的基调，便在边叙边议中定了下来。中间两联，采取对比的手法，秾丽之中时带沉郁，蕴藉之中微露嘲讽。意蕴丰富，耐人寻味。它以马嵬的悲剧，对比“当时”的恩爱。“当时”是“春从春游”、“春宵苦短”，自有“鸡人”来“报晓筹”；而“此日”呢？

虽有“虎旅鸣宵柝”，却不能给明皇和杨妃以安全感，而只能在他们心里造成“六军不发”、马嵬哗变的恐怖，所以诗人用“空闻”两字，把此中的消息委婉地传达了出来。“当时”是密语私约，“愿世世为夫妇”，而讥笑牵牛和织女，一年只有一度相逢；“此日”呢？只见战马嘶风，六军戒严，终于造成“宛转蛾眉马前死”的悲剧。这样两相对照，两相映衬，而明皇的临难苟免、卑怯自私的心理，便昭然若揭了。尾联复以天子和平民对比：当了四十年的皇上，竟然不能脱爱妃于锋镝，使之花钿委地，血污罗裙，造成爱情史上的最大悲剧；而一个寻常百姓，以耕织自给，却能比翼双飞，白头偕老，这难道不值得人们三思么？诗人在这里用“如何”两字，发出严峻的诘问，把强烈的感叹传达给了读者，使读者在头脑里产生了许多的问号，引发了许多的联想，然后把批判的锋芒，自然而然地指向那个“当时”“重色思倾国”的唐明皇。这便是此诗在艺术上的独创性。

（羊春秋）

贾　生

宣室求贤访逐臣，贾生才调更无伦。
可怜夜半虚前席，不问苍生问鬼神。

贾谊是我国历史上最杰出的青年政治家。刘向赞美他是“通达大体，虽古之伊（尹）、管（仲），未能远过”。从他提出的“众建诸侯而少其力”，以削弱诸侯、加强中央集权的主张来看，刘向的赞美是有根据的。但他却由此而遭到老臣“绛、灌之属”的忌刻，说他“年少初学，专欲擅权，纷乱诸事”，将他排挤出中央，贬为长沙王太傅。四年以后，汉文帝思念他，把他召回京师，在宣室接见了他，向他询问有关鬼神的事，贾生因具道所以。“至夜半，文帝前席”，接见以后，文帝叹曰：“吾久不见贾生，自以为过之，今不及也。”然终不能用（见《史记·屈原贾生列传》）。历代诗人对贾生的才未能尽、志未能酬，给予了极大的同情，嗟伤感叹之作甚多。李商隐这首诗，更是独辟蹊径，另创新意，借汉文“问鬼神之本”的史实，讽刺当时最高统治者迷信道教的现实，借贾生怀才不遇的遭际，抒发自己沉抑下僚，志不得遂的感慨。“贾生才调更无伦”，“贾生年少虚垂涕”，这些诗中的贾生，不正是现实中的诗人么？

这首诗采取欲抑先扬的手法，扬得越高，抑得越有力。诗的首二句，极力颂扬汉文帝的“求贤若渴”和“知人服善”。“求贤”而去“访逐臣”，说明他“唯才是取”，“不耻下问”。这样的尊重知识、尊重人才，这样的虚怀若谷、下询刍荛，应该说是历史上罕见的明君。而贾生的“才调”，又是那样的出类拔萃，超群轶伦，说明汉文是伯乐，是善于发现人才的。这和齐桓之于管仲，商汤之于伊尹，尽弃其瑕，而录其用，是很相似的。这些都是“扬”，而且“扬”得很高。第三句突然以千钧的笔力，含蓄而委婉地把它逆转过来。在“前席”之前用“虚”字加以形容，用“可怜”加以强调，说明汉文那些“求贤”的姿态，是做给别人看的，是无裨于实际的，这就为结句的“不问苍生问鬼神”，作了很好的铺垫。然后通过“问”与“不问”的鲜明对照，把汉文“求贤”、“访逐臣”的美丽外衣，逐渐地剥了下来。表面上没有论断，没有挑明，骨子里则是辛辣的讽刺，深沉的感叹，让自己的批评意见，在强烈的感情色彩中得到最充分的表现。毛泽东在文艺作品中反对"钝刀子割肉",王夫之反对"钝斧子劈栎柞",就是要求无不可达之意,无不可抒之情。从这首诗中,我们可以悟出一些道理来。

(羊春秋)

锦瑟

锦瑟无端五十弦,一弦一柱思华年。
庄生晓梦迷蝴蝶,望帝春心托杜鹃。
沧海月明珠有泪,蓝田日暖玉生烟。
此情可待成追忆,只是当时已惘然!

处于牛、李党争峡谷中的诗人,由于偶然的机缘,偏偏和一位被认为是李党的节度使王茂元的女儿结了亲,这就给他的毕生的政治境遇带来了诸多坎坷。所以,当诗人抒发那种十分怆痛的、人天寥廓的悲剧时,往往会联想到他的亡妻和自己所共同遭遇到的、卷入政治旋涡中的一对无辜受害者的不幸命运。这是一幕伴随着政治悲剧而俱来的爱情悲剧。

《锦瑟》诗之所以引起后人莫衷一是的理解,这又与作者以物寄情,运用象征和隐喻手法有关。但如果提到美学高度,作为今人来领会的话,我以为,那么不妨可以从《锦瑟》诗在美学意识上所表现的高度审美潜在次序来解释。清人宋荦不是说李商隐诗"造意幽邃"(《漫堂说诗》)么?虽说古今审美认识有异,但就这一艺术特征的朴素认识的表述看来,不能不承认,宋荦确已看出,李商隐能从深层次的审美感受来体验和提炼由当时党局造成的爱情悲剧中最能引起枨触的一幅幅意象,从而将其创造成为《锦瑟》这一形象整体。

《锦瑟》意象整体的核心是"思华年",也就是李商隐对于业已消逝的美的缅念,希望之火在寂寞中燃烧的执著心情。这种心情有一种"内驱力",使诗人在历尽天涯蓬转,返回家乡郑州后,感到有一种强烈的创作冲动。他要把自己毕生"流莺漂荡"的生活、生离死别的遭遇和错综复杂的感情,通过苦苦回忆,通过意象剪裁,再通过艺术的浮想和幻觉,把那些在时空上依依相似、脉脉相通的一鳞一爪联系起来。当意象的主要部分突出了的时候,当经过剪裁的意象凝缩了的时候,李商隐这段生死恋的回忆,就生发一种超越于它本身的具体的"华年"现实图景,表现为诗人的一种锲而不舍的美的追求的创造力,表现为以"流莺"自喻的诗人的心灵颤动了。

每次读《锦瑟》诗时,我总是尽可能设想李商隐的处境,从我所面对着的《锦瑟》这一创造产品,推溯到他的意象的酝酿过程和创造力的心理成分。

长期隐伏在李商隐心灵深处的,自然是他的如梦如烟的一段"华年"生活。安定城楼的壮怀极目,娶了王氏后住在岳父家崇让里时那萦人心曲的宅内牡丹,天涯漂泊的幕府生涯,特别是悼亡后触目惊心的锦瑟……一次回忆接连着一次回忆,一次回忆搅拌着一次回忆,而其中印象最深刻的,最最能涵盖其他意象的,不能说不是锦瑟了。锦瑟,是他妻子喜爱的乐器,然而,今天是物在人亡了。再说,古瑟,本应为五十弦,而时行的却减其一半,成为二十五弦,恰说明不合时宜。就从这一个内涵丰富的乐器展开浮想，李商隐不仅缅念起亡妻，更为自己的不为世用以致投闲家居而感到无比怆痛。锦瑟声声，经过诗人的谛听与凝注，居然发现了一弦一柱发出不同的音响，联想到一个年头有着一段不同的经历。就这样，小小的焦点转为扩大，并从聚焦点化而为散焦点了。他回顾起包罗万象的“华年”，其中真不知包含着多少生离死别、家国悲辛！及至颈联的“庄生晓梦”和“望帝春心”一涌而出，突然转折，扑面而来时，诗人就从原来对“华年”的回思，一转而为当前“华年”幻灭的悲哀之感。于是，诗人不能再对“华年”意象作详审的谛视了。他觉得这爱情的晓梦，就好像庄周的幻化为蝴蝶，不知是自己化为蝴蝶，还是蝴蝶化为庄周。这已经引起幻灭的迷茫之感。此外，他还觉得，他的悼亡悲剧，又像战国时古蜀国君主望帝死后化为杜鹃的故事一样。杜鹃声声悲啼，鸣失国之痛，和自己的失去青春，失去爱侣，恰恰有相似之处。梦境恍惚，极言魂魄相通，但终于人天寥廓，这和诗人的另一首悼亡名作《正月崇让宅》所写的在旧宅中夜间依稀晤见亡妻，甚至和她一起歌唱的幻想情景相通。悲啼千古，表示海可枯，石可烂，诗人的深情不可渝。前句表现因幻灭而心情迷茫，后句表现虽幻灭而意志坚贞。

写到这儿，好像是山穷水尽了，可在作者笔下，却翻起了一迭波澜。在一切幻灭意象中，“某种潜在的细节会突然唤起他的注意，这细节打破了他构图的平衡”（A·埃伦茨韦格《艺术的潜在次序》）。潜在的细节是什么？原来是诗人把他所神驰的古代传说中的五色斑斓的画卷，不知不觉地卷拢起来。他毕竟不甘于幻灭！

他要上下而求索，化为青鸟去探看蓬山。

他要让黄莺的眼泪湿透最高处的花枝，湿透苍穹。

他要把自己的生离死别向上天倾诉，获得上天的同情。

于是，得楚骚之境的腹联出现了：化为珍珠的人鱼眼泪，沐浴着月光辉照；埋在蓝田中生起轻烟的暖玉，受到阳光的煦拂。就在这一刹那间，节奏转为从容，感情的流程也变得松弛而宽广了。出于模糊意识的这一个转折就好像峰回路转，把诗人幻灭的悲哀化为“华年”的心理永恒的自誓。尽管月下鲛人的眼泪很凄冷，但皓魄当空，该又如何高洁！美玉诚然是埋在土中，但她却永远使人感到阳光照耀下的温暖。饱和着突变的、模糊意识的这一腹联，实际上表现了诗人的审美的最深层次：尽管面对着幻灭而彷徨，但仍然坚持着对美的不懈追求。屈原是“虽九死其犹未悔”，李商隐则是“徒劳恨费声”，明知“徒劳”，却仍然要“费声”。

可惜的是李商隐毕竟是脆弱些了。他的“暖玉生烟”的插曲终于又转眼消逝了。在诗的结尾时，诗人停止了他的追求，表示不管自己如何苦心回顾，一切终于是幻灭了。过去情景毕竟已成过去，任凭千番百次地缅想也都是徒然了。——其实，以当时说，在“华年”之时，也早就使人“惘然”，而如今缅忆，其“惘然”就更不用说了。

“华年”消失了，“思华年”的人也消失了。这正是诗人在《槿花》里嗟叹过的：“回头向残照，残照更空虚。”

从全诗看，诗人有意识地表现他爱情（还有政治生活）的幻灭之感，但其间，却又横溢出一种对“幻灭”具有分裂作用的潜意识的审美追求。（吴调公）

赵嘏

长安秋望

云物凄清拂曙流，汉家宫阙动高秋。
残星几点雁横塞，长笛一声人倚楼。
紫艳半开篱菊静，红衣落尽渚莲愁。
鲈鱼正美不归去[1]，空戴南冠学楚囚[2]。

这是一首伤秋诗。“长安秋望”，就是望长安之秋而伤怀。前六句写诗人秋晓望见的景物及自己的感受，后两句是由此生发的归思。全诗流露出一种孤寂、郁闷，又无可奈何的伤感情绪。

首联即触题，点出“望”的时间、时节、地点及所望的景物。诗人在一个深秋拂晓，独自一人凭高远眺：在朦胧的晨曦中，四周的景物缓慢浮动，笼罩着凄凉清冷；唐皇宫周围的花木正萌动出深秋景象，一片枯黄憔悴。“凄清”两字，既写景又写情，用景物的宁静、清寒，烘托出内心的悲凉，读后令人满怀凄然，这也就为全诗定下了基调。“流”、“动”，可谓传神字眼，它使画面变得生动、可感、真切。

颔联写得开阔含蕴，饶有情韵，即景寓情，颇具匠心。由眼前的景物，诗人拓宽视野，放眼于无际的天空，只见残星点点，渐渐隐没，塞北的大雁正向南飞去，这正是深秋拂晓天空中最具特征的景象，自然会引起雁归人不归的感叹。这使人想起钱起的《送雁诗》：“秋空万里静，嘹唳独南征……怅望遥天外，乡情满目生。”这时远处高楼之上，有人背倚栏杆吹奏起悠悠笛声，更让人遐思无限。诗人在这断断续续、凄清婉转的曲调中，听到了什么呢？是“江城五月落梅花”（李白《与史郎中钦听黄鹤楼上吹笛》）的《梅花弄》呢，还是“何人不起故园情”（李白《春夜洛城闻笛》）的《折柳曲》？无论何曲，在这样一个清冷的晨晓，都会倍感苍凉、孤寂。“人倚楼”在古典诗词中，大多和愁思伤怀有关，像白居易的“月满人倚楼”（《长相思》），范仲淹的“明月楼高休独倚”（《苏幕遮》）等等。诗人正是在这一连串的意象中，生动而委婉地表达出对故乡的深切思念。此联见闻动静巧妙结合，互相衬托，不写情而有情，收到了很好的艺术效果。难怪受到唐诗人杜牧的赞许，称作者为“赵倚楼”了（《唐诗纪事》卷五六）。

颈联选取极富时令色彩的花事，道出诗人自己的寂寞。篱边的菊花半开着紫色的花朵，孤寂冷清；池中的红莲花业已凋零，好像满面愁容。通过菊、莲的更替，进一步描写了近处的清秋景色，且移情于物，用“静”、“愁”两字赋予“莲”、“菊”以情感，使物“皆着我之色彩”。满塘残花枯叶的衰败景象，令人不禁生出好花不常开、好景不长在的伤感情绪；而菊花的孤寂正暗示家园的被冷落。自己无缘“采菊东篱下”，却羁旅他乡，蹉跎光阴。

尾联用了两个典故：“鲈鱼正美”，用西晋张翰事，表示自己的归思；“戴南冠学楚囚”,用春秋钟仪事,道出归之不得的怅惘心情。意思是说:我多么想毅然归去,但又只能空做楚囚。诗人既有前面的描写、铺陈、渲染,至此便可直抒胸臆,既发出了此地非吾乡、何为久居此的慨叹,同时又表达出这种选择的无可奈何。长安,历来是士子显名扬名、成就功业的要津,为此就要远离故园,流寓于这块是非之地,如囚徒一般,感情激越而婉转。

全篇犹如一幅开阔的、立体的、流动的长安秋望图,它内容丰富,将所见、所闻、所感融为一体,意境深远,韵味悠长。(刘向红)

【注】 ①《晋书·张翰传》:“翰因见秋风起,乃思吴中菰菜、莼羹、鲈鱼脍,曰:‘人生贵得适志,何能羁宦数千里,以要名爵乎?’遂命驾而归。” ②《左传·成公九年》:“楚子重侵陈以救郑。晋侯观于军府,见钟仪,问之曰:‘南冠而絷者,谁也?’有司对曰:‘郑人所献楚囚也。’”后以“南冠”、“楚囚”为囚徒的代称。

江楼感旧

独上江楼思渺然,月光如水水如天。
同来望月人何处?风景依稀似去年。

这是晚唐诗人赵嘏(gǔ 古)的一首著名的七言绝句。诗题亦作《江楼旧感》、《江楼感怀》。第一句意谓在夜静月明的时刻,诗人独自登上江边小楼,情思“渺然”。“渺然”是辽远无际的意思。为什么有这样的情思呢?先不作交代,以引起读者的悬念。第二句转过笔头素抹淡描,点染登楼后所见的景色:“月光如水水如天。”这一句的含义是:轻柔如水的月光,铺洒在微波荡漾的江面,但见整个江面都在熠熠闪动,天空与江面融合无间,分不清哪是月色、哪是水光。随着阵阵晚风,湛蓝的天空在江波中晃动,皎洁的明月在浪涛里显影,似乎水天江月合而为一,真不知是江流天上,还是天在江中。这一句,诗人以两个“如”字,配合两个“水”字,巧妙地运用了叠字回环的技巧,创造性地描写了从江边楼上见到的浩瀚无际的夜景,可谓千古绝唱。梁元帝萧绎的“澄江涵皓月,水影若浮天”(《望江中月影》),怎敌得这一句自然,清丽,情味隽永!苏轼的“白露横江,水光接天”(《前赤壁赋》),很可能从这一句受到启示。将这一句和第一句联系起来就不难察觉,这里所写的水天江月合而为一的景色是与诗人的主观感情交融在一起的。这是景中寓情,是诗人的“渺然”情思和客观景物相融合而形成的一幅有立体感的艺术图画。

诗的三、四句,紧接一、二句。第三句“同来望月人何处”是一个感叹性的反问句,第四句“风景依稀似去年”似乎是回答。“同来”与“独上”相呼应,“去年”与今夜相对比。诗人忆及去年在此结伴望月的欢快,更感到今夜独上江楼的凄清。清人施补华说七绝的第三句很重要,是“转柁处”(《岘佣说诗》)。此诗的第三句不仅点明了《江楼感旧》的主题,而且为读者道破了“思渺然”的缘由。“渺然”是辽远无际,带有无着落的意思。原来诗人一直怀念着去年同来望月的人,却不知那人已沦落何方,也无从打听消息。他今夜重来江边,登上去年与那人一起望月的小楼,可能正是受这种怀人之思的驱使，借探寻过去的游踪，以慰自己孤寂的心灵。因而我们认为第二句写登楼所见的风光，那是景中有情，情与景合，艺术地表现了诗人浩瀚无际的怀人之思的。而第三句则揭示了前二句所蕴含的意旨，是全诗的关键所在。第四句似答非答，将依稀可辨的眼前景色与回忆中的去年与那人同来望月时所见的景色联系起来，以风景不殊、月色无异、江天依旧，来反衬伊人已杳如黄鹤，从而深化了主题，更加重了诗人的"渺然"情思。

综观全诗，诗人以淡雅洗练的语言描绘了一幅月夜登江楼赏景图，并将自己浩茫无际的怀人之思渗透于其中。真可谓"诗中有画"，"画中有诗"，意中有境，境中有意。俞陛云在《诗境浅说续编》中评此诗说："唐人绝句，有刻意经营者，有天然成章者。此诗水到渠成，二十八字，一气写出。月明此夜，风景当年，后人之抚今追昔者，不能外此。"这是有见地的。

至于那位使诗人苦苦思念着的曾于去年相伴望月的人，是男还是女，是诗人的情侣还是亲友，他何以离去而下落不明……诗中都未露端倪。这就留给读者以广泛想象的余地。这首绝句可谓"句绝而意不绝"（元杨载《诗法家数》），言有尽而意无穷。

（方永耀）

罗隐

西施

家国兴亡自有时，吴人何苦怨西施。
西施若解倾吴国，越国亡来又是谁？

苏东坡说："诗以奇趣为宗，反常合道为趣。"（《诗人玉屑》卷一〇引）诗的结构与立意，不落俗套，而能"反常合道"，是诗作成功的技法之一。所谓"反常"，是指背离习俗，语奇而意新。这近乎德国戏剧家布莱希特所说的，让读者在"陌生化"中产生出意外的惊愕，接受诗意的审美快感。

罗隐这首诗，运用了异常的联想，新辟诗意。本来，按《吴越春秋》记载，越王是利用吴王夫差好色的弱点，选西施献给吴王，最后使吴亡国。诗人们多据此抒写诗篇。李白诗曰："勾践征绝艳，扬蛾入吴关。提携馆娃宫，杳渺讵可攀。一破夫差国，千秋竟不还。"（《西施》）五代的卢注，也有咏诗："惆怅兴亡系绮罗，世人犹自选青蛾。越王解破夫差国，一个西施已是多。"（《西施》）这类作品，都本传统说法，叙述西施灭吴。罗隐这首诗，以敏锐的感受力和观察力，一反世俗见解，采用"反常合道"的陌生化手法，写出新颖动人的诗篇。

"家国兴亡自有时，吴人何苦怨西施"两句，表明自己的见解与常理违背，认为"国家兴亡"，自有其客观的诸多因素，非西施一个弱女子所应负责！因而他责问"吴人"：何必把亡国的罪名推到西施一人的身上呢？"何苦"是"何必"之意，是诗意转变的关键词语，用反诘的口气说明吴人把亡国的原因归咎于西施是错误的。因而"何苦"一词在这一句诗里，起到了去俗出新的作用。"西施若解倾吴国，越国亡来又是谁？"又一出奇的联想，运用主观推理方式创造诗境。意思是说，假若西施真的能倾覆吴国的话，那么，越王不宠幸女色，后来越国灭亡又是谁的过错呢？这是诗人用逻辑推理方式反诘，在与常理相背中生出灵趣。

这首诗，明写西施，实际上是诗人通过诗歌的艺术形式，借助咏史，阐明自己的历史观。他故作翻案语，驳斥历史上西施亡吴的记载，强调国家兴亡自有其客观的政治、经济原因，反对把亡国的历史责任强加在西施身上。诗中的意趣就在于诗人采用"陌生化"的手法，对历史进行推理之后，提出自己的主观认定，他的理由虽然也似是而非，但对于西施已作出新的评论。罗隐观照下的西施，以新的面貌出现于历史舞台，令人回味。（唐玲玲）

皮日休

橡媪叹

秋深橡子熟，散落榛芜岗。
伛偻黄发媪，拾之践晨霜。
移时始盈掬，尽日方满筐。
几曝复几蒸，用作三冬粮。
山前有熟稻，紫穗袭人香。
细获又精舂，粒粒如玉珰。
持之纳于官，私室无仓箱。
如何一石余，只作五斗量？
狡吏不畏刑，贪官不避赃。
农时作私债，农毕归官仓。
自冬及于春，橡实诳饥肠。
吾闻田成子，诈仁犹自王。
吁嗟逢橡媪，不觉泪沾裳。

这诗是诗人的大型组诗《正乐府》十首之二。《正乐府》是继元结《系乐府》、白居易《新乐府》之后的一组反映现实、批判现实的讽喻诗。它的目的是要使统治者"知国之利弊，民之休戚"，"闻之足以劝乎功"，"闻之足以戒乎政"的。全诗通过鲜明的对比手法，对"橡媪"这一典型形象进行具体细致的刻画，揭示出以黄巢为代表的唐末农民起义前夕的残酷现实。点面结合，逐层剖析，用质朴的语言，强烈的感情，把当时阶级压迫、阶级对立的形势，形象地表现出来，令人扼腕，催人泪下，便是这首诗作的强大艺术生命力之所在。

从首句至“用作三冬粮”为第一段，写“橡媪”在饥饿线上挣扎的艰苦生活。一、二句点出时间是“深秋”，橡子散落在荆棘丛生的山冈上，说明把橡子拾起来不是一件容易的事，为下文的“移时始盈掬”两句作了很好的铺垫。三、四句着重刻画“橡媪”的外貌。她躬着被生活的担子压得“伛偻”了的背脊，披着几缕稀疏的“黄发”，在凛冽的“晨霜”中，打着趔趄爬上荒芜的山冈，没精打采地拾取“散落”在地上的橡子。这么一幅龙钟的老态，自然要赢得广大读者的深切同情的。五、六句说明橡子变成粮食，要经过“几曝复几蒸”的艰苦过程，进一步说明橡子的得来不易。展现在读者眼前的这幅“老媪犯霜入山拾橡图”，怎能不激起读者强烈的同情心呢？这是点，是当时社会生活的一角。那么，作为面的广大农村又怎么样呢？作者通过“山前有熟稻”一段十四句的叙述，描绘了整个农村的凋敝情景，给读者留下了极其深刻的印象。它的前四句，极力渲染了丰收的喜人场面：新稻初熟，紫穗飘香，细收精舂，粒粒都像玉制的耳坠似的晶莹透亮。说明农民是辛勤的，收成是很好的，但广大农民为什么还要用“橡实”来“诳饥肠”呢？诗人为我们艺术地概括出三个根本原因：一是官府的横征暴敛，农民的劳动果实全部“纳于官”了，而“私室”却“室如悬磬”了；二是“狡吏”的乘机勒索，置国家的法令于不顾，“一石”多粮食，“只作五斗量”了；三是“贪官”们敲骨吸髓，大放“私债”，到了秋收的时候，便把粮食全部收入“官仓”。这样一来，农民便没有活路了，只好长年累月，靠“橡实”来维持生命了。它使我们很容易想起白居易的“剥我身上帛，夺我口中粟，虐人害物即豺狼，何必钩爪锯牙食人肉”(《杜陵叟》)的控诉来。这是面，是当时整个农村的写照。诗人就是通过这样的点面结合，前后对比，把自己对统治者的满腔愤怒，对农民的深切同情，生动形象地表现出来，在读者心中引起强烈的共鸣，从而取得感人至深的艺术效果的。末段四句，是诗人在愤怒的控诉之后，所发出的深沉的叹息。他希望统治阶级采取一些改良的办法，来缓和一下日益激化的阶级矛盾。他举出春秋时代齐国新兴地主阶级的代表人物田成子，为了赢得人民的支持，达到夺取政权的目的，曾经假仁假义地用大斗出、小斗进的办法来收买人心，以与“如何一石余，只作五斗量”形成鲜明的对比。说明当时的统治者连假仁假义这块遮羞布也丢掉了，赤裸裸地去盘剥农民，压榨农民，连那个值得诅咒的田成子也不如了。面对这么血淋淋的现实，一切有良心的人，谁不为之“泪沾裳”呢？诗人正是通过这么生动的形象，鲜明的对比，朴质的语言，激切的感情，来揭露那个吃人的社会的。其批判的深度和力度，与白居易《新乐府》中的一些讽喻诗是异曲而同工的。　　(羊春秋)

陆龟蒙

新　沙

渤澥声中涨小堤，官家知后海鸥知。

蓬莱有路教人到，应亦年年税紫芝。

题曰“新沙”，指新涨起的沙洲。这块沙洲是怎样来的呢？诗的第一句作了交代：“渤澥声中涨小堤。”“渤澥”，海的别称。原来这块“新沙”，是海潮时涨时落，在海浪日夜淘洗拍击声中，年复一年逐渐涨积起来的，而且是不显眼的一小块。逃亡的农民发现了这块小小的无主之地，便在这里安了家，开垦耕耘它。土是沙土，又多斥卤，即使耕耘了，又能有多少收成呢？又加海潮难测，说不定什么时候巨潮突来，会连新沙都吞掉，劳动果实可能化为乌有。这一层意思诗中虽然没有写，但读者通过第一句所展示的形象和第二句提供的信息却是可以体察到的。这样僻远的地方，这样一小块从不被人知的“新沙”，按道理发现它的，首先应该是整天在海上飞行，并以海滩为家的海鸥。可事实却恰恰相反：“官家知后海鸥知。”遥离此地的“官家”首先知道了，海鸥竟落在了官家的后边。这就有力地讥刺了“官家”剥削触觉之无孔不入。征收租税和催逼劳役，是封建官府考核官吏政绩的重要内容。地方官为讨好上司，花样繁多地榨取农民，连偏僻海隅一块新淤成的小小沙洲也不放过，则王朝赋网之密，田租之苛不言而喻。接下去的三、四两句进一步讽刺官府的贪婪：“蓬莱有路教人到，应亦年年税紫芝。”蓬莱山乃传说中的仙山，本是“烟涛微茫信难求”的地方，山上出产的当然也不是粮食丝麻，而是只有仙人吃的紫芝（灵芝的一种）。如果蓬莱仙境真的存在，又有路可通，人迹可到，那么官府便会到那里向仙人征收紫芝以充官税的。

此诗的基本艺术特点是运用讽刺笔法，先用反常的夸张造成强烈的讽刺效果，然后紧接着又把讽刺之笔延伸开来，延伸到一个假定的世界中去，只要有可能，官府连神仙都要压榨，何况人间百姓。讽刺笔墨何等深刻辛辣！（樊维纲）

聂夷中

咏田家

二月卖新丝，五月粜新谷。
医得眼前疮，剜却心头肉。
我愿君王心，化作光明烛。
不照绮罗筵，只照逃亡屋。

作者聂夷中，身当晚唐农民大起义的时代。当时社会各方面矛盾都十分尖锐，但最主要的矛盾是由于封建官府对广大农民实行残酷压榨所激起的农民群众的强烈不满。唐王朝中央政权已腐朽昏暗到顶点，他们一方面自身过着极端奢侈的生活，任意挥霍人民用血汗创造的财富，另一方面又内部矛盾重重，只知争权夺利，根本不管人民的死活。聂夷中出身“孤贫”，人京赴考时的境况是：“在京如在道，日日先鸡起。不离十二街，日行一百里。役役大块上，周朝复秦市。……一日复一日，日日无终始。”（《住京寄同志》）加上他为人耿直，故其为诗，便“多伤俗悯时之作，哀稼穑之艰难”（《唐才子传》）。本诗即其代表作，诗题又作“伤田家”。宋计有功《唐诗纪事》在此题目下另录五言四句一首："父耕原上田，子劚山下荒。六月禾未秀，官家已修仓。"清沈德潜《唐诗别裁》将两者合为一首，认为这是诗人"陈下民苦情"之作，与柳宗元《捕蛇者说》同一作意。

"二月卖新丝，五月粜新谷。"诗开门见山即写出田家之事，不过不是写其劳作之苦与生活之苦（如李绅《悯农》所写），也不是写其受官府催逼、欺压之苦（如白居易《杜陵叟》与《重赋》所写），而是揭示出一个令人费解、感到奇怪的田家问题。怎么二月桑叶刚暴芽，蚕子刚孵化便把当年的丝卖掉了？五月禾苗还在田，尚未出穗扬花，怎么就把当年的谷粜了？"粜（tiào 跳）"，卖谷曰"粜"。原来晚唐统治者，为了满足自己的贪欲，在国库空虚时，便逼迫农民预交田赋。这在当时已成常事，一如中唐宰相陆贽在奏议中所说："蚕事方兴，已输缣税；农功未艾，遽敛谷租。"此诗所写就是这一现实的真实反映，因之看似奇怪，实则不怪，看似令人费解，实则颇易理解。接下去的三、四两句是诗人体会田家之心而表达出的痛怨之情。剜肉补疮，是流行于人民口头的成语，以喻为救眼前之急而忍痛作出某种牺牲。这里稍加变化，用以比喻为应付官府租税之催逼，而不得不忍痛指桑卖丝，指禾卖谷，换得钱来缴租纳税。而"眼前"字、"心头"字，更为形象，含义更为深刻。

诗的前四句，矛盾揭示得如此尖锐，但问题如何解决呢？"我劝君王心，化作光明烛。不照绮罗筵，只照逃亡屋。"从传统的小生产者心态出发，诗人总希望皇帝能在贤臣志士劝诫之下，良心萌发，收敛私欲，救民水火。"不照绮罗筵"，是说不把心思用在吃喝玩乐、听歌看舞上；"只照逃亡屋"，是说把心思用在关心民瘼上。黄巢起义时在位之君是懿宗和僖宗，他们都腐朽透顶，奢侈荒淫到极点，怎么能"化为光明烛"呢？诗人的善良愿望只能以落空告终。

聂夷中此诗选材典型，提炼极精。他不是一般地写农民遭受官府租税催逼之苦，而是抓住预收租税一事，提炼精纯，凝聚为剜"心头肉"、补"眼前疮"，因而就显得思想深了一层，形象也极为鲜明，所谓"洗剥到极净极真"（明胡震亨《唐音癸签》中语），当即指此。

（樊维纲）

来鹄

云

千形万象竟还空，映水藏山片复重。
无限旱苗枯欲尽，悠悠闲处作奇峰。

魏庆之在谈夏云诗时，曾记载这样一段对话："章子厚谪雷州，过小贵州南山寺，有僧奉忠，子厚见之。已而倚槛看云曰：'夏云多奇峰，真善比类。'忠曰：'曾记夏云诗甚奇曰：如峰如火复如绵，飞过微阴落槛前。大地生灵干欲死，不成霖雨谩遮天。'"（《诗人玉屑》卷九）这里所谈论的对夏云的体验与来鹄这首《云》诗的诗意相同。虽写碧空万里的云彩，而造意却在笔墨之外，读者在诗的弦外之音中得丰神韵味，引发仁智互见的共鸣。

来鹄这首绝句，淡淡四行，却将千言万语浓凝在对目前云景的点染之中。开头两句，诗人引导感情没入云景，对云彩的描绘，笔势宏放，把云景写得富有人情意态。“千形万象竟还空”句，诗人写云化成“千形万象”，各种姿态，丰富多彩，变化万千。云彩虽美，却无法满足人们内心的渴望，“竟还空”形象地呈现心灵深处的失落感。紧接着又以“映水藏山片复重”作侧面的烘托，渲染“千形万象”的景象，让大自然的辽阔背景抹下了一笔浓郁的色彩。缤纷的云彩映在水中，隐约地缭绕于山峰之间，片片浮云，有时又汇聚在一起，分而又合，造成一个心物交会的繁复意象，景象十分传神。接着，诗人运用借物寄慨的笔法，进一层点出内心的“竟还空”的症结所在，是在于“无限旱苗枯欲尽”的热切渴望，诗句蕴含着万分焦迫的忧虑，表现一种迫不及待的心境。但是天空中的云却对此毫不领会，乃竟“悠悠闲处作奇峰”，在人们的无限焦虑之中，碧空中的云彩却毫不介意，悠闲自若地化作奇特的峰峦，自我作态。这时候，眼前这奇峰般的夏云，在诗人笔下已被人格化了，它成为影射社会世态的象征物，成为那不顾人民死活的统治者的化身。“无限旱苗枯欲尽”的迫切心境与“悠悠闲处作奇峰”的怡然闲适的心态，形成了强烈的对比。

在“大地生灵干欲死”的灾难临头的情况下，人们多么盼望来一场倾盆大雨！王安石有诗句云：“谁言浮云知进退，才成霖雨便归山。”汪东山有句云：“闲云莫恋山头住，四海苍生正望恩。”陈狷亭有句云：“却怪纷纷频出岫，不曾行雨竟空还。”这些诗所写的，仅仅是主观的一种盼望、急切的情怀，而来鹄这首诗，比其他写夏云的诗所含的意蕴更加深邃，语言更加含蓄，“悠悠闲处作奇峰”，包孕多层意思。一是描写一种悠然的藐视，不以为然的傲视，这更加引爆出人们心灵反抗的狂涛。二是表面读来，似是一句悠然自若的闲句，但却饱含了喷薄欲出的怒火，造成了一种心理上的渗透、交融和重叠，终于从急切的盼望化为愤恨。三是描写得越悠闲，越呈现出诗人的反感，这“悠悠闲处作奇峰”的云，似漠视民艰的酷吏，诗人借题诅咒他。这时候，诗人把丰富的情感外射给云，使云变成有意志有性格的生命体，成为人们咒骂的对象。这样，诗人将千言万语，浓缩在这一对强烈对比的诗句之中，借“无限旱苗枯欲尽”作点染，引导感情没入漫天枯旱的自然境界之中，与“悠悠闲处”的奇峰般的云彩，造成一个心物交会的繁复意象，借物寄慨，描写出一个激情无限的世界，诗味深郁，余韵无穷。

（唐玲玲）

杜荀鹤

山中寡妇

夫因兵死守蓬茅，麻苎衣衫鬓发焦。

桑柘废来犹纳税，田园荒后尚征苗。

时挑野菜和根煮，旋斫生柴带叶烧。

任是深山更深处，也应无计避征徭。

此诗题曰“山中寡妇”，第一句即紧扣题目写寡妇的处境：“夫因兵死”，写寡居之由，见当时是兵荒马乱之时；“守蓬茅”，写家境之穷困，同时暗扣诗题之“山中”。诗作者所生活的晚唐时代，黄巢起义已经失败，唐王朝内部矛盾加剧，中央政权与地方割据势力之间，割据势力相互之间，为了争权夺利，不断进行战争，可以说无处不是战火，无乡不遭兵灾，无家不受兵祸，无人不吃兵苦。作者在其所写《旅泊遇郡中叛乱示同志》一诗中对此有具体描绘：“握手相看谁敢言，军家刀剑在腰边。遍搜宝货无藏处，乱杀平人不怕天。”这“山中寡妇”只不过是遭受兵灾者中的一个代表。第二句是从外形写其寡居生活之艰难：所穿者为“麻苎衣衫”，见衣不足以御寒；其发色焦黄，见年老而营养不良。首联两句是对“山中寡妇”的具体描绘，犹如一幅素描人物画，画面一出现就打动了读者的心，引起同情和关注。为什么寡居老妇如此困苦呢？颔联便承此作了申诉：“桑柘废来犹纳税，田园荒后尚征苗。”桑柘为什么废？田园为什么荒？是寡妇不愿养蚕、不愿种田吗？不是，是因为兵乱。作者在其所写另外的诗中为此作了注脚：“因供寨木无桑柘”（《乱后逢村叟》），“田废春耕犊劳军”（《题所居村舍》）。原来桑柘被乱兵砍去修筑工事了，耕牛也被乱兵宰杀了。虽然如此，可官税却一文不能少——“还似平宁征赋税”（《乱后逢村叟》）。百姓才无蚕可养，无牛可耕，可是孤老无依的寡妇还得去纳桑蚕税，缴青苗钱（唐代宗广德二年起加征青苗钱）。一“犹”字，一“尚”字，写出了官府的蛮不讲理和残酷无情。这两句是写当时的大背景，是普遍现象，在在有之。颈联紧承“守蓬茅”写寡妇的日常生计：“时挑野菜和根煮，旋斫生柴带叶烧。”“时”，时时。“旋”，随即。二字不要轻易放过。寡妇要临时剜野菜充肠，临时砍青柴来烧。一“时”、一“旋”，说明寡妇家中经常无隔夜之米，无一捆现成干柴。“和根”、“带叶”，说明所能剜到的野菜、所能砍到的青柴数量极其有限，故如此珍惜用之。然而就是这样一位孤苦无依，少吃缺烧，逃到深山最深之处的孤寡老妇，也无法逃脱官府的剥削之网，“任是”、“也应”这两个关联词语紧相呼应，把官府的凶残无情，受害百姓之藏躲无地，表现得淋漓尽致。

杜荀鹤善于以近体诗的形式（特别是律诗）和通俗易懂的语言来讽时刺世，这对新乐府运动是一个发展，本诗即其代表作。全诗句句紧扣诗题，把具体与普遍、个别与一般相结合，如首联和颈联写寡妇的具体情况，颔联和尾联则写寡妇所处的大环境，二者互相交错。诗中还注意运用加强语气的词语来强化艺术效果及感染力，使人感到官府的剥削触角无处不在，从而增强了读者对寡妇的同情和对官府的痛恨。

（樊维纲）

乱后逢村叟

经乱衰翁居破村，村中何事不伤魂。

因供寨木无桑柘，为点乡兵绝子孙。

还似平宁征赋税，未尝州县略安存。

至今鸡犬皆星散，日落前山独倚门。

此题一作《时世行》，是一首描写人民战后离乱困苦生活的七言律诗。唐朝末年，干戈四起，战祸频仍，民生凋敝，军阀之间的连年征伐，封建统治者的横征暴敛，造成“四海十年人杀尽”（《哭贝韬》），“山中鸟雀共民愁”（《山中对雪》）的悲惨局面，给人民带来了深重灾难。这首诗就是通过一位独居破村、饱经战乱的孤苦老人的申诉，形象地揭示了这一惨不忍睹的现实，抒发了对被压迫人民的满腔同情。

首联是总括式说明诗的起因。诗人在历经战乱洗劫的一个破旧荒凉的村子里，遇见一位形容枯槁、形单影只的老人。虽素昧平生，但窘迫的生活使得老人禁不住要对萍水相逢的诗人倾吐心中郁结的愤懑与悲辛。老翁何故而“衰”，村庄为何而“破”，村中何事令人“伤魂”，都构成了诗思飞放的诱因，也引发了读者的艺术期待。

颔联和颈联是老人诉说自己在战乱中的不幸遭遇和凄惨境况。从徭役、兵差、赋税、老无所养四个方面，具体展示了统治者的罪恶与乡民的不幸。你看，为了供应修筑营寨的木料，把村里的桑树、柘树都砍光了；因为官府征民当兵，老人的儿孙全都死于兵燹之灾；而且，在这民不堪命的战乱之中，地方官吏还要像平常一样征收赋税；纵使像老人这样的孤苦无依、余生难熬的衰翁，也丝毫得不到任何安抚存恤。这也就正面揭示了首联中翁衰、村破、“伤魂”的所以然之故。

尾联则是以痛苦的回忆回复到眼前的现实：到如今，这位栖身破村的老人，家破人亡，鸡犬星散，独守破屋，倚门出神。薄暮的残阳在前山留下最后一道余晖，似乎在告诉世人：这位凄楚如许的老人靠什么来度过残生呢？苍天有眼，黎民无路，哪里才是苦难的尽头呢？读至此，我们仿佛看到一位被战乱折磨得瘦骨嶙峋的孤独老人，时而仰天长叹，时而抖须顿足，正老泪纵横地诉说着自己的不幸与悲愤，其凄苦与哀怨之情可以感天地，泣鬼神，不由得你不与之感情共鸣，心弦共振。这是一个衰翁的悲剧，也是当时广大劳动人民悲惨生活的缩影。作者的笔下，有筋力衰微的老翁形象，也有颜色憔悴的寡妇形象。如《山中寡妇》一诗，与《乱后逢村叟》一样，都高度地概括了当时的社会现实。

杜荀鹤的诗植根于生活，有着较强的社会意义。他继承了杜甫、白居易的现实主义创作方法，发扬其爱国爱民的优良传统。“言论关时务，篇章见国风”（《秋日山中》），素以针砭时事、多主箴刺见长，这首诗也鲜明地体现了这一特色。诗人通过村叟的身之所历、目之所见及口之所述，向读者展示了一幅离乱残破的村落图景，老人如泣如诉的申述，有如从断墙残壁、硝烟白骨中传来的缕缕哀音，在一抹夕阳的衬映下倍添凄婉。作者的哀婉与悲戚、同情与愤懑也就流注笔端，产生醍醐灌顶之艺术功效。在结构方式上，该诗亦自有细微精巧之处。全诗以村叟申述的方式落笔，让读者同诗人一道倾听村叟的不幸遭遇，字字句句“沛然从肺腑中流出”（惠洪《冷斋夜话》）。人物的命运与凋敝的现实经纬交织，首尾呼应；全诗的语言浅近通俗，平易晓畅。这使刺世的题旨在淡泊中显凝重，在平白中见深沉，诗人“未能忘救物”（《自叙》）的心曲，也就艺术地融贯于冷峻的诗美之中。（孟进厚）

再经胡城县

去岁曾经此县城，县民无口不冤声。
今来县宰加朱绂，便是生灵血染成。

杜荀鹤生当唐末至五代后梁时期，由于他出身于中下层社会（一说为杜牧妾出季子），对当时军阀混战局面下的社会矛盾和人民的惨痛遭遇有较为深切的感受，因此在他的《唐风集》里留下了不少反映社会黑暗现实的诗作。这首七言绝句寥寥数语，自然而朴素，然而却揭示出在封建专制社会里一个带有相当普遍性的规律：一些封建官僚之所以官运亨通，并不是靠出色的政绩，而是依靠钻营拍马逢迎上司，至于老百姓的死活冤屈他们是不管的。

这首诗的构思比较巧妙。诗的题目是“再经胡城县”，那当然就会有“初经”。诗人把“初经”时县民的怨声载道与“再经”时县宰的受到奖赏放到一块来写，形成强烈而鲜明的对比。写“去岁”路过胡城县时，是从县民一方落墨，没有写县宰，只是说“县民无口不冤声”，但这已足以让读者深切感到这个县的吏治黑暗败坏到了何等严重的程度，县城的长官一定是个不问青红皂白只知敲剥百姓的“酷吏”。按照“多行不义必自毙”的说法，善有善报，恶有恶报，这种酷吏肯定会受到应得的惩罚，很快就会被撤职查办的。这是读者正常的预期心理，所以写“今来”时写到县宰就很自然地触及到了读者的关切点。然而，这一句的末尾却令人意想不到地道出了“加朱绂”三个字，大大出人意料之外，也出于情理之外、逻辑之外。“朱绂”，是红色的丝带，用以系官印，以奖励慰勉那些政绩突出、治民有方的官员，是一种较高的荣誉奖赏。把这种荣耀颁赐给暴戾恣睢、残民以逞的酷吏，真是十足的荒诞。然而正是通过这种荒诞，让读者领悟到在这个世界上哪里有什么正义可讲，哪里有什么赏善罚恶“贤贤贱不肖”的圣君贤相！

通过这首诗，也可以反映唐末五代时期的政治状况之一斑。当时大唐王朝已失去了对地方的驾驭能力，各地由割据称雄的节度使控制。这些军阀大都是信奉武力至上的赳赳武夫，根本不懂什么“民可载舟，亦可覆舟”的道理，也不会讲什么“使民以时”，对人民的剥削有所克制；只知道一味地横征暴敛，以扩张自己在军阀混战中的实力。因此，在这些节度使任命的官吏中，谁能从百姓手中搜刮更多的东西，谁就是有能力有本事的好官。无疑，胡城县宰就是这种“有本事”的官吏，所以上级要对他大加褒奖。至于县民的冤声，对不起，自古以来中国的统治阶级就听不到也不会听人民的声音，官僚们只对上级负责，没人理会下层百姓的苦痛。

这首诗指斥时政一针见血，似乎突破了所谓“温柔敦厚”的含蓄风格，但仍有其突出的艺术特色。县宰的“朱绂”是红色的，县民们无辜的鲜血也是红色的，诗人把这两种颜色相同而性质迥异的事物联系在一起，具有动人心魄的艺术感染力。后来有人形容清朝贪酷官吏的红顶子是用百姓的鲜血染成的，大概是受此启发。自古道，“一将功成万骨枯”，是说武将的，其实文官又何尝不是如此？县宰的“朱绂”就是用百姓的鲜血染成的！这是对封建专制统治者的罪恶多么强烈的控诉和深刻的揭露！

（张大同）

崔道融

西施滩

宰嚭亡吴国，西施陷恶名。
浣沙春水急，似有不平声。

西施灭吴的传说，街谈巷议，妇孺皆晓。这首诗，与罗隐的《西施》诗一样，诗意翻新，不过罗隐诗侧重推理，这首诗侧重抒情。

题目为《西施滩》，很明显，诗人借地名以咏史抒怀。西施滩在浙江省诸暨县南的苎罗山下浣江旁，江旁有石，传说是当年西施浣纱处，因而后来名为“西施滩”。上联“宰嚭亡吴国，西施陷恶名”句，已表达出诗人对历史的思考一反世人常则。人们往往把吴国的灭亡归罪于宰相伯嚭接受越国贿赂，容纳越国送来的美女西施，也因此西施在历史上被诬陷为灭吴的罪魁祸首。这并不公平。诗人从澄清史实的角度来描写西施，为西施“陷恶名”而鸣冤。下联则借助西施滩落笔：“浣沙春水急，似有不平声。”摹景写心，托物起兴，明里写浣沙春水急流远去，实际上“春水急”已点染着浓郁的感情色彩，变成感情的化身，在急流的春水浪声中，似乎可倾听到历史的“不平声”，为西施误国的诬陷罪名昭雪。诗人灵思独运，让不平之意在春水急流中托出，意外地造成了鲜明而深刻的印象。一个寻常的“急”字，却象征历史的陈迹、时光的流逝以及不平之声的急迫气氛，包藏着丰富的历史内容和时代的色彩，使深厚的感情隐隐地没入春水流急之中，激起了一种低回悠久的韵味。西施滩湍急的水声，在读者面前展现了一个空阔的宇宙空间，当心灵的不平声扩展到无限的时间和空间时，这种时空的交感，借“春水急”的实感性的美，引出对历史人物的浩然慨叹！西施滩上的不平声，显得放逸沉着，含思婉转，构成一种感悟性的意境。在唐人五绝中，不失为一篇佳作。

(唐玲玲)

秦韬玉

贫　女

蓬门未识绮罗香，拟托良媒益自伤。
谁爱风流高格调，共怜时世俭梳妆。
敢将十指夸针巧，不把双眉斗画长。
苦恨年年压金线，为他人作嫁衣裳。

读完这首诗，一种沉郁悲愤之情就从心头油然而生，特别是"苦恨年年压金线，为他人作嫁衣裳"这千古名句，更是让人感叹不已。

这首诗直抒胸臆，强烈地抒发了贫女无限深切的抑郁、哀怨和悲苦之情。

"蓬门未识绮罗香，拟托良媒益自伤。"一开篇，贫女从衣着方面诉说自己的贫苦。"蓬门"是"蓬门中人"的省略语。"蓬门"就是用杂草、树枝等做成的门户。穷人家的女子与绫罗绸缎根本无缘，不知这些高级衣料的美妙香泽。只这么一句，就把贫女贫困不堪的生活境况突现出来。自己破衣敝服，虽已到了待嫁之年却门庭凄寂，无人关心，岁月如流，华年易逝，为了不致误却终身，本拟托人说媒，每念及此，心中就倍添感伤。

为什么呢？"谁爱风流高格调，共怜时世俭梳妆。"这一联感叹世风浇薄。如今高尚的情操、纯洁的格调受到世俗的白眼；而时髦的打扮、奇形怪状的装束，却形成一种风气潮流。"俭"通"险"，有怪诞奇巧之义。在这里，"风流高格调"和"时世俭梳妆"对比鲜明，"谁爱"、"共怜"句首动词前后配合，一气贯注，且以反诘的句式说出，增加了感情的冲击和感染力量。

"敢将十指夸针巧，不把双眉斗画长。"如果说上一联的感喟有一种无可奈何的意绪，那么，这一联则流露出一种自重自豪之感。自己针线手艺精湛，敢以灵巧的劳动双手与人争胜，而不屑于一味在衣着打扮方面竞艳斗巧，把双眉描得长长的，去迎合流俗，取悦他人。两句一正一反，表明自身只靠实实在在的才能和内质之优，不追求表层形式的矫揉造作之美。正由于如此，自己沦入了一个可叹的处境。

"苦恨年年压金线，为他人作嫁衣裳。""压金线"是指用金线绣花，这是刺绣的一种手艺。这一联是说：虽然自己"敢将十指夸针巧"，但还是不能改变自己苦难的命运，日复一日，年复一年，自己灵巧的双手只能为别人做着华丽的嫁衣，而自己呢？前程渺茫，归宿何在，这真是苦恨无边啊！

贫女的这一番血泪交迸的话语，多么令人心灵震颤！也许贫困永远伴随着她，也许绮罗、婚姻、幸福永远与她无缘，也许她这一生都要像现在这样为别人做嫁衣……此诗带给人们的联想是丰富的，更是凄凉的。秦韬玉诗以七律见长，《全唐诗》存其诗三十六首，《贫女》一诗最为有名，流传最广。作者以贫女的口吻，通过内心独白的方式来抒发感情，让人感到如闻其声，如见其面，亲切而又直接。这首诗韵味深沉，语言不事雕琢，质朴而又率直，完全符合贫女的口吻和性格，尤其结尾一句"为他人作嫁衣裳"，如同秋风长笛，绵绵幽怨，字字酸辛，让人为之动容！其内涵深邃，包含着十分丰富的社会内容和人生感慨，千百年来传诵万口，变为成语，可见其影响之大。

沈德潜说此诗"语语为贫士写照"(《唐诗别裁》卷一六)。秦韬玉曾应进士不第，后从僖宗避乱到四川，在宦官田令孜府中当幕僚，田荐他做工部侍郎，特赐进士及第。这首诗很可能是他在做幕僚时写下的，通过贫女之口曲折含蓄地表达自己郁郁不得志的愁苦情怀。既写了自己出身寒微、举荐无人的苦闷和伤感，又写了自己不迎合流俗、志行高洁的品格，更抒发了自身年年岁岁为人奔忙，怀才不遇，不为世所用的悲怆感慨！近人俞陛云在《诗境浅说》中说："此篇语语皆贫女自伤，而实

为贫士不遇者写牢愁抑塞之怀。”这是很有道理的。 （刘希全）

贯休

公子行

锦衣鲜华手擎鹘，闲行气貌多轻忽。
稼穑艰难总不知，五帝三皇是何物！

晚唐诗僧贯休的这首《公子行》，又有题作《少年行》的。不过，我们认为作《公子行》为是。因为《公子行》篇题正与诗的内容契合。而《少年行》在唐诗中大都用来表现少年游侠和有志男儿的理想抱负，充满了积极进取的精神，如王维、令狐楚的《少年行》等，均属此类。因此，我们认为《唐诗纪事》称贯休的这首诗为《公子行》是有道理的。唐代末年，政治腐败，法度废弛，贵族阶层的纨绔子弟越发依仗权势，游手好闲，为所欲为，贯休的这首《公子行》正是针对这样的社会现实有感而发的。

“锦衣鲜华手擎鹘，闲行气貌多轻忽。”诗一落笔作者就以简洁轻灵的笔调，描绘出一幅公子哥们浪荡街头盛气凌人的丑态。你看，他穿着锦缎的衣服，华丽无比，手上还擎着一只鹘（hú 壶，即鹰隼，一种凶猛的鸟），优哉悠战地在街上闲逛。那举止、气貌、神态是何等的轻狂、骄纵，趾高气扬。作者虽未写周围的环境和气氛，但那“鼻息干虹蜺，行人皆怵惕”（李白《古风》其二十四）的场面已浮现在人们的联想之中。写人物，最能表现特征的就是人物的服饰、动作、气貌和神态。诗人仅用了十四个字，就把这一切刻画得形神兼备，活灵活现。看似轻描淡写，实则入木三分。使读者仿佛看到那浪荡公子洋洋自得、盛气凌人的丑态，给人以强烈的现场感。

如果说开篇两句尚属客观写实的话，那么后两句就包含着诗人深沉的感触了。“稼穑艰难总不知，五帝三皇是何物！”紧承上句而来，把笔触深入到人物的内心世界。这些公子哥们虽然衣着华丽，脑满肠肥，但他们懒惰成性，不学无术。既不知稼穑之艰难，更不懂五帝三皇的历史。读着这些诗句，人们不难联想到“金玉其外，败絮其中”的成语。它具有极强的批判力和讽刺力。这首诗是贯休在蜀中所作，据说有一天蜀王王建令贯休朗读他的近作，当时许多贵戚在场，贯休便把这首《公子行》读给他们听，贵戚们由此对他恨之入骨。

犀利的讽刺与鲜明的对比，是本诗艺术上的最大特色。诗的起笔欲擒故纵，用似乎赞叹的口气简笔勾画了一幅浪荡公子的游乐图，接着笔锋一转，用讽刺的口吻指出他们的寄生性和灵魂的空虚性，大胆泼辣，锋芒直露，给人以痛快淋漓之感。正如吴融所称道的，贯休的诗“其旨归必合于道”（《禅月集序》）。

（卢夫伟　李　巍）

题某公宅

宅成天下借图看，始笑平生眼力悭。

地占百湾多是水，楼无一面不当山。
荷深似入苕溪路，石怪疑行雁荡间。
只恐中原方鼎沸，天心未遣主人闲！

唐代末年，拥兵的军阀各据一方，战乱不休。中原一带更是各路军阀垂涎之地，生灵涂炭，民不堪扰。而手握重权的大官们仍旧不惜代价，营建他们的豪华住宅。此时，唐初君臣念念不忘的亡隋之鉴早已被抛在一边，腐朽的统治者正开足马力在亡隋的旧辙上不顾死活地奔驰。唐末诗僧贯休的这首《题某公宅》正是有感于此而作的。

“宅成天下借图看，始笑平生眼力悭。”首联两句开篇入题，不蔓不枝。诗题是《题某公宅》，所以落笔就是一个“宅”字，十分醒目而又自然。但诗人并不正面去写这刚刚落成的宅第是怎样的豪华、阔气，而是着眼于宅舍建成后在社会上引起的反应，以虚笔出之。意思是说：某大人家的住宅建成之后，天下人都竞相索借宅子的图纸来欣赏，看后纷纷叹息自己眼界狭小，这一回总算见了世面。因为，许多远在外地的人还不能亲见这阔气考究的宅舍，故只能闻名看图而一饱眼福。这宅舍规模的庞大，建筑的豪华，设计的精巧，环境的幽雅，也就尽在不言之中了。而且这借图观赏以开眼界的分明是地北天南的“天下之人”，这就说明这宅舍的豪华足以耸动四海了。看到图纸竟能如此令人大开眼界，亲临其境者又该如何呢？

诗歌是高度凝练的语言艺术。它以简约的文字感染读者，引起读者丰富的想象。一首诗能否体现诗歌这一最本质的特征，很大程度上取决于它的艺术选材角度，就这首七律而言，偌大的一处宅院，可写者甚多。一亭一阁，一梁一柱，一花一石，一窗一棂，从这些琐碎的物象落笔，都不能很好地振起全诗，律诗有限的文字要求诗人必须在艺术选材角度上找出路。于是就从大处落笔取材，在中间两联向读者展示了一幅豪华优雅的贵族宅第图。“地占百湾多是水，楼无一面不当山。荷深似入苕溪路，石怪疑行雁荡间。”诗着重写宅舍内外的环境。那漂亮的宅子建在有着弯曲河流的优雅环境中，站在高楼上四面都可以眺望远山。宅内池塘中荷花盛开，其幽深好似行走在两岸飘浮着色如白雪的苕花的苕溪（在浙江省，发源于天目山）；宅内的假山石嶙峋险怪，使人疑心自己是否身在雁荡山中（雁荡山为浙江著名风景区，以山石险峭著名）。在这里，“地占”两句写宅第规模之大，面积之广，楼台之高，完全是从大处落笔。“荷深”、“石怪”写宅第的内部环境，绿荷丛生，怪石嶙峋。这里傍水面山，楼阁巍峨，假山荷池相映成趣，画面的层次如此丰富，中国古典园林建筑的妙境得到了绝好的表现。

诗写到这里，人们自然会想，这豪华阔气的宅院，如果建于太平盛世，倒也不会那么引人注目，但当时的唐朝已是满目疮痍了。在这样的背景下，身居高位的达官贵人仍旧不惜重金，营建阔宅，这与战乱如麻的现实、岌岌可危的国势多么的不和谐！所以诗人愤慨地写道：“只恐中原方鼎沸，天心未遣主人闲！”意思是说：房子可真不错啊，只可惜现在中原一带乱得像开了锅，老天爷怕不让房主人安闲地享受清福吧。语含讥讽，揭露社会时弊的笔锋在此露颖。

在艺术表现方面，除了上文提到的开篇选取角度的成功之外，大开大阖，对比鲜明，也是本诗一个显著的特色。诗的起笔写宅成之后，普天下之人为能看到图纸而自我满足的心理，给读者留下丰富想象的余地。中间两联极写宅第环境的优雅，给人以身临其境之感。作者这样写，正是为了使结句收到更为强烈的批判效果。一面是富丽堂皇的宅第，一面是战乱如麻，民怨鼎沸的现实。两者形成了极其鲜明的对照。中间两联越是写得饱满，结句就越有批判力量。全诗章法严谨，给人以密不透风之感。开篇虚着一笔，启人联想。中间两联紧承首句，从远近两个角度勾画环境。结句重笔直抒胸臆，与颔、颈两联形成鲜明对比，饱含讥讽，中国古典诗歌"卒章显其志"的传统得到了成功的运用。"宅成"、"始笑"、"只恐"、"未遣"等表示承接和转折关系词语的运用，更给人以首尾贯通、浑然天成之感。"鼎沸"则融进了那动荡的历史，具有极强的艺术概括力。所有这些，构成了贯休这首《题某公宅》为历代读者所喜爱的重要原因。（卢夫伟　李　巍）

郑　遨

富贵曲

美人梳洗时，满头间珠翠。
岂知两片云，戴却数乡税。

这首小诗仅仅二十字，却揭示了封建社会中的基本矛盾，那就是：富贵人家的奢侈豪华是剥削广大穷苦百姓的结果。单看前两句，似乎平淡无奇，但后两句一出，则全诗意蕴大为深化和拓展。由美人头上的"珠翠"进而联想到广大穷苦百姓的租税，这一方面显示了美人头上"珠翠"的十分昂贵；另一方面，则表明这满头的"珠翠"是"数乡"百姓的赋税换来的，是广大百姓的血汗铸成的。这就深刻地揭示了封建权贵们残酷剥削、压榨广大劳苦百姓这一重大矛盾，激起人们对封建剥削的不满。白居易《买花》诗："一丛深色花，十户中人赋。"李贺《老夫采玉歌》云："采玉采玉须水碧，琢作步摇徒好色。"这些诗都揭示了封建社会的穷富对立，郑遨的"戴却数乡税"，尤为凝练而警策。

这首小诗在艺术上也很有特色。头两句好似一个正面镜头，画面是一个"美女"在梳妆打扮，后来渐渐"叠印"出了"数乡"百姓交纳租税的情景，然后又可使人的思路由"交税"的场面转向美女的满头"珠翠"。宋代魏庆之曾说郑遨的"相看临远水，独自上孤舟"为"含蓄"之句（《诗人玉屑》卷一〇），这首《富贵曲》亦可当得此"含蓄"之誉。诗人不直说美人的"珠翠"是剥削百姓的血汗，却说那"两片云"（比喻美人的两个发髻）能"戴却数乡税"，让读者深思这"珠翠"和"赋税"的关系。构思巧妙，含义深蕴。宋代尤袤曾举郑遨的《富贵曲》等诗为例，说"郑徵君（郑遨）为诗，皆祛（除去）淫靡，迥绝嚣尘"（《全唐诗话》卷六），诚非虚誉。（徐传武　孙云峻）

王禹偁

村 行

马穿山径菊初黄，信马悠悠野兴长。
万壑有声含晚籁，数峰无语立斜阳。
棠梨叶落胭脂色，荞麦花开白雪香。
何事吟余忽惆怅，村桥原树似吾乡。

宋太宗淳化二年(991)，庐州妖尼道安诬告南唐入宋词臣徐铉。王禹偁方判大理寺，为严格执法，据实抗疏，为徐雪诬，触怒皇帝，将王由开封贬官为商州团练副使。所谓“丹笔方肆直，皇情已见疑”(《吾志》)就是指这件事。他自嘲说：“平生诗句是山水，谪官方知是胜游。”(《听泉》)这期间，他除了写一些关注人民疾苦的诗章，还写了不少歌咏山川风光之作，《村行》是其中出色的一首。

这首工致秀美的风景诗，融入了诗人倦宦游怀故里之思。诗一开头，便透出闲宦闲游的情趣：“马穿山径菊初黄。”人在马背，马儿穿过野菊夹道的山径，“菊初黄”三字，初透出一层深秋山游的野趣。“信马悠悠野兴长”，信马由缰，马既悠然自得，人亦野兴悠长。这一联，表面写四事，实则只写“野兴”一事。为什么？因为让“马穿山径”的是人，贪看“菊初黄”的是人，任马“悠悠”的还是人；写其三事，都是作“野兴”的辅笔；“长”字，正写出无可事事之闲情。商山，当时比较荒僻，团练副使，更是无事可做的闲官，首联便将这一心态透露出来。

颔联紧承信马野游写耳闻目睹的幽美风光，也说明“野兴长”不为无因。“万壑有声含晚籁，数峰无语立斜阳。”独骑入山，观景的角度由下而上，“万壑”写出入山已深，众壑丛叠错落，山中境界沉寂无人，但这里却说“有声”，山泉淙淙，可以想见，秋虫唧唧、晚风簌簌等音响包容无遗；泉声，虫声，风声，奏出了绝妙的天籁仙乐，而这悠长的天籁仙乐，正好反衬出山中静境。下句更写得景情融一，形神兼备。人对山而言，人观山而忘言，山望人而无语，这颇似李白的“相看两不厌，只有敬亭山”(《独坐敬亭山》)，表现出诗人倦尘俗而慕山林之深情，山本不能语，而着一“无语”，着一“立”字，就写得峰峦含情有意，亲切沉默，给人以妙趣横生之感。这句既是实景描绘，又投射了诗人的主观感情。而这一层意思，妙在并不质实，只让读者自去体会，从而达到了“只可意会，不可言诠”的妙境。

颈联进一步写山原之美：“棠梨叶落胭脂色，荞麦花开白雪香。”深秋天寒，棠梨始熟，其叶变为殷红或血色；“三伏”过而始种荞麦，秋深而花盛开。这里有雪白的花儿，大面积如雪铺地；殷红的棠梨叶落，点缀着山头原野，在夕阳的照耀下，其色彩是何等明丽。加之梨在枝头，香飘山野，真是其景喜人，其风芳馨，氛围醉人。见此佳景，怎不使人起田园之思！中两联，取景极美，对仗极工，“万壑”、“数峰”，方位上高下交错，数量上多寡相对；“有声”、“无语”，都将自然物人化，而寂静、喧嚷相反相衬；“晚籁”、“斜阳”都切晚景，而诉诸听觉与视觉则各不同；以下花、叶或“开”或“落”，“色”、“香”互补，红白相间，组成一幅色彩明丽、万象含情的山野秋光图。可说妙笔人化，巧夺天工，不愧名篇佳句。

末联笔锋急转陡收，出人意表。“何事吟余忽惆怅，村桥原树似吾乡。”前写美景，本应是赏心乐事，使人流连忘返，然而这里诗人却陡然猛转，骤生悲愁失落之思，这是为什么呢？一问之后，以答收之。原来这里村落、小桥、原野、树木，与诗人故乡有些仿佛。身在异乡为迁客的诗人不免触景生情，而产生“宦游流落似长沙”、“安得君恩许归去”（《新秋即事》）之想。这就是“忽惆怅”的内蕴。然而本联妙处在于并不将此意说出，而以似含似露的“似故乡”三字收住，从而增加了含蕴不露、耐人品体的余味。

诗人十分推崇杜甫和白居易，有“本与乐天为后进，敢期子美是前身”之句。这诗既得杜甫律诗章法之精妙，又有白居易律句通俗晓畅之遗风；明丽自然，韵格浏亮，情景融会，确能给人以浓郁的美感。（傅秋爽）

惠崇

赠文兆

偶依京寺住，谁复得相寻。
独鹤窥朝讲，邻僧听夜琴。
注瓶沙井远，鸣磬云房深。
久与松梦别，空悬王屋心。

宋初有九位颇有名气的诗僧，惠崇与文兆皆为其一。僧人自有他们的生活世界与心理追求，唱酬赠答亦不免透发出一种特有的释味禅趣，惠崇写赠给文兆的这首五律，自然也是如此。

首联为全诗设下一个既定的环境：“京寺”，即京城（指汴京）的寺院。“偶依京寺住”，说明并非常来、久居之地。僧文兆乃南越（今广东一带）人，大概他一路云游，来到汴京的僧寺，只不过暂时寄住在这里罢了。正因如此，别人想要像往常那样到他的处所去“相寻”，恐怕是难以如愿的。开头两句作一布置，并点明文兆的僧人身份，以下便来描绘文兆在京寺的生活。

颔联“独鹤窥朝讲，邻僧听夜琴”，写讲经与抚琴。“朝（zhāo 昭）讲”，早上讲诵佛经。《禅门清规》：“阖院大众，朝参夕聚。”“朝参”，即指寺院僧众早晨进堂听住持说法，这是一天佛事活动的开始。讲诵经卷的声音虽然惊动了寺院的仙鹤，但它们却不敢公然前去扰乱，有一只胆子大些的也只能在近旁偷偷窥视，这就越发显出讲经时气氛的庄重肃穆。僧文兆做完白天的法事，到了万籁俱寂的夜晚，他又弹起琴来。大约这琴声与僧人的息心净志有某种关系吧，你看那些住在邻近的僧徒都在侧耳细听呢！佛寺本来是清寂之地，夜晚的琴声使它显得更加静谧了。如果拿“邻僧听夜琴”与朝讲的严肃气氛相比照，这“听夜琴”反倒增加了几分幽趣。上面二句写僧人朝夕的禅院生活，以时间为线索，由早写到晚；而颈联“注瓶沙井远，鸣磬云房深”，则从空间环境着笔，由外而到内。“注瓶”，打水。“磬”，佛寺中敲击以集僧的鸣器。僧人吃水要到很远的沙井去挑；他们住在幽深的禅房里，不断传来鸣磬的声音，更显出居处的幽远窈深。

颔、颈二联，诗人把友人在京寺的生活从不同的角度作了真切的描写，末联“久与松梦别，空悬王屋心”，乃直抒其感。“松梦”，一作“松萝”。“梦”字空灵，“萝”字质实，当以“松梦”为佳。“王屋”，指王屋山，在今河南与山西交界处，隋唐以来，不少高人、僧道常栖息于此。这两句意为：你这位游方僧离开王屋山已经很久了，或许对山中那更为惬意的生活也有些怀念吧！结尾照应首联，总束全篇。

宋初九僧皆工于五律，尤其注意锤炼中间四句，此诗亦具有此种特色。它中间两联属对工整精严，运空灵之笔于森然法度之中，并且将京寺生活写得很有意趣，纪昀称赏此诗“中四句幽而不僻”（《瀛奎律髓汇评》）是切当的。（崔海正）

魏　野

失　题

世情冷暖由分别，何必区区较异同。
但得常将红袖拂，也应胜似碧纱笼。

这首诗关涉到一个故事：“寇莱公（准）典陕日，与处士魏野同游僧寺，观览旧游。有留题处，公诗皆用碧纱笼之，至野诗则尘蒙其上，时从行官妓之慧黠者辄以红袖拂之，野顾公笑，因题诗。”（即此诗，见《古今诗话》）这个故事流传颇广，有些诗话记述略有不同，如《续湘山野录》谓，这是魏野与名妓添苏的事，魏野题诗字句亦有小异。碧纱笼诗事，典出五代王定保《唐摭言》。《唐摭言》载王播少时孤贫，寄食扬州惠昭寺，受到冷遇。二十年后，王播自重位出镇扬州，“因访旧游，向之题，已皆碧纱幕其上”，王播深有感慨，题诗有“二十年来尘蒙面，而今始得碧纱笼”之句。这首小诗引用这一事典很有深意和情趣。

世态炎凉，人情冷暖。由于世俗以不同的面孔待人：对上，对下，对贫者，对富者，对布衣平民，对有权有势的达官贵人，各有一副面孔。这种风气也沾染了儒士文林，文章翰墨不以其本身的艺术价值评题高低，而以作者身份论其贵贱，寇诗笼纱，魏诗蒙尘，正是这种势利世风的一种偶然映现。而达人却能看穿世情，齐一贵贱，敝屣轩冕，傲视势利。“世情冷暖由分别，何必区区较异同”，其言切直，其意甚深，说出了一个普遍的社会现象，又提出了应如何处之的问题，体现出超拔世俗的冷峻哲思。魏野是一位“达人”，他“秉心孤高，植性冲淡，视浮荣如脱屣，轻宠利如鸿毛”(《钜鹿东观集·序》),所以当他看到名公巨卿寇准的题诗“皆用碧纱笼之”,而自己的题诗却“尘蒙其上”时,并不在意。秉性聪慧的伎人生怕刺激了魏野,伤了他的自尊心,遂别出心计,“辄以红袖拂之”。殊不知魏野对此类现象司空见惯,处之泰然。然而看到红袖拂诗,也不能不触发感慨,引起遐思,“但得常将红袖拂,也应胜似碧纱笼”——题诗倘能时常受到红粉佳人的珍视,岂不胜过碧纱笼罩之荣!这颇富机趣的诗句,既是自嘲,又是自解,笔端满含幽默的情韵。

此诗前两句朴直却发人深思,后两句融进一个故事又平添了如许诗趣,短小的篇幅之中包蕴了深刻的道理,平朴的语言闪耀着理性的光辉。《玉壶野史》谓魏野诗“但平朴而常不事虚语”,诚然,如若论到它的现实意义,读者也许会各有自己的体会吧!

(崔海正)

书友人屋壁

达人轻禄位,居处傍林泉。
洗砚鱼吞墨,烹茶鹤避烟。
闲惟歌圣代,老不恨流年。
静想闲来者,还应我最偏。

诗题一作《书俞逸人屋壁》。俞逸人,盖指俞太中,余事未详。由诗题观诗意,作者的这位友人俞太中,是一个过着幽居生活的隐士(即逸人),此诗就写友人的隐居生活情趣以及诗人与之灵犀相通的心境。

首联“达人轻禄位,居处傍林泉”点破诗题,统领全诗。“达人”,通达事理的人,此指俞太中。贾谊《鹏鸟赋》:“达人大观兮,物无不可。”达者拔俗,能参透人生,对于一般世俗之人孜孜追逐的名位利禄,自然也就不放在心上;而其居处枕带林泉,也正是理想的去处,因为那里远离尘世的喧嚣,官场的争斗。开端二句勾勒出友人不以世事萦怀、高蹈尘外的所谓“林泉高致”,以下便来具体描绘友人的隐居生活。

颔联“洗砚鱼吞墨,烹茶鹤避烟”极写幽居之趣。隐居生活萧散闲逸,写字吟诗、烹茶友鹤之事当是日常的生活内容。这两句就特写了两个典型细节:逸人就泉水洗砚,引动成群的鱼儿来吞饮被墨染黑的水波;隐者点火煎茶,常与他为伴的白鹤耐不住烟火的薰燎而缓缓地退避。林泉的鱼鸟已经成了逸人的老相识,他与这些毫无机心的动物仿佛建立了淳朴的友谊。这两句分承“林泉”二字展开描写,具体而又传神地表现了屋主人清幽闲适的生活情趣。然而,这种清闲自适的隐逸生活毕竟同外在的社会环境和主观的生活态度不可分割,“闲惟歌圣代”,就空间环境着墨。赵宋结束了晚唐五代干戈纷扰的局面,形成了中原的大体统一,建国之初的几十年间社会趋于承平,这为隐者提供了安定的环境;再加上宋初帝王对高人逸士采取礼遇政策,在野的知识分子与当局没有多少思想牴牾和政治撞击,因而也乐于顺时因势吟咏几句祝颂升平的诗句,这表明逸者胸无芥蒂。“老不恨流年”,就时间流逝上下笔。一般人年事稍高往往感叹衰老、悲悯人生,怨恨光阴的无端流逝,加重了伤春悲秋的时序感伤,而达者亦能看穿时间对人生的无情限制,做到“聊乘化以归尽”，任天而动，自适其适，达到心态的平衡和恬静，虽老而不恨流年的易逝，正写出了这种旷达的心境。

中间四句已将俞逸人的生活及其内心世界作了概括而又细致的描写，末联就自然以“闲”、“偏”来加以收结。“静想闲来者，还应我最偏”，“闲”、“偏”，不单指行迹，更在于心境，内心恬然，无欲无求，达到心理的协调平衡，这是一般人难以企及的境界，故曰“最偏”。“我”乃作者的代人抒怀，说的是屋主人。魏野也是一位逸人，所以对俞逸人理解最深，最能心心相印。结尾转换笔法，绾合诗题，总括全诗，使诗思得以深入和升华。此诗意境冲淡闲逸，笔致流动而富于情趣，不失为一首描写幽居生活的佳构。

（崔海正）

寇　准

书河上亭壁四首（其三）

岸阔樯稀波渺茫，独凭危槛思何长。
萧萧远树疏林外，一半秋山带夕阳。

此诗作于景德三年（1006），诗人由中书侍郎罢为刑部尚书知陕州（治所在今河南陕县）之时。原诗题云：“予顷从穰下移莅河阳。洎出中书，复领分陕。惟兹二镇，俯接洛都，皆山河襟带之地也。每凭高极望，思以诗句状其物景，久而方成四绝句，书于河上亭壁。”至道二年（996），寇准曾由参知政事之职罢知邓州（即“穰”，治所在今河南邓县），后又徙河阳（治所在今河南孟县西南）。陕州与河阳相距不远，均濒临黄河，俯接洛都，地理环境有许多相似之处。因此此次“复领分陕”①，在诗人心中激起很大的波澜。特别是在经历了“澶渊之盟”，诗人力主抗击辽寇入侵，起而见用，终遭贬斥之后，故地重来，更是别有一番滋味在心头。然而，面对陕州险要的山河，回想河阳时的被贬生涯，诗人虽然常想以诗句状写景物，抒发情怀，却迟迟不能下笔——“久而方成四绝句”。我们体味诗人心中定有许多难以言状的悲酸和苦衷。最后凝成的这四首小小的绝句，分咏四时景物，此为第三首，写秋景。

自宋玉、王粲之后，秋便成为失意士人们常爱吟咏的一个主题。暮秋时节，登高极目，最易抒发他们失意后的落魄情怀。本诗描写的就是一个秋日的傍晚，诗人独倚危槛时的所见所感。

首先映入诗人眼帘的是秋暮中的黄河：烟波浩渺的大河上，船只稀少，两岸白木凋零，显得异常空阔。“阔”、“稀”、“渺茫”等词构成一幅迷蒙寂寥的秋暮景色。面对这一景色，诗人“独凭危槛”，思绪飞得很远很远。也许他会想到促真宗亲征时澶州城下的金戈铁马，也许他会想到二十余年政治生涯中的几度沉浮，也许他还会想到今后人生道路上几多风风雨雨，沧桑炎凉。然而这不过是我们的揣测，从诗作本身来看，诗人并没有放纵思绪的野马纵横驰骋。展示在我们面前的仍是诗人目中的景象。越过黄河，诗人看到的是萧萧的远木，稀疏的树林；树林的后面是夕阳西下，一半秋山因之染上了一层浓浓的残照。“一半秋山带夕阳”句词语平淡，而意境新奇，非亲临其境，不能写出。造就这幅独特意境的关键词语是“一半”与“带”。夕阳照秋山之类的景色在前人诗中绝不少见，炼以“带”字，则变秋山之被动为主动，具有选词命意上的独到妙处；而总贯以“一半”更使整幅旧境翻新，于细微处发前人所未发，给人以耳目一新的感觉。这一句所造就的境界新异奇美，是诗中最奇异的句子，它对理解全诗具有特别重要的意义。粗略看来，诗人仿佛在以此美景自慰，如果我们这样理解，那么，必然得出他“一洗悲酸之态”、“以景撇情”的结论。其实，仔细体味这幅景象，其中包含的仍是一种悲切与哀痛。不要说秋山、夕阳在古人的心理定式中多是悲怨凄楚的象征，就是“一半”所给人的支离意象恐怕也不会是欢快愉悦的。因此正如阔岸、稀樯、萧树、疏林再现的是秋暮的寂寥景象一样，“一半秋山带夕阳”在读者心中唤起的感觉也是悲怆怨痛的。因此，这一句就其在全诗中的作用来说，不是“以景撇情”，而恰恰是融情于景，以景代情，与其他诗句一起，隐隐表露着作者那难以言状的情怀。

综观全诗，除第二句直接描述主体外，其他一、三、四句分写眼前三物：河，树，山。但是诗中之景并非纯客观之景，是经过诗人的眼睛，已带上了浓重的主观色彩，而且在距离上它们由近及远。随着目光的不断移动，我们想象，诗人的思绪恐怕也如第二句所言越思越长、越思越远……但是“思”者为何？在诗中，作者终究没有明言。这也是可以理解的。辛弃疾隐居带湖时有词云：“而今识尽愁滋味，欲说还休，欲说还休，却道天凉好个秋。”（《丑奴儿·书博山道中壁》）历尽沧桑，几经浮沉之后，身处命运不能自主的逆境当中，人还能有什么好说的呢？要说，也只能说那凉秋暮景，让后人自己去体味了。　（王　华）

【注】①分陕：相传周公、召公分陕而治：陕而东者，周公主之；陕而西者，召公主之。这里用“分陕”代指陕州。

蒨桃

呈寇公二首

一曲清歌一束绫，美人犹自意嫌轻。
不知织女萤窗下，几度抛梭织得成。

风劲衣单手屡呵，幽窗轧轧度寒梭。
腊天日短不盈尺，何似妖姬一曲歌。

宋代是个封建伦理空前强化的时代，也是一个君臣逸乐、享乐成风的时代。

太祖"杯酒释兵权"就公开鼓励大臣们"多积金，市田宅，以遗子孙，歌儿舞女，以终天年"(《宋史·史守信传》)。终有宋一代，在"存天理，灭人欲"的旗帜下掩盖着的，是豪门大院中极尽奢侈、醉生梦死的腐化生活。寇准在历史上虽以刚正直言、力主抗辽而闻名于世，但这只是其生活、其人格的一个方面；另一方面，则是对奢华享乐的热切。《宋史》本传云："准少年富贵，性豪侈。"沈括《梦溪笔谈》说他"好柘枝舞，会客必舞柘枝，每舞必尽日，时谓之'柘枝颠'"。《呈寇公二首》就是针对寇准的一次豪侈之举而作的。作者蒨桃作为寇准的侍妾，对这种醉生梦死的生活并不推波助澜，乘兴助乐，而是从一个独特的角度，对寇准提出了有力的规劝和批评。这正是本诗的价值所在。

诗一开始，作者即单刀直入，将一种极不合理、极不协调的社会现象鲜明地揭示在我们面前：美人清歌一曲便得到(寇准)赏赐绫彩一束，而她们仍嫌不足。这些人哪能想到，在萤火寒窗之下，这样一束绫彩织女要几度投梭才能织成？一、二句写歌者，三、四句写织女，本无直接关系的两种人，因"一束绫"而联系在一起。为了这束绫，美人只凭"一曲清歌"，而织女却须"萤窗下""几度抛梭"。鲜明的对比，有力地表达了作者对世道不平的指责和对织女的深切同情。诗就在这强烈的对比中戛然而止了。然而作者意犹未尽，因此她另起一首对此作进一步的铺叙和渲染。作者这样写道：强劲的寒风中，织女身着单薄的衣服，在幽暗的寒窗下不停地投度寒梭。由于天冷梭寒，她不得不时常向手上呵气，以求得一丝温暖。"风劲"、"衣单"、"幽窗"、"寒梭"等词，极写织女织布时的困苦与艰难。可是无奈冬天日短，辛劳一天也织不满一尺，怎比那妖冶的歌女，朱唇一启就能得到如此丰厚的赏赐！这后一首诗与第一首相比，语意更加沉痛，辞气更加哀怨，仿佛是由织女的口中说出，真切感人，具有很强的艺术感染力。

在写作上，两首诗具有共同的特点：一是运用对比的手法，在对比中揭露问题，表明态度；二是语言质朴，感情浓烈，不事雕琢，一气呵成。从内容上看，两诗的意脉也是紧密相连的。第二首直承第一首末联而来，是前一首的进一步铺延；而后一首的尾句"何似妖姬一曲歌"，正好又反扣前一首的起句"一曲清歌一束绫"。因此，这两首诗分开来可各自独立成篇，若合在一起也能构成一个完整的艺术整体：第一首是第二首的引，第二首是第一首的展开。连贯读来，能够给人以更深刻，更强烈的感受。

《苕溪渔隐丛话后集》卷四〇这样记载本诗的创作经过："公自相府出镇北门，有善歌者至庭下，公取金钟独酌，令歌数阕，公赠之束彩，歌者未满意。蒨桃自内窥之，立为诗二章呈公。"可见蒨桃的意图在于规劝寇准，使之能有所收敛。然而在那种"太平也，且欢娱，不惜金樽频倒"(敏肃《喜迁莺》)的社会风气之中，一个侍妾的这样两首小诗，相形之下其力量显得多么微小。"将相功名终若何？不堪急景似奔梭。人间万事君休问，且向樽前听艳歌。"(寇准《和蒨桃》)这就是寇公对她的回答。他不仅没有听从蒨桃的劝告，而且鼓动她也参与其中，歌酒玩乐。蒨桃那质朴浓烈诗句，对于寇准骄奢的生活习性并未产生丝毫的触动。蒨桃的努力失败了。然而这并不影响本诗的价值。"朱门酒肉臭，路有冻死骨。"这种揭露本身对那个腐朽糜

烂的社会就具有一定的批判意义。（王　华）

林　逋

孤山寺端上人房写望

底处凭阑思眇然？孤山塔后阁西偏。
阴沉画轴林间寺，零落棋枰葑上田。
秋景有时飞独鸟，夕阳无事起寒烟。
迟留更爱吾庐近，只待重来看雪天。

林逋有诗云："湖上青山对结庐，坟前修竹亦萧疏。茂陵他日求遗稿，犹喜曾无封禅书。"前两句自写素朴清苦的隐居生涯；后两句反用司马相如事，表明澄淡高逸的创作追求。这道出了林逋人格和诗格的真谛，可以看成是他全部生活与创作的自我鉴定和总结。但是如此显豁的夫子自道，在林逋诗中并不多见。他更喜欢寓情于景，寓情于物，极力把景物本身描绘得玲珑通脱，意境圆融。至于其中蕴涵的更深沉的东西，要靠读者自己去体味。这首《孤山寺端上人房写望》就是如此。

孤山在杭州西湖，林逋曾隐居于此。山上有寺即孤山寺，诗人常到此闲游。上人是对和尚的尊称。全诗写一个秋日的傍晚，诗人登临孤山寺端上人房凭栏远眺时的所见所感。

首联突起破题：我在何处凭栏极目，幽思缥缈呢？在孤山塔后一座寺阁的西边。我们想象这大概就是端上人房所处的位置吧。"底处"即何处；"眇"通"渺"，辽远、高远貌；"偏"即"边"。这一联以问句发意，自问自答，突起平接，给人以很强烈的感受。它有意无意地突出了一个"思"字，使人感到仿佛以下便会随"思"而来，展开抒情。但诗人并没有这样做。由"思"字引发的诸如缥缈幽思缘何而起，思的内容又是如何等读者急于知晓的问题，诗人并不马上去作具体明确的说明，而是将笔触一宕，宕出颔联与颈联四幅具有特别意味的风景画。——毕竟题作"写望"，而不是"写思"。

颔联写寺，写田：暮春黄昏的时候，阴沉沉的树林里隐约有几所寺院，黯淡得像一幅意境幽深的画图，而一块块的架田又像是棋盘上割下来的方格子，分散地在水面飘荡。"棋枰"即棋盘。"葑上田"又称"架田"：把木框子放在水面，架子上安放着葑泥，"如木伐然，可撑以往来"（胡仔《苕溪渔隐丛话》引《蔡宽夫诗话》）。范成大《晚春田园杂兴》"小舟撑取葑田归"，可以帮助我们理解这后一句的景象。本来，寺与画、田与棋盘并无必然联系，在这里充当媒介的是句首之"阴沉"与"零落"。林间寺因其阴沉而像幽邃的画幅，葑上田因其零落而像棋盘上零星掉下的方格子。这样，阴沉就成了画面的主色调，零落就成了其中景物布置的主要方式。作者以"画轴"、"棋枰"作比，自觉不自觉地显露了文人的独特心态。它淡化了寺与田本身的纯客观的意义，使整幅画面隐约地带有作者自身情感的某种韵味。这两个比喻新巧贴切，对后世很有启发。从林逋此句之后，类似的比喻就常在诗中出现。如滕岑《游西湖》“何人为展古画幅，尘暗缣绡浓淡间”；程孟阳《闻等慈师在拂水有寄》“古寺正如昏壁画”；黄庭坚《题安福李令朝华亭》“田似围棋据一枰”；杨慎《出郊》“平田如棋局”等。其实韩愈《和刘使君三堂二十一咏》中的《稻畦》诗早已说：“罫布畦堪数。”由于句子本身意境不醒豁，因此没有引起人们的注意。于此正可见林逋炼字炼意之功力。

颈联写鸟，写烟：寥廓秋空中，偶尔有一只伶仃小鸟飞过；夕阳残照里，唯有袅袅寒烟悠悠地萦绕半空。“独”与“寒”分别与上联中的“零落”、“阴沉”相对应。而且，“独”比“零落”更稀少，“寒”比“阴沉”更阴冷。但即使如此，作者仍嫌不足，“独”字前又加一“有时”，“寒”字前又贯以“无事”。这两个词看似寻常，仿佛随意拈出，但用在此处，作用却很大。“有时”说明在那寥廓秋空中，不要说成群的鸟类，就是“独”鸟也不是能够经常看到的。“无事”即没有缘由，暮秋傍晚，寒烟袅袅，本属正常现象，或是山岚，或是炊烟，抑或是湖上之水汽。但诗人置这些实际因素于不顾，竟臆断其“无事”，便在读者心中造成这样一种感觉，仿佛除此袅袅寒烟之外，其他一切都不复存在了，看不到了，从而使人倍感空灵静寂。

钱钟书先生曾说：林逋“多用一种细碎小巧的笔法来写其清苦而又幽静的隐居生涯”。像林间寺、野外田、秋日鸟、夕阳烟之类的景色，对于喜读古诗的朋友来说绝不陌生。林逋的妙处在于以“画轴”、“棋枰”、“阴沉”、“零落”、“有时”、“无事”、“独”、“寒”等精巧对词镶嵌其中，或比喻，或形容，或描述，将整幅意境点活。因此，读来仍不乏新巧奇妙之感。这四幅画面，距离由近及远，色彩由浓而淡，由此所形成的意境则一句比一句清荡空灵。这是一个远离尘嚣、无车马之喧的世界，是一个“幽人独往来”的宁静世界。这个世界与诗人断绝尘想、潇洒物外的澄淡心境、高逸情致正相吻合，因而唤起他无限的喜爱与眷恋，于是便生发了末联的“迟留”之状和“重来”之想：我在这里尽情地体味着，迟迟不肯离去，所幸的是我的隐庐离此并不远，可以常来此闲游。现在是秋日，冬天就要来临，等那雪花纷扬时，我定来重赏那银装素裹的世界。“更爱”是全诗唯一的表情词。在繁复的景物描写之后用上它，就使上述客观之景注入了主观之情，使客观之物变成了主观之物。它与第一联中的“思聊然”隐隐相通。至此，作者虽然仍没有直接回答“思”的具体内容和缘由，但通过他所描述的境界，通过他对这个境界的喜爱与眷恋，个中滋味我们已不难体味了。《宋史》本传说他“性恬淡好古，弗趋荣利”，《四库全书总目》称其诗“澄淡高逸，如其为人”，本诗由望生感，以景会情，诗中有画，画中有诗，隐然展现的正是这样一种人格与诗格。（王　华）

山园小梅

众芳摇落独暄妍，占尽风情向小园。
疏影横斜水清浅，暗香浮动月黄昏。
霜禽欲下先偷眼，粉蝶如知合断魂。

幸有微吟可相狎，不须檀板共金樽。

厌弃人世不等于厌弃人生，四大皆空并不是否定生命。从一定意义上说，“厌”与“空”是从一个特殊角度对人生价值、生命意义的肯定——一种非同凡俗的肯定。读这首《山园小梅》，我们对林逋“梅妻鹤子”的人生态度会有一种更深刻的理解。

林逋之爱梅是爱出了名的。诗一开始作者就这样赞赏梅花：在那百花凋零的季节里，只有梅花在尽情地开放，其绰约风姿、动人风情把整座小园的风光都占尽了。“暄妍”状梅之姿态，“风情”观梅之神采，而贯以“独”、贯以“尽”，则是在对比中，在比较中，极写梅之超凡拔俗，与众不同。这一联既突出了梅花独特的生活环境，又展示了梅花非同凡俗的性情风韵。虽然在命意上尚无特别独到新颖之处，但从全诗来看它却很好地发挥了“兴”的功用，为下文进一步赋梅、咏梅作了铺垫，创造了契机。正是在此基础上，以下各联诗人顺水推舟，以“暄妍”与“风情”为主线，运用多种手法对梅花展开了细致入微的描摹、淋漓尽致的形容，充分显示了林逋咏梅诗不同凡响的艺术魅力。

颔联是全诗的精彩之笔：梅花稀疏的枝影横横斜斜地映在清浅的水面上，阵阵清香，丝丝缕缕，在朦胧的月色中飘荡。这一联有四种物象：梅之“影”，梅之“香”，梅下“水”，梅上“月”。前两者是月色迷蒙中梅花给人的最突出的印象，后两者是作为背景用以烘托、映衬梅之“影”与“香”的。这是一幅绝妙的溪边月下梅花图。为了描绘好这幅图画，此联精心地选用了“疏”、“横斜”、“清浅”、“暗”、“浮动”、“黄昏”等词。这些词如果孤立地看，并没有什么特别的妙处，甚至可以说都是一些常用词语。但是把这些看似寻常的词组合在一起却构成了一个谐和圆融、无懈可击的完美意境，用以描绘月下溪边之梅影、梅香又是再恰切不过的。试想，能看出横斜的枝影必是稀疏的，而疏影之横斜恰与溪水之“清浅”相映成趣，“暗”形容“香”，本意是说香气缕缕，既不断绝，也不浓烈。但这个字本身又与“月黄昏”所特有的迷蒙之境相契合；而只有月色迷蒙中的“暗香”才能给人以“浮动”的感觉。综观此联：“疏影”句写梅之姿，属视觉；“暗香”句写梅之香，属嗅觉。但是“浮动”一词本身带有很大的想象成分。它使此句突破了嗅觉的局限进入了想象的天空，从而明写梅香，暗传梅神，巧妙地展示了梅花的神韵“风情”。此联写梅达到了极境，备受后人赞赏。陈与义称其前句“晴窗画出横斜影，绝胜前村雪夜时”，即认为它压倒了唐齐己《早梅》诗的名句“前村深雪里，昨夜一枝开”；王十朋赞其后句“暗香和月入佳句，压尽千古无诗才”，即认为它空前独后，绝唱千古。辛弃疾曾奉劝诗人不要再草草赋梅，因为“总被西湖林处士，不肯分留风月”。姜夔则干脆将“疏影”与“暗香”定为自己咏梅词的调名。“只因误识林和靖，惹得诗人说到今”（王慕漪《梅》），在中国文学史上梅花从此便与林逋的名字结下了不解之缘。然而，此联并非林逋的全新创造，五代南唐江为有残句“竹影横斜水清浅，桂香浮动月黄昏”。林逋不过是将其稍加变化：以“疏”换“竹”，以“暗”换“桂”，将两物并一物，变实写为虚写，便把梅之风姿神韵一笔构出，活现在读者面前。此处足见林逋点化诗句的功力。

颔联以细致入微的赋法，直写梅本身；颈联则采取拟人化手法，用他物来渲染，烘托。诗人的想象极为奇妙：月夜中的霜禽为梅之姿容所动，翩翩欲下，而落下之前，竟忍不住先偷眼相望（"偷眼"二字极传神，爱梅之神态毕现）。霜禽是冬鸟，因此得以与梅相见；而生在夏日的彩蝶，尽管天性爱花，本身又很美（"粉"），却因天时与梅无缘。如果它得知梅花如此暄妍异常，风情动人，定会相思得肠断魂销。在这里，鸟与蝶不过是作者内在情感外化的依托物。与其说霜禽爱梅，粉蝶思梅，毋宁说作者爱梅、恋梅。至末联这种喜爱之情更不能自抑，因此，由咏物一跃而为抒怀：月下赏梅，轻声咏梅，陶然其中，自得其乐，足慰我心；相形之下，那种檀板金樽、醉生梦死的奢华生活对我来说又有什么价值呢？"幸有"与"不须"鲜明对立，表达了诗人独特的人生观。"先生可是绝伦人，神清骨冷无俗尘。"（苏轼《书林逋诗后》）于此正可见林逋"梅妻鹤子"的生活中所蕴含的对人生价值、生命意义超凡脱俗的理解与追求。（王　华）

曾公亮

宿甘露僧舍

枕中云气千峰近，床底松声万壑哀。
要看银山拍天浪，开窗放入大江来。

题曰《宿甘露僧舍》，但却无来无去，"宿"的前前后后，全被作者舍弃，未著一字。而且，连甘露寺是一个什么样的去处，也未作任何具体描绘。自然，如"寺有石如羊，相传谓之狠石，云：'诸葛亮孔明坐其上，与孙仲谋论曹公也。'大铁镬二案铭，梁武帝所铸。画师子一、菩萨二，陆探微笔。卫公所留祠堂在寺，手植柏合抱矣"（苏轼《甘露寺》诗自注），这些曾引起东坡游访之兴的古迹遗踪，就更不在作者注意之中了。

小诗单刀直入，从自己夜宿过程中床间、枕上的一点感受落笔。不过，这感受竟是那样的新鲜、奇异，而且似真似幻。而作者正是凭借这异样的感受，来摹写甘露寺特有的夜境，并把它传达给读者的。

甘露寺在北固山上。《读史方舆纪要》曰："北固山在镇江城北一里，下临长江，三面滨水，回岭斗绝，势最险固。"险固则险固矣，然终不能与"阴晴众壑殊"的终南山相比。所以苏轼在《甘露寺》诗中这样描写这山、寺："楼台断崖上，地窄天水宽。"

那么，首二句的"千峰"、"万壑"与来自其间的"云气"、"松声"，是否皆无根之说呢？那倒也不是。

既是夜宿时的感受，所以"枕中"、"床底"云云，一来自触觉，一来自听觉，皆非由视觉所得，再加以联想推测，其感知便不免有几分仿佛朦胧，以至于幻象色彩。

"纵使晴明无雨色，入云深处亦沾衣。"（张旭《山行留客》）"山路元无雨，空翠湿人衣。”(王维《山中》)山间云气湿润,作者当早有体验,所以当此刻感到枕周的一切都是那么潮湿润泽时,便不禁有置身山间、入云深处之感。次句亦然。孟郊《游终南山》诗曰:“长风驱松柏,声拂万壑清。”多么相似的情景!它仿佛早已积淀于作者的胸中,此刻忽被联想唤出似的。甘露寺的所在,虽如前所说,其周并没有什么“千峰”、“万壑”,它三面濒水,下临长江,然而,“江今阔一十八里,春秋朔望有奔涛”(《元和郡县图志》卷二五)。这江上的水汽和“千峰”上的“云气”,江间的涛声和“万壑”间的“松声”,在暗夜里乍一接触、听闻,却又是极易以此为彼,以幻为真的。作者起笔索性即借彼形此,以幻写真,反比平直说来更觉奇突不常,曲折有味。

其实作者又何尝不清楚,首二句所写的新鲜、奇异的感受,原是来自寺下那宽阔浩瀚的大江,来自那形若银山、势欲拍天的汹涌澎湃的奔涛。这是多么奇伟壮丽的景象啊!然而要在夜宿寺中,于床间、枕上去领略它却是不可能的。故有后二句的意愿:要待夜尽晓来,打开窗户,把这罕见的壮观,尽收眼底。“放入”二字,下得极妙,它既平易而又新奇,同时,又切合甘露寺特有的形势“楼台断崖上,地窄天水宽”,不能随意移置他处,否则,便会欲“放”而不“入”的。诗人所实际感知的空间本是极狭小的,但通过“开窗放入”这一意愿、设想,却超越了这一空间的限制,大大拓展、丰富了小诗的容量与意蕴。这种由小见大和首二句之以幻写真,其构思之新巧,可谓异曲而同工。

(高海夫)

梅尧臣

陶者

陶尽门前土,屋上无片瓦。
十指不沾泥,鳞鳞居大厦。

这首小诗寥寥二十字,若就诗论诗,亦不过数语;但若联系当时诗风与作者文艺思想,却有许多话可说。盖宋初诗坛,盛行一种雕章琢句而辞意晦涩的“西昆体”,梅尧臣对此极为不满,他在《答韩三子华韩五持国韩六玉汝见赠述》诗中说:“迩来道颇丧,有作皆言空:烟云写物象,葩卉咏青红,人事极谀谄,引古称辩雄,经营惟切偶,荣利因被蒙;遂使世上人,只曰一艺充。”把那些吟风弄月、堆砌典故、玩弄对偶的形式主义诗风,狠狠地批评了一通。他还在《续金针诗格》中提出诗有“五理”:“一曰美”,“二曰刺”,“三曰箴”,“四曰规”,“五曰诲”。又说诗有“四得”,其中之一便是“怒而得之其辞愤”。也就是说,写诗讲究美刺(要歌颂光明,讽刺黑暗),要发挥文艺的社会教育功能。而在揭露黑暗时,作者必须带着愤怒的感情,这样的作品才能感染读者。验之此诗,可谓是一次很好的艺术实践。

这首诗没有写当时常见的风花雪月和无病呻吟,而是把带着浓烈感情的笔锋指向当时社会的本质问题:一方面是劳动人民用他们的血汗创造了社会财富而自己却一无所有；一方面是封建统治者们向来不参加任何生产劳动，却坐享别人的劳动成果。这里有美有刺，赞美的是辛勤劳动的烧窑工人——“陶者”，讽刺的是“十指不沾泥”的豪门贵族。他的爱憎是多么鲜明，笔锋又是多么犀利！由此可见，作者是用他的作品继承了中国文学中的美刺传统，它的风格很像《诗经》中的《伐檀》和《硕鼠》，又很像白居易的“新乐府”中的某些篇章。

这首诗的题材与主题前人也曾涉及，如汉代刘安《淮南子·说林训》曾说：“居者藿羹，车者步行，陶人用缺盆，匠人处狭庐——为者不得用，用者不肯为。”其中列举了许多不合理现象，也提到梅诗中所写的“陶者”。到了唐代，又有许多诗写到类似的问题，如孟郊《织妇词》：“如何织纨素，自著蓝缕衣！”郑谷《偶书》：“不会苍苍主何事，忍饥多是力耕人！”于濆《辛苦行》：“垅上扶犁儿，手种腹长饥；窗下织梭女，手织身无衣。”杜荀鹤《蚕妇》：“年年道我蚕辛苦，底事浑身著苎麻？”这些诗从耕、织两方面揭露了封建社会的惨痛现实，都具有各自的特色；然而，梅诗在选材方面却离开人们常咏的耕与织，独独去写烧窑工人，这是一新；另外，作者只摆事实，不加论断，主题蕴藏于情节之中，让读者去咀嚼，去领会。正如作者所常说的一样：“状难写之景，如在目前；含不尽之意见于言外。”（见欧阳修《六一诗话》）更有一点与前人不同，这就是他采取了对照的手法：一是以陶者与居者作对照；二是以陶者的“陶尽门前土”与“屋上无片瓦”作对照——门前土被陶尽了而屋上连一片瓦也没有，这个对照多么强烈；三是以居者的“十指不沾泥”与“鳞鳞居大厦”相对照——他们一点儿也不劳动，却住着富丽堂皇的大厦，这一对照又多么鲜明。在这层层对照中，作者爱谁恨谁，同情谁批判谁，便自然而然地反映出来。

细读此诗，我们不仅发现作者在这仅仅二十字中反映了多么重大的社会问题，而且发现他在用字方面多么精审凝练。“陶尽门前土”中的“尽”字，使人联想到烧窑工人在把门前所有泥土制成砖瓦的过程中，不知流尽了多少血汗，耗尽了多少精力！但陶尽门前之土而所居无片瓦，其命运之凄惨可知。为了烘托上面的“片瓦”，下面连用两个“鳞”字，说明用字如用兵，该精审的则一以当十，该铺排的则多多益善。以两“鳞”字对一“片”字，不仅加强了贫富悬殊的对照，而且鱼鳞般的瓦片，也形象地突出了陶者劳动成果之多和居者不劳而获之甚。由此可见，作者写诗虽不学“西昆体”的雕琢字句，然而他也追求“意新语工，得前人所未道者”（见欧阳修《六一诗话》）。但他的好处在于平淡而自然，看不出人工的痕迹。作诗而能至于此境，可称为诗中上品了。

（徐培均）

汝坟贫女

汝坟贫家女，行哭音凄怆。
自言有老父，孤独无丁壮。
郡吏来何暴，县官不敢抗。
督遣勿稽留，龙钟去携杖。
勤勤嘱四邻，幸愿相依傍。
适闻闾里归，问讯疑犹强。

果然寒雨中，僵死壤河上。
弱质无以托，横尸无以葬；
生女不如男，虽存何所当！
拊膺呼苍天，生死将奈向？

梅尧臣论诗，对政治内容极为重视。《梅氏诗评》谓“诗禀六义”，主张继承《诗经》以来的现实主义传统，其中曾以周朴《深秋》诗为例，一连四次强调当时人民备受徭役之苦。在这首《汝坟贫女》中，诗人更是以血淋淋的事实，控诉了封建统治阶级强征徭役带给人民的灾难，读之催人泪下。

诗作于宋仁宗康定元年(1040)。那时为了进行与西夏、与辽的战争，宋朝推行一种乡兵制，每户二丁三丁抽一，四丁五丁抽二，六丁七丁抽三，八丁以上抽四，谓之“团结训练，以为防守”。当时梅尧臣任河南襄城县令，亲眼看到征兵的情况，在这首诗的小序中记载道：“时再点弓手，老幼俱集。大雨甚寒，道死者百余人，壤河至昆阳老牛陂，僵尸相继。”于是诗人带着满腔同情写下此诗。

这是一首叙事诗，开头二句交代环境，引出人物。“汝坟”，指河南汝河岸边。《诗经·周南》中有《汝坟》一首，诗中以妇女口吻说道：“鲂鱼赪尾，王室如毁。虽则如毁，父母孔迩。”朱熹《集注》认为是写“汝坟之人”，“供纣之役，其家人见其勤苦而劳之”。事情竟如此之巧，历史上最反动的纣王在这里征集徭役，宋仁宗也在这里募集兵丁，诗人通过这一令人容易产生联想的典型环境，便把这次徭役的性质告诉读者。下面便同样以妇女的口吻控诉徭役的罪恶——“行哭音凄怆”，真是高度的艺术概括！你看她一边行走，一边啼哭，那声音多么凄惨、悲怆！仅这一句造成的气氛已笼罩全篇。

从“自言有老父”以下，可分三个段落。这位女子只有一位老父相依为命，“孤独无丁壮”一句很像北朝民歌《木兰诗》所说的“阿爷无大儿，木兰无长兄”。在交代了家庭成员以后，便说郡吏突然上门，把老父抓走。一个“暴”字写出了郡吏凶恶的气势，而“县官不敢抗”一句则是对“暴”字的补充，连县官都不敢违抗，何况平民百姓呢。这里的“县官”，恐是诗人自指。“督遣”二句，几乎使人听到郡吏呵斥声，他们凶神恶煞似的督促壮丁们离村，不准迟延，更不准停留。女子的老父虽已年迈龙钟，步履维艰，还要拄着拐杖前往兵营。女儿见状，于心不忍，便再三嘱咐被抓去的邻人，希望他们路上多多照顾。这“四邻”二字，反映出被抓者之多，恐怕比历史上所载的“三丁选一”还大大地超过。以上为第一段。

过了一段时间，村子里渐渐有人被放回，女子连忙去打听，在她心目中，老父或许还能勉强支撑。“疑犹强”三字，写人物的心理状态极为工切，这使我们想到在老父去后，她心中始终忐忑不安，疑信参半：一会儿担心老父累倒了，一会儿又希望他能活着回来。由于经过这样的铺垫，下面“果然寒雨中，僵死壤河上”，便如晴天霹雳，震撼着这位女子的灵魂。啊，老父果然死了，在大雨严寒的时刻，在“僵尸相继”的壤河道中！诗笔至此，达到了高潮。这是第二段。

老父死了，只留下一个孤苦伶仃的弱女，又能依靠谁呢？老父的尸体横躺在壤河道中,又有谁给安葬呢?生者如此痛苦,死者如此凄惨,这是一幅惨绝人寰的图景。面对如此现实,女子毫无办法,只好自怨自艾:她恨自己身为女子,不能代父从军,又不能为父营葬,虽然活着又能顶什么用呢?最后她捶胸顿足,口呼苍天,是生是死,莫知所从。"将奈向",据张相《诗词曲语辞汇释》卷三云:"义犹云奈何也。"如黄庭坚《归田乐引》词:"前欢算未已,奈向如今愁无计!"盖为宋时俗语。此诗用这三字作结,颇符合诗家所说的"言尽而意不尽,意尽而情不尽",值得人们吟味和深思。这是第三段。

此诗的特色在于叙事中带有真挚的感情。作者虽是客观地反映当时徭役带给人民的苦难,但通过诗中人物之口抒发了父女之情、反对暴政之情,特别是最后一段写老父横尸道路,女儿欲葬不能而自己的命运又生死未卜,呼天抢地,感人至深。因此我们不妨称之为"叙事抒情诗"。

读了全诗,我们不得不惊叹诗人在创作上的勇气。他把犀利的笔锋直接指向宋朝的兵制,激烈地反对统治者所进行的战争。"郡吏来何暴,县官不敢抗"二句,颇值得人们深思。郡吏为何那样凶暴?县官为何不敢违抗?简言之,是因为来头很大。这不是在暗示上有朝廷撑腰么?宋朝以诗歌讥切时政,往往是要受到处分的,苏轼的"乌台诗案"便是一例。比苏轼略早的梅尧臣用比苏轼激烈得多的诗篇抨击时政,确是非常难得的。

在中国古典诗歌中,抒情诗多于叙事诗,而叙事诗中描写徭役之苦的不乏佳篇,如杜甫的《石壕吏》、《兵车行》等等。现在我们读了梅尧臣的《汝坟贫女》,便不免想起杜诗《石壕吏》,它们是如此相像,又是如此不同。相像的是二者都是写官吏抓丁,而且都写得深刻感人。杜诗以较大的篇幅写老妇的"致词",梅诗也以更多的篇幅写少女的自述。但杜诗开头"暮投石壕村"和结尾"独与老翁别",出现了诗人自己的形象;梅诗除小序中直接表达自己的观点外,在诗里却不出现自己的形象。杜诗集中笔力写抓丁这一段,而梅诗则从被抓一直写到死后,过程虽然很长,但写得很精练。主要原因在于它采取了跳跃式的结构,即第一段到第二段之间,诗人不写老父去后如何服役,也不写女子在家如何等待,从"龙钟去携杖"一下子跳到"适闻闾里归"。从叙事方式来讲,杜诗中有问有答,或寓问于答;梅诗中主要是女子自述,她虽然有"嘱"有"问",但邻里对她的回答却不明显。

总之,这是一首思想性很强、艺术性很高的佳作,在文学史上具有一定地位。

（徐培均）

鲁山山行

适与野情惬,千山高复低。
好峰随处改,幽径独行迷。
霜落熊升树,林空鹿饮溪。
人家在何许?云外一声鸡。

"远上寒山石径斜,白云生处有人家。停车坐爱枫林晚,霜叶红于二月花。"在以《山行》为题的诗中，杜牧的这首七绝历来脍炙人口。梅尧臣的这首《鲁山山行》虽不如杜牧的《山行》著名，但也很有特色，不愧佳作。

鲁山，一名露山，故城在今河南省鲁山县东北，接近襄城县西南边境。仁宗康定元年(1040)，梅尧臣知襄城县，作此诗。

这是一首五律，但不为格律所缚，写得新颖自然，曲尽山行情景。

山路崎岖，对于贪图安逸，怯于攀登的人来说，“山行”不可能有什么乐趣。山野荒寂，对于酷爱繁华，留恋都市的人来说，“山行”也不会有什么美感和诗意。此诗一开头就将这一类情况一扫而空，兴致勃勃地说：“适与野情惬”——恰恰跟我爱好山野风光的情趣相合。下句对此作了说明：“千山高复低。”按时间顺序，两句为倒装。一倒装，既突出了爱山的情趣，又显得跌宕有致。“千山高复低”，这当然是“山行”所见。“适与野情惬”，则是“山行”所感。首联只点“山”而“行”在其中。

颔联进一步写“山行”。“好峰”之“峰”即是“千山高复低”；“好峰”之“好”则包含了诗人的美感，又与“适与野情惬”契合。说“好峰随处改”，见得人在“千山”中继续行走，也继续看山，眼中的“好峰”也自然移步换形，不断变换美好的姿态。第四句才出“行”字，但不单是点题。“径”而曰“幽”，“行”而曰“独”，正合了诗人的“野情”。着一“迷”字，不仅传“幽”、“独”之神，而且以小景见大景，进一步展示了“千山高复低”的境界。山径幽深，容易“迷”；独行无伴，容易“迷”；“千山高复低”，更容易“迷”。着此“迷”字，更见野景之幽与野情之浓。

颈联“霜落熊升树，林空鹿饮溪”，互文见意，写“山行”所见的动景。“霜落”则“林空”，既点时，又写景。霜未落而林未空，林中之“熊”也会“升树”，林中之“鹿”也要“饮溪”；但树叶茂密，遮断视线，“山行”者如何能够看见“熊升树”与“鹿饮溪”的野景！作者特意写出“霜落”、“林空”与“熊升树”、“鹿饮溪”之间的因果关系，正是为了表现出那是“山行”者眼中的野景。惟其是“山行”者眼中的野景，所以饱含着“山行”者的“野情”。“霜落”而“熊升树”，“林空”而“鹿饮溪”，多么闲适！多么野趣盎然！

苏轼《高邮陈直躬处士画雁》诗云：“野雁见人时，未起意先改。君从何处看，得此无人态？无乃枯木形，人禽两自在！”梅尧臣从林外“幽径”看林中，见“熊升树”、“鹿饮溪”，那正是苏轼所说的“无人态”，因而就显得那么“自在”。熊“自在”，鹿“自在”，看“熊升树”、“鹿饮溪”的人也“自在”。

欧阳修《六一诗话》云：“圣俞尝语余曰：‘诗家虽主意，而造语亦难。若意新语工，得前人所未道者，斯为善也。必能状难写之景，如在目前，含不尽之意见于言外，然后为至矣。’”此联就可以说是“状难写之景，如在目前”。是不是还“含不尽之意见于言外”呢？也可以作肯定的回答。“熊升树”、“鹿饮溪”而未受到任何惊扰，见得除“幽径”的“独行”者而外，四野无人，一片幽寂；而“独行”者看了“熊升树”，又看“鹿饮溪”，其心情之闲静愉悦，也见于言外。从章法上看，这一联不仅紧承上句的“幽”、“独”而来，而且对首句“适与野情惬”作了更充分的表现。

全诗以“人家在何许？云外一声鸡”收尾，余味无穷。杜牧的“白云生处有人家”，是看见了人家。王维的“欲投人处宿，隔水问樵夫”，是看不见人家，才询问樵夫。这里又是另一番情景：望近处，只见“熊升树”、“鹿饮溪”，没有人家；望远方，只见白云浮动，也不见人家。于是自己问自己：“人家在何许”呢？恰在这时，云外传来一声鸡叫，仿佛是有意回答诗人的提问：“这里有人家哩，快来休息吧！”两句诗，写“山行”者望云闻鸡的神态及其喜悦心情，都跃然可见，宛然可想。

方回《瀛奎律髓》评这首诗说：“尾句自然；‘熊’‘鹿’一联，人皆称其工，然前联尤幽而有味。”胡仔《苕溪渔隐丛话》后集卷二四说：“圣俞诗工于平淡，自成一家。如《东溪》云：‘野凫眠岸有闲意，老树着花无丑枝。’《山行》云：‘人家在何许，云外一声鸡。’《春阴》云：‘鸠鸣桑叶吐，村暗杏花残。’《杜鹃》云：‘月树啼方急，山房人未眠。’似此等句，须细味之，方见其用意也。”这些意见，都可以参考。（霍松林）

欧阳修

戏答元珍

春风疑不到天涯，二月山城未见花。
残雪压枝犹有橘，冻雷惊笋欲抽芽。
夜闻归雁生乡思，病入新年感物华。
曾是洛阳花下客，野芳虽晚不须嗟。

诗题，一本下有“花时久雨之什”。“元珍”，丁元珍，名宝臣，常州人，时为峡州（治夷陵）军事判官，欧阳修的好友，常相唱酬。丁死后欧阳修为他撰写了墓表。

景祐三年(1036)五月，范仲淹因主张改革，讥议时政，得罪了宰相吕夷简被贬知饶州。朝廷还以“朋党”、“越职言事”名义，将为范仲淹鸣不平的余靖、尹洙分别贬为监筠州酒税和监郢州酒税。身为谏官的高若讷不敢仗义执言，反趋炎附势，诋毁范仲淹。欧阳修面斥了他，继而写出名文《与高司谏书》，把高若讷不知羞耻的面目暴露无遗。高恼羞成怒，“缴进修书”，欧阳修随即被贬为夷陵令。夷陵（今湖北宜昌）是僻远小县，离汴京陆路二十八驿，水路一百一十余程，五千五百九十里，在朋辈中真是“同迁地最遥”。欧阳修走的是水程，“泝汴绝淮”，由运河入长江，再溯江而上，到夷陵已是岁晏。离汴京越远，惆怅愈是无穷，及至贬所，“县楼朝见虎，官舍夜闻鸮”，景象萧条荒凄，使不过三十岁的欧阳修写出了“光阴催晏岁，牢落惨惊飚。白发新年出，朱颜异域销”这样的诗句。第二年初，花时久雨，阴寒袭人，自幼体弱的欧阳修身体不适，更增郁闷。适逢友人赠以“花时久雨之什”，不禁感慨身世，借题发挥，写成此诗。题目上冠了“戏”字（有掩饰不满心情之意），结尾又作自宽语，但绝不是轻松的游戏文字，写来淡远平和，怨思却流注全篇。

欧阳修远贬后自称“天涯万里人”。本诗劈头就写置身“天涯”，花季已到而“春风不到”，自见怨气。插入一个“疑”字，作猜测口气，“这里虽非玉门关外，春风怕是不会来到的吧！”既有作者主观的慨叹，也易使读者感情竦动。第二句是对第一句的补足。作者《笔说》里谈到:“若无下句,则上句何堪?既见下句,则上句颇工。”春信来迟,山花不开;皇恩不降,迁客逐臣自生迟暮感。语意双关,情景相生,不但是这两句的特点,也贯穿在下文中。三、四句写夷陵山野景物,寄寓了作者的情思。积雪未尽,严冬还以其余威压抑着有生命力的枝条,阻止叶芽的萌发,但它毕竟是残雪了,去年未采尽的橘露出了经寒不凋的姿容,在片片白雪的映衬之下,红得更加鲜艳,有如跳动的火苗,足以融化冬雪。橘是峡州常见山果,在峡州籍诗人屈原笔下,曾是“苏世独立”、“秉德无私”等高尚品质的象征。张九龄被贬荆州也写过“江南有丹橘,经冬犹绿林”以自况。欧阳修写橘是否想到了屈原、张九龄这些被贬逐者呢?是否借橘表现自己的“岁寒心”呢?——作者未必然,读者何必不然。下句写竹也未尝不可以这样理解。仲春寒意料峭,雷声沉闷,似尚被冻云裹住,但它毕竟惊起了蛰虫,惊动了竹笋,替春天发布了信息,给大地带来了生机。句中用了一个“欲”字,赋予竹子以知觉,它在冻土长久封锁的沉寂中被春雷唤醒,正跃跃欲试,让尖笋破土而出。这一联,以山乡最常见又具典型性的事物描绘早春气象,透露生命信息,也透露了诗人身处窘境坚贞不屈的品格和乐观向上的精神。

下一联,笔锋一转,作者由所闻所遭而兴感,抒发蒙屈远贬的情怀。困居山僻,夜不能寐,听到北归春雁的唳鸣,一般人也会产生去国怀乡之思,在欧阳修,则有特别的感触。先一年秋天,他在奔赴夷陵途中,看到大雁南飞,引为同命运者:“岁晚江湖同是客,莫辞伴我更南飞。”此刻大雁北归了,而自己却羁拘荆蛮之地,怎不羡慕大雁而生归乡之思!这“乡”不是老家庐陵,而是任西京留守推官,与师友们同游同议,共同倡导诗体革新的洛阳。他在《初至夷陵答苏子美见寄》中写的“须知千里梦,长绕洛川桥”可作佐证。“病入新年感物华”,进入新的年头,心情不好,身体告病。上句回忆了天圣、明道年间在洛阳的一段生活,这句写时过境迁,面对眼前的景物,百感交集。“物华”本指自然景色,作者所感的“物华”,应该指物的荣华,即发荣滋长。橘和竹都表现了强旺的生命力,而自己却以抱病之身困处山乡,不知何日能够沐恩赦归。那心情,即使不像弃置二十三年的刘禹锡一样产生“沉舟侧畔千帆过,病树前头万木春”的衰歇感,至少是在“木欣欣以向荣,泉涓涓而始流”时,为自己的不得于时而愁闷。但诗人尚值而立之年,虽受挫折,怎甘沉沦,所以结尾又转入对幸福的往昔日月的回忆。“曾是洛阳花下客”,那段生活是充实丰富的,同道们为矫文弊、时弊而为天下倡,大有益于世道人心。既然在洛阳花下可以为时代作出贡献,那么夷陵的野花虽然开得晚一点,晚芳的馨香也许更烈,何须为此而伤感嗟叹呢?曾在洛阳名园里饱赏过“春光”,今后在别的地方难道就没有春光可赏吗?这是自我解嘲,也是对丁元珍感叹“花时久雨”的“戏答”。自宽宽人,但终掩饰不了伤时不遇的怨思。

诗的前半因情择景,以景寓情;后半则因景生情,借景(事、物)抒情:情景相生,是本诗的一大特点。二是通篇未用典故,却很好地表达了曲折的怨思,平中见奇,寄慨遥深。三是郁闷怨思回荡全篇,却又淡远无痕,不使读者产生凄苦衰飒之感。行徐委备,雍容大度,体现了欧阳修的一贯风格。　(朱安群　徐　奔)

画眉鸟

百啭千声随意移，山花红紫树高低。

始知锁向金笼听，不及林间自在啼。

诗题一作《郡斋闻百舌》，欧阳修知滁州时作。“郡斋”即知州官邸，“百舌”即画眉鸟别称。从这个题目不难看出本诗的创作缘起：诗人在“郡斋”听到画眉鸟啼鸣，灵感顿生，妙悟偶得，于是托物言怀，在咏物中寄情寓兴。

画眉鸟因眼上有白斑如眉而得名，形如山雀，活泼机灵，鸣声浏亮婉转，煞是逗人喜爱。因此，人们常喜在家中饲养以为乐。这就造成了林间的画眉鸟和笼中的画眉鸟的两种不同境况和命运。

“百啭千声随（一作“任”）意移，山花红紫树高低”，这是林间画眉鸟自由舒畅生活的生动写照。它“百啭千声”，不但可以纵情歌唱，而且能够随己意移动，无拘无束，自由来去，天地广阔。第二句是前句“随意移”的具体化，它时而在红花丛中唱，时而在紫花丛中唱，时而在高树上啼鸣，时而在低树上啼鸣。行动自由，心情舒畅，诗人突出了林间画眉的生活特点——顺乎天性，任其自然，因而也就生机勃勃，充满活力，艳羡之情溢于言表。

相形之下，笼中画眉鸟可就另是一种命运了。“锁向金笼听（一作“里”）”活画出了它们的寒碜相。尽管“金笼”不失为一种“优遇”（当然，“金笼”是夸张的说法，极言鸟笼质地的高贵，雕饰的豪华，以此显示饲养者对笼中鸟待遇之优厚），但毕竟剥夺了它们的自由，扼杀了它们的天性，使它们再也不能自由自在地歌唱，而只能身在樊笼无可奈何地发出取悦主人的鸣声。一个“锁”字，既形象地描绘了“金笼”对画眉鸟的禁锢之严，又有力地烘托了诗人的怜鸟之意，恼人（饲养者）之情。

诗人采用“始知……不及……”的论断句式煞尾，以毋庸置辩的语气肯定了笼中画眉鸟的鸣叫不如在林间悠然自在的啼鸣动听，自然而然地表达了打破被束缚的要求和向往自由的意愿。二句诗赋中有比，景中有情，比兴并用，发人深省。

诗中“始知”二字，是诗人特意强调自己省察到上述道理的时间，很值得玩味。这个时间，是宋仁宗庆历七年（1047）。其时，诗人因替遭贬的范仲淹等革新派大臣上疏抗争而被罪降职知滁州已有两年多了。从他写于滁州的散文《丰乐亭记》、《醉翁亭记》来看，倒是颇为自己远离党争剧烈的朝廷从而过上惬意、疏展的外放生活而感到欣慰。懂得了自由比有条件的“优遇”更为可贵，正是现实生活赋予他的新知。诗人将其提炼为诗，其实是在自己的心路历程中树起了一块里程碑。我们不妨把它看做是诗人旷达的胸怀、高洁的志趣、坚强的禀性的外化。

至和初，诗人在《书三绝句后》中谈到本诗说：“前一篇，梅圣俞咏泥滑滑；次一篇，苏子美咏黄莺；后一篇，余咏画眉鸟。三人者之作也，出于偶然，初未始相知，及其至也，意辄同归，岂非其精神会通遂暗合耶！自二子死，余殆绝笔于斯矣。”梅尧臣作《竹鸡》（《禽言（四首）》之一），苏舜钦作《雨中闻莺》，欧阳修作《画眉鸟》，本出于偶然。但三诗均托物抒情，寓人生坎坷之慨，精神暗合，意旨同归，又似有意为之。欧阳修特别指出:“自二子死,余殆绝笔于斯矣。”正说明参阅《竹鸡》、《雨中闻莺》,对进一步涵咏《画眉鸟》的深广寓意是有帮助的。(徐　奔)

苏舜钦

淮中晚泊犊头

春阴垂野草青青,时有幽花一树明。
晚泊孤舟古祠下,满川风雨看潮生。

犊头,是淮河流经的一个小地方。究竟是一座村落,还是一个岛屿,已无从查考。这里有一座祠庙,年代久远,景象萧爽,别有韵致,常惹游人驻足。在一个天低云暗的春夜,苏舜钦也中止了沿淮航行,将自己的一叶孤舟系于古祠之下。奔腾的思绪伴随着风雨晚潮汹涌而来,使他情不自禁,写下了这首七绝。

整首诗是由四幅图画构成的一个浑然天成的统一体。每句诗都绘出了一种景象。第一幅是广阔的远景:春天浓重的阴云低低笼罩着广阔的原野,蔓生的春草泛着一片青光。画面背景暗淡,色调阴冷,给人以浓郁的压抑感。第二幅是中景,给前句的沉闷带来了一些春天的明丽气象:隐现在树丛中的幽独的花枝不时展露出鲜丽耀眼的姿容,好像点缀在绿阴中的明珠,令人心往神驰。诗人的愉悦之情,顿时跃然纸上,后两幅变为近景,画面由空旷的原野收缩到孤舟之前。“晚泊”图仍以灰暗作底色,突出夜幕笼罩下的古祠、孤舟,形成凄迷冷落的气氛,似在显示诗人内心的孤寂。“潮生”图则恣意渲染风雨中猛涨的潮水,极力展示动态美,并由物及人,让看客亮相。一个“看”字,有形无色,含蓄蕴藉,拓展了留给读者的想象天地。

四幅画幅幅境界鲜明,整首诗却显得意象朦胧。仔细品味四幅画,觉得幅幅有寓情,有意蕴;待要深入发掘画中情、景中意,又似海市蜃楼,可望而不可即。试问,风雨横江之夜,一个失眠的诗人却伫立孤舟静观涨潮,这是忧是闷,是悲是愤,是豪情激荡,还是愁绪满怀,从何说清楚呢?于是,只好含混其词,说河潮引发了诗人的心潮,使他本来就起伏不平的心绪更难平静了。这种境界鲜明入画而意象扑朔迷离的写法,正是本诗意境创造的重要特色。本诗能产生“状难写之景,如在目前,含不尽之意见于言外”的艺术效果,实得力于此。

这首小诗在景象描绘上也颇有特色。如:诗人善将“阴”、“明”两个色调协调统一,融为一体,产生明丽流动的色彩感,形成忽隐忽现、若虚若实的画面美,在烘托气氛、创造意境上发挥了积极作用。再如:诗人擅长以形写意,灵活多变,流动新巧,画意盎然。诗中一、二句铺出远景,三、四句收束到近景,由远而近,层次分明;一、三句写静景,二、四句写动景,交叉变换,富于立体感。全诗短短二十八个字,写了阴云、原野、青草、花树、孤舟、古祠、风雨、潮水、看客……从天上到地下,从岸边到河中,从无情之物到有心之人。这诸多景物组成类似电影的跳动镜头,使不断变换的画面与诗人内心的情感起伏互相呼应，形成了清隽深永的意境。这样，读者就能在陶醉于优美的自然景观的同时，也感受到诗人思潮的起伏。（徐　奔）

张　俞

蚕妇[1]

昨日入城市，归来泪满巾。
遍身罗绮者，不是养蚕人。

题为"蚕妇"，其实是诗人代其立言，采用自诉方式，表现蚕妇劳动成果被剥削者掠夺的悲愤。

诗中记叙的是这么一件事：一个蛰居乡村的养蚕妇女偶尔进城，看到城里穿绸着缎的，竟无一个是养蚕人。因而感触万端，伤心落泪，以致沾满衫巾。所写是当时社会司空见惯的现象：贫富悬殊，苦乐不均。此类题材，唐人多有表现，较著名的有孟郊的《织妇词》、郑谷的《偶书》、于溃的《辛苦行》、杜荀鹤的《蚕妇》等。在众强林立的情况下，这首小诗能脱颖而出，崭露头角，殊为不易。

本诗的成功，就在于它在主题发掘和艺术创造上确有特色：尽管同是揭示封建社会的基本矛盾，表现阶级对立，本诗却注重反映受剥削者的觉醒。蚕妇觉察到"遍身罗绮者，不是养蚕人"，就是懂得了获者不劳的道理的表现。她为此"泪满巾"，不应单纯看做是勤劳善良的蚕妇为自己的命运而伤痛，而是觉醒了的受苦人对吃人世道的沉痛控诉。从这个意义上来说，这首小诗比同类作品更有深度和力度。诗人运用自诉的形式，集中反映蚕妇入城的所见所感，有人物有情节，给人朴实亲切感。诗人从"昨日"起笔，而突出入城后的蚕妇情绪不佳——"泪满巾"，由此造成悬念，然后补叙原因，笔锋一转，集中矛盾，让"罗绮者"和"养蚕人"强烈对比，揭露封建制度的不公平，不合理。诗中未加一字评议，也不作铺叙描写，以最平淡的语言表达最深浓的情感，富有说服力和感染力。此外，本诗运用形象对比的手法，也有独到处。贫富双方对比，只明写了富方的阔绰之态——"遍身罗绮"，贫方的寒酸相则要读者从对比之下贫方所产生的"泪满巾"的感伤中去推想，留下较大的审美想象空间。这样写，显然增强了贫富双方的对比度，读者在产生出二者实有天壤之别的联想时，自会有更多的妙悟。（徐　奔）

【注】 ①此诗一作"昨日到城郭，归来泪满巾；遍身罗绮者，非是养蚕人"（吕祖谦《皇朝文鉴》卷二六）。

曾巩

西楼

海浪如云去却回，北风吹起数声雷。
朱楼四面钩疏箔，卧看千山急雨来。

宋代苏东坡评论唐代大诗人、大画家王维“诗中有画，画中有诗”（《书摩诘蓝田烟雨图》）。诗画实在是一对孪生兄弟，真是你中有我，我中有你。曾巩这首《西楼》，也可称得上是“诗中有画”，并且句句有画，合起来就是一幅充满自然之美和意境情趣之美的《西楼看雨图》。

本诗首句呈现给我们的是广阔的海洋，但诗人并未着意描写海洋的各种形姿，而只撷取其中最富个性特色的浪涛作为歌咏对象。诗人在这里所看到的海浪，是层层波涛，蕴涵了巨大的力量，组成了一支浩浩荡荡的队伍，好似千军万马，汹涌奔腾而来。巨大的浪涛尽力推进，冲到了海岸，好像遭到了反击，又立刻倒退回去。如此无数次的循环往复，构成了一幅绝美的海浪奔涌图。诗人拈出一个“云”字，把海浪同云层联系在一起，暗示当时的海洋完全失去了明媚的阳光，已经为乌云所笼罩，而且两者完全融合在一起，这就为后面的山雨之来埋下了伏笔。

第二句是第一句的自然延伸。海洋的变化就是气候的变化。海洋失落了阳光，却带来了北风。北风好似怪物，从平地卷起，从半空穿来，阵阵狂吹，从天顶上吹起了隆隆巨雷，把一切昏沉沉的万物都震醒了。狂风、巨雷、闪电，加上海浪，出现了力的四重奏。这是一幅壮美的风雷图。

第三句点到诗题——西楼，西楼就是朱楼。西楼滨海倚山而筑，在一个山头上，很可能是众多建筑物中的一个景物。原来平静安稳的西楼，受到狂飙的袭击，完全失去了常态。它四面所挂的帘箔，像是受了惊吓，错乱了神经，不住地翻卷狂舞。就在这一刹那，诗人并不听之任之，仿佛忽有所悟，居然亲自动起手来，把四面狂舞的帘箔一一挂在柱钩上，挂得整整齐齐。这是一幅风中挂帘图。

末句强化情趣，创造意境，深化主题。诗人在狂风中钩帘引起读者的悬念，非常自然地提出一个“为什么”来。诗人在这里作了极其圆满的回答。诗人挂帘于钩，安详地仰卧在藤榻上，欣赏大自然于一刹那间创造的最美最奇最雄壮的景象，那布满千山万壑、重峦叠嶂的暴风骤雨，那种把人间万物种种污秽痛快淋漓冲刷干净的暴风骤雨。诗人就这样最后完成了一幅“西楼看雨图”。

苏东坡曾说过：“作诗火急追亡逋，清景一失后难摹。”（《腊日游孤山访惠勤惠思二僧》）不失时机地捕捉一刹那的形象，立即加以反映，这是诗人最重要的功夫之一。本诗说明曾巩善于捕捉大自然的形象，特别是海浪翻滚、急风暴雨的动态形象，给人以强烈的印象。曾巩善于借助意象间的联系渲染气势。海浪、北风、雷鸣、朱楼、帘箔、千山，都为山雨作铺垫。曾巩的高明之处，在于强化它们之间的联系，使之互相影响，海浪与层云联系，北风与雷鸣联系，为山雨造成声势，进行召唤。全诗四句，每句都自然地进行过渡，前句为后句创造条件，“卧看千山急雨来”，诗人高卧朱楼，将千山万壑的急雨尽收眼底，意境何等宏阔，读来使人心胸开阔，视野旷远。

曾巩以创作“雍容平和”的散文著称，其诗歌创作才能，过去被他的散文成就所掩盖。本诗说明曾巩除了是一位散文能手，在诗歌创作上也颇有造诣，很有个性特色。（颜中其）

凝香斋

每觉西斋景最幽，不知官是古诸侯。

一尊风月身无事，千里耕桑岁有秋。

云水醒心鸣好鸟，玉砂清耳漱寒流。

沉心细细紬黄卷，疑在香炉最上头。

曾巩于熙宁四年（1071）由越州通判改任齐州（治今山东济南）知州。到任以后曾改善邑政，“除其奸强而振其弛坏，去其疾苦而抚其善良，未期，囹圄多空，而枹鼓几息，岁又连熟，州以无事”（曾巩《齐州杂诗序》），因而得以悠游湖山，赋诗娱情。王士禛说：“曾子固曾通判吾州，爱其山水，赋咏最多……而于西湖尤惓惓焉。如鹊山亭、环波亭、芍药厅、水香亭、静化堂、仁风厅、凝香斋、北渚亭、历山堂、泺源堂、阅武堂、下新渠、舜泉、趵突泉、金丝泉、北池、郡楼、郡斋，皆有作。”（《带经堂诗话》卷一四）本篇当为熙宁五年（1072）游大明湖而作。凝香斋，原名“西斋”，位于大明湖畔，取韦应物“燕寝凝清香”句意而命名。

首句点题，领起全诗，以下都是“西斋景最幽”的具体说明。“不知官是古诸侯”，紧承首句，形容自身的悠然自得，物我两忘。“诸侯”，指封建朝廷委派的州郡长官，有似于古代诸侯，故幽默地自称为“古诸侯”。曾巩身临西斋，徜徉山水，忘怀世情俗务，连自己地方长官的身份仿佛都忘记了。故曰“不知”，这也正见出西斋景致“最幽”，使诗人俯仰其间，心神愉悦。

“不知官是古诸侯”，并不是曾巩忘记了地方官的职责，而是他善于治邑，游刃有余，能使地方政通人和，因而才有徙倚湖山的余暇和雅兴。三、四句由第二句来，也可说是第二句的具体化。诗人怎样在吏务之余，颐养精神呢？原来齐州境内，桑麻遍野，庄稼茁壮，可望秋季丰收，人心安定；故而官衙中政简讼息，身闲无事，只消手持樽酒，临风赏月。一句就个人生活说，“一尊风月”，表示悠闲之趣；一句就社会环境说，“千里耕桑”，充满丰饶气氛。这一联见出政简年丰，正是第二句的注脚。

由于官闲无事，便可静心领略此中幽景雅趣，第三联笔力集中于此。济南最有代表性的风物是湖光和泉水，本联上句写湖光，下句写泉水。“云水醒心鸣好鸟”，“云水”，如白云一样纯洁的湖水。“醒心”，来自韩愈的《北湖》诗“应留醒心处”。欧阳修曾在滁州建“醒心亭”，曾巩为作《醒心亭记》。这里“醒心”含有使心地清醒明澈之义。这雅洁的云水，使珍异的水鸟惬意地嘤嘤和鸣。连水鸟也为湖光之美所动，诗人更会心旷神怡了。“玉砂清耳漱寒流”，“玉砂”，泉底砂石晶莹如玉。“清耳”，班固《答宾戏》说“牙旷清耳于管弦”，陆机《演连珠》也有“瞽史清耳”之语，意指静心倾听，这里兼有使耳边清幽之意。“漱寒流”从孙楚“枕石漱流”（见《世说新语》）化出。静听水激砂石的潺湲之音，倍觉清爽。泉流本无纤尘，却又为玉砂磨洗，愈使人觉其清澈可鉴。这一联是全诗中的警句，“醒”、“鸣”、“清”、“漱”四个动词的使用，使句格变得极为灵动，下字精警，颇费安排。

末联归结全诗，意谓于此潜心书史，简直可说置身于最令人向慕的境界。“细黄卷”，指细心读书。寻绎义理叫“细”。“香炉最上头”，即香炉峰景物绝佳处。白居易称“匡庐奇秀，甲天下山”。李白登香炉峰有“且谐宿所好，永愿辞人间”（《望庐山瀑布》）之句。白居易曾在香炉建草堂，自谓“庐山以灵胜待我，是天与我时，地与我所，卒获所好”（《草堂记》）。可见香炉幽境历来为人向慕。曾巩读书于凝香斋，感到无异于置身香炉峰，说明他对齐州山水非常喜爱。这首诗抒发了诗人于邑政之暇优游湖山、沉心书史的高雅情趣，意境清幽隽洁，沁人心脾。（刘乃昌）

金线泉

玉甃常浮颢气鲜，金丝不定路南泉。
云依美藻争成缕，月照寒溪巧上弦。
已绕渚花红灼灼，更萦沙竹翠娟娟。
无风到底尘埃尽，界破冰绡一片天。

济南名泉，著称海内，由来已久，宋人多有称述，李格非作《历下水记》叙述甚详，可惜没有流传下来。王阙之《渑水燕谈》（今本缺此条）、张邦基《墨庄漫录》、吴曾《能改斋漫录》等，都提到金线泉。“若到济南行乐处，城西泉上最关情”（赵子昂《送山东廉访照磨于思容》），以故文人过济南，至泉上者，不可胜数。但题咏名泉的诗作，大约以曾巩、苏轼为最早。苏轼前后两次来山东，过济南，曾有“枪旗携到齐西境，更试城南金线奇”之句，是咏金线泉的。不过苏轼这首诗的全文，今天已经看不到了。曾巩咏金线泉早于苏轼，其诗今存集中。

金线泉为济南七十二名泉之一。今在该市趵突泉公园之内。北宋时当齐州城西，是张聪的园亭，人称“张氏园”。《宋朝事实类苑》卷六一载，园内有金线泉，“石甃方池，广袤丈余。泉乱发其下，东注城濠中，澄澈见底。池心南北有金线一道，隐起水面，以油滴一隅，则线纹远去，或以杖乱之，则线辄不见，水止如故，天阴亦不见”。曾巩于熙宁五年（1072）任齐州知州，“爱其山水，赋咏最多……趵突泉、金丝泉、北池、郡楼、郡斋皆有作”（《带经堂诗话》卷一四）。《金线泉》诗就是当时的题咏之一。

曾巩此诗是名泉的传真写实，吟味其句，犹身临其地，目寓其景。首联上句，总写泉水风神。砖石砌成的井壁曰“甃”，此泉“石甃方池”故美言之曰“玉甃”，见出泉壁的清莹皓洁。“颢气”一词，来自班固《西都赋》“鲜颢气之清英”，此处指水气。临近泉池，便觉水气清爽甘鲜，缥缈浮动，沁人心脾，爽人神思。不仅写目光所见，亦且写身心所感，将人引入甘泉的环境氛围中。下句破题，既点出泉名，又指明方位，且用“金丝不定”一语道出其忽隐忽现、飘移浮动的奇观。首联倒卷入题，颔联紧扣“金线”二字，用烘染、隐喻之笔，作精工描写。浮云映入池面，同浮萍一起随着水纹变成线条；明月斜照灵动的波光，愈入宁静之夜，愈清晰地弹奏起寒泉的潺湲之音。这里从形、声两个方面，突出了金线泉的特色。颈联宕开，用花红竹翠来衬映泉水的甘肥，点缀风光的秀雅。着“绕”和“萦”字，将泉水和花竹关联起来。尾联收到本题，对寒泉作一特写：时当风静波平，泉水澄澈，一望到底，只见金线一缕，隐然将倒影池中的一片蓝天，划然中分。何等奇妙的景象！“界”，犹“瀑布分流以界道”（孙绰《游天台山赋》）之界，乃分划之意。“冰绡”（四部丛刊本作“水消”，疑误），暗喻水光的清凉澄澈，用语精当。首尾两联紧密绾合，中间两联笔法精巧，用语工致。全诗玲珑剔透，细密妥溜，不愧为吟咏名泉胜景的佳构。　（刘乃昌）

司马光

初到洛中书怀

三十余年西复东，劳生薄宦等飞蓬。
所存旧业惟清白，不负明君有朴忠。
早避喧烦真得策，未逢危辱好收功。
太平触处农桑满，赢取闾阎鹤发翁。

撰有煌煌三百万言历史巨著《资治通鉴》的司马光不仅是著名的史学家，同时也是一位政治家，他在宋哲宗元祐初年担任过宰相。本诗是他在宋神宗熙宁四年（1071）、五十三岁时所写的一首人生宣言，反映了他的人生观和生活追求。司马光历任仁宗、英宗、神宗、哲宗四朝。熙宁二年王安石参知政事，推行新法，他被神宗擢为执政官之一的枢密副使，但由于政见与王安石不合，他辞不就任。熙宁四年他以判西京留司御史台，退居洛阳，从此专门撰写《资治通鉴》，绝口不论政事。本诗就是他刚到洛阳后所写。回顾自己的旅途，他用“三十余年西复东”一句起笔，勾勒出从政以来忙忙碌碌，东西奔波，不得安定的历程。第二句随即对三十余年的政治生活进行一个小结：“劳生薄宦等飞蓬。”“薄宦”、“劳生”表明他对仕途遭遇的不满。正因为“薄宦”而“劳生”，才使自己像随风飘荡的飞蓬一样，迁转不定。这首联的情调是低沉的，伤感的。但司马光是政治个性极强的人，尤其是自己离开了朝廷，来到了洛阳，如何正视这个现实呢？司马光把笔锋一转，进入第二联。他比较激昂、比较自信地对自己的家世回顾检讨。司马光其家世代业儒，从祖父司马炫到司马光都是进士出身，其父司马池官至兵部郎中、天章阁待制，“以清直仁厚闻于天下，号称一时名臣”（苏轼《司马文正公行状》）。司马光以这样一个清白家世而自豪自信，进而向皇帝表白，自己虽然离开了中央，但始终保持一颗淳朴的忠心，决不会辜负明君的希望。事实上,当时的神宗皇帝对司马光很为倚重,曾经诚恳挽留他在朝任职。司马光虽不肯与变法派合作,但对皇帝的忠诚不会改变。有了这样一个心态,他在第三联宣布了自己对现实政治的态度。他认为,目前来到洛阳,摆脱了喧烦的政治争议,专心撰写《资治通鉴》,倒是"得策"的乐事,符合自己的愿望。当时的情况倘使侧身政治旋涡,定会遇上风险。因此,要趁尚未碰到困厄和耻辱时及早收场,远离政治是非。司马光谙熟历史,了解君臣之间的各种变化,懂得个人的宠辱得失难以预测。他意识到,在当时比较高明的策略是抽身远祸。"未逢危辱好收功",不失为一种坦率的表白。今后的日子怎么过,今后自己做个什么样的人?司马光表示:"太平触处农桑满,赢取闾阎鹤发翁。"意谓只要天下过上太平日子,所到之处,农桑丰收,老百姓可得温饱;至于自己,争取做一个普通街头巷尾的白发老翁,终其天年,也就心满意足了。司马光这里措辞很委婉,对新政也许隐隐有所不满,字里行间不免多少流露点失落情绪,但他耿直的秉性和对王朝的忠心是不会改变的。这首诗表达了司马光复杂的心态,也体现了他自持清白、不改忠悃的自信。

(颜中其)

王安石

奉酬永叔见赠

欲传道义心虽壮,强学文章力已穷。
他日若能窥孟子,终身何敢望韩公。
抠衣最出诸生后,倒屣常倾广坐中。
只恐虚名因此得,嘉篇为贶岂宜蒙。

这首七律是王安石对欧阳修赠诗的酬答。文坛盟主欧阳修喜欢奖掖后进,远在庆历七年(1047)知滁州时,由于曾巩的推荐,读到王安石的文章,便赞赏不已,"爱叹诵写不胜其勤",把它编选到"时人文之佳者"的《文林》中,说:"使如此文字不耀于世,吾徒可耻也。"还让曾巩转告王安石:"少开廓其文,勿用造语及模拟前人。……孟韩文虽高,不必似之也,取其自然耳。"并热切地希望一见:"欧公甚欲一见足下,能作一来计否?胸中万万事,非面不可道。"(以上均引自《曾巩集·与王介甫第一书》)此后,又多次揄扬和荐引王安石,称他"德行文学,为众所推,守道安贫,刚而不屈"(《荐王安石吕公著札子》,至和二年作)。"学问文章,知名当世,守道不苟,自重其身,议论通明,兼有时才之用,所谓无施不可者。"(《再论水灾状》,至和三年作)可惜两人一直未能见面,直到嘉祐元年(1056)王安石任群牧判官时,两位文学家才在汴京欢晤。欧阳修写了一首《赠王介甫》诗,诗云:"翰林风月三千首,吏部文章二百年。老去自怜心尚在,后来谁与子争先。朱门歌舞争新态,绿绮尘埃拂旧弦。常恨闻名不相识,相逢樽酒盍留连。"诗以李白、韩愈期许王安石,盛赞他抱道自守的狷介人品，表现出一位文坛宿将对青年后进的热望和关怀。面对前辈的褒奖，王安石满怀感激之情写下了这首诗相酬谢。

诗的前四句抒写自己的志向和理想，是对欧阳修赠诗前四句的回答。一、二句写现实的壮志，三、四句分承前二句，写未来的理想和追求。“道义”，指儒家的道德和义理。欧阳修希望王安石能成为韩愈那样的能领袖一代的文学家，把诗文革新运动继续向前推进，王安石则表示为文的能力有限，不敢以文学家自诩，决心继承和发扬儒家的“道义”，做一个像孟子那样的思想家和政治家。“心虽壮”三字表现出他坚定不移的信念。王安石自幼就倾心学习儒家经典，立志做一番事业。他更仰慕孟轲，视之为自己学习的典范，“何妨举世嫌迂阔，故有斯人慰寂寥”（《孟子》），正表达了这种意向。河东王俦曾对李壁说：“观介父‘何敢望韩公’之语，是犹不愿为退之，且讥文忠之喜学韩也。”（《王荆文公诗笺注》卷三三）说“讥文忠”，恐是一种误解。欧阳修是北宋诗文革新运动的一面旗帜，王安石对他是十分尊崇的。诗说“若能窥孟子”、“何敢望韩公”，表示自己的志趣更向慕孟轲，但在文学上，不敢以韩愈自期，这体现了王安石青年时代的抱负，态度既是坦诚的，又是谦恭的，运用词语也很有分寸，对欧阳修并没有讥讽的意思。

诗的后四句写对欧阳修的尊敬和受到欧阳修隆遇的感谢之情，是对欧阳修赠诗后四句的答谢。“抠衣”，古代礼节，谒见尊长时，提起衣服的前襟，以表示恭敬。《礼记·曲礼上》：“抠衣趋隅，必慎唯诺。”“屣”，鞋子。“倒屣”，穿倒鞋子。古人家居脱鞋席地而坐，因急于迎客，把鞋子穿倒，形容对来客热情欢迎。《三国志·魏书·王粲传》载，蔡邕见王粲而奇之，虽宾客盈坐，“闻粲在门，倒屣迎之”，并赞许他“有奇才，吾不如也”。诗人用这两个典实，写出了谒见欧阳修时的恭谨态度和得到欧阳修热情迎接的情景，表现出王安石对欧阳修的衷心景仰和倾慕。欧阳修对王安石的器重，说明他们两人在诗文革新运动中志趣相投，友谊深笃。在封建社会文人相轻的恶习之下，他们这种彼此尊重的态度，是难能可贵的。结尾两句紧承“倒屣”句，抒写受到欧阳修奖许后的心情。“嘉篇”，美好的诗篇，指欧阳修的赠诗。“贶”，赐予。“蒙”，承受，含有自谦之意。欧阳修赠诗对王安石深表推许，故尾联说恐因此博得虚名，对长者惠赐的美好诗篇自己是承受不了、担当不起的。以反诘的句式收结，更显得感情强烈，余味悠然不尽。

全篇紧贴对方的赠诗，抒发了自己的志趣，表达了对欧阳修的酬谢之情，感情深挚，口吻谦谨，用语得体，融化典实也很自然。欧、王的赠答诗传为文坛佳话，不是偶然的。（高洪奎）

明妃曲二首

明妃初出汉宫时，泪湿春风鬓脚垂。
低徊顾影无颜色，尚得君王不自持。
归来却怪丹青手，入眼平生未曾有。
意态由来画不成，当时枉杀毛延寿。
一去心知更不归，可怜着尽汉宫衣。
寄声欲问塞南事，只有年年鸿雁飞。
家人万里传消息，好在毡城莫相忆。
君不见咫尺长门闭阿娇，人生失意无南北。

明妃初嫁与胡儿，毡车百辆皆胡姬。
含情欲说独无处，传与琵琶心自知。
黄金杆拨春风手，弹看飞鸿劝胡酒。
汉宫侍女暗垂泪，沙上行人却回首。
汉恩自浅胡自深，人生乐在相知心。
可怜青冢已芜没，尚有哀弦留至今。

这是两首咏史诗。“明妃”，即王昭君，西汉秭归（今属湖北）人，元帝时被选入宫，数年未召幸，积悲怨，后来匈奴王呼韩邪来朝，要求与汉朝和亲，昭君请行，做了匈奴王后。晋时，因避文帝司马昭讳，改称“明君”，南北朝时又称“明妃”。自从汉代产生“怜昭君远嫁”（《乐府古题要解》）的诗歌之后，历代咏写昭君故事的佳作杰构不可胜数。在众多的篇什中，王安石嘉祐四年（1059）写的两首《明妃曲》，独辟蹊径，不落他人窠臼，以其立意新颖、形象鲜明、笔法精妙，受到人们的普遍赞赏。它一问世，便蜚声诗坛，梅尧臣、欧阳修、司马光、刘敞等著名诗人纷纷赓和，成为北宋诗坛的一段嘉话。

此诗首四句写明妃去国失意之悲。明妃的悲剧是从入汉宫开始的，作者却略去平直烦冗的叙事，直从“明妃初出汉宫时”写起，显得突兀新警，犹如天外飞来奇峰，豁人心目。“泪湿”、“低徊”两句，着力刻画昭君的仪容和神态。“春风”，指青春的面容，出自杜甫“画图省识春风面”（《咏怀古迹五首》其三）的诗句。泪湿面颊，鬓发低垂，表明其心含忧痛，容颜惨淡。“低徊”，写其流连盘桓，不忍离去。“顾影”，是说顾望形影，自怜身世。她虽“丰容靓饰，光明汉宫”，却不得君王赏识，其孤独失意之状可以想见。“无颜色”，照应上句“泪湿春风”，形容失去昔日之光彩而面色苍白。两句诗以细致生动的笔触，描绘了昭君不被知遇、迫离故国的神情表现，揭示出昭君内心的深悲剧痛。“尚得”句陡然一转，写汉元帝的“不自持”，既活画出元帝的好色昏态，又烘托出昭君的美艳绝世，忧伤悲泣而“无颜色”的昭君，竟能使拥有六宫美女的封建帝王顿时心魂摇荡而不能自持，她该是怎样的美丽呢？一句写了两个人物，有一箭双雕之妙，且自然点出君王，为过渡到下节作好了铺垫。

“归来”四句紧承“尚得”句，写元帝由色迷而失悔，由失悔而杀画工毛延寿。据梁朝吴均《西京杂记》载，元帝后宫妃多，不得常见，乃令画工图形，按图召幸。诸宫人纷纷贿赂画工，只有昭君自恃美貌，不肯行贿，画工故意将她丑化，因而入宫数年未被召幸，直到她被赐与匈奴和亲，临行召见，才发现为后宫第一，画工图画失真，但又不好失信于匈奴，恼怒之下，便将画工毛延寿等人杀掉了。此事虽不见载于正史，却丰富了昭君的故事，对后来影响很大。诗人词客大都认为毛延寿很坏，汉元帝只不过受了蒙蔽而已，如李商隐《王昭君》诗：“毛延寿画欲通神，忍为黄金不为人。马上琵琶行万里，汉宫长有隔生春。”王安石与这种传统的看法不同：“意态由来画不成，当时枉杀毛延寿。”认为画工只能图其形，无法画出她的神采风韵。当时白白地屈杀了毛延寿，既进一步说明昭君的美丽，又翻了毛延寿的旧案，对汉元帝无知人之明投以讥讽。识见新颖，立意高人一筹。

“一去”四句写昭君远嫁匈奴之后的生活和心情。作者选取了两个典型细节来表现。一是“着尽汉宫衣”。昭君远离汉宫，心怀故国，虽为匈奴王后，却“着尽”汉装，表现出昭君思想的深沉，心志的挚著。“可怜”二字凝聚着诗人对昭君悲凉处境的深切同情。二是寄声鸿雁。昭君身处异域，时时系念塞南汉事，然而山河阻隔，无人可托，只好求助于天际鸿雁。可是，鸿雁年去年来，却只能触动她对故国的怀思之情。她的生活是多么寂寞凄苦啊！两个细节写得含蓄深厚，凄切感人，一个失意忧愁的昭君形象仿佛出现在读者面前。

最后四句回应“寄声欲问塞南事”，以“家人”之口劝慰昭君。“家人”从万里之外捎来消息，开解她好好在匈奴生活，不要惦念家人，远处异域固是失意，近在君侧就不失意吗？“君不见咫尺长门闭阿娇，人生失意无南北。”“咫尺”，形容距离很近。“长门”，汉时宫名。“阿娇”，汉武帝陈皇后小名，失宠后被幽禁在长门宫。长门宫陈阿娇的失意，与陷身朔漠的昭君有何不同？人生失意又岂分南北与远近！这是无可奈何的宽慰话，感情极为沉痛，既是针对昭君的悲剧而发，又不仅仅局限于此，它从整个“人生失意”的高度，点醒了全诗的主旨，寄寓着诗人怀才不遇的感慨，蕴涵着对北宋王朝埋没人才的怨愤。

咏史之作，贵在立意新警，不蹈袭前人。王安石独抒机杼，着重渲染昭君之“失意”，融入自己的身世之感和对现实的认识，这是此诗的新颖之处。王回曾引孔子“夷狄之有君，不如诸夏之亡”，指责“人生失意无南北，非是”（李壁《王荆文公诗笺注》卷六引）。宋代不赞成变法的人，往往带着政治偏见对王安石诗进行深文周纳，这是不足取的。方东树说：“此诗言失意不在近君，近君而不为国士之知，犹泥涂也。”（《昭昧詹言》卷一二）道出了本诗立意的妙处。

第二首与上一首立意相似，但对昭君描写的角度不同，突出了昭君的内心矛盾，议论和识见更能摆脱窠臼，自出新意。全诗四句一节，盘折回旋而下，结撰精密严整，不失大家风范。

首四句用反衬法写昭君初嫁时的孤独失意。昭君出嫁匈奴，匈奴派百辆毡车、众多胡女来迎接，队伍不谓不浩大，礼仪不谓不隆重。“百辆”出自《诗经》“之子于归，百两御之”之语，说明匈奴是以迎接王妃的大礼来迎昭君的。对此昭君没有感到慰藉，物质条件和待遇的优厚并不能驱除心灵的酸楚与孤寂。“含情欲说独无处，传与琵琶心自知。”满腔的离情和幽怨无处诉说，只好借琵琶来寄托自己的情思，这一切只有自己心里才明白。《薑斋诗话》曾谓“以乐景写哀，以哀景写乐，一倍增其哀乐”。这里便是用“毡车百辆皆胡姬”的欢乐场景，来反衬昭君内心之悲凉，同时又为下文“胡自深”的议论埋下伏笔。

次四句写昭君内心的矛盾痛苦，全借外在动态和侧面反映来体现。“黄金杆拨春风手，弹看飞鸿劝胡酒”，描绘了两个细节：昭君一面以妙手生春的高超弹技，操持黄金杆拨(拨弦工具)，弹奏着琵琶劝胡人饮酒；一面两眼直怔怔地凝视着天际的飞鸿。其心事重重又不得不强颜作欢的情态，写得何等真切感人！昭君思国怀乡之情，朝夕相伴的汉宫侍女体会最深，琵琶的哀弦所传达出的悲凉声韵，也深深地撼动了行人的心弦，侍女的“暗垂泪”，行人的“回首”相望，从侧面进一步烘托出昭君的愁苦。

末四句以议论收绾全篇。昭君幽居汉宫，遭受冷遇，朝廷不惜牺牲她的青春，使之远嫁朔漠，匈奴则以隆重礼节迎迓，相比之下，恩义自有厚薄，而人生贵在理解，乐在知心。这既是对薄命红颜无可奈何的宽解，又脱口说出了一个带有普遍意义的人生哲理，只要理解和知心，何须计较地域的南北和途程的远近。自然，昭君并非真正遭遇知己，坟冢的芜没，哀弦的存留，足可作为见证。诗末着力渲染荒凉、冷清的气氛，体现了诗人对薄命佳人的同情，也隐隐流露了才士不遇的深沉感慨，这些人间悲剧是有共通性的。这四句意旨很清楚，反映了诗人用意深远，识见超拔。范冲断章取义，说“今之背君父之恩，投拜而为盗贼者，皆合王安石之意”，“以胡虏有恩，而遂忘君父，非禽兽而何?”(李壁《王荆文公诗笺注》卷六引)这样曲解诗意，罗织罪名，无非出于政治偏见，不是客观地品诗，无怪李壁也嫌他“傅致亦深”了。

王安石的《明妃曲二首》不仅以立意新颖著称于世，而且以高度的艺术概括力和描绘形象的本领为人们所赞赏。诗人采用小说笔法，选取典型细节，描绘昭君的神情，刻画人物的内心世界，并以君王、侍女、行人进行烘托，以青冢、哀弦加以渲染，浓化了昭君故事的悲剧气氛。诗中的议论，与具体的物象紧密契合，蕴涵着强烈的感情，既点醒和拓深了诗意，又无枯燥抽象之感，煞是精彩。　(高洪奎)

思王逢原三首(其二)

蓬蒿今日想纷披，冢上秋风又一吹。
妙质不为平世得，微言惟有故人知。
庐山南堕当书案，湓水东来入酒卮。
陈迹可怜随手尽，欲欢无复似当时。

这是北宋杰出的政治家、文学家王安石怀念其亡友王令的诗篇。原作组诗含七律三首，这里选的是第二首。王令(1032～1059)，字逢原，原籍元城(今河北大名)，五岁丧父母，随其叔祖王乙居广陵(今江苏扬州)。十六七岁起，即在附近的高邮、天长等地教学。宋仁宗至和二年(1055),王安石由苏州通判被召回京,路经高邮,他赋《南山之田》诗求见,王安石深赏其才学人品,一见如故,深相契合。此后,论学唱和,切磋不辍,并将妻子堂妹(叔岳丈吴蕡之女)嫁与他,于嘉祐三年(1058)成婚。不料,王令因病于嘉祐四年六月病逝,王安石惊震悲痛,既为之作墓志铭,又作挽诗,又于当年冬天作《思王逢原》五古长篇以寄哀思,然痛惜之情,仍久久不已,值王令安葬一年之际,又以极度悲痛的心情,吟出这组哀歌。

"蓬蒿今日想纷披,冢上秋风又一吹。"首联二句,紧承上首,直抒一年来的忆念和悲痛。"蓬蒿",指坟上野草,亦暗含"蒿里"(古指坟)之意。十分贴切。王令死于嘉祐四年六月,王安石时在京中任度支判官、祠部员外郎、直集贤院。墓志铭写好后,交由吴特起(王安石夫人的同祖兄弟)送去。王令于九月葬于常州武进县南乡薛村,王安石未曾亲临葬,当然未见其墓。但王安石心中,却老是"想象"着他的墓。此前所写五古《思王逢原》中就说:"念子冢上土,草茅已纷披。"现在一落笔,就又想到"蓬蒿纷披"。心中无时无刻不念着这千里孤坟,其忆之久,悲之深,不是很清楚吗?"秋风",本来就有萧瑟悲凉之感。王令去年在秋风中下葬,如今想象中其墓草又在秋风里纷披零落。"又一吹"既交代了作诗时间是在安葬一周年之际,又包含了"死别"之后,光阴流逝而悲痛长存的感情。在无限惆怅中忽忽又过一年了!从字面看,这两句用平易的语言,平平的构思,写平常的物象,但在这貌似平淡的叙述中,却蕴藏着恳挚的情怀与深沉的悲痛。

"妙质不为平世得,微言惟有故人知。"颔联暗承上文,既写出对王令的高度评价,又补足如此悲痛的原因:卓荦高才,不被世遇,不为人知,岂非千古痛事!"妙质",语意双关,既称指王令令德高才的美好姿质,又包含上首诗末二句"便恐世间无妙质,鼻端从此罢挥斤"中"妙质"二字的意蕴,取《庄子·徐无鬼》中"臣之质死久矣,自夫子之死也,吾无以为质"之义,喻说王令是自己深相默契而不可再得的搭档、伙伴、对手。王安石在政治上和学术上眼光颇高,少所许可,而独把王令和自己的关系称为"郢人"和"匠石"的关系,这是对王令的高度评价。这个评价,不是今天写诗才这么谈,而是一贯的发自内心的看法。王令生前,王安石给他的诗《寄王逢原》中就说:"力排异端谁助我,忆见夫子真奇才。楩楠豫章概白日,只要匠石聊穿裁。"后来在为其所作墓志铭中又说:"始予爱其文章而得其所以言,中予爱其节行而得其所以行……以为可以任世之重而有功于天下者。"在《与崔伯易书》中更说:"窃以谓可畏惮而有望其助我者,莫逾此君。"如此难得的高才,在如今这"平世",竟不得其用,平缓的语言中深藏愤激。"微言",指其在经学、政事、文艺等方面的精妙议论。王令为人,胸怀大志,凌厉劲健,英风倜傥,议论纵横,与王安石既多共性又多共识,故二人言谈最相契合。王令生前,王安石就说:"晤言相与入圣处,一洗万古光芒回。"(《寄王逢原》)那就是这里所说"微言相知"之意。用"惟有"二字,义亦混茫,既有超然远出流俗,非常辈能知之意,又有哀愤不得任用、不为世知之情。两句在对王令"卓荦高才"的评价中,同时融进无限的悲悼。

"庐山南堕当书案,湓水东来入酒卮。"颈联一转,由议入叙,由虚入实,切入交游踪迹,暗写其平生气概,显出悲中有壮。嘉祐三年王安石提点江东刑狱,王令曾与之在江州(今江西九江)一带相聚。盘桓江州,则南望庐山,西视湓水,诗中用四字点出当日诗酒追随游踪所在。以庐山之飞峙大江,其"堕"只能当吾书案,以湓水之流贯平川,而其"来"如入吾酒卮,则二人当日指点江山激扬文字的气魄可以概见。王令诗深受韩愈、孟郊、卢仝、李贺影响,其构思新奇,造语精辟,气势宏大,境界伟丽。他那种欲卷沧溟水以作人间甘霖(见《龙池》),提昆仑雪尽消天下赤热(见《暑旱苦热》)的胸襟气度,必然展现于平日风姿。王安石这两句诗,自然地突出了他的磊落气度。

"陈迹可怜随手尽,欲欢无复似当时。"尾联再一折:卓荦高才不仅不为世遇,不被人知,而且弹指之间,连人生活动的踪迹都消失殆尽,不是愈加可悲么?没有这样"妙质"的人,即使故地再游,谈锋再接,吟篇再续,又岂能有从前的境界?失斤岂独庄周痛,听雨何堪向秀悲,于是整首诗在忆念、悲悼、激赏、痛挽等复杂情感的混茫意境中结束,留给读者以同样深长久远的余味。这种"无复似当时"的感受,王安石在《思王逢原》中也写出过:"自吾失逢原,触事辄愁思。岂独为故人,抚心良自悲。我善孰相我,孰知我瑕疵。我思谁能谋,我语听者谁。朝出一马驱,暮归一马驰。驰驱不自得,谈笑强追随。仰屋卧太息,起行涕淋漓。"五古的密不透风的铺陈与这里七律的深婉喟叹,其用笔各有千秋,而感人则同归一妙。

王荆公的这类诗,使用平顺的言词而极重思致的剪裁,是以诗语浅易而意思极深厚。其所以如此,当然首先是他思想深邃,而与艰辛的熔铸工夫也是分不开的。(张志烈)

示长安君

少年离别意非轻,老去相逢亦怆情。
草草杯盘供笑语,昏昏灯火话平生。
自怜湖海三年隔,又作尘沙万里行。
欲问后期何日是,寄书应见雁南征。

王安石《题张司业诗》说:"看似寻常最奇崛,成如容易却艰辛。"这是对张籍诗的评价,也道出他自己对诗歌创作的体验与追求。王安石的多数诗歌确实是做到了寻常中有奇崛,平易中见锤炼,流畅中有深稳,精警中藏深厚。《示长安君》只是他集子中普通的一首诗,然而只要稍加按索,便可以看到,他是那样地有热肠,那样地有人情味,用极"寻常"的诗歌体式,传达了曲折深婉的诗篇。

标题"示",是"写给……看"的意思,一般是年长的或地位高的用于年纪、辈分低于自己的人,含有一种亲切的意味。"长安君",指"长安县君",是王安石大妹妹王文淑当时的封号。这首诗作于嘉祐五年春天,王安石在京城开封,职务是度支判官、祠部员外郎、直集贤院。这年春,辽国派来庆贺元旦的使臣耶律瑕和王棠二人(见《续资治通鉴长编》卷一九〇)要回国,王安石奉命伴送,出使之际,与他相别多年的大妹妹王文淑在京城相见,叙旧言怀,不胜感慨,因而写了这首诗。

"少年离别意非轻,老去相逢亦怆情。"这两句总写兄妹相逢又悲又喜而悲多于喜的感慨，为整首诗定下了基调。“少年”，这里泛称青年时代。一般地说，青年时代的离别不算什么，因为“春秋方富”、“来日方长”，后会还多，那感情就可能“轻”。可王安石这里对他妹妹说：我们就是在青年时代的离别，那感情也是沉重的。这话包含了极丰富的内容。王安石比王文淑大四岁，王文淑十四岁便出嫁张奎，随夫家离江宁，后张奎官于南方，多数时间住在南边。当王文淑出嫁的第二年，他们的父亲王益就在江宁病故，其时王安石十九岁，王文淑十五岁，下面还有四个弟弟、两个妹妹，都很幼小。在这种情况下，王文淑远嫁他乡，可以想见他们兄妹离别时感情是如何沉重了。王安石这第一句话就融进了身世之感，对于个中人王文淑应是一点即明的。所以这话看似寻常，在这个特定环境中却有很重的分量。“老去相逢”，即指这次相逢。当时王安石四十岁，王文淑三十六岁，并非什么“进入老境”。自称“老”，正如欧阳修四十称“醉翁”，苏轼四十称“老夫”一样，是为了突出某一意义而用的夸张语。这里，是突出“年华老大”的自我感受。说“老去相逢”，言外包含年轻时很少聚合。王安石父死之后，他先守丧三年，然后上京赴试，接着任职淮南签判、鄞县令、舒州通判，南北东西，奔走不定，而王文淑亦随夫宦游各地，故兄妹之间极难会面。今天，见面了，“老去相逢”，总是相逢嘛，按理说应当高兴吧，然而王安石说，他们的感情亦是凄怆的。何以会如此？原来这些年里，他们的祖母、两个同父异母兄、一个嫂子先后去世，四个弟弟不全见面，而两个妹妹亦远嫁外地。亲人久别重逢，而家庭变化却很大，感念存殁，自然不免悲怆。王安石在给他另一妹妹的诗中说“相逢辄念远，悲吒多于喜”(《寄朱氏妹》)，正好作此处注脚。这诗开头二句，重点在“怆情”两字上，而用语又字字转折，句句顿挫，抒情中压缩地传示了大量的生活内容，因而更加重了“怆情”的分量和色彩。

“草草杯盘供笑语，昏昏灯火话平生。”这两句话，正写兄妹相逢的家宴。由于上一联盘马弯弓，先传出强烈的感情，已为这次聚会笼上悲多于喜的气氛，故这里顺势而下。虽“怆情”，毕竟兄妹相逢，所以设宴，然而却无心铺陈肴馔，只是“草草杯盘”，随随便便准备了一点酒食。是至亲骨肉，不是外人，这样做就不是怠慢而是亲切。“供笑语”，意谓边吃边谈，谈话是主而饮食是次。“昏昏灯火”，不太亮的灯光。家人相聚，不是招待外客，所以没有特别铺张灯火；久别重逢，有说不完的话，故直谈至人静夜深。这两句，重点在“话平生”，它补出上联“怆情”的原因，而且用“草草”、“昏昏”渲染“怆情”的色彩，又于朦胧中透出一种家人亲切聚会的深挚情意。

“自怜湖海三年隔，又作尘沙万里行。”这两句紧承“话平生”，感叹即将到来的离别。过去的离别，已经使人如此感叹了，而今天短暂见面之后，又将面临新的远别，这就使得“怆情”的程度更为加深。所以这一联，就成为全诗重点所在。“自怜”，自感悲伤可悯。“湖海三年隔”，是实写。王安石三年前，由京城赴任常州，途经高邮、扬州，曾和兄弟姐妹都见了面。他在嘉祐二年给欧阳修的信中说：“某以五月去左右，六月至楚州，即七舍弟病，留四十日。至扬州，又与四舍弟俱。”他在给他二妹的诗《寄朱氏妹》中，更详细地记载了那次“所念皆聚此”的情况。自那以来，又是三个年头了。这三年中，王安石曾作常州知州、江南东路提刑，宦游中多行于水路，故说“湖海三年隔”。“尘沙万里行”，也是实指，因其即将出使北国。“又作”二字，放在前面“老去相逢”、“话平生”的背景上看，表现出一种非常沉重的感慨。这种阔别多年始一见，相逢短暂又分离的情绪，也有前人写过。如唐人李益：“别来沧海事，语罢暮天钟。明日巴陵道，秋山又几重。”(《喜见外弟又言别》)司空曙：“乍见翻疑梦，相悲各问年。……更有明朝恨，离杯惜共传。”(《云阳馆与韩绅宿别》)这些都是很有特色的名句，但比较起来，似乎王安石这一联更以精警取胜。“自怜”、“又作”相呼应，贯注了强烈的感情。“湖海”、“尘沙”，感慨中有形象的描绘，使昔日舟船颠簸与未来鞍马劳顿，如见眼前。“三年”、“万里”，纪实中有深沉感叹。这一切又是在珠联璧合的七律对句中相互衬托，所以挺拔中有浑厚，是颇耐吟味的。

“欲问后期何日是，寄书应见雁南征。”这两句紧承上联，说不管怎样远隔千山万水，我对弟妹们的怀念之情将是永恒的。“后期”，后日聚会之期。“雁南征”，用《汉书·苏武传》汉使对匈奴单于说“天子射上林中，得雁，足有系帛书，言武等在某泽中”的话，借指出使北方后向南方写信，用得很贴切。证之后来事实，这里讲的都是真情实意。他在使辽中不断给弟妹们写信。如《寄纯甫》(王安上字纯甫)云：“塞上无花草，飘风急我归。”《寄朱昌叔》(朱是其二妹夫)云：“一杯塞上看黄云，万里寄声无雁去。”在这首诗中，未别而先言别后寄书，正是表现了极为深厚的惜别之情。

兄弟姐妹间的别情，人人都有可能经受。但王安石却将它写得恳挚深稳，厚重耐读。这除了他具有一腔热心肠，富有人情味之外，艺术表现上有着不可忽略的因素。

第一点，是结构上善于蓄势，即经过提炼组合，选择一个最佳角度来分层次地展现思想内容。一联突出“怆情”，二联突出“话平生”，三联突出“万里行”。前两联又为突出、烘托、深化第三联服务。前面五句话，句句盘旋曲折，宛如登山一般，而这次尘沙远别的情怀就安置在半生睽隔而如同山积的离情别绪的顶峰上，所以充实、沉重、尖锐、感人。一首小诗的精巧安排，与他雄文大篇的森严结构，是一脉相通的。

第二点，是造语善于摄神，即在少量的直接描写中总含有压缩的间接表现的大量生活内容。如一联写相逢感慨，但“少年”、“老去”等词，把半生离别的种种具体情景，暗自包含于中。三联本是自抒心理感受，然通过“湖海”、“尘沙”又压缩了具体形象在内。从艺术提炼上讲，这跟他的名句“春风又绿江南岸”之用“绿”字，也是一脉相通的。

第三点，是下字精于律对。这首诗是律诗，可读起来流利畅达有如行云流水，似乎感觉不到“律”的存在，而仔细一看，意与辞两方面从内到外都按要求精整对偶，相互辉映，直使人有成风去垩之感。叶梦得曾称：“荆公晚年诗律尤精严，造语用字，间不容发，然意与言会，言随意遣，浑然天成，殊不见有牵率排比处。”将这段话移来评价本诗也是恰当的。“意与言会，言随意遣”，是驾驭语言和运用诗律的很高标准，没有平常实践中刻苦锻炼的工夫，是做不到这点的。　　(张志烈)

金陵怀古四首(其一)

霸主孤身取二江,子孙多以百城降。
豪华尽出成功后,逸乐安知与祸双。
东府旧基留佛刹,《后庭》余唱落船窗。
《黍离》《麦秀》从来事,且置兴亡共酒缸。

王安石是抚州临川(今江西临川)人,但他与金陵的关系却非常密切。金陵(今江苏南京),北宋平南唐后复为昇州,北宋中期升为江陵府。王安石一生中有三段较长的时间居住在这里。宋仁宗景祐四年(1037),他父亲王益调任江宁通判,次年病死,即葬于江宁牛首山,他在这里守孝三年,直到庆历元年(1041)离家到开封应试,随即外出作官,通计前后居住五年(十七岁至二十一岁)。第二段是嘉祐八年(1063),他母亲逝世,归葬江宁,他在那里守孝,后又任江宁知府,直到治平四年(1067)九月被召进京为翰林学士才离开,前后也是住了五年(四十三岁至四十七岁)。第三段是熙宁九年(1076)再次罢相,退居金陵,直到元祐元年(1086)四月逝世,前后居住十一年(五十六岁至六十六岁)。他以金陵怀古为题材表现他的政治历史观点的诗词,几乎全部集中在第二段时期。这时,他的进步的思想政治见解已完全成熟(六年前上了"万言书"),而且有相当的政治地位(任工部郎中、知制诰)和社会名声(大臣屡荐),正是渴望着在政治舞台上大显身手干一番事业的时候。面对金陵这个曾经是六朝故都、南唐旧京,遍布着历代兴亡陈迹的名城,怎能不感到思绪飞腾,有丰富的思想感情要抒发呢?治平三年秋天,他守母丧期满而还未接受新任命,当时的江陵知府王哲,字微之,是他的朋友,常来约他登临唱和。他的《和王微之登高斋二首》、《和微之登高斋》、《和微之重感南唐旧事》、《次韵王微之登高斋》以及有名的词作《桂枝香·金陵怀古》、《南乡子》(自古帝王州)均作于此时。七律组诗《金陵怀古四首》也正是他"登高一曲悲亡国"(《次韵王微之登高斋》)的交响乐中的一章。这里选的是其中第一首。

故都的大好河山,使人神思飞越;处处可见的兴亡陈迹,又使人感慨万端。金陵历史上的盛衰变化与六朝历史紧密相连,所以作为组诗的第一首,便直接由评判六朝兴亡着笔,既表现对社会历史的认识,暗寓对现实政治的感慨,又定下笼罩全组诗的基调。

"霸主孤身取二江,子孙多以百城降。"隋以前建都金陵的六个朝代三百多年历史,再加上后来的南唐,这么多事,从何说起?作者以杰出政治家的识见,站在历史高峰,俯视人间社会,舍枝节而取主流,提炼概括,以形象而简洁的两句话点出问题所在:第一代人英勇卓绝,艰苦奋斗,以少胜多,打得天下;二代三代以后,享乐腐化,堕落败坏,导致灭亡。这是六朝兴废中一个带规律性的基本事实。此所谓"霸主",是对建都金陵的各朝(也包括南唐)创业君王的共称。"二江",宋时的"江南东路"和"江南西路"的简称,亦即六朝诸代统治的基本区域。"多以百城降"的"多",清楚地显示其概括性。首揭此对比鲜明的基本事实,为下面多角度的吟叹议论,奠定了基础。

“豪华尽出成功后，逸乐安知与祸双。”如果说上二句是“史”，那这两句就是“论”，是评判，是指出产生这规律性事实的原因。第一代“成功”，二代三代生于深宫之中，长于妇人之手，只知追求“豪华”。此所谓“豪华”，就是《桂枝香》词中“念往昔，繁华竞逐”的“繁华”的同义语，指后继统治者的奢侈淫靡的生活。这“逸乐”生活与亡国之祸是一对双生子。“逸乐安知与祸双”，就是《桂枝香》中“叹门外楼头，悲恨相续”的另一种说法。两句话，在对照中包藏着深刻的历史逻辑，感慨中透出对昏庸者的批判。

“东府旧基留佛刹，《后庭》余唱落船窗。”上文说了事实，加了判断，似乎话说尽了，而这两句却翻然一折，跃入更深层的思考：后代人是怎样对待这个历史教训的呢？可叹！金陵的东府城，曾经是东晋贵族会稽王司马道子府第所在的地方，现在变作佛寺了。处处陈迹作为历史的见证，都在提醒着人们，可是有几人清楚？正如杜牧诗所说：“商女不知亡国恨，隔江犹唱《后庭花》。”杜牧说商女只知卖唱，不理解曲子内容，不知亡国遗恨，慨叹商女之外没有几人记得陈朝亡国的教训，表现了对江河日下的唐帝国现实的感愤，如其《阿房宫赋》结尾所说：“后人哀之而不鉴之，亦使后人而复哀后人也。”王安石此处点化这一意境，当然是用巧妙的方式显露出对北宋王朝现实的思考。

“《黍离》《麦秀》从来事，且置兴亡共酒缸。”这两句顺上文再一跳跃，突破六朝，把视野扩展到整个中国历史。《诗·王风·黍离》，《诗序》说是周大夫“过故宗庙宫室，尽为禾黍，闵周室之颠覆，彷徨不忍去而作是诗”。《麦秀》之歌，《史记·宋微子世家》说是“箕子朝周，过故殷虚，感宫室毁坏，生禾黍，箕子伤之”而作。从前代人创业开国之盛，后代人堕落失国之哀来看，六朝之事，不又正是中国史甚至人类史的普遍共性么？这兴亡之感，贯穿古今，真是没法说尽啊！全诗在一种极深远的感叹中作结。“共酒缸”，是唱和中对朋友的语言，意谓“一时说不完许多，还是喝酒吧”，不是由沉重的叹息而走向消极。

整首诗俨如一篇激越的微型议论文。其微妙之旨，是要人们记取六朝教训，丢掉委靡苟安，振作精神，励精图治。因此可以说这首诗既表现了对历史变化的进步认识，又展现了一位心忧天下、积极进取、立志改革的政治家的胸怀。王荆公诗下字工，用事切，对偶精，本篇中都有所体现。首联说基本事实，概括准确而对比鲜明。颔联议论原因，下字精警而判断严正。颈联思考深而用意微妙。尾联开拓广而感慨无端。高瞻远瞩，涉议论而不迂腐空阔，叙述中又寓藏丰富形象，所以既是一首有独立意境的诗，又是组诗很好的开篇。（张志烈）

乌江亭

百战疲劳壮士哀，平原一败势难回。
江东子弟今虽在，肯与君王卷土来？

王安石长于咏史，常常在咏史中表达一种新见特识，道人所未道。这首七言绝句是咏史诗中的一篇上乘之作。

乌江亭在今安徽省和县东北苏皖界上的乌江镇,因附近有乌江而得名。据《史记·项羽本纪》记载,秦王朝灭亡后,起势雄伟、不可一世的西楚霸王项羽与刘邦交战,项羽大败,被追至乌江边,在进退无路的情况下拔剑自刎。诗人在《乌江亭》一诗中,用高度概括的语言,评论了这一史事。

首句"百战疲劳壮士哀",是先"扬"后"抑"式的大时空描写,哀叹了项羽由盛到衰的变化过程。开头的"百战"二字,可谓起势高昂,使人们油然而联想到了那力能拔山、气能盖世的项羽冲锋陷阵、无往不摧、身经百战、叱咤风云的雄姿。然而,陡然一转的"疲劳"二字,却使诗的气氛骤然暗淡下来。项羽自吴中(今江苏苏州)举兵后,渡漳救赵,破釜沉舟,钜鹿击敌,咸阳灭秦,可谓战绩赫赫。但随之而来的楚汉之战,却败在了刘邦手下。这样长的一段历史,诗人仅用了"百战疲劳"四个字就囊括殆尽,不能不令人叹服。接下来的"壮士哀"又补写一笔,"壮士"在这里指项羽,也可包括跟随他战斗到最后的部下。项羽是可哀的。但他的可哀之处在什么地方呢?诗中并没有直接点明,但从诗的第三、四句中也能依稀可见。"江东子弟今虽在,肯与君王卷土来?"从中可以看出勇气盖世的项羽是有弱点的。他性情暴躁,刚愎自用,许多将才甚至连他最信赖的谋士范增都远离他去。刘邦说:"项羽有一范增而不能用,此其所以为我擒也。"(《史记·高祖本纪》)"失人心者失天下",这便是项羽的悲剧。

作者通过第一句面上的写实之后,猛地将笔锋一收,对准了历史上的一点——垓下之战,浓笔泼墨地写下了次句"平原一败势难回"。这一句的呼出,颇具匠心,也依据事实。"平原一败",指刘邦、项羽的垓下(今安徽灵璧东南)一役,这一战项羽一败涂地,全军覆灭。"势难回",形势难以挽回。对于项羽的乌江自刎一事,历史上曾有很多人表示惋惜。唐诗人杜牧在《题乌江亭》诗中说:"胜败兵家事不期,包羞含耻是男儿。江东子弟多才俊,卷土重来未可知。"如果项羽不死,究竟有没有卷土重来,挽回局势的可能?王安石通过对项羽由盛到衰的悲剧之评估,又针对垓下一役的惨败状况,作出了"势难回"的论断。这个论判是有说服力和令人置信的。

第三、四句:"江东子弟今虽在,肯与君王卷土来?"是对杜牧诗中的"江东子弟多才俊,卷上重来未可知"的驳议,也是对"势难回"论断的进一步肯定。尤其是第四句,"肯与君王卷土来"使用了反问的句式,既泼辣有力,又发人深省。"江东"指江浙一带,项羽起兵时由此地带走了八千子弟兵。如今,江东还有年轻的一代,但谁还肯为项羽卖命,卷土重来呢?宋人胡仔在《苕溪渔隐丛话》中说得好:"项氏以八千人渡江,败亡之余,无一还者,其失人心为甚,谁肯复附之?其不能卷土重来,决矣。"

王安石的这首咏史绝句诗,写得情文并茂,饶有新意。特别是他大胆评论古人,发前人所未发的精神,更为后人所称道。历史上对项羽失败的原因众说不一。有的把他的失败归之于无宏图远略,例如唐李白《登广武古战场怀古》诗云:"楚灭无英图,汉兴有成功。"有的把他的失败归之于天命,例如唐孟迟的《乌江》诗:"中分岂是无遗策，百战空劳不逝骓。大业固非人所及，乌江亭长又何知！”王安石未受这些思想的束缚，而是独具只眼地“求出前人所未道”（李壁语），语简意丰，识见新颖，笔锋爽利，这就使他的咏史诗高人一筹。（朱晓晨）

元 日

爆竹声中一岁除，春风送暖入屠苏。
千门万户曈曈日，总把新桃换旧符。

自汉以来相沿以正月初一为“元日”，本篇以“元日”为题，短短四句，写出了古代民间过年的风俗习惯，描绘了人们欢度新春佳节、万户更新的景象。全诗乡土气息浓郁，一派节日气象，既有饱蘸乡情对春节热闹情景的写实，又有寓意于景的那种对前途充满喜望的激情，读后确让人有立意清新、文情并茂之感。

首句，“爆竹声中一岁除”，朴素自然，不雕不饰，却着实抓住了“元日”的节日气氛。古时以火燃竹毕剥作响称为“爆竹”。南朝梁宗懔《荆楚岁时记》载，正月初一，“鸡鸣而起，先于庭前爆竹，心辟山臊恶鬼”。刘禹锡《畬田行》亦有“爆竹惊山鬼”之句，可见此俗由来已久。王诗首句切题，“岁除”侧重写送旧岁。下句“春风送暖”，承上侧重写迎接新春。古历或年前立春，或年后立春，总之过年意味着冬去春来，春风送来了融融暖意。“屠苏”是指一种用屠苏草做成的酒。古代的风俗，农历正月初一，一家人团聚欢饮屠苏酒，以庆贺新春，驱除瘟疫。陆游《除夜雪》有“半盏屠苏犹未举，灯前小草写桃符”之句。“春风送暖入屠苏”，意思是“春风把温暖送进了屠苏酒”。屠苏没有知觉，自然不会体会到春风所送来的温暖，而能体会到这种温暖的只能是人。诗句虽未提到人，但人的感受自见。言外之意就是人饮了屠苏酒，酒力发作，浑身暖烘烘的，感受到了春天的来临。着一“入”字，诗意含蓄浑厚，耐人寻味。

第三句“千门万户曈曈日”宕开笔力，笼罩广大社会居民。意思是千家万户沐浴着旭日的光辉。“曈曈（tóng 童）”是日出微明的样子。作者通过第一、二句对过春节景况进行描写后，感情开始升华。初升的太阳向千家万户走来，既有一派生机盎然景象的隐含，又有迎接美好未来的寓意。“一年之计在于春”，“一日之计在于晨”，人们满怀信心地迎接春天的第一个清晨到来，对于当时正积极变法、改革弊政的王安石来说，是一个多么吉祥的预兆啊！

作者踌躇满志的思想感情自然流露之后，紧随其后的第四句“总把新桃换旧符”，则把这种思想感情推向了顶峰。把全诗收结到除旧布新、万象更新上来，拍合诗题。“桃”和“符”，均指“桃符”。古代的风俗，过年时，家家户户都要将“神荼（shū 书）”、“郁垒（lǜ 虑）”这两个门神刻画在桃木板上，分挂于门户，用以驱鬼压邪。桃符每年更换一次。五代时，西蜀的宫廷里开始在桃符上题写对联，后来桃符就成了春联的别名。在这里，“总把新桃换旧符”不仅仅是个风俗习惯的描绘，还有其更深邃的意蕴。旧事物总是要被新事物所取代的，这是事物发展的必然规律，历史要发展，时代要前进，新与旧的变革是不可避免的。“新桃换旧符”正是这种变革的象征。从“总把”二字，也可看出作者对变革充满信心和决心。

民间对新年的欢庆，向来都是爆竹声声，喜气洋洋，家家门上张贴着春联，户户都要举杯畅饮庆贺；当旭日东升，阵阵春风送暖之时，更增添了一派万象更新的气象。王安石作此诗时，正在实行新法，改革政治，新政初具某些成效，诗人心里也洋溢着愉悦之情。在这样的情况下来看待民间“元日”，当然也就更加赏心悦目了。

王安石擅长绝句诗。杨万里云：“五七字绝句难工，唯晚唐与介甫最工于此。”严羽云：“荆公绝句最高，得意处高出苏黄。”这首七绝诗，虽不是他的得意名篇，但亦属脍炙人口之作。综观全诗，平直晓畅，质朴热烈，诗人巧妙地把政治风候同新年佳节的风土民情融合在一起，情景交会，浑然天成，不失为一篇写节序民俗的好诗。

（朱晓晨）

梅花

墙角数枝梅，凌寒独自开。

遥知不是雪，为有暗香来。

这是一首咏物小诗。南宋李壁《王荆文公诗笺注》卷四○评论此诗说：“《古乐府》：‘庭前一树梅，寒多未觉开。只言花似雪，不悟有香来。’荆公略转换耳，或偶同也。”王安石的这首诗，与《古乐府》诗立意相似，韵脚相同，只更换了其中几个字，却创造了新的意境，塑造出完美的梅花形象，寄寓着诗人浓烈的感情，把对梅花比较客观的描写，变为主观意趣的抒发，显示了王安石善于点化前人诗句的功力。

《古乐府》诗的“庭前”，是说梅树处于庭院中央的显著位置；王诗的“墙角”，则写梅花在庭院的一个偏僻角落里，意在为梅花的幽僻品第铺垫。“庭前”的梅树在寒意尚浓之时渐次开放，可说写出了梅花的傲寒品格，王诗则着力突现和强化梅花的这种品格。着一“凌”字，表明梅花无所畏惧地向严寒挑战，天越冷就越要开放；着一“独”字，表明梅花不随流俗，有不与凡花众草为伍的超拔气度。作者的倾慕、赞赏之情溢于言词之间。两首诗的最后二句，写法也不尽相同。乐府诗用明喻着重写梅花之白，顺笔带出“香”字；王诗则用借喻赞梅之色，而又用鉴赏者之嗅觉赞梅之香，说明梅花不仅像雪那样纯净皎洁，而且在严寒之中向远方传布着沁人心脾的清郁幽香，进一步写出了梅花的内在气质，显现出梅花的韵度和风采。这里写“雪”的目的是逗出梅香，但又使人自然地想到雪，更有韵致；“暗香”一词显系出自林逋《山园小梅》名句“暗香浮动月黄昏”，这与梅的风韵紧密契合，丰富了诗的意蕴。

王安石的《梅花》诗，写出了梅花的形、色、香，赞美了梅花的品格、神韵和风骨。古代的咏物诗，很少纯客观地描摹物象，大都是借物写人，托物咏怀，这首对梅花的颂歌也是如此。据惠洪《冷斋夜话》记载：“荆公尝访一高士不遇，题其壁。”揆之诗意，这话是比较可信的。诗人通过咏梅赞美了这位高士超拔凡俗的品操和精神，同时也写出了自己“凌寒独自开”的气骨，抒发了自己对人格美的追求。

（高洪奎　高心宇）

江　上

江北秋阴一半开，晚云含雨却低徊。
青山缭绕疑无路，忽见千帆隐映来。

王安石晚年退隐钟山，纵情山水，饱览名胜，创作了大量描写湖光山色的小诗。艺术上工切精致，自然清新，优美隽永，达到了炉火纯青的境界，最为人们所激赏。黄庭坚赞其“雅丽精绝，脱去流俗”（见《苕溪渔隐丛话》），严羽称其“得意处高出苏、黄之上”（《沧浪诗话》），殆非虚誉。《江上》便是其中一篇传诵人口的佳作。

诗写泛舟长江见到的景色。前两句着重写云天，以轻淡的笔触，描绘出一幅秋江暮云图。“江北”点明地点，“秋”交代季节，“晚”写出时间。无边无际的江天，被金秋的阴云遮蔽，仅露出半边晴空，而向晚带雨的云层，又低垂盘旋，徐徐流动。“低徊”原是指人的徘徊沉思，这里却用来形容含雨暮云的姿态，既贴切又有情趣。诗所展现的境界是极开阔悠远的，却又显得幽暗和沉闷，只有从那半边晴空中，才可使人看到晚霞的辉光，感受到一点明朗，但那离合动荡的云层，又使这一抹霞光乍隐乍现，使这半开的晴空忽明忽暗，给人一种迷离朦胧之感。

三、四两句作者的视线从天空回到地上，由写云转而写山。“青山缭绕”指江流曲折，山峦回旋缠绕，是眼前实景，而“疑无路”则是作者的主观感受，觉得青山挡住了去路，已身临绝境，气氛是沉闷压抑的，与上文“秋阴”、“晚云”相呼应。正当诗人疑惑迷茫之际，“忽见千帆隐映来”，千点帆影从青山翠峰中闪出，隐隐约约地飞驶而来。“千帆”极言江船之多，说明境界壮阔；“隐映”形容江船绰约难辨，足见场景深远；“来”字描写千帆竞发的景象，更充满生机与活力；而前面又冠以“忽见”二字，则与上句“疑”字呼应，写出了江行的独特感受。其振奋之状，惊喜之情，可以想见，全诗的意境也由幽暗沉闷而变得豁然开朗了。

后两句诗不仅具有诗情画意之美，而且在景物描绘之中蕴含着深邃的哲理，发人省思。在社会生活中，在人生旅途上，在探讨学问时，往往会遇阻而通，穷极而达，由迷茫到醒豁，这与诗中“疑无路”却又千帆来的景象多么契合！那无限美好的新天地，不就在“青山缭绕”之中吗？这两句诗已经超出了描写自然景物的范围，给人以理性的启迪。类似这样的语句，在王安石前后有不少。如王维《蓝田山石门精舍》：“遥爱云木秀，初疑路不同。安知清流转，忽与前山通。”柳宗元《袁家谒记》：“舟行若穷，忽又无际。”周晖《清波杂志》载强彦文诗：“远山初见疑无路，曲径徐行渐有村。”秦观《秋日三首》之一：“菰蒲深处疑无地，忽有人家笑语声。”陆游《游山西村》：“山重水复疑无路，柳暗花明又一村。”这些语句虽然各有特点，但都表现出大致相似的意境。虽然我们难以肯定王安石究竟受到哪位作家的启示，又直接影响了哪位诗人，但这两句诗的确凝聚着王安石的心血，写出了江行的特殊心理变化，与前二句和谐一致，表现出深厚的艺术功力。　　（高洪奎　严秀丽）

书湖阴先生壁二首（其一）

茅檐长扫净无苔，花木成畦手自栽。

一水护田将绿绕，两山排闼送青来。

宋神宗熙宁九年(1076)王安石罢相后，屏迹金陵钟山，与杨德逢为邻，二人建立了深厚的友谊。德逢号“湖阴先生”，《书湖阴先生壁二首》就是写给杨德逢的，这里选的是第一首。这首诗以自然、工巧的语言，描写了湖阴先生居处附近清雅秀丽的自然景色，表现了田园生活的无穷情趣。

开头两句写杨德逢庭院中的景色。“茅”，指茅屋；“檐”，有二义，一是屋檐，一是指屋檐下的平台或走廊，这里用的是后一义。“成畦”，列成长行。这两句写的是静景，但其中又包容着人的活动——“扫”和“栽”。茅檐洁净是“长扫”的结果，花木成畦是主人亲手栽种，用的是静中寓动、景中有人的手法。这种写法，使景物画面增添了生活气息，而且暗示了杨德逢以洒扫种植怡然自乐，表现了他胸怀的淡泊，情致的高雅。

写完院内景色，诗人便将视线移向院外。院外有田园和青山，于是诗笔一句写田，一句写山。“绿”，是指田中禾稼；“青”，是指葱茏的山色。这两句无非是说杨德逢的院外绿水环绕着田地，远处两座青山耸翠于窗前。但作者用了以物为人、静景动写的方法，把这一联点化成了千古警句。“一水”、“两山”对仗工稳，“将绿绕”、“送青来”既有鲜明的色彩，又描绘出溪水的曲折回环，山峦的当窗呈翠。且用了有感情、有动作的“护田”、“排闼”两语，仿佛溪水也赞赏主人躬耕陇亩的瑰行，殷勤地环绕田亩将禾稼保护；似乎青山也理解主人寄情山水的意趣，主动地推门而入将青翠的山色送来。这就将看似平常的景物写得亲切有情，意趣盎然，而且意蕴绵邈，十分耐人寻味。那山那水，都是诗人眼中之景，也是主人杨德逢眼中之景。将山、水写得如此有意，有灵，不就进一步显示出田园生活的恬适吗？山和水都迎合主人的兴致，装点主人的生活，不又巧妙地烘托了杨德逢令人敬佩的高洁胸怀吗？王安石推行新法期间，不仅旧党同他严重对立，新党中有些势利之徒也在背后诋毁百端。罢相后他虽然未能忘情于政治，但他到底感受到了田园生活的恬静闲适和一些下层人士的品行的高洁，这首诗就借吟咏湖阴先生的庭院风光、田园意趣，写出了他的这种生活体验和思想感情。

王安石学识渊博，工于修辞。叶少蕴《石林诗话》卷中云：“荆公诗用法甚严，尤精于对偶。尝云：用汉人语，只可以汉人语对，若参以异代语，便不相类。”这首绝句的三、四两句，就是很工巧的对仗，而且暗用了两个典故：“护田”和“排闼”，是用汉人语对汉人语的著名的例子。《汉书·西域传序》云：“自敦煌西至盐泽，往往起亭。而轮台、渠犁皆有田卒数百人，置使者校尉领护。”又《西域传》下：“桑弘羊奏遣屯田卒诣故轮台以东，置校尉二人分护。”《汉书·樊哙传》：“樊哙乃排闼直入，大臣随之。”这就是“护田”和“排闼”的来历。但《汉书》所言是人，荆公所言是山、水，已经创造性地把古语化入自己的诗作中了。读者如果了解典故的出处，当然更会觉得此处拟人化的写法意味幽远；不知道是用典，亦不妨碍对诗意的领会。《颜氏家训》记邢邵评沈约语云：“用事不使人觉，若胸臆语也。”这首诗的用典正是如此。

这首诗的整体构思、结构安排也颇具艺术匠心。从空间构图上看，前联写院内环境，后联写院外风光，由内而外，由近及远。收句用“两山排闼”这一动作性极强的词语，映现山峦鉴赏者的变异感觉，把院外远景收拢到院内，使整个画面变得紧凑而集中。从写法上看，一二句寓动于静，景中有人；三四句以物为人，化静为动。一二句出语质朴自然，三四句造句新奇警譬。这就使全诗的色彩、格调有淡有浓，有平有奇，增添了摇曳变化的姿彩。宋代曾季狸《艇斋诗话》引徐东湖（徐俯）语云：“荆公绝句妙天下。”从这首诗我们可以窥见王安石绝句艺术之一斑。

（刘乃昌　张稔穰）

王　令

寄洪与权

剑气寒高倚暮空，男儿日月锁心胸。
莫藏牙爪同痴虎，好召风雷起卧龙。
旧说王侯无世种，古尝富贵及耕佣。
须将大道为奇遇，莫踏人间龌龊踪。

王令是北宋中期的一位青年诗人，他一生只活了二十八岁，留下诗歌近五百篇。王令有经国济世之志，关心民间疾苦，对当时积弱苟安的现实政治有所不满，而志在有所作为，建功立业。洪与权是王令的好友，两人唱和颇多。这首《寄洪与权》，是王令抒怀言志之作，充分反映了他积极用世、施展抱负、积极向上的豪情壮志，体现了北宋前期知识分子奋发自强的精神风采。

宝剑是书生的随身之物，是报效祖国、驰骋疆场的象征；日月照耀宇宙，驱逐黑暗，是人间光明之源。首联第一句歌唱于暮空中凛凛闪发寒光的宝剑，“倚暮空”，使人感到宝剑之长，从而联想到挟剑人的魁伟。虽未写人而主人的形象呼之欲出，使人眼目为之发亮。接着第二句诗人表示要把光辉的日月锁于胸间。意思是说，男儿胸怀大志，心里像揣着光明炽烈的日月一样，不断发散出光辉和热量。两句使一个怀有奇特之志、自诩不凡的男儿形象卓然地挺立了起来。

首联从形、神两方面摹写出大丈夫好男儿的神情风采。中间两联顺承首联，申明非常之人应有非常之志，建非常之业。“莫藏”两句谓：心怀壮志之人要如虎如龙，千万不要像痴呆的老虎，终日躲在洞里，藏起自己尖利的牙爪不用；应该如卧龙腾空升起召唤风雷，挐云驾雾，造作甘霖，大济苍生。《幽明录》有“痴龙”的故事，这里以“痴虎”与“卧龙”相对，“卧龙”使用了三国的典故。后汉末年，诸葛亮看到天下大乱，隐居隆中，好为《梁父吟》，以管仲、乐毅自比，时人称“卧龙先生”。后刘备三顾茅庐，诸葛亮出山，帮助刘备建立蜀汉，造成三国鼎立局面。在王令心目中，自己要做诸葛亮这样的有为之人。王令这种思想，具有相当牢固的基础。他在《读〈东汉〉》诗中说过：“汉鼎重炎逆血熬，当时天子亦勤劳。不能来作唐虞计，未会严陵所谓高。"他对只求个人洁身自好的高士严子陵表示不满，正体现了他一意进取的热肠。

第三联在一、二联的基础上，把思想推进一步。王令与洪与权，都是当时社会的下层知识分子，都是寒族、贫士，缺乏政治靠山。王令针对这种情况，进一步搬出历史实例，鼓动友人克服自馁感，大胆奋进。《史记·陈涉世家》记载："陈涉少时，尝与人佣耕，辍耕之垄上，怅恨久之，曰：'苟富贵，无相忘。'佣者笑曰：'若(你)为佣耕，何富贵也！'"陈涉曾有"王侯将相宁有种乎"那样的豪言壮语，王令化用这个历史掌故，说明社会地位低下的人，只要勇敢追求，也能够干一场轰轰烈烈的大事业。

末联，诗人紧紧勒住笔锋，为全诗作一小结："须将大道为奇遇，莫踏人间龌龊踪。"王令一生穷困潦倒，但崇尚气节，不肯趋附世俗，不屑通过种种不义的手段来猎取富贵名位。他认为，只有坚持实现"大道"，达到功成名就，才是奇遇。这里的"大道"，就是正统儒家的政治观——治国平天下；这里的"奇遇"，就是受到帝王的赏识拔擢意外知遇，青年诗人多少存有些浪漫的幻想。王令告诫自己和好友，尽管追求进取，不甘寂寞，但不要走钻营媚俗、丧失气节的龌龊道路。王令"平生治文字，无路活寒饥"，终至熬受饥贫而死，实践了自己光明磊落的人生誓言。

王令在北宋诗坛上是属于浪漫主义流派的诗人，他的诗风深受韩愈、孟郊的影响，语言和意境追求奇险。其诗识度高远，风格雄迈，既有古人筋骨，又能创新立异，充分显示出青年诗人的才华和朝气。"命穷心狂高，不肯束世程"(《谢束丈见赠》)，"少年倚气狂不羁，虎胁插翼赤日飞"(《赠慎东美伯筠》)，是他个性的生动自白。这首奇气横溢，自励励人的诗篇正体现了他的创作个性。　(颜中其)

苏　轼

和子由渑池怀旧

人生到处知何似？应似飞鸿踏雪泥。
泥上偶然留指爪，鸿飞那复计东西！
老僧已死成新塔，坏壁无由见旧题。
往日崎岖今记否？路长人困蹇驴嘶。

宋仁宗嘉祐元年(1056)，苏洵带领苏轼、苏辙自眉山到汴京应试，中途曾在豫西渑池县寄宿于奉闲僧舍，并在壁上题诗留念。嘉祐六年，苏轼除授签书凤翔府判官，十一月由汴京赴任。苏辙依依送行，同苏轼在郑州分手后返回汴京。他想到苏轼继续西行，一定会经过五年前他们共同留宿过的旧地渑池，于是写了《怀渑池寄子瞻兄》七律一首。诗云：

相携话别郑原上，共道长途怕雪泥。归骑还寻大梁陌，行人已渡古崤西。曾为县吏民知否？旧宿僧房壁共题。遥想独游佳味少，无言骓马但鸣嘶。

这首诗，首联记兄弟郑州话别，颔联写两人分手后各奔东西，颈联追忆五年前共宿僧房的旧事，尾联再落到眼前独行的落寞。其中既有回首往事的感喟，又有鹡鸰分飞的惆怅，骨肉至情，沦肌浃髓。苏轼收到苏辙的诗后，感触很深，便次其原韵，写了这首著名的《和子由渑池怀旧》。

苏辙诗的前四句，以平实的语言，直道其事，对兄弟俩郑州话别，你西我东，无限感慨。东坡诗针对原韵，答和并开解，但并非就事论事，而是从大处着笔，议论人生行迹偶然，奔走不定。开端提出一个"人生"不定的偌大问题，以问句振起，接着用一个新颖比喻作答。"应似"直贯以下三句。谓人生东奔西走，偶或留下行迹，犹如飞鸿驻足雪泥印下指爪之痕，旋即泯灭，然而飞鸿不复计虑这些，依然奋翮高翔，义无反顾。"应似"、"那复"前后关联，语气肯定。诗人通过这个比喻，既说明人生无定，行迹易泯，又说明飞鸿总是搏击长空，志在千里，无暇眷顾往日的旧迹，不复计虑前程的迢遥。"鸿飞那复计东西"，这铿锵的诗句，表明诗人的心情并没有沉没于感旧伤离的凄婉之中，而是对飞鸿的一往无前、昂首奋进颇有向往之意。

苏辙诗的第三联追怀往昔，在"旧宿僧房壁共题"句后，自注曰："辙昔与子瞻应举，过宿县中寺舍，题其老僧奉闲之壁。"苏辙这次并未到达渑池，因此他只能略提一下当年的情景。苏轼这次路经渑池时，奉闲已死，旧壁已坏，因此便在自己诗篇的第三联转入写实，反映渑池旧地的人事变迁：当年接待我们的奉闲和尚，如今已不在人世，按照释家习俗，他的骨灰早已安葬于新塔之下；昔日我们的题诗，也因墙壁倾圮而无从寻觅。弹指之间，人事该有多大的变化啊。这两句既是对苏辙原诗的回答，是上文感叹人生的自然发展，又借以与诗题"渑池怀旧"绾合。

上面由感叹人生过渡到怀旧，尾联顺承而下，追忆往年经行渑池的旧事。如果说颈联着重写渑池今昔的变化，那么尾联则收结到昔日行旅的艰辛。诗人提醒苏辙记取往日征程的崎岖，"路长"、"人困"、"蹇驴嘶"，正是"往日崎岖"的具体说明。诗的末句苏轼自注："往岁马死于二陵，骑驴至渑池。"当日艰辛的境况于此可见。诗人提及"往日崎岖"，自然是针对苏辙"独游佳味少"所作的和答，今日只是因为分手独游，而感到落寞无味，但想想往日的征途坎坷，今日的独游不也差堪自慰吗？苏轼当年与弟弟长途跋涉，赴京应试，不但备受颠连，而且前程吉凶未卜。如今他们早已文场告捷，文名日盛，各有职任，行志济时，扬鞭驰骋，正在此时。作者于诗的收尾处，特意强调往日征程的崎岖艰辛，言外之意，正在于以昔比今，开释离怀，借以勉人和自勉。而这正真实地表现了苏轼初仕时期的思想感情。

苏辙的诗，从写实事、实景，过渡到追怀往昔和设想别后，是由实入虚。苏轼的诗，由议论人生到追怀旧事，然后折转到自身，是由虚入实。苏辙诗的虚处，只是个人经历的缅怀和推想；苏轼诗的虚处，却达到一种新的境界。即他把日常生活经由艺术思维的过滤，而升华到人生哲理的高度，然后再把这种关于人生的深邃哲思，借助引人入胜的形象来予以体现，因而就显得超拔高妙而发人深省。《诗人玉屑》卷一七引《陵阳室中语》谓"子瞻作诗，长于譬喻"，并举此诗为例。这首诗的比喻确乎与众不同。一般的比喻，喻体与被喻物只有某一相似点，因而取来以彼喻此，喻体和被喻之物的特点，都较为单纯显明。这里却以"飞鸿踏雪泥"这一复杂的喻体，来比喻复杂而又偌大的人生，这样取譬，其新颖警策之处，已经出人意表。再则，一般的喻体形态比较单一，显示不出连续的转换和变化，本篇中的喻体却是由“飞鸿踏雪泥”、“泥上留指爪”、“鸿飞那复计东西”三个连续性形象所组成的意象系列，来喻指陈迹的易泯、人生的偶然无定、腾飞者一往无前等复杂的意蕴，这就生动而贴切地表达了耐人寻味的理趣和哲思。后来苏轼这个独创性的比喻，被人们概括成“雪泥鸿爪”的成语，广为流传，正说明这首诗歌影响深远。这首七律，由于是次韵，韵脚用字，都要和原作相同，因而受到很多限制，但作者写来却流动圆转，毫无拘窘之态，和韵犹如原韵，见出腕力非凡。前四句一气旋转，顺势而下，第二联不拘对仗，超隽自然，妙脱蹊径。纪昀谓：“前四句单行入律，唐人旧格；而意境恣逸，则东坡本色。”(《评苏文忠公诗》)凡此都显示出苏轼诗笔的高妙，有过人的才情。

(刘乃昌　张稔穰)

六月二十七日望湖楼醉书五绝(其一、其二)

黑云翻墨未遮山，白雨跳珠乱入船。
卷地风来忽吹散，望湖楼下水如天。

放生鱼鳖逐人来，无主荷花到处开。
水枕能令山俯仰，风船解与月徘徊。

这组诗写于宋神宗熙宁五年(1072)，时苏轼任杭州通判。原共五首，此选第一、二首。望湖楼，五代时吴越王钱氏所建，又名“看经楼”、“先德楼”，在西湖边。

苏轼在杭州时，陶醉于西湖秀丽旖旎的景色，写了许多脍炙人口的名篇佳作。他的写景诗的一个特点，是习惯于用动的眼光观赏自然，因而作品富于腾挪跌宕的气势，反映出生生不已的自然生机和活力。这里的第一首即是如此。诗写夏天西湖的一场暴雨，即乡谚所谓“阵头雨”。四句诗振笔直遂，迅捷地勾勒出三个过程：云起而雨降，风来而天晴，雨过而水清。三个过程环环相扣，层层衔接，因而每句诗都含有很强的内在张力，都写出一种“包孕的时刻”：每一时刻的景观本身又包含下一时刻的另一景观。云起、雨降、风来、放晴、水清，层次分明而又跃动向前的过程，满足人们追求灵动、圆满的心理要求和审美要求。

这种艺术追求还体现在遣词造句、设色修辞上。以“翻墨”谓“黑云”，以“跳珠”言“白雨”，重彩浓色，犹如一幅气颜淋漓的泼墨画卷；“黑云”还来不及把山遮全，大雨即降，传神地描绘了风云变幻之突然，并贴切地写出南方“阵头雨”的实景；写瓢泼暴雨，用“跳珠”、用“乱”字，亦见善譬妙喻，连苏轼自己也不免惊喜于得句之奇。十五年后他再来杭州时，又写诗说：“还来一醉西湖雨，不见跳珠十五年。”(《与莫同年雨中饮湖上》)首两句对仗工整稳妥，但其飞动之气势，奇警之情采，使人们感觉不到作者的琢磨之工，用心之细，确实不同凡手。

从“白雨跳珠乱入船”句来看，这首诗的作者似在船上，首两句是从船上取景的，但后两句的视点却有所转换：从望湖楼上眺望湖景。卷“地”之风，是俯视；水天一色，是远视。柳宗元《别舍弟宗一》：“桂岭瘴来云似墨，洞庭春尽水如天。”上句写柳州之山，下句写由柳州赴江陵途中之景，是泛指性的设景。李贺《贝宫夫人》：“秋肌稍觉玉衣寒，空光帖妥水如天。”则以深秋水天一色来写仰视神女像时的寒冷之感，这是幻觉之景。苏轼的“水如天”却是即目实景：开阔旷远，衬托出雨后湖上的一派清新，胸襟为之一爽。而其视点的灵活转换，也是动态美的一种表征。

与前一首的强烈、动荡相比，后一首却呈现出幽雅、轻柔的风采，但同时也表现为以静寓动的视点特征。宋真宗、仁宗时，杭州的地方官王钦若、沈遘等人几次下令以西湖为放生池，禁捕鱼类，为皇帝祈福；这也保护了湖面，使菱芡等物成了“无主”的野生植物。头两句写“鱼鳖逐人”、野生荷花盛开，正表现了人与自然野趣的相亲相悦。尤其是后两句，更进一步表现了这种拥抱自然、与山水风月融为一体的精神境界，反映了作者对自然的由衷认同。“水枕”，铺在水面（船上）的枕席；“风船”，随风飘移的船。这两句说，人躺在船上观看群山，群山随船起伏上下；船随风飘移，好像与月亮一起同步漫行。苏轼《出颍口初见淮山，是日至寿州》“青山久与船低昂”，《李思训画长江绝岛图》“孤山久与船低昂”，皆同一机杼。同一意象的反复运用，和上首的“跳珠”一样，说明是作者自己认为的得意之笔，也反映了他独特的自然观：自然山水不是冷漠地存在，而是仿佛具有灵气的知己，投射诗人感情的对象！

（王水照）

饮湖上初晴后雨二首（其二）

水光潋滟晴方好，山色空濛雨亦奇。
欲把西湖比西子，淡妆浓抹总相宜。

苏轼以稀世的天才，宦游物华天宝的杭州，很快被当地的名山胜水所陶醉，挥笔写了许多描绘湖山美景的杰作佳构。这首于熙宁六年（1073）春天在杭州通判任上游览西湖所写的七绝，就是他杭州风景诗中传诵最广的千古绝唱之一。

由诗题可知所写风景均为立足湖上观赏所得，“初晴后雨”指明当日天气的变化，小诗紧贴题意下笔。“水光”两句以激情赞赏的语调，描绘西湖晴雨中的不同景色：艳阳照射下湖面波光荡漾闪动，晴空里明丽的美景让人叹赏；烟雾笼罩时山峦翠色隐约迷茫，阴雨中素淡的风光堪称奇妙。起句写湖光，“潋滟”，水盛而波光闪动的样子；对句写山色，“空濛”，雾起而烟雨迷茫的情景。一句写晴，一句写雨，一为俯瞰所得，一为遥望所见。写晴中景，抓住湖面水光，形容晴日水波交互辉映所呈现的绚丽多彩；写雨中景，突出烟雾中山色，描绘其烟云缭绕、山峦掩映所形成的缥缈浑茫。每句有染、有点、有赞，锻炼精美而有情致。

前联上下句两两骈对，齐匀精工，后联则变骈为散，一贯而下：“欲把西湖比西子，淡妆浓抹总相宜。”诗人以神来之笔，把晴雨中景观变化多样的西湖想象成无论严妆淡妆都同样显现其国色的绝代佳人——西施。这个巧妙的比喻千百年来成为西湖的定评，引起人们交口赞誉。

这一联好在哪里？它由诗人游赏西湖所观察到的眼中实景，进而升华到意中想象而得的空灵的虚景；实景结合晴雨不同的天象显现出西湖水光山影的不同景观，虚景则从总体上昭示出西湖晴雨俱佳、色调浓淡咸宜的多样统一美。前联是具体描述，侧重以多彩的笔墨图写其真实形貌；后联是采用比喻，侧重于借助美妙的想象呈现其风流气韵。西湖与西子，两者原无多关涉，然巧合处名称上同有一个“西”字，尤其重要的一点是，在诗人眼中，西湖的风姿具有一种妖娆妩媚之美，从这方面着眼，世间恐只有丽质天赋的绝代佳人方可与之比拟。西湖风姿在晴天阴雨中同样美不胜收，这宛如西施浓妆淡抹均能恰到好处地显现其天生丽质一样。他人观赏西湖也许同样会感受到她的妖娆美，然而唯天才的诗人方能心驰神悟，妙手独得，随地拈来，脱口而出，吟成此妙喻传神的佳句，因而它便成为最足以表现西湖之美的名言，而风靡文林，脍炙人口了。

这一联语言自然天成，而设喻超越形似，着眼于神似，因而具有相当的含纳性，能给读者留有以多种联想来进行补充和再创造的广大空间，因而它有恒久的艺术生命力，令人一读不忘，常品常新。正由于此，苏轼本人对这个出色的比喻似乎也颇为得意，后来在诗中屡屡化用，而有“西湖真西子，烟树点眉目”(《次韵刘景文登介亭》)，“只有西湖似西子，故应宛转为君容”(《次韵答马忠玉》)等句。此后诗人题咏西湖，多有称引坡公此诗者，如刘克庄熔裁入《沁园春》词云：“坡谓西湖，正如西子，浓抹淡妆临镜台。”武衍《正月二日泛舟湖上》更谓：“除却淡妆浓抹句，更将何语比西湖?”简直认为苏轼的比喻达到了不可超越的语言艺术顶峰，足以说明这首小诗影响何其深远。

(刘乃昌)

百步洪(其一)

长洪斗落生跳波，轻舟南下如投梭。
水师绝叫凫雁起，乱石一线争磋磨。
有如兔走鹰隼落，骏马下注千丈坡。
断弦离柱箭脱手，飞电过隙珠翻荷。
四山眩转风掠耳，但见流沫生千涡。
崄中得乐虽一快，何异水伯夸秋河。
我生乘化日夜逝，坐觉一念逾新罗。
纷纷争夺醉梦里，岂信荆棘埋铜驼。
觉来俛仰失千劫，回视此水殊委蛇。
君看岸边苍石上，古来篙眼如蜂窠。
但应此心无所住，造物虽驶如吾何！
回船上马各归去，多言譊譊师所呵。

宋神宗元丰元年(1078)，苏轼时任徐州知州，其友人王巩来访，曾游徐州城南的百步洪(洪，即碶，拦水的堰)。一个月后，王巩已离去，苏轼与僧人参寥重游于此，作本篇。原共二首，第一首送参寥，第二首追送王巩，本篇即为第一首。

本篇分前后两段：从开篇到“何异水伯夸秋河”十二句为前段，主要是写景。“我生乘化日夜逝”至结尾十二句为后段，主要是说理。前后又绾合紧密，理从景出，景寓理趣，融成有机整体。劈头四句即写出一幅水流湍急、轻舟飞下、水道狭窄、两岸乱石嵯峨的舟流图。船夫的高声惊叫，野鸭大雁的蓦然起飞，更烘托出紧张惊险的气氛，使人不敢舒气逼视。紧接“有如兔走鹰隼落”四句，一连用七八个比喻来形容水流的急速，更是勾魂摄魄，精光熠熠，引起过无数诗评家的惊服。南宋洪迈首先注意苏轼运用“博喻”的特点：“韩苏两公为文章，用譬喻处，重复联贯，至有七八转者。”（《容斋三笔》卷六“韩苏文章譬喻”条）清代查慎行认为：“联用比拟，局阵开拓，古未有此法，自先生创之。”（《初白庵诗评》卷中）纪昀补充说：“一句两比，尤为创格。”（《评苏文忠公诗》卷一七）的确，博喻的运用，造成了雄放奇纵的艺术风格，使读者对轻舟在急流中飞驶之疾留下了过目难忘的印象。“四山眩转”两句又进一步从乘船者的角度强化这种印象：周围群山似在旋转，令人头晕，两耳唯闻风声，双目但见众多旋涡。“崄中得乐”两句是说：这种强刺激极大地满足了游兴的快感，但实在不必炫耀，否则，与“河伯”（河神）夸耀自身的短见陋识没有什么两样。《庄子·秋水》说，秋天河水大涨，河面开阔，“河伯”“欣然自喜，以为天下之美为尽在己”，后来遇到海若（海神），见到海面的浩瀚宽广，自惭不如。这里借用这个典故的丰富意蕴，把前面着力描写的“险”、“乐”，一笔扫倒，从而为后半首的议论作了很好的铺垫。

后半首的议论围绕以下三点展开：一是眼前之景，即百步洪水流的湍急，诗中以此作为议论的反衬和对立物；二是慨叹“追怀曩游（即王巩等第一次游赏），已为陈迹”（见苏轼为此诗所写的自序），则又不无人生飘忽无常之感，但重要的是寻找解脱；三是此诗所赠对象为僧人参寥，正好借助佛理禅趣以实现自我超越。其主旨是说：人们只要把握自“心”，就能超越造物的千变万化；保持自我的意念，就能超越时空的限制而获得最大的精神自由。“我生乘化”两句说：我的人生像流水一样永远顺随自然而日夜奔驰，但比之意念之速仍不足道。《景德传灯录》卷二三说，一念之间可以越过新罗国（今朝鲜）。“纷纷争夺”两句说：世上的一切纷争攘夺，犹如一场醉梦，皆为虚无，所谓“荆棘埋铜驼”之类的巨变传闻，也实在难足凭信。《晋书·索靖传》记索靖颇具远见，预言天下将乱，对着洛阳宫门外的铜驼说：“再见到你时，你一定已在荆棘丛中。”后因以“铜驼棘荆”喻指世事巨变。苏诗却反用其意，谓人世如梦，连这类巨变亦属虚幻不真。“觉来俛仰”两句进一步说：人的意念在俯仰之间就会发现时光流逝已千年万载，反视百步洪的湍急流水，实在是从容安闲得很了。“俛仰”即俯仰。“劫”，佛语，人世间成坏一次为一劫。“委蛇（yí 移）”，从容的样子。“君看岸边”四句说：百步洪两岸篙眼如蜂巢，表明有多少行客经过，但俱成“陈迹”；只要人们把握自心，不动不变，造物的变化也就与我丝毫无关，不必为此感伤。“此心无所住”，亦佛家常语，“住”即执著。人心不为外物所拘牵，自能超脱。以上几层意思，都采用正反对说的思维形式，表现出辩才无碍、灵通透脱的哲理了悟和体验，并又结合着百步洪的流水和游踪，因而密切照应前段，构成全篇整体。

结尾“回船上马”两句戛然而止，既点明此诗所赠对象的身份，又进一层以禅理作结。禅宗以不立文字为第一义，“多言”便落入俗谛。上述诗中所表达的那番了悟和体验，实已直抉玄理，表明一切，足以受用寻味了。“师”，即僧参寥。

（王水照）

予以事系御史台狱，狱吏稍见侵，自度不能堪，死狱中不能一别子由，故作二诗授狱卒梁成，以遗子由

圣主如天万物春，小臣愚暗自亡身。
百年未满先偿债，十口无归更累人。
是处青山可埋骨，他年夜雨独伤神。
与君世世为兄弟，再结来生未了因。

柏台霜气夜凄凄，风动琅珰月向低。
梦绕云山心似鹿，魂惊汤火命如鸡。
眼中犀角真吾子，身后牛衣愧老妻。
百岁神游定何处？桐乡知葬浙江西。

这两首诗是苏轼在御史台狱中写给其弟苏辙（字子由）的“绝命诗”。诗人对当时形势的判断，认为自己必死无疑，乃有此作。但后经元老重臣及亲友全力营救，才得从轻发落。“以事系御史台”，“事”，指苏轼对王安石推行新法持有不同意见，诗文中屡有讥刺，新党中的某些人攻击陷害苏轼，连章弹劾，罗织罪名，必欲置之死地而后快。以此，御史台派人把刚从徐州调至湖州不久的苏轼押解至汴京。从神宗元丰二年（1079）八月到当年十二月二十九日结案，苏轼在御史台狱中被关押四月之久。这就是历史上著名的“乌台（御史台）诗案”。由于狱吏对苏轼人身的侵犯与人格的侮辱，加之对最后的审判心中无底，特别是一次送食物而引起误会（苏轼被押至京，由长子苏迈随行照料，途中约定平日送食只送菜肉，若有不测则送鱼。一次因苏迈他往转托亲友而忘作交代，亲友将一条鱼做熟送至狱中），苏轼认定必死，乃写这两首诗托对他较好的狱卒梁成转给弟弟苏辙。后来苏轼回忆当时情景是：“留诗不忍写，苦泪渍笔纸。”（《晓至巴河口迎子由》）

苏轼与弟苏辙手足情深，他曾在诗中说：“我年二十无朋俦，当时四海一子由。”面对死亡，诗人自然要想到弟弟。同样，当苏辙闻知长兄要被拘捕的消息（驸马都尉王诜先期通报），无异晴天霹雳。当时，苏辙在南京（今河南商丘）任应天府判官，火速遣人转告苏轼。当得知苏轼已被捕入狱后，便立即上书神宗叙述“举家惊号，忧在不测”的情景，并以“臣早失怙恃，唯兄轼一人，相依为命”为由，决心用自己的官职为苏轼赎罪：“乞纳在身官赎兄轼，得免下狱死为幸。”“乌台诗案”结束后，苏辙果然由应天府判官谪为筠州（今江西高安）酒监。

这两首诗充分表达了诗人下狱后的悲愤，兄弟之间的手足深情和对妻儿的

怀念。

前首写与苏辙的手足深情。首联“圣主如天万物春，小臣愚暗自亡身”，对最后的结局，诗人已有充分准备。“亡身”，为这两首诗奠定了凄楚的音调。面对悲惨的结局，诗人已不再想及自身，而在为弟弟和许多被牵连的朋友们着想了，由此而更增添内心的苦痛。他一面自我谴责，一面对“圣主”怀有希望，幻想能从轻发落，使万物回春。但这只不过是渺茫的幻想而已。所以颔联承“亡身”加以发挥：“百年未满先偿债，十口无归更累人。”苏轼与苏辙在最初从政时就相约“慎勿苦爱高官职”(《郑州别后马上寄子由》)，并说“一旦功成名遂，准拟东还海上”。如今四十尚未过半，功未成，名未遂，留给弟弟的是“十口无归更累人”。事实上，此时诗人在湖州的家室已由苏辙接往商丘同住了。颈联“是处青山可埋骨，他年夜雨独伤神”，出句讲自己死后随处可以埋葬，已无所谓。但留下弟弟一人，偶遇风雨之夕，便难免独自伤神了。早年，苏轼与弟在旅驿读书见唐韦应物诗中“那知风雨夜，复此对床眠”两句，十分感动，因相约入仕后尽早退隐以享“风雨对床”的闲居之乐。在上引《郑州别后马上寄子由》诗中即有“寒灯相对记畴昔，夜雨何时听萧瑟”之句。“他年夜雨”中的“夜雨”，即指昔日相约而言。然而，面对“亡身”的结局，这一切均已化为泡影。此生已矣，唯有期之来世，最后终于迸发为末联二句：“与君世世为兄弟，再结来生未了因。”手足亲情，何等深沉浓挚，诗句婉转凄切，感人肺腑。

但一首写罢，情犹未了。第二首转写对妻儿的悬念。首二句写狱中月夜凄惨阴森的景象：“柏台霜气夜凄凄，风动琅珰月向低。”“柏台”，即御史台，因汉代御史台多种柏树，故多以“柏台”称之。“琅珰”，悬在屋檐下的铃铎。两句通过目之所见，耳之所闻，体肤之所感，烘托出狱中恐怖阴森的气氛。颔联承此写细微独特的内心感受：“梦绕云山心似鹿，魂惊汤火命如鸡。”御史台中的秋夜，霜风袭人，夜色凄清，风动檐铃，叮咚入耳，惊醒思乡残梦。那狂跳的心脏像小鹿般在蹦撞，担惊受怕的魂魄，四处飘荡。身系狱中的囚徒，如同随时可以宰割的小鸡。对诗人来说，再也没有比这更悲惨的了。押送他的狱卒“顾盼狞恶”；在狱中，狱吏们“诟辱通宵不忍闻”。诗人的内心遭到极其痛苦的戕害。面对此情此景，诗人不由得联想到因自身的悲剧结局而给妻儿们带来的更大伤害：“眼中犀角真吾子，身后牛衣愧老妻。”“犀角”，指儿子颜骨饱满丰盈，仪表堂堂，可亲可爱。“牛衣”，麻衣，给牛御寒挡风的蓑衣。诗人在《浣溪沙》词中有“牛衣古柳卖黄瓜”之句。西汉王章少时贫病交迫，冬夜卧牛衣中，感伤涕泣与妻子诀别，其妻鼓励他努力读书，后官至京兆尹。他上书皇帝弹劾外戚权臣王凤，妻子劝阻他为人应知足而不可忘记牛衣涕泣之时。王章不听，果因上书得祸，下狱而死。(见《汉书·王章传》)诗人用此典表示祸及家人的愧疚，同时暗写对朝廷忠义敢言的赤诚。尾联：“百岁神游定何处？桐乡知葬浙江西。”实际是交代后事所留的遗言。作者自注：“狱中闻杭湖间民为余作解厄道场者累月，故有此句。”意思说：苏轼在杭州任三年通判，到湖州才四个月，但他在任职期间为老百姓做了些好事，所以杭州老百姓听说苏轼无辜下狱，便为他做消灾解难的道场达一个月之久。对苏轼来说，这无疑是精神上的最大安慰。他相信自己死后，定会像汉代的朱邑那样，被杭州的老百姓安葬在杭州，建祠奉祀。朱邑临死时曾说："我故为桐乡（今安徽舒城）吏，其民爱我，必葬我桐乡。"（见《汉书·朱邑传》）末句说明，诗人面对"亡身"惨祸，却能从手足妻儿生死依恋的至情中摆脱出来，考虑到自己为政时与黎民百姓之间的良好关系，从而在精神境界上得到一次超越和升华。在悲愤欲绝、无可生还的绝境中，使人感受到心灵上的一丝欣慰。

"真"字是两首七律的诗骨。诗人在自度必遭惨祸的绝境中，真实地表达了他对兄弟妻儿的爱恋，真实表达了他问心无愧地履行了作为地方官吏的职责。诗中既真实地反映了他因写诗文而给自身特别是给亲友们带来灾祸的悔恨之心，同时也表达了他为人民做了好事（包括真实反映民间疾苦）而感到某些安慰。因这是"亡身"前的绝笔，是出自肺腑的真实情感，故而句句有情，笔笔含恨，不假雕琢而力量万钧。正如司空图所说："取语甚直，计思匪深"；"情之所至，妙不自寻"（《诗品·实境》）。（陶尔夫）

陈季常所蓄朱陈村嫁娶图二首

何年顾陆丹青手，画作朱陈嫁娶图。
闻道一村惟两姓，不将门户买崔卢。

我是朱陈旧使君，劝农曾入杏花村。
而今风物那堪画，县吏催钱夜打门。

宋神宗元丰三年（1080）正月，苏轼经历了险遭不测的"乌台诗案"之狱以后，贬赴黄州。途经岐亭（今湖北麻城），在陈慥家中作此诗。陈慥，字季常，苏轼的老友，在黄州时期两人过从甚密，苏轼曾为他作《方山子传》。"朱陈村"，在安徽省萧县附近深山之中，一村仅朱、陈两姓，世为婚姻，民俗淳朴。白居易有《朱陈村》诗："一村惟两姓，世世为婚姻。""生者不远别，嫁娶先近邻。"写出封闭自足、静谧和平的原始农村风貌，颇为时人所向往，甚至成为绘画的题材。五代前蜀人赵德元即画有《朱陈村图》（《益州名画录》卷上）。

这是两首题画诗。苏轼的题画诗大致有两种写法：一种是直接地再现画面形象，着力于描摹的细致逼真，使人吟诵一过，如亲观其画；或在描摹画面形象的基础上，再作引申、渲染、想象，以构筑诗的意境。一种是借题发挥，由画面引发议论，抒发感慨。这两首绝句属于后一种，都寄寓了对现实社会风尚和政治时弊的感叹和不满。

第一首头两句平平叙题：陈慥所藏此画，不知何年何人所作。"顾、陆"，顾恺之、陆探微，晋代名画家，擅长人物。这里喻指赵德元一类的画家。后两句即抒慨：朱陈村民俗淳古，两姓为婚，不涉利势，不去高攀名门大族。"崔、卢"，唐代两大望族，这里泛指富贵人家。这表现了作者对原始民俗的由衷热爱，对奔逐名利世态的憎恶，反映了作者淡泊自守、崇尚自然真趣的情操。

第二首从自我追忆叙起。苏轼曾任徐州知州，故称"旧使君"（"使君"原是汉朝太守的别称，宋朝的知州相当于太守）。他曾因"劝农"到过与朱陈村相连的杏花村。后两句笔锋一转:如今县吏夜半催钱聚敛,这个宁静怡乐的“世外桃源”早被打碎,“那堪画”即“不堪画”了。这表明遭受“乌台诗案”打击、刚刚出狱的作者,仍不改初衷,满怀忧民、敢言的政治热情。

两首诗的重心都在最后一句。看似冷冷拈出,实则无法掩饰作者内心的激越不平,颇有举重若轻、以淡语见警策之妙。 (王水照)

题西林壁

横看成岭侧成峰,远近高低各不同。
不识庐山真面目,只缘身在此山中。

苏轼对庐山向往已久,元丰七年(1084)五月,才有机会登临览胜。初见庐山山谷奇秀,几乎使他应接不暇,遂发意不欲作诗;终因抑制不住诗情冲动,在游山十余日中作诗七首。这首诗是其中最后一首,是和总长老同游西林寺时题在寺壁上的。这首诗仿佛为他的庐山之游作了一个总结。

首先,这是一首咏庐山的好诗。庐山山脉宛转,丘壑纵横,峰奇谷秀,气象万千,从远近高低不同的角度观察,又可以看到种种变化,发现新的美。起首两句就把这种种景象都包罗尽了,这是绝大的笔力,有想象力的读者还可以从字里行间,想象出诗人在山谷间徜徉流连、赞叹不止的神情风貌。一、二两句写客观景物,正面写山之美;三、四两句转写主观感受,从侧面烘托呼应。庐山之美安在?在于它的美是不可穷尽的,流连多日也好,从横侧远近高低不同的角度都看遍了也好,终不能穷尽庐山之胜,这才产生无限的魅力;反之,一眼看尽的事物,魅力终是有限。“不识庐山真面目”,这是诗人的叹息,表示意犹未尽,也是对庐山的绝赞,同时又是在提出问题:因何未能穷山之胜,认识山的真面?答案却出人意外,十分惊人。“只缘身在此山中”。这太自相矛盾了!要认识庐山当然必须身到庐山,但是“身在此山”又和识“真面”发生矛盾,于是又必须从“身在此山”中超越出来。这似乎是不经之谈,从未经人道过,仔细思来却又入情入理,确是见道之言。身在山中,视野为峰峦所限,所见只是一丘一壑;想要摆脱局限,只有超越于山之外、山之上了。居高临下,全局在眼,岂不快哉!这可能吗?这里所说的已经不止是看山,而是借看山来明理了。

这首诗又是说理的名篇。它借生活现象来阐明事理,对人的启发是多方面的。比如说,人们因所处不同而听见各异,因而成岭成峰,尽可以见仁见智;但瞎子摸象,执一端以概全,则不免误谬百出……如此等等,于人多有启发,不过这些道理前人还是讲过的。陈衍说:“此诗有新思想,似未经人道过。”(《宋诗精华录》卷二)所指似是三、四两句。这两句讲了一点辩证法,启发人们从“身在此山”的局限中超越出来,那是很有针对性的。人们经常说的“当局者迷,旁观者清”的现象就是适例。“当局”所以“迷”,不仅是像看山那样,被峰峦遮住视野,更多的是被一己的利害爱恶翳蔽了心灵。此辈受此东坡棒喝,也许能豁然有所警悟吧。如此说来,诗人机智而锋利的喻言,不仅能开人智慧,启示人以认识事物的方法,还能启人心灵,助人修养。诗人所关注的,也许还有这一个方面。

这首诗说理与写景,融合无间,语语双关,意味深长,其中一些词句已经成为众口流传的名言,到处应用,足见其影响力之大与生命力之强。 (王士博)

惠崇春江晓景

竹外桃花三两枝,春江水暖鸭先知。
蒌蒿满地芦芽短,正是河豚欲上时。

早春二月,江南大地荡漾着宜人的春光。三两枝桃花摇曳在青翠的竹丛之外,抢先绽开了艳红的笑靥;一群鸭儿在溶溶的江水中自在地游泳,仿佛得意于最先感受到春江的温暖。蒌蒿已经铺满了江南大地,芦笋刚刚冒出嫩绿的新芽,那远方深海的河豚,大约为江南新春所吸引,就要沿江而上兴致冲冲地游过来了……这一幅生机盎然的春光图,乃是苏轼《惠崇春江晓景》所创造的艺术境界。

《惠崇春江晓景》是苏轼的题画诗,约在元丰八年(1085)作于汴京。惠崇,亦作慧崇,建阳人(一说淮南人),能诗善画,宋初著名的"九僧"之一。郭若虚《图画见闻志》卷四说:"建阳僧慧崇工画鹅雁鹭鸶,尤工小景,善为寒汀远渚,萧洒虚旷之象,人所难到也。"王安石《纯甫出释惠崇画要予作诗》赞扬他说:"画史纷纷何足数?惠崇晚出吾最许。"《春江晓景》两幅今皆不传。东坡题诗共两首,以这一首传诵最广。从诗的内容推断,当为鸭戏图。诗题诸本多作"晚景";《东坡七集》及宋刊《东坡集》作"晓景",似更符合诗意。

诗的起句从描写引人注目的竹外桃花入题。竹丛摇翠,桃花吐丹,红绿映衬,画面色彩十分明丽。但绿竹原属"岁寒三友",桃花才是春天的标志,故此句中桃花为主,竹丛为宾(从语法上分析,"桃花"是这句的主语,"竹外"是桃花开放的处所,作状语),诗人用请宾陪主手法,既是指点方位,又借以衬映色彩。"桃花"代表春光来临,"三两枝"说明桃花初开,准确地暗示了早春的景象。

以下诗人的视线转向画面中心——春天的江面。这里大景小写,春江原是宏阔意象,诗人却从细微角度专写群鸭戏水这一小景,既显示出江水的平静,又体现了春光的温暖,且以群鸭先知水暖,活泼地下水戏游,暗示出这正是江边冰雪融化不久,气温刚刚转暖的初春气象。这句由视觉到触觉进而写出知觉,体察精微,运思深细。群鸭浮水,自然是画面实景;鸭知冷暖,则无非是诗人推测。这种实景虚写的方法,正可以烘染出画面所难以呈现的内在意蕴和生活机趣。不料东坡这一体察入微的名句,却在诗坛上引起过一场颇为有趣的争论。清人毛奇龄在《西河诗话》中论及此句,说:"水中之物,皆知冷暖,必先及鸭,妄矣。"王士禛很不赞成毛奇龄的说法,在《居易录》中曾以揶揄的口吻载此事说:毛氏生平不喜东坡诗,有人举出东坡这首绝句,"毛愤然曰:'鹅也先知,怎只说鸭!'众为捧腹"。后来陈衍评论此事云:"毛西河并此亦要批驳,岂真伧父至是哉?想亦口强耳。"(《宋诗精华录》卷二)其实文学用艺术形象反映生活,总是以个别代表一般,感知春江冷暖的,自然不限于鸭,但决不能将鸭、鹅、鹭鸶等水禽一一罗列,且题画诗还应顾及画面中的物象，不能任意信笔涂写。毛奇龄不会完全不理解这些道理，正如陈衍所说，他不过不喜苏诗，故作偏激之论而已。

诗的三四句，仍环绕“春江”展开描写，一句实写近江春草，一句联想春江游鱼。“蒌蒿”，即芦蒿、水蒿，一种野菜，初出可食。“芦芽”，亦称“芦笋”。“河豚”，一种味极鲜美的鱼，出产于海，春江水发，始沿江上行，近海处先得，然后，陆续游到江南各地。蒌蒿、芦芽是烹煮河豚的作料，河豚爱吃蒌蒿、芦芽，于是诗人看到画面上的蒿、芦，便很自然地联想到：这正是河豚沿江而上的季节。蒌蒿、芦芽与河豚仿佛是无关的意象并列，实际有紧密的内在联系。上句为画面固有，是写实景；下句由画意推断而来，是写虚景。出语似淡，而对于早春的喜悦之情溢于言表。

画有画意，诗有诗境。一首好的题画诗，不仅需准确地再现画景，传达画意，更要据以创造出浓郁的诗情和意境。惠崇春江晓景中的“鸭戏图”，看来是以鸭戏春江为主体景物，又点缀以竹丛、桃花、蒌蒿、芦芽，生动地描绘了早春风光。诗人题咏，由江岸的竹外桃花，到春江鸭戏，到近江原野的蒌蒿、芦芽，这就依据画面的空间构图，准确而有层次地再现了画中景。竹桃江鸭，蒌蒿芦芽，这都是画家可以画出来的；而春江水暖，河豚欲上，画家却无从表现。诗人凭着他体察入微的艺术敏感和丰富的生活知识，由鸭的嬉戏想象到江水的变暖，由蒿、芦初发想象到河豚的即将游来，在画面提供的视觉形象的基础上又增益了视觉以外的生活内容和情趣，这就虚实相生，由表及里地传达了画中意。更为重要的是，诗人通过对画面景物特征的选择和强调，通过独特的联想和想象，将一种郁勃的生机贯注在诗歌之中。写桃花而曰“三两枝”，写水暖而曰“鸭先知”，写近江春草而曰“芦芽短”……这既紧密契合着早春二月的季令特征，又深深含蕴着象外之景，言外之意。它不难使人想到：三两枝桃花，即将迎来繁花似锦的前景；江水初暖，预示着和煦的艳阳即将普照大地；芦芽虽短，却蕴藏着按捺不住的力量；河豚初上，正表现出对于新春的兴致……这些形象的共同特点，就是蕴含着喜悦之情，生命之力。它使我们仿佛感到生命的琼浆玉液在字里行间流荡，葱茏的生机在诗人胸中奔突，青春的活力跃动于宇宙万象之中。清代大学者纪昀指出这首诗“兴象实为深妙”。妙在何处？妙就妙在平实淡远的诗句之中，含蕴着生命力的律动。反复吟咏这首绝妙小诗，我们眼前也不禁浮现出明丽的春光，胸中涌来了滚滚的春潮。 （刘乃昌　张稔穰）

纵笔

白头萧散满霜风，小阁藤床寄病容。
报道先生春睡美，道人轻打五更钟。

读苏轼诗，人们常会感受到一种超越世间万物、得失荣辱之上的潇洒气度。因为东坡不仅是一位正直的仕人，有才气的文学家，而且也是一个能够洞悉人生底蕴、对生命具有非凡把握的深邃的哲人。因此，当面对挫折时，他既不会沉浸在一时的痛苦中自悔自伤而不能自制，也不会为寻求别一精神寄托而遁入空门，他只需凭借一己之意志与思想所孕育的“浩然之气”就可凌驾于各种哀痛之上，旷达永逸。

这一点在他遭贬时期的诗作中表现得特别突出。

本诗作于绍圣四年(1097),时作者寓居惠州嘉祐寺。绍圣初年,新党得势,他们打着“绍述”新法的幌子,排斥异己,苏轼也成了他们打击的对象,由端明殿学士兼侍读学士贬知英州(今广东英德),不久又责授建昌军司马惠州安置,不得签书公事。此诗就是在这样的环境下写作的。题为“纵笔”,即随意挥洒,本身就透着一股潇洒之气。

首句是作者的自画像,诗人着意刻画的是瑟瑟霜风中飘动的萧散的白发。“萧散”,萧疏冷落貌,形容头发稀少;“满”,本意为灌满,用以描绘霜风中的白发,可见霜风之劲,亦可见白发之稀。这一句抓住诗人自我形象中最富典型意义的部位,作粗线条的勾勒,很像一幅逼真传神的素描。下面描述周围的环境:小小的寺阁中,空荡无物,只有一张破旧的藤床,供面带病容的东坡翁倚靠其上。这是一幅残破凄凉的图景。“寄病容”与霜风白头隐隐相扣,真实地再现了身遭贬斥的诗人悲凉的境遇。这两句描写真切细腻、凄婉动人,具有很强的艺术感染力。然而,本诗的主旨并不在这里。苏轼之所以为苏轼,并不是因为他曾有过如此悲惨的境遇,也不是因为他对这种境遇能有如此细致入微的刻画,重要的是他能写出诗人此时的心境。那种不以物喜、不以己悲,不为境遇所左右的独特心胸,才是苏轼其人、其诗最具特色的部分。——“报道先生春睡美,道人轻打五更钟。”在如此凄凉的境遇中,诗人仍能安然入睡;道人为报告五更而轻轻敲响的钟声,仿佛在向整个世间宣报我春睡正美。“报道”,即报告说;“先生”,指苏轼自己。与前两句凝重的笔触相比,这两句的语调是那么轻松自如,象征着诗人的心境平静如水。于此可见,虽然诗人的形象是衰老的,但他的心灵却充溢着哲人的趣味和活力;虽然诗人的处境是悲凉的,但他的心境却潇洒无比。据说此诗传至汴京,当权者认为苏轼生活得还太舒服,不久又把他贬到更为荒远的儋州(今广东儋县)。《舆地广记》记载:“苏轼谪惠州,有诗云:‘为报先生春睡足,道人轻打五更钟。’传至京师,章惇笑曰:‘苏子尚尔快活邪?’复贬昌化。”曾季狸《艇斋诗话》也说:“东坡海外上梁文口号曰:‘为报先生春睡美’云云,章子厚见之,遂再贬儋耳。以为安稳,故再迁也。”其实,对一个超脱了荣辱之累的人来说,贬近贬远都是微不足道的。即使最终被贬海南时,他仍对其弟子由这样说:“天其以我为箕子,要使此意留要荒。他年谁作舆地志,海南万里真吾乡。”(《吾谪海南,子由雷州……作此诗示之》)其旷达自如的胸怀并没有丝毫减弱。也正是在这首诗中,苏轼道出了其心灵与人格的真谛:“平生学道真实意,岂与穷达俱存之。”道心永存,不随境遇之穷达而有所变化。道是人生的脊梁,在它的光芒映射下,一切荣辱得失都如蜻蜓点水,难动我心。正是这种对人生价值、生命意义的深刻理解与追求,使他能够挣脱一切忧患的羁绊,旷放达观,随遇而安。这可视为苏轼自己为其人、其诗所作的一个注脚。当然,这“道”并非特指儒家的正统之道。从苏轼的思想实际来看,它具有更为宽泛的人生内涵。

综观这首小诗,前两句与后两句之间不论在语意上还是在格调上,都存在着明显的差异。一边是霜风中萧散的白发,一边是甜甜美睡中的先生;一边是凄凉的小阁藤床,一边是袅袅如烟的五更钟声。这种巨大的反差把全诗分成了两个极不同的部分，而在苏轼的笔下，它们却有机地合为一体。前一部分是后一部分的基础，后一部分是前一部分的升华。正是在这种升华中，显示了苏轼诗格与人格与众不同的独特魅力。（王　华）

遇清风急雨

四州环一岛[①]，百洞蟠其中，
我行西北隅，如度月半弓。
登高望中原，但见积水空，
此生当安归？四顾真途穷！
眇观大瀛海，坐咏谈天翁[②]，
茫茫太仓中，一米谁雌雄。
幽怀忽破散，永啸来天风，
千山动鳞甲，万谷酣笙钟。
安知非群仙，钧天宴未终[③]，
喜我归有期，举酒属青童[④]。
急雨岂无意，催诗走群龙，
梦云忽变色，笑电亦改容。
应怪东坡老，颜衰语徒工，
久矣此妙声，不闻蓬莱宫。

本篇是绍圣四年(1097)苏轼在流放海南途中所写的奇景、奇想、奇气融合一体的一篇杰作。哲宗亲政后，投机新法的分子连续迫害元祐旧臣，他们把苏轼放逐瘴乡惠州仍不解恨，又于绍圣四年再次把他贬到海南的儋州(今海南儋县)。苏轼只身携带幼子苏过垂老投荒，与全家人在江边痛苦诀别，之后便飘然浮海而南。苏轼登上海南岛，在从琼州赴儋州的途中遇上了风雨，遂即兴吟就此诗。诗题原为："行琼儋间，肩舆坐睡，梦中得句云：'千山动鳞甲，万谷酣笙钟。'觉而遇清风急雨，戏作此数句。"

前八句纪行兴感。琼州、崖州、儋州、万安州(今海南万宁)环列分布，洞穴盘结的五指山雄踞海南岛中心。作者由琼州(今海南海口)入岛往西经澄迈，再向南折往儋州，在海南西北方走了一个弧形的路线，奔赴贬所。于此岛国登高北望，一派汪洋，水天无际，不禁凄然感伤，发出了"途穷"、"安归"之叹。开端八句勾画了全岛的地理形势，记述了个人的行程和路线，写出了自己初登荒远海岛的感受和心情。写景爽利，抒感凄婉。

次八句摅写对宏观世界的思索。上段"此生当安归"两句，充满了归宿难料、前途苍茫之感。由此诱发出探索人生宇宙的沉思，很自然地转入第二段。诗人不禁想起了惯谈宇宙天体的邹衍。邹衍认为中国自有九州，中国之外又有九州，外九州各以稗海(小海)环绕，其外又有大瀛海环绕。《庄子·秋水》亦有"计中国之在海内，不似稊米之在太仓乎”之语。“眇观”四句，融化邹衍和庄子的掌故，意谓远观苍茫大海，咏叹谈天的邹衍，可以悟到人们所寄寓的环境大小不同，但无不是相对的。正像茫茫太仓之中有难以计数的粟米一样，谁能分得出它们的大小呢？从这里不难领略到诗句中深蕴的言外之意：海南岛固然为茫茫无际的碧水萦绕，望去渺无归路，然而海外有海，天外有天，整个神州中原，乃至神州以外的人类世界，又何尝不在大海之中呢？“茫茫太仓中，一米谁雌雄。”在无限广大的天宇之中，究竟有多少个洲陆，难道有人能剖辨清楚吗？苏轼曾有一篇《试笔自书》的小文说：“吾始至南海，环视天水无际，凄然伤之，曰：‘何时得出此岛耶？’已而思之，天地在积水中，九州在大瀛海中，中国在少海中，有生孰不在岛者？……念此可以一笑。”（《曲洧旧闻》卷五）这段话恰好反映了作者初到海南时的心境，可以作为这几句诗的注脚。东坡善于联系当下际遇，升华出有关人生宇宙的玄思，从而明达地求得精神解脱，以使自我心态由艰难的逆境中超拔出来，而归于豁达朗畅。这首诗同样体现了这种思想逻辑。“幽怀”亦即上文的玄思，“幽怀”忽而消散，长啸招来天风。天外风来，使千山草木偃仰起伏，仿佛鳞甲扇动，万壑岩穴天籁齐鸣，犹如仙乐合奏。“幽怀”四句收拢玄思，而引向写景，以景结情。

末十二句，写诗人在群山万壑的奇妙境界中所幻化出的奇思遐想。诗人行进于群山万壑间，仿佛置身于鱼龙交舞、仙乐齐鸣的瑰奇境界。这使他浮想联翩。诗人的遐想紧密联系周围的环境而开展。“安知”四句，因耳闻“笙钟”，而想象群仙正在宴会，天界乐声未停，也许为预祝他还归有期而相互嘱酒。“急雨”四句，因眼见山雨骤至，而想象群龙飞舞也许是意在激发诗兴，迷茫的浮云、闪光的雷电，也都为欢迎诗人的新作而变色改容。杜甫《陪诸贵公子丈八沟携妓纳凉晚步遇雨》诗，有“片云头上黑，应是雨催诗”之句，《艺文类聚》引《庄子》有“天为之笑则电”的说法。苏轼这里融化前人句意，锻造用语，极为工切。“应怪”四句，承上群仙宴会未终，设想仙人为东坡年迈语工而惊怪，并赞扬他的妙句为蓬莱仙宫久所未闻。第三段诗中的奇妙联想，正与“梦中得句”云云的迷茫恍惚诗题相切合。

本篇体现了东坡明达的识度和旷放的襟怀。作者初登当时极为荒僻的海岛，环视水天无际，不免凄然伤神，“此生当安归”？这种前路苍茫的悲叹，正在情理之中。然而，诗的调子并没有就此低沉下去，而是经过对宏观世界的哲理思辨，使诗人自我以昂首天外的超迈姿态俯视人间困厄，从而飞翔起理想的健翮，闪耀出希望的曙光。随着诗境由现实世界向理想世界的转换，诗的格调也由凄婉而转为雄阔激昂，这首诗也以联想丰富、意象奇诡、锻句精切而著称。作者由四面环水的琼州岛，而联系到沧海、九州乃至寰宇的无限空间；由岩谷天籁，联想到天庭的仙乐、群神的宴会；并把急雨闪电这大自然给予远行人的突然袭击，想象成群龙催诗，云、雷欢颜迎客。构想何等奇警而出人意表！诗中写浮云变幻着一“梦”字，写雷电发声着一“笑”字，写岩穴声响交作着二“酣”字，且山有“鳞甲”，“云”能“变色”，电可“改容”，诗人笔下的森罗万象无不带上灵性，动荡着生命力，体现着人情味。尤其“千山动鳞甲，万谷酣笙钟”一联，更加传诵千古，脍炙人口。苏轼晚年多有清旷平淡诗作，但毫无衰飒景象，且雄健奔放、逸态横生的气格并未衰减。本篇正是明证。纪昀说此诗是“以杳冥诡异之词，抒雄阔奇伟之气”(《评苏文忠公诗》)。汪师韩《苏诗选评笺释》亦曰：“行荒远僻陋之地，作骑龙弄凤之思，一气浩歌而出。天风浪浪，海山苍苍，足当司空图‘豪放’二字。”可为此诗定评。 (刘乃昌)

【注】 ①四州：宋代琼州在海南北部；崖州在南部；儋州在西北；万州在东南。 ②谈天翁：战国齐人邹衍，善谈宇宙天体，人称他“谈天衍”。《史记·孟子荀卿列传》：“邹衍谓：‘中国名曰赤县神州，赤县神州内自有九州……中国外如赤县神州者九……乃有大瀛海环其外，天地之际焉。’” ③钧天宴：古代传说，赵简子梦中曾经到天帝那里“与百神游于钧天，广乐九奏万舞”(《史记·赵世家》)。 ④青童：古代神话中的仙人。

六月二十日夜渡海

参横斗转欲三更，苦雨终风也解晴。
云散月明谁点缀，天容海色本澄清。
空余鲁叟乘桴意，粗识轩辕奏乐声。
九死南荒吾不恨，兹游奇绝冠平生。

绍圣元年(1094)，哲宗亲政，政局再度发生变化，蔡京、章惇之流复居要职，元祐旧臣多遭贬逐。苏轼谪降惠州，又远放海南儋州(今儋县)，前后凡七年。到元符三年(1100)哲宗逝世，才得以遇赦北还。这首诗是北还途中游渡琼州海峡时所作。

前两联是从渡海时所见落笔的。诗人趁暗夜渡海，所见无非天水沉沉，一片昏暝，岂料在阴雨连绵之余，阴霾蔽天之际，居然天开云散，星辉月朗，海天映照，空明澄澈。此种美妙境界，正与诗人目前的处境和心境相应，他此次遇赦北还，头上的政治阴霾消散，前途依稀现出曙光，正和眼前的境界相仿佛。第一句从“三更”时分写起，省掉前面许多笔墨，起语便臻佳境，写出乌云散去，星斗满天，夜已过半，曙光不远的景象。字面上没有写舟，“参横斗转欲三更”却自是舟中人的观察和判断。因为夜间航海必须时时观察星象以判断方位和时间；字面上没有写人，但在表现主观意念的“欲”字里，已经透露出诗人欣慰和期待的心情。看星斗满天，当然马上领会到：连绵的风雨终于停息，天到底晴了！“苦雨终风也解晴”！这是惊喜，这是欢呼，也是双关的妙语。“苦雨”是连绵不断的雨；“终风”是暴风，《诗经》有《终风》篇，以“终风”喻卫庄公的暴戾。用在这里是讽讥蔡京、章惇一党的。任你风雨再狂，天总是要晴的。这种口气，足见诗人有坚强的信念，逆境中的折磨丝毫不能使他屈服。

三、四两句就“晴”字作进一步抒写。风恬雨霁之后，星月交辉，海天澄澈，这是一个空明纯净的世界，一种至美之境。苏轼曾经说：“青天素月，固是人间一快。而或者乃云，不如微云点缀。乃知居心不净者，常欲滓秽太清。”(《东坡志林》卷八)他认为纯净的美与纯洁的心灵相对应。可见三、四句是寄寓着诗人的审美理想和人格追求的，或者说，只有纯洁的心灵，才能创造出这样高洁的艺术境界。《东坡志林》中那段话，源于《晋书·谢重传》，传载：谢重陪会稽王道子夜坐，“于时月夜明净，道子叹以为佳。重率尔曰：'意谓乃不如微云点缀。'道子戏曰：'卿居心不净，乃复强欲滓秽太清耶？'"点缀"一词即由此而来，它的政治讽喻意味甚浓。"谁点缀"似是一问，有人认为是问章惇，意谓你们这些"居心不净"、"滓秽太清"的小人，兴风作浪，污染了清平世界，如今云散月明，还有谁"点缀"呢？"本澄清"似是自答，意谓诗人本来清白，政敌之诬陷犹如蔽月之浮云，终已消散。这种解释是可供参考的。

三、四两联转写渡海时所感。第五句"空余"，表示遗憾。"鲁叟"指孔子。孔子说："道不行，乘桴浮于海。"意谓我的道在海内无法实行，乘着筏子到海外去，或者能有所为吧。诗人也很有政治抱负，但屡遭贬逐，无法施展。被贬到海南，可说真的"浮于海"了，但作为罪臣，又哪里谈得上行道；于今回到内地，只能空把孔子乘筏行道的志向留在心里了。诗人表示这种遗憾，其实是隐寓抱负的，因为只有志向未泯的人才有此遗憾。第六句"粗识"表示有所收获。"轩辕"就是黄帝。"轩辕奏乐"语出《庄子·天运》："北门成问于黄帝曰：'帝张咸池之乐于洞庭之野，吾始闻而惧，复闻之怠，卒闻之而惑；荡荡默默，乃不自得。'"然后黄帝作答，借音乐问题讲出一番"达于情而遂于命"之类的哲理。这一句表层的意义是说：渡海时听天风海涛之声，有如黄帝咸池之乐那样美妙动听。深层的含义却说此次贬谪海南的经历，使他领悟到许多人生哲理。说"粗识"是谦逊的说法。这首诗就有浓厚的哲学意蕴，"苦雨终风也解晴"、"云散月明谁点缀，天容海色本澄清"，这些诗句所表现的观点和境界，都和老庄哲学有很深的渊源。五、六两句都是即景述感，从乘舟渡海生发出"乘桴"的典故，从听天风海涛生发出"轩辕奏乐"的典故，把胸中曲折的情志都抒发出来了，写得非常巧妙自然。

七、八两句以总结的方式收束全诗。屈原《离骚》曰"虽九死其犹未悔"，表示其志洁行芳，坚强不屈。七句的"恨"，表示的是悔恨而不是怨恨，这就和屈原的话差不多了。这里说自己在海南历尽九死一生的磨难也决不后悔，因为此番游历所见之奇绝为平生之冠。诗人旷达的胸襟、豪放的性格于此跃然纸上，而对他的政敌来说，调侃的意味就很浓了。原来章惇这般人逐他于最偏僻的海南，是想置他于死地的，死不了也要他受尽痛苦。可是诗人偏不叫他们如愿，不屈服，也不叫苦，反而经常摆出萧然自得的模样给他们看。在惠州时他写出"报道先生春睡美，道人轻打五更钟"的诗句，据说章惇见而大怒，因此复有海南之贬。写这首诗，诗人依然故态，当时章惇们读了，不知又是什么滋味？

这首诗语言洗练而含蕴丰厚，既写出海上的奇绝景象，创造出至美的境界；又复妙语双关，暗含比喻，或巧用典故，表达了曲折的情志和丰富的现实政治内容；复有哲理贯通其间，意蕴深长，令人玩味；而字里行间，诗人的胸襟志趣随时流露，神情个性依稀宛在。这都是苏诗迷人的地方。 （王士博）

黄庭坚

过平舆，怀李子先，时在并州

前日幽人佐吏曹，我行堤草认青袍。
心随汝水春波动，兴与并门夜月高。
世上岂无千里马，人中难得九方皋。
酒船鱼网归来是，花落故溪深一篙。

黄庭坚，字山谷，在熙宁初年赴叶县当了几年县尉小官，心绪不佳，常于诗中将自己比作“伏辕驹犊”和“束带折腰”的陶潜，感到怀才不被重用，反受上级长官之气。神宗熙宁四年(1071)，庭坚卸去叶县尉职，因事经过平舆(今河南平舆)，怀念远在并州(今山西太原)的同乡好友李子先，遂写下本诗劝他一起返回故乡。

诗的前两联，一、四句写友人，二、三句写自己，扣住题序“怀”字将两地思念之情串联起来。“幽人”，襟怀淡远的人，此指李子先，时在并州当辅佐小官。“青袍”，过去文人穿的一种服装。旧诗常用青草与青袍相比，如庾信《哀江南赋》:“青袍如草，白马如练。”范鲁公诗:“青袍春草色。”这里诗人说，漫步在堤上，青草难辨自己的青袍。寓有不被见用的意思，化青草为有情物而自嘲。“认”字正说明了难认，用得很妥帖，与杜甫诗“汀草乱青袍”的“乱”字，同见锤炼之工。

三、四句反过来，先写自己，后写友人，错杂相间，仿佛对话般令人感到亲切。黄庭坚时过平舆，临近汝水，想念起好友李子先，内心的思绪随着汝水的春波而动荡。与此同时，又臆测友人的兴致，也许跟并州城门上的夜月那样逐步升高了吧！这两句不仅属思工巧，而且融景入情，将两地思念之情细致地刻画出来。

颈联诗人以“千里马”暗比友人和自己，慨叹于不为世人理解，同《徐孺子祠堂》中“白屋可能无孺子，黄堂不是欠陈蕃”两句诗意相仿。“九方皋”，春秋时秦国的相马专家，曾为秦穆公出外求得天下好马。这两句是历来传诵的名句，吴聿《观林诗话》将之与杜牧诗句比较后，盛赞它“尤为工致”。诗人自己也颇为得意，据任渊注引《潜夫诗话》谓山谷教人作诗，云:“‘世上岂无千里马，人中难得九方皋’，此可为律诗之法。”律诗的对仗中有一种难度很大的“流水对”，要求措辞工稳而自然，不仅字面上平仄与词性形成相对，而且上下两句要一意相承，前后脉络连贯，犹如流水一样顺流而下。这两句先设问，后自答，一气贯注，对仗工稳而自然，确是妙手天成，难怪诗人踌躇得意举而教人。

尾联描绘家乡风物，力劝子先同归故里。诗人说“酒船鱼网”，而不直说“饮酒食鱼”，景更美，情更深，意象更阔。“归来”后再加一“是”字，极为传神，既述自己回乡态度的坚决，又表力劝友人的殷切之意。诗人尚嫌意犹未尽，结句描绘了一幅“花落溪深”的暮春图，令人神往的故乡风物更增强了劝归的说服力，也为全诗增加了美的感受。

赵翼《瓯北诗话》盛称此诗“独辟蹊径”,“意思沉着,气力健举”。除去属对奇巧、自然天成已如前述外,从全诗内容上讲,首联言友我同系位卑官小,颔联述两地遥相思念之情,颈联抒发不被重用的感喟,结尾劝友返乡同游,自然顺理成章,水到渠成。但从结构谋篇上看,一、二句叙事总起,三、四句陡转摹景,五、六句再转抒怀,末两句以景语作结,却见跌宕起伏,错落有致,恰如草蛇灰线,似断实连,与四平八稳的律诗陈套迥异,非气力健举的大家手笔莫办。又诗中多用俗言常语,一经诗人注以情意,连缀安排,便得风流,略见山谷诗“以俗为雅,以故为新”的端倪。

(熊大权)

闰月访同年李夷伯子真于河上,子真以诗谢,次韵

十年不见犹如此,未觉斯人叹滞留。
白璧明珠多按剑,浊泾清渭要同流。
日晴花色自深浅,风软鸟声相应酬。
谈笑一樽非俗物,对公无地可言愁。

神宗元丰六年(1078),黄庭坚在北京(今河北大名)任国子监教授已七年,生活过得比较愉快,曾寄书苏轼,并上《古诗二首》,苏轼报书和诗,苏、黄开始订交。时还多从岳父谢景初游。这年闰正月黄庭坚造访同一年登第的老友李子真于河上,子真赋诗致谢,黄庭坚按原韵和答了本诗。李子真,字夷伯,生平不详,据本篇看来,是一耿介高洁之士,虽长期沉居下僚,仍德操自守。

首联直言对老友的印象,黄庭坚和子真于英宗治平四年(1067),同登第三甲进士第,至今已整整十年,故称“十年不见”。“犹如此”意谓:子真还是原来那个老样子。这三个字语词平平而含蕴丰富,既是与友人阔别重逢的总体感受,也是对他不改昔日思想品格的真实写照,而不光指外表形貌。第二句进而揭示“犹如此”的内蕴。“斯人”指李子真。“滞留”意为得不到升迁。诗人未曾感到子真因没升官而长吁短叹。这就生动地刻画了子真的秉性耿介和不阿附权贵。开首两句仿佛脱口而出,可见二人相会时思想感情的融洽。

颔联言子真“滞留”的原因,并委婉劝导友人。这里运用了两个典故。“白璧明珠”本《史记·邹阳列传》:“明月之珠,夜光之璧,以暗投人于道,众莫不按剑相眄者。”诗中比说子真的美行高材像白璧、明珠一样莹洁,容易引起一些人的嫉恨,难免使人按剑而视。“浊泾清渭”本《诗·邶风·谷风》:“泾以渭浊。”孔颖达疏:“言泾水以有渭水清,故见泾水浊。”诗人劝说子真:您看,浑浊的泾水和澄清的渭水不是合流了?合流后清浊界线依然分明,您何妨随和些呢!(按:古人说“泾浊渭清”,今据调查,实为泾清渭浊)抒发怀才不遇的感愤,是山谷诗中常见的题材内容。这里诗人一方面赞美友人的品格清高,另一方面却又劝以随和同流,看来是要子真稍稍

收敛锋芒，适应环境，免遭小人的暗算，等待“天生我材必有用”的时机，而非劝他去同流合污，沆瀣一气。这怕也是庭坚专程造访的用心之一。

颈联宕开笔锋，描写河上相会的美景。“自深浅”和“相应酬”相对，见出诗人观察景物的细致和用字的精确，因为晴天百花争艳，深与浅、明与暗的颜色对比十分强烈；而和风拂煦，群鸟鸣啭，此伏彼起，确也似我唱你和，赛比歌喉。生机盎然的初春景色，烘托出友人聚会的欢快心情。

尾联极写两人谈笑饮酒之乐。谢灵运《拟魏太子邺中集诗序》云：“天下良辰、美景、赏心、乐事，四者难并。”此时此地，初春良辰，花香鸟语，重逢赏心，谈笑欢悦，恰正四者兼并。酒以助兴，自非庸俗之物，对着老友尽情而乐，哪有说愁道恨之处呢！真是“酒逢知己千杯少”，“与尔同销万古愁”。

人云愁苦之句易工，欢愉之诗难好。本篇写访友之欢情却见黄山谷的匠心。七律的传统作法，多讲以景传情，先景后情，追求流利圆转，以臻情景交融的境界。本诗则反其道而行，首联直抒胸臆，颔联借典寄意，颈联才转而写景，结尾又复抒怀，诗人大概意在矫传统写景的柔弱吧！与此同时，诗人摒去近体诗起承转合的惯用章法。仇兆鳌说：“律诗以首尾为起合，三、四承上，五、六转下，此一定章法也”（《杜诗详注》）。本篇起而突兀，三、四句忽转，五、六句再转，结尾收束，腾挪挥洒，浑然成篇，诚如方东树所说：“山谷之妙，起无端，结无端，大笔如椽，转折如龙虎，扫弃一切，独提精要之语。每每承接处，中亘万里，不相联属，非寻常意计所及。”（《昭昧詹言》）

（熊大权）

再次韵寄子由

想见苏耽携手仙，青山桑柘冒寒烟。
骐驎堕地思千里，虎豹憎人上九天。
风雨极知鸡自晓，雪霜宁与菌争年。
何时确论倾樽酒，医得儒生自圣颠？

元丰四年（1081），黄庭坚外任吉州太和（今江西泰和）县令。前此一载，与黄庭坚亲如师友的苏轼，横遭“乌台诗案”之祸，谪居黄州；他的弟弟苏辙（字子由）也受到牵连，被贬至筠州（今江西高安），做监管盐酒税的小官。黄庭坚的兄长元明（名大临），与苏辙甚为友善，因而赠诗劝慰，中有“钟鼎功名淹管库，朝廷翰墨写风烟”之语，为子由鸣不平。黄庭坚也步元明的诗韵，接连写了几首诗寄给子由，本诗就是其中的一篇。

诗一开头，就从对方写起，把苏辙比作汉末在马岭山得道成仙的苏耽，并由此想象，他隐居之处，青山环抱，桑柘成林，远远望去，有似冒出阵阵寒烟。句中的“携手”，表示作者与子由关系的亲切；以苏耽作比，赞誉子由品行的高洁；“桑柘”、“寒烟”，暗寓子由生活的清寒。寥寥数语，就将子由的人品及其现状，形象地展现在读者面前。

接着，再从双方落笔。中间两联的骐驎、雄鸡虎豹、朝菌，既是用典，又是两组品格、志趣截然不同的比喻性意象。骐骥，即千里马，它与雄鸡喻指贤人志士；朝菌，一种生命力极为短暂的蕈类，它和虎豹共比奸邪小人。颔联上句化用曹操《步出夏门行》"老骥伏枥，志在千里"的诗意，称许子由胸怀大志，壮心不已；下句压缩《楚辞·招魂》"魂兮归来，君无上天些！虎豹九关，啄害下人些"的内容，为子由受"虎豹"迫害，不能施展抱负而惋惜。此联明写子由，暗写自己，表明两人有着共同的理想与遭遇，是一对志同道合的知交，与首联"携手"隐约呼应。颈联则融进《诗·郑风·风雨》"风雨如晦，鸡鸣不已"的意境，借用《庄子·逍遥游》中"朝菌不知晦朔，蟪蛄不知春秋"的传说，向子由表示：尽管风雨凄其，我们还是要向守时报晓的雄鸡学习，去努力奋斗，完成自己的使命，而不屑与那些像朝菌一样的暂时得势之徒去计得失，较短长。这是对友人的信任、鼓励，也是黄庭坚的自矢、自勉；它体现了封建社会中正直的知识分子坚持理想、洁身自好的可贵品质，是山谷思想、性格积极方面的集中反映。

最后，以设问作结。诗人向子由提出：几时两人才能相聚，边喝酒，边着实讨论一番，用什么方法来医治我们读书人这种自大狂呢？据《难经·五十九难》中记载："狂颠之病，何以别之？自高，贤也；自辩，智也；自贵，倨也；妄哭好歌，乐也。"黄庭坚将对理想的向往，对权贵的蔑视，说成是把自己当做圣贤的一种狂态、狂情，是知识分子清高孤傲的通病，这实际上是以退为进，化不满为谐谑，说明他和子由不能被执政者理解，以此突出时代给予他们心灵上的创伤。

这首诗在艺术上很能体现出黄诗的特色：运用形象鲜明的典故，沟通作者与子由的心灵；通过生新刚健的语言，表达丰富、复杂的情感；有讽喻之意而又不锋芒毕露；结构严密而又不显得呆板。

除此以外，多种艺术手法的错综使用，也是本诗又一引人注目之处。具体说来，一是反复：为了表现子由与黄庭坚的美好品质，诗中用成仙的苏耽，思千里的骐骥，自晓的雄鸡，自圣颠的儒生，反复地多角度地加以比况，使其形象不断地完整、丰富，从而给人们留下深刻的印象。二是对比：颔联中堕地思千里的"骐骥"和憎人上九天的"虎豹"，在意象上形成极大的反差。这一鲜明对比，更增添了人们对子由的同情与对迫害者的憎恶。三是渲染：颈联以"风雨"、"雪霜"隐喻、渲染险恶的政治环境。凄凄的风雨，反衬雄鸡的坚强，严酷的雪霜，加速朝菌的死亡，从而更突出子由、山谷他们的不屈不挠与远见卓识，使美者更美，丑者愈丑。四是转折：首联与颔联、颔联与颈联、颈联本身、尾联与前三联，在意念和语气上都有所变化，形成转折，使本诗的格调显得高低有致，内容显得曲折深远，结构显得跌宕起伏。这种种手法与其他艺术特色结合在一起，使本诗在瘦硬之中呈现出雄奇、恣肆的风貌，与黄诗的主导风格不大相同，可说是黄诗逐变求新，不拘常法的又一生动体现。

（曾子鲁）

登快阁

痴儿了却公家事，快阁东西倚晚晴。

落木千山天远大，澄江一道月分明。

朱弦已为佳人绝，青眼聊因美酒横。
万里归船弄长笛，此心吾与白鸥盟。

这首诗作于元丰五年(1082)，其时黄庭坚在江西太和县(今江西泰和)任知县。据《清一统志·吉安府》载，快阁“在太和县治东澄江(赣江)之上，以江山广远，景物清体得名”。山谷于公事之余常登阁观览，这首《登快阁》乃是其诗作中最著名的篇章之一。

起句“痴儿了却公家事”，用词颇俗，近乎口语，但被山谷纳入诗中，且置之首句，却给人以突兀健拔之感。山谷论诗主张“以俗为雅”，本句可为实证之一。《晋书·傅咸传》载夏侯济给傅咸的信中说：“生子痴，了官事，官事未易了也。”是为“痴儿”之典出，在这句里山谷反用其意，直认自己是“痴儿”，语中就于洒脱中带有了几分谐趣，透发出诗人兀傲不羁的情怀。“了事”是快意的，于快意之时来登快阁，句间衔接就尤为自然。第二句中着一“倚”字，写出了诗人登阁后轻松闲适的心境，由这个动作把人和环境融成了一个整体，仿佛诗人不仅是倚身阁上，更倚身于整个空间之中了。尽管此字系从杜甫“注目寒江倚心阁”(《缚鸡行》)句学来，但用之自然贴切，恰如其分，则诚可谓之善用。第二联写景，这是山谷诗中名句。句意为：在阁上远望无数秋山，因树上的叶子已零落，显得天空更加辽远阔大；澄澈的赣江在快阁下流过，清水如练，映着一弯明月，更觉分明。境界开阔，意绪舒朗，展示了诗人宽广的胸怀。查慎行曾评后一句云：“极似杜家气象。”(《初白庵诗评》)然试比较杜甫名句：“无边落木萧萧下，不尽长江滚滚来。”(《登高》)意境也很阔大，但却蕴藉着浓郁的悲凉。以类似的笔墨写出的竟是如此迥异的心境，诗家之笔，何其神尔！一、二两联，前联叙写公事之余登阁眺望，后联描述所见景致，至此，清人方东树评云：“且叙且写，一往浩然。”(《昭昧詹言》)感之甚切。

后四句转而抒情。“朱弦”句用伯牙、钟子期事。《吕氏春秋·本味》：“钟子期死，伯牙破琴绝弦，终身不复鼓琴，以为世无足复为鼓琴者。”句中的“佳人”，本意通常指美人，在本诗中，则“此佳人指知音之人，非妇人也”(《瀛奎律髓》附纪昀《刊误》语)；不过，虽为知音之人，在此又不必有所专指，而仅仅是借以慨叹世无知音，徒有抱负无人知晓，于是乎如伯牙之绝弦不复鼓琴，因而也只能借美酒聊以自慰、自娱了。“青眼”，是用晋朝阮籍的故事，阮籍能为青白眼：白眼，翻眼睛，露出眼白，表示轻蔑；青眼，眼睛正视，眼珠子在中间，表示对人有好感。此句的“横”字用得极好，一个极寻常普通的字，经山谷这一用，颇富新意，而又带出一股豪气；此与首联中的“倚”字，具可见山谷炼字之巧，所谓“点铁成金”者，于此亦可领悟。方东树评这两句“对意流行，收尤豪放”(《昭昧詹言》)，其豪放者，多因“横”字而得。最后两句既是抒情，也是对开篇的呼应。开篇以“了却公家事”而感快意，这里则希望彻底摆脱冗繁的官务，坐上归船，吹着悠扬的长笛，返回遥远的故乡，过惬意的隐居生活。“万里归船”，语本杜甫诗句：“窗含西岭千秋雪，门泊东吴万里船。”“白鸥盟”，见《列子·黄帝》：“海上之人有好鸥鸟者，每旦之海上，从鸥鸟游，鸥鸟之至者百数而不止。”这里以与鸥鸟为伴侣，指代弃官归隐。

这首诗通篇写出了“了却公家事”后登快阁的“快”意，从开篇阁上倚晚晴的闲适，到三、四句意境的舒朗，然后是青眼对美酒的豪放，直至篇末弃官归隐的遐思，无不贯通“快”字。诗中语句多有所本，所谓“无一字无来处”。而用语之自然，运笔之流畅，炼字之工巧，诗中内在气韵之丰厚，尤显示了诗人卓出的造诣。元韦居安在《梅硐诗话》中谈到了此诗的影响：“此阁一经品题，名重天下，前后和者无虑数百篇，罕有杰出者。”后人对此诗评价极高，清人姚鼐评曰“能移太白歌行于律诗”(方东树《昭昧詹言》引)，方东树谓“此所谓寓单行之气于排偶之中者”，都道出了此诗的独特气韵。历代诗评家多举此以代表山谷诗歌的主要风格。　（宫晓卫）

寄黄几复

我居北海君南海，寄雁传书谢不能。
桃李春风一杯酒，江湖夜雨十年灯。
持家但有四立壁，治病不蕲三折肱。
想见读书头已白，隔溪猿哭瘴溪藤。

此诗作于神宗元丰八年(1085)，其时诗人监德州(今属山东)德平镇。黄几复，名介，南昌(今属江西)人，与诗人少年交游，此时知四会县(今属广东)，其事迹见《黄几复墓志铭》(《豫章黄先生文集》卷二三)。

首句“我居北海君南海”化用《左传·僖公四年》楚子问齐桓公“君处北海，寡人处南海”的话，起势突兀。写彼此所居之地一“北”一“南”，已露怀念友人，望而不见之意；各缀一“海”字，更显得相隔辽远，海天茫茫。作者跋此诗云：“几复在广州四会，予在德州德平镇，皆海滨也。”“海滨”，当然不等于“海上”。作者直说“我居北海”、“君(居)南海”，一是为了“字字有来历”，二是为了强调相隔之远，相思之深。

“寄雁传书谢不能”，从第一句中自然涌出，在人意中；但又有出人意外的地方。两位朋友一在北海，一在南海，相思不相见，自然就想到寄信，“寄雁传书”的典故也就信手拈来。李白长流夜郎，杜甫在秦州作的《天末怀李白》诗里说：“凉风起天末，君子意如何？鸿雁几时到，江湖秋水多。”强调音书难达，说“鸿雁几时到”就行了。黄庭坚却用了与众不同的说法：“寄雁传书——谢不能。”——我托雁儿捎一封信去，雁儿却谢绝了。这样一来，立刻变陈熟为生新。黄庭坚是讲究“点铁成金”法的，这句可算成功的例子。

“寄雁传书”，本非实事，《汉书·苏武传》讲得很清楚。但既用此典，就要考虑雁儿究竟能飞到何处。相传大雁南飞，至衡阳而止，故王勃《秋日登洪府滕王阁饯别序》云：“雁阵惊寒，声断衡阳之浦。”黄庭坚这一句，亦同此意，但写得更有情趣。

第二联在当时就很有名。《王直方诗话》云：“张文潜谓余曰：黄九云：‘桃李春风一杯酒，江湖夜雨十年灯。’真奇语。”这两句所用的词都是常见的，谈不上“奇”。张耒称为“奇语”，是就其整体的意境而说的。上句追忆京城相聚之乐，下句抒写别后相思之深。诗人摆脱常境，不用“当年相会”之类的说法，却拈出“一杯酒”三字。“一杯酒”，这太常见了！但惟其常见，正可给人以丰富的暗示。杜甫《春日忆李白》

云："何时一樽酒，重与细论文？"故人相见，或谈心，或论文，总离不开饮酒。当日相聚时的种种情事，尽包含在这三字之中。诗人又选了"桃李"、"春风"两个词。这两个词也很陈熟，但正因为熟，能够把阳春烟景一下子唤到读者面前，给人以美感和快感，同时又喻示了彼此少年时春风得意的神情。

下句"江湖"一词，能使人想到流转漂泊，远离朝廷。杜甫《梦李白》云："江湖多风波，舟楫恐失坠。""夜雨"，能引起怀人之情，李商隐《夜雨寄北》云："君问归期未有期，巴山夜雨涨秋池。"在"江湖"而听"夜雨"，就更增萧索之感。而"十年灯"，则是作者的首创。此语和"江湖夜雨"相连缀，就能激发读者的一连串想象：两个朋友，各自漂泊江湖，每逢夜雨，独对孤灯，互相思念，深宵不寐。而这般情景，已延续了十年之久！

温庭筠《商山早行》云："鸡声茅店月，人迹板桥霜。"二句不用一动词，而早行境界全出。此诗吸取了温诗的句法，创造了独特的意境。"桃李春风"与"江湖夜雨"，这是"乐"与"哀"的对照，快意与失望，暂聚与久别，往日的交情与当前的思念，都从时、地、景、事、情的强烈对照中表现出来，令人寻味无穷。张耒评为"奇语"，确有见地。

后四句，从"持家"、"治病"、"读书"三个方面表现黄几复的为人和处境。"持家——但有四立壁"，"治病——不蕲三折肱"。这两个句子，也是相互对照的。作为一个县的长官，家里只有立在那儿的四堵墙壁，说明他清正廉洁，这句是化用司马相如"家居徒四壁立"的典故。"治病"句是化用《左传·定公十三年》记载的一句古代成语："三折肱，知为良医。"意思是：一个人如果三次跌断胳膊，就可以成为一个好医生；因为他必然积累了治疗和护理的丰富经验。在这里，是说黄几复善"治国"。"治病"和"治国"的道理是相通的，所以《国语·晋语》里就有"上医医国，其次救人"的说法。黄庭坚在《送范德孺知庆州》诗里也说范仲淹"平生端有活国计，百不一试埋九京"。作者称黄几复善"治病"，但并不需要"三折肱"，言外之意是他已经有政绩，显露了治国救民的才干，为什么还不重用，老要他在下面跌撞呢？

尾联以"想见"领起，与首句"我居北海君南海"相照应。在作者的想象里，十年前在京城的"桃李春风"中把酒畅谈理想的朋友，如今已白发萧萧，却仍然像从前那样好学不倦！他"读书头已白"，还只在海滨作一县令。其读书声是否还像从前那样欢快悦耳，没有明写，而以"隔溪猿哭瘴溪藤"作映衬，就给整个图景带来凄凉的氛围；不平之鸣，怜才之意，也都蕴涵其中。这句诗是从李贺"不见年年辽海上，文章何处哭秋风"(《南园十三首》其六)化出，而意思更为深沉。

黄庭坚好用典故，此诗虽"无一字无来处"，但不觉晦涩；有的地方，还由于活用典故而丰富了诗句的内涵；而取《左传》、《史记》中的散文语言人诗，又给近体诗带来苍劲古朴的风味。

黄庭坚又主张"宁律不谐而不使句弱"。他的不谐律是有讲究的，方东树就说他"于音节尤别创一种兀傲奇崛之响，其神气即随此以见"。此诗"持家"句两平五仄，"治病"句也顺中带拗，其兀傲的句法与奇峭的音响，正有助于表现黄几复廉洁干练、刚正不阿的性格。

总之，此诗善用典实，内蕴丰富，以故为新，运古于律，拗折波峭，很能表现出黄诗的特色。

（霍松林）

送谢公定作竟陵主簿

谢公文章如虎豹，至今斑斑在儿孙。
竟陵主簿极多闻，万事不理专讨论。
涧松无心古须鬣，天球不琢中粹温。
落笔尘沙百马奔，剧谈风霆九河翻。
胸中恢疏无怨恩，当官持廉且不烦。
吏民期公亦可忍，慎勿惊鱼使水浑。
汉滨耆旧今谁存？驷马高盖徒纷纷。
安知四海习凿齿，拄笏看度南山云。

宋哲宗元祐元年（1086），谢公定（名悰）将赴竟陵（今湖北天门）主簿任，黄庭坚写了这首诗为妻弟送行。诗篇热情赞扬了公定的家世、学问、气质和才华，并在亲切的劝导、鼓励中，表示了深切的期望和关怀。

诗以赞扬谢悰的家世与学问开头。谢家为仕宦书香门第，公定的曾祖谢涛、祖父谢绛、父亲谢师厚，都是进士出身，皆有文名。欧阳修为谢涛作墓志云：“公少以文行有名于时……由公始昌其家，而子绛又以文行继之。”（《欧阳文忠公集》卷六七）《宋史·谢绛传》称谢绛“以文学知名一时”，曾深受西昆领袖杨亿赏识，荐拔于朝。杨亿还把谢绛的文句写在扇子上，称“此文中虎也”（欧阳修《归田录》）。谢师厚以诗著称，故《王直方诗话》有“庭坚之诗竟从谢公（师厚）得句法”之说。黄庭坚根据谢家累世文学造诣极深，名公辈出的特点，先用“谢公文章如虎豹”进行了生动形象的艺术概括，继以“而今斑斑在儿孙”承接，称颂谢家后代继承了先辈的家学，都有很深的文学修养。前句以“虎豹”作喻，突出了文章富有气势和文采，对句下一“斑斑”，强调了影响的昭然可见，一溯历史，一言现实，前后呼应配合，极富匠心。谢悰作为“儿孙”中的一个，自然也是才高学富。“竟陵主簿极多闻，万事不理专讨论”，就是对谢悰学问的称赞，指出谢悰往昔不管一切世事而专意问学，因此广闻博识。这里作者以“竟陵主簿”称友人，切合了题目，点出送别之意，笔墨省净。“极多闻”、“专讨论”则渲染了谢悰学识的渊博和学习的专心与勤奋，从而为下面内容的引出作了铺垫。

次四句进而赞扬谢悰的气质和才华。诗人先以“涧松”、“天球”这两种自然界中美好的静态事物作比，赞美谢悰文雅纯净，品格高洁。“无心”，无有机心。“须鬣”，形容松针。“天球”，美玉名，语出《尚书·顾命》。诗人赞谢氏好像是生长在山谷溪边的松树，风姿劲秀，毫无世俗之气；又如无须雕琢的碧色美玉，含章蕴粹，温润泽仁。接着又以夸张的手法描绘谢悰的文笔豪迈和健于谈吐。“落笔尘沙百马奔”，状其为文赋诗，笔如奔马，疾驶不停，墨如尘沙，翻卷迷空；“剧谈风霆九河翻”，言其谈吐出众，声如风卷雷射，口如悬河顷翻。这四句在艺术技巧上也颇见匠心。

前两句先取比喻，美其气质；后二句采用形容，赞其才华，品格气质以静物相喻。赋诗谈吐用动景形容，既形象又生动。“落笔”两句，兼以夸张，超迈横绝，颇有气魄。

“胸中”四句是诗人的劝勉和期望。诗人叮嘱妻弟到任之后，凡事要心胸开阔，襟怀坦荡，莫计个人恩怨；要廉洁奉公，政令清简，使百姓安居乐业，不可用繁杂苛政相扰。即使有人欺蒙，也要以忍为上，克制自己，不要因小失大，让坏人把水搅浑，使是非难辨，清浊难分。这些真诚坦率的语言，朴实自然，流自肺腑，表现了作者对谢悰的殷切希望和一片深情。

最后四句是对谢悰的热情鼓励。意思是说：竟陵的官员很多，但真正品行高洁，博学多才，又很有名望的人却极少。公定到任后，一定能发挥自己的聪明才智，治理好竟陵，以便使官衙清闲，有充裕的时间去悠闲地欣赏优美的自然景色。结尾四句写得含蓄婉转，情深意长，艺术性很强。竟陵在汉水北岸，故以“汉滨”代指。汉滨有威望的故老已不复存在，目前那些高车驷马的官员虽多何益！“汉滨”两句用设问，自问自答，“安知”二句用反诘，语意肯定，行文极富变化。末尾两句上句使用了习凿齿的掌故。《晋书·习凿齿传》云：“凿齿少有志气，博学洽闻，以文笔著称。荆州刺史桓温辟为从事……转西曹主簿……所在任职，每处机要，莅事有绩……时有桑门释道安，俊辩有高才，自北至荆州与习凿齿初相见。道安曰：‘弥天释道安。’凿齿曰：‘四海习凿齿。’时人以为佳对。”诗人以习凿齿比谢悰，不但切合了其主簿身份，照应了题目，而且突出了其文学才华和淡雅襟怀，回应前文。下句用王子猷（字徽之）事典。《晋书·王徽之传》云：子猷为桓冲参军，“冲尝谓徽之曰：‘卿在府日久，比当相料理。’徽之初不酬答，直高视，以手版拄颊云：‘西山朝来，致有爽气耳。’”。“手版”即笏。王氏以笏拄颊，假装看山，答非所问，表示不屑于俗务。黄庭坚此处拈来用以表现和想象谢悰赴竟陵之后为官的清高不俗，不仅语意丰饶，而且意境开阔，把读者也带入到一个自然幽美的境界中，耐人寻味。诗的收尾两句，用典十分讲究，全取晋人之事，又同出一书，且精当贴切，起到收拢和照应全诗的效果，典型地体现出黄诗用典惊险奇绝的特色。

送人赴任，是古代诗歌中习见的题目，但惜别伤怀多，昂扬之调少。黄氏此篇一反前人低沉格调，而以昂扬热烈的笔触，给友人以赞扬和鼓励，充满了关怀的深情和鼓舞的力量，成为不可多得的佳篇。诗取议论，但在章法与手法上富于变化，行文波澜横生，避免了板滞与生硬，给人以清新警策之感。张耒谓山谷诗“一扫古今，直出胸臆”（《宋诗话辑佚》），用以观此诗，当为的评。（杨庆存）

同元明过洪福寺戏题

洪福僧园拂绀纱，旧题尘壁似昏鸦[①]。
春残已是风和雨，更着游人撼落花。

黄庭坚在京都史局任职期间，曾于元祐四年（1089）三月，与友人吕元明、毕公叔去洪福寺游览，见到元明在园墙上的旧题，很有感触，就以“戏题”为名，写了这首七绝，借生活琐事与景物的描写，发表他对政局的看法。

诗首二句的意思是：在洪福寺的庭园里，我轻轻拂去蒙在墙上的一层绀纱似的灰尘，现出了元明的旧题，字迹有如黄昏时栖息在寒林的乌鸦。这两句平平而起，描叙了他们在僧寺中发现旧题的情状，地点、事件、人物活动，全都概括无遗。值得推敲的是，黄庭坚将原来王播诗中的“碧纱”改为“绀纱”，又将“绀(gàn 赣)纱”(深青带红的丝绸)比喻为灰尘，看来似不经意，实则别具匠心。同是旧题，王播发迹升官后，备受珍重，被笼上碧纱保护；元明因为是一个低微的小吏，所以只有让尘埃覆盖。两相对比，在“戏”的后面，隐寓着诗人对人情冷暖、世态炎凉的深刻感受。

诗的第三、四句从题壁转到眼前景象，抒发作者感慨。暮春时节，已是风风雨雨，花儿正在凋零，更禁受不住游人攀折树木，把春花摇落了。诗中的残春、风雨、落花，既具有鲜明的时令特征，又和吕元明旧题中“与晋之醉后，使骑木撼花，以为笑。戏题乐天诗：‘飒飒风和雨’……”的记叙照应周密。然而，黄庭坚的深意并不在此。联系当时的社会现实和政治形势，不难看出：诗中的“残春”，象征北宋末年内忧不断、外患频仍、夕阳西下、岌岌可危的严重局势；“风雨”，则隐喻自变法以来新旧党人以及他们内部相互之间的权力斗争；在复杂的斗争中，不少德才兼备的有识之士，被敌对派排挤，打击，甚至折磨至死，这就是“撼落花”所包含的实际内容。诗人对时局的忧虑，对党争的厌恶，就在这一系列比喻性意象中形象地体现出来。

诗人处在一个钳制言论、随时可能兴起“文字狱”的时代，他作诗又反对“怒邻骂座”、“讪谤侵陵”，提倡“怨而不怒”或“不怨之怨”，因此这首七绝便以“戏题”的方式表现严肃的内容，用比兴的手法寄托失意的情怀。全篇构思奇巧，诗意曲折，感情含蓄，寄托遥深，言近而旨远，令人细细品味而无穷。（曾子鲁）

【注】 ①“洪福”二句：化用《唐摭言》中所载王播故事。据说王播少时家贫，到僧寺中讨吃斋饭，备受冷遇。后来做了大官，重游僧寺，发现当年自己在寺墙上的题诗，已罩上碧纱保护。他深有感慨，再题诗云：“三十年前尘扑面，如今始得碧纱笼。”

次韵杨明叔见饯十首(其二)

杨君清渭水，自流浊泾中。
今年贫到骨，豪气似元龙。
男儿生世间，笔端吐白虹。
何事与秋萤，争光蒲苇丛。

在中国文学史上，流传着不少提携晚辈、奖掖后进的佳话：有的是慧眼识英雄，一经名家称誉，日后此人果真成为名家。如：顾况为白居易所发的“居长安易，居天下亦不难”的赞叹；欧阳修发现苏轼文章，而产生“他日老夫当避此人一头地”的惊喜。这类佚事见于典籍，为人传诵不衰。有的是山村僻野之人，接受名家扶掖，虽声名不显，但在文章家的著述中却不乏记载，同样引起后人的关注，韩愈之于区册(见韩愈《送区册序》)，苏轼之于吴子野(见苏轼《次韵子由赠吴子野》)，黄庭坚之于杨明叔，都属于这种情况。

杨明叔是黄庭坚贬居戎州(今四川宜宾)时所收的学生。元符三年(1100)十二月,黄庭坚奉诏东归,杨生写了十首诗送别,山谷也步杨诗“蛟龙得云雨,鹏鹗在秋天”原韵,和诗十首回赠。在这组诗中,或亲切教诲以为人之道,或循循善诱以创作之方,或善意提醒他不应因失意而苦闷,或热情鼓励他必将得志而有成,言词恳切,一片真情,是教育的诗篇,也是诗的赠序。

诗的首联振起全篇,下笔突兀。它引用“泾渭分明”的成语,认为杨生好比清清的渭水,虽流入浑浊的泾水中,但依然改变不了其澄清的本色,以此赞扬他处于浊世,却始终保持着高洁的品质。

颔联紧承“清渭”,深入一层。正面肯定杨生的为人,说他尽管一贫如洗,但仍然像陈元龙那样轻蔑世俗,豪气不减。“贫到骨”,从杜甫《又呈吴郎》中“已诉征求贫到骨”而来,形容穷得彻底;“似元龙”,用《三国志·魏书·陈登传》中的典故。陈登(字元龙)因看不起“求田问舍”的许汜,被刘备称许为“豪气不除”的“湖海之士”。这里用来比喻杨生,对前联作了具体而形象的补充。在组诗的第三首中,诗人曾如此为杨生作素描:“坐扪故衣虱,垢袜春汗黑。睥睨纨绔儿,可饮三斗墨。”杨生旁若无人,不拘礼节,傲视世俗,从容自得,这是“豪气”的又一生动例证。

颈联转折自然,另出新意。它从为人联想到作文,从对杨生的称许转入对他的教诲。意思是:男儿生在世上,满腔豪气,出污泥而不染,那么,他写出的诗文就必然气贯长虹,光焰万丈。这才叫文如其人,表里一致。范大士《历代诗发》称许这两句“喻言高挺”,不同凡响。

尾联戛然而止,饶有余味。正因为男儿笔端应吐白虹,那就不必也不屑与那渺小的秋萤,在蒲苇丛中较量光亮的强弱。句中“秋萤”比喻那些靠趋炎附势而得志一时的势利之徒。这种人的作为有如萤光,瞬息即逝,黄庭坚对此给予极度的鄙视。

这首诗既是给杨生的临别赠言,也是黄庭坚的自勉与自向。它从“为人”、“作文”出发,提出了两者的具体标准,也树立了封建社会正直的带理想化的知识分子形象,具有一定的浪漫主义色彩。

诗歌在一系列比喻和典故之中,交叉地表现了为人与作文、杨生与作者、男儿与小人之间的内在联系。它着重写为人,写作文是为了映衬为人;它明写杨生,暗写自己,从杨生身上抒发作者对现实生活的体验;它重点写男儿,写秋萤是为“男儿”作反衬。意蕴丰富而又不生硬晦涩,结构严密而又表现出错综之美,语言平易而又耐人寻味,呈现出俊爽、明朗的风格,是同组诗中一篇别具一格之作。

(曾子鲁)

病起荆江亭即事十首(其八)

闭门觅句陈无己,对客挥毫秦少游。

正字不知温饱未?西风吹泪古藤州!

宋徽宗建中靖国元年(1101)黄庭坚寓居江陵时,写了这十首组诗,感慨政局,怀想平生故友。这是组诗中的一首。短短四句诗，不仅准确概括了陈师道、秦观这两位作家的创作个性，而且写出了他们坎坷的生活和悲凉的命运，体现出诗人与他们的深厚友情。读来动荡流走，一气直下。其语言之锤炼精警，形象之活跃生动，含蕴之饱满丰厚，都达到了炉火纯青的境界。

前两句“闭门觅句陈无己，对客挥毫秦少游”，分别从二人的创作习惯落笔，截取了最能反映他们个性特征的情景加以生动的描写，使人物形象呼之欲出。所谓“闭门觅句”，据《鹤林玉露》载：“此传无己每有诗兴，拥被卧床，呻吟累日，乃能成章。”陈师道本人亦有“闭门十日雨，吟作饥鸢声”（见《王直方诗话》）的诗句。由此看来，以“闭门觅句”来概括陈师道，确实是句出有因的。陈师道前半生无意仕进，“恬淡寡欲，不干有司”（晁补之《荐布衣陈师道状》），于诗歌创作则严谨而专注。他作诗力学黄庭坚，注重艺术锤炼，闭门觅句，潜心于艺术推敲，自然也是黄庭坚所赞赏的。

与陈师道的“闭门觅句”恰恰相映成趣的是诗人另一位挚友秦观的“对客挥毫”。秦观是一位天才型的作家，诗、词、文、赋都很擅长，又善书法，苏轼曾称他有屈、宋之才。黄庭坚在《赠秦少仪》一诗中也写到：“秦氏多英俊，少游眉最白。”才华横溢、思维敏捷而又英俊潇洒，这是秦观的魅力所在。秦观构思诗文，“杯觞流行，篇咏错出，略不经意”（《鹤林玉露》）。“对客挥毫”，生动地表现了他的才华和文思机敏的写作作风。

一为“闭门觅句”的艺术锤炼，一为“对客挥毫”的自然潇洒，这样两位严谨而富有才情的诗人，命运如何呢？三、四句分别予以写照。“正字不知温饱未?”正字即秘书省正字，是陈师道此时刚刚得到的一个官职。在这以前，他曾因母丧和党争的牵连安贫守素，生活极其艰难。他在给黄庭坚的信中有“罢官六年，内无一钱之人，艰难困苦，无所不有”（《与鲁直书》）之语，对此，诗人当然时刻记挂在心头。现在，有了这样一个小小的官职，情况好些了吗？能解决全家的温饱了吗？这一殷切的询问，贯注了诗人对友人的深切关怀和同情。

活着的友人令诗人惦念，死去的则更使他悲伤。最后一句写秦观的悲凉结局。一年前，秦观和黄庭坚、陈师道一样，由于哲宗去世，旧党再次执政而被重新起用。但多年的贬谪生活使他的精神和肉体受到了致命的摧残，接到任命后，秦观从广东雷州出发，刚刚走到藤州（今广西藤县）就不幸去世了。秦观之子自藤州护丧北归，途经长沙时，与黄庭坚相遇，黄庭坚执其手大哭，说：“尔父，吾同门友也，相与之义，几如骨肉。今死不得预殓，葬不得往送，负尔父多矣。”（《独行杂志》卷三）由此可见诗人的哀痛和他们间的深厚感情。“西风吹泪古藤州”正是这一感情的深深寄托。他愿凄凉的西风把他的泪水送到遥远的藤州，以凭吊死去友人的亡灵。

黄庭坚是一位笃于友情的人，他与陈师道、秦观同为苏门弟子，又是志同道合的诗友。这首诗仿效杜甫《存殁口号》的作法，两句伤悼亡友，两句怀念在世的知交，表现了志同道合的同门诗友间的深挚感情。四句诗写存殁的两位友人，既赞赏其创作，又关切其命运，而其中对两位友人创作个性的评价，尤为精当而生动，被传为千古佳句。

（李宪法）

雨中登岳阳楼望君山二首

投荒万死鬓毛斑，生出瞿塘滟滪关。
未到江南先一笑，岳阳楼上对君山。

满川风雨独凭栏，绾结湘娥十二鬟。
可惜不当湖水面，银山堆里看青山。

二诗原有“跋”，叙述了诗作的时间，见载于黄䓪《山谷先生年谱》。跋云：“崇宁之元正月二十三日，夜发荆州，二十六日至巴陵，数日阴雨不可出。二月朔旦，独上岳阳楼，太守杨器之、监郡黄彦并来，率同游君山。”由是知，这是黄山谷被赦后，于崇宁初(1102)由江陵返回江西老家的途中，经湖南岳阳，登岳阳楼所作。诗人于楼上凭高纵览，江天开阔，心绪亦为之舒展，发而为诗，诗中即充溢着放逐归来的欣奋之情，体现着雄放旷达的襟怀。

前一首第一联，先以“投荒万死”叙出此前的困苦经历：自己被流放的是荒远之地，历经无数磨难，鬓发也已斑白了。继之转以“生出”，以“万死”之身居然还能“生出”，自然是令人欣喜激动的了，何况途中又顺利地通过了长江中的天险，更给人以轻松欣奋之感。“瞿塘”，是著名的长江三峡之一，水流湍急回旋。“滟滪”，原是瞿塘峡口的巨石，古歌云：“滟滪大如马，瞿塘不可下。”是长江航道的险峻之处，故诗中称之为“关”。此以自然之险峻与诗人经历之艰厄，充分铺垫了诗人“万死”而得“生出”的来之不易。所以下联第一句即紧承“生出”的轻松心境而出，虽然还远未到江南家乡，但高旷的景致，摆脱困境后的欣然心绪，亦足以让诗人“先一笑”了。山谷在四川困顿六年，无日不思江南，如今得以归返，其心绪之快慰激动可想而知，故“先一笑”句是包含着丰富的内在意蕴的。末句写站在岳阳楼上面对洞庭湖水遥望君山的情景，体现了诗人心境的舒阔放达。虽历经千难万险，诗人心境却绝不局促，这透发着他兀兀卓立的品格。这一首写诗人登楼所感，因密切扣合着其身世遭际，字里行间无不跃动着那种跳出羁绊的轻松愉悦之情。末句的写景扣题之笔，亦复如是。当第二首转为正面写“望君山”时，风格就不一样了。

第二首可说是纯正的登高览胜的写景诗。全首正面写眺望君山所见所想。这时风雨交加，苍茫无际，诗人独自登上岳阳楼，透过湖面茫茫的雨雾，遥看远处的君山，恰似湘夫人头上盘结起的十二螺髻。由青山而联想到美人的发髻，平添了几分美感。下联因眺望而引发感慨：可惜这只是楼上凭栏眺看而不是湖中泛舟，若是湖中泛舟，从风雨鼓起的银山般的波浪中平看青山，自当别有一番情趣。从诗的笔法上讲，则通过写凭栏实感，不仅写出了“望君山”的感受及景物特征，也通过联想写出了在湖中平看君山的另一番美景。于是，仅仅二十八字，就写足了岳阳楼、洞庭湖、君山的宏观景致及其内在联系，从而也给予读者以岳阳楼、望君山之景的总体感受。诗人笔力可谓十分精到。刘禹锡《望洞庭》诗有“遥望洞庭山水翠，白银盘里一青螺”之句。读山谷这首诗，不难看出其间的继承关系。但山谷能夺其胎而换其骨，虽命意相袭，却能再造新语，所以摆脱了陈腐套习之弊，而给人以自然贴切、流美清丽之感。

两首诗虽为一组，但侧重点不同。第一首偏重登楼所感，重在写情；第二首偏重登楼所见，重在写景。但情与景实密不可分：情因景而发——因登楼而心绪欣然旷达；景因情而出——因情佳而见景致疏阔清美。第一首的情可视作对第二首景的蓄势，其末句不妨看做对第二首的导出；第二首又可视为对第一首的补足，既历"万死"而"生出"，故有好的兴致览景，因之尽管是于风雨之中"独凭栏"，也绝无悲切孤零的萧疏气氛，反而是以俊丽的文辞道出陶醉般的欣赏之情。两诗可谓珠联璧合。

（宫晓卫）

题胡逸老致虚庵

藏书万卷可教子，遗金满籯常作灾。
能与贫人共年谷，必有明月生蚌胎。
山随宴坐画图出，水作夜窗风雨来。
观山观水皆得妙，更将何物污灵台？

这首诗作于徽宗崇宁元年(1102)，诗人时年五十八岁。此前诗人已历经黔州、戎州多年的贬逐生活，这时徽宗登位，庭坚自荆南返家乡分宁，探省兄大临于萍乡(今江西萍乡)，又至江州(今江西九江)与家人相会。挫折磨难与前途未卜，使暮年的诗人看透人生百态，"于荣辱实无所择"(《答王云子飞》)，"不以有涯之生而逐无堤之欲"(《东郭居士南园记》)，向往道德的自我完善和精神境界的超脱。胡逸老，生平不详，致虚庵为其书斋。本诗在赞赏胡逸老的高尚品格与宽阔胸襟的同时，也透露了诗人自己的情怀。

首联先发议论，"遗金满籯"，"籯"，竹篓。语本《汉书·韦贤传》："遗子黄金满籯，不如一经。"又《老子·九章》："金玉满堂，莫之能守；富贵而骄，自遗其咎。"意谓教子以诗书知识，可望其成材独立；而将大量金玉钱财遗给后代，往往招来祸患。这两句称扬致虚庵的藏书丰厚和庵主的视野非凡，传家有方。开首因巧用典实，令人觉得划空而起，发语精警。

颔联紧承首联，进而赞说胡逸老在荒年能用米谷救济贫民，共渡难关，显示其品格的高尚与心地的善良，因而必有良子弟出于门庭，就像珍珠出于蚌胎一样。"明月"，指珍珠。"蚌胎"，旧说蚌孕珠如人怀胎，与月的盈亏有关，故称"蚌胎"。唐高适《和贺兰判官望北海作》诗云："日出见鱼目，月圆知蚌胎。"前四句因庵就人发议论，对胡逸老的钦仰之情溢于言表。

颈联转写致虚庵的环境幽美。这个书斋处于僻静的山水之间，白昼闲坐房中，只见山色葱茏如一幅幅画面尽收眼底；入夜倾耳谛听，但觉流水琤琮，有似飒飒风雨敲窗而来。这两句有静有动，虚实相间，视觉听觉兼备，辞采清丽淡雅。潘德舆赞为"奇语"(《养一斋诗话》)，方回也称誉是"奇句"(《瀛奎律髓》)。它与唐王勃《滕王阁》中写景的"画栋朝飞南浦云，珠帘暮卷西山雨"两句，有异曲同工之妙，不过王诗纯为客观描绘，衬色堂皇富丽，黄诗则客观、主观相融，风调雅淡朴素。此联既写书斋的幽静美，更体现庵主情趣的非同凡俗。

尾联与前照应，收束全篇。《老子·一章》："故常无，欲以观其妙。"意谓经常从无形象处，才能认识"道"的微妙。"灵台"，指心，同灵府，最早见于《庄子·庚桑楚》。韩愈《与崔群书》："岂以出处近远累其灵台耶?"胡逸老品格的清高和心境的闲适，一如书斋名"致虚"。以这种人格心绪去观赏山水，大自然的妙境佳处自会无所不在心目之间，胸怀得以荡涤，精神为之升华；而人世间的种种物质与欲念，又何能玷污这个莹洁无瑕的心灵？全诗至此，对庵主胡逸老的赞仰之情，可谓抒发得淋漓尽致了，而从中也让人看到诗人自己的影子。

综观全篇，以议论、说理贯穿始终，熔记人、述事、写景、抒情于一炉，用典不隔，对语警策，愈转愈深，使人获得理趣、情趣的双重美感。（熊大权）

湖口人李正臣蓄异石九峰，东坡先生名曰"壶中九华"。并为作诗。后八年，自海外归，湖口石已为好事者所取，乃和前篇，以为笑实。建中靖国元年四月十六日。明年，当崇宁之元年五月二十日，庭坚系舟湖口，李正臣持此诗来，石既不可复见，东坡亦下世矣。感叹不足，因次前韵

有人夜半持山去，顿觉浮岚暖翠空。
试问安排华屋处，何如零落乱云中？
能回赵璧人安在？已入南柯梦不通！
赖有霜钟难席卷，袖椎来听响玲珑。

这是一首构思奇特的伤悼亡友的名作。作者以精练遒劲的语言，生动瑰奇的形象，抒发了对已故大文学家苏轼的伤悼怀念之情，读来感人至深。

黄庭坚与苏轼交谊极厚。他们既有师承关系，又是诗友和知己，在仕途上同升并黜，饱经磨难，在创作上，互相推重，频频酬唱，留下了很多不朽的诗篇。建中靖国元年(1101)苏轼辞世，黄庭坚万分悲怆，他曾在多首诗中表达自己的伤悼之情。这首诗是苏轼辞世的次年写的。

诗题很长，作者在长达一百多字的诗题中，已明确说明了东坡与一块奇石的联系，为下面象征性的描写作了最好的注脚。一块奇石，形如九峰，为世人所珍爱，东坡曾两次为它赋诗，并为它取名为"壶中九华"。它那高峰傲立的形象，它的珍贵奇特以及它的得失遭遇，都使诗人想起他的良师益友东坡先生。

首二句"有人夜半持山去，顿觉浮岚暖翠空"，先从奇石写起。奇石形如九峰，

就像是缩小了的微型山峰，因此，诗人把它的丢失形容为被人"夜半持山去"。这里还巧妙地暗用了一个典故。《庄子·大宗师》："藏山于泽，谓之固矣，然而夜半有力者负之而走，昧者不知也。"黄庭坚曾在《题伯时画〈松下渊明〉》诗中化用此典而有"终风霾八表，半夜失前山"之句。这里的"夜半持山"，明写奇石的丢失，暗喻东坡的辞世。峰峦消失，自然山间浮动的林雾，晴翠的山色，那气象万千的胜景伟观便顿时不见了。下句是上句的补充和申述。山不可移，而有人持去，大好景象顿觉一空，使人感到突然意外，给人一种人去楼空的幻灭感。悼愤之情溢于言外。接下来"试问安排华屋处，何如零落乱云中"追述奇石的遭遇。奇石安排于高楼华屋之内，倒不如沦落于山野云壑之中，言外之意，在庙廊受到拘管摧折何如深隐岩穴自在悠游。"试问"、"何如"以反问句出之，诗情摇曳，发人遐思。这一联表层意思是叹奇石的遭遇不偶，深层的含义是悯惜东坡的仕途坎坷。苏轼是有政治抱负的。他在元祐间曾一度进入中央，历任翰林学士、礼部尚书等，但在派系倾轧，朝政反复无常的北宋后期，他不仅无能作为，还被卷入无休止的党争之中，迭遭迫害。在他为那块奇石题名后的八年中，接连被降官贬谪，从英州、惠州一直被贬到海南的儋州，最后死于常州归途。这里，诗人实际上是在为这位"奕世伟人"多灾多难的一生鸣不平。这两句感叹中带有悲伤，两个句首的虚词搭配使语意更加深婉，曲折跌宕。

颈联"能回赵璧人安在？已入南柯梦不通"，承首联"去"和"空"，伤悼异石失而不可复得，英人一去不复返。前句用"完璧归赵"的典故，妥帖而巧妙。奇石为世人所珍视，就像那珍奇的和氏璧，而曾为奇石题名赋诗的东坡，其人其才，不正像那能够完璧归赵的蔺相如吗？如今，石已丢失，人亦殁矣。璧不可归，人亦永逝。沉痛的哀伤，深深的思念，积压在诗人心中，他唯愿能在梦中与故人一见，哪怕只是短短的一刹那，也会带来些暂时的慰藉。然而，"已入南柯梦不通！"东坡的辞世既然早已成为冷峻的现实，又怎能与之精神相通呢？本来，思极而入梦，已能说明思念之深，而诗人梦亦不通，这就使其思念之情更加深了一层。

尾联笔锋陡转，由寻梦不通，回返到现实。"赖有霜钟难席卷，袖椎来听响玲珑。""霜钟"，指石钟山，在今江西境内。苏轼在元丰元年(1078)由黄州到汝州的贬官途中路过那里时，曾中夜泛舟，饶有兴致地考察了石钟之名的由来，并写下了著名的《石钟山记》。文中写道，石钟之所以得名，是由于"山下皆石穴罅"，其与"风水相吞吐"，便发出了宏大而悦耳的钟乐声。这里，诗人用"霜"代指白色的水浪，巧妙地概括了苏轼这一考察成果。下句的"袖椎来听"同样来自苏轼这篇散文。文中记唐李渤察访石钟山，有"扣而聆之"、"枹止响腾"之语。这两句是说，东坡为之题名题诗的"壶中九华"虽被人"夜半持去"了，但他生前喜爱的石钟山依然存在，那可是任何风云都难以席卷而去的，让我袖带小椎，沿着诗人生前的足迹，到那里去重新领略他生前的游兴，以告慰他的英灵，寄托殷殷的哀思吧！至此，读者未必不可以联想到东坡那声名盖世的文章事业，犹如那岿然矗立的石钟山，令世人钦仰低回，那是任何风云都无法席卷而去的！

全诗曲折跌宕而又腾挪有致。首联气势宏大，如异峰突起；颔联以诘问句追述，摇曳多姿；颈联中历史典故"赵璧"，尾联折转到石钟山，处处都紧贴异石，关联东坡，奇思异想，出人意表，而在在不离伤悼之旨。清人方东树说：“山谷之妙，起无端，结无端，大笔如椽，转折如龙虎。扫弃一切，独提精要之语。”（《昭昧詹言》卷一二）于此诗可略见一斑。

（李宪法）

秦　观

春日五首（其一）

一夕轻雷落万丝，霁光浮瓦碧参差。
有情芍药含春泪，无力蔷薇卧晓枝。

本诗是秦观诗中名篇。元好问《论诗绝句三十首》论及秦观，独拈此诗后二句，也客观地提高了这首诗的知名度。不过，元好问对秦诗的评价并不是十分肯定的：“有情芍药含春泪，无力蔷薇卧晚枝。拈出退之山石句，始知渠是女郎诗。”言辞中颇有不屑之意。是论原本元好问之师王中立。《中州集·王中立传》载：“秦少游《春雨》诗云：‘有情芍药含春泪，无力蔷薇卧晓枝。’此诗非不工，若以退之‘芭蕉叶大栀子肥’之句校之，则《春雨》为妇人语矣。破却工夫，何至学妇人？”元好问照搬了乃师的观点。如果说秦观诗之总体风格是妇人语、女郎诗，毕竟是失之偏颇的，因为秦观诗中俊逸之作并不少，其遭贬谪以后的诗作又多慷慨悲凉，兴寄遥深。吕本中评曰：“少游过岭后，诗严重高古，自成一家，与旧作不同。”（《童蒙师训》）但仅以元说论《春日》这首，却也符合实际。拿《春日》同韩愈的《山石》诗比较，确有阴柔与阳刚之异。以秦诗的婉丽柔美，称之为“女郎诗”，未为不可。早在宋代，敖陶孙即把秦少游之作比为“时女步春，终伤婉弱”（《臞翁诗评》）。这反映了秦观诗风格之一斑。作为秦诗中一格，这首《春日》是有其代表性的。

首句“一夕轻雷落万丝”，写雷言其“轻”，写雨喻以“丝”，笔调柔和轻舒，写足了春日细雨的柔润之味。一夜春雨，万物滋润，对清晨所见的雨后景物，诗人摄取了三点：屋瓦、芍药、蔷薇。次句写屋瓦。闪烁着水光的屋瓦，这是生活在庭园里的人于雨后远眺最醒目的一景。景色本极平常，一经诗人感触并用清新艳丽的诗句道出，即给人以万物沐浴的温馨。而原为静物的屋瓦，亦因浮光闪烁，又有了鲜活跃动之美。此写远景。后两句的芍药和蔷薇乃为近观。在这里，诗人巧妙地抓住了景物的物态特征而赋予其以人的情态，于是乎，不仅将景物本身的形象描摹得生动传神，更丰富了诗句的意境和内蕴。盛开的芍药，经细雨轻洒，水珠晶莹滴挂，因之写它似含泪欲泣；枝蔓细弱的蔷薇，一夜雨过，娇柔无力，犹如佳人娇卧。既为客观写实，体物入微地写出了它们的形貌和精神，也是借景抒情，借写景物的“有情”含泪、“无力”卧枝，以其宁静柔弱之态，包含着诗人对娇花弱不胜雨的怜惜意绪，也以此传出了春日娇懒无力的愁情——固然两句并不着一“愁”字，却显然创造了这般意境。不难体味，这里确有“时女步春”之风韵。

写景能体物入微，描摹传神，且能融情于景，使这首小诗以多情的物态、清悠的意蕴见长。尤其是后两句，对仗工整，韵味清新，婉丽柔美，赢得了历代读者的喜爱。（宫晓卫）

谢逸

寄隐居士

处士骨相不封侯[①]，卜居但得林塘幽。
家藏玉唾几千卷[②]，手校韦编三十秋[③]。
相知四海孰青眼，高卧一庵今白头。
襄阳耆旧节独苦[④]，只有庞公不入州[⑤]。

隐居士，即深居不仕的隐士。这首诗就是写给一位隐士的。诗中说，这位隐士无“封侯”之“骨相”，实则是含蓄地说自己无志于“封侯”，也不羡慕“封侯”带来的荣华富贵。诗中言“卜居”于“林塘”，实则并非占卜了吉凶才选择了幽静的林塘作为住所，而是委婉地说自己主动地来到这林塘清幽之处居住，甘愿作远离尘世的隐士。这位隐士是位好学之人，他藏书甚富，精美的书籍就有数千卷之多；他还勤于读书和述作，亲手校订书籍就达三十年之久；他相识甚多，遍及全国，但有谁能看重他呢？而他全然不顾这些世俗之见，依然悠悠自得，高卧于山林草庵之中，至今头发已白，但毫无悔意。“襄阳耆旧”中的许多高士，清操苦励，但多是借隐居为名，走“南山捷径”之徒，而只有先生您才像汉末的庞德公，始终不肯到州府里做官，您才真正是位志洁行高的隐士。

这首诗描述了这位隐士的隐居生涯和志趣，表达了诗人对这位隐士狷介操守的敬佩心情，也寄寓了诗人自己栖身岩穴、远离尘世的心志。谢逸终生未肯出仕，宋代的刘克庄就称赞他与他弟弟谢幼槃说：“二谢乃老死布衣，其高节亦不可及。”（《江西诗派小序·二谢》）可见，他与诗中的这位“隐居士”是志同道合之士，这首诗既是颂扬这位“隐士”，亦含蕴着“夫子自道”之意。他同时代的饶德操有写给他的诗说：“云山底处堪投老，文史他年不疗穷。富贵可求吾亦懒，眼看余子化王公。”（曾季貍《艇斋诗话》引）可作为他这首诗与“夫子自道”说的注脚。

四库馆臣评述谢逸的《溪堂集》曰：“今观其诗，虽稍近寒瘦，然风格隽拔，时露清新。”（《四库全书总目提要》卷一五五）细品谢逸此诗，可知这些评论是得当的。

（徐传武）

【注】①处士：未仕或不仕的士人。一作“先生”。骨相封侯：语本《后汉书·班超传》：“超微时，有相者谓之曰：‘君燕颔虎颈，是封侯骨相。’” ②玉唾：精美的书籍。同“玉书”。语本晋王嘉《拾遗记·周灵王》：“夫子未生时，有麟吐玉书于阙里人家。” ③韦编：指典籍。古时无纸，

用竹简写书，以“韦”(皮绳)编缀，故称之为“韦编”。《史记·孔子世家》：“(孔子)读《易》，韦编三绝。” ④襄阳耆旧：晋代习凿齿撰有《襄阳耆旧传》，记述襄阳故老高士甚多。 ⑤庞公：东汉末年的庞德公，襄阳人，居岘山南，未尝入城市，后携妻子隐于鹿门山。

陈师道

别三子

夫妇死同穴，父子贫贱离。
天下宁有此？昔闻今见之！
母前三子后，熟视不得追。
嗟乎胡不仁，使我至于斯！
有女初束发，已知生离悲。
枕我不肯起，畏我从此辞。
大儿学语言，拜揖未胜衣。
唤“爷我欲去”，此语那可思！
小儿襁褓间，抱负有母慈。
汝哭犹在耳，我怀人得知！

这首诗写妻孥离别之情，略无夸饰而沉哀入骨，可谓至情文字，固非寻常笔墨所能及也。陈师道为陈洎(官至三司盐铁副使，有《陈副使诗》一卷行世)之孙，母庞氏，为丞相庞公籍之女。家世儒修而清贫自守。妻郭氏，西川提刑郭概之女。宋神宗元丰七年(1084)，郭概由朝请郎调任提点成都府路刑狱。陈师道因生计艰难，无力赡养家室，只得让妻子儿女随外家赴川就养。自己留下来侍奉老母。临别之际，陈师道写了《送外舅郭大夫概西川提刑》、《送内》和这首《别三子》，以极质朴的言辞表达了他的眷顾和愤懑之情。陈师道诗，素以精严幽邃取胜，此诗写得清淡深挚，颇见杜甫诗风神，实在难得。

这首诗是写给孩子们的。头八句总述离情，为一部分；后十二句逐个叙说，为另一部分。开端两句“夫妇死同穴，父子贫贱离”，是所谓简缩截搭的手法。意思是说：死都不分开的夫妻(犹言生不同室)，由于贫贱，也要跟父子一样分处异地了。其中夫妻分别之意，是由下文补足的。这种句法读起来颇费琢磨，而这也正是陈师道所追求的思致。作为一介儒冠丈夫，侍父母、庇妻子是最起码的义务，可是现在竟眼睁睁地看着妻儿子女离去而乞养于远方，而且郭概与陈师道在政治见解上又多有分歧，这对一个名动四方的节概男儿来说，是非常痛苦和难堪的事情。“天下宁有此？昔闻今见之(天下哪有这等伤心的事？过去只是耳闻，如今偏偏让自己碰上了)！”犹如内心撕裂般痛苦的喊叫，二句一反一正，文意跌宕，强化了这种愤懑和痛苦之情的表达效果。“母前三子后，熟视不得追。”阿母将雏，即将远去，一场妻离子散的悲剧就这样发生了。“熟视”,仔细、连续地谛视。五个字将一段怜妻痛子的深情表现得极为悃挚感人。“不得追”,寻常语耳,将作者万般无奈之情用此三字宣出,便有回肠荡气的千钧力量。“嗟乎胡不仁,使我至于斯(天啊,为何如此残酷,使我落到如此悲惨的境地)!”这是久郁胸心的愤恨,至此一并迸发,以控诉这人世间的不平。人穷极则反本,呼天抢地地诉说不幸,更能给人以真实的感染力量。一个世代缨簪、才名籍籍的陈师道,竟然落魄到力不足以保妻子的地步,无疑是对“百年无事”的“承平治局”的莫大讽刺。从这个意义上看,作者对时政的态度是十分明朗的,故此诗的深刻性自不亚于其艺术性。前八句,均是两句写妻子别离的悲惨场面,两句抒发诗人的强烈感情,情景两两交叠而出,能给人以不断的情感冲击。

下面十二句用分镜头技法,逐个摹写儿女的离情别绪。“有女初束发,已知生离悲(头上梳着小鬏儿的长女,已经知道生离的痛苦)。枕我不肯起,畏我从此辞(依傍在我身上不肯起来,生怕跟父亲从此别离)。大儿学语言,拜揖未胜衣(大儿子刚牙牙学语,跪拜作别时连衣襟都撩不起来)。唤‘爷我欲去’,此语那可思(听到他那“爸爸,我就要走了”的呼唤声,真叫人难过得不忍回思)。小儿襁褓间,抱负有母慈(那尚在襁褓中的小儿子,由母亲抱着)。汝哭犹在耳,我怀人得知(小儿子啼哭之声还在我耳边回响,可是我万般凄苦之心又有谁能知道呢)!”这里,“人得知”,犹“谁人得知”之省语。人们常说,减轻痛苦的方法是把郁积心底的不幸倾诉出来。可是,此刻的陈师道却只能打落牙齿和血吞,强忍着痛苦,慰藉妻儿子女,打发他们上路。这里男子汉的担待与坚忍的品格跃然纸上,内心翻腾着岩浆,外表没有闪烁耀眼的火焰,却有深沉的忧伤和震撼的感染力。《别三子》在表现内心强烈情感方面,就有这样的特点。

与妻儿别后,直至宋哲宗元祐二年(1087),陈师道因苏轼的推荐得徐州教授职,妻儿才返故乡,全家团聚。诗人另作有《示三子》,写了与妻儿久别重逢的喜悦心情。若将“喜极不得语,泪尽各一哂。了知不是梦,忽忽心未稳”等诗句与《别三子》参照欣赏,悲喜哀乐能写得如此沉挚感人,在宋代江西诗派的作品中确不多见。潘德舆在《养一斋诗话》中说“此数诗(指《别三子》、《送内》等诗)沛然至性中流出,而笔力沉挚又足以副之,虽使老杜复生不能过”,拈出“沉挚”二字,可谓具眼。

(林　岫　周笃文)

春怀示邻里

断墙着雨蜗成字,老屋无僧燕作家。
剩欲出门追语笑,却嫌归鬓着尘沙。
风翻蛛网开三面,雷动蜂窠趁两衙。
屡失南邻春事约,只今容有未开花。

此乃酬答邻里兼抒怀之作。诗风刻意巉削,很有代表性地体现了后山诗的风格。笔老境奇,寄寓深远,有戛然独造之高韵。

首联对起作势,写居处之荒凉。诗人抓住“断墙着雨蜗成字(雨打湿的残垣上留有蜗牛爬过的痕迹，弯弯曲曲如同篆字），老屋无僧燕作家（没有和尚的冷庙已经成了燕子筑巢出没的处所）”这样两个极富有特征意义的细节，对环境作了成功的渲染。残破荒凉的院落是诗人寝馈于斯的居停之处，诗人当时清贫的处境也就不言而喻了。时为元符三年（1100）春，作者落职居于徐州。据魏衍《彭城陈先生集记》载，“绍圣初，又以余党罢，换江州彭泽令，未行，丁母忧。寓僧舍，人不堪其贫。暨服除，犹不言仕者凡四年……元符三年，除棣州（徐州）教授”。按其母庞夫人卒于绍圣二年（1095），此后数年诗人一直赋闲，寓居僧舍，是实有其事。诗中“老屋”、“断墙”，为形容僧寮残破荒凉之参互语。此二句属对工稳，笔力老健，“蜗成字”、“燕作家”二语化荒残为生意，有转丑为美、指病化妍的奇趣。此二句与寒山之“凋梅雪作花，杌木云充叶”及梅尧臣之“野凫眠岸有闲意，老树着花无丑枝”等句，并有异曲同工、无意为佳之妙。

第二联承上联而来，说春游事。居处既然如此残破荒凉，时逢和煦春日，理应出去走走，但诗人以往却另有所思所虑。“剩欲”，就是“甚欲”（非常希望）。“剩欲出门追语笑（很想外出游春，追随大家又说又笑），却嫌归鬓着尘沙（转念一想，又怕障天的尘沙弄脏双鬓而败了游兴）”。诗人认为老屋断墙可以安身砺志，以“归鬓着尘沙”这样不成理由的借口婉言回谢南邻春游之约，说明诗人疏懒的心态。如读完全诗后再吟味此联，不难体会出诗人是在委婉地倾诉以往不愿出仕的苦衷。

第三联为转柁之笔，表面上好像是用重笔描绘春景，寓意却颇为深远。“风翻蛛网开三面（蜘蛛网被风吹开，在风中翻动），雷动蜂窠趁两衙（蜂巢内群蜂攒动，声喧若雷）”，被视作陈师道诗之名句，历代诗论家多有评论。纪晓岚以为“五六句言节候之暄妍”（纪昀《瀛奎律髓刊误》）。钱钟书先生也认为是“写春气和暖中的物态”（见《宋诗选注》）。这些理解固然有理，但结合当时的背景来看，笔者以为还可以在诗意上作更深一层的挖掘和研讨。这年正月，排斥旧党之宋哲宗去世，徽宗即位，以韩忠彦为门下侍郎，不久为相，开始起用元祐时人，苏轼、黄庭坚等谪臣迁客，也稍得量移起用。政局的变化，如春风带来了希望，鼓舞了陈师道，所以他用“网开三面”表达了自己对时局生发生机的欣悦心情。“网开三面”，语出《史记·殷本纪》，表示汤政宽宏的意思。果然，陈师道不久就起用为棣州教授，冬间调升秘书省正字。这些转机均发生在同一年内。诗人用风雷翻动来喻指朝廷新政，既形象生动，又寓意深沉。他在《和寇十一晚登白门》诗中说：“孤臣白首逢新政，游子青春见故乡。富贵本非吾辈事，江湖安得便相忘。”方回认为此诗作于同年，并云：“元符庚辰（1100）三月，以徽庙登极，湔涤南迁诸人，故有云‘白首逢新政’。尾句又谓吾辈如苏、黄，本非有意富贵，但不能恝然忘情，俾脱迁谪而北还，亦私谊之所许也。”两相对参，意益显豁。是年，陈师道四十七岁（两年后去世），其才学、抱负长期不得施展，此时能逢新政，其内心激越之情自然溢于言外。“两衙”，谓蜂早晚聚合如同部属之参衙。《埤雅》有“蜂有两衙应潮”之说。

尾联作合，照应春游未行之事，兼说今日所思所想。“屡失南邻春事约（屡次失约，都未能与邻居同去春游赏花），只今容有未开花（现在也为时不晚，或许还有没开的春花可供赏玩吧）”，由写以往“剩欲出门”却未作春游，到写如今决定外出也为时不晚，诗势顿生波澜，隐约流露出诗人深沉的意愿，措语深至，余味无穷。陈师道在《谢寇十一惠端砚》诗中称“南邻居士卿之孙，丰悴相从不为异”，拈出“南邻”二字，即《春怀示邻里》所示之人。若作反复吟味，可知这两句暗含有诗人认为辅政出仕为时未晚，还可以有所作为的心情。方回称赞此诗“淡中藏美丽，虚处着工夫，力能排天斡地”（《瀛奎律髓》），是有感于它那郁勃的生机而言的。虽然未见得了悟出此诗政治思想的深层含义，但凭其敏锐的艺术直觉，还是对此诗作出了符合实际的高度评价。（林　岫）

绝句四首（其四）

书当快意读易尽，客有可人期不来。
世事相违每如此，好怀百岁几回开？

陈师道作诗重意格、骨力，不以平易为贵，至谓“宁拙毋巧，宁朴毋华，宁粗毋弱，宁僻毋俗”（《后山诗话》）。然而，这首绝句却写得清畅雅健，别具一格，历来为人所重。

诗谈理趣，是宋人的时尚。这首诗的特点则是把理趣的探究与性情的抒发有机地结合起来，所以显得活泼而有趣味。诗写于徐州，当时他正赋闲居家，虽老境颓唐，仍耽书如故。“书当快意读易尽，客有可人期不来”，属对工整，语意警拔，这是他从实际生活中提炼或者说感悟出来的人生真谛，也是他孤独无偶的凄清心绪的吐露。“可人”，即佳士、良朋之意。读奇书，晤良友，对于一个文人来说是最开心不过的了，可是好书易尽，佳士难逢，它同彩云易散、明月难圆一样，本是普遍存在于人生中的一种缺陷，经过诗意的提炼，便显得非常精辟与高雅，它把诗人的襟抱性情活画出来了。这样的诗句，看似寻常实奇崛，是难得的高境。“世事相违每如此，好怀百岁几回开”是由近及远推论之笔。“相违”，不称心之意。“百岁”，犹言“一生”。人世上不称心的事情往往如此，一生能有几回开心的时候呢？把一个具体的事理上升到普遍性的哲理的高度，就是这首小诗的主旨。由于它是从生活的经验出发，而且融入了自身的感喟，故能亲切生动，意味深长，避免了一般说理诗的腐气。《复斋漫录》称赞这首诗为：“此无己得意作也。”这大概是确实的。陈师道（字无己）在《寄黄充》诗中又有“俗子推不去，可人废招呼。世事每如此，我生亦何娱”诸语，盖得意悟境，故不妨重提也。

我们说这首诗比较平易，是与他的其他诗相比较而言的。陈师道毕竟是陈师道，在声律句法上仍保持着自己的特点。比如以平仄律式来要求，这四句诗中，前三句皆拗。第一句“读易”二字，应平却仄，第二句“期”字，应仄却改平声救之。第三句“每如”，应作平仄而改作仄平以自救。这种拗折的声情，便是他不肯犹人的艺术风格之体现。“好怀”句，于义应作“百岁几回好怀开”，亦属倒折句法。这说明其坚苍拗硬之本色特征惯常显露。方回曾说：“读后山诗，若以色见，以声音求，是行邪道，不见如来。全是骨，全是味，不可与拈花簇叶者相较量也。”（《瀛奎律髓》）虽不免有回护之处，然却是读后山诗者应该了解的问题。（周笃文）

晁冲之

都下追感往昔因成二首(其二)

春风踏月过章华，青鸟双邀阿母家。
系马柳低当户叶，迎人桃出隔墙花。
鬟深钗暖云侵脸，臂薄衫寒玉映纱。
莫作一生惆怅事，邻州不是天西涯。

本诗的题目，在《宋诗纪事》卷三三作《追往昔二首示江子之》，并引《墨庄漫录》说："政和间，李师师、崔念月二妓，名著一时，晁叔用(即冲之)每会饮，多召侑酒，其后十余年，再来京师，二人尚在，而声名溢于中国……叔用追往昔，作二诗以示江子之。"这便是诗的背景。这里选的是其中第二首。

首联写春日步月的冶游之乐："春风踏月过章华，青鸟双邀阿母家。"章华台在楚，章华门在齐，都是古代帝都中有代表性的建筑。汴京并没有章华台和章华门，此处不过是借以代指帝都。"青鸟"是西王母的信使，因在《汉武故事》中充当了传情递信的角色，所以后代便把它作为男女相爱的使者。"双邀"，这里指李师师、崔念月争相邀请。"阿母"，乳母，这里指妓女的假母。"春风踏月"既是写春日月下的清爽风光，又是写春风得意之心态；此时此刻，李师师、崔念月都派来爱情的使者相邀。这是回忆当年的豪华风流、狎妓自得的生活。那种"少年豪华自放，挟轻肥游帝京"(《宋诗钞·具茨集序》)的情态，跃然如在目前。

颔联是回忆与情人相会："系马柳低当户叶，迎人桃出隔墙花。"这两句将叙事、写景、抒情融而为一，颇具一箭双雕、一石三鸟之妙。字面是写景，说自己的骏马拴系在情人居处的门前柳下，垂柳当户，梢儿叶儿拂摩着骏马的马头，墙内盛开的桃花，笑开着探头到了墙外。但仔细想来，上句不又双关了诗人的欢情赴约吗？下句不又双关了艳如桃花的美人早在墙外门前欣然相迎吗？这种似情似景的句子，最耐人寻味！

颈联是写名妓的装束与体态之美："鬟深钗暖云侵脸，臂薄衫寒玉映纱。"上句写乌发兼及面庞。古代女子以乌发柔长为美。因发长如乌云而钗暖；因既长且柔而侵香腮；因宝钗、云鬟、香腮交相辉映而更见其温婉多情。下句写衫袖而兼及玉肌体态。因体态的修美而衬出春衫仿佛寒薄；因寒薄而如见玉臂肌肤；因肌细纱薄而如见绰约仙女之姿。因此，可以说上下各为对仗工细的因果句，从而描绘出名妓的姿容体态之美。

尾联回应"都下追感往昔"，并与江子之共勉："莫作一生惆怅事，邻州不是天西涯。"意思是说，我们都应过得轻松愉快。前朝诗人曾说"海内存知己，天涯若比邻"，更何况我们离京后还是郡州相邻，而不是天涯海角呢！我们不仅是后会有期，而且可以诗信互勉。

这诗在宋代曾传诵一时。今天看来，诗人所追怀的只不过是豪华自放的狎妓生活，在内容上并无多少可取之处。但这诗在艺术上却有一些值得称道之点。吕本中把晁冲之列在江西诗派之中，但他认为晁冲之与其他江西诗派中的人物有所不同。“众人学山谷（黄庭坚），叔用独专学杜。”（《宋诗钞·具茨集序》）如“系马柳低当户叶，迎人桃出隔墙花”，不但颇像杜甫“香稻啄余鹦鹉粒，碧梧栖老凤凰枝”的句法，而且他能将叙事、写景、抒情融而为一，比较起来颇有点青出于蓝的味道。清代评论家贺裳在《载酒诗话》中说：“‘猎回汉苑秋高夜，饮罢秦台雪作天’、‘系马柳低当户叶，迎人桃出隔墙花’俱俊气可喜。”“喜”就喜在学杜而又有自创的“俊气”上。

（傅经顺）

张耒

初见嵩山

年来鞍马困尘埃，赖有清山豁我怀。
日暮北风吹雨去，数峰清瘦出云来。

宋神宗元丰二年（1079）夏秋之交，诗人赴任洛阳寿安县尉，途中作此诗。其《书曾子固集后》一文提到，此行先舟楫，后鞍马，又病六十日，辛苦劳顿，自不待言。然而劳顿并非始自今日，而是多年如此，故曰“年来”。诗人原任临淮主簿，当时任职情况，在《临淮主簿厅题名记》中记载甚详。该地据汴泗交通之要冲，四方舟车去东南者，十之九必经此地，迎来送往，文牍劳形。当地民风骁悍，公务繁剧。因此任职三年，无饮食之安、朋友之欢，多年来仆仆道途，不仅辛苦，而且单调寂寞，唯有遇佳山秀水时，闷怀才豁然开朗，“今日扁舟淮上去，青山似与客相迎”，“驱车继日未知劳，翠霭岚光下褐袍”，就是此种心情的真实写照。“年来”二句，写己为鞍马所劳，为尘埃所困，只有青山才可使自己惬意开怀。这是他宦游生活的真实记录。

以上二句是虚写，泛言佳山可以释怀，以下是实写，正面切题。虚实相间，意在以虚显实，突出地表露自己欲见嵩山的迫切心情。盖五岳之中，嵩山为中岳，位于今河南省登封县北，黄帝、汉武于此封禅，历代文人屡见题咏。如今能亲临目睹，确是平生夙愿。然而天不作美，云蒸雨泄，一派茫茫，不见嵩岳形影。诗人欲擒故纵，如绝妙佳人，已现忽隐。这种写法曲折生姿，波澜开阖，如果平铺直叙，那就浅露无余味。凡物否极则泰，到得傍晚，雨散云飞，在焦渴苦待之后，终于见到了嵩山，这就引出此诗常被人们称道的名句：“数峰清瘦出云来。”人们赏识此句，是因为它刻绘如画，寓意深隐。按嵩山有二高峰，东曰太室，西曰少室，太室有二十四峰，少室有三十六峰，而诗人所见，仅是出云数峰而已。虽是数峰，却可概见其余。嵩山高大雄伟，然云开雨霁之后，浮云如带如纱常萦绕于山腰，数峰高插晚空，青翠欲滴，现于云外，故曰“清瘦”，着一“出”字，将静态动化，使数峰清瘦闲雅的风姿，摇曳多情地顿时展现于目前，让人如逢旧友，倍感亲切，余味领略不尽。（周义敢）

二十三日即事

已逢妩媚散花峡，不怕艰危道士矶。
啼鸟似逢人劝酒，好山如为我开眉。
风标公子鹭得意，跋扈将军风敛威。
到舍将何作归遗，江山收得一囊诗。

此诗作于宋哲宗元符三年(1100)夏。是年正月哲宗卒，徽宗即位，神宗皇后向氏垂帘听政，开始赦免元祐党人，张耒自复州监酒起为黄州通判。据其《自庐山回，过富池，隔江遥祷甘公祠》诗跋所记，该年六月望日，曾携子游庐山，二十一日出山。此诗题提到二十三日，可推知作于自庐山回黄州途中。

轻舟溯流西上，同行者游兴仍浓。虽云盛夏出游，美中不足，但山中数日，凉爽宜人。且政局又起变化，朝廷仕人为贤，兼用新旧两党，自己以及师友们的处境已大有改善，故心中似乎正荡漾着春意。远处青山一抹，西塞山已在望，迎面而来的则是散花峡。散花峡又称“散花洲”，相传周瑜破曹操于赤壁，孙权于此酾酒散花，犒劳将士，因以为名。当年群英鏖战决雌雄，楼船烈火照云海，早已成为陈迹，而今呈现在眼前的则是白蘋红蓼，金沙闪耀，芳草萋萋，芦花轻扬。散花洲倒像是天女下凡，妩媚柔美，姿态动人。舟至西塞山下，横江危峰与隔江黄石九矶相对峙，俨然如关塞。江中浪花飞翻，舟行逐渐艰难。到得道士矶前，只见青石如壁，插江而立，其势将飞欲堕，下瞰幽宫。江流旋涡激沸，声如疾雷轰鸣。舟挽不进，篙师心惊形于色，而自己仍泰然处之。回忆过去，挈妻孥就食四方，屡遭风险，仕途坎坷，政治风波亦已司空见惯。如今时事有变，心情好转，眼前的险矶旋涡，又何足道哉！

诗人在写首联时，能抓住散花洲和道士矶一媚一危的特点，大气包举，先声夺人，色彩壮美，音节响亮。而在写颔联时则稍加收敛，使排空而来的气势趋向和缓，以收渟蓄渊涵之效。由于对前程充满信心，舟行所见，也就赏心悦目。啼鸟声声，宛转如笙簧，闻之如饮醇醪，不觉自醉。两岸青山延绵，草树含翠欲滴。人们说，春山淡冶似笑，看来夏山的笑颜更为醒目。天宇下，山树花鸟，天真自具，与己往还，似乎都体察到自己此时的心绪。颈联写江上景。舟过西塞山麓，江面顿形开阔，波澜绿如蓝。前边汀洲上，一白鹭延颈而立，神态清冷，风度翩翩，使跋扈的江风，亦不敢逞威掀浪。“跋扈将军”，语出《后汉书·梁冀传》，本指梁冀骄横，此借以喻江风。诗人想起杜牧的《晚晴赋》，其中有云：“白鹭潜来兮，邈风标之公子。”他称白鹭为“风标公子”，姿质端雅，实际上是借以喻己。杜牧有抱负，有气节，但在当时剧烈的党争中被排挤出京，曾到黄州任刺史。以后历遭挫折，仍能坚持风操。诗人视杜牧为同调，故生发联想，萦纡于怀。他写此两联，采取寓情于景的手法，所选择的景物，与感情息息相通，形神兼备。景物本是自然之物，与人本不相通。而把人的感情移入之后，这景物便有了感知，便人格化了。寓情于景，比径直抒情，其情更深，关键在感情真挚饱满。诗人正由逆境转入顺境，兴高采烈，心胸开朗，故此两联写得秀整动人。

如果说，前三联是写意的单轴画，一句一景，一景一意，那么尾联则是以归遣作收束，把景物联系起来，构成色彩鲜明、意境完整的长卷。随着景点的推移，读者进入种种境界，目不暇接，分享诗人旅途所见和由衷的喜悦。按照唐人写法，此首前三联都用对仗，称“富的对仗”，因首句不入韵，所以首联容易造成对隅。此诗警拔新颖，快人快意，韵律有回环之美，疾徐抑扬，起伏高低，错落有致，读者仿佛能听到鸟声、风声、水声和涛声。

（周义敢）

一　亩

一亩秋蔬半成实，灶突无烟已三日。
良人佣车毙车下，老妇抱子啼空室。
西风九月天已寒，饥肠不饱衣苦单。
我身为吏救无术，坐视啼泣空泛滥。

从宋初王禹偁开始，北宋的诗人继承和发扬了杜甫、白居易的现实主义优良传统，用诗歌反映民生疾苦，张耒在苏门学士中这方面的作品颇多，也很有代表性。此诗就反映了老农妇的苦难遭遇。从诗题看，其家所耕仅为一亩，自然属贫苦下层。且这一亩是自耕还是佃种？夏收之后是缴租还是偿债？诗中并未点明，也无须点明，因为烟囱数日无烟就已说明了一切。其夫受雇为人赶车而死于车下，老妇呼天抢地哭诉于空室。她家徒四壁，幼子尚在襁褓之中。秋寒衣单，饥肠辘辘。今后以何为生？她说不出，唯有悲啼而已！诗中所记老妇一家，在当时是普遍存在的，正因其普遍存在，就使此诗具有典型意义，触及到封建社会生活的本质。

此诗能催人泪下，其关键在于诗人感情强烈真挚。诗人沉沦下僚，比较接近劳动人民，写了大量的有关生民疾苦的诗。他的诗并不停留在对农民疾苦的一般描述上，而是集中刻画农民走投无路的苦难悲剧。此诗的结尾感叹身为官吏，而无法救斯民于水火，只能坐视，只能以诗发无用的空论。其愤懑与无可奈何的心情，溢于言表。

张耒诗尚自然，其《贺方回乐府序》云：“文章之于人，有满心而发、肆口而成、不待思虑而工、不待雕琢而丽者，皆天理之自然，而性情之道也。”这段话可以说是其诗论的核心。如此诗不事假借，不用比兴，没有刻意求工，只是如实地描写生活，随语成韵，随韵成理，直写性情，本乎天成。故不妨说，此诗是他诗歌主张的具体体现。

（周义敢）

潘大临

江夏别鲁直之宜州

翰墨精神全魏汉，文章波澜似春秋。
可是中州著不得，江南已远更宜州。

宋徽宗崇宁二年(1103)岁暮，年近六旬的黄庭坚，又因"莫须有"之罪，被除名，羁管宜州。宜州地当今广西壮族自治区宜山县，当时属蛮荒地带。黄庭坚忧患余生，被贬天涯，生还无望。临行前，潘大临作此诗送他。"江夏"指鄂州(今湖北武汉)，为庭坚当时暂居之地。

诗的前两句称道黄庭坚的诗文才能，因以对句出之，故有方正严饬气象。"翰墨"与"文章"对举，指其诗。"魏汉"，即"汉魏"的倒置。"波澜"，犹言"法度"，指文章的格局形态。"春秋"，非专指孔子所作的《鲁春秋》，而是用作史书的代称，此处可理解为《史》、《汉》二书，这是唐宋人推崇的古文典范。综合观之，这两句是说，黄庭坚的诗未失汉魏古诗的风骨气象，他的文章格调可以追步《史记》、《汉书》。两句一诗一文，一论精神，一看格局，故看似重复，并无合掌之病。黄庭坚在苏轼逝后为海内文章宗主，两年前作《病起荆江亭即事》，自拟为"翰墨场中老伏波"，亦有以诗文自许之意。故此处突出山谷的文才，可谓明于体要。而且，这不是一般应酬之作的泛作好语，而是为下文作铺垫。

后二句才是作者主意所在。看上去平直清浅，却含有很深的感慨。第三句用"可是"承上一转。"可是"，即"却是"(据张相《诗词曲语辞汇释》)。"中州"，即中原，此处当指北宋都城汴京。黄庭坚于元祐年间在京任起居舍人、国史编修官。如此翰墨老手、文章名家，在京师正是用其所长，适得其所，缘何著不得？此等人物著不得，则京师中皆为铨才小慧、妒贤嫉能者所占，可以想见矣。庭坚被排挤出京的现实和贤士失志的感慨，于言外可见。末句用"已"、"更"二字又作一转。"江南"，或指庭坚原来贬居的黔州、戎州等地。他于建中靖国元年(1101)量移内地，不想此次贬得更远。垂老将死之人，何必令其窜身蛮荒，置之死地而后快？"已"、"更"二字，既显示了作者对当政者的不满，亦有怜才之意。

此诗机杼，甚似白居易《醉赠刘二十八使君》。前两句即"诗称国手徒为尔，命压人头不奈何"，后二句即"亦知合被才名折，二十三年折太多"也。而化时为地，别饶感慨，潘大临可谓深得"夺胎换骨"之奥秘也。吕本中《紫薇诗话》载："邻老(潘大临字)送山谷贬宜州诗：'可是中州著不得，江南已远更宜州。'山谷极称赏之。"盖其深得庭坚内心衷曲，而曲传妙达，把无限感慨倾注在几个虚词上，寓愤激于平淡，寄沉痛于悠闲，宜为山谷所赏。

(张仲谋)

徐俯

春游湖

双飞燕子几时回？夹岸桃花蘸水开。
春雨断桥人不度，小舟撑出柳阴来。

徐俯与黄庭坚有甥舅之份。黄对这位幼年能诗的亲外甥格外器重，对其作诗在章法、句法上多所指点。因而吕本中在《江西诗派宗社图》中，把他列为该派人物。但随着徐本人创作经验的积累和磨炼，其风格渐趋清新自然，平易可喜。“必有是景，然后有是句”（《艇斋诗话》）的主张，可以说是他对写景诗经验的总结。赵鼎臣在《和默庵喜雨述怀》中说：“解道春江断桥句，旧时闻说徐师川。”可知这首诗当时就已盛传，影响着许多爱好诗歌的青年诗人。

那么，这首诗究竟好在何处呢？它好就好在了清幽自然而有新意。诗是写早春游湖的幽趣，但诗人没有落入桃红柳绿、春水盎盎、天蓝风清、鸟语花香的平熟一路，而是像一位技艺高超的摄影师，镜头所及，自得佳趣，景中含情，画外有余味远韵。

请看：这“双飞燕子几时回”就既起笔突兀，而又得清趣自然之妙。说它“突兀”，是因诗人仿佛久倦书斋，未涉郊野，尔今偶游东湖，才忽然发现了燕子成双成对，它们已来剪水衔泥，准备筑巢而养儿育女了！说它“自然”，是从“几时回”的问句流出的。这一发问，仿佛是诗人纳闷自问，又仿佛是乍见旧时相识的朋友，是因惊喜而发问。见双燕而惊喜，表现出诗人对生机盎然之春的厚爱。再看湖上，“夹岸桃花蘸水开”，新叶吐舌的桃花，临水竞放，无限新美，从“夹岸”二字里，又见出桃花成林，极为繁盛。而“蘸”字的妙用：一是暗示出春水盎盎之态，仿佛岸边的斜枝，几似伸到了水面；二是曲笔而揭示出桃花的水灵鲜艳，仿佛它的明媚，是因蘸饱了明澈湖水的缘故；三是它能使人产生少女临妆的联想，那湖中桃花的倒影，竟如少女们因爱美而镜中自照。

见此佳境，谁能不产生浓厚的游湖之兴？后两句便是写诗人的游兴游踪，但它以富有幽致野趣的画面出之：“春雨断桥人不度，小舟撑出柳阴来。”因春雨而湖水涨；因水涨而淹没了桥头；因桥断而断了桥头行人；因不能度桥而改乘小舟摆渡。因而这“小舟撑出柳阴来”既显示了人们的游兴之高，又使这春游湖平添了几分诗趣佳境。这个小小的“舍度桥而登舟”的插曲，不但给诗人提供了“必有是景，然后有是句”的现成诗料，而且使读者产生许多美好联想：其一，春游湖本身就有情致，再加上因春雨而波平水满，其意境就更加新美明媚。其二，那度小桥方可到达的湖心岛，定比岸上更多佳趣，否则游人何必定要改乘舟而前往？其三，最低限度，也表现了许多人本来只是想坐船游湖，想不到此刻又能一赏雨后而泛舟之清趣。

清代的谢启昆，在《读全宋诗仿元遗山（元好问）论诗绝句》中，这样评价徐俯此诗："横塘春绿满东湖，不肯因人作步趋。"他认为，徐俯此诗，显然摆脱了江西诗派的羁绊，而能另辟蹊径，独创出自己的审美意趣。这种意趣，颇像高明国画家的技法，妙笔神龙，只画其首，青山舟桥，自有水意。徐俯此诗，只写双燕、桃花、断桥、小舟，而读者都能自然体会和玩味出那满湖盎然的春水，令人陶醉的山野春趣以及雨后游人的种种雅兴。这就是本诗最主要的妙趣佳境。南宋词人张炎，有一首描绘春水春光的《南浦》词。其中的佳句是："荒桥断浦，柳阴撑出舟小。"人们都称赞那句子写得美，美就美在"荒"、"小"二字，"荒"字颇有野趣，"小"字颇有清趣；在桃红柳绿的构图中，用荒桥小舟作调剂，就大大增加了清雅的诗趣。但不要忘记，张炎词的佳句，正是从徐俯的《春游湖》中蜕化而加工出来的。（傅经顺）

李纲

病牛

耕犁千亩实千箱，力尽筋疲谁复伤？
但得众生皆得饱，不辞羸病卧残阳。

李纲是两宋之交一位著名的爱国政治家。靖康元年（1126）正月，金兵长驱南下，侵围汴京。他坚决主战，力排议和。当钦宗刚表示"准战"，他便对宰相和执政大臣说："上意已定，敢有异议者斩。"（李纲《靖康传信录》）并以尚书右丞任亲征行营使，登城督战，击退金兵，使局势有了转机。高宗即位后曾拜相，他忠心耿耿为恢复大业献计献力，一心期望"中兴之功庶几可成，不意同列者害之"（李纲《建炎行并序》），仅执政七十七天便被排挤去位。

《病牛》是一首托物言志的七言绝句，为贬居武昌时所作。全诗以"病牛"自况，表白诗人在落职罢官后的心境：仍然要坚持抗金复国之志，俯首甘为众生之牛。

首句连用两个"千"字，强调突出牛的辛勤和劳绩。"千亩"和"千箱"皆属虚数，但虚中有实。因为生活中的牛，确实为人们耕种了无数田园，收获了无数稻谷，因而仍给人以一种实在感。第二句用"力尽筋疲"紧承上句，以实补虚，恰好说明因为"犁千亩实千箱"，才使牛"力尽筋疲"；又由于牛"力尽筋疲"地耕耘，才使人们得享温饱。从而，把牛不辞劳苦的精神和人因牛得福的因果关系写得一清二楚。读此，谁能不赞美牛的忠厚和勤劳？谁能不感谢老牛给人类带来的福音？然而，事实并非如此。紧接着是"谁复伤"三字，即有谁还表示怜惜，诗人以反诘的形式对现实提出诘责，语气急促，情绪悲愤，寄慨无穷。它表达了诗人对牛的遭遇的深切同情，也暗寓着诗人自己一生秉忠报国而备遭谗忌的无限忧愤。他在《靖康传信录·自序》中曾喟叹道："追念自乙巳（宣和七年，1125年）之冬迄今才岁余，一身之进退荣辱，天下之安危利害，纷纷如此，岂非真梦！"这段追忆概括了自钦宗接位前夕至靖康二年二月这段时间里发生的国难与个人的遭遇：金兵两次进围汴京，宋王朝丧师辱权，割三镇，质亲王，尽括京城亿万金帛，作为与金议和的条件。诗人自己在政治上升沉不定，先是除尚书右丞、知枢密院事，在朝问事，后为钦宗所疏，被派任河北河东路宣抚使，又多次被贬官，靖康元年十月落职罢官。这段《自序》可资我们理解"谁复伤"三字的复杂情感。

"谁复伤"在结构上有承上启下的过渡作用。文势由此转折，由平实转激越，悲愤转高亢。三、四句是诗人感情的高潮，也是全诗精神之所在。"但得"二字，笔锋一转，诗人代牛直陈其志："但得众生皆得饱，不辞羸病卧残阳。""羸（léi 雷）"，瘦弱。"羸病"与第二句中"力尽筋疲"照应，说明乃劳瘁成疾；"众生皆得饱"与首句中"犁千亩实千箱"照应，说明其劳动价值。"但得"与"不辞"两个词，前呼后应，构成条件关系，充分揭示了老牛身虽羸病而不辞的自我牺牲的高尚襟怀。基调高亢，感情奔放，字里行间闪烁着无私的奉献精神。呈现在读者眼前的，既是人们平常生活中所熟悉的牛的形象，又不完全是牛；它是老实、忠厚、无私奉献的象征，又是诗人形象的自我写照。诗人写此诗时，已落职于武昌，但是念国家、忧宗庙、悯百姓之心未减。他一向认为"臣子之义，惟当奋不顾身，死以殉国家之急"。他对自己落职罢官有超脱世俗之见，认为："用舍进退者，士之常，此不足道。但国家艰难，宗社危急，扶持天下之势，转危为安几成，而为庸懦谗慝者坏之，为可惜也。"（《靖康传信录·自序》）可见其宽阔的胸襟，高尚的志向。读罢《自序》，再读这两句诗，倍觉亲切、隽永，发人深省，使我们联想起伟大文学家鲁迅先生的两句名言："横眉冷对千夫指，俯首甘为孺子牛。"（《自嘲》）虽然，两位诗人的时代不同，但都道出了人生的真谛，表现了我们中华民族的优秀品格。

全诗出语自然，平实写来，无半点雕琢，直吐胸臆，真率感人。形象鲜明，画面旷远。有近景——羸牛卧残阳；有远景——粮仓累累，良田千亩。前实后虚，虚实相间；"羸牛"与"残阳"，明暗相交，色彩和谐。通篇比喻，托物言志，诗中无处不写牛，又无处不抒情，达到了物我合一的完美境界。（陆志栋）

吕本中

兵乱后杂诗（其五）

蜗舍嗟芜没，孤城乱定初。
篱根留敝屣，屋角得残书。
云路惭高鸟，渊潜羡巨鱼。
客来缺佳致，亲为摘山蔬。

宋钦宗赵桓靖康元年（1126）冬，金人攻破北宋都城汴京，次年春掳徽、钦二帝北去，留下一座残破的空城。《兵乱后杂诗》当为吕本中回到汴京时所作。原作共二十九首，《东莱先生诗集》遗漏未收，今仅存五首及若干断句，见《瀛奎律髓》卷三二"忠愤类"。

首联概写兵乱后光景。春来草长，蜗舍芜没，只此一句，荒凉景象已见。次句虽非实写，而承上晕染，使人想见孤城之内，例皆如此。此即小见大之法，宛然老杜"国破山河在，城春草木深"诗意。纪昀批点《瀛奎律髓》谓此"五首全摹老杜，形模亦略似之"。想见诗人写此二句时，亦有老杜影子，特泯去形迹耳。次联用两个特写镜头，写蜗舍内外光景。疏篱之下，尚存敝屦，昏暗墙角，唯留残书。不写失少之什，却写仅存之物，见得劫后故家，唯此而已。诗人徘徊内外，蓦地瞥见，能不黯然神伤？此处已为末联"缺佳致"之语张本。三联即景生情。仰惭高鸟，俯羡渊鱼，以鱼鸟皆自由自在，各得其所，而自己则家国残破，无所归依。二句非眼前实景，而是以示现手法，展示心头一缕哀感。陶渊明《始作镇军参军经曲阿作》："望云惭高鸟，临水愧游鱼。"杜甫《中宵》："择木知幽鸟，潜波想巨鱼。"为此联所本。查慎行谓："五六本柴桑，微换数字耳。"而究其意趣，实与老杜为近。末联由遐想转到现实。客人来了，也拿不出好吃的东西来，只有采摘些野菜勉强凑合。"亲为摘山蔬"，一句二意：无菜蔬，一也；无童仆，二也。见得诗人家中，实是一无所有！

这首诗感慨兵乱，寄情于景。抒情字眼只是首句一个"嗟"字，而孤城、蜗舍、篱根、屋角以及芜、乱、敝、残等意象言词，在在都显示着残破气象和悲凉的氛围。

这首诗是现存五首中的最后一首，诗人痛定思痛，渐能自持，情绪已不似前数首之悲慨感伤。全诗句法一律，动词居中，成二、一、二音节，又用平声鱼韵，读来颇有长句（七言）韵味，沉着之中，饶有幽眇之致。（张仲谋）

李清照

夏日绝句

生当作人杰，死亦为鬼雄。
至今思项羽，不肯过江东。

李清照才华横溢，她不仅是独创了"易安体"的著名词家，也是一位"才力华赡，逼近前辈"（王灼《碧鸡漫志》）的著名诗人。她的这首《夏日绝句》，就气势不凡，震撼人心。

靖康二年（1127），金兵攻陷汴京，徽、钦二帝被掳，北宋灭亡。以宋高宗赵构为首的南宋小朝廷偏安一隅，苟安偷生，非但不思抗敌救国，恢复失地，反而妥协投降，打击爱国志士。对此，李清照深感忧虑，极为愤懑，挥笔写下了这首闪烁着爱国主义思想光辉的诗篇，抨击了南宋朝廷对金兵屈膝投降的丑恶行径。

全诗从咏史角度，以极其精练的语言，高度概括了项羽的英勇威武气概及其失败后不肯偷生、自刎而死的壮烈精神。项羽西向击秦，威震诸侯；在楚汉战争中，最后在垓下（今安徽灵璧）被汉军重重围困，仍毫不畏惧，率先杀出重围。当他逃到乌江(今安徽和县)时,乌江亭长劝他乘船渡江,再整顿兵马以图东山再起:"江东虽小,地方千里,众数十万人,亦足王也。愿大王急渡!今独臣有船,汉军至,无以渡。"项羽回答说:"籍与江东子弟八千人渡江而西,今无一人还。纵江东父老怜而王我,我何面目见之?纵彼不言,籍独不愧于心乎!"说完,便拔剑自刎而死。对于楚汉相争的这段历史如何评论,暂可置之不议,但项羽生为人杰、死为鬼雄的豪壮气概是动人的。李清照歌颂项羽宁可一死,不肯渡江,显然意在借古喻今,颂扬爱国将士,讽刺南宋苟安偷生、妥协投降的君臣。"至今思项羽,不肯过江东",不正为此而发吗?

"生当作人杰,死亦为鬼雄。"这诗句铿锵有力,铮铮有声,是李清照爱国主义思想的结晶,也是她对人生价值的高度概括。这一豪言壮语,当时对抗金爱国志士有极大的鼓舞作用,对后代也产生了激励人心的积极作用。"人杰",人中之俊杰,可能用张良、萧何、韩信的典故,"此三者,皆人杰也"(《史记·高祖本纪》)。"鬼雄",鬼中之英雄,化用屈原"身既死兮神以灵,魂魄毅兮为鬼雄"(《九歌·国殇》)的诗句。李清照化典用事,浑化无迹,豪言壮语,斩钉截铁,不能不令人叹绝。

南渡之后,李清照受尽颠沛流离之苦,国破家亡之痛,对南宋奸佞当道、屈膝求降极为憎恶。她曾写过不少表现爱国热忱、挞伐主和投降的诗章,诸如:"南渡衣冠少王导,北来消息少刘琨。"(《失题》)"两汉本继绍,新室如赘疣。"(《咏史》)这些诗句借古喻今,爱憎分明,警世醒俗,振聋发聩,与《夏日绝句》同样具有很强的现实意义。可惜,她的诗和她的词一样,留传下来的太少了。　　(孙崇恩)

上工部尚书胡松年

胡公清德人所难,谋同德协心志安。
脱衣已被汉恩暖,离歌不道易水寒。
皇天久阴后土湿,雨势未回风势急。
车声辚辚马萧萧,壮士懦夫俱感泣。
闾阎嫠妇亦何知?沥血投书干记室。
夷虏从来性虎狼,不虞预备庸何伤。
衷甲昔时闻楚幕,乘城前日记平凉。
葵丘、践土非荒城,勿轻谈士弃儒生。
露布词成马犹倚,崤函关出鸡未鸣。
巧匠何曾弃樗栎,刍荛之言或有益。
不乞隋珠与和璧,只乞乡关新信息。
灵光虽在应萧条,草中翁仲今何若?
遗氓岂尚种桑麻?败将如闻保城郭。
嫠家父祖生齐鲁,位下名高人比数。
当时稷下纵谈时,犹记人挥汗成雨。
子孙南渡今几年,飘零遂与流人伍。

欲将血泪寄山河，去洒东山一抔土。

绍兴三年(1133)夏，韩肖胄、胡松年赴金充两宫通问正副使(《建炎以来系年要录》卷六五)，李清照撰五、七古诗各一首，上韩与胡，此为第二首。诗前有《序》，简述了写诗缘由。时作者年五十岁，距徽、钦二宗被俘北去，刚届六个年头，是赵明诚卒后第四年。

靖康之难，李清照经历了国破家亡的残酷生活。她借献诗机会，充分抒泄了系念国事，关怀敌后军民的爱国激情。“才力华赡”(《碧鸡漫志》)，不只“非寻常妇人所能”(《朱子语类》)，更“无愧古之作者”(《萍洲可谈》)。

诗凡三十四句，分三大段。首段十句，由胡的德望、奉使引出献诗意图。胡松年是一位坚持抗金、反对投降的刚直官吏。诗开头就赞胡有“人所难”及的“清德”，与人同谋协德，处理国事，唯以心安志正为目的。接着借汉高祖“解衣”、“推食”(《史记》)和燕太子丹送别荆轲的故事，称美胡已蒙“被汉恩”的温暖，在“离歌”中决不重唱“易水”生“寒”的哀曲。易“解”为“脱”，固属词汇运用上的变化；“易水寒”前冠上“不道”二字，则反用了《易水歌》意。正反互用，偶句成对，恰是胡受命时以国事为重，不计个人安危，毫无“疑惧”，“毅然而往”(《宋史》)的勇敢坚决态度的艺术体现。其次，先借“皇天久阴”，“后土”犹“湿”，“雨势未回”，“风势”方“急”的自然现象，渲染了胡登程时的悲壮气氛。继又熔铸杜甫《兵车行》“车辚辚，马萧萧”的句式，通过音响效果，描写胡的护卫仪仗规模雄壮，“壮士懦夫”俱为之感激泣下。然后点出自己——一个无“知”的“闾阎嫠(lí 离，寡妇)妇”“沥血投书”的目的。它为全诗定下了激昂慷慨的基调。

次段十六句，是全诗重点。包括向胡提出建议和对乡关信息深表关注。她向胡建议：应警惕敌人诡计，做好武装准备。指出“夷虏从来”虎狼成性，对“不虞(不能逆料)”之事，预为防备，决不会有什么损伤。她举了《左传》晋、楚两国将缔盟时，“楚幕(营)”的人“衷甲”(披甲于衣内)以待的记载，又用《新唐书》浑瑊与吐蕃定盟于甘肃“平凉”时，浑瑊中吐蕃伏兵的故事为例。“衷甲”、“乘(治)城”，都属于武备不懈的故实。由于用了对照写法和骈偶句式，不仅明暗相形，而且摇曳生姿。她又向胡建议：应尽量招揽、录用沦陷区的众多人才。“葵丘、践土”，均在河南，曾是齐桓公、晋文公与诸侯会盟之地，并非僻远荒城，一向人才济济。希望此行切勿轻贱献计的“谈士”，鄙弃讲学的“儒生”。她又举了《世说新语》里东晋袁宏和《史记》里孟尝君门客事例。袁宏是能“倚马前”作“露布”(军中文告)的好手；孟尝君门下“能为鸡鸣”的食客，曾帮助他脱离虎口，于鸡鸣前逃出函谷关。能力不分大小，在关键时刻都能派上用场。“露布”二句，正因用了大小对举的偶句而起了艺术地提供发现、使用人才的宝贵经验的作用。她还借《庄子》和《诗经》里的两个典故，重申广采众议乃是实践反复证明了的普遍真理，作为前两项建议的一个结束。她强调：正如“巧匠”选材“何曾”舍弃“樗栎”之类的不材之木一样，“刍(刈草者)、荛(伐薪者)之言”或许还很有益处。以下进而表达她对家乡信息的殷切关注。在“不乞”二句中，我们看到，女诗人热爱“乡关”的激情喷薄而出，她公开宣称：我乞求的不是“隋侯珠"、"和氏璧"这样价值连城的国宝,而仅仅是"乡关"的"新信息"。对照鲜明,同杜甫《春望》中的名句,完全可以媲美。女诗人还生动具体地显示了"信息"的内容。一是家乡文物古迹的现状:位于曲阜县的鲁灵光殿,虽然尚在,想应萧条不堪,王侯将相坟前"草中翁仲",如今也不知是何模样了。二是留在敌后的平民("遗氓")莫非"尚种桑麻"?战败的宋将,好像听说还有保守城郭,坚持抵抗的。这些便是女诗人渴望听到的"乡关""新信息"。正是这种爱国激情,把全诗推向了高潮。特别是"遗氓"二句,用偶对而出以悬想,更深深地打动着读者。于是"遗氓"、"败将"、"桑麻"、"城郭"等具体形象便都具有了普遍意义。

三段八句,是向胡自陈身世。前四句说父祖,后四句说自己。李清照时已寡居,"嫠家"是谦称。李父名格非,祖不知名,原籍山东,故说"父祖生齐鲁"。当韩琦作相时,李的父祖因曾得韩琦荐引,官位虽卑,名声却高,故成为时人比量称数的对象。"当年"二句借《史记》邹衍等学者云集稷下讲学和齐都临菑肩摩毂击的繁荣景象,喻指父祖讲学纵谈,人才辈出的情况,当时听者众多,挥汗成雨,而今记忆犹新。靖康难起,李氏子孙抛家南渡,几年之间,漂泊零落,遂与流亡人群为伍。抚今追昔,真是万感填胸。结尾两句表达"沥血投书"意愿:欲将一掬血泪寄往沦陷后的山河,并向日夕思念的父祖坟墓上的一抔黄土洒去。"东山"是孔子登过的地方,与"灵光"、"稷下"都属山东的胜迹。这段是全诗的尾声。对比昔盛今衰情状,全用散句。女诗人心潮起伏,激情得到自由宣泄。它与《对马赋》中名句"老矣谁能致千里,但愿相将过淮水",代表着当时爱国者的共同呼声。诗行有尽,强烈的艺术冲击波不断向读者袭来。

李清照是北宋婉约词派大家,一向以词著称。但"少年便有诗名"(《碧鸡漫志》),曾得苏门晁补之、张耒的称道。李存诗虽少,却各体俱工。在创作上,她显然是把词与诗作了艺术分工。李诗在艺术风格上都具有爽朗豪迈的特点,这体现了她襟抱豁达的一面。不尚绮靡纤巧,扫除了脂粉气和儿女态。李调元"不徒俯视巾帼,直欲压倒须眉"之评,用来赞美她的诗,是最恰当不过的。李七古诗尤为出色。《和张文潜〈浯溪中兴颂碑〉》早就以"深有思致"(《清波杂志》)见称。此篇更以"雄浑悲壮"取胜,曾被陈衍誉为"虽起杜韩为之,无以过也"(《宋诗精华录》),堪称李诗压卷之作。

此诗与上韩肖胄的五古是姊妹篇,属同一题材,但思想感情深度和艺术成就都超过了上韩之作。它的特点之一是具有较完整的艺术结构。它以对胡的敬仰发端,高潮、尾声都集中表现出对宋王朝现实处境和沦陷区文物古迹、军民生活以及父祖坟墓的沉痛怀念,可说是女诗人六年颠沛流离生活的艺术概括。诚如陈衍所说"私情公谊",后先交织,"古今妇女"中,"(蔡)文姬外无第三人"。可以想见,她写作时诗心的跳动和血泪的喷洒,是融合在一起的。

此诗另一特点是充分汲取了唐代歌行诗的艺术经验,在把用典、对照等技法进行有机组合时,能根据内容需要,卓有成效地实现散、偶句的错综运用。全诗三十四句中,偶句只占八句,不到四分之一,且都集中在一、二段,却各自发挥了重要作用。如一段"脱衣"二句,二段"衷甲"二句、"露布"二句、"遗氓"二句,或突出胡松年慷慨情怀和敌情观念，或强调沦陷区人才的众多和军民的艰苦，由于典故在对句中得到有效运用，既强化了感情活力，也增添了诗歌韵味。至于占三分之二强的散句中，除三段出于直抒胸臆，不假雕饰的倾吐衷情外，一、二段中约占半数的散句，如“车声”二句、“夷虏”二句、“葵丘”二句、“不乞”二句、“灵光”二句，都为呼唤武备或忧患意识而分别承担着调控情感节奏的艺术尖兵职能。在这方面，女诗人无疑是从杜甫、韩愈那里汲取了艺术营养。我们不只看到作者改杜的三字句为七字句，还能从杜的“扶持自是神明力，正直元因造化功”、“黎元愁痛今苏息，戎狄跋扈徒逡巡”和“四万义军同日死”、“周宣中兴望我皇”等句中引起共识，也能从韩的“凌风一举君谓何”、“欢声四合壮士呼”、“决云中断开青天”、“谁把长剑倚太行”、“宣王愤起挥天戈”、“堆书扑壁歌慨慷”等句中获得同感。（陶道恕）

曾　几

三衢道中

梅子黄时日日晴，小溪泛尽却山行。
绿阴不减来时路，添得黄鹂四五声。

曾几是一位对南宋诗坛颇有影响的诗人，陆游尝从他学诗，杨万里也曾受其启迪。他作诗“以杜甫、黄庭坚为宗”，曾有“工部百世祖，涪翁一灯传”之咏，又曾向韩驹、吕本中学诗法，故后人将他归诸江西诗派。但他是孔平仲之甥，曾从学舅家，平仲诗风与苏轼接近，因而不能说苏轼对他没有影响。曾诗显得清劲自然，活泼流动，主要抒发个人情怀，尤多山林泉石之趣，因而比吕诗轻快灵活。即景小诗尤显得突出。《三衢道中》便生动体现了这种艺术风格。

这首江南山行纪游的七绝诗，描写初夏时节诗人旅游三衢（古衢州，今浙江衢县，因境内有三衢山而得名）道中的见闻感受。

开篇便以“梅子黄时”这一传统意象点明江南正值春末夏初季节。梅子黄熟，阴雨绵绵，最易触引愁思，故唐宋诗人常以梅黄的意象与雨景联结起来加以表现。贺铸《青玉案》曾以“梅子黄时雨”之句而成为绝唱并被时人称为“贺梅子”，便深刻地反映着人们的这种审美心态与情感倾向。影响所及，宋词中至有《梅子黄时雨》的词牌流行于世。但诗人这里却没有重复已为人们喜爱的幽微情趣，而是对梅黄时节晴朗的山水景色产生极大的兴趣，很有引人入胜之处。“日日晴”三字，一方面固然勾勒出诗人值此丽日晴天游目骋怀的心态；另一方面，似也透露出诗人在情趣上另辟蹊径的消息。于是，清新流丽、情韵宛然的旅途风情画面，便立即在读者眼前呈现。

次句叙写归途所经。诗人始而泛舟小溪，水路走“尽”，又舍舟登岸，缘山间幽径而行。看来行程不短，但诗人却毫无倦怠之意。他在泛舟与山行间巧妙地用一个"却"字搭桥，不仅起了转折诗意的作用，也将自己旅游时的轻快心情毫不着力地表现出来。

水陆兼程，沿途感受不用说是很多的。只见他轻抹淡笔，将自己饶有韵味的旅途印象融入一幅声色相间、清丽飘逸的意象画面之中："绿阴不减来时路，添得黄鹂四五声。"显然，这条路诗人不久前曾经走过，只不过走向不同。此番重经故道，涌入眼帘的山林景致"不减"来时：绿阴掩翳，秀色更觉迷人。对比昔去今来，既有对前次旅程见闻的许多追忆，更有对此番归途中的清新感受。在有意无意间，便将人们引入更为开阔的艺术视野之中。然而，就在这宛若来时的绿阴深处，忽断续传来黄鹂的婉转啼声，划破诗人眼前的幽深和静谧。他惊喜地发现，这美妙动人的鸟声竟是当初来时未曾听过的。正是通过"绿阴不减"与"黄鹂""添"声这种动静、有无的对照表现，诗人融景入情，将他对时节变迁，由春入夏的感受，细腻巧妙地泄露于字里行间；同时，也生动地表达了诗人归来时的喜悦心情。

这首绝句乍看似平淡无奇，细读却耐人寻味。究其原因，就在于这幅貌似平淡，却剪裁精当、镌刻入微的意象画面，深深地隐含着诗人的情趣与诗心。它以一种微波细澜般的呈现方式，轻轻地、淡淡地流溢着诗人留连山林泉石的清逸之趣，展示着诗人陶然于与自然亲和的人生情感境界。对此，古人其实已早具慧眼。南宋赵庚夫评曾几诗时就曾作过这样的比拟："新如月出初三夜，淡比汤煎第一泉。"这两句诗形象地刻画出了曾诗在艺术上的主要特点，而此诗恰好就是曾几清淡诗风的一个典型艺术表现。

（陶亚舒）

陈与义

书怀示友十首（其六）

有钱可使鬼，无钱鬼揶揄。
百年堂前燕，万事屋上乌。
微官不救饥，出处违壮图。
相牛岂无经，种树亦有书。
如何求二顷，归卧渊明庐。
曝背对青山，鸟鸣人意舒。
试数门前客，终岁几覆车！

陈与义，字简斋。《书怀示友十首》，是简斋于政和七年（1117）秋冬间，闲居汴京时写的一组五言古诗。这一年，简斋年二十八岁。

简斋于政和三年（1113）三月以太学上舍及第释褐，名列第三，授文林郎。八月，出任开德府教授。在开德住了四个年头，至政和六年八月，任满回京；直到政和八年冬十一月，始得到一个辟雍录的职位。中间一段时间，皆闲居京师。在后来写的《寄元东》诗中说："四岁冷官桑濮地，三年羸马帝王州。"就是他对这段生活经历的简单概括。《书怀示友十首》则从多方面、多角度反映了这个"羸马帝王州"期间的生活感受。简斋闲居京师期间，和他一起唱酬的诗友，有陈公辅，胡松年，张元方、元东兄弟，以及简斋的胞弟陈与能诸人。《书怀示友十首》所示之友，则主要指陈公辅和张元方（见组诗第一、二首）。

"有钱可使鬼"一首，是组诗的第六首。这首诗反映了年轻的诗人对黑暗的现实、险巇的仕途、蝇营狗苟的人际关系的痛切感受，以及诗人自己在出仕和归隐问题上尖锐的矛盾心情。全诗可分三段读：

开头四句为一段。诗人用他那形象森竦的笔触，给那个利欲熏天、冰炭满途的帝王州，勾画出一幅辛辣的讽刺图像。在黑暗王朝统治下，金钱成了万能；没有钱，连鬼都会揶揄你，戏弄你。一些趋炎附势之徒，随着主子的升沉，东家出，西家进，毫无道义可言。在人际关系上，"爱憎"就是"是非"，真所谓"爱其人者兼及屋上之乌"；党同伐异，恩怨相乘，根本谈不上什么真理和正义。人生百年，世间万事，不过是一些飞来飞去的"堂前燕"，憎爱由人的"屋上乌"而已。"有钱可使鬼"，是鲁褒《钱神论》的原文。"鬼揶揄"，用《世说新语·任诞》篇所载罗友对桓温的话。"堂前燕"用刘禹锡《金陵怀古》诗。"屋上乌"用《说苑》所载太公之言（《尚书大传》作周公）。诗人巧妙地运用这些古典成语，简练而深刻地批判了黑暗的现实，极富于概括力。

"微官不救饥"以下八句为第二段，是对自己生活、心理的愤激表述。这里，"出处违壮图"五字值得注意。盖自崇宁（1102～1106）、大观（1107～1110）以来，蔡京、童贯、梁师成辈结党相倾，而王黼亦以巧伪乘时崛起，上行下效，冰炭满途。简斋英年初仕，值世多艰，目睹京朝弊习，每多洁身远引之慨。在开德写的《次韵谢文骧主簿见寄》诗云："断蓬随天风，飘荡去何许。寒草不自振，生死依墙堵。雨途皆寂寞，众手覆云雨。"回汴京后写的《江南春》诗云："朝风迎船风浪恶，暮风送船无处泊。江南虽好不如归，老荠绕墙人得肥。"《杂书示陈国佐、胡元茂》诗云："不忧稻粱绝，忧在罗网间。"《书怀示友十首》的第一首说："功名勿念我，此心已扫除。"第五首又说："我策三十六，第一当归田。"真是忧危愁苦，情见乎词。在漫长的封建社会中，对一些有正义感的青年士人来说，出处进退，确是一个严肃的问题。用当时的话来说，出仕，是为了"行道"（即诗谓"壮图"），但在黑暗的现实面前，又很难做到"不降其志，不辱其身"。归隐呢，当然谈不上什么"壮图"了，但至少还可以"不事王侯，高尚其志"，保持自己做人的尊严。现在，我们的诗人却处在一种"微官不救饥，出处违壮图"的狼狈境地中。"救饥"本非"壮图"；更何况"违壮图"而犹不能救饥？另一方面，既然已经做了"微官"，也就谈不上什么"高尚其志"了！在《杂书示陈国佐、胡元茂》诗中也说："一官专为口，俯仰汗我颜。"这种"俯仰汗颜"、进退失据之感，痛苦地折磨着年轻的诗人。出路在哪里呢？他只能说"我策三十六，第一当归田"了！

接下去便谈到古代相传有关农业生产劳动的《相牛经》、《种树书》；谈到自己，如果能求得像苏秦说过的"负郭二顷田"，就真的要像陶渊明似的"归田园居"了。那时，青山好鸟，相与为友；冬天，就像《列子·杨朱》篇所写的宋国的田夫，"自曝于日”，享受“炙背”之乐，好不悠闲自在！诗人极写归田之乐，以与“九衢尘土污儒冠”的帝王州生活相对照，那青山、鸟语，比起堂燕、屋乌来，何啻天渊之别！

结尾“试数门前客，终岁几覆车”二句是第三段，是一篇的结穴，言下有大彻大悟之概，语意十分警动。按之史籍，这绝不是什么无病呻吟，而是实有所指的。徐梦莘《三朝北盟会编》卷一八云：“靖康元年六月五日庚子，臣僚言：自崇宁初，蔡京辅政，首乱旧章，排斥异己，汲引同类，待以不次，朝脱冗散，暮翔严近。常情鲜克自重，于是枉道求合，汩丧廉耻，靡然成风。”《靖康要录》卷九亦云：“元年七月二十六日，太宰徐处仁劄子：昔蔡京用事之初，恶元祐臣僚之不右己也，首为党论以锢之。既而京与郑居中、王黼相继当国，各立说以相倾，凡二十余年。缙绅士大夫除托附童贯、梁师成、李彦、朱勔及诸近习、道士之外，未有不经此三人除用者。既各有所因以进其身，则凡议论之间，各党其所厚善，而以众寡为胜负。故其一罢，连坐而去者数十百人；及其复用，则又源源而来。”这真有点像骆宾王《帝京篇》所描绘的“倏忽抟风生羽翼，须臾失浪委泥沙”了！简斋“门前覆车”之语，深刻地反映了这一历史现实。

（白敦仁）

雨

萧萧十日雨，稳送祝融归。
燕子经年梦，梧桐昨暮非。
一凉恩到骨，四壁事多违。
衮衮繁华地，西风吹客衣。

胡稺《简斋先生年谱》：“政和八年戊戌，留京师，有《雨》诗云：‘衮衮繁华地，西风吹客衣。’至十月，除辟雍录。”据此，可见这首诗是陈与义在宋徽宗政和八年(1118)作的，这时他二十九岁。陈与义二十四岁时，登政和三年上舍甲科，授开德府教授。政和六年，解任，七年春，入京；八年，留居京都，直到十月，才得到辟雍录的官职。这首诗是政和八年初秋之作，这时他罢任留京，等待官职，心情凄清郁闷，所以在《雨》这首诗中发抒出来。古代封建社会的士大夫常是将做官看做重要的出路，庸下者为的是图谋利禄，而有志之士则想借以实现其政治抱负。

陈与义作诗深受黄庭坚、陈师道的影响。黄、陈作诗，运思造境，琢句炼字，皆剥去数层，透过数层，贵清贵奇，“似参曹洞禅，不犯正位，切忌死语”（任渊评陈师道诗语）。陈与义作诗也是“天分既高，用心亦苦，务一洗旧常畦径，意不拔俗，语不惊人，不轻出也”（葛胜仲《陈去非诗集序》）。从这首诗中也可以看出陈与义的这个特长。为了便于说明问题，现将唐人李商隐的一首《细雨》诗与陈诗比较一下。李诗云：“潇洒傍回汀，依微过短亭。气凉先动竹，点细未开萍。稍促高高燕，微疏的的萤。故园烟草色，仍近五门青。”李诗写雨的正面，写雨中实在景物，常境常情，人人意中所有，其妙处在体物入微，描写生动，使人读之而起一种清幽闲静之情。陈诗则不然。他并不单纯地描写雨中景物，而是写动物、植物以及诗人在雨中的感受，透过数层，从深处拗折，在空中盘旋。开头两句点出雨，说十日萧萧之雨（“萧萧”同

"潇潇",风雨之声。《诗·郑风·风雨》:"风雨潇潇。")将炎热的夏天送走了。"祝融"是夏神,见《礼记·月令》,此处借用,指夏天。三、四两句离开雨说,而又是从雨中想出,其意境凄迷深邃,决非常人意中所有。同一鸟兽草木也,李诗中用"竹"、"萍"、"燕"、"萤",写此诸物在雨中之情况而已,陈诗用"燕子"、"梧桐",并非写燕子与梧桐在雨中的景象,而是写燕子与梧桐在雨中的感觉。秋燕将南归,思念前迹,恍如一梦;梧桐经雨凋落,已与昨暮不同。其实,燕子与梧桐并无此种感觉,乃是诗人的怀旧之思、失志之慨,借燕子、梧桐以衬托出来而已。五、六两句写诗人自己在雨中的感受。同一咏凉也,李诗则云"气凉先动竹",借竹衬出;陈诗则云"一凉恩到骨",直凑单微。"凉"上用"一"字形容,已觉新颖矣,而"一凉"下用"恩"字,"恩"下又用"到骨"二字,真是剥肤存液,迥绝恒蹊。陈诗造句之烹炼如此。第六句是说穷居寥落之感。《史记·司马相如列传》写相如贫穷,"家徒四壁立",陈诗借此说自己贫居失志,万事不顺心。末两句宕开去说。"衮衮",多也。"繁华地",指京都。韦应物《拟古》诗:"京城繁华地。"在繁华熙攘的京城之中,自己只是"西风吹客衣",言外有"冠盖满京华,斯人独憔悴"之慨。

政和年间,陈与义还是过着承平的生活,他所感慨的还只是个人的升沉得失。及至中原板荡,国势艰危,陈与义避兵南下,流转湖湘,所作诗篇,感时抚事,慷慨激越,寄托遥深,能够"以简严扫繁缛,以雄浑代尖巧"(刘克庄《后村诗话》前集卷二),这时,他的诗进入了更高的境界。

(缪　钺)

道　中

雨子收还急,溪流直又斜。
迢迢傍山路,漠漠满村花。
破水双鸥影,掀泥百草芽。
川原有高下,随处着人家。

这是简斋于建炎四年(1130)正月初,离衡岳,去邵阳(今湖南宝庆),道中所作。是年,简斋四十一岁。

去冬,金兵再次南侵,江东西皆陷,建康亦不守,高宗用吕颐浩策航海避兵,兀术追至明州不及,始焚掠而北。西路金兵方进犯陕西,以窥巴蜀。本年正月,侵入江西之兵,在攻陷南昌后,分兵进犯湖南,正月丁卯(二十四日),金兵围潭州(今湖南长沙)。当简斋写这首诗的时候,高宗方南遁海中,衡湘一带的形势已相当危急。而简斋本人,自靖康元年(1126)自陈留避乱南奔以来,已经过了五个年头,目前正奔走邵阳,打算到妻族紫阳周氏那里觅一避难之所。真是流离转徙,何时是一个尽头！其忧生悯乱的心情,是可以想象得到的。这一点,我们只消把此次去邵阳道中的其他几首纪行诗(如《金潭道中》、《甘棠道中》、《晓发杉木》等)联系起来看,就再明白不过了。

可是,《道中》一诗,从表面看,完全是客观的写景。然而仔细读去,我们仍然可以透过和平宁静的景物描写,接触到诗人那颗忧危愁苦、急剧跳动着的心。

诗的第一句“雨子收还急”。“雨子”二字，出自《荀子·赋篇》。荀子在《云赋》中说：“托地而游宇，友风而子雨。”把雨说成是云的儿子。简斋第一次以“雨子”二字入诗，显得新颖别致。《瀛奎律髓》卷一七选了这首诗，由于不知二字出典，竟把“雨子”妄改为“雨势”，就显得索然寡味了。诗人此际，正沿着山边的驿路不停地遄征，春初的雨点刚刚止住，又急剧地落起来。而路边曲曲折折的溪水，默默地伴随着行人，也就特别引人注目。

三、四句是宏观，是远景。山边的驿路，无穷无尽地向前伸展去。“迢迢”二字，是远望情景，言外却能使你产生一种“长路悠悠，何处才有一个尽头”的怅惘不堪之情。时间已经是正月初，山中的桃李已经盛开，从烟雨迷离中远远望去，濛濛漠漠，使整个山村都笼罩上一片春色。诗人在《金潭道中》云：“村边岁自华。”又云：“回眼望桃花。”知此“满村花”亦桃李之属也。

五、六句是微观，是近景。雨后的溪水是碧绿的。可是，一对对轻鸥掠空而过，那白色的身影，却把这绿色的镜面划开了一条裂纹。道上的泥土，在新雨中变得特别松软，越冬的草芽也乘势破土而出，表现出无限的生机。杜甫《岳阳楼》诗：“春泥百草生。”简斋用一“掀”字，更觉春意盎然。

结尾又回到远景，那高下起伏的河川、原野，处处都能望见人家烟火，又是那样的宁静、安谧，差一点使人忘记诗人此际正颠沛流离，奔走道途，而时局也是那样的动荡不安了。《金潭道中》诗云：“海内兵犹壮，村边岁自华。”《晓发杉木》诗云：“纷纷世上事，寂寂水边行。客子凋双鬓，田家自一生。”也是用回家的安静与客子的流荡无归相对照；但那里，把事情说穿了，反不如这首诗只是客观写景，而寓情于景，情在景中，更觉含蓄深婉，耐人寻味。

纪昀评此诗云：“夷犹有致。”(《瀛奎律髓刊误》)是说得不错的。这首诗，在摄像取景，选声配色方面，均力避前代诗人山水行旅诗的惯常蹊径；既不像某些唐人——特别是许浑一派的繁缛痴肥，也不像某些宋人——特别是江西派末流的杈枒生硬。它落笔淡远，寄兴深微，正是刘克庄评简斋诗所谓“以简严扫繁缛”的代表之作，其寄兴深微处，则与韦、柳诗风为近。

简斋的表侄张嵲在为简斋写的《墓志》中称他的诗：“体物寓兴，清邃超特，纡余闳肆，高举横厉，上下陶、谢、韦、柳之间。”刘克庄也说：“诗至于深微，极玄极妙矣。唐人惟韦、柳，本朝惟崔德符、陈简斋能之。”自从方回论诗把简斋视为江西诗派的一祖三宗之一，人们差不多已经忘记了宋人对简斋的这些评论。今因论《道中》一诗之便，特为表出之。 (白敦仁)

伤春

庙堂无策可平戎，坐使甘泉照夕烽。
初怪上都闻战马，岂知穷海看飞龙。
孤臣霜发三千丈，每岁烟花一万重。
稍喜长沙向延阁，疲兵敢犯犬羊锋。

这首诗是简斋于建炎四年(1130)夏寓居邵阳时作,是其名篇之一。是年,简斋四十一岁。

自去年秋冬,金人再次南侵,南渡江淮以追高宗,西取陕西以窥巴蜀。金兵既渡江淮,江东、江西皆陷,建康亦不守。高宗用吕颐浩策航海避兵。兀术追至明州不及,始焚掠而还,平江尤罹其毒。其进攻陕西之兵,赖张浚支柱其间,仅得保蜀。本年正月,进犯江西之金兵既破江西诸郡,乃移兵犯湖南。敌兵自南昌,掠袁、筠,正月二十四日至潭州城下,围之。帅臣向子諲率军民固守,金兵围之八日,二月二日城破,子諲率官吏夺南楚门逃走。敌据长沙数日,屠其城而去,子諲乃复入。(子諲守潭一事,胡宏《五峰集》卷三《向侍郎行状》记之尤详)二月辛巳(八日),金人去潭州。

简斋以去年十一月中下旬离开潭州,此时正避兵寓居邵阳。面对这"天翻地覆"的巨变(《元日》诗:"天翻地覆伤春色。"),他满怀义愤激情,写下了这首《伤春》诗。

诗的开头两句就直截了当地指斥了宋王朝统治者的无能,致使敌寇猖狂一至于此。"庙堂无策"四字,是全诗的中心思想。言外之意,不是广大军民无力抗敌,而是统治者腐朽怯懦,不思抗敌,才酿成这种天翻地覆的巨变的。"甘泉照夕烽",用《史记·匈奴列传》"边烽火通于甘泉"的典故,意思是边疆上告急的烽火,把皇帝的宫殿都照红了。汉帝行宫在陕西甘泉山,这里借指宋王朝的中央所在地。

三、四句概括了金兵入侵的整个过程。曰"初怪",曰"岂知",表现了诗人强烈的义愤之情。"上都"指汴京,"闻战马"指汴京的沦陷,北宋的覆灭。作为一个泱泱大国北宋王朝的首都汴梁,竟然一次、再次地遭到敌人的围攻,直至破灭,这已经是一件不可思议、无法解释的咄咄怪事;那知道("岂知")今天的情况愈来愈糟,连皇帝都跑到大海之中逃命去了!"飞龙"指皇帝,指宋高宗,用《易经》"飞龙在天"的典故。"飞龙"而入于"穷海",对于广大中国臣民来说,真是旷古未有的奇耻大辱。"岂知"二字,表现了这一"事出常情之外"的悲愤之情。诗人在本年五月写的《雷雨行》中也说:"禹巡会稽不到海,未有驾舶观民风。"说的正是这同一事实。

五、六句是题目《伤春》的正面文字,是一篇的警策。诗人用李白、杜甫的著名诗句,巧妙地加以调整、组织,来表达自己此时此地的特有心情。李白《秋浦歌》云:"白发三千丈,缘愁似个长。不知明镜里,何处得秋霜。"杜甫《伤春》诗云:"西京疲百战,北阙任群凶。关塞三千里,烟花一万重。"这是两位大诗人的著名诗句。现在,于"霜发三千丈"之前加上"孤臣"二字,于"烟花一万重"之前加上"每岁"二字,较之李、杜原诗,就增加了一些新的思想、新的内容。说"孤臣",自然就使人联想到君国大事,其所"缘"之"愁",也就有了更具体、更确定的内容,这不再是什么个人的身世之感,而是民族国家生死存亡之忧了。说"每岁",就是说"不但今年如此",而是年复一年,面对祖国大地回春,而局势却愈来愈坏。简斋自靖康元年从陈留避地南奔,至今已过了五个年头。他在本年正月初一写的《元日》诗云:"五年元日只流离,楚俗今年事事非。""汀草岸花知节序,一身千恨独沾衣。"正好可以作为"每岁烟花"句的注脚。作为一个流离失所的"孤臣",今天又一次面对着祖国大地的"万重烟花”，而国事日非，此身将老，若使忧能伤人，又怎能不毛发为之早衰，至于“霜发三千丈”呢？这里，一气浑成地把李杜名句融成了一个整体，声光发露，色彩鲜明，表达了特定的现实内容，这真有点令人情不自禁地拍案叫绝了。纪昀评此诗云：“‘白发三千丈’，太白诗；‘烟花一万重’，少陵句，配得恰好。”

叶梦得《石林诗话》云：“荆公诗用法极严，尤精于对偶，尝云：‘用汉人语，止可以汉人语对，若参以异代语，便不相类。’如：‘一水护田将绿绕，两山排闼送青来。’皆汉人语也。”（按指“护田”、“排闼”二词言）大抵宋代诗人，对诗律的研讨，愈益严密。对于诗中对仗，不仅要求铢两相称，而且注意讲求语言色调、气氛的协调。简斋此诗以杜对李，功力悉敌，而且能融二家之语为一体，则是更高一层的美学成就。

结尾借向子諲守长沙事，从反面具足“伤春”这一主题。言“疲兵敢犯犬羊锋”，益见“庙堂无策”之可恨，“穷海飞龙”之可羞。首尾照应，章法完密。“延阁”是汉代内府藏书之所，向子諲尝官直秘阁，故以“延阁”称之。向子諲，字伯共，是李纲的政友，他反对张邦昌称帝，也反对秦桧卖国求和。他是当时著名词人，也是简斋的诗友。前一年冬，简斋在长沙住了一个多月，常和向子諲一起唱酬。简斋以十一月中下旬离开长沙，而长沙在今年正月被围，旋即沦陷。向子諲在强敌压境的情况下奋起抗敌，虽然只守了八天，但在当时，已经是难能可贵的了。杜甫《诸将五首》之三云：“稍喜临边王相国，皆销金甲事春农。”此简斋句法所本。

全诗一气浑成，而声情激荡，含蕴深广。纪昀评此诗云：“此首真有杜意。”是说得不错的。刘克庄称简斋诗“以雄浑代尖巧”，此诗可以作为这一方面的例子。

（白敦仁）

陆　游

游山西村

莫笑农家腊酒浑，丰年留客足鸡豚。
山重水复疑无路，柳暗花明又一村。
箫鼓追随春社近，衣冠简朴古风存。
从今若许闲乘月，拄杖无时夜扣门。

乾道元年（1165），陆游出任宁德县（今属福建）主簿。后因修编国史，对朝廷用人和出兵北征等大政有所献纳，开罪孝宗，降充隆兴（今江西南昌）通判，又以“交结台谏，鼓唱是非”，于乾道二年（1166）罢官返里，时年四十二岁。陆游居山阴（今浙江绍兴）城西南九里镜湖的三山，常与村农往来，曾有《岁暮与邻曲饮酒》之作，此诗是次年春间游邻村时所写。

这是一幅精美绝伦的农村生活素描。

诗以农村丰年景象开头。“腊酒”，头年腊月酿的酒。“腊酒”虽“浑”，“鸡豚”还

“足”供“留客”。首句以“莫笑”二字发端，明是邻农口气，却借作者代为传述，好客之情宛然可见，颇有委婉曲折之趣。

接写山村幽静环境。“山重水复”，“柳暗花明”，这是镜湖周遭自然景观的真实再现，也是浙东地区山川、平陆网络交构的典型刻画。由于诗人对故乡农村有长期的观察体验，所以毫不着力就把一路所见自然景物与当时特殊感觉有机组合起来，艺术地实现了审美主客体的紧紧拥抱。“山重水复”，前行已“疑无路”，“柳暗花明”，眼前“又”见“一村”。迂折有致，层次井然，这拥抱是通过“疑”、“又”二字来完成的。诗人在进入一个不断变换的新的自然境界时，仿佛忽然获得生活上开塞、穷通的突发性改变的启示，理所当然地会产生出乎意料的喜悦之情。这本是一种难写之景，但诗人出以“明白如话”（刘熙载《艺概》）的语言，“天然不假雕饰”，却显现出“对仗精工”，映衬分明，设色鲜丽，结构流动的艺术光彩，不啻如“杨柳承露，芙蓉出水”（李调元《陆诗选序》），不愧是千古传诵的佳句。此联自经陆游推出，每当人们在生活遭遇上出现开塞、穷通的某种变换时，最易收到心领神会的效果。它实际上已超出自然景物的表现范围，而含有某种人生体验的深湛哲理。

然后写山村淳朴风俗。农民春天祈祷丰岁，例于“社日”（本年正月十八立春，立春后第五个戊日为“社日”，即二月十九）迎神赛会，“箫鼓”导前，老幼“追随”，是因临近“春社”之期，则丰收后群情之欢悦自可想见。“衣冠简朴”，“古风”仍“存”，则与都市之浮靡恶习，迥然不同。这是诗人对热爱生活，却能保存古朴风习的山村人民的由衷赞美。

最后写与村农相约，将常来相访。民间有“一回生，二回熟”的俗语。诗人说，“从今”以后，假若时间允许，“我”一有空闲，就要“乘”着月光，拄着拐杖，随时“叩”门相访。作者对家乡农村和邻村农民的真挚与亲密感情，在这里得到了生动表现。

陆游从小就对农村生活有真切体验，与农民保持友好交往。一生中写了不少家乡农村生活的赞美诗。此诗是他中年时期由官场返回乡里的名作，与他晚年重返故乡后所写《秋晚闲步，邻曲以予近尝卧病，皆欣然迎劳》一诗尤为相似。那首诗中间两联“酒似粥酡知社近，饼如盘大喜秋成。归来早觉人情好，对此弥将世事轻”，与此诗一、三两联分别表现了“春社近”、“秋社到”时邻村的生活情事、农民的简朴古风与淳厚“人情”，虽各具引人入胜之妙，却大有高下之分。原因就在于此诗第二联突出表现了陆游在描写自然景物时，能由自然境界向人生境界跃入的艺术才能。这种跃入好像是在有意无意间完成的，但与诗人对生活与人生能保持乐观积极的态度不能说没有关联。而上面举到的那首诗中，恰恰就缺少这样精彩的诗行。此诗正因有了这一名联，遂给全诗所描写的农村生活，诸如丰年的欢乐，山村的幽致，邻农的淳良风习和作者的真挚情谊等，增添了感情深度。陆游此时虽罢斥乡居，而一山一水，一花一柳，也会在自觉不自觉间牵动他隐藏于内心深处的不忘国事、期盼光复的感情。姚鼐曾推尊陆游七律为南渡后第一人，此诗无疑是陆游描写家乡农村生活的七律诗中的最佳篇什。

陆游写自然景物的七律诗中，以花柳、草木、花鸟、山水、风雨等自然景物对举的佳联不少，如：“花藏密叶多时在，莺占高枝尽日啼”；“水满有时观下鹭，草深无处不藏蛙”;“云归时带雨数点,水落又添山一峰”;“山经宿雨修容出,花倚和风作态飞”;“江山重复争供眼,风雨纵横乱入楼”;“傍水无家无好竹,卷帘是处是青山”;“云容山态商量雪,柳眼桃腮领略春”,等等。但比之此诗第二联,都大大逊色,就因为这些佳联都不免停留在纯自然景物的刻画上,而此诗第二联则不仅仅是这样。戴复古称赞陆诗好处是“入妙文章本平澹,等闲言语变瑰奇”。刘熙载也说陆诗“浅中有深,平中有奇”。此诗当得上这样的评价。它描写农村生活,看似“等闲言语”,“浅”显“平澹”,毫无“瑰奇”之处,更说不上有什么“深”度。可是一经妙手拈出,“深”、“奇”顿出。陆游自己曾说:“放翁胸次谁能测,万里秋空未是宽。”如果不把此诗仅仅看做一般自然景物描写之作,“宽”如“万里秋空”的“放翁胸次”,就能在诗行中若隐若现地探“测”出来。(陶道恕)

剑门道中遇微雨

衣上征尘杂酒痕,远游无处不消魂。
此身合是诗人未?细雨骑驴入剑门。

宋孝宗乾道八年(1172)冬,陆游由权四川宣抚使司干办公事兼检法官,调任成都府路安抚使司参议官,自南郑(今陕西汉中)赴成都,途经剑门山而作此诗。

在写诗之前,作者的行踪已经历了今浙江、福建、江苏、江西、湖北、四川、陕西等省,可以算是不断“远游”了。他赋性豪放,又热爱山川美景,故出游虽不免有作客的漂泊之感,但更多的是对山川美景的陶醉之情,两者都可以概括为“消魂”二字。这次走向剑门道中,和以往一样,也是“衣上”留着未褪的“酒痕”,又沾满了沿途扑来的“征尘”。但这次骑的是驴子,碰上崎岖难走的剑门山,天上又下着濛濛“细雨”;毛驴并非健马,不能快步避趋,只好慢慢地在雨中行进。这种情况,在普通人看来,是邋遢、寒伧、艰难、辛苦的,很可感叹;但在作者看来,却是很有情趣的,和以往一切值得怀念、陶醉的“远游”一样“消魂”。作者为什么会有这种特别的兴会呢?因为他用的是“看待诗人”和“诗人看物”的眼光。自从唐代贾岛骑驴赋诗和郑綮认为“诗思在灞桥风雪中驴子上”的佳话流传之后,“骑驴”和“诗人”之间似乎就有特别的联系。所以,他以骑驴的事,笑问自己:够不够算得上是一个“诗人”?如果够得上,那么今天的“细雨骑驴入剑门”,不但富有诗情,而且是一幅景象鲜明的图画了,什么征尘、雨点、疲驴和山路,通通都要进入“美的境界”中了。

诗人以特有的豪情逸兴,看待这次旅程,写了这首诗。诗的起结两句写景,意象很丰富,但用笔很疏淡;中间两句抒情,承上启下,涵昔勾今,内容也颇曲折,但用笔又很空灵。诗的感受的出发点和浓缩点都在第四句,却把它放在最后,缓缓地说,轻轻地说。但读者读到这一句,马上会被它的丰富意象和美好情趣所打动,回览全诗,和作者一样“消”起“魂”来。陆游诗本来以豪情胜,这首诗却是十足地富于神韵。清代王士禛的绝句以神韵著称,看来有不少纪行绝句是受到这诗影响的,尤其是结句的取景传神的手法。只是王氏喜欢更为纡徐的节奏,更为轻淡的笔触,而陆游这诗在疏淡中还没有尽泯其奔放遒逸的笔致。

前一阵子，文艺理论界颇热闹于西方文论的新方法的移植，有的强调所谓“文本主义”的方法而否定所谓“历史主义”的方法。其实方法原可多样，只是不该片面取舍和机械套用。我国古人评诗，原多从语言文字出发，何尝离开“文本”？但又主张在理解作品本身之外，还要“知人论世”，也不抛弃“历史”。欣赏陆游这首诗，如果仅仅停留于“文本”，会以为陆游写诗的心情，完全陶醉于诗化生活的快乐自得之中了。这本来也不错，因为陆游确实有意在诗中表现高于常人的豪情逸兴。但如果我们联系陆游其人的生活和思想来看，他生平以参与恢复南宋失去的领土为主要志愿，不肯以“诗人”自限；到了南郑前线，有联系义士、打击敌人、恢复失地的机会，短短不到一年的宣抚司的幕僚生活，在他一生中却是最多憧憬、最感得意、最常引起回忆的。明白了这一点，就可以理解陆游这次离开南郑，心情是郑重的；他的所谓“诗人未”的自问，是包含了不甘专作“诗人”的悲痛的。这样一来，可以从显面形象再追寻其潜藏意境，从愉快感情再探索其复杂怀抱，对于理解这首诗的丰富含蕴，岂不会更加全面和更进入深层吗？反过来，如果单纯强调作者心情的沉痛，而不去领略诗篇的绝代风神，那也会失于另一种片面了。（陈祥耀）

观长安城图

许国虽坚斑已斑，山南经岁望南山。
横戈上马嗟心在，穿堑环城笑虏孱。
日暮风烟传陇上，秋高刁斗落云间。
三秦父老应惆怅，不见王师出散关。

本篇写于淳熙元年（1174）秋，当时陆游在蜀州（今四川崇庆）以通判代理知州。诗中写他因观长安城图引起对从戎南郑的回忆，从而抒发了报国杀敌的决心和北伐无期、壮志未酬的深深感慨。

乾道八年（1172），陆游应川陕宣抚使王炎之邀，从夔州来到南郑，在幕府中任左承议郎权四川宣抚使司干办公事兼检法官。他认为这是抗金北伐，收复中原，实现报国理想的大好时机，自己又受到宣抚使王炎的信任，因此满怀豪情、斗志昂扬地活跃于西北前线军中。诗人脱去儒冠，披上铁甲，腰悬利剑，跨着战马，奔驰往来于岐渭蜀陇之间。他到过大散关、骆谷口、仙人原、金牛驿、定军山等前方据点和军事要塞，勘察地形，了解敌情，检查战备，听取广大军民对北伐的意见。在经过一番调查研究之后，陆游向王炎陈进取之策：“以为经略中原必自长安始，取长安必自陇右始。当积粟练兵，有衅则攻，无则守。”（《宋史·陆游传》）陆游将北伐进军的主攻方向，从东南转向西北，以收复长安为光复整个中原、统一全国的重要战略目标，是吸取了建炎、绍兴以来“师出江淮未易吞”（《山南行》）的教训。长安是汉唐古都，战略地位十分重要，人民抗金的热情很高，而金人的防守却比较薄弱，加上敌军士气低落，力孱心虚，惶恐不安，这对宋军北伐是非常有利的条件。如果攻下长安，掌握战争的主动权，那么“经略中原”、“还我河山”便指日可待了。然而，陆游的北伐计划并未能够付诸实现，不久朝廷宣布召回王炎，解散幕府，陆游和他的战友们也相继被遣散，从前线撤回了后方。这正是："大散关上方横戈，岂料事变如翻波。"（《题严州王秀才山水秋屏》）陆游从南郑来到蜀中已近两年，他无时无刻不在怀念着那段难忘的从军生活。当年他曾在南郑城楼上登高赏月，饮酒高歌，赋《秋波媚》词，与战友们相约攻下长安之后，一起去游览"灞桥烟柳"和"曲江池馆"，以表达对中原大好河山的热爱和眷恋之情。可是如今理想破灭，壮志成空，长安依旧在敌军的占领之下，自己所能看到的仅仅是一幅画在纸上的地图，此情此景，能不感慨万千！

全诗四联八句，分为三层。首联直抒胸臆，引出下文。起句言自己以身报国的志愿虽然坚决，怎奈朝廷妥协投降，苟且偷安，无意北伐，致使岁月虚度，壮志未酬，而鬓发已经斑白，抚今思昔，不胜伤感。次句由抒情转入叙事，回忆从戎南郑时期的生活片断。"山南"，即终南山之南，指川陕一带。"南山"，指终南山。陆游在军中时，常常登高远眺，北望长安和终南山，以表达其怀念中原故土的深情。颔联和颈联紧承"望南山"句，豪情满怀地追述乾道八年（1172）川陕前线的从军生活。按照律诗的要求，这两联在形式上必须是对偶句。"横戈上马嗟心在，穿堑环城笑虏孱。"上句说自己手执长矛，跨上战马，斗志昂扬，誓与敌军决一死战；下句谓金人惊惶失措，不得不在长安城下挖了三道壕沟。作者在此句下自注说："谍者言虏穿堑三重，环长安城。"这两句运用对比，说明敌我的态势已经发生了变化，形势对宋军有利，正是北伐的大好时机。一"嗟"一"笑"，表露出诗人有我无敌的英雄气概。"日暮风烟传陇上，秋高刁斗落云间。"这两句继续描写从戎南郑时的经历：每当夜幕降临之时，从秦陇边塞传来了报告军情的烽火狼烟。古代在边境筑高台烧柴草或燃狼粪，作为报警的信号，称为"烽火"或"烽烟"。情况紧急时，连举三火；前线无事时，只举一火，称为"平安火"。陆游从军时，常常登高瞭望从大散关和骆谷口一带传来的平安烽火。后来他曾多次在诗中回忆起这件事，如："一点烽传散关信，两行雁带杜陵秋。"（《秋晚登城北门》）"雪云不隔平安火，一点遥从骆谷来。"（《频梦至南郑小益之间慨然感怀》）"刁斗"，古代军中用具，白天用来煮饭，夜间敲击作为巡更之用。此句说秋高气爽，巡夜的刁斗声在夜空中回响，仿佛自天而降。以上四句对偶工稳，气势雄健，场面壮阔，生动地展现出诗人在南郑前线那段豪迈的从军生活。尾联两句从回忆中归结到现实，对南宋当局含垢忍耻、不图北伐，表示强烈的不满：中原父老百姓一定感到非常失望和哀伤，他们年复一年，左等右盼，始终没能看到北伐大军浩浩荡荡地开出大散关来！"三秦"，指关中一带。"大散关"，在宝鸡西南大散岭上，为秦蜀交通要道。这两句比较含蓄委婉，既表达了作者对敌占区人民深切的关怀和同情，也隐含着对妥协投降政策的谴责和讽刺，与诗人晚年所写《秋夜将晓，出篱门迎凉有感》后两句"遗民泪尽胡尘里，南望王师又一年"表达的思想感情是完全一致的；同时，也说明陆游的爱国思想是以关心人民、同情人民为其核心的，爱祖国和爱人民在陆游的作品中得到了较好的统一。

这首诗从观图起兴，抒发爱国激情，中间插入对山南军旅生活的回忆，展示出边防军民抗金的壮阔画面，结尾谴责朝廷按兵不动，贻误军机，辜负了中原父老盼望"王师"解救他们的一片心意。全篇感情深挚，意气豪迈，形象生动，格律严谨，是陆游蜀中时期具有代表性的爱国诗篇之一。　（喻朝刚）

病起书怀

病骨支离纱帽宽，孤臣万里客江干。

位卑未敢忘忧国，事定犹须待阖棺。

天地神灵扶庙社，京华父老望和銮。

《出师》一表通今古，夜半挑灯更细看。

此诗作于宋孝宗淳熙三年(1176)夏，当时陆游在成都，由于被人攻讦和诬陷而受到免官的处分。他在成都近郊浣花溪畔租了几间房子，并辟了一个菜园躬耕其间，过着清贫困顿的生活。春末夏初又生了一场病，境遇更为艰难。但他忧国忧民之心丝毫没有改变，时刻怀念着中原大好河山，希望能为统一祖国、振兴宋朝贡献自己的一份力量。刚刚病愈，便起床挥笔写了两首用《病起书怀》为题的七言律诗，以表达自己矢志不渝的爱国情怀。

这是一首抒情言志之作。全诗八句，分成四联，而以颔联两句统领全篇，为其主旨所在。首联叙事、点题，描述诗人当前的生活境况。陆游入蜀本为寻求杀敌报国的机会，数年前曾经从戎南郑，一度走上了抗金前线，并向川陕宣抚使王炎陈"进取之策"，提出了进军中原、光复失地的计划。然而朝廷无意北伐，不久就下令召回王炎，解散幕府，他也被迫放下武器，脱去战袍，怀着怅惘和悲痛的心情来到了成都。在成都期间生活极不得意，常常借酒浇愁，又被人讥为"燕饮颓放"，从而丢掉了乌纱帽。起句"纱帽宽"一语双关，既言其病后瘦损，故感到帽檐宽松，也暗含被罢官之意。"孤臣"，是指封建王朝中孤立无助的臣子。陆游坚持抗金北伐，坚决反对南宋小朝廷的妥协投降政策，多次遭到排斥打击，政治上处于孤立无援的境地，所以自称"孤臣"。诗人家在绍兴，从东吴流落至西蜀，万里漂泊，客居蜀江之滨，因而更感到孤独寂寞。首联两句，通过叙述处境之艰难，为下文作了铺垫。

"位卑未敢忘忧国，事定犹须待阖棺。"颔联两句为全诗的中心，充分表现了陆游坚贞的爱国情操和崇高的精神境界。无论在环境顺利之时，或是身处逆境之中，他对国家和人民的热爱从未动摇过，始终保持着忧国忧民的高尚情怀，诗人认为天下兴亡，匹夫有责，当官也好，做老百姓也好，都应该时时刻刻为国家民族着想。一个人能否为国建功立业，不决定于他的地位的高低和荣辱，好男儿志在四方，个人的恩怨得失不必计较。眼前自己虽然地位卑下，但忠心不改，前途亦未可限量，最终能不能有所建树，只有等到死后才能盖棺论定。这一联闪光的诗句，富有启迪和教益，可以作为后人的座右铭。

颈联两句，宕开一笔，从自身写到当前的形势，呼吁朝廷北伐，收复失地，重返故都，以慰京华父老之望。"庙社"，指宗庙社稷。"和銮"，古代车马上的铃铛，挂在车前横木上的称"和"，挂在车架上的称"銮"，这里代指皇帝车驾。金人残暴贪婪，多行不义，已经引起天怒人怨，如今"天地神灵"都向我宋朝，希望扶持遭到破坏的宗庙社稷；而中原父老也在殷切地盼望王师北伐，等待皇帝的车驾早日返回汴京，使国家重新恢复统一的局面。这两句承上启下，在全诗的结构中起转折作用，使意境更为开阔。

“《出师》一表通今古，夜半挑灯更细看。”尾联两句以夜读《出师表》收束，进一步表达自己坚持北伐的决心。陆游继承和发扬了我国古代的爱国主义精神，对许多爱国志士和英雄人物都给予崇高的评价。他特别敬佩屈原、杜甫和诸葛亮，把《离骚》、杜诗和《出师表》作为鼓舞自己的精神力量。他在诗中曾写道：“《离骚》未尽灵均恨，志士千秋泪满裳。”(《哀郢》)“文章垂世自一事，忠义凛凛令人思。”(《游锦屏山谒少陵祠堂》)“《出师》一表真名世，千载谁堪伯仲间！”(《书愤》)陆游敬佩诸葛亮，主要是肯定他坚持北伐、主张统一、忠心耿耿、鞠躬尽瘁的伟大精神。诗人认为《出师表》贯通古今，体现了中华民族要求统一、反对分裂的愿望，永远值得后人学习，所以经常带在身边，反复诵读。今日病后初愈，深夜无眠，于是又挑亮油灯，再仔仔细细地读它一遍。

这首诗自明心志，感情自胸臆中自然流出，体现了陆游忧国忧民的崇高思想和人生价值观。由于诗中有了“位卑未敢忘忧国”这一闪光的名句，使全篇为之生色增辉。这七个字一语千钧，使诗人高大的形象展现在读者面前，是值得我们认真加以体会的。但愿我们每一个人都像陆游那样“位卑未敢忘忧国”，那么，我们还有什么敌人不能战胜，什么困难不能克服呢？　　(喻朝刚)

关山月

和戎诏下十五年，将军不战空临边。
朱门沉沉按歌舞，厩马肥死弓断弦。
戍楼刁斗催落月，三十从军今白发。
笛里谁知壮士心？沙头空照征人骨。
中原干戈古亦闻，岂有逆胡传子孙！
遗民忍死望恢复，几处今宵垂泪痕？

宋孝宗淳熙三年(1176)，陆游免去成都府路安抚使司参议官兼四川制置使司参议官，旋有知嘉州新命，又被劾“燕饮颓放”，改为主管台州桐柏山崇道观，因自号“放翁”。这首《关山月》是淳熙四年正月他在成都奉祠时写的。陆游一贯主张对金抗战，收复南宋失地，反对屈辱求和。乾道八年(1172)离开南郑之后，他就因失去参与恢复失地活动的机会而痛心；这次遭受严重打击，使他痛心更甚，更加反对投降求和的政策，在诗中倾吐了这种感情。《关山月》是乐府横吹曲名，诗借用旧题，仍扣紧题意，写到宋边战士和沦陷区人民的对月怀思。全诗三转韵，每韵一段。

孝宗隆兴元年(1163)五月，张浚的抗金部队败于符离(今安徽宿县)；十一月，孝宗即遣使向金议和。二年，宋金重新缔结和约。自议和到作者写这诗时，首尾十五年。诗的第一段从将帅腐化写和议之害。“和戎诏下十五年，将军不战空临边。”以强烈的感情总括和议的主要祸患和根源。“将军不战”，全国人民的抗金和恢复失地活动，都会因失去领导、失去支持而难以开展；“空临边”，更是只有养军的靡费，没有卫国的作用。人心士气的涣散，民力财力的消耗，国本的动摇，要害都见于

“不战空临边”五字之中。事情关系全局，责任在于“将军”。但造成将军贻误大局的根源，又在于朝廷的“和戎”之“诏”。诏中决策，使得朝廷上下苟且偷安，将帅腐化，军备废弛。“十五年”，痛时间的长久；“不战”，揭出祸患的主体；“和戎诏下”，直斥朝廷最高统治者：皆大笔特书，大胆揭橥，无异“《春秋》笔法”。着一“空”字，痛心的感情毕见。“朱门沉沉按歌舞，厩马肥死弓断弦。”从文气的承接看，出句指的是“将军”；但当时文恬武嬉，腐化的不限于武将，同样包括投降误国的文臣。他们置国难民困于不顾，深居“朱门”华屋之中，听歌“按”拍，以“歌舞”自娱，过着醉生梦死的生活。落句写军备废弛：“厩”中战马养得肥肥的，到“死”没有用过；武库中的“弓弦”都“断”了，没有人去接触它，修整它。以“弓”、“马”代表各种武备，废置如此，怎能抵抗敌人呢？前二句概括叙述，涵盖有力；后二句用形象性的描写，雄浑饱满，善于提炼典型题材，“沉沉”、“肥死”，音节、辞气的分量都够重。

第二段，从宋边战士的困苦写和议之害。“戍楼刁斗催落月，三十从军今白发。”战士从壮年直到“白发”还在守边，既无所作为，又不能回家，是“空备边”的直接受害者。他们夜里在“戍楼”中，听着打更的“刁斗”，望着由升再“落”的月亮，长期这样地“催”着时间的消失，幸福的断丧。“三十”与“白发”反映时间，“刁斗”与“落月”突出环境，一片悲凉，“催”字更有很强的动作力度。“笛里谁知壮士心？沙头空照征人骨。”战士们无论是闻笛或吹笛，愁恨都无法倾吐，无人可以对诉，也即不可能被理解。这令人想到王昌龄诗：“更吹羌笛关山月，无那金闺万里愁！”但这里更可悲的，恐怕是连“万里金闺”都不存在或人的生死都不相知了。国仇未报，很多战士徒然牺牲，只让“沙头”月色在照着他们的骸骨；伤战友，愤和议，感情也毕见于一个“空”字。这也令人想起杜甫诗：“夜深经战场，寒月照白骨。”但不同的是，这里死去战士的白骨，长期暴露在活着的征人身边，征人根本不必再经什么“战场”就能看到它。这一段写戍边战士的悲痛遭遇和愤恨心情，步步深化，句句形象，也得力于题材的提炼。

第三段，从沦陷区“遗民”的失望写和议之害。“中原干戈古亦闻，岂有逆胡传子孙！”劈头而来，愤慨入骨。说自古“中原”不断有汉人与异国异族之间的战争，但国土的沦陷，很少像南宋这样长久，让侵略者在占领的土地上长养子孙，长期不能恢复。这是沦陷区人民不堪长期受敌人统治、凌辱、迫害的强烈的抗议，“岂有”二字，反问得声泪俱下。“遗民忍死望恢复，几处今宵垂泪痕？”点出抗议的是沦陷区的“遗民”，又扣紧望月。不“死”是出于强“忍”，痛苦、愤恨、希望、挣扎的程度都可想而知。马是“肥死”，人则“忍死”，真是人不如马。“遗民”眼中“垂泪”，内心疾呼，是“不战”的主要受害者。但时间过去“十五年”了，局面还无法改变，他们的希望和挣扎都不免要落空，因为“恢复”与“和戎”是尖锐对立的。四句诗交织着极度的愤激和极度的伤感，善于挖进人物的内心深处。

这首诗，有的人认为是借用守边战士的语气来写，第二段分明如此；但首尾两段却不然，与其说是战士语气，毋宁说它更像作者陆游自己的语气。作者的诗，本多激情奔放，在这诗里，激情一旦倾泻，就来不及细分主客，所以，作者的语气就和战士的语气混在一起了。首尾两段，那么强的呼声和那么强的心理感受，非陆游其人是说不出来的。陆游的七言古诗，一向求简练，不用太长的篇幅。这诗只有十二句，把南宋领土和沦陷区中有代表性的和议执行者和受害者的不同情态都深刻地反映出来，也是非常精练的。它的词句饱满雄浑，激昂沉痛与悲感苍凉相结合，更有独特的风格力量。（陈祥耀）

夜泊水村

腰间羽箭久凋零，太息燕然未勒铭。
老子犹堪绝大漠，诸君何至泣新亭！
一身报国有万死，双鬓向人无再青。
记取江湖泊船处，卧闻新雁落寒汀。

宋孝宗淳熙七年(1180)，陆游免去提举江西常平茶盐公事的官职；淳熙九年，改授主管成都府玉局观。这首诗即写于九年家居山阴奉祠时。山阴是江南水乡，陆游家居，常写乘小舟出游近村的诗词，这首《夜泊水村》即是其中之一。

诗的主题是愤慨“志士凄凉闲处老”。陆游这个志士，因极力反对和议和性格豪放，常遭侧目者借端攻击。淳熙三年在成都被劾“燕饮颓放”，八年在山阴又被劾“不自检饬，所为多越于规矩”，因而被迫闲居，真使他啼笑皆非，情状难言。“腰间羽箭久凋零，太息燕然未勒铭。”写离开军幕已久，无从为报国而建功。出句语本杜甫《丹青引》“猛将腰间大羽箭”句，以指乾道八年离开南郑军幕，淳熙三年又离开成都军幕，从此再不能参加抗金的军事活动；落句用《后汉书·窦宪传》的典故，概叹不能像窦宪那样击匈奴，在燕然山勒石纪功，让班固为他作铭。这联是全诗感慨的本事和原因，也是有暇出游泊舟的由来，直接唤出中间两联，并倒挽结联。“老子犹堪绝大漠，诸君何至泣新亭！”写诗时作者年五十八，故出句自称“老子”，并说虽老而体力尚健，还能跨越大沙漠去和敌人战斗；又承上句，借窦宪“去塞三千”的典故，以指北伐抗金。对句用《世说新语》东晋士大夫在南京新亭对泣，被丞相王导批评的典故，以指南宋士大夫在抗金问题上不当抱软弱、动摇的态度。这联自身和他人对举，表的是自信和自豪之情。“一身报国有万死，双鬓向人无再青。”承上联而更深入地抒发内心的感情。出句说自己追求“报国”，依然是“万死”不辞，知其“有”的只是“死”也甘心奔赴，无异一句十分坚决的誓词。对句认为此时身体虽还强健，但时间不待人，更大的老和衰就会紧逼而来，那时即使有报国的机会也怕力不从心了。年光有限，时机不可错失，但在主和派当权之下，有限的只能让它不断消磨，不可错失的只能让它一再错失，眼睁睁地看着自己逐步走向绝望。这联志愿和时光对举，抒发强烈的急迫之感和悲痛之情。由自豪而悲痛，诗写得比上联更加激昂，更加喷薄！“记取江湖泊船处，卧闻新雁落寒汀。”从前四句一气直下，抚今思昔、寄望未来地抒情，一下子转到写当前情况，结束得有如大梦骤醒，巨瀑陡落，境界突生巨变。上述那样的志愿，换来眼前这样的处境；眼前处境，将打破一切志愿。腰悬羽箭变成卧听寒雁，勒铭大漠变成泊船水村，对照之下，滋味如何，痛苦如何，心与境的矛盾变化如何，尽在不言之中了。

这首诗起联以叙事寓情，结联以写景寓情，凝练含蓄，各有其胜，但其胜处都不如中间直接抒情两联突出。中间两联都用拗调，写得雄浑饱满，气势横绝，是诗中罕见的“大句”。杜甫诗也有拗调“大句”，但风格比较沉郁，感情比较内敛，不像陆游这样以豪迈取胜，可见陆游诗歌在历史上是有很大的创新的。北宋江西派的律句也好用拗调，但只能瘦劲生峭，不能雄浑饱满，很少可以称为“大句”的。

（陈祥耀）

书　愤

早岁那知世事艰，中原北望气如山。
楼船夜雪瓜洲渡，铁马秋风大散关。
塞上长城空自许，镜中衰鬓已先斑。
《出师》一表真名世，千载谁堪伯仲间！

陆游擅长律诗，名章俊句层见叠出，令人应接不暇。尤其是他的七律最多最佳，被誉为“南渡后一人”。舒位认为唐宋七言律诗的发展和演变可以分为三个阶段，其代表者是杜甫、李商隐和陆游。他在《瓶水斋诗话》中曾说：“七律至杜少陵而始盛且备，为一变；李义山瓣香于杜而易其面目，为一变；至宋陆放翁专工此体而集其成，为一变。凡三变，而他家之为是体者，不能出其范围矣。”的确，陆游在这方面进行了辛勤的探索和创造性的劳动，因而获得了丰硕的成果，达到了很高的艺术造诣。其代表作，如《闻武均报已复西京》、《送七兄赴扬州帅幕》、《游山西村》、《归次汉中境上》、《观长安城图》、《病起书怀》、《老马行》、《识愧》等等。这首《书愤》，更是其中脍炙人口、广为传诵的名篇。

此诗作于淳熙十三年（1186）春，陆游被罢官闲居故乡山阴时。南宋统治集团置中原大好河山于不顾，含垢忍耻，偏安江左，对金人执行妥协投降政策，使国家长期处于分裂的局面，人民蒙受着深重的灾难。作者主张北伐，收复失地，希望能为统一祖国的大业作出自己的贡献。但事与愿违，报国无门，一再遭到投降派的打击和迫害，内心充满着忧虑和悲愤。抚今思昔，壮志未酬，不禁心潮澎湃，感慨万千，于是奋笔疾书，写下了这首忠愤激越的爱国诗篇。

诗中通过亲身经历和感受，概括了自己青年、壮年和老年三个时期不同的生活遭遇和思想感情，突出描写了现实和理想的矛盾，揭示出英雄无用武之地的巨大悲愤。全诗八句四联，分为前后两段。第一段叙述早年在镇江和南郑时期立志报国、气吞残虏的豪情壮志。“早岁那知世事艰，中原北望气如山。”开篇两句，感慨系之，是对满怀抗金热情和浪漫主义幻想的青年和中年时代的回忆。那时候不知世道如此艰难，以为凭自己的热情和愿望就可以实现驱逐敌寇、收复失地、统一国土的抱负和理想。因此每当遥望中原大好河山尚处在金人铁蹄的蹂躏之下，就不禁怒发冲冠，气如山涌，决心“上马击狂胡，下马草军书”，承担起北伐的历史重任。世事多艰，国运衰微，并非敌人不可战胜，而是由于当权者执行投降政策，迫害爱国志士造成的恶果。诗人反思过去，总结自己的经验教训，加深了对黑暗现实的认识，含蓄地表达了对南宋小朝廷的强烈不满。

“楼船夜雪瓜洲渡，铁马秋风大散关。”颔联两句具体点明“早岁”的经历，也是对首联的形象化的说明。“瓜洲渡”，在镇江对岸，扬州以南的长江边上；“大散关”，在陕西宝鸡西南的大散岭上。这两处地方都是当时抗金的前线，作者曾经亲临其境。隆兴二年(1164)，正值张浚督师北伐之时，陆游出任镇江通判。其年闰十一月，他和韩元吉、何侑、张玉仲等，踏雪登焦山，此时战事正紧，烽火未息，他们登高眺望，只见风樯战舰乘风破浪，出入于烟霭之间。同年，张浚以右丞相督视江淮兵马，路过镇江，陆游向他献计献策，坚决支持他出师北伐，颇受器重。后因北伐失败，张浚被解除兵权，不久病故，陆游也被投降派加上“力说张浚用兵”的罪名，罢职归家。乾道八年(1172)，陆游从夔州奔赴南郑，投笔从戎，在四川宣抚使王炎幕中任干办公事兼检法官。他跃马横戈，豪情满怀，为能走上抗金前线而感到欢欣鼓舞，神采飞扬，决心以马革裹尸，和敌人决一死战。在短短的八个多月里，陆游风尘仆仆，往来于川陕前线，积极为北伐作准备。在《怀昔》一诗中，他回忆当时的情景说：“昔者戍梁益，寝饭鞍马间，一日岁欲暮，扬鞭临散关。”诗人立马雄关之上，迎着阵阵秋风，俯视关下敌营，恨不能立即挥师出征，一举歼灭金兵，收复中原失地。此联以“早岁”的亲身经历为基础，表达了作者献身北伐事业的决心和理想。两句笔墨酣畅，对偶工稳，志壮情豪，且全用实词组成两幅生动壮阔的画面，抒情主人公的英雄形象跃然纸上。

第二段描写晚年的境况，抒发岁月蹉跎、壮志未酬的悲愤，对坚持北伐、鞠躬尽瘁的蜀汉丞相诸葛亮及其光照千秋的《出师表》表示崇高的敬意。“塞上长城空自许，镜中衰鬓已先斑。”五、六两句写的是当前的现实，为全诗的转折之处。“塞上长城”喻指捍卫国家的志士，南朝刘宋名将檀道济被杀时愤怒地对宋文帝说：“乃坏汝万里长城。”(《南史·檀道济传》)诗人以“塞上长城”自许，是对前四句的总结，但着一“空”字，便使上文的壮志豪情化为了泡影，苍凉悲壮，“愤”由此生。作者罢官归来，闲居乡里，揽镜自照，触目惊心，只见镜中的容颜衰老不堪，鬓发已经斑白，真是“志士凄凉闲处老，名花零落雨中看”呵！此联仍用对偶，写得极为沉痛，通过自身的遭遇，表达了对误国误民的投降政策的无限愤慨。

“《出师》一表真名世，千载谁堪伯仲间！”末二句以诸葛亮《出师表》中复兴汉室、坚持北伐的精神来激励自己，鼓舞士气，同时也是对苟且偷安、畏敌如虎、妥协投降的南宋统治集团的谴责和讽刺。“名世”，谓传名后世。“伯仲”，兄弟，引申为可与比肩。那大义凛然的《出师表》真是一篇留芳万世的雄文，千百年来哪一篇文章可以和它相提并论，对后世产生如此深远的影响呢？这里通过肯定《出师表》的传统文化价值，高度赞扬了古代名相诸葛亮的品德；同时，也从反面抨击了当朝衮衮诸公。言外之意是说：如今的当权者有谁像诸葛亮那样以国事为己任，不实现北伐中原、统一国土的理想誓不罢休呢？此联借古讽今，感情激越，悲愤之情溢于言表，对全诗作了意味深长的收束，读后发人深思。

这首七律基调是一个“愤”字，情感有起有伏，由慷慨激昂转入低沉悲壮，但一点也不显得消极衰飒。在短短的五十六个字中，熔铸了丰富的思想内容，前段气势豪迈，后段悲愤苍凉，中间两联对仗工整，场面壮阔，形象生动，前呼后应，极尽沉郁顿挫之妙，深得杜诗一唱三叹之长，是陆游爱国诗篇的代表作之一。

（喻朝刚）

小舟游近村，舍舟步归（其四）

斜阳古柳赵家庄，负鼓盲翁正作场。
死后是非谁管得？满村听说蔡中郎。

这首诗作于庆元元年（1195）十月，原题共四首，此为第四首。其时陆游年逾七旬，闲居山阴老家已达六年之久。就诗的内容和写作时间来看，这是陆游晚年大量反映农村生活的诗篇中颇为别致的一首。诗中不仅细致地勾画了乡间古朴深永的田园风光，表现出一种淡泊宁静的生活情景，而且饶有兴致地叙写了农村民众说唱作场的欢快场面。通过这种风习的生动描绘，使乡村的特有生活情趣得到了更充分的展示。应该说这中间也自然表露了陆游晚年恬淡自适的襟怀。但是，如果对本诗的理解仅仅局限于此，那显然就无法从更深意义上认识其内涵，并进而认识陆游其人。其实，本诗之妙处，在于它不仅表现了陆游闲居山阴期间，常常往来山乡，对农民的生活有较深的理解和同情，从而在思想感情上，透露出一种真切的关系；更重要的是，作者在描写农村生活的同时，借某种偶然性的契机，从一种似乎表面性的现象之中发抒出一种对历史人生的讽咏，并进而归结为一种千秋功罪何从评说的感慨。这其中或许也灌注了作者自身遭际的喟叹。因此，要真正把握这首诗，还须从陆游的生活经历中寻求解释。

淳熙十六年（1189），宋孝宗已值晚年，暮气沉沉，不仅对复国大业早已失望，而且对政治生活也感到厌倦，于是传位给儿子赵惇（是为光宗）。光宗即位之初，陆游曾连上几道奏章，劝他小心谨慎，励精图治。但光宗是一个极为昏庸无能的皇帝，宠信奸邪，纵任内宫。陆游的话对他来讲，当然是逆耳之言，再加上朝廷之上早有奸佞之辈，素来对陆游心怀不满，这时便趁机弹劾，最后竟以“嘲咏风月”为罪名，罢免了陆游的官职。然而，已过古稀之年的陆游，一方面仍旧壮心不已，矢志报国，另一方面，对官场的丑恶现象痛心疾首，恨之入骨，因而在内心深处滋生出一种宁静高洁的人生追求。所以丢官对他来说并不重要，而以这种莫名其妙的罪名进行迫害，倒使他难以淡然处之。因此，在他闲居之时，一方面欣赏着田园生活的宁静美好，体味着安适闲逸的人生，但同时并不泯灭自己内心的壮志，而且常常由自己的遭遇而生发出一种愤然不平的人生感慨。这首诗写于这种背景之下，内中自然包含着较为深沉复杂的意蕴。

诗的前两句，直写农村风光和乡间习俗。“斜阳古柳赵家庄”，该是诗题所示的“小舟游近村”的近村。古朴自然的村中景象，作者没有用许多笔墨去一一描摹，而是具有典型意义地摄取两个细节：默默西下的夕阳，历经沧桑的古柳。于是一幅乡村晚秋的画面便生动地展现出来，一切都显示出一种深沉隽永的古朴情趣。就是在这种背景中，作者进而写到人，并且很有意义地抓住了“负鼓盲翁正作场”这一具体场面，通过背鼓的盲艺人正在说唱故事，农人们云集聚会，熙熙攘攘地欣赏曲艺的情景，使得乡村生活欢乐真淳的色彩得以充分地体现，凝聚其间的恬淡而又深醇的生活乐趣就自然而然地得到了展示。而作者行游村庄，并且欣然向往，以致"舍舟步归"的缘由，似乎不难领略。从更深一层意义上讲，作者选取"负鼓盲翁正作场"这一特定场面，可能还在于他要从作场说唱的内容中寻找某种思想的寄寓。这就转入了后面两句："死后是非谁管得？满村听说蔡中郎。""蔡中郎"，是指东汉文学家蔡邕。他博学多智，擅长辞章。汉灵帝时曾为中郎，校书东观，正定六经文字。后因弹劾宦官，被流放朔方。献帝时，董卓专权，强迫出仕，拜为左中郎将。后来董卓被诛，蔡邕也被捕死于狱中。南宋时盛行的南戏，却写他抛弃父母妻室，终为天雷打死。这与其本事完全不符。所以，陆游在诗中特意感叹说："死后是非谁管得？"这句表面是讲，蔡邕死后，是非曲直全凭他人评说，自己无法做主。但作为一种历史人生的深切感叹，还寓含着一种千秋功罪何人评说的怅惘，具有深沉的历史普遍性。而具体到作者自己，联系其一生矢志报国，晚年直陈国事而获罪罢官，则不能不说其间还蕴含着一种对自身的慨伤和对现实的悲愤。这样，这首诗就不仅是单纯意义上的田园诗了，它还是陆游当时心灵的写照。

作为陆游晚年作品，这首诗既表现了作者善于即景生情，于平淡质朴的生活之中发掘出韵致天然的诗情画意，并且信手拈来，似乎毫不费力便构成一个"虽嬉笑之语，亦自有味"(朱承爵《灼薪剧谈》)的境界，同时又表现了陆游诗中一向注重于从眼前之景而探入历史纵深的表现特点。他的一些绝句如《屈平庙》、《楚城》等，似也与这首诗有相似之处，即从现实而入往古，又从往古而回归到现实，显示出意境的深远与内涵的宏丰，从而体现了陆游独特的个性风貌，所以前人称其绝句虽"不似唐人而万万不可废"(潘德舆《养一斋诗话》)。 （陆　坚　卫军英）

沈园二首

城上斜阳画角哀，沈园非复旧池台。
伤心桥下春波绿，曾是惊鸿照影来。

梦断香消四十年，沈园柳老不吹绵。
此身行作稽山土，犹吊遗踪一泫然。

这两首七言绝句，是陆游七十五岁退居故乡山阴时写的。据南宋周密《齐东野语》、陈鹄《耆旧续闻》和刘克庄《后村诗话》等书记载，陆游二十岁左右与其表妹唐琬结为夫妻，两人相亲相爱，伉俪情深。不料陆母却不喜欢这位亲上加亲的儿媳妇，终于逼迫他们离了婚。后来唐琬不得已改嫁同郡宗室赵士程，陆游也由父母包办另娶王氏，一对恩爱的年轻夫妻就这样活活地被拆散了。十多年后，陆游在一次春游中与唐琬偶然相遇于绍兴城外禹迹寺南的沈氏园。唐琬含悲忍泪叫人送过来一些酒菜，以表示对故人的无限眷顾之情。陆游呆呆地凝视着那近在眼前、远在天边，熟悉而又陌生、可望而不可即的倩姿丽影，不觉如醉如痴，"怅然久之"。他有多少知心的话儿要说呵！然而时移事变，物是人非，封建礼法，难以逾越，纵有千言万语也只能埋藏在心头。于是便怀着沉痛悲怆的心情，在沈园的墙壁上题写了一首哀婉动人的《钗头凤》词。据说唐琬读到这首词后，悲不欲生，也含泪写了一首同调之作。沈园会后，唐琬忧伤成疾，不久便饮恨离开了人世。这次婚变在陆游的心灵上留下了深重的创伤。直到晚年，诗人卜居鉴湖三山，虽然已是儿孙满堂、白发萧萧的老翁，仍然念念不忘九泉之下的故人，时常独自携杖重游沈园，寻访遗踪，触景伤情，忍不住老泪横流地写下了一曲曲爱情的悲歌。

《沈园》就是其中传诵最广的两首小诗。诗的篇幅虽短，但感情深挚，音调凄怆，如泣如诉，表达了诗人对唐琬生死不渝的爱恋之情，具有强烈的艺术感染力。

现在让我们来探索一下这两首小诗的内容和意境吧：当夕阳西下之时，古城墙上传来了阵阵哀怨凄切的号角之声。一位白发老翁独自策杖，拖着沉重的步履进入了游人已经纷纷散去的沈园之内。他摩挲昏花的老眼，仔细地察看和辨认着周围的一切。只见池苑废毁，亭台破敝，草木枯朽，沈园已非昔年的光景，它也随着岁月的流逝和人事的变迁而发生了巨大的变化。老人情不自禁地来到了园内的小桥之上，桥下一池春水，碧波荡漾，依然是那样妩媚动人。记得当年，曾在这里与我那被迫离异的爱妻邂逅相逢，从此天各一方，生离死别，“山盟虽在，锦书难托”，再也不曾见到她那宛若“惊鸿”的倩姿丽影。“惊鸿”，喻指唐琬轻盈的体态，典出曹植《洛神赋》：“其形也，翩若惊鸿。”整整四十个年头了，如今梦已破，花已残，沈园的柳树也苍老不堪，摇落飘零，花絮殆尽，毫无生机了。我已年过古稀，眼看即将化作稽山（会稽山，又名秦望山，位于绍兴一带）之土，可是每当故地重游，触景生哀，也禁不住热泪盈眶、悲恸欲绝！

这两首诗题为“沈园”，实为悼亡之作。第一首着重写景，景中寓情。诗中通过昏暗的斜阳、凄怨的角声，渲染出浓厚的哀伤气氛，从而表达了作者对唐氏的深切怀念。第二首抚今思昔，直抒胸臆，末句“犹吊遗踪一泫然”，总收全篇，点明题旨，读之令人泣下。两首小诗浑然一体，情真意切，生动地反映了陆游的婚姻悲剧及其心灵所蒙受的深重创伤，对认识封建社会不合理的婚姻制度有一定意义。因此长期以来脍炙人口，传诵不绝，是古典诗歌中的悼亡佳作之一。 （喻朝刚）

示儿

死去元知万事空，但悲不见九州同。

王师北定中原日，家祭无忘告乃翁！

陆游这首诗是嘉定二年己巳冬十二月二十九日，他逝世的那一天，在山阴家中所写。这或可称为一篇“绝命文学”。

“绝命文学”，该是一种最难创作的文字。一个人在生命垂危之际，有多少心声要倾吐，有多少感慨要抒发，有多少遗嘱要吩咐！可是陆游只用二十八个字就写出了这首传诵千古的名篇。

关于这首诗的基本内容，朱自清曾作过精要的解说：“《示儿》诗是临终之作，不说到别的，只说‘北定中原’，正是他的专一处。这种诗只是对儿子说话，不是什么遗疏遗表，用不着装腔作势。他尽可以说些别的体己的话；可是他只说这个，他正以为这是最体己的话。诗里说：‘元知万事空’，万事都搁得下；‘但悲不见九州同’，只有这一个搁不下。他虽说‘死去’，虽然‘不见九州同’，可是相信‘王师’终有‘北定中原日’，所以叮嘱他儿子‘家祭无忘告乃翁’！教儿子‘无忘’，正见自己的念念不‘忘’。这是他爱国热诚的理想化。”(《爱国诗》)

从字面上看，这首诗确实平近自然，质朴无华，率意直书，流畅如话。但包蕴宏丰，感情深挚，“孤忠至性，可泣鬼神”(吴大受《诗筏》)，极其深刻而又真切地表现了一位伟大爱国者的赤子情和生死观。诗中把个人的生死存亡与国家的安危兴衰紧密地联系在一起，把生前的逆境与死后的喜讯紧密地联系在一起，把未竟的志愿与对后代的激励紧密地联系在一起。因此，全诗具有极强的概括性，巨大的感召力。

我国古代有不少人少年壮志凌云，中年叱咤风云，一到晚年，却往往看破红尘，消极遁世。而陆游一生爱国，矢志不渝。无论为官在朝，还是致仕在野，无论时局有利，还是形势险恶，他从不计较个人的升沉利害，也不介意所受的排挤打击，“位卑未敢忘忧国”(《病起书怀》)。为了统一祖国，他始终斗志昂扬，直道而行。不因年高而改变初衷，不因贫病而忘怀素志，烈士暮年，斗志弥坚。尽管“衰发如蓬面枯瘦”(《六十吟》)，但“犹怀万里玉关情”(《书叹》)，“双鬓多年作雪，寸心至死如丹”(《感事六言》)。这首《示儿》诗，正是陆游爱国一生的形象概括。

陆游诗的爱国忧民思想，洋溢着生气勃勃的积极进取精神。他始终以战斗的姿态在逆境中抗争，自觉或不自觉地以朴素的唯物观点看待事物。他深信：“楚虽三户能亡秦，岂有堂堂中国空无人！”(《金错刀行》)他深信敌必败，我必胜：“群阴伏，太阳升，胡无人，宋中兴！”(《胡无人》)“四海一家天历数。”(《感愤》)他预示胜利，但不轻信胜利；他深信胜利会到来，但又意识到胜利道路的曲折。因此，他收复中原、统一祖国的信念至死不变，死而不已：“壮心未与年俱老，死去犹能作鬼雄！”(《书愤》)他更把胜利的希望寄托在年轻人身上，把后来人看做是统一事业的继承者和完成者：“吾侪虽益老，忠义传子孙。征辽诏倘下，从我属櫜鞬。”(《村饮示邻曲》)这首《示儿》诗，也正是陆游对祖国前途乐观自信的生动写照。

陆游《示儿》诗久传不衰，还因为它具有巨大的感召力量。在宋代，每当政治形势发生重大变化，都会有人自然地联想到它。如陆游死后二十四年，南宋和蒙古合兵灭金，刘克庄便在《端嘉杂咏》中写道：“不及生前见虏亡，放翁易箦愤堂堂；遥知小陆羞时荐，定告王师入洛阳。”陆游死后六十六年，宋被元灭，“林景熙收宋二帝遗骨，树以冬青，为诗纪之；复有歌题放翁卷后云：‘青山一发愁濛濛，干戈况满天南东。来孙却见九州同，家祭如何告乃翁！’每读此，未尝不为滴泪也”(胡应麟《诗薮》)。这种感召力量，可能还有异代相通的绵延性和穿透力。比如关向应在病中还读陆游诗，“他说陆放翁是一个豪迈的爱国诗人，他再三赞叹而且神往地背诵着陆放翁的《示儿》诗”(黄既《关向应同志在病中》)。即使在今天，赏读《示儿》诗仍感撼人心旌，启人心智，发人深省，催人奋起。 (陆　坚)

林升

题临安邸

山外青山楼外楼，西湖歌舞几时休？
暖风熏得游人醉，直把杭州作汴州！

这首诗见于《西湖游览志余》，题目为后人所加。作者林升，身名不显。据《东瓯诗存》、《平阳县志》、《西湖志》所载，其字梦屏，平阳（今浙江温州）人，生活的年代约在绍兴（1131～1162）至淳熙（1174～1189）之间。其他所知甚少。作者并不出名，而他的作品却广为传诵，这也是文学史上的一种特殊现象。究其原因，可能与文学的流播形式及其内容的深刻动情不无关系。以此诗而言，从其题目可知系题壁之作，亦可谓“墙头诗”。“临安”，即南宋都城；“邸”，旅店。一首针砭现实的作品，出现在当时政治文化的中心，并且题写在过往行人不断的场所，其流播的范围和影响不难想见。按照大致推算，这首诗的写作之时，宋室南渡已有半个多世纪，虽然图谋恢复的有识之士不乏其人，许多著名的爱国志士如陆游、辛弃疾、陈亮等，曾多次上书，直陈抗敌中兴之策，但整个南宋王朝的上层统治集团却沉溺于一种寻欢作乐、醉生梦死之中，而故国沦亡的剧痛，君臣虏辱的奇耻，渐渐被人淡忘。这一反常的现实，使一些爱国志士和血性文人感到异常心酸和愤慨。他们不但不满南宋上层统治集团的腐朽无耻，而且还从这种歌舞升平中预见到潜伏的沉重危机。此诗即反映了当时广大知识分子忧心国事的心理。

诗的前两句，写杭州秀美风光与歌舞升平的景象。“山外青山楼外楼”，突出其青山环抱的自然景致与繁华富丽的都城面貌，与下句“西湖”重叠映照，一实写，一泛写，相得益彰。但杭州西湖虽美，毕竟远离抗敌的前线，而且当年定都临安，本来也是南宋统治集团苟且偷安、消极退避思想的反映。许多爱国志士都曾上书主张迁都建康（今南京），以利恢复，但这并未受到最高统治者的采纳。从这点来讲，杭州西湖的美丽繁华，只是方便了统治集团的淫靡享乐，自然也加剧了爱国志士们内心的痛楚。所以“西湖歌舞几时休”一句，便是满含悲愤的嘲讽。陈亮当年曾在《上孝宗皇帝第一书》中讲到定都临安后，“秦桧又从而备百司庶府，以讲礼乐于其中，其风俗固已华靡；士大夫又从而治园囿台榭，以乐其生于干戈之余，上下宴安，而钱塘为乐国矣”。周密《武林旧事》言时人称西湖为“销金锅”，荒淫的统治者“日糜金钱，靡有纪极”。宋元《西湖》诗亦云：“恋着销金锅子暖，龙沙忘了两宫寒。”这都说明南宋上层统治集团苟且偷安、醉生梦死的腐朽本性。所以“几时休”三字，把作者内心的痛楚、斥责直接表露出来。随后两句切入题旨，“暖风熏得游人醉”，表面上讲那些宴乐西湖、流连光景的游人，陶醉于香风而逍遥自得。实际上这个“醉”字即是“世人皆醉，唯我独醒”的“醉”，它表明了那些忘怀故国者的可耻嘴脸。史载三国时，蜀汉后主刘禅亡国后迁居洛阳，司马昭问他：“颇思蜀否？”他笑答：“此间乐，不思蜀。”这句话后来成为讽喻偷生忘本的成语。而此诗中游人之“醉”，也正如阿斗之乐不思蜀，非但丧了志气，甚至连骨气也没有了。因此，最后一句作者忍不住痛心疾呼：“直把杭州作汴州！”“汴州”，是北宋故都汴京（今河南开封）。这句话含义丰厚，凝铸了作者满腔的感慨和激愤。诗人以此讽刺南宋小朝廷忘记了北国沦亡、偏安一隅的国耻，同时也警告统治者，当前的做法正在走上北宋亡国的覆辙。当年北宋都城汴京，也是一派繁华气象，勾栏瓦肆，昼歌夜舞，士子游人，往来如织。如今把杭州当作汴州，这样，杭州的结局将不免如汴州一样。这个结句使人深省，足以唤起国人对黑暗现实的愤恨和对收复中原的激切之情。

从表现手法上讲，这首诗运笔迂曲委婉，但内涵丰盈，十分耐人寻味。通篇立意在于讽刺南宋上层统治集团苟安东南，但又不说破。前两句先写西湖风光，通过繁华歌舞暗示出亡国痛楚，虽未直说，却比直说更加具有力度。随后言及游人，也是意味深长，结句虽然说破杭州、汴州，但也留有余韵，耐人回味。

（陆　坚　卫军英）

范成大

催租行

输租得钞官更催，踉跄里正敲门来。
手持文书杂嗔喜：“我亦来营醉归耳！”
床头悭囊大如拳，扑破正有三百钱。
“不堪与君成一醉，聊复偿君草鞋费。”

这首诗是范成大的早期作品。范成大过早地失去了双亲，挑起了家庭生活的重担。他熟悉农村，深知农民的疾苦，这是这首诗写得成功的重要原因。

这首诗有情节，情节随矛盾展开。诗的第一句揭出矛盾。矛盾的对立面是农民和官府。秋收以后，农民依照官府的要求，把辛辛苦苦种出来的粮食，送出一部分，作为租税或田赋，交给官府，官府掣给户钞作为收据。按照常情，农民此后可以轻轻松松过几天悠闲自在的日子了。但是，事情并不是这样，官府还是继续催租，不是有所缓和，而是加紧了。一个“更”字，深刻地揭露出这种不合理的现象。矛盾的性质是严重的，情节是恶劣的。官府大约以为，已交了租的农民，还有油水可以榨取。人善被人欺，这些善良守本分的老百姓，就成了榨取的对象。

第二、三、四句，展开矛盾。“里正”，乡里办事的人，官府意图的执行者。作者在给他们画漫画。你看，他们踉踉（liàng 亮）跄跄（qiàng 炝）、歪歪斜斜地走过来了，不是正经人，不办正经事。你看，他们已经来了，老百姓大约事先得到了消息，知道他们要来，关门闭户，要避开这场瘟疫，于是，他们敲门砸户，闹得鸡犬不宁。

门敲开了，里正手里拿着官府的催租文书，神气十足地进来了。这里，作者略去了许多细节，我们可以用合理的想象来补充：老百姓拿出户钞给里正看，和他们讲理，他们就是不承认，老百姓当然不服。他们大约知道这样做无济于事，于是嬉皮笑脸，以另一种姿态出现。一会儿硬，一会儿软，一会儿紧，一会儿松，两种手法交替运用：一个"杂"字，十分生动地刻画出了里正令人憎恶的丑态。老百姓当然还是不服。到了这时，主动权已经转移到老百姓方面。里正不得不步步后退，不得不亮出底牌："我到这里来，只不过希望弄到一点钱买酒喝，喝得醉醺醺地回去，如此而已。"转而乞求老百姓，赤裸裸地承认自己乃是借催租之名行勒索之实，这就进一步暴露了他们的可鄙嘴脸。

第五至第八句，写矛盾的暂得解决。

第五、六两句是客观叙述。里正开始搜索钱物了。这里略去了搜索的过程，只交待了搜索的结果：发现了"悭(qiān 牵)囊"。笔墨极为简练。"悭"，不应理解为吝啬，而应理解为节俭。农民把辛辛苦苦积攒下来的钱投进小口袋悭囊——穷家当——扑满里。作者写了这个扑满所放的位置是在床头，一则方便，一文两文钱可随时投进去，一则便于保管，天一亮，一睁开眼就能看见。这就说明扑满在农民心中所占的重要位置，符合他们的习性。写这个扑满只有拳头那么大，比喻十分生动、朴素，原来，这是一个极小的扑满，补出这个农民家的生活情况，让读者去体会。笔调十分从容。以下才写把扑满扑破。是谁扑破？作者没有说，也无须说，当然还是里正。作者仍是十分从容地写里正数钱，正好是三百文。杜甫有"径须相就饮一斗，恰有三百青铜钱"之句。这三百钱够喝一斗酒，但不能痛饮。作者在平静的叙述中，包含着对于里正丑恶灵魂的深刻鞭挞，达到了恰好的地步。

写到这里，似乎可以这样结尾：里正拿起这三百钱，扬长而去。这样写也有揭露意义，但和现在的结尾一比较，高下就立刻分出来了。现在的结尾高就高在写出了农民的幽默，而幽默是劳动人民的才能。农民并没有显示出恼怒和不满之色，而是跟里正开了一个玩笑："这点钱，不够喝一次酒，您为公事到处奔走，跑破了鞋，就拿去买双草鞋吧！"把里正打发走，送点顺水人情。农民们摸透了里正的习性，和他们打交道不止一次了。在农民的眼里，此时的里正是十足的可怜虫，在戏剧性的变化和戏剧性的场面中，里正由可憎、可恨、可鄙变得可悲。在我国古代文学作品中，这样写农民，实在是别开生面。这里，显示了范成大卓越的艺术才华，很具有创造性。

（孔凡礼）

州桥

南望朱雀门，北望宣德楼，皆旧御路也。

州桥南北是天街，父老年年等驾回。
忍泪失声询使者："几时真有六军来？"

作者于宋孝宗乾道六年(1170)奉使赴金途中，写了北征诗七十二首，此即其一。

第一句写州桥的位置。作者是第一次到汴京，给人的印象却是很熟悉汴京。他以亲切的口吻向关心汴京的南宋广大人民作介绍。"朱雀门"，汴京的正南门。

"宣德楼",宫城(大内)的正门楼。宋时称汴京为汴州,州桥之名本此。桥跨于汴河之上。据《东京梦华录》记载,州桥"正对于大内御街"。自注所说"御路",即御街,由宣德楼南去,经州桥,直通朱雀门。这里是皇帝出入经行之地,称以"天街",显示皇家的尊严神圣,不同一般。这是北宋统治期间的事。但是,在父老心中,在使者心中,这里仍然是天街;除掉原有的意义以外,还赋予了故国和京师的象征的新的含义。

第二句融主观介绍和客观叙述于一体。"年年",一年一年,年复一年,说有多长就有多长,绵绵无尽期。"年年"这一叠字,给人以沉重的压抑感。父老在漫长的岁月中,在这里等着主上车驾的回来,年年如此,月月如此。这需要有坚强执著的信念。这种信念,来源于对故国深沉、炽烈的爱。父老是一个广泛的概念,不仅包括亲身经历过靖康之变(1127)的当时的少年,而今已满头白发的老年人,也包括中年人。坚信车驾一定能回来的信念,已经在人们心中扎下了根。

这里,既是写历史,又是写现实。作者一行人到了州桥,州桥照例聚集着许多父老。于是,他们会见了。

第三、四句写会见。范成大来自南方,代表南方广大的亲人。父老们深深懂得,和亲人相见,是很不容易的事,自然是大喜事。在这个时刻,必须控制住自己的感情,必须强忍住泪水,不能因此使亲人感到过度悲伤。但是,理智有时也会失去作用,父老们还是喉咙阻塞,哭不成声。"忍泪失声",真实地刻画出了这种急遽变化着的复杂心情。他们有千言万语,要向亲人倾诉,集中到一点,就是天子的"六军"——代表国家权力的军队什么时候能回到京师来?

这里拈出了一个"真"字,十分耐人寻味。"真"与不"真",相对而言。也许,在一阵风雨过后,万里晴空,人们互相转告,王师回来了;也许,在大雪纷飞的严冬,人们不约而同地出来清扫大街小巷的积雪,迎接王师的到来;也许,他们曾经从一个又一个使者口里,打听王师的消息,使者们为了安慰父老,做过一些不着边际的许诺。这一切都落了空。他们希望能从范成大口中,得到肯定一点的答复。

这个肯定一点的答复,是无法作出的。范成大这次出使,肩负着关系国家尊严的重要使命。其中之一,就是更定受书的礼仪。原来,从绍兴和议、隆兴和议以来,金的使者至宋,宋的皇帝要从座位上下来,亲自接受金国国书,接受以后,再回到原先的座位上。宋使者至金呈递国书时,却由金国臣子转递。这是有损国格的奇耻大辱。在当时金强宋弱的情况下,提出更定的要求,要冒很大的风险。轻则和苏武一样,啮雪吞毡,重则遭屠戮。父老们提出的问题,自属无法回答。诗写到这里,戛然止住,让人们在沉痛之中深入地去思考。

写小说,讲究典型环境,写叙事诗,同样讲究。作者这首诗,大环境选择汴京,小环境选择州桥,典型意义十分强。作者在奉使过程中,写了《揽辔录》。虽然流传到现在的《揽辔录》,已经残缺不全,但仍然保存着一些感动人的场面。比如经过相州(治今河南临漳)时,作者写道:"遗黎往往垂涕嗟啧,指使人曰:'此中华佛国人也!'"作者把这些集中反映在这首短诗里,有强烈的感染作用。清代诗评家潘德舆在他的《养一斋诗话》中突出强调了这首诗的感人力量,说它达到了七绝诗的最高

境界，是很有见地的。（孔凡礼）

四时田园杂兴（选四首）

春　日（其二）

土膏欲动雨频催，万草千花一饷开；
舍后荒畦犹绿秀，邻家鞭笋过墙来。

夏　日（其七）

昼出耘田夜绩麻，村庄儿女各当家。
童孙未解供耕织，也傍桑阴学种瓜。

夏　日（其十一）

采菱辛苦废犁锄，血指流丹鬼质枯。
无力买田聊种水，近来湖面亦收租。

秋　日（其八）

新筑场泥镜面平，家家打稻趁霜晴；
笑歌声里轻雷动，一夜连枷响到明。

《四时田园杂兴》，是范成大六十一岁时在故乡吴县（今江苏苏州）石湖养病时的作品。其诗“引”自称：“淳熙丙午，沉疴少纾，复至石湖旧隐，野外即事，辄书一绝，终岁得六十篇，号《四时田园杂兴》。”

《四时田园杂兴》六十首，称得上是《石湖居士诗集》中最长的组诗，原分“春日”、“晚春”、“夏日”、“秋日”、“冬日”五组，每组十二首，反映了一年四季农村田园生活和农业劳动状况。

春耕、夏耘、秋收、冬藏，本来就是几千年来我国农民从事农业劳动的基本规律。所以，《四时田园杂兴》可以说是这一基本规律的形象说明和生动写照。虽然，田园诗不完全是农事诗，但中国毕竟是个农业大国，田园生活的基本内容仍然不能脱离农业生产。所以，就其主要倾向来看，范成大的《四时田园杂兴》无疑是我国江南农家生活和农业劳动的长篇画卷。这里选录的四首，就通过耘田、绩麻、种瓜、采菱、筑场、打稻等劳动环节的描述，艺术地再现了我国封建社会里包括风俗习惯在内的农村生活面貌的某些侧面。

《四时田园杂兴》，在元末明初时已经被公认为田园诗的佳作，但清宋长白《柳亭诗话》却引证一则记载，说宋孝宗原想叫范成大当宰相，但怕他“不知稼穑之艰难”而作罢，范氏因作《四时田园杂兴》来替自己表白。这则传说显然是无稽之谈，因为《石湖居士诗集》中很早就有《催租行》、《劳畲耕》等反映稼穑艰难和民生疾苦的诗，何况范氏是以病乞归石湖，不至热衷仕宦如此。

第一首，写春回大地，沃土复苏的农村景象。诗人写春到田间，先从农业的自然条件土地和春雨着笔。一片历冬的沃土，正在迎接着“春”的到来，沐浴着“春”的洗礼，而沥沥春雨则频频催促着大地更快地复苏。这第一句连用“动”、“催”两个动词，以拟人的手法，化静为动，让人感受到泥土的芳香和生命的跃动。接着写各种各样的奇花异草，一下子遍布开放。“万”、“千”形容数量之多，状春色烂漫。“一饷”即“一晌”，形容春色到来之快。如果一、二句是远景，那么三、四句便是近景。诗人的视线由远而近，从大地复苏，百花盛开，写到房舍前后的春光、春色。屋后本来荒芜的园地，如今也呈现出一片茁壮的绿苗。看！邻家的竹鞭也透过墙脚，在自己的园子里长出春笋来了。联系第一句“雨”字，那么雨后春笋茁壮成长的景象，更使人感受到春意盎然、生机勃勃了。

第二首，写男耕女织、稚子学种瓜的农家生活图景。白天农夫去耕田，晚上农妇勤绩麻，这是江南农村勤劳的男男女女们的共同生活规律。“麻”，指苎麻，绩麻织成夏布，既可用来裁制衣服、帐子，也可以此去换取其他生活资料，以维持农家低水准的物质生活。妙在三、四两句，年幼的孙儿虽然不知道农民耕织之艰辛，农家衣食之不易，但耳濡目染，从小就主动乐意去接受务农的实践，也到桑树阴下学起种瓜来了。这就不仅活画出中国封建社会田园式农家生活的安谧和乐趣，也写出了小农经济年复一年、代代相传的基本情调和节奏；不仅刻画出农民们的勤劳，也写出了他们的守旧和安于现状。

第三首，写农民采菱之艰苦以及他们受盘剥的情景。一开始便用明白的语言，说明采菱辛苦，以致不得不放弃田间的劳动。接着便以典型事例解释“辛苦”。菱有角，采菱人被刺得手指流血。“鬼质”，是指采菱人瘦得不像人样之意。“枯”，形容瘦。作者另有《采菱户》诗也说：“采菱辛苦似天刑，刺手朱殷鬼质青。”与此诗是同一个意思。这一句中“流丹”的“流”，既指流血，也指血流湖中，意含双关。第三句为采菱人补叙一笔，说他之所以不辞辛苦，弃农采菱，原是因为“无力买田”，才姑且去种菱的。这对于农民的传统意识，实在也是一种无情的冲击。然而，这位企图另谋出路的农民没有料想到，天下乌鸦一般黑，盘剥农民之网无时不在，无处不有。第四句“近来湖面亦收租”，就在貌似平淡的语言中，反映出农民们痛苦的悲叹，既写出了农民们走投无路的困苦处境，也透露出诗人对农民们的同情之心。

第四首通过打稻的具体描写，反映了农民们秋收后的喜悦心情。早在《诗经》的时代，就有“八月其获”、“九月筑场圃”的记载，意思是八月份收割粮食，九月份修筑晒谷场（见《豳风·七月》）。这首诗一开头讲的就是新筑晒谷场。“镜面平”这个比喻，说明晒谷场不但“新”，而且质量高。第二句写家家户户都趁着好天气打稻。“霜晴”意为：如有浓霜，即是好天气，也就是苏杭一带俗谚“浓霜晏暖热”的意思。好天气对于参加秋收的农民们至关重要。作者在《晓起闻雨》诗中就说过“刈熟人忙却要晴”的话。三、四两句写打稻农民的喜悦和兴奋之状。“轻雷”形容打稻声。“连枷”，指打稻脱粒用的农具。诗人通过自己的听觉，写出了在无垠的农村田野里，欢声笑语伴着打稻声，一夜响彻到天明。在这里，稼穑之艰难已完全转化为收获的欢欣了。

从上述所选诗中，我们大略可以看出，范成大不但远承了《诗·豳风·七月》的现实主义传统，而且发展了陶潜、王维、梅尧臣等人的田园诗内容，注入了更多的泥土和血汗的气息，并“根据他的亲切的观感，把一年四季的农村劳动和生活鲜明地刻画出一个比较完全的面貌”。因而《四时田园杂兴》，才能成为他“最传诵、最有影响的诗篇，也算得中国古代田园诗的集大成”。（以上引文见钱钟书《宋诗选注》）

（朱宏达）

杨万里

闲居初夏午睡起二绝句

梅子留酸软齿牙，芭蕉分绿上窗纱。
日长睡起无情思，闲看儿童捉柳花。

松阴一架半弓苔，偶欲看书又懒开。
戏掬清泉洒蕉叶，儿童误认雨声来。

元人刘祁在《归潜志》卷八里说：李之纯“教后学为文，欲自成一家”。晚年“甚爱杨万里诗”，并称赞道：“活泼刺底人难及也。”清新、活泼，这的确是杨万里的诗，特别是他的七绝的特点。《闲居初夏午睡起二绝句》通过闲居生活中所见的场景和自己的感受，来抒写诗人的性情，表现生活中的趣味，就比较典型地体现了这种清新、活泼的风格。

第一首写诗人午睡初醒，齿颊留酸，无聊之极，唯有从观看儿童的玩耍中得到安慰，解除闷郁。

首句即点明季节。这是一个夏日刚到不久、梅子尚未熟透的季节。“留酸软齿牙”，亦作“流酸溅齿牙”。这是写“初夏午睡起”的，因而以“留酸软齿牙”为好。午睡前吃了几颗梅子，其酸留于口颊之间，睡起时觉得牙齿发软，颇有几分难受。这些，本来都是生活中很平凡的小事，写入诗中吟咏它，岂不是入了俗套？这里不能作如是观。应当说，诗人这样写是大有深意的。因为惟其平凡方才显得“闲”，惟其小事方能现出“趣”，而“闲”与“趣”正可以看出诗人此时此刻的处境与心情，反映出诗人诙谐幽默的性格特征。

第二句写诗人的感受。“上窗纱”的“上”，一本作“与”。举目看看室外庭院里的景象，只见窗前的芭蕉，新叶肥硕，在夏日暖风的吹拂下绿得更深、更浓，如流欲滴了，几乎把窗纱映照成了一片绿色。这里的“分”字，细腻传神，有拟人化的意味，“上”字，活泼劲健，形容词动化。一“分”一“上”，语妙情妙，奇极趣极，写活了芭蕉的蓬勃生机，似乎那芭蕉在暗暗思忖：不能光是我独个儿绿得那么美呀！应该分出一些新绿到窗纱上去，让窗纱也变得清新淡雅！于是芭蕉绿、窗纱绿，两相映衬，小小的庭院顿时变成了一个立体的绿色世界。置身其中，仿佛整个身心都被浸染滋润，有一种细而湿衣似的凉意和快感。

第三句笔意一转，直抒情怀。“情思”的“思”字，读去声，这里是指诗人的情绪、心境。入夏之后，白日逐渐变长，加上闲居深院，与外界甚少往来，很容易产生郁闷、慵懒的感觉。此刻，诗人午睡起来不久，面对清幽的庭院绿色，这种感觉自然更加强烈了。所以，“无情思”三字正道出了诗人独自闲居时的心理体验，同时，也引出了诗人不甘寂寞、寻觅自然天趣的动人的一幕。

在自然界中，最能使画面显示生机的，莫过于天真烂漫、充满活力的儿童了。况且，天真活泼的稚童，常常会撩起诗人与之久已告别的童心，使之更多地体会到生活的乐趣，故而诗的最后写道：“闲看儿童捉柳花。”这里，既直接刻画了孩童追逐柳花的生动情状，又拟人化地暗示了柳花与孩童有意逗趣。瞧，柳花似乎看透了小家伙们的心思，故意升入高空，漫天飞舞，孩童呢，则被飞扬的柳絮弄得眼花缭乱，始终未能捉取，可又不愿罢休，仍在那里不停地追扑。而我们的诗人，此时正在旁边舒心惬意地欣赏着这一活泼、热闹而又充满趣味的场景哩！诗人已年届不惑，虽不能如孩童一般嬉笑追逐，然而这“闲看”之中，不正流泻着由衷的歆羡之意么！有人指出，此句乃是化用了白居易《前日别柳枝绝句梦得继和又复戏答》中“谁能更学孩童戏，寻逐春风捉柳花”的成句。其实，两者还是有所不同的。白诗是虚写，意在比喻；杨诗是实写，重在抒情。他要以自己的诗心去发掘、表现小儿之童心，并唤醒自己久睡的童心。这就愈发显得诗情洋洋、妙趣勃勃了，故能给人以耳目一新的感受。

这首诗围绕着“闲居”精心构思，前三句将“闲”隐含于句意之中，字面上没有直接地写出来。然而“梅子留酸”的体验，“芭蕉分绿”的感受，午睡之后的无聊，无不潜藏着一个“闲”字。直至第四句，“闲”字才跃出纸面，孩童捉取柳花的嬉闹打破了沉寂的环境，儿童的兴味浓足和诗人的“无情思”构成了对比，使情绪的静转化为动，但整个情味仍然是“闲”，只是此时的“闲”更深了一层，更富有韵味让人玩索。袁枚说诚斋“天才清妙，绝类李白”（《随园诗话》），此诗适足当之。

第二首写诗人步入庭院，那里清阴宜人，正可读书，却又懒得将书卷翻开。于是掬泉洒蕉，聊以自娱。它同前一首诗一样，洋溢着浓厚的情韵与机趣。

诗的发端正面写庭院，突出其灵巧与幽静的特点。古时以五尺为一弓（长度），也叫一步，“半弓”是极言庭院的狭小。庭院空间虽然不大，可这里松阴笼盖，苔藓满地，松的苍翠与苔的青碧融为一体，绿得那么浓郁，那么幽深，颇有上首诗中“芭蕉分绿上窗纱”那样的韵致。不过，细细体味，其意蕴似又远不止这些。一般说来，生长苔藓的地方，往往是人迹很少光顾、飞尘难以到达的僻静之处，是阴暗清冷的地方。诗人笔下的庭院仅为“半弓”之地，可是这里的苔藓竟如此之多，生长又如此迅速，不正反映了诗人居处幽僻、罕与世人来往的生活和淡然自得、泊乎无为的性情么！

第二句是写午睡起来以后的慵懒情形。初夏季节，正当“困人天气日初长”的时候，美美地睡一午觉，醒来后在芭蕉清影罩窗的环境中读书，这本来是件十分惬意的事。可现在，诗人却“睡起无情思”，不管是古圣述作，抑或时贤新著，他都没有兴致和心绪披览。有时，突然想到要看看书，却又懒洋洋地不愿翻开书卷。诗人在这里娓娓道来，毫不经意，一个“偶”字，一个“懒”字，用墨是何等经济传神，而形象又是何等鲜明，于是诙谐风趣、善谑爱嘲的人物似乎就出现在人们面前，令人忍俊不禁。

第三、四两句轻轻宕起笔锋，把读者的视线引开去，写出新的景象。你看，诗人双手捧起清澈碧透的泉水，漫不经心地向那芭蕉树上洒去，水珠落在宽厚的蕉叶上，发出了一阵阵滴滴答答的清脆声响，诗人被眼前这出乎意料而又趣味无穷的景象吸引了，陶醉了……然而，更使他感到怡乐的是，一群正在院外捕捉柳花的儿童被这突如其来的声音惊诧了，他们睁大着眼睛，仔细观察四周，不禁疑窦顿生：这晴朗的天空，是从哪里传来的雨水声音呢？上句着一"戏"字，表明诗人难耐闲居生活的凄清与寂寞，多么想通过掬泉洒蕉的动作来宣泄郁结于胸的种种不快，求得精神上的寄托；下句的"误认"两字，则是写出了儿童对特定物境的近乎错觉的独特感受。惟其近乎错觉，反格外显得真切而富于诗情，更能表现出儿童的天真烂漫。可以想象，当儿童们终于发现这是诗人藏在暗处故意戏逗他们时，一定会在惊诧之余发出愉快的笑声，开心的笑声。而诗人那颗寂寞的心灵正是在这充满生机与活力的笑声中获得了苏生，单调乏味的闲居生活顿时变得情趣盎然，大为增色，可谓妙哉佳矣。

杨万里的诗风着意创新，"（故）其争新也在意，而不在词，当其意有所得，虽村夫牧竖之俚言稚语一切阑入，初不以为嫌，及其既成，则俚者转觉其雅，稚者转觉其老"（赵翼《杨诚斋诗集序》）。本诗在词汇上如"一架"、"半弓"、"看书"等都是不事锤炼，摇笔即成的口语，但经过他巧妙的组合，愈发显得活泼自然，爽朗轻快。这一特点的形成，一则是因为杨万里继承了古代和当代的民歌艺术，特别是白居易、张籍和杜荀鹤等人的传统，并大量地汲取了俚语谣谚入诗；再则，他一反江西诗风，自开户牖，创立"诚斋体"，必然要唾弃语言上的博奥艰深，而力求平易浅近。正如他自己所说："不是胸中别，何缘句子新。"（《蜀士甘彦和，寓张魏公门馆，用予见张钦夫诗韵作二诗见赠，和以谢之》）

（俞浩胜）

小　池

泉眼无声惜细流，树阴照水爱晴柔。
小荷才露尖尖角，早有蜻蜓立上头。

这是一首描写初夏小池的诗作。读后，深觉诗味浓郁，景色优美，境界清秀。为什么短短二十八字的小诗能有如此的魅力呢？因为诗人凭了他艺术家的眼光摄取了大自然中的美的片段，并且将这美的片断诗化了，于是展现在读者面前的便不再是自然美的本身，而是艺术化、诗人化的自然美了。于是，它生发出了绵绵不尽的启人美感的艺术魅力。

且看诗的前两句："泉眼无声惜细流，树阴照水爱晴柔。"这是写初夏时节的自然景象。不过，诗人在这里并不是从整体角度去泛泛描述纷繁变幻的景物，而是"佳处领其要"，取最生动、最鲜明、最引人入胜的物景，构成极富典型意义的动人画面，以此体现出自然界生机勃勃的整体境界。第一句，诗人从俯视的角度勾画了泉眼、细流，是取水景，点题之“小”字；第二句紧承前句，由同一视觉描绘树阴、碧水，是取晴景，点题之“池”字。上句写的是无声之动态，呈现出一幅清幽恬淡的画面。你看，一股无声的、细长的泉流在山石之间、草丛当中蠕动着。那泉眼好像非常吝啬自己的泉流，只是慢慢地、幽幽地、小小地向外涌出。一个“惜”字，用得俏皮有趣，不但回照了“泉眼”，予泉眼以人格，还为下文作了伏笔。“问渠哪得清如许，为有源头活水来。”有了这泉眼，就有源源不断的细流，就有小池水清；有柔和的阳光，池边的垂柳才显得婀娜多姿。蓝天、碧水、绿杨、清风……这，不正是诗人要寻觅的幽雅、恬淡的境界？下句写的是无声之静态，形成一幅映丽柔美的画面。那泉水缓缓流入小池，池旁摇曳着的树荫倒映在水中，显得小池清澈如镜。一个“爱”字，顾盼之态如见，亲切之态可掬，颇具人一样的灵性与情韵。原来，树影婆娑，倒映入池水中，是因为它特别喜爱晴天的柔和阳光的缘故。这想象是多么的丰富，这笔调又是何等的浪漫！读来如临其境，韵味极浓，简直让人陶醉。

接下来，“小荷才露尖尖角，早有蜻蜓立上头”。这两句仍然是从俯视中取景，然而却别开新的景境。前句的承转自然入妙，说明诗人流连小池，观景多时。“小荷”，点观照之物，这是生长于初夏时期的一种水中植物。“才露”，点观照之时，并暗示了嫩荷出水之迟缓，颇有姗姗来迟之意。“尖尖角”，承前句的“晴柔”，表明嫩荷在初夏太阳的光照下卷而未放，刚刚露出小小的、青青的尖角，同时又逼出结句。所以，这句上下勾连极为紧密，不光起到了承转的作用，使诗层深转进，还使诗的意象更加丰满，拓开了新的境界。结句承“尖尖角”而来，是一幅特写，很像是“摄影之快镜，兔起鹘落，鸢飞鱼跃，稍纵即逝而及其未逝，转瞬即改而当其未改；眼明手捷，踪矢蹑风，此诚斋之所独也”(钱钟书《谈艺录》，第138页)。瞧，几只蜻蜓被清澈的池水和清香的嫩荷吸引了，上下翩舞。就在蜻蜓悠然贴近，伫立嫩荷尖角的一刹那间，诗人便巧妙而又快速地摄下了这一“奇趣”，将蜻蜓等荷之急切，期盼之已久，全都蕴涵其中，漾于纸面，真可谓形神兼备，惟妙惟肖。这一特写，不但使画面的空间大大扩展，而且使画面增添了无限的生机与活力，一幅独具特色的荷池蜻蜓图便活脱脱地呈现在读者的眼前。这图景不是板块的、平面的，而是错综的，立体的，所以，显得格外灵动活泼又趣味盎然，引人遐思妙想。

“诗贵清空，诗主风神。”(胡应麟《诗薮》)这首小诗正是清新空灵，风神奕奕。究其原因，主要就在诗人精于捕捉和描写自然的美景，善于将实体的自然景观艺术化。他紧紧扣住“小池”的题面，捕捉和描绘了有特色、有包孕的初夏景观——泉池、树阴、嫩荷、蜻蜓，并将其完善和谐地统一在一首小诗之中，构成清新明快的画面，构筑静谧清空、神奇灵动的境界，故而具有感人的艺术魅力。 (俞浩胜)

插秧歌

田夫抛秧田妇接，小儿拔秧大儿插。
笠是兜鍪蓑是甲，雨从头上湿到胛。
唤渠朝餐歇半霎，低头折腰只不答：
“秧根未牢莳未匝，照管鹅儿与雏鸭。”

此诗作于宋孝宗淳熙六年(1179),作者编入《荆溪集》。这年杨万里在常州任满,辞别官署回家乡吉州,途经衢州时所作。是杨万里直接反映劳动人民生活的作品。全诗富有生活气息,语言朴实,清新活泼,真实生动地描绘出一幅我国江南水乡春种大忙图,是一曲劳动的赞歌。

"田夫抛秧田妇接,小儿拔秧大儿插。"入手点题,诗法称作明起。总写插秧劳动的全景,全部过程。运用明起,主要是依据内容的需要。因为插秧,季节性很强,时间紧迫,任务繁重。因此,开门见山,直叙其事,可以节省笔墨,适合表现急促紧张的场面。诗中"田夫"、"田妇"、"小儿"、"大儿"均为实写,说明这一家男女老少,凡能劳动者,全部出动,一齐上阵,投入了紧张的插秧工作。这里要言不烦,紧扣春季插秧"紧张"、"繁忙"这个特点,突出了一个"忙"字。

诗中一连用了"抛"、"接"、"拔"、"插"四个动态行为词,将这一家不同年龄、不同性别的劳动者形象,真切生动地表现出来。小儿一株株把秧苗从田里拔出来,一束束捆好,运至水田。田夫一捆捆抛给田妇,再由大儿等一棵棵插入田中。虽然全用口语、白描,但形象传神,姿态飞动,不仅鲜明地写出了热火朝天的劳动场面,而且也表现了一家的协力同心,传达出紧张而欢快的劳动节奏,反映出乐融融的劳动氛围。艺术上,突出体现了杨万里所主张的一个"活"字。

如果说一、二两句是全景透视,那么三、四两句,作者则突出抓住"冒雨插秧",以特写镜头,另起波澜,进一步具体反映插秧的"紧张"和"艰苦"。"紧张"本很抽象,而作者别开生面地连用两个隐喻,"笠是兜鍪蓑是甲",便颇感新颖别致,活泼而饶有意趣。"兜鍪(dōu móu 都谋)",即古代出征的将士所戴的头盔;"甲",是将士们护身的铠甲。就是说:头戴竹笠,身披蓑衣的农民,俨然就是顶盔贯甲全副武装的将士。实际也就告诉读者,插秧劳动简直就是一场紧张的战斗。而"雨从头上湿到胛"一句则采用推进一层的写法,写农民披蓑戴笠,为抢时机,顶风冒雨劳作。由此亦可反映出农民那种吃苦耐劳的精神。

上文富有情趣地表现了插秧的繁忙、紧张和艰苦,接下来再怎么写?并不容易。但高明的作者,紧紧抓住农民在插秧中,忙得连早饭也顾不上吃这一典型细节,作了更深一层的描写。这里,诗人巧妙地采取了"对话"的形式:"唤渠朝餐歇半霎。""渠",他;"霎",一会儿。家里的人送来早饭,招呼他们来吃,并关切地让他们趁此也好休息一会儿。但是他们仍然弯着腰,埋头忙着干活。这里"只不答",并不只是忙,更重要的是他们正在考虑,"秧根未牢莳未匝,照管鹅儿与雏鸭"。"莳",移栽,这里指代移栽的秧苗;"匝",周,遍。"未匝",也就是还未移栽完。因此叮嘱家里的人,在这紧要关口,千万要管好鹅儿与雏鸭,以免还未扎好根的稻秧被它们糟蹋了。本篇体现了杨万里以诗歌"导其善者"、"矫其不善"的创作主张(见《诗论》),热情歌颂了劳动农民勤恳耕作的优秀品质。在艺术上,则比较典型地实践了他的"活法"。语言活泼清新,口语入诗,朴实平易。诗中把农民比作战士,将插秧比作战斗,情趣盎然。诗人善于捕捉稍纵即逝的瞬间场景,并且层层递进,注意曲折变化,善于浅意深一层说,直意曲一层说。这都增强了杨诗的意趣和魅力。

(李奎烈)

跋徐恭仲省干近诗三首

仰枕糟丘俯墨池，左提大剑右毛锥。
朝兰夕菊都餐却，更斫生柴烂煮诗。

君家诗伯老师川，解道芦花落钓船。
莫笑东湖秋水冷，近来新吐一枝莲。

传派传宗我替羞，作家各自一风流。
黄、陈篱下休安脚，陶、谢行前更出头。

这三首诗是诗人杨万里于淳熙十六年(1189)在高安任上所作，收入《江西道院集》。徐恭仲是南宋前期端明殿学士徐俯的后人，江西分宁人，事迹不详。但从杨万里这三首诗看，他是位文武兼备、品德高洁的诗人。第一首第一句通过“糟丘”、“墨池”两个典故，可以看到徐恭仲是个能饮酒、善书法的人。“糟”即酒糟，造酒所剩下的渣；酒糟堆积如山丘，可见造酒之多。诗中以“糟丘”代酒。一个坐卧离不开糟丘的人，可见其对酒的嗜好。《南史·陈暄传》中的陈暄，是个嗜酒如命的人，他曾给侄儿陈秀写信说：“速营糟丘，吾将老焉！”即要老死在酒糟堆里。杨万里借这个典故，以写徐恭仲嗜酒。“墨池”是古代大书法家洗笔砚的池。晋代王羲之临池练习书法，洗刷笔砚，池水为之墨黑。他在浙江会稽(今浙江绍兴)和江西临川都留有墨池；河南陕州有汉代书法家张芝洗砚的墨池。这里是借“墨池”以写徐恭仲善于书法。第二句用“大剑”与“毛锥”写徐恭仲既武且文。“毛锥”，指毛笔。《新五代史·史弘肇传》：“安朝廷，定祸乱，直须长枪大剑；若毛锥子安足用哉！”“毛锥”句即由此变化而来。第三句径取《离骚》“朝饮木兰之坠露兮，夕餐秋菊之落英”句意，写徐恭仲品德高洁。第四句则用一个“更”字紧承上句，递进一层，写出徐恭仲在诗才方面也有所陶冶、锻炼。“斫生柴”、“烂煮诗”与上句的“朝兰”、“夕菊”一样，都是用形象化的语词表现抽象的内容，以有形写无形，使诗中景象迭生，从而增加诗的形象美，是诗歌中常用的一种艺术手法。

如果说第一首诗只是写了徐恭仲其人，那么，第二首就写到了他的诗。首句揭示徐恭仲诗的渊源出于徐俯。徐俯字师川，号东湖，是黄庭坚的外甥，宋代诗人，名列《江西诗社宗派图录》，著有诗集《东湖集》，已佚。徐俯官至参知政事，名位颇高，又是江西诗派中人，俨然当时诗坛要人，因而，杨万里以“诗伯”(诗坛领袖)称之。次句“解道芦花落钓船”，意旨未详。徐俯诗今仅存十余首，实不足考核。按“芦花钓船”之句，盖出于唐岑参《寻巩县南李处士别业》“桑叶隐村户，芦花映钓船”句，不知徐氏与此有何关系。第三句是写徐俯在当时的冷落。据刘克庄《后村先生大全集》等书，徐俯“藐视一世，人多推下之”，“其诗零落亦多”；谢逸《寄洪驹父兼简潘子真徐师川》诗中有“东湖水落蛙声窘”句，《闻徐师川归豫章》诗描述徐俯晚年的潦倒，亦有“归来眼冷江湖秋”云云。徐俯在世时已如此，去世之后(杨万里写此诗时，徐俯已去世近五十年)的境况就可想而知了。这句写得颇见奇趣：以自然地理上的"东湖"谐作为诗人徐俯之号的"东湖";"秋水冷"既是"东湖"上自然气候的衰飒之景,又是徐俯晚年及其去世以后的冷落之景;而以"莫笑"二字提起下句。所以第四句即紧扣上句,反承其意而出,以"新吐一枝莲"一反"东湖秋水冷"的冷落景象,给全诗带来一缕生机。这句是对徐恭仲诗的赞美,也是本诗扣题之句。

第三首是杨万里对徐恭仲的教导,表现了杨万里进步的文学思想。前两句以"我替羞"三字痛斥了当时诗坛"传派传宗",即立门户、拉宗派的恶习,指出作家应该有自己的风格个性。三、四两句则勉励诗人作诗不要傍人篱下,而要敢于"出头"、创新。"黄、陈"即黄庭坚、陈师道,他们是当时风靡诗坛的江西诗派的代表人物。"陶、谢"是指陶渊明、谢灵运。"休安脚",即不要停步;"行(háng 杭)",行辈。在杨万里看来,即使在黄、陈这样的大诗人的"篱下",在陶、谢这种行辈的大诗人面前,也不要止步,而应突破其樊篱,敢于"出头"创新。

这三首绝句的内容是相互连贯的。为他人的作品作跋,先介绍其人,次及其作品,最后加以勉励,亦作跋的大致模式。这三首诗正是这样的层次关系。

从艺术上说,这三首诗都不是杨万里的上乘作品,伤之于直率,缺乏"诗眼",诗味不足。但也有其优点,如属对工整。它除了一般的对仗句(如第三首的三、四句)之外,又成功地使用了"当句对"(或称"四柱对")。如第一首第一、二句中的"糟丘"与"墨池"、"大剑"与"毛锥",皆以名物当句为对;"仰"与"俯"以动词当句为对;"左"与"右"同以方位词当句为对。第三句"朝兰"与"夕菊"为对,也是一种当句对。另一种对句法是"流水对"。如第一首三、四句,第二首三、四句,都是很好的流水对例句。这两组对句皆使用了对句中的"外转法",以下句作转折,转出一层新意,自然而劲健。但是,这三首诗的最大好处还不在于它的艺术手段,而在于它表现了杨万里进步的文艺思想。在杨万里看来,诗人要有多方面的修养。糟丘、墨池、大剑、毛锥,以至朝兰、夕菊,都是陶冶诗人应当具备的因素(第一首中心思想)。他又认为,诗人要有师法渊源,要有继承关系,但继承之中要有发展,要能在原来的旧湖中吐出新莲,开出新花朵(第二首中心思想)。他更核心的思想是:诗人及其诗歌创作,不能傍人篱下,步人后尘,而要能推陈出新,自成一家。这是一种进步的、一代胜过一代的发展的文艺史观(第三首中心思想)。宋诗的门派较多。杨万里的时代,正是江西诗派势力尚大的时代,他敢于超黄、陈而轶陶、谢,推出这种进步的文艺思想,是难能可贵的。杨万里写这三首诗的时候,已是六十多岁了,在他的诗歌创作史上,已经过了学江西、学半山(王安石)、学晚唐的历程,先是规规于宗派之下,束缚了他的诗歌创作;最后"若有所悟",转而师法自然,面向现实生活,他的诗歌创作才有了长足发展。在他的这三首诗中,也包含了他个人诗歌创作的教训与经验。这些,都是我们在读这三首诗的时候所应当注意的。 (邱鸣皋)

初入淮河四绝句(其一)

船离洪泽岸头沙,人到淮河意不佳。
何必桑干方是远,中流以北即天涯。

组诗共四首，此为其一，收入《朝天续集》中。作者于该集“自序”云：“昔岁自江西道院召归册府。未几，而有廷劳使客之命，于是始得观江涛历淮楚，尽东西之奇观。”这里所云指淳熙十六年(1189)，光宗受禅，杨万里被召入朝，任秘书监。翌年，绍熙改元(1190)，他奉命往前方去迎接金国派来的“贺正使”。

其时，作者由越入吴，经扬州，过高邮，北上由洪泽湖进入淮河。公元1164年宋金“隆兴和议”，疆界仍依“绍兴和议”，即淮水以北，大散关(今陕西宝鸡西南)以东，皆沦于金；且根据这个新的和约割让海、泗、唐、邓、商、秦六州之地，换取改称臣为侄，改纳贡为“岁币”。淮河源出河南省桐柏山，东流经河南、安徽等省到江苏省入盱眙县北三十里的洪泽湖。洪泽湖以上，河长八百余公里，流域面积十六万多平方公里。诗破题写船离开洪泽湖岸边的沙地，西行进入淮河。诗的前十一个字紧扣诗题“初入淮河”——不过，面对着江涛奇观，绿水青山，诗人兴起的是“意不佳”。这三个字虽不是诗的开头，但它也引起了如爆竹般“骤响易彻”的效果，使人不得不问：为什么竟“意不佳”呢？“君看醉中语，不琢自成文。”语言通俗，直倾情愫，却又诗味隽永，引起悬念。

通常说绝句四句结构间的关系是起、承、转、合。此诗的承转之间、转合之间，不仅“意脉不断”，且联系十分紧密。“何必桑干方是远，中流以北即天涯。”“桑干”，桑干河，永定河上游。源出山西省北部管涔山，在河北省西北部入官厅水库。雍陶《渡桑干河》：“南客岂曾谙塞北，年年唯见雁飞回。今朝忽渡桑干水，不似身来似梦来。”这个连接塞外的地方，后唐时即已归属于契丹。后唐河东节度使石敬瑭(沙陀部人)于清泰三年(936)在谋臣桑维翰等的策划下，以燕、云十六州(幽、蓟、瀛、莫等，分布于今河北省及山西省一带)之地割给契丹。北宋王朝建立后，太平兴国四年(979)灭北汉，后乘胜攻辽，包围辽之南京(今北京)，与辽军激战于高梁河(今北京西郊)，宋军大败，辽军追击至涿州而止。宋太宗雍熙三年(986)，宋军攻契丹又失败，大将杨业(又名继业)重伤被俘，绝食而死。从此桑干河这一带地方，一直是北宋的边塞之地。“中流”，半渡，渡程中间。《史记·周本纪》：“武王渡河，中流，白鱼跃入王舟中。”或称江河的中段。此指淮河北岸。“天涯”，犹天边，极远的地方。《古诗十九首》之十二：“相去万余里，各在天一涯。”这里寓意深刻，含思沉痛：北宋犹能以桑干河为边境，如今大片国土沦丧(南宋国土不及北宋的三分之二)，边境线竟从桑干河移到淮河，淮河北岸竟是不能到达的天涯了！此“天涯”与彼“天涯”却又有不同，当时北宋还曾经尝试收复失地，此时的南宋却是“长淮咫尺分南北，泪湿秋风欲怨谁？”(《初入淮河四绝句》其二)抗敌有罪，恢复无期，“咫尺天涯”之痛，岂不更令人扼腕！这种悲歌慷慨，不在陆游“呜呼，安得毛骨若此三千匹，衔枚夜渡桑干碛”(《龙眠画马》)及陈亮“尧之都，舜之壤，禹之封：于中应有一个半个耻臣戎”(《水调歌头》)之下。陆游陈词，剑拔弩张，握拳透爪，虽“可作中兴露布读”，但作为艺术精品的诗词，毕竟不是皇帝诏告天下的檄文。而这首绝句却一如杨万里所倡导的：“诗已尽而味方永，乃善之善也。”(《诚斋诗话》)

这首诗的佳处全在后二句，它无白居易“平时安西万里疆，今日边防在凤翔”(《西凉伎》)的直率，但有陆游“穷边指淮淝，异域视京雒(洛)”(《醉歌》)的悲痛，而又沉郁顿挫，且看“何必”、“方是”、“即”这些字连缀而下，何其力重千钧！

读这首诗，应并看作者写于同时的《题盱眙军东南第一山二首》七律诗的各后四句。一云：

万里中原青未了，半篙淮水碧无情。
登临不觉风烟暮，肠断雨灯隔岸明。

二云：

白沟旧在鸿沟外，易水今移淮水前！
以后年来世情了，一波分护两涯船。

这些诗句都真切表现出诗人的爱国激情，蕴藉深沉，比怒言厉色，更具艺术魅力。

（艾治平）

初入淮河四绝句（其四）

中原父老莫空谈，逢着王人诉不堪。
却是归鸿不能语，一年一度到江南。

“其二”、“其三”写一衣带水的淮河两岸成了敌国，百姓们不能自由往来，最高统治者厌战求和，排斥爱国名将，使相连的国土俨然成了南北两个世界。这首诗写作者进入淮河以北沦陷地区的情景。

“中原父老莫空谈，逢着王人诉不堪。”“父老”，对老年人的尊称。《史记·张释之冯唐列传》：“元帝辇过，问唐曰：‘父老何自为郎？家安在？’”《汉书·高帝纪下》：“上还，过沛，置酒沛宫，悉召故人父老子弟佐酒。”曾于孝宗乾道六年（1170）秋出使金国的范成大于《州桥》诗云：“州桥南北是天街，父老年年等驾回。”陆游《观长安城图》云：“三秦父老应惆怅，不见王师出散关。”韩元吉《望灵寿致拜祖茔》：“殷勤父老如相识，只问‘天兵早晚来’？”北宋亡于1127年，距范、陆、韩等写诗都在四十年以上，而距杨万里此诗则是六十三年了！这里“父老”沿用旧称，但也可看出，虽历时悠久，“遗民忍死望恢复”，他们并未忘怀故国。甚至到南宋亡后，爱国诗人刘辰翁仍想象着：“父老犹记宣和事，抱铜仙、清泪如水。”（《宝鼎现》）只是在南宋长达一百五十余年的偏安历史中，以高宗赵构为代表的最高统治者，多数走的是投降主和的路线，因此给无论淮河南北的人民带来的都是希望一次又一次地破灭。“王人”，王臣，帝王的使者。《左传·僖公八年》：“冬，王人来告丧。”这里说“中原父老”仍向“王人”诉说不堪忍受的痛苦，但也是“徒托空言”——“诉”而无用，他们渴望恢复的愿望并不能实现。“莫空谈”，即此之谓也。杨万里于高宗绍兴二十四年（1154）考取进士，后任永州零陵（今湖南零陵）县丞，识谪居永州的抗金名将张浚，张勉以“正心诚意”。他终身奉行，并将自己的书室起名为“诚斋”，自号“诚斋野客”。虽对其“无善语”（见《宋史·杨万里传》）的宰相周必大也不得不称他“立朝谔谔，知无不言，言无不尽”（《省斋文稿》），在封建社会不失为一位刚正敢言、不畏权贵的正直官吏。所以这里虽语意浅白，从这故意正话反说的“莫空谈”中，真实地表现出作者的激愤，却也正是他那“遇事辄发，无所顾忌”（周密《癸辛杂识》引）的性格的折光。

“却是归鸿不能语，一年一度到江南。”承前二句，即事抒怀。“鸿”，大雁。《诗·小雅·鸿雁》：“鸿雁于飞，肃肃其羽。”《传》：“大曰鸿，小曰雁。”“不能语”，应上“莫空谈”，语意深沉。一心归向南宋朝廷的“中原父老”，他们竟比不上能作鸟语的大雁，犹可一年回到江南故国一次。旧谓雁秋日南回，至衡阳市南衡山的回雁峰而止，遇春北返。或以陆游《枕上偶成》“自恨不如云际雁，南来犹得过中原”为喻。实际范、陆诗语虽近似，意却不尽同。《宋史·陆游传》：“王炎宣抚川陕，辟为干办公事。游为炎陈进取之策，以为经略中原，必自长安始；取长安必自陇右始。”他认为应当以关中作为根据地：“先取关中次河北”（《送范舍人还朝》）；“会看金鼓从天下，却用关中作本根”（《山南行》）。再者，陆游《中夜闻大雷雨》：“长安父老请移跸，愿见六龙临渭水。”联系《枕上偶成》“自恨”句的上二句“河潼形胜宁终弃，周汉规模要细论”，不难看出这一点。西周、西汉皆建都关中，反攻顺利，还可建都关中或长安。所以这两句的怀念中原，隐含有陆游的政治主张，与杨万里的对“中原父老”寄予同情并表示自己的愤慨有别。

宋室南渡后，宋金之间虽有几次大小战争，由于宋室的屈膝求和，更多的时候处于对峙或“和平”状态。“冠盖使，纷驰骛。”（张孝祥《六州歌头》）求和的使臣不绝于途，回来后常有类似题材以及内容的诗。杨万里此诗选题并不新颖，但他于沉痛地抒写了爱国感情的同时，表现出与“中原父老”的声息相通，亲切的同情之言，这是尤为难能可贵的。

（艾治平）

过松源，晨炊漆公店六首（其五）

莫言下岭便无难，赚得行人错喜欢；
正入万山圈子里，一山放出一山拦。

此诗见《江东集》。该集“自序”有云：“金陵六朝故国，句固未易著，又经半山品题，著句亦未易也。”王安石晚年寓居金陵，所作诗多绝句，“雅丽精绝，脱去流俗”，对偶工巧，炼字尤为精绝。盖宋诗承蔚为大国的唐诗之后，有识之士认识到“随人作计终后人”，“文章切忌随人后”（黄庭坚）。杨万里则说：“传派传宗我替羞，作家各自一风流。黄（庭坚）、陈（师道）篱下休安脚，陶（潜）、谢（灵运）门前更出头。”（《跋徐恭仲省干近诗三首》其三）。他一方面认识到半山诗在前，不易着笔；另一方面，他要自辟蹊径。上面这首诗，就是他不愿拾人牙慧，体现“各自一风流”的一首成功之作。

诗的开头如“高山坠石，不知其来，令人惊绝”（《说诗晬语》）。“莫言”，用十分坚决自信的口气，否定了“下岭便无难”的说法。对认为“便无难”的行人说，这“喜欢”是错的，是自己骗（“赚”）了自己。次句加重了前句的分量。接以具体形象的解释：“正入万山圈子里”，看，前面群山连绵，你刚从一座高山走出来，又有一座大山挡住了去路。从诗题“过”及“晨炊”等字看，是诗人“下岭”“入山”的真实感受。如电影的时而“化出”（画面隐去），时而“化入”（画面显现），创造出一个个活跃的景象，使诗极富情趣。

不过读过全诗之后，人们仍不禁要问：诗人只是在讲“下岭”（实是“下”而复“上”）学，或只是表现一种活跃的情趣么？不妨这样看：他是用“比喻”来映照某种事理，比如说大至一个国家，一个民族，以至于每一个人，都如“下岭”一样，“无难”是暂时的。在这暂时中，没有必要沾沾自喜，自我满足，应该看到越过一次“难”之后，前面仍会有“难”，不断战胜生活中的艰难险阻，才会不断前进，这就是本诗的真谛所在。

杨慎云：“唐人诗主情，去《三百篇》近；宋人诗主理，去《三百篇》却远矣。”（《升庵诗话》）南宋刘克庄和明代屠隆论宋诗的话最为直截了当：一说“要皆为文之有韵者尔”（范晞文《对床夜话》卷二）；一说“读宋而下诗闷矣，其调俗，其味短”（《由拳集》卷一二）。这些贬抑之论，归其源则在于“宋人诗主理”。其实正如李梦阳所云：“宋人主理，作理语。诗何尝无理！若专作理语，何不作文而诗为耶？”（《缶音集序》）“专作理语”，会“平典似道德论”；而“理过其辞”，则“淡乎寡味”。沈德潜称赞杜甫“‘江山如有待，花柳自无私。’‘水深鱼极乐，林茂鸟知归。’‘水流心不兢，云在意俱迟。’俱入理趣”（《说诗晬语》）。他不赞成“以理语成诗”。从创作角度看，“理”属作品内容的范畴，不能采取排斥的态度。诗要形象思维，但它不排斥作品中常有部分说理和议论。但“议论须带情韵以行，勿近伧父面目耳”（沈德潜语），即是说须有“理趣”。所谓“趣”，主要指趣味，或称情趣、意味。有的诗，“理语”本身没有审美趣味，如邵雍《生男吟》：“我今行年四十五，生男方始为人父。鞠育教诲诚在我，寿夭贤愚系于汝。我若寿命七十岁，眼前见汝二十五。我欲愿汝成大贤，不知天意而从否？”这诗超过了“皆文之有韵者耳”，而是“语录讲义之押韵者耳”（刘克庄《吴恕斋诗稿跋》）。因为它既缺乏艺术构思、形象思维，更非“情动于衷”，而“平典似道德论”。有的诗，理与趣融而为一，如苏轼的《琴诗》一类。杨万里这首诗，从说理中表现出趣味，前二句纯说理，后二句讲明原因，以朴素的语言，揭示了生活中包含的深刻哲理。自吕本中于《夏均父集序》提出“学诗当取活法”的一番议论之后，南宋张镃、葛天民、周必大等均认为杨万里诗的特色之一是“活法”。刘克庄更以抱憾的口吻说：“后来诚斋出，真得所谓活法，所谓流转圆美如弹丸者，恨紫微公（吕本中）不及见耳。”（《江西诗派小序·总序》）而诚斋的“活法”，言简意赅地说，又往往是和理与趣有着密切关系的。这首诗正体现了这种特殊风韵。（艾治平）

重九后二日同徐克章登万花川谷月下传觞

老夫渴急月更急，酒落杯中月先入；
领取青天并入来，和月和天都蘸湿。
天既爱酒自古传，月不解饮真浪言！
举杯将月一口吞，举头见月犹在天。
老夫大笑问客道：月是一团还两团？
酒入诗肠风火发，月入诗肠冰雪泼。
一杯未尽诗已成，诵诗向天天亦惊。
焉知万古一骸骨？酌酒更吞一团月！

这首诗是诗人杨万里于绍熙五年(1194)退居家乡时所作。“重九”,即重阳节,农历九月初九。古人以“九”为阳数,九月九日为两个阳数“九”相重,故名“重阳”。我国古代人有在这一天登高饮酒的习俗。这里写的是“重九后二日”诗人与朋友徐克章登万花川谷月下传觞饮酒之事。“万花川谷”是杨万里的花园名。全诗以奇特的构思写酒写月,并借以抒发感怆而豪迈之情,是堪与李白《月下独酌》等咏月诗媲美的佳作。

起笔四句,侧重写月的急于饮酒。为了显示一个“急”字,诗人于首句首先写自己(“老夫”,诗人自谓)“渴急”,而急于饮酒,以反衬“月更急”。次句即沿“月更急”之意,作具体描述:酒落杯中,渴急的诗人还没有来得及饮,而月却抢先进入杯中。“月先入”的“入”字,来得劲疾果断,既补足了“月更急”的意蕴,又直扣“月下传觞”的题旨。“领取”两句,则沿“月先入”之意加以夸张渲染:先入杯中者,不仅仅是月,而那月还“领取”了“青天”一起“入来”,因而,连月带天(即“和月和天”)一起都“蘸湿”在这杯酒之中了。这两句把月与天的嗜酒写活了;在用笔上,大挥大洒,来势凌厉,而想象尤为奇特:把明月和青天尽纳杯酒之中,即通过这样一只小小酒杯,把天体拉到人间,来与诗人争相饮酒。“天既爱酒”两句,是承上层意思进一步申述天与月都爱饮酒。“天既爱酒自古传”句,引古为证,证明天是爱酒的。《后汉书·孔融传》注引孔融与曹操书,有“天垂酒星之耀,地列酒泉之郡”的话;李白《月下饮酒》亦有“天若不爱酒,酒星不在天;地若不爱酒,地应无酒泉。天地既爱酒,爱酒不愧天”的诗句。“月不解饮真浪言”句,则批驳李白“月既不解饮”(《月下独酌》)的话,以证明月也是爱酒的。这两句一正说一反说,不仅使诗句增加了变幻,同时也加强了诗句的力度:“真浪言”(信口妄说)三字,一口否定,痛快淋漓。杨万里是爱酒的,其《止酒》诗中有“平生死爱酒,爱酒仍弃官”诸句。这里写天与月的爱酒,也就是为了写他自己的爱酒。“举杯”以下四句,写诗人饮酒、问月。月既在杯,故举杯“吞”酒,也就等于“吞”月。“一口吞”三字,直应首句的“老夫渴急”,而气势特大,是为好酒诗人传神写照的好句。在这里,诗人的浪漫气质又来了,他满以为已将月一口吞掉,但是,“举头见月犹在天”,因而大笑问客:“月是一团还两团?”笑得真率,问得奇特,想象奇巧而丰富,老诗人的嗜酒狂饮之态亦由此跃跃然于诗行之间。“酒入诗肠”、“月入诗肠”两句,紧承上四句之意,相对而出:酒入诗肠,热力发作,鼓荡如风如火;而月入诗肠,清冷晶莹,如冰如雪。“发”、“泼”二字,从诗人的感觉出发,极状酒与月入肠之后作用之大。古人认为,酒属火性,是热力和胆量的象征;而月为太阴之精,其光清冷,故有用“冰凝”、“霜缟”形容月光者,诗人杨万里在其《八月十二望月》诗中也有“鸦青幕挂一团冰”之句,且重九之后,秋月更凉,故这里以冰雪形容之。“诗肠”之中既有“风火发”,又有“冰雪泼”,因而诗人禁不住诗兴大发:“一杯未尽诗已成,诵诗向天天亦惊。”至此,诗人的兴致已推至高潮。但古人的情绪往往在这种极其高兴的时候转为感慨以至悲伤。这首诗也同样如此。“焉知”一句,以“万古一骸骨”感慨人生短暂,什么功名利禄、荣华富贵,到头来只不过是一具骸骨而已!如上所说,诗人写这首诗的时候,已到晚年,他一生坎坷,有志难展,以致被迫退居家乡长达十五六年之久，老诗人的内心是苦闷的，这在他晚年的诗中多有反映。“何以解忧？唯有杜康！”故结句说：“酌酒更吞一团月！”

这首诗的意脉大致如上。它以富有奇趣的结构，巧妙的联想，幽默、灵动而又充满活力的笔墨，表达了此时此刻热烈跌宕的思想感情。为适应表达这种思想感情的需要，全诗构思，层次曲折，辗转多姿。周汝昌先生在解释这首诗的时候曾这样说：“你看，这样的诗，是不是大艺术家的一种‘绝活’？评家说他‘笔端有口’；其实，‘口’又有几个是这般的妙口？看他横说竖说，反说正说，所向皆如人意，又无不出乎人意，一笔一转，一转一境，如重峦叠起，如纹浪环生。”（《杨万里》，见山东教育出版社《中国历代著名文学家评传》第三卷）诗人自己对这首诗也是很欣赏的。宋罗大经《鹤林玉露》记载：“杨诚斋《月下传杯诗》云（诗略——引者）：余年十许岁时，侍家君竹谷老人谒诚斋，亲闻诚斋诵此诗。且曰：‘老夫此作，自谓仿佛李太白。’”这不是诗人的自吹自擂。宋末的大诗人刘克庄也这样说：“放翁，学力也，似杜甫；诚斋，天分也，似李白。”（吕留良《宋诗钞》引）杨万里是位才气横溢的诗人，确实此诗风格逼似李白，且又能落其皮毛，自出机杼，富有自己的个性。拿这首诗来说，与李白的《月下独酌》等咏月诗相比，谁又能说在李白之下？（邱鸣皋）

朱 熹

春日

胜日寻芳泗水滨，无边光景一时新。
等闲识得东风面，万紫千红总是春。

此为著名的游春诗。起句叙事，由“胜日寻芳”知是春时出游，正切题面。由“泗水滨”知所游地点，语近意远。第二句承上写寻芳所见，春光如海，无边无际，着墨少而意境开阔。“一时新”之“新”字结得好，既写出春来万物欣欣向荣，气象一新，又写出风光满眼，游人耳目一新，景中有情，使人如身历其境。第三、四句进一步点缀春光，并融情入理，赋以理趣，耐人寻味。“等闲”，心境安恬闲适，悠然自得。只有这样，才能倾听到春的韵律，体察到春意盎然。东风面即春风面，此句化用杜甫诗“画图省识春风面”（《咏怀古迹五首》之三），杜诗原是形容王昭君美丽的容貌，此文状春景妩媚。末句绚丽斑斓，气势博大，寓赞叹于议论中，以寻芳而识得之真谛点明题旨。此为历代传诵之名句，后人不断赋予新意。

朱熹教人读诗文，须要自得言外之意，须要看得其精神所在。其门人沈僩曾记录乃师晚年所云：“晓得文义是一重，识得意思好处是一重。若只是识得外面一重，不识得他好底意思，此是一件大病。”（《朱子语类》卷一一四）同样的道理，如果我们对朱熹此诗仅作文义上的理解，那只是识得外面一重，未看到其精神所在。人们知道，泗水流经曲阜，孔子曾在此聚徒讲学，后人以此代表儒学。在南宋时其地为金人所据，朱熹不可能在此游春。诗写寻芳，固然为欣赏大好春光，但也有探求儒学精义之寓意。他认为：孔门之学以求仁为先，仁为事理之原，万事之本。仁是温和的阳春之气，故曰仁如春（见《朱子语类》卷六）。因此此诗的言外之意是说：仁为万紫千红之本，世事万理之原。至于如何求仁，他强调涵养功夫，其《答方伯谟》有云："惟其平日有涵养之功，是以发见著名而扩充远大。"诗中云等闲始能识得仁，就是这个意思。

轻薄艺文是宋理学家的通病，唯朱熹无其失。此诗写景状物，浑然天成，清新明快，诗意荡漾。他通过比兴手法，写出自己的心情、思想和气质，表现出一个哲学家、教育家独特的个性。正如黑格尔老人所云，作家表现了"这一个"。

（周义敢）

观书有感二首

半亩方塘一鉴开，天光云影共徘徊。
问渠那得清如许，为有源头活水来。

昨夜江边春水生，蒙冲巨舰一毛轻。
向来枉费推移力，此日中流自在行。

第一首，首联从字面上看，是着意写方塘景致。方塘半亩，不是很大，但它像深澈明净的镜子，映现着飘忽的云影，映现着寥廓的天宇。游云舒卷自如，千形万象，闪耀浮动，似是顾怀流连。诗人所展示的方塘胜景，使人心灵纯净，心胸亦随之开阔。在此之前，有不少诗人已写过方塘，如刘桢云："方塘含清源。"（《赠徐幹诗》）温庭筠云："皎皎方塘菡萏秋。"（《题崔公池亭旧游》）诗人的父亲朱松，也留有名句："方塘荫瓦影，净见鲂鲤行。"（《寄题叔父池亭》）这些诗句虽然写出水清如镜，净见游鱼，但都不如此首能写出水的明澈清深。试想不如此，怎能映现出天光云影？怎能充满着诗情？以下二句是诗人自问自答。先问"渠"即方塘为何这样清深？回答是由于源清流洁。源头是纯净的、活泼泼的长流水，池水自然常保清深，永不污浊。这"源头活水"一语，比之刘桢的"含清源"，更有动感，更为浏亮。

然而，诗题是《观书有感》，诗人写方塘并非描摹景物，而是以此作比喻写读书心得。方塘可领会为方寸心地，所写的深澈明净，云影徘徊，天宇寥廓，是诗人读书后心境明阔的形象表现。在当时，理学风气率多高谈心悟，轻视读书。诗人书此为矫其弊，劝人勿坐谈空妙，应多读圣贤书。他认为：圣贤之心已见于六经，读书为求圣贤之心，必须做到心静、心宽、心虚，排除杂念，然后才能懂得文理，涵养德性本源。一部《朱子文集》，重要的内容之一，就为反复说明这个道理。例如他在《答黄仁卿书》中写道：读书"皆要放开心胸，令其平易广阔，方可徐徐旋看道理，浸灌培养，切忌合下便立己意"。而且，读书须持之有恒，使书理像那活水畅流，源源流入人们心中，使之善知善能，心明如镜，洞察万物。进而言之，这"源头活水"还有止本清源的寓意。他认为：道是文的根本，文是道的枝叶。圣贤文章皆从此心流出，文便是道。人们常读圣贤文章,正本清源,才能除去私意,行不离道。当时儒者溺于禅学,儒释合一,骈肩接迹。朱熹识禅甚深,排禅尤力,故竭力倡导读书,以圣贤之道正本清源。他的这首读书诗,正是他的读书主张的艺术表现。

第二首同样采取拟物喻理的比喻手法。诗人从写景入手,昨夜春雨滂霈,千溪万流汇入大江,往日费尽力气也推不动的搁浅的巨大战舰,今日却轻如鸿毛,在江中轻快地自由地行驶了。诗人拟物喻理,喻的是什么理呢?历来诠释不一。一曰,诗人通过观书,明确了人们做事要懂得客观规律,不能蛮干。蒙冲巨舰在大江大海中才能自由航行,在浅水中就寸步难移。如果违反了这一规律,想凭人力去推巨舰,那就愚不可及。聪明的办法是输送一江春水,为成事创造必要的条件。二曰,诗人借"春水生"喻"学识增长,能力提高",借"蒙冲巨舰"喻艰难的工作,借"一毛轻"、"自在行"喻变难为易。诗人劝人勤奋学习,有致知之功,始有力行之实。三曰,诗人思索某一问题,长期不得其解,在读某书时得到启示,豁然开朗,故欣然命笔。上述诠释虽有不同,但均未离原诗,言之成理,不知何者更符合作者的原意,也许是兼而有之。盖成功诗作,意蕴丰厚,思理深邃,读者见智见仁,各有所得,正不必刻板以求胶柱而鼓瑟也。

用诗歌形式来写读书心得,古来人数不少,但往往写得滞泥枯槁,索然无味,成功之作不太多。而朱熹的这二首诗历来备受赞誉,盛传不衰,其成功的秘密即在于寓理于情,融理入景,使强烈的诗情、生动的形象与深刻的哲理交融为一。他是著名的哲学家、教育家,对读书具有真知灼见,具有丰富的经验和体会。他又是富有文学素养的诗人,善于通过形象来表达自己深刻的识见和独特的个性。诗人巧于设喻,出言机趣横生,充满诗情画意,言有尽而意无穷,引人思索,给人启迪。

(周义敢)

叶 适

赠高竹有外侄

娶女已为客,参翁又别行。
相随小书卷,开读短灯檠。
野影晨迷树,天文夜照城。
须将远游什,题寄老夫评。

这是叶适的一首赠别诗,是作者为他的外侄高竹有将远行而写的。诗的开头是:"娶女已为客,参翁又别行。"是说,你在作客中结婚,现在又向我拜别远行。"参",谒见,凡下之见上称参。"翁",是作者自称,与下文"老夫"同。有人把"外侄"解释为"女婿",说从这两句可以看出高竹有入赘叶家。这是没有根据的。其实,对姑夫或对母服内的兄弟,均可自称外侄,不必故作深究。这里,作者开门见山地指出其外侄又将远行。这既表明了高竹有常为客游，又体现了作者对高的关怀。“已”、“又”二字就充分地流露出作者不忍其离别之意。同时，这两句也为下文作了很好的铺垫，下文的展开与发展，都是由此而来的。那么，高竹有这次远行，作为一个长者的叶适究竟持什么态度？有何吩咐呢？三、四句写道：“相随小书卷，开读短灯檠。”意思是说，您这次随身所带的是一些薄薄的书籍，希望你在灯下认真开卷读书吧！“书卷”，即书籍。古书多作卷轴，以便卷藏，故称“书卷”。“灯檠”，即灯架，实指灯。这是作者以长者的口吻对外侄的叮嘱与期望。言简意深情切。从它里面可以看出：第一，高竹有这次远行，不是游宦，而是游学，不然，就不会随身带书以及作者嘱其“开读短灯檠”了；第二，高竹有非富有之家，所以，远行而“相随”的只是“小书卷”，而非仆马随行，行装满车；第三，体现了作者希望外侄读书以求出路，走学而优则仕这条路。确实，在封建社会里，一般知识分子也只能如此。除了读书应试外，再无别的道路可走。这两句充分表现出作者对其外侄的前途的关怀，总希望他学有所成。看来，作者对外侄的关怀是无微不至的，连旅途之苦也想到了。五、六句就很明显地表现了这种思想感情：“野影晨迷树，天文夜照城。”这是说，你早晨就走在树影迷茫的旷野中，到了晚上月亮、星星普照了才在城中住宿。所谓“天文”，指日月星辰等一切自然现象。乍看，这两句是景物描写，实则是虚拟之笔，是作者设想其外侄在旅途中早行夜宿的情景，用这一虚拟之景来展示出外侄行旅的孤寂、疲劳和愁思，同时也展示了自己对外侄的关切与留恋。含蓄蕴藉，韵味盎然。这种艺术手法，在送别诗中是常见的，如王维《送韦评事》的“遥知汉使萧关外，愁见孤城落日边”，是虚拟韦某出萧关之后的情景，既显示出朋友心中立功与怀乡的矛盾，也表达了作者自己对朋友的关切和同情。王昌龄《卢溪别人》的“行道荆门上三峡，莫将孤月对猿愁”，也同样是这种写法。结句又从另一侧面表现出作者对其外侄的殷切期望：“须将远游什，题寄老夫评。”——你须把在远游中所写的诗文，寄给我仔细为你评骘。“远游”，是《楚辞》的篇名，内容是抒写离乡远游的悲凉情绪的。但这里的“远游什”与此无关，只是借指远游中所写的诗文而言。这两句进一步反映了作者是多么关心他外侄的学业呀！外侄远出游学，还要他把诗文寄回评点，如果不是极其渴望他的进步与成就，何至于此？其殷切之情，溢于言表，如实地表现了一个长者对晚辈的指点、扶持和爱护。而这两句又是和三、四句相照应，有跌宕生姿之美，前后呼应之妙。

全诗用自然平易的语言，表达深挚恳切的感情。在表现手法上，看似平淡无奇，实则委婉曲折。或是含情于景，妙合无垠，如“野影”二句，写的是旅途景色，却使读者自然而然地从中体味出他外侄在旅途中的孤单寂寞、漂泊无依之苦。或是以叙述之笔，写殷切之情，如“相随小书卷，开读短灯檠”和结尾两句，在直接叙述作者对其外侄的叮嘱中，曲折地展示了他对外侄的学业、仕途的殷切关怀。可以说，直中有曲，平中见奇，是这首诗的一个艺术特色。

（郑孟彤）

姜夔

过垂虹

自作新词韵最娇，小红低唱我吹箫。

曲终过尽松陵路，回首烟波十四桥。

元人陆友《砚北杂志》记载："小红，顺阳公（即范成大）青衣（家妓）也，有色艺。顺阳公之请老，姜尧章诣之。一日，授简征新声，尧章制《暗香》、《疏影》二曲，公使二妓肄习之，音节清婉。姜尧章归吴兴，公寻以小红赠之。其夕，大雪过垂虹，赋诗曰……"这就是这首诗的写作经过。那是宋光宗绍熙二年(1191)除夕，诗人携小红由石湖范成大家乘船回湖州，船过垂虹桥所作。所以，题为"过垂虹"。"垂虹"，即垂虹桥，北宋时建，在今江苏省吴县。桥东西长千余尺，前临太湖，横截松陵（吴江县的别称）。此桥清代已废。

前两句："自作新词韵最娇，小红低唱我吹箫。"意思是说，我自己新写的《暗香》、《疏影》两首词，声调柔婉优美，小红低声歌唱着，我从旁吹箫伴唱。"小红"，即范成大赠给诗人的那位歌女。佳丽轻启樱唇，婉转低唱，诗人以抑扬的箫声伴奏，娇柔的歌声与婉转的箫声在夜空中悠然地飘扬，打破了雪野的寂静。这里由记事反映出诗人的风流潇洒，悠然自得。

后两句紧承上联，摹写"过"字，"曲终过尽松陵路，回首烟波十四桥"。二支悠扬的歌曲弹唱已了，船已经走过了吴江县这一段路程；回头遥望那一座座画桥，都已消失在渺茫的烟波之中了。"十四桥"，泛言船所经过的画桥之多。试想精于词曲的诗客，携同歌喉婉转的红粉佳人，于静寂的雪夜中，乘坐画舫，一路你唱我和，飘然地驶过一洞洞画桥，回想来路一派烟波迷茫。新词、娇韵、轻歌、烟波、画桥，一系列幽美的声韵，美妙的环境，萦绕着潇洒的骚客，娇小的歌娃，交织成一幅多么优美的雪宵夜航图，从而反映出姜夔的清客形象和骚雅情致，韵格颇为幽美。

全诗语言自然而清新，像是随口而出，明白如话，意象清隽而洒脱，韵味悠远，能给人以轻松愉悦的美感享受。（郑孟彤）

除夜自石湖归苕溪（其一）

细草穿沙雪半销，吴宫烟冷水迢迢。

梅花竹里无人见，一夜吹香过石桥。

今人论唐宋诗的区别，不外乎说：唐人重情，宋人尚意；唐人重风韵，宋人重骨力；唐人浑成，宋人做作。从大体上说，也可以这样看待。但不能一刀切，唐人尚意，以人工骨力取胜的如韩、孟辈不在少数。宋人诗也尽多是情韵悠扬，语言自然，不属瘦硬一路的。

姜夔是大词人，也是名诗人。诗从江西派入，但完全摆脱了江西派余习，同时代的杨万里就很推重他。他诗中的五言古诗，还有些江西派影响，但写得极好，不是曾几、吕本中等所能及。最好的是七绝，风格高秀，几乎超出于陆游、杨万里之上，风调略近范成大，也较胜范一筹。当然，这都是就艺术方面说的。姜夔不做官，曾在范成大石湖别墅中做过一段时间的清客，临别时，范成大还把自己的家妓小红赠给他。《除夜自石湖归苕溪》诗一组，就是在归家途中所写的。苕溪在今浙江省吴兴县。这是组诗中的一首。第一、三句都点明节候，第二句点明石湖，石湖离苏州城与灵岩的吴宫俱不远。起二句就有远神，似乎从杜牧诗“青山隐隐水迢迢，秋尽江南草未凋”化出，而颠倒了次序。诗句之妙，在后两句。梅花之佳，不是从视觉中去写，而是从嗅觉中感到。梅花藏在竹里，所以不是目睹，而竹是梅最好的衬托，所以苏轼就有“竹外一枝斜更好”的名句。“无人见”，更体现幽寂孤独的境界。梅花之韵味，更在于香，第四句就突出了梅花之香。“吹香”之“吹”，把梅花写得富有人情味，好像是特地为诗人而吹的，吹了一夜之香，就令作者发生异样强烈的感觉。“过石桥”，分明是向作者船上吹来，情意就在言外，耐人咀嚼了。这样的诗，就是旧时诗评家所谓神韵，是要读者自己去领会的，但也不是什么玄虚得难以捉摸，还是可以进行分析的。王安石有一首《天童山溪上》七绝，末二句为“溪深树密无人处，唯有幽花渡水香”，可能是姜诗的蓝本，但王不及姜，因王浅露而姜幽复。

刘熙载《艺概》说：“姜白石词幽韵冷香，令人挹之无尽，拟诸形容，在乐则琴，在花则梅也。”又说：“词家称白石曰白石老仙，或问毕竟与何仙相似？曰藐姑冰雪，盖为近之。”这席话，移来品评此诗，再确切不过了。（钱仲联）

翁卷

野望

一天秋色冷晴湾，无数峰峦远近间。
闲上山来看野水，忽于水底见青山。

对“永嘉四灵”的诗歌，如果孤立地看待，确有取境太狭、诗格较弱的缺陷。但如果从宋代诗歌的发展进程看，南宋学步黄庭坚的众多诗人形成了江西派末流，“四灵”的出现，使人们犹如从书卷堆里走出，一眼看到了户外的青山绿水，显得那样清新自然。翁卷的这首诗即以空诸依傍，全用白描的手法，表现了一种寄情山水的闲逸萧散之趣。这类诗确也在另一层面上满足了人们的某种审美需求。

“一天秋色冷晴湾”，起句冲口直出，描状了天高云淡、千山落木、秋水澄明的一派秋景。诗人是在野之士，无案牍劳形，少俗务缠身，在寥廓的山野中信步闲游，是以对无所不在的秋色能够详观尽察。当然对所见又不可能逐一写来，故用“一天”

将所见所感予以囊括。“一天”又嫌空间太阔，故诗人又用一湾清水来映现这一天秋色。其中的“冷”字，写出了暮秋凉爽生寒的气候；同时，又把秋野的寂寥空旷、了无嘈杂的静态写了出来。

“无数峰峦远近间”——诗题既是“野望”，则郊野的层峦叠嶂便入目而来。远处是山色青青，再远处，山色与蓝天融为一体，近处则是层峦交错，轮廓分明。诗人用“远近间”将山色的层次美描画得格外清晰。两句一写秋意，一状山色，对“一天秋色”衬以绵延无尽的“峰峦”，这一秋景更觉高爽阔远。

“闲上山来看野水，忽于水底见青山。”诗人悠闲漫步，登上山顶，无意间忽然看到，在山下一片明澈如镜的水面上，倒映着青山秀峰，诗人所喜爱的山水在此合而为一，这一“忽”字，传出了诗人的惊喜愉悦。黄庭坚在《雨中登岳阳楼望君山二首》中曾感叹：“可惜不当湖水面，银山堆里看青山。”从水花白浪中看青山沉浮，确有一种动态的山水美。而这里，诗人从一泓清泉中看到青山的倒影，山在水中，水中有山，山光水色交相辉映，恰如电影中定格的特写镜头，呈现出一种静态的山水美。这对于幽独淡泊、喜好清静的诗人来说更觉情趣盎然，别有会心。同时从字里行间，又显现出诗人的一种萧散疏放的意绪，闲云野鹤般的风神。

全诗在构思上，化大为小，变远为近，将阔大深远之秋光，变成易为视觉所烛照的景观，将深秋的远山近水一收于“野望”的视野之中，别有一种清秀潇洒之趣。

（艾思同）

乡村四月

绿遍山原白满川，子规声里雨如烟。
乡村四月闲人少，才了蚕桑又插田。

“永嘉四灵”善写山水田园村野小景，“四灵”之一的翁卷所写的《乡村四月》，是田园村景诗中流传很广的一首。

“绿遍山原白满川，子规声里雨如烟。”这两句如同彩色照片，将一幅典型的南国乡村初夏烟雨濛濛的风景画面展现在人们面前。翁卷家居温州，曾登乡荐，但一生未仕，终于布衣。这种生活际遇使他对江南水乡的风土人情至为熟悉，观察、感受得非常精细，形诸笔端，用词造语也就十分精当，传神。江南四月，雨水充足，草木茂盛，气候非常适宜农作物生长，满山遍野郁郁葱葱，而地势低洼的地方积满了雨水，一片汪洋，洁白如镜。因此诗人描状“山原”用“绿遍”，形容水色用“白满”，把山原水乡色彩幽美的景色鲜明地描摹出来。如果说第一句是静景，那么，第二句则写了声响和动景。子规是候鸟，初夏时节常是昼夜鸣叫；江南的四月，又正值梅雨季节，多是细雨濛濛。试想，在白绿相间的原野上，从轻烟淡雾般的细雨中，传来子规声声，催人插秧种稻，这是一幅多么幽美的水乡风情画。

“乡村四月闲人少，才了蚕桑又插田。”这两句承上而来，点破诗题，借助前两句的环境铺设，田家的不误农时、辛勤劳作更有了具体的场景和生机盎然的气氛。前两句状自然之美，后两句写农事繁忙。“闲人少”，见出农事的紧迫繁忙，家家老少出动。“绿遍山原”与“蚕桑”前后呼应；“白满川”、“子规声”与“插田”紧密契合。全诗纯用白描，脉络贯通，明白如话，格调清新淳朴，是一首吟咏江南农家小景的佳作。（艾思同）

徐玑

新凉

水满田畴稻叶齐，日光穿树晓烟低。
黄莺也爱新凉好，飞过青山影里啼。

徐玑是南宋“四灵”诗派作家之一。做了几任小官之后，便弃官退居故乡，“自卜西南宅，始闻幽赏多。山供映门树，水献卷帘荷”（叶适《徐灵渊挽词》）。叶适的诗句反映了他晚年寄情田园山林的高雅情趣。在四灵诗人中，徐玑以七绝见长，新颖灵巧，圆美自然，此首可作代表。题为“新凉”，自然是指由夏入秋，初见凉意。但诗人并不胶柱于题，而是抓住这个季节景物最主要的特征，即摄取清晨中最引人入胜的一刹那的郊原风物，加以突出的表现。首先映入眼帘的是水满田畴，沟浍皆盈，寓示着在此之前刚下过大雨，一雨便入秋，田野上凉爽宜人。雨后的庄稼、草丛、树木，更加青翠秀润，晚稻即将分蘖抽穗。雨后晨曦，更是耀眼明丽：它透过树丛，如碎金贴地，斑斓交错；它透过烟雾，缥缈浮游，灿如彩虹。诗人体物入微，抓住特定环境中事物的特质，只是淡淡几笔，就描绘出这幅江南农村早秋图。它安谧宁静，清新悦目，色彩鲜明，而基本色调则是涵盖一切的绿。此时原无雨，空翠湿人衣，只要人们身历其境，都会有这种感受。

然而这样写，不是太寂静了吗？读者大可不必着急，因为诗人自有安排。这就引出了以下黄莺也爱新凉的名句。诗人爱黄莺，在他的诗集中，屡见题咏，但写得最好的，则是此首。他通过黄莺飞鸣来点明题旨：经过赫赫盛夏之后，人们新感凉意，那种沁人心脾的快意，释烦解闷的喜悦，不觉油然而生。人们熟知，黄莺这一娇小玲珑的精灵，鸣声清脆圆啭，飞时迅若流星；它爱幽静，尤其是广阔的田野，茂密的山林；它爱湖光山色，自由的蓝空，常以飞翔伴着云霞和彩虹；它爱乍晴乍雨，歌声中常和有细雨和宿露。因此，“飞过青山影里啼”，简直是神来之笔，它使前面几句顿时都活跃起来，江南早秋图更富有生气了，近处、远处、高处、低处，世间万物霎时都沉浸在这令人快意的绿色的新凉之中了。

凡是真正的诗人，都能体贴物情，都是在物我交融的陶醉中进行创作的。在此诗中，诗人并未直接出场，他的个性、情趣和胸中丘壑，是通过黄莺来表现的。他急流勇退，与世俗相忤，视官场为网罗，就只能回到大自然中去，觅取心灵滋养，获得精神自由。随着时代的发展，这种田园牧歌，其思想意义也许会缩小，但作品所描绘的自然淳美的光彩，将永远给读者带来淡怀逸致的美感。无论如何，爱美是深深植根于人们心灵深处的品质。

这首诗具有写意画的艺术效果，即诗中有画。本来绘画反映生活以颜色和线条为媒介，具有诉诸视觉的具体形象，可使视者直接感受到。诗歌反映生活以语言为媒介，而语言并没有可以被人直接感受的形象。诗人在创作此诗时，选择带有具象性的语言，表现初秋江南农村景物的主要特征，唤起读者的联想和想象，使读者在自己头脑中形成具体的农村图景。这虽然不是实在的，可以触觉的，但它的丰富多彩，它的生动活泼，又有绘画所不能达到的效果。这也是此诗盛传不衰的原因。

（周义敢）

赵师秀

约　客

黄梅时节家家雨，青草池塘处处蛙。

有约不来过夜半，闲敲棋子落灯花。

赵师秀（号灵秀）与徐玑（号灵渊）、徐照（号灵晖）、翁卷（号灵舒）合称“永嘉四灵”。他们作诗以晚唐贾岛、姚合为宗，追求野逸清瘦的情趣；反对“诗词高胜，要从学问中来”（见《苕溪渔隐丛话》前集）的江西诗派。赵师秀的诗，风格清新、自然，《约客》是他流传较广的一首代表作，诗写主人期待客人的心情，细腻动人，颇富情趣。

头两句是说，刚入初夏的黄梅时节家家户户都为烟雨所笼罩着，长满了青草的池塘处处都有田蛙在鸣叫。在江南地区到了初夏黄梅子将熟的时节，阴雨连绵，少见晴天，上句写的就是这种情景。所谓“家家雨”，实际上是到处都阴雨的意思。这里的“家家”与下句的“处处”是互文见义的。由于雨水充足，经春入夏，池塘边的草长得一片青碧，水田里的稻秧也已转青。所以，这时候池塘边水田里，阁阁的田蛙声处处相应。下句写的就是这情况。可以说，这两句写的是家居郊外，江南初夏夜里的情景。从表现手法来说，是以闹写静。因为在深夜里发出的声响，更给人一种幽寂凄清之感。所谓“蝉噪林逾静，鸟鸣山更幽”（王籍《入若耶溪》），就是这个道理。上句与曾几《三衢道中》的“梅子黄时日日晴”句在语法结构和取材上基本相同，但所表现的景况却不一样，恰好是相反的。赵作是雨天，曾作是晴天。原因是两者心境不同，所以，同是黄梅天气，两人所剪裁和感受各不一样。而这种借雨声来表现寂寞愁思、烦闷无聊的情绪，在古典诗词中并不少见。如何逊《临行与故游夜别》的“夜雨滴空阶，晓灯暗离室”，是借滴在阶台上的雨声来写离别的烦闷情怀。下句与曹豳《春暮》的“青草池塘独听蛙”句的取材几乎一样，同是写“青草池塘”和鸣“蛙”。但两者给人的感觉又稍有不同。赵作勾画了青草池塘边到处是蛙声相应的景况。尽管在它里面含有主人公寂寞无聊的情绪，但并不明显，须联系下文才能看得清楚。曹作却是着重于勾勒一个静听青草池塘的蛙声的孤独形象。借蛙声写闲愁的固然是有，但借蛙声以写乐的，在古典诗词中也不乏其例，如方岳《农谣五首》中的“漠漠余香着草花，森森柔绿长桑麻。池塘水满蛙成市，门巷春深燕作家”，写大地上花草飘香，桑麻嫩绿，池塘水满，蛙声阵阵，燕子筑巢，万物各得其趣。辛弃疾《西江月·夜行黄沙道中》的“稻花香里说丰年，听取蛙声一片”，是通过蛙声来写欢乐的丰年景象。

上两句写的是一种寂寞的惹人烦闷的环境气氛，为下两句起反衬作用。下两句：“有约不来过夜半，闲敲棋子落灯花。”这点明了题旨，使前两句所写的景物、声响有了着落。原来诗人与朋友有约前来下棋。可是因阴雨所阻，朋友不能践约，夜深了，诗人已等得不耐烦了，便无意识地独自敲打棋子，震动了桌子，使灯花被震落了。上句，写出了诗人久候的烦闷心情和时间之长。“有约不来”，分明是因黄梅阴雨所阻，而诗人仍等候到夜深不寐，表明其期望之殷，想念之切。但这只是读者联想而得之。下句，却把诗人的烦躁情绪形象化了。诗人失望而烦闷不安的心情通过“闲敲棋子”这一具体动作来表现，形象生动。一个人是下不成棋的，只因无从对下，才“闲敲棋子”。棋子是不用来敲打的，而他却闲得无聊地敲打棋子，不正是体现了他在孤独中的苦闷、烦躁的心情吗？“闲敲棋子”以至于“落灯花”，也表现了“闲敲棋子”并非偶尔一次，而是频频为之，不然何至于震“落灯花”呢？“落灯花”又说明了灯芯燃久，候客时长，含而不露，耐人寻味。

这首诗前两句是写室外的环境气氛：阴雨连绵，青草池塘，蛙声一片的夜景；后两句是写室内情景：孤灯独对，夜深不寐，无聊敲棋。前两句的雨声、蛙声所构成的热闹声响，正和后两句的孤灯独坐的寂静氛围形成鲜明的对照，从而更深刻地表现了诗人的落寞中翘盼的情怀。

（郑孟彤）

戴复古

夜宿田家

簦笠相随走路岐，一春不换旧征衣。
雨行山崦黄泥坂，夜扣田家白板扉。
身在乱蛙声里睡，心从化蝶梦中归。
乡书十寄九不达，天南天北雁自飞。

江湖诗派的代表作家戴复古，一生浪迹江湖，饱尝羁旅之苦。这首《夜宿田家》，即真切地抒写了作者江湖流落的感受与思念家乡的情怀。

“簦笠相随走路岐，一春不换旧征衣。”诗的首联总写漂泊江湖之苦。“簦笠”（雨伞和草鞋）、“征衣”这些意象本身就与羁旅生活有密切关系，积淀了与离情羁思有关的感情内容，因而诗人选取这两种意象，就给了读者以离情羁思的暗示。只身一人东西漂泊，只有"簦笠"是随身伴侣，其孤独落寞之情态可以想见。"走路歧"三字既写明所走之路岔道很多，又写明作者是无目的、无方向的漫游。刘安《淮南子·说林训》记载："杨子见逵路而哭之，为其可以南，可以北。""逵路"即歧路。杨子见歧路而不知何去何从，因而伤心痛哭，诗人"走路歧"时的愁苦心态也就不难想见了。"一春"点明时间，说明作者一个春天都是这样不停地奔波。"旧征衣"写明作者现在身上穿的是以前流落江湖所穿的衣服，这说明在"一春"之前也是客居在外，不停奔走。游子的羁旅之愁苦通过时间的延续曲曲绘出。仅此开头两句，就把羁旅之苦写尽，天涯游子四处奔波、百无聊赖的心态亦在不言之中。

"雨行山崦黄泥坂，夜扣田家白板扉。"颔联入题，具体写日行夜宿的羁旅生活的情状。出句写雨中跋涉，写路途之艰辛。大雨滂沱中在"山崦"上攀登，已不堪其苦，再加上行走于"黄泥坂"上，其困顿艰辛更可想见。对句写夜宿田家，写住宿之简陋。"白板扉"可以想到田家之贫，而住宿其家的游子之苦也就不言而喻了。

"身在乱蛙声里睡，心从化蝶梦中归。"颈联承颔联，写诗人夜宿田家的情景。"乱蛙声"三字写出了乡村之夜所特有的音响。本来，夜幕降临后，一切都归于沉寂，只有和煦的清风送来远处的蛙鸣。躺在床上，听听这青蛙的合唱，本来应有几分惬意，然而在雨中跋涉了一天的诗人，哪里还有这种雅兴，"蛙声"而曰"乱"，则是诗人移情于物，辞因情发。而在"乱蛙声"中竟能慢慢入睡，这又从另一个侧面写出了奔波一天之劳累。由于饱尝羁旅之苦，自然想家，因而下句则写梦中回乡。连做梦都想着回家，其乡情之浓可以想见。然而，人只有在梦中才能"归"，其心情之痛苦又可想而知。《庄子·齐物论》："昔者庄周梦为蝴蝶，栩栩然蝴蝶也。"这里化用庄周化蝶的典故，抒写了自身的迷茫怅惘之感。"身"与"心"相对，有身在江湖，心存家园之意，由此可以体会到诗人长年客居在外自有不得已的原因。诗人由于功名上不得意，只得流转江湖，靠献诗卖艺来维持生活，有家难归，只是在这里不愿写明罢了。

尾联在前几联所叙写的基础上推进一层，抒写乡愁。诗人四处漂泊，既是思归不得，退而求其次，就盼望着得到一纸家书，可惜，就连这一点聊胜于无的安慰也得不到。由于流落江湖，行踪不定，结果是"乡书十寄九不达"。这一不愿接受而又不得不接受的事实，对这位长年客居在外、思家心切的诗人来说，内心的痛苦是难以用语言形容的。鸿雁在古代是书信的象征，远离家乡自然想到托雁传书，因而目睹空中飞雁，乡情自然也就更浓。"天南天北雁自飞"一句，是景语，也是情语。思乡之情是无形的、抽象的，雁则是有形的实物，把抽象感情与具体形象结合起来，这就使无形的乡情仿佛可触可见了，从而收到生动的艺术效果。作者身当此境，目睹征鸿，心已随之远去，但恨身无双翼，依然羁留他乡，则有人不如雁之感。雁天北天南自由翱翔，带来了无边愁思，却偏偏无情，不能带来乡书，只是徒增一番愁苦。辛弃疾《祝英台近》云："是他春带愁来，春归何处？却不解带将愁去。"构思已相当新奇。冯去非《所思》"西风不寄小银钩"的想象却更深了一层，盼望西风在"带愁来"的同时，也能为他"寄小银钩"，但又终于未能变成现实。戴复古的尾联与冯去非诗句意境相似。着一"自"字，使客观景物带上了浓厚的主观色彩，充分体现了作者的怅惘之意,无可奈何之情。

全诗纯用白描,借景抒怀,不事雕琢,自然清健,语淡而情浓,韵味悠远,颇具晚唐风味。

(王少华)

叶绍翁

游园不值

应怜屐齿印苍苔,小扣柴扉久不开。
春色满园关不住,一枝红杏出墙来。

大自然的和谐美妙之处,常给人以美的陶冶和满足,它有时又含有哲理的象征和启迪。摹写自然景物美的艺术佳构亦复如此。诗人叶绍翁即以其灵心慧手,用精美的语言描画了一幅动人的春色春景,而景色中又含蕴了耐人领略的思致。

诗人原想访友赏花,不料轻敲柴门,许久不开。第二句中的"小扣"二字,把诗人对杏园主人的尊敬曲折传出。"久不开",则显示了访友不遇而生的淡淡憾意。"应怜屐齿印苍苔"一句是诗人的揣想,诗人猜测,"柴扉""不开",大概是因为园主生怕外人践踏青苔,印上痕迹吧。杏园主人也许是一位远离烦嚣、淡薄势利、逃避尘缘之士,其人雅洁清高的品操令人遐想不已。诗人正待离开,猛然发现一枝粉红的杏花越墙探出,诗人惊喜异常,不遇友人的惆怅一扫而光。如果说前两句有遗憾之意隐约其中,后两句充溢于字里行间的则是愉悦兴奋。诗人由"一枝"想到一树,进而想到"满园"。可以想见,这一园杏花必是横出斜立,千姿百态,香气馥郁,风情占尽。诗人没有写出他的想象,但"关不住"三字却把"满园春色"留给自己,也留给读者去想象。这想象也是"关不住"的,它不受任何限制,想多美就有多美。全诗写得风流蕴藉,情趣盎然,引人遐思。而在联想之余,又得到美的享受和满足。

历来写杏花的佳句很多。例如,唐人吴融的《途中见杏花》:"一枝红杏出墙头,墙外行人正独愁。"宋代陆游的《马上作》:"杨柳不遮春色断,一枝红杏出墙头。"宋代张良臣《偶题》:"一段好春藏不尽,粉墙斜露杏花梢。"这些诗各有其独到的艺术性,但均不如叶绍翁这首流传得广。叶绍翁结合彼时彼地的感受,借鉴前人,踵事增华,做到了浑然天成,运化无迹。四句蝉联而下,由"应怜"而"不开",由"不开"故有"关不住"之语,末句"出"从"关不住"来,前三句为末句蓄势,故末句新警异常而饱含理趣。这也是此诗富有艺术价值的原因之一。

成功的艺术画面的涵盖性和启示性是多方面的。这首诗启人睿思之处是,"满园春色"既是"关不住"的,所有真、善、美的新生向上的事物,未尝不是同样不可遏抑的,它终将会冲破樊篱,显示其勃勃的生机。这对奋发上进的人们,不正是一种有力的激励和鼓舞吗?或许这首诗还有多种启示性,别具慧心的人是会感受到的。

(艾思同)

刘克庄

北来人二首

试说东都事，添人白发多。
寝园残石马，废殿泣铜驼。
胡运占难久，边情听易讹。
凄凉旧京女，妆髻尚宣和。

十口同离仳，今成独雁飞！
饥锄荒寺菜，贫著陷蕃衣。
甲第歌钟沸，沙场探骑稀。
老身闽地死，不见翠銮归！

题为“北来人”，两首五律便都记“北来人”语，用逃出沦陷区（淮河以北金人占领区）的百姓的口吻，陈述故都的荒凉景况和自身的悲惨遭遇。语语沉痛，表现了北方遗民坚定的复国信念和对南宋朝廷的愤懑与失望。

第一首写“北来人”述说“东都事”，表现他的北都旧恨。“试说东都事，添人白发多。”开头两句为本首诗的总纲，以下便紧紧围绕这两句着笔。“试说”二字，将“北来人”对“东都事”不愿说、不忍说而应听者要求而又不得不说的情态和盘托出，一笔两到，含蕴深厚，表情委婉。“添人白发多”一句则写出“北来人”说起“东都事”时所引发的无穷愁绪。不说“愁绪多”而说“白发多”，夸张的手法更见出愁绪之深，且化无形为有形，变抽象为具体。“北来人”一说“东都事”则“白发多”，则“东都事”一定有极易引人悲愁的因子。以下六句紧承首联而说“东都事”，说何以“添人白发多”的原因。“寝园残石马，废殿泣铜驼。”“寝园”，北宋诸帝陵墓。“铜驼”，用《晋书·索靖传》索靖指洛阳宫门铜驼谓将陷荆棘中的典故。寝园宫殿都是北方遗民心目中故国的象征，而如今遭到破坏。“残”字，写出了陵园惨遭破坏后残破不堪的荒凉景象，“泣”字以拟人化手法，赋予“铜驼”以人的感情，物犹如此，人何以堪！“东都”虽已残破如此，但北方遗民并未因此而丧失复国的信心。“胡运占难久”，与陆游在《关山月》一诗中所说的“中原干戈古亦闻，岂有逆胡传子孙”意思相近。中原遗民凭借历史的经验和对南宋朝廷的莫大的信任，才作出了这样的结论，以致使他们连边境传来的于南宋不利的消息都当作谣言，不愿入耳。然而，北方遗民至今仍在金人的蹂躏之下，空怀复国的希望。尾联选取“旧京女”“妆髻尚宣和”这一典型事实，充分说明汴梁虽然沦陷了多年，但人民依然不忘故国，一直保存着徽宗宣和年间的风习，确实更令人感伤。“凄凉”二句，写出了北方遗民历久不衰的故国之思，也表明屈辱苟安的南宋朝廷辜负了人民的殷切期待。

第二首写“北来人”诉说渡江南来的遭遇，表现他的南渡新恨。“十口同离仳，今成独雁飞!"说明"北来人"一家心怀故国,坚毅不屈,十口相携逃出金人占领区,不料南渡后灾祸接踵而至,家人相继去世,如今只剩下孤身一条。"离仳(pǐ 癖)",分离,包括生离死别。"饥锄荒寺菜,贫著陷蕃衣。"颈联紧承首联,具体写孑然一身、生活无着的个人遭遇。仅十字,即从衣、食、住等方面写尽了"北来人"的贫苦凄惨。保有民族气节的平民百姓陷入无地容身的绝境,而那些居于深宅大院的权贵势要,则一味贪图享乐,醉生梦死。"甲第歌钟沸,沙场探骑稀"二句,便通过不同空间的景象的相互对照,将南宋统治者无意恢复、一味苟安的丑恶嘴脸暴露无遗,"北来人"心情之沮丧也就不难想见了。"北来人"冒着生命危险,与家人渡江南来,本想参与恢复大业的行动,盼望有朝一日,能随同北进王师回归故里。然而,这种幻想却被残酷的现实打破了,因而"老身闽地死,不见翠銮归"二句即脱口而出。这是多么哀痛绝望的话语啊!它含义深长,倾洒着对南宋当局的无限怨恨。

两首借"北来人"之语,直接面对读者说话,作者没有作任何评论,寓褒贬于客观叙写之中,这就增强了作品的真实感和感染力。(王少华)

军中乐

行营面面设刁斗,帐门深深万人守。
将军贵重不据鞍,夜夜发兵防隘口。
自言虏畏不敢犯,射麋捕鹿来行酒。
更阑酒醒山月落,彩缣百段支女乐。
谁知营中血战人,无钱得合金疮药!

南宋王朝迁都江南之后,统治者苟且偷安,文恬武嬉,沉溺于荒淫腐朽的生活。"营幕之间,饱暖有不充,而主将歌舞无休时;锋镝之下,肝脑有不敢保,而主将雍容于帐中。"(辛弃疾《美芹十论》第六《屯田》)这首诗即以犀利的笔锋,对这种边将深居营幕,生活腐化,不知兵戎,不恤士卒的现象进行了尖锐的讽刺,表达了内心的无比悲愤。

诗的前八句紧紧扣住诗题中的"乐"字,写将军之"乐"。首四句写将军懦弱怕死。"行营面面设刁斗,帐门深深万人守。"入夜,军营周围布置了手持刁斗打更巡逻的士卒,将军住的中军大帐有万人守卫,这二句明写营中戒备森严,将军警惕性很高,暗刺将军的懦弱无能。"面面"与"深深"四字见出将军防范措施无懈可击,为保全自己可谓费尽心机。"将军贵重不据鞍,夜夜发兵防隘口。"这二句承一、二句,把居于"深深""帐门"之内的"将军"推出,进一步写他的懦弱怕死。"贵重"一词,语带讥讽。接着,便用"自言虏畏不敢犯"表现将军狡诈虚伪,自欺欺人。他把自己置于严密保护之下,反倒夸口说敌人怕他,不敢来侵犯。其实这不过是为自己的荒淫享乐找一个借口。"射麋捕鹿来行酒。更阑酒醒山月落,彩缣百段支女乐"三句便露出其耽于享乐的真相。古人认为畋猎可以申文武之教,而这位将军"射麋捕鹿"只是为了"行酒"。古人认为女乐随军会影响士气,而这位将军却整夜沉醉于酒色之中。饮酒听歌要到夜静更深,为了寻欢作乐赏赐歌儿舞女,不惜挥霍"彩缣百段”。前八句写将军的日常生活，不着一字评论，而其灯红酒绿、醉生梦死、豪奢无度的情景表露无遗。这位守边将军的军旅生活可谓其乐陶陶，然而战斗在前沿的士兵如何呢？“谁知营中血战人，无钱得合金疮药！”他们浴血奋战，身负重伤，可是连救急救危的医药费也无钱支付啊！“谁知”二句感情强烈，是对不顾士兵死活的宋军高级将领的控诉，是对南宋苟安享乐的统治集团的愤怒谴责。这里，一面是将军的惧敌畏死，一面是士卒的防边血战；将军在军帐内行酒作乐，士卒在阵地前冲锋流血；一边是挥霍无度地买酒征歌，一边是身负重伤后无钱合药。这种对比，深刻地揭示了封建社会里官兵之间的矛盾，使全诗的感情基调显得十分沉郁。

全诗运用强烈的对比手法，把两种截然不同的生活场景并列在一起，作客观的不加任何评论的描绘，而这种对比本身就包含着作者强烈的爱憎之情，显示着二者间的内在联系。在具体描写中，又注意了多方照应，使全诗浑然一体。诗人把强烈的感情寓于形象的描写中，显豁中见蕴藉。语言近似口语，精警凝练而又平易自然，诗风近似唐代张、王乐府。（王少华）

落梅

一片能教一断肠，可堪平砌更堆墙。
飘如迁客来过岭，坠似骚人去赴湘。
乱点莓苔多莫数，偶粘衣袖久犹香。
东风谬掌花权柄，却忌孤高不主张。

刘克庄的这首《落梅》诗，写于嘉定（1208～1224）年间，作者任建阳（今属福建）令时。是一曲对落梅的挽歌。

“一片能教一断肠，可堪平砌更堆墙。”首联刻画梅花飘落时一片迷离凄苦的景象，表现出浓重的感伤，状物而不滞于物，产生了惊心动魄的艺术效果。“一片”，是指一朵梅花上的一个花瓣。因一瓣花儿被风吹落，就使诗人“一断肠”，可如今，面对着的分明是“平砌更堆墙”的风飘万点的严酷现实啊，那就更会令人“断肠”了。用“可堪”这一虚词连接上下句，往复顿挫，把诗人寄情于落梅的心意以及对落梅命运的深切关怀与悼惜，充分表现出来，情切而意深。诗人的伤痛漫溢在飘落于地面的每一片花瓣上，客观的物象蒙上了人的主观心境的投影。

“飘如迁客来过岭，坠似骚人去赴湘。”颔联承上，借典故抒写落梅的悲与怨。当时南宋王朝已日薄西山，气息奄奄，但上层统治者们却依然置国家命运于不顾，照旧过着醉生梦死的生活。面对这一现实，报国无门的诗人自然由“落梅”而联想起历史上的屈原、韩愈等空怀一腔报国热血而惨遭贬抑的仁人志士，于是便借此来表现自己的悲愤之情。“过岭”，指远放五岭之南（今两广一带）；“赴湘”，坠入湖南江水。韩愈因谏迎佛骨，曾贬放潮州；屈原忧愤国事无望，乃自沉湖南境内的汨罗江。诗人用“飘如”、“坠似”四字，把落梅与“迁客”、“骚人”迁谪放逐的悲惨遭遇联系起来，不仅生动表现出落梅在风雨摧残下四处飘坠的情景，而且揭示了自己悼惜落梅的哀痛心情，同时也是以梅暗喻“迁客”、“骚人”的高洁品格。通过典故的暗示和启发作用，丰富了落梅形象的内在含蕴，深化了作品的主旨。在艺术手法上，不仅取譬新颖贴切，而且用典浑化无迹，颇见匠心。

颈联"乱点莓苔多莫数，偶粘衣袖久犹香"写落梅之归宿。梅花用生命装点了大自然，迎来了春天，无私地奉献出自己的一片芳心，最终只得沉沦泥土，与莓苔为伴，虽有少许沾黏诗人衣袖久久散发余香，然而无法改变凄凉的结局。诗人能不感慨万分！落梅虽然难以摆脱四处飘零的命运而仍不失其高洁，这两句刻画落梅的遭遇和品格融入了诗人深沉的感受，隐隐体现出对历代"迁客"、"骚人"命运和风节的由衷赞美。托物寓情，带有浓郁的主观色彩。

尾联在前三联反复烘染的基础上，用议论的方式将全诗的主旨揭出："东风谬掌花权柄，却忌孤高不主张。"这是对"东风"这个掌握百花命运而又不能怜香惜玉的主宰进行强烈谴责，更是对现实中妒贤嫉能的当权者的辛辣讽刺，抑塞不平之气充溢于字里行间。这样富有暗示性的诗句自然难免引起当权者的忌恨，果然，这两句被言官李知孝等人指控为"讪谤当国"，刘克庄因此被免官，一再被黜，坐废达十年之久。刘克庄后来在诗词中屡发愤慨，所谓："梦得因桃数左迁，长源为柳忤当权。幸然不识桃与柳，却被梅花误十年。"(《病后访梅九绝》)"老子平生无他过，为梅花受取风流罪。"(《贺新郎·宋庵访梅》)就是指的这桩"落梅诗案"。

沈德潜说："诗贵寄意，有言在此而意在彼者。"(《说诗晬语》)本诗即是。它借落梅引起象外之意，能透过物象形貌，把握其内在神韵，借以寄托自己的身世之感，并将咏物、抒情、感时融为一体，感情沉郁，寄托遥深，传达给读者的不是具体情事，确实达到了陈廷焯《白雨斋词话》所说的"必若隐若现，欲露不露，反复缠绵，终不许一语道破"的境地。

(王少华)

陈文龙

元兵俘至合沙，诗寄仲子

斗垒孤危势不支，书生守志定难移。
自经沟渎非吾事，臣死封疆是此时。
须信累囚堪衅鼓，未闻烈士竖降旗。
一门百指沦胥尽，唯有丹衷天地知。

公元1276年春天，元兵入临安，掳宋谢太后和帝㬎北去。五月，丞相陈宜中等奉益王赵昰(宋端宗)在福州即位。十一月，元军以数十万之众自浙江南下福建，陈宜中等护卫帝昰逃亡海上。至此，福州失陷，泉州叛降，南剑州弃守，其他州郡或失或降，只剩一座陷入重围的兴化孤城了。当时固守兴化的便是参知政事、充闽广宣抚使的陈文龙。《宋史·忠烈传》说他发民兵自守，不足千人，元军却屡攻不下。后因通判曹澄孙开城降敌，文龙力尽被俘，临难不苟，宁死不降，乃械系押解杭州。离兴化之日，他即绝食，及至杭州，竟饿死殉国。这首诗乃押赴途中经合沙时所作。

诗从兴化抗元形势写起。“斗垒”二字，形容兴化营垒不仅很小而且不坚。“孤危”二字则极写其孤立无援，形势万分危急。在元军重围猛攻之下，小而且孤的兴化很难支撑下去了，故而说“势不支”。这首句七字，笔意极沉重，不仅说明敌我兵力悬殊，危在旦夕，而且表明南宋大厦已倾，大势已去。在这种情势下，苦战苦守，其结局必然是极不幸的。可是，对诗人来说，一身报国有万死，虽系一介书生，却是南宋封疆大臣，肩负着抗敌守土的神圣职责。所以尽管孤城斗垒守不住了，而固守之志却丝毫没有动摇，以铿锵有力的声音呼喊出“书生守志定难移”的诗句。其中着一“定”字，表达了誓死守城的坚强意志和战斗精神。对当时险恶的局势，诗人有非常清醒的认识，早已抱定必死的决心。他是一位素负气节的爱国志士，恪守着见危致命、尽忠报国的道德准则，勇于为国牺牲，视死如归，而不屑于匹夫匹妇之所为。所以三、四两句说：“自经沟渎非吾事，臣死封疆是此时。”“自经沟渎”，典出《论语·宪问》。孔子在评论管仲历史功绩时说：“管仲相桓公，霸诸侯，一匡天下，民到如今受其赐。微管仲，吾其披发左衽矣(沦为夷狄)。岂若匹夫匹妇之为谅(小诚小信)也，自经(缢)于沟渎而莫之知也！”后因以“自经沟渎”指为小节而死者。“臣死封疆”，语本《礼记·乐记》：“君子听磬声则思死封疆之臣。”此言忠臣为守卫疆土而死，照应第二句的“守志定难移”。这两句用“非吾事”、“是此时”构成否定与肯定判断，说明自己的人生抉择，表现出正确的人生价值观。司马迁在《报任安书》中曾说：“人固有一死，死或重于泰山，或轻于鸿毛。”作为封疆大臣，自应为国殉职，死于大节，而不应像匹夫匹妇那样为小节小信自缢于沟渎之中。鲍照《代出自蓟北门行》云：“时危见臣节，世乱识忠良。”宋元之际尤其如此。由于曹澄孙的叛降，兴化失守，诗人被俘，面对着生与死的严峻考验，他宁可洒血故土，决不变节降元，所以五、六两句又用典述志说：“须信累囚堪衅鼓，未闻烈士竖降旗。”“累囚”，以绳索捆缚的囚徒。“衅鼓”，杀人以血涂鼓。以累囚衅鼓，典出《左传·僖公三十三年》。春秋时，秦晋大战于殽，秦师败绩，主帅百里孟明视等被俘。后晋襄公以文嬴之请而释之，又以先轸之怒而使阳处父追之。孟明稽首曰：“君之惠，不以累囚衅鼓，使归就戮于秦，寡君之以为戮，死且不朽！”诗中所说“须信累囚堪衅鼓”，乃变化其意而用之。“竖降旗”，典出后蜀孟昶花蕊夫人《述国亡诗》：“君王城上竖降旗，妾在深宫那得知？十四万人齐解甲，宁无一个是男儿。”诗中说“未闻烈士竖降旗”是反其意而用之。这两句表现出一个忠烈之士慷慨悲壮的英雄情怀和杀身成仁、舍生取义的思想境界，高扬着民族气节和爱国精神。

在兴化之役中，诗人全家相继为国死难，无一降者，故而诗的最后两句说：“一门百指沦胥尽，唯有丹衷天地知。”“一门百指”，犹言一家十口。“沦胥”，相率之意，语出《诗·大雅·抑》：“如彼泉流，无沦胥以亡。”以此诗与《宋史·忠烈传》所载相验证，可知诗人一家满门忠烈。城破之日，他的母亲亦被俘，囚于福州尼寺中，病无医药，意不稍屈，尝曰：“吾与吾儿同死，又何恨哉！”遂殉难。记述虽然简略，但已足以见出丹心孤忠，可昭日月，正气浩然，磅礴于天地之间。

这首诗，首联述守土之志，颔联明殉职之责，颈联言烈士之心，尾联写丹衷之诚，忠烈之气愈写愈见郁勃悲壮，大义凛然。可以说，这是一首用血与火谱成的战歌，激荡着精忠报国的最强音。它和五年以后文天祥所写的《正气歌》一样，体现了伟大的爱国主义精神和崇高的民族气节，具有震撼人心、鼓舞斗志的巨大力量。

（臧维熙）

谢枋得

北行别人

雪中松柏愈青青，扶植纲常在此行。
天下岂无龚胜洁，人间不独伯夷清。
义高便觉生堪舍，礼重方知死甚轻。
南八男儿终不屈，皇天上帝眼分明。

谢枋得是南宋末年的爱国诗人，文天祥同榜进士，平生以忠义自任。德祐初，以江东提刑、江西招谕使知信州。元兵东下，力拒元将吕师夔。后信州失陷，乃变姓名入建宁唐石山，每日东向而哭。宋亡，隐居闽中。元朝多次征召，均不应。福建参政魏天祐胁迫北行，至元都燕京（今北京），绝食而死。时元世祖至元二十六年(1289)。这首七律，乃北行之前为留别友人，自誓明志之作。

首联以雪中松柏自喻，以扶植纲常自任，告语送别诸友，此行北去定然坚贞不屈，护持纲常大节。以松柏比德，是古代诗词常见的写法。早在先秦时期，孔子就说过："岁寒，然后知松柏之后凋也。"（《论语·子罕》）《管子》中也有"君子若松柏然"之语。此后，以松柏象征人的品格、精神便成为中华民族重要的审美观念和传统的表现方法。这里也正是根据孔子的语意，借雪中松柏愈寒愈见其青青之色，表达自己决不屈服于元人压力，环境愈是险恶愈要显示出民族气节和爱国精神。第二句的"纲常"，通常指三纲（君为臣纲、父为子纲、夫为妻纲）、五常（仁义礼智信）。诗人说"扶植纲常"则主要是护持民族大节，表现为故国之爱、民族之爱，而不是一般意义上的纲常道德观念。说明此次北去，已抱定以死全节的决心和弘扬正气的崇高目的。

颔联承续首联，赞美龚胜、伯夷的高尚品格，并以之自况自勉。龚胜为西汉人，曾任谏议大夫、渤海太守。王莽篡汉后，归隐乡里，莽数欲拜为上卿，屡征不受，语门人曰："旦暮入地，岂以一身而仕二姓！"绝食十四日而死。伯夷是殷商孤竹君之子，周武王伐纣，他与弟弟叔齐叩马而谏。商亡，两人耻食周粟，逃至首阳山，采薇而食，因饿死。在诗人看来，伯夷、龚胜都是为纲常而死的忠贞之士，具有雪中松柏的精神，故而以"清"、"洁"赞誉其品格高洁，操守清美。前面冠以"岂无"、"不独"则含蓄地表示要效法先贤，做当世的伯夷、龚胜，像他们一样令名永存，垂范后世。

颈联转以议论入诗，将诗意推进一层，写礼义之道重于生命。古代忠烈之士，历来以杀身成仁，舍生取义为最高的道德规范，因此，“良将不怯死以苟免，烈士不毁节以求生”。诗中所说的“义高便觉生堪舍，礼重方知死甚轻”，也体现着成仁取义的精神。句中的“堪”字突出舍生的值得，“甚”字则强调赴死的轻易，只要达到义高、礼重的思想境界，就会体验到有比生命更重要、更珍贵的东西，所以说“生堪舍”而“死甚轻”。这两句与颔联有着内在联系，伯夷、龚胜都是以义高礼重而舍生轻死的，诗人是要以此预示友人，他将追步伯夷、龚胜，决意绝食殉难。文天祥在被俘以后，途经南安军曾作诗说：“饿死真吾事，梦中行采薇。”也是以伯夷激励自己而绝食殉国的，都可以说是义高礼重，成仁取义，为护持大节而献出自己的生命。

尾联再次用比，申明必死的决心和报国的忠诚。“南八”，即唐代的南霁云，以排行第八，故称，乃唐人惯用称法。“安史之乱”中，南霁云从张巡守睢阳，为请贺兰进明出兵解围未果，拔刀断指。城破，与张巡同被俘。遇害之前，张巡呼曰：“南八，男儿死耳，不可为不义屈！”云笑以应之，即不屈而死。南霁云之死，表现出男儿本色、威武不能屈的大丈夫气概，精忠壮节，可歌可泣，皇天可鉴。诗中说“南八男儿终不屈”，既是对南霁云的热烈赞颂，也是向友人剖露心迹。到元都以后，诗人作《崇真院绝粒》诗以明志，终不食而死，忠精赫赫，光照日月，彪炳万代。

这首七言律诗，不假雕琢而语工句炼，从容赴死而感情炽烈，写得声情激荡，沉挚悲壮。中间两联，属对工整，“龚胜洁”与“伯夷清”、“义高”与“礼重”又是互文对举，中间各以“岂无”、“不独”、“便觉”、“方知”嵌连，语言富于变化，有抑扬顿挫之美。就章法而言，四联起承转合，布置工稳，浑然成篇。诗中引事用典，或比或赋，或叙或议，笔墨淋漓，真力弥漫，具有强烈的感染力量，在当时即传诵于世，为志士所重，相与和者甚众。清人褚人获《坚瓠集》载录张叔仁诗云：“打破修行三十年，如今证验作儒仙。人皆屈膝甘为下，公独高声骂向前。此去好凭三寸舌，再来不值半文钱。到头毕竟全清洁，留取芳名万古传。”这既是对诗人凛烈万古的崇高气节和斗争精神的颂扬，也是对这首诗思想和艺术的称赞。（臧维熙）

文天祥

过零丁洋

辛苦遭逢起一经，干戈落落四周星。
山河破碎风抛絮，身世飘摇雨打萍。
惶恐滩头说惶恐，零丁洋里叹零丁。
人生自古谁无死，留取丹心照汗青！

我国历史上有不少忠贞为国的民族英雄。他们艰苦卓绝的一生，就是悲壮感人的爱国诗章；他们留给人间的爱国诗章，则是凝结着英雄的血泪和生命的艺术结晶。文天祥就是这样的民族英雄和爱国诗人，他的《过零丁洋》正是用生命谱写的感召百世的爱国名作。

这首诗写于作者第二次被俘后的极端艰险的境地之中。恭帝赵㬎德祐元年(1275)正月，元军大举渡江南攻，文天祥破家起兵勤王。当南宋政权危在旦夕之际，他被任命为右丞相兼枢密使。元军进迫国门，文天祥奉命出使北营，谋纾国难，被敌人扣留，在押解北行途中幸得逃脱，辗转到闽赣边境，招募忠勇，聚兵再战，先后收复了江西宁都、雩都等地，形势大有转机。元人调集重兵穷追这支劲敌。端宗赵昰景炎二年(1277)八月，空坑一战，宋军受挫惨重，文天祥只身脱险，此后移兵潮阳，继续坚持斗争。景炎三年，元军主帅张弘范指挥海陆两路进击广东；十二月文天祥退出潮阳，转移到海丰北面的五岭坡，元军驱骑兵兼程追袭；宋军正在山坡露餐，追兵突至，文天祥不幸被俘。这时，陆秀夫、张世杰正奉年仅八岁的小皇帝赵昺在崖山(今在广东新会南八十里海中)建立行朝，誓死进行最后抵抗。文天祥被送往潮阳见张弘范，张弘范要文天祥写信招降张世杰，文天祥断然拒绝，便挥笔写了这首七律以明志。

首联追述自己的出身和战斗经历。文天祥出生于吉州庐陵县(今江西吉安)一个富有文化教养的地主家庭，父文仪酷嗜读书，“蓄书如山，经史子集皆手自标序”(《文山先生全集》卷一一)。文天祥在父亲的熏陶下苦读经书，二十岁进白鹭州书院，肄业于儒师欧阳守道之门，二十一岁应试，于六百多人进士及第的皇榜中名列第一。此后跻入仕途，但由于他为人正直，不畏权势，在理宗、庆宗两朝先后冒着生命危险，揭发宠臣董宗臣和贾似道，因此屡遭罢斥，屏居乡里。出句“辛苦遭逢起一经”，概括了他中第后走入仕途的坎坷经历：“遭逢”，遭遇之意，与《论衡·命义》篇“遭逢非常之变”中的“遭逢”意义略同。“一经”，汉人习用语，汉初儒者重家法，往往专治一经，以故《史记·乐书》有“通一经之士，不能独知其辞”之语。这句是说：自己艰辛困厄的仕途遭遇，是从攻读经书而一举中第开始的。

接着紧承上句，对起兵勤王以来四年的戎马生涯进行略述。公元1275年的临安危急，使南宋政权濒临灭亡，原来身居要位的权臣显宦纷纷逃命，文天祥却由江西应诏入卫，独支危局。尤其从元营逃脱之后，历尽千辛万苦，聚兵再起，转战闽赣各地，不屈不挠，直至兵败被执。从德祐起兵到这时整整四个年头，其间闯过了多少九死一生的险境，经历了多少次血肉横飞的战斗啊！所谓“以一身任天下之重，尽心力而为之，艰难险阻，千态万状，不惮其劳，不易其心”(韩雍《文山先生文集序》)，就是他四年的艰苦经历。“干戈落落四周星”，正是对这段经历的艺术概括。“落落”，多貌。河上公本《老子》：“落落如石。”注云：“落落喻多。”这里“落落”是形容干戈扰攘，烽火连绵，较之另一版本“干戈寥落”，于义为长。

如果说首联是从纵的方面，对诗人自身经历作概括追述，那么颔联则是从横的方面予以形容渲染。上句是就国家环境说，下句是就个人身世说，上下两句各有两个句子形式构成一个大的包孕句，都以主谓结构的描写句作主语，以陈述句作谓语。主语本身具有较强的状述性，而谓语部分又都是一个生动的比喻：“山河破碎——风抛絮，身世飘摇——雨打萍。”语言紧凑，生动，形象，不仅写出山河破碎，而且状述破碎的程度；不仅点明身世飘摇，而且摹写飘摇的情景。两句把国家的灾厄，个人的飘零形容殆尽。

前两联或纵或横地从总体上来写“辛苦遭逢”，颈联则选取“辛苦遭逢”中的两个典型情节来加以表现。“惶恐滩头说惶恐，零丁洋里叹零丁”，这都是写实情实景。惶恐滩，在今江西省万安县境内赣江中，文天祥于端宗景炎二年在空坑（今江西吉水）被元军战败时，曾经从惶恐滩一带退往福建汀州（今福建长汀）。零丁洋，在今广东省中山县南，文天祥被俘后，元军往崖山追击帝昺，曾押解文天祥随船同往，路经零丁洋。这两句是说：当年战败后，曾携带余部经由惶恐滩紧急地撤退；而今随敌船来到零丁洋，更感叹身为楚囚，孤掌难鸣。说来凑巧，这里所经过的险滩、海岛的名称，同诗人的遭遇和心境恰好相合。作者信手拈来，即地抒感，不但对仗工稳巧合，而且有力地烘染了抒情气氛，说明诗人的遭逢确乎有难以想象的厄苦和艰辛。

发端的“辛苦遭逢”提挈全诗。以下都是辛苦遭逢的具体化，干戈落落，山河破碎，身世飘摇以及败经惶恐滩，叹息于零丁洋，厄运困境丛见迭出，千难万险萃聚一身。然而，诗人甘心承受，毫不退避，安之若素，履险如夷。其故何在？在于诗人为捍卫故国，挽回颓局，早已无视危难，不计生死。诗句的言外之意是在说：最后目标早已选定，多少劫难都已目击身经，还怕眼前的威胁利诱吗？到此，感情的发展很自然地达到高潮，引出了诗的尾联：“人生自古谁无死，留取丹心照汗青！”万般劫难，视若等闲，一片丹心，天日可鉴。收尾这两句，是英雄的誓言，是志士的肺腑之音，是一腔民族正气的吐露，是对威逼者的有力回击！“辛苦遭逢”树立了一篇纲领，最后誓言提出了全诗的结论。前几联处处蓄势，末后汇为感情高潮，汹涌迸发。音响的恢宏，充溢四宇，振铄古今。

《过零丁洋》诗，传诵极广，感人至深。当此诗送到张弘范手里时，张对文天祥的持节不屈无可奈何，“但称‘好人！好诗！’竟不能逼”（《文山先生全集》卷一四）。连他的敌人都不能不对这首诗啧啧称赏，足以说明它的感召力量是很强的。古人说：“诗者，民之性情。”杜诗云：“直取性情真。”诗主写性情，写真性情可贵，写有关忠于国家民族的真实的崇高感情尤为可贵。这首诗以通俗晓畅的语言，工稳巧妙的对仗，慷慨悲壮的格调，真切地表达了忠于国家民族的至性至情，成功地体现了诗人的伟大人格和凛然正气，因而具有动人心弦的艺术感染力。尤其是“人生自古谁无死，留取丹心照汗青”两句，更成为凝结着深邃的人生哲理，体现着高尚的理想情操的千古名言。《过零丁洋》可以说不仅是用文字，而且是用生命谱写的光辉诗章，它的爱国主义的光焰，在社会主义精神文明建设中，是会发生一定热力的。

（刘乃昌）

正气歌并序

余囚北庭[①]，坐一土室。室广八尺，深可四寻[②]。单扉低小，白间短窄[③]，污下而幽暗[④]。当此夏日，诸气萃然：雨潦四集，浮动床几，时则为水气；涂泥半朝[⑤]，蒸沤历澜[⑥]，时则为土气；乍晴暴热，风道四塞，时则为日气；檐阴薪爨[⑦]，助长炎虐，时则为火气；仓腐寄顿[⑧]，陈陈逼人[⑨]，时则为米气；骈肩杂遝[⑩]，腥臊污垢，时则为人气；或圊溷[⑪]，或毁尸，或腐鼠，恶气杂出，时则为秽气。叠是数气，当侵沴鲜不为厉[12]，而予以孱弱俯仰其间，于兹二年矣，无恙。是殆有养致然，然尔亦安知所养何哉[13]？孟子曰："我善养吾浩然之气[14]。"彼气有七，吾气有一，以一敌七，吾何患焉！况浩然者，乃天地之正气也。作《正气歌》一首。

天地有正气，杂然赋流形[15]。下则为河岳，上则为日星。于人曰浩然，沛乎塞苍冥[16]。皇路当清夷[17]，含和吐明庭[18]；时穷节乃见，一一垂丹青[19]：

在齐太史简[20]，在晋董狐笔[21]，在秦张良椎[22]，在汉苏武节[23]；为严将军头[24]，为嵇侍中血[25]，为张睢阳齿[26]，为颜常山舌[27]；或为辽东帽[28]，清操厉冰雪；或为《出师表》[29]，鬼神泣壮烈；或为渡江楫[30]，慷慨吞胡羯；或为击贼笏[31]，逆竖头破裂。是气所磅礴，凛烈万古存。当其贯日月，生死安足论！地维赖以立[32]，天柱赖以尊[33]。三纲实系命[34]，道义为之根。嗟余遘阳九[35]，隶也实不力[36]。楚囚缨其冠[37]，传车送穷北[38]。鼎镬甘如饴[39]，求之不可得。阴房阒鬼火[40]，春院闷天黑[41]。牛骥同一皂[42]，鸡栖凤凰食。一朝蒙雾露[43]，分作沟中瘠[44]。如此再寒暑，百沴自辟易[45]。哀哉沮洳场[46]，为我安乐国。岂有他谬巧，阴阳不能贼！顾此耿耿在，仰视浮云白。悠悠我心忧，苍天曷有极！

哲人日已远，典刑在夙昔。风檐展书读，古道照颜色。

《正气歌》是一首光华灿烂的诗篇。诗中充满了浩然正气，表现出作者坚贞的民族气节，威武不能屈、富贵不能淫的战斗精神以及死生不渝的崇高信念。

作者于宋帝昺祥兴元年(1278)十二月，在潮阳五坡岭兵败被俘，次年十月解达元都燕京。囚系土室，环境污浊，艰苦备尝，而毅然拒绝了元统治者多番的利诱威胁。作者认为支持他坚持不屈的精神力量就是正气。也就是孟子所说的充塞于天地之间的至大至刚的浩然之气。因而以"正气"为题，以"正气"发端，作成此歌。作歌时间是在被囚二年之后，即元世祖忽必烈至元十八年(1281)的夏天。

诗可分为三大段：从"天地有正气"到"一一垂丹青"十句为第一段。首言浩然之气的根源，是天地正气在人身上的体现。表明天地间的正气，万物各有不同的承受，"杂然"赋予"流形"。"流形"指各种物体。其在地面，则为奔流浩瀚的长江大河，巍峨雄峙的岱宗华岳；其在天上，则为光华的日月，璀璨的星辰；其赋之于人，则为浩然之气。这种正气，无往而不在，不以时间的推移而改变，充塞于天地之间。表明当国家承平的时代，禀有正气的人，在圣明的朝廷上，得以和平地表露出来，为国家出力，而使国泰民安；当国家遇到危难之时，就显出刚毅坚贞的志节，不辞见危授命、为国捐躯，在史册上留下万古长存的英名。这四句写得堂堂正正，气象阔大。重点在于表明"时穷节乃见"，才是正气禀赋予人的严重考验，"皇路当清夷"的治世，只作为陪衬的笔墨。

自"在齐太史简"至"道义为之根"二十四句为第二段。以下列举历史上十二位忠义之士的壮烈事迹，都是"时穷节乃见"的体现，是正气所发挥的巨大威力：齐太史的简书，晋董狐的直笔，秦张良的博浪沙铁椎，汉苏武十九年坚毅不屈的壮节，东汉严颜的宁愿断头，晋嵇绍的宁倾热血，唐张巡的嚼齿穿龈，颜杲卿骂贼断舌，固已使自己的义烈行为，惊天地而泣鬼神。即如蜀汉诸葛亮《出师表》的“鞠躬尽瘁，死而后已”；晋代祖逖的渡江击楫，誓复中原；汉末管宁的辽东力耕，清操自励；唐段秀实的持笏击贼，血染逆庭：都在史册上留下了不可磨灭的一页。

上述事例表明正气是维系天柱、地维、人伦并使之绵亘古今而不绝的巨大力量。作者赞叹正气广大雄厚，磅礴所及，凛烈万古。当正气横贯日月的时候，人们可以把生死置之度外，由此而地维赖之以立，天柱赖之而尊，纲常因之而得以维系，人世的一切伦理道德莫不系于正气而存在。借以说明宇宙间各方面的关系之所以井然有序，都以正气作为根本。人世之能够维持，全凭道义为其支柱；而道义的根本就是正气，所以正气尤为可贵。

自“嗟余遘阳九”到结尾共二十六句是第三段，可分为三个层次：

第一层六句，从“嗟余遘阳九”至“求之不可得”，感叹自己遭逢国家大变乱的厄运。身为朝廷仆役，没有能够竭忠效诚，尽力挽回国运，实在感到惭愧。更不幸的是自己也沦为楚囚，被元军用驿车送往荒远的北方。句中用楚人钟仪被俘后囚系晋国，始终戴着南方的冠帽，以示不忘故国的深情。用“穷北”一词，以示对元人的蔑视。既而表示自己在被俘之后，就已决心为国献身，即使鼎镬酷刑摆在面前，也甘之如饴，决不避退。作者的心志坚如磐石，尽管元朝统治者使尽威胁利诱的伎俩，他也毫不动摇，凛然正气曾使元人为之震慑。

第二层十六句，由“阴房阒鬼火”至“苍天曷有极”，写狱中情况。牢房里寂静无声，磷火出没。虽在春天，囚房紧闭，阴森幽暗。自己被囚禁在这里，和其他狱卒、囚徒杂处在一起，就好像骏马被拴在牛槽里，凤凰被关在鸡笼里和鸡共食一样，其辛酸是不待言的。在这样恶劣的境地里，承受着诸种恶气的侵袭，一旦蒙受雾露，得病而死，可以料知必定要成为沟壑中的死尸。可我在这儿已经再易寒暑，却依然无恙，种种邪恶之气，竟至为我避退了。如此卑下潮湿不堪人居的囚牢，现在倒成了我的安乐国，难道我有什么特殊智谋巧计，能使诸种阴阳外气不能侵害我吗？正是正气赋予我的耿耿忠心，使我把自己的荣辱、生死看做浮云，不萦于心，置之度外。可我怀抱的忧心，仍然是无穷无尽的，正像苍天一样广阔无垠，何曾有个尽头呢！显然作者此时所忧的，并不是他自己的生命，而是残破的山河，苦难的人民。当此沧海横流之际，他又怎能不忧心如焚呢！

第三层四句，点明作歌主旨。往古的贤哲（指上文所举的十二位义烈之士），虽然离开我们已经远了，但他们留下了正气所钟的义烈行为，给人们树立了做人的榜样。我坐在檐边，展诵圣贤的书籍，不觉古代传统的美德，正以其光华照彻我的容颜，使我明确了成仁取义的道理，怀着满腔正气，坚定执著地激励我自己，永远为正义而生，为正义而死，上不愧国，下不愧民，不惜付出我的鲜血。

《正气歌》全诗集中、强烈地表现出作者光辉的思想和高尚的胸怀，展示了诗人崇高的精神面貌，把爱国主义精神发扬到前所未有的高度。特别是诗中展现的浩然的正气和坚贞的节操，对后世志士仁人有巨大的影响。全诗不尚雕饰而大气包举，感情真挚而韵味深厚，显受杜甫诗的启发。诗中虽有大段议论，但是读来不觉得有高头讲章式的腐气，而只觉得真力弥漫，大气磅礴。原因在于，诗人所言，句句发于肺腑，绝非门面言道。（马祖熙）

【注】①北庭：汉代以匈奴所居之地为北庭，这里指元都燕京。②寻：八尺为寻。③白间：垩白的窗户。④污下：低洼。⑤半朝（cháo 嘲）：半个屋子。朝：宫室。⑥历澜：泥潦翻滚。⑦爨（cuàn 窜）：烧火做饭。⑧仓腐：仓中腐烂的粮食。寄顿：存放。⑨陈陈：语本《史记·平准书》："太仓之粟，陈陈相因。"指积压陈久。⑩骈肩：肩靠肩。两物并列称"骈"。杂遝（tà 踏）：纷乱。⑪圊溷（qīng hùn 青混）：厕所。⑫侵沴（lì 利）：恶气侵袭。沴：疾病。⑬然尔：然而。"尔"：同"而"。⑭此句引自《孟子·公孙丑上》。⑮流形：各种品类、形体，指宇宙间的万物。⑯沛乎：盛大的样子。苍冥：天空。⑰皇路：国运，国家的政治局面。清夷：清明而安定。⑱明庭：圣明的朝廷。⑲丹青：本指绘画。代指史册。⑳在齐太史简：《左传·襄公二十五年》载，齐大夫崔杼杀齐庄公，"太史书曰：'崔杼弑其君。'崔子杀之。其弟嗣书而死者二人，其弟又书，乃舍之。南史氏闻太史尽死，执简以往，闻既书矣，乃还"。简：竹片，古代无纸，文字书在竹简上。㉑在晋董狐笔：《左传·宣公二年》载，赵穿杀晋灵公，"太史（董狐）书曰：'赵盾弑其君。'以示于朝。宣子（赵盾）曰：'不然！'对曰：'子为正卿，亡不越境，返不讨贼，非子而谁？'……孔子曰：'董狐，古之良史也，书法不隐。'"。㉒在秦张良椎：张良先世为韩国人。秦灭韩，张良募力士为韩报仇，得力士沧海君，为铁椎重百二十斤，狙击秦始皇于博浪沙，误中副车，后更姓名亡匿，始皇下令大索不得（见《史记·留侯世家》）。㉓在汉苏武节：苏武出使匈奴，持汉节十九年，坚贞不屈，匈奴流放他在北海牧羊（见《汉书·苏武传》）。㉔为严将军头：东汉末，刘璋命严颜守巴郡，张飞攻巴郡，俘严颜，要他投降，严说："我州但有断头将军，无降将军。"（见《三国志·蜀书·张飞传》）㉕为嵇侍中血：晋惠帝永兴元年，侍中嵇绍从惠帝战于汤阴，军败，飞矢雨集，侍卫皆散，绍以身蔽帝，死，血沾惠帝衣，事后，左右要取衣洗净，惠帝说："此嵇侍中血，勿去！"（见《晋书·嵇绍传》）㉖为张睢阳齿：唐代"安史之乱"时张巡守睢阳。《旧唐书·张巡传》："巡神气慷慨，每与贼战，大呼誓师，眦裂流血，齿牙皆碎。……及城陷，尹子奇谓巡曰：'闻君每战，眦裂，嚼齿皆碎，何至此耶？'巡曰：'吾欲气吞逆贼，但力不遂耳！'子奇以大刀剔巡口，视其齿，存者不过三数。"㉗为颜常山舌：颜常山，指"安史之乱"时常山太守颜杲卿。安禄山反，杲卿起兵讨贼，城破被俘。骂贼不绝，贼钩断其舌，曰："复能骂否？"杲卿被节解，含糊而绝（见《新唐书·颜杲卿传》）。㉘"或为辽东帽"二句：管宁字幼安，以汉末政治混乱，避居辽东，着皂帽力田，自励清操，终身不仕（见《三国志·魏书·管宁传》）。㉙"或为《出师表》"二句：蜀汉后主建兴五年，诸葛亮率大军北伐曹魏，当出兵前，上《出师表》（见《三国志·蜀书·诸葛亮传》）。㉚"或为渡江楫"二句：祖逖，东晋元帝时为奋威将军，誓志收复中原。《晋书·祖逖传》："逖统兵北伐，渡江，中流击楫而誓曰：'不能清中原而复济者，有如此江！'词气慷慨，闻者感动。"㉛"或为击贼笏"二句：唐德宗时，朱泚谋反，太尉段秀实以笏击泚，并唾面大骂，泚举臂自捍，中额流血，匍匐而走。秀实遂遇害（见《旧唐书·段秀实传》）。㉜地维：古时以为大地四方，四角有大维（指粗绳）维系，故称"地维"。㉝天柱：古人相传，天有八柱承之，故称"天柱"（见《山海经·神异经》）。㉞三纲：指儒家伦理"君为臣纲，父为子纲，夫为妻纲"（见《白虎通义》），称为"三纲"，用以维持社会与家庭的等级秩序。㉟阳九：犹言厄运，道家以天厄为阳九。遘：遭逢。㊱隶：仆役。这是作者对自己的谦称。㊲"楚囚"句：《左传·

成公九年》："晋侯观于军府，见钟仪，问之曰：'南冠而絷者谁也？'有司对曰：'郑人所献楚囚也。'"钟仪，楚国人。南冠，示不忘忘楚国。㊳传车：驿车。穷北：荒远的北方。㊴鼎镬（huò获）：皆锅属。古代有用鼎镬将人煮死的酷刑。饴：糖。㊵阴房：囚室。阒：寂静。鬼火：磷火。㊶闷：锁闭。㊷皂：马槽。㊸蒙雾露：感染疾病。㊹分（fèn奋）：分所应该。瘠：枯骨。㊺百沴：各种邪恶之气。辟易：退避。㊻沮洳场：低湿的地方。

韩希孟

练裙带诗

我质本瑚琏，宗庙供蘋蘩。
一朝婴祸难，失身戎马间。
宁当血刃死，不作衽席完。
汉上有王猛，江南无谢安。
长号赴洪流，激烈摧心肝。

韩希孟为南宋烈女，巴陵（今湖北岳阳）人，传为北宋名相韩琦后裔。《宋史·列女传》说她少明慧，知读书。开庆元年（1259），年十八，在岳阳为元兵掳去，将挟以献其主将。希孟不愿受辱，赴水而死。越三日，得其尸，于练带中发现此诗，故名之为《练裙带诗》。至元末明初，陶宗仪《南村辍耕录》卷三亦载有同题诗一首，五言七十八句，并谓希孟死后三十余年托梦赵孟頫为书其诗而传于世。其中"本为瑚琏器"及"江左无谢安，塞北有王猛"等语显然出自此诗。其余多述宋室兴亡、元胡肆虐和身世遭遇，内容芜杂，辞亦粗陋。且死后托梦录诗之说既荒诞不实，亦与练带藏诗题意不合，可能为后人杂以传闻敷演而成。

首句以比喻手法自述资质不俗。"瑚"、"琏"，皆盛祭品的玉器，因其贵重，常用以喻人之才能。苏轼《送程之邵签判赴阙》："念君瑚琏质，当今台阁宜。"如果女诗人确为韩魏公之后，那么这一句还有出身高贵的意思。第二句写婚前的祭礼和教育。"蘋"、"蘩"，皆为祭祀时用以芼牲的水草。古代女子出嫁前三个月须先祭宗庙，以鱼为牲，而以蘋蘩加于牲上，并由女师教以妇德、妇言，妇容、妇功，后因以"蘋蘩"言指婚仪。《南村辍耕录》说韩希孟为"襄阳贾尚书子琼之妇"，但细玩诗意，这里是说"宗庙供蘋蘩"，与一般用法不同，似乎尚未行婚礼，仅举行过婚前祭礼。总起来说，诗的头两句是要突出说明自己资质不俗，又依礼祭过宗庙，接受为妇之道的教育。这一切曾使她对未来生活充满美好的憧憬，沉浸在甜蜜温馨之中。不料，突遭劫掳，祸从天降，故诗中笔势陡转猛折，痛苦不堪地说："一朝婴祸难，失身戎马间。"意外的灾难，元兵的凌辱，对"质本瑚琏"的女诗人来说格外难以忍受。本来等待她的是新婚燕尔的幸福生活，而如今等待她的将是更悲惨的命运。这突如其来的残酷变化，不能不造成剧烈的心理震动，迫使她很自然地想到生不如死，与其屈辱地苟活人间，不如清白地死去，故而以非常坚定的语气说："宁当血刃死，不作衽席完。"以死抗争，以死控诉！所谓"衽席"，即卧席，引申为寝处之所。这里说"不作衽席完"，是不甘沦为元人之妇的隐晦说法，有力地展示出女诗人的贞烈品格和反抗精神，也将"我质本瑚琏"一句落到实处。更可贵的是，她的贞烈观不仅仅是为保持一个女子的清白之身，而且还具有强烈的民族意识。她将自身的不幸与国家的衰亡联系在一起，"汉上有王猛，江南无谢安"两句写出对国事的忧虑。这对一个落入虎口的柔弱女子来说，尤为难得，从而使她的瑚琏之质闪射出耀眼的光彩。这两句所说的谢安和王猛，是东晋和前秦的两个重臣。前秦建都长安，拥有汉水上游地区，故以"汉上"代称。东晋建都建康(今江苏南京)，在长江之南，故以"江南"代称。王猛辅佐苻坚励精图治，使前秦成为十六国中最强的国家。谢安则在国家危急时刻挫败桓温篡夺阴谋，又在淝水大战中指挥晋军以少胜多，击溃苻坚数十万大军，收复中原，为国家立下不朽功勋。这里借用"汉上有王猛"喻指元朝有人才，而以"江南无谢安"喻指南宋无良臣，致使国家危亡，百姓罹难，自己惨遭蹂躏，故而悲愤激烈，心肝摧裂，痛不欲生，最后以骨折心惊之笔写出"长号赴洪流，激烈摧心肝"两句。而前一句写得尤为惨烈，映现出女诗人一路哀号，奔赴洪流的贞烈身影，用她年轻的生命维护了自身的清白，也维护了民族的尊严。

这首诗以首句统摄全篇，惟其有瑚琏之质，始有贞烈之举。从婴难、誓死到"长号赴洪流"，愈写愈悲，亦愈写愈烈，全是从肺腑间喷吐出的血泪文字，令人不忍卒读，至今仍具有强烈的悲剧力量，催人泪下，发人深省！（臧维熙）

郑思肖

德祐二年岁旦二首

力不胜于胆，逢人空泪垂。
一心中国梦，万古《下泉》诗。
日近望犹见，天高问岂知！
朝朝向南拜，愿睹汉旌旗。

有怀长不释，一语一酸辛。
此地暂胡马，终身只宋民。
读书成底事，报国是何人！
耻见干戈里，荒城梅又春。

中国民俗极重新年元旦，朝廷和各级官府都例行"正会"，亦称"元会"，官员们在正会上赋诗作文，文人们也习惯要在岁旦吟诗或写点祝颂的文句，谓之"岁朝开笔"。这类诗文大抵表示对新年的祝愿，通常洋溢着喜气和美好的期望。最为人所熟知的岁朝开笔的通用辞，是首尾顶针的十六字句："元旦开笔，笔上生花，花中结果，果然抡元。”所有的元日诗文基本上都属于这种情调。

但郑思肖这二首岁旦诗却是悲苦之辞，抒发了国亡无日之家国之痛。因为德祐二年(1276)岁旦是一个天崩地裂的岁旦，郑思肖所寓居的苏州城已于上年沦没在元军手中。南宋的行在临安(今浙江杭州)已在元军包围中，国祚已危在旦夕(三月里小皇帝赵㬎果然被俘北徙)，在“胡马”的铁蹄下“荒城梅又春”，这岁旦节令该是什么滋味？从第二首全用白描、不使一典的直陈里，读者可以领会一个孤臣遗子的辛酸，他的凄惶无告的沉痛。

如果说第二首叹报国无人，深知大势已去，矢志即使国亡，暂作亡宋之民，对宋朝的前途已经失望，则第一首多少还残存着点滴希望，这并非是无因的。据《宋史·瀛国公本纪》，平江府(当时府治是苏州)曾反复易手，德祐元年三月，“知平江府潜说友，通判胡玉、林镗以城降”；不数日，宋将张世杰率部进军平江，一度攻克；十一月，元朝主帅伯颜率主力攻占常州后，“通判平江府郑畴遁”，平江再度落入元军之手。虽然这次连京城临安也已危在旦夕，再克苏州的希望已很渺茫，但鉴于前一次的失而复得，诗人在绝望中还梦想重睹“汉旌旗”。这当然要系于朝廷的命运如何，所以诗用《诗·曹风·下泉》的典，该诗前三章的结句都是“念彼周京”，诗人用以寄托他对京都临安的关怀。“日近”两句，化用《世说新语·夙惠》东晋明帝“举目见日，不见长安”一典，宣泄朝朝南望杭州，天意难卜的悲苦惶惑，可谓情见于辞。

郑思肖的诗很少藻饰，质朴而情深，令人读之如见一个痛心于国破家亡的爱国遗民的肺腑。诗就是他血泪凝成的誓言，他的人格可以为他的诗印证，诗的动人处正在这里。

(何满子)

方　凤

哭陆秀夫

祚微方拥幼，势极当扶颠。
鳌背舟中国，龙胡水底天。
巩存周已晚，蜀尽汉无年。
独有丹心皎，长依海日悬。

陆秀夫是背着南宋最末一位幼主赵昺投海而与国俱亡的忠臣。此诗悼宋祚之终于天绝，哭陆秀夫之死而表彰其忠烈，虽无“史诗”的规模，却有“诗史”的信实，是宋遗民诗的名篇。

赵宋的社稷其实在德祐二年(1276)临安小朝廷的皇帝赵㬎投降北徙时即已覆亡，陆秀夫、张世杰等人先后拥立赵㬎的庶弟赵昰、赵昺，奔走流徙于温州、福州直到广东南部沿海地区，又名存实亡地苟延了约三个年头，至祥兴元年(元至元十五年，1278)赵昺逃至崖山(今广东新会南邻)时，已踞居在海上的舟中，诚如诗中所说的成了一个“舟中国”了。次年二月元将张弘范部强攻崖山，宋朝的残军陷入绝境，陆秀夫不得不背着幼主蹈海殉国。在中国历史上的亡国君臣来说，可说是一次最悲壮的死。

诗的首联叙陆秀夫在颠危之际匡扶幼主，恨为时已晚；颔联与颈联用典叙殉难事实且致亡国之慨：“鳌背”用中国神仙故事中海中大鳌背负岱舆、员峤、瀛洲、方壶、蓬莱等五座仙山（见《列子·汤问》，其他志怪书如郭璞《玄中记》等亦多演述其故事）一典，喻宋朝的版图只剩海上一舟；“龙胡”用《史记·封禅书》中天龙垂胡须下迎黄帝，黄帝骑龙上天，群臣后宫攀胡者七十余人升空的故事，喻陆秀夫随幼帝殉难，而上的却是“水底天”，备极沉痛。“巩存”句指战国后期周王朝的残余东周君苟存于巩（今河南巩县），而终于灭亡，喻赵昰、赵昺两幼主之难以规复宋室；“蜀尽”句谓蜀汉刘禅灭亡后，刘汉遂告绝祀。这一联以前代的两起亡国史实喻赵宋最后一脉的命运，都很贴切。末联称颂陆秀夫丹心皎洁，长留天地，是对他的最高歌赞。

全诗八句，四联一气对仗到底，非常工稳，人们常说“亡国之音哀以思”，此诗虽以沉痛为基调，但末联慷慨豪壮，遂得振起。（何满子）

林景熙

书陆放翁诗卷后

天宝诗人诗有史，杜鹃再拜泪如水；
龟堂一老旗鼓雄，劲气往往摩其垒。
轻裘骏马成都花，冰瓯雪椀建溪茶；
承平麾节半海宇，归来镜曲盟鸥沙。
诗墨淋漓不负酒，但恨未饮月氏首；
床头孤剑空有声，坐看中原落人手。
青山一发愁蒙蒙，干戈况满天南东；
来孙却见九州同，家祭如何告乃翁！

此诗结构、章法和节律都十分工整，四句一解（段），一解一韵，仄韵和平韵交替使用，从形式上也可以看得出是诗人苦心经营，诗思在胸中徘徊摩挲良久的精心结撰之作。而其借陆游其人、其诗与时局相重叠而吐露的感慨之深沉，更使诗旨婉转缱绻，蕴藉沉着，经得起反复讽咏；列之于宋末遗民诗乃至全宋诗中，都堪称上乘之作。

第一解是兴。未咏陆游，先援另一位忧国忧民的大诗人杜甫作比来引出所咏的主人。这兴中有比，比中有颂。杜甫在天宝之乱中感赋时事，世称“诗史”，所作《杜鹃》诗有“我见常再拜，重是古帝魂”之句，抒其思君忧国之情，而“龟堂一老”（龟堂为陆游山阴居所的榜题）则可与杜甫旗鼓相当，直摩其营垒。杜甫被颂为“诗圣”，称陆游可与杜甫相埒，倾赏可谓倍至。

第二解是赋陆游其人。“成都”、“建溪”均是陆游宦游之地，“镜曲”即绍兴鉴湖之阿，是陆游归老之所，并以“半海宇”概括陆游的其他游踪，四句勾勒了陆游生平的大略，要言不烦。其中“裘”、“马”咏他在成都王炎幕中从戎，叙武事；“瓯”、“椀”咏他在福建、江西、浙江一带理民事，叙文治；由拥麾节而至于晚岁与沙鸥为盟，两两对照，就寓有长才未展的惋叹，寄意极深。

第三解是赋陆游其诗。陆游的诗大部分是抒抗金复国的豪情和壮志未酬的愤慨之作，因此引《汉书·匈奴传》中老上单于杀月氏王以其头颅作酒器之典，喻陆游终生未能克敌立功的恨事；“床头孤剑”两句，进一步申述陆游的愤慨，直接翻用陆游《三月十七日夜醉中作》一诗“逆胡未灭心未平，孤剑床头铿有声”之句。读其诗而悯其志，林景熙将自己的无限悲愤融入了陆游诗中，“空有”、“坐看”是陆游之恨，也是林氏之恨，非仅借他人酒杯浇自家块垒，直是两位诗人同声一哭。

第四解承上“中原”句，联系南宋王朝无可挽回的颓局，发出沉痛的喟叹。“青山一发”用苏轼《澄迈驿通潮阁》一诗“青山一发是中原”句，言陆游当年北望中原已是愁雾濛濛，而今元军布满东南，坐看禹域九州已将陆沉。读陆游临终前的《示儿》诗：“死去元知万事空，但悲不见九州同。王师北定中原日，家祭无忘告乃翁！”盼到结果，九州确将混同，但混一九州的却是元朝，家祭之时何颜上告乃翁？真是令人椎心泣血，长恨绵绵。

宋末遗民诗人因为身丁时艰，悲愤之情不能自已，大抵感情坦露，直泻无余。林景熙《霁山集》中的大多数诗篇则较为宛曲，比起来此诗在他的诗中还算是抒情直白的，但因含蕴丰厚，仍富余味。

（何满子）

王　奕

送谢叠山先生北行

皇天久矣眼垂青[1]，盼盼先生此一行。
遗表不随诸葛死[2]，《离骚》长伴屈原清[3]。
两生无补秦兴废，一出仍关鲁重轻[4]。
白骨青山如得所，何须儿女哭清明。

谢枋得，字君直，号叠山。在任信州知府时，曾率兵抗元，城破后流亡，以卖卜教书度日。元世祖至元二十三年至二十五年（1286～1288）多次召他入朝做官，均拒召不赴。后来福建地方官强制其北行大都（今北京），谢枋得即日食菜果，以示必死。至元二十六年（1289）四月至京都，不久绝食而死。谢枋得被迫北行大都时，写了一首《魏参政执拘投北行有期死有日诗别妻子及良友》，诗中说“义高便觉生堪舍，礼重方知死甚轻”，表明了自己宁死不屈之志。当时有许多友人如毛靖可、叶爱梅、游古意、陈达翁，门人魏天应、蔡正孙、王济源等为他写诗送行，王奕这首诗也是当时送谢北上时，和谢诗而作。这首诗的诗题四库全书本作《谢叠山先生己丑九月（据《叠山先生行实》当作戊子(1288)九月）被执北行闽士以诗送之倚歌以饯》，似更显豁。

诗意是：谢枋得举兵抗元，拒元朝廷请，已受到皇天的特别看重，盼望先生这次北行京师，仍应坚贞不屈，不负上苍；接着用对蜀汉事业“鞠躬尽瘁，死而后已”的诸葛亮与宁死不忍离开故国的屈原作比喻，希望谢枋得要像诸葛丞相和屈大夫一样忠贞不贰，他的诗文遗著也会像《出师表》、《离骚》一样千古不朽；而后又用鲁地两位儒生不肯仕汉为例，含蓄地表明他的“仕元”与“不仕元”关系着故宋王朝的声誉；最末两句是说，如果死得其所，死得有价值，青山处处可埋忠骨，何必定要葬身故乡，赢得儿女们节日里来凭吊的哭泣声呢？

作者王奕“素与谢枋得相善，枋得北行以后，尚有唱和诗十首”（《四库全书总目提要·玉斗山人集》）。本篇是他与谢氏唱和诗中最好的一首。此诗写得凛然有正气，而且写得非常沉郁感人。所用诸葛亮、屈原、鲁两生之典，也具有很强的说服力。特别是末联“白骨青山如得所，何须儿女哭清明”，更值得人们玩味、叹赏，是全诗的警句，形象地概括了中国古代忠臣义士以身殉节的生死观。四库馆臣说：“（王奕）诗稍失之粗，然磊落有气，胜宋季江湖一派。”（《四库全书总目提要·玉斗山人集》）这“气”，就是“骨气”、“正气”、“浩然之气”。文天祥、谢枋得的诗文，被后人编入《乾坤正气集》，这首诗当属《乾坤正气集》诗文的同调。谢枋得死义后，王奕又作了《闻叠山己丑四月七日死于燕》一诗，称扬谢枋得“骨埋北壤名山重，冤入南天上帝惊”，可看作是此诗的续作。但王奕后来却改变了初衷，屈身仕元，以致四库馆臣们认为不应把他作宋人看待。但未可以人废言，他这首诗还是他“以宋之遗民自居”的产物，在思想性和艺术性上，都还是有不少可取之处的。

诸人送谢枋得北行之诗，后被编入《叠山集》后面的附录之中，只有王奕此诗未被编入。厉鹗编撰《宋诗纪事》时，据《西江诗话》采入。又，王奕的文集《玉斗山人集》亦编入，题目与诗文有异处。（徐传武）

【注】 ①垂青：青眼相待，喻受重视。晋阮籍见俗士，则投以白眼，见名士，则投以青眼（见《晋书·阮籍传》）。 ②遗表：指诸葛亮的《出师表》，内有“鞠躬尽瘁，死而后已”之语。 ③《离骚》：屈原的代表作，诗中反复申述了他对楚国忠贞不贰之情。 ④“两生”二句：秦末叔孙通先参加项羽义军，后又投汉。刘邦为帝，令他制朝仪，他回到鲁地征聘鲁地儒生三十余人助成其事，有二儒生不肯前往（见《史记·叔孙通传》）。这里化用此事，是说谢枋得到京师的行为关系着故宋王朝的声誉。

汪元量

醉歌十首（其三）

淮襄州郡尽归降，鼙鼓喧天入古杭。

国母已无心听政，书生空有泪成行。

《醉歌十首》以七绝联章的形式，描述德祐二年(1276)春南宋覆亡、元兵占领临安(今浙江杭州)的史实，作者对宋元交战双方若干头面人物的行止心态刻画入微。其友马廷鸾《书汪水云诗后》云："读至《醉歌十首》，抚席恸哭，不知所云……因题其集曰'诗史'。"可见跳动着时代脉搏的《醉歌十首》，在当时就有深远影响了。汪元量是供奉内廷、得宠宫闱的琴师，又是能诗善画、有骨气的儒生。宋室不战而降、仓皇归附、继而三宫北迁的隐秘，正史语焉不详，私家闪烁其词。而特殊身份和亲身经历使诗人既了解内幕，又较少顾忌，遂能直笔揭露，写成"江南野史"。因此，不熟悉宋元战史，便读不懂《醉歌十首》。

诗题《醉歌十首》有双重含义：一是谴责宰执贾似道之流"酣歌食肉愧田单"(语见作者佚题诗)，误国快民并导致谢太后屈辱降元；二是慨叹儒生百姓"乱后长如醉"(《杭州杂咏和林石田》其一)，只能借酒消愁。实际上这《醉歌十首》是清醒的诗人用血泪谱成的伤心曲，"亡国之音哀以思"也。

《醉歌十首》其三紧承前两首有关襄阳失陷的记述，写出元兵压境，临安危急，宋廷窘迫、一筹莫展的战乱史。

首句"淮"指江淮，南宋的江南路和淮南路辖四十余州府；"襄"谓荆襄，南宋的荆湖北南二路和襄阳府约含二十余个州府。"淮襄"所代表的淮河以南汉水长江流域，是南宋最富饶的一片领土。"尽归降"暗示元兵席卷江南，宋军全线崩溃。此句追述南宋惨败的战局，信而有征。《续资治通鉴》等书记载：咸淳四年(1268)元军围攻襄阳(今湖北襄樊)，宋京西安抚使吕文焕守城六年，陷入绝境；执掌南宋军政大权的贾似道竟以"襄淮不得兼顾"为由拒发援兵，逼得吕文焕走投无路，在"声声痛骂贾平章"(《醉歌十首》其一)后，于咸淳九年二月愤而降元。襄阳是江汉门户，南宋屏障。忽必烈得此咽喉要地，立即派左丞相伯颜率主力，而以吕文焕为水军前锋，沿汉水攻鄂州(今湖北武昌)，又派东路军总指挥博罗欢以另一降将刘整为骑兵先锋攻两淮。咸淳十年(1274)末，鄂州、汉阳军守将降元，伯颜得以挺进长江；而沿江州郡如黄州、蕲州、江州的守将，多系吕文焕旧部，尽被招降。东路军进淮曾受阻，不料贾似道心腹爱将范文虎，竟率殿前军于安庆(今属安徽)不战而降。德祐元年(1275)正月，朝野舆论逼贾似道出师芜湖，鲁港一战，南宋水陆十三万大军溃散瓦解，遂使元军轻而易举攻占建康(今江苏南京)。同年七月，张世杰率水军在焦山(今江苏镇江东)阻敌又败北。从此南宋文臣武将多无斗志，望风披靡，池州、和州、无为军、涟州、镇江、滁州、常州、平江、广德军……遍举降旗，伯颜率元军兵分三路逼向宋都临安。以上数年宋元交战经过，诗人用"淮襄州郡尽归降"七字概括无遗，又一语道破南宋穷途末路的窘况，真乃大家手笔。然则"尽归降"又是虚写，不无文学夸张，其时宋朝在两淮仍保有许多"州郡"，已然失陷者亦非一片降幡：战争中既有逃遁不降的败将，也有宁死不屈的豪杰。诗人着一"尽"字，是因南宋国土毕竟大片沦丧，败局难以挽回，其中隐含着对权奸误国、降将助贼的愤慨与抨击。

第二句"鼙鼓"即大小军鼓，这里指代入侵的元军。"喧天"形容气焰嚣张，声势浩大。“古杭”指宋都临安。伯颜指挥的元军是德祐二年(1276)正月中旬进驻杭州郊外皋亭山的,这里用一“入”字,喻指元军耀武扬威,长驱直入,兵临城下。此句与首句是因果关系:正因宋将“尽归降”,才令元军“入古杭”;“尽归降”的士气涣散与“鼙鼓喧天”的厮杀呐喊对比鲜明,勾勒出令人心惊胆战的历史画卷。

第三句“国母”即谢道清,她是宋理宗的皇后,帝㬎的祖母,当时的太皇太后。咸淳十年(1274)七月,赵㬎奉遗诏继位于度宗柩前,时年四岁,由年迈昏聩的谢太后临朝称制。她屡次派人求伯颜议和,均被拒绝,于是除了哭请护驾外,再也无计可施。伯颜军抵皋亭山后,左丞相陈宜中夜间逃跑,百官作鸟兽散,谢太后张皇失措,惊惧万分。由于她“已无心听政”,遂使临危受命的文天祥等人有关“决战”、“迁都”的积极决策再次搁浅,痛失反攻救国的最后良机;并使朝廷群龙无首,陷入无法统一指挥的混乱局面。诗人以散文式的语句描摹“国母”六神无主的心态,惟妙惟肖,活灵活现。作者不用典故,大实话直说,一点扭捏也没有,却将一腔幽怨、满腹哀伤和盘托出,诱使读者去探索“无心”掩盖的真意,颇有引人入胜之妙。

第四句“书生”是作者自指,但他代表着无权无势却又忧国忧民的广大儒士。他们饱读圣贤书,明事晓理,或许不乏救国良谋。然在危急存亡之秋,报国无门,回天乏力,于是“小儒愁剧吟如哭”(《吴山晓望》),只好以泪洗面,长歌当哭了。这里无可奈何的“书生”虽有胆识却无权决策,上句“无心听政”的“国母”有权决策却优柔寡断,不同的艺术形象的强烈反差,增添了全诗的感人力量。读者由此看出,南宋大势去矣,覆水难收。诗人的伤感正在于此。 (尚　荣)

醉歌十首(其四)

六宫宫女泪涟涟,事主谁知不尽年。
太后传宣许降国,伯颜丞相到帘前。

“无心听政”的“国母”,惶惶然下达了“许降国”的圣旨,真是祸从天降,举国惊变。作者借宫女的感受写明此事,可谓独具匠心。

《周礼·天官·内宰》云:“以阴礼教六宫。”郑玄注谓正寝一、燕寝五合为六宫。后来便用“六宫”泛指皇后妃嫔及其居住之地。其实六宫中人数最多、境遇最差的,是供帝后妃嫔役使的宫女。这些卑贱的奴仆,惯于把个人前程与所侍奉主子的命运拴在一起,因而对战乱极为敏感。作者《北师驻皋亭山》描绘她们在兵临城下时的心境:“若议和亲休练卒,婵娟剩遣嫁呼韩。”事态的发展出其所料,太后的决定不是“和亲”,而是“降国”。宫女深知前景凶险却无力自救,只能珠泪涟涟,饮泣吞声。元代刘一清《钱塘遗事》载,元世祖至元十三年(1276)二月,元兵入临安城,“伯颜丞相指挥……索宫女、内侍、乐官诸色人等,宫女赴莲池死者不可计”。作者《湖州歌》其八十二云:“其余宫女千余个,分嫁幽州老斲斯轮(指北国匠人)。”结局如此悲惨,反证她们最初的担忧确实可怜可叹。

“事主”句借用陈师道《妾薄命》其一的语意:“古来妾薄命,事主不尽年。”“不尽年”即不能偕老之意。汪元量笔下的宫女比古代薄命女更薄命,面临不死即辱的抉择，她们悲怆地哭诉着："谁能料到服侍故主竟不能偕老相伴！"不应责怪她们迷恋于宫廷奴仆生涯，因为脱离故主并不意味着她们的自由解放，而是未来命运更加不可捉摸。这里宫女对故主的眷念与其对故国的一往情深交织在一起，犹如士大夫的忠君与爱国纠葛难分一样，在特定条件下也有积极的内涵，这就是对祖国的忠贞不渝。

"太后传宣许降国"是历史真情的实录，也是导致宫女"事主不尽年"的内因。《湖州歌》其一云："丙子(1276)正月十有三"，"皋亭山上青烟起"。主战派文天祥力主背城决战，胜则国事有转机，败则海路迁都闽广，以备东山再起。主降的宰执"计穷但觉归降易"(语见作者佚题诗)。结果是："三宫北面议方定，遣使皋亭慰伯颜。"(《湖州歌》其二)太后竟决计归降，并迫不及待地派人向伯颜献上传国玺和降表。这"许降国"而不准决战的圣旨传达下来，霎时间满城风雨，朝野哗然。作者供奉内廷，自然消息灵通，他及时捕捉到惴惴不安的宫女的心态，将这触目惊心的一幕丑剧如实写入《醉歌十首》。着一"许"字便令居辱投降的国母难以推诿亡国的罪责，又寄寓了诗人无穷的遗恨与悲悯。

末句"伯颜丞相到帘前"有些费解，这是由于《宋史》、《元史》的有关纪传中，根本查不出伯颜入宫会见谢太后的蛛丝马迹。当时双方各有联络使臣，按礼仪伯颜似不必出现在谢太后垂帘听政的珠帘前。于是有人认为此句是写宫女对未来命运的惴惴之情："惊恐中似乎觉得伯颜迎面走来。"(见《宋诗鉴赏辞典》，上海辞书出版社 1987 年版，第 1388 页)从文学角度看，此说合情合理。但作者《湖州歌》其三对同一事件尚有详述："殿上群臣默不言，伯颜丞相趣降笺。三宫共在珠帘下，万骑虬须绕殿前。"正史阙如而诗史留影的可能性不应排除，愿将这扑朔迷离的历史疑案留予史学家去考辨。我们从作者朴实无华的诗句中，确能品味出伯颜的盛气凌人和宋宫的怯懦慌乱。

全诗从宫女角度揭示"降国"的荒谬及其恶劣影响，是作者深思熟虑、别出心裁的最佳选择。作为谢太后的供奉琴师，作者对她"许降国"心怀不满，如鲠在喉，却又不便发作，遂以宫女为代言人。宫女闻风丧胆，惊恐失态，悲悲切切，不至于招来"浅薄"的非难。她们那"事主不尽年"的埋怨，何尝不是作者的心声！但若诗人如此独白，似觉唐突无礼；宫女脱口而出，连谢太后也无可指摘。然而，正是这群柔弱宫女泣涕如雨的苦相，撕心裂肺的哭诉，最令谢太后尴尬难堪，并将长久地鞭挞着卖国者卑怯的心灵。此乃诗中《春秋》笔法，独具含蓄婉转、曲笔嘲讽的艺术魅力。

(尚　荣)

醉歌十首(其五)

乱点连声杀六更，荧荧庭燎待天明。
侍臣已写归降表，臣妾佥名谢道清。

德祐二年(1276)正月十三日元军进驻皋亭山。十八日，太后派人奉传国玺及降表见伯颜，伯颜约宋宰执面议。太后紧急任命文天祥为右丞相兼枢密使，于二十二日去元军大营谈判。因降表仍书宋号不称臣，伯颜扣留文天祥做人质，命使臣回临安更换，三天后催索到称臣降表。二月初一，宋帝㬎率文武百官到祥羲殿，北望元阙上表乞为蕃辅；与此同时伯颜又勒索太后招降未附州郡的手诏。《醉歌十首》其五将这椎心泣血的历史悲剧摄入镜头，焦距正对准签署降表的一幕，女主角谢太后的表演格外引人注目。

首句“乱点连声”以更鼓声乱反衬宋宫上下尤其是谢太后的心烦意乱。“杀”乃收煞、结束之意。“六更”是宋宫特有的最后一个更次。杨万里《谢余处恭送七夕酒果密食化生儿》云：“醉眼管得银河鹊，天上归来打六更。”自注：“予庚戌考试，殿庐夜漏杀五更之后复打一更，问之鸡人，云：‘宫漏有六更。’”周遵道《豹隐纪谈》卷一曰：“盖内楼五更绝，柝鼓变作，谓之虾蟆更，禁门方开，百官随入。所谓六更者也，外方则谓之攒点云。”程大昌《演繁露》卷一五指出，宋初宫中忌讳“寒在五更头”的民谣，故有六更之制。南宋人诗中常见六更之说，汪元量也屡次提到，如“紫禁沉沉断六更”(见《感慈元殿事》)。此句意谓更鼓报时，原应准点，尤其是在宫内；如今总觉得梆鼓交作，“乱点连声”，宫夜失常，好不容易挨到六更煞住，宫门始开，百官该入朝了。邦国倾覆，慌中出错，宫鼓乱点之事或许有之，但主要是心乱遂觉“乱点”生。诗人赋予外景强烈的感伤色彩，制造了令人焦灼的噪音，借以演出国破前夜宫内乱糟糟不成体统的场景。

次句“庭燎”指宫中大烛，《诗·小雅·庭燎》云：“夜如何其，夜未央，庭燎之光。”旧说此诗颂扬周宣王勤于朝政，不安于寝。《周礼·秋官·司烜氏》曰：“凡邦之大事，共坟烛庭燎。”郑玄注：“树于门外曰大烛，于门内曰庭燎，皆所以照众为明。”此句化用典实，谓邦国有大事，帝后急于早朝，只觉得宫殿内早已点燃的燎炬，总是微光闪烁，摇曳不安，全然不解主人公长夜难熬、坐以待旦的郁闷心境。这是借烛光进一步烘托气氛，同样是触景生情，情景交融。

第三句如实交代宫中一夜焦劳烦躁的症结所在，原来是为一纸降表。因傲慢的伯颜多所苛求，反复交涉后，那份取消宋号、称臣纳贡的表文已重写修订，招降的手诏也拟好了，正式奏呈御览。潜台词是：恳请伯颜核准通过，莫再节外生枝。

第四句转入细节描写，专述签署降表事。本来以宋主名义呈递的降表，应由赵㬎署名，但这位六岁傀儡小皇帝不会写字，便由太后代签；至于招降未附州郡的手诏，自然该由太后署名。于是出现了滑稽凄楚的一场戏：三朝国母谢太后，宋宫最尊贵的权威人物，竟屈节折辱地在降表上亲笔签署“臣妾谢道清”。从此东南半壁江山毁于一旦，大宋“三百余年宗社遽至陨绝”，换来的却是一厢情愿的“曲赐求全”(见《续资治通鉴》卷一八二所载《降元表》)。试想太后落笔的一刹那，定然形神惨悴，百感交集，战战兢兢，忧心忡忡。

前人对此诗毁誉不一。赞扬者如明人瞿佑，他在《归田诗话》卷中《汪水云赐还》条中称此诗“可备野史”。非难者如《四库全书总目》卷一六五云：“以本朝太后，直斥其名，殊为非体。”殊不知这正显示了作者敢于直笔实录的高尚品格。其实自降表签名之时起，太皇太后的名位与尊严既付诸东流，直呼其名乃形势使然，咎由自取。四库馆臣摆出卫道者的面孔教训人，自显其迂夫子之陋。诗人另有《和徐雪江即事》曰："夜来闻太母，已自纳降笺。"说的也是这件寒心事，可见他对此耿耿于怀，极为不满。当时人对谢太后"许降国"之举，也是褒贬不一。俞德邻《京口遗怀》说："茕然太母身，垂老歌《黄鹄》。"(《佩韦斋文集》卷二)因怜悯孤孀而原谅了她。谢枋得《叠山集》卷四《上丞相留忠斋书》说："太母轻信一二执政之谋，挈祖宗三百年土地人民尽献之□□，无一字与封疆之臣议可否，君臣之义亦大削矣。"颇怪太后独断专行，径自降元。相比之下，汪元量的批评正符合他的琴师兼书生的身份，体现了"怨而不怒"的风格。

此诗前两句托物咏怀，缘情写景；后两句据史直书，淋漓酣畅。作者不发议论，以事见理，借事写人，情理自明：幽怨悲凉的亡国之恨，尽在不言中。

（尚　荣）

醉歌十首(其十)

伯颜丞相吕将军，收了江南不杀人。
昨日太皇请茶饭，满朝朱紫尽降臣。

《醉歌十首》第六至九首写元兵进入临安城的景象，寄托哀思。这里选录的第十首是"醉歌"的尾声，为展示组诗的主旋律，作者让宋元战争中几位头面人物(贾似道已死除外)，再次出场亮相。

前两句推出了元军阵营中两位关键人物：左丞相伯颜和宋朝降将吕文焕。他们的主要功业是："收了江南不杀人。"真是言简意赅。《元史・伯颜传》记载着世祖至元十一年(1274)伯颜率兵伐宋陛辞元世祖时，忽必烈讲的一席话："昔曹彬以不嗜杀平江南，汝其体朕心，为吾曹彬可也。"曹彬在北宋初年助太祖平南唐，攻金陵时以"克城之日不妄杀一人"自誓，并以此约束部下。伯颜对圣旨心领神会，制定出军事强攻与政治诱降相结合的战略方针，从而屡战屡胜，所向披靡。他深谙"攻心为上"的用兵之道，襄樊战役中坚持围城打援，逼降了吕文焕。接着便以吕为东进向导，攻鄂州，下江州，夺金陵，一路招降纳叛，赈灾安民，瓦解了宋军斗志，最后直捣临安。受宋称臣降表后，先派吕文焕入城巡视，持黄榜抚谕军民，见谢后以德慰之。伯颜不但是灭亡南宋的头号功臣，而且骗取到不妄杀戮的美名。吕文焕作为伯颜的重要参谋和开路先锋，为实践诱降毒计出力献策，后亦受到拜中书左丞的嘉奖。诗人称他俩"收了江南不杀人"是意味深长的。首先，他们只对被"收了"的降将顺民一个不杀，这确系效法曹彬的开明之举；其次，"不杀人"须以宋室投降、"收了江南"为前提。诚如作者《湖州歌》其八十所说："一人不杀谢乾坤，万里来来谒帝阍。"给亡国君臣留条生路，但不许返国。这句诗的弦外之音是：首先，对未被收服的军民可以大开杀戒，于是有文天祥的柴市遇难。其次，"江南"在被"收了"的过程中，绝非兵不血刃，这是掩饰不了的史实，是由战争的残酷性决定的。作者《湖州歌》其三十二揭露："淮南兵后人烟绝"，"战场白骨暴沙泥"。一向繁华的江南沃野，兵燹之后竟是"夜夜鬼灯青"。作者《杭州杂诗和林石田》其十四明言："乱离多杀戮，水畔几人啼。"不战而降的古杭百姓未免战乱之祸，西湖之春的一片惨景，使"不杀人"的虚夸大白于天下。

后两句写南宋阵营，出场人物又有谢太后（即"太皇"）。诗人着力描绘的场景，似是三宫北迁前夕南宋君臣最后一次宴飨。倾国危主徒有虚名，无力摆华筵招待百官，只是"请茶饭"以示抚慰。"国母"的窘态昭然若揭，更难堪的是赴宴吃请者"尽降臣"。诗中"朱紫"原指官服，唐制：三品以上紫，五品以上朱。这里的"朱紫"借代尸位素餐的文武百官，一群招致邦国倾灭的酒囊饭袋而已。最妙的是在降表上"臣妾佥名谢道清"的太后，此时亦入"降臣"之列，唯在其"满朝朱紫"面前，尚可摆出主子架势。喝罢自己酿成的苦酒，君臣便该北上燕都朝拜新主忽必烈了。因此，这场告别故国家园的宴会，定然无欢乐，定然有人泣；诗人的凝重哀思亦蕴蓄其中。

此诗前两句与后两句互相呼应，互为因果。正因伯颜"收了江南"，才有南宋"满朝降臣"；反之，由于"朱紫尽降"，才让伯颜成就其"收了江南"的奇功。此诗的思辨性还有更深的含义。"收了江南"只表明国土沦丧殆半，此外尚有"两浙、福建、江东、江西、湖南、二广、四川、两淮见存州郡"仍在宋军手中，不料谢太后与"满朝朱紫"竟拱手"悉上圣朝"（语见《降元表》），还签署手诏檄文招其"归附"，真是毫无民族气节的软骨头！诗人哀其不幸又怒其不争的怨望之情呼之欲出。

史诗般的《醉歌十首》在谢太后"请茶饭"时戛然而止，音符中流出的是亡国恨、故园情、伤心泪。这正是《醉歌十首》的主题。（尚　荣）

利　州

云栈摇摇马不前，风吹红树带青烟。
城因兵破悭歌舞，民为官差失井田。
岩谷搜罗穷猎户，江湖刻剥及渔船。
酒边父老犹能说："五十年前好四川。"

宋恭帝德祐二年（1276），元兵入杭，汪元量随三宫北去大都（今北京）。元世祖至元二十五年（1288），元量离大都南归，次年回到杭州。大约于至元二十八年秋，经湖南赴四川，至元三十年秋，出夔门，回杭州。

据《舆地纪胜》，在南宋时，今甘肃东部、陕西南部都属四川。汪元量在上述两年中，游历了四川广大地区。《利州》即作于此时。

诗的首二句写向利州（治所在今四川广元）进发。诗人大约是从兴元府（今陕西汉中）来。从兴元到利州，要经过栈道。栈道，在峭壁悬崖上凿孔、架木、铺板而成的架空的通道，人们通过这里，好像置身云端，诗人用"云栈"恰当地描绘了这种情景。接下去，诗人没有像李白当年那样，写栈道之上有"六龙回日之高标"，栈道之下有"冲波逆折之回川"（《蜀道难》）的动人心魄的壮丽景象，只是说栈道"摇摇"晃晃，马不敢上去，平平淡淡。诗人已经没有那份激情，对大自然的杰作，无动于衷。平平淡淡之中，有着深沉的压抑感。

过了栈道，只见满山红树，风阵阵吹来，秋已深了。红树间隙，偶尔也能见到几缕青色的炊烟，是不是农家的炊烟呢？还是平平淡淡。

“城因”四句，从城、乡、山、水四个角度写利州。

先写城。利州是战略要地，三国时，魏将邓艾大破蜀军于此。南宋时，《舆地纪胜》谓为“巨藩”，已经是大都会，抗金、抗元的军政中心。理宗端平三年(1236)，守卫利州的宋兵第一次与入侵元兵展开了激战。开庆元年(1259)，为元兵所破。战争带来了巨大的破坏，老百姓哪有心思去歌舞。值得玩味的是，这里用了个“悭(qiān 牵)”字。“悭”，吝啬。意思是说也不是完全没有歌舞，只是少了。老百姓还是要顽强地生活下去，不能没有一种艺术形式来宣泄心中的郁结。作者没有用“无”字代替“悭”字，真实地反映了当时的现实，是他艺术上的高明处。

次写乡。在元代前期，一般地说，种田户须负担国家全部杂泛差役，即政府为兴役造作、治理河道、运输等需要而征发的人夫及运输工具车和牛，其他户一般不承担。“民为”一句就如实地反映了这种情况。“井”，古代制度，八家为井，引申为乡里、家宅。老百姓在没有战争的和平时期，因为差役沉重，不得不离开家乡，另寻活路，处境十分悲惨。

再写山。根据元代户籍制度，除种田户以外，有打捕户和鹰房户，即专门为皇室猎兽以及捕养行猎时所用鹰隼等动物的人户。按元政府规定，打捕户必须送纳皮货。“岩谷”一句反映的就是这种情况。打捕户生活的天地是山，沉重的负担使得他们不得不藏起来，不得不跑。官府于是在岩谷间搜罗，追赶。他们能不能藏住？就是短时间能藏住，又靠什么为生？他们能不能跑出去？就是能跑出去，等待他们的又是什么？诗人不必明显地把这些问题提出来，但我们读者可以想到。

再次写水。依靠水生活的人们，其生活又是怎样的呢？“江湖”一句的回答是：和上面几种人一样悲惨。在江湖深处漂泊不定的渔船，也无法避免官府的刻剥。

这就是今日的利州。作者用白描和写实的手法，深刻地揭露了元代统治者的罪恶，利州已经没有一片乐土。

最后二句写利州的父老。

诗人每到一地，不是游山玩水，而是进行一系列的访问和研究。上面四句是在访问基础上所作的概述，这两句就直接写访问。诗人和父老一起饮酒，借酒浇愁，借酒抒怀。故国时刻在父老心中，过去的事情还是记得那么清楚。诗人把父老所说的千言万语，用一句来表示：“五十年前好四川。”过去的好衬出今天的不好，很自然地点出了主题。从端平三年算起，到诗人写诗时，已五十多年，父老是历史的见证人。

诗史，是人们对汪元量的诗的高度评价。这个评价，不仅适用于诗人德祐巨变和留燕时的作品，也同样适用于南归后的作品。这首诗就是明证。

（孔凡礼）

谢翱

书文山卷后

魂飞万里程，天地隔幽明；
死不从公死，生如无此生；
丹心浑未化，碧血已先成；
无处堪挥泪，吾今变姓名。

这是南宋末年，爱国诗人谢翱在得知其所崇拜的知己、爱国英雄文天祥就义的消息之后，以饱蘸泪水的笔墨，动天地、泣鬼神的情志，不加一点儿文饰写成的一首悼诗。

南宋王朝，偏安江左。九个孱弱的皇帝无不希图苟安，他们挥霍从劳动人民那里搜刮来的金钱，沉湎在奢侈淫靡的生活里。然而，在这一百五十多年间，许多爱国慷慨之士，却一直抱着以身许国的壮志，抗击入侵者，拼着头颅和一腔热血，矢志恢复。文天祥正是这样的大节凛然的爱国者。文天祥在南宋王室濒临覆灭的情况下，接受了“枢密使，都督诸路军马”的任命，于端宗景炎元年(1276)七月开府于南剑州(今福建南平)，号召四方起兵。谢翱也就是在这个时候率民军投奔文天祥的，他在文天祥军中担任了“咨议参军”的职务。在小皇帝赵㬎已向蒙古人遣使奉表请降的时候，谢翱跟随文天祥转战闽、粤、赣各地。景炎二年(1277)八月，元军大败文天祥于兴国，宋军溃散，谢翱也就是这个时候跟文天祥分手的。这也就是“死不从公死，生如无此生”两句诗的历史背景了。

文天祥于1283年初就义于燕京。此诗即作于此年。谢翱未能够与文天祥一块儿在战场上捐躯，在与文天祥分手五年之后，得到了文天祥被害的噩耗，其悲愤沉痛的感情可以想见。他想追随文天祥于地下，却又人鬼殊途，幽明难通。于是形诸笔墨，成为本诗的首联：“魂飞万里程，天地隔幽明。”五言律诗以仄起仄收式为正格，谢氏此诗却以平起平收为式，叶下平八庚韵，其声悲壮，其气慷慨，质朴、沉痛，直如汉魏古风。

第三联“丹心浑未化，碧血已先成”仍然保持质朴、悲壮的本色，脱口而出却又对仗工整，成为难得的工对。“丹心”、“碧血”，原是自苌弘流血化碧以来就有的现存词语，现在用于此诗颈联，却“丹”、“碧”两相辉映，产生了意想不到的、强烈的艺术效果。文天祥就义之后，谢翱于姑苏设祭，痛哭悲悼。三年之后(1286)，又于越台哭祭；又数年(1290)，他第三次哭祭于钓台。其哭也不仅仅是由于私人交谊，而是为国家的沦亡、民族的悲剧而流下了斑斑血泪。

于第三次哭祭文天祥之后，未见谢氏再有哭祭的记录。由此我们却可以想象到当时统治的残酷。像谢翱这样的爱国志士，元军是不会轻易放过的。所以“无处堪挥泪，吾今变姓名”，是个人遭遇的纪实。据文献记载，谢翱确实已经被迫变易名字，四处藏匿。他先后曾用过“皋父”、“皋羽”、“晞发子”、“晞发道人”等化名。到元成宗元贞元年(1295)八月便含恨辞世了。

我们前面提到，此诗采用了平起平收式的五律变格，比仄起仄收式的五律正格多用了两个平声字。“程、明、生、成、名”等字都是具有沉痛、慷慨之声情的阳声韵，加上诗中“魂、隔、死、从、公、生、浑、心、先、处、堪、挥”等字均属于哽咽、凄恻的喉音、齿音字，这就使此诗读来如同泣血吞声之悲号。楚人申包胥，为了挽救其危亡的祖国去秦求援，依秦廷而哭者七日夜。谢翱此诗，亦可以当申包胥秦廷之哭矣！ （孟祥鲁）

元好问

论诗三十首(其二十九)

池塘春草谢家春，万古千秋五字新，
传语闭门陈正字，可怜无补费精神。

“池塘春草谢家春”一诗，是元好问《论诗三十首》中的倒数第二首，其他各首都侧重品评诗家，而这一首却重在描述诗歌创作的某些规律和特点。

这是一首七言绝句，以绝句论诗始自杜甫的《戏为六绝句》，以后南宋有戴石屏的《论诗十绝》，金有元好问的《论诗三十首》，以后又扩大到以绝句论词，论画，论印。以诗论诗，以诗品诗，是中国古代诗论、文论的一个特点，这同中国古代人在感性经验、生动形象中直观和领悟理性本质的思维特点有关。它常常在三言两语中，揭示和掌握到某些诗文的美学规律。

全诗四句，上两句“池塘春草谢家春，万古千秋五字新”，意思是说谢灵运的“池塘生春草”一句五言诗，新颖、别致，而又平淡、自然，世代传为佳句，万古千秋为人们所吟咏，所叹赏，所称赞。这句诗究竟好在什么地方呢？《石林诗话》对此曾有一段解释：“池塘二语，人多不解此语为工，盖欲以奇求之耳。此语之工，正在无意中，猝然与景物遇，故非常情之所能到。而思苦言艰者，往往不悟。”追求奇特的人，看不到这句诗的佳处，因为它平淡、自然，是在无意中，在与客观生活、自然景物的接触和感受中，突然获得的一种创作冲动，一种灵感升华，一种由感性体验上升为理性自由而结下的诗的硕果。在这种无意的艺术自由中，自然可以入神，必然产生出万代传颂的神品之作。

但这个“无意”为之，并非反对有意的构思，反对理性的意念，不是的，它只是反对脱离生活感受，违背艺术创作的美学规律，关起门来，一味地苦思冥想。所以下两句接着说：“传语闭门陈正字，可怜无补费精神。”陈正字，即陈师道，字无己，曾为秘书省正字，古人常以官职指称其人。传说陈无已作诗，常闭门“卧而思之，呻吟如病者，或累日方起”。故黄庭坚在《病起荆江亭即事》一诗中，也说“闭门觅句陈无己”。这种闭门苦思必然创作不出妙句佳篇，是注定要失败的，真是“可怜无补”，枉“费精神”了。陈师道乃江西诗派的三宗之一，对陈的批评，也正是元遗山宗苏（苏轼）反黄（黄庭坚，江西诗派创始人）的一个侧面。

当然，也不能完全反对苦思，没有生活感受，没有勤奋苦思，也就不可能“在无意中，猝然与景物遇”，产生灵感的升华。中国古代诗人常常是“读万卷书，行万里路”，在深厚的生活阅历、丰富的文化知识和高尚的思想情操的基础上，不断地思索探求，才可能在偶然感触中，激发灵感，达到所谓“入神”的境界，从而获得传世的佳句名篇。总之，是从有意的必然走向无意的自由，这无意的自由是既符合必然而又超越必然的艺术创造的境界。元遗山的这首诗道出了这条美学规律，所以它有价值。

（周来祥）

岐阳三首（其二）

百二关河草不横，十年戎马暗秦京。
岐阳西望无来信，陇水东流闻哭声。
野蔓有情萦战骨，残阳何意照空城！
从谁细向苍苍问，争遣蚩尤作五兵？

这是一首著名的咏史诗。岐阳，古称“岐州”，即金之凤翔府（今陕西凤翔）。金哀宗正大七年（1230），元太宗窝阔台汗率兵南下攻金，次年正月，元兵围攻凤翔，四月，城破。诗人元好问时为南阳县令，闻凤翔失陷，感而作《岐阳三首》，此为第二首。

首联突兀而来，慨叹金防备松弛，据有险固形胜之秦地而不能守。“百二关河”，《史记·高祖本纪》：“秦形胜之国，带山河之险，悬隔千里，持戟百万，秦得百二焉。”裴骃《集解》引苏林说：“秦地险固，二万人足当诸侯百万人也。”凤翔在春秋战国时是秦国重镇，故云。“草不横”，《汉书·终军传》：“军无横草之功。”颜师古注：横草“言行草中使之偃伏”，即军行草中使之横倒。诗人仅用三字，极言边城防备松弛。“十年戎马暗秦京”，化用杜甫《愁》“十年戎马暗万国”诗句。“十年”，金宣宗兴定五年（1221）元兵攻金陕北，至正大八年（1231）攻陷凤翔，恰好是十年。“秦京”，原指秦国都城咸阳，此指秦国重镇岐阳（即凤翔）。颔联极力描写和渲染元陷凤翔后，交通音信断绝，人民东下逃难、流离失所的惨状。“岐阳西望无来信”，时元好问在南阳，南阳在凤翔东，故云“西望”。杜甫《喜达行在所》诗：“西望岐阳信，无人遂却回。”此处反用其意，言凤翔失守，消息断绝。“陇水东流闻哭声”，“陇水”，陇地之水，指渭水，流经甘肃陇西、陇城等地，经凤翔向东流入黄河。“闻哭声”，古乐府《陇头歌辞》：“陇头流水，鸣声呜咽，遥望秦川，肝肠断绝。”此处指被迫东徙之难民哀号痛苦之声。雷琯《商歌十章序》云：“客有自关辅来，言秦民之东徙者余数十万口，携持负戴，络绎山谷间。昼餐无糗糒，夕休无室庐，饥羸暴露，滨死无几。”可与此句相印证。颈联采用白描手法悬想凤翔城战后阴森、凄清、荒凉的景象：战后的原野上，蔓生的野草缠绕着战死者的尸骨，似有无限深情；遍布兵燹的荒城兀然而立，如血的残阳不忍心将它那最后一道余晖洒向阒寂无人的城郭，像是知晓人意。作者通过拟人化的手法赋予自然之物"蔓草"、"残阳"以人的思想感情，何等缠绵，何等深婉！这使蒙古兵的凶残暴虐、惨无人道立显纸上；而诗人欲哭无声、欲泣无泪之痛愤，自不待言。尾联发抒内中愤慨："从谁细向苍苍问，争遣蚩尤作五兵？""苍苍"，即苍天。"争"，怎，为什么。"蚩尤"，相传是黄帝时一个强暴的诸侯，据说他不听黄帝政令，曾用庐山金属作五种兵器（戈、殳、戟、酋矛、夷矛），兴兵作乱，后为黄帝所诛（见《史记·五帝本纪》注）。此处代指蒙古兵。此联为全诗高潮，诗人关心民瘼、悲天悯人之情感像山洪暴发，一泻而出。这呼天抢地的呼声，对茫茫上天的责问，不由得使我们想起元代大戏曲家关汉卿《窦娥冤》中窦娥临刑前对天、地二尊的质问："地也，你不分好歹何为地？天也，你错勘贤愚枉做天！"诗人当时面临国亡城破的现实，其悲苦无告，愤痛积膺，指天问地，也就势所必然了。

元好问作诗师法老杜，诗风沉郁悲壮，且使事无迹。赵翼《瓯北诗话》评其诗曰："七言律则更沉挚悲凉，自成声调。唐以来律诗之可歌可泣者，少陵十数联外，绝无嗣响。遗山则往往有之。"此诗描写凤翔为元军攻陷后的惨状，极为逼真。诗风沉挚悲凉，苍劲深沉，感情浓烈。用典多达六处，但却是如此的恰切自然而明白如话，全无雕琢之痕，使读者不觉得是在用典。而"十年戎马暗秦京"、"岐阳西望无来信"整句化用杜诗，又翻出新意，可称律诗妙手。（宫庆山）

癸巳五月三日北渡三首（其二）

随营木佛贱于柴，大乐编钟满市排。
虏掠几何君莫问，大船浑载汴京来！

这是金代大诗人元好问（字裕之，号遗山）的一首著名的"丧乱诗"。

"癸巳"是金哀宗天兴二年（1233）。这年正月，哀宗奔归德（治所在今河南商丘）。蒙古军围困金都汴梁（今河南开封），金安平都尉京城西面元帅崔立与其党韩铎、药安国等反叛，自称郑王，向蒙古军乞降，并强令百姓削发戴蒙古帽"为北朝民"。四月，崔立将太后王氏、皇后徒单氏、梁王从恪、荆王守纯及诸宗室男女五百余人押赴青城（今开封东郊）。蒙古军杀二王及宗属，掳二后北迁。四月二十九日，元好问以亡金旧臣随被俘官吏被押解青城。五月初三日，诗人被蒙古兵羁管，从青城北渡黄河到聊城（今属山东）。一路所见所闻，故国山河破碎，蒙古军杀人如麻，大肆劫掠金银财物及良家妇女，人民流浪失所，一片荒凉凄惨景象，于是"麦秀"之叹，"黍离"之悲，汇于心头，因赋三绝，此乃其二。

这首诗采用白描和夸张的手法，生动逼真地刻画了蒙古兵劫掠无度、贪婪至极而又粗野愚陋之本性。首句"随营木佛贱于柴"，"木佛"，木雕佛像。金朝崇尚佛教，曾花费巨资大兴佛寺，木雕佛像极多。而对这些既非常神圣且又具很高艺术价值的佛像，蒙古兵竟将它们拉到军营作柴烧。"贱于柴"三字，一写佛像毁坏之多，一刺蒙古兵的粗莽野蛮，暴殄天物，笔锋犀利幽默，犹如匕首投枪，力扛万钧。次句

"大乐编钟满市排"紧承首句。"大乐",金太乐署,主管使乐及朝廷大典所用的音乐;"编钟",宫廷的专用乐器,将十六个钟同悬在一个木架上,按高低音次序编排。一个"满"字,既写出了蒙古兵搜掠金朝贵重乐器之多,又为下文蓄了势。掳掠者几何?不过一大船耳!船有多大?直欲载汴京耳!此等夸张笔法,既出人意表,又合乎常情,不啻钧天广乐,令人耳目一新。貌似潇洒,实是愤激。《金史》本传谓其诗"奇崛而绝雕刿",七言"特出新意",诚为的论。

元好问生当金元易代之际,金亡的惨痛,生民的涂炭,时时形诸笔端,诚如赵翼所说:"国家不幸诗家幸,赋到沧桑句便工。"(《题元遗山诗》)如:"高原水出山河改,战地风来草木腥。精卫有冤填瀚海,包胥无泪哭秦庭。"(《壬辰十二月车驾东狩后即事五首》其二)"道傍僵卧满累囚,过去旃车似水流。红粉哭随回鹘马,为谁一步一回头!""白骨纵横似乱麻,几年桑梓变龙沙。只知河朔生灵尽,破屋疏柳却数家。"(《癸巳五月三日北渡三首》其一、其三)"雁雁相送过河来,人歌人哭雁声哀。雁到秋来都南去,南人北渡几时回?"(《续小娘歌》)……平平道来,愤愤写出,不假工而自工,辞情俱茂,自成高格。清代方东树《昭昧詹言》卷一二引姚鼐语曰:"遗山……才与情称,气兼壮逸。兴会所诣,殊觉苍凉而酞至。"读遗山"丧乱诗",似闻雄狮怒吼,哀猿长鸣;战乱惨相,如在目前;家国血泪,流溢胸中——郁怒烦冤,歌哭啼笑,曲尽人间之大情,始知诗史之目,无俟杜陵(杜甫),亡国之悲,殊胜后主(李煜)。

(于德淮　牟维东)

虞　集

挽文丞相

徒把金戈挽落晖,南冠无奈北风吹。
子房本为韩仇出,诸葛宁知汉祚移。
云暗鼎湖龙去远,月明华表鹤归迟。
不须更上新亭望,大不如前洒泪时。

这是元代著名诗人虞集悼念南宋著名民族英雄文天祥的一篇诗作。诗人怀着无可奈何的惋惜低回的情愫,运用委曲婉转的手法,由衷地颂赞了文天祥挽狂澜于既倒、刚烈无畏的高风亮节。"文丞相",指南宋已故丞相文天祥。文天祥,号文山,宋端宗时封为丞相,起兵抗元,兵败被俘,押回燕京,持节不屈,慷慨就义。

诗开头两句说:"徒把金戈挽落晖,南冠无奈北风吹。""落晖",落日余晖,这里喻指即将灭亡的南宋政权。"金戈挽落晖",化用《淮南子·览冥训》鲁阳公挥戈返日的故事,说明文天祥起兵抗元、欲挽救南宋危局。"南冠",据《左传·昭公十九年》载,春秋时,晋国君巡视军府,见一戴楚人帽子的囚犯,曾以南冠指称,后人遂以"南冠"指囚犯,这里指文天祥被俘。"北风吹",指由北向南而来的元军,长驱直入中原大地，灭亡了南宋政权。两句意谓南宋灭亡已成定局，文天祥虽作了最大努力，但毕竟无力回天，最终不能不身陷重围，兵败被执。“徒把”、“无奈”两组虚词配合，流露出诗人无限惋惜之情。

“子房本为韩仇出，诸葛宁知汉祚移。”“子房”，张良的字。张良为韩国人，五世相韩。秦灭韩后，张良奋起报仇，谋刺秦始皇未遂，后来终于辅佐刘邦灭秦，建立汉朝。诸葛亮曾帮助刘备建立蜀汉，但他死后，蜀汉终为曹魏灭亡。诸葛生前兢兢业业，鞠躬尽瘁，岂知蜀汉的运数已尽，汉室终究难保。这里用张良复仇、诸葛佐刘，比喻文天祥的才略勇气，充分肯定其历史功勋。同时张良、诸葛功业的一成一败也说明时运天命（应指历史发展）并不以人的意志为转移，张良、诸葛虽都是雄才大略，但因时运契机不同，便有不同的结果，文天祥的失败，并不是个人的责任。这两句诗，暗含着对文天祥的理解和同情。

“云暗鼎湖龙去远，月明华表鹤归迟。”据《史记·封禅书》载，传说黄帝铸鼎于荆山下，鼎成，天龙垂下胡须迎接黄帝，黄帝乘龙升天。后世因以鼎湖称其地。“鼎湖龙去”，即帝王死去。这里指南宋皇帝赵昺兵败投海而死。“华表鹤归”，典出《搜神记》，相传汉辽东人丁令威外出学道，死后化为白鹤归来，栖止于辽东城门华表柱，有“去家千年今始归，城郭如故人民非”之叹。这里是说文天祥被害而没，如其魂魄南归，亦当有江山易主、物是人非之感。这里末句用“迟”与上句“远”相对，暗寓南宋已亡而文天祥仍坚持斗争之意。这时，赵昺早已死去，文天祥仍不屈服，坚持抵抗，这就更充分地显示了文天祥忠于民族、忠于自己事业的顽强精神。他被囚四年，元朝统治者费尽心机劝降，仍坚贞不屈，最终以身殉国。用一“远”一“迟”二字，就不仅写出他肝胆照人的高风亮节，而且歌颂了他坚毅持久、永不动摇的钢铁意志和光辉品质。

“不须更上新亭望，大不如前洒泪时。”“新亭”，三国吴时建，在南京南面。据《世说新语》载，西晋末，长江北半部中国为北方少数民族占领，南渡的一些文人名士，常相邀于新亭聚饮，感叹风景依旧，河山变异，相视而垂泪。最后这两句是说：元灭南宋后的局势，与尚能占据半壁江山的东晋比较，也大大赶不上了。言外之意是中原陆沉，江山非旧，垂泪悲叹又何济于事呢！出语极为沉痛。

从全诗看，由于当时以元代宋已成历史事实，其中虽有对时势无可奈何的消极感叹，但中心意旨则是表现了作者对民族英雄文天祥的崇高敬意和对故国的深切怀念。“大不如前洒泪时”一句为结语，令人尤感沉痛无比。虞集虽在元朝做官，但诗中不时流露出精神上的压抑感，如说：“京国多年情尽改，忽听春雨忆江南。”（《听雨》）“苟逐牛马性，归放春草丰。”（《后续咏贫士》）正由于此，他诗中在肯定抗元的民族英雄的同时也流露出悼思故国的感伤。（刘　淦）

王　冕

白　梅

冰雪林中著此身，不同桃李混芳尘；

忽然一夜清香发，散作乾坤万里春。

王冕是元代末年的重要诗人和著名画家。他善画梅花，诗中也常以梅花为题材。《白梅》就是一首优秀的咏梅佳作。

“冰雪林中著此身，不同桃李混芳尘”两句，写出白梅高洁绝俗的品格。白梅惯于生长于大雪覆盖、冰清玉洁的山林之中，卓然傲然，分外俊俏。而当春天到来，桃李花竞芳争艳之时，梅花却悄然敛迹，显示着不愿混同浮花浪蕊、不想随俗浮沉的高雅情趣。王冕出身于农家，曾替人放牛，靠自力苦学成才，屡试不第，却又不愿随俗，多次拒绝别人荐举，终生不仕。晚年隐居会稽（今浙江绍兴）九里山，种田养鱼，作画写诗。白梅的品格有着诗人自我形象的投影。

在我国古代画坛上称松、竹、梅、兰为“四君子”，在诗坛上，也有以梅花赞喻人的高洁品质的传统。不过前人咏梅多借以称扬洁身自好、超尘拔俗的志趣。而王冕的这首咏白梅诗则寓托了高尚的人生价值理想。后两句诗“忽然一夜清香发，散作乾坤万里春”，体现了作者宏阔的襟怀和积极的理想。就字面上看，这句式可能受过前人影响，比如唐人岑参诗有“忽如一夜春风来，千树万树梨花开”之句，王诗也可能从这里的奇特联想受到启迪。但王冕的诗句却有更深的寄托。春花的开放，需要春风的吹拂、春光的送暖，然而，梅花一夜清香挥发，却可以创造无边春色，使春意充满乾坤，遍及宇宙。伟大的品格应以奉献为价值，应以利人为荣耀。白梅生于冰雪之中，而超于世俗之上，但不是为了孤芳自赏，而是要以自身的清香为社会带来春色，送来温暖。诗人写白梅，写花卉，不是强调凭借春风来竞芳，而是梦想以自身的清香来为乾坤创造美，奉献香，并使美和香遍满乾坤，这是何等博大的襟怀，何等积极的精神境界啊！

由此可以看出，《白梅》一诗，通过描绘冰雪中傲然挺立的白梅，抒发了作者纯正博大的情怀，歌颂了既高洁绝俗又济世救时的优秀品质，描就了一幅闪光的梅花画，谱成了一曲悠扬高亢的理想赞歌。（刘　淦）

唐温如

题龙阳县青草湖

西风吹老洞庭波，一夜湘君白发多。
醉后不知天在水，满船清梦压星河。

文学史上有一些有趣的，同时也是发人深省的现象。其中之一就是：某些作家仅以一篇作品或一二佳句，就能名垂后世，而且这些作家的生平，也往往和他的其他作品一样，并不多为后人所知。在这种情况之下，要了解和评价他们，主要或者全部依靠那些幸而流传下来的少数的作品，就是很自然的事了。

张若虚的《春江花月夜》就是这种现象的著名例子之一。但这篇“孤篇横绝，竟为大家”[①]的杰作，取得人们的公认和理解，也有一个相当长的过程，这里且不详说。想指出的是，直到现在为止，还有一些古代杰作没有被发现，被肯定。将这些长久湮埋在沙砾中的明珠拣选出来，使它重放光华，乃是我们今天的责任。

唐温如这篇诗是我在读唐诗时偶然注意到的[②]。唐温如，名珙，元末明初诗人，是属于所谓“无考”之列的作家。但这篇小诗本身却证明：这位今天我们对其生平一无所知的诗人具有很独特的艺术构思。

龙阳即今湖南省汉寿县。青草在南，洞庭在北，二湖相连相通，自来并称[③]。所以阴铿《渡青草湖》云：“洞庭春溜满，平湖锦帆张。”杜甫《宿青草湖》云：“洞庭犹在目，青草续为名。”但无论是杜甫，还是杜甫所尊敬的阴铿所作的那两篇诗，却都被这篇一向不甚为读者所知的《题龙阳县青草湖》比下去了[④]。

洞庭属楚，而楚乃是古代词人悲秋的发源之地。在《九歌》里，屈原写道：“帝子降兮北渚，目眇眇兮愁予。袅袅兮秋风，洞庭波兮木叶下。”这实质上是悲秋。到了他弟子宋玉的《九辩》里，就第一次公开地提出“悲秋”这一命题了。

“悲哉！秋之为气也。萧瑟兮草木摇落而变衰。”草木变衰是夏去秋来最显著的标志，屈、宋都抓住了这一标志，来写秋天。所以杜甫在《咏怀古迹》中赞扬宋玉，也首先提到“摇落深知宋玉悲”。可是，唐温如在描写洞庭之秋时，虽然也显然从《九歌》中得到了启发，但他却把作为秋天最显著的标志放在一边，而从与季节变换联系较少的湖水着想。这就已经突破屈、宋以下描绘秋天物色的传统了。

“西风吹老洞庭波”，只此一句，体现三奇。秋天的到来，不从草木变衰而从湖水兴波见出，一奇也。湖波能老，二奇也。湖波之老，是由于西风之吹，三奇也。李贺也颇能用“老”字，如“客枕幽单看春老”(《仁和里杂叙皇甫湜》)及“天若有情天亦老”(《金铜仙人辞汉歌》)之类，皆拟物如人。此诗“吹老”，用意亦同，而青出于蓝，更为生动。

“气之动物，物之感人”[⑤]，所以词客悲秋，形成传统。然而诗人对此，又有进一步的想法。他认为，既然人都觉得秋之可悲，神又何能例外？在青草湖边的诗人，就很自然地驰骋他的想象，念及古代帝舜及其妃子的悲剧了。由于失权，帝舜不得不在年迈的时候勉强南巡，终于死在苍梧之野，而他的两位妃子则因为从征，溺死湘江，因此一直“神游洞庭之渊，潇湘之浦”，或者追随不及，啼竹成斑[⑥]。这些激动人心的传说，也许从屈原起，就加以赋咏了。在《九歌》的启发之下，这位默默无闻的杰出诗人就想到：湘君虽然长生，并非不老，虽然成神，并未忘情，对此可悲之秋色，又岂能无动于衷呢？她难道不会在一夜之间，增加了许多白发吗？于是我们就看到诗篇的次句。

神是人按照自己的形象塑造的。所以在神的身上，常常被赋予人的性格、感情和生活情态。善于描写神的诗人，因而就不应当忘记将真与幻交织起来，以体现神的人性和人态。“曹植《洛神赋》写洛神渡水云：‘体迅飞凫，飘忽若神；凌波微步，罗袜生尘。’在水波上走路，是幻；走路而起灰尘，则是真。而说凌波可以微步，微步可使罗袜生尘，又使真与幻统一了起来，显示出她同时具有人和神的特点。”[⑦]李贺对此也很了解，所以他在《浩歌》中写道："王母桃花千遍红，彭祖巫咸几回死。"在《官街鼓》中，又写道："几回天上葬神仙，漏声相将无断绝。"李贺写神仙及道术之士既然会死，又能死而复生，也是真幻交织。懂得了曹植和李贺，也就懂得了"一夜湘君白发多"这句诗之合情合理之妙。

如果说，这篇诗的前半是《九歌》、《九辩》的旧曲翻新，它只不过是丰富了、发展了前代诗人所已创造出的境界，那么，读了后半，我们就会对这位"人代冥灭，而清音独远"[8]的诗人更加钦佩。

这是因为，在诗的后半，作者创造了一个前所未有的神奇境界，而且其中所展示的情调又和前半迥然不同。前半写景，形容秋气之衰飒；后半写人，描绘自己之豪迈。衰飒之景与豪迈之情，不仅对照强烈，而且转接无痕。刘禹锡《秋词》云："自古逢秋悲寂寥，我言秋日胜春朝。晴空一鹤排云上，便引诗情到碧霄。"这篇诗歌颂明丽的秋天，反映了诗人的乐观情绪，客观和主观是一致的，因而情景交融。唐温如则写了衰飒的景色与豪迈情怀的对立，而前者终于被后者笼罩了，即情与景矛盾，而又在对立中统一起来。故刘易而唐难，刘平常而唐超逸。

诗人的豪迈情怀是通过醉与梦来体现的。在秋色已老的洞庭湖畔，他却并没有受到季节所形成的悲观气氛的侵蚀。在夜间，始而开怀畅饮，终于颓然尽醉了。饮而醉，醉而梦，梦而醒，醒而吟诗，是他在这一段短短的时间内的连续动作，而银汉横空，星河倒影，则在其入梦之前，已收入眼帘，映入脑海。这一印象的保存，就使诗人在梦中觉得，自己所乘的船并不是在青草湖上，而是在星河之上了。杜甫《渼陂行》云："船舷暝戛云际寺，水面月出蓝田关。"胡翔冬老师《宿杜二小楼》云："小池水不波，树头鱼可数。"都是写水中倒影，与此诗所写星河映水可以比观。大醉一场，乾坤颠倒，与陆游《赠刘改之秀才》所云"醉胆天宇小"略同，此之谓豪迈。

然而，唐温如在这方面，也有突破。他不但通过描绘水中倒影，颠倒了空间，而且进一步利用梦境，创造了幻中有幻的境界。由于天在水中即星河倒影而梦见船不在水面而在星河之上，是幻，又从而联想到不仅是人睡在船上，而且自己所做的梦，也像人身一样、船只一样，是有体积的，有重量的，它也直接压在船上，因而间接压在星河之上，这就形成了幻中之幻。

还不止于此。诗人在梦境的描写上也下了工夫。说"满"船，则梦之广阔可见。说"压"星河，则梦之沉重可知。梦境在此，可见可触。这是化虚为实。可是这满船的压星河之梦，却又是"清"梦。清之与虚，清之与轻，义皆相近，所以清虚、清轻，可以构成复词。点明清梦，则此梦虚而不盈，轻而不重，又于实中见虚了。这样写梦，就显得它的境界缥缈而分明。亦真亦幻，亦实亦虚。

这种奇妙的艺术构思来自诗人对生活深入而细致的探索以及对于生活的大胆而独特的处理方式。

寥寥二十八字，其中就有这么多值得玩味的东西，此之谓"深文隐蔚，余味曲包"。

这篇诗应当得到应有的珍重。　　　　（程千帆）

【注】 ①王闿运语，见陈兆奎辑《王志》卷二《论唐诗诸家源流，答陈完夫问》。 ②见《全唐诗》卷七七二。按，《全唐诗》误收。 ③钱谦益注《杜工部集》卷一八《宿青草湖》注引《荆州记》云："巴陵南有青草湖，周回百里，日月出没其中。湖南有青草山，故因以为名。青草湖，一名洞庭湖。"又引《南迁录》云："洞庭西岸有沙洲，堆阜隆起，即青草庙下。一湖之中有此洲，南名青草，北名洞庭，所谓重湖也。" ④为了便于比观，现将阴、杜二家诗附录于下。阴铿《渡青草湖》："洞庭春溜满，平湖锦帆张。沅水桃花色，湘流杜若香。穴去茅山近，江连巫峡长。带天澄迥碧，映日动浮光。行舟逗远树，度鸟息危樯。滔滔不可测，一苇讵能航？"杜甫《宿青草湖》："洞庭犹在目，青草续为名。宿桨依农事，邮签报水程。寒冰争倚薄，云月递微明。湖雁双双起，人来故北征。"阴诗既显示了春日晴和，湖波浩荡的阔大图景，也通过精雕细刻，突出了这幅图景的某些细部，尚不失为佳作。杜诗率尔遣兴，与他自己的其他作品相较，只能算是下乘。其成就都不能和唐温如这篇诗相比。 ⑤钟嵘《诗品》序语。 ⑥参看王琦注《李太白全集》卷三《远别离》注引《泥冢竹书》、《水经注》及《述异记》。 ⑦沈祖棻《宋词赏析》之张先《醉垂鞭》浅释。 ⑧借用《诗品》卷上评《古诗十九首》语。

于谦

石灰吟

千锤万击出深山，烈火焚烧若等闲；
粉身碎骨浑不怕，要留清白在人间。

于谦是明代一位关心人民疾苦的政治家，又是一位积极主张抵御外侮的民族英雄，写诗是他的业余爱好。于"台阁体"流行的当时，于谦的诗独树一帜，呈现出诗人的高风亮节。

这首诗运用了隐喻、象征的手法，字面上写石灰，实际上托物寄怀，体现诗人的宏伟抱负和高尚的人格理想。首联写石灰的开采和烧制过程。烧制石灰先要开采石头，从深山中把石头开掘出来，"千锤万击"，是写开采过程。开掘出的石块要经过烈火燃烧，方能粉化为石灰，"烈火焚烧"是写烧制的过程。石灰的形成要经过"千锤万击"，要经受"烈火焚烧"，一个刚强的非凡人物的成长也要经受千万种痛苦的磨炼，也需从血与火的考验中成熟起来，诗人正是借石灰隐喻了这种发人深省的意念。由石灰岩石变成洁白的石灰，既要经锤凿开采，又要经烈火燃烧，铁的锤煅，火的考验，使石块变为碎石粉末，故曰"粉身碎骨"。诗的第二联颂扬石灰的品格："粉身碎骨浑不怕，要留清白在人间。"这就是说为了保持清清白白的人品垂范人世，粉身碎骨也全然无所畏惧。作者用拟人化的手法来写石灰，因而赋予石灰以人化的品格和性灵，如"若等闲"、"浑不怕"、"要留清白在人间"等等，而这种为了保持清白的节操，不怕一切险难，敢于藐视一切严峻考验的石灰精神，是一种为了节操和理想可以牺牲一切的大无畏精神，是诗人人格理想和宏伟抱负的体现。作者写诗惯于借物言志，他的另一首《咏煤炭》，有"鼎彝原赖生成力，铁石犹存死后心；

但愿苍生俱饱暖，不辞辛苦出山林”之句。诗人所阐扬的煤炭的奉献精神，也同样感人。于谦继承了古代正直的读书人的高风亮节和优良传统，发为诗章，激情坌涌，光彩照人，今天读来仍有不可忽视的感染力量和激励作用。（刘　淦）

袁宗道

初春和陆放翁韵

四十方强已厌官，催人头白是长安。
新诗繁芜多随意，夜读昏花觉损肝。
懒向时人争巧拙，久游畏路耐咸酸。
春来转忆家园好，社鼓村醪日日欢。

袁宗道有要求个性解放的民主思想，不满当时黑暗的社会现实，因而虽身居朝官，但并不热衷于功名富贵。他追求山水之乐，爱好文学，并反对当时复古模拟的文风，倡导文学革新，本篇也体现了袁氏的这些志趣。本诗写于万历二十八年（1600），时作者在京师任太子朱常洛讲官。“和韵”指依照他人诗歌的韵脚作诗。袁宗道所和的诗是陆游的《初春遣兴》，原诗用“寒”韵，首句入韵，韵字的次序是：官、安、肝、酸、欢。本诗与陆诗的用韵及韵字的次序完全相同。诗中强烈地表现了厌弃官场，希望从事写作和归里闲居的退隐思想。

袁宗道写诗受白居易、苏轼的影响较大，表现方法灵活多样，有时注重诗意含蓄，有时开门见山直写胸臆，本诗属于后者。“四十方强已厌官”二句，集中表现厌弃官场的思想。写本诗时作者四十一岁，故称“四十方强”。求取仕进，角逐官场，当然要未老先衰，“催人头白”。长安，今西安市，为我国古都之一，人们常用以代指本朝京师，这里指在北京求取官位。“新诗繁芜多随意”二句，指自己爱好诗歌创作，自由地抒发己意，不愿苦读经书，自求约束。“损肝”，损伤身体。“懒向时人争巧拙”二句，是说不愿与那些追逐仕途，驰骛名利的小人竞争，甘愿忍受世态的炎凉。这里应注意“时人”二字，这是贬义词，指趋时逐俗、趋炎附势的人。这二句是对官场黑暗的具体揭露。“春来转忆家园好”二句，与开首二句相呼应——厌弃官场，希望回到家乡，过起农村安闲自由的生活。这是全诗的中心思想。“社鼓”，“社日”祀神所敲的鼓。古代的“社日”是春秋二季群众集会祀神的欢乐日子，一般在立春、立秋后的第五个戊日。“村醪(láo劳)”，农家自酿的浊酒。

希望做官而又厌弃官场，这是袁宗道长时期的思想矛盾。他在一首《过黄河》的诗中写道：“宦海多风涛，绝胜洪河浪。”看来厌弃官场的思想与“宦海多风涛”的认识和经历有直接关系，是一些进步知识分子对明代中后期的黑暗社会不满的一种思想表现。

袁宗道在他的《论文》上提出：写作要“口舌代心”，说写一致。其中既反对师古模拟，也反对文字佶屈聱牙，故作艰深。主张“时有古今，语言亦有古今”，要用随时的语言写出通俗的作品。本诗体现了这些主张，全诗语言通俗易懂，明白晓畅。其中“催人头白”、“耐咸酸”等都是提炼口语入诗。“新诗繁芜”、“社鼓村醪”等又是明显地对过去诗词语言的活用。“畏路”指污浊的世道，是《庄子·达生》篇中“畏途”的翻新。但新与旧能熔于一炉，统一和谐，表现了作者驾驭语言的功力。全诗诗意流畅，层层深入，“春来转忆家园好”句别开生面，诗意邃远，为全诗结穴。

（李茂肃）

袁宏道

听朱先生说《水浒传》

少年工谐谑，颇溺《滑稽传》。
后来读《水浒》，文字益奇变。
六经非至文，马迁失组练。
一雨快西风，听君酣舌战。

此诗作于明万历二十五年（1597），作者已辞去吴县县令职务，闲居无锡。袁宏道的文艺思想深受李贽的影响，喜爱小说和戏曲，并给以很高的评价。李贽有《忠义水浒传序》，称《水浒》为“发愤之作”。袁宏道在此诗中亦以“奇变”、“至文”评论《水浒》等作品，与卓吾一脉相承。诗的大意说：自己少时喜欢逗趣诙谐，特别喜爱《史记》中的《滑稽列传》。后来阅读《水浒》，感到别开生面，进入一个新的欣赏领域。不仅儒家的六经不是最好的文章，就是司马迁的《史记》与《水浒》相比，也感到未免逊色了。这里“马迁”指司马迁。“组练”一词本自《左传》，原指将士的衣甲服装，后来借指军旅之威容，这里指文章的变化结构和文采。作者既然特别喜爱《水浒传》，因此当初秋雨后，西风送爽之际，便兴致百倍地听说书艺人讲述《水浒》的故事了。

明清时代，吴地多说书艺人。钱希言在《戏瑕》中说：“文待诏（文征明）诸公暇日喜听人说宋江。”袁宏道在《游惠山记》中也说：“邻有朱叟者，善说书”，“每看书之暇，则令朱翁登堂，娓娓万言不绝”。可见说书风气之盛。这里的“朱叟”、“朱翁”，也可能就是诗中所说的“朱先生”，他是说书艺人，是讲述《水浒》故事的大师。

旧时文人看不起小说，对《水浒》更加鄙薄，诬之为“诲盗”之书。而袁宏道却对这部书给以很高的评价，甚至提高到四书五经和《史记》之上，这在当时是一种大胆的行为，也可说有点“离经叛道”。但是正是在这点上，表现了袁宏道进步的文艺思想。

袁宏道写诗，主张“独抒性灵，不拘格套”，“信口信腕”，“直写胸臆”。这首诗正体现了这一特点。全诗自然流畅，以浅近的文言入诗，无斧凿矫造之痕迹，全是真情实感的流露。因此诗意畅达，很有感染力。诗中用回忆对比的手法，而回忆的文字只有两句，对衬托后文、突现重点起了铺垫作用。（李茂肃）

陈子龙

小车行

小车班班黄尘晚，夫为推，妇为挽。出门茫然何所之？青青者榆疗我饥，愿得乐土共哺糜。风吹黄蒿，望见垣堵，中有主人当饲汝。叩门无人室无釜，踯躅空巷泪如雨。

陈子龙是明代最后的一位杰出诗人。他的诗深刻地反映明季的社会现实，闪耀着爱国主义思想光辉，具有浓厚的时代气息。《小车行》所反映的是明崇祯末年天灾人祸带给人民的苦难。当时两京、山东、河南、山西、陕西以及江西、浙江、三吴等地，屡被灾荒，农民挣扎在死亡线上，终于酿成以李自成为首的波澜壮阔的农民大起义。李自成起义檄文有云"家有食子之父，野无完皮之树"（徐岳《闻见录》），"科敛重重，民有偕亡之恨"（计六奇《明季北略》），正概括了明末阶级矛盾激化的严峻形势。其时，陈子龙曾三次往返于北京和松江之间，目睹农村残破景象。崇祯七年(1634)，陈子龙落第；崇祯十年，中进士，选惠州（治所在今广东惠阳）司李（推官），行至今河北省境内，闻母丧，径返家乡；崇祯十三年入都，六月选绍兴司李，七月南还。陈子龙目睹饥民流离，更加深了自己的忧患意识，写下了新体乐府《小车行》、《卖儿行》等诗篇，记录了那个年代里饥民流离失所的悲苦处境。

《小车行》所描绘的饥民流离图，并非巨幅长卷，而是斗方短制。诗人的白描之笔，仅仅刻画了两个人物的流离失所，穷愁绝望。虽然如此，但是作品的深层内蕴则展示了广大地区饥民的普遍苦难。"小车班班黄尘晚，夫为推，妇为挽。"一辆小车，一对夫妇，一推一挽，孤寂地行走在黄尘厚积的大路上，虽已傍晚时分，车行班班，仍在不停地赶路。他们在黄蒿蔽野的干旱荒原上，看来从早到晚也没有找到一户可供歇脚的人家。好不容易望见黄蒿丛中露出一堵墙垣，谁料"叩门无人室无釜"，屋主也早逃荒他去。诗篇所展示的并不是哀鸿遍野，而是千里无人；地满黄蒿，风卷黄尘，在这荒寂无人的土地上，这对夫妇连个乞食的地方都找不到！在诗中，对离乡背井的夫妇二人的悲苦是明写；而对空留墙垣、早已逃亡的一方之众则是暗写。这不写之写，正是该诗寓意最深之写。

新体乐府为作者新创，但仍保持古体乐府的朴实风格。全诗不假雕琢，全用白描，既逼真地勾勒了逃荒饥民的悲惨境况，更含蓄地展示了他们的凄苦内心。为了生存，他们被迫出外觅食，但是"出门茫然何所之？"——到底什么地方才是可供"哺糜"的"乐土"，他们却茫然不知。在漫无目标的盲目外流中，青榆疗饥，默然无语，心中只有一个念头——与其坐以饿毙，不如逃荒求活。民以食为天，饥民不暇多想，只求哺糜活命。这就是当时广大饥民的普遍心态，是他们挣扎在死亡线上的唯一祈望。所以遥望一堵墙垣，就闪起一线希望："中有主人当饲汝。"可是发现该地饥民也逃亡一空，他们刚刚闪现的希望又旋即破灭。在这阒无人烟的村落中，“踯躅空巷泪如雨”——他们绝望了。空巷无人，连个同情的人儿都没有，真的彻底绝望了。绝望哭泣，泪下如雨。明天怎么办？流民自己不知道，我们的诗人也不知道，以致无法再写下去。至此，一幅惨绝人寰的流民特写也勾勒完成。其中既有荒寂无人的背景衬托，又有饥民凄苦内心的深层发掘，更有诗人悲怆情绪的深沉渗入。这首新体乐府诗朴素无华，沉郁悲怆，雄浑自然，全无斧凿痕迹。

（朱其铠）

秋日杂感（其四）

行吟坐啸独悲秋，海雾江云引暮愁。
不信有天常似醉，最怜无地可埋忧。
荒荒葵井多新鬼，寂寂瓜田识故侯。
见说五湖供饮马，沧浪何处着渔舟？

崇祯十七年(1644)清兵占领北京，建立清王朝；福王朱由崧监国南京，帝号弘光。次年五月清兵渡江，旋陷南京。两都倾覆之后，陈子龙在苏、松一带联合江南各地抗清武装，蹈义赴难。在严酷的民族斗争中，陈子龙慷慨悲歌，申叙救亡图存、矢志报国的决心。复国无望，而其忠贞不贰之情始终激盈在他的诗作之中。他客居吴中所作的十首七律《秋日杂感》，沉痛地表达了他在国破家亡之时的忧愤情怀。本篇是《秋日杂感》的第四首。

写此组诗时，苏、松地区已被清兵占领。吴中进士吴易起兵抗清，江南各地官民屯兵自保者更不可胜记；但先后均被清兵击溃，死难之士也不可记数。“阮籍哭时途路尽，梁鸿归去姓名非”（《秋日杂感》其三），当此之时，陈子龙也有途穷之慨，曾着僧服，改名易姓，辗转吴中，待时抗清。诗人的悲愤心情和爱国情操，在“行吟坐啸独悲秋”一诗中体现得最为充分。

“行吟坐啸独悲秋，海雾江云引暮愁。”其时陈子龙身处黑云蔽日的江南一隅，海雾江云，暮色苍茫，更引起他的万千愁绪。诗人行吟坐啸，以歌代哭，亡国悲愤尽涌心头：“不信有天常似醉，最怜无地可埋忧。”诗人并不认为明室灭亡是天意注定，而相信天意不会泯灭，总有一天会清醒过来伸张正义的。唐代诗人李义山曾把天帝人格化，其《咸阳》诗有云：“自是当日天帝醉，不关秦地有山河。”他认为国家的兴亡不在于是否有山河之固，而在于国君能否顺应天意治国爱民；“天帝醉”实指国君昏醉。而陈子龙则不然，他“不信有天常似醉”，这正表明在清兵占领之下，他立志恢复，相信会出现圣主明君，光复故国。然而眼前的严酷现实激起诗人的悲愁却无法排遣。这时的心情，与南宋志在恢复中原的爱国诗人陆游有某些相通之处。陆游北望中原，忧积胸臆，不能自已，他时而慨叹“四方行万里，不见埋忧地”；时而仰首问天：“磅礴昆仑三万里，不知何地可埋忧？”陈子龙避兵吴中，国破家亡之忧，同于陆游。出于情感上的相应相求，陈子龙也不禁发出“最怜无地可埋忧”的喟叹。

“无地埋忧”正是清兵南下的严酷现实，也是诗人凄楚心情的写照。中原大地，江南水国，经过血与火的洗劫，已是山河易色，荒芜沉寂。“满目山川极望哀”，诗人在《秋日杂感》第一首中发出这样凄楚的低吟。而本诗所写的“荒荒葵井多新鬼，寂寂瓜田识故侯。见说五湖供饮马，沧浪何处着渔舟？”此则是诗人痛定思痛的深沉忧伤。扬州十日，嘉定三屠，大江南北人民死难——这就是“荒荒葵井多新鬼”诗句所概括或反映的血腥现实。荒芜的井台上野葵丛生，聚井而居的人们已遭屠杀，江南繁盛之区顿时荒败不堪！而清兵南下，明政权分崩离析，王公大臣幸存者多隐伏于草野，又使诗人不禁想起往古的历史：秦亡后，东陵侯邵平隐居长安城东种瓜，沦为庶人。而今历史又重演了。明清鼎革之际，天翻地覆，明朝衣冠人物大都敛迹星散。“寂寂瓜田识故侯”句正是这一现实变革的概括。

死去的死去，隐遁的隐遁；未死而无处可隐，则更使诗人忧愁：“见说五湖供饮马，沧浪何处着渔舟？”春秋时范蠡助越王勾践灭吴，后退隐于五湖，他是逍遥的隐退。而今已无处可供逍遥，听说清兵已饮马五湖，尽掩其地，欲与渔夫为伍，一叶扁舟浪迹水乡，也不可得了。如此处境与前几句相应，形象地表达了“无地埋忧”之忧，则更是难堪之忧。

“最怜无地可埋忧”是全诗构思的中心。葵井新鬼，瓜田故侯，五湖饮马——清兵压地而来，山山水水，颜色尽改，已经寻觅不到隐居埋忧之地了！无处消愁愁更愁，诗人的悲愁忧愤已达到无法承受的程度，因而发之为诗，且悲凉凄怆之情弥漫全诗，这是此诗艺术感染力的深层所在。前人谓陈子龙诗文：“苍劲之气，与志节相符。”（《古今词话》）此诗苍劲之气正与他在民族劫难中的志节相符，是诗人沉郁内心的外现，是宁死不屈的时代悲愤的抒发。深刻的社会内容与感人的艺术表现，得到了高度的统一。（朱其铠）

夏完淳

别云间

三年羁旅客，今日又南冠。
无限河山泪，谁言天地宽？
已知泉路近，欲别故乡难。
毅魄归来日，灵旗空际看。

在中国文学史上，如果要遴取“有第一等襟抱，第一等学识”的“第一等真诗”（沈德潜《说诗晬语》）的话，那么弥漫充溢着天地间正气的《南冠草》，是应当列为首选的。年仅十七虚龄而志节坚贞，凛然横面冷对刀斧加颈的夏完淳则无疑是第一等的真诗人。

公元 1644 年农历三月十九日，李自成农民军攻入北京，崇祯帝自缢于景山，明王朝社稷倾垮。不到两个月，在吴三桂的叛卖导引下，清兵入关，大顺农民政权溃退，一场翻天覆地的阶级斗争转化为残酷激烈的民族斗争。次年，清军铁蹄直驱江南，刚组成数月的南京弘光朝政权旋即破败，东南数省陷入了血火横飞的抗清斗争的苦难岁月。这就是史称的“甲申、乙酉之变”。乙酉(1645)之年，夏完淳年方十五，英才早熟的他紧随其父夏允彝和老师陈子龙投入了这场惊心动魄的抗战。第二年夏允彝沉水殉国，又不到一年，陈子龙被俘不屈自尽。夏完淳满怀国仇家恨继续斗争，1647年夏亦不幸被清军捕获，终于视死如归地结束了他短暂却极光辉的一生。《南冠草》是完淳被捕后的一束诗草，这首《别云间》即其中十首五言律诗之一。

“南冠”，是借取《左传》中“南冠而絷者谁也”之语，指代被囚禁之人。“云间”，今上海市松江县的古称，夏完淳的家乡。起首二句总述了乙酉年以来备尝苦难的抗战生涯，并为自己成为阶下囚而壮志未酬深寓悲慨。“三年”，既是写实，又传述了一种艰难辛苦的感受。流离颠沛、忧患无比的生活该是怎样度日如年般煎熬着心身，诗人日盼一日地企望能拯救家国于危渊，解救生民于倒悬。然而，如此流离颠沛于他乡的“羁旅”生涯却是整三年了。而更感到悲慨的是今日竟是“南冠而絷”，再次与家乡告别！据考，夏完淳是在潜回松江探视其母亲时被捕的。所以，第二句中的“又”字特别值得玩味，在全诗第一联看似平淡的二句中，已深深渗入了“别”的哀苦情，他是怀着悲愤、痛苦、慷慨而又别寄期望于生者的情思诀别家乡的。

颔联“无限河山泪，谁言天地宽”，以流水对的灵活形式，倾吐了对家国的深情和一己沉痛的感受。前句极言家国苦难之深重，后句则以逆向的角度，说明天地虽宽大而自己无容身报国之地。这样，苦难之大的无限与立命之地的窄小，从深层情思上建构成一联“意”的对举偶句，在这特定的反差上激射出诗人的巨大痛苦。

如果说前四句是总结往昔，是一个层次，多少蒙有抑郁悲伤色彩的话，那么后四句作为第二个层次，则透发出一种悲壮的神韵。年轻的诗人深知此去凶多吉少，殉国在即，故言“已知泉路近”。但他留恋的是长育他的故乡，他魂牵梦萦的是国难家仇的未报，这一点正是全诗的大旨所在，贯穿整篇。所以，当他唱出“已知泉路近”之时，心头却浮起一种悲壮之思：“毅魄归来日，灵旗空际看！”“毅魄”句翻用屈原《九歌·国殇》的“身既死兮神以灵，魂魄毅兮为鬼雄”句意；“灵旗”，汉武帝伐南越时曾作“灵旗”祀神，这里代指反清义旗。意谓：当我的神魂重返家乡时，当会重见如火如荼的抗战局面。我深信到那时在云头空际下视时，这片土地上一定战旗林立，前仆者虽去，后继者不绝而来！

诗中所体现的青年英雄夏完淳宁死不屈、视死如归的精神，虽死犹生的执著于自己的理想的精神，是十分感人的，是我们华夏人民民族正气的生动体现。

《别云间》是血与火的斗争中产生的悲壮的血泪之作，是真情的倾泻，是生命之火的垒涌，是不应等同于斤斤较量于字句的一般艺文来看待的。但即使诗人在生命最后阶段所发出的吟咏，也难掩他出众的早熟的才华。特别是“无限河山泪”一联，尤见沉郁顿挫之致，杜甫的“国破山河在”、孟郊的“谁谓天地宽”的吟唱，在这位少年诗人手中经重新熔铸，竟是如此的天衣无缝，十分自然地体现了少年英雄的壮怀和灵气。

（严迪昌）

吴伟业

圆圆曲[①]

鼎湖当日弃人间[②]，破敌收京下玉关[③]，恸哭六军俱缟素[④]，冲冠一怒为红颜。红颜流落非吾恋[⑤]，逆贼天亡自荒宴[⑥]，电扫黄巾定黑山[⑦]，哭罢君亲再相见[⑧]。

相见初经田窦家[⑨]，侯门歌舞出如花；许将戚里箜篌伎[⑩]，等取将军油壁车[⑪]。家本姑苏浣花里[⑫]，圆圆小字娇罗绮；梦向夫差苑里游，宫娥拥入君王起。前身合是采莲人[⑬]，门前一片横塘水，横塘双桨去如飞，何处豪家强载归[⑭]；此际岂知非薄命，此时只有泪沾衣[⑮]。薰天意气连宫掖，明眸皓齿无人惜；夺归永巷闭良家[⑯]，教就新声倾坐客。坐客飞觞红日暮，一曲哀弦向谁诉；白皙通侯最少年[⑰]，拣取花枝屡回顾[⑱]。早携娇鸟出樊笼，待得银河几时渡？恨杀军书底死催，苦留后约将人误。相约恩深相见难，一朝蚁贼满长安[⑲]；可怜思妇楼头柳[⑳]，认作天边粉絮看[㉑]；遍索绿珠围内第，强呼绛树出雕栏[㉒]。若非壮士全师胜，争得蛾眉匹马还[㉓]？

蛾眉马上传呼进[㉔]，云鬟不整惊魂定；蜡烛迎来在战场，啼妆满面残红印[㉕]。专征箫鼓向秦川[㉖]，金牛道上车千乘[㉗]；斜谷云深起画楼[㉘]，散关月落开妆镜[㉙]。

传来消息满江乡[㉚]，乌桕红经十度霜[㉛]；教曲妓师怜尚在，浣纱女伴忆同行。旧巢共是衔泥燕[㉜]，飞上枝头变凤凰[㉝]。长向尊前悲老大[㉞]，有人夫婿擅侯王。

当时祗受声名累[㉟]，贵戚名豪竞延致；一斛明珠万斛愁[㊱]，关山漂泊腰支细；错怨狂风飏落花，无边春色来天地。

尝闻倾国与倾城[㊲]，翻使周郎受重名[㊳]；妻子岂应关大计，英雄无奈是多情！全家白骨成灰土，一代红妆照汗青。

君不见，馆娃初起鸳鸯宿，越女如花看不足[㊴]；香径尘生鸟自啼[㊵]，屧廊人去苔空绿[㊶]。换羽移宫万里愁[㊷]，珠歌翠舞古梁州[㊸]。为君别唱吴宫曲[㊹]，汉水东南日夜流[㊺]！

吴伟业，字梅村，诗多取材于明末史事，如《鸳湖曲》、《听女道士下玉京弹琴》、《悲歌寄吴季子》等。《圆圆曲》最富艺术魅力，是白乐天《长恨歌》以后艺术成就最高的长篇歌行之一。

《圆圆曲》写明末清初名妓陈圆圆与吴三桂的悲欢离合。据记载，明末贵戚（一说为明思宗周后之父周奎，一说为田妃之父田畹）以重金购得苏州名妓陈圆圆，进奉明思宗，思宗不纳，贵戚遂将圆圆归己。为笼络吴三桂，贵戚将陈圆圆赠予吴三桂为妾。吴因出守山海关，军情紧急，仅留聘而去。吴三桂系武举出身，承父荫授都督指挥，因参加了祖大寿（吴之舅父）军事集团，飞黄腾达。他率领的四万精兵成为明王朝的“北门锁钥”。李自成义军攻陷北京后，他曾接受大顺政权四万犒银，并率众归降。行至滦州，听说陈圆圆为刘宗敏掠去，又改变主意，直驰清营，向多尔衮称臣，开关引进清兵十四万，成为清王朝的功臣。

吴梅村曾仕明，为翰林院编修，南京国子监司业，南明少詹事。明亡后被胁迫出为满清国子监祭酒，次年即以母病为由请假归里。浓重的遗老情绪和对自己变节的内疚深深影响了他的诗作。《圆圆曲》“是在吴三桂身上进行鞭挞，发泄亡国之痛、民族之情”（姚雪垠语）的力作，有“诗史”之称。

《圆圆曲》开头一段叙明思宗死后，吴三桂为圆圆被夺，怒而降清，引兵攻北京，反而自命为君亲报仇之举。开端八句隐晦迷离，皮里阳秋。明思宗自缢于煤山，诗人却用黄帝乘飞龙仙去之故实比附，吴三桂明明是认敌作父，借满清铁骑打败李自成，诗人也略而不提。三、四句尤为用心良苦，诗人将六军为崇祯皇帝报仇而恸哭、戴孝，同主帅为了一个女人而“冲冠一怒”相对照，就把吴三桂的丑恶面目裸裎无遗。自称“吊民伐罪”、“复君父仇”的吴三桂原来仅仅是为了一个女人！他的“电扫黄巾”正是为了从“黄巾”（李自成义军之借指）中寻回那个“红颜”，他的“哭君亲”不过是个姿态，是他同圆圆重相见的铺垫。

吴三桂与圆圆已经“哭罢君亲再相见”了，相见情况如何？诗人不急于描绘，而是转回头去，以华艳动人的笔致，回叙吴三桂同陈圆圆相见、定情、分离的经过：他们相见于“田窦家”，即贵戚之家。在侯门如花的歌妓舞女中，吴三桂一眼看中了“箜篌伎”陈圆圆，贵戚只好把能歌善舞的圆圆相赠，等候吴将军派华美的车子迎娶。这是一个特写镜头，写出吴三桂对陈圆圆一见钟情。接下来，诗人以倒叙中的倒叙，介绍陈圆圆的身世，以“浣花里”薛涛的典故，点出圆圆的名妓身份，她的绝色堪与西施比肩，“前身合是采莲人”，干脆是西施转世。“梦向夫差苑里游，宫娥拥入君王起”，圆圆为妓艳名远噪，自视甚高，这两句诗一箭双雕：一方面暗示圆圆仿佛西施转世，容貌超群；一方面用夫差因女色误国事，隐秘而微妙地讥刺吴三桂为红颜祸国殃民。此后，诗人写圆圆离开苏州后的遭遇。她被“豪家强载归”时，并未预料到去北京并非不幸，还在那儿因思嫁冒襄而哭哭啼啼。她的美丽却又未能像西施那样引起君王的兴趣，反而受到冷遇：

> 薰天意气连宫掖，明眸皓齿无人惜；夺归永巷闭良家，教就新声倾坐客。坐客飞觞红日暮，一曲哀弦向谁诉。

表面看来，她的明眸皓齿不为皇帝欣赏，是因为后宫妃嫔的“薰天意气”作梗，实际应当有更深刻的原因。因为明王朝大厦将倾，明思宗已无心去惠顾哪怕是转世的西施。圆圆只能回到贵戚身边，供宾客取乐，心中充满了愤懑和痛苦，她的苦恼超过了伴随杨素的红拂（据陆次云《圆圆传》，圆圆说贵戚“不逮越公〈杨素〉”）。此时，位高爵显又少年风流的吴三桂出现了，而且为陈圆圆深深吸引，“拣取花枝屡回顾”，陈圆圆有了年貌相侔的意中人，迫不及待地欲投向吴三桂的怀抱：“早携娇鸟出樊笼，待得银河几时渡？”可是，社会的风云变幻把这段儿女之情抛进了无底深渊：

相约恩深相见难，一朝蚁贼满长安；可怜思妇楼头柳，认作天边粉絮看；遍索绿珠围内第，强呼绛树出雕栏。

义军（诗中蔑称“蚁贼”）攻下北京，陈圆圆虽与吴三桂有约却难以相见，这位对着楼头青青杨柳思念意中人的思妇，犹如流落风尘的妓女，被李自成的部将搜索了去。吴三桂恼羞成怒，引狼入室，利用清兵势力击败义军，终于把陈圆圆夺了回来。古老文明的中原为满清铁骑践踏，千百万人民呻吟于刀箭之下，几万军士劳师远征，为了什么？

“若非壮士全师胜，争得蛾眉匹马还？”腥风血雨，民辱军困，全是为了陈圆圆的回归！这两句诗以貌似歌颂的语气写出，实际讥诮之意见于言外。这是对“冲冠一怒为红颜”的迭唱。

如果说，诗人在描写吴、陈二人相识、定情、分离时，还较为婉转，那么可以说，圆圆与三桂的复聚描写中，字里行间已溢满了嘲讽。陈圆圆的归来被大事铺张：她被飞骑传送，喝道而进，在尸体横陈的战场，为迎接美人而巨烛高燃，如此的欢乐场面和战场极不协调，也和“哭罢君亲再相见”的前文成为滑稽的对比。被朝廷专派主管征伐的吴三桂，竟一路上吹吹打打，“专征箫鼓向秦川”，车马之多，令人齿冷，“金牛道上车千乘”，如此兴师动众所为何来？为了取得陈圆圆的欢心。不仅如此，还要为陈圆圆建造楼阁：“斜谷云深起画楼，散关月落开妆镜。”在川陕的不毛之地兴造“画楼”，在军事要塞“开妆镜”，这强烈的反衬是诗人对吴三桂置美人于国家、君亲之上的行为的鞭挞。

长篇歌行既要善于剪裁，又要擅长铺叙、渲染，三桂、圆圆离合已写得清清楚楚，诗人却又续写四段，各有深意。第一段，“传来消息满江乡……有人夫婿擅侯王”，借昔日女伴的话，对一个微贱的妓女“飞上枝头变凤凰”表示困惑，也是对吴三桂的轻轻一刺。第二段，“当时祗受声名累……无边春色来天地”，感叹圆圆历尽坎坷，最后终于得到荣华富贵，这是诗人变换一种叙事方法，使诗歌行文活跃，也是对圆圆命运的一唱三叹。第三段中，诗人用史笔直接加以评论了：

尝闻倾国与倾城，翻使周郎受重名；妻子岂应关大计，英雄无奈是多情！全家白骨成灰土，一代红妆照汗青。

吴三桂因倾城倾国的陈圆圆而享尽大名。这“重名”是将儿女私情凌驾于国家大计之上的名，是因儿女私情对国家、民族、君父绝情的名，是因女色破家叛国的名。吴三桂因陈圆圆而拒降李自成，李自成兵败怒杀吴襄全家，吴家一门毁灭，陈圆圆却成了历史上的“名人”。“一代红妆照汗青”反用文天祥“留取丹心照汗青”诗句之意，把“冲冠一怒为红颜”的诗歌主旨，作了对应性的、层层递进的收煞。

《圆圆曲》最后一段如临去秋波一转，将吴三桂与陈圆圆的儿女之情与吴王夫差宠幸西施巧妙地并提，吴三桂“珠歌翠舞”的古梁州，不过是吴王夫差的馆娃宫，陈圆圆“换羽移宫”的歌舞，何异于当年西施的晏乐无休，夫差因女色而国破人亡，只剩下“鸟自啼”、“苔空绿”，吴三桂又岂能长久！“汉水东南日夜流”化用李白《白头江上吟》"功名富贵若长在，汉水亦应西北流"诗意，借古讽今，反复吟哦，隽永低回，回味不尽。

《圆圆曲》约写于顺治七年（1650）前后，由"古梁州"、"汉水"等诗句，可知吴三桂正驻守汉中。而"乌桕红经十度霜"也透露出陈圆圆刚离苏州（崇祯十五年）十年。其时，吴三桂官势显赫，诗人写他置红颜于家国之上，不能不曲折、隐蔽，全诗婉而多讽，擅用典故以委曲迂回地叙写时事，如："鼎湖"、"黄巾"、"黑山"、"越女"、"倾国倾城"、"周郎"、"馆娃"、"香径"等。用典使诗歌在一定程度上有晦涩感，但因所用多为人所熟知，又增加了诗的厚重感。

《圆圆曲》风华婉转，音节流美且富于情韵。写人写事姿态横生，修辞凝练，华而不靡，音律和谐，凄清动人。抒情与叙事融为一体，诗人的爱憎溢于言辞之外。且布局谨严，为长篇叙事诗创造了经验。诗中还采用了民歌的"顶真"格，如："冲冠一怒为红颜。红颜流落非吾恋"，"教就新声倾坐客。坐客飞觞红日暮"，巧妙勾连，朗朗上口。赵翼在《瓯北诗话》中说吴梅村"神韵悉本唐人……指事类情，婉转如意"，"故以唐人格调，写目前近事，宗派既正，词藻又丰，不得不推为近代之大家。"《圆圆曲》是最能体现吴梅村写作成就的。（马瑞芳　青　川）

【注】 ①圆圆：即陈圆圆，名沅，字畹花，明末苏州名妓，后归吴三桂。清钮琇《觚賸·圆圆》、陆次云《圆圆传》述其事。《圆圆曲》所叙，与钮琇、陆次云记载大致同。诗中有"珠歌翠舞古梁州"、"汉水东南日夜流"句，当指吴三桂驻军汉中时，即顺治五年（1648）至顺治八年（1651），《圆圆曲》当作于顺治七年（1650）前后。　②鼎湖：传说黄帝铸鼎荆山，鼎成，乘龙而去，后世以"鼎湖"称其地（事见《史记·封禅书》）。此处用黄帝成仙点出明思宗之死。　③破敌：指吴三桂借清兵之力打败李自成义军。收京：指吴三桂引清兵入京。玉关：指玉门关，此处指清兵破潼关，入西安，李自成军返陕。　④六军：指朝廷的军队，《周礼·夏官·司马》："凡制军，万有二千五百人为军，王六军，大国三军，小国一军。"缟素：白色衣服，丧服。　⑤吾：吴三桂自称。"红颜"二句以吴三桂语气写出。　⑥逆贼：对农民起义军的蔑称。荒宴：荒于宴乐，疏理军政。⑦黄巾：汉末张角所率义军，以黄巾为标志。黑山：汉末张燕领导的农民义军，号"黑山"，活动于常山一带，此处借指李自成义军。　⑧君：指明思宗。亲：指吴三桂之父吴襄。义军命吴襄招降三桂，三桂拒降，吴襄被义军所杀。　⑨田窦：指西汉外戚武安侯田蚡、魏其侯窦婴，此处借指明思宗周后之父周奎或田妃之父田畹。　⑩戚里：皇亲国戚居住的地方。箜篌：古乐器，二十三弦，体长而曲。箜篌伎：指陈圆圆。　⑪油壁车：用彩油涂饰车壁的车。古乐府《苏小小歌》："我乘油壁车，君乘青骢马。"后世多用"油壁车"指美女乘坐的车。　⑫姑苏：苏州陈圆圆原为苏州名妓。浣花里：不详，疑为借用唐代名妓薛涛所居浣花溪之事，点明圆圆名妓身份。⑬采莲人：西施。苏州有采莲泾。李白《子夜吴歌》其二："镜湖三百里，菡萏发荷花。五月西施采，人看隘若耶。回舟不待月，归去越王家。"此处以美丽的西施喻圆圆。　⑭"何处"句：是指圆圆被贵戚强行带走。一说为周奎在苏州营葬以重金购得圆圆，携往北京（事见《觚賸·圆圆》），一说为田畹（事见陆次云《圆圆传》）。陈圆圆入京时间，大约在崇祯十五年（参见《影梅庵忆语》）。　⑮泪沾衣：圆圆因思嫁冒襄，不愿入京，故而哭哭啼啼。　⑯夺归：被拒绝退回。永巷：宫中的长巷，后宫。此处指贵戚家，《玉台新咏序》："四姓良家，驰名永巷。"良家：清白人家。⑰白皙通侯：指吴三桂。白皙：皮肤白细。通侯：汉代爵名，指吴三桂，吴受明思宗信任，曾召

对平台，赐蟒玉，封平西伯。 ⑱“拣取”句：指吴三桂在贵戚宴会上，为陈圆圆声容所动，屡屡顾盼。据陆次云《圆圆传》：“圆圆至席，吴语曰：‘卿乐甚！’圆圆小语曰：‘红拂尚不乐越公(隋朝的杨素)，矧(况)不逮越公者耶！’吴颔之。” ⑲蚁贼：对李自成义军的蔑称。长安：指北京，明王朝都城。 ⑳思妇楼头柳：圆圆已受三桂之聘，故用王昌龄《闺怨》：“闺中少妇不知愁，春日凝妆上翠楼。忽见陌头杨柳色，悔教夫婿觅封侯。” ㉑天边粉絮：喻未从良的妓女。 ㉒绿珠：晋石崇的爱妾。绛树：魏文帝曹丕所宠的舞伎。绿珠、绛树均代指陈圆圆。 ㉓争得：怎得。蛾眉：指美女。 ㉔“蛾眉”句：叙圆圆回归三桂过程。据记载，吴三桂追李自成至山西，尚不知圆圆下落。其部将于北京访得，马上飞骑传送，吴结彩楼，列旌旗，箫鼓三十里，亲往迎接。传呼：喝道。 ㉕啼妆：东汉时，妇女以粉拭目下，有似啼痕，称为“啼妆”。《后汉书·梁冀传》：“冀妻孙寿，色美而善为妖态，作愁眉、啼妆、堕马髻……以为媚惑。”残红印：泪水沾湿了脸上的脂粉。 ㉖专征：受朝廷重任，专司一方面征伐。秦川：今陕西关中一带。 ㉗金牛道：川陕栈道之一，由陕西沔县至四川剑阁。 ㉘斜谷：在陕西郿县西南，褒斜谷的东口。 ㉙散关：即大散关，在今陕西省宝鸡市西南大散岭上，通褒斜。 ㉚江乡：苏州。 ㉛乌桕：乌桕树，落叶乔木，夏日开花，秋叶变红。 ㉜衔泥燕：比喻地位低微的人。 ㉝变凤凰：《宋书·王微传》载，王微与王僧绰书云：“吾得当此，则鸡鹜变凤凰。”此语指由贱变贵。 ㉞“长向”句：指当年女伴常在宴席上唱“老大嫁作商人妇”(白乐天《琵琶行》)。 ㉟当时：指崇祯十五年(1642)陈圆圆为贵戚购得时。声名累：陈圆圆为妓时因色艺俱佳闻名于世，其声名才导致了她的身世坎坷。 ㊱一斛明珠：据《梅妃传》，唐玄宗思念梅妃，适外国贡珠，遂命封一斛赐梅妃。 ㊲倾国与倾城：指佳人。汉李延年《李夫人歌》：“北方有佳人，绝世而独立。一顾倾人城，再顾倾人国。” ㊳周郎：三国时吴国名将周瑜，有美妻小乔，此处借指吴三桂。 ㊴馆娃：西施由越至吴，吴王夫差为她在灵岩山上筑馆娃宫。越女：西施。 ㊵香径：采香径，又名“箭径”，在今苏州西南香山上。 ㊶屧廊：响屧廊。屧：为一种空心木鞋。屧廊为吴王宫中的长廊，以梓木板铺地，传说西施着屧行于其上有声响。 ㊷换羽移宫：变换曲调。 ㊸古梁州：其地包括今陕西汉中与四川。清顺治五年(1648)，吴三桂移驻汉中，即为古梁州。 ㊹吴宫曲：咏叹吴宫盛衰的歌曲。 ㊺“汉水”句：反用李白《白头江上吟》诗句：“功名富贵若长在，汉水亦应西北流。”吴三桂驻兵汉中，恰临汉水。

顾炎武

五十初度，时在昌平

居然濩落念无成，隙驷流萍度此生。
远路不须愁日暮，老年终自望河清。
常随黄鹄翔山影，惯听青骢别塞声。
举目陵京犹旧国，可能钟鼎一扬名？

顾炎武早年诗学路子走的是追摹“唐音”，崇尚宏阔气势一派。如果说“明七子”的学唐，弊在空枵乏真情少实感，那么，顾亭林的故国之哀、兴亡之感恰恰撑起了他的恢宏的气韵,“唐音”得到了一次振兴。这首《五十初渡,时在昌平》从架势看,未脱“七子”的雄健气势,然而深沉悲慨的情韵却是他的前辈们不能望其项背的。

清康熙元年(1662)农历五月二十八日是诗人五十岁生日。前二年他已曾再次祭拜过昌平天寿山的明十三陵,这次来北京又徘徊流连到此先朝陵寝之地,而恰恰在这里度过半百之年的诞辰,顾炎武俯仰世事,返顾平生,不禁感慨系之。诗的首句感喟人生易老,心志未遂。“居然成濩落”是杜甫的诗句,“濩”,即“匏”,古音同而通借。“濩落”,意为老大无所施用。顾氏起句借杜诗句足成之,紧扣“五十初度”之题,切入百感丛生的心志。次句补足前意,深感时光如白驹之过隙,迅速驰去,自己萍飘半生,流转他乡而仍无所大成。应注意,他此时正当昌平这特定的空间,所以,首二句又并非一般的感叹悲怨,实是内心的自白,而且是在向先朝先帝的神祇们表述。正因自感天职未尽,岁月流逝如此之速,故而三、四句一转,将坚定的心志再次祷呈。

“远路不须愁日暮”与他在别的诗中所说的如“老树春深更著花”一类句子相同,是壮怀不衰的表示,是对前程乐观的态度,更是“路曼曼其修远兮,吾将上下而求索”的不屈不挠的斗志的重申。诗人说,年虽五十,路虽艰难迢遥,然而我不觉得已是日暮路穷,而要更顽强地奋然前行,因为“老年终自望河清”乃是我坚定不移的目标!

“常随黄鹄翔山影”是借“黄鹄”的意象,喻指自己为了“望河清”而奋翮不已,“常随”即不中止。“惯听青骢别塞声”是对他从顺治十二年(1655)北上冀边,进出居庸关图谋复国生涯的陈述,“惯听”是习以为常了。这一联从声、色、气概上进一步渲染“老年终自望河清”的心声。结句转入沉郁,诗人举目望去,陵宫依然,如置身在“旧国”仍存的境界,可是事实上已是山河易主了。那么,我自己的奋斗、追求,最终“可能钟鼎一扬名”吗?“铭于钟鼎,传于后世”,意味着功业有成,即光复旧业的实现。“可能”是游移不定语,然此处起到跌宕诗情的作用。着一问句,使诗的结尾余音袅袅,值得回味。

作为七言律,无论是颔联还是颈联,对仗工整流转而不见斧凿雕琢的小家子气;“不须”、“终自”、“常随”、“惯听”等常见语的准确、灵动的运用,使诗的气脉一贯而下,声情并壮。

(严迪昌)

友人来坐中,口占二绝(其一)

不材聊得保天年,便可长栖一壑边。
寄语故人多自爱,但辞青紫即神仙。

人的清操亮节,往往持奉一时较易而终身恪守颇难。顾炎武虽到晚年,眼见大势已去,复明无望,专心著作,但其对清政府坚持不合作的态度则始终未变。如果把这一切置之于康熙二十年左右的特定历史背景中去考察,就能感到要做到这一点确实很不容易。当时清廷高压和怀柔两手兼施,使多少著名文人学者难脱其网罗。但顾炎武则是持节不渝,而且常对至亲好友敲击警钟,提醒他们维护一己的人格尊严,保持晚节,不要受制于新朝。这首口占示友人的七绝正表达了诗人的这种高洁志趣。

诗写于清康熙十九年(1680),时顾炎武已六十八岁,再过两年,这位伟大的文学家、学者、思想家也就与世长辞了。旧注说他此诗是讽喻李子德、王山史等昔日友人的,其实,辨明专指何人并不重要。从康熙十七年开"博学鸿儒"科起,清廷一直想网罗顾炎武,亲友中也不乏人劝他应召出山。这首诗可说是在当时特定时代背景中,向故旧友人发表的"声明",具有普遍意义。

顾炎武此诗规劝友人、讽喻友人所取的角度,十分妥帖得体。他没有简单地以是否归顺新朝作为问题的焦点,而是从优游生活、潇洒自得的角度上立意。"但辞青紫即神仙","青紫",即高官厚禄,旧注说"汉丞相太尉皆金印紫绶,御史大夫银印青绶,此三府官之极崇者"。诗人将"青紫"与"神仙"对举,意即一旦"青紫"加身,也就"得人钱财"须"为人消灾"(俗语)地受人制约,失却了自由,而"神仙"般的悠游自在的生活也就永远无缘享受了。

不仅如此,不辞"青紫"不仅不自在,而且也是不"自爱"。《老子》有云:"圣人自知不自见,自爱不自贵。"顾炎武暗用老子语意,诗句就显得深沉有分量。而落脚在"神仙"上,不直言不"自爱"的问题,这就委婉得多,也略见风趣,将严肃的问题表现得稍见轻快些。这是老辣的表现。

怎样方能做到"自爱"?前二句值得体味。"不材聊得保天年,便可长栖一壑边。"这就是在说:我之所以如"山中之木,以不材得终其天年"(《庄子·山木》),所以能"长栖一壑边",说到底不仅仅是通常的志在隐沦,也不是不想"自见"——表现自己的才干为世人所知,为天下所用!问题的关键,或者说出处行藏的衡量标准在于是否能"自爱"!

人是应该有点精神的,也就是必须要保持人格的纯洁性,一切行为应对自己负责。顾炎武这首七绝即寓寄着这个道理,切莫误会成这是一种不积极的态度。显然,诗眼正在"自爱"二字上。诗极平易,但平中有曲深处,多折叠多层褶,所以颇多抑扬顿挫情味。(严迪昌)

施闰章

浮萍兔丝篇并序

李将军言:部曲尝掠人妻,既数年,携之南征,值其故夫,一见恸绝;问其夫已纳新妇,则兵之故妻也。四人皆大哭,各反其妻而去。予为作《浮萍兔丝篇》。

浮萍寄洪波,飘飘东复西。兔丝罥乔柯,袅袅复离披。兔丝断有日,浮萍合有时;浮萍语兔丝,离合安可知!

健儿东南征，马上倾城姿；轻罗作障面，顾盼生光仪。故夫从旁窥，拭目惊且疑；长跪问健儿："毋乃贱子妻？贱子分已断，买妇商山陲；但愿一相见，永诀从此辞。"相见肝肠绝，健儿心乍悲，自言"亦有妇，商山生别离，我戍十余载，不知从阿谁？尔妇既我乡，便可会路歧。"宁知商山妇，复向健儿啼："本执君箕帚，弃我忽如遗。"

黄雀从乌飞，比翼长参差，雄飞占新巢，雌伏思旧枝。两雄相顾诧，各自还其雌，雌雄一时合，双泪沾裳衣。

施闰章在清初文坛名擅一时，王士禛谓之"南施北宋"，"北宋"即山东莱阳人宋琬，"南施"即施闰章。施闰章做山东学政使时，擢拔蒲松龄为道试第一。做江西参议时，有"施佛子"之称。他于康熙初年罢归时，湖西人民倾城送之江上，又由江上送之湖上。因其人两袖清风，行李抵不住湖上风浪，百姓争相买石膏为他做"压船石"，湖西人民还捐钱盖龙岗书院纪念他。施闰章的勤政爱民思想在他的诗歌中有深刻反映。他写诗以救世利民为己任，在《蠖斋诗话》中说："……风云月露，铺张满纸，识者见之，真是一叶空纸耳。故曰：君子以言有物。"他的诗歌闪耀着济世利民的光芒，有不少诗以婉曲的形式真实地再现了人民在苛政和战乱下的苦难。《清诗纪事》谓施闰章师法梅尧臣，施之《浮萍兔丝篇》、《牧童谣》、《监江悯旱》等诗，确与梅诗《田家苦》、《汝坟贫女》等一脉相承。《浮萍兔丝篇》为其代表作。

王士禛十分推崇施闰章的五言诗，为之作过《摘句图》。《浮萍兔丝篇》是施闰章的著名五言歌行。这篇叙事诗描写两对夫妇在战乱中的悲欢离合，把无辜下层妇女在战火中凶祥不能保的惨痛遭遇凄清动人地描绘出来。诗前小序简单地叙写故事梗概、写作缘起。全诗分为三个明显的段落，有含蕴无尽的比附，有凝练隽永的直述，简洁而圆转，意境优美而忧民之情思寓焉。

第一段是比兴，由"浮萍寄洪波"至"离合安可知"。施闰章诗以婉曲而富意境著称，具有阴柔之美。《清诗纪事》说他写"愁苦之事，皆温柔敦厚出之"。他的重要艺术手段，就是用比兴创造意境。他在《蠖斋诗话》中说："纯用赋而无比兴，则索然矣。"而运用比兴，则"许多难言处含蕴略尽"。《浮萍兔丝篇》首段既是以物象引喻本事，又是对物象的艺术性拓展和空灵化，是将个别事物推向普遍，将具体事物推向概括，既是叙事的美化，又是思致的深化。"浮萍"与"兔丝"各有所比。"浮萍"指在社会动荡中的男子，即诗中的"夫"，他们在巨涛汹涌的社会风波中，像浮萍一样无力把握自己的命运，任洪波把自己推向东南西北。"兔丝"指依赖于男子的弱女，"罥(juàn 绢)"，挂。"乔柯"，高枝。妇女在社会上没有独立地位，只能像缠绕秃枝的兔丝，任狂风摧折，断离高枝。"兔丝断有日，浮萍合有时"，两位妻子被迫离开了丈夫，两位丈夫却意外地会合。"浮萍语兔丝，离合安可知"，夫妇相对泫然，无限怅惘。这两句诗，是本诗的题旨。首段的比兴，源自于中国古代诗歌的一贯传统，如《关雎》用关关雎鸠引起淑女，《孔雀东南飞》以徘徊的孔雀引起生死离别。只是"浮萍"篇将整段诗为比兴，这样写产生举一反三之效，且具独特美感。

本篇文笔凝重，纷纭复杂的社会，悲欢离合的人生，因诗人妙笔剪裁，在诗中变成一个"路遇"的悲喜剧。这场面等于电影中的特写，类于世界名画《最后的晚餐》，将一瞬间人物的神情、心情毕露纸上。从"健儿东南征"到"弃我忽如遗"二十四句诗，蕴涵了两对夫妇的不幸遭遇，刻画了两男两女的生动形象。"健儿"即序中掠人妻之"部曲"，他趾高气扬，抢了他人之妻，还要大事张扬，让那妇人骑在马上，头戴面纱，顾盼生姿，引起了人们的瞩目，也引出了"故夫"。"故夫"意外地遇见失散多年的妻子惊疑参半，"拭目"而看的动作将"故夫"唯恐看花了眼的忐忑心情活画出来，等真正看清了确为自己妻子时，他"长跪问健儿"："毋乃贱子妻？""长跪"一词使两位男性的社会地位昭彰分明，明明己妻被掠，还要跪地而问，且自称"贱子"，明明已拭目认准妻子，偏偏用"毋乃"的试探性话语，这位位卑的"故夫"真正小心翼翼，怯懦之态可掬。这几个描写"故夫"情态话语的词(长跪、贱子、毋乃)，把他被压迫的地位写得十分深刻。他对"健儿"提出的要求更是可怜巴巴："但愿一相见，永诀从此辞。"为何相见？为了永诀！"故夫"明白地知道，虽然妻子就在眼前，但她已被人霸占，"故夫"不得不忍气吞声，认"分已断"，与之永诀。既要永诀，又为何又要相见？因为"故夫"对结发妻子有千丝万缕的、刀割不断的情丝。"相见"、"永诀"既矛盾而又共存，正是"故夫"明明舍不得妻子，却又不得不忍痛表示分手的悲恸心情的反映。长诗至"永诀从此辞"，"故夫"一家的离合写完了。诗人在"故夫"的叙述中，预先埋置了"买妇商山陲"之伏线，由此又引出了"健儿"夫妇的悲欢。"健儿"因为"故夫"同原妻相见而"肝肠绝"的动人场面，联想到自己的妻子，"自言'亦有妇，商山生别离，我戍十余载，不知从阿谁？'"因为"故夫"已说明"买妇商山陲"(商山，疑为山东桓台之商山，作者曾提学山东)，健儿遂以乡亲约相见，结果引出商山妇"复向健儿啼：'本执君箕帚，弃我忽如遗。'"。由"商山"地名引出"健儿"夫妇的遭遇，诗人穿插之巧妙，针线之绵密，使得长诗环环相生，丝丝入扣，圆转如珠。

诗人对人情世态洞若观火，其描写既富功力，又讲法度，充分体现了施诗以功力法度见长的优点。在叙事过程中，诗人恰如其分地使用一些带感情色彩的字，使得人物形象鲜明而有分寸，如上述"故夫"问"健儿"的问话即是一例。诗中叙"健儿"思妇时，则用了"乍悲"二字，以"乍"状"悲"大有深意，写出了"健儿"从掠夺、炫耀他人妻的状态，骤然跌入对自己妻子的怀念，很具神采。"健儿"之妻认夫时，说"弃我忽如遗"，一"弃"一"遗"，极显悲愤之状。这种叙事方法，很像《史记》的既述其事，又发其义，也是直接继承杜工部《三吏》、《三别》的经验。

诗最后一段，没有直接叙写序中"四人皆大哭，各反其妻而去"的场面，而是以禽鸟为喻交代两夫妇的结局。"黄雀"与"乌"的"比翼长参差"状两对夫妇战乱中被乱点鸳鸯谱，生动有致。"两雄相顾诧，各自还其雌"，寥寥数字，概括而富美感地为这悲剧性故事作结尾。从艺术效果看，禽鸟为喻较完全写实更为高明，设若诗人实话直说，写两对夫妇如何"反其妻而去"，一方面太落实了，未免失之于笨拙，一方面也会破坏始终笼罩全诗的悲剧气氛。化实为虚，含不尽之意于言外，留无限想象于读者，含蕴丰富而意境优雅。

本篇的艺术特点在于：一是既有现实客观的描写，又有隽永的比兴和象征性收尾；二是妙于剪裁，层次分明；三是人物语言个性化，人物情态富有神采，细节生动逼真；四是含蓄、深厚，有浓郁的抒情气氛。据《渔洋诗话》记载，洪昉思向施闰章请教诗的写法，施答："阮亭如华严楼阁，弹指即见；予则不然，譬作室者，瓴甓木石，一一就平地筑起。"施诗以"言有物"的艺术追求，在自己的诗作中反映社会动乱，将忧国忧民之心隐含于温柔敦厚、柔美婉转的艺术描写中，本篇即是体现这种创作主张的力作。

（马瑞芳）

朱彝尊

来青轩

天书稠叠此山亭，往事犹传翠辇经。
莫倚危栏频北望，十三陵树几曾青？

这是一首怀古诗，是诗人于康熙十年(1671)所作。诗人生于1629年，亲眼目睹了明王朝的覆灭和清王朝对汉族人民的血腥镇压。因此，这首诗的着眼点不在描绘来青轩这座北京西北香山寺内殿侧的建筑及其周围的景物，而是通过来青轩、十三陵这两个最富典型意义的景观的今昔巨变，来表达诗人难以抒写的故国之思和悲怆难抑的亡国之痛。

诗的前两句写来青轩的今昔变化。当年的西山是明代帝王经常游玩的地方。世宗至香山寺时说："西山一带，香山独有翠色。"明神宗袭其意题"来青"于殿侧的轩上。"来青轩"故此而得名。神宗之后，又有几代明帝踵其后相继为此轩题写了"郁秀"、"清雅"、"望都"三匾。一轩而有四代明帝为其题匾，可见来青轩昔日的荣耀和煊赫，由此，也可以想见香山寺一带游人如织的繁盛。而诗人对来青轩如此漫长多彩的历史仅以"天书稠叠"四字就概括得如此完善，可见其造语凝练、一以当十的语言风格。接下来第二句的"翠辇"与首句的"天书"相应，既是对前叙来青轩昔日盛况的进一步补充和渲染，又与"往事犹传"四字浑然一体，通过对今天来青轩前车马不闻、游人稀疏、冷落孤寂境况的写照，造成与昔日盛况的强烈对比，含蕴地表达诗人的故国之思，来青轩的过去与明代帝王的命运一样，已经成为一去不复返的历史，它的存在只能作为往事的回忆被流传着。但是，这被忆及和流传的本身，不正是诗人和广大明代遗民难以抒写的故国之思吗？

如果说，前两句诗人是以来青轩的今昔对照叙写故国之思，那么，后两句则是诗人抓住十三陵的被摧残，来表达他难以遏制的亡国之痛。古人说登高以望远，唐诗有"欲穷千里目，更上一层楼"之句，但诗人偏要说"莫倚危栏"，为什么呢？因为登上来青轩的高处，向北望，那里有埋葬着明朝十三代帝王的陵墓。帝王的墓地向有"风水宝地"之称，那里充溢着帝王之气。想当年，十三陵是何等威严，何等气派，如今早已是"王气黯销"，而且，就连那护庇着帝王陵墓，标志着明代帝王长青永在的苍松翠柏也已被摧残得所剩无几，不着青色，更何况其他呢？所以，诗的第三句

“莫倚危栏频北望”可以说是全诗的诗眼，是诗人的蓄势之笔，是以违自然之理之笔蓄势，然后张人情之理，吐亡国之痛：登高可以望远，但望之让人怆怀，望之让人流泪，望之让人愤慨；多望一眼，多增一分悲怆；多望一眼，多增一掬眼泪；多望一眼，多增一分愤恨。因此，还是“莫倚”少望为好！诗人的亡国之痛至此，真可以算是悲痛欲绝了。

这首七绝妙处在于诗人善于抓住富有典型意义的景物，运用对比的手法，将自己所要表达的感情层层推出，动人心魄，感人至深。可谓怀古诗的上乘之作。

（武卫华）

王士禛

真州绝句（其四）

江干多是钓人居，柳陌菱塘一带疏。
好是日斜风定后，半江红树卖鲈鱼。

真州，今江苏省仪征县。诗作于康熙元年(1662)，时作者任扬州推官。王士禛论诗力倡“神韵”说，作山水诗不求工笔细描地再现具体景物的形状，而是要显示出自然景物的精神、韵致。《真州绝句》中的这首写真州江边风景的诗，就典型地体现着他的神韵诗的审美特征。

先看上联：“江干多是钓人居，柳陌菱塘一带疏。”“江干”，江岸边。《诗·魏风·伐檀》有“寘之河之干兮”句。诗人选取了远距离、散射性的视线，摄入的景观非常空阔、疏朗。打个比方，它犹如电影的宽银幕，画面里只有漫长的江岸，几处渔民的房舍，稀疏的几行柳陌，几片小小的菱塘。诗人曾经以画喻诗，声称从荆浩论山水的几句话里悟了“诗中三昧”，荆浩的话是：“远人无目，远水无波，远山无皴。”(《跋门人程友声近诗卷后》)这诗中之画，也是只能见其大体，诸种景象，无论是江岸、渔民房舍，还是柳陌、菱塘，都是囫囵的，含糊的。犹如一幅水墨写意画，画家只是纵笔点染，意到而已。这绝不是真州江边某一局部地方的真实写照。诗人只是从眼前景物中选择出几种色调一致的景物，组合成一个以水青柳绿为主色的自然意象，表现出真州江边一带景观之平阔、恬淡、安详的气氛、韵致。

再看下联：“好是日斜风定后，半江红树卖鲈鱼。”“好是”二字说明这一联与上一联同是一个空间。“鲈鱼”，长江下游盛产的食用鱼。上联以“钓人居”说起，下联又以“卖鲈鱼”收束，更增强了全诗的内聚力和空间的稳定性。但是，这下联的色调、气象却改观了。“日斜”，显示了时间因素，行将傍晚，太阳犹挂在天上。其时正当“风定”之后，又由单纯的视觉变为通感，给画面注入了柔和的暖意。特别是在夕阳的返照下，江岸的树木呈现了使人感到温暖的红色，而且还出现了人的活动，传出了“卖鲈鱼”的声响。这一切便化静为动，在原来的恬淡、静穆的自然景观中生发出一种活力和生机。这一切由“好是”二字领出，诗人此时此地为之心旷神怡、俯仰自得的情怀，也就随同内含生机的景象一起表露出来。这样，全诗也由之产生了使人领受到真州景观之风神、妙趣而不禁神驰的艺术魅力。

王士禛于诗创作强调“兴会”，即所谓“触物兴怀，情来神会”(《师友诗传录》)。这首《真州绝句》，于纷繁的真州景物中只撷取诗人兴会所及、与之神会的几种景物，以最简淡之笔速写出来，就是旨在弃其形，而传其神，所表现的既是真州景观之风神、韵致，也是诗人由真州景观所引发的情怀、意趣，是情与景交感的结果。它显得是如此空灵、淡远，却比描摹真州的实景更能传达出真州景观之韵致，更有回味无穷的意趣。这就难怪诗人的友人、长期生活在那一带地方的扬州诗人宗元鼎，读此诗后不禁吟咏道：“我爱渔洋诗句好：半江红树卖鲈鱼。”(《新柳堂诗集》)

（袁世硕）

送张杞园侍诏之广陵①（其二）

茱萸湾上夕阳楼②，梦里时时访旧游。
少日题诗无恙否③？绿杨城郭是扬州④。

康熙四十六年(1707)，王士禛已经解官，居家。老友张贞过新城，将再游扬州，王士禛赋此诗送之。

原诗二首，虽然题作送友人南游，但全诗没有丝毫惜别、壮行之意。第一首后联云：“送君似历华严劫，小别扬州四十年。”“劫”，用的是梵文音译“劫波”的本义，意译为“远大时节”。诗里抒发的就是诗人抚今追昔，对四十年前旧游地的无限缅怀之情。

王士禛二十余岁进士及第，授扬州推官，在那里待了五年。他饱览了大江左右的山川风物，兴会无穷，诗作累累，形成了名标一时的“神韵”一格，奠定了他诗坛重镇的地位。他为政平和，深得江南人士的爱戴。公务之暇，时常同流寓的名流宴饮唱酬，传为佳话，以致地以诗传，扬州之红桥由之名蜚海内，而后来游扬州者总不免追忆一番。二十余年后，《桃花扇》作者孔尚任便曾吟咏道：“渔洋合向扬州住，杜牧风流属后生。廿四桥头添酒社，十三楼下说诗名。”(《湖海集》)扬州是诗人王士禛一生最值得怀恋的地方，他晚年时常梦忆那五年的风雅韵事。这就难怪他面对即将南游的老友，顿生“似历华严劫”之感，思绪一下子飞回了四十年前的旧游地，竟忘了向行将长途跋涉的老友道惜别，叮咛珍重了。

如果说第一首诗抒发的是诗人突发的四十年弹指而过、往事如云烟的一种空旷的感觉，那么这第二首诗表现的则是诗人无限的心事。

“茱萸湾上夕阳楼，梦里时时访旧游。”这是说长时以来他常常缅怀曾经流连过的扬州。扬州风景名胜颇多，这里以“茱萸湾”为代表，显然是用古人茱萸会的故事，忆旧之意自在其中。诗人在扬州常与诗友唱酬，而且一时称盛，四十年来天各一方，自然会有今日知谁健之忧思。同时，也取“茱萸湾”地僻人静，与“夕阳楼”三字构成一个和谐的、富有诗人个性特征的意象。王士禛诗中用夕阳景象最多，不胜枚举，这是由于他性喜恬淡，静观自然，傍晚时分，摆脱了官场俗务，才得以"忘机自沉冥"，尽情领受自然之美。这种妙境，他在扬州获得的最多，名篇佳什也最多，后来进入京华红尘中，官位愈高便愈少有了。他如今怀恋扬州，实际上是怀恋他在那个地方亦官亦隐的生活妙趣和使他终生难忘的风雅韵事。

这样，诗的后一联便很自然和谐地落到了旧日的诗篇上："少日题诗无恙否？绿杨城郭是扬州。"

王士禛在扬州五年作诗非常多，这里拈出"绿杨城郭是扬州"一句，自然出于多种因素：一是正好叶韵，"游"、"州"都属"尤"韵；二是它是极为人称赏，自己也很得意的名句。诗人曾自述赋此词时，名曲家袁于令当场谱曲，"被之丝竹"（《居易录》），还曾被人"取作画图"《渔洋诗话》），足以引以为豪；三是它和全诗的自然景象，如第一首之"春波如縠草如烟"，第二首之"茱萸湾上夕阳楼"，色调和谐一致，表现着诗人心目中的扬州。更为重要的是，这一句由上一句"少日题诗无恙否"统领，便具有了丰富的内涵。读者可以照字面理解：诗人关切的是他"少日"的"题诗"是否还为今日扬州人记诵？人们还记得他这位昔日"题诗"的诗人否？也可以就诗句的内容理解：诗人关心的是"绿杨城郭"的扬州是否还像昔日一样秀丽？更可以联系首句用"茱萸湾"名理解：此是诗人追念昔日宴饮唱酬的诗友，感慨今日已零落殆尽，难以再会。还可以理解为，诗人是以自己的美妙回忆，对行将南游的老友表示欣羡，期望张贞到"绿杨城郭"的扬州，得江山之助，携好句归来，送行之意也就隐寓其中。这自然是"言外之意"、"味外之味"了。　　（袁世硕）

【注】 ①张杞园：张贞，字起元，号杞园，山东安丘人。康熙十一年（1672）拔贡，后补翰林院待诏，未就。平生博闻多识，有文名，曾浮家泛宅漫游四方，广结名流。著有《半部稿》诸集及《杞纪》、《渠丘耳梦录》。广陵：扬州古名。　②茱萸湾：在扬州北郊，运河分流处。　③少日：少年时。　④诗人自注："末七字，余在淮南旧句也。"康熙元年（1662），诗人在扬州赋《浣溪沙·红桥怀古》，此七字为其中之名句。

沈德潜

刈麦行

前年麦田三尺水，去年麦田半枯死。
今年二麦俱有秋，高下黄云遍千里。
磨镰霍霍割上场，妇子打晒田家忙。
纷纷落硙白于雪，瓦甑时闻饼饵香。
老农食罢吞声哭，三年乍见今年熟！

清代康熙、雍正、乾隆时期政治比较稳定，经济繁荣，号称"康乾盛世"。沈德潜正生活在这个我国封建社会中最后一次出现的所谓太平盛世中。他一生汲汲于功名，但直至六十七岁才得中进士。中进士后，他受到乾隆皇帝的特殊宠遇，成为最高统治者的文学侍从。但在此之前，他只是一个寒士，一个生活在社会中下层的诗人，因而在他充满歌颂太平、宣扬礼教气息的诗集中，也有一些描写民生疾苦的作品，这类作品在艺术上具有一定的成就。《刈麦行》即是这类诗中的代表作之一。

《刈麦行》是一首描写农民收麦时情景的七言歌行体诗，全诗十句，依其换韵可分为三个层次。诗的前四句为一韵，开头两句追述前两年因为洪涝和旱灾频仍，麦田严重歉收的艰难境况，用以比衬和强调出后两句所交代的今年二麦普遍丰收的来之不易。"二麦"指大麦和小麦，"有秋"犹言丰收。"高下"句色调鲜明地渲染出一幅千里麦浪图，流露着喜获丰收的振奋情绪。诗的中间四句为一韵："磨镰霍霍割上场，妇子打晒田家忙。纷纷落硙白于雪，瓦甑时闻饼饵香。"这一节描写农家磨镰割麦、打晒碾面、家家瓦甑闻饼香的辛勤繁忙和欢快的情景。"硙"即石磨，"瓦甑"是陶质蒸食器，"饼饵"泛指饼类食物。"纷纷"两句描写因丰收而获得温饱的喜悦气氛，尤为真切生动。这温饱的喜悦是久忍饥寒的农人刚刚获得的，因此，瓦甑饼饵的香味才如此诱人、醉人，沁人心脾。诗的最后两句笔锋一转，并换用入声短韵促收，"老农食罢吞声哭，三年乍见今年熟！"老农的哽咽而哭，包含着久经饥荒的悲苦和粗得温饱的欣喜的复杂心绪。"三年"一句总结全诗，"乍见"即刚刚见到。农民们辛苦劳作了三年，却因灾患频仍而饥寒交迫，直到如今才刚刚一见好收成。因此，暂得温饱的喜悦并未能冲淡久忍饥寒的辛酸。我们由此可以想见在所谓"康乾盛世"农民生活依然十分艰难困苦，从中可以感受到诗人对劳苦农民的一份委婉的同情。

唐代大诗人白居易有《观刈麦》一诗，叙述麦收时节的所见所闻，描绘农民辛勤而又困苦的生活情景，揭露苛政给农民造成的沉重苦难，表白对自己不事农桑而岁有余粮的吏禄生活的羞愧，表现了诗人对于农民的悲惨生活的深切同情。白居易主张诗文创作应反映人民疾苦，为改善时政而兴讽。他认为自己的诗中最有价值的是"关于美刺兴比"、"意激而言质"（《与元九书》）的讽喻诗。沈德潜作《刈麦行》显然受到白居易《观刈麦》一诗的影响，其追求语言的质朴无华也近于白诗，但在揭露现实矛盾的思想性方面却不及白诗深刻。沈氏论诗主张"温柔敦厚"，认为"讽刺之词，直诘易尽，婉道无穷"（《说诗晬语》）。《刈麦行》这首诗繁音促节，婉曲含蓄，"以微言通讽喻"（《施觉庵考功诗序》），自是沈氏诗作中的精华篇翰。

（倪志云）

郑 燮

潍县署中画竹呈年伯包大中丞括

衙斋卧听萧萧竹，疑是民间疾苦声。

些小吾曹州县吏，一枝一叶总关情。

郑燮作为一个书画家，蜚声中外。他善画兰竹，其题画诗达数十首，大部分为题咏兰竹图之作，这首诗就是其中之一。当时作者任山东潍县县令，包括任山东布政使，署理巡抚。清代称巡抚为“中丞”，故题中称包括为“包大中丞括”（“大”表示尊敬）。又包括之子包桂与郑燮同于乾隆元年（1736）考中进士，故称包括为“年伯”。此诗是作者在潍县署中画竹题诗赠给包括的。

题画诗往往描绘画中的意境，如苏轼的名作《惠崇春江晚景》；也常常借画中景物表现作者的品格，如郑燮的《竹石》。但这首诗的写法却别具一格。它写的是衙署中听竹及由此而引起的联想与情怀，亦即画竹的动机。作者卧于衙斋之中，窗外竹声萧萧，但他却疑心：“这是否是民间的啼饥号寒之声？”只有时时把民间的疾苦挂在心头、处处留心人民疾苦的人，才会产生这样的联想。一个“疑”字恰切地表现了诗人与人民息息相关的心态。诗人之所以会由自然界的声音联想到某种事物，正是因为这种事物时刻萦绕在他的心头。郑板桥幼年丧母，家境贫穷，有时只好由乳母背着到集市上买个饼子充饥。因此，他对农民的疾苦十分同情。他在《范县署中寄舍弟墨》中说：“可怜我东门人，取鱼捞虾，撑船结网；破屋中吃秕糠，啜麦粥，搴取荇叶、蕴头、蒋角煮之；旁贴荞麦锅饼，便是美食，幼儿女争吵。每一念及，真含泪欲落也。”他于乾隆十一年调任潍县县令，第二年潍县发生灾荒，饥民死者累道，生者纷纷逃荒，诗人更是忧心如焚。此诗当作于是时。故诗人坐卧不安，听见竹声也疑是民间啼饥号寒之声。第三句陡然一转，说自己作为七品县令，官职低微，怎能救民于水火之中？但作为人民的父母官，又岂能无动于衷？诗中用“一枝一叶”作比，说对人民的每一件小事，都是挂在心头的。事实确也如此：他开仓赈贫，并令邑中大户开厂煮粥，救济饥民，又尽封积粟之家，严令他们按平价卖出，因而救活了不少灾民。但他却“以请赈忤大吏，乞疾归”（《清史稿·郑燮传》）。离职之日，百姓遮道挽留，并给他建了生祠。一个关心人民的诗人，也得到了人民的爱戴。由听竹联想到民间疾苦之声，由竹的一枝一叶想到人民的每一件生活小事，可见作者由此而引起了创作冲动，于是乃提笔画竹。诗作虽没有描绘画中竹的具体形象，但我们可以设想，瘦竹临风萧萧，犹如啼饥号寒的饥民，而在这个形象上面，又倾注着作者深沉的同情。这幅画和题诗是赠给山东布政使包括的，其中也蕴涵着对包的期望，希望他关切民隐。

郑板桥主张诗文应“歌咏百姓之勤苦”，在艺术上他反对模拟古人，主张不拘体格，直达肺腑。他所写即所想，真朴、坦率、自然，既无名士的虚伪，又无文人的典丽。故人称其画、诗、书为“三绝”，而“三绝”中又有“三真”，即真气、真意、真趣。《清史稿·郑燮传》云：“（郑燮）诗言情述事，恻恻动人，不拘体格，兴至则成，颇近香山、放翁。”这首题画诗脱口而出，语言质朴无华，情感真挚恳切，正体现了板桥诗的独特风格。

（许金榜）

袁枚

新正十一日还山(其一)

自觉山人胆足夸,行年七十走天涯。

公然一万三千里,听水听风笑到家。

在峰峦竞秀、星月争辉的清中叶诗坛上,袁枚与赵翼、蒋士铨被人合称"乾隆三大家"。而在三家之中,被赵翼和蒋士铨公推第一的是杰出的诗人袁枚。

袁枚有自己的论诗主张。这主张便是在当时及以后颇有影响的"性灵说"。"性灵"之说的根本所在,便是要在诗中写出诗人的真性情,反映出诗人独特的个性来。袁枚是位高寿的诗人,他一生著述颇丰,而诗作也甚多。这是一位以自己的诗作实践了自己诗歌理论的诗人。《新正十一日还山》已经是袁枚晚年的诗作了,老骥伏枥,声歌击得唾壶缺,这诗在体现他"独抒性灵"的论诗主张方面更是尤擅胜场。

《新正十一日还山》一题六首,这里所选的是其第一首。"新正",指乾隆五十年(1785)正月。乾隆四十九年春袁枚开始了岭南之游,即所谓"走天涯"。"还山"即还家,作者的随园建筑在江宁小仓山上,故云。这组七言绝句所表述的本是同一种情感,那便是诗人在远涉万里之后回到自己家园的那份喜悦与欢欣。诗写欢悦之情怀,这从来都被看做一大难事。在近代政治和文学发展中都擅大名的饮冰室主人梁启超就曾发过如是感慨:"凡诗写哀痛、愤恨、忧愁、悦乐(按,这里所说的"悦乐"与我们上面提到的欢悦存在一种程度上的差异)、爱恋,都还容易,写欢喜真是难,即在长短句和古体里头也不易得。"(《中国韵文里头所表现的情感》)写欢悦之难,一方面是由于古典诗歌特别是近体诗在抒写情感的时候总要受到些格律的束缚,表达不能充分的自由随意,比较难于做到"我手写我口";另一方面,因为欢悦在人的诸种感情里边比较而言又是率真难状的,它够不上大悲大恨、大忧大乐的那份热烈,也不具爱恋之情那种风致的缠绵。闻一多先生早年论诗,也曾把格律诗的创作比成戴着脚镣的跳舞。因为是戴着脚镣在跳跃,当这舞蹈的内容是一种自然无饰的本真之情的时候,那束缚也就更成为一种显在的事实了。

但我们看袁枚的这首《新正十一日还山》,虽然也是用七言近体,虽然也是在表现欢悦,但那镣链却已是锁不住诗的精魂,于是这镣链便形如尽脱的了。你看,一位七十老翁浪迹天涯,纵情山水,行逾万里,一路欢歌,那份胆气的豪壮,那种心情的快慰,在诗中简直是一泻直下,痛快淋漓,没有点滴的修润,没有丝毫的滞碍。当一腔感触毕集于胸中的时候,作者的感受便是如骨鲠在喉,唯期一吐为快的,这时的倾吐于是便不带任何的雕琢之迹与推敲之苦了。我们说,这样表现出来的情感才是真情感,才是作者胸中翻涌滚动着的自然之情。情感是从作者的心底流上笔端的，诗句已经与诗人的心境融为一体了。快情出快语，妙然自天成。巴金在谈论写作的技巧的时候，曾说到一种创作的“无技巧”境界。所谓的“无技巧”，实际是一种诸种技巧烂熟于胸之后的返璞归真。庖丁解牛，妙就妙在他对牛的关窍烂熟于心之后的以神运刀。当袁枚以他一代诗杰的功力和娴熟笔力表达他远游归家的欢悦之情的时候，本真的情感伴同轻快的节奏、平易的语句冲口而出，不具格律束缚的痕迹，真可谓已进到一种无技巧的境地了。

《新正十一日还山》不仅仅是写出了一种璞玉不雕的本真之情，它在表现作者的个性方面也颇具特色。袁枚论诗，是强调以诗看人的。他说：“凡作诗者，各有身份，亦各有心胸。毕秋帆中丞家漪香夫人有《青门柳枝词》云：‘留得六宫眉黛好，高楼付与晓妆人’，是闺阁语；中丞和云：‘莫向离亭争折取，浓阴留覆往来人’，是大臣语；严冬友侍读和云：‘五里东风三里雪，一齐排着等离人’，是词客语。”（《随园诗话》卷四）这里说的是对柳的吟咏，身份不同、心胸不同的人便道出不同的气质胸襟。我们拿同样一副眼光看袁枚的这首诗：“行年七十走天涯”，“听水听风笑到家”，这便直露出山人隐士性耽山水的无忧胸襟了。袁枚在江宁（今江苏南京）知县任上买下了隋织造的隋园，并易名随园，辞官后即留居于此，广交名流，以山水诗文自娱。试问，如果没有这种“无官一身轻”的富贵闲适之状，作者还能在他的诗中表现出这份野鸥闲凫般的轻松与自如吗？袁枚还是一位对祖国的佳山胜水有着特殊癖好的诗人。优游林下之后，他遍历东南的名山大川，游兴至老不衰。他在这首《新正十一日还山》诗中所表露的欢悦，便是这种与山水同乐的旷放情怀。从这首诗中，我们不但可以体味到作者的心情、身份，而且可以明鉴出作者爱游成癖的鲜明个性特征。这是作者诗歌创作的过人之处，也是此诗独特的艺术成就。

（邹宗良）

蒋士铨

岁暮到家

爱子心无尽，归家喜及辰。
寒衣针线密，家信墨痕新。
见面怜清瘦，呼儿问苦辛。
低回愧人子，不敢叹风尘。

清诗受到人们较为普遍的注意并被给予高度的评价，这还是不多几年的事。而近年来出版的数种清诗的选本，更是比较全面地反映了有清二百多年诗歌的总体面貌和发展脉络，眼光、立意俱不与古人同。读这些选本，我们会注意到这样一个事实：几乎所有选本都收录了蒋士铨的这首《岁暮到家》诗。蒋士铨乃清诗大家，一生作诗甚多，收入其《忠雅堂诗集》的就有两千六百首之多。在如此众多的诗作中，此诗独能受到不同选家的青睐，单是这事实本身也足以使我们对它多加注意了。

读蒋士铨的这首《岁暮到家》诗，容易使人联想起唐代诗人孟郊那首脍炙人口的《游子吟》。孟郊的《游子吟》与蒋士铨的《岁暮到家》同一主题，都是表现母子亲情的佳篇，但二诗在写法上却绝不雷同，各尽其妙。《游子吟》是托物寄情的名篇，作者重写情而不重时地的交代；而《岁暮到家》则是借景传情的佳制，重在通过眼前之景传写心中之情。所以，读蒋士铨的这首诗，是应该紧紧扣住"到家"二字来领会其中妙处的。

这首诗写成于清乾隆十一年(1746)的岁末，作者二十二岁的一次远游归家之时。"爱子心无尽，归家喜及辰"，"及辰"，指赶上过年的时辰。诗的开头两句别开生面，从对慈母之心的感受和体味起笔，道出了自己的归家在母亲心中产生的喜悦欣慰之情。两句诗中，前句本是虚写，后句则是实况。作者用了一个"喜"字，不仅恰如其分地写出了慈母的欢欣，而母亲的一片爱子之心也即由此宣出。这两句诗，既是作者初归景况的真实写照，也是诗人对慈母之爱的由衷赞美。

"寒衣针线密，家信墨痕新。"这一联笔锋一转，由眼前景象的实写转入对归家之前往事的追忆。在离家别母之际，作者曾留下这样的诗句："初日照林莽，积霭生庭闱。长跪拜慈母，有泪不敢垂。……负笈出门去，白日东西驰。远游幸有方，母心休念之。儿食有亩粥，母毋念儿饥。儿服有敝裘，母毋念儿衣。倚闾勿盼望，岁莫儿当归。"(《远游》)这曲意低回的告慰，自是深寄了游子对母亲的依依惜别之情，而留居家中的老母对远行游子自然更是恋恋不舍。所幸的是作者这次的游学毕竟是"有方"的，那么慈母以"寒衣"、"家信"来寄托对远方游子的思念、爱怜之意，也就是十分自然的事情了。作者由到家时所感受的亲炙之爱而推及以往，以"寒衣"和"家信"来表现慈母的一片爱子之心，既写出了母爱之绵长，又增加了诗歌的容量。诗中的"寒衣针线密"一句无疑是从孟郊的《游子吟》中化出的，但到了作者的笔下，这用事则变成了生活中情事的实指，这样，既不见用事的痕迹，而原诗的意境却已尽括其中了。在《忠雅堂诗集序》中，金德瑛评蒋士铨的诗说："所言皆发诸性分，而用古人法律不务剿袭，绝雷同，铮然别开生面。"这特点在这里可以说是显而易见了。

"见面怜清瘦，呼儿问苦辛。"诗人的诗思又回转到初归之境中来了。睹面呼儿，嘘寒问暖，这本是母子久别相见时的人之常情，是至为琐屑的家庭细事，但一经作者把这种具体而微的家庭生活情景捕捉入诗，那种天伦之乐的生活气氛也就呼之欲出，而慈母的爱子之心也更加真切动人，具体可感了。生活中平平常常的现象，在诗人的心头留下了细腻、复杂的感觉和印象，当作者用传神写照之笔把这种艺术感觉抒写出来的时候，文学的魅力也就同时产生了。敏锐的艺术感觉和对生活情景的传真摹写，这正是作者的得力之处。

"低回愧人子，不敢叹风尘。"这是作者的自慨，由一意转到了另一意上。清人施补华《岘佣说诗》有云："诗犹文也，忌直贵曲。少陵'今夜鄜州月，闺中只独看'，是身在长安，忆其妻在鄜州看月也。下云'遥怜小儿女，未解忆长安'，用旁衬之笔，儿女不解忆，则解忆者独其妻矣。‘香雾云鬟’，‘清辉玉臂’，又从对面写，由长安遥想其妻在鄜州看月光景。收处作期望之词恰好，去路‘双照’，紧对‘独看’，可谓无笔不曲。”检讨蒋士铨的《岁暮到家》诗，也可谓“无笔不曲”，有一唱三叹、低回往复之妙。诗的前六句写慈母之心，首句为总领，余则是分写。“归家喜及辰”叙母亲悬心初落的喜悦，是初归之景。而“寒衣”、“家信”二句却忆及往事，颇似影视艺术中的“闪回”镜头，更见慈母爱子的深长厚重。作者随之由断而续前，翻转来细写母子见面的情景，如将起始的中景拉成了特写，以细部见情，而又以真情动人。至诗的尾联，竟又出笔作一大转折，叙及自己没能在家侍亲起卧的愧意和不敢当慈母之面诉说旅途劳顿的切身感受，诗的情绪一变，主语也随之一变。如同电影的蒙太奇手法一般，作者不断地进行镜头间的切割转换，而所表达的情感也愈转愈深，愈曲愈浓，于反复徘徊、交错纠结之中道出了真挚感人的母子之情。　（邹宗良）

黄景仁

杂感

或戒以吟苦非福，谢之而已

仙佛茫茫两未成，祇知独夜不平鸣。
风蓬飘尽悲歌气，泥絮沾来薄幸名。
十有九人堪白眼，百无一用是书生。
莫因诗卷愁成谶，春鸟秋虫自作声。

黄景仁是一个早露才华而终生坎坷的诗人。他十六岁时应童子试，在三千人中名列第一。二十四岁时，安徽学道朱筠于采石矶太白楼设宴，“赋诗者十数人，君年最少，著白袷，立日影中，顷刻数百言，遍视座客，座客咸辍笔”。士子争抄其诗（洪亮吉《国子监生武英殿书签官候选县丞黄君行状》）。但这样的天才，却五应江宁、三应顺天乡试而不中，一生穷困潦倒，“全家都在风声里，九月衣裳未剪裁”（《都门秋思》）。最后因债主逼债，抱病离京，三十五岁死于解州运城。他大量的诗篇描写自己的困顿坎坷，抒写自己的愤懑不平、凄苦之情，扣人心弦。这首《杂感》就是其中之一。

《两当轩集》把此诗编入卷一，为乾隆二十八年癸未（1763）至乾隆三十四年己丑（1769）年间之作。邵齐焘《劝学》诗序云：“黄生……家贫孤露，时复把病，性本高迈，自伤卑贱，所作诗词，悲感凄怨。”他于丁亥（1767）、戊子（1768）年两次应江宁乡试，均落选。故诗中颇多哀怨不平之感。诗的首二句总写出路渺茫的悲愤。诗人四岁丧父，母老家贫，又乡试不中，求仙问佛，渺茫难凭，出路何在？但黑夜漫漫，孤独无依，除了不平则鸣以外，又有什么办法呢？“独夜”二字写出了诗人的孤凄处境，“祇知”二字则道出了诗人别无出路的困窘。接下去四句具体描写诗人漂泊潦倒的生活。据左辅《黄县丞状》载，黄景仁曾对郑虎文泫然而泣曰："景仁无兄弟，母老家贫，居无所赖，将游四方觅升斗为养耳。"可见诗人浪游四方，意在寻求生计。但这种漂泊生活如风吹转蓬，结果不但一无所获，甚至连悲歌慷慨之气也消磨殆尽了。加之诗人十九岁结婚，抛家弃妻，滞留在外，如飞絮沾泥，岂不是还要"漫赢得薄幸名存"吗！诗中以"风蓬"、"泥絮"为喻，生动形象地写出了诗人漂泊无依的困苦生涯；而壮志消磨，又被误认为"薄幸"，心中该是何等痛苦委屈！更令人难以忍受的是，怀才不遇的穷措还要遭到世人的白眼："十有九人堪白眼。"这对性情孤傲的诗人的打击是太大了。因此他不禁悲愤地慨叹："百无一用是书生！"这是自嘲，也是抗议，有痛苦，也有激愤。诗人在大量的诗篇中吟唱着自己的愁苦，在有些人看来，也许不太吉利，唯恐这些愁苦之言会成为将来应验的谶（chèn 衬）语（将来会应验的话），因而劝诫诗人不要总是写愁叫苦。其实，诗人又何尝愿意如此呢？但不平则鸣，正像春鸟秋虫不能不作声一样。因此诗的最后两句说："莫因诗卷愁成谶，春鸟秋虫自作声。"这就说明作者的吟苦是不得已的。诗人身处乾隆盛世，才华出众，但却"百无一用"，穷困潦倒，备受冷落，这是那个不合理的社会制度所造成的。诗人的遭遇和苦闷是个人的，但在封建社会下层知识分子中又有着一定的普遍性。

乾隆年间，拟古主义、形式主义诗风盛行，或模唐仿宋，或饾饤学问辞藻，或歌功颂德，而抒写真情实感者少。而黄景仁则"下笔时要皆任其天之自然，称其心所欲出，乾坤清气，独往独来，此仲则之所以不可及也"（张维屏《诗人征略》）。这首《杂感》诗最大的特点就是真实地抒写了诗人深挚的感情。在这首诗中，诗人那出路难寻的渺茫之感，深受压抑的不平之情，漂泊四方、壮志消磨、愧对家室之痛，遭人白眼、斯文扫地之慨，满腔愁苦不得不吐之意，种种复杂的感情交织在一起。以明快晓畅的语言直抒胸臆，真情实感坌涌而出。因而诗意盎然，耐人寻味。所以郁达夫说："要想在乾、嘉两代的诗人之中，求一些语语沉痛、字字辛酸的真正具有诗人气质的诗，自然非黄仲则莫属了。"（《关于黄仲则》）　　（许金榜）

张维屏

新雷

造物无言却有情，每于寒尽觉春生。
千红万紫安排着，只待新雷第一声。

这是一首托物寓意的小诗。诗人借大自然的嬗变现象，寄寓着热切要求变革社会现实的愿望。

张维屏生当鸦片战争前后，正是中国古老的封建社会向半殖民地、半封建社会过渡的历史大变革时期。他目睹英国侵略军的野蛮暴行和清王朝的腐朽颓败，痛心疾首，欲哭无泪，于是，以笔当枪，写下了一些激昂慷慨、充满强烈的爱国主义精神的著名诗篇。在《新雷》中，诗人受到人民群众斗争热潮的感染，已朦胧地意识到在中国的大地上，一场伟大的社会变革即将来临。

首句“造物无言却有情”：“造物”，即创造万物者，指天；“有情”，即有知觉，有感情。李贺曾有“天若有情天亦老”的名句，原是对“金铜仙人辞汉”而发的，意思说，假若老天有感情的话，也会被气得衰老的。司马光赞誉这句诗为“奇绝无对”。李贺的诗，还仅是用假设的语气“天若有情”；而此诗则直接用肯定的语气“造物有情”。化用巧妙，意境迥别。老天虽然不会说话，但却有知觉，有感情。它阅尽人间沧桑，对人世间的善善恶恶、是是非非，一目了然，定会运用自己的神力来主宰人间的一切。虽属虚妄，但也饱含作者的寄托。

次句“每于寒尽觉春生”，是对“造物有情”的具体延伸。寒尽春生，冬天来了，春天还会远吗？“寒”和“春”在这里构成鲜明的对比。酷寒的严冬孕育着满园的春色，这既是对自然界发展规律的客观描写，也寄寓着诗人对社会演变的主观渴望。近代杰出的爱国主义者林则徐写过这样两句诗：“关山万里残宵梦，犹听江东战鼓声。”（《次韵答陈子茂德培》）“残宵”即残夜，黑夜到了尽头就是天明，这同“寒尽觉春生”的含义是一致的。这种强烈渴求变革现实的激情，正是近代爱国主义诗人的共同特征。有了这一句垫底，三、四两句的发挥才字字生辉。

“千红万紫安排着，只待新雷第一声”，这是全篇比兴寄托的点睛之笔。它是在上两句的基础上引发出来的诗的议论。“千红万紫”，喻百花。意即百花都已准备妥当，只等待春雷一声响，便竞相开放，争妍斗艳。这里作者用“新雷”而不用“春雷”（尽管“新”、“春”都属平声），其寓意是不言自明的。联系诗人其他爱国诗篇，就不难窥见这“新”字，是寓指中国人民的反帝斗争；这“雷”字，是寓指中国人民反帝斗争的声势。只要有人吹响反帝斗争的号角，中国人民就会像诗人在《三元里》诗中所描写的那样：“三元里前声若雷，千众万众同时来。”其情势犹如“千红万紫安排着，只待新雷第一声”。“只待”二字，看似脱口而出，其实分量很重。因为作者要“待”的那一天，是天翻地覆、强国雪耻的日子，因而这“待”是充满热情的期待，是执著的向往。而这一天，又绝非虚无缥缈，可望而不可即，而是如同“寒尽觉春生”，时序更迁那样，一定会到来的。所以，语调轻松活脱，充满信心。

这首诗，语言清润平淡，毫无雕琢痕迹。全诗处处紧扣自然界的现象，但又字字流露出诗人对祖国命运无限关切的真挚情感。古人曾说，绝句无闲字易，有余味难。而此诗则能寄真情于字背，寓深意于眼前，含蓄隽永，耐人玩味，堪称七绝中的上品。

（陈其相）

龚自珍

咏　史

金粉东南十五州，万重恩怨属名流。

牢盆狎客操全算，团扇才人踞上游。

避席畏闻文字狱，著书都为稻粱谋。

田横五百人安在，难道归来尽列侯？

中国古代多“咏史”之作，且都托古讽今，兴寄深远。龚自珍这首诗作于道光五年(1825)，当时正值作者服母丧期满，客居昆山“羽琌山馆”从事写作。题为“咏史”，实则讽今。诗人身处清王朝由盛而衰的时代，也是封建专制主义制度的腐朽性得到充分暴露的时代。在这个社会里，强权取代真理，一切是非被颠倒，一切善恶被混淆。面对这样污浊、黑暗的社会现实，龚自珍是“百脏发酸泪，夜涌如源泉”(《戒诗五章》)，极想凭自己的一腔热血动触时弊。然而，碍于清王朝高压的文化政策，他又不得不“姑将谲言之，未言声又吞”(《自春徂秋，偶有所触，拉杂书之，漫不诠次，得十五首》)。尽管此诗写得比较委婉，但诗人针砭时政的激情却溢于言表，对所谓“名流”众生相的揭露也是入木三分，痛快淋漓。

诗的前六句，像扫描一样，透视了所谓社会“名流”的种种丑态，从而引起人们对整个社会的深思。

诗人先概括地提出自己的看法：“金粉东南十五州，万重恩怨属名流。”“金粉”，原系古代妇女妆饰用的铅粉，这里用以形容奢侈繁华。“东南十五州”，泛指长江下游一带。清王朝后期，国是日非，民生凋敝，而江南一带掌权的“名流”人物，却过着纸醉金迷、穷奢极欲的放荡生活。这些人只知争名夺利，趋炎附势，钩心斗角，相互倾轧，彼此结下了重重“恩怨”，给社会造成无穷的祸害。这里“属”字用得很有力度，把“万重恩怨”的根源归结于“名流”。是这些“名流”酿成社会上的诸多弊端，从而导致“衰世”局面。

接着，诗人撷取三个方面的典型，逐个为那些“名流”人物画像。

“牢盆狎客操全算”，这是第一类。“牢盆”，是煮盐的器具，这里指代掌管盐务的官僚。“狎客”，指官绅门下攀附权势的帮闲。掌管盐务的官职，在清朝是个肥差，权势不小。曹雪芹的曾祖父曹玺、祖父曹寅，就曾担任过这方面的官职。按清代的行政建制，巡抚是省级的最高长官，下有道台、知府、知州等地方长官。省和地方的行政大权应掌握在这些官员手里。然而龚自珍所处的时代，“牢盆”却权压群僚，独揽大权。岂止“牢盆”，就是“狎客”，也为虎作伥，张牙舞爪。社会秩序混乱到如此地步，又怎能不引起作者深沉的感叹呢？

“团扇才人踞上游”，这是第二类。“团扇才人”，作者用了东晋时丞相王导的孙子王珉的典故。王珉喜欢手执白团扇，二十多岁就当上中书令，除清谈玄学外，对政务一窍不通。这里借以指没有真才实学的纨绔子弟。“踞上游”，指占据高位。朝廷要位，全被像王珉这样不学无术的官僚贵族的后裔占据着，他们只知流连声色狗马，而不屑抚理朝政。凭着这一类“名流”，国家怎么能治理得好呢？难怪诗人要在《己亥杂诗》中大声疾呼“我劝天公重抖擞，不拘一格降人材”了！

“避席畏闻文字狱，著书都为稻粱谋。”这是第三类。“避席”，古时席地而坐，离席而起，表示敬意，谓之避席。这里是指害怕的意思。“稻粱谋”，原意是谋求食物。

这里指当时文人学子埋头著书，是为了做官得俸禄，谋衣食。诗人一贯认为诗文应有所为而作："贵人相讥劳相护，莫作人间清议看"（《杂诗，已卯自春徂夏，在京师作，得十四首》），"不是无端悲怨深，直将阅历写成吟"（《题红禅室诗尾》）。写诗作文，既不是"清议"，也不是发于"无端"，而是要写自己的"阅历"，即要表达自己真挚的内在情感。面对清王朝高压的文化政策，不避讳也不行；但是，畏避"文字狱"而丢掉自己的"良知"，迎合清代统治者的口味去著书立说，以谋求一官半职，甚至跻上所谓"名流"的行列，这种为了个人私利而丧失道德气节的文人学子，诗人显然是极端鄙弃的。这里，既揭露了清王朝文网森严，也勾勒出在这一高压政策下某些文人学子的心态。

由上述三类人组成的所谓社会"名流"，国家焉有不颓败之理！

最后两句写诗人的感慨："田横五百人安在，难道归来尽列侯？"田横，是秦末汉初人，齐国旧贵族。楚汉相争时，曾自立为"齐王"，和刘邦作战。刘邦灭项羽称帝后，他率领部下五百人逃上海岛。刘邦为杜绝后患，派人去招降说："田横来，大者王，小者乃侯耳！不来，且举兵加诛焉。"田横带了两个门客前去投降，行至离洛阳三十里处，终因耻于向刘邦称臣，自刎而死。岛上五百人听说田横已死，也都自杀了（事见《史记·田儋列传》）。这两句的意思是说：田横手下的五百壮士到哪里去了，难道回到刘邦门下都封侯了吗？这里，作者巧妙地借"咏史"来"讥切时政，诋排专制"，点出主题，发人深省。他赞赏的是"田横五百人"的崇高气节，他讥讽的是"牢盆狎客"、"团扇才人"和畏避文网、丧失良知的士人，两相对照，收到极好的艺术效果。实际上，末两句还寓有对封建统治者不要抱任何幻想的含义。

诗的前六句叙事，后两句议论。叙事具体形象，饱含讽刺，最后的议论便成为愤慨的自然喷发，一气贯注，把感情推向了高潮，由讽刺所谓"名流"，扩大为放眼更广阔的社会现实，丰富了诗的内容，提高了主题思想的意义。　（陈其相）

已亥杂诗（其一〇四）

予生平不蓄门弟子

河汾房杜有人疑，名位千秋处士卑。

一事平生无齮龁，但开风气不为师。

《已亥杂诗》是龚自珍于道光十九年已亥（1839）所写的七言绝句组诗。他于是年四月二十三日离开京城，至同年十二月二十六日抵崑山，将所见、所闻、所感吟诵成章，得诗三百一十五首。《已亥杂诗》的特点在于"杂"，正如鲁迅以时序编文集一样，均不以题材统一诗文；表面上说东道西，谈古论今，漶漫驳杂，然其内里却以个人思路历程和时代脉搏为贯穿一气的线索。如果说，作为思想家的龚自珍，在鸦片战争前夕，即中国旧民主主义革命发端之时，在文学领域创造了前所未有的大型"杂诗"，那么，作为思想家的鲁迅，在五四运动之后，即中国新民主主义革命深入之时，在文学领域创造了犀利的"杂文"形式。中国近现代史上，这种带有规律性的文学现象，是值得人们重视和研究的。

“河汾房杜有人疑”是《己亥杂诗》的第一〇四首。首句七字中，前四字表述隋唐间的一段故事，后三字表述后人对此故事的怀疑。“河汾”是以黄河、汾水指代隋末著名学者王通，他就在黄河、汾水之间隐居讲学，著《中说》，人称“文中子”。“房杜”指唐朝开国功臣、身居要位的房玄龄、杜如晦。据说他们受业于王通，属“河汾门下”。“有人疑”是说宋以来不少人对房、杜为王通的门生一事提出疑问。此句谓之隶事，用七个字要把历史故事和后人对此事的怀疑表述出来，必须充分利用词语内在的张力。“河汾”是用河名指人名；“房杜”是用姓氏指代两人；“有人疑”又是前三人关系的延续认识。中国诗歌这种修辞方式，既要求读者精通史实，又要求读者多读古诗，熟悉古诗的表达方式，否则面对省略的字句，往往不知其所云。

“名位千秋处士卑”的“名位千秋”指房、杜，“处士卑”承接王通，由于王通身为处士的卑微地位和房、杜流传千秋的显赫的声名地位相差悬殊，于是就有人怀疑房、杜未必会出于王通门下。第一句是对历史事实的客观表述，此句则是诗人探寻“有人疑”的原因，对前句所表述的历史事实的主观评价。为何后人怀疑房、杜出于王通门下？诗人认为并非王通没有学问，他的“文中子”的学术地位已彪炳史册，但他生前只是一个处士，社会身份低下，后人以门第和社会身份论人，对王通与房、杜之间的师徒关系产生怀疑。诗句的结构仍然是“名位千秋”和“处士卑”两种地位的比较，而隐去人物的姓名以及相互关系。只有联系前句才能破译这七个字的内容，原来它所表明的是“有人疑”的原因。诗人对“疑”因有独到之见，且寓含褒贬。首先，处士地位卑微并不说明没有学问，诗人对王通是肯定的；其次，“名位千秋”者如房、杜并不等于发达前不能作王通的学生。“有人”用门第、身份来否认王通与房、杜的师生关系，不管是否符合史实，其出发点在诗人看来是可鄙的。

“一事平生无齮龁，但开风气不为师”，乃是从上面历史故事引出的教训。“齮龁（yǐ hé 椅核）”本意为齿牙咬啮，此处指言词诬蔑。诗人以历史为鉴，认为自己一生中有一件事是未授人以柄，使人无可指责的，那就是不以招收弟子的方式来开创社会风气。诗人自注：“予生平不蓄门弟子。”这样就可以不像“河汾房杜”之间的关系那样，招惹麻烦，横遭物议。

据《四库全书简明目录》，“盖自汉以来”，“聚徒讲学之风亦自通始”。王通之后，宋、元、明、清学者辟书院，蓄弟子，代不乏人。在诗歌领域，明清两代更是开宗立派，高自标榜。其间固有真才实学之人，亦有因社会地位和身份而谋取学术声誉者。龚自珍此时辞官出都，已身为“处士”，他对于自己的学术实力和诗歌成就充满自信，以为可开一代风气。但他不满于学界凭身份而获虚名的人，更不愿自立诗歌宗派。此诗所反映的是自古而来权势与学术的矛盾问题，其中表明诗人“生平不蓄门弟子”的思想，更值得注重的是诗中对“处士卑”的同情和肯定，透露出与崇拜权势和门第的贵族观念相对立的平民意识。诗先叙史实，后述原因由史实和原因，引申出诗人自己处世为人的态度；容量丰富，脉络分明，历史与现实的连接和转折，安排妥帖。

（毛庆耆）

己亥杂诗（其一二五）

过镇江，见赛玉皇及风神、雷神者，祷祠万数。道士乞撰青词。

九州生气恃风雷，万马齐喑究可哀。

我劝天公重抖擞，不拘一格降人材。

《九州生气恃风雷》是《己亥杂诗》的第一二五首。此诗曾为毛泽东著作所引用，因而在国内流传广泛；也可以说，正因此诗蕴涵与现实相吻合的诗情，所以能被毛泽东著作所征引。

首句“九州生气恃风雷”是一个毫不含糊的判断句。“九州”是地理概念，指中国。诗人开始就认定，全国大地上生机郁勃的气象，只有依仗风雷运行才能形成。“风雷”与自注中“风神、雷神”有关，因是为道士撰青词，故联想到风神运风，雷公行雷。伴随风雷的，当然还会有雨电。风雷雨电齐来，定使大地轰轰烈烈，洗刷一新。这是以自然景象暗喻社会现实。在这里，诗人一反常情地判断：九州生气，不是依仗英明圣主，仓廪丰实，国泰民安，歌舞升平，而是依仗震惊大地的风雷。诗的起句以不同凡响的判断为前提，令人振奋、惊喜。

“万马齐喑究可哀”是对于前句的反应。在中国传统观念中，马几乎与龙一样被人看重：“乾”为马，天马行空，一马当先，万马奔腾，马鸣萧萧，龙马精神，都是生气勃勃的体现和表征。“万马齐喑”正与此相反，它表明九州大地的委顿与沉寂。“究可哀”是诗人的感喟，是“恃风雷”而风雷未可得的失望的悲哀。如果说首句是不容置疑的前提判断，说的是应该如此的愿望，那么，此句则是斩钉截铁的结论性的判断，说的是并非如此的现实。当应该如此和未能如此、愿望和现实、前提和结论的矛盾尖锐而鲜明地摆出之后，诗的思路转向解决矛盾方面来；后两句即对于问题的回答，由应该如此的愿望、未能如此的现实转向到必须如此的措施上面来。

“我劝天公重抖擞，不拘一格降人材”，就是要解决“九州生气”与“万马齐喑”的矛盾问题。因为是赛玉皇而撰青词，所以问题的解决转向“天公”。诗人对“天公”不是祈求、祝祷，而是“劝”，一字见分明。“重抖擞”是说“天公”曾经有过精神抖擞的时候，现时则未能振作精神。天公精神抖擞，有所作为，则是“不拘一格降人材”。地上人才由天“降”，乃传统观念，也合乎青词口吻。“不拘一格”则是诗人沉痛的期待。龚氏对人才的追求和蓄养最为关注，诗文中多有涉及。此诗是期待天降人才，造成风雷席卷之势，改变“万马齐喑”局面。什么叫“不拘一格”？满汉之分可能是一格，贵贱贫富之分可能是一格，科举晋身与真才实学之分也可能是一格，还有正直与曲腴、童心与圆滑、赤诚与矫饰等都可能是衡量、选用人才之格。诗人在这些“格”的面前，或许都有不同程度的亲身体验。“不拘一格”就是要打破种族、门阀、科第和人之情性方面人为的成见，予人才破土而出以平等竞争条件。难能可贵的是此诗精神中有着破除身份、种族隔离的平等、自由的思想萌芽，而这种思想萌芽不是导源于西方人权平等观念，恰恰是基于中国社会自身不平等、不公正的现实情况所萌发的具有民主性的进步要求。

自从《易·说卦》提出天、地、人“三才”概念以后，中国传统观念中，从不把人和自然、宇宙相对立，而是天文、地理、人物“三才”相互依存，相互沟通。此诗中“天公”、“九州”、“人材”，正是“三才”并举。九州恃风雷，风雷靠人才，人才由天降；天公要人劝，劝则重抖擞，抖擞则降人才，人才启风雷，风雷造生气。若天公抖擞，则人杰地灵；反之，天公由抖擞而昏沉，则人才由充足而匮乏，九州则无生气而喑哑。在如此循环反复中，社会向前发展，历史不断演进。天、地、人“三才”处于相互依存、相生相克的既和谐又制约的状态。此诗以青词形式表达了“三才”依存、人在天地间的地位和作用的传统观念。然而，此诗有异于前人者，是诗中出现的“我”。与“悠悠苍天，曷其有极”（《诗·唐风·鸨羽》）的呼告相反，与“皇矣上帝，临下有赫”（《诗·大雅·皇矣》）的敬畏相反，与“念天地之悠悠，独怆然而涕下”（陈子昂《登幽州台歌》）的自觉渺小相反，诗中的“我”，即通常所说抒情主人公形象。“我”放眼九州大地，鉴察社会弊端，哀叹人才贫困，呼唤风雷运行；特别是从历史长河中，看到了“天公”曾经抖擞，而站在与“天公”并肩的地位，“劝”其“重抖擞”。这里的“我”是顶天立地的巨人形象。诗从天、地、人融为一体的高度，实现“我”的总揽天下、气吞宇宙的形象，造成磅礴的气势，使读者在卑微琐屑的现实的困扰中振奋精神，与诗人一起自我提升到博大无垠的空间世界和绵远无穷的时间流程。这在美学上谓之崇高。

龚诗写于中国社会性质变化的前夜。一百二十年后，中国社会又面临新旧交替的变革向纵深发展，结束了“万家墨面没蒿莱，敢有歌吟动地哀”（鲁迅诗句）的局面，正迎接“洞庭波涌连天雪，长岛人歌动地诗”（毛泽东诗）的时刻到来。中华民族以巨人屹立在东方。这时，也只有在这时，龚氏此诗被引用到毛泽东著作中，是自有其道理的。（毛庆耆）

康有为

出都留别诸公（其二）

天龙作骑万灵从，独立飞来缥缈峰。
怀抱芳馨兰一握，纵横宙合雾千重。
眼中战国成争鹿，海内人才孰卧龙？
抚剑长号归去也，千山风雨啸青锋。

这首七律，是中国近代资产阶级维新派领袖康有为早期代表作《出都留别诸公》组诗五首中的第二首。组诗自序云：“吾以诸生上书请变法，开国未有。群疑交集，乃行。”盖作于光绪十五年己丑（1889），时年三十二岁。汤志钧《戊戌变法人物传稿·康有为》载：“（光绪）十四年，再游京师。时以马江败后，外侮频仍，有为愁焉忧之，以为‘中国发愤，只有此数年闲暇，及时变法，犹可支持；过此不治，后欲为之，外患日逼，势无及矣’，于是伏阙上书，极言时危，提‘变成法’、‘通下情’、‘慎左右’三事。而大臣阻阨，格不上达。……十五年，离京返粤。”这是诗人第一次上书光绪帝，较系统地提出政治改良主张，结果由于阊阖九重，虎豹当关，非但上书无从呈进，反闹得满城风雨，“朝野大哗，将逮捕”（王蘧常《沈寐叟年谱·光绪十四年戊子》)，最后不得不韬光晦迹，卷铺盖出北京回广东老家。所幸朝中诸公并非个个都是冥顽不化的封建老朽，总还有几位同情并支持他的维新派官员，如宗室、国子监祭酒盛昱，翰林院编修黄绍箕，在刑部任职的沈曾植等。其中，盛昱曾"慨然代递"万言书，频留诗人馆宿其家，相知尤深(见康有为《赠盛伯熙祭酒》诗后自记)。诗人所"留别"者，当即盛昱等人。

一介寒儒，叫阍不应，几陷于罪，孑然辞京，若在常人，难免凄凄惨惨戚戚，形诸翰墨，便有衰飒颓唐之气。好个康南海，不愧是代表当时民族脊梁的爱国匹夫，热血男儿。你看他何等豪雄超迈，竟无半点猥琐之状，起笔即如飘风海雨，破空而至："天龙作骑万灵从，独立飞来缥缈峰。"龙飞在天，岂可羁勒？而诗人偏自命为驯龙而驭的超人，又想象世间万千神灵随从呵护，唯我之龙首是瞻，狂矣哉！谲矣哉！但这狂谲之中，正透现出诗人真理在手、当仁不让的历史使命感，政治自信心和领袖意识，极有个性色彩。它不是一句虚张声势、自欺欺人的大话。六年后，亦即光绪二十一年(1895)，诗人率领在京会试的一千三百多名举人，"公车上书"，拉开了"戊戌变法"的序幕，"天龙"云云，确曾实现了的。当然，作诗之日，他在政治上暂时还处于孤立的地位，他自己也清楚地认识到这一点，故次句遂以块然"独立"、云烟"缥缈"的"飞来峰"自况。飞来峰，在杭州西湖西北，相传东晋咸和中有天竺僧慧理登此山，叹曰："此是中天竺国灵鹫山之小岭，不知何年飞来？"故名(见《咸淳临安志》)。诗人用此自喻，形象道出了这样一个冷峻的事实：当一种新的、进步的政治势力突然崛起之时，它与周围的传统、保守的旧势力总是格格不入的，总要经历一段"光荣的孤立"。这组诗别首有"高峰突出诸山妒"之句，语本龚自珍《夜坐》诗"一山突起丘陵妒"，并可移用来作"独立"句的注脚。

颔联"怀抱芳馨兰一握，纵横宙合雾千重"二句，紧承上意，顺势正面揭出和摊开个人与传统、社会的矛盾对立。一方面是赤子拳拳爱国之心，犹如香草一把，芬芳四溢；另一方面是古往今来，迷雾纵横，守旧的传统势力笼罩重重——诗人借此处格律要求对仗之便，平列出"内宇宙"(胸中日月)与"外宇宙"(身外世界)，构成鲜明的对比，此外更不着一词，含蕴甚丰，耐人寻味。其意到底是想说"纵有兰一握，其奈雾千重"呢，还是"幸有兰一握，何惧雾千重"？笔者浅见，以康氏之倔强性格和不屈不挠的斗争精神，这里他似乎应该是说，一已方寸之间充沛着的浩然正气，实为六合之内充斥着的阴霾昏霭所莫之能御。这一联精彩的对仗，用比兴手法艺术地凸出了自我的忠贤之志和勇壮之胆，使其形象更加清晰、丰满了。

颈联"眼中战国成争鹿，海内人才孰卧龙"二句，又以一联工致的对仗，转而披露自己深重的忧患意识。《史记·淮阴侯列传》载汉蒯通语："秦失其鹿，天下共逐之。"《文选·班彪〈王命论〉》唐李善注引旧题周吕尚《六韬》："取天下若逐野鹿，得鹿，天下共分其肉。"在自道光二十年(1840)中英鸦片战争以来的半个世纪中，由于晚清统治者的腐败昏庸，中国积贫积弱，已经成为帝国主义列强垂涎争夺的一头"鹿"了。诗人目睹国家危亡，怎不忧心如焚？在他这次向光绪帝所上的万言书里，就清醒地指出"(日本)伺吉林于东，英启藏卫而窥川滇于西，俄筑铁路于北而迫盛京，法煽乱民于南以取滇粤"，凡此正是"眼中"句所概括的具体内容。沧海横流的时代，呼唤着能够拯救祖国、挽狂澜于既倒的英雄豪杰。然而，四海之内，谁是诸葛亮（“卧龙”）那样的人才呢？上下文皆陈述语气，唯此处用问句提唱，便有摇曳生姿之效，而以“卧龙”自许之意，隐然包孕其中。

遗憾的是，诸葛先生当年高卧南阳，自有刘玄德那样的明主，三顾茅庐，来请他出山；而今诗人不待朝廷下诏征贤，风尘仆仆，主动地从万里之外的粤海炎州赶到京师，欲赴时用，谁料竟吃了老大一个闭门羹，心下如何能平？尾联遂于缴出“出都”题旨的同时，放喉一吐英雄失志、无路请缨的满腔愤懑：“抚剑长号归去也，千山风雨啸青锋。”按，以剑喻山，前人诗中早有成例，如唐柳宗元《与浩初上人同看山寄京华亲故》诗：“海畔尖山似剑铓。”柴夔《望九华山》诗：“九华如剑插云霓。”宋杨亿《成都》诗：“青天路险剑为峰。”本诗“青锋”，亦即将征途上的山岭比作青光射眼的利剑。又按晋王嘉《拾遗记》：“帝颛顼……有曳影之剑……未用之时，常于匣里如龙虎之吟。”诗人既不为朝廷所用，怏怏“归去”，其不平之鸣，遂借“剑”发之。古代士子远游，随身多携书剑，故“抚剑长号”云云，未始没有一点写实的成分。但结句言孤剑独号一声，顿时山鸣谷应，风雨大作，千山万岭犹如千万柄刺天之剑，风吼雨怒之声仿佛是这剑的森林在呼啸，却不能不说是虚笔造设的意匠经营了。论其势固然有惊天地而泣鬼神的艺术魅力，而个中蕴含着的象征意味——吾之愤即天下士子之公愤。一个康有为被排挤出都，必将激发千万个康有为奋袂而起，则又与首句“天龙作骑万灵从”遥相照应，可谓源流回合，气足神完，尤有章法严密周整之妙。

为诗之道，亦犹奏乐：豪竹哀丝，高揭低回，抑扬有致，曲调乃成。此诗四联，始以雄健，继以排宕，续以沉郁，终以悲壮；旋律自高音区起，而后向中音区、低音区递降，最后又回升到高音区；亢爽之中，自饶苍凉，激越为主，杂以呜咽——立体而交响地演奏出了19世纪末叶代表着中华民族广大爱国知识分子心声的一曲慷慨悲歌。

梁启超《饮冰室诗话》云：“南海先生不以诗名，然其诗固有非寻常作家所能及者，盖发于真性情，故诗外常有人也。先生最嗜杜诗，能诵全杜集，一字不遗，故其诗虽非刻意有所学，然一见殆与杜集乱楮叶。”梁氏是康有为的学生，所论难免溢美。即如本篇，“天龙”、“卧龙”，“千重”、“千山”，修辞重复，稍欠推敲，就比不得杜诗七律的浑成而精细。但杜甫虽有“政治诗人”之号，毕竟是诗人；而康有为首先是政治家，其次才是诗人——尽管他的诗在艺术上还达不到杜诗那样的“毫发无遗恨”（杜甫《敬赠郑谏议十韵》）的程度；然而其政治家的气势和魄力，诚能开辟杜诗中所未有之境，不容忽视。章士钊《论近代诗家绝句》评康氏诗云：“黄河千里势无回，雨挟泥沙万斛来。”真正是切中肯綮的会心之言。

（钟振振）

谭嗣同

有感

世间无物抵春愁，合向苍冥一哭休。

四万万人齐下泪，天涯何处是神州？

由于清政府的腐败无能，中日甲午战争终于以失败而告终。光绪二十一年(1895)四月十七日，清政府派钦差头等全权大臣、直隶总督李鸿章及其子钦差全权大臣李经方，与日本全权代表、总理大臣伊藤博文和外务大臣陆奥宗光，在日本马关(今下关)签订了丧权辱国的《马关条约》。诗人在详知条约内容以后，悲痛万状，义愤填膺，立即写下了这首七言绝句。“有感”即对此有感而发。诗中写出了中国人民的悲痛，呼唤各族同胞赶快觉醒，奋起抗争，爱国豪情洋溢于字里行间。

起句“世间无物抵春愁”，用笔含蓄，但力重千钧。诗人认为整个人世上再也没有什么东西能比得上“春愁”更令人感到可痛可悲，更令人感到沉重了。“春愁”者何？《马关条约》之签订是也。这一条约的签订大大加深了中国的半殖民地化和民族危机。条约的主要内容为：承认日本对朝鲜的控制；割让辽东半岛、台湾全岛及所有附属各岛屿和澎湖列岛；开放沙市、重庆、苏州、杭州为通商口岸，日船可沿内河驶入上述各口搭客装货，日本政府得在通商口岸设领事；赔偿日本军费二万万两白银，等等。因这一条约签订在春季，签订地点在马关春帆楼(故又名《春帆楼条约》)，所以诗中借“春愁”代指。这就是引起“春愁”的全部内容。

上述内容的条约，作为一个有着四亿人民的主权国家，无论如何是不应该接受的。但这条约终因清政府的屈辱求和而强加在中国人民头上了。在此无可如何的情势之下，爱国臣民及有识之士只能面对苍天失声痛哭。作者在《上欧阳中鹄书》中描绘了他目睹《马关条约》内容以后的悲愤心情：“及睹见和议款约，竟忍以四百兆人民之身家性命一举而弃之！”面对这一现实，令人“悲愤至于无可如何”。四万万人被出卖了，神州陆沉了。所以，诗人止不住写出了最后两句：“四万万人齐下泪，天涯何处是神州？”这“泪”，既表达了人民的悲愤，同时也激励人民奋起抗争。尾句的一问，令人感奋，令人警觉。爱国臣民，有识之士，对此怎能沉默?！热血青年又怎能不奋起一搏?！正因具有“何处是神州”的失落之感与亡国之痛，诗人才走上救国的道路，并为拯救祖国而献出年轻的生命。

本诗具有浓烈的爱国激情，它直抒其志，痛快淋漓，充分表达出四亿人民的共同心声。“春愁”一句含蕴深厚，“天涯”一句感慨深沉，有效地增强了此诗震撼人心的艺术力量。诗虽短小，但力透纸背，读后使人觉有“天风浪浪，海山苍苍”、“真力弥满”、“行气如虹”的英雄气概。　(陶尔夫)

章炳麟

狱中闻沈禹希见杀

不见沈生久，江湖知隐沦。

萧萧悲壮士，今在易京门。

魑魅羞争焰，文章总断魂。

中阴当待我，南北几新坟。

这首诗写于清光绪二十九年(1903)。题下原注“六月十二日”，为夏历，阳历则为八月四日。作者当时被关押在上海租界西牢内。此前一个多月，作者在租界内出版的《苏报》上，发表了两篇张扬资产阶级民主革命的文章，即《驳康有为论革命书》的主要部分和为邹容《革命军》撰写的序言，被清政府串通上海公共租界工部局投入狱中。沈禹希即沈荩，原名克诚，字愚溪，也作禹希，湖南善化(今湖南长沙)人。戊戌变法时，即与谭嗣同、唐才常等交往。变法失败，赴日本留学。光绪二十六年(1900)返回上海，与唐才常等组织“正气会”，不久更名“自立会”，后去湖北从事自立军活动，任右军统领。当年八月，自立军起事失败，唐才常等被捕杀，沈荩遂潜往北京继续活动。光绪二十九年四月，他探知清政府曾与沙俄签订密约，出卖东三省主权，通过日本报纸披露于世，引起轩然大波。由于有人告密，沈荩被清政府逮捕，并于七月底杖杀于刑部。作者与沈荩都是同清政府斗争而遭迫害的。沈荩业已牺牲，作者虽只在押，但亦生死未卜。清政府一再要求租界当局引渡，并不惜以十万金易其头颅。可以说，作者是怀抱切身之痛和对清政府无比憎厌与鄙视的感情来写这首诗的，哀悼与颂赞沈荩，并表示自己横眉冷对和不惜生命一掷的无畏斗争精神。

这是一首五言律诗。前两联着重写沈，后两联着重叙志抒怀。从自立军失败，沈荩隐身不知去向，到他披露密约被捕，再度露面政治斗争舞台，中间有近三年工夫。所以首联说，沈荩久无知闻，人们还以为他藏身匿迹于江湖了呢！颔联紧接推出，原来他并未做逃兵，而是潜入京师，继续战斗了。战国时，为铲除暴秦的侵凌，荆轲为燕太子丹西行入秦刺秦王。太子丹等送别于易水之上，荆轲歌曰：“风萧萧兮易水寒，壮士一去兮不复还！”荆轲“就车而去，终已不顾”。“萧萧悲壮士”即用此事，以荆轲喻指沈荩，很能表现出沈荩那种不畏牺牲、义无反顾的斗争风神。颈联转到自己。“魑魅(chī mèi 吃妹)”，迷信传说中的山林鬼怪，这里用以指清王朝。裴启《语林》载，魏国嵇康一天在灯下弹琴，眼前忽然出现一个一身黑衣、高达丈余的人。他凝视一阵子，把灯吹灭说：“耻与魑魅争光。”“魑魅羞争焰”即用其事，表现了对清政府的极度蔑视。“文章”即指此诗。这一联意思是，杀人不眨眼的野蛮顽固的清政府，不足与理论，可是写诗悼念亡者，总是令人哀痛欲绝的。尾联说，请沈荩阴中略待自己，你在北方添了新坟，我也将在南方添上新坟。“南北几新坟”，那一种革命者杀不尽斩不绝的傲气直扑纸面。佛家语中，固有“中阴”一词，指人死以后尚未转生以前，形体已离，而色、受、想、行、识五阴尚存的形态。这里则未必用其语。“中阴”当指阴界中路，作者写此诗距沈荩牺牲只有四天，故云。

这首诗自然以写沈荩为主，感怀也是因沈荩而起。沈荩被害时，虽只有三十二岁，斗争经历却相当丰富，然而五律只有四十个字的篇幅，容量有限。如何处置为好？作者断然摆落一切，只取公布密约一事，抓住要点，虽少而精，反使人物形象集中突出，此见作者取材之妙。诗从自立军失败，沈荩匿迹销声落笔，可谓拦腰切入，突兀而起，故首句“不见沈生久”，虽实质不过是朴实平淡的叙事，却显得峭拔有势，劲健有力，使人感到风骨棱棱，足以振起全篇，此见作者发端之妙。作者写此诗时，显然已知沈荩并未隐沦江湖，却绝不放过“江湖知隐沦”一句，先把人带入一个低调。接着再猛然推出颔联，沈荩并未逃匿，而是又在北京进行英勇斗争了，陡然升为一个高调。让人对沈荩的不确当的猜测与沈荩的奇伟的行动形成强烈的反差，不仅把沈荩的作为反迭得更为突出，也使文章有波翻浪涌之势，此见作者章法之妙。诗人笔墨隐微含蓄。“萧萧悲壮士”，只摆出荆轲的典故，至于其间与沈荩的丰富的联系，全留给读者自己去品味，极耐咀嚼。“今在易京门”，只点出沈荩出现之地，其具体行动一字无及，而无疑又尽含其中。这绝不是粘滞于具体行迹挂一漏万的写法所可比拟的，深得虚而全的艺术真谛。“易京”本为汉之易县（今河北雄县西北），汉末公孙瓒拥有了幽州，坐镇于此，改称易京。诗人以“易京”指称北京，隐有不承认清王朝正统之意，用意深微。此等处，又极见作者用笔之妙。有此四妙，堪称佳篇。

律诗的中间两联要求对仗，此诗颔联则不成偶对，说明作者以意为主，并不墨守格律。然而又非作者自出心裁，尽有前修以为依傍，盛唐人即不乏此种。如王维的《辋川闲居赠裴秀才迪》，颔联“倚杖柴门外，临风听暮蝉”，李白的《夜泊牛渚怀古》，颔联“登舟望秋月，空忆谢将军”，都非偶对。这类笔法，可以说，虽不合“格”，却有流走自然之美。

这首诗写后十天，即发表在《国民日报》上，题为《重有感》。唐代诗人李商隐写有《重有感》，感慨唐文宗时“甘露之变”的时事。作者沿袭其题，用意显然在于题上虽不明标其事，却能隐示出诗为时事而发。这大约迫于当时形势，有意弄此狡狯。诗中文字亦小有不同，但今本多胜于原刊。首句“沈生”原刊作“此君”，这是因当时不宜露其姓氏，无关工拙。次句“知”字作“久”，便颇有分别了。“久隐沦”则不免坐实了匿迹江湖，不如“知”字，仅属人们推测，构成对颔联的极好反迭。尾联首句“当”字作“应”，“应”字未免指挥口气过重，不如“当”字活脱亲切。此等改动处，又可见作者词语锻炼功力。

（孙　静）

秋　瑾

黄海舟中日人索句并见日俄战争地图

万里乘风去复来，只身东海挟春雷。
忍看图画移颜色？肯使江山付劫灰！
浊酒不销忧国泪，救时应仗出群才。
拼将十万头颅血，须把乾坤力挽回。

秋瑾是我国近代史上著名的女革命家、女诗人。她曾两次东渡日本，参加和组织留日学生的革命活动，谋求救国出路。本诗为秋瑾第二次东渡日本途中所写。

这首诗的诗题,《秋瑾史迹》作“日人银澜使者索题,并见日俄战地,早见地图,有感”。由此可知,当轮船行驶到日俄战争的黄海战地时,日人银澜使者索要诗句,诗人在此之前又已经见到了日俄战争地图,于是感慨万端,写下了这首诗,抒发其献身民主革命,拯救中华民族于危亡的壮志豪情。

“万里乘风去复来,只身东海挟春雷。”“万里乘风”是写实,船行大海,自然会有乘风万里之感;同时又是用典。南朝宋宗悫少年时,叔父问他的志向,他说:“愿乘长风,破万里浪。”后来,果然封洮阳侯(见《宋书·宗悫传》)。这里,诗人化用古人的语典,抒写救国救民的壮志豪情。“去复来”,离开又回来。诗人曾两次东渡日本,第一次去日本是 1904 年仲夏,翌年春回国,第二次去日本是 1905 年夏历六月,翌年年初回国,故云。“只身”,独自一人。“春雷”,春天的雷声,能使万物复苏,故此处喻指唤起民众的革命真理。这联大意是说:我乘长风破万里浪,再次只身东渡日本,寻求救国救民的真理。一开端就以宏大的气势振起全篇。

“忍看图画移颜色?肯使江山付劫灰!”这是极端义愤之语。“忍看”,是哪里忍看的意思。“肯使”,是岂肯使的意思。“图画移颜色”,地图变色,指中国领土被帝国主义侵夺。“劫灰”,即劫火之灰,佛家语。佛家讲在坏劫中有风、火、水三灾。火灾时,大千世界统统化为灰烬。“江山付劫灰”,指日俄战争以中国东三省及黄海为战场,使大好河山化为灰烬。这两句诗的大意是说:怎忍看到祖国的领土被人侵占?岂肯使祖国的大好河山在日、俄帝国主义的侵略战火中化为灰烬!这两句诗的背后,有着中华民族一段屈辱的历史。1894 年,日本发动了对中国的侵略战争,即中日甲午战争,战争的结果是北洋舰队全军覆没,日本迫使清政府签订了《马关条约》,从而霸占了台湾省及其附属岛屿和澎湖列岛。1904 年,日本和俄国为重新分割中国东北和朝鲜而爆发了战争。由于战场是在中国的国土上,所以给中国人民造成了深重的灾难。俄国战败后,日本又夺取了库页岛南部,并取得了辽东半岛的“租借权”和南满铁路的权益。诗人乘船来到日俄海战之地,想起国家蒙受的灾难和耻辱,怎能不义愤填膺!

面对帝国主义的侵略行径,诗人不禁忧心如焚,同时又感到必须团结同志,共同奋斗。“浊酒不销忧国泪,救时应仗出群才”就写出了这种心境。“何以解忧,惟有杜康。”然而现在,饮酒却止不住忧国忧民的泪水。“救时应仗出群才”,当是从杜甫“安危须仗出群材”(《诸将》)一语化出。意思是说:要挽救如此危殆的时局,需要大量出类拔萃的人才共同奋斗。秋瑾从事反清革命斗争,一向重视联络志同道合的革命志士。她在一首《无题》诗中写道:“愧我年廿七,于世尚无补。……其奈势力孤,群才不为助。因之泛东海,冀得壮士辅。”这说明结识同志,组织力量,是秋瑾两次东渡日本的重要目的,而且在实际上,她确实结识了黄兴、陈天华、徐锡麟、陈伯平、张剑崖、姚勇忱等革命志士,共同从事推翻腐败的满清政权的革命斗争。

诗的最后写道:“拼将十万头颅血,须把乾坤力挽回。”“拼将”,拼着,豁上。“十万”,极言其多。大意是说:我们抛头颅,洒热血,无论付出多大的代价,也要把祖国的危难局面扭转过来。这表现出诗人决心终生奋斗,甘洒热血,力挽乾坤的革命豪情。留日前后的秋瑾,已经是以身许国的革命志士了。在写此诗之前,她写了一首

《对酒》诗："不惜千金买宝刀，貂裘换酒也堪豪。一腔热血勤珍重，洒去犹能化碧涛。"在此诗之后，她又写下了"粉身碎骨寻常事，但愿牺牲保国家"(《无题》)的诗句，都表现出诗人不怕流血牺牲，决心为革命贡献一切的精神。终于，诗人为革命洒尽热血，用行动实践了自己的诺言。

作为革命家的秋瑾，革命斗志旺盛，性格奔放豪迈，具有火一般的炽热感情。这首诗抒发了诗人唤起民众，团结同志，救国图存，慷慨捐躯的壮志豪情。写得高亢激烈，气势宏大，具有强烈的感人力量，代表了诗人后期诗歌的风格。

（武润婷）

苏曼殊

本事诗十章(其九)

春雨楼头尺八箫，何时归看浙江潮。
芒鞋破钵无人识，踏过樱花第几桥。

《本事诗十章》是苏曼殊1909年写于日本的一组爱情诗，描写了诗人与日本歌伎百助眉史由相识到相爱，最后分离的全过程。全诗总的特点是哀婉凄清，用明丽流畅的语言，细腻地表现了一种哀艳缠绵的感情。"春雨楼头"是第九首，被认为是十首诗中"尤入神化"者。

有人说，曼殊的诗也同王摩诘一样，诗中有画，画中有诗。确乎如此。读了这首小诗，闭目凝思，眼前便会浮现出这样的景象：淅淅沥沥的雨声夹杂着低沉凄惘的箫声；阵阵春风，摇落万朵樱花，犹如漫天红雨，洒满小桥，漂入碧绿的溪水；一个芒鞋破钵的孤僧，手持寒锡，踽踽独行，踏着片片落花，渡过一座座小桥……好一幅明艳爽洁、诗意盎然的画图。然而，落花流水，呜咽的箫声，芒鞋破钵，又使人分明感到几许悲哀，几许孤寂，几许惆怅。这正是曼殊诗的主要特色，诚如高旭所评："曼殊诗，其哀在心，其艳在骨，而笔下尤有奇趣。"(高旭《愿无尽庐诗话》)

然而，上面所述，只是人们初读此诗所留下的印象，还不是诗的全部意蕴。人们自然想进一步了解：孤僧何以会流落在举目无亲的异国他乡呢？木然独行，连自己也不知"踏过樱花第几桥"，可见他心灵上正承受着巨大的痛苦，这种痛苦又因何而起呢？但是，要确知诗中所指是不容易的，因为曼殊的诗有一种清空隽永的风格。他在表现自己的生活体验时往往并不叙述有关事件，而是在题材的概括上淘尽渣滓，把自己的思想感情融化在所创造的艺术世界中，使人可觉其味而不见其迹，用他自己的话来说，是"空言少据定难猜"。不过结合他那种"落叶哀蝉"的身世，总会使我们对诗意有更深一层的理解。诗中芒鞋破钵的孤僧乃诗人自己。而使他痛苦不堪的，首先当是他眼下的境遇。"春雨楼头尺八箫"，"尺八箫"，是一种日本箫，作者自注："日本尺八与汉土洞箫少异，其曲有名《春雨》，殊凄惘，日僧有专吹尺八行乞者。"苏曼殊的朋友刘三，在写给曼殊的诗中注道："前在东京，邂逅一吹箫乞者。忽有所触，泪不可止，此事至今未忘。曼殊近在海滨习箫，谓豫备将来乞食地步。"看来，"才如江海"的诗人，果真沦落到吹箫行乞的地步了，这是怎样的令人哀伤啊！"春雨"二字，可视为写景，也可理解为"尺八箫"凄惘的曲调，语意朦胧，却鲜明地表达了一种怅惘的情悰。诗人之所以要在异国他乡沿街行乞，又有其"难言之恫"。苏曼殊是他在日本经商的父亲和一个日本下女的私生子。生母在他三个月时离家出走，苏曼殊转由义母河合仙抚养。这样一个异国私生的混血儿，后来回到家乡，备受家人的虐待和世人的白眼。在毫无温暖的家庭中长大的苏曼殊，更珍视幼年时义母对他的抚爱。这次日本之行，就是为看望定居横滨的义母。这种身世也使曼殊"每一念及，伤心无极"。

诗人心灵的痛苦，还表现在对祖国的刻骨思念上，"何时归看浙江潮"，就流露了这种心境。"浙江潮"即钱塘潮，这里用以代表祖国壮丽的河山。久客思乡，本来就令人痛苦，何况所思念的祖国，留给他的并不都是温馨美好的回忆，更多的是悲凉酸辛。诗人所生活的清代末年，政治腐败，国事蜩螗。富有爱国心和正义感的苏曼殊，曾满腔热情地投身于救亡图存的活动。为探求救国真理，他赴日留学，并参加了留日学生的爱国组织——青年会；为反帝反清，他考入日本成城学校习陆军，准备投笔从戎；面对帝俄无理侵略我东三省，他毅然参加了拒俄义勇队和军国民教育会，为救国救民奔走呼号。当这些革命活动遭到失败后，他心灰意冷，明知"天生成佛"之不能，还是到惠州再度披剃。他原以为遁迹空门就可以摆脱痛苦。谁知，虽然他以僧人的身份云游四海，而祖国的患难却时刻牵肠揪心。他有许多关念故国的诗句，如"故国已随春日尽，鹧鸪声急使人愁"，"相逢莫问人间事，故国伤心只泪流"等等，可以感受到他对故国之情深。而此时此刻，正当诗人流落异国街头，又怎能不想念多难的祖国呢！

人们常用落花流水比喻无望的爱情。《西厢》妙词有"落红成阵，风飘万点正愁人"之句；《红楼梦》中，林黛玉也发出过"花落花飞飞满天"的哀叹。曼殊写樱花零落，内中是否也隐藏着一段爱情故事呢？我想是有的。因为从《本事诗》全诗的内容看，曼殊和百助之间确实有过一段痛苦的爱情纠葛。苏曼殊的一生颇为坎坷，虽然他仅仅活了三十五个年头，却三次落发为僧。先因家庭的虐待，后因国事蜩螗。他原打算面壁枕经，以终此生，谁知这次日本之行，偏偏与百助相遇。他爱慕百助的才貌，把她比作"湘兰天女"，同情她"才如江海命如丝"的命运，赞赏她"羞为他人工笑颦"的高雅情怀，更有感于她对自己诚挚的爱："华严瀑布高千尺，未及卿卿爱我情。"终于，这个"与人无爱又无嗔"的诗僧坠入了情网。但是，尽管他爱得很深，作为僧人，他又本能地畏避爱情的归宿。加上忧心国事已使他"无端狂笑无端哭，纵有欢肠已似冰"，最后，他强忍着巨大的痛苦挣脱了情网，"还卿一钵无情泪，恨不相逢未剃时"。因此，次联的"芒鞋破钵"云游异乡，"樱花"飘零，独步"桥"头，这一系列意象中所表现的那种孤寂、彷徨、忧伤、怅惘的情调，也是他挣脱情网后痛苦心情的表露。

曼殊的这首小诗，很能代表他整个诗作的风格，即轻清隽永，蒨丽绵眇，语纯出于自然，但却能极其神化之境，使读者陶醉于情感之中，镂刻于心灵之内。因此，这首诗被认为是苏曼殊的代表作。（武润婷）

再版后记

《中国文学名篇鉴赏辞典》出版十余年来，一直深受广大读者的欢迎，广大文学爱好者更是获益匪浅。为适应时代的发展要求，满足新一代读者多样化的审美需求，我们对此书进行了修订，并更名为《中国文学名篇鉴赏》。

全书精选先秦至近代作家的代表性名作六百余篇，按诗卷、文卷、词赋卷三大板块分为三册。每类作品的编排，大致以作家年代为序；同一作家作品的排列，一般依编年顺序，无法编年者依照通行本目次排列。每篇内容由原文、鉴赏、注释三部分组成，诗词的注释尽量融化在鉴赏文字之中，文、赋等长篇作品，掌故难句较多，则须另行出注。原文一般依照通行本录入，某些必须校改之处，于鉴赏或注释中简要说明。全书使用简化字，特殊情况下酌用繁体或异体字。删去一些过于陈旧的词语及一些过时的提法。但为保持作者语言风格的统一性，个别情况下仍用原有说法。

本书约请了知名学者二百八十余人撰稿，其中不乏蜚声海内外的学术大师，可谓群贤毕至，妙笔呈辉，许多鉴赏文章本身就是经典名作。此次修订，由刘乃昌先生主持，先生不辞年高体弱，亲自补写词类鉴赏，并审读了全书。值此修订之际，谨向原书全体作者并刘乃昌先生致以深深的敬意。

山东大学出版社

2007 年 10 月